Die Insel

Das Buch

Aufregend und unverwechselbar wie die Handlung des Romans ist die Geschichte seines Entstehens. Wie die Hauptperson – von den Einheimischen Unsmoler, unser Maler, genannt – war der Künstler Matthias Wegehaupt auf die Insel seiner Jugend zurückgekehrt, um hier, fernab von dem Anpassung fordernden Kulturbetrieb, seine Kunstform zu finden. Neben der Arbeit an seinen Bildern schrieb Wegehaupt in den Jahren von 1970 bis 1989 auf, was ihn berührte. Täglich eine Seite. Das Manuskript versteckte er unter den Dielen in seinem Atelier. Erst jetzt entschloß sich Wegehaupt zur Veröffentlichung.
Es gibt keinen Ort der Zuflucht. Das erfährt Unsmoler auf der fiktiven Insel ebenso wie damals Matthias Wegehaupt – die sozialistische Umgestaltung bereitet den Boden für den Untergang. Doch gelassen warten die allesamt höchst eigenwilligen, zum Teil skurrilen Insel-Einheimischen auf den Tag danach. Mehr und mehr wird Unsmoler dem »Inselchef« und dem »Mitarbeiter« ein Unliebsamer. Was er im Widerstreit mit dem, was von ihm erwartet wird, tut, zwingt ihn in die Einsamkeit. Zwar begegnen ihm auch Freundschaft und Solidarität, doch die Liebe seines Lebens kann den Herausforderungen des Malerdaseins nicht standhalten. Seine junge Frau geht schließlich ihren eigenen Weg, doch für Unsmoler steht fest: Er bleibt auf der Insel. Aber da ist der Staat schon dabei, sich aufzulösen.
Ein groß angelegter Gegenwartsroman voller Poesie und Geschichte, ein Blick in eine wechselvolle Wirklichkeit, ein Roman über die Liebe, das Leben, die Leidenschaft und die Selbstbehauptung in stürmischen Zeiten, voller schillernder Menschen und wunderbar erzählt.

Der Autor

Matthias Wegehaupt, geboren 1938 in Berlin, studierte 1956–58 in Greifswald und 1962–64 an der Hochschule für bildende und angewandte Kunst Berlin-Weißensee. Nach dem Abbruch des Studiums 1965 Aufnahme in den Verband Bildender Künstler der DDR. 1976 Arbeitsstipendium in Ungarn, nach 1989 Personalausstellungen in Frankreich, Polen und Deutschland. 1999 Ehrengast in der Villa Massimo, Rom. Matthias Wegehaupt lebt auf Usedom.

Matthias Wegehaupt

Die Insel

Roman

List Taschenbuch

Besuchen Sie uns im Internet:
www.list-taschenbuch.de

Umwelthinweis:
Dieses Buch wurde auf chlor- und
säurefreiem Papier gedruckt.

Ungekürzte Ausgabe im List Taschenbuch
List ist ein Verlag der Ullstein Buchverlage GmbH, Berlin.
1. Auflage Oktober 2010

Konzeption: semper smile Werbeagentur GmbH, München
Umschlaggestaltung: bürosüd° GmbH, München, unter Verwendung einer
Vorlage von Matthias Wegehaupt
Satz: Pinkuin Satz und Datentechnik, Berlin
Gesetzt aus der Aldus
Druck und Bindearbeiten: CPI – Clausen & Bosse, Leck
Printed in Germany
ISBN 978-3-548-61013-9

Für Julia, Phillip und Angelika

Die Insel, die Personen, das Meer und der Sand:
alles erfunden

Das dunkle Tor

Unsmoler fiel aus einem grauenhaften Traum.
Aufrecht saß er im Bett. Er starrte in die Finsternis und lauschte.
Schreie draußen.
»Es ist nichts, die Schweine werden gefüttert«, flüsterte er.
Er ließ sich zurücksinken und deckte sich zu.
»Die Schweine im Dorf werden gefüttert, das ist alles«, sagte er sich ein zweites Mal, und doch versuchte er, das Ende des Traumes in sein Bewußtsein zu rufen.
Es gab kein Ende: er war erwacht.
An etwas Erfreuliches denken, befahl er sich: Reiten! Gewiß doch, heut werde ich wieder reiten!
Er sah sich über die abgeernteten Äcker galoppieren, hörte das Pferd schnauben und den Sattel knarren und meinte, die salzige Luft des nahen Meeres zu atmen.
Stille draußen: die Schweine in den Ställen satt.
Morgendämmerung.
Wie ein riesiges dunkles Tor stand die Silhouette des Bildes mitten im Zimmer.
Farben wurden langsam sichtbar.
Noch stimmt das Bild, dachte er und schob die Hände wartend unter seinen Kopf. Noch stimmt es. Dann aber, als es heller wurde, schlug er plötzlich das Zudeck zurück und sprang, ohne die Kälte zu spüren, aus dem Bett. Er griff, nackt wie er war, zum Spachtel und schob Flächen chromgelber Vortagsölfarbe vom Bild.
Wie konnte ich abends bei Lampenlicht ein Gelb malen!
Er ging zum eisernen Ofen, rüttelte die Asche vom Rost, strich

den Spachtel an einer alten Zeitung sauber, warf das beschmutzte Papier und ein paar Späne und Stücke Holz auf die Glut und zog sich die Hosen an. Das Feuer begann zu prasseln.

Flammen schlugen an den Boden des Wasserkessels. Er kippte einen Schwapps Wasser in den Rasierbecher, stellte sich vor den kleinen Spiegel, der am Fensterkreuz des Küchenfensters hing, und seifte sich Kinn und Wangen ein.

All die mehr oder weniger notwendigen Tätigkeiten seines Eremitendaseins erledigten sich, ohne die Konzentration auf seine Arbeit zu stören. Gewohnheiten eben. Und so rasierte er sich auch an diesem Morgen wie an jedem anderen Morgen. Hin und wieder blickte er über den Spiegel hinweg in die Ferne. Dunkle Wolken schwebten der Insel entgegen. Langsam stieg rot die Sonne empor. Die Wolken erglühten wie gewaltige Berge.

Dann wieder sah er in der Spiegelung durch die offene Tür hindurch das große Bild.

Manchmal kam er auf Ideen, wenn er Details seiner Malerei seitenverkehrt erblickte. Manchmal klärte sich etwas. Manchmal griff er zu Pinsel und Palette und geriet augenblicklich ins Arbeiten. Manchmal vergaß er sogar den Seifenschaum auf den Wangen. An diesem Tage war es nicht so.

Als er vor zwei Jahren überstürzt die Hochschule verlassen mußte, hatte er sich hierher auf die Insel seiner Kindheit zurückgezogen. Malen von früh bis spät. Er wußte: Es war ein Wettlauf mit der Zeit.

Malen und schweigen.

Mit wem sollte er hier auch groß reden. Selbst mit der Briefträgerin Elfriede sprach er, seit sie eines Tages von Neugier getrieben die Tür seines Ateliers aufgestoßen hatte, kaum noch ein Wort. Ihr erschrockener Blick war auf die Reproduktion eines Picassobildes gefallen. Konfus hatte sie den Packen Briefe auf seine Palette in die frische Ölfarbe gelegt und abwehrend die Hände gehoben. Sie meinte offenbar, in die Höhle eines Zauberers vorgedrungen zu sein. Langsam war sie rückwärts zur Tür gegangen. Erst als die Haustür krachend ins Schloß gefallen war, hatte sie gewagt zu rennen.

Längst war der Sommer vorüber, aber immer noch erzählte sie jedem, der es hören mochte, von den unheimlichen Bildern im Maleratelier. »Und nackichte Weiber«, sie machte mit beiden Händen obszöne Gesten, »solche Titten!«

Es schien so, als wäre das Gerede über Unsmoler alles, was vom Sommer geblieben war.
Fortgespült war der Urlaubermüll unten am Meer. Vom Strand gewaschen die Strandburgen. Dahin all die Begrenzungen sommerlicher Okkupation.
Das Meer brandete ans Ufer wie vor tausend Jahren.
November, der düsterste Monat des Jahres.
Gegen zwölf Uhr hörte Unsmoler das Tuten der Mittwochsfähre. Er blickte hinaus. Dicht unter Land wurde das Schiff für Momente sichtbar. Es schien sich zu einem Ungetüm aufzublähen, um kurz darauf wie eine Spukerscheinung vom Dunst verschluckt zu werden. Diesiger Tag.
Zwölf Uhr, also Mittag. Aufgewärmte Linsen. Er nahm den Topf vom Ofen, setzte sich und fischte mit dem Löffel nach den letzten Wurststücken. Er kaute mit langen Zähnen. Zwei Jahre, hatte er sich bei seiner Ankunft vorgenommen, sollte das spartanische Leben hier auf der Insel dauern. Zwei Jahre, dann wollte er das befreiende, alles erschütternde Bild geschaffen haben. Nun kam der dritte Winter. Der dritte Winter!
Die Sommer zählen nicht, beruhigte er sich. Zu viel Trubel hier. Drei Sommer sind ein verlorenes Jahr. Konntest du nicht ahnen damals.
Der Löffel kratzte auf dem Topfboden. Unsmoler schöpfte Wasser aus dem Wassereimer, spülte den Linsentopf aus und kippte das Spülwasser vor die Tür ins Ginstergebüsch. Dann füllte er den Kochtopf mit klarem Wasser, nahm vier Salzheringe aus dem Heringsfäßchen und warf sie in den Topf. Ausgelaugt vom Salz, plattgedrückt und verbogen lagen sie auf dem Grund: das Mittag für den nächsten Tag. Wo sonst konnte man so billig leben.
Die Tabakspfeife nach dem Essen war einer der wenigen Genüsse, die er sich gönnte. Er lehnte sich in das zusammengerollte Zudeck seines Bettes zurück, stopfte sorgsam den Tabak in den Pfeifenkopf, ließ das Streichholz aufflammen und betrachtete rauchend das Resultat seiner Vormittagsarbeit:
An Felsen gekettet, die Arme zur Seite gestreckt wie Christus am Kreuz, sein Prometheus. Im Hintergrund des Bildes grell das Blitzen von Atombombendetonationen.
Feuer, den Göttern geraubt.
Unsmoler wandte sich ab. Nein, er war nicht vorangekommen.

Er wandte sich ab und sah aus dem Fenster. Unten bei der Hafenbaracke schien die Welt zu Ende. Nebelnässe hüllte alles ein.
Mit plötzlichem Entschluß erhob er sich. Er klopfte die Pfeife aus, rollte die benutzten Pinsel in eine Zeitung und entschied, sie erst abends zu reinigen. Er zog die Wattejacke an, schlüpfte in die Gummistiefel und ging hinüber zum Gehöft von Lütt Otto.

Das Pferd

Er öffnete das Hoftor und sicherte es, obwohl sich kein Lüftchen regte, mit einem Stein.
Er wußte, man erwartete hier, daß alles wie üblich geschah.
Reglos blickte die alte Bäuerin aus dem Fenster. Er spürte ihren Blick, als berühre sie ihn. Nickend grüßte er. Er erwartete keinerlei Antwort.
Als Kinder hatten sie Angst vor der gelähmten Frau gehabt. Immer saß sie dort im Dämmerlicht des Zimmers. Es kam ihnen damals so vor, als bewache sie mit Zauberkräften die scharrenden Hühner, die Schweine im Stall, die Mistkarre, das Pferd und den Nußbaum.
Daß der Kahn in jenen letzten Kriegstagen zu dieser Insel getrieben war, war ein Wunder. Kaum hatte damals das Boot das Ufer berührt, war die Mutter mit ihnen ins Dorf geeilt. Auf dem erstbesten Hof hatte sie auf eine Karre gezeigt und um das Gefährt gebeten. Sie wollte die Großmutter vom Ufer holen, vom Ufer, dem die Leichen näher trieben. Die junge Bäuerin aber hatte erschrocken den Kopf geschüttelt und gedroht, den Hund von der Kette zu lassen.
Manchmal erinnerte sich Unsmoler daran, wenn er diesen Hof betrat.
Stallwärme hüllte ihn ein, als er die Tür öffnete. Das Pferd schwang den Kopf herum und sah ihn an. Ich bin wieder einmal rechtzeitig aufgebrochen, dachte er. Er trat ein und klopfte aufmunternd den Hals des Pferdes und griff zum Putzzeug, das an der weißgetünchten Wand am Nagel hing. Das Pferd warf den Kopf zurück und schüttelte die Mähne, die Ohren klatschten, die Kette klirrte. Fast

rabiat benutzte Unsmoler Striegel und Bürste. Er genoß die Vertrautheit mit dem lebendigen Wesen, das angekettet wie vergessen im Stalldunkel gewartet hatte, seit Monaten von niemandem mehr gebraucht, außer von ihm, dem Maler.
Mutter, sagte er in Gedanken, als wir damals vom Wasser kamen und ausgerechnet hier um die Karre baten, ahnten wir nichts von dem gefährlichen Geheimnis: In der Scheune lag versteckt, tief eingewühlt ins Heu der Soldat. Irgendwo im Osten hatte der Mann auf eigene Faust den Krieg beendet und dabei Glück gehabt, sonst würde er nicht, wenn er betrunken ist, gelegentlich davon reden können. Nur die, die überlebt haben, reden. Manchmal reden sie. So ist das eben. Aber all die Toten müssen schweigen. Eines Nachts ist der Mann aus dem Schilf über die Wiesen zu seinem eignen Hof gerobbt. Wie ein Tier auf allen vieren. Kriechen, das hatte er gelernt in den Jahren des Tausendjährigen Reiches. Wir aber haben ahnungslos in die Richtung der Scheune gezeigt und um die Karre gebeten. Eine Fremde mit zwei kleinen Jungs, denen nichts verborgen bleibt, wenn man sie nicht davonjagt.
Unsmoler hängte Striegel und Bürste an den krummen Nagel und holte aus der Nebenkammer das Sattelzeug. Die Decke warf er dem Tier auf den glänzenden Rücken. Sorgfältig, wie es ihm Lütt Otto beigebracht hatte, strich er jede kleine Deckenfalte glatt. Er sattelte das Pferd, und hob ihm den breiten Ledergurt samt der Kette vom Hals.
Das Pferd war noch in gutem Pferdealter, aber der Genossenschaft hatte man einen Traktor übergeben, der nun lärmend alle Pferdearbeit auf der Insel erledigte. Bullernd, stinkend, stöhnend brach die Zugmaschine mit dem neuen Fünfscharpflug sogar die Pferdewiese unten beim Hafen um.
Eine Weile lang hatte Lütt Otto das Pferd noch angespannt, um an den Fährtagen Koffer und Rucksäcke vom Hafen hinauf zum Dorf oder vom Dorf hinab zum Hafen zu fahren.
Das brachte ihm gute Nebeneinnahmen. Die sich noch steigerten, als er ein paar Bündel Stroh auf den Wagen stakte und für zwei, drei Mark Bares auch Urlauber transportierte.
Bei all dem munteren Kutschieren kam er auf die Idee, Kutschfahrten über Land zu veranstalten. Das ließ sich so gut an, daß er leichtsinnig wurde:

Eines Abends verkündete er in der Kneipe, daß ihm die ganze Landwirtschaftliche Produktionsgenossenschaft den Buckel runterrutschen könne.
Schon am nächsten Tag hatte er Unsmoler den Auftrag gegeben, auf eine hölzerne Tafel eine bunte Kutsche nebst Kutscher in Frack und Zylinder zu malen. Sollte nobel sein, denn Lütt Otto kostümierte sich bei den Ausfahrten stets mit der Garderobe, die man auf der Insel sonst nur bei Beerdigungen und Hochzeiten zu tragen pflegte. Das wirkte sich günstig auf die Preise aus. Die schwarzgoldene Kutsche allerdings war maßlose Übertreibung: Lütt Otto bot seinen Fahrgästen nur einen rumpelnden Kastenwagen. Aber das Geschuckel machte die Touren ganz besonders vergnüglich. Die Schranken zwischen Männlein und Weiblein purzelten in den Sand der Feldwege.
Das Geschäft lief zu auffällig gut. Der neue Inselchef beobachtete derartig fröhlich lärmende Aktivitäten des privaten Sektors mit Argwohn. Allein schon der Zylinderhut, meinte er, sei eine provokante Demonstration gegen die neue Zeit.
Warum sollte der volkseigene Traktor nicht die Kofferfahrten übernehmen? Und wirklich, bald tuckerte der Trecker bei jeder Schiffsankunft hupend zum Hafen. Lütt Otto machte ein langes Gesicht. Er fluchte, aber immerhin blieben ihm noch die Fahrten über Land. Sie blieben ihm allerdings nur so lange, bis er in die Baracke des Inselchefs gerufen wurde und man ihn dort mit besorgter Miene fragte, ob er denn einen Berechtigungsschein für Personenbeförderung hätte. Woher sollte Lütt Otto einen derartigen Schein haben?
»Die da oben mögen dich nicht besonders«, sagte Unsmoler und schob dem Pferd die Trense ins Maul, »ein Pferd und ein paar Morgen Ackererde, ein Ruderboot und Fische im Wasser, und jederzeit kann man hier auf sämtliche Errungenschaften des Sozialismus verzichten. So ist das eben.«
Er schob die Pferdeohren unter dem Lederriemen hindurch, zog das Halfter fest und führte das Pferd aus dem Stall. Die Hufe klapperten auf dem Kopfsteinpflaster. Mit dem Fuß stieß Unsmoler den Sicherungsstein zur Seite, mit dem Fuß warf er das Tor schwingend ins Schloß. Dann zog er den Sattelgurt fester und schwang sich auf den Pferderücken. Das waren die glücklichsten Momente seiner Tage hier. Aufatmend ließ er sich in den Sattel sinken. Er

hatte sich verwandelt: Ich bin ein Reiter. Klapp, klapp, klapp. Ich bin ein Reiter!
Das Pferd trabte die Dorfstraße hinauf … klapp, klapp, klapp, klapp …
Schwerfälliger Galopp im lockeren Sand, als der Feldweg erreicht war. Abgeerntet und verlassen die Äcker. Nur er unterwegs. Ihm schien es, als hätten sich die anderen Inselbewohner verkrochen, als wären sie so stumm geworden wie die Bäume, deren buntes Herbstlaub längst davongeweht war.
Unten in der Bürobaracke am Hafen blickte jener Herr, der stets nur als »Mitarbeiter« vorgestellt wurde, aus dem Fenster. Er sah den Reiter aus dem Nebel kommen und auch wieder im Nebel verschwinden. Der Herr klappte einen Hefter auf und notierte die Uhrzeit.
In die Produktion hätten sie ihn stecken sollen! dachte er. Im Grunde aber war er froh, daß der Maler hier auf der Insel war.
Das Pferd fiel in Trab und ging schließlich im Schritt. Unsmoler blickte auf den nickenden Pferdekopf und lauschte dem rhythmischen Knarren des Leders.
Pferde, ihr habt uns in die Gegenwart getragen, ihr Geschöpfe der Steppen, Geschöpfe schier endloser Weiten, die einst vom Donnern der Hufe erbebten. Ihr habt unsere Pflüge durch die Ackererde gezogen und die Gespanne über die Straßen. Nun rattern überall die Maschinen, wohin zum Teufel rattern wir? Er beugte sich vor und klopfte dem Pferd den Hals.
Der Pferdeleib dampfte, der Sattel knarrte, das auf der Kruppe gescheitelte Haar wippte im Takt der Schritte. Er stieß dem Pferd sachte mit den Hacken in die Weichen, er trieb es voran. Träger Galopp hinaus aus den Mulden. Unten die fünf Hütten des Fischerdorfes. Er ahnte sie mehr, als daß er sie in der Senke sah. Er ritt bis hart an den Rand des Steilufers.
Horizontloses Meer. Er beugte sich zur Seite, tief unten der Strand.
Er schaute lange und ertappte sich dabei, wie er Ausschau hielt nach Menschen: irgendeinen letzten Inselgast sehen, einen Spaziergänger am Ufersaum, einen Bernsteinsucher oder das schwarze Boot des Fischers. Ferne Begegnung, so fern, daß man einander mit Worten nicht behelligen konnte. Nur der Gruß der lässig erhobenen Hand: Hallo, ja ich bin hier, wir leben!

Aber da war niemand, da war nur Stille.
Er wendete das Pferd.
Was zum Teufel soll das! Das Pferd stampfte auf der Stelle, warf erschrocken den Kopf nach oben und wieherte. Schnaubend wich es zurück. Angst. Erdbrocken lösten sich von der Uferkante und polterten hinab.
Ein klatschender Hieb mit der flachen Hand: »Vorwärts!« Das Pferd reagierte nicht. Hastig sprang Unsmoler ab. Verdammt, die Sohle verklemmte sich im Steigbügel. Für Momente tanzte er lächerlich auf einem Bein, er fiel, hielt aber die Zügel in den Fäusten. Das wäre noch was: Der Gaul galoppiert zum Stall, und du wirst über die Inseläcker zu Tode geschleift!
Gottlob, sein Fuß rutschte aus dem Stiefel. Er sprang auf die Beine.
Halt die Zügel fest, Junge, dachte er.
Nur weg mit dem Tier vom Abgrund! Mit aller Gewalt zerrte er das Pferd vorwärts. Aber es widersetzte sich. Es bewegte sich schnaubend seitwärts, riß an den Zügeln. Um Himmels willen, was soll das! Plötzlich rutschte es mit einem Huf ab.
»Bist du närrisch, Mistvieh, das Ufer bricht ab, es bricht, verdammt, es bricht!«
Das Pferd sackte mit beiden Hinterbeinen weg, stützte sich aber noch mit den Vorderhufen auf festen Boden. Er umklammerte die Zügel und stemmte seine Füße gegen die Erde. »Komm hoch«, schrie er, »komm hoch! Komm, komm! Ich lasse nicht los, und wenn mir die Arme ausreißen! Ich lasse nicht los!«
Plötzlich riß das alte schwarze Zaumzeug. Der Kopf des Pferdes schwang aufwärts, die Vorderhufe lösten sich vom Boden. Er wollte schreien, als könne ein Schrei Erwachen bringen, aber er blieb stumm.
Unsmoler erwachte aus der Lähmung, in einer Lawine bröckelnden Mergels rutschte er hinab. Er hockte auf nassem Sand zwischen den großen kantigen Steinen und hielt, ohne es zu bemerken, einen Gummistiefel in den Händen. Übler Geschmack im Mund. Das Pferd gab sich nicht verloren. Plötzlich versuchte es, auf die Beine zu kommen. Wieder und wieder. Vergeblich. Immer aufs neue der entsetzliche Anblick. »Bleib liegen«, flehte Unsmoler, »bleib liegen!« Er wich den rudernden Hufen aus und warf sich mit dem Oberkörper über den Hals des Pferdes. »Ru-

hig, ruhig, bleib liegen!« Das Tier wurde ruhig, das Fell dampfte. Unsmoler spürte den rasenden Herzschlag. Nach einer Weile wagte er einen Blick: ein gräßlich verdrehter Huf. Er ließ seine Stirn auf den Hals des Pferdes sinken, seine Hand ballte sich zur Faust und trommelte leise auf das nasse Fell: Wo hast du mich hineingeritten!
Teilnahmslos ruhte das Meer unter nieselndem Regen.

Deifine

Vielleicht hatte sie unbewußt das Klappern der Pferdehufe auf dem Kopfsteinpflaster der Dorfstraße gehört. Nun stand sie am Kneipenfenster und sah hinaus. Ein einsamer Zecher saß schweigend am Ecktisch. Hinter der Theke spülte der Wirt mit rascher Bewegung zwei Biergläser.
Pickelhubert, der Saisonkellner, kam blinzelnd in den Gastraum, in dem bereits das Licht brannte.
Herbstlangeweile. Die einträglichen Sommer- und Herbstmonate, die er alljährlich an der Küste zu arbeiten pflegte, waren so gut wie vorüber. Oben in seiner winzigen Kammer mit den schrägen Wänden hatte er vergeblich versucht zu schlafen. Plötzlich aber war ihm ein Gedanke gekommen. Er hatte sich von seiner Liege erhoben und sich, während er seine Haare mit Glanzpomade bearbeitete, gesagt: Deifine haut ab, ohne daß ich ihr an die Wäsche gekommen bin. Das wäre ja noch schöner! Er hatte bisher noch nicht ernsthaft versucht, sie rumzukriegen, denn hier gab es sommertags ausreichend vergnügungssüchtige Frauen, die ohnehin abreisten, wenn man einander zu langweilen begann. Mit einer Kollegin aber mußte man einige Monate kumpelhaft über die Runden kommen. Nun allerdings …
Mit gewissen Vorsätzen kam er also in den Schankraum. Er trat neben sie ans Fenster, als wolle er gleichfalls hinausblicken. »Ich halte es oben nicht mehr aus«, sagte er, ohne sie anzusehen. »In dieser Jahreszeit ist die freie Zeit hier ein …«, er suchte nach einem Wort, verzichtete dann aber darauf, es zu benutzen, »die freie Zeit ist zu nix … so allein.«

Er lächelte vieldeutig und sah sie an.
Sie streifte ihn mit kurzem kühlem Blick: »Hier ist auch nichts los.«
»Kuhdorf Anfang November!« sagte er leise, »es gibt nichts, was öder ist.« Dann aber wurde er munter: »Kleiner Spaziergang am Meer, Mädchen, das wäre was, toll romantisch, und dann ein heißer Grog bei mir auf Bude, ich hab Musik, tolle Musik, Westplatten!« fügte er nach kurzem Zögern noch leiser hinzu.
»Ich habe Schicht«, sie ging vom Fenster weg, um das Gespräch zu beenden.
»Schicht!« wiederholte Pickelhubert und lachte, »Chef«, wandte er sich an den Wirt, »ich muß ihr endlich mal das Meer in der Dämmerung zeigen. Kann sie nicht ausnahmsweise früher Feierabend machen? Hier ist sowieso tote Hose.«
»Zeig ihr was Schönes, wenn sie scharf drauf ist!« sprach der Wirt zum einsamen Gast hinüber, als sollte die Bemerkung nur dazu dienen, diesen zu erheitern. Lütt Otto hatte verstanden und grinste.
Sie aber schätzte anzügliche Bemerkungen nicht. Das war auch einer der Gründe, weshalb man sie im Dorf für arrogant hielt und sie die Feine, dei Fine, nannte. Aber sie sah fremdländisch interessant aus und hatte eine derartig faszinierende Figur, daß jeder Mann sich geehrt fühlte, wenn sie ihm mit gelassenen Bewegungen wortlos Bier und Doppelkorn an den Tisch brachte.
Sie galt als unnahbar. Deshalb beobachtete der Chef Pickelhuberts Vorstoß mit Interesse.
»Zeig ihr mal was Schönes«, wiederholte er nun in Richtung von Pickelhubert, »ich mach das hier schon.«
Ausgerechnet Pickelhubert, dachte sie, ausgerechnet diese picklige halbe Portion. Und doch, wußte sie, legte er die Urlauberinnen reihenweise aufs Kreuz. Sie streifte ihn mit aufmerksamem Blick und sagte sich: bei solchen Hänflingen vergißt man wahrscheinlich die Vorsicht.
»Na komm schon«, lockte er, »wir können reden über dies und das.«
Sein Blick glitt herab an ihr: das wäre ein Happen zum Abschluß!
Sie lächelte ein wenig verächtlich, sagte dann aber: »Also gut, zeig mir das Meer bei Nebel.«
Auch sie langweilte sich.

»Noch ein Bier?« fragte sie Lütt Otto, den Bauern, am Ecktisch.
Der schüttelte den Kopf: »Reicht für heute, muß noch füttern, meine Alte ist mit der Fähre los, übers Wasser in die Stadt zum Ondulieren.«
Was interessieren mich dein Viehzeug und deine Alte, dachte sie. Sie band die Schürze ab und ging sich umziehen. Sie bewohnte eine ähnlich winzige Kammer unter dem Dach der »Deutschen Eiche« wie der Saisonkellner Hubert.
Hubert, genannt Pickelhubert, holte seine flotte Lederjacke und war rasch marschbereit. Bei ihr dauerte es länger. Aber Pickelhubert, der sich in den letzten Tagen tödlich gelangweilt hatte, war freudig erregt: Sie hatte »ja« gesagt und machte sich schön, schön für ihn. Er stellte sich die Frau in Unterwäsche vor und frohlockte: Im weichen Strandsand läuft sich auch eine stramme Serviererin müde. Ich werd' schon dafür sorgen, daß sie abends die Beine hochlegt, und das auf meinem Bett. Verdammt nasses Holz, aber wenn's erst mal brennt, dann brennt es richtig.
Sie kam in gelber Regenjacke, schwarzer Hose und kurzen gelben Gummistiefelchen und war frisch geschminkt. Sie wählten den schmalen Pfad, der sich hinunterschlängelte zum Meer. Ihr war es recht, hintereinander zu gehen.
»Toll romantisch, toll romantisch«, pries Pickelhubert laut den Abend an, »kann sein, wir begegnen dem Fliegenden Holländer oder dem Herrn Kollegen Störtebeker, der seinen eigenen Kopf unter dem Arm trägt.«
Er mußte sie unterhalten. Kein Problem, Routine. Gruselgeschichten machen Weiber anschmiegsam. Wenn es dämmrig wird, wird sie schon näher kommen. Ein paar muntere Anspielungen und dann und wann ein schlüpfriger Witz … reine Routine.
Wäre ja gelacht, wenn die hübsche Kollegin nicht weich würde. Macht den Frauen doch auch Spaß.
Blöd nur, daß die paar Strandkörbe längst abtransportiert waren.

Gespenster

Etwa drei Kilometer vom Pfad entfernt, den die beiden hinabgingen, lag reglos auf nassem Strand immer noch das verunglückte Pferd. Geruch von Tier und Schmerz, vergammelnden Muscheln und vergammelndem Tang.
Unsmoler hockte, die Enden der zerrissenen Zügel um die rechte Hand geschlungen, daneben. Er spürte das Riemenleder nicht mehr zwischen den klammen Fingern. Erinnerungsbilder schwammen empor. Silbrige große Fischschuppen auf frostiger Haut. Es waren nicht seine Hände, sondern die seiner Mutter. Rastlos streiften sie Heringe aus den Maschen der nassen Netze. Die Mutter schien ihn aus weiter Ferne vergangener Tage zu betrachten. Sie sah ihn an wie damals, als der ruppige Fischer ihn untertauchen wollte im eiskalten Wasser, nur weil Unsmoler aus den übervollen Netzen fallende Heringe aufsammelte und beiseite trug. Beute machen für die Familie. Demütig hatte sie ihrem Sohn bedeutet, er solle aus dem Wind in den Windschatten der Düne gehen. Sie blieb und beeilte sich. Immer neues triefendes Netzgewirr voller Fische trug der Fischer aus dem Kahn und warf es vor sie hin auf die quatschnasse Holzflake. Ärmlich gestopfter Pullover, naß an den Handgelenken, Fischschleim und silbrige Schuppen. Flinke Hände vom Klavierspielen in leichteren früheren Zeiten.
Unsmoler erhob sich in die beklemmende Gegenwart und sah sich suchend um, ob da zwischen Tang und Muscheln, zwischen Steinen und Treibgut irgendeine Leine lag. Aber da war nur ein zersplittertes ausgeblichenes Kistenbrett, aus dem Nägel spießten. Eine zerdrückte Milchtüte mit fremdländischer Aufschrift und fast vergraben im Sand eine leere Schnapsflasche.
Er würde bald den Inselpolizisten holen müssen. Der hatte eine Pistole.
Ihn schauderte. Das ist die Kälte, sagte er sich.
Gewisper ringsherum, als näherten sich glotzend die Seelen längst Gestorbener: da ist einer, der in die Dämmerung lauscht! Gleich würde schauriges Gelächter über das Meer schallen.
Er meinte das herrische Dröhnen des Hakenstocks seiner Großmutter zu vernehmen. Das Gewisper verstummte. Streng wie zu Lebzeiten sah sie ihn an: Geh, schien sie ohne Mitleid zu sagen,

geh ins Dorf und erzähl, was du angestellt hast. Binde dem Pferd die Beine zusammen oder binde sie nicht zusammen. Das Tier ist nicht zu retten.
Das Gesicht der gestrengen Großmutter verblaßte. Als heller Fleck schwebte ihr weißes Haar noch einen Moment über dem Strand, dann wurde es zu einem Stück Papier, das, halb bedeckt von Sand, am Saum des Wassers lag und sich sachte bewegte. Tiefe Wolken, wie kalter Rauch, zogen vom Meer heran.
Warum nur kamst du mit uns auf diese elende Insel, Mutter, stöhnte er. Warum sind wir nicht weitergegangen!
Er sah ihr trauriges Gesicht. Ihr Blick sprach: Wir wollten wieder zurück. Jeder Schritt war ein Schritt von zu Hause weg. Aber wir trieben im lecken Kahn nicht über das Wasser, damit du eines Tages verzagst neben einem gestrauchelten Pferd.
Jahrzehntelang hatte er vor allem jenen großen Augenblick im Gedächtnis gehabt, der ihn damals die schier unendliche Wasserfläche hatte erblicken lassen. Jahrzehntelang hatte er sich vor allem an das unglaubliche Glücksgefühl erinnert, endlich nicht mehr laufen zu müssen, einfach nur daliegen und nur noch das leise Plätschern des Wassers hinter den Planken des Kahns zu vernehmen.
Sie waren den schrecklichen Straßen entkommen, auf denen viele Millionen Menschen durch bombardierte Städte strömten: Sie hatten sich auf das Wasser begeben.
Wasser ohne Bombentrichter. Weg vom Ufer. Das Wasser der rettende Ort.
Als hätte die Seele der Mutter es satt, auf ewig die Last düsterer Erinnerung für ihre Kinder mitzutragen, kamen die Bilder der letzten Kriegstage nun zu ihm: aufgedunsene Leichen trieben mit reglosen Gesichtern am Boot vorüber. Mit erstarrten Händen streichelten sie das trübe Wasser. Manchmal stieß der Kahn dumpf an einen Ertrunkenen. Sie waren einander ähnlich, die da im Wasser trieben. Ein Leichnam schwamm friedlich in der Umarmung eines Soldaten, der abgewandt in die dunkle Tiefe schaute.
Vorn im Ruderboot saß die Großmutter, die sich vor nichts mehr zu fürchten schien. Sie erzählte den beiden Jungs, die am Bug auf den Bodenplanken lagen, die Geschichte von der wundersamen Reise des kleinen Nils Holgersson. Und weil auch die Mutter wasserschöpfend sich an die anderen drängte, hob sich das lecke Heck

aus dem Wasser. Der Schiebewind drückte das Boot herum. So trieben sie rückwärts auf das ferne Ufer zu, rascher als die Toten, die tief im Wasser hingen und schon lange lange unterwegs waren. Wasserschöpfen und Paddeln, die Mutter tat es ohne Hast, damit es den Kindern wie ein Spiel im Sonnenschein erschien. Sanft trieben sie der Insel näher, während sich das ferne Ufer, dem sie entflohen waren, grollend in schwarzen Rauch hüllte, aus dem hin und wieder Feuersäulen in den Himmel stießen.

Hätten wir uns nicht irgendwie noch ein paar hundert Kilometer weiter schleppen können, in eine andere Welt, in eine Stadt, die zu uns paßte? Mutter, dein Leben hier war Schinderei. Fische hast du aus Netzen gepolkt, auf Knien bist du über Äcker gerutscht!

Manchmal spielte ich Beethoven für Brot und Kartoffeln, schien sie zu antworten, es ist schwer, fremd zu sein.

Er sah sich durch den lockeren Sand stapfen: schmächtige Arme, müde Beine, der große Kopf mit abstehenden Ohren auf viel zu dünnem Hals. »Dallerohr«, riefen die Kinder, die scheu die seltsamen Fremden beäugten, die sich ihnen wie ein Vorzeichen der Kriegsnöte näherten. Er sah erneut den Kummer in Großmutters Augen, obwohl sie doch das vermeintliche Glück hatte, bequem auf einer Karre zu sitzen, die die Mutter mit letzter Kraft voranschob. Er hielt den Kopf gesenkt und beobachtete das Karrenrad, das manchmal so tief einsank, daß die Speichen Sand schaufelten. Es drehte sich vorwärts, nur noch das hatte er sehen wollen.

»Wir haben Glück, wir sind nur zu viert. Wir kommen nicht zu Tausenden. Das wird man hier verkraften«, hatte die Großmutter gesagt.

Driften zurück

Abwesend streichelte Unsmoler den warmen Hals des Pferdes. Er rief Bilder der Vergangenheit in sein Gedächtnis, als könnte deren Schwärze gegenwärtiges Unglück gering erscheinen lassen. Aber seltsam, die Erinnerungen hatten jeglichen Schrecken verloren.

Er sah sich mit dem Ruf: »Russen kommen!« die Stiege des Tagelöhnerhauses hinunterpoltern, stolz, daß seine Worte die Macht hatten, die Erwachsenen augenblicklich in Aufregung zu versetzen.

Die Mutter verbarg sich, aber Großmutter, die nicht fähig war zu laufen, ließ ihn ihren mit Kinderwagenrädern versehenen Stuhl mitten ins Zimmer schieben. Da saß sie nun wie ein Fels, die Augen auf die Tür gerichtet, durch die die Plünderer kommen würden. Während sein jüngerer Bruder oftmals arglos die Aufregung nutzte, um unbeobachtet ins Freie zu gelangen, reichte er der Großmutter die vier silbernen Bestecke von daheim, damit sie diese unter ihrem Rock verbergen konnte. Und wieder hörte er sie wie damals schelten: Blechlöffel hätten wir mitnehmen sollen, Blechlöffel. Womit sollen wir essen, wenn die Russen das Silber finden?

Selbst die Porzellanuhr, die früher vor der Flucht unberührt und stumm als Kostbarkeit im Glasschrank gestanden hatte, wurde bei Großmutter unter dem weiten Rock verborgen. Großmutter saß aufrecht auf dem Stuhl, die gelähmten Beine auf einer Fußbank, den Hakenstab wie ein Priester in der Hand. Sie starrte auf die Tür, bis diese ein jäher Fußtritt öffnete und die kleinen Männer, schreiend hinter den Mündungen der Maschinenpistolen, ins Zimmer sprangen. Hinterdrein kam, als gehöre er zu ihnen, sein kleiner Bruder, der im Dorf seiner Stärke wegen »Bärenhäuter« genannt wurde. Er schaute zu und kaute an einem Kanten Brot, den er offenbar von den Soldaten bekommen hatte. Der kleine Junge wußte, die fremden Männer würden gleich mächtige Schimpfe bekommen.

Und wieder sah Unsmoler wie damals die verwegenen Kerle verdutzt, als Großmutter sie streng, aber ohne Haß ansah, dann aber mit ihrem Hakenstock gebieterisch auf die Dielen stieß und leise einige Worte auf russisch sprach. Die Eindringlinge schauten sich finster um und riefen, gewohnt, daß man sie mit irgend etwas zu besänftigen trachtete, scharf: »Uhri, Uhri, Schnaps, Schnaps, Frau, Frau!«

Da die Russen sich nicht zurückzogen, begann die Großmutter unvermittelt, heftig zu schelten.

Die Männer fluchten, schrien: »Du Faschist!« Sie spuckten auf den Fußboden, fuchtelten beängstigend mit ihren Maschinenpistolen herum, aber sie zogen ab.

Ein Windstoß. Das Pferd bewegte lauschend die Ohren.

Unsmoler sah in der fernen Vergangenheit die Mutter bleich aus

ihrem Versteck kriechen. Sie erlöste Großmutter von all den bewachten Unentbehrlichkeiten, schätzte die Zeitspanne der Gefahr und drehte den Zeiger entsprechend weiter. Sie gab dem Uhrpendel einen kleinen Schubs, und wieder tickte anheimelnd auf dem Bücherbord die weißgoldene Porzellanuhr. Die Zeit ging weiter.
Unsmoler blickte auf, sah das teilnahmslose Meer, die gleichgültig ziehenden grauen Wolken.
Warten, manchmal hilft verrinnende Zeit. Die Dämmerung senkte sich herab und begann ihn zu verbergen.
Wieder trat die Mutter in ein Bild der Vergangenheit: Es war jener Abend, an dem sie nach Zeiten bedrohlicher, unberechenbarer Besuche, die keinesfalls durch den Anblick deutscher Uniformen zu Katastrophen eskalieren durften, zum ersten Mal wieder wagte, ein Foto vom Vater aus einem Versteck zu holen. Sie winkte ihn, den ältesten Sohn, zögernd heran, legte ihm einen scheuen Moment lang traurig ihre leichte kühle Hand aufs Haupt und zeigte ihm die fotografische Schwarzweißaufnahme eines Soldaten der deutschen Wehrmacht. Dieser Uniformierte war der Vater.
Diese Erinnerung lockte Unsmoler nun noch weiter hinein in den Zauber ganz ganz ferner Tage, als noch Musik und Glanz war daheim im weitläufigen Haus und ihm noch weißes Papier gehörte und ein Pelikan-Tuschkasten und mehrere feine Pinsel mit lackierten roten Stielen.
»Vater mochte nie die Uniform, Junge«, hörte er die Mutter sagen, »ihm und den meisten anderen, die das Feldgrau tragen mußten, war die Soldatenmontur verhaßt. Jetzt endlich soll er wieder einen Anzug haben. Wir stellen sein Bild aufs Bord, und er darf bei uns sein.«
Er sah wie damals ihre knochigen Finger eine Kostbarkeit halten: einen Bleistift.
Sie versuchte eine schüchtern zarte Zeichnung auf der weißen Rückseite des Fotos.
So wollte sie den Vater gekleidet wissen: weißes Hemd, Kragenaufschläge. »So sieht ein Anzug aus«, hatte sie gesagt. Kraklig die Striche vor lauter Verlegenheit und Behutsamkeit.
»Das ist ein Schlips!« Sie schien zu vermuten, daß die vielen Wochen der Flucht bei ihrem Sohn die Bilder der Erinnerung an eine bürgerliche Welt ausgelöscht hätten.
Ich weiß sehr wohl, wie ein Anzug aussieht, schien er erneut der

Mutter zu beteuern. Damals aber brannte er darauf, den kostbaren Bleistift in die Hand zu nehmen und zu beginnen.
Die größten Schwierigkeiten bereitete ihm der weiße Kragen. Er sah sich, über das Foto gebeugt, mit einer scharfen Glasscherbe das Weiß des Fotopapiers unter dem Soldatenmantel hervorschaben. Er sparte die Form eines schmalen Schlipses aus, der wie dunkel gemusterte Seide neben matt gewordenen Flächen glänzte. Die Orden verwandelten sich in Staub, den er vom Foto blies.
Da er bei Großmutters Dorschköpfekochen bemerkt hatte, daß Fischwasser klebrig ist, machte er sich Farbe aus Fischleim und Weiß, das er von den Wänden kratzte. Weiß höhte und verschönte das geschabte Hemd. Mit einem Spänchen tüpfelte er ein Pünktchen weißer Farbe in des Vaters Augenwinkel. Fast erschrak er nun erneut, so lebendig schaute ihn das ferne Abbild an.
Das war der Tag, wurde ihm nun bewußt, an dem ich die Hirsche mit den schier endlos verzweigten Geweihen vergaß, der Tag, an dem ich meine Sonnen mit den freundlichen Strahlen aufgab, das war der Tag, von dem an ich nicht mehr von phantastischen Unterseebooten in den abenteuerlichen Tiefen und nicht mehr von wilden Pferdeherden auf den ockerfarbenen Steppen träumte. Alles, was ich vor der Flucht auf dem Papier hatte entstehen lassen, ließ ich im Stich.
Ich war vorzeitig gealtert.
Stolz hatte er damals das verwandelte Foto betrachtet. Es war ihm so vorgekommen, als habe er dem Vater zu neuem Leben verholfen.
Wenige Tage später hatte Lütt Otto, der Bauer, sich aus dem Heu gewühlt, hatte den Pflug auf den Ackerwagen gelegt, hatte seine Frau daneben gesetzt, die letzte Kuh vor den Wagen gespannt und war klappernd und ratternd vorüber an sprachlosen Nachbarn über die Dorfstraße zum Kartoffelnlegen aufs Feld gefahren. Er hatte es satt gehabt, sich zu verstecken. Aber das war das Wichtigste: Am Sonntag drauf war Lütt Otto in einem richtigen Festtagsanzug, der, unter einer Drangtonne versteckt, die Plünderungen überstanden hatte, in der Kapelle zum Beten erschienen.
Ja, man konnte es sehen: der gemalte Anzug war gelungen.
Mutter stellte das Vaterfoto auf das Wandbord zwischen den Immortellenstrauß, die Porzellanuhr und den Haustürschlüssel von daheim.

Und wieder aufs neue durchlebte Unsmoler jene Minuten, in denen er geglaubt hatte, die Macht der Malerei erkannt zu haben: die fremden Soldaten schienen nicht mehr zu wagen, in das Zimmer einzudringen. Die Wahrheit aber war: Ein Russenkommandant, der den Abtransport des gesamten Fischfangs beaufsichtigte, sorgte mit seiner stets entsicherten Pistole auf der Insel für Ordnung. Die Fähigkeit, auf den Kriegsfotos Uniformen in Anzüge zu verwandeln, sprach sich im Dorf herum.

Wie viele Fotos habe ich damals eigentlich übermalt? versuchte Unsmoler sich zu erinnern. Ihm schien es, als wäre es eine ganze Kompanie gewesen, die durch ihn zurückfinden durfte ins zivile Leben.

Diese penible Arbeit brachte manchmal ein halbes Brot, mal ein Stück Speck, mal eine Talgkerze, einmal sogar einen ganzen Topf Schmalz, und bald hatte man ihn nicht mehr Dallerohr, sondern Unsmoler genannt, was da hieß: unser Maler. Immer besser gelang ihm das Spinnennetz raffinierter Falten, mit dem er die Anzüge überzog. Immer heftiger begannen die Knöpfe der Kleidungsstükke durch die Weißhöhung der Fischleimfarbe zu funkeln. Es waren geheimnisvolle Welten, die er hineinträumte in das Faltenmuster von Anzugärmeln.

Unerwartet traf ihn damals der Unmut einer Bäuerin. »Also Jung, was hast du für eine Vorstellung!« rief empört die Frau, »so zerknautscht ist mein Seliger nie und nimmer rumgelaufen! Nicht mal zum Miststreuen auf den Acker hätte er in diesem Aufzug gehen dürfen! Die Jack' bügelst du mir noch mal über, Jung!«

»Jung, Jung«, nicht Unsmoler, hatte sie gesagt und ihm großmütig noch eine Chance gegeben. Aber die vier Hühnereier, die als Bezahlung gedacht waren, trug sie vorerst wieder weg.

Als die Mutter mit klammen Fingern vom Fischauspolken durchgefroren nach Hause kam, hatte sie ihn, während sie die Hände über der heißen Herdplatte in der Schwebe hielt, verwundert gefragt: »Du malst noch?«

Und wieder schien Unsmoler dort unten am Meer neben dem verunglückten Pferd seine eigene kindliche Stimme wie die Stimme eines Gegenwärtigen zu vernehmen: »Nein, Mama, ich muß bügeln!« Wie seine Mutter damals, so hörte er auch jetzt die grenzenlose Betrübnis in diesen Worten. Eine kaum zu überbrückende Kluft hatte sich zwischen dem aufgetan, was zu tun ihm richtig schien, und jenem, was die anderen von ihm erwarteten. Tagelang hatte er nicht hinausgehen mögen. Er hatte gemeint, man würde mit Fingern auf ihn zeigen: Da geht der, der den Anzug verdorben hat!

Dem Wasser nah

Als gewitzter Urlaubskavalier ließ Pickelhubert das junge Mädchen über den lockeren Sand des abendlichen Strandes stapfen. Von ganz allein steuerte sie nun zum Spülsaum, dessen Boden fest wie ein Parkweg war. Nun trachtete Hubert danach, sie scheinbar zufällig mit seinem Körper zu berühren. Er bedauerte, daß sie zu ihrer gelben Seglerjacke farblich passend gelbe Gummistiefelchen angezogen hatte, flotte Gummistiefelchen, die es ihr ermöglichten, bei seinen sanften sinnlichen Attacken zum Meer hin auszuweichen. Unbeschadet planschte sie hin und wieder durch die Nässe. Auf diese Weise gelang also nichts. Schließlich wechselte sie von seiner Rechten zu seiner Linken, um selbst den Abstand bestimmen zu können.

»Stoß mich bitte, bitte nicht ins Wasser!« führte er sie neckisch in Versuchung. Er blickte mit gespielter Sorge auf seine Halbschuhe, aber sie hielt Distanz und ließ sich nicht zum herausfordernden Spiel animieren. Verdammt nasses Holz, dachte er und widmete sich erneut seiner Aufgabe als Unterhalter.

»Kennst du die neusten Witze von der Leipziger Messe?«

»Nein, wahrscheinlich nicht«, wenn er redet, ist er beschäftigt, dachte sie.

»Wir haben da einen Automaten für die Maniküre vorgestellt: Nägel schneiden, säubern, feilen, lackieren. Ein Kunde fragt: ›Wie kann das funktionieren, alle Finger sind doch verschieden lang?‹ ›Vorher schon‹, antwortet der Mann am Messestand.«

Sie dankte mit einem kleinen Lächeln. Hubert beschloß, bis auf weiteres auf dieser Schiene zu fahren: »Lüder, der Traktorist, erzählte neulich einen, der nicht ganz stubenrein ist ... nicht, daß du dich nachher beschwerst.«

»Wir sind draußen«, sagte sie.

Ihm wäre es lieber gewesen, hätte sie kichernd abgewehrt.
»Meist ist das ja so«, behauptete er anzüglich, »wenn Frauen einen säuischen Witz zu hören bekommen, sagen sie: ›Den kennen wir schon!‹ Also, da wurde in Leipzig noch so ein Automat angeboten. Über der Maschine hatte man ein Werbetransparent angebracht, auf dem stand geschrieben: ›Dafür brauchen wir keine Frauen mehr!‹ Ein Messebesucher ist interessiert und will das Dings ausprobieren. Er wartet, bis niemand mehr im Raum ist, er schaut sich das Gerät an, entdeckt ein Loch, läßt die Hosen fallen, steckt seinen Schwanz ins Loch und legt den Schalter um, schreit auf, zieht den Schwanz raus und sieht, da ist ein Knopf angenäht.«
Sie vermied es zu lachen.
»Wir brauchen euch also immer noch!« sagte Hubert.
»Laß dir Knöpfe annähen von sonst wem. Ich meine, wir sollten umkehren!« Sie blieb stehen und blickte auf. Sie sah das beinahe reglose Meer, das düster aufragende Steilufer und die Weite, die sich in dunstiger Dämmerung verlor.
Er sperrte erstaunt den Mund auf. »Ich hatte dich gewarnt!« sagte er rasch. »Sei kein Spielverderber! Mädchen, bis zum blauen Ufer noch, oder hast du Angst, daß die Nacht aller Nächte kommt?«
»Angst?« fragte sie voller Spott, »wovor sollte ich Angst haben?«
»Also gut«, er setzte sich wieder in Bewegung, »gehen wir noch ein Stück. Sag mal, Kollegin, kommst du nächstes Jahr wieder?« Fast schien es, als wollte er so einiges auf das nächste Jahr verschieben.
»In dieses abgelegene Kaff?« Sie zeigte Erstaunen, »der Sommer hier war erträglich, aber jetzt … abends scheint hier nicht mal mehr der Mond!«
Es wurde langsam dunkel, und sie rätselte, was sie zum Teufel dazu gebracht hatte, neben diesem albernen, eitlen, nach Pomade stinkenden Frisörtypen durch den Sand zu latschen.
»Erträglich? Einträglich war der Sommer!« sagte er lachend, »zugegeben, noch lebt man hier hinter dem Mond, und jetzt im Herbst ist hier total tote Hose. Aber wenn man Sinn hat für alles Gute und Schöne … Die Beine hoch, kleiner Grog, Kerzenschein, heiße Musik … an mir soll es nicht liegen. Hab' paar Schallplatten da, bist herzlich eingeladen, meinetwegen mit Tanz auf der Stelle!« Pickelhubert lauerte, sie aber ging stumm voran.
»Dich zieht es im Sommer nicht wieder her? Schöne Frau, das würde ich nicht so laut sagen!«

Er versuchte das Gespräch wieder in Gang zu bekommen.
»Ich habe anderes vor.«
»Darf man fragen, was?«
»Alles in der Schwebe.«
Pickelhubert bohrte nicht weiter. Er wußte nur zu gut, über manche Dinge mußte man schweigen. Plötzlich dachte er erschrocken, daß sie möglicherweise bei der »Firma« sei und hier nur die Kellnerin spielte. Am Ende war sie sogar auf ihn angesetzt. Unsinn, beruhigte er sich, in diesem Fall wäre sie längst intim geworden … Alte Sache: Männer werden im Bett gesprächig.
Er sah sie verstohlen an. Verdammt, wenn die dabei ist, kann sie Karate. Solche Weiber mögen wir, dachte er enttäuscht, die strekken dich womöglich mit einer Handkante nieder, und du holst dir hier im Dunklen den Tod.
»Ich bin auch in der Warteschleife«, sagte er und machte eine lange Pause, »ich warte auf die Frau meines Lebens.« Er lauerte, aber sie entgegnete nichts. »Man muß nur Geduld haben«, seufzte er, »bald wimmelt es hier von schönen Frauen. Es geht aufwärts. Mädchen, in zwei, drei Jahren erkennst du die Insel nicht wieder.«
»Sprüche!« antwortete sie gelangweilt. Die Antwort überraschte ihn, dann aber fuhr er munter fort: »Die ziehen hier ganz groß was auf. Es wird hell werden auf der öden Insel, rund um die Uhr hell, auch im November. Das hier wird unser Mallorca!«
Er wurde vertraulich und senkte die Stimme zu einem kumpelhaften Flüstern: »Erfahre so dies und das, habe auch so meine Beziehungen.«
»Wieso auch?«
Er zwinkerte ihr wissend zu: »Übertreib es nicht, wir sind unter uns, aber ich könnte ein gutes Wort für dich einlegen, wenn du hier ganz groß einsteigen willst.«
Er begutachtete sie ungeniert von der Seite.
»Mädchen, du mit deiner Figur brauchst doch nicht den Dorschköppen Schnaps und Bier vor die Nase zu schmeißen. Das wird ein Eldorado hier, die Gelegenheit, Mädchen, die suchen zuverlässige Leute. Schöne Frauen haben leichtes Spiel. Dein Hintern ist ein Kapital! Wenn du …«
Sie schniefte verächtlich.
»Jetzt hockt der Inselchef noch in der lächerlichen Baracke und

traut sich kaum ins Freie, aber bald ist er der große Mann, alles ist in Tüten und Papier, Mädchen, die Pläne sind fix und fertig, wie im Westen wird das, besser noch, überholen, ohne einzuholen, ist die Devise!«
Er beobachtete sie und war beruhigt, sie schien nicht informiert zu sein. Sie war einfach eine harmlose flotte Biene, die sich hier den Sommer über ein paar Mark verdient hatte.
»Was meinst du, was hier abgeht. Die Insel ist überschaubar, absolut sicher, geradezu ideal für Prominenz, Wissenschaftler, Schauspieler, Militärs, Staatsmänner, und und und ... Wo die sind, sind auch unsere Sicherheitsorgane, und wo die Organe sind, ist Geld, leicht zu verdienendes Geld, Mädchen. Die Chance! Ich würde mir das an deiner Stelle überlegen. Du könntest dir so ganz nebenbei einen Filmstar angeln. Das ist bei dir drin!«
Wieder glotzte er geil und ungeniert.
»Aber Erfahrung brauchst du, Mädchen! Man ist nur einmal jung. Jede Sekunde wirst du älter, was du hast, hast du!« sagte er bettelnd und grapschte nach ihrem Hintern. Sie schob seine Hand beiseite.

Verwandlung

Es wurde dunkel. Der Acker wäre dem Pferd ein besserer Ort, dachte Unsmoler. Sollte es noch einmal auf die Beine kommen ... bei den Fischerhütten ist die Küste flach.
Er schrak zusammen, aus weiter zeitlicher Ferne traf ihn erneut der Blick der Großmutter. Sie wandte sich ab und hakte mit ihrem Hakenstock in einen Henkel, um einen gefüllten Kochtopf vom Feuerloch zu ziehen. Er fühlte seine Ängste von damals: Furcht, daß der Topf kippen könnte und das kochende Wasser über ihren Schoß schwappte ... Furcht, daß die Flammen zu hoch aus dem Herdloch lodern und nicht mehr zu bändigen wären.
Furcht. Ein wenig Wasser schwappte, zischte auf der heißen Herdplatte und hüllte die Großmutter in eine wogende Wolke. Zu spät! Erschrocken stand er, das Kind, da. Er hätte rechtzeitig zugreifen müssen. Der Dampf flog davon wie ein Gespenst. Das flackernde

Feuer beleuchtete Oas Gesicht. Sie lächelte spöttisch. Er wußte, sie verachtete Angst.
Hätt' ich doch heute rechtzeitig Angst gehabt!
Unsmoler sah, wie die Großmutter Reisig in das Feuer warf und mit ihrer Linken ihre vom Rauch gelblich gefärbten Haarsträhnen unter die Haube schob. Großmutters fernes Lächeln bekam einen beinahe listigen Ausdruck. Es war gegenwärtiger als die Gegenwart.
»Willst ja nicht, daß ich mit dir rede«, sie zwinkerte ihm zu und schien selbst Spaß daran zu haben, wie sich ihre Hand, die eben noch die gelben Haarsträhnen unter die Haube geschoben hatte, in die Hand der Mutter verwandelte. Wie ähnlich diese Hände einander waren. Aber Mutters Hände bedeckten sich mit feinen weißen Runzeln, ausgeblichen von der Lauge fremder Waschkessel.
Er glaubte ausgewrungene Wäschestücke in die Spülwanne klatschen zu hören. Mutter fischte mit einem Waschholz nach ausgekochten Laken und Leinenbezügen, nach den riesigen Schlüpfern der Bauernweiber. Schwere, triefende Wäsche hob sie aus fremden Kesseln.
Fremde Wäsche, fremde Waschküchen, fremdes Holz, fremde Seife, eigene Mühsal. An der gekalkten kalten Waschküchendecke kondensierten schwere Wassertropfen, bis sie niederfielen wie ein müder Regen. Matt quält sich ein flackernder Feuerschein aus dem Fensterchen der Ofentür unter dem Zweihundertliterkessel durch den wogenden Dunst, der das Atmen schwer macht. Geruch nach feuchtem Feuer.
Jung, geh zur Oa, lies ihr was vor … reich ihr das Holz … bring ihr was zu trinken. Sie sitzt so allein am Feuer und hält die Glut am Leben. Wer behilflich ist, macht nichts verkehrt, denn was auch geschieht: er meinte es gut.
Oa bewachte das Feuer. Ein Stückchen Kohle, straff eingewickelt in Zeitungspapier, hält seine Glut viele Stunden. Aber woher nehmen das Stück Brikett, woher nehmen die Zeitung.
Er saß bei Oa und las mit stockender Stimme aus der Bibel vor.
Gewichtige Sätze schien sie mit einem bedächtigen Nicken zu unterstreichen.
In den flackernden Schein der Herdflammen blinzelnd, half sie dem Enkel die seltsam altertümlich gedruckten Bibelworte zu entziffern.
Er hörte seiner eignen, vor vielen Jahren verklungenen und den-

noch gegenwärtigen Kleinjungensprache zu und bemühte sich, einen Sinn zu vernehmen. Aber je aufmerksamer er versuchte, einzelne Sätze in der stockenden Litanei zu erkennen, um so mehr verschleierten sich diese. Auch die Worte der Großmutter, die abgewandt vor dem Herdfeuer saß und hin und wieder, ohne daß der Junge es bemerkte, irgend etwas murmelte, verschwammen mit dem leisen Tönen des Meeres.

Schwarze Buchstaben verwandelten sich in helle Bildzeichen auf schwarzem Grund. Bärenhäuter hatte einst, als er zu den Schleiereulen kroch, im uralten Staub des Kapellengebälks ein paar Schieferschindeln entdeckt. Er ließ die Tafeln mitgehen für seinen Bruder, den Maler. Jahrelang hatte Unsmoler damals auf diesen Beutetafeln gezeichnet. Waren sämtliche Tafeln voller Bilder, pflegte er sie nebeneinander aufzustellen, um seine Bildwelt, in der er so lange gehaust hatte, zu betrachten. Eine Ausstellung, die er kurz darauf in der Regentonne wegwusch, um aufs neue Bilder Wirklichkeit werden zu lassen.

Nun machte ihm die Hoffnung, die kindlichen Schieferbilder wiederzufinden, Mut.

Er erhob sich.

Der Mann, der Pferde vom Ufer schmeißt, kommt zu euch ins Dorf.

Schwanengesang

Erinnerungen.

Gehackte Brennesseln ergeben einen Spinat. Queckenwurzeln sind nahrhaft wie Kartoffeln. Bucheckern schmecken, als wären es Nüsse. Der Holunder blüht, Jungs … Fliedertee ist gut für den Magen … Einen Kopfkissenbezug voll brauchen wir. Am Westufer und beim Fischdorf stehen Holunderbüsche. Schaut nach der Melde am Feldrain, auch die ist eßbar. Grünlinge und Reizker müßt ihr in der kleinen Kiefernschonung suchen, Champignons auf den Wiesen. Großmutter wußte alles. Kalte Umschläge helfen bei Fieber … heiße Fußbäder bei Erkältung, Wegerichblätter bei …

Aber nichts kann einem Pferd helfen, das sich die Knochen gebrochen hat.
Und was hilft mir? Auch ich bin abgestürzt, immer weiter hinab, hinab durch drei Jahre Arbeit bis auf den Grund, auf dem ein paar schwarze bekrakelte Schiefertafeln liegen.
Er kniete sich hin. Ruhig strich er dem Pferd über den Hals.
Junge, du irrst dich, du wurdest nicht zum Muttersöhnchen, das Schlipse malte, schien die Mutter rasch zu sagen, du klettertest auf Bäume, du schlichst lautlos vor Sonnenaufgang aus dem Haus, um von der Mole aus Plötzen zu angeln. Du kanntest jedes Tier und jede Pflanze hier.
Eine wilde Jugend hattet ihr, ich fürchtete, ihr würdet zu Räubern werden so ohne die Strenge des Vaters.
Haferstroh, getrocknet und geschnitten, ergibt einen guten Tee … Bohnenschalentee, Erdbeerblättertee, Lindenblütentee … Trinkt euch satt, Kinder!
Überall Kinder ohne die Strenge der Väter. Die waren gefallen oder verhungert in Gefangenschaft. Manche kamen zurück, später.
Aber Großmutter war strenger als ein Vater. Sie hockte auf ihrem vierrädrigen Seegrasthron, und jedes ihrer Worte war Gesetz. Sie zwang Mutter sogar, mit den Dörflern auf den Hügel zu gehen und zu nehmen, was wir nicht bezahlt hatten.
»Nicht bezahlt, nicht bezahlt?« Es kam ihm vor, als würde die Großmutter ihn irgendwo aus dem Dunkel mit funkelnd bösen Augen ansehen: »Der Plunder aus der Geschützstellung ist hundertfach bezahlt, dein Vater hat bezahlt, wir haben mit unserer Heimat bezahlt, mit einem Bechsteinflügel, mit Vaters Geige, mit der Musik, mit all unserer Habe haben wir bezahlt, mit den toten Freunden tausendfach bezahlt. Mit unserer jahrelangen Angst, mit Schmerzen, mit Hunger. Du hast nicht die zerbombten Städte sehen müssen, sie rochen noch jahrelang nach verbranntem Fleisch!«
Sie hatte recht, Oa hatte recht, sie sprach einen Satz, und der stimmte. Was sie wußte, war ihre Welt, in der sie alles wußte. Das ja, dort war alles bezahlt.
Aber andere haben eine andere Welt. Auch Mutter konnte nicht alles mit ihr bereden. Sie sprach mit Vater. Und wieder sah Unsmoler seine Mutter, so wie er sie damals gesehen hatte, als er sie lautlos weinend oben im spärlichen Licht des winzigen Bodenfen-

sters überraschte. Sie hielt auf den Knien ein Blatt rosengemusterten Papiers. Bestürzt hatte er sie trösten wollen, aber sie hatte gesagt, sie müsse allein sein. Allein. Er bewahrte ihr Geheimnis: Dort oben schrieb sie Briefe an den Vater. Aber morgens, wenn die Großmutter noch schlief, verbrannte sie die Post beim Feuerentfachen, als könnte die Nachricht auf diese Weise zum Vater gelangen, denn längst gab es keine Adresse mehr.

Obwohl sie manchmal fast in völliger Finsternis schrieb, waren es Schriftzeilen von großem Zauber. Er hatte einen dieser Briefe in der Hand gehalten. Das Blatt war hinabgeflattert, als die Mutter eines späten Abends erschrocken aufgesprungen war: In der Dorfstraße tönte das betrunkene Grölen der im Lärm des Krieges ertaubten Russensoldaten. Der Tumult steigerte sich von groben Rufen bis zu einer peitschenden Salve. Während nebenan Großmutter schrie, »setzt mich in den Stuhl, setzt mich in den Stuhl!«, suchte die Mutter Bärenhäuter, der nicht in seinem Bett lag. Sie vergaß den Brief.

Die russischen Soldaten lärmten vorüber. Am nächsten Tag lag oben auf dem Dachboden im Sonnenlicht, das durch das Bodenfenster fiel, gekrümmt von der Wärme der Sonne, der Brief.

Unsmoler erinnerte sich nicht an Worte, nur an den Klang der Zeilen. Musik der Buchstaben, Tanz der Zwischenräume, seltsames Dahinter des Rosenmusters. Ferne geheimnisvolle Welt der Mutter.

Er betrachtete den Brief, wie er ihn damals betrachtet hatte.

Das ungewöhnliche Rosenpapier hatte Bärenhäuter für sie im Verwalterhaus, das man das Schloß nannte, erbeutet. Dort waren in der unteren Etage hinter dem Schild »Kommandantura« ein paar trinkfreudige Russen stationiert. Durch die demolierten Zimmer der oberen Etage aber schlichen hin und wieder lautlos spielende Kinder. Von regennassen Wänden zog Bärenhäuter die Rosentapete. Papier, auf dem die Mutter ihre Briefe an den vermißten Vater schrieb. Briefe, die niemand erhielt.

»Niemand, niemand?« Unsmoler meinte, Großmutters verächtliches Lachen zu vernehmen, »was weißt du, was wißt ihr schon! Ihr lebt in Gewißheiten, die ein kleiner Wind davonweht.

Ihr lebt von Wundern umgeben, von Wundern, die ihr nicht fassen könnt, die ihr nicht einmal ahnt, und wenn ihr sie ahnt, rettet ihr euch in banale Erklärung ... Verlaß dich drauf, euer Vater bekam die Briefe schon, bevor eure Mutter die Stiege hinaufging!«

Bärenhäuter, der unbeirrte kleine Bruder, erschien in den Kulissen der Vergangenheit, er pochte so kindlich wie damals an das der Straße abgewandte Fenster der Hütte. Unsmoler sah sich selbst aus dem Bett hüpfen und das Fenster öffnen. Aus der Finsternis stieg hell mit einem erlegten Schwan auf dem Rücken Bärenhäuter ins Zimmer. Seine Hände hielten den Schwanenhals gepackt wie einen Trageriemen, die weißen Vogelflügel berührten schleifend die Erde. Das Kind, ein Engel mit hängenden Flügeln. Er trug schwer an dem Fleisch, stolz brachte er es den Frauen.
Während sie den wunderbaren Vogel betrachteten und Unsmoler angesichts dieses unglaublichen Jagdglücks seines kleinen Bruders zwischen den Gefühlen von Freude, Mitleid und Neid hin und her geworfen wurde, begann die Mutter leise vom Gesang der sterbenden Schwäne zu erzählen, und sie sprach von der hinreißenden Tänzerin, die alle Herzen rührend einst auf der Bühne daheim getanzt hatte.
Bärenhäuter verteidigte finster seine Tat: »Er hat nicht gesungen, denn er ist mit dem Kopf unter Wasser verreckt! Hätte er nicht so gierig nach meiner Mohrrübe geschnappt, hätte er auch nicht den Mauerstein vom Pfahl gerissen, und der Stein hätte ihm nicht den Kopf unter Wasser gezogen!«
Unsmoler meinte nun das unablässig mahlende Geräusch, ein Geräusch seiner Kindheit, zu hören: Großmutter drehte das Fleisch des zähen Tieres durch den Fleischwolf.
Eicheln, Körner, Fischköpfe, alles, woraus man eine Suppe machen konnte, zerschrotete sie in dem unentbehrlichen Gerät. Es war ein guter Tausch gewesen … Oas Witwenring gegen einen intakten Fleischwolf.
Unsmoler roch wie damals Gebratenes, aber er sah sich unter die Decke kriechen. Er blieb reglos, als die Mutter hereinkam und ihn und Bärenhäuter sanft berührte. Er hörte Bärenhäuter essen, und es schien ihm so, als verspeiste der Bruder die Tänzerin und die Lieder der Tiere. Er hörte sich für Bärenhäuter beten, während Bärenhäuter, der eigensinnig und ungewaschen ins Bett gekrochen war, durch gebratene Schwanenleber und gebratenen Schwanenklops mit der Welt aufs neue versöhnt wurde.
Unsmoler blickte auf. Er betrachtete das Pferd, und wieder zeigte sich die gegenwärtige Sekunde der Wirklichkeit und ließ ihn zusammenfahren.

»Wie konnte der Junge nur eine derartig mörderische Falle ersinnen!« hörte er seine Mutter betrübt wie damals, als sie die Kinder schlafend wähnte, fragen.
Großmutter antwortete leise: »Mamai, der fremde Soldat, hat es ihm beigebracht, der fremde traurige Soldat, der den gleichen Weg gegangen ist wie wir, nur noch viel viel weiter.
Er ist selbst noch ein Junge. Sollen die Kinder sich mit ihm befreunden, denn wie können wir Alten einander verzeihen. Mamai weiß längst, daß du als Bucklige Fische unter deinem Mantel nach Hause trägst. Die Menschen erkennt man an dem, was sie nicht sehen wollen. Vertraue deinem Bärenhäuter. Er macht seinen Weg, er wird die Freundlichkeit der wirklich Starken haben, unheimlich aber ist mir manchmal unser kleiner Maler. Alles fällt in ihn hinein, wie in ein Offenes. Er wehrt sich nicht. Alles trifft sein Herz. Wie soll das ein Mensch auf Dauer ertragen! Er wird entweder verrückt, sein Herz muß versteinern oder …«
»Oder er wird wirklich ein Künstler!« fiel die Mutter ihr rasch ins Wort.
Unsmoler hatte nie erfahren, wie die Großmutter den Satz hatte vollenden wollen. Aber er erschrak bei der Wiederkehr dieser Worte, die er einst nicht begreifen konnte.
»Oder er wird ein Künstler!« hatte die Mutter mit seltsamer Entschlossenheit geantwortet.
Die Mutter wußte, wovon sie redete.

Ferne Töne

»Oder ein Künstler …« Aber sein Prometheusbild hatte nicht die Kraft, ihm Hoffnung zu machen. Er wußte, er würde es zerstören.
Und doch … irgend etwas wartete auf ihn. Aber was war es? Er sah die schwarze Scheibe auf seinem Plattenspieler und meinte die ersten Takte der Brahmssonate zu hören … aber die Töne verwandelten sich in klirrende Klänge eines Kneipenklaviers, und plötzlich fühlte er sich zurückversetzt an jenen Morgen, an dem er mit seinem Bruder vor Oas Räderstuhl gespannt wurde. Für

Bärenhäuter war es eine Gaudi, Großmutter auf Rädern durchs Dorf zu ziehen. Unsmoler aber fühlte sich angesichts dieser seltsamen Ausfahrt schmerzhaft den Blicken der Dörfler ausgeliefert. Überlaut hörte er die zaghaften Spottgesänge von Dorfkindern: »Und die Oma fährt im Hühnerstall Motorrad.« Großmutter mit ihrem Hakenstock auf den Knien holperte in königlicher Haltung auf ihrem Thron, würdig nach links und rechts Grüße erwidernd, unbeirrt über die Dorfstraße. Was sein mußte, mußte sein. Ihre Tochter sollte nicht mehr bei Wind und Wetter Fisch auspolken am Strand und sollte nicht mehr bis zum Umfallen fremder Leut' Wäsche schrubben.

Vor der Kneipe angekommen, ließ die Großmutter halten und rief nach dem Wirt. Der Einarmige, der hin und wieder selbstgebrannten Kartoffelschnaps anzubieten hatte, kam vor die Tür und starrte verwundert auf das absonderliche Gefährt. Höflich begrüßte er die Frauen und fragte die Großmutter, als hätte er verschiedene Dinge anzubieten: »Was darf es sein?« »Ein Klavier!« sagte die Großmutter, »Sie haben ein Klavier. In jeder Kneipe gibt es ein Klavier, denn niemand hat heutzutage so viel Kraft, ein Klavier wegzutragen. Meine Tochter«, sie wies auf die Mutter, die die Stuhllehne hielt, »wird hier Konzerte geben, etwas Kultur ist nötig, sonst geht die Welt zugrunde. Eintritt wird mit Mohrrüben, Kartoffeln, oder einem Ei, was jeder so geben mag, entrichtet.«

»Das kommt ein wenig plötzlich«, der Wirt kratzte sich den Kopf, um Zeit zu gewinnen.

Aber die Großmutter ließ ihm keine Zeit: »Sehen wir uns das Instrument an!« Sie duldete keinen Widerspruch.

»Fragt sich, ob ich den Schlüssel finde«, machte der einarmige Wirt, dem ein zerschossenes, vernarbtes Kinn das verwegene Aussehen eines Seeräubers gab, einen letzten Versuch, die Großmutter zu bremsen.

»Dann brechen wir das Schloß auf!« Großmutter war nicht zu stoppen, und der Wirt mußte helfen, ihr Gefährt über die eigene Schwelle zu heben. So karrte die Familie in den finsteren Kneipensaal, dessen glaslose Fenster mit Brettern vernagelt waren. Es roch nach Staub und altem Öl. In der Ecke standen im Halbdunkel ein paar demolierte Stühle. Der Wirt ging zum Podest am Ende des Raumes und zog vorsichtig mit einer Kordel einen schwarzen Samtvorhang auf, an dem die Russen seltsamerweise keinen Ge-

fallen gefunden hatten. Im spärlichen Licht, das durch die offene Tür fiel, sah man auf der kleinen Bühne das schwarze Klavier.
»Da ist es!« sagte die Großmutter, als hätte sie es längst gesehen. »Meine Tochter wird auch einen Chor ins Leben rufen … einen Frauenchor«, bestimmte sie streng.
»Frauen?« Wieder kratzte sich der Wirt. »Frauen, so viele auf einem Haufen, wenn dann die Russen kommen …«
»Unsinn, wenn es mehrere Frauen sind, sind sie inzwischen wieder sicher. Wir können uns nicht ewig verstecken. Es wird Musik gemacht, sollte das Instrument noch funktionieren. Probier es aus«, wandte sie sich an ihre Tochter, die sich an der Lehne des Stuhls festhielt, »der Stuhl kippt nicht um!«
Der Wirt erwog bereits, daß er den Saal als Kulturraum deklarieren könnte. Der Russe wollte Kultur. Möglicherweise würde man ihm auf der Kommandantur gestatten, im Verwalterhaus, das man das Schloß nannte, ein paar heil gebliebene Fensterscheiben auszubauen, um den Saal für die Kultur herzurichten. Schwarzmarktgeschäfte wären anläßlich von Veranstaltungen günstig abzuwickeln. Tarnung durch das Hin und Her von Menschen.
»Kommen Sie, kommen Sie, probieren wir es.« Er winkte die scheue Flüchtlingsfrau auf die Bühne. Längst war die Klappe über der Tastatur aufgebrochen. Man brauchte weder nach einem Schlüssel noch nach einem Beil zu suchen. »Also bitte, also bitte, probieren Sie«, sagte der Wirt und wischte den Staub mit dem Ärmel vom Deckel. Sie schlug ein paar Töne an. Die Töne schwebten wie fremde farbige Vögel durch den düsteren schäbigen Raum. Unsmoler kamen damals, berührt von etwas Wunderbarem, vor Glück die Tränen. Die Mutter spielte vorgebeugt mit ihren Waschfrauenhänden Händel, und der Kneipensaal verwandelte sich in eine Kathedrale. Der Wirt zog einen halbwegs brauchbaren Stuhl aus dem Gerümpel, trug ihn auf die Bühne, und die Pianistin setzte sich. Durch die Bretterritzen lugten von draußen stumm die Dorfkinder.
»Sehen Sie«, rief die Großmutter und stieß ihren Stock auf den schmutzigen Fußboden. »Händel, Chopin, Tschaikowski. In zwei Wochen wird ein Konzert gegeben. Die Insel wird wieder Musik haben, man wird wieder singen!«
»Man wird eine Genehmigung von der Kommandantur brauchen«, sagte der Wirt sichtlich beeindruckt.

»Spiel mir das Lied, das sie immer singen, wenn sie getrunken haben«, befahl die Großmutter der Tochter. Zögernd erklang die Melodie der betrunkenen Soldaten, verwandelt durch die Akkorde der Begleitung, aber doch mit jener abgrundtiefen Schwermut und Trauer, in der die Tochter den Soldaten begegnete. »Sie werden es nicht verbieten, die Russen werden eingeladen«, sagte die Großmutter, »sie verstehen etwas davon und werden lammfromm werden beim ersten Ton.«
Es war die letzte Ausfahrt der alten Dame. Ihre Tochter nämlich, die am Fischerstrand scheu und ängstlich war oder beinahe schuldbewußt danebenstand, wenn die Wäsche am Schluß eines langen Waschtages auf Sauberkeit geprüft wurde, diese eigentlich noch junge Frau, die nur noch für ihre Söhne lebte, aber dennoch den Lohn für harte körperliche Arbeit in Empfang nahm wie ein unverdientes Geschenk, schien sich in einen anderen Menschen zu verwandeln, wenn es um Musik ging. Das wußte ihre Mutter. Sie wußte, als sich die ersten Töne des Kneipenklaviers durch den trostlosen Saal schwangen, daß ihre Tochter keinerlei Unterstützung ihrerseits bedurfte. Die Musik stand ihr bei, und sie stand, ohne das Wörtchen Furcht zu kennen, der Musik bei.
Unsmoler lauschte am Meer in seine allerfrüheste Kindheit: Musik, fremde Männer kamen ins Haus. Sie hängten schwarze Mäntel an die Garderobe, trugen Kästen in das Musikzimmer, packten Instrumente aus und begannen musizierend ein Gespräch. Er krabbelte auf dem Teppich herum und versuchte diese zauberhafte Sprache zu begreifen.

Musik

Er blickte auf, starrte in die Dunkelheit und wußte plötzlich, warum er auf die Insel zurückgekehrt war. Das mächtige, alles auslöschende Rauschen des Meeres hatte ihn gerufen. Aber jetzt war das Meer stumm. Und die Fülle des Lichts hier hatte ihn zurückgerufen, aber nun war es finster geworden, und die Weite hatte ihn gerufen, aber wo ist die Weite in der Finsternis.
Er sah sich im Licht der Erinnerung als kleinen Jungen, der hin-

gebungsvoll mit schwarzer Farbe, die er aus Ruß und Fischleim mischte, das schwarze Klavier malte. Vor dem Klavier saß im dunklen Kleid die Mutter.

Das Plakat entstand auf bräunlichem Packpapier, das sich in der Garderobe des Kneipensaales angefunden hatte. Er brauchte nur den Hintergrund mit seinem Wandweiß zu tönen, und das Bild war fertig. Besondere Sorgfalt aber verwendete er auf die Darstellung der Brotscheiben, der Kartoffelknollen, der schlanken Mohrrüben, und der Eier, die unten auf dem Plakat hinter dem Wörtchen »Eintritt« auf Anweisung der Großmutter hin abzubilden waren.

Fast alle Leute des Dorfes waren damals zum ersten Konzert gekommen. Der Korb, den die Mutter vom Wirt geliehen hatte, um den Erlös nach Hause zu tragen, füllte sich. Unsmoler sah sich in der ersten Reihe neben Mamai sitzen, der seine Maschinenpistole vor sich auf die Erde gelegt hatte. Und er sah, wie er selbst, der schmächtige Junge, auf jedes Geräusch im Saale achtete und bereit war, sich auf jeden zu stürzen, der die Mutter kränken würde. Unter der Last seiner Wachsamkeit schien er nicht zu bemerken, daß die Mutter bereits spielte. Erst als Mamai, der schlitzäugige Russensoldat, nach dem ersten Stück zu klatschen begann und die Dorfleute einfielen, entspannte sich seine Haltung, und er gestattete sich zuzuhören, ohne aber ganz im Meer der Töne zu versinken.

Während die Mutter das Lied der betrunkenen Soldaten spielte, bemerkte er plötzlich, daß dem kleinen Russen Mamai die Tränen die Wangen hinunterliefen. Noch nie hatte der Junge einen Mann weinen sehen, und er begriff, wie stark die Mutter war, wenn sie Musik machte. Aber Mutter gab dem Soldaten Zeit, die Tränen auf der pockennarbigen, gelblichen Haut trocknen zu lassen, ohne daß er seine Trauer durch eine Handbewegung verraten mußte. Sie spielte noch einige Tänze von Chopin. Und Lüttmoler, wie man ihn damals auch nannte, sah, wie die Musik sie verwandelte, und er bemerkte bestürzt, daß die Mutter mit den Tönen davonzuschweben schien in unerreichbare Weiten und ihn und den Bruder zurückließ. Und ihm wurde angst, und er wollte auf die Bühne eilen und sie zurückhalten. Aber sie sah ihn an und lächelte ihm zu.

Bärenhäuter bewachte den Korb, verspeiste aber während des Konzerts unbemerkt zwei lange Mohrrüben. Als dann am späten

Abend daheim der Erlös des Konzerts nach Beschaffenheit sortiert wurde und jeder der Jungs zwei Mohrrüben außerhalb der regulären Mahlzeiten bekam, legte Bärenhäuter seinen Anteil zurück und sagte: »Mama, ich glaube, ich habe schon ein bißchen gegessen.« Sie schob sie ihm wieder hin: »Iß, Junge, auch die, mich freut, daß du ehrlich bist.« Lüttmoler bekam eine dritte ..., wir waren offenbar reich. Langsam kauen, langsam kauen, um so mehr hast du davon, jeder Bissen sechsunddreißigmal ... bekam eine dritte, bekam eine dritte ... Holunderbeersaft gut bei Fieber ... Zwiebelsaft bei Husten ...

Immer wenn er in jenen Tagen über das Kopfsteinpflaster der Dorfstraße gegangen war, hatte sein Blick diese Plakate gesucht, und immer hörte er dann in der Stille oder im dörflichen Lärmen Musik. Aber irgendwann riß ein Windstoß jedes seiner bemalten Papiere von der Kastanie und wirbelte es über die Häuser, über die Äcker hinaus aufs Wasser.

Gute Musik bekamen die Leute damals zu hören im Dorf. Die Mutter spielte Mozart, Bach, Händel und Chopin, manche Musik mußte sie aufs neue nach dem Gedächtnis des Gehörs erfinden, und immer erklangen auch ein paar wehmütige russische Lieder.

Noten besaß sie nicht, aber auf dem maroden Dampfer zusammen mit den Fischfässern, die von immer anderen unberechenbaren Russensoldaten bewacht wurden, aufs Festland in eine Trümmerstadt zu reisen war zu großes Wagnis. Die Dorfschenke »Zur deutschen Eiche« wurde auch ohne Noten wieder zu einem Treffpunkt und das nicht nur, weil es dort gelegentlich Selbstgebrannten gab und Schwarzmarktwaren und die Frau vom Kneipenwirt Locken zu drehen verstand, sondern weil das Haus dank der Konzerte zum Kulturhaus »Johann Wolfgang Goethe« ernannt worden war und Fensterscheiben bekommen hatte.

Die obere Etage des »Schlosses« starrte nun aber völlig erblindet aus leeren Fensterhöhlen auf die Straße hinaus. In der Kommandantur darunter hörte man bei Unwetter den Wind durch die Räume heulen und den Regen auf den Fußboden klatschen. Aber das waren den Männern, die einen Feldzug lang im Freien zugebracht hatten und die den Kamin mit vergoldeten Möbeln beheizten, vertraute Geräusche.

Mit den Schiffen, die die Fischfässer abtransportierten, kamen bald erste, aus Kriegsgerät produzierte Gebrauchsgegenstände: Töpfe aus Stahlhelmen, Siebe und Petroleumlämpchen aus Gasmaskenbehältnissen, gestanzte Löffel aus Geschoßkartuschen, aber auch streng rationierte Nahrungsmittel: brauner klebriger Zucker, hartes Brot, das nach Sägemehl schmeckte, und bunte Marmeladen aus Rüben.

Neben den minimalen Zuteilungen entwickelte sich heimlich, still und leise in dunklen Nächten ein Hin und Her von Waren zwischen Insel und Festland. Manchmal landeten in mondscheinloser Nacht mehrere Boote im Schilf, denn der Fischfang war von den in der Sonne dösenden Russensoldaten, die die Boote beim Anlanden erwarteten, nicht vollständig zu überwachen.

Unsmoler sah in der Finsternis erneut das Bild jenes Dicken, der sich anläßlich eines Konzerts großspurig in die erste Reihe setzte und, von allen wie ein Wunder beäugt, neuen Reichtum demonstrierte. Mamai kam später, aber ausgerechnet neben seinen üblichen Platz hatte der Fremde sich gesetzt.

Über seinem straffen schweren Bauch hielt er die wulstigen Fingerspitzen gefaltet. Den kleinen Finger seiner Rechten schmückte ein Siegelring. Die verschlungenen Initialen, eingraviert in rötlich spiegelnde Fläche, schienen Unsmoler ins Gewaltige zu wachsen … Vom Händeschütteln und Schulterklopfen, vom Raffen und Nehmen poliertes Gold blinkte rund ums Monogramm. Der Koloß wagte wieder, Schmuck zu tragen. Wo mochte er diese gewaltige Hose und diese gewaltige Jacke herhaben. In welchem satten und glücklichen Land schnitten die Schneider derartige Kleidungsstükke! Selbst die Bauern auf der Insel waren dürr, der Sandboden brachte nicht viel.

Die dicken kurzen Finger seiner beringten Rechten glitten unter seine Jacke, dort hatten andere Schätze noch genügend Raum. Ein Schächtelchen sprang auf, und unter einem Gummibändchen hervor zog der Mann eine braune Zigarre. Ein buntes, kostbares Papierchen löste sich vom Bauch der Zigarre, achtlos schnippten es die Finger beiseite. Ein Papier mit eingeprägtem Relief und goldglänzenden Buchstaben … wer konnte es sich leisten, derartige Kostbarkeit achtlos wegzuschmeißen. Aufs neue sah Unsmoler das Papierchen niederflattern und neben dem nackten Kinderfuß auf den schwarzen Dielen landen. Wenn der Mann sich nicht augenblicklich danach bückte, war das Papierchen, für das das Kind noch keinen Namen hatte, Beute. Behutsam schob sich der nackte

Fuß vor, und glücklich spürte er das Papier unter der Fußsohle. Wieder schaute er dem Fremden zu und erwartete, daß dieser wie ein Zauberkünstler irgend etwas Merkwürdiges aus der Tasche zog. Diesmal war es ein Feuerzeug ... schnapp, zweimal sprühte es winzige Sterne, dann flackerte ein Flämmchen.
Der große Mann hielt es tief unter die Spitze seiner Zigarre, das Flämmchen reckte sich dreimal, streckte sich, ohne die Tabakshaut zu berühren, und doch glimmte diese auf, und Rauch wirbelte aus dem Mund.
Unsmoler erinnerte sich an seine Gedanken von damals, so als würden sie ihm grad in diesem Augenblick kommen. Welch Mühe hatte Oa mit dem Feuer! Mit welchen Tricks half sie dem Funken über die Stunden der Nacht.
Aber dieser Mann: Schnipp, und die Flamme war da, und das bewegliche Deckelchen am Scharnier fing sie sich wieder ein.
Er sah mit den Augen des Kindes den Fremden genüßlich rauchen. Dann schaute der Dicke sich huldvoll um, nickte unauffällig hierhin und dorthin und schien auch ihn mit kurzem Blick zu streifen.
Unsmoler hatte damals beschlossen, den fremden Mann nicht mehr zu betrachten, denn der war hier nicht die Hauptperson.
Die Hauptperson war die Mutter und ein wenig auch Mamai, der Russe, denn der hatte eine Maschinenpistole. Eine eigensinnige, lauernde Maschinenpistole, die manchmal von ganz alleine, wenn Mamai den Kolben hart auf den Fußboden stieß, eine Salve in die Zimmerdecke donnerte.
Mamai kam etwas später. Der Riemen seiner Waffe spannte sich über seiner verwaschenen Uniformbluse. Er sah aus wie ein Kind, als er sich neben den großen Mann setzte. Aber der große Mann erbleichte und vergaß, an seiner Zigarre zu ziehen. Lüttmoler beachtete die beiden Männer nicht mehr, denn die Mutter erschien auf der Bühne. Sie entzündete die Kostbarkeit der zwei Kerzen mit einem kostbaren Streichholz und löschte dann das Streichholzflämmchen mit einer behutsamen, feierlichen Geste. Sie setzte sich ans Klavier, rückte den Schemel zurecht, verharrte einen Moment in Reglosigkeit und begann mit einem Grave von Händel. Als das erste Stück beendet war, schielte Lüttmoler auf die Hände des Dicken, ob sie auch eifrig klatschten. Das erste, was er wahrnahm, war, daß der große Ring von dessen kleinen strammen

Fingern verschwunden war ... daß er ihn so unauffällig abstreifen konnte, verwunderte ihn. Nun nach so vielen Jahren sagte er sich, daß der Ring gewiß zu groß gewesen sei. Der hatte wahrscheinlich zu anderem Finger gehört und hatte für einen Kanten Brot den Besitzer gewechselt. Vielleicht hatte der Mann auch die Taschen voll von Talmi, geschmückt mit Monogrammen, Gravuren und Echtheitsstempeln. Möglich, daß der Mann im voraus die Namen der Leute erkundete, die er aufzusuchen gedachte, um dann den entsprechenden Ring wie ein Familienerbstück am kleinen Finger zu tragen. Nein, welch ein Zufall ... genau das richtige Monogramm ...

Ringe, geeignet zum Betrügen, gefertigt, um einfältige Bauern und gutgläubige Fischer übers Ohr zu hauen. Die rochen die Zigarre, und die war echt, sie tippten an den dicken Bauch des jovialen Händlers, und der war echt, warum sollte der Ring poliertes Messing sein? Endlich mal wieder etwas erwerben.

Was heißt hier Betrug? Überall war man wild auf Besonderes, wild auf Fressen, wild aufs Lieben, wild aufs Beginnen, wild auf Glanz, wild auf Genuß, man blickte nach vorn.

Das ist Biologie, die Welt will wieder bevölkert werden. Der große Mann hatte die neue Lebensart, die dieses Ufer bisher noch nicht erreicht hatte, vorgeführt und damit seine Tauschgeschäfte vorbereitet, aber der Russe Mamai verdarb ihm den Auftritt.

Was heißt hier Betrug: ein halbes Kilo Salz für einen Goldring. Das Salz ist gestohlen, eingespart beim Fischesalzen.

Auch halbvergammelter Hering wird in der Stadt gefressen, und die fremden Soldaten fressen ihn auch oder sie fressen ihn nicht, in ihren Blechnäpfen ist jedenfalls was gewesen.

Manchmal klang das Klavier ein wenig blechern. Aber die Mutter konnte damit umgehen.

Das Klavier hätte noch mehr scheppern müssen, wenn es nach dem Dicken gegangen wäre. Er hätte die Kopie eines Saloons einer Goldgräberstadt als weitaus vergnüglicher empfunden. Pokern im Hinterzimmer, kleine Glücksrittermädchen mit wedelnden Röckchen und anschließend ein Ritt auf einem Künstlerzimmersofa. Aber die da spielte Schubert, oder wie hieß er doch. Scheißegal. Der Krieg war lang, und jetzt war ihm nach Profit und Feiern. Wäre der Scheißrusse nicht gewesen, hätte er vielleicht mit einem Brot gewinkt und Operettenmusik gefordert. Das hätte auch

den anderen gefallen. Bach wäre erledigt. Aber Mutter wollte das Höchste.
Trotz alledem, wenige Jahre später, als man wirklich gewiß sein konnte, überlebt zu haben, begannen im gleichen Saal die verrückten dörflichen Maskenfeste, an denen sie nicht mehr teilhatte.
Ein Fäßchen Aal, das dem Dicken gerade im Schilfversteck von seinem Gehilfen ins Boot geladen wurde, brachte in der Stadt mehr als hundertfachen Gewinn. Ohne Risiko nichts zu haben. Nach dem Konzert in der Dämmerung war noch Zeit für rasche Geschäfte, das Boot, parat zum Ablegen, wartete. Das einzige, nicht beschlagnahmte Boot weit und breit, das über einen Motor verfügte. Der aber wurde erst draußen in sicherer Entfernung angeschmissen.
Vorher lautlos rudern, die Arbeit erledigte der Gehilfe für drei Aale die Tour. Männer waren knapp und teuer. Vielleicht wußte Mamai sogar, was sich draußen tat im Schilf, vielleicht bekam er zwei Flaschen Selbstgebrannten oder, schlimmer, zwei Flaschen Brennspiritus. Schnaps, mit dem er sich so sachte zu Tode trank. In jeder Stadt wartete ein Heldenfriedhof und winkte den Russensoldaten mit dem schlanken Obelisken, den ein roter Stern zierte. Aber uns Lüttmoler sah: Mamai lauschte wirklich der Musik. Die Menschen waren nach diesem Krieg nicht nur gierig auf Leben, sondern auch begierig auf Musik. Der Dicke aber schwitzte: wenn draußen irgend etwas schiefging, würde ihm dieser kahlköpfige Russenjunge den zerschrammten Kolben der Maschinenpistole über den Schädel hauen. Rauhe Sitten.
Aber Mamais Brutalität ruhte. Auf der Bühne erklang in vollen Akkorden die schwermütige Melodie eines Russenliedes. Die Soldaten sangen es gern auf dem Meer, wenn sie mit dem Schiff kamen, um die Fischfässer zu holen. Mamai schluchzte. Sofort hatte das der Dicke bemerkt. Sein Gesicht bekam wieder rosige Farbe, er lehnte sich zurück und vergaß den Beifall. Er kannte die Regeln nicht. Mamai tippte ihn sachte mit dem Lauf der Maschinenpistole an, und der Dicke begann nach Augenblicken des Nichtbegreifens heftig zu applaudieren. Er hatte verstanden: Mamai ersoff nicht in seinen Tränen.
Als alle hinausgingen, blieb Mamai dicht hinter ihm. Dem Dicken gelang es nicht, den Russen im Gewühl abzuhängen, denn jeder machte Mamai Platz. Alle kannten die unangenehme Eigenschaft

der Maschinenpistole, ganz von allein die geheimen Wünsche des Soldaten zu erahnen.

Neben dem engen Eingang, dort wo Bärenhäuter den Korb bewachte, fühlte der große Mann den gefährlichen Lauf der Maschinenpistole im Rücken, und er verfluchte die Stunde, die ihn verführt hatte, das Inselufer und vor allem das Konzert aufzusuchen. Er hob sachte die Hände, wagte aber langsam den Kopf nach rückwärts zu wenden. Mamai machte eine barsche Kopfbewegung zum Korb hin. »Dawai!« befahl er. Diesmal arbeitete das Hirn des Händlers fieberhaft schnell. Er begriff: er hatte eine Chance. Er senkte langsam die Hände, ohne daß der Russe laut wurde. Er schob seine Rechte langsam in die Tasche, zog den Siegelring hervor und legte ihn begütigend lächelnd in den Korb zu den Eiern, Mohrrüben und Kartoffeln. Mamai nickte, senkte seine Waffe und ließ ihn laufen.

Daheim die Großmutter erkannte sofort, der Ring war poliertes Messing.

Viele Ringe konnte man aus einer Geschoßkartusche herstellen! Sie schickte die beiden Buben mit dem wertlosen Schmuckstück hinaus, den Fremden, der irgendwo in dunklen Winkeln mit wiedergewonnenem Mut Geschäfte abwickelte, aufzuspüren.

»Sagt ihm, daß wir ihm seine Kostbarkeit zurückgeben, wenn er uns statt dessen Streichhölzer und Zucker überläßt.«

Der Fremde hatte erfreut getan. Vor Zeugen mochte er nicht zugeben, daß er wertloses Zeug verhökerte. Mit einer Schachtel Streichhölzer und einem Glas Kunsthonig waren die Jungs erfolgreich zurückgekehrt.

Gestalten in der Finsternis

»Woran denkst du, wenn du einen Leuchtturm siehst?« fragte Pickelhubert. Das Licht des fernen Leuchtfeuers schien über das Wasser zu gleiten, es blitzte auf, sowie es den Strand traf, auf dem die beiden gingen.

»Woran ich denke? Woran soll ich denken?« antwortete sie, »ich sehe keinen Turm, ich sehe nur das Blinken.«

»Richtig romantisch, was?« sagte Pickelhubert, »soll ich dir sagen, was mein Kumpel aus Leipzig geantwortet hätte?«
»Wenn du willst …«
»Natürlich will ich, und der wollte auch immer. Der hätte sofort geantwortet: ›Woran ich denke, wenn ich einen Leuchtturm sehe? Ans Vögeln natürlich!‹ – ›Und woran denkst du, wenn du einen Sonnenuntergang siehst?‹ fragte ich ihn. ›Ans Vögeln natürlich!‹ – ›Und woran denkst du, wenn du einen Kanarienvogel siehst?‹ – ›Ans Vögeln natürlich!‹ – ›Wieso‹, wollte ich wissen, ›denkst du ans Vögeln, wenn du einen Kanarienvogel siehst?‹ Da antwortete er: ›Weil ich grundsätzlich immer ans Vögeln denke!‹
Sie sah im matten Lichtschein des fernen Leuchtfeuers die großen dunklen Steine und das düster aufragende Ufer, und ihr wurde nun doch ein wenig unheimlich. Sie blieb stehen und sagte: »Kehren wir um!«
»Fürchtest du dich vor schwarzen Steinen?« fragte Pickelhubert, »sei kein Spielverderber, wir lehnen uns ein wenig an die Findlinge und rauchen eine Camel. Ja, da staunst du, Westzigaretten! Der Leuchtturmwärter hat uns zur Beleuchtung extra eine brennende Kerze ins Fenster gestellt, toll romantisch. Die Kerze flackert zwar, aber beim Rauchen und …«
»Setz dich allein auf die Steine, und kühle dich ab!« unterbrach sie ihn grob.
Unsmoler sah die dunklen Schatten: kaum erkennbare Schemen. Wenn Leuchtfeuerblitze das Ufer berührten, verwandelten die beiden sich in vage Lichtreflexe. Sie waren unwirklicher als all die Erinnerungsbilder, die ihn heimgesucht hatten, und doch bewegten sie sich unverkennbar durch diesen gemeinsamen Augenblick der Wirklichkeit.
Unsmoler stand reglos, die Füße auf dem Zügel. Er hörte Worte. Er hätte schweigen können, und sie wären vorübergegangen, aber er holte tief Luft, fast klang es wie ein Seufzen. »Leute«, rief er, »ich brauche eure Hilfe! Wir sind vom Ufer gestürzt!«
Nun geht alles seinen Gang, dachte er.
»Da erlaubt sich jemand einen üblen Scherz«, flüsterte Pickelhubert erregt, »kehren wir um!«
Aber das Mädchen fragte in die Finsternis. »Wer wir?«
»Ich und das Pferd, ich bin aus dem Dorf.«
Das Mädchen bewegte sich auf die Stimme zu und bemühte sich,

irgend etwas zu erkennen. Sie verspürte keinerlei Angst. Pickelhubert versuchte sie am Ärmel zurückzuhalten.
»Sind Sie verletzt?« fragte sie.
»Ich nicht, aber das Pferd«, sprach Unsmoler in die Dunkelheit.
Nun erkannte sie das auf der Seite liegende Tier, riesig und weich neben den kantigen Steinen. Sie sah den Mann. Sein Gesicht leuchtete bei jedem Leuchtturmblitz auf, weiß und bleich. Seltsam, die Situation hatte nichts Gespenstisches.
»Geht ins Dorf und sagt dem Dorfpolizisten und Lütt Otto, dem Bauern, Bescheid. Die beiden müssen kommen. Der Polizist soll seine Pistole mitbringen.«
»Warum gehen Sie nicht selbst!« Pickelhubert hatte seinen Schrekken überwunden und war ärgerlich. Wenn er nicht verdammt aufpaßte, war der Abend mit der Serviererin gelaufen: plötzlich diese Männerstimme aus dem Nichts, wo gab es denn so was!
»Ich sage Bescheid«, sagte das junge Mädchen, aber sie blieb stehen und wartete.
Deshalb bin ich also hinaus in die Dunkelheit gegangen, dachte sie. Ihr Blick glitt langsam die schwarze Wand des Ufers empor, dann sah sie wieder zurück. Sie konnte die Hufe, den aufgewölbten Leib und den flach auf dem Strand liegenden langen Pferdekopf erkennen. Daneben der Mann, der gerufen hatte. Sie spürte dessen abgrundtiefe Einsamkeit. Sie trat noch einen Schritt näher.
»Sie bluten!« sagte sie.
»Es ist nicht mein eigenes Blut«, antwortete er düster.
Sie hatte Pickelhubert vergessen. Sie suchte nach einem Taschentuch. Die Stimme des Kellners erschreckte sie. »Wenn du die Organe benachrichtigen gehst, begleite ich dich selbstverständlich!« sagte der Kollege unbeeindruckt. Er dachte: Bloß weg von hier mit dem Mädchen. Das Mitleid der Frauen ist unberechenbar.
»Das hat die Koffer gefahren«, sagte sie.
»Schon eine ganze Weile nicht mehr«, sagte Unsmoler, »niemand hat es gebraucht außer mir, aber ausgerechnet ich habe es das Ufer runtergeschmissen.«
»Du bist also der Reiter.«
»Du hast bedient in der Kneipe.«
Plötzlich schämte sie sich dieser Arbeit, die sie in die Nähe von so vielen bezechten Kerlen zwang: »Aushilfe, für diesen Sommer. Sommerarbeit.«

»Es ist bald Winter«, sagte Unsmoler.
Mein Gott, was quatschen die da! Pickelhubert war wütend. »Also gut, wir schicken Leute her«, mischte er sich ein. Er wandte sich ab und ging. Das junge Mädchen folgte ihm. Sie drehte sich noch einmal um und fragte: »Und dir ist wirklich nichts passiert?«
»Ich lebe, aber das Pferd ist erledigt«, antwortete Unsmoler.
Als die beiden schließlich vor der Tür des Dorfpolizisten standen, verabschiedete sich das junge Mädchen rasch von Pickelhubert. »So nun klopf an!« befahl sie, wobei sie sich schon zum Gehen wandte.
Scheiße, dachte Pickelhubert, die Alte läßt mich stehen! Er beeilte sich, klopfte heftig an die Tür und rief ihr nach: »Wart' auf mich!«
Sie dachte nicht daran. Sie dachte an den Maler und das Pferd. Sie hatte Unsmoler manchmal vom Kneipenfenster aus in der Ferne geheimnisvoll über die Hügel galoppieren sehen.
Pickelhubert bullerte ärgerlich an die Tür des Polizisten. Er durfte der Schönen nicht Zeit lassen, auf »schlafe bereits« zu machen. Nach wiederholtem Pochen wurde drinnen Licht angeschaltet. Brummig erschien Jobst, der dickliche Polizist, im Turnhemd, barfuß in langen grünen Uniformhosen. »Was ist denn nun schon wieder los!« nuschelte er ungehalten, ohne den Kellner zu begrüßen.
»Bei der blauen Klippe ist einer, der hat Lütt Otto sein Gaul von oben runter auf den Strand geschmissen. Ist am Verrecken, muß wohl getötet werden.«
»Der Mann?« fragte der Polizist.
»Der Gaul, du mußt ihn erschießen, ich soll dir Bescheid geben. Das war's.«
»Hiergeblieben!« kommandierte der Dorfpolizist, als der Kellner sich rasch entfernen wollte.
»Spielt mir keine Streiche!« warnte er mißtrauisch. »Ihr raubt mir schon wieder die Nachtruhe. Wenn irgend etwas faul ist an der Geschichte, na dann herzlichen Glückwunsch!«
Er hatte das Gefühl, als würde seine Ruhe fortwährend durch irgendwelche Vorkommnisse gestört, dabei passierte monatelang nichts Strafbares auf der Insel. Er hatte einfach da zu sein, und dafür bekam er sein Geld.
Natürlich dieser Farbenkleckser! dachte er bitter, was muß der noble Herr auch wie ein Gutsbesitzer durch die Gegend galoppieren.

»Du bleibst hier!« knurrte er aufgebracht und wies den Kneipenkellner an, im Lichtschein der Flurlampe draußen vor der geöffneten Haustür zu warten. Er ging in seine Wohnung, um sich der Dienstanweisung gemäß fertig anzukleiden, kam aber nach wenigen Augenblicken wieder zum Vorschein, winkte den Kellner gebieterisch in den Flur, schloß die Außentür ab und steckte den Schlüssel in die Hosentasche. Auf keinen Fall würde er allein durch die Finsternis wandern. Man konnte nie wissen, was da lauerte. Gehen mußte er, das war nun mal so.
»Bei der Klippe!« wiederholte er voller Verachtung, während er die Uniformjacke zuknöpfte, »hier gibt es keine Klippen. Wir sind hier nicht auf Helgoland. Hier gibt es nur Scheißsand und eine dämliche Kneipe und sonst gar nichts!«
Er schielte in den Hausflur, Hubert durfte ihm nicht durch die Lappen gehen.
Er schnallte die Pistolentasche um und überzeugte sich, daß auch wirklich die Pistole im Lederfutteral steckte und nicht etwa irgendwelche vertrockneten Frühstücksstullen oder, was noch peinlicher wäre, die Taschenflasche.
Pickelhubert war unruhig. Der Polizist ließ sich zu viel Zeit.
»Ich muß jetzt gehen!« rief er.
»Sachte, sachte!« ertönte es von drinnen, »ein Pferd, das sich die Knochen gebrochen hat, läuft uns nicht weg.«
Das fehlte noch, daß ich mit dem zum Strand latsche, dachte Pikkelhubert gepeinigt. Höchstens begleite ich ihn zum Kuhbauern. Aber selbst bei dieser Variante würde die Schöne wahrscheinlich schon ohne seinen Grog und ohne seine Massage im Bett warm geworden sein. Vielleicht hatte sie ihre Tür abgeschlossen. Die hatte das drauf. Da blieb die Weiberneugierde seine einzige Chance: Wie ist es ausgegangen? … Ich darf nicht so laut reden … alles schläft schon … mach die Tür auf … ich erzähl' dir …
Der Jobst kam in den Hausflur. »Gehen wir!« sagte er barsch, als hätte er Hubert verhaftet. Er öffnete die Außentür wie ein Gefängniswärter eine Zellentür. Draußen die Nacht erfrischte ihn. Er klopfte an seine Pistolentasche und wurde richtig munter. Um ihn würde sich jetzt alles drehen. Und wenn das stimmte mit dem Pferd, dann würde diese Geschichte, in die er sich gerade hineinbegab, der Kneipengesprächsstoff der nächsten Monate sein.
Erst einmal würde er bei Lütt Otto an die Tür bullern und ru-

fen: »Öffnen Sie, Bürger, Polizei!« Und Lütt Otto würde sich vor Schreck fast in die Hosen scheißen, auch darüber würde man wochenlang lachen.

Der Kellner trottete neben dem Polizisten her und schwor sich, ihn nur bis zum Bauern zu begleiten. Das junge Mädchen aber ging bereits lautlos an der Gaststube vorüber und stieg rasch die schmale knarrende Holztreppe zu ihrem winzigen Zimmerchen hinauf. Lange stand sie vor dem Spiegel. Dann hakte sie den Spiegel von der Wand. Die einzige senkrechte Wand der Kammer war mit einer großblumigen verblaßten Rosentapete beklebt, die das ohnehin enge Zimmer noch beengender machte. Wo vorher die spiegelnde Fläche gewesen war, schien jetzt ein Bild zu hängen. Sie nahm es mit kurzem überraschtem Blick wahr.

Es schien ihr in diesem Augenblick, als habe ihr jemand einen Blumenstrauß überreicht.

Sie lehnte den Spiegel an den Bücherstapel auf dem Nachttisch und setzte sich auf die flache Liege. Einen Stuhl gab es in diesem Zimmer nicht. Lange betrachtete sie ihr eigenes Spiegelbild. Nach einer Weile bemerkte sie, daß sie in ihrer nassen gelben Seglerjakke auf dem Bett saß. Sie erhob sich, zog die Regenjacke aus, hängte sie an den Haken und schloß das Zimmerchen ab. Sie achtete darauf, daß der Schlüssel quer im Schlüsselloch steckte, so daß er nicht von außen aus dem Schloß gestoßen werden konnte.

Sie blieb im Zimmer stehen, und plötzlich schien ihr für Momente das ganze Leben wunderbar einfach zu sein.

Ich hätte doch mitgehen sollen zum Bauern, sagte sie sich plötzlich, ich hätte ein gutes Wort für den Reiter einlegen können.

Sie war nahe dran, die gelbe Jacke wieder anzuziehen, aber sie mochte nicht Gefahr laufen, auf der engen Treppe dem Kellnerkollegen Hubert zu begegnen. Huberts Gegenwart hätte augenblicklich die süße Wehmut, von der sie sich wie von einem Zaubermantel eingehüllt fühlte, verscheucht.

Sie entkleidete sich flink, wusch sich rasch in der Steingutwaschschüssel, goß das Wasser in den Schmutzwassereimer, hängte den Spiegel vorsichtig zurück an den Nagel und löschte das Licht. Sie war froh, daß es im Zimmer finster wurde, bevor die Schritte ihres Kollegen die Treppe hinaufstapften. Sie schlüpfte ins Bett und beschloß, reglos und stumm zu bleiben, was sich Pickelhubert auch vor ihrer Tür würde einfallen lassen.

Still, kalt und dunkel war es unten am Meer. Das Geräusch der kleinen Uferwellen war so monoton, so behutsam, als wäre die Stille ein Wesen, das nicht gestört werden durfte. Beim Pferd standen schweigend drei Männer. Der Lichtkegel einer Taschenlampe glitt über das Tier, so als male jemand ein Zeichen auf das braune feuchte Fell. Dann erlosch die Lampe, und die Finsternis wurde finsterer als zuvor.

Es dauerte lange, bis der Bauer etwas sagte. »Da ist nichts zu machen«, sagte er auf hochdeutsch, »das ist von ab, und wenn uns Moler …« Unsmoler ahnte, daß Lütt Otto die Hände mit der Geste des Bedauerns hob, und er hörte, wie die Hände gleich darauf kraftlos an dessen Hosen klatschten.

»Ich bezahl' dir das«, sagte Unsmoler rasch, kniete sich neben das Pferd, klopfte dem Pferd den Hals und flüsterte etwas. Was mochte das Tier denken. Erwartete es, daß man es mit Peitschenhieben hochzwang wie im Winter, wenn es auf vereister Straße ausgeglitten war, oder ahnte es die Nähe des Todes.

»Laß das Tier in Ruh!« brummte der Bauer.

»Leuchte!« sagte Jobst, der Polizist, und reichte Unsmoler die Taschenlampe.

Lütt Otto nickte dem Dorfpolizisten zu, und der knöpfte langsam und umständlich die Pistolentasche auf. Der Bauer verschwand in der Dunkelheit, als wäre die Angelegenheit für ihn erledigt.

»So ein verdammter Mist«, fluchte Jobst, »du schmeißt das Vieh vom Felsen, und ich habe den Ärger!« Er lud, spannte und entsicherte die Pistole und beugte sich zum Pferdekopf … hastig krachten drei Schüsse, dann sprang er zur Seite. Das Tier warf seine Beine hoch, schwang seinen Kopf empor, wälzte sich kurz, und es schien, als würde es sich erheben, dann aber legte es beinahe vorsichtig den Kopf auf den Strandsand. Der Polizist stand abseits, ihm war, als müsse er kotzen. Unsmoler aber kauerte sich wieder neben den Kopf des Pferdes. »Komm weg da«, herrschte der Polizist ihn an, »das Biest schlägt womöglich noch um sich!« Aber Unsmoler blieb. Das Pferd war tot.

Wieder waren da nur das leise Geräusch der Wellen und die Finsternis.

»Der hat sich davongemacht«, bemerkte nach einer Weile der Polizist. Er meinte den Bauern.
Zum Glück ist der Farbenkleckser noch da, sonst hätte ich den ganzen Mist am Hals, dachte er erbittert, den Scheißschreibkram aber würde ihm ohnehin niemand abnehmen.
»Sieh zu, wie du den Kadaver hier wegbekommst, vielleicht hilft dir Lüder morgen früh mit dem Trecker. Anders bekommst du den Gaul nicht vom Strand. Oder willst du ihn pfundweise nach oben tragen?«
Jobst nahm ihm die Taschenlampe ab, schaltete sie wieder ein und leuchtete kurz auf die Einschußstellen: winzige dunkle Punkte. Das Taschenlampenlicht glitt über die großen Steine und ein Stück das Steilufer hinauf, ohne oben die Kante zu erreichen, dann kehrte es wieder auf das tote Pferd zurück. Jobst schüttelte den Kopf. Unsmoler ging ans Wasser, um sich das Gesicht zu waschen. Das kalte Wasser tat ihm gut, aber es vertrieb nicht die Schwäche. Der Polizist wandte sich um und ging. »Also morgen ist das weg hier!« rief er. Unsmoler sah den Lichtfleck der Taschenlampe sich entfernend auf dem Ufersaum tanzen.
Seine Augen gewöhnten sich erneut an die Dunkelheit. Es hatte aufgeklart, und eine Mondsichel stieg aus dem Dunst und schwebte über dem Wasser. Es hätte der Lichtblitze des Leuchtturms nicht bedurft, um die Umrisse der Dinge zu erkennen. Unsmoler kletterte das Ufer hinauf, um den Pferdesattel zu suchen.
Als er schließlich todmüde in seine Malerhütte kam, schaltete er das Lampenlicht nicht ein. Er wollte seine Bilder nicht sehen. Er warf den zerrissenen Sattel im Vorraum auf den ausgetretenen Backsteinfußboden, tastete sich mit klammen Händen zum Türdrücker seines Ateliers und ging schnurstracks zum Ofen. Unter der Asche auf dem Rost war noch etwas Glut. Er schichtete Papier, Reisig, ein paar Holzscheite und drei Briketts darüber, dann kniete er sich vor das Feuerloch und blies das Feuer an. Ein kleiner Lichtschein begann zu flackern.
Er schob einen Stuhl, die Lehne voran, in Ofennähe und hängte seine Jacke zum Trocknen auf. Er schöpfte Wasser in den Alukessel und stellte ihn auf den Ofen. In der finsteren Küche wusch er sich Gesicht und Hände, suchte tastend das Zuckerglas und die Flasche für schwierige Fälle.
Dann setzte er sich auf den Fußboden vor das offene Feuerloch,

starrte in die hüpfenden Flammen und trank eine halbe Flasche »Seehund«, verdünnt mit heißem Zuckerwasser, aus.
Manchmal erhob er sich, fütterte das Feuer mit Holz, um dann wieder reglos in die Flammen zu blicken. Sein Schatten aber tanzte mit den Schatten der Dinge des Raumes.
Der Morgen dämmerte, als er unrasiert zum Gehöft von Lüder, dem Traktoristen, ging.
Der Lüderhof war Stellplatz eines bizarren Durcheinanders von meist unbrauchbaren, rostenden Ackergeräten, die ihre sperrigen Eisenteile in den Morgen reckten. Lüder, der Fuchs, hatte sich anläßlich der Zwangskollektivierung lautstark dagegen gewehrt, sein Anwesen in einen »Schuttplatz der Vergangenheit« verwandeln zu lassen. Insgeheim aber liebte er all die hoffnungslos veralteten Geräte. Immer wieder konnte er andächtig in das Räderwerk der alten Dreschmaschine blicken, bis er den Sinn und die Aufgabe des kleinsten Rädchens begriffen hatte. Er verglich die Flugscharen verschiedenster Modelle, oder er sann stundenlang über den Zweck irgendeiner Konstruktion nach. Durch dieses tägliche Schauen, Montieren und Vergleichen bekam er einen derartig umfassenden technischen Verstand, daß er schließlich jeden Morgen mit der Hoffnung erwachte, daß ihn der Tag mit irgendeinem unlösbar scheinenden technischen Problem konfrontieren würde.
Unsmoler hörte metallisches Klingen und fand den Traktoristen auf dem Weg zum Klosett damit beschäftigt, auf seinem musealen Schrotthof den Klang verschiedenster Metalle zu vergleichen. Der frühe Besuch erinnerte Lüder an sein eigentliches Vorhaben. Er setzte sich ungeniert in die Dunkelheit des Herzhäuschens, ließ aber höflich die Tür geöffnet und forderte den frühen Besucher nach geraumer Zeit auf, sein Anliegen vorzutragen.
»Oh, oh, oh«, stöhnte Lüder, »wie sollen wir den Hänger zum Steinestrand kriegen und wie das Pferdevieh auf den Hänger, was meinst du, was so ein totes Tier für ein unhandliches Gewicht hat! Ein Ding der Unmöglichkeit!« Lüder pflegte die Probleme gelegentlich gewaltig aufzubauschen, um dann plötzlich eine verblüffend einfache Lösung zu präsentieren. Er konnte nie »nein« sagen, Ereignisse zogen ihn magisch an, stets lockte ihn die beglückende Chance, mitzuspielen. Sogar in Gaunereien wäre er leicht zu verstricken gewesen, denn allzu schnell hätte man ihn davon überzeugen können, es würde sich um lustige Spielchen handeln, die

einzig zu dem Zweck veranstaltet wurden, auf überraschende Einfälle zu kommen.
»Frag den Schmied, ob er dir seine Schleppe gibt. Schätze, für eine Buddel ›Seehund‹ wird der mit sich reden lassen und für eine zweite Buddel wird er dir das große Blech geben.« Lüder zog sich die Hosen hoch und die Wattejacke wieder an, die er im Herzhäuschen an einen Nagel gehängt hatte. Dann ging er mit dem Maler zum Traktor.
»Davon abgesehen: auch so ein Trecker braucht was zu saufen, sonst springt er gar nicht erst an.«
Lüder bestieg seinen Treckersitz und wartete.
Unsmoler begriff: »Reichen zwei Buddeln?«
»Allemal, aber du weißt ja, was nichts kostet, ist nichts wert! So ist das nun mal. Du gehst jetzt zwei eins zum Schmied«, rief Lüder so laut, als hätte er den Trecker bereits gestartet, »und sagst ihm, ich komm' gleich rüber.«
Der Anlasser jaulte, dann begann der Motor zögernd zu tuckern, um schließlich in den stillen Morgen zu bullern. Lüder liebte Lärm.
Unsmoler mußte den Schmied erst herausklopfen. In der offenen Tür stehend, als würde er das Haus bewachen, hörte sich der Mann die dumme Geschichte an. Knurrig schlüpfte er in seine Holzpantinen und schlappte mit dem Bittsteller über den Schotterhof zum großen, vorne hochgezogenen Eisenblech, auf dem allerhand Schrott lag.
Dem Maler und somit indirekt Lüder behilflich zu sein fiel ihm nicht ganz leicht, denn Lüder und der Schmied waren sich nicht ganz grün. Allzugern hätte nämlich der Schmied all den Federstahl, der in Lüders Schrottmaschinen offenbar nutzlos vergammelte, ausgebaut und zu allerhand Werkzeug umgearbeitet.
Aber der Traktorist bewachte eifersüchtig die alten Gerätschaften und wehrte den Schmied stets mit dem Argument ab, das seien genossenschaftliche Museumsstücke, und für die habe er unterschrieben.
»Runterräumen mußt du all den Möl aber selber!« brummte der Schmied und blickte zum Himmel. Unsmoler hörte das Meer rauschen. »Kommt Wind auf«, sagte der Schmied.
»Ich bring' morgen 'ne Buddel ›Seehund‹, reicht eine?«
»Ich bin kein Unmensch!« antwortete der Schmied.

Lüder bog rasant auf den Hof ein und bremste knirschend mit blokkierenden Rädern. »Einmal Hufbeschlag bitte«, rief er und begrüßte den Meister. Der Schmied antwortete nicht, blickte aber grinsend auf die großen Treckerreifen. Er hätte den munteren Mann ganz gerne beim Wort genommen. Ein Hufnagel würde reichen, und Lüder hätte erst einmal Feierabend. Keuchend zerrte Unsmoler rostiges Eisen vom Blech. »Laß den Scheiß!« sagte Lüder und hakte ein Drahtseil in die Ösen der Schleppe, dann fuhr er etwas rückwärts, damit noch mehr Lose in das Seil kam, hielt und fuhr, heftig Gas gebend, vorwärts, das Blech machte einen Satz unter den Eisenteilen hervor wie ein Kneipentischtuch bei Könnern unter gefüllten Gläsern. Lüder liebte es, Kunststücke vorzuführen.
»So fix geht das, zwei eins, zwei eins!« rief er, »komm hoch, wir wollen Schlitten fahren!« Unsmoler kletterte auf den Beifahrersitz, und Lüder ratterte lärmend mit dem auf dem Kopfsteinpflaster funkensprühenden Blech im Schlepp aus dem Dorf.
Es war Seewind aufgekommen. Das Wasser einzelner Wellen erreichte bereits das tote Tier. Wie auf einer asphaltierten Straße tuckerte der Traktor über den Strand Richtung Unglücksstelle. Hinterdrein schlidderte das Blech. Bei den Steinen hielt Lüder an. Beide Männer kletterten vom Fahrzeug, stiegen über die Steine hinweg und betrachteten stumm das tote Pferd. Lüder kratzte sich den Kopf. »Wir müssen durchs Wasser«, erklärte er schließlich, »einen anderen Weg gibt es nicht, wenn uns da der Motor ausgeht, haben wir einen Hauptgewinn! Aber die Obrigkeit hat es ja befohlen!« Eine Weile wartete er reglos am Meer. Seine Augen inspizierten das Ufer, und er sah zwischen den einzelnen Wellen den Weg, den der Traktor steuern mußte. Dann kletterte er über die Steine und in den Traktor hinein, und wieder saß er eine Weile still in seinem Führerhäuschen und betrachtete das Wasser, plötzlich aber ließ er seinen Trecker aufbrüllen und schlingernd, spritzend und schaukelnd erreichte er das Ufer auf der anderen Seite der Steine. »Das war doch was!« schrie er vergnügt, während das Spritzwasser der Wellen von den Treckerscheiben rann und die Motorhaube dampfte. »Nun bleibt uns gar nichts anderes übrig, wir müssen auf Deibel komm raus auch wieder zurück!« Er stieg aus und betrachtete schweigend das Pferd. »Wenn wir den auf der Schleppe haben, hat er verspielt«, sagte er unvermittelt, »mach eine Schlinge.« Er ging zum Trecker, löste ein zweites Schleppseil

und warf es in die Richtung des Malers. Dann zog er das große Blech mit einer Kante an einen Stein, löste das Schleppseil und kurvte auf dem Strand herum, um sein Fahrzeug in Position zu bringen. Unsmoler hantierte stumm mit dem Drahtseil.
»Aber steck nicht deinen Kopp in die Schlinge!« brüllte Lüder fröhlich »alles halb so wild! Abgang ist überall!« Unsmoler schob das Seil unter dem Pferd hindurch und die eine Schlaufe durch die andere. Lüder beobachtete ihn und fuhr langsam rückwärts so nahe heran, daß Unsmoler die zweite Schlaufe in die Hängerkupplung schieben konnte.
Die Kupplung rastete mit metallischem Klicken ein. Bringen wir es hinter uns, eh das ganze Dorf hier ist, dachte Unsmoler und richtete sich auf. Lüder aber ließ sich Zeit. »Erst mit der Ruhe und dann mit einem Ruck. Entweder es klappt auf Anhieb, oder es klappt gar nicht, aber wenn es gar nicht klappt, ruppen wir den Gaul auseinander.« Lüder liebte die Maschinen, nicht die Pferde.
Der Trecker bullerte triumphierend. Das Pferd glitt auf die Schleppe. Und wieder stieg Lüder aus und sah sich sinnend um, ging ans Wasser, betrachtete das Meer, setzte sich auf die Ackerschiene des Traktors und zog seine Zigaretten hervor. Soll er doch fahren! dachte Unsmoler, aber Lüder rauchte gelassen. »Wir müssen den Gaul festzurren, die Seefahrt wird stürmisch«, sprach er schließlich, die Motorgeräusche übertönend. Auch im Leerlauf machte der Trecker Lärm.
Lüder kramte ein paar Schäkel und kurze Drahtseilstropps hervor und befestigte das tote Pferd so ungerührt an der hochgebogenen Vorderkante des Blechs, als würde es sich um irgendein sperriges Betonteil handeln.
Wieder blickte er lange auf das Wasser, plötzlich aber schwang er sich, ohne Unsmoler zu beachten, auf seinen Sitz und fuhr an. Die Schleppe drehte sich knirschend vom Stein weg, und er tuckerte mit seiner Last am Strand entlang auf das Dorf zu. Ein Stück weiter wendete er und blieb mit seinem Gespann, wie ein Springer vor dem Anlauf, in seiner eignen Spur stehen.
Es ging wieder ganz rasch, wieder brechende Wogen, Schaukeln, Schnaufen, Bullern, Schäumen, Rutschen. Einen Moment schien es so, als drohte der Trecker umzukippen, aber eh ihm das gelang, hatte Lüder mit seiner verwegenen Wasserfahrt das Steinehindernis umrundet. Sicher hielt das Gefährt, in eine Dampfwolke

gehüllt, aber gleichmäßig ratternd, drüben auf breitem trockenem Strand.
Unsmoler kletterte über die Findlinge.
»Wenn dat Vieh abgerutscht wär', hättest du baden müssen!« rief Lüder grinsend. Er blickte zurück auf sein Gespann: »Beim Tod auf der großen Schippe«, brüllte er vergnügt, »solange wir's nicht selbst sind, soll's uns egal sein!« Noch einmal sah er kopfschüttelnd das blaue Ufer hinauf und winkte Unsmoler mit einer Kopfbewegung in die Treckerkabine.
Der Traktor blies angestrengt seine Qualmwolken in die Höhe, und der Wind wehte die Wölkchen zur Seite. Eine tiefe Spur pflügte die Pferdeschleppe in den Sand. Eine schwarze Furche im gleißenden Licht der Morgensonne. Die dunkle Rinne füllte sich mit hellem spiegelndem Wasser. Das Wasser schien dem Gespann hinterherzueilen, als wolle es das aufs Blech gefesselte Pferd erreichen. Die Vorderbeine des Tieres wiesen pendelnd zum Ufer, der Kopf bewegte sich sacht.
Als das Gespann zur Bootsstelle bei den fünf Katen kam, brüllte Lüder: »So und nu, wohin damit?«
»Nach oben!« rief Unsmoler.
»Zum Herrgott?« schrie Lüder und schob sich die Schirmmütze in den Nacken, als wäre das die einzig notwendige Vorbereitung für eine derartige Tour. Unsmoler zeigte auf den Weg hinter den Hütten. Der Weg, der hinauf zu den Äckern führte, war ziemlich steil. Lüder gab Gas und schaltete runter. Heftig qualmte der Trekker. »Nur nicht stehenbleiben, nur nicht stehenbleiben, dann ist die Tour vorbei!« brüllte Lüder, aber die Worte waren im Lärm nicht zu verstehen.
»Und nun … wohin mit dem Kadaver?« fragte der Traktorist, als sie ein ebenes Stück Weg in den Feldern erklommen hatten. Unsmoler sah sich unschlüssig um, dann wies er auf die höchste Erhebung der Insel und sagte bestimmt: »Dorthin!«
Lüder stieg ab, prüfte die Drahtseilverschnürung des Pferdes und kratzte sich unter der Mütze den Kopf. »Wenn du mir den Auftrag dazu gibst, schlepp' ich den Gaul meinetwegen dem Inselchef auch gevierteilt vor die Bürotür. An mir soll's nicht liegen, ich bin nur der Fahrer.« Unsmoler wies zum zweiten Mal auf den Hügel, der oben auf der Kuppe mit Beifuß, Ginstergestrüpp und dürrem Gras bewachsen war.

Lüder zuckte mit den Achseln, bestieg den Trecker und fuhr an. »Wie gesagt, an mir soll es nicht liegen, ich bin nur der Fahrer«, brüllte er.
Er allerdings wäre ganz gerne mit dem Pferd auf der funkensprühenden Schleppe im Dorf über das Kopfsteinpflaster gescheppert: »Aufgewacht, ihr faulen Säcke! Frischfleisch billig abzugeben! Frischfleisch!« Er liebte Ereignisse, die das Leben bunter machten.
Unsmoler erhob sich auf seinem Sitz, hielt sich an der wackeligen Fahrerkabine und an der schwingenden Rückenlehne des Fahrersitzes fest und rief Lüder ins Ohr: »Da oben auf dem Hügel verkuhlen wir es, da wird es keinen stören!«
Ich scheiß' auf leise, leise, dachte Lüder ärgerlich, wurde aber sofort guter Dinge, denn er wußte, die Komplikationen würden von ganz allein anmarschiert kommen. »An dem Loch schippst du 'ne Woch!« rief er fröhlich.
»Du mit dem Mistlader eine Stunde«, brüllte Unsmoler mit ähnlich angestrengter Stimme zurück. »Zwei Buddeln ›Seehund‹ zusätzlich!«
»Hast recht, hat 'ne schöne Aussicht da oben!« gab Lüder schreiend zu, »bis zum Jüngsten Gericht wird's ihm da oben nicht langweilig!«
Unsmoler mußte sich in den Notsitz fallen lassen, denn der Trekker schaukelte auf dem Feldweg wie ein Boot in der Kreuzsee.
Hinter ihnen aber planierte die Schleppe mit der Last des toten Pferdes den Feldweg. Das Pferd schaute mit verdrehten Augen in den Himmel.
Es ging hinab zwischen den Hügeln und dann mit Vollgas, das die Luft über der Insel zittern machte, hinauf. Der Traktor wurde immer langsamer, schließlich schien ihm die Puste auszugehen, aber Lüder hatte es geschafft. Sie standen oben im novemberdürren Beifußgestrüpp, eine kleine schwarze Wolke unverbrannten schwarzen Diesels schwebte davon. Unsmoler löste mit klammen Händen die Schäkel der Drahtseilfesseln. Lüder setzte sich auf die Ackerschiene des Treckers, sah ihm zu, zündete sich eine Zigarette an und bedauerte, keinen »Schluck« bei sich zu haben, der das Abenteuer rund gemacht hätte.

»Also gut, hier buddeln wir den Gaul ein«, sagte Lüder nach einer Weile, der Hügel gehört niemandem mehr. Volkseigentum. Ich hol' den Mistlader.« Er bestieg den Trecker, ruckte die Schleppe unter dem Pferd hervor und beeilte sich, runter ins Dorf zu kommen.
Der Weg hinab ins Dorf lag noch im Schatten. Das leere rostrote Blech zerrte am Schleppseil, schlidderte hinter dem Traktor hin und her und säbelte mit seinen Kanten vertrocknetes Unkraut. Unsmoler hörte den Traktoristen singen. Das erinnerte ihn an das Grölen der russischen Soldaten damals.
Und plötzlich packte ihn der Gedanke, seine Bilder zu einem großen lockeren Haufen zu stapeln und ein Streichholz dranzuhalten. Verschließ die Tür, Junge, und geh davon. Irgendwo suchst du dir eine stinknormale Arbeit mit verläßlichem Lohn am Monatsende. Du wirst dein Bier trinken und singen, wenn dir danach ist.
Aber Lüder kannte keine Hast. Auf dem Berg blieb reichlich Zeit zum Nachdenken. Von dem Gedanken an Flucht blieb nichts übrig. Gemächlich füllte der Traktorist unten im Dorf Diesel in den Tank. Gemächlich montierte er an den Mistlader den Greifer, der das Gerät in einen Bagger verwandelte. Gemächlich frühstückte er, und gemächlich erzählte er seiner Frau von seinem morgendlichen Tun. Gemächlich kippte er zwei Schnäpschen, aber flink sorgte seine Frau für die Verbreitung der Neuigkeit.
Die dunklen Schatten zwischen den Hügeln wurden immer kleiner. Sie schienen zu schmelzen wie die weißen Schneeflecken im März. Schließlich war die ganze Insel in das wärmende Licht der Sonne gehüllt. Unsmoler blickte wartend zum Dorf. Irgendwann tönte das mühselige Rattern des Mistladers.
Er erschrak: statt der Maschine sah Unsmoler Menschen, viele Menschen. Das ganze Dorf schien unterwegs zu sein. Ein paar Minuten konnte er noch hoffen, daß die Dörfler unterwegs zur Fähranlegestelle waren. Möglicherweise war die Ankunft eines ungewöhnlichen Schiffes angekündigt worden.
Aber die Menschen bogen ab in Richtung Hügel.
Das Pferd war den Leuten interessant geworden, und er, der Maler, der das Pferd das Ufer hinuntergestürzt hatte, hatte sich offenbar in ein sehenswertes Monstrum verwandelt.

Hinter den Häusern hervor kam der Traktor. Er fuhr mit Vollgas an den Pilgern vorüber. Überall auf der Insel hatte er Vorfahrt. Aber warum zum Teufel kommt er mit dem Trecker? Bringt er Schippen und Männer, die eine Grube schaufeln wollen?
Lüder stoppte in der Ferne, drei Kerle drängten sich in die wacklige Fahrerkabine. Von Grabwerkzeug war nichts zu sehen, offenbar schaffte der Narr lediglich Publikum heran.
Dort, wo es bergauf ging, hielt der Traktor ein zweites Mal, die Männer stiegen ab. Jemand löste umständlich ein langes Schleppseil, das in Achten vorn um die Treckerlampen geschlungen war. Lüder befestigte das Stahlseil am Hängerzug und wartete auf den Mistlader, der nun doch gemächlich, von jemand anderem gesteuert, mit schwankendem Ausleger näher tuckerte.
Die Männer spannten den Traktor vor den Mistlader, es sah fast so aus, als würden sie eine Giraffe an die Leine nehmen. Nach ein paar dissonanten Huptönen tuckerte das seltsame Gespann den Berg hinauf. Die Dörfler marschierten hinterdrein wie Landsknechte hinter einem reitenden Herzog. Der Auspuffqualm der Maschinen: blaue wehende Fahnen.
»Nun kommen sie!« sagte Unsmoler und sah auf das tote Pferd, als hätte er einen Verbündeten. Er hätte einfach die andere Hügelseite hinuntergehen können, weggehen, sich abwenden, unsichtbar werden, flüchten.
Bald war er umringt von Menschen. Lüder kletterte vom Trecker und holte aus der Werkzeugkiste eine halbleere Buddel. »Moler, nimm erst mal einen, bist ja ganz verfroren!« Alle beobachteten ihn, als er die Flasche ansetzte, einen Schluck nahm und sie Lüder wieder zurückgab. Er wollte nüchtern bleiben.
»Ist ja mehr geworden!« rief Lüder entzückt und hielt die Flasche prüfend gegen das Licht.
Unsmoler begriff, daß er einen entscheidenden Fehler gemacht hatte. Er hätte die Flasche leeren müssen, und die Situation auf dem Berg hätte sich augenblicklich verwandelt. Betrunkenen verzeiht man hier alles. Nun traf ihn das Gelächter der Umstehenden wie ein Schlag. Der erste Schlag. Aber das Gelächter verscheuchte die bedrohliche Wolke, die mit den Leuten, die nicht wußten, was sie in den nächsten Minuten tun würden, herangeschwebt war.
Sie wandten sich ab, besahen das tote Pferd, prüften die Einschußlöcher am Kopf und begutachteten die Verletzung.

Hätte er Lüder die leere Flasche zurückgegeben, wäre ihr Gelächter schadenfroh gewesen, aber es hätte nicht ihn treffen sollen, sondern den Traktoristen, und gewiß wäre Lüder in den Trecker gesprungen, um aus der Kneipe oder dem Konsum eine ganze Kiste Brennol zu holen. Unsmoler hatte aber weder das Geld noch die Kraft zu sagen: »Lüder, hol uns eine Kiste ›Seehund‹ auf den Berg!«

Schuldbewußt stand er da und dachte: Wenn sie mir doch Prügel androhen würden, wenn sie sich doch ins Unrecht setzen würden! Er wartete.

Immer mehr Dörfler kamen den Hügel hinauf. Er hörte nicht, was die Männer, die sich um das Pferd drängten, sagten. Aber plötzlich sah er, wie jemand ein Messer zog. Er kniff die Augen zusammen und ging auf den Mann zu. Der Mann aber beugte sich zum toten Tier.

»Ein Jammer ist dat, dat schöne Fleisch zu verkuhlen. Für meine Töle ist dat allemal gut!«

»Rühr mi dat nich an, dat is mien und ganz kümmt dat ünner de Ierd!« sagte Unsmoler laut. Er erwartete Widerspruch, aber er fühlte sich plötzlich so stark, daß er es mit ihnen aufgenommen hätte.

Er wurde überrascht, die Umstehenden stimmten ihm zu: »Steck dein Käsemesser weg, dat wär' die reine Leichenschändung!«

Der Tüffelmacher klappte sein Messer zusammen und ließ es in die Hosentasche rutschen. »Habt schon recht«, murmelte er, »dat Pier hat sich womöglich mit Mutwillen zu Tode gestürzt, das wollt' nicht nach Holland zu den Pferdefleischfressern in die Wurst. Dat wollt' hier auf der Insel bleiben, und dat is auch gut so!«

Lütt Otto war später auf den Hügel gekommen. Er stand still und blickte stumm auf sein Pferd. »Noch is dat mien!« sagte er leise, »wir sind nicht auf dem Pferdemarkt, wo ein Handschlag reicht. Ich brauch' für die Viehzählung was Schriftliches!« Er zog aus seiner Hosentasche ein knittriges vorgefertigtes Papier und reichte es Unsmoler zusammen mit einem Stift. Auf dem Papier stand: »Hiermit erwerbe ich Lütt Otto sein Pferd für 1000 Mark.«

»Ich bezahle, aber mit dem Geld dauert es ein paar Tage«, sagte Unsmoler leise.

»Selbstredend, ich will dich doch nicht verruinieren, das hat Zeit, das hat keine Eile!« Beruhigend berührte Lütt Otto ihn am Arm

und wiederholte: »Lot man, lot, dat het Tied!« Dann wandte er ihm den Rücken zu und bückte sich, damit Unsmoler den Zettel unterschreiben konnte. Erleichtert steckte der Bauer das Schriftstück, das ihn von jeglicher Verantwortung freisprach, in die Tasche.
Die Insel war von diesem höchsten Hügel aus in ihrer Gänze zu überschauen. Am Nordostufer kauerten sich in eine Senke die dürftigen schilfgedeckten Hütten vom Fischerdorf, sie verschmolzen derartig mit der Landschaft, daß sie fast unsichtbar waren. Das kaum vierhundert Jahre alte Neudorf mit den unübersehbaren Akzenten des großen roten Ziegeldachs vom ehemaligen Verwalterhaus, dem »Schloß«, und dem spitzen Turm der Kapelle gab sich im Osten schon dreister. Brutal aber hatte man im Südwesten unten beim Hafen die Baracke des neuen Inselchefs ins flache Land gesetzt. Dieses dürftige, langgestreckte Gebäude schien bereits gejungt zu haben: im Frühjahr waren ähnlich häßliche Baracken der Anlage »Sommerglück 8. Mai« auf Grotjohanns einstigem Acker errichtet und mit Fahnenschmuck und großen Worten des Vorsitzenden eingeweiht worden. Und weil die neuen Gebäude so sehr an die mit Tarnflecken bemalte Mannschaftsunterkunft bei der Geschützstellung damals im Krieg erinnerten, hatten die alten Leute des Dorfes prophetisch verkündet: »Nun fehlen nur noch die Kanonen!«
Unsmoler blickte über das Eiland, ging ein paar Schritte zur Seite, bis die Chefbaracke von den schlank aufragenden Pappeln verdeckt wurde, und wies auf die Erde.
»Fang an!« rief er Lüder zu. Lüder bestieg den Mistlader und fuhr holpernd heran. Bereitwillig machte man ihm Platz. Lüder und sein Bagger rückten in den Mittelpunkt des Interesses.
Das Rattern beschleunigte sich, wenn die Grabschaufel an den quietschenden Seilen heruntersauste, in die Erde biß und mit Sand gefüllt in die Höhe gezerrt wurde. Die Maschine schüttelte sich vor Anstrengung, wurde aber in ihren Bewegungen ruhig, sowie sich der Schaufelgreifer in den Auslegerarm eingeklinkt hatte und der Bagger seinen Arm zur Seite schwenkte. Der Greifer öffnete sein Maul, heller Sand stürzte herab und türmte sich zu gelbem Hügel auf dem Hügel. Es war Lüders große Stunde. Man sah auf ihn, und immer mehr Zuschauer kamen heran. Es war, als würde der Mistlader die Leute mit seinen weithin sichtbar ausholenden Bewegungen herbeiwinken. Sogar ein paar blasse

rundliche Fremde, die mit der gestrigen Fähre auf die Insel gekommen waren, wanderten auf den Berg, und es schien, als wären die Inselbewohner stolz, den Gästen das seltsame Schauspiel einer Pferdebeerdigung bieten zu können.

Die albernen Fragen der Städter störten nicht weiter. Allenfalls antwortete man ihnen mit einem Nicken zum Maler hinüber: »Fragt den!«

Unsmoler stand im wilden Lärm des Baggers und war doch ganz fern. Man akzeptierte seine düstere Menschenferne, für die sie keinen Namen hatten. Manchmal wurden bei Beerdigungen Trauernde von ihr berührt. Niemand mochte ihn anreden, und sein Blick rief keinen heran. Er schwieg, und bald schwiegen auch die Inselgäste. Die Angelegenheit hier hatte offenbar eine Dimension, die sie erst langsam begreifen mußten. Sie betrachteten den Kadaver des großen Pferdes und fragten sich, ob es sich hier möglicherweise um eine heidnische Opferung handelte.

Berührt vom Ernst einer geheimnisvollen Stunde, wurden auch ihre Mienen feierlich, denn als Gäste ohne Westgeld hatten sie gelernt, sich anzupassen.

Als man aber sah, daß sie schweigen konnten, wurden sie hin und wieder mit einem erklärenden Wort bedacht. »Das ist das letzte Pferd!«

»Die Maschinen schaufeln dem Pferd das Grab, so ist das heutigentags.«

»Das blaue Ufer hat es sich hinuntergestürzt, und oben drauf auf dem Gaul saß uns Moler. Aber Unsmoler hat überlebt.«

»Kunstmalers haben ein zähes Leben, sonst brauchen die gar nicht erst anfangen. Die fressen nur Papier und Farbe.«

Lüder hatte bald eine tiefe Grube mit senkrechten Wänden aus dem Berg geschnitten. Solange aber sein Publikum nicht unruhig wurde, baggerte er munter weiter.

»Nu langt das!« wurden schließlich Stimmen laut, und der Bagger setzte seine Schaufel ab. Die Kinder bemächtigten sich sofort des weißgelben Sandberges. Sie sprangen mit Känguruhsätzen vom Gipfel, bauten im Handumdrehen Rutschbahnen und armtiefe Tunnel und klopften winzige Straßen fest am rieselnden Hang. Plötzlich fand einer der Jungen eine große gewölbte Blechschale. Er hielt sie sich auf den Kopf, und sie verwandelte ihn augenblicklich in einen Krieger. Im Nu verlagerte sich das Spiel, von den

Erwachsenen unbeachtet, an den Beifußhang. Nur seine Mutter schalt ihn: »Jung, du machst dir den Kopf ganz mistig!« Sie hatte gesehen, daß die Schale in der Mitte ein Loch hatte, sich also nicht als Untersatz für ihren großen Geranienkübel eignete, sie hatte aber auch gesehen, daß das Metall oxydiert war, und wies darum den Jungen an, den Scheiß wegzuwerfen. »Mit Grünspan ist nicht zu spaßen, Jung!«

Ihr Söhnchen gehorchte und segelte die Schale weg, und da sie herrlich segelte, wurde das Schleudern zum tollen Spiel, bis die Bronzescheibe, die tausend Jahre in der Erde geruht hatte, plötzlich unauffindbar zwischen den Beifußstauden verschwand und die Kinder zurück zum Pferdegrab rannten.

Die Männer berieten, wie man das Pferd am schlauesten in die Grube brachte.

Lüder aber stieg mit einem Spaten in der Hand wortlos vom Bagger.

Er brauchte keine Ratschläge. Mit ein paar Spatenstichen schippte er unter dem Pferdeleib einen kleinen Graben, durch den er vorhatte, das Schleppseil zu schieben.

»Nun hat er es sich anders überlegt«, rief jemand spottend. »Nun will er das Pferd doch wie ein rechtschaffener Totengräber mit der Schipp einkuhlen!«

Lüder richtete sich auf: Er ein Totengräber! »Du bist doch zum Scheißen zu dämlich!« entgegnete er mit dem Spaten in der Hand und grinste herausfordernd, ohne sein Tun fortzusetzen. Es hatte den Anschein, als erhoffte er eine grobe Antwort, die zu Komplikationen führen würde. Lüder provozierte gelegentlich, denn es schien ihm manchmal so, als wäre die Wirklichkeit nur dazu da, ausreichend Gesprächsstoff für lange Kneipenabende zu erfinden. Er war stets bereit, einiges dazu beizutragen, und lauerte nun, als wäre eine kleine Rempelei vor fachkundigem Publikum das mindeste, was neben vier Buddeln »Seehund« bei diesem Pferdebegräbnis herausspringen mußte.

Einen derartigen Menschenauflauf hatte es seit der üblichen, behördlich angeordneten Demonstration zum 1. Mai nicht mehr gegeben. In diesem Jahr waren immerhin ein gebrochenes Nasenbein, drei blaue Augen und ein ausgerenkter Arm die Erfolgsbilanz der Maifeier.

Unsmoler aber begriff, im Schauspiel, das hier dem Dorf gebo-

ten wurde, durften keine gefährlichen Pausen entstehen. Nichts Unberechenbares durfte, von der ungewöhnlichen Situation aus dunklen Winkeln der Seelen hervorgelockt, nach außen drängen und zu absurden Taten anstiften. Obwohl er stumm sein wollte, abseits, vergessen, unsichtbar, pfiff er schrill durch die Zähne. »Lüder, du wolltest das Pferd verkuhlen!«
Lüder sah ihn an wie ein gelangweilter schläfriger Tiger seinen bunten Dompteur anschaut, wenn der das rechte Wort vergessen hat.
Unsmoler, aber wußte, aus welchem Grunde Lüder den Spaten benutzt hatte. Er nahm das lange Drahtseil und schob es unter dem Pferd durch und blieb mit beiden Seilschlaufen in der Hand wartend stehen.
»Ich bin nur der Fahrer, du hast hier das Sagen!« rief Lüder, und das mußte fast wie Hohn klingen.
Unsmoler, übernächtigt, lang und dürr und unrasiert in seiner zerknitterten Wattejacke, deren Oberfläche längst Farbe und Struktur einer uralten Elefantenhaut angenommen hatte, er, der als Habenichts in einem lecken Kahn auf die Insel gekommen war, er, der noch fremder geworden war durch seinen absonderlichen Beruf, er, der das Pferd auf dem Gewissen hatte, er, der ungekämmt, mit Farbflecken an den Hosenbeinen neben seinem Opfer stand, der ausgerechnet hatte das Sagen!
Erst als jemand rief: »Wer das Sagen hat, hat auch den Ärger!«, begriff er, daß Lüder die Verantwortung scheute und daß dem forschen Traktoristen offenbar langsam unheimlich wurde. Übermütige Handgreiflichkeiten waren etwas ganz anderes als Auseinandersetzungen mit der Obrigkeit.
Zum ersten Mal an diesem Tage ließ Unsmoler seinen Blick einen Moment lang auf der langen häßlichen, mit hellgrauem Wellasbest eingedeckten Inselchefbaracke ruhen. Dort unten konnte sich in jedem Augenblick eine Tür auftun, und es konnte ein eiliger Bote herausstürzen, um dem Geschehen hier ein vorzeitiges Ende zu bereiten. »Fix, zieh das Pferd in die Grube!« rief er.
»Na also«, sagte Lüder, der hinter seinem Grinsen vielleicht ähnliche Besorgnis verbarg, »ich mach', was man mir sagt, und ich hab' Zeugen!« Er stieg auf seinen Trecker und kurvte lässig heran. Hinter ihm glitt ein zweites Drahtseil wie ein Schlange durchs dürre Beifußkraut.

»Wir brauchen viel Leine«, sagte er und verschäkelte die Drahtseile, »sonst zieht der Gaul zu guter Letzt den volkseignen Traktor doch noch unter die Erde.« Er fuhr an, das Pferd drehte sich und rutschte über den Boden. Hinter der Grube fuhr Lüder hart nach rechts, das Seil spannte sich über dem dunklen Erdloch. Der Traktorist blickte sich kurz um und gab Gas. Das Pferd polterte ins Grab.

»Liegt er gut?« brüllte er. Leute schauten hinab. Lüder stieg ab, sah nach dem Pferd, hakte eine Seilschlaufe aus der Hängerkupplung und scheuchte die Zuschauer zur Seite. »Vorsicht, das ruckt!«

Unten im tiefen Schatten schien sich das Pferd zurechtzulegen.

Das Seil sprang aus der Grube, die Leute brachten sich in Sicherheit. »Hab' ich euch gesagt!« rief Lüder heiter und wies seinen Sohn an, das Seil wieder in Achten um die beiden Treckerscheinwerfer zu legen.

Erneut drängten die Menschen zum Rand des Erdlochs. Da lag das Pferd nun, den Hals seltsam verdreht, die Augen immer noch erschrocken geöffnet. Abschied von einer Zeit. Unsmoler wußte nicht warum, aber er sprang hinab in das Grab. Er packte den Pferdekopf, und es gelang ihm, diesen zurechtzulegen.

Die Wände der Grube waren steil, und von oben schaute man hinab, ein dichter Ring von Gesichtern. Plötzlich kam ihm einen Augenblick lang der Gedanke, daß man ihn lebendig begraben könnte. Aber Lüder rief schon, angetan von der neuen Aufgabe, »wart, ich hol' dich hoch!«, und schon schwang der Mistlader seinen Arm über das Pferdegrab, der Greifer senkte sich herab, Unsmoler stellte sich auf das Eisen, hielt sich am Drahtseil fest und schwebte empor, und die Umstehenden klatschten Beifall.

»Und nun hält uns Moler eine Rede!« verkündete Lüder, angefeuert vom Applaus.

Unsmoler nahm die Aufforderung ernst. »Es tut mir leid, Leute, das Pferd tut mir leid«, sagte er. »Wir konnten ihm nicht treu bleiben, aber das Pferd bleibt den Äckern hier treu. Es heißt, früher waren die Pferde den Menschen heilig. Wir müssen aufpassen, daß uns nicht die Maschinen heilig werden.«

Lüder unterbrach ihn und brüllte heiter: »Ne, ne, so nicht, mach keine Sprüche gegen die neue Technik, sonst trägst du nächstes Mal die toten Tiere allein auf den Hügel und beerdigst sie mit der Schipp!«

»Es gibt kein nächstes Mal!« sagte Unsmoler. Er ergriff Lüders

Spaten, warf drei Schippen Sand in das Erdloch und drängte sich weg von der Grube.
Er sah nicht, daß Lüder seinen Bagger wieder an den gelben Hügel des ausgehobenen Sandes manövrierte, und er sah nicht, daß all die Leute auf dem Hügel ein jeder drei Schippen voll Sand zum Pferd in die Grube warfen.
Und er sah nicht, daß sie es ernst meinten, und er hörte nicht, daß Lüder, den die allzugroße Feierlichkeit irritierte, rief: »Leute, zurücktreten von der Bahnsteigkante, der Bagger hat die größeren Pfoten!« Aber man beachtete nicht die übermütige Stimme, und es dauerte eine ganze Weile, bis das heftige Rattern des Mistladers und das rhythmische Quietschen der Seilrollen erneut über die Insel tönten.

Delphine

»Deifine«, wie sie im Dorf genannt wurde, oder »Delphine«, wie sie die Urlauber an die Tische in der Gaststätte riefen, war nach der abendlichen Wanderung, die ein so überraschendes Ende gefunden hatte, müde ins Bett gesunken. Sie hatte an den Mann in der Finsternis gedacht und überlegt, was sie anziehen sollte, wenn sie ihn am nächsten Tag aufsuchen würde. Im Halbschlaf war sie sanft in die Märchenbilder der Kindheit getrieben. Sie hatte weder die fernen Schüsse noch Pickelhuberts Schritte auf der Treppe vernommen, weder das vergebliche Knarren ihrer Türklinke noch sein Bitten und leises Fluchen. Am nächsten Morgen hatten nicht einmal die Treckergeräusche und das auf dem Kopfsteinpflaster scheppernde Blech vermocht, sie aufzuwecken.
Sie war wie üblich spät erwacht, denn die Tage in der Kneipe begannen erst mittags und endeten irgendwann.
Draußen war es längst hell. Sie räkelte sich, und ihr war froh zumute, ohne daß sie sich gleich an die Vorfälle des Abends erinnerte. Plötzlich aber durchfuhr es sie heiß: Ich habe ihn allein gelassen!
Sie wusch sich eilig. Dann stieß sie die Fensterflügel auf. Draußen war es merkwürdig still. Nur in der Ferne ratterte monoton eine Maschine. Ich muß rasch zu ihm, dachte sie. Aber dann vor

dem Spiegel ließ sie sich Zeit. Sie kämmte sich mit aller Sorgfalt, zog mit spitzem Pinsel den schwarzen Lidstrich und wählte einen für den Vormittag geeigneten Lippenstift. Mit Genugtuung konstatierte sie, daß die Sommerbräune, die sie so attraktiv machte, noch nicht die Spur verblaßt war. Die gelbe Regenjacke aus dem Exquisit mußte sie wohl oder übel in der Ecke hängen lassen, trockenes, kühles Wetter draußen. Aber auch in der Felljacke, die sie im Frühjahr aus einem alten Pelz ihrer Großmutter geschneidert hatte, sah sie gut aus. Auf alle Fälle ganz und gar nicht wie eine Landpomeranze, darauf legte sie Wert. Im Schankraum traf sie auf den Wirt, der zusätzliche Tische aus dem Schuppen hereintrug.
Der Wirt sah sie an und pfiff beeindruckt durch die Zähne. »Hubert?« fragte er.
»Um Himmels willen!« sagte sie.
»Wie war's?« fragte er grinsend.
»Wie soll's gewesen sein? Wir sind durch den Nebel gelaufen; und dann war da dieses Pferd.« Sie wollte nicht reden. Ihr genügte die Tatsache, daß der Kneiper bewundernd gepfiffen hatte.
»Das ganze Dorf ist auf dem Berg, schätze, hier geht es nachher rund!« sagte er und setzte den Tisch ab, »große Beerdigung.«
Sie erschrak, aber er fügte hinzu: »Lütt Otto sein Pferd wird eingekuhlt.«
»Ich bin rechtzeitig hier«, sagte sie und ging hinaus.
Der Tag war licht. Man hätte vergessen können, daß es ein Tag im November war. Sie ging rascher. Schon bei den Pappeln mußte sie ihre Felljacke aufknöpfen. Auf keinen Fall wollte sie verschwitzt auf dem Hügel ankommen.
Sie entdeckte ihn schon von weitem. Ja, dort oben stand er.
Sie hatte ihn gelegentlich durchs Dorf reiten sehen, aber eigentlich nur auf das Pferd geschaut. Sie hatte ihn im Konsum getroffen, sich aber vor allem über seine mit Farbe bekleckerten Hosen gewundert. Sie war ihm einmal unten am Strand begegnet, aber sie hatte vornehmlich seine übermütigen Begleiter beachtet. Richtige Maler, hatte sie immer gemeint, gab es nur zwei im Dorf, und die wohnten eben auch in dem großen Haus, das man das Schloß nannte. Und sie lebten klugerweise nicht ständig hier.
Erst das Zusammentreffen in der Finsternis am Wasser schien ihn wirklich sichtbar gemacht zu haben. Urplötzlich hatte sich ein Bild zusammengefügt, das ihr nun keine Ruhe mehr ließ.

Sie schob sich durch die Menge der gaffenden Leute an den Rand der offenen Grube. Das tote Tier interessierte sie nicht. Ihr war der Reiter wichtig, aber der nahm sie offenbar nicht wahr.
Nur gut, daß bereits fast alle Gäste die Insel verlassen haben, dachte sie, sonst würden sich jetzt womöglich andere Frauen um ihn bemühen, denn er war hier der Mann, und er sah gut aus, nicht zu vergleichen mit dem geilen Pickelhubert. Vielleicht zu ernst, aber das konnte sich geben. Großer Mund, große Nase. Alles groß, fast grob, aber die Augen so hell! Vielleicht ist sein Blick daher so fern, so abgewandt. Dem Dorf ist er ein Fremder, und das ist gut so. Warum nur diese schäbige Wattejacke. In Gedanken staffierte sie ihn aus: Jeans. Segeltuch und blaue Färberfarbe würde sie schon irgendwo beschaffen, das Schneidern kein Problem. Die alte »Singer« der Oma war bei Bekannten untergestellt. Schwarzes Hemd, Turnschuhe. Das würde ausreichen. So könnte man sich überall mit ihm sehen lassen. Überall.
Was will der hier auf der Insel. Hier versauert man!
Sie vermied es, daß sich ihre Blicke trafen. Sie mochte seinen Gruß nicht mit den Gaffern teilen. Sie wollte nur in seiner Nähe sein.
Unsmoler ging früher als alle anderen den Hügel hinab. Immer noch quietschte der Bagger.
»Halt, Moler, halt, wi möten noch dat Fell versupen!« schrie der Schuster.
»Er holt nur dat Geld für die Kneipe!« rief der Tüffelmacher.
»Er muß sich dat Geld erst malen!« bölkte jemand.
Elfriede mischte sich ein: »Nackte Weiber malt der, keine Geldscheine, nur nackte Weiber!«
Er sah sich nicht einmal um.

Dienst

Scheu blickte der Dorfpolizist aus dem Fenster des Dienstzimmers. Er saß an seinem zerschrammten schäbigen Tisch. Vor ihm stand die verhaßte Schreibmaschine. Bereits mehrmals hatte er sich vertippt, obwohl er zwischen den einzelnen Anschlägen seines rechten Zeigefingers sich reichlich Zeit ließ.

Viele Versuche, den Bericht zu erstellen, waren bereits nach wenigen Worten gescheitert. Zahlreiche Bögen lagen zerknüllt auf der Erde.

»Scheiße, Scheiße, Scheiße!« Er preßte die Worte zwischen den Zähnen hervor, aber sein glattes rundliches Festlandgesicht bekam dabei einen so jammervollen Ausdruck, daß er bei jedem Zuschauer Mitleid erweckt hätte. Er hämmerte mit der geballten Faust seiner Linken an die Tischkante, während seine rechte Hand mit ausgestrecktem, abwärtsgerichtetem Zeigefinger immer noch über der Tastatur der Schreibmaschine schwebte, als gelte es, den nächsten Buchstaben zu treffen.

Dieser verdammte Farbenkleckser hatte ihm nicht nur den Nachtschlaf geraubt und ihm elenden Schreibkram eingebrockt, nein, der Maler provozierte bereits aufs neue.

Ausgerechnet auf dem höchsten Berg der Insel machte der Kerl Trara. Der Polizist ahnte, daß er eigentlich eingreifen müßte, denn auch von der Chefbaracke unten am Hafen aus hatte man mit einiger Gewißheit bereits das Theater bemerkt. Angestrengt betrachtete Jobst seinen eignen Zeigefinger, nur um nicht wieder aus dem Fenster auf den Hügel blicken zu müssen.

»Verdammter Hurenzauber, das ist eine Versammlung«, fluchte er, »das ist eine Zusammenrottung, das ist eine Provokation, das ist eine Demonstration, das ist politisch! Die da auf dem Berg haben gut lachen, aber den Ärger habe ich. ›Genosse, du hättest eingreifen müssen, unbedingt eingreifen müssen!‹ wird man in der Chefbaracke sagen. Natürlich müßte ich eingreifen, aber was soll ich anordnen?«

Eigentlich hätte er bei all dem Ärger eine halbe Flasche Fünfundvierzigprozentigen aussaufen müssen. Und wenn es auch nur den Grund hätte, einen halbwegs klaren Gedanken fassen zu können. Aber auch das noch: Er mußte nüchtern bleiben.

Mit Sicherheit brauchen die da auf dem Hügel eine Genehmigung … Wenn man ein totgebliebenes Kaninchen einkuhlt, oder eine verreckte Zicke, gut und schön, das mag angehen, das brauche ich nicht zu sehen, aber ein Pferd, ein ganzes Pferd! Natürlich würden die Stempel und Unterschrift brauchen, natürlich, natürlich! Alles, was nicht ausdrücklich gestattet ist, ist verboten. So einfach ist das.

Die meinen wohl, mir macht das Spaß, Pferde abzuschießen. Bin

ich Schlachter oder Polizist! Ist denn eine Pistole für Pferde gemacht! Nein, ganz und gar nicht, die ist für Menschen. Überrumpelt haben sie mich mitten in der Nacht. Am Ende hätte ich es gar nicht tun dürfen.
Ich muß rüber zum Inselchef, eh dort andere quatschen.
Schon wollte er aufspringen, aber kaum, daß er seinen Hintern ein wenig angehoben hatte, ließ er sich wieder auf den Stuhl fallen. Schußwaffengebrauch! Vor allem mußte er den Bericht fertigstellen. Es gab nichts Wichtigeres.
Der erlösende Gedanke kam ihm, obwohl er die Flasche »Seehund«, die alles einfach machte, nicht angerührt hatte.
Schurrend schob er den Stuhl zurück und hob dann mit einiger Anstrengung das Möbelstück mit all dem Schreibkram, mit der Maschine und den Siegeln, den Stempeln und den Stiften drauf, in die Höhe, stützte die Vorderkante des Tisches auf seinen vorgewölbten Bauch und blickte sich mit dieser Last in den Händen im Dienstzimmer um. Dann steuerte er pustend mit schweren Schritten auf die dem Fenster gegenüberliegende Wand zu.
Aufatmend setzte er den Tisch unter dem Bild des großen Staatsratsvorsitzenden ab. Der Vorsitzende lächelte wohlgefällig, das tat er erfreulicherweise immer.
Mit ungewohnter Eile wandte sich Jobst nun zu seinem Stuhl um, der verloren mitten im Raum stand. Rasch stellte er ihn an seinen neuen Platz. Erleichtert setzte er sich.
»Jetzt soll mir einer kommen! Ich hab' zu tun. Nicht aufzuschiebender Schreibkram: Schußwaffengebrauch ist keine Kleinigkeit! Und was sehe ich beim Schreiben? Allenfalls ein Stück Tapete. Goldrichtig steht der Tisch unter dem Bild unseres großen Vorsitzenden. Das soll mal einer wagen zu bestreiten!«
Je länger die Scheißschreiberei dauern würde, um so besser. Viele Angelegenheiten klärten sich ohnehin von ganz alleine. Er war so erleichtert, daß er sogar einen winzigen Augenblick lang dazu neigte, in seinem Bericht von vier abgegebenen Schüssen zu reden. Eine Patrone würde er dann guthaben, das könnte irgendwann einmal sehr nützlich sein. Schließlich muß ein bißchen was bei der ganzen Geschichte auch für ihn selbst herausspringen. Der Traktorist hatte gewiß auch nicht für nichts und wieder nichts den Trecker vor das Pferd gespannt. Aber Lüder, wurde ihm klar, Lüder, dieser Schuft, würde den Gaul mit dem gleichen Vergnügen auch

wieder ausbuddeln, sollte man das Bedürfnis haben, seine Aussage zu überprüfen. Jobst verwarf also den frevelhaften Gedanken und tippte unter die Rubrik abgegebene Schüsse: 3.
Von der Anstrengung des Schreibtischschleppens und all diesen Erwägungen und Gedankennöten war ihm warm geworden. Er lockerte den Uniformkragen, aber das brachte ihm nicht ausreichend Erleichterung. Er entschloß sich, aufzustehen und das Fenster ein wenig zu öffnen. Die vom Chefobjekt können ruhig das Tippen hören, sollten sie plötzlich auftauchen, um ihn mit Vorhaltungen und Instruktionen zu belästigen. Er lauschte und vernahm in der Ferne das rhythmisch anschwellende und wieder leiser werdende Rattern des Mistladers. Solange die beschäftigt waren, hatte er Zeit. Seufzend setzte er sich wieder vor die »Olympia«. Kurzer, mit Kugelschreiber verbesserter Bericht reicht aus, überlegte er, der Inselchef läßt sowieso alles neu schreiben, der hat ja ausreichend Tipsen im Objekt. Tolle Miezen, die der Mann beschäftigen muß. Schließlich drehte er den dürftigen Bericht aus der Maschine, ergriff den Kugelschreiber, verbesserte umständlich und unterschrieb. Er blickte zu seiner Dienstmütze, die am Haken hing, konnte sich aber nicht entschließen aufzustehen. Plötzlich tönte nicht endenwollendes Treckerhupen, in das das häßliche Gequäke des Mistladers einfiel. Der penetrante Lärm ließ den Polizisten elektrisiert aufspringen und ans Fenster stürzen. Jetzt dreht die Aasbande vollkommen durch, dachte er, verdammt, die Arschlöcher locken den Inselchef aus seiner Karnickelbucht!
Nun ist die Kacke am Dampfen! Nie wieder werde ich unbürokratische Entscheidungen treffen! Entscheidungen bringen nur Ärger. Meinetwegen können die Idioten künftig ihre Pferde mit der Axt erschlagen!
Immer noch gellten dissonant die Hupen. »Das ist nicht statthaft!« brüllte Jobst aus dem Fenster, aber niemand hörte ihn, das Dorf schien ausgestorben.
»Denen werd' ich es zeigen!« drohte er erbittert, »zusammenstuken werde ich sie!«
Jobst riß die Mütze vom Haken, schnallte das Koppel um, prüfte den Sitz der Pistole und faltete finster seinen Bericht zusammen. Er verließ den Raum, kehrte aber kurz darauf wieder zurück, um das Fenster zu schließen. Er bemerkte mit raschem Blick, daß der Mistlader sich bereits hügelabwärts bewegte.

Er setzte eine strenge Miene auf und beschloß, sich würdig und langsam zur Chefbaracke zu begeben, die Lage auf dem Hügel würde sich bereits normalisiert haben, wenn er dort ankam.
Aber er kam nicht weit. Auf dem Katzenkopfpflaster der Dorfstraße holperte ihm bereits der Mistlader entgegen. Nachlässig gesichert schlenkerte der Greifer hin und her. Lüder bremste verdächtig scharf vor der Kneipe, und Jobst, der Polizist, vergaß seine vorsätzliche Langsamkeit. Er erhöhte die Frequenz seiner Schritte. Er wollte Lüder stellen, bevor dieser die Fahrerkabine verließ und in der »Deutschen Eiche« verschwand. Die Gelegenheit schien günstig: Lüder war allein. Jobst frohlockte: er hatte sein Opfer serviert bekommen. Der Mann knallte knarrend die Handbremse an und zog den Zündschlüssel ab. Langsam erstarb das Tuckern. Das zitternde Spiegelbild der schilfgedeckten Häuser und der kahlen Kastanienzweige in den Scheiben des Mistladers beruhigte sich. Lüder schien Jobst nicht wahrzunehmen. Jobst sah sich gezwungen, heftig an die Scheibe zu klopfen. Lüder hob scheinbar erstaunt den Kopf, öffnete die blecherne Kabinentür und ermahnte den Abschnittsbevollmächtigten, auf keinen Fall Volkseigentum zu beschädigen. »Was meinst du«, sagte er belehrend, »wie lange wir nach einer neuen Scheibe rumrennen müssen. Meist kann uns erst das Ministerium helfen.«
»Hattest du eine Genehmigung?« herrschte der Ordnungshüter Lüder an. Er wartete aber die zögerliche Antwort nicht ab. In Lüders Atemluft witterte er jenes verlockende Aroma, das ihn an diesem Tag in Zorn versetzte: Teufel auch, die Kerle machten sich ein Saufvergnügen, während er selbst stocknüchtern zum Anschiß ins Chefobjekt wandern mußte!
Er wechselte, zu unnachsichtiger Strenge entschlossen, vom Du zum Sie. »Bürger«, sagte er, »Sie sind besoffen, die Papiere bitte!« Lüder breitete bedauernd die Arme aus. Er brauchte nur Zeit zu gewinnen, denn hinter ihm stoppte der Traktor. Jobst begriff, er hatte verspielt. Aus dem Traktor stiegen drei Mann. Der Schmiedsohn hatte den Tüffelmacher und den Schuster vor die Kneipe kutschiert. »Hast du Ärger?« rief der Tüffelmacher und schwenkte eine halbleere Flasche. »Wenn du Ärger hast, mußt du einen zur Brust nehmen, sonst schadet das dem Herzen!« Lüder beugte sich aus der Mistladertür, streckte den Arm aus, fing die Flasche auf, prostete dem Ordnungshüter zu und nahm einen langen Schluck.

Dann hielt er Jobst die Flasche hin. Jobst mußte ablehnen. »Er trinkt nicht mehr mit uns«, verkündete Lüder, »nu aber fix raus hier, Alkohol und Fahrzeugtechnik vertragen sich nicht!« Lüder schritt zur Kneipentür. Jobst wagte nicht, ihn aufzuhalten.
Die Straße füllte sich mit Leuten, die nicht bereit waren, sich den Vormittag verderben zu lassen. »Zisch ab, Meldung machen, oben auf dem Hügel wächst schon das Gras über die Geschichte«, rief Lüder Jobst zu und verschwand mit seinen Kumpels in der »Deutschen Eiche«.
»Auseinander, Leute!« befahl Jobst verdrossen und schob sich durch die Menge, die ihm enttäuscht den Weg zum Chefobjekt freigab.
Die Leute hätten zu gern gesehen, daß Lüder der Staatsmacht Dresche anbot. Das war durchaus drin, hatte der doch ganz schön einen genommen.
Lüder war wohl der einzige, der sich derartige Aufmüpfigkeit leisten konnte, ohne sofort aus dem Verkehr gezogen zu werden. Es gab kein Pferd mehr auf der Insel. Alle waren auf den Traktoristen und das Treckergespann angewiesen. Jetzt, wo die Winterbriketts ausgeliefert werden sollten, den Treckerfahrer einzusperren, konnte die Obrigkeit sich einfach nicht leisten ... das glaubte man zumindest.
Aber immerhin hatte Lüder den Ordnungshüter ganz schön abblitzen lassen, und so ziemlich jedermann war bereit zu bezeugen, daß der Traktorist vor dem langen Schluck aus der Tüffelmacherflasche stocknüchtern gewesen sei.
Jobst schwieg erbittert. Na wartet! dachte er.

Fährten im Ackerboden

Das feierlich dissonante Abschiedshupen der beiden Maschinen hatte das Signal zum allgemeinen Aufbruch gegeben. Die Zuschauer schritten den Hügel hinab, die »Deutsche Eiche« lockte. Die Alten vom Fischdorf allerdings gingen in anderer Richtung. Auch wenn es untrügliche Anzeichen dafür gegeben hätte, daß der Maler in der »Deutschen Eiche« toll einen ausgeben würde, hätten der Fischer und der Stelzbeinige die beiden komischen Weiblein in Schwarz nicht allein heimkehren lassen. Die vom Fischdorf hatten ihren Stolz.

Verdammt nochmal, worauf konnten die denn noch stolz sein? Die Hütten waren ärmlich, und mit der Fischerei ging es bergab. Und die beiden verschrobenen alten Weiblein, Tien und Grete, die wieder mal aus der Senke des Fischdorfes gestiegen waren, erregten allenfalls wegen ihres komischen Aufzugs Erstaunen. Gar nicht zu reden von der ollen Fischersfrau. Die hatte man schon eine halbe Ewigkeit nicht mehr zu Gesicht bekommen. Die Alte litt schlimm an ihren offenen Beinen und hatte mit diesem von Tien nicht zu heilenden Leiden deren Ruf als Beböterin zerstört.

Der Einbeinige allerdings kam jeden Tag nach Neudorf zu den Ferienbaracken gestelzt. Er war der Hausmeister dort, ließ sich aber Heizer nennen, obwohl er nur in der kühlen Übergangszeit die Ferienbaracken zu beheizen hatte. Heizer, das klang ihm besser als Hausmeister. Heizer, das erinnerte ihn an seine Fahrenszeit auf einem Bugsierschlepper, der den Namen »Danzig 2« gehabt hatte. Er schritt von den vier aus dem Fischerdorf noch am muntersten aus. Denn er ging täglich diesen Weg und das bei jedem Wetter, auch sonntags. An Feiertagen, meinte er, verdient es sich am besten. Wozu daheim allein in der Hütte hocken. Da sitzt es sich besser in der Heizung, dem einzigen gemauerten Gebäude der Ferienanlage »Sommerglück 8. Mai«. Ab und zu ein paar Schippen Briketts ins Ofenloch schaufeln, in die Flammen blinzeln und an dieses und jenes denken … hin und wieder einen Schluck aus der Schnapsbuddel … auf seinen drei Beinen kam er allemal nach Hause. Und sollte ihn in den Feldern plötzlich das Bedürfnis überwältigen, sich auszustrecken, wen störte das. Er bekam nicht einmal Schnupfen davon. Bazillen mögen keinen Alkohol. Alkohol ist die reine Medizin, diese Weisheit gehörte zu den unumstößlichen Tatsachen seines Weltbildes.

An diesem besonderen Tag stelzte er mit Gefolge über die abgeernteten Felder. Er hatte, ohne jemanden fragen zu müssen, bereits früh am Tag Feierabend gemacht, denn seine Arbeit konnte er sich einteilen. Nur knapp durfte sie ihm nicht werden. Zwar waren die Pappdächer der Baracken bereits kontrolliert und ausgebessert, die Sicherungen herausgedreht, die Kammertüren der Luftzirkulation wegen zum langen Korridor hin ausgehängt, aber

er hatte immerhin noch gut hundert Fenster durch Faserplatten gegen Sturmschäden zu sichern. Eine Arbeit, die ihn noch in aller Ruhe bis zum ersten Schnee beschäftigen würde.
Er bedauerte, daß er an diesem Tag nicht im Dorfkonsum hatte einkaufen können. An der Konsumtür hatte ein Pappschild mit dem Hinweis gehangen: »Vorübergehend geschlossen!«. Schlapp baumelte der Einkaufssack am Trageriemen. Zweimal hatte er unterwegs das komische Gefühl, als wenn es Sonntag sei oder er in die falsche Richtung marschiere.
Er vermißte das aufmunternde Gewicht einer im Tragesack verborgenen Dreiviertelliterflasche.
Ohne den unruhigen Ballast der Brote, Butterstücken, der Marmeladengläser, Zwiebeln, Erbsentüten oder was er noch so ins Fischdorf zu schleppen pflegte, hätte er ganz anders ausschreiten können, aber der Fischer und die beiden Weiber … Er blieb stehen und sah sich um, dacht' ich's doch, die Zweibeiner können nicht so fix.
Was die Weiblein auf den Berg gelockt hatte, war ihm rätselhaft. Er hatte geglaubt, daß die Tien grad mal vom Bett bis zur Bank an der Sonnenwand schlurfen konnte. Da soll man viel geben auf Weibergestöhn! Die Beine vom Fischer, die waren auch so ziemlich im Arsch, der kam nur noch auf dem Wasser gut voran, das besorgten die Arme und der Diesel, aber die Beine, mit denen war nicht mehr viel los.
»Oh, oh, oh, wat ein Marsch!« wunderte sich der Fischer, als er den Einbeinigen erreichte. Der Heizer schickte sich an, seinen Weg fortzusetzen, aber der Fischer meinte pustend, daß man auf die Damen warten müsse.
»Dei Moler möt sich dat Geld irst molen. Als wenn das einer malen könnt!« sagte er schnaufend, um den Heizer zu unterhalten, »hast du dir schon mal dat Geschlinge auf den Scheinen angesehen, da verhaspelt sich jeder rechtschaffende Mensch! Aber geschickt is' der schon, das muß man ihm lassen. Als ich seinerzeit noch mit meine Jungs mit die Striekschauh zum Eisfischen unterwegs wir, ist der auf Schlittschuhen hinterher und hat uns während der Fahrt mir nix, dir nix fix abgemalert. Während der Fahrt! Als wir ankamen, wir dat Bild fertig, so einer ist das!«
»Eis malen kann ich auch, was ist das schon, einen Strich quer rüber, das ist alles!« meinte der Heizer, der nicht mochte, wenn die Anerkennung in dieser Welt zu ungerecht verteilt wurde.

»Verkiek die man nich«, gab der Fischer zu bedenken, »so leicht kann das nu wieder auch nicht sein, die Malers verdienen damit gutes Geld, brauchst dir nur die beiden vom Schloß ansehen.« Das war ein Argument. Der Heizer gab sich geschlagen, gab aber zu bedenken, daß es mit der Geschicklichkeit vom Maler doch nicht so weit her sein könne, sonst würde das Pferd noch leben.
Die beiden Weiblein in Schwarz mit den komischen Hütchen auf den Köpfen kamen schniefend näher.
»Könnt ihr nicht ein bißchen feiertäglich gehen!« lamentierte Tien.
»Heut ist Donnerstag!« sagte der Heizer, der einzige, der noch zwischen den Wochentagen zu unterscheiden hatte, und spie zur Seite, um nicht den Weg zu treffen, den er täglich ging. »Du marschierst vornweg«, sagte er zum Fischer, »hier müssen wir sowieso hintereinander.«
Der schmale festgetretene Pfad schlängelte sich über die Äcker, links und rechts die Löcherfährte der Krücken. Man sollte Rüben in die Löcher stecken, Rübenallee, und dann Schnaps aus all den Rüben brennen, Schnapsallee, Rübenallee, dachte der Fischer.
»Ihr könnt wirklich ein bißchen feiertäglich gehen!« variierte Grete den Satz von Tien.
»Meine Krücken können nicht feiertäglich oder andächtig oder sonst was. Die haben sich an eine Gangart gewöhnt. Schwingen einfach vorwärts, sommertags und wintertags. Die zieht es nach Hause wie die Pferde zum Stall. Und da stehen sie dann in der Ecke und fressen kein Schrot.«
»Und eines Tages kommen auch die rein ins Herdfeuer, so ist das nun mal«, sagte der Fischer.
»Ich bin heut nicht euer Lastesel. Ohne Last stelzen die Krücken so richtig fröhlich voran, da komm' ich kaum hinterher mit meinem Bein aus Fleisch und Blut. Das ist eben so: Ich geh' zu selten mit schönen Frauen spazieren.«
Die alten Weiblein lächelten kokett unter ihren komischen Hütchen hervor. Sie waren schwer atmend stehengeblieben und schauten sich gleichfalls um.
»Sieht richtig gut aus, der Hügel aus gelbem Sand«, meinte Grete, der die Tien unter diesen erschwerten Bedingungen ausnahmsweise das Reden überließ, »man sieht ihn von überall.«
»Das verwächst sich«, meinte der Heizer, »der Sand sackt weg,

wenn das Fleisch fault, dann ist's vorbei mit Lüder seinem Grabhügel. Den Rest besorgt der Wind.« Die Männer gingen weiter. »Wir nehmen auch noch einen Kleinen«, meinte der Fischer, »die in Neudorf sind woll allesamt schon dun.«

»Natürlich nehmen wir noch in aller Ruh einen Kleinen«, antwortete der Heizer.

Jetzt ging der Fischer vorneweg.

Obwohl sein gemächlicher Schritt nun das Tempo bestimmte, blieben die beiden Frauen erneut zurück. Der Weg war zu beschwerlich für Tien. Ihr Atem ging rasch, ihr Herz hämmerte. Es war ihr peinlich, schwach zu sein. Ihr Dutt hatte sich gelöst, und unter ihrem Hütchen hervor baumelte der kleine pechkohlrabenschwarze Zopf und schlenkerte hin und her. Nicht einmal einhaken konnte sich Tien bei Grete, um sich unauffällig ziehen lassen. Der vom Heizer getretene Pfad war zu schmal. »Schieb doch wenigstens!« keuchte sie. Grete legte ihre Hände bereitwillig an Tiens Hüften und half ihr schiebend bergauf. »So, nun laß doch!« herrschte plötzlich Tien die Grete an.

Die Männer waren stehengeblieben, schauten sich um und warteten. Der Heizer wies auf eine Fährte, die den Pfad kreuzte und sich dann hinter den Hügeln verlor. »Hier ist er vorbeigekommen«, sagte er.

»Braucht nicht gestern abend gewesen sein«, brummte der Fischer. Der Heizer richtete sich zu seiner ganzen Größe auf und sah seinen Freund empört an: »Als wenn ich meinen Weg nicht kenne! Ich werd' gewahr, wenn eine Maus drauf geschifft hat.« Er zeigte auf die Abstände zwischen den Abdrücken: »Galopp.«

»Der konnt's nicht erwarten, vom Ufer zu fliegen.«

»Möcht' wetten, die sind auch bei uns vorbeigekommen. Man sagt ja, so kurz vor dem Tod macht man sich auf und besucht Bekannte.«

»Ich bin kein Bekannter von Gäulen!«

»Die Mutter vom Moler hat bei dir Fisch ausgepolkt, bevor sie Schaullehrerin wurde.«

»Dei Moler ist nich tot, dat Pier ist dot, und ich bin kein Bauer nich!«

»Unsereins war auch mal mit Pferden unterwegs, weißt noch, als wir all die Toten, die geschwommen kamen, eingesammelt haben?«

»Das war die Strömung«, sagte der Fischer.
Keuchend waren die Frauen herangekommen, die Männer wandten ihnen den Rücken zu und gingen weiter.
»Nun schieb doch endlich!« schalt Tien die Grete, und Grete legte gehorsam ihre knochigen Hände auf die Hüften der Dicken und schob. »Bald geht es wieder bergab«, sagte sie, »dann hast du das Schlimmste geschafft.«
Auch der Fischer hatte Probleme. Der Heizer sah, daß sein Pfad verdammt schmal war, grad mal gut für seinen rechten Fuß. Aber ein Seemann ist kein Saumtier.
»Dieser Scheißtrecker hat alle Wege untergepflügt«, schrie er dem Fischer zu, »Kollektivierung.«
»Meine Beine sind so ziemlich im Arsch, aber die Arme, die ziehen die Riemens immer noch durch, die verdienen ihr Brot!« rief der Fischer zurück. Er dachte betrübt daran, wie wenig es seinen Jungens ausgemacht hatte, von der Hütte, von der Insel, von ihm und Muttern wegzugehen. Da stehen sie nun auf irgendeinem Schiff bis zum Bauch im Hering und nennen das Hochseefischerei, aber das ist kein Fischen mehr, Scheißkram ist das! Das sind schwimmende Fabriken. Da mußt du dich verdammt in acht nehmen, daß die Filetiermaschinen unter Deck dich nicht zu fassen kriegen, oder andere Apparate dich kurz und klein hacken, garen und in die Tomatensoße kippen, und dann nix wie ab in die Konservenbüchse. Fällt nicht einmal auf, schmeckt alles gleich in der roten Soße.
Er tröstete sich: So ganz freiwillig waren seine Jungs nicht weggegangen. Wo sie ihren Kutterliegeplatz gehabt hatten, macht sich jetzt der Inselchef breit.
Hier am abgeschiedenen Ufer ist das nur gut für Strandboote. Scheiße ist das eben, wenn man sich vergrößert.
Wären die schön kleingeblieben, könnten sie heut noch hier sein. Kleinkram haben die das genannt, aber mir reicht das. Ein paar Stellnetze und was für den Hering, was für den Zander und was für die Flunder und ein paar Schnüre für den Aal.
Den Jungs ist das egal, wie Vaddern sich plagt, die haben eigene Sorgen, aber nach Muddern könnten sie öfter mal sehn, oder wenigstens mal eine Postkarte schicken, hallo Mutter, wir leben!
Aber nix da. An Land packt das Dreibein ja zu, dachte er sanfter gestimmt, da kann ich nicht klagen, der leiert mir immer noch den Kahn aufs Ufer rauf, wenn ich die Rollen unterschiebe. Er immer

rundherum, rüber übers Drahtseil und wieder rundherum. Der stellt sich geschickter an als andere mit zwei Beinen. Rundherum, rundherum, nur ohne Gesang, nicht wie früher beim Ankerhieven auf den Viermastseglern, da wurde am Spill gesungen. Aber nach der Arbeit, wenn wir einen Kleinen nehmen und es nicht bei einem bleibt, kann es schon mal passieren, daß auch wir singen. Aber das klingt grad so, als wenn im Dorf die Schweine ihr Futter kriegen.
Die beiden Männer hatten den letzten Hügel vor dem Fischdorf erreicht. Ein Windhauch berührte sie mit dem intensiven Geruch des nahen Ufers, und das unvergleichliche Licht dieses Ortes begrüßte sie.

Hütten

Ort des Verfalls, aber auch Fremde wurden von der merkwürdigen Schönheit und Harmonie dieses Fleckens gefangengenommen.
Manch ein Besucher glaubte sogar, ein seltsames Klingen in der Luft zu vernehmen, ein Klang aus Tönen und aus Licht. Helligkeit, die mit dem Rauschen des Meeres verschmolz.
Der Ort alterte so, wie alles an diesem Ufer zu altern schien: in Licht und Salzluft gebadet, wanderten die Dinge lautlos zurück in irgendein lange lange Vorher …
Die Männer blieben stehen und blickten zu den Weiblein. »Wie zwei Krähen wackeln die über den Acker«, sagte der Heizer laut.
»Ja, die haben Hüte auf, damit der Fuchs sie nicht holt!« rief der Fischer, »schwarze Kleidung, schwarze Feiertagskleidung, Leute, Leute, macht ihr ein Gewese um einen toten Gaul!« Er schüttelte den Kopf und grinste verwundert.
»Hast du die schon mal anders als in swatten Plünnen gesehen? Hab' ich etwa meinen Sonntagsanzug an?« fragte ihn der Heizer.
»Du bist ein Heide, du kennst ja gar keinen Sonntag nich!« Der Fischer ließ sich nicht abbringen von seinen Gedanken. »Wenn dat ein Minsch gewesen wäre«, sagte er sinnend, »ein Minsch, aber ne, das war ein Pferd, ein ganz gewöhnliches Pferd.«
»So gewöhnlich wir dat ja nu wieder auch nicht, immerhin wir dat dat letzte. Die Insel ist nu anners. Dat ist 'ne Insel ohne Pierd. Vor-

her war das eine Insel mit Pierd. Ein Glück, daß wenigstens dein Kahn noch schwimmt. Noch ist das eine Insel mit Strandboot.«
»Wat meinst du, wer kommt, wenn unsereins den Löffel abgibt.«
»Du bist auch was Besonderes, du bist der letzte Fischer! Wir sind allesamt was Besonderes!« rief der Heizer laut, denn im Fischdorf hatte jeder sein spezielles Gebrechen, und das vom Fischer war die Schwerhörigkeit.
»Menschen an sich gibt dat genug. Wir haben reichlich viele eingescharrt damals ... ganz ohne Gebet und Mützabnehmen. Nicht einmal den Priem haben wir aus dem Maul genommen.«
»Das kommt von der Gewöhnung«, gab der Fischer lautstark zu bedenken.
»Ist lange keiner gestorben hier auf der Insel, fragt sich, wen holt der Tod als nächsten?«
»Frag die, wenn du das wissen willst!« Der Heizer nickte in Richtung der Tien, die langsam näherkam. »Die hat lang nicht geweissagt, aber du kannst dir das auch an den Fingern abzählen. Sieh dir unsere Hütten an, die sind schon am Verrecken, die sterben uns vornweg.«
»Meine kann gut und gerne noch hundert Jahre machen«, behauptete der Fischer, »und deine auch, und die Hütte von Tien hält sich auch noch eine Weile.«
Sie betrachteten ihre Häuser in der sonnigen Mulde. Von einigen Gehöften war nur noch das Fachwerkgebälk erhalten. Das verrottete Schilfrohr hatte der Sturm von den Dächern gerissen und landeinwärts getragen. Die Steine brachen sie selbst aus dem Mauerwerk, wenn der Frost und die Nässe den Lehmmörtel gelokkert hatten. Manchmal benötigt man eben Material zum Ausbessern der eigenen vier Wände.
»Heute sind sie ruhig«, sagte der Heizer und lauschte, »kein loses Brett schlägt, Windstille.«
»Was soll da unten viel klappern, jedes Stück Holz, das sich lokkert, reißt du doch ab und steckst es in den Ofen«, knurrte der Fischer, »keinerlei Achtung hast du, aber für die Sommergäste ist das hier das reine Museum.«
»Ach was, schöne Worte machen die, weil sie deinen Aal wollen.«
»Der Urlauber an sich hat wenig Nutzen«, der Fischer schob seine Mütze zurück und betrachtete den Sand zwischen den Hütten: »Die reine blanke Düne. Was der Wind bei mir unter dem Haus

wegholt, setzt er bei dir wieder ab.« Der Heizer grinste, als würde ihn das Schicksal beschenken.

Seine Hütte war bereits bis zu den Fenstern mit weißem trockenen Strandsand zugeweht. Er hatte den Kampf gegen den Sand aufgeben müssen. Die Haustür ließ sich längst nicht mehr öffnen, aber das störte ihn nicht.

Er hatte ein Fenster zur Tür gemacht und pflegte in seine Wohnung zu steigen, als würde er von oben in die Kajüte eines Schiffes klettern. Es erinnerte ihn an seine Fahrenszeit, und das war seine beste Zeit gewesen.

Die zugewehte Heizerhütte war die wärmste, denn sie lag im Windschatten der anderen Häuser, und der ansteigende Hang fing die Wärme der Sonne ein. Akut gefährdet war das Haus des Fischers. Langsam, so schien es, wanderte es stelzbeinig zum Meer, und das Meer war schon sehr sehr nah. Jeder Tag des Fischers endete mit einer aufmerksamen Runde um sein Haus.

Durch all die Stangen und Rundhölzer, die stützen und unterfangen mußten, hatte die Hütte im Laufe der Jahre das Aussehen eines vielbeinigen Wesens bekommen. Aber der Fischer liebte es, der Arbeit des Windes und dem sanften Widerstand seiner Hütte zuzuschauen. Sie hielt sich wacker wie ein gutes Schiff auf See. Jedes anders konstruierte Haus wäre längst auseinandergebrochen. Im Balkengefüge staken die Senkrechten der Knittel, zwischen die man beim Bau sorgfältig Strohstränge geflochten hatte. Die Wände waren mit Häcksellehm verputzt, und das tief hinabgezogene Schilfdach schützte sie. Dat hält sich, dachte der Fischer befriedigt, wenn er an kalten stürmischen Winterabenden die Fensterläden vor die kleinen Fenster klappte. Er schlug mit der flachen Hand gegen die ockerfarbene Lehmwand, und das gab einen guten Ton.

Der Fischer und der Einbeinige warteten auf dem letzten Hügel auf die beiden Frauen.

Der Pfad verzweigte sich an dieser Stelle. Mehrere Pfade führten hinab zu den einzelnen Hütten, die sich schutzsuchend in die zur See hin offene Mulde kauerten.

»Wie seid ihr nur darauf gekommen, zum toten Pferd zu marschieren?« fragte plötzlich der Heizer.

»Spricht sich rum, spricht sich rum!« sagte Grete, obwohl für gewöhnlich Tien das Reden hatte.

»Spricht sich rum, spricht sich rum!« wiederholte unbefriedigt der Heizer, »mit wem habt ihr in Gottes Namen geredet?«
»In Gottes Namen?« Der Fischer grinste gutmütig: »Die reden mit den Ratten!«
Tien kränkte diese Behauptung nicht. Sie war wieder zu Atem gekommen, sie wiegte den Kopf und sah geheimnisvoll auf die Hütten hinab: »Geschehen ist zu sehen, alles ist überall.«
»Ich hab' erst was gesehen, als ihr an meine Tür gewummert habt, und da hab' ich zwei alte Schachteln gesehen!« Der Fischer ahmte sie nach: »›Komm auf den großen Hügel, komm auf den großen Hügel.‹ Konnt' ich ahnen, daß ein Gaul verreckt ist?!«
»Bist wohl auch so einer, der im Verstand lebt und nicht in der Wirklichkeit«, sagte Tien leise.
Der Heizer stelzte auf seine Hütte zu und rief: »Ich jedenfalls war im Arbeitszeug!«
Er turnte in seine Hütte, wandte sich um und schaute aus dem wunderlichen Eingang hinaus. Er machte dem Fischer ein Zeichen.
»Jaja«, brummelte der, »ich werd' schon kommen, aber erst, wenn dein Ofen glüht.« Er wünschte den schwarzen Frauen einen guten Tag und begab sich zu seinem kranken Weib.
Bald kräuselte sich ein feiner Rauch aus dem Schornstein vom Heizerhaus, federleicht stieg das Wölkchen in den klaren Himmel.
Die schwarzbezopfte Tien schaute sich um. Grete schob den Schlüssel ins Schloß. »Es wird Frost geben!« sagte Tien.
»Es wird Frost geben!« wiederholte Grete.
Der Schlüssel ließ sich leicht umdrehen, offenbar hatte kein Fremder versucht, einzudringen.
Grete stieß die Tür auf, zögerte aber, die Schwelle zu überschreiten. Tien beugte sich ächzend herab und löschte das magische Zeichen im Flugsand. Ich möcht' wissen, was sie spricht, dachte Grete. Sie blickte hinab, als Tiens gespreizte Finger über die Haustürschwelle strichen. Tien richtete sich auf und sah die hagere Grete prüfend an, dann nahm sie das Hütchen vom Kopf. Grete tat es ihr nach und betrat hinter der Schwarzen die Hütte. Grete, die ihr Leben lang ausgenutzt und eingeschüchtert worden war, genoß es, unter dem Schutz einer weisen Frau zu leben. Bei all den Kümmernissen war das ihre heimliche Freude: Die schwarzbezopfte Tien brauchte

nur zu wollen, nur ihre Sprüche zu murmeln, nur ihre Beschwörungen mitternachts in den Wind zu rufen, und es würde Ungeheuerliches auf dieser Insel geschehen.
Aber Tien wartete noch.
Beide ließen sie sich erschöpft auf ihre Stühle nieder.
Stumm sahen sie sich im Raum um. Alles war, wie es sein mußte. Die beiden Strohhalme lagen unverrückt zwei Schritt von der Scheuerleiste entfernt, wie zufällig gekreuzt auf den altersschwachen Dielen. Dort unter dem Fußboden ruhte ihr Schatz, das Ersparte, über das Tien und Grete jederzeit verfügen konnten, und das ganz ohne Zauberei.
Sie streiften die Stelle mit kurzem scheuen Blick, und sie lächelten.

Das Gretehaus

Den weitaus größten Teil ihres »Schatzes« hatten Tien und Grete in jener Zeit erworben, als eine jede noch ein Häuschen für sich allein bewohnte. Sommer für Sommer hatten sie zahlenden Gästen ihre Zimmer überlassen. Sie selber aber hausten derweil in den stickigen Spitzböden ihrer Hütten. Der separate Eingang: die Heuluke im Giebel.
Erst in diesem Sommer war Grete zu Tien gezogen. Bis dahin hatte sie zwanzig Schritte den Hang hinauf im bunten Haus gewohnt. Offensichtlich hatte sie nun die Hoffnung aufgegeben, daß doch noch der rechte Kerl käme. Statt des erhofften späten Freiers war im April eine aufgedonnerte junge Frau gekommen. Sie trug ein Köfferchen in der einen und einen Zettel in der anderen Hand. Sie stolperte mit ihren Absatzschuhen durch den losen weißen Sand direkt auf Gretes Haus zu und pochte aufdringlich an die Tür. »Guten Tag«, sagte sie, »ich habe eine Einweisung.« Dann hatte die Fremde eine geschlagene Stunde damit zugebracht, Grete zu erklären, was eine Einweisung sei. Als Grete endlich begriff, daß der neue Inselchef sich anschickte, mittels eines bedruckten Zettelchens Zimmer ihres Hauses zu okkupieren, knallte sie der Aufgedonnerten die buntbemalte Tür vor die Stirn und bedauerte zu-

tiefst, nicht zu wissen, wo ihr Vater, bevor er damals in den Krieg mußte, seine Flinte versteckt hatte. Sie schob, da für das Schloß kein Schlüssel existierte, von innen den Küchenstuhl unter die Türklinke und blieb, obwohl sich die Schritte der Fremden längst entfernt hatten, derartig verbarrikadiert zu jeder Art Widerstand entschlossen, auf dem Stuhl sitzen. Gegen Abend überbrachte ihr der Heizer die Nachricht, daß sie am nächsten Tage bei Jobst, dem Inselpolizisten, vorzusprechen habe.

»Was soll ich da, was soll ich da, ich bin doch verrückt!« hatte sie durch die Tür geantwortet. Der Einbeinige entgegnete, daß sie sich darauf nichts einbilden solle, denn alle Frauen seien verrückt. Dann hatte er mit den Achseln gezuckt und war davongestelzt. Sie aber war ganz ganz langsam in verzweifelte Wut geraten. Sie hatte einen Besen gepackt, war treppauf in die beiden Oberstübchen geeilt und hatte mit dem Stielende die Fensterscheiben aus den Rahmen gestoßen. In das Scheppern des klirrenden Glases hinein kreischte sie, daß sie den Schicksen vom Dicken schon das Wohnen verderben würde, denn sie sei naasch im Kopp.

Plötzlich hielt sie erschrocken inne und war so entsetzt über die Zerstörung, daß sie meinte, das Haus tödlich getroffen zu haben. Dieser Kummer erbitterte sie noch mehr. Sie kroch durch die Luke in die finstere Enge des Spitzbodens, und mit Tränen in den Augen und blutig zerschrammten Händen, hustend im Staub jahrhundertealter Trockenheit, zerbrach sie so lange mürbes Schilfrohr, bis ein Loch ins Dach gerissen war und sie den Kopf ins Freie zwängen konnte. Draußen wanderte langsam ein großer Mond über den wolkenlosen Himmel. »Was will sie hier, was will sie hier«, schrie sie, »hier regnet es durch, hier regnet es durch, und ich bin verrückt!«

Die Frau des Fischers, die nicht recht schlafen konnte, weil der Vollmond schien und sie ohnehin den ganzen Tag, der offenen Beine wegen, im Bett verdösen mußte, vernahm das Gekreisch. Sie richtete sich ein wenig auf und konnte Gretes bleiches Gesicht deutlich im Mondlicht erkennen. Sie rüttelte ihren schnarchenden Mann, dem Taubheit, Schnaps und reichlich Arbeit stets einen gesegneten Schlaf schenkten. »Kiek nur, kiek!« rief sie.

Er wunderte sich, warum Gretes Kopf nicht holterdiepolter vom Dach rollte. Als er hinauskam, waren Tien und der Heizer bereits am Ort des nächtlichen Geschehens. Der Heizer schaute nach oben und sagte gelassen: »Nu is sei mall wurden!«

Aber Grete keifte zurück: »Das mußt du einbeiniger Saufkopf mir sagen, du hast doch schon längst deinen Verstand versoffen!«
»Einbeinig hin, einbeinig her! Zusammen mit meinem Schwanz hab' ich vier, und ein Bein ist steifer als das andere!«
»Ich bin verrückt, ich bin verrückt!« schrie sie, »und wenn ihr nicht verrückt wärt, wärt ihr auch verrückt in diesen verrückten Zeiten!«
»Schon gut, schon gut, wir wissen Bescheid!« Mit diesen Worten drückte der Heizer den Türdrücker so heftig herab, daß die Klinke innen auf der Stuhllehne zerbrach und die Tür einen Spaltweit aufsprang. Dann schob er die Tür mitsamt dem schurrenden Stuhl nach innen. Tien und der Fischer stiegen über knirschende Glasscherben die Treppe hinauf.
Der Einbeinige blieb unten, Treppen erklimmen mochte er nicht.
Als einige Tage später, ohne daß Grete den Inselpolizisten aufgesucht hatte, Jobst in Uniform und in Begleitung der jungen aufgedonnerten Frau auf die Hütte zusteuerte, öffnete Grete die Tür und erlaubte beiden einzutreten.
Die Besucher wateten durch Glasscherben und ertrugen Gretes böses Lächeln so lange, bis die Treppe aus der Halterung riß und in einer Staubwolke, die durch alle Räume wogte, krachend in sich zusammenfiel. Der Lehmputz der Flurdecke zerbröselte mit einem Knall auf dem Ziegelsteinfußboden. Jobst und die Blonde ergriffen die Flucht
»Das waren die Holzwürmer!« rief sie den beiden hinterdrein.
Grete als Sieger im Staub. »Paßt bloß auf, wir lernen allesamt vom Russen, so soll das ja wohl sein«, stotterte sie, »dei Russ hat achtzehndreizehn Moskau angezündet und damit sogar Napolean in die Flucht geschlagen!« Hauptsache, die zündet nicht das Dorf an, dachten die anderen vom Fischdorf.
Grete zog zur Tien in deren Hütte. Somit verfügte auch Tien nur noch über soviel Wohnfläche wie jedem Bürger laut Gesetz zustand. Beide waren nun durch diesen, wie sie meinten, raffinierten Schachzug gegen jede willkürliche Einquartierung abgesichert. Aber das Geschäft mit der Schwarzvermietung war nun passé. Etwas Geld war noch zu machen. Die Weiblein verhökerten an streunende Badegäste die handgeschmiedete Wetterfahne, die sich auf dem Gretehaus drehte. Sie verscherbelten die alte Truhe, in der die bestickten Leinentücher von Gretes Aussteuer ein halbes Jahr-

hundert vergeblich auf die Hochzeit gewartet hatten, und sie verschleuderten den sperrigen Eichenschrank, auf dessen Tür in lustigen Farben, umkränzt vom Ornament dreischwänziger Fische, der Sündenfall gemalert war. Die beiden alten Weiber sahen mit boshafter Lust, wie die eiligen Fremden die Stange der Wetterfahne aus dem Rohrdach stießen und dabei erbarmungslos Löcher rissen. Bitter lächelnd gaben sie den Käufern die Erlaubnis, ein Fenster samt Fensterfutter herauszubrechen und die Balkenwand unterhalb der Fensteröffnung aus Gretes Haus herauszusägen, nur damit man den viel zu breiten Eichenschrank unversehrt ins Freie schieben konnte. Sechs Männer schleppten das ehrwürdige Möbelstück zum großen schwarzen Boot des Fischers. Der Alte hatte sich breitschlagen lassen, das Ungetüm hinüber zum Festland zu schaffen.

Der Besuch des Herrn Akkurat

Zwei Tage nachdem die Hauswand durchbrochen worden war, kam mit eiligen Schritten der Herr Akkurat hinab zur Tienhütte. Die Weiblein fühlten sich beehrt, immerhin wohnte dieser Herr gemeinsam mit seiner malenden Gattin monatelang zur Sommerfrische, wie sie meinten, im alten Herrenhaus, und etwas von jenem Respekt, der den Inselbewohnern einstmals eingebläut wurde, war auf ihn übergegangen. Sie baten den Herrn herein. Er lüftete höflich seinen großen schwarzen Künstlerhut, schaute sich interessiert um, lobte dies und jenes und trank, ohne eine Miene zu verziehen, gemeinsam mit den Frauen kalten Brombeerblättertee. Er plauderte galant, sprang aber plötzlich auf, als Fremde um das Gretehaus strichen, sich umsahen und dann in der Maueröffnung verschwanden.

»Diese alten Dinge, gute Frauen«, rief er erschrocken, ohne den Blick von dem dunklen Mauerloch abzuwenden, »diese Gegenstände Ihrer Väter, die da vielleicht noch sind, müssen um Himmels willen auf der Insel bleiben! Ich hätte da einen Raum …«

»Im Schloß?« unterbrach ihn Tien.

Er wehrte ab und zwinkerte nervös: »Im ehemaligen Verwalterhaus. Wie gesagt, ich hätte da einen Raum, einen phantastisch weißen Gewölberaum. Schränke, Borde, Butterfässer, Krüge, Töpfe, Teller, Tassen, alles wäre dort in idealer Weise auszustellen. Von Ihrem wundervollen Schrank hörte ich, vom Bild des fröhlichen Sündenfalls erfuhr ich. Es ist eine Tragödie, daß das Erbstück nicht mehr auf der Insel ist. Um Himmels willen, lassen Sie mich sichten, bevor die Fremden alles in alle vier Winde verstreuen. Haben Sie nicht gesehen? Eben sind Leute ins Haus gestiegen!«

»Soll er sichten!« sagte die Schwarzbezopfte, der das Wort »sichten« gefiel, »scheuch sie weg, Grete!«

Grete nahm einen Knittel und erhob sich. Eigentlich hätte sie diesem Herrn, dem die Sätze so leicht von den Lippen gingen, der so viel Interesse bekundete und der so freundlich mit ihnen sprach, wie es seit langem kein Fremder getan hatte, gern noch in aller Ruhe zugehört.

Der Malerinnenmann, der so genannt wurde, weil er stets in den höchsten Tönen von seiner Frau, der Malerin, sprach, eilte ihr nach zur Hütte, überholte sie und schickte sich an, gleichfalls durch die Maueröffnung einzudringen. Grete hielt ihn zurück und bedeutete ihm, während sie mit einem winzigen Schlüsselchen das Vorhängeschloß öffnete, ihr durch die Haustür zu folgen.

Die Fremden sahen sich ertappt. Ein rundlicher Urlauber hielt einen jener Porzellanhunde in den Händen, die Grete erst am Morgen mit einer Leiter aus ihrer ehemaligen Schlafkammer herabgeholt und hier unten abgestellt hatte.

Sie war sich unschlüssig gewesen, ob sie das englische Hündchen in ihre neue Behausung bringen durfte, ohne die Schwarzbezopfte zu erzürnen.

»Dacht' ich's doch, dacht' ich's doch!« flüsterte tonlos der Herr Akkurat. Er war selbst überrascht von seiner Entschlossenheit, als er auf den Fremden zuging, ihm das Hündchen rigoros aus den Händen nahm und ihn anherrschte: »Verlassen Sie das Haus dieser Dame!«

»Wir wollten die Dinge käuflich erwerben!« stammelte der Fremde.

»Dann hätten Sie gefragt, bevor Sie einbrechen! Jawohl, einbrechen, wir benachrichtigen die Polizei. Es wird Ihnen nicht möglich sein, die Insel zu verlassen, ohne daß Ihre Personalien aufgenommen werden!«

Die Leute stotterten, aber der Herr Akkurat ließ sie nicht zu Worte kommen. Er postierte sich neben die Maueröffnung und untersuchte mit seltsamem Mut jeden der Eindringlinge, der ihn auf dem Weg ins Freie passieren mußte. Und, hast du nicht gesehen, zog er aus der Bluse eines flachbrüstigen Mädchens in das grelle Licht des Mittags einen kobaltblau bemalten altenglischen Teller. Grete schaute, berührt von so viel uneigennützigem Eifer, streng und würdig mit dem Knüppel in den Händen zu.
Der Maler vom Herrenhaus erbot sich anschließend, ein doppeltes Bretterkreuz vor die Maueröffnung zu nageln. Er erledigte das mit überraschender Geschicklichkeit und kletterte anschließend auf einer gefährlich morschen Leiter, die Grete vom Haus der Tien herüberschleppte, in die obere Etage. Während er sich in den Dachkammern umsah, den Wert der Dinge überschlug und den Tag lobte, an dem Grete die Treppe zum Einsturz gebracht hatte, beklagte von unten herauf Grete die himmelschreiende Ungerechtigkeit, die ihr widerfahren war: »Man hat mir eine Fremde ins Haus setzen wollen, eine wildfremde hochhakkige, parfümierte, unanständig riechende Blondierte. Die hätte es gewiß Nacht für Nacht mit Männern getrieben. Bewirtschafteter Wohnraum stand auf dem Zettel geschrieben! Eine schöne Wirtschaft wäre das geworden! Überall im Dorf meinswegen, aber nicht bei mir!«
Der Herr Akkurat stieg die Leiter wieder hinab und schüttelte mitfühlend den Kopf. »Wären Sie nur zu mir gekommen!« hauchte er betrübt, »ich hätte mit den Inselverantwortlichen geredet.«
Tien trat zu ihnen: »Der Herr hat gesichtet?«
Grete nickte: »Der Herr hat gesichtet!«
»Ich würde mich gern um all die alten Gerätschaften kümmern«, sagte der Maler und klopfte den Staub von seiner Kleidung, »alte Dinge führen ein Eigenleben. Sie dürfen nicht auf dem Müllplatz enden. Sie sollten im … Sie nennen es Schloß … wohnen. Diese Gegenstände darf niemand ins trostlose Exil aufs Festland entführen. Ich würde Ihnen fünfhundert Mark zahlen können und mit Ihrer freundlichen Zustimmung alles mitnehmen, was irgendwie im – Sie nennen es Schloß – unterzubringen ist. Ich würde also nicht nur Obdach gewähren, sondern obendrein auch zahlen. Fünfhundert Mark!« Er hob die Hände, als wäre er erschrocken über seine eigene Großzügigkeit.

Die Frauen hätten an diesem Tage so ziemlich jeder Summe zugestimmt. Sein Benehmen hatte sie überzeugt.
Am späten Nachmittag fuhr Lüder mit dem Hängergespann vor. Auf dem Hänger saß, eingepudert vom aufgewirbelten Staub der Ackerwege, der Maler vom »Schloß«, den man auch den Herrn Akkurat nannte. Er saß neben Körben und Kisten auf Stößen gebündelter Zeitungen und hielt krampfhaft seinen vormals schwarzen Hut mit beiden Händen fest.
Lüder rangierte den Hänger an die Maueröffnung des Gretehauses, spannte ab und brauste mit dem Versprechen davon, in ein paar Stunden mit der Zugmaschine zurückzukehren.
Der Maler klopfte seinen Hut ab, grüßte zu den schwarzen Frauen hinüber und verschwand mit einer ausziehbaren Leiter auf der Schulter im Inneren des Hauses. Unermüdlich turnte er hin und her. Er machte nicht eher Pause, als bis fast alle Dinge des Hauses, eingehüllt in geknülltes Zeitungspapier, verpackt in Kisten, auf dem Hänger verstaut waren.
Nach dieser genehmigten letzten Plünderung war das Gretehaus unglaublich rasch verfallen.
Es glich einem Köder, der zu stinken begann.
Die beiden Frauen aber warteten immer noch auf den Auftritt vom Inselchef persönlich.

Nur ein roter Strich

Ob sie nun auf der Holzplanke an der besonnten Hauswand der Tienhütte saßen oder am wachstuchüberzogenen Tisch hinter dem winzigen Wohnstubenfenster, ob sie am hitzesprühenden Kochherd standen, oder jede zu ihrer Zeit draußen auf dem Klo ihre Notdurft verrichtete und dabei wachsam durch einen schmalen Spalt aus dem Dunklen heraus die Senke überblickte: sie lauerten.
Grete hatte ihr Haus geopfert. Aber der Triumph, die Staatsmacht angesichts dessen, was das Einweisungsschreiben angerichtet hatte, fassungslos zu sehen, blieb den alten Weiblein versagt.
Manchmal, wenn ein Badegast, auf den die Beschreibung zu pas-

sen schien: dicker Kerl mit rundem Kopf und schmierigem Blick, in Gretes Blickfeld geriet, begannen ihre Augen zu funkeln. Tien aber schüttelte den Kopf. Wie der rücksichtslose Mann auch daherkäme, selbst wenn er sich einen falschen Bart ankleben und sich eine blonde Perücke überstülpen würde: sie würde ihn erkennen.
Sie kannte ihn, denn immer, wenn der Stelzbeinige die Lebensmittelbestellungen der Weiblein aus seinem Tragesack auf die blaukarierte Wachstuchtischdecke kippte: Brot und Milchpulver, Margarine und harte Wurst, Zucker und Salz, oder was die beiden sonst noch aus dem Angebot des fernen Konsumladens brauchten, fragte Tien nach dem Inselchef. Während sie umständlich mit knauserigen Fingern aus einer Obertasse Wechselgeld fischte und Grete dem Einbein einen Pfefferminzschnaps einschenkte, mußte der Mann, der auf der Insel herumkam, jeden der seltenen Auftritte des Dicken auf das genaueste beschreiben.
Die Berichte jedoch fügten das Bild eines derart harmlosen, jovialen, wenn auch leicht dümmlichen Wesens zusammen, daß Grete Mühe hatte, über den langen Zeitraum vergeblichen Wartens hinweg ihren Zorn am Kochen zu halten.
Anfangs hatte sie noch allmorgendlich den Flugsand von den in den Flur gekippten Glasscherben gefegt, damit der Dicke und seine Leute beim Eintreten sofort das vorwurfsvolle Knirschen unter den Schuhsohlen zu spüren bekamen. Dann aber, als die Räume des Gretehauses vom Malerinnenmann ausgeräumt worden waren und den beiden Damen klar wurde, daß der Inselfürst jeder offenen Auseinandersetzung aus dem Wege ging, als statt eines offiziellen Angriffs der Ansturm neugieriger Strandurlauber auf dieses Denkmal der Vergänglichkeit erfolgte, hängte Grete eine leere Konservendose neben das Mauerloch der Hütte und wartete darauf, daß die Besucher für ihr gleichnishaftes Erlebnis einen Groschen in die scheppernde Blechbüchse warfen. Grete mußte ihren Zorn damit nähren, auf die Ruine ihrer Hütte zu blicken und gleichzeitig unter Zuhilfenahme ihrer dürren Finger immer aufs neue zu berechnen, welch eine hübsche Summe ihr der Sommer gebracht hätte, wäre das Haus noch intakt und an Gäste vermietet. Das hat er uns geraubt, geraubt, geraubt!
In Anbetracht derartiger Verluste wurden ihre Lippen für ein Weilchen schmal und bitterböse.
Sie irrte sich jedoch, wenn sie annahm, daß der neue Inselchef

nicht wagte, persönlich einzufordern, was sie seinen Abgesandten verweigert hatte. In Wirklichkeit hatte der Inselchef die entrüsteten Berichte der abgewiesenen Blondine sogar mit gewisser Genugtuung zur Kenntnis genommen. Der Nordwestabschnitt der Insel, das betraf das verfallende Fischerdorf, interessierte ihn nun vorerst nicht mehr. Er hatte sich die Liste der Wohnraumerfassung heraussuchen lassen und genüßlich die Angaben seines Vorgängers mit dem Rotstift in der Hand überprüft. Dann hatte er das Lineal angelegt und das Fischdorf, als Ort, an dem Menschen wohnen, mit einer geraden roten Linie durchstrichen.
Er liebte derart konsequente Entscheidungen, die ihn gelegentlich das beglückende Gefühl von Macht spüren ließen. Anschließend hatte er den Rotstift auf die Tischplatte gelegt, sich erhoben und seiner Sekretärin im Barackenvorzimmer einen kurzen Bericht diktiert. In diesem Bericht an die übergeordnete Dienststelle machte er deutlich, in welch desolatem Zustand er die Insel von seinem Vorgänger übernommen habe. Es hätte sich gezeigt, formulierte er, daß sämtliche Berichte dieses Genossen unverantwortliche Beschönigung gewesen seien. Er schloß, wie häufig, mit der Bemerkung, daß umfangreiche Baumaßnahmen auf der Insel unumgänglich notwendig wären.
Während die Sekretärin die Bezeichnung »unverantwortliche Beschönigung« tippte, hatte sie ihren Chef aufmerksam, ja sogar mit gewisser Bewunderung angesehen. Das Geräusch der Anschläge war dabei nicht einmal um Sekundenbruchteile aus dem Takt geraten. Ihr Blick allerdings hatte ihn einen Moment lang irritiert. Dann aber hatte er sein Diktat fortgesetzt. Seine Miene war noch entschlossener geworden. Er wußte, derartige Formulierungen konnte er sich leisten. Die vorgesetzten Dienststellen auf dem Festland waren mit der Arbeit seines Vorgängers unzufrieden gewesen. Dieser Genosse hatte in den sechs Jahren seiner Inselpräsenz manches schleifen lassen. Erst mit fünfmonatiger Verspätung war auf der Insel die Kollektivierung der Landwirtschaft durchgesetzt worden, und selbst für diese Maßnahme hatte es der massiven Unterstützung durch geschulte Agitationsgruppen aus der Bezirkshauptstadt bedurft. Dieser Genosse hatte weder verhindern können, daß einem der Beitrittskandidaten samt Familie die Republikflucht gelang, noch hatte er vorausgesehen, daß ein zweiter sich erhängte.

Er, der Neue, war da von anderem Kaliber. Mit forschem Schnörkel unterzeichnete er das Papier. Sämtliche Probleme mit den desolaten Fischerbuden würden irgendwann Planierraupen erledigen. Schritt für Schritt: Disziplin, Ordnung, Sauberkeit, Sozialismus. Auf irgendeine Weise drang sein Wort von der »unverantwortlichen Beschönigung« hinauf in die Dorfkneipe. Es wandelte sich auf dem Weg von der Bürobaracke bis zur »Deutschen Eiche« allerdings ein wenig. Dort hieß es nun, der neue Inselchef habe seinen Vorgänger »einen unfähigen Schönfärber« genannt. Offenbar hatte der Einstige dem Dorf seinerzeit nur deshalb so zugesetzt, weil er makellose Zahlen melden wollte. Man mutmaßte sogar, daß der Neue aus dieser Einsicht heraus gewisse Maßnahmen des Vorgängers rückgängig machen würde, und konstatierte mit Genugtuung, wie selten sich der Mann zeigte. Er hatte die blöden Baracken des Feriendorfes »Sommerglück 8. Mai« aufstellen lassen, und das war dann ja wohl so ziemlich alles. Was er mit der naaschen Grete vom Fischdorf abzumachen hatte, ging sie im Neudorf nicht so recht was an. Hauptsache, hier im Dorf ging alles seinen Gang.

Eins allerdings war den Dörflern ein wenig rätselhaft: Was trieben, verdammt noch mal, die vielen Angestellten den lieben langen Tag in der Chefbaracke am Hafen? Wann immer man da vorüberkam, immer vernahm man dort das Hämmern von Schreibmaschinen, und das hörte sich nicht so an wie bei Jobst, dem Inselpolizisten, heute ein Buchstabe, morgen einer und übermorgen wieder einer. Wenn man die Barackenpoststelle aufsuchte oder die Winterbrikettbestellung in einem der Barackenbüros abgab, immer sah man Leute mit Papieren in den Händen über den langen Korridor eilen, und häufig hörte man hinter den numerierten Türen zu allem entschlossene Stimmen.

»Sollen sie doch, sollen sie doch!« beruhigte man sich beim Saufen in der Kneipe, »solange sie sich damit unterhalten, Papier schwarz zu machen und in Versammlungen die Zeit totzuschlagen, tun die keinem was! Irgendwann wird ihnen das Spielchen über, und sie steigen allesamt auf die Fähre und fahren auf und davon.«

Man lachte verächtlich und spülte düstere Ahnungen mit ein paar Schnäpsen hinunter.

Der Morgen des Genossen Vorsitzenden

Etwa zu jener Uhrzeit, zu der Unsmoler am Morgen nach seinem unglücklichen Ausritt den Hof des Traktoristen betreten hatte, war im Wohnteil der Chefbaracke der Vorsitzende des Inselkreises erwacht. In seinem Zimmer war es dunkel. Vorhänge hinderten das erste Morgenlicht am Eindringen. Auf seinem Nachttisch tickte der Wecker. Schwach leuchteten die Zeiger, sein Gesicht entspannte sich. Von mir aus, dachte er, könnten die Wecker verschrottet werden. Ich kenne meine Zeit. Gleich sechs Uhr dreißig.

Er vernahm keinerlei Geräusche auf dem Flur. Sollte Frühsport einführen für die ganze Truppe, eins zwei, eins zwei, sonst werden mir die Leute träge, bevor es hier so richtig losgeht. Auch nebenan war es still. Dort hatte es auch still zu sein. Dort schlief die neue Sekretärin. Sie hatte vorerst ein Einzelzimmer wie er. Eigentlich war es das Gästezimmer.

Die anderen Kammern waren allesamt doppelt belegt, er lächelte: die Kollegen bewachen sich gegenseitig. Er, der Oberste hier, hatte Vorrechte.

Der dicke Mann drehte sich auf den Rücken, zog seine Hand unter dem Federbett hervor und strich über die Decke neben seiner Lagerstatt. Doppelbett, Einheitsmöblierung. Jetzt dort einen warmen Frauenschenkel fühlen! Er lächelte sein stets ein wenig hämisches Lächeln: seiner Alten war das Barackenleben nicht zuzumuten. Hier brauchte man Pioniergeist, noch war hier so ziemlich alles Scheiße.

Da wohnt das prominente Künstlerehepaar im ehemaligen Herrenhaus, weiß Gott, weitaus besser!

Beim Weißgottgedanken fuhr er zusammen. Keinesfalls, ermahnte er sich, durfte er in Gegenwart von Mitarbeitern oder Untergebenen vom Lauf der Geschichte überholte Redensarten verwenden.

»Weiß Gott, weiß Gott, weiß Gott!« wiederholte er in Gedanken, diesen alten Herrn da oben über den Wolken haben wir abgeschafft, abgeschafft wie auch die Junker und die Schlotbarone. Hier auf der Insel bin ich der liebe Gott, basta! Zumindest schlafe ich im Einzelzimmer. Er schaltete das Licht an und sah sich um. Es stimmt schon … dieses Malerpärchen wohnt komfortabler. Seine

Gattin hatte unlängst bei ihrem letzten Inselaufenthalt geäußert, warum nicht wir in dem Gebäude? Zum hundertsten Male antwortete er in Gedanken seiner Angetrauten: »Wenn das hier mit dem Bauen losgeht, werden alle mit den Ohren schlackern. Hier entsteht ein Komplex, gegen den ist das alte Gemäuer mit seiner desolaten Kaminheizung ein Scheißdreck! Sollen die da vorläufig den Bestand sichern, sprich, das Gebäude erhalten. Allerdings: das sollte man den Kollegen Kulturschaffenden unmißverständlich deutlich machen: Entgegenkommen ihrerseits ist notwendig. Haben Bretter vor die Fenster genagelt, gut, dachte er, Winterfestmachung an Gebäuden mit historischem Charakter, das kommt in meinen Bericht, Pluspunkte sammeln. Auch verrückte Hühner legen Eier.

Das Rasseln verschiedenartigster Wecker schepperte durch den Wohnteil der Baracke. Nebenan knarrte das Bett, genüßlich verzog der Dicke seinen Mund, schlug entschlossen die Bettdecke zurück, richtete seinen Oberkörper auf und stellte seine Füße behutsam auf den Bettvorleger. Er machte die Andeutung einiger Kniebeugen, ließ seine Arme kreisen und versuchte dann, mit den Fingerspitzen den Fußboden zu erreichen. Ein wenig enttäuscht begab er sich vor den Spiegel neben der Tür. Er blickte entschieden drein, steigerte diesen Ausdruck zu zielbewußter Härte, um kurz darauf in gütiger Herablassung zu lächeln. Gesichtstraining. Muß nicht nur körperlich fit sein.

Er wußte nicht, daß er Schauspieler war. Das Stück, in dem er auftrat, war längst zu seiner Wirklichkeit geworden. Er, das war seine Rolle. Nur wenn er soff oder eine Frau besprang, war er grunzend bei sich selbst im vergessenen Wesen daheim. Sonst aber funktionierte er und verlangte das Funktionieren auch von anderen.

Wehe denen, die ihre zugewiesenen Rollen nicht erlernen konnten, oder schlimmer noch, nicht erlernen wollten!

Nebenan knarrte wieder das Bett.

Er erinnerte sich plötzlich daran, daß an diesem Tag die Herren Architekten kommen würden. Sollen sich nur nicht zu viel einbilden, die Studierten. Werde irgendwann an der Parteihochschule den Doktor machen. Mögliches Thema: die sozialistische Umgestaltung einer Insel. Er spürte, wie seine Fußsohlen kalt wurden. Linoleum auf Beton, Scheiße ist das. Wie in der Kaserne. Er schlüpfte in die Pantoffeln und stieß seine Arme nach vorn.

Ein paarmal noch schlug er schattenboxend zu. Er begann zu schwitzen, aber die heftigen Bewegungen gaben ihm das angenehme Gefühl, etwas für sich und seine Gesundheit und somit auch für das Wohl der Insel getan zu haben.
Er schlurfte in die separate Naßzelle. Irgendwie erinnerte ihn dieses winzige Bad stets an ein Bahnhofsklosett. Das mochte an dem mit weißer Ölfarbe streifig zugestrichenen Fensterchen und an der kalkgetünchten liederlich verputzten Wand liegen. Nicht einmal der Fußboden war gefliest, billig, billig, das Ganze ein Provisorium. »Unhaltbarer Zustand«, murmelte er. Unbedingt nächstes Frühjahr Baubeginn, bis dahin Materialbeschaffung, Erdarbeiten. Er ließ seinen Blick im winzigen Raum umherschweifen und seufzte. Wenigstens die Ablage unter dem Spiegel hatte bereits internationales Niveau. Allerhand wohlriechende Wässerchen ... kleine Parade guter Seifen. Parteitagsbeute, Interhotel, kleine Aufmerksamkeit der Direktion.
Nebenan im anderen Waschraum hinter der halbsteinigen Wand die Blonde. Wäscht sich ihr geiles Löchlein. Nimm dich zusammen, tadelte er sich grinsend, alles zu seiner Zeit. Ein Parteiverfahren am Hals und alles wäre gelaufen.
Besonderes Augenmerk künftig auf die sanitären Anlagen richten, lenkte er sich ab. Er knöpfte die Jacke seines Schlafanzugs auf, zog sie aus, warf sie durch die offene Tür auf sein Bett. Volltreffer. Bevor er sich zum Zähneputzen vor den Spiegel stellte, straffte er seinen Körper. In dieser Frontalansicht fiel die Wölbung seines Bauches nicht weiter auf. Er schob die Schultern vor und spannte die Halsmuskeln. Seh' aus wie ein Boxer, dachte er. Er hob seine Faust und erinnerte sich daran, daß irgend jemand einmal gesagt hatte, da säße ganz schöner Bums hinter.
Kleine Kontrolle ... er wischte mit dem Finger über den oberen Spiegelrand, wo sich am ehesten unbemerkt der Staub absetzen konnte. Hab' so meine Methoden, dachte er selbstgefällig, Armeezeit war in jeder Hinsicht lehrreich, mich täuscht man nicht. Auch die Reinigungskräfte müssen spüren, daß ich ihnen auf die Fingerchen schau. Arschwackeln allein überzeugt mich noch nicht. Er grinste ... die sollte ich mal ... wenn es nur nicht die Wischfrau wäre. Nein, dachte er, kann ich mir nicht leisten. Das mit der Sekretärin bleibt unter uns, aber wenn ich die ... die würde im Dorf herumtratschen ... man glaubt ihr zum Glück nicht alles,

sie quatscht zuviel. Vielleicht doch mal, während sie bohnert von hinten. Daß ich immer auf solche Gedanken komme! Mache eben jungen Hüpfern noch was vor …
Deutschlands größter Sohn, Karl Marx, war auch kein Kostverächter.
Er hörte, wie in der Naßzelle des rückwärtigen Zimmers, in dem zwei Kollegen untergebracht waren, jemand den Wasserhahn aufdrehte. Unwillig zog er die Augenbrauen zusammen, dann streckte er rasch seine Rechte zum linken Wasserhahn, der mit einem roten Pünktchen gekennzeichnet war, und drehte diesen voll auf. Dampfend schoß das Wasser ins Waschbecken. Der Spiegel beschlug. Das wäre was, wenn der Wasserdruck für mich nicht mehr ausgereicht hätte, nur weil sich irgendwelche Mitarbeiter den Hintern waschen! Er mußte gleich wieder an das Hinterteil der Sekretärin denken, die vielleicht auch … Diese Vorstellung versöhnte ihn.
Er drehte den Heißwasserhahn zu und ließ einen dünnen Strahl kaltes Wasser ins Becken laufen.
Ne ne, das Malerpärchen hat sich abgesichert … alles Atelierräume und obendrein im Winter unbewohnbar. Die waren nicht so blöd, Öfen einzubauen. Allerdings, wenn das mit dem Bauen nichts werden sollte … Aber wir werden bauen!
Es war ihm gelungen, die Pläne allen Ministerien schmackhaft zu machen. Luft, Sonne, Wasser, Sand, alles reichlich vorhanden. Billigste Rohstoffe für das »Unternehmen glückliche Zukunft«.
Er prüfte vorsichtig die Wassertemperatur, schloß den Kaltwasserhahn und begann sich prustend im wohlig warmen Wasser zu waschen. Muß frisch sein, wenn die Sekretärin klopft.
Liebe machen im neuerbauten Objekt. Voraussetzungen schaffen. Muß darauf achten heute: Vorzimmer, Sitzecke, Ledersofa. Meine Alte wird natürlich rumspionieren … sicher wird sie rumspionieren. Wenn sie irgendwelches Gerede hört, werde ich mir eine neue Schreibkraft suchen müssen. Angenehmer Gedanke.
Er hatte einiges erreicht, konnte auswählen. Kaderpolitik. Wozu Macht, wenn nicht bißchen was dabei herausspringt. Weiber mögen die Mächtigen.
Gurgelnd zog das Waschwasser durch das Abflußrohr. Er trocknete sich sorgfältig ab, wischte mit dem Handtuch über den Spiegel und strich gewohnheitsmäßig mit dem Handrücken seiner Lin-

ken über die Bartstoppeln. Kopf in den Nacken. Er gefiel sich mit diesem prüfenden Blick, den er beibehielt, während er die Schnur vom Trockenrasierer wickelte. Dann schob er den Stecker in die Steckdose, schaltete das Gerät ein und lauschte einen Moment dem angenehmen Summen. An seinen Wangen begann das Maschinchen leise zu rattern. Es mähte perfekt den sprießenden Bart. Ausgezeichnetes Elektrogerät, besonders gefiel ihm, daß derartige Extras nicht für Hinz und Kunz im Handel erhältlich waren. Undenkbar war, daß irgendein Untergebener sich solche Neuheiten aus dem kapitalistischen Ausland würde schicken lassen. Jeglicher Westkontakt untersagt.

Er zumindest hatte seine Leute unter Kontrolle. Die Insel war überschaubar. Ringsherum Wasser, ideale Voraussetzung. Er lächelte befriedigt und fuhr fort mit seiner langandauernden Rasur. Er schaute sich selbstgefällig mit erstem prüfenden Blick dabei zu. Er hatte diesen Gesichtsausdruck regelrecht üben müssen, sogar unter Anleitung. Immerhin war er qualifizierter ausgesuchter Kader, unter Tausenden ausgesucht, unter Hunderttausenden, verbesserte er seinen Gedanken.

Beobachtet haben die Burschen mich, dachte er und lächelte anerkennend. Lange auf Eignung geprüft und abgeklopft, tüchtig, tüchtig unsere Jungs von der Sicherheit, nichts habe ich bemerkt. Und das will was heißen! Haben nicht den kleinsten Fleck auf meiner Weste gefunden, keinerlei Westverwandtschaft vorhanden, nichts. Dann Parteihochschule, Kaderschmiede, manch einer hat schlapp gemacht. Ich nicht.

Er legte den Rasierer beiseite und erhob sich auf Zehenspitzen, ließ sich zurücksinken, atmete kräftig aus und spannte die Muskeln seiner Oberarme. Die hatten ihm seinerzeit bei einem Wettkampf im Kugelstoßen einen zweiten Platz eingebracht, beinahe täglich erinnerte er sich daran.

Er bleckte die Zähne und fuhr mit dem kleinen Finger seiner Rechten über die vordere Zahnreihe … durchaus noch passabel. Dann aber bedrückte ihn ein Gedanke. Unbedingt durchsetzen, daß im Neubau ein Raum für eine Zahnstation vorgesehen wird. Zahnstation mit allem Pipapo. Er stellte sich die wohltuende Aufregung unter dem Personal vor: Heute der Vorsitzende! Alles extra gewienert, die Kittel blitzsauber und gestärkt. Brüste unter weißen Kitteln haben etwas unheimlich Geiles. Unbedingt Zahnstation.

Mir werden Argumente einfallen, hieb- und stichfeste Begründungen. Weltniveau hier und heute. Leuchtendes Beispiel Insel: Karies ausgerottet, hundertprozentig sanierte Mäuler. Spitzenplatz in der Welt.

Das wird sich rumsprechen: Der tut was für die Gesundheit.

Er war beim Kämmen angelangt. Die vorhandenen Haare pechschwarz. Das soll mir mal einer nachmachen: Kein graues Haar, und das bei all der Verantwortung!

Er beugte nun seinen Kopf ein wenig, damit er sich sagen konnte, nicht der halbe Schädel wäre kahl, sondern das, was da blank war, gehöre zur Stirn.

Ein Frisiersalon selbstverständlich. Unmöglich konnte er den Damen alle naselang zwei Tage freigeben, damit sie aufs Festland zum Friseur schippern.

Er schlüpfte in die Turnhose und streifte sein rotes Turnhemd über. Im Turnhemd, das seine Brustwarzen bedeckte, die wie bewimperte Äuglein aussahen, gefiel er sich noch besser.

Er warf ein Handtuch über seinen Nacken, forsche Bewegung, wie er sie bei Sportlern gesehen hatte, und wartete vor dem Spiegel stehend darauf, daß es an seine Zimmertür klopfen würde, Zeichen der Sekretärin, daß das Frühstück aufgedeckt war. Er brauchte nicht lange zu warten. Pünktlichkeit hatte er durchgesetzt. Zartes Pochen.

»Bitte!« rief er mit kräftiger Stimme. Sie steckte den Kopf zur Tür herein. Während sie »guten Morgen, Chef, das Frühstück!« hauchte, sah sie den Leberfleck auf der weißlichen Haut seiner Schulter. Im Anzug macht er ja was her, dachte sie, in der Dunkelheit konnte ihr das geile Gewabbel Schauer über den Rücken jagen, schließlich tanzen dicke Männer ja auch gut, aber so bei Licht besehen …

»Guten Morgen!« antwortete er gönnerhaft und drehte sich langsam um, um ihr vertraulich zuzuzwinkern. Sie wußte, jetzt würde er sagen, »ich komme, ich komme, stellt mir schon den Kaffee hin!«.

»Ich komme, ich komme, stellt mir schon den Kaffee hin!« sagte er. Er nahm ihr nicht übel, daß sie bereits die Tür geschlossen hatte. Ihre Schritte klapperten eilig über den Flur. Seine Anweisungen hatten rasch ausgeführt zu werden.

Er schob sich am Doppelbett vorbei zum Fenster und zog den Vorhang beiseite.

Mit Bedauern sah er, daß der Tag dem Wetterbericht entsprechend ruhig und klar werden würde. Reglos standen die Pappeln im grauen Morgen nahe der Pier.
Kotzgrün, von einer stürmischen Überfahrt geschwächt, wären die Herren Architekten gewiß leichter von seinen Vorstellungen zu überzeugen. Die hätten bereits unterwegs begriffen, daß wir uns hier auf vorgeschobener Position befinden.
Sonderrolle: Die Insel, ein Vorpostenschiff im Meer. Er der Kapitän. Einem Kapitän gehorcht man ohne Widerrede.
Kein Verlaß auf das Novemberwetter, dachte er ärgerlich. So ist das eben, wenn ich nicht alles alleine mache! Er bemerkte nicht, daß dieser Gedanke, der ihm sehr oft kam, in diesem Falle absurd war.
Man könnte die Zusammenkunft um ein paar Stunden verschieben, überlegte er. Zappeln lassen die Leute. Als er aber die Schranktür öffnete, um den grauen Anzug aus dem Spind zu nehmen, stieß er sich das Schienbein an der Bettkante. Der Schmerz machte ihm die Unhaltbarkeit des derzeitigen Zustands erneut bewußt. Wir können es uns nicht leisten, sagte er sich, auch nur eine Stunde zu verlieren. Sollen die Herren nur kommen!
Er kleidete sich rascher als gewöhnlich an und begann, während er den Hosenschlitz zuknöpfte, nach geeigneten Worten für eine kurze Einführung zu suchen. Werte Genossen, wir haben die offizielle Gästezahl, dank des unermüdlichen Einsatzes unseres Kollektivs in diesem Jahr auf das 500fache steigern können. An dieser Stelle kleine Pause: die Zahl muß wirken. Dieser Erfolg hat uns in der Republik bekannt gemacht. Dann noch eins drauf: In Prozentzahlen ausgedrückt, ist das eine Steigerung auf 50 000 Prozent. Das ist eine unglaubliche Zahl, die bisher nirgendwo sonst in unserem Land erreicht wurde.
Diese Zahl entspricht den Tatsachen. Wir haben gebaut, eine kleine Stadt ist entstanden. Lager des Sommerglücks. Inklusive Heizung für die Übergangszeit. Typenbauten, eingezäunt, Ordnung und Sicherheit. Unsere Werktätigen aus den Industriegebieten brauchen gesunde, saubere, jodhaltige Luft, und die ist hier ganzjährig vorhanden. Diese, ich darf sagen, gewaltige Steigerung der Urlauberzahl brachte eine gewisse Überforderung unseres Personals mit sich, wir sind gezwungen … gezwungen, das ist gut … uns den Gegebenheiten und den Kennziffern kommender Jahre

anzupassen und das sehr rasch. Büros, Anmeldung, Abmeldung, Repräsentation, Dienstleistungen, Verwaltung, medizinische und kulturelle Versorgung, Wohnraum für Mitarbeiter, Sicherheit, all das ist Grundvoraussetzung für eine intensive Nutzung unserer wunderschönen Insel.
Die Insel, ein unsinkbares Urlauberschiff. Der Minister hat grünes Licht gegeben. Wir müssen uns einen Bestand an ausgezeichneten Fachkräften sichern. Personal, das nicht fluktuiert … sehr gut … fluktuiert … sicher kennen die Herren das Fremdwort nicht, aber sich was einbilden! Haben auf unsere Kosten studiert, aber arrogant! Ein gewisser Standard an Komfort ist politische Notwendigkeit. Die Bevölkerung unseres Landes hat für ihre aufopferungsvolle Arbeit ein Anrecht auf Urlaubsplätze, die eine politisch-medizinische Voraussetzung für die umfassende Reproduktion ihrer Arbeitkraft sind.
Meine Herren, nun sind Sie an der Reihe, lassen Sie uns Ihre Ausarbeitungen sehen!
Fast hätte er applaudierend in die Hände geklatscht, aber er besann sich, schlüpfte in die Schuhe, band sich seinen Schlips um und begab sich mit federnden Schritten hinaus auf den Flur.
Der penetrante Barackengeruch, die triste Monotonie der Papptüren, der billige Zementfußboden, das trostlose Licht der Kugelleuchten, in denen tote Fliegen vertrockneten, all das konnte ihn nicht verstimmen. Er nahm die Trostlosigkeit der Baracke, die bis auf einige erfreuliche Extras den Gebäuden der Ferienanlage glich, überhaupt nicht wahr. Einen Moment verharrte er in Reglosigkeit, bevor er die Klinke niederdrückte und die Kantinentür aufstieß.

Chefgedanken und Vogelkacke

Der Inselchef erspähte sofort Abweichungen. Die Sekretärin wartete noch am geöffneten Schiebefenster der Kantinenküche. Der Mitarbeiter, der die Ehre hatte, am Cheftisch zu sitzen, hatte seinen Stuhl zu einem der Nachbartische gedreht und unterhielt sich angeregt. Worüber hat der Mann so eifrig zu reden? überlegte der

Inselchef, während er gönnerhaft die Gutenmorgenwünsche erwiderte. Er steuerte auf seinen Tisch zu und setzte sich. Der Mitarbeiter drehte seinen Stuhl zurück. Wurde auch Zeit. Plötzlich war die heftig scheltende Stimme der Köchin zu vernehmen. Offenbar hatte die Sekretärin sie zur Eile getrieben.
»Schwierig die Einheimischen«, sagte der Inselchef. Er sah sein Gegenüber an, als wäre dieser verantwortlich. »Aber auch das bekommen wir in den Griff. Der Anfang hier war wirklich nicht einfach. Entsinnst du dich noch an all den Ärger mit den Kutterfischern? Regelmäßig kochten die ihren Teer in unmittelbarer Nähe unserer Baracke. Mit besonderem Vergnügen immer dann, wenn der Wind den schwarzen Qualm in unsere Richtung blies. Sie lachten nur, wenn der Teer Feuer fing und die hohen Flammen aus dem Kessel schlugen. Sie deckten einfach einen Deckel drauf und grinsten. Abgefackelt hätten sie uns am liebsten. Die verdammten Rußflöckchen schwebten in die Büros, beschmutzten die weißen Hemden und verdreckten Dokumente. Einen schlechten Dienst haben sich die Burschen erwiesen.«
Er sah sich um. »Kein Fischgeruch mehr, kein Feuer mehr, kein Qualm! Sieger ist immer die Partei.«
Die Sekretärin brachte den Kaffee, sie goß ein und setzte sich. Plötzlich lachte der Genosse Vorsitzende auf. Die Sekretärin stimmte ein in seine Fröhlichkeit, denn an einem stummen Tisch zu sitzen war kein beneidenswerter Zustand.
»Schwerer Anfang war das hier«, sagte er, »weißt du noch, Genosse, wie diese Burschen dir die Fischläuse gezeigt haben?«
Dem Mitarbeiter war es höchst unangenehm, erinnert zu werden. Der lange Lulatsch von Kutter 2 hatte ihn im Frühjahr herangewinkt und dabei interessiert die schillernde Fleckenhaut eines Dorsches betrachtet. »Ne so wat, kiek mol, dei Fösch hät Lüs!« Er war bereitwillig herangetreten, da er diese persönliche Ansprache fälschlich als Anzeichen gewissen Entgegenkommens deutete. Er mußte jede sich bietende Gelegenheit nutzen, ein Vertrauensverhältnis zur Inselbevölkerung aufzubauen. Ohne Vertrauen keine Informationen, so war das nun mal. Ohne umfassende Information keine Sicherheit.
Er hatte also mit geheucheltem Interesse genauestens hingeschaut, aber auf der glänzenden Fischhaut keine Parasiten entdecken können. »Hier am Schwanz, Mann, streng deine Augen an!« Der

Fischer wandte sich mit gespieltem Erstaunen den umstehenden Personen zu: »Was haben die von der Baracke für Augen im Kopf, die können keine Fischlüs nich erkennen!« Der Kerl hatte sogar darauf geachtet, daß die Sekretärin vom Fenster aus den Fortgang der Handlung beobachten konnte.
Der Mitarbeiter hatte sich nicht gestattet zu versagen, perfektes Funktionieren war längst sein hervorstechendster Wesenszug geworden. Er kniff die Lider zusammen und schob sein Gesicht dicht an den Fischschwanz, den der Fischer bereitwillig zurückbog und ihm entgegenhielt. Gespannt hatten die Zuschauer gewartet … Schon war der Geschniegelte bereit gewesen zu sagen: ja, ja, Läuse, kleine weiße Punkte! Er hätte sogar großzügig hinzugefügt, aber essen kann man den Fisch trotzdem, aber er kam nicht dazu. In diesem Augenblick hatte der Fischer von Kutter 2 den Fischschwanz losgelassen.
Dem Geschniegelten war schon der Fischgeruch zuwider gewesen, nun aber klatschte ihm die Dorschschwanzflosse wie eine stinkende, nasse Ohrfeige ins Gesicht. Das brüllende Gelächter der Zuschauer überzeugte ihn augenblicklich davon, daß alle rundherum darauf gewartet hatten.
Später hatte er sich oft ausgemalt, was er hätte machen sollen: Ein paar Handkanten, und alle auf der Insel hätten begriffen, was üble Streiche für Folgen haben. Aber der Kerl vom Kutter 2 lachte schallend und schien sich zu wundern, daß er als der Geschädigte nicht in das Gelächter einfiel. Bleich vor Wut hatte der Geschniegelte mit ansehen müssen, daß nicht nur die Umstehenden mit ihren Einkaufstaschen lachten, sondern auch die Fischkutter mit ihren aufragenden Masten, mit ihren Scherbrettern und Seilwinden, die Fischkistenstapel lachten, und die Sonne lachte, und die Pappeln am Ufer lachten. Er aber war allein, und niemand half ihm.
Der Fischer unterstand sich, ihm mit fischigen Pfoten einen demütigenden versöhnlichen Hieb auf die Schulter zu geben, einen Seemannsschlag, der ihm für Momente den Atem raubte: »Nehmen wir einen auf ewige Freundschaft!« hatte der Kerl gesagt und zwischen Kisten eine eingeklemmte Schnapsflasche hervorgezogen, aber der Mitarbeiter hatte ihm den Rücken zugedreht und hatte kaum hörbar verbissen gezischt: »Ihnen vergeht das Lachen, verlassen Sie sich drauf!« Diese Drohung hatte ihm den Abgang erleichtert.

Die Lippen des Mitarbeiters waren bei der Erinnerung an diesen Zwischenfall schmal geworden, angespannt schaute er aus dem Fenster.

Er hörte in der Ferne Treckergeräusche.

Hätte er sich in jenem Moment erhoben, um ans Fenster zu treten, wären die höchste Erhebung der Insel und der ferne Traktor mit dem toten Pferd auf der Schleppe in sein Blickfeld geraten. Aber der Mitarbeiter saß aufs neue gedemütigt wie festgenagelt auf seinem Kantinenstuhl. Fischläuse! Insgeheim wurde er seit jenem Tag im Dorf »die Fischlaus« genannt, und das wußte er. Die Wunde also blieb. Dieser Fettsack, dachte er, immer wieder fängt er davon an. Ich hätte den mal sehen mögen!

Der Fettsack sah seinen Mitarbeiter an und beschloß gnädig, ihn zu trösten: »Ich weiß nicht, wie ich reagiert hätte, falls mich diese Burschen ... Es wäre ein Angriff auf die Staatsgewalt gewesen, ein tätlicher, konterrevolutionärer Angriff. Die Herren hätten so bald nicht wieder gelacht.«

Die Sekretärin nippte an ihrem Kaffee. Dieser alte Fuchs, dachte sie, der macht alles eindeutig, und dann läßt er zuschlagen. Der findet den Dreh. Dieser Fischer vom Kutter 2 hatte ein Auge auf mich geworfen. Ein argloser Kerl mit einem Kreuz wie ein Schrank. Der hatte sich den Streich erlaubt, nur um mir zu imponieren. Er dachte wohl, daß mir diese halbe Portion gefällt.

»Nun«, ließ sich der Chef vernehmen, »wir haben es geschafft. Ruhe, Ordnung, Sicherheit. Hier stinkt es nicht mehr. Harte Anfangszeiten, aber wir haben alles im Griff.«

Er dachte an die neuen Gebäude, die neuen Untergebenen, die er sich aus einer Schar von Bewerbern würde aussuchen können, sein Volk. Er streifte seine kaffeenippende Sekretärin mit prüfendem Blick. Plötzlich aber schien ein heißer Strom des Erschreckens seine Eingeweide zu durchfluten. Mein Gott, dachte er, viele werden scharf sein auf meinen Posten! Ich baue hier alles auf, nehme alle Mühen und Entbehrungen auf mich, und dann plötzlich werde ich hinwegkomplimentiert, in irgendeine poplige Stellung abgeschoben, entmachtet, mit hervorgekramten Berichten konfrontiert, angeklagt ... und alle meine Verdienste werden einem anderen gutgeschrieben. Ich muß auf der Hut sein. Ich muß Widersachern zuvorkommen, muß die Gegner schlagen, bevor sie mich überhaupt wahrnehmen! Sekunden später hatte er sich wieder in der

Gewalt. Er konnte sein überlegen lächelndes Gesicht aufsetzen, das, wie er wußte, jegliche Furcht verbarg. Sein Blick erwachte wieder. Er prüfte, ob irgend jemand die Momente seiner Angst registriert hatte.
»Übrigens«, wandte er sich an den Mitarbeiter, »von diesen privatwirtschaftlichen Fischern, die dir so übel mitgespielt haben, waren zwei Personen Mitglieder des Gemeinderats. Es kam, was das Feriendorf ›Sommerglück 8. Mai‹ betraf, zu völlig überflüssigen schädlichen Diskussionen. Ort und Zeitpunkt der entscheidenden Versammlung konnten aufgrund mangelnder Informationen nicht optimal gewählt werden.«
Er war unvermutet zum Angriff übergegangen, er sprach leise und begann mit der Fingerspitze auf die Tischplatte zu klopfen. »Nur gut, daß wir das bereinigen konnten, aber wir werden nun einen neuen Gemeinderat brauchen. Nach sorgfältigen Recherchen wirst du der Parteigruppe einen geeigneten Personenkreis vorschlagen.« Er sah den Mitarbeiter durchdringend an. »Ich nehme an, du hast deine Arbeit nicht vernachlässigt. Urlauber am Badestrand sind die eine Sache, aber unsere Aufbauarbeit optimal zu flankieren ist die weitaus wichtigere Aufgabe!«
Mit Genugtuung hatte er den irritierten, überraschten Blick des Mitarbeiters wahrgenommen.
Es reicht, dachte der Chef. Es genügt vorerst, wenn jeder Kollege die Anweisungen befolgt und zu jeder Stunde und an jedem Ort unsere gerechte Sache unmißverständlich vertritt.
Sollte die Kollegen im Argumentieren trainieren. Zum Beispiel: Begründen Sie, warum ich drei Stück Zucker in den Kaffee genommen habe! Für mich ist das kein Problem, mir fliegen die Gedanken nur so zu: Zucker, Energieträger, wichtige Entscheidungen heute. Wir müssen voll da sein. Bin stolz, unseren Zucker zu benutzen. Wir haben die Zuckerproduktion gesteigert. Neue Verfahren, blühende Landwirtschaft und und und und. Ja, Kollegen, ich habe noch das braune Etwas genossen, das wir nach dem faschistischen Krieg, der die Welt in ein Inferno gestürzt hat, auf unsere Lebensmittelmarken bekamen. Wir haben uns, dank der Hilfe der friedliebenden Sowjetunion, aus den Trümmern erhoben. Jetzt ist unser Zucker weiß wie Schnee. Es bereitet einem Werktätigen Genugtuung, ihn im Kaffee zergehen zu sehen, denn er ist von ausgezeichneter Löslichkeit.

Er fühlte sich in der Lage, jede Behauptung, und wäre diese auch noch so abstrus, fundiert untermauern zu können.
Das ist die souveräne Wucht von Argumenten. Souverän. Souverän der Insel. Er sah aus dem Fenster, um einen Teil des ihm anvertrauten Territoriums zu überblicken. Möwen schwangen sich im morgenmüden Licht unmittelbar vor dem Fenster hin und her, und gerade in diesem Augenblick klatschte ein Strahl weißen Kots gegen die Scheiben und störte somit das erhabene Sinnen des Vorsitzenden. Für einen Moment vergaß er, daß man dem Getier jeglichen Verstand absprechen mußte und die Vögel somit von jeder Verantwortlichkeit befreit waren.
Die Möwen sausten zänkisch kreischend mal von links, mal von rechts am Fenster vorüber. Draußen herrschte chaotischer Aufruhr, ein Taumel, der den Vorsitzenden irritierte. »Wo sind wir hier, daß die Biester derartigen Tumult machen!« wandte er sich entrüstet an seinen Mitarbeiter. Der Mitarbeiter war informiert: »Die Küchenfrauen bringen Abfall in die Kübel.«
»Früher waren die Vögel bei den Fischkuttern und haben Fischabfälle gefressen«, sagte die Sekretärin sanft. Sie blickte in ihre Erinnerung und sah jene ferne wogende Wolke der weißen Vögel über dem Meer, die stets das Kommen der Fischer angekündigt hatte, und sie wußte nun, daß dieser Anblick das Schönste gewesen war, was sie bisher hier zu sehen bekam, aber der Chef riß sie aus den Erinnerungen: »Sollen sie gefälligst dorthin fliegen, wo jetzt die Schiffe liegen, Fischereihafen, Konservenfabrik und und und und.« Er hatte das Thema beendet, beschloß aber, die Küchenfrauen anzuweisen, die Fenster von jeglichem Kot zu reinigen, bevor die Herren Architekten in der Kantine Platz nehmen würden.
Mit gerunzelter Stirn beobachtete er weiterhin den Aufruhr der respektlosen Vögel.
»Arbeit, Arbeit, Arbeit!« seufzte er.
Dieser Seufzer ging im Geräusch des Stühle- und Tischeschurrens unter. Die drei vom Cheftisch blieben sitzen.
»Es wäre fatal, wenn aus dem Dorf erneut jemand querschießt«, sagte der Chef. »Ich meine«, wandte er sich in gedämpftem Ton an den Mitarbeiter, »wir müssen uns unsere Pappenheimer sehr genau ansehen. Sündenregister auf Karteikarten, effektiv abrufbar. Welche Bürger vermieten ohne Genehmigung? Welcher Zeitgenosse legt heimlich Aalangeln? Wer verkauft unter der Hand

Edelfisch? Wer treibt es mit der Nachbarin? Wer hat Westverwandtschaft? Wer hört Westsender? Wer unterhält Briefkontakte mit dem nichtsozialistischen Ausland? Und so weiter und so fort. Ich bin überzeugt, bei jedem der Inselbewohner wird sich etwas finden lassen.«

Er bemerkte, daß die Sekretärin nervös zwinkerte.

»Niemand wird rechtlich belangt ... solange er guten Willens ist!« sagte er väterlich. »Sollte aber jemand querschießen, sind wir in der Lage, effektiv zu reagieren. Eine gezielte Andeutung wird oftmals bereits den gewünschten Erfolg haben. Kollege, reichlich Arbeit für dich!«

Der Mitarbeiter sah ihn an, ohne eine Miene zu verziehen, dachte aber ärgerlich, der Alte spinnt wohl, glaubt der wirklich, mir meine Arbeit erklären zu müssen?

»Mir ist zu Ohren gekommen«, fuhr der Inselchef fort, »daß es gewisse Personen gibt, die immer noch das Gefühl haben, ihnen gehören beträchtliche Teile der Insel. Über das gesamte Ausmaß unserer Umgestaltungspläne vorerst also keine weiteren Informationen. Die Leute sind stur hier, sie müssen häppchenweise schlukken.«

Er klopfte mit seinem gepflegten Fingernagel eindringlich auf die ramponierte Tischplatte: »Häppchenweise, gleitende Übergänge! Die Erregung im Gemeinderat war völlig unnötig. Genosse, du sprachst in aller Öffentlichkeit von zwanzig Gebäuden des Urlauberdorfes, da konnte es kaum ausbleiben, daß sich gewisse Bürger bedrängt fühlten. Es wäre völlig ausreichend gewesen, von einigen, besser von einer begrenzten Anzahl zu reden. Soviel Information wie nötig, aber kein Wort mehr! Also Karteikarten, ich denke, wir haben uns verstanden!«

Der Mitarbeiter nickte, dachte aber: Willst du deine eigene vielleicht sehen? Er vermied jedes Lächeln und sagte lediglich: »Alles Notwendige geschieht bereits.«

Das Vogelgekreisch draußen wurde lauter. Das Geflatter schien einen Vorhang vor die Scheiben zu ziehen. Der Chef erhob sich in größter Eile. Fremdes vor dem Fenster, eine andere Welt, die wenig mit der seinen zu tun hatte. Aber es konnte nur eine Welt geben. Er wies mit dem Finger ins Freie und sagte, ohne daß ersichtlich war, wem er das sagte: »Damit ist Schluß!«

Sie traten hinaus in den Korridor.
»Der Hafen ist ja ohnehin in deinem Blickfeld«, der Genosse Vorsitzende bedachte den Mitarbeiter mit einem vieldeutigen, ein wenig herablassenden Lächeln, »am besten, du begrüßt die Herren Architekten gleich am Schiff und führst sie anschließend unverzüglich her.« Dann nickte er der Sekretärin zu. »Hier im Gebäude bist du an der Reihe, ein Kännchen Kaffee für die Herren im Sitzungsraum. Es darf geraucht werden. Ich werde die Herren«, er gab seiner Stimme bewußt einen abfälligen Klang, »ein wenig warten lassen.«
Er begutachtete die junge Frau mit prüfendem Blick: »Du könntest noch ein paar Kohlen drauflegen, Kollegin, niemand soll den Eindruck gewinnen, in der Taiga gelandet zu sein.«
»Dann werde ich mal den netten Anweisungen Folge leisten«, sagte sie spitz. Sie drückte die Tür ihres Zimmers auf und trat ans Fenster, zog den Vorhang beiseite und schaute hinaus.
»Taiga!« wiederholte sie aufgebracht.
Wasserpfützen, von Fahrzeugen zerwühlte Erde, rostige wirre Drahtseile, zerknickte Bäumchen, Trostlosigkeit.
Als sie damals im März zum Einstellungsgespräch auf die Insel gekommen war, hatte sie sich an der Südwand eines schiefen schwarzen Netzschuppens sonnen können. Es war wunderbar hell und warm gewesen. Sie hatte blinzelnd auf die weite Wasserfläche geschaut und richtig gespürt, wie sie braun wurde. Die Masten der Fischkutter spiegelten sich im Wasser, und Fischkisten stapelnde Fischer hatten immer wieder zu ihr herübergeschaut. Richtig nervös waren die Kerls geworden.
Aber im Zuge der Hafenerneuerung hatte man den schwarzen Netzschuppen abgerissen.
Statt dessen waren Tannenbäumchen auf die Wiese gepflanzt worden. Und weil der Inselchef weiße Bänke aufstellen ließ, behauptete er, einen Park geschaffen zu haben. Aber niemand mochte im Wind auf den Bänken sitzen. Schließlich verschwanden sie spurlos, und die Fläche wurde, als die Schiffe mit dem Baumaterial für das Urlauberdorf »Sommerglück 8. Mai« kamen, zum Lagerplatz. Barackenbauteile zerdrückten die mickernden Tannen. Sie hatte

die Tannen ohnehin nicht gemocht, der Anblick dieser kläglichen Bäumchen hatte sie stets traurig gemacht.
Den schwarzen Netzschuppen aber vermißte sie: Sie, die Blonde vor der schwarzen Wand …
Immerhin, die Wasserfläche des Boddens und das rauschende Schilf waren noch da.
Manchmal packte sie panische Angst, hier tatsächlich als Taiga-Natascha zu versacken.
Am Horizont aber leuchtete das Weiß der Fähre.
Sie wandte sich um zum Kleiderschrank. Endlich wieder Leute aus der Stadt, die wußten, was schick und was modern ist. Sie wählte den Hosenanzug, der ihre Figur vorteilhaft zur Geltung brachte. Als sie sich fertig umgekleidet hatte, war die Fähre bereits bei der schwarzen Tonne vor der Hafeneinfahrt.
Sie tippte die Chefnummer des Haustelefons. »Chef, sie kommen!« sagte sie aufgeregt und legte auf, damit er sie nicht noch in sein Zimmer beordern konnte.
Die Barackentür knirschte, der Mitarbeiter begab sich hinaus zur Pier. Er trug jetzt eine leicht taillierte Lederjacke, die sie noch nicht kannte, die aber gut und gerne ihre tausend Mark kosten würde, hätte man das Glück, sie zu erstehen. Aber bei Leuten seines Schlages war das offenbar nicht »Glück«, sondern Privileg.
Ein Blick noch in den Spiegel. Gut, daß sie jetzt nicht hinausmußte. Hier wehte es meistens, und das war schlecht für die Frisur.
Die Fähre manövrierte in den Hafen. Kaum Passagiere, unplanmäßiges Schiff, die zwei dort, das waren wohl die Architekten. Also nur zwei, dachte sie, aber aus dem Bauch des Schiffes kam noch ein dritter. Sie war enttäuscht. Die Ankunft der Fähre war so normal, so brav, so gewöhnlich. Konnte dieser Tag wirklich Veränderung bringen?
Das Anlanden der Fischer dagegen war stets ein Ereignis gewesen. Ihre Schiffe kamen, begleitet von einem kreischenden Möwenschwarm, aus geheimnisvoller Grenzenlosigkeit, und wenn beim Anlegen die Schrauben der Kutter rückwärts liefen, vibrierten hier die Scheiben, und es war ein Hallo draußen am Hafen.
Sie nahm den Taschenspiegel aus der Nachttischschublade und unterzog ihr Gesicht einer erneuten Kontrolle. Behutsam strich sie sich mit dem kleinen Finger über die unteren Augenlider. Dann ging sie ins Büro, den Chef zu benachrichtigen.

»Die verfrorenen Männlein sind da!« sagte sie. Diese Nachricht schien den Chef zu erleichtern. Sie nahm einen Aktendeckel, den sie weisungsgemäß unter den Arm klemmen sollte und kam sich ein wenig albern vor. Was soll das Theater vor diesen Bürschlein, dachte sie.
Das Schurren der Außentür war zu hören. Sie schwebte hinaus. Der überraschte Blick, mit dem die drei Herren sie musterten, versöhnte sie. Sie schüttelte die klammen Hände und öffnete die Tür des Sitzungszimmers. Die Architekten setzten ihre dickbäuchigen Aktentaschen ab und schauten sich nach Garderobenhaken um.
»Im nächsten Jahr, hoffen wir, sind all diese Probleme gelöst«, flötete sie. Sie streckte den Unterarm aus, ließ sich die Mäntel und die Schals der Herren darauf legen und bemühte sich, mit dieser Last leichtfüßig hinauszugehen. Sie wußte, die Herren schauten ihr nach.
Im Vorübergehen klopfte sie an die Tür der Küche, in der die Köchin in träger Bereitschaft wartete: »Fünf Kännchen Kaffee, die Herren Architekten müssen warm werden!«
Sie legte die Mäntel auf ihr Bett, und gleich holte sie Bügel aus dem Schrank. Die Mäntel rochen alle … nach dem Wind der Überfahrt und ein wenig nach verbranntem Diesel.
Draußen polterte der Hausmeister. Er brachte Holztafeln in den Flur, die offenbar zum Gepäck der Architekten gehörten. Der Mitarbeiter gab ihm Anweisungen.
Sie ließ sich Zeit, dann klopfte sie beim Chef an und trat ein. Er beugte sich über den Schreibtisch und kramte in Papieren. »Sofort, sofort«, sagte er, als wäre er schwer beschäftigt.
Plötzlich, mitten im Kramen schienen seine Hände zu erstarren. »Ist heute nicht Eintopftag?« fragte er erschrocken, »Bitte sage denen in der Küche Bescheid, Anweisung von mir, man soll sich was einfallen lassen. Kalbsfilet, Spargel, Champignons, Mandarinenkompott, irgend etwas Delikates, das macht Eindruck … Um 12 Uhr Besichtigung der künftigen Baustelle, um 13 Uhr Mittag.« Seine Hände legten sich auf die Ordner. »Wir leisten den Herren Gesellschaft, Arbeitsessen acht Personen. Du kannst deine Essensmarke heute steckenlassen!« Dann machte er eine Handbewegung, als scheuche er sie hinaus.
»Gewiß doch«, sagte sie, »wir sind hier nicht in der Taiga.« Manchmal war sie nachtragend.

Die Küchenfrau hatte bereits den Kaffee gebrüht. Dampfend standen die Kännchen neben den groben Steinguttassen auf dem Tablett. Als die Sekretärin eilig ihren Vers heruntergebetet hatte, setzte sich die Köchin seufzend hin und sagte dann langsam mit süßer Stimme: »... und kleine Schnittchen, mit Eierscheiben belegt und mit schwarzem Kaviar garniert, überbackene Bananen, Räucherlachs ...«
Die Sekretärin ergriff das Kaffeetablett: »Ja, sehr schön!« sagte sie, ohne zugehört zu haben. Sie hatte es eilig.
Die Köchin schniefte verächtlich. Plötzlich aber zeterte sie los: »Und woher soll ich den ganzen Scheiß nehmen? Der Kohl steht schon auf dem Herd. Seit sechs Uhr wühle ich hier ... und wer füttert zu Haus die Schweine?«
Erschrocken schob die Sekretärin die Tür zu. »Der Chef!« flüsterte sie beschwörend.
»Was, der Chef füttert die Schweine? Er kann mich mal, dein Chef. Das Fleisch liegt in der Kühltruhe, wer taut mir das so fix auf, will er sich vielleicht mit seinem dicken Arsch draufsetzen!«
»Irgend etwas wird Ihnen schon einfallen«, sagte die Sekretärin beschwörend, »es geht schließlich auch um die neue Küche.« Sie öffnete die Tür mit dem Ellenbogen und beeilte sich, das Küchenreich, in dem das Wort des Chefs offenbar wenig Macht hatte, zu verlassen.
Die Empörung in den Augen der Köchin war erloschen. Zurückgeblieben war nur noch Resignation und Trauer. Sie saß auf dem Küchenstuhl und war unfähig, sich zu bewegen. Endlich hatte sich die Gelegenheit ergeben, die eigenen Kochkünste vor Studierten zu beweisen, aber dieser Unmensch Chef hatte versäumt, ihr rechtzeitig Bescheid zu geben. Sie stellte in Gedanken eine Reihe von Menüs auf eine weiß gedeckte Tafel, aber bei allen Varianten fehlte es ihr stets an Zeit und an Zutaten. »Mädchen, ich habe vor dem Krieg auf Hochzeiten gekocht! Da haben sich Leute zu Tode gefressen, so gut hat das gemundet! Aber man braucht Zeit dazu, Vorbereitung, Überlegung!« Sie sprach kummervoll vor sich hin, als könnte sie der abwesenden Rotlackierten etwas begreiflich machen.
Im Sitzungszimmer begrüßte der Chef die Architekten bereits mit jovialer Herzlichkeit. Mappen und Baupläne überfluteten die rote Fahnentuchtischdecke.

In der Küche saß immer noch bestürzt die Köchin. Sie hielt in der Rechten ein abgewetztes Kartoffelschälmesser, und es schien, als würde sie es dem Chef am liebsten in den Leib rammen. Die laute selbstgefällige Stimme des Inselmächtigen drang bis zu ihr in die Küche und quälte sie. »Auf Hochzeiten habe ich gekocht!« murmelte sie wieder, »damals, als es noch richtige Festivitäten gab auf der Insel! Der Butterarsch soll nicht denken, daß ich mich nicht auskenne mit der Festtagskocherei! Schickt mir fünf Stunden zu spät dieses aufgedonnerte Flittchen, und die flötet zwischen Tür und Angel was von Kalbsfilet und überbackenen Bananen! Wie schön hätte alles sein können, wenn er mich gestern zu sich hereingebeten hätte: Also Kollegin, wir haben morgen wichtige Gäste, da wollen wir uns was Schönes einfallen lassen, was schlagen Sie vor?«

Plötzlich erwachte sie aus ihrer Ratlosigkeit. Sie schaltete den Herd aus und schaute aus dem Fenster und als sie sah, daß die Sonne schien, verzichtete sie darauf, den Mantel anzuziehen. Sie ergriff den großen weißen Kittel. Weiße Kittel waren so etwas wie eine Uniform. Vor weißen Kitteln hatte man auf der Insel Respekt. Selbst sommertags wagte keiner der Urlauber aufzumucken, wenn sie an der geduldigen Schlange der Wartenden dreist vorüber in den Konsum ging und sich ganz nach vorn direkt an den Ladentisch schob.

Sie hatte den Kittel liebgewonnen und mochte auch an diesem Tage keinesfalls auf dessen magische Kräfte verzichten. Immerhin ging es darum, dem Hausmeister klarzumachen, daß er mit dem Fahrrad zum ollen Fischer ins Fischdorf radeln mußte.

Fangfrische Külpers gebraten, oder große Zander gedünstet mit Buttersoße und gehacktem Ei gereicht, es gab kaum etwas, das delikater war. Die Städter, die sonst nur halbvergammelten Fünftagefisch zu fressen bekamen, würden Augen machen!

Aber wie es manchmal so ist, alles lief schief: sie fand den Kollegen nicht. Dabei hatte sie ihn eben noch mit der Schubkarre hantieren sehen.

Sie stampfte durch den Flur und riß, ohne Zurückhaltung vorzutäuschen, Türen auf und knallte sie ebenso unsanft wieder zu. Sie war sich der Wichtigkeit ihrer Mission durchaus bewußt. Im dunklen Lagerraum für Bohnerbesen, Staubtücher, Wachs, Festtagsfahnen, schadhaftes Mobiliar und Klosettpapier, wo der Haus-

meister sich, wie jeder wußte, ein gemütliches Versteck geschaffen hatte, war der Mann auch nicht zu finden.
Ihr Rufen blieb ohne Antwort. Sie beschloß, eine Runde um den Barackenkomplex zu machen. Kaum hatte sie aber die knirschende Außentür geöffnet, da erblickte sie ihn. Bereits außer Rufweite eilte er mit ungewöhnlichem Tempo auf das Dorf zu.
Wat nu? fragte sie sich erschrocken, nun muß ich ja zusehen, daß ich Albert bei seiner Alten erwische. Was is dat hüt nur für ein Tag!
Sie lief ihm hinterher. Fisch braucht nicht lang zum Garen.
Das Rattern des Treckers und das angestrengte Tuckern des Mistladers vernahm sie zwar, aber sie hatte keinen Blick übrig für den fernen Hügel, auf dem das tote Pferd lag.
Mit gesenktem Kopf eilte sie voran und starrte dabei unmittelbar vor sich auf den Weg, aber sie sah statt des Sandes verschiedenartigste Fischmenüs, mal mit Petersiliengarnierung, Zitronenscheiben und Salzkartoffeln, dann wieder in gelber Eiersoße oder gar in dunkler Biertunke.

Kopf ab!

Im Sitzungsraum der Chefbaracke saß der Vorsitzende mit dem Rücken zum Fenster am Tisch. Er wußte, die Kollegen Architekten nahmen seinen Kopf lediglich als Silhouette wahr, während er ihr Mienenspiel genau studieren konnte.
Ein Zusammentreffen mit Intellektuellen, er nannte diese Leute meist Intelligenzler, verunsicherte ihn noch immer, aus diesem Grunde pflegte er derartige Begegnungen sorgfältig zu inszenieren. Nun, bitte schön, sollten die erst einmal reden!
Seine Sekretärin goß Kaffee ein, und er, der Vorsitzende, spielte den wohlwollenden Funktionär.
Während die Architekten ihn über den Stand der Vorarbeiten unterrichteten, störte es ihn, daß die ihm gegenübersitzenden Herren an ihm vorüber ins Freie blickten. Irritierende Schatten glitten über das bräunliche Papier der Architekturpausen. Plötzlich begriff er: wieder die Möwen!

»Kollegin«, wies er seine Sekretärin an, »schalten Sie das Licht ein!«
»November«, sagte er lächelnd zu den Herren, »dunkle Jahreszeit hier. Es wird langsam Zeit, daß es hell wird auf dieser Insel.«
Er klopfte mit dem Kugelschreiber auf den Tisch, die Blicke richteten sich auf ihn. Er konnte die Möwen vergessen.
»Meine Herren«, begann er, »gestatten Sie mir, etwas weiter auszuholen, damit wir in die Lage versetzt werden, unsere Baumaßnahmen in größerem Zusammenhang zu sehen. Nur im Kontext mit der weltpolitischen Lage vermögen wir, die ganze Tragweite der Maßnahmen hier zu begreifen. Wir oder sie, vor diesem Hintergrund spielt sich alles ab.«
Er klappte seinen Aktendeckel auf. Gequält verstummten die Architekten.
Nun sah er die Gäste nicht mehr. Sein Blick wanderte wie eine müde Herbstfliege langsam die gegenüberliegende Wand hinauf und schien auf dem grünen Blatt einer Tapetenrose auszuruhen.
»Noch einmal möchte ich Sie, werte Genossen, auf unserer schönen Insel begrüßen, auf der die neue Zeit endlich Einzug gehalten hat. Was Jahrhunderte und bedauerlicherweise auch meine Vorgänger versäumten: Wir nehmen es in Angriff. Der erste Schritt ist getan. Sprunghaft erhöhte sich innerhalb eines Jahres die Zahl der FDGB-Besucher auf das 500fache. Der nächste Schritt ist zu tun. Entscheidend dabei ist: Unsere Vorstellungen decken sich voll und ganz mit denen sämtlicher Ministerien. Ich betone«, sagte er mit leicht drohendem Ton, »sämtlicher Ministerien.«
Die angereisten Architekten setzten sich bequemer, um die nächste Stunde leichter zu überstehen.
Die offensichtliche Unaufmerksamkeit blieb dem Redner verborgen. Nichts konnte ihn bremsen.
»Unsere bisherigen Erfolge kamen nicht von ungefähr. Sie erforderten grundsätzlich neues Denken. Wir haben in einer Dimension gebaut, von der man hier in früheren Zeiten nicht einmal zu träumen gewagt hätte. Ein kleiner Ort gewissermaßen ist aus dem Boden gestampft worden, übersichtlich, sauber, hygienisch. Ort des Sommerglücks, fließend Wasser, Heizung für die Übergangszeit und und und ...«
Der jüngste der Architekten zuckte zusammen. Er sah die Barakkenferiensiedlung vor seinem innern Auge: Einheitsbaracken, wie

Stallungen angeordnet. Aber was für Alternativen hatte es denn gegeben? Keine.
Wenigstens hatte man dem Inselchef den Maschendrahtzaun ausreden können. Die Anlage wäre von einem Straflager nicht mehr zu unterscheiden gewesen. Man hatte statt dessen für die Anpflanzung eines Tannenwäldchens plädiert. Man hoffte, hinter dem wachsenden Wald würde die Schande nach ein paar Jahren verschwunden sein.
Jetzt aber ging es um andere Dinge. Das jetzige Projekt hatte etwas mit Architektur zu tun. Der junge Architekt blickte auf die ausgebreiteten Baupläne und vergaß die Baracken.
Was er nicht wußte: die gesamte Lieferung von Bäumchen, die als Wäldchen die Ferienbaracken hatte tarnen sollen, war in die Nähe des Hafens gepflanzt worden – der Friedenspark. Eine Aktivität, die dem Inselchef bei vorgesetzten Instanzen in der Hauptstadt Pluspunkte gebracht hatte.
Der junge Mann sah die Sekretärin an. Sie erwiderte seinen Blick, und sein Blick schien wie in einen tiefen Brunnen zu fallen. Immerhin, dachte sie, er schaut nicht ängstlich zur Seite.
Sein Blick wanderte von der Sekretärin hin zu seinen Kollegen. Man sieht ihnen nicht an, daß sie ihren Kopf benutzen, dachte er. Aber was sieht man mir an? Wir stehen im Worteregen und ziehen die Köpfe ein.
»Die Republik blickt auf uns. Sonne, Luft, Sand und Wasser sind unser unerschöpflicher Reichtum. Das Feriendorf ›Sommerglück 8. Mai‹ wurde zum Zeichen. Aber, auch das ist eine Tatsache, wir können nicht alle unsere Gäste in eine Barackenstadt verweisen …«
Na also, dachte der Architekt, endlich nennst du das Kind beim Namen!
»Sie haben die Kennziffern, verwirklichen Sie unsere …«

Die eilige Köchin hatte bereits gut die Hälfte des Weges zurückgelegt. Trotz ihrer Leibesfülle ging sie erstaunlich rasch.
Als sie ihre Gedanken von Dillsoßen und gehäuteten Aalen, von der Mandelcremespeise, die sie mit Eierkognak übergießen würde, und von anderen Delikatessen für einen Moment abwendete, blickte sie auf. Sie war überrascht, wie nahe sie dem Dorf bereits war. Sie sah zwar Leute, die auf dem Feldweg gingen, aber sie hatte

andere Probleme, als sich den Kopf darüber zu zerbrechen, wohin die Menschen wanderten. Spaziergänger, die sinnlos über die Insel irrten, was weiter.
Sie hatte nicht mit der Möglichkeit gerechnet, den Hausmeister bereits auf der Dorfstraße einzuholen. Aber es schien kein Problem zu sein, ihn irgendwo im Dorf aufzustöbern, um ihm das Fischebeschaffen als dringlichen Befehl des Chefs zu übermitteln. Er würde sich schon sputen, derweil konnte sie in ihrem Kräutergarten letzte Petersilie ernten, und ein paar Pfund gute mehlige Inselkartoffeln ins Objekt schleppen.
Aber sie kam in ein menschenleeres Dorf. Dort, wo das Kopfsteinpflaster begann, schrak sie das erste Mal zusammen. Zwar war es nicht selten so, daß man den ganzen Ort durchqueren konnte, ohne einem einzigen Menschen zu begegnen, das Unheimliche aber war die Uhrzeit der Stille.
Sie rief nach dem Hausmeister, aber der Ruf verhallte ohne Antwort. Sie ging auf dessen Hof, öffnete die Haustür, rief Namen in das Haus hinein, aber niemand antwortete ihr. Mein Gott, dachte sie, was für ein Tag!
Mit dem Lärm der eigenen Schritte machte sie sich Mut, sie beeilte sich, in die vertraute Sicherheit ihres Hofes zu gelangen. Auch dort Abwesenheit. Nicht einmal die Jacke ihres Mannes hing am Nagel. Sie durchquerte das Wohnzimmer. Die Kaffeetasse stand unbenutzt auf dem Tisch. Sie hoffte nun, was sie an anderen Tagen in Wut versetzt hätte: sie hoffte, ihren Alten betrunken in Mütz und Mantel schnarchend im Schlafzimmer vorzufinden.
Nichts! Sie fühlte sich ausgeschlossen, plötzlich fremd und allein gelassen, hinausgefallen aus gewohnter Wirklichkeit.
Nicht einmal die Hühner hat der Schuft ins Freie gelassen!
Und wenn die Welt gerade aus dem Leim gehen sollte: um eins steht das Mittag auf dem Tisch!
Die Hühner zeterten im Stall. Mit plötzlichem Entschluß warf sie all ihre Menüvorstellungen über den Haufen. Sie blickte zu den Kartoffelsäcken, die zum Trocknen über den Zaunstaketen hingen, ergriff den ersten besten und ging finster auf den Hühnerschuppen zu.
»Fleisch ist Fleisch!« sagte sie und schob sich vorsichtig durch die Stalltür. Die Tiere drängten sich gackernd an die kleine Klappe, die eigentlich tagsüber geöffnet war. »Fleisch ist Fleisch!« schimpfte

sie. Sie bückte sich, bekam zwei Junghähne zu fassen und steckte sie in den Sack. Die Hähne strampelten und schrien. Die anderen Hühner stoben auseinander, flogen flatternd gegen die verdreckten Scheiben oder versuchten sich im Stallwinkel zu verstecken. Federn trieben durch die aufgewühlte Luft. Sie stand still, suchte sich einen dritten Hahn aus und stieß mit der Hand zu. Sie erwischte ihn am Flügel. Er versuchte sich heftig schreiend zu befreien, aber auch er rutschte in den dunklen Sack. Dann öffnete sie die Stalltür, und die Hühner rasten mit den Flügeln schlagend spektakelnd ins Freie. Im Sack war es still.
Im Hackklotz stak das Beil. Sie vergewisserte sich, daß das Tor geschlossen war und überquerte den Hof. Mit der Linken griff sie in den dunklen Sack, legte die Finger um den Ansatz der Flügel und zog einen Hahn ins Licht. Sie legte den Sack auf die Erde, setzte ihren Fuß auf die Sacköffnung und löste die Axt aus dem Hackklotz. »Es ist ein Kreuz!« sagte sie, während sie den Hals des Tieres auf dem Klotz in eine günstige Lage brachte.
»Wirst du wohl stilleliegen!« schalt sie und schlug zu, als habe er Strafe verdient.
Während der Hahn, heftig flatternd, kopflos über das Hofpflaster taumelte und andere Hähne sich äußerst erregt auf ihn stürzten und mit dem Blut des Geköpften bespritzt wurden, holte sie die beiden anderen Hähne aus dem Sack.
Sie ärgerte sich, den Enthaupteten losgelassen zu haben. Immer noch war es ihr unangenehm zu sehen, wie der Tod in einen Leib kam. Soll er sich austoben, sagte sie, als hätte sie ihm besondere Freundlichkeit erwiesen. Sie holte aus und hieb ihren beiden anderen jammernden Gefangenen gleichfalls die Köpfe ab.
Das gibt ein gutes Essen, sagte sie und wog den Sack mit den drei Hähnen in der Hand. Die Axt stak im Klotz, ein paar weiße Federchen klebten an der blutigen Klinge. Sie schaute auf die Uhr und verließ den Hof.
Der Chef im Barackenkomplex hakte gerade den Punkt »Zahnstation« ab.

»Habt ihr euch schon mal Gedanken über den Bau eines Delphinariums gemacht?«
Der Genosse Vorsitzende machte eine Pause und genoß die Verblüffung der Architekten.
»Genossen«, sagte er, »das Klein-klein-Denken müssen wir bei gewissen Projekten schöpferisch beiseite lassen.« Er war zum ›Du‹ übergegangen. Wenn auch nur zwei der Kollegen Architekten Parteiabzeichen trugen, so nahm er doch an, daß auch der dritte, angesichts der Wichtigkeit der Aufgabe, mit der das Kollektiv betraut worden war, der Einheitspartei angehörte.
»Man muß bei der Grundsatzplanung davon ausgehen«, fuhr er fort, »daß alles machbar ist. Ich brauche es nicht noch einmal zu wiederholen: Das Vorhaben ›sozialistische Inselumgestaltung‹ ist ganz ganz oben angebunden. Delphine zum Beispiel könnten für das Ministerium für Verteidigung ganz plötzlich von höchstem Interesse sein. Mir wurde aufschlußreiches Informationsmaterial zur Verfügung gestellt, das eindeutig belegt: In gewissen imperialistischen Ländern wurden Versuche mit diesen Fischen angestellt, die eindeutig deren Verwendbarkeit für militärische Aufgaben bestätigen.« Er mochte nicht zugeben, daß er seine Kenntnisse ganz gewöhnlichen westlichen Illustrierten verdankte, zu denen Normalbürger allerdings keinen Zugang hatten.
»Schöne Fische!« dachten die Architekten. Sie konnten sich ein Lächeln nicht verkneifen. Er registrierte diese offenbar arrogante Einmütigkeit und reagierte sofort.
»Nun«, sagte er mit gewisser Schärfe, »es gibt Bürger, denen es nicht paßt, wenn wir auf allen Gebieten, ich betone, auf allen Gebieten dem Gegner Paroli bieten.«
Das Lächeln verging den Architekten.
»Aber«, lenkte er ein, »wir setzen Prioritäten. Es kann jedoch der Zeitpunkt kommen, an dem wir uns entschließen müssen, uns mehr um das Training dieser strategisch interessanten ... Delphine ... zu kümmern als ums Sonnenbaden.«
Streng musterte er die Architekten, sie schienen nun seinen Ausführungen vollinhaltlich zuzustimmen. Er beugte sich zu seiner Sekretärin und tippte auf das Protokoll. »Bitte notieren: Zu prü-

fen sind Erweiterungsmöglichkeiten, Funktionsveränderungen. Lösungsangebote für Probleme der Zukunft unter besonderer Berücksichtigung der Landesverteidigung werden erarbeitet.«
Er wandte sich wieder an die Architekten: »Die große Unterwassersichtscheibe eines beheizbaren Meereswasserschwimmbeckens könnte durchaus der attraktive Hintergrund einer Bar sein.
Bei einer weiteren Zuspitzung der weltpolitischen Lage würden allerdings nicht verdienstvolle Werktätige im Wasser planschen, sondern das Bassin würde zum Trainingsort unserer Kampfschwimmer und, wenn man es für sinnvoll erachtet, Delphine werden können.
Genossen, alle Baumaßnahmen hier haben Doppelcharakter.
Über die Wandstärke und Belüftung der Gebäudekeller, sprich Schutzräume, brauchen wir nicht zu reden, in diesem Falle existieren bereits republikweit verbindliche Normen. Vorwärts im Sinne des Sozialismus!« Er ließ sich im Sessel zurücksinken.
Der Mitarbeiter begann zu applaudieren, die Architekten fielen ein. Seine Hände zuckten, fast hätte er sich selbst Beifall geklatscht.
»Bitte schön!« sagte er und wies mit großer einstudierter Geste auf die Tischfläche, »fahren Sie fort!«
Dem Leiter der Architektengruppe brach der Schweiß aus. Der mit seinem Delphinbecken und dem Unterwasserrestaurant mit Doppelfunktion wird Schwierigkeiten machen, dachte er, aber seinen Segen brauchen wir. Er erhob sich und stand auf wackligen Beinen.
»Zum besseren Verständnis unseres Projekts«, begann er, »haben wir ein Modell mitgebracht. Meine Kollegen werden es aufbauen, während ich hier grundsätzliche Dinge erläutere.«
Die beiden anderen Herren erhoben sich, ergriffen ihre Taschen, sahen sich um und baten den Mitarbeiter um zwei weitere Tische.
Niemand brauchte sich zu langweilen. Während der Ausführungen des Architekten konnten die Zuhörer zuschauen, wie aus der Kantine weitere Tische hereingetragen wurden und sich die Platten mit aufgemalten Straßen und Wegen perfekt zu einer großen Fläche aneinanderfügten. Die Herren vom Planungsbüro nahmen aus Pappschächtelchen kleine, aus Ästchen und Moos, gefertigte Bäumchen und steckten diese in vorgebohrte Löcher.
Sie schoben auf dem absolut planen Geviert akkurat geformte

Flecken aus Velourrasen zurecht, markierten mit spiegelnder Folie Wasserflächen, kramten aus ihren Taschen bunte maßstabgerechte Automobile und hoben dann die gewichtigen Kuben, die Häuser, ins Licht.
Hübsch, dachte die Sekretärin. Das Ganze erinnerte sie an die Spielzeugeisenbahn ihres Bruders.
Sogar Schiffchen und kleine Figuren hatten die Architekten mitgebracht. Sie setzten die Häuser auf markierte Stellen und plazierten dekorativ ein paar farbenfrohe Autos und Figuren in die Landschaft.
Der Inselchef hielt es kaum aus in seinem Sessel. Er mußte aber den Ausführungen gewisse Aufmerksamkeit schenken, viel lieber aber hätte er Häuschen gerückt. Er zweifelte daran, daß man im Planungsbüro wirklich optimale Lösungen gefunden hatte.
Es ging schließlich nicht nur um sozialistischen Wohnkomfort, um reibungsloses Funktionieren, um Architektur, nein, jede Entscheidung war auch eine politische Entscheidung.
Demonstrationen, Aufmärsche, kulturelle Veranstaltungen brauchten auch auf der Insel ihre Kulisse. Ein geeigneter Balkon, von dem aus er zu den Menschen würde reden können, war einzuplanen. Platz für eine Ehrentribüne war zu schaffen, für die Sicherheit hochgestellter Gäste mußte gesorgt sein.
Nichts durfte dem Zufall überlassen werden, sogar die Namen der Straßen galt es … Gewiß, die Namen. Er notierte sich: Namen. War sich dann aber plötzlich unsicher, ob er dieses Wort mit »h« zu schreiben hatte.
Mißtrauisch blickte er zur Sekretärin, aber sie schaute nicht auf sein Notizbuch, sie sah den Männern zu, die mit den Häuschen spielten. Er klappte das Notizbuch zu. Habe es nicht so leicht gehabt wie die, sagte er sich. Mit vierzehn Flakhelfer. Wenn die Bomber anflogen, durfte keiner in die Bunker, mußte sitzenbleiben und feuern, feuern, feuern. Schießen statt Schule. Schule Nebensache. Bei Kriegsende von den sowjetischen Freunden verhaftet, hab' ich den Nazis zu verdanken, Wehrwolfverdacht, fast zwei Jahre im Lager, darf man nicht drüber reden, die Hälfte der Inhaftierten verhungert. Krankheiten, Kälte, Ruhr. Hab' mich hochgearbeitet, fortschrittliche Weltanschauung, hab' mich fortgebildet, die eine oder andere Lücke noch vorhanden. Soll sich nichts einbilden, die Kleine.

Die größte Straße hier wird die Straße zum Dorf sein. Beton wie bei einer Autobahn.
Doppelfunktion: Straße und Landebahn, die Insel ein Flugzeugträger. Beim Bauen hier fällt auch die Straße ab. Auslastung der Kapazitäten, aber das nicht mit diesen Figuren hier bereden.
»Gut und schön«, unterbrach er den Architekten, »das mit den Typenbauten ist bekannt, variable Plattenbauten. Es gibt gewisse Richtlinien, aber hier werden neue Maßstäbe gesetzt, nicht nur für heute, sondern auch für morgen.« Er wies mit geringschätziger Bewegung zum Modell: »Bißchen wenig Grün, findet ihr nicht auch, Genossen!« Ihn kribbelte es in den Händen, weitere Bäumchen aus den Schächtelchen zu nehmen, um sie dann eins zwei drei in die Holzplatte zu pflanzen ... im Handumdrehen eine ganze Allee.
Er erhob sich und war begierig, Hand anzulegen. »Nun«, fragte er, »haben wir noch ein paar Bäumchen mitgebracht?«
Die beiden Herren drehten die beiden Taschen auf den Kopf. Sie waren leer.
Er runzelte die Stirn, betrachtete das Modell und seufzte. Den Architekten wurde unheimlich. Da der Chef noch nicht recht wußte, was er tun würde, wandte er sich streng an den Leiter der Gruppe: »Also gut, weiter!«
»Verehrte Anwesende«, fuhr dieser fort und verbeugte sich leicht vor dem Chef, »was Ihnen heute hier vorliegt, ist das Resultat umfangreicher Studien des Planungsbüros ›7. Oktober‹. Unsere Mitarbeiter haben sich in umfassendem Maße mit neuesten Erkenntnissen auseinandergesetzt. Die Zeichnungen wurden bis ins kleinste Detail ausgeführt. Die Türklinken, Fußbodenbelege, Beleuchtungskörper sind im neuesten Typenkatalog ausgewählt. Man wird«, an dieser Stelle mußte er ein wenig schlucken, »diese Gebäude hier nicht von denen in der Hauptstadt unterscheiden können. Die unseligen Zeiten sind vorbei«, er verspürte einen sauren Geschmack im Mund, »in denen das, was für die Hauptstadt gut war, für die Provinz zu schade schien.«
Er bemerkte nicht, daß der Inselchef bei dem Wort »Provinz« unwillig die Augenbrauen hob.
»Es gibt allerdings gewisse Richtlinien, an die wir hier wie überall gebunden sind. Was jedoch die Bepflanzung anbetrifft oder die farbige Gestaltung der Fassaden, darüber könnten wir diskutieren.«

Alles, was wir brauchen, ist die Unterschrift vom Dicken, dachte er. Wenn es Komplikationen gibt, erschlagen die uns im Planungsbüro. Nur nicht noch einmal die Tour hierher.
Wieder zog der Chef die Augenbrauen hoch ... die Farbwahl also würde er mir hier und dort überlassen. Er wird sich noch wundern, was ich alles kann.
»Sachlichen Argumenten gegenüber seid ihr aber zugänglich?« fragte er väterlich. »Selbstverständlich, selbstverständlich!« beeilte sich der Architekt zu beteuern, ihm war der bedrohliche Ton der Frage nicht entgangen.
Der Chef stieß offenbar versehentlich an die Platte, das turmartige Hochhaus kippte um.
Er nahm es in die Hand, bevor einer der Architekten zugreifen konnte. »Ich hoffe, eure Gebäude stehen später etwas fester, Kollegen!« rügte er lachend. Er behielt das Hochhaus in der Hand und zog damit, als wäre es ein Zeigestock, eine lange imaginäre Linie über die Tafel. »Ich sprach von Grün. Hier eine dichte Baumreihe. Gewisse Abschirmung zur Anlegestelle hin. Zaun allein genügt nicht. Der Hafen ist der Öffentlichkeit, sprich allen Bewohnern und Besuchern der Insel zugänglich. Wir planen in unserem Objekt jedoch, in diesem Kreis kann ich das offen aussprechen, auch Gästen einen unbeschwerten, komfortablen Urlaub zu ermöglichen, deren Aufenthalt gewisse Vorsichtsmaßnahmen erfordert.« Er sah die Herren an, um die Wirkung seiner Worte zu beobachten. Er meinte, noch deutlicher werden zu müssen. »Es wird sich nicht nur um Nationalpreisträger, sprich Künstler und Wissenschaftler, handeln!« Er machte eine Pause, als müßten die Herren erst begreifen, was er da gesagt hatte. Dann hob er das Hochhaus in Augenhöhe. »Das Hochhaus dagegen sollten wir mit gewissem Stolz präsentieren. Ich könnte mir vorstellen, daß wir es genau in Richtung der Hafeneinfahrt plazieren. Richtungsweisendes Zeichen den Schiffen und jedem Bürger, der ankommt.« Er setzte das Gebäude ab. »Ich schlage vor, noch drei, vier Etagen aufzustocken. Was haltet ihr von einer Aussichtsplattform? Ich für meinen Teil liebe Überschaubarkeit!«
»Wir auch!« beeilte man sich zu bestätigen.
»Na also!« sagte er, zog eine Streichholzschachtel aus seiner Hosentasche und setzte sie auf den Turm. »Fahrstuhl ohnehin vorhanden.«

Er spürte die leisen Zweifel der Architekten. »Diese Veränderung durchzusetzen, Jungs, laßt meine Sorge sein. Ich werde mich noch heute mit dem Ministerium in Verbindung setzen. Die umfassende Kontrolle unseres Seegebiets ist von elementarer Bedeutung. Im Ernstfall sind wir durch Mehrfachnutzung ziviler Bauten allen Eventualitäten gewachsen. Und was ist das?« Er tippte auf einen länglichen Flachbau.

»Speisesaal, Küchen, Kantinen!«

»Warum steht das Gebäude so und nicht so? Unsere Werktätigen schätzen es, während der Mahlzeiten aufs Meer zu schauen!« Er drehte das Gebäude um neunzig Grad und sah sich um, als müsse man ihm Beifall zollen. »Und das hier ist, wie ich wohl richtig einschätze, der Wohnkomplex.« Er nickte sinnend, wiegte seinen Kopf, nahm seine Streichholzschachtel vom Turm und fügte sie unten an das Bürogebäude. »Was haltet ihr davon, wenn wir Wohnbereich und Arbeitsplatz durch einen überdachten Gang verbinden. Bei Regen, Wind und Schnee weniger Dreck und vor allem Zeitersparnis. Ohne Mantel ins Büro. Wenn jede Arbeitskraft täglich nur fünf Minuten einspart, würden auf der Insel, 5 durch 60 mal Anzahl der Werktätigen = x Stunden zusammenkommen, von der ganzen Republik gar nicht zu reden ... Weniger Arbeitsausfall durch Erkältungskrankheiten ... und und und und.« Na, Kollegen, könnt ihr mir noch folgen? dachte er und fuhr dann gönnerhaft fort: »Meine Herren, Phantasie, Phantasie für die Welt von morgen!«

Durch sein Gebäuderücken war ein freier Platz entstanden. Er legte seine Hand flach auf die Platte. »Und hier entsteht das große Wasserbassin, später überdacht. Wir sprachen bereits davon.«

Er ließ die Hand auf dem Tisch und spürte bereits die Kühle des Wassers. Wo seine Hand die Platte berührte, würde Wasser sein. Muntere leichtbekleidete Sekretärinnen in der Mittagspause. Kein übler Anblick die Planscherei, aber das Heizhaus war im Wege.

Er löste seine Rechte von der Platte, ergriff das Häuschen wie ein Schachspieler eine Figur und blickte sinnend auf die Tafel. Die Architekten berechneten erschrocken die Konsequenzen derartiger Eingriffe. Der Chefarchitekt aber schwieg. Erst einmal austoben lassen, sagte er sich immer wieder. Ich kenne das. Austoben lassen und ihn dann höchstpersönlich dazu bringen, jedes Gebäude wieder an den ursprünglichen Platz zu setzen, als wäre es seine

eigene Idee. Den verglasten Gang wird er streichen, wenn wir von Abhärtung im Kampf gegen Erkältungskrankheiten reden. Den Speisesaal wird er zurückschieben, wenn wir die Probleme sommerlicher Überhitzung erwähnen, das Heizhaus wird er … Noch aber schwebte das Heizhaus in der Luft, als plötzlich das Sinnieren des Inselmächtigen durch heftiges Klopfen unterbrochen wurde.
Die Sekretärin eilte zur Tür. Er blickte nicht auf, rief aber drohend: »Wir wollen nicht gestört werden!« Grübelnd betrachtete er mit dem Heizhäuschen in der Hand das Architekturmodell. »Wir arbeiten!« fügte er hinzu.
Er hatte das Gefühl, als erweise er den Architekten mit dem Satz »wir arbeiten« unverdiente Ehre. Offensichtlich war ja wohl: Der einzige, der zur Zeit arbeitete, war er selbst.
Die Sekretärin schob sich in den Korridor. Durch die geschlossene Tür vernahm man draußen ihre spitze, ungnädige Stimme. Eine dumpf blubbernde Männerstimme blieb aber hartnäckig. Die junge Frau kam wieder herein, schloß die Tür lautlos und schob sich hinter den Chef.
Das Heizhaus fand einen zufälligen Platz in der Landschaft. Die dicke Hand ruhte auf dem Dach aus. Der lange Schornstein hatte sich wie eine Zigarre zwischen den Fingern hindurchgeschoben.
»Wenn ich etwas bemerken darf …«, begann der Architekt. Der Chef blickte unwillig auf. Diesen Augenblick nutzte die Sekretärin. Sie berührte ihn sanft am Ärmel. Er schätzte demonstrative Zurückhaltung: sie erwartungsvoll hinter ihm, während er in der Arbeit aufging. Er, der benötigte Mann.
»Nun«, fragte er, »was gibt's?«
Sie reckte sich in die Nähe seines Ohrs und sprach in den Duft seines Rasierwassers hinein: »Es ist dringend, der Abschnittsbevollmächtigte!«
Ihr warmer Atem animierte ihn, sich umzuwenden. Beinahe betrübt schüttelte er sanft den Kopf. Er sah sie an wie eine ungelehrige Schülerin. »Ich wiederhole«, sagte er, »bis zwölf Uhr bin ich einfach nicht da, wir treffen wichtige Entscheidungen!«
Sie versuchte, ihn durch Mimik auf besondere Umstände aufmerksam zu machen, aber er begriff in seiner väterlichen Herablassung nicht.
Nun gut, dann sollen es die anderen meinetwegen mitbekommen: »Schußwaffengebrauch!« hauchte sie.

Die Wirkung des kleinen Wörtchens hatte die Sekretärin unterschätzt. »Halb so wild, halb so wild!« flötete sie in die Runde, während sie erstaunt daran dachte, was doch Männer für schreckhafte Wesen seien.
Einen Moment lang ließ der Chef mutlos die Arme hängen. Berichte werden sich nicht vermeiden lassen. Berichte, die oben kaum Anerkennung finden würden. Plötzlich fühlte er Wut seinen Rücken hinaufkriechen. Er biß die Zähne zusammen, vermied es, die Architekten anzusehen und ging stampfend zur Tür hinaus. Draußen auf dem Flur wurde kein Wort gesprochen, Schritte entfernten sich.
Die Sekretärin lächelte ihr fröhlichstes Lächeln. »Kleine Pause, meine Herren! Um zwölf Uhr steht ohnehin die Besichtigung des künftigen Baugeländes auf dem Programm.«
Besorgt schauten die Architekten drein.
Sie meinte, die Herren beruhigen zu müssen: »Ein Pferd mußte getötet werden, das ist alles.«
Die Architekten aber wiesen mit unverändert besorgter Miene auf das Modell: »Das kann unmöglich so bleiben, das muß noch diskutiert werden!«
»Aber meine Herren«, rief sie befremdet, »Sie haben doch die ganze Zeit danebengestanden. Sie schienen einverstanden!«
Sie blickte auf die Uhr. »Momentan hat der Chef eine dringliche Unterredung, um zwölf Uhr sind wir im Gelände, danach Mittag. Abschließende Unterredung bei einer Tasse Kaffee. Die Fähre wartet nicht.«
»Das Heizhaus«, sagte der Chefarchitekt und berührte bestürzt den Schornstein des Spielzeughäuschens.
Sie schaute hinab. »Ja, es steht verwunderlich. Vielleicht, weil die Briketts ohnehin mit dem Schiff kommen. Eine Mole, ein Steg, eine künstliche Insel, das kann doch kein Problem sein! Der Rauch weht aufs Meer hinaus, was wollen wir mehr!« Sie hatte das Empfinden, unbedingt die Chefinteressen vertreten zu müssen, zumal der Mitarbeiter sicher jedes ihrer Worte registrierte. »Aber was rede ich«, rief sie, »Sie sind die Fachleute, Sie müssen die Begründungen erfinden!«

Der Mitarbeiter hatte bisher geschwiegen. Nun mischte er sich ein: »Das Heizhaus nehme ich auf meine Kappe!« Er zündete sich nervös eine Zigarette an. »Nehmen Sie das Gebäude aus dem Wasser und stellen Sie es einstweilen, ich betone einstweilen, dorthin, wo es vorher gestanden hat!«
Wenn der Mitarbeiter in späteren Jahren aus dem Fenster seines Büros auf die makellos weiße Fläche des beschneiten Eises schaute oder die glitzernde Wasserfläche des Boddens im Abendlicht betrachtete, verklärte gelegentlich ein zufriedenes Lächeln sein Gesicht. Damals, dachte er dann, habe ich das Malheur mit dem Heizhaus verhindert. Mir hat man zu verdanken, daß da nicht der rauchende Klotz im Wasser steht. Mir hat man es zu danken, daß sich nicht schwarzer Brikettstaub aufs Wasser senkt. Mir hat man es zu verdanken, daß wir hier nicht das »Schwarze Meer« haben. Im tiefsten Inneren seiner Seele mochte er keinen Russenkram.

Bleich vor Wut hatte der Inselchef den Polizisten Jobst vor sich her in die Verschwiegenheit seines Büros geschoben. Der Abschnittsbevollmächtigte reichte ihm den zusammengerollten Bericht. Der Chef warf keinen Blick auf die Stümperei, er schleuderte das Röllchen auf den Schreibtisch. »Mann, wir sind hier nicht im Wilden Westen!« brüllte er, »fällt dir nichts Besseres ein, als dazwischenzuballern?«
»Nicht zwischen, nicht zwischen die Augen, ins Ohr«, sagte der Polizist kleinlaut.
Der Chef griff sich an den Kopf, ging mit ratlosen Schritten auf und ab. Der Polizist folgte ihm mit blöden Blicken. Die Situation war schlimmer als erwartet. Der Chef blieb stehen. »Glotz nicht so blöd, Genosse!« Dann ließ er sich in seinen Sessel fallen und zischte, »sag mal, bist du wahnsinnig?«
Der Polizist schwieg.
»Ins Ohr, ins Ohr!, und das sagt er seelenruhig! Tot?«
»Gleich tot.«
»Ins Ohr!« wiederholte der Chef, »dann hat er den Anruf nicht hören können ...«
»Es!« sagte der Polizist leise.
Der Chef hatte diese Korrektur überhört, wie er derartige Verbesserungen stets überhörte, aber plötzlich berührte ihn eine lei-

se Hoffnung. Er erinnerte sich an den Ausruf seiner Sekretärin: »Halb so schlimm!«

»Auf wen hast du eigentlich geschossen?«

Der Polizist befürchtete, daß der Inselmächtige nun einen Tobsuchtsanfall bekommen würde. Verwirrt sagte er: »Auf Lütt Otto …«

Der Chef sprang auf.

Der Polizist vollendete den Satz: »… sein Pferd.«

Der Chef setzte sich wieder. »Auf einen Gaul?!«

Der Polizist nickte. Der Genosse Vorsitzende knallte mit den Ellbogen auf die Schreibtischplatte und öffnete seine rechte Hand, um seine Stirn darin zu betten. Einen Moment blieb er so mit bedeckten Augen sitzen. Nach ein paar Sekunden tastete seine Linke die Tischplatte entlang und rutschte hinab zum Knöpfchen der Schublade. Gerade wollte er sie ein wenig aufziehen, um nach der Tablettenschachtel zu fischen, da besann er sich. Er öffnete die Augen und hob den Kopf.

»Wir haben also auf ein Pferd geschossen!«

Wieder nickte der Abschnittsbevollmächtigte.

»Es hat die Öffentlichkeit gefährdet?« fragte der Chef langsam.

»Das nicht«, sagte der Polizist.

Wieder geriet der Inselchef in Wut. Mit was für tölpelhaften Dummköpfen war er nur umgeben! »Mann, ich baue dir eine Brücke!«

Verständnislos sah ihn der Polizist an und wies mit ausgestrecktem Finger auf das Schreiben. Es hatte sich inzwischen entrollt und lag nun flach auf dem Tisch.

»Der Maler hat das Pferd das Steilufer runtergeschmissen«, sagte er, »es lag auf dem Strand, die Beine kurz und klein gebrochen. Man hat es schon verkuhlt.«

»Auf dem Strand?«

»Oben auf dem Berg.«

Der Inselmächtige atmete tief durch. »Na, auf den Schreck erst mal einen Kleinen!« sagte er und beugte sich zum Seitentürchen des Schreibtisches. Er hob eine Flasche ans Tageslicht. Jobst, der Polizist, war von dieser Wendung des Geschehens angenehm überrascht, sah sich aber genötigt, zögernd zu äußern: »Ich bin im Dienst!«

»Fünf Minuten Urlaub!« sagte der Inselchef und goß zwei Gläser voll. Seine Hand bedeckte das Etikett der Flasche, und rasch verstaute er sie wieder unten rechts im Schreibtischfach.

Er schob ein Glas in Richtung des Polizisten, ergriff das andere und kippte hastig den Doppelten hinunter. Er atmete tief und setzte sich bequemer. »Das war das letzte Pferd hier?«

Jobst nickte.

»Eine Epoche ist zu Ende gegangen«, sprach der Chef feierlich, »na endlich, na endlich, na endlich!«

Dem Polizisten fiel ein Stein vom Herzen, eifrig begann er zu berichten, er sah sich nach einem Stuhl um, aber der Chef unterbrach ihn: »Wir haben also geschossen und das ohne Rücksprache mit uns! Ein bißchen schnell, findest du nicht auch? Der fehlende Schuß wird eine Menge Schreibkram erforderlich machen. Wir haben aber angesichts unserer gewaltigen Aufgaben kaum Zeit, uns mit derartigen Kindereien zu befassen.« Sein Ton war wieder schärfer geworden. »Wir haben dir die Waffe nicht zum Pferdeschlachten übergeben!«

»Drei«, sagte der Polizist leise, »drei.«

Überrascht zog der Chef die Brauen hoch: »Doch nicht drei Schüsse, Genosse?«

Jobst schwieg betroffen.

»Drei Schüsse für einen Gaul!« sprach der Inselmächtige sehr langsam, um dann bedrohlich fortzufahren, »drei Schüsse, ist das nicht ein wenig üppig? Und der Gaul, ist der nicht ein bißchen sehr rasch unter die Erde gekommen? Der Maler also. Dachte ich's doch, daß wir mit dem Hudelei haben!« Er hatte plötzlich jegliches Bedürfnis verloren, die Angelegenheit unbürokratisch abzuschließen. Er erhob sich. »Warte draußen, ich schicke dir den Mann, der für Sicherheitsfragen zuständig ist.«

Jobst, der Polizist, verließ den Raum. Der Mann, der für Sicherheitsfragen zuständig ist? Bin ich das nicht? fragte er sich verwundert.

Der Chef blieb allein zurück.

Ein einziger Schuß aus nächster Nähe dürfte ausgereicht haben. Wenn Jobst nun zwei Patronen beiseite gelegt hatte? Möglicherweise war das Pferd bereits durch den Sturz umgekommen. In diesem Fall würden hier auf der Insel sogar drei Patronen lauern. Die Ruhe des letzten halben Jahres machte ihn plötzlich mißtrauisch. Keinerlei Beschwerden, keine Provokationen, kein Gerede.

Er beugte sich wieder zum Fach, hob die Flasche auf den Tisch, goß sich ein und verstaute sie wieder. Er trank diesmal in kleinen Schlucken und rief sich dabei die Grundregel ins Gedächtnis: Der Gegner ist da. Er findet sich nicht ab mit seiner historischen Niederlage. Je schwächer aber der Feind ist, um so raffinierter wird er, um so wachsamer müssen wir also werden.
Verwunderlich: man vergräbt ein ganzes Pferd. Erst nachträglich werde ich davon in Kenntnis gesetzt! Beunruhigt verließ er sein Arbeitszimmer.
Der Polizist stand am Ende des Flurs und blickte durch die kleine Scheibe der Tür ins Freie.
Was gafft er? dachte der Chef mißtrauisch und begab sich in den Sitzungsraum zu den wartenden Architekten.
»Nun, wie weit sind wir mit unseren Überlegungen?« fragte er und wandte sich, ohne eine Antwort abzuwarten, an den Mitarbeiter. »Dein Ressort, übernimm die Sache draußen. Er wartet an der Außentür.«
Er hatte das Interesse am Architekturmodell verloren.
»Genossen, wir sind unterbrochen worden«, sagte er, »grundsätzlich finden die Pläne unsere Zustimmung. Was die Erweiterungen des Projekts betrifft: das Protokoll wird zugeschickt. Laßt euch meine Anregungen durch den Kopf gehen. Bevor wir aber das Baugelände besichtigen, sollten wir uns in der Kantine einen Schluck geben lassen. Kollegen, es ist November, da kann man ein warmes Jäckchen vertragen!« Er machte kehrt und verließ den Raum, es blieb den Architekten nichts anderes übrig, als ihm zu folgen. Die akute Gefahr aber, daß das Heizhaus zurück ins Wasser gesetzt wurde, war fürs erste abgewendet.
In der Küche brutzelten bereits die gerupften Hähne. Das Gesicht der Köchin war hektisch gerötet, die Haare feucht und wirr. Immer wieder schaute sie auf die Uhr, aber sie lag gut im Rennen. Dennoch erschrak sie, als die Herren die Kantine betraten und die Sekretärin an die Scheibe der Essensausgabe pochte. Soll die Schnepfe klopfen, dachte sie empört. Schließlich kam sie heran, schob aber das Schiebefenster derartig zornig in die Höhe, daß das Dämchen einen Schritt rückwärts machte. »Mittag dreizehn Uhr!« schalt sie und ließ das Schiebefenster herunterknallen.
Der Chef kam seiner Sekretärin zu Hilfe. Verbindlich lächelnd klopfte er erneut an die Scheibe. Aber die Aufmüpfigkeit verzieh

er der Köchin nicht. Widerstand vergaß er nie: Für das neue Objekt ungeeignet, die Dame.
»Gute Frau«, rief er, »fünf Gläser bitte und eine Flasche vom Guten!«
Erneut schob sie das Fenster auf und musterte auch ihn ungnädig.
»Gute Frau!« wiederholte sie höhnisch. »Brathuhn gibt es heute, aber erst um dreizehn Uhr!« Sie hoffte fast, daß er Mißfallen äußern würde. Erwartungsvoll betrachtete sie sein Mienenspiel und bemühte sich derweil, den Schwall von Vorwürfen, die wild durch ihren Kopf wirbelten, zu ordnen. Sie wußte selbst nicht, was sie so in Wut versetzte, war es das vorzeitige Erscheinen der Gäste, war es der Mord an den Hähnen, eine Sünde, die sie sonst ihrem Mann überließ, oder war es der Zorn über die vertane Chance, ein perfektes Festessen zu arrangieren.
Aber der Chef schaute gebückt zum Fensterchen herein und lächelte.
»Heute mittag gibt es Hahn!« wiederholte sie drohend.
»Gut, sehr schön!« sagte der Chef.
»Nicht diesen Scheißkram von Broilern aus der Stadt, der nach nichts schmeckt, heute gibt es richtigen großen Hahn.«
»Ganz famos, gute Frau!«
Sie betrachtete ihn voller Erstaunen. Ihr Zorn war verflogen. Nichts von alledem, was sie hatte sagen wollen, hatte sie gesagt.
»Den zu einundzwanzig Mark?« fragte sie.
»Zu zweiunddreißig«, sagte der Chef, »wir haben Gäste.«
Sie schob ein Tablett mit fünf Gläsern durch die Essenausgabe und stellte die eiskalte Flasche Wodka daneben.
»Die Hähne habe ich schon unterwegs angefangen zu rupfen, so knapp war die Zeit!« sagte sie betrübt und schloß das Fensterchen.
Der Chef als Gastgeber goß ein und reichte jedem persönlich ein Glas. »Trinken wir auf die Umgestaltung dieser Insel in ein Paradies des sozialistischen Lebens!«
Während der Wodka angenehm seine Kehle hinunterfloß, sah er plötzlich drei goldglänzende Patronenhülsen vor seinem inneren Auge. Natürlich, natürlich, die Hülsen würden als Beweis ausreichen, das Pferd würde man nicht ausgraben müssen, weiteres Aufsehen ließ sich vermeiden.

Gerade in dem Moment, als der Inselchef die Gläser ein weiteres Mal nachfüllen ließ, stieß der Hausmeister beim Tischerücken nebenan gegen die Tafel. Alle Gebäude purzelten durcheinander. Als es dem Hausmeister in aller Eile gelungen war, die Häuser den Bleistiftlinien entsprechend zurechtzurücken, blieb ihm noch Zeit, das Modell zu inspizieren. Er erkannte den blauen Einschnitt des Hafens, die Schilfbucht, die angedeuteten Hügel und den gelben Weg zum Dorf hinauf. Mißtrauisch blickte er auf das Hochhaus. Wat soll dat, dachte er, will uns der Kerl mittags in die Kochtöpfe und nachts bei Mondschein in die Betten glotzen? Ne, ne, so nich, Junge. Er schob das Hochhaus ein wenig nach links. Zwischen dem Gebäude und seiner Hütte standen nun die Pappeln. Besser so.

Um zwölf Uhr begab sich der Chef mit seiner Arbeitsgruppe und den Herren Architekten zum zukünftigen Baugelände, das zur Zeit noch bewirtschaftetes Ackerland war und nach Westen hin steil zu einem schmalen vom Schilfgürtel begrenzten Wiesenstreifen abfiel. Auf dem Hang wuchs ein undurchdringliches Gestrüpp von Schlehen und knorrigen Wildbirnen.

Die Architekten interessierten die örtlichen Gegebenheiten wenig. Sie wiesen darauf hin, daß das gesamte Gelände vor Baubeginn eingeebnet würde. Modernes Bauen, behaupteten sie, erfordere grundsätzlich eine ebene Fläche. Auch die Erhebung dort, sie wiesen auf den Fuchsberg, würde man zur Hälfte abtragen.

Dem Inselchef leuchtete das ein. Fahnenstangen gehörten auf ebene Plätze. Mit weit ausholender Feldherrengeste schien er die ursprüngliche Landschaft der Insel an der Südwestküste auszulöschen. Er wiederholte diese Armbewegung mehrmals. Er wußte, von der Kantine aus, in der die Belegschaft jetzt Eintopf löffelte, konnte man ihn beobachten.

Nach der Geländebesichtigung begaben sich die Herren Architekten erneut in den Sitzungsraum. Die festlich gedeckte Mittagstafel überraschte sie.

Beklommen traten sie zum Architekturmodell: fast alles entsprach der ursprünglichen Konzeption. Sie sahen wortlos einander an und entfernten sich rasch zum Fenster. Sie blickten schein-

bar interessiert über die Hügel und warteten stumm auf den Inselchef.
Der Inselchef kam herein und bemerkte irritiert das blütenweiße Tischtuch, das ausgesuchte Geschirr, die Silberleuchter, die Silberbestecke und wußte einen Moment lang nicht, wie er sich verhalten sollte. Er machte ein paar Schritte auf das Architekturmodell zu und hatte die Situation im Griff. Er wandte sich an die Architekten.
»Genossen«, sagte er, »unser Küchenpersonal hat hier einen kleinen Mittagstisch aufgebaut, der gewissen Komfort einer vergangenen, längst überholten Epoche zeigt. Hier und heute aber geht es darum, Schönheit zeitgemäß zu gestalten und so zu vervielfachen, daß sie für alle da ist. Wir müssen besser als die damals sein. Widmen wir unsere ganze Schöpferkraft dieser Aufgabe!« Er wies mit großer Geste auf das Modell, nahm aber keine Einzelheiten wahr, jetzt war er Redner.
»Hieb- und stichfest müssen die Begründungen sein, laßt euch was einfallen, Genossen! Beim ersten Anlauf muß die ganze Sache beim Minister über die Bühne gehen, hört ihr, beim ersten Anlauf! Wir dürfen keine Zeit verlieren! Ein paar Anregungen habe ich geben können, ich glaube, nun ist ein Schuh draus geworden.«
Er klatschte in die Hände: »Ich bitte zu Tisch!«
Während die Gäste sich stühlerückend setzten, fragte der Chefarchitekt: »Gültig derzeitiger Stand?«
Der Chef schien ungehalten. Sein Wort war ein abschließendes Wort gewesen. »So wie die Gebäude jetzt stehen, inklusive Aufstockung Hochhaus. Durch die Zusatzetagen gewinnen wir Möglichkeiten für Spezialräume. Außen Schwimmbecken, Grünstreifen!« Er rückte seinen Hintern auf dem Stuhl zurecht und blickte erwartungsvoll zur Tür, er aß gern. Seine Worte hatten die ideologische Grundlage geschaffen, die ihm Genießen bei Lichterglanz erlaubte.
Hochrot von den Dämpfen der Herde, erhitzt von der Hast, mit der sie das Kantinenessen für die übrige Belegschaft auf die Teller geklatscht hatte, hochrot von der Erregung, die sie nun doch packte, schritt die Köchin über den Flur.
Sie verbrannte sich fast die Hände an den Löwenkopfgriffen der Terrine, trotzdem beschleunigte sie ihre Schritte um keinen Deut. Ihr rotes Gesicht behielt jenen würdevollen Ausdruck, den es an-

genommen hatte, kaum daß die Sekretärin ihr die Tür zum Korridor geöffnet hatte. Die Sekretärin war trippelnd vorausgeeilt, sie stieß die Tür zum Sitzungsraum auf und kündigte die Vorsuppe an.
Die Köchin kam herein wie eine Königin. Es war nicht ersichtlich, ob das Gewicht der Terrine ihr den aufrechten stolzen Gang verlieh oder ob die Würde des Augenblicks die Verwandlung bewirkt hatte. Sie bemerkte, daß die Sonne bereits so weit herumgewandert war, daß ihre Strahlen nicht mehr die Barackenwand streifen konnten. Die Räumlichkeit war, wie sie erwartet hatte, düster und trist. Aber die Herren schienen das nicht zu bemerken.
Sie stellte die Terrine auf den Tisch und streckte ihre Hand aus. »Meine Herren, Streichhölzer bitte!«
Sie ließ es sich nicht nehmen, die Kerzen auf den Silberleuchtern selbst anzuzünden. Kerzenschein verzauberte die Tafel zur wundersamen Insel in der Barackenwelt.
Und wieder kam es ihr in den Sinn: auf Hochzeiten habe ich gekocht, und für richtige Herrschaften habe ich Speisen aufgetragen! Soll dieser Barackenfürst auch mal schmecken, wie das mundet, wenn ich wirklich gefordert bin! Sie nahm die silberne Schöpfkelle und freute sich an deren Glanz. Sie wußte, Silber wurde erst schön bei Kerzenlicht, und wichtig war, daß man es bewegt. Sie füllte geräuschlos die Teller des Festtagsgeschirrs, das sie daheim nicht wagte zu benutzen, und konstatierte die verwunderten Blikke der Gäste aus der Stadt, die zu gern unter die Teller geschaut hätten, um die handgemalten Zeichen der Hersteller zu deuten.
Am liebsten hätte sie zugesehen beim Essen, aber sie wußte: das ist nicht schicklich.
Vor der Tür blieb sie einen Moment stehen, lauschte den Löffelgeräuschen und berechnete die Zeit, die vergehen mußte, bis sie mit dem Hauptgericht erscheinen konnte. Sie hörte, man verstand es, ihre Suppe zu würdigen.
Sie beschloß, wenn alles glücklich vorüber wäre, den Hausmeister an einen gedeckten Tisch in die Küche zu rufen. Resteessen, so war das früher üblich gewesen. Vor dem Mittag hatte sie den trägen Kollegen, kaum daß er vom Hügel gekommen war, mit einem Zettel in der Hand ins Dorf gescheucht. Sie hatte, um ihn anzutreiben, eine kleine Lüge benutzt, nämlich die, daß es sich um eine Anweisung des Chefs handelte, der verdammt sauer sei, er wisse

schon warum. Der Hausmeister konnte sich ein Warum denken, eilig hatte er sich die Gummikarre geschnappt und war losgeeilt. Den Mann der Köchin brauchte er nicht lange zu suchen. Er stöberte ihn in der Kneipe auf, wo auch die anderen Männer waren: Pferdebegräbnis. Eingehüllt von Tabaksqualm und Lärm der vom Alkohol verwilderten Worte, überreichte er dem Mann der Köchin mit vielen Grüßen vom Inselchef einen Zettel.
Der Lärm verstummte.
Der Mann der Köchin schrie auf. Er hatte nicht die Absicht, den schönen Kneipenplatz zu verlassen. »Wat will der Barackenkönig mit dem altehrwürdigen Porzellan?«
»Er will ein Gedächtnisfressen für den Gaul veranstalten, die Oberen feiern beim Fressen, König ist eben König!« log der Hausmeister.
»Fürs Pferd? Dann soll er in Gottes Namen! Aber ich bleib' hier auf meinem Arsch sitzen, nicht fünf Zentimeter heb' ich den für den Dicken an! Der Schlüssel liegt auf der Vitrine. Pack ein, den Scheiß!«
Sie reichten dem zum Arbeiten verdammten Hausmeister ein volles Schnapsglas.
»Die feiern also. Und uns Pierdotschmieter, is der bei denen?«
»Uns Moler? Ne, von dem war nichts zu sehen, der Sheriff ist beim Dicken.«
»Oh, oh, oh, Moler, Moler, nu is die Kacke am Dampfen!« schrie jemand heiter. »Nu muß Unsmoler sich warm anziehen!«
Der Hausmeister war mit der Gummikarre direkt ins Wohnzimmer der Köchin gefahren. Er hatte in Decken und zerknülltes Zeitungspapier Silberbesteck und Silberleuchter, Porzellanteller und einstmals herrschaftliche Salzstreuer verpackt und sich zurück zur Baracke begeben. Er war ziemlich viel unterwegs gewesen an diesem Tag.
Etwa um drei Uhr wurde nach ihm gerufen. Er rappelte sich aus dem Sessel der Gerümpelecke, strich sich die Haare glatt und hob sich eine Kiste auf die Schulter. Er meinte zu Recht, vom Schläfchen Druckstellen auf der Wange zu haben.
»Kommen Sie in den Versammlungsraum«, sagte die Sekretärin, als er ihr schwer beschäftigt gegenübertrat, »bringen Sie Leim mit. Die Architekten wollen die Häuser auf die Platte kleben.«

Unsmoler hatte sich nach der Pferdebeerdigung nicht umgesehen. Mit großen Schritten war er den Hügel hinabgegangen. Er hatte die Rufe der Zurückbleibenden nicht gehört und war verwundert, als er plötzlich vor der Tür der eigenen Hütte stand.
Er zögerte. Seine Hand schwebte über der Klinke. Ich werde keinen Blick auf das Bild werfen, sagte er sich. Mit diesem Vorsatz konnte er eintreten.
Er schaute zur Seite und stieß an das Palettentischchen, Farbtuben purzelten herab. Aber er blieb bei seinem Vorsatz. Er breitete die Arme aus. Seine klammen Hände packten die Kanten des Prometheusbildes. Mit den Füßen schob er herabgefallene Farbtuben beiseite, dann kippte er das Prometheusbild langsam nach vorn und ließ es mit der Bildfläche zuunterst auf dem Fußboden liegen.
Er atmete auf.
Das Bild war viel zu groß, als daß er es auf den Dachboden hätte ins Vergessen tragen können. Es sofort zu zerstören, dazu fehlte es ihm an Entschlossenheit.
Es isoliert, sagte er sich nach einer Weile und lehnte das Bild, ohne es anzublicken, mit der bemalten Seite an die dünne Außenwand des Raumes und nagelte es an die Fachwerkbalken. Sein Blick fiel auf die einsame Trostlosigkeit seines Bettes. Das Elend der kurzen Nachtstunden, in denen er vergeblich das Vergessen des Schlafs gesucht hatte, schien in den auf den Fußboden hängenden Dekken, dem herabgerutschten Laken, dem Chaos wirrer Falten seine Form gefunden zu haben. Er warf die Betten über den Stuhl, zog das Laken glatt, breitete die rotgrüne Decke darüber, rollte die Betten in den alten grünen Samtvorhang und verwandelte mit dieser Rolle das Bett in ein Sofa. Gewohnte Handgriffe.
Für einen Moment setzte er sich. Er mußte wieder an die Schiefertafeln denken. An Hirsche mit gewaltigem Geweih, an Bäume, deren Geäst sich ineinander wob. Strukturen, magische Erinnerungsbilder, die ihm in der Finsternis des gestrigen Abends geholfen hatten.
So weit mußte er zurückgehen?
Es war kalt im Zimmer. Er raffte sich auf. Er brauchte den freundlichen Schein des Feuers.

Während er zusah, wie das brennende Papier die Holzspäne und die Holzscheite in Flammen hüllte, sagte er sich, daß jedes Geschehen immer auch ein Anderes, Gegensätzliches in sich birgt.
Er warf sich auf sein Sofa. Bärenhäuter, der Bruder, wird mir beistehen. Morgen bitte ich ihn telegrafisch um Geld für ein Pferd, das es nicht mehr gibt. Gleich morgen früh.
Erschöpft schlief er ein.
Gegen drei Uhr nachmittags erwachte er vom Lärm draußen auf der Straße. Gleichgültig lauschte er, bemerkte dann aber rasch, das Gezeter galt nicht ihm, sondern dem Schmied, der von seinem erbosten Weib heimwärts getrieben wurde. Der muß ja ganz schön voll sein, dachte er und drehte sich, in der Hoffnung, weiterschlafen zu können, um. Aber die Erinnerung an das Unglück holte ihn ein, bevor der Schlaf ihn erreichen konnte. Er erhob sich. Warum sollte er nicht wie der Schmied dem Pferd zu Ehren …
Er ging zum Spind, holte die Flasche mit dem Braunen, den er gelegentlich für den Grog verwendete, und goß sich eine Tasse voll ein. Heute pur, sagte er sich. Er kippte den Fusel wie bittere Medizin und legte sich wieder hin.
Der Alkohol verwischte quälende Gedanken. Warum wird hier nur so viel gesoffen? fragte er sich.
Sein Arm rutschte kraftlos vom Bett. Er träumte die Antwort: Weil wir fliegen wollen, weil wir der Enge entfliehen müssen, der Enge.
An diesem Tage hatten offenbar bereits am Vormittag alle verläßlichen Gewohnheiten auf der Insel ihre Kraft verloren. Sogar die Geräusche schienen von irgendeinem anderen Ort ausgeborgt zu sein. Nachmittags lärmte das Vieh in den Ställen. Hin und wieder tönte lallend die Stimme eines Betrunkenen, den der eigene Hund verbellte.
Jobst, der Polizist, war nach ausgiebiger Befragung durch den Mitarbeiter mit einem Doppelten verabschiedet worden. Der Doppelte sollte die Peinlichkeit des Verhörs auslöschen und den Dorfpolizisten ohne Groll in die Freiheit entlassen. Was der Mitarbeiter erfahren wollte, hatte er erfahren, und das lauerte nun schwarz auf weiß im Karteikasten. Jobst ging versöhnt und grinsend hinauf zum Dorf.
Bei den Pappeln angelangt, blickte er sich um. Keine Menschenseele war zu sehen.

Er setzte sich an den Wegrand und streckte seinen linken Arm. Aus dem Ärmel rutschte auf seine wartende Hand eine Flasche Doppelkorn. Er hatte sie der Köchin abgeschwatzt, gegen Barzahlung, versteht sich. Heute nahmen sie alle ordentlich einen, warum sollte ausgerechnet er leiden, nur weil er Polizist war. Er war schließlich die Hauptperson, er hatte geschossen.
Als er die Barackentür des Chefobjekts hinter sich geschlossen hatte, hatte er sich gesagt, bis zu den Pappeln werde ich aushalten müssen. Hier waren die Pappeln. Er drehte den Blechverschluß auf und setzte an.
Zweimal noch machte er Rast. Bei der letzten Pappel blieb die leere Flasche liegen. Er ging aufrecht. Sicher wie ein Schlafwandler steuerte er seine Wohnung an. Er murmelte vor sich hin, daß er billig getrunken und gar nichts versäumt hätte, nur weil er Polizist sei. Daheim fiel er auf sein Kanapee. Er zog sich den schwarzen Schirm seiner Dienstmütze über die Augen und schlief bis gegen Abend. Er erwachte, weil ihn seine Dienstpistole am Hintern drückte.
Er konnte von Glück sagen, daß der Kneiper in der »Deutschen Eiche« die Übersicht behielt und eine Prügelei verhindern konnte. Jobst wurde nicht gerufen. Jobst brauchte nicht einzugreifen. Wer weiß, ob er nicht versucht hätte, nach Cowboymanier den Männern die Gläser aus den Händen zu schießen.
Mit Kneiperinstinkt hatte der Wirt rechtzeitig die vagen, aber untrüglichen Zeichen kommender Gewalttätigkeiten wahrgenommen: zementierte Grenzen wurden im Tran überschritten, so als wollte sich plötzlich das Miteinander der Inselleute im Alkoholnebel ganz und gar neu ordnen.
Der Schuster versuchte der flotten Kellnerin zwischen die Schenkel zu greifen. Lang genug, meinte er, sei er in diesem Leben artig gewesen. Er erntete finstere Blicke seiner Tischkumpane, denn er hatte das eingeschüchterte Männchen zu bleiben, das er immer gewesen war. Nur keine Neuerungen! Neuerungen kosteten Energie. Sie versprachen, ihm seine Alte auf den Hals zu hetzen. Die Eintracht vom Pferdeberg zerbröckelte. Der Pferdetod war ausreichend besprochen. Nun versank man im tiefen Brunnenschacht dumpfer Gedanken.
»Leute, es reicht!« Der Wirt versuchte, die Männer mit behutsamen Worten zu lenken.

Er wußte, wie gefährlich das war. Immer wieder gab er vorsichtig nach. Ferne verdrängte Wut sucht manchmal ein Ziel in gegenwärtiger Stunde. Er schickte die Kellnerin auf ihr Zimmer.
»Mädchen, eine Brause noch, Brause mußt du bringen, und wenn ich kuttendun bin, Brause ist nichts Alkoholisches!« lallte der Schuster. Er ruderte mit dem rechten Arm in der rauchigen Luft. »Brause darf sie mir nicht verweigern!« Er war begeistert von diesem Gedanken, lachte blöd und legte Wert darauf, daß alle auch wirklich teilhatten an seinem listigen Einfall. »Eine Brause!«, dann sank sein Kopf auf die Tischplatte, und er schlief, bis seine Frau Elfriede ihn Stunden später unsanft weckte.
Das Mädchen, das man Deifine oder Delphine nannte, brachte die Brause. Sie war sich nicht sicher, ob der geile Alte wirklich erledigt war oder nur lauernd auf sie wartete. Er reagierte nicht auf ihre Nähe. Sie brauchte ihm nicht auf die Pfoten zu hauen. Das war ihr recht, denn hier auf der Insel konnte man nie voraussehen, wohin ein einziger Hieb führt.
Erleichtert warf sie die Blocks auf die Theke, aber sie atmete erst auf, als sie die Tür hinter sich geschlossen hatte. Leise ging sie die Stiege hinauf. Sie wollte Kellner Pickelhubert nicht hervorlocken. Hubert hatte erst am Abend seine Schicht.
Der Maler war nicht in die Kneipe gekommen. Er hat sich nicht nötigen lassen.
Man hatte von ihm gesprochen, und sie hatte die Ohren gespitzt und versucht zu verstehen.
Man zweifelte offenbar daran, daß er unverletzt geblieben sei, wo andere Leute sich doch schon zu ebener Erde das Genick brechen, wenn sie vom Pferde fallen. Ganz fix geht dat! Aber Lüder hatte in den Raum gebrüllt: »Fuchsmunter ist der, Männer, fuchsmunter. Unkraut vergeht nicht!«
Männer sind grausam, dachte sie. Ich werde nach ihm sehen, aber erst einmal muß ich den Kneipengestank loswerden. Sie öffnete mit einiger Mühe das verquollene Fenster ihrer Kammer. Unten bullerte der Mistlader vorüber. Lüder fuhr besoffen, aber wie gewohnt forsch, nach Hause.
Auf seinem Hof allerdings lüftete er mit dem Greifer des Mistladers versehentlich das Dach seines Anbaus. Dieses Mißgeschick schien ihm in seinem derzeitigen Zustand dermaßen lustig, daß er sich augenblicklich aus dem Führerhäuschen wälzte, um zurück

zur Kneipe zu taumeln. Er hatte vor, seine Kumpels da drinnen unbedingt von diesem fröhlichen Zwischenfall in Kenntnis zu setzen. »Das ist die Krone aller meiner Werke!« lallte er. »Das ist die Krone!« wiederholte er ständig, denn auf keinen Fall wollte er vergessen, was ihn zurücktrieb in die »Deutsche Eiche«. Als er die Tür öffnete, versuchte er, sich an der Klinke festzuhalten. Da diese jedoch nachgab, fiel er auf den Hintern und starrte mit glasigen Augen in den verräucherten Raum.

Auch dieser Auftritt war was wert. »Komm her, sauf dich nüchtern, Kumpel!« rief jemand aus dem Nebel.

»Das ist die Krone!« nuschelte Lüder blöde grinsend, »ich hab' das Dach gelüftet!«

Der einzige, der begriff, war der Wirt. Er half Lüder auf die Beine. Während er ihn aufrichtete, drehte er ihn so, daß Lüder, nachdem er wie ein aufgezogenes Spielzeug einige steife Schritte gemacht hatte, mitten auf der Dorfstraße stand.

Der Wirt blickte nun zurück auf sein Dach. Das Kneipendach war unbeschädigt. »Hast du was angestellt mit deinem Klapperding?« redete er Lüder ins Gewissen, »wenn das rauskommt, kannst du Schweine vor den Hänger spannen und den Mist mit der Forke aufladen. Sieh zu, daß du nach Hause kommst, und laß dich erst wieder blicken, wenn du nüchtern bist!«

Der Umsatz stimmt zwar, dachte er, aber ich kann von Glück sagen, wenn das nicht noch Komplikationen gibt. Er beeilte sich hineinzugehen. »Lüder meint«, sagte er laut, »wir sollen hier lüften!« Er variierte Lüders Satz, obwohl er annehmen konnte, daß niemand begriffen hatte, was Lüder gelallt hatte.

Die Kellnerin, die man Deifine nannte, interessierten die lärmenden Vorgänge da unten nicht. Ihr war sogar die Tatsache gleichgültig, daß der Wirt beim Kassieren das Trinkgeld, das eigentlich ihr zustand, einstecken würde. Sie dachte an den Maler, zögerte aber, sich umzuziehen. Warum nicht noch ein wenig träumen. Die Enttäuschungen kamen meist viel zu rasch.

Saufen auch im Fischdorf

Im Fischdorf verriet kein Geräusch die Anwesenheit von Menschen. Aber aus den Schloten der drei halbwegs intakten Hütten kräuselte sich spärlicher Rauch.

Ein wenig früher als gewöhnlich war der Fischer zum Abendschluck in den Heizerkaten geklettert. Der Vormittagsmarsch hatte ihn müde gemacht. Er schwieg und zeigte keinerlei Bedürfnis, den Pferdetod noch einmal zu erörtern.

Es gab Abende, an denen die beiden Männer kein einziges Wort miteinander sprachen. An solchen Abenden schien ihnen der Gruß, die kurz erhobene rechte Hand, das leise Ächzen beim Niedersetzen, das Geräusch des blechernen Schraubverschlusses der Weinbrandflasche, das Gluckern beim Eingießen und ihr einvernehmliches wohliges Stöhnen beim Hinterkippen als Unterhaltung völlig auszureichen. Aber diese leisen Geräusche existierten für den Fischer nur noch in der Erinnerung. Er glaubte, sie zu hören, weil er sah, was Geräusche macht.

Die beiden alten Männer schauten auf den flackernden Schein des Ofenfeuers. Ein kleiner Lichtfleck tanzte auf dem Ofenblech. Manchmal knallte das Holz, und ein paar winzige Sterne stoben aus dem Fensterchen der Ofentür in den dunklen engen Raum. Sie schwebten kurze Zeit, zeichneten glimmend verschlungene Figuren und erloschen.

Die Gedanken der Männer trieben davon und verloren sich in irgendeiner Ferne.

Der Heizer brach das Schweigen. Ihn hatte der weite Weg nicht ermüdet. Er ergriff die Flasche, goß beide Gläser voll und schien an einen Gedanken anzuknüpfen, den der Fischer vor Tagen geäußert haben mochte: »Solange wir unseren ›Kleinen‹ haben und eine Handvoll Tabak, ist mir vor nichts bange.«

Er zog umständlich seine mit Isolierband geflickte Pfeife hervor und stopfte sie mit liebevoller Sorgfalt. Dann reichte er seinem alten Freund die zerknitterte Tabakpackung. Eine goldene Kogge zierte das billige Papier. Die Kogge segelte in der Vergangenheit wie die Gedanken der beiden Männer.

Der Duft der aufsteigenden Tabakwölkchen machte die Stunde vollkommen. Die beiden verstanden sich aufs Genießen. Der Heizer scheuchte die kleine Befürchtung, die in seinen Worten mitgeklungen hatte, davon. »Und wenn wir den Braunen nicht mehr kriegen«, er streckte seinen krummen Zeigefinger in Richtung Flasche, »dann brennen wir eben wieder!«

»Mann!« fuhr er nach einer Weile fast schreiend fort, denn er mußte sich immer wieder daran erinnern, daß der Fischer fast taub war, »Mann, was haben wir für einen Schnaps gebraut, dagegen ist das hier«, er wies erneut auf die Flasche, »die reinste Limonade!«

Der Fischer verzog die Lippen zu genüßlichem Lächeln.

»Und unser Tabak, der hat die Männer umgehauen, die der Krieg übersehen hatte! Jo jo jo, so ein Destilliergerät ist fix gebaut«, sagte er, nachdem er erneut ein Schnäpschen gekippt hatte. Er beobachtete bei diesen Worten seinen Kumpel. Ob der wohl ahnte, daß im winzigen Keller direkt unter seinem Hintern noch immer so ein Gerät stand? Zwar brannte er schon seit langem nicht mehr heimlich Schnaps, der Fusel im Konsum war billig, aber wer konnte wissen, was noch kommen würde. Von denen, die oben das Sagen hatten, hatte schon so manch einer das Himmelreich auf Erden versprochen, aber dann war es meist ganz, ganz beschissen gekommen. Der Barackenkönig schien auch einer von der Beglükker-Sorte zu sein. Der nahm das Maul voll, und das machte dem Heizer Sorgen.

»Weißt du noch«, wiederholte der alte Mann den Anfang einer abgewetzten Geschichte, »als der Russe mit zehn Sack Zuckerrüben kam, dir mit der Knarre auf die Brust tippte und sagte: ›Du, das sein Schnaps, in drei Tagen!‹ Ein richtiger Zauberstab ist so ein Schießeisen. Er hat ja auch seinen Schnaps bekommen. Einen Vorrat für rasche Lieferung mußte man zur Sicherheit schon haben! Dawai, dawai, Uhri, Uhri, Schnaps, Schnaps, Frau, Frau! Aber so ein Versteck mußte verdammt gut sein, sonst ... Weißt noch, der verdammte General mit der Brust voller klimpernder Orden, der hat uns im Netzschuppen beim Schnapsbrennen überrascht. Plötzlich schiebt er die Netze beiseite, steht da und sieht das Gerät, hört das Tröpfeln und weiß Bescheid: ›Dawai, dawai, her damit!‹ – ›Nix gut!‹, hast du gesagt, im untergestellten Weckglas war das erste Teufelzeug mit annähernd hundert Prozent. Aber der Russe klopft mit seiner Pfote nur an seine Pistolentasche, was will man da viel machen! Du gabst ihm das Einmachglas. Er setzt an und schluckt und schluckt.

Rums lag er auf dem Rücken und rührte sich nicht mehr. Ja, wat nu, was tun mit dem toten Russen! Wohin auf dieser Scheißinsel!«
»Ab ins Boot und mit dem Boot ins Schilf und dann bei Nacht und Nebel auf und davon, andere Möglichkeiten gibt dat nich.« Zum ersten Mal hatte der Fischer an diesem Abend gesprochen.
»Na«, ereiferte sich der Heizer, dem der Einwand des Fischers gar nicht so recht war, denn er schien der Geschichte viel ihrer Dramatik zu nehmen, »immerhin, wir drehten fast durch, wohin mit einem General am hellerlichten Tage! Nur deine Alte blieb ruhig. Sie goß dem Toten einen Eimer Wasser über den Schädel. Und siehe da, der Tote schlägt die Augen auf. Der legt uns alle um, hab' ich gedacht und mich fix zur Tür verpißt. Er aber setzt sich auf und grunzt aus tiefster Seele: ›Gut, gut!‹ Dann rappelt er sich langsam auf die Beine. Wat nu, denk ich und seh auf seine Wumme. Er aber hält fünf Finger hoch. ›Fumf Flaschen morgen!‹
Du hast die Arme ausgebreitet: ›Das ist nicht möglich, Sowjetmensch!‹ Aber wie soll man solchem besoffnen Kerl erklären, daß nur der erste Schnaps beim Brennen hochprozentig ist. Der Russe torkelte davon, sah sich noch einmal um und brummte: ›Fumf Flaschen morgen, wenn du nicht wollen, dann du Faschist!‹ Noch einmal hat er fünf Finger hochgestreckt und mit der anderen Hand auf sein Pistolenfutteral geschlagen. Der hatte nicht einmal bemerkt, daß er naß war.
Du hast fix Pfeffer eingetauscht, den rein in einen Strumpf von deiner Alten, und rein damit in unsren ganz normalen Selbstgebrannten. War noch mal gut gegangen. Der Russe soff ja damals jeden Scheiß, wenn es nur richtig kratzte.
Nur beim Pissen mußten die Russen sich in acht nehmen, paar Tropfen auf das Stiefelleder und fix waren Löcher in den Knobelbechern drin.«
Der Heizer hüpfte auf seinem einen Bein zum Ofen, warf Holzscheite ins Feuer, und der Fischer blinzelte in die Flammen. »Hätte auch schiefgehen können«, sagte er leise, »täglich hätt' das schiefgehen können.«
»Gewiß doch«, bestätigte der Heizer und ließ sich wieder auf seinen Stuhl fallen, »ist ja auch oft genug in die Hosen gegangen. Mann, was haben wir Tote gesehen!«
Sie schwiegen, der Heizer goß die Gläser wieder voll. Sie wußten,

sie durften beim Erinnern nicht bei Gedanken dieser Art innehalten, sie mußten zum Witz der Geschichten kommen, sonst blieb etwas zurück.

»Denkst du noch an die Toten vom versenkten Flüchtlingsschiff? Mann, waren wir im Tran, die Halbliterflasche in der Joppentasche, den Priem zwischen den Zähnen. So war die Arbeit auszuhalten.«

Beide Männer lächelten erleichtert, nun konnte der Fischer weitererzählen, ohne daß sich unversehens Abgründe auftaten. Er war müde, ihm war nicht nach Geschwätz, aber der Karren mußte aus dem Dreck.

»Dein verdammter Prim, der hat uns einen schönen Schrecken eingejagt! Die Gruben mußten ja bannig tief sein, Vorschrift wegen der Seuchen. Mit Stricken ließen wir die Tote runter, zwei Stricke mit vier Enden. Vier Mann, an jedem Ende einer. Dein eines Bein war besoffen, das andere war nüchtern, aber aus Holz. Und plötzlich strauchelst du und fällst kopfüber in die Grube, die Tote hinterher und auf dich drauf.«

»Ich hab' gedacht, jetzt kuhlen mich die drei besoffnen Kumpels ein, und merken's nicht einmal!«

»Ne, ne, du hast dich ja gemeldet. Wir zerrten dich nach oben und schippten ohne dich die Kuhle zu. Für den Tag aber hatten wir die Nase voll. Wir machten Feierabend. Du wurdest kreideweiß. Wir warfen Stroh auf die besauten Bodenbretter vom Leichenleiterwagen und legten dich zur Ruh. Dir war schon alles egal. ›Nun bin ich auch von ab‹, hast du gestöhnt, ›nu bin ich auch von ab, mir wird so düsig. Das ist das Leichengift, das ist das Leichengift!‹

Ein richtiger Trauerzug zum Dorf. Ein alter Klepper vor dem Wagen, wir gingen schweigsam hinterher, du kotztest dir die schwarze Seele aus dem Leib und warst fast tot, als wir die Hütten erreichten. Die Frauen fingen an zu jammern, wir waren hier so ziemlich die allerletzten Männer.

Als wir dich dann vom Wagen runterzogen, kam dich erneut das Kotzen an. ›Kiek, was ist das!‹ hab' ich gesagt, ›in deiner Kotze schwimmt wat Schwarzes! Verdammt noch mal, das war dein Priem!‹ Du hast die Augen aufgeschlagen wie seinerzeit Schneewittchen. ›Ne, wat!‹ hast du gesagt, und mit dem Zeigefinger in der eignen grünen Supp gerührt. ›Richtig, der Priem, den hab' ich vor Schreck verschluckt!‹ Und gleich drauf war dir wohler.«

»Tote stinken mächtig!« sagte der Heizer und schüttelte sich, »weißt du noch, wie zwei verfaulte Pferde, fünfundzwanzig zerfetzte deutsche Kriegsgefangene und ein toter Russe riechen?«
»Scheißmunitionstransport auf einem Ackerwagen!« erinnerte sich der Fischer.
»Ja, ja, aber eines Tages kam der neue Bürgermeister angelaufen: ›Brennt meinetwegen Schnaps, verhökert Fische, ich drück' die Augen zu, aber um Himmels willen findet mir den toten Russen, sonst bin ich dran.‹
Da standen die Russenoffiziere schon bei dem großen Grab. Extra vom Festland war die Kommission herbeigeschippert, und bei den Männern stand, das war das Allerschlimmste, auch eine Frau in Uniform, die übersetzte. Mann, war die giftig. Die hätte am liebsten ›Du Faschist!‹ gemacht. Ein Leben war nix wert.
Zum Glück fiel mir das Sternenkoppel ein, zu guter Letzt hatt' ich das Dings ins Massengrab geschmissen. Genau dort haben wir gegraben. Gestank wie in der Hölle, alles trat zurück außer uns beiden. Wir mußten ja. Ich fand das Koppel mit dem roten Stern. Wir warfen in die Kiste gut einen halben Zentner verfaultes Menschenfleisch und was da sonst noch so an Knochen zu einem Menschenkind gehört, und oben drauf das Koppel mit dem roten Stern. Die traten ran und wurden grün, sahen das Koppel und winkten uns, den Sarg zu schließen.«
»Das haben wir alles dem naaschen Kerl mit der Rotzbremse zu verdanken!«
»Den Utlänner haben die Weiber gewählt, die Deibels, die!«
Aber der Fischer widersprach: »Nicht nur die Weiber, da waren auch reichlich Männer mit von der Partie, ich möcht' nicht wissen …«
»Du hast gut reden«, sagte der Heizer hastig, »Fisch gab es immer in der See, du hattest dein Brot, aber ich, ich hab' damals um Arbeit gebettelt. Ich bin von einer Beerdigung zur anderen geschlichen. Im Krematorium war's nämlich warm. Ich war ein starker Kerl, aber einen Dreck wert war unsereins. Und dann kam der Österreicher, und der hat gesagt: du bist was, du bist ein deutscher Mann!«
»Ein Dreck waren ihm die Menschen!« sagte der Fischer und spuckte in die Asche auf dem Ofenblech. »Die hackten dir die Rübe ab, wenn du am Endsieg zweifeltest. Wenn solche Leute erst

mal dran sind, ist es vorbei! Totale Macht dreht immer durch. Im Stechschritt vorwärts, vorwärts, Genossen, in die Hölle.«
Der Heizer schwieg. Er dachte an seine Familie: was hatten die Kinder getan, daß sie verrecken mußten. Was tröstete ihn all das Reden über getanes Unrecht. Seine Lippen wurden schmal und hart. Reden kann ich auch, dachte er, aber darüber, was ich fühle, darüber habe ich keine Macht.
Pferdebegräbnis, verdammt noch mal! Wo sind meine Kinder verscharrt!
Heute laufen alle Gespräche auf Schiet, dachte der Fischer und erhob sich mühsam: »Lot man, lot man, wenn es Scheiße regnet, bleibt keiner sauber.«
Er reichte dem Heizer die Hand und kletterte aus der Hütte. Kommt nichts raus bei all dem Gerede. Diese Gewißheit erneuerte er in seinem alten Schädel, während er von außen die Luke vom Heizerhaus schloß. Es war ihm, als würde er den Alten zusammen mit seinen düsteren Gedanken einsperren. Zum Glück ist der nicht immer so, überlegte er, denn man braucht einen Kumpel, mit dem man gemeinsam schweigen kann.
Drinnen der Heizer dachte an das tote Pferd … dann ließ er ungeniert einen gewaltigen Furz fahren. Die Scheibe seines Fensters klirrte, das stimmte ihn fröhlich, und alle düsteren Gedanken waren wie weggeblasen.

Vor der Tür in der Finsternis

In jenem Augenblick, da der Heizer in seiner seltsamen Behausung den Wind fahren ließ, klopfte es bei Unsmoler an die Tür. Das Pochen war derart behutsam, daß Unsmoler die Töne, sowie sie verstummten, für eine Sinnestäuschung hielt. Er richtete sich auf und blickte aus dem Fenster. Draußen war es bereits dunkel. Er erhob sich, schaltete die kleine Lampe an und meinte, daß es gut wäre, etwas zu essen: langsam zurückfinden.
Aber das Klopfen wiederholte sich. Er legte die Decke zusammen und sagte sich: die wissen doch, daß ich das Geld erst in ein paar Tagen haben werde!

Daß es Jobst, der Polizist, sein könnte, kam ihm nicht in den Sinn, der bullerte an die Türen. Als es zum dritten Mal klopfte, ging er hinaus. Irritiert blickte er in das Dunkel. Ein winziges Blinken reflektierte das Licht seines Fensters: sachte schaukelnder Schmuck unter glänzendem Haar. Eine Frau.

»Guten Abend!« sagte sie.

»Guten Abend!« sagte er überrascht.

»Ich möchte zum Maler.«

»Hier gibt es drei!« antwortete er.

»Ich meine den mit dem Pferd!«

»Es gibt kein Pferd mehr.«

Seine Augen gewöhnten sich an das Dunkel.

Sie überwand sich und sagte: »Ich war das heute nacht!« Sie verbesserte sich, »gestern abend«.

»Ja, Sie und der Kneipenhubert!« Unsmoler erschrak, er stand mit ihr in der Finsternis, hatte kaum Worte mit ihr gewechselt und schon war er eifersüchtig.

»Darf ich hereinkommen?«

Unsmoler hob unschlüssig die Schultern. »Es ist draußen kalt, es ist drinnen kalt, gehupft wie gesprungen, also kommen Sie meinetwegen!«

Beide lächelten, jeder der beiden sah das Lächeln des anderen nicht, spürte es aber. Sie roch im dunklen Vorraum den kalten Ziegelsteinfußboden und das geölte Leder des Pferdesattels, er den sanften Duft von Parfüm.

»Ja, Ihretwegen!« sagte sie.

Er verstand nicht, was sie meinte. Er schob die Tür zum Atelier auf. Auch dieser größte Raum der Hütte lag mehr oder weniger im Dunkel. Die kleine Lampe beleuchtete den Tisch am Bett. Auf dem Tisch in wilder Unordnung ein paar Bücher, ein Plattenspieler, einige Farbstifte, Zettel und der Aschenbecher mit der Tabakspfeife. Mehr war kaum zu sehen, aber es duftete nach Terpentin. Hier gefiel es ihr. Endlich nicht der Kneipengeruch, der sie in diesem Dorf überallhin zu verfolgen schien und der unbarmherzig bis hinauf in ihre winzige Kammer drang.

»Setzen Sie sich, es ist ein Sofa!« Er sammelte die Zettel vom Tisch, schob die Stifte zur Seite und stapelte die Bücher übereinander, nahm den Plattenspieler und stellte ihn irgendwo im Dunklen auf den Fußboden.

Dann ging er zum Kanonenofen, lautlos öffnete er die Ofenklappe, lautlos schob er die Asche vom Rost, lautlos schichtete er zerkleinertes Treibholz vom Meer um die Glutstückchen. Er nahm die feuchte Wattejacke vom Stuhl und trug sie hinaus. Als er zurückkam, bullerte bereits der Ofen. »Gleich wird es warm!« sagte er und setzte sich ihr gegenüber auf einen Stuhl.
»Nett, daß Sie mich hereingelassen haben!« sagte sie.
»Vielleicht ist es der rechte Augenblick, Besuch zu haben.«
»Vielleicht?« fragte sie.
»Vielleicht«, antwortete er. »Ich wollte gerade Tee machen, darf ich Sie einladen?«
Sie nickte.
Er ging nach nebenan, ohne dort das Licht anzuschalten. Sie hörte ihn Wasser schöpfen. Er kam zurück mit einem großen silberglänzenden Kessel. Einen Moment lang sah sie sein Gesicht von lodernden Ofenflammen geheimnisvoll beleuchtet. Aber rasch setzte er den Teekessel auf die Flammenöffnung. Im Nebenraum, der offenbar die Küche war, schnitt er Brot ab. Er brachte aus der Dunkelheit ein breites Brett, auf dem zwei Tassen standen. Ein großes Messer, ein Stapel dicker Brotscheiben, ein Stück Butter in zerknautschtem Papier lagen daneben. Er schob das Brett auf den Tisch, stellte die Tassen ab, legte rund um den Wasserkessel auf die heiße Ofenplatte Brot und blieb wartend am Ofen stehen.
Als er mit dem gerösteten Brot zurück an den Tisch kam, war das Butterpapier glatt gestrichen und die Butter zu einem ordentlichen Türmchen aufgeschichtet. Die Tassen waren an den rechten Ort geschoben, und der Leuchter, der vergessen auf dem Fensterbrett gestanden hatte, stand nun auf dem Tisch, die Kerze brannte. Sie saß da, als hätte sie sich in der Zwischenzeit nicht bewegt.
»Sie können den Nerz aufs Bett legen, wenn es Ihnen zu warm wird«, sagte Unsmoler.
»Das ist ein Sofa!« sagte sie lächelnd, »und der Nerz ist ein Kaninchen!«
Das Wasser kochte, er warf Teeblätter in den Kessel, verschloß die kreisrunde Ofenöffnung und brachte ihn an den Tisch. Sie hatte ihr Fell ausgezogen. Unsmoler setzte sich.
Die Butter schmolz auf den heißen viel zu dicken Brotscheiben, in das die Ofenplatte ein Hieroglyphenmuster gebrannt hatte. Wunderbarer Duft.

»Dünner Tee und dicke Stullen!« sagte er, aber sie aßen und tranken mit Vergnügen und sahen einander an. Nach dem Essen nahm er die Bettenrolle und legte sie an die Wand. »Sie können es sich bequem machen!« sagte er. Da er selbst artig auf dem Stuhl sitzenblieb, rutschte sie zurück und lehnte sich an die weiche Lehne. Sie hatte anfangs erzählen wollen, daß sie keine wirkliche Kellnerin sei, sondern daß sie auf ihren Studienplatz warte, daß sie sich für Bücher interessiere und mit dem Kellner Hubert, der wirklich ein Kellner sei, nichts gehabt hätte. Aber sie spürte, das sind alles Äußerlichkeiten, sie kam ohne Worte aus. Sie war weder Kellnerin noch künftige Studentin, sie war eine Frau, die gefiel.
Unsmoler redete unentwegt. Vielleicht hatte er zu lange geschwiegen. Vielleicht fürchtete er, daß sie reden und mit nichtssagenden Worten zerstören könnten, was er sah. Plötzlich aber unterbrach er sich selbst verwundert.
»Bevor ich gestern aufbrach ... war das gestern?« fragte er sich überrascht ... der gestrige Tag schien in einer anderen Zeit und in weiter Ferne zu liegen. »Bevor ich gestern zum Pferd ging«, begann er den Satz erneut, »hatte ich mir vorgenommen, daß ich, sowie ich zurückkomme, Musik hören und zeichnen werde. Nun komme ich langsam zurück. Mögen Sie Musik?«
Sie nickte. Er kniete sich neben den Plattenspieler. Sie hob die Lampe und leuchtete.
Monatelang hatte sie das dürftige Gedudel des Kneipenradios erduldet. Hier erinnerte sie sich wieder an Musik. Er schwieg nun, sah sie an, griff nach einem Stift und einem dicken Heft. Es war ein einfaches Heft mit schwarzem glänzendem Deckel und karierten Seiten, wie sie es in der Schule für die Mathematikaufgaben benutzt hatte. Preis fünfzig Pfennig. Er begann zu zeichnen.
Als er nach einer Weile umblätterte, schien er sich an seine Gastgeberrolle zu erinnern. Er goß Tee ein, kippte, ohne zu zögern, die Krümel vom Brotbrett auf den Fußboden, legte das Brett flach auf das Bett und stellte darauf die Tasse: »Damit du die Haltung nicht verändern mußt!«
Und wieder zeichnete er.
»Ein großartiges Bild!« sagte er.
Sie wagte es, sich zu bewegen, sie zeigte auf sein Heft mit dem schwarzen Deckel. »Das?«

»Nein«, sagte er und zeigte auf sie: »Das! Ich habe mich monatelang mit einem anderen Bild gequält, aber jetzt brauche ich nur hinzusehen und nur zu begreifen, was ich sehe!«
»Begreifen?« fragte sie und lachte.
»Entschuldigen Sie!« sagte er, und er spürte, daß er rot wurde.
»Vorhin sagtest du ›du‹!«
Er wollte ihr nach einer Weile erneut einschenken, aber der Teekessel war leer. »Ich könnte dir einen Grog anbieten!« sagte er und ging in die Küche.
Sie hörte ihn Wasser schöpfen und nach einer Flasche suchen. Als er zurückkam und die Flasche und den Zucker auf den Tisch stellte, hockte sie auf dem Bett, sie hatte sich eine Decke umgelegt. Er setzte den Kessel auf den Ofen, warf Holz in das Feuer, drehte die Schallplatte um, aber dieses Mal leuchtete sie ihm nicht. Musik.
Er ging zurück zum Ofen, lauschte und wartete, bis das Wasser zu sieden begann. Er kam an den Tisch, kippte heißes Wasser in die Tassen, löffelte Zucker hinein, rührte um und goß Branntwein dazu. Er reichte ihr die Tasse, sie streckte ihren Arm aus der Decke hervor. Der Arm war nackt.
Sie sahen einander an und tranken Grog. »Du kannst mich auch so zeichnen!« sagte sie.
»Wenn ich das kann«, sagte er leise.
»Warum trinkt man auf dieser Insel so viel?« fragte sie.
»Das Meer ist weit, aber wir leben in der Enge. Du siehst die Kerle in der Kneipe reglos am Tisch hocken, aber sie sind irgendwo ganz woanders.«
Sie setzte ihre Tasse ab, aus der sie nur zwei Schlucke getrunken hatte.
»Zeichne!« Sie rutschte zurück, schob die Decke beiseite und probierte verschiedene Haltungen.
»Ja«, sagte er, »ich zeichne, erschrick nicht, vorher muß ich dich küssen.«
Er stand auf wie im Traum, beugte sich zu ihrem Schenkel und küßte sie auf ihre glatte, geheimnisvolle Haut. Dann setzte er sich zitternd auf seinen Stuhl und machte in wilder Hast eine Zeichnung nach der anderen und wurde ruhig. Er merkte schließlich, daß sie fror. Er hüllte sie fest in die Decke, legte seinen Arm um sie und küßte sie auf den Mund.

Lange saßen sie so beieinander.
»Morgen komme ich wieder«, sagte sie. Er erhob sich, ging zum Ofen und wandte sich, während sie sich anzog, ab. »Nun bin ich doch zu meinem Grog gekommen!« sagte sie und lachte. Er wußte nicht, warum sie lachte. Aber sie vertrauten einander. Er dirigierte sie durch den finsteren Vorraum, der nach dem Sattel des verunglückten Pferdes roch. Draußen schien hell der Mond. Der Boden war gefroren.
Unsmoler stand am nächsten Tag in aller Frühe auf, denn da wartete kein Bild im Atelier, das er im Morgengrauen vom Bett aus betrachten wollte. Er schaltete das Licht an, heizte den Ofen, rasierte sich, wusch sich und begann, ohne etwas gegessen zu haben, das Atelier aufzuräumen. Er vermied es, irgendein Bild anzusehen. Als der Boden gefegt war und das Bett gemacht, war nichts Gemaltes mehr sichtbar. Er hatte die Bilder mit der Bildfläche zur Wand gedreht. Auf dem Tischchen aber lag ungeöffnet das schwarze Heft vom gestrigen Abend.
Er brühte Tee, schmierte seine Marmeladenstullen, frühstückte und begab sich dann auf den Weg zur Chefbaracke. Er war erstaunt, wie wenig es ihm ausmachte, hinaus auf die Dorfstraße zu treten. Es muß eine Fee gewesen sein, die mich besucht hat, dachte er.

Auf der Poststelle in der Chefbaracke erregte sein Telegramm Verwunderung und Mißtrauen. Die Adresse irritierte. Erst vermutete die Angestellte, daß es sich um einen Scherz handeln könnte, vielleicht auch um die Finte eines Kunden, der ihr die Schuld in die Schuhe schieben würde, wenn da irgendwelches Geld nicht einträfe. Dann aber kam ihr der Gedanke, daß dieser Auftritt möglicherweise eine Art Überprüfung wäre. Man hatte offenbar vor, festzustellen, wie weit sie künftigen Aufgaben gewachsen sei.
Obwohl sie nicht erfaßte, daß der Name »Karl Marx« in diesem Fall der Name eines Schiffes war, zweifelte sie nicht länger an der Rechtmäßigkeit seines Anliegens. Sie begriff, daß Unsmoler telegrafisch um Geld bat. Weshalb aber ausgerechnet Karl Marx, der wie jeder wußte, tot war, und wieso der bettelarme Erdteil Afrika ins Spiel gebracht wurden, das war ihr ein Rätsel. Nun, warum nicht, kam ihr in ihrer Verwirrung der Gedanke, Afrika war ihr schon immer sonnig, trocken und gelb vorgekommen, goldgelb.

Goldgeld. Vielleicht stimmt alles nicht, was über die Armut dieses fernen Erdteils in der Zeitung stand.
Unsmoler bemerkte ihr Erschrecken angesichts der ungewohnten Aufgabe. »Was auf diesem Zettel geschrieben steht, müssen Sie zur Seefunkstation durchtelefonieren. Das ist alles.«
Sie sah ihn beleidigt an, es schien ihr, als benutzte er sein Wissen, um sie zu kränken. »Wir werden sehen, ob das geht«, sagte sie, »die Gebühren jedenfalls stellen wir Ihnen zu!«
Er hörte in den Nachbarzimmern der Baracke das Hämmern von Schreibmaschinen.
Die Atmosphäre war trist, aber diese Tristesse hatte etwas Aggressives, Besitzergreifendes, Auslöschendes. Er beeilte sich, ins Freie zu kommen.
In den Zweigen der Pappeln am Weg zum Dorf hörte er das Rauschen des Windes. Es war ein Rauschen, wie es über Gräbern in den Friedhofsbäumen klingt. Einen Moment lang berührte ihn das Bild des Pferdes in der Finsternis der Erde, und die Fenster der Häuser begannen wie gestrenge Augen zu glotzen.
Aber ein Gedanke an das Mädchen reichte aus, um das Pferd und das Dorf vergessen zu machen.
Er ging rascher, er freute sich darauf, im schwarzen Büchlein zu blättern. Vorher aber wollte er noch im Konsum Wurst, Käse und Weißbrot besorgen und die Flaschen für Lüder und den Schmied.
Delphine kam am späten Nachmittag. Im winzigen Vorraum brannte Licht. Es roch nicht mehr nach gefettetem Leder. Unsmoler hatte den beschädigten Sattel zum Schuster getragen.
Mitten im Atelierraum stand die Staffelei. An der Wand lehnten vor Bilderstapeln ein paar weiße Pappen, geschwärzt von heftigen Kohlezeichnungen. Offenbar Zeichnungen nach Skizzen des gestrigen Abends. Frauengestalten. Ein Tischchen mit Palette und Farben war neben die Staffelei gerückt.
Delphine sah umwerfend schön aus, schien aber traurig zu sein. Sie hängte ihre Felljacke in den Vorraum und sah sich um: »Du hast gearbeitet?« fragte sie.
»Ich werde arbeiten!« sagte er und lachte.
Sie sah ihn kurz an. Er verstand diesen Blick nicht.
»Habe ich mich dumm benommen gestern?« fragte sie.
»Nein«, sagte er, »du hast mir sehr gefallen.«

Wieder sah sie ihn an.
Er nahm ihre Hand und küßte ihre Finger. Sie zog die Hand zurück, an ihrem Handgelenk blitzten und klimperten silberne Ringe. Er wandte sich ab und setzte den Teekessel auf den Ofen. »Trinken wir Tee«, sagte er.
Sie aßen wieder Abendbrot. Wieder verwandelte sich der Tisch unter ihren Händen, wieder röstete er Brot, aber irgend etwas war anders.
»Ich fahre übermorgen ab«, sagte sie plötzlich, »die Kneipe hier war nur ein Job.«
Unsmoler hatte nicht daran gezweifelt, daß sie abreisen würde. Alle reisten ab.
»Ich werde dich malen!« sagte er.
»Willst du mir nicht Bilder zeigen?«
Sie wies auf die Rückseite des Prometheusbildes: »Die Farbigkeit interessiert mich.«
Unsmoler schüttelte den Kopf: »Das ist das Ufer, von dem ich gestürzt bin.«
»Eine Landschaft, eine Frau?«
»Weder Frau noch grüne Hügel. Ich wollte den Menschenfreund Prometheus malen, den Halbgott, der uns der Sage nach das Feuer schenkte. Du weißt, Zeus hat ihn zur Strafe an einen Felsen schmieden lassen.«
»Vielleicht überzeugt mich das Bild.«
»Das würde mich enttäuschen, denn ich habe mich der Bildsprache derer bedient, denen ich widersprechen wollte. Das ist Schwachsinn! Es ist ein Gedankenbild. Eine Illustration. Du erinnerst dich, jeden Tag aufs neue segelte ein Adler heran und fraß dem Gefesselten die Leber aus dem Leibe. Mein Prometheus muß andere Qualen erleiden: Mein Prometheus hängt hilflos am Felsen und sieht Atombomben explodieren.«
»So etwas malst du?« fragte sie verwundert.
Er zuckte mit den Schultern: »Ich hab' es versucht.«
Sie wandte dem unsichtbaren Bild den Rücken zu.
»Göttliches Feuer verwandeln wir Menschen in Bomben!« sagte Unsmoler.
»Nicht nur in Bomben«, widersprach sie.
»In jedem Augenblick kann die Erde zu einem Feuerball werden!«

»Angst lähmt!« sagte sie noch. Sie wies auf die Zeichnungen an der Wand: »Das da ist etwas anderes, das ist Vertrauen.«
Er ging zum Ofen und warf Holzscheite ins heruntergebrannte Feuer. »Ja«, sagte er, »ich habe keine Angst.«
»Wir haben beide Angst«, antwortete sie, »aber auch Vertrauen.«
Er nahm die grundierte Pappe von der Staffelei, griff nach einem Stück Zeichenkohle und sah sie an.
»Darf ich rauchen?« fragte sie.
Er nickte und schaltete den Plattenspieler ein. Sie hörte Musik und rauchte, er arbeitete. Manchmal erschrak sie über die Verwandlung seines Gesichts, aber dann wurde es wieder sanft und behutsam.
Plötzlich schien sie sich an etwas zu erinnern: »Wurde nicht Prometheus von Herakles befreit?«
»Das hatte ich offenbar vergessen«, sagte Unsmoler beiläufig. Er hielt die Pappe auf den Knien. Manchmal war das Porträt ähnlich, und sie freute sich, dann aber wischte er die ganze Zeichnung wieder ab, immer wieder Zerstörung. Unvermittelt erhob er sich, ging zur Staffelei und drückte aus Farbtuben direkt auf die Pappe winzige Farbhäufchen. Weiß, ein wenig Ocker, eine Spur Pariser Blau und ein feuriges Grün, Englischrot. Er nahm Pinsel zur Hand und mischte direkt auf dem Malgrund, wieder verschwand die Kohlezeichnung, an der er so lange gearbeitet hatte. Rasch bedeckte Farbe die ganze Fläche. Er ergriff ein Messer und kratzte mit scharfer Spitze filigran Konturen von Nase und Augen, Mund und Ohren in die frische Farbe. Er hatte längst vergessen, Schallplatten aufzulegen. Plötzlich stand er auf und stellte das Bildnis beiseite. Er legte sich der Länge nach auf die Erde, blickte zur Zimmerdecke und schwieg. Sie sprach ihn nicht an. Sie war von dem Resultat enttäuscht, aber sie sollte dieses Bild von sich selbst nie mehr vergessen. Nach kurzer Zeit erhob er sich. Er wusch sich in der Küche die Hände und kam zurück mit einer Flasche Wein.
»Ich glaube, ich sollte jetzt gehen«, meinte sie.
Unsmoler legte ihr das zusammengerollte Bett wieder an die Wand, sie rutschte hinauf und machte es sich bequem. Sie tranken Wein und schwiegen.
»Du hast eine Freundin«, sagte sie nach einer Weile.
Er nickte lachend: »Ja, die Malerei, aber sie quält mich. Trotzdem kann ich nicht von ihr lassen.«

»Der Winter kommt, wie hältst du es hier aus?«
»Ich bin im Käfig, ich ersticke fast, ich rüttle an den Stangen. Nur die Bilder können mir helfen!«
»Keine Frau?«
»Nein, warum auch, immer erwacht man im Käfig!«
Sie erhob sich. »Ich muß jetzt gehen«, sagte sie. Er nickte und brachte ihr die Felljacke.
Sie verabschiedeten sich mit einer kurzen Umarmung, fast förmlich. Sie sprachen nicht von einem Wiedersehen, und doch ahnten sie dunkel, alles ging seinen Gang.
Das Porträt des Nachmittags stand am nächsten Morgen auf der Staffelei. Aus der Behutsamkeit dieses Bildes fand er zu anderen Bildern. Das war der neue Anfang.

Das Hündchen

Das Verlangen, sie wiederzusehen, wurde immer heftiger. Er mußte sie sehen. Selbst seine Arbeit schien das zu fordern. Während ihm das zur Gewißheit wurde, kam sie. Er kannte die Geräusche, die gewöhnlich von draußen in sein Atelier drangen, so genau, daß er das ungewohnte Tönen des gefrorenen Bodens sofort vernahm. Er brauchte den Kopf nicht zum Fenster zu wenden, um zu wissen: Sie ist es.
Er öffnete ihr die Tür und breitete die Arme aus. Sie aber trug in ihrem Arm einen jungen Hund.
Sie strahlte: »Ist der nicht süß!«
Er legte ihr die Hand auf die Schulter und schob sie ins Haus.
»Ist der nicht süß!« rief sie ein zweites Mal, als sie im Atelier standen, »aber ich weiß nicht, wohin mit ihm! Ich habe ihn geschenkt bekommen!«
Sie war durchs Dorf geschlendert. Der Koffer war bereits gepackt. Mit dem Wirt der »Deutschen Eiche« hatte sie abgerechnet, alles war erledigt. Sie hatte sich der Malerhütte genähert und hatte, ohne sich dessen bewußt zu sein, nach einem Vorwand gesucht, ihn ein drittes Mal zu besuchen. Am nächsten Tag würde sie abreisen und nicht wiederkommen.

Bei der Schmiede hatte sie lange einer Schäferhündin zugesehen, die mit ihren Welpen spielte. »Na, schöne Frau, willst du einen haben?« hatte sie plötzlich der Schmied, den sie gar nicht wahrgenommen hatte, angesprochen. »Wenn keiner die Tölen haben will, dann muß ich sie mit dem Schädel an die Wand klatschen«, sagte er.
»Eins wäre vielleicht möglich«, hatte sie rasch gerufen, als würde der Kerl mit seinen riesigen Pfoten gleich zur Tat schreiten.
»Abgemacht, ich geb' dir einen Rüden, sonst hast du genauso wie ich laufend Ärger mit den Würfen!« Er hatte die Hündin weggescheucht und der jungen Frau den Welpen, eh' sie es sich anders überlegen konnte, in die Arme gesetzt. Sie war zwar verwundert gewesen, daß er kein Geld verlangte, hatte aber sofort beschlossen, dem Maler den Hund als Geschenk zu überbringen.
Das Hündchen wird in seiner Wohnung sein und immer an mich erinnern. Sie konnte nach dem Welpen fragen, wenn ihr danach war. Aus sicherer Entfernung fragen. Sie würden miteinander reden und Briefe schreiben. Das Pferd hatte er verloren, nun würde er einen Hund haben.
»Was willst du mit einem Hund in der Stadt?« fragte er.
»Ich will ihn dir schenken!« Unsmoler schüttelte den Kopf. »Wenn ich einen Hund hätte, müßte ich bleiben. Aber ich werde hier nicht bleiben.«
Sie sah ihn erschrocken an. Er mußte hier bleiben, allein mit einem Hund. Wenn sie aus der Ferne an ihn denken wollte, wollte sie sich diesen Raum vorstellen. Er würde immer da sein, und sie wäre, wo sie auch war, nie mehr allein. Sie schaute sich im Raum um, als müsse sie sich jeden Gegenstand genau einprägen. Weiße Wände, zur Wand gekehrte Bilder, eine Staffelei, Bücher, Schallplatten, Zeichnungen.
Dann sah sie ihn an und lächelte. »Trinken wir Tee?«
Er ging in die Küche Wasser schöpfen. Er stellte den Kessel auf den Ofen, warf ein paar Stücke Holz in die Flammen und dachte nach. Wie sollte er einen Hund ernähren? Diese Schwierigkeit zuzugeben würde ihm schwerfallen. Sie saß auf dem Bett, das Hündchen hatte sich neben ihr zusammengerollt.
Sie tranken Tee, sie bestrich Brot mit Butter und fütterte den Hund mit kleinen Häppchen.
Unsmoler zeichnete. Sie mit dem Hund im Arm. Sie, sich über den Hund beugend.

Sie, den Hund streichelnd. Sie! Draußen war es längst dunkel geworden. Er kam wieder an den Tisch.
»Bring den Hund zurück«, sagte er.
Erschrocken sah sie ihn an. Sie nahm den Hund auf den Arm.
»Wer bist du?« fragte sie.
Unsmoler hob nur die Schultern, ging aber nach einer Weile ins Freie.
Er kam mit einer Kiste wieder, die Kiste stellte er in die Nähe des Ofens. Dann hörte sie ihn Treppen hinaufsteigen. Oben auf dem Boden suchte er, ohne an seine frühen Schieferbilder zu denken, ein altes Keilkissen. Er fand es und kam wieder hinab. Er legte das Kissen in die Kiste. Aus der Küche holte er einen Napf mit Wasser und stellte ihn auf den Fußboden. Dann nahm er ihr den Hund aus dem Arm, ließ ihn saufen und setzte ihn in die Kiste.
»Dann wären wir also eine Familie«, sagte er und bemühte sich zu lachen.
Er war seltsam ernst, sie wurde wieder an die Begegnung unten am Meer erinnert. Ferne. Sie fürchtete, ihn verloren zu haben, obwohl sie ihn doch hatte verlieren wollen.
Er stellte den billigen Wein auf den Tisch und brachte die Tassen, das Brotbrett und die Teekanne in die Küche. Während er draußen zwei Gläser ausspülte, erlosch im Zimmer das Licht. Sie ist gegangen, dachte er. Sie hat den Hund hiergelassen und ist gegangen. Er kam zurück und schaltete die Lampe an. Sein Bettzeug war aufgerollt. Sie lag unter der Decke und zitterte, als ob sie fröre. Ihre Kleidung lag auf dem Stuhl.
Er erwachte spät am Morgen, weil der junge Hund im Raum herumtappte und leise fiepte. Es war bereits hell. Leise schob Unsmoler sich aus dem Bett, er schöpfte in der Küche Wasser für den Hund und brachte einen Lappen mit. Der junge Hund hatte auf den Fußboden gepißt. Dann ging er erneut in die Küche, bestrich Brot mit Butter, gab dem Hund wieder Häppchen und schaute ihm beim Fressen zu. Als er sich umsah, bemerkte er, daß sie ihn ansah. Er ging zum Bett, sie hob die Decke, er schlüpfte zu ihr.
Worte waren unnötig. Ihre Haut schien zu reden. Sie lauschten. Das waren Worte ohne jede Lüge. Aber sie wußten beide, jeder von ihnen würde seinen eigenen Weg gehen. Diese Gewißheit zerriß ihnen fast das Herz. In immer wilderen Umarmungen wollten

sie dieses Wissen auslöschen. Sie meinten, sich für die Erinnerung zu lieben.
Sie war dann doch einen Tag länger geblieben, denn am Hafen hatte ein Anschlag den überraschenden Einsatz von Sonderfähren angekündet.
Der Abschied voneinander war durch diesen Aufschub nicht leichter geworden. Sie wußten, sie trieben kein Spiel. Aber sie ahnten, sie konnten miteinander nur unglücklich werden, und doch gab er ihr ein paar Zeichnungen mit, und doch wurde ihr leichter ums Herz, wenn sie daran dachte, ihr Hündchen würde bei ihm sein.
Er sollte sie nicht zum Hafen begleiten. Sie mußte noch einmal in ihr kaltes Rosentapetenzimmerchen. Dort zog sie sich um und machte sich fein für die Stadt.
Lüder schaffte ihre beiden Koffer zur Fähre. Der Traktorist, der gern gemeinsam mit ihr auffällig langsam durchs Dorf getuckert wäre, hatte ihr angeboten, sie könne sich auf den Beifahrersitz des Traktors setzen, aber sie lehnte ab. Auf ihren hohen Absatzschuhen, die sie den ganzen Sommer über nicht einmal angezogen hatte, ging sie wie im Traum durch das Dorf. Sie hielt sich an die Abmachung und blickte nicht hinüber zu den Fenstern des Tagelöhnerhauses. Sie mußten sich voneinander lösen.
Er saß auf dem Bett und stützte sein Gesicht in die Hände. Lange saß er reglos da. Längst war das leise Geräusch ihrer Schritte draußen auf dem Pflaster der Dorfstraße verklungen. Plötzlich stand er auf. Er band den Hund an eine Leine, zog sich Wattejacke und Gummistiefel an und stürzte hinaus.
Unten am Hafen wurde gearbeitet. Der Traktor zog, begleitet vom Geschrei fremder Männer, über schwankende Bohlen von der Sonderfähre einen bunten Zirkuswagen. Zirkus auf der Insel, und das zu dieser Jahreszeit? fragte sie sich verwundert.
Mehrere dieser Wagen standen bereits am Ufer. Fremde Männer pfiffen schon von weitem, um die Aufmerksamkeit der schönen Frau auf sich zu lenken.
»Mann, Mann«, brüllten sie, »was seid ihr hier für Kerle, daß ihr solche Weiber davonfahren laßt! Die hier auf der Insel, und der Winter würde ein Frühling! Schöne Frau, wir sind die Kunstreiter vom Zirkus Sarrasani! Mädchen, bleib hier, jeden Abend ein Ritt gratis!«

Sie erkannte, es waren keine bunt bemalten Zirkuswagen, sondern mit Farbe bekleckerte und mit dreisten Sprüchen beschmierte Wohnwagen irgendeines verwilderten Bautrupps. Hatte nicht Pickelhubert gesagt ... Kaum war der letzte Wagen schwankend vom Schiff geschleppt, winkte man ihr, an Bord zu kommen.
»Was bin ich schuldig?« fragte Delphine den Traktoristen. Der beugte sich aus dem Trecker: »Nächstes Jahr ein Lächeln!«
Sie nickte und lächelte im Voraus, denn sie mochte ihm nicht umständlich erklären, daß es für sie hier kein nächstes Jahr geben würde.
Der Trecker zog die breite, aus dicken Kiefernbohlen zusammengenagelte Gangway ans Ufer.
Sie erkundigte sich beim Bootsmann, bei wem sie die Überfahrt bezahlen könne, aber der Bootsmann winkte ab. Er hob die Leinen vom Poller. »Schöne Frauen zahlen nichts«, sagte er vieldeutig, »die haben bei uns alles gratis!«
Die Fähre wendete und tuckerte davon. Sie war der einzige Passagier. Sie ging zum Achterschiff, dorthin, wo man sie von der Brücke aus nicht sehen konnte. Sie blieb an Deck. Das Schiff begann zu schaukeln, die Wellen liefen bei Südwind ungehindert in den Hafen hinein. Sie mußte sich an der Reling festhalten. Ihre hochhackigen Stiefelchen fanden auf dem geriefelten Eisendeck Halt. Sie blickte zurück.
Er war also wirklich nicht gekommen.
Dann aber sah sie ihn, er stand ganz am Ende der Mole im Wind. Er mußte quer über die Wiesen gegangen sein. Fast sah es so aus, als stünde er mitten im Meer. Er rührte sich nicht. Er sah sie an. Der kleine Hund war bei ihm. Ihr schossen die Tränen in die Augen, und sie wußte, auch ihm war schwer ums Herz. Aber beide rührten sich nicht.
Die Insel war schon längst nicht mehr zu sehen, als sie unter Deck ging.
Unsmoler war bereits gegangen. Der junge Hund hatte gefroren.
Er ging nicht über die Wiesen. Die bunten Zirkuswagen interessierten ihn.
Lüder schleppte sie schaukelnd vom Hafen weg auf einen mit Winterroggen bestellten Acker. Vom Geschrei und den Gesten der

Fremden dirigiert, ordnete der Traktorist die Behausungen unweit des Weges kreisförmig an.
Als Unsmoler in die Nähe der Chefbaracke kam, öffnete sich dort knirschend die Tür. Heftig winkte die Postfrau. Zu ihrer großen Überraschung war tatsächlich aus dem fernen Afrika Geld für den Maler eingetroffen. Das Erstaunlichste aber war, es war nicht nur die erbetene Summe, sondern gleich das Doppelte. Viel Geld. Er hob das Hündchen auf den Arm und trat in den langen Korridor. Eine Tür tat sich auf. Der Inselchef kam ihm entgegen. Unsmoler wünschte einen guten Tag. Der dicke Mann grüßte, ohne ein Wort zu sagen, ein wenig irritiert zurück, um dann hinter einer der vielen Türen zu verschwinden.
Er weiß nichts vom Pferd, und er weiß nichts von mir, dachte Unsmoler und begab sich ins Postzimmer.

Am nächsten Tag wucherten bereits seltsame Gerüchte. Es hieß, Unsmoler verfüge über geheimnisvolle Geldquellen. Er brauche nur zu telegrafieren und schon …
»Ja, ja, die Malers, lange Zeit scheint es so, als hätten sie kaum was zu beißen, aber plötzlich, hast du nicht gesehen, kaufen die uns auf!«
Derartig törichtes Gerede verstummte jedoch bald.
Die lärmende Wucht plötzlich einsetzender Bautätigkeit unten bei der Chefbaracke lenkte jegliche Aufmerksamkeit der Dörfler auf sich.

Fremdes

Bei Westwind drang das beunruhigende Rattern der Planierraupen bis in das letzte Zimmer des Dorfes. Vier stählerne Kolosse schoben hinter der Chefbaracke den Sand des Fuchsberges auf Lütt Ottos ehemalige Pferdewiese. Die Luft über der Insel vibrierte vom machtvollen Lärm.
Trotzdem wurden abends in der Dorfkneipe bei Bier und bei Schnaps gelassen ermutigende Prophezeiungen gewagt: »Schon allein rein wettermäßig weist die Natur den Dicken in die Schran-

ken. Wenn das ruhelose Tempo die Maschinen nicht fertigmacht, dann ist es die salzhaltige Luft, die hier alles rascher als anderswo verrosten läßt.«

»Ne, Leute, uns macht man nicht bange!« krähte Lütt Otto triumphierend, »habt ihr gesehen, welche Mühe die Fahrer jetzt schon haben, die Dinger morgens in Gang zu bringen? Raus und rein klettern die, hier fummeln die dran, da drehen die dran. Und wenn die rostigen Ungeheuer schließlich doch ins Laufen kommen, Leute, was ist das zuerst für ein schwindsüchtiges Gekeuche! Richtig ungesund! Krankhaft ist dat!«

»Da hört sich Lüder sein Trecker aber anders an«, wurde ihm bestätigt, »rums ist der da, und dann läuft er wie 'ne Nähmaschine!«

»Wat sind dat auch für Fahrers, die lassen die Motoren nicht mal in der Mittagspause verpusten.«

»So was geht nicht lange gut!«

Anfangs hatten die Planierraupen auf Anordnung des Chefs rund um die Uhr gearbeitet. Den Raupenfahrern, die in den tristen Bauwagen der Wagenburg hausten, war die lange Arbeitszeit recht gewesen. Ranklotzen, Geldverdienen. Was konnte man sonst viel anstellen in der Einöde hier. Nicht einmal Kino gab es.

Für die Bewohner der Chefbaracke jedoch wurde der ständige Lärm der Maschinen unerträglich.

Die Schlaflosigkeit hatte die Leute binnen weniger Tage an den Rand des Wahnsinns gebracht. Man traf sich nachts in Schlafanzügen, die Hände auf die Ohrmuscheln gepreßt, wandelnd im trostlosen Korridor. Aber dort entkam man lediglich dem gleißenden Licht der Scheinwerfer, nicht aber dem Dröhnen der Dieselmotoren. Selbst das Dach vibrierte.

Die Postfrau, die hin und wieder kleine Bankgeschäfte zu erledigen hatte, stempelte eines Tages Geldscheine, und der Chef verwechselte eines Nachts die Zimmertüren. Verwirrt kroch er beim Mitarbeiter unter die Bettdecke.

Das gab den Ausschlag. Innerhalb von zehn Minuten traf der Inselchef, der bislang versucht hatte, bei seinen Mitarbeitern die Arbeitsmoral mit flammendem Appell an das fortschrittliche, opferbereite Pionierbewußtsein aufrechtzuerhalten, eine Entscheidung. Ab sofort wurde eine nächtliche achtstündige Stille zur umfassenden Reproduktion der Arbeitskraft angeordnet.

Die Raupenfahrer fluchten. Gutes Geld brachten vor allem die

Überstunden, da aber jede Planierraupe mit zwei einander abwechselnden Fahrern besetzt war, konnten die Männer jeweils nur noch acht Stunden auf der Maschine zubringen. Die erbosten Kerle schlugen einander vor, die Scheißbaracke mitsamt den Büromimosen und den Scheißbüschen, den Scheißbäumen, und dem Scheißabraum bergab auf die Wiese zu schieben und unter dem gelben Sand zu begraben. Dann würde der rechtschaffene Arbeitslärm die Sesselfurzer nicht mehr stören, und sie, die Raupenfahrer, würden ihre Arbeit in gewohnter Weise fortsetzen können und auf ihr Geld kommen.
Die Arbeiter selbst liebten den vertrauten Lärm. Aus ihren Wohnwagen hatte seelenruhiges Schnarchen getönt, als draußen die Nachtschicht noch für Getöse sorgte. Die nächtliche Stille hingegen machte die groben Kerle nervös. Die Langeweile überlanger Freizeit zermürbte sie.
Sie waren nicht mehr ausgelastet und verkündeten empört, daß sie vom vielen Schlafen bereits Blasen am Arsch bekommen hätten. Sie suchten Unterhaltung. Dem Wirt der »Deutschen Eiche« war das recht. Die Raupenfahrer kamen nun Abend für Abend hinauf ins Dorf. Und da sie weit im Lande herumgekommen waren, steckten sie voller unterhaltsamer Geschichten, die sie in der Kneipe zum besten gaben. Die Dörfler duldeten die fremden lauten Stimmen der sozialistischen Nomaden, denn es waren vierschrötige Kerle, die man schwerlich zurechtweisen konnte. Die Einheimischen hörten also zu und erfuhren auf diese Weise in der Kneipe nicht nur Merkwürdiges vom Festland, sondern auch manches, das eigentlich Geheimnis bleiben sollte und sie selbst betraf.
Offenbar hatte das Bauprojekt gewaltige Ausmaße. Aber die Dörfler grinsten immer noch.
Zuversichtlich prophezeiten sie den Raupenfahrern, die wenig von den Eigenarten der Insel und den Launen des Meeres wußten: »Eure ganze Arbeit ist für den Arsch! Den toten Sand, den ihr auf die Pferdewiese schiebt, könnt ihr getrost gleich irgendwo ins Meer kippen, das Wasser holt ihn sich im nächsten Frühjahr sowieso, und was der Dicke auf den gelben Sand baut, das kippt ihm heidiwitzka um!«
»Und das kann uns scheißegal sein!« riefen die Männer aus der Wagenburg fröhlich, prostend hoben sie die Gläser. Dennoch

löschten sie das abenteuerliche Kneipenbild der sich langsam zur Seite neigenden Neubauten mit wenigen Sätzen aus: »Wir schieben nur Berge zur Seite, was nachher passiert, ist nicht unser Ding. Aber Leute, das laßt euch gesagt sein, daß der Dicke so dämlich ist, auf geschobenen Sand Häuser zu bauen, darauf braucht ihr nicht zu hoffen!«

Die Dörfler verstummten. Untätig sahen sie zu, wie die Zugereisten die sanfte Hügellandschaft des Südwestufers planierten. Aber sie sagten sich, daß ja vor gar nicht so langer Zeit hier schon einmal für die Ewigkeit gebaut worden war. Geschundene Gefangene stampften damals ihre Tränen, ihren Schweiß und ihre lautlosen Flüche in den meterdicken Beton der Geschützstellung.

Nur noch ein paar Trümmer waren von dem ganzen »tausendjährigen« Zauber übrig. Und die Trümmer sahen, so verwittert wie die sind, nun richtig naturmäßig aus. Liegen da und fressen kein Brot.

Ruhig bleiben, Leute, ruhig bleiben! Wir sind es, die überdauern.

Auch Unsmoler blieb ruhig. Schon am frühen Morgen ging er Tag für Tag ins Freie. Unter dem Arm trug er ein Zeichenbrett, auf das er einige Bögen Zeichenpapier geheftet hatte. Neben ihm her trabte der Hund.

Unsmoler wanderte über die Insel, bis er irgendwo zu zeichnen begann. Manchmal bei schlechtem Wetter suchte er sich einfach einen geschützten Platz und betrachtete die Landschaft, und immer entdeckte er, wo er auch saß, etwas, das zu zeichnen sich lohnte.

Ich brauche ja nur zu zeichnen, was ich vor mir sehe, wunderte er sich. Fast beunruhigte es ihn, daß alles so einfach geworden war. Begonnen hatte es mit den Zeichnungen, die er von der Schönen gemacht hatte.

Nun waren es Hütten, Hügel, Dünen, Felder, Wogen, Boote. Sogar den von den Planierraupen zerschnittenen Fuchsberg hatte er gezeichnet: das Drama dort – verwandelt in Harmonie von Linien.

Listig hatte er sich mit Malereien in der Art seines Prometheusbildes in die Ausstellungen schleichen und die Konterbande von Gedanken zum Betrachter tragen wollen. Aber die Mächtigen hatten, während er in scheinbarer Unabhängigkeit arbeitete, wie Gespenster unsichtbar hinter seinem Rücken gestanden: sie hatten ihm ihre Sprache aufgezwungen.

Unsmolers Gesicht hatte sich vor Schmerz verzerrt, als ihm diese Tatsache bewußt geworden war. Er hatte, für Momente außer sich, die Teekanne gegen die Rückseite des Prometheusbildes geschleudert. Verlorene Zeit, vergebliche Mühe.
Delphine ließ nichts von sich hören. Er wußte nicht einmal ihren richtigen Namen. Aber auf dem weißen Putz der Wand hatte er ein Wort entdeckt, das nicht er geschrieben hatte: »Vertrauen!« Das also war ihre Schrift.
Auch der Wirt der »Deutschen Eiche« hatte auf seine Weise Vertrauen. Er machte gute Umsätze und lobte den Eifer des Inselchefs. Nicht nur die paar schwerhörigen unüberhörbaren Raupenfahrer waren seine neuen Gäste. Die Anzahl der Wagenburgbewohner unten am Hafen hatte sich vervielfacht, und alle diese blauen Wattejackenmänner kamen nach Feierabend hinauf ins Dorf in die Kneipe gestiefelt. Sie ließen sich in der Küche Unmengen von Bockwürsten heiß machen und aßen sie an den Kneipentischen mit altbackenem Weißbrot und fürchterlich viel Senf. Sie rissen ihre harmlos dreisten Witze über die sesselfurzenden Chefbarakkenleute und verzogen voller Abscheu ihre Gesichter, weil das Bier hier nicht besonders gut schmeckte. Die Dörfler, die dieses Bier zu trinken gewohnt waren, vermuteten, daß derartige Grimassen dem Inselchef und seiner Mannschaft und den neuen Zeiten im allgemeinen galten, und die verwilderten Kerle wurden ihnen zunehmend sympathischer.
Auch diesen Bauarbeitern erklärten sie vertraulich: der ganze Scheißsand, der sich jetzt noch auf Pferdewiesen türmt, wird sich beim nächsten Hochwasser vor die Hafeneinfahrt legen. Dann hat der Dicke dort ein für allemal sein Flachwasser, und die tiefgehenden Dampfer haben ausgeschissen.
Die Dörfler, die noch Ruderkähne besaßen, deckten die Kähne im Winterlager sorgfältiger ab als in früheren Jahren. Mit einem Heuer nämlich kam man überall ans Ufer, über Sandbänke hinweg, zwischen Steinen hindurch oder quer durch den breiten Schilfgürtel, mochte der Inselchef unten am Hafen auch anstellen, was er wollte.
Sie malten sich aus, was für schönes Geld sie verdienen würden, wenn unten am Hafen nichts mehr ginge und sie die Versorgung der Gäste mit ihren kleinen Booten übernehmen müßten.
Der Schuster, der kein Boot besaß, fürchtete schon im voraus das

Gezeter seiner Frau Elfriede. Keinesfalls durfte er beim großen Geschäft, zur Untätigkeit verdammt, zuschauen. Er begab sich eilig aufs Festland und erwarb in irgendeinem gottverlassenen Fischerdorf einen reparaturbedürftigen Heuer.

Aber es gab auch Dörfler, die nicht auf mögliche Katastrophen warteten. Lütt Ottos verwaister Pferdestall zum Beispiel verwandelte sich heimlich, still und leise in eine verläßliche Einnahmequelle, in eine Unterkunft für genügsame Sommergäste. Und da das gut ging, gewann er eines Abends beim Pinkeln im Kneipenklo einen Raupenfahrer für Betonarbeiten nach Feierabend. Der Fremde deutete an, den notwendigen Zement besorgen zu können.

Lütt Otto machte sich daran, auch die große Scheune für Feriengäste herzurichten. Das allerdings konnte nicht lange Geheimnis bleiben. Die Nachbarn beobachteten aufmerksam den Fortgang des gewagten Vorhabens. Offenbar war der Inselchef vom Lärm der Planierraupen und all dem Telefonieren mit Behörden und Dienststellen so mitgenommen, daß er nicht die Kraft zu haben schien, einzuschreiten. Lütt Otto und sein Helfer werkelten ungestört wider die Bestimmungen.

Was der kann, können wir allemal, sagten sich andere Dörfler, und bald bemerkte man in so manchem Winkel der Höfe diskrete Bautätigkeit. Der Dorfpolizist verfaßte zwar seine mühseligen Einfingerberichte, aber der Inselchef schien sie allesamt zu ignorieren. Eines Morgens aber, während der mächtige Mann sein Frühstücksei köpfte, fragte er beiläufig seinen Mitarbeiter: »Wird die Liste aller Personen, die ungenehmigt irgendwelche Baumaßnahmen beginnen, ständig komplettiert?«

Der Mitarbeiter nickte und sah den Inselchef erwartungsvoll an.

Aber der begann, am Thema offensichtlich nicht weiter interessiert, sein Ei zu löffeln.

Er griff zum Salzstreuer und runzelte die Stirn, als kein Salz aus den verstopften Löchern kam. Die Sekretärin sprang auf, um vorne bei der Essenausgabe einen intakten Salzstreuer zu besorgen. Jetzt erst schien der Chef zu bemerken, daß der Mitarbeiter ihn immer noch fragend ansah.

»Nein, vorerst keinerlei Maßnahmen«, sagte er leise, »nur wer, was, wann, wo. Die Liste bleibt bei dir. Ich will sie nicht in meinen Papieren haben.«

»Wir sind umfassend informiert!« sagte der Mitarbeiter mit schiefem Lächeln, »wir wissen auch, daß sich einige Bürger neuerdings mit besonderer Sorgfalt ihren Booten widmen. Gewisse Leute äußern Zweifel am Erfolg unserer Projekte.«

Der Inselchef aß gelassen weiter. Der Mitarbeiter beschloß, noch deutlicher zu werden: »Es gibt einen Personenkreis, der uns Pleiten, Hochwasser und Fahrwasserversandung wünscht! Einige Bürger, scheint mir, haben den Bogen bereits überspannt!«

Der Chef unterbrach seine Kaubewegung nicht, salzte aber mit gewisser Heftigkeit den Rest seines Frühstückseis. »Eben darum vorläufig stillschweigend geduldete Bautätigkeit!« sagte er kategorisch mit vollem Mund und schluckte konzentriert den Bissen hinunter. Das Thema war für ihn erledigt. Er schätzte es nicht, wenn man ihm morgens mit unangenehmen Dingen kam. Ihn kränkte es, wenn er erfuhr, daß man schlecht von ihm und seinen Plänen dachte. Er wünschte sich Liebe und Verehrung von seiten der Bevölkerung, und er glaubte, er habe diese verdient.

Kläffer wird es immer geben, tröstete er sich, aber wenn ich denen erst die große Betonstraße gebaut habe, werden sie jubeln. Begriff dieser Pinnenschieter denn nicht, daß durch die heimliche Bautätigkeit der Bürger Urlaubsplätze entstanden, die die Statistik gewaltig aufbesserten? Begriff dieser Mensch nicht, daß das Wegsehen den Staatsorganen ermöglichte, bei passender Gelegenheit hinzusehen? Begriff der Mann nicht, wie wichtig es war, daß die Einheimischen vorerst mit eignen nicht ganz legalen Projekten beschäftigt waren? Was nicht genehmigt war, konnte man gegebenenfalls von offizieller Seite her problemlos abreißen lassen.

Zur Zeit brauchte er vor allem Ruhe auf der Insel.

Das hatte ihm immer bei den im Lande stationierten sowjetischen Streitkräften imponiert: Sogar in den Doppelzäunen, die um die streng isolierten Russenkasernen gezogen sind, ist stets irgendwo ein heimliches Schlupfloch, von dem alle wissen. Nur wenige wagen, es zu benutzen. Diese Tatsache hatte er höchstpersönlich von einem hohen Kommandeur erfahren, der ihn, wie auch andere Parteifunktionäre, gelegentlich zur Hirschjagd und anschließend zu wilden Wodkasaufereien in die Wälder einlud. Psychologie. Aber davon wußte dieser mickrige Mitarbeiter noch zu wenig.

»Von der Sowjetunion lernen heißt siegen lernen!« sagte er unvermittelt in belehrendem Ton.

Nachher aber im Büro nach einem anstrengenden und obendrein

vergeblichen Telefonat, die Bereitstellung von Zementsilos betreffend, wurde der Inselchef für Minuten von Schwermut überwältigt. Diese Fischköppe! Ich rebbel' mich auf für sie, modernisiere die Insel, sie aber sitzen in der Kneipe, saufen Schnaps und Bier, machen es sich gemütlich und wetzen ihre Zungen! Fahrwasserversandung! Fahrwasserversandung!
Er mußte sich bücken und zur Repräsentationsflasche greifen.
Ein langer Schluck erlöste ihn von trüben Gedanken. Er dachte an die lärmenden Feiern mit den Russengenerälen, die wie kleine Zaren auf dem Festland in den Wäldern hausten. Bei denen gibt es noch Prügel, saftige Prügel, wenn die Muschkoten nicht parieren!

Schwarze Schiffe

Schon Tage bevor der Bodden zufror, hatte sich der Frost in Unsmolers Küche geschlichen. Eis bedeckte morgens das Wasser im Wassereimer. Unsmoler stieß in die Eisschicht, wie in eine Milchkonservendose, zwei Löcher und ließ unter dem Eis hervor das Wasser in Teekessel und Waschschüssel blubbern. Er setzte die Schüssel auf die Ofenbank und wusch sich in der Wärme. Wie Schüsse knallten die Tropfen, wenn sie das glühende Ofenrohr trafen.
Das Schmutzwasser trug er ins Freie, dort in der Finsternis träufelte er es über aufgeschichtete Brettchen und Zweige. Das war seine Morgenspielerei in den Wochen des Frostes. Eine seltsame Eisskulptur wuchs empor. Die Dörfler nannten das eine Verrücktheit, aber immer schauten sie hin.
Wenn Unsmoler sich an den Frühstückstisch setzte, war es drinnen noch kalt und draußen noch dunkel, aber der Duft der gerösteten Stullen und der Duft des dampfenden Tees stimmten ihn stets zuversichtlich. Immerhin, es reichte zum Leben. Nicht nur für ihn selbst, sondern auch für den Hund. Der Hund verfolgte mit Blicken jede seiner Bewegungen, denn er wußte, zuallererst bekam er Brot mit Blutwurst beschmiert. Leise wedelte er, ohne den Kopf von den Pfoten zu heben. Dann aber, wenn das Geräusch

des Messers auf dem Brettchen zu vernehmen war, erhob sich das Tier und stellte sich erwartungsvoll an die Tür. Und richtig, Unsmoler stand auf, gab ihm den Weg in den Vorraum frei und ließ die Happen in den Freßnapf rutschen.
Fast alles so wie immer, nur daß der Frost gekommen war. Ausgekühlt von der Nacht, drehte der Motor die Scheibe des Plattenspielers nicht mehr rasch genug. Anfangs war die Verzerrung der Töne kaum bemerkbar gewesen. Unsmoler hatte sich nur gewundert, warum es bisher niemandem aufgefallen war, daß der gefeierte Oistrach die Bachsonaten unsauber spielte.
Er suchte nach einer Erklärung für das Phänomen seiner gesteigerten Sensibilität und erschrak. Jemand, der nicht einmal mehr Schallplatten hören kann, ohne irritiert zu sein, der wird sich in dieser Welt brutaler Töne in die Taubheit flüchten. Erleichtert war er darum, als er bemerkte, sein Plattenspieler mochte die Kälte nicht.
Musik also erst gegen Mittag, wenn sich alle Gegenstände erwärmt hatten. Eine winzige Veränderung seiner Gewohnheiten. Wozu auch Neuerungen. Er langweilte sich nie. Unzählige Bilder warteten. Er wußte: auf dem Viereck der Bilder mußten sich vorerst die Ereignisse und Abenteuer seines Lebens abspielen. Dort und nirgendwo anders.
Delphine schaute ihm zu: eine Porträtzeichnung an der Wand. Aber er hütete sich, den Kneiper nach ihrer Adresse zu fragen, denn er hatte nicht vor, sie in sein Leben zu locken. Er wollte nicht verwundbar werden.
Auch der junge Hund bestand darauf, daß die Tage einander ähnelten. Er wollte hinausstürmen, über die Hügel rasen, am Meer entlangtoben, aber der da drinnen ließ sich offenbar weder durch Winseln noch durch aufmunterndes Kläffen antreiben. Endlich erschien Unsmoler mit seinem Zeichenbrett und öffnete die Außentür. Waren bisher noch Zweifel möglich gewesen, so geriet der Hund nun in glückliche Ekstase. Unsmoler aber stand still. Fremdes Dorf. Heimisch fühlte er sich nur im Haus, draußen auf den Hügeln oder am Meer.
Hier mitten im Dorf war er beinahe ein Fremder. »Zum Teufel«, herrschte er seinen Hund an, »bist du still!« Unsmoler war entschlossen, die Normalität des Dorfes zu respektieren. Seit er das Prometheusbild verkehrt herum an die Wand genagelt hat-

te, schien er die Welt mit anderen Augen zu sehen. Auf seinem Weg durch das Dorf jedoch wollte er sich nicht in die Welt seiner Malerei locken lassen, die Menschen sollten sich nicht in stumme farbige Flecken verwandeln. Die Kluft, die ihn von den anderen Dörflern trennte, sollte nicht größer werden. Dinge und Menschen sehen, ein Vorsatz.
Die Parterrefenster des Nachbarhauses waren mit karbolineumgestrichenen Brettertafeln verschlossen. Zeichen des Winters. Das Malerehepaar aus der Hauptstadt verbrachte nur das Sommerhalbjahr auf der Insel. Unsmoler interessierte sich nicht weiter für deren Bilder. Er mochte auf der Insel nicht jenem Geist begegnen, dem er zu entkommen trachtete, als er die Hochschule verlassen hatte.
Heute aber hätte er die beiden gern gesehen. Er hätte gefragt, ob sie ein Buch über Morandi zu verborgen hätten. Die Flaschenstillleben des Italieners, meinte er, würden ihm jetzt vielleicht helfen. Diese Bilder waren zu Zeiten der faschistischen Diktatur gemalt, wahrscheinlich mitten im Krieg, als andere Helden pinselten. Morandi aber malte ganz einfach Flaschen.
Gerade als Unsmoler daran dachte, begann der Lärm. Der junge Hund raste mit dem Maul voller Federn hinter auseinanderstiebendem Hühnervolk her. Unsmoler rief und rannte dem Hund nach. Der aber begriff diesen Eifer lediglich als Ermunterung. Einem kläglich in Todesängsten schreienden Huhn war an einem Zaun jeglicher Fluchtweg versperrt, der Hund wollte zubeißen, aber der Fußtritt traf ihn.
Die Türen der Häuser öffneten sich. Unsmoler packte den Köter am Halsband, knotete eine Leine fest und richtete sich betroffen auf. Ein Huhn mit nacktem Hintern lief auf den Hof vom Tüffelmacher. Überall zeterten erregte Hühner, bellten die Kettenhunde, Weiber empörten sich.
»Guten Morgen!« rief Unsmoler in die Runde. Die Weiber schwiegen. Er und sein Hund trotteten schuldbewußt die Dorfstraße hinab. Erst unten am Strand ließ er das Tier wieder frei. Mit tapsigen Sprüngen stürmte der Hund am Wasser entlang. Sein Eifer fand neue Ziele. In der Ferne flatterte zerknittertes Papier, der Wind schob es vor sich her. Manchmal schien es sich wie ein müder Vogel auszuruhen, dann wieder schwebte es empor.
Der Hund verfehlte es beim ersten Zuschnappen. Er tobte daran

vorbei, machte kehrt und erwischte es. Er schüttelte es mit gefletschten Zähnen, verlor aber bei ausbleibender Gegenwehr rasch das Interesse. Am Spülsaum lag eine Flasche, der Hund beroch sie. Unsmoler hob sie auf. Natürlich war sie leer. Kein Zettel drin. Als Kinder hatten sie so manche Flaschenpost mit unglaublichsten Versprechungen, phantastischen Ortsangaben und abenteuerlichsten Schilderungen auf Reisen geschickt.

Das Etikett dieser Flasche war nobel, fremd und voller Verheißungen, ein Klang aus der Ferne, irgendwo über Bord geschmissen. Unsmoler schraubte den Verschluß ab. Fremde Düfte. Als kleine Jungs hatten sie gelegentlich derartige mit Seewasser vermischte Reste ausgetrunken und dann die Betrunkenen gemimt. Sie hatten die Flaschen zurück ins Meer geschleudert und mit Steinen nach ihnen geworfen. Die Flaschen verwandelten sich in Schiffe und die Steine in Bomben. Das Wasser spritzte. So, hatten sie gemeint, würden auch die Piloten beim Schiffebombardieren empfinden: ganz, ganz dicht vorbei, toll, toll, jetzt, jetzt, getroffen! Er hatte Bomber erlebt.

Unsmoler schritt in Gedanken versunken weiter. Ferner Aasgeruch lockte den Hund. Er raste davon, beroch den stinkigen Kadaver eines verendeten Schwans und begann sich ausgiebig darin zu wälzen. Genüßlich die Beine in die Höhe gestreckt, parfümierte er sich sein Fell. Unsmoler pfiff. Der Hund sprang auf die Beine. Als er sah, daß Unsmoler einen Stock aufhob, bedeutete das herrliches Spiel. Bevor der Knüppel flog, stürzte er sich schon ins eiskalte Wasser und schwamm keuchend auf jene Stelle zu, auf der die Beute landen würde. Der Knittel klatschte aufs Wasser. Der Hund beschleunigte seine Bewegungen, den Kopf hielt er weit vorgestreckt, er konnte es kaum erwarten zuzupacken.

Unsmoler ging weiter. Der Hund holte ihn erst ein, als er schon am Vogelkadaver vorüber war.

Er sah einen geeigneten Stein, nahm das Stück Dachpappe, das er unter den Zeichenblättern mit sich trug, legte die Pappe auf ein Fischkistenbrett, das zwischen den großen Steinen lag, legte das Brett auf den Stein und setzte sich.

Warten und schauen, Hund, sei still, auch das mußt du lernen.

Unsmoler nahm die Zeichenkohle zur Hand. Ihn interessierten die Steine. Aufragend aus der Fläche des Strandes. Bescheiden wie Morandis Flaschen. Hinschauen und arbeiten.

Bedrohlich schwarze Steine: hier war das Pferd abgestürzt.
Der Heimweg führte an den Hütten vom Fischdorf vorüber. Auch dort scharrten Hühner.
Unvermittelt stieß er auf Menschen. Sie trugen Bündel rot-weißer Stangen auf den Schultern und latschten über die Äcker. Hin und wieder rammten sie eine Stange in den gefrorenen Boden und gaben sich einander zurufend mit ausholenden Armbewegungen Zeichen. Beunruhigende Zeichen: offensichtlich wurde das Gebiet vermessen.
Ich hätte die Männer fragen sollen, ob man auch hier bauen will, sagte er sich im nachhinein. Er blickte in die Runde, sah den weißen Saum entstehenden Eises im Windschatten des Schilfs und sah dann plötzlich die Schiffe. Es waren keine weißen Fähren, sondern lange schwarze, schwerbeladene Schiffe.
Sie bewegten sich langsam und wirkten deshalb um so mächtiger und bedrohlicher.
Unsmoler blieb wie gebannt stehen.
Man hörte die Schiffe eine halbe Stunde später vor der Hafeneinfahrt tuten, und man hörte sie auch an den folgenden Tagen. Dann aber kamen sie einzeln, nicht im Konvoi, denn das Eis auf dem Bodden bildete sich erst langsam, und immer nur ein Schiff hatte Platz an der Pier.
Das Tuten war laut und fordernd, aber immer klang es gleichzeitig auch wehmütig, ja sogar traurig. Es war das Signal für die Wattejackenmänner in den Wohnwagen.
Tönte es nachts über die Insel, ging in einem der Wohnwagen das Licht an. Müde Männer kletterten die Stiegen hinab und gingen zum Hafen. Sie fingen im toten Scheinwerferlicht die Schlaufen der Festmacherleinen auf und legten sie über die Poller. Verschlafen riefen sie den Schiffern Späße zu, und verschlafen kletterte einer von den Wattejackenmännern in den gelben Kran, der auf seinen Raupenketten langsam zu den Schiffen kroch.
»Haut rein Leute!« brüllten die, die vom Wasser kamen, »beim Stilleliegen verdienen wir nix!«

Man ging wieder hinunter zum Hafen.
Zwar lud dort nicht mehr die vertraute Bohlenbank am schwarzen Netzschuppen zum besinnlichen Schauen und in die Sonne Blinzeln ein, aber zu sehen gab es Abenteuerliches: die Flut der fremden Dinge.
Selbst die ältesten Männer des Dorfes riefen, wenn die Wintersonne sie vor die Tür lockte, einander zu: »Na, was gibt es Neues bei die Zigeuners?«
Es beruhigte sie, wenn sie all die fremden Arbeiter dort unten »Zigeuners« nannten.
Zigeuner kamen und gingen, sie selbst aber würden bleiben.
Die Räder der zerschrammten bunten Bauwagen, deren Außenwände mit wunderlichsten Kleckserein verziert waren, schienen ein heiliges Versprechen zu geben: All diese fahrbaren Behausungen, die mit Mädchennamen in roter, schwarzer, grüner, gelber Farbe bekliert waren, die ungeniert ferklige Zeichen zur Schau trugen und gepinselte Siegesparolen ferner Fußballclubs mit Leuchtfarben in die Gegend schrien, waren eine Gewähr dafür, daß eines Tages hier auf der Insel nichts mehr an deren Blaujakkenbewohner erinnern würde.
Dauerhafte Betonteile allerdings türmten sich reichlich am Hafen, und es kamen immer noch mehr. Aus den Bäuchen der schwarzen Schiffe hob der gelbe Kran unzählige Bündel von Armierungseisen und Paletten voller Zementsäcke. Drei der Planierraupen wurden abtransportiert, dafür kamen aber fünf monströse russische Kipper. Sie standen an Deck eines Spezialschiffes, das einen Riesenkran in Einzelteilen herantransportierte. Das Gestänge hatte so gewaltige Ausmaße, daß die Inselbewohner rätselten, was das denn nun wieder für ein Ungetüm sei. Immer noch zerbrachen die schwarzen Schiffe mühelos das Eis. Das dicke Eis, das die Insel vor den fremden Dingen schützen konnte, ließ auf sich warten.
Aber die Dörfler waren trotz alledem zuversichtlich. Sie sahen, wie es dem »Sommerglück 8. Mai« erging. Dort hauste nun eine Gruppe verwegener Bauarbeiter.
Der Stelzbeinige hatte auf Anordnung vom Chef hin die Heizung wieder anfahren müssen. Nun kam er täglich über die Äcker zum

Feriendorf gehumpelt. Das Heizen war die ihm übertragene Aufgabe, das und nichts weiter.
Die wilden Gesellen, die jeden Abend in die Kneipe gepoltert kamen, wo sie sich vollaufen ließen, weil es nichts anderes gab, womit sie sich vergnüglich hätten unterhalten können, soffen oftmals in den Ferienbaracken weiter. Sie nannten es feiern. Man hörte im Dorf das Grölen und das Klirren zu Bruch gehender Fensterscheiben.
Bevor es aber so richtig hell wurde, waren die zertrümmerten Scheiben wieder ganz, und das, obwohl es auf der Insel keinen Glaser gab. Die Männer wußten sich eben zu helfen, sie hoben in anderen Baracken des Feriendorfes einfach Fenster aus den Angeln und hängten diese bei sich in den Unterkünften ein.
Die Dörfler sahen das und lachten. Sie flüsterten untereinander: »Was der eine mit den Händen aufbaut, reißt der andere mit dem Arsch wieder ein. Laßt nur mal einen richtigen Sturm kommen, dann fährt der Wind durch die Ritzen in die Buden und schmeißt die Pappdächer allesamt in die Luft. Wie Vögel werden die über die Felder flattern!«
Beim ersten Weststurm traten sie alle Nas' lang hinter ihre Gehöfte. Sie blickten gegen den Wind blinzelnd hinüber zu den Ferienbaracken. Angestrengt hielten sie Ausschau, ob dem Dorf von dort her nicht schon das Baumaterial vor die Füße geblasen wurde.
Schon einmal hatte eine ähnliche Baracke auf der Insel gestanden. Manch einer klopfte gelegentlich triumphierend an die Wände seines Hühnerstalls. Und manch einem schien es so, als müsse es den Hühnern so vorkommen, als würden sie auch wintertags in sommerlichen Bäumen wohnen. Adolfs Tarnfarbe war unverwüstlich.
Die Dörfler überlegten insgeheim bereits, wie sie die vielen Betonfertigteile, die sich unten am Hafen türmten, sinnvoll verwerten könnten. Und sie meinten, daß damit eine schöne Mole zu schichten wäre, mit einem Querdamm draußen, damit der Hafen auch bei Südsturm ruhiges Wasser hätte, und die Dorfbootsfahrt könnte auch eine bekommen, denn die schwarzen Schiffe brachten immer noch mehr von dem Betonscheiß. Ja, ja, damals die Geschützstellung war auch für die Ewigkeit gebaut, und wie lange hat die Ewigkeit gedauert? Grad mal fünf Jahre! Man muß rechtzeitig überlegen, wohin mit den Resten von den ewigen Zeiten.

Der Zirkusdirektor von der Chefbaracke soll immer man machen. Je döller er dat treibt, um so fixer fällt er auf den Arsch. So geht dat. Manchmal, wenn die Dörfler der Veranstaltung unten am Hafen zuschauten, sahen sie den Chef.
Ein Fremder, der ihnen lauter Verwunderlichkeiten vorführte, die aber ihrer Meinung nach allesamt nichts mit dem eigentlichen Leben zu tun hatten.
Einen guten Clown würde er auch abgeben. Mit dem Arbeitsschutzhelm auf dem Kopf wirkte er seltsam verkleidet. Fast schien es, als würde er jeden Moment damit beginnen, die vom Spektakel beunruhigten Zuschauer mit einer Harlekinade zu erheitern.
Der Chef aber kam sich würdig, wichtig, hiesig und kompetent vor. Er hätte es nicht für möglich gehalten, daß man ihn vor diesen imponierenden Bergen von Baumaterial anders als großmächtig sah.
»He, ihr da von der Direktion, braucht ihr nicht noch einen Kunstreiter?« rief der Schmiedsohn. »Wir haben einen im Dorf. Salto mortale von jeder Höhe!«
Der Chef wendete nicht einmal den Kopf.
Dort, wo der Fuchsberg gewesen war, entstand eine gewaltige Grube, ein negativer Berg, in den die russischen Kipper leer hineinfuhren und mit Sandbergen auf dem Rücken wieder hinauskrochen. Ein Bagger grub sich ratternd in die Erde.
Wochen später hieß es in der Kneipe: Sarrasani baut einen Löwenkäfig. Als daraufhin am nächsten Tag einige Dörfler zum großen Loch gingen, war die Baustelle bereits weiträumig von einem Maschendrahtzaun eingeschlossen. Man hörte nur das unermüdliche Hämmern der Zimmerleute, die die Schalung für die Fundamente zusammenkloppten. Man hörte das Rasseln gebündelter Armierungseisen, die die Kipper in die Grube schafften, und man hörte die Rufe der Bauarbeiter unten in der Grube, in der das blanke Wasser stand und dort in der Tiefe nicht gefror, und man hörte das wiehernde schadenfrohe Gelächter, wenn irgendeinem dort unten die Lehmpampe die Gummistiefel von den Füßen zog und der Mann auf Socken durch den Modder planschte. Vom Löwenkäfig aber war nichts zu sehen.
Erst eine Woche später, als das Geflecht der Eisenbieger über den Grubenrand in die Höhe wuchs und die grellen Sonnen der knallenden Schweißgeräte auf der ganzen Insel sichtbar wurden, be-

griffen die Dörfler, was man mit dem Löwenkäfig gemeint hatte. Wenn diese Zigeuners uns verulken, können wir das allemal, sagten sich die Männer in der Kneipe. So kam es, daß die Gespräche in der »Deutschen Eiche« immer bunter wurden.

Zeiten sind das!

Elfriede, die noch in den besten Jahren war, genoß beim Briefeaustragen empört die groben Anspielungen und geilen Blicke der Wagenburg- und Wohnbarackenmänner. Manchmal bedauerte sie die Tatsache, auf einer Insel zu leben. Hier paßte jeder auf jeden auf. In einer Großstadt, in der man einander nicht kannte, welch ein Leben könnte sie dort führen! Sie würde nicht mit ihrem langweiligen Alten vorliebnehmen müssen, der sich vorkam, als wäre er wunder was für ein toller Bock. Dieser Trottel! Blamiert hatte er sie: in der Kneipe hatte er geprahlt, er könne zwanzigmal hintereinander. Hatte gemeint, zwanzigmal raus und zwanzigmal rein!
Die Wohnwagenkerle hatten sich ausgeschüttet vor Lachen und ihr die Story erzählt. Immer wieder, wenn sie die Post austeilte, sprachen sie davon. Sie schämte sich, aber wenn sie sich von denen auf die Betten schmeißen ließe, um es einmal wenigstens so richtig toll zu treiben, die Nachricht wäre bereits vor ihr im Dorf.
Ende Januar kamen die Arbeiten auf der Baustelle ins Stocken. Manchmal machte sie der Schneesturm unmöglich, dann wieder mußte man tagelang auf einen Eisbrecher warten, damit ein Kahn mit dringend benötigtem Baumaterial die Insel erreichen konnte. Bei der Rücktour solcher Schiffe verschwanden viele Richtung Festland: Betriebe zogen Arbeitskräfte ab. Man begrüßte das, denn die Versorgungslage verschlechterte sich, und das beengte Hausen in den Bauwagen war deprimierend.
Die Dörfler hatten das vorausgesehen und sich mit Brettern, mit Kalk und Zement eingedeckt.
Das Baumaterial hatte meist seinen Weg durch die Rückwand des langen Materialschuppens genommen. Den Schuppen hatte man listigerweise direkt am stacheldrahtgesicherten Maschendrahtzaun errichtet. Das war die Voraussetzung für manch einen

kleinen Nebenverdienst. Aber von derartigen Details hatten die Dörfler überhaupt nichts erfahren wollen.

Ihre Stunde kam. Sie bewirteten die Bauarbeiter, die sie für heimliche Baumaßnahmen gewonnen hatten, mit Sonntagsessen, und sie aßen mit ihnen verschwörerisch an einem Tisch. Die Tische waren mit weißem Leinen bedeckt, und neben den Tellern lag abgezählt das Festtagsbesteck.

Im Dorf übertrumpfte man sich gegenseitig darin, den wilden Arbeitern die Schwarzarbeit so angenehm wie möglich zu machen. Es reichte durchaus nicht mehr aus, lediglich dafür zu sorgen, daß Bier und Schnaps nicht alle wurden. Die Fremden wollten mehr.

In diesem Winter wurden Kellerfußböden betoniert, Treppen ausgebessert, Dachböden ausgebaut, Zimmer durch Trennwände geviertelt, Schweinekoben und ehemalige Rinderställe in Gästezimmer verwandelt und Küchen mit neuem Ziegelsteinfußboden versehen. Emsigkeit, während der Schnee durch die Dorfstraße wirbelte.

Die Baustelle bei den Chefbaracken aber schien im Schnee zu versinken. Ruhig war es dort geworden. Anheimelnd und freundlich kräuselte sich der Rauch aus den winzigen Blechschornsteinen der Wohnwagen. Die Stille der Baustelle verschmolz mit der Stille des Dorfes und der Stille des Boddens. Schnee bedeckte das Eis.

»So ruhig ist er nun geworden, so ruhig!« triumphierten die Dörfler, und sie meinten damit den Inselchef, »seine Leute arbeiten bei uns! So sieht das aus!«

»Was würdet ihr verdienen, wenn ihr uns nicht hättet!« sie prosteten den Bauarbeitern zu, von denen sich einige bereits Zimmer im Dorf gesucht hatten. Zimmer, die wärmer und vor allem der Kneipe näher waren als die Wagen der Wagenburg. Zwar wurden die bunten Wohnwagen tagsüber pudelwarm, aber nachts bedeckten sich die an die Wände gehefteten Fotos nackter Frauen mit silbrigem Reif.

»Was wir verdienen würden?«, die Bauarbeiter lachten, »fürt tagelange Kartenkloppen gar nicht so wenig, aber das Gammeln geht auf den Sack.«

Anfang Februar war die Insel durch dickes Eis vollständig vom Festland abgeschnitten. Die Dörfler grinsten vergnügt, wenn das Eis donnerte. Sie hatten für viele Wochen ausreichend Feuerung und ausreichende Nahrungsvorräte, aber der da unten, sie wiesen in die Richtung der Chefbaracke, mal sehen, wie lange der durchhält. Sie fühlten sich angesichts der Stille beinahe schon als Sieger. Es war bißchen was abgefallen für sie: Baumaterial und Leute, die was verdienen wollten.

Und den Chef da unten, den hatten sie schon eine ganze Weile nicht mehr zu Gesicht bekommen. Es wurde gemunkelt, der dicke Mann habe sich dünne gemacht, verträgt den Wind nicht, der Zirkusdirektor. Hat sich übernommen.

Die Leute vom Dorf bildeten sich ein, daß die kalte Jahreszeit auf der Insel wunder wie hart wäre und nur sie selbst durchhalten könnten und all die Fremden früher oder später aufgeben müßten.

Im Sommer natürlich war die Insel auch für Auswärtige gut. Daß der Sommer auch für sie selbst gut wurde, dafür sorgten die heimlichen Baumaßnahmen. Während sie schon überlegten, was man mit diesem komischen riesengroßen Löwenkäfig auf der Baustelle, in dessen Eisengeflecht die grellen Sonnen der Schweißgeräte erloschen waren, anstellen könnte, ahnten sie nicht, daß der Barackenkönig, der Zirkusdirektor oder wie sie ihn sonst noch nannten, drüben auf dem Festland seine Sache mit größtem Eifer vorantrieb. Sie ahnten gleichfalls nicht, daß er eine Liste all der Baumaßnahmen, die sie glaubten, unbemerkt voranzutreiben, in seinem Aktenkoffer mit sich führte. Sie hätten es niemals für möglich gehalten, daß der Dicke im Ministerium reichlich Lob dafür erntete, daß er, wie er behauptete, die unerwartet strenge Frostperiode dazu nutzte, mit vorhandenen Kapazitäten längst überfällige, von seinen Vorgängern sträflichst vernachlässigte Rekonstruktionsmaßnahmen im Dorf durchzuführen. Und das, obwohl sie im Dorf immer noch so taten, als kämen die Jungs von der Baustelle lediglich zum gemeinsamen Kartenkloppen in die Häuser. Zugegeben: die Arbeiter rissen sich wirklich kein Bein aus. Ne, ne, ne, dachte der Schmied, was ist das heutzutage für ein Arbeiten!

Heiter gingen die Putzer am Schmiedefenster vorüber. Wat nu, uns Mudder wird sie schon ausbezahlt haben, dachte er, so fröhlich, wie die sind. Er nahm einen Lappen, wischte sich die Hände sauber und ging sich ansehen, was geschafft worden war. Er latschte in seinen Holzpantinen über den Hof und runzelte die Stirn: der Kies war wieder nicht abgedeckt worden.

»Sie sind schon gegangen«, verkündete seine Frau im Hausflur.
Er schlüpfte aus den Holzpantinen. »Haben sie wenigstens rangeklotzt?«
»Ich glaube schon«, meinte sie, »zu hören war immer was. Stillgesessen haben die nicht.«
»Nehme an, das Kofferradio war zu hören, das rumst bei der neumodischen Musik grad so, als wenn einer Putzmörtel an die Zimmerdecke klatscht.« Er stieg auf Socken die Treppe hinauf und sah die Bescherung. Die verputzten Flächen, das reine Holterdiepolter. Da wird man ja seekrank, wenn man unter der Dachschräge im Bett liegt, dachte er ärgerlich. Finster musterte er den Raum. Dann sah er das Werkzeug. Die Jungs hatten es einfach aus den Händen fallenlassen, ohne es zu säubern. Im Tubben war noch angemachter Mörtel. Ne, ne, ne, was sind das nur für Handwerker, nie und nimmer haben die das gelernt! Die knöpp' ich mir vor!
»Scheißkram ist das!« rief er seiner Frau zu. Sie kam rasch die Treppe hinauf, um ihren Mann zu beruhigen.
»Die Jungs sagten auch, wie scheußlich sich die Schrägen machen. Die Wände federn.«
Der Schmied strafte seine Frau mit ärgerlichem Blick und ging zur Pumpe einen Eimer Wasser holen. Die Pumpe stand auf dem Hof. Der Pumpenbaum war dick mit Stroh eingepackt, und der Schwengel war mit einer Harke hochgestellt, damit die Pumpe nicht einfror. Der Schmied kam mit dem vollen Wassereimer zurück.
»Wasser kostet nichts«, sagte er, »aber trotzdem würden die den Kalk mir nichts, dir nichts abbinden lassen!« Er goß Wasser auf den Mörtel im Tubben. Dann sammelte er die Maurerkellen und Reibebretter zusammen. »Ich rede nachher mit denen.«
Sie wußte, was das bedeutete. Wenn er mit jemandem »redete«, nahm er den beim Schlafittchen.
»Mach keinen Aufstand«, beschwor sie ihn, »du weißt, woher das Material kommt. Daß wir hier oben nun ein zusätzliches Zimmer haben, braucht auch keiner wissen!«
Er legte kopfschüttelnd die flache Hand auf die frisch verputzte Wand, strich sanft darüber weg und schloß dabei für einen Moment die Augen. »Schade ums Material!« sagte er traurig und begann mit dem nassen Quast die Reibebretter und die Putzkellen zu säubern.

Seine Putzer sah er am späten Abend, als er noch auf ein Bier in die »Deutsche Eiche« ging. Er sah sie als Schemen hinter dem dichten Tabaksqualm, der den Lampen zustrebte.
An die zwanzig junge Kerle soffen und prahlten und ließen sich Pfannen voll Setzeier braten.
Er klopfte auf den Tisch, setzte sich schweigend zu Lüder und bestellte mit einem Fingerzeichen ein Bier. Hier schlugen die Burschen ihr Geld auf den Kopf. Aber was soll man machen, die anderen im Dorf zahlen das gleiche. Er erinnerte sich an das Versprechen, keinesfalls grob zu werden. In diesem Moment entdeckte ihn einer von seinen Putzern. Der Junge prostete ihm zu und grinste fröhlich. Der alte Schmied hob sein Bier dem Kerl entgegen, grinste, setzte sein Bier an die Lippen und trank es mit einem Zug leer. Nachher ärgerte er sich darüber, daß er sich über die Geste dieses Grünschnabels gefreut hatte. Er bestellte ein zweites Bier und für Lüder auch gleich eins mit und sagte zu Lüder: »Der Jung macht 'ne Kleinigkeit bei mir.«
Dann versank er wieder im Schweigen. In deren Alter war ich Soldat. Wenn wir Ausgang hatten, haben wir uns auch vollaufen lassen … die ganze Scheiße vergessen. Aber jetzt, jetzt ist doch kein Krieg! Als er heimwärts stapfte, führte er Selbstgespräche. Er war völlig nüchtern. Sein Zuprosten hatte ihm an diesem Abend den Geschmack am Bier verdorben. Ich biedere mich doch tatsächlich bei diesen Lümmels an, anstatt ihnen eins mit dem Richtscheit übers Kreuz zu ziehen, dachte er verwundert. Halt's Maul und grinse, du willst noch was von denen.

Bilder

Unsmoler hatte den Tag über gemalt und den Hund erst gegen Abend, als die Hühner des Dorfes in den sicheren Ställen schliefen, ins Freie gelassen. Es schneite dicke Flocken. Nun wartete er darauf, daß sein Hund zurückkam und sich vor der Tür meldete.
An der Atelierwand standen die Bilder der letzten Tage. Er rauchte, betrachtete ein Stilleben und hörte Musik. Lange hatte ihn die farbige Wandlung eines Graus beschäftigt: auf dem Bord vor gekalk-

ter Wand ein Glas, winziger Reflex des Fensters auf der gläsernen Wölbung. Alle Farbtöne hatte er gesehen, nichts war erfunden. Eine winzige Spur von kaltem grünlichem Weiß zog magisch den Blick an: das Glanzlicht, das zu Farbe geworden war. Weiche, fast schon wattige Übergänge zwischen den Farben, ganz bewußt ausgespielte Steigerung zu beinahe grafischen Härten im Stiel des Weinglases, ein Hauch von Ocker verwandelte sich in einen Apfel.

Schauen, schauen, beobachten und immer wieder die Mittel reduzieren.

Kleine behutsame Schritte. Schritte voraus von Bild zu Bild. Der mächtige Satz nach vorn, wie er ihn mit dem Prometheusbild probiert hatte, hatte sich als Sprung in den Abgrund erwiesen.

Behutsam die Musik des Sichtbaren malen: Steigerungen, Intervalle, Beziehungen von Tönen. So kann man hundert Jahre arbeiten, sich vergessen und arbeiten. Bescheidenheit, Demut, Versenkung.

Versenkung! Aber was du siehst und was du malst, das ist doch die Oberfläche der Dinge! Er sprang auf, setzte sich aber sofort wieder.

Etwas zeigt sich dennoch in den Bildern. Man braucht es nicht zu benennen.

Draußen fiepte der Hund. Unsmoler schaltete das Außenlicht ein und sah aus dem Fenster. Sein Blick fiel auf die bizarre glitzernde Eisskulptur. »Warum mache ich das da?« fragte er sich.

Skulpturen sind selbst Dinge. Nicht nur Bild von Dingen, sie sind Erfindung. Das ist es!

Er wandte sich um, stellte die Bilder zusammen und ging dem Hund die Tür öffnen.

Der Hund trabte herein, wedelte heftig und brachte die Frische der Frostnacht mit.

Etwas zeigt sich, wiederholte Unsmoler seinen Gedanken von vorhin.

Der Hund legte sich seufzend in die Nähe des Ofens.

Jedem, der schaut, zeigt sich anderes. Unsmoler betrachtete den Krug, in dem verkehrtherum die Pinsel steckten. Ihm war plötzlich, als veränderte das Gefäß seine Größe und rage nun merkwürdig aggressiv in den Raum empor. Die Pinsel strebten auseinander. Sie wuchsen wie lebendige Pflanzen aus dunkler Höhlung. Farbe schien sich über das weiße Tuch zu ergießen. Die Falten verwandelten sich in Wellen, in ein unentwegtes Wogen. Die Pferdemähne vor dem Abgrund …

Er fuhr sich erschrocken mit der Rechten an die Stirn. Vorsicht, sagte er sich, bleib an der Oberfläche, Junge, damit du nicht ersäufst.

Er stellte ein anderes der leisen Stillebenbilder auf die Staffelei. »Das ist anständige Malerei«, sagte er, »ohne Eitelkeit, aber … auch ohne Risiko.«

Am nächsten Morgen stapfte Unsmoler über die Hügel. Er kam vom Meer und sah in der Ferne die starre Stille der Baustelle. Versunken im Weiß die Stapel der Betonfertigteile am Hafen. Es sah aus, als wären das alles verschneite Hütten eines vergessenen Dorfes. Die Verzauberung lockte ihn. Er watete im tiefen Schnee hinab und betrachtete das bizarre, vom Schnee verwandelte Eisengeflecht des riesigen »Löwenkäfigs«. Plötzlich kam ihm seine Eisskulptur daheim albern vor. Es war nicht die imponierende Größe der aufragenden Eisengitter, die ihn hier beeindruckte, es war die Macht der Eindeutigkeit.

Der Hund schnupperte hinüber zu den Wohnwagen, sprang ein paar Sätze voraus, blickte sich um und forderte Unsmoler auf weiterzugehen.

Die schwarzen Wohnwagendächer waren schneefrei. Träge drehten sich die Lüfter. Über den schiefen Schornsteinröhren flimmerte Hitze. Grellweißes Licht des Wintertages überstrahlte die bunten Schmieragen an Wagenwänden. Irgend jemand hatte offenbar Pinsel in Verdünnung gereinigt und den Eimer dann gegen eine Wagenwand entleert, wahrscheinlich wollte er die Initialen eines treulosen Mädchens auslöschen.

Unsmoler sah den Aufmarsch schwarzer Buchstaben, die wie Soldaten die Wand eines anderen Wagens überquerten. Sie marschierten bis hin zu einem Strichmännchen, dem eine blaue Sprechblase aus dem Mund quoll: Ich brauche Liebe!

Worte, Farben, Symbole. Übermalungen. Er sah die ungelenken Pinselzüge und wandte sich ab, denn er spürte, wie ihm der Gedanke kam, daß diese bekleckerten Wagenwände mehr Bild wären, mehr Zeichen, mehr Aussage als all die artigen Stilleben. Er konnte diesen Gedanken jetzt nicht brauchen. Er fühlte sich nicht stark genug, die sichere Behutsamkeit seiner gegenwärtigen Malerei zu verlassen.

Es ist die Macht der Natur, sagte er sich, die diese bunten Wagenwände verkraftet und mit heftigem Licht in den Zauber des Tages einfügt. Es ist vor allem die Natur, die da malt.
Teer rinnt in der Sonnenglut vom Wagendach, das Wetter bleicht die heftigen Farben aus und vereint sie. Es ist die Schönheit von Herbstblättern am Straßenrand.
Der Hund trabte vorsichtig wie ein Wolf voraus und verschwand unter einem der Wagen.
Unsmoler pfiff, aber der Hund kam nicht.
Im Dunkel eines Wohnwagens blühte hinter dem kleinen Fenster das abgewetzte Weiß von Spielkarten. Rote Punkte die Herzen und Karos. Unsmoler hörte in der Stille des erstarrten Tages das Klatschen von Karten aus dem Wageninneren, und er hörte die geleierten Sprüche, die abgedroschen und abgenutzt waren wie die Karten selber. Er blieb stehen und wartete auf den Hund, der unter dem Wagen Kotelettknochen knackte.
Drinnen strich jemand den letzten Stich vom ramponierten Preßspantisch, klatschte ihn zu seinen Eingängen und überließ anderen das Zählen. »Da draußen steht einer!« sagte er und stieß die Tür auf. »Was liegt an?« rief er dem Maler zu.
Der Hund kam unter dem Wagen hervor, stellte sich neben seinen Herrn und knurrte.
»Ihr seid ja noch da!« rief Unsmoler, »ich dacht' schon, der Dicke hat es sich anders überlegt.«
Der Hund hörte auf zu knurren und begann unsicher zu wedeln.
»Wer soll sich was anders überlegt haben?« fragte der Bärtige eindringlich.
Unsmoler wies hinüber zum Eisengeflecht der Baustelle: »Ich meine, abgeblasen die ganze Scheiße!«
Der Bärtige schien erleichtert. »Ach das meinst du. Wegen fünf Schneeflocken irgendwas abblasen? Ne, ne, wenn's erst mal läuft, dann läuft das bis zum Ende.«
Unsmoler wußte nichts vom Dorftratsch. Er wußte nicht, daß der Bärtige beim Schuster Trennwände gezogen hatte. Stein für Stein, Fuge um Fuge. Und er wußte nicht, daß der Bärtige sich auch um Elfriedes Fuge gekümmert hatte und nun für eine Weile das Dorf meiden mußte.
»Hat man dich geschickt?« fragte der Mann plötzlich. Hinter ihm tauchten zwei andere Gestalten in der Türöffnung auf.

»Mich schickt keiner irgendwohin!« sagte Unsmoler.
Der Bärtige nickte, und die beiden anderen Gesichter verschwanden.
»Was reden die oben im Dorf?«
Unsmoler zuckte mit den Schultern: »Was sollen sie reden oben im Dorf?«
Diese Antwort gefiel dem Bärtigen, und er folgte den Stimmen, die ihn zum nächsten Spiel riefen.

Winterliches

Anfang März wurde es wärmer. Im elenden Barackenzimmer kramte die Sekretärin ihre dunkle Brille hervor, aber für ein erstes Sonnenbad draußen fehlte ihr die schützende warme Bretterwand von damals. Auf dem Boddeneis, das immer schmuddliger wurde, bildeten sich die ersten Wasserlachen, die in den kalten Nächten wieder überfroren. Vom Meer her hörte man manchmal den Lärm schwerer Schiffsmaschinen. Ferne Schiffe mühten sich weit draußen hinter dem Horizont durch treibende Eisfelder.
Kurz bevor der Fährverkehr wegen starker Vereisung eingestellt worden war, hatte der Chef mit den meisten Kollegen der Baracke, für, wie er meinte, höchstens zwei Wochen, die Insel verlassen. Eine kleine Mannschaft war zurückgeblieben, denn Barackenpräsenz war notwendig. Vorräte, Geräte, Dokumente und vor allem Planungsunterlagen waren vor unbefugtem Zugriff zu schützen, der Telefondienst war zu versehen, die Barackenheizung ständig in Gang zu halten, und der Hausmeister war anzuhalten, bei Sturm oder anderen Witterungsunbilden entstehende Schäden unverzüglich zu reparieren.
Für die Zurückgelassenen war die Situation des Abgeschnittenseins so neu, daß es ihnen so schien, als wären die Regeln ihres bisherigen Lebens außer Kraft gesetzt worden.
Selbst dem Mitarbeiter ging es so. »Zur Zeit liegt so ziemlich alles auf Eis!« pflegte er lachend zu sagen.
In der Chefbaracke kam man beim abendlichen Grogtrinken offenbar rasch zur Erkenntnis, daß nur der, der nichts tut, das Ri-

siko von Fehlern vermeiden könnte. Ausharren war schon Leistung und Ausharren in Eis und Schnee immerhin romantisch. Man rückte zusammen, man kam einander näher, und man fühlte sich ein wenig so, als wäre man Pelztierjäger in einer weltfernen Blockhütte.
Und weil es weder Flinten noch jagdbare Pelztiere auf der Insel gab, unterwies der Hausmeister die Kollegen im Eisangeln. Beim Mitarbeiter wurde diese Beschäftigung zur Leidenschaft. Sie war seinem sonstigen Tun irgendwie ähnlich. Es kam ihm so vor, als hätte sich lediglich die Zielgruppe geändert: nun waren es Fische.
Abends briet oder dünstete er Zander, Barsche oder Dorsche, und es war ihm ein Vergnügen, die Kollegen zu bewirten und endlich einmal seine Fertigkeiten vorführen zu können.
Frische Eier aus dem Dorf, gekocht und kleingehackt über gedünsteten Zander, beträufelt mit brauner ausgelassener Butter ... Da konnte man all das, was da in der großen Kühltruhe wartete, glattweg vergessen.
Wenn nur nicht das Telefon gewesen wäre ... Das Telefon schrillte anfangs täglich.
Häufig meldete sich der Chef. Er wollte von Arbeitsplänen hören, vernahm aber aufgebauschte Berichte von Unwettern, die offenbar jede Arbeit unerträglich erschwerten. Er hörte von militärisch organisierten Einsätzen zum Schneeschippen, von Einsatzgruppen, die den Gang des Eises beobachteten, vom Wachdienst rund um die Uhr, von Diskussionsrunden, die Katastrophenpläne diskutierten, von Eigeninitiativen, die auch unter erschwerten Bedingungen Versorgung, Gesundheit und Optimismus der Mannschaft aufrechterhielten
»Wir halten die Stellung, Genosse!«
Während die Worte immer militanter klangen, wurde das Leben in der Baracke immer legerer.
Vierzehn Tage lang blieb man dann völlig unbehelligt. Keine Anfragen und Anweisungen, denen man mit Ausflüchten begegnen mußte. Das Cheftelefon war stumm.
Die Überwinterer mutmaßten anfangs, daß das Eis die Leitung zerstört habe. Sie waren bereits so weit, daß sie diese Tatsache begrüßten. Eine naheliegende Probe ergab jedoch, die Verbindung war intakt. Ruhe, aber das Telefon im Versammlungsraum

und sie sah die weite strahlende Helligkeit des Eises. Sie mußte blinzeln, so traf ihre Augen das Glitzern. Sie ging ein Stück, dann sah sie ziemlich weit vom Ufer entfernt einen schwarzen ruhigen einsamen Punkt. Sie gestikulierte, aber die Gestalt blieb reglos.
Und durch dieses Eis will der Chef kommen! dachte sie.
Sie wußte von den abendlichen Anglergesprächen, das Eis war noch fest, auch wenn ausgedehnte Wasserpfützen es trügerisch erscheinen ließen. Sie wußte aber auch von Strömungen und warmen Quellen, durch die bestimmte Stellen sich niemals mit sicherem Eis bedeckten. Sie hatte zwar derartigen Geschichten nie recht Glauben geschenkt und gemeint, die kindlichen Männer würden Gefahren erfinden, nur um mit Furchtlosigkeit zu prahlen, nun aber scheute sie sich doch, die Eisfläche zu betreten. Die Einsamkeit auf dem Eis erschreckte sie. Sie beschloß, von der Mole aus Signale zu geben.
»Huhu! Huhu!« Sie hörte die eigene Stimme, wie sie in die Stille davonflog. »Ko…hom!«
Nach einer Weile bewegte sich die Gestalt ein wenig. Aber auch eine Bauwagentür quietschte. Ein Bauarbeiter entdeckte die junge Frau und kam näher.
»Was willst du von mir Mädchen?« fragte er grinsend.
Sie wies auf das Eis hinaus. »Morgen kommt der Vorsitzende und der …«
»Will er sich ersäufen? Das ist recht so!« Der Bauarbeiter drehte sich um, denn Leute drinnen im Wohnwagen klopften an die Scheiben.
»Könnten Sie nicht mal …«, flötete sie freundlich. Er sah sie an. Ihr ungeschminktes, von der Nacht ein wenig verschwollenes Gesicht sah unwahrscheinlich geil aus.
»Natürlich kann ich!« sagte der Kerl, »mit dem größten Vergnügen, komm, im Wagen ist es warm!«
»Sie sollen rufen!« sagte sie rasch.
»Dabei kann ich auch rufen, wenn's dir Spaß macht!«
»Den da draußen!«
Wieder pochten die drinnen im Wohnwagen an die Scheiben.
»Den rufen? Meinetwegen kann der bis zum nächsten Winter auf dem Eis bleiben.«
»Mir zuliebe«, bat sie.
Er lockerte seine Stimme, füllte seinen Brustkasten mit reichlich

Luft und brüllte laut wie ein röhrender Hirsch: »Komm zurück, dein Chef reist an, komm zurück, sonst vögel' ich deine Frahau!«
Die Gestalt auf dem Eis erhob sich, hantierte offenbar mit den Angeln und kam dann langsam dem Ufer näher.
»Ich bin nicht seine Frau!« sagte sie spitz. Sie war selber darüber erstaunt, daß sie nicht wahrhaben wollte, was ihr noch vor einer Stunde gefallen hätte.
»Der Zirkusdirektor kommt also ... morgen, sagst du?« Der Bauarbeiter blickte über das Eis. »Das wird sich noch verzögern. Aber besten Dank für die Mitteilung, auch für uns interessant.«
Enttäuscht ging er zur Wagenburg. Bevor er aber den Bauwagen betrat, rückte er auf seinem Gesicht ein vielsagendes Lächeln zurecht. Er beachtete nicht den Ärger seiner Kollegen, ordnete seine Karten und dachte an den Schlafzimmerblick der Sekretärin. Er spielte wie ein Automat.
»Mann«, schrie sein Mitspieler, »unser Stich ist das doch!«
»Andere Stiche sind mir lieber!« sagte er grinsend, als habe er draußen auf der Mole bereits eine Verabredung getroffen.
Er spielte eine Herzdame aus und gab damit seinem Gegenüber Gelegenheit zu feixen, während der andere Mann vor Wut aufschrie.
»Mann, du bist so dämlich, daß dich die Schweine beißen! Bis zuletzt hättest du die steckenlassen müssen! Das bezahlst du!«
Nun ging es Schlag auf Schlag. Die Karten klatschten auf den Tisch und das Gegenüber ließ die Karten in der Mitte liegen, denn alles, was nun kam, war seins. Voller Wut und Schmerz blätterte der Mitspieler seine vergeblichen Trümpfe und Vollen auf den Haufen.
»Ausgezogen hat er uns, ausgezogen, weil du ihn hast reinkommen lassen. Zum Scheißen bist du zu dämlich!«
Seit Wochen dieses Ereifern. Beschimpfungen, die nichts zu sagen hatten.
Draußen hatte sich kaum etwas verändert, Winter, aber in die Hand kamen die Überraschungen, die Siege und die Niederlagen: die bunten Spielkarten.
»Morgen kommt der Chef von dieser Scheißinsel«, sagte der Mann, während er das Blatt eines neuen Spiels aufnahm. Sein Mitspieler, der sich noch nicht beruhigt hatte, fauchte: »Lenk nicht ab!« Er blickte kurz aus dem Fenster: »Mit dem Hubschrauber, was!«

Der Mann steckte seine Farben zusammen und beschloß, hoch zu reizen, denn er erinnerte sich an den Spruch: Pech im Spiel, Glück in der Liebe.

»Mit dem Eisbrecher«, sagte er.

»Drei Spiele noch, die aber mit Sinn und Verstand!« wurde der Mann, der immer noch an die Schlafzimmeraugen der Sekretärin dachte, ermahnt.

Er verlor haushoch und stimmte mit dieser Niederlage seine Kumpels gnädig.

»Dann wollen wir mal!« sagte der Betonbauer.

Er klopfte die Spielkarten zum exakten Häufchen und schob sie in die schmuddlige Hülle. Alle drei erhoben sich, zogen die Wattejacken an, warfen ein paar Briketts in den Ofen und stießen die Wagentür auf.

»Dann wollen wir mal Panik machen!« variierte ein anderer vergnügt. »Wenn die Bauleitung antanzt, muß das richtig rattern. Hauptsache Lärm. Schnee beiseite schieben, mit der Raupe rumkurven. Muß nach was aussehen.«

»Was denn, was denn, Kumpel, Wachdienst und Bereitschaft ist auch Arbeit. Kein Betonteil ist weggekommen, keine Maschine geklaut, und die fehlenden paar Sack Kalk und Zement sind beim feuchten Wetter hart geworden!«

»Machst du dir einen Kopp?«

Zu dritt gingen sie hoch zum Dorf, dem Brigadier Bescheid geben.

Alles in Ordnung

Die Sekretärin hatte sich inzwischen aufs Eis gewagt. Sie war dem Mitarbeiter ein Stück entgegengegangen. Seltsam, während sich der Abstand zwischen beiden verringerte, schien sich der Mann auf dem Eis zu verwandeln. Seine Schritte hörten auf, lässig zu sein.

Wenn der hier ist, marschiert er im Stechschritt, dachte sie erschrocken.

Vielleicht meint er, daß er mich vor dem Bauarbeiterlümmel

schützen muß. Sie schaute sich um, aber der Mann war längst im Bauwagen verschwunden. Wieder blickte sie zu dem Mann. Das war nicht der, den sie umarmt hatte. Sein Gesicht schien kleiner geworden, insgesamt wirkte er irgendwie eingelaufen.
»Ich weiß«, rief er, »der Genosse Vorsitzende kommt! Wann, warum und womit?«
»Morgen mit dem Eisbrecher, und du, du hast wieder keinen Schlips um!« sagte sie.
Als sie gemeinsam zur Baracke gingen, machte er keinerlei Anstalten, seinen Arm um ihre Schulter zu legen.
Das nahm sie übel. Allerdings hätte sie sich nun derartige Vertraulichkeiten verbeten.
Sie spürte: er analysierte angespannt die Situation.
»Du«, sagte sie und berührte dabei den Ärmel seiner blauen Wattejacke. Er zuckte ein wenig zusammen. »Wir müssen miteinander reden.«
»Du hast recht, wir müssen festlegen, wie wir uns künftig zueinander stellen.«
Die Kälte dieses Satzes erschreckte sie. Die Antwort war so sachlich, daß kein Gespräch möglich schien.
»Er will doch sicher Berichte haben. Ich werde dir behilflich bei deinem sein, wir müssen uns abstimmen«, sagte er.
Sie nickte.
In der Chefbaracke rannte alles durcheinander. Immerhin herrschte eine gewisse Gemeinsamkeit beim Beseitigen augenfälliger Zeichen, die dem Chef Rückschlüsse auf undiszipliniertes Barakkenleben während der Wochen seiner Abwesenheit erlauben würden.
Im Kulturraum wurden die Tische wieder zu einer langen beklemmenden Sitzungstafel zusammengeschoben und mit rotem Fahnentuch abgedeckt. Die kleinen gemütlichen Sitzgruppen rund um die Tische, an denen man gespielt, geschwatzt, getrunken und übermütig gesungen hatte, wurden aufgelöst. Die Stühle rückten wieder in Reih und Glied längs der langen Tafel.
Und die, die da räumten, wußten schon jetzt: ein großes Donnerwetter würde an diesem Tisch auf sie niederprasseln.
Sie verstauten schweigsam die Domino-, die Würfel- und die Halmaspiele. Sie klappten die Tischtennisplatte zusammen und schoben sie in die Abstellkammer. Währenddessen überlegte jeder ins-

geheim bereits, wie er es anstellen konnte, möglichst unbehelligt zu bleiben.
Der Mitarbeiter kam herein und hakte rasch die verschnörkelte Urkunde »Erster Platz beim Mannschaftswinterschachturnier Insel« von der Wand. Aber nicht der Umstand, daß lediglich zwei Mannschaften angetreten waren, veranlaßte ihn, das reichverzierte Schmuckblatt abzunehmen. Ihm war plötzlich die ungeheuerliche Provokation bewußt geworden, die niemandem während dieser Wochen aufgefallen war: an diesem Nagel hatte vorher das Bild des Staatsratsvorsitzenden gehangen.
Allgemeine Bestürzung. Eindeutig zeichneten sich auf der ausgeblichenen Wand die dunklen Umrisse des größeren Bildes ab.
Sie starrten auf den leeren Fleck und reichten einander die verglaste Urkunde zu, bis sie zweimal die Runde gemacht hatte, ohne daß jemand darauf kam, sie auf den Tisch zu legen. Auf dem dunklen Wandviereck meinten sie bereits das Lächeln des mächtigen Mannes zu erkennen, der ihre Betroffenheit mit Genugtuung und Rachsucht zu konstatieren schien. Niemand wagte sich einzugestehen, wie sehr dieses Lächeln nervte. Der Mitarbeiter, der mit gewisser Verwunderung sein eigenes Verhalten, was die letzten Wochen betraf, wie aus weiter Ferne betrachtete, meinte sogar, während des abendlichen Rommέspiels eine gewisse Verärgerung gespürt zu haben: da grinst der nun und grinst und tut so, als würde er seinen Leuten jeden Moment hilfreich zuzwinkern, einmal bedeutet Kreuz, zweimal Pik, dreimal Herz, aber nichts kommt. Nichts kommt.
Das Bild des Staatsratsvorsitzenden zu entfernen und statt dessen einen Ulk an die Wand zu hängen, das war allerdings ein Tatbestand, der die Sicherheitsorgane etwas anging.
Aber hatte er nicht höchstpersönlich … leicht angeheitert und mit der da auf dem Schoß? Der Schweiß stand ihm auf der Stirn. Einen Moment später wußte er, was zu tun war.
»Nun«, sagte er, »es war eine harte Zeit, sprich, Streß durch ungewöhnlich harte Witterungsbedingungen. Wir haben uns fit gehalten. Niemand ist erkrankt. Denksport Schach, das wichtige Training für kommende Aufgaben, sowie das Spiel der sowjetischen Freunde Domino, das Romméturnier und vor allem die Tischtennisbarackenmeisterschaft waren jene sportlichen Aktivitäten, die aus Sicherheitsgründen nicht vor der Tür im Schnee durchzuführen waren. Wir taten gut daran, den Sitzungsraum für

gewisse Zeit umzufunktionieren. Unsere Pflicht war es allerdings, das Bild des großen Vorsitzenden vor Querschlägern, sprich Tischtennisbällen, zu schützen. Nun ist der Zeitpunkt gekommen, zu gewohnter Ordnung zurückzukehren.«

Er peilte an den Kanten der Tische lang. Hier und dort korrigierte er die Flucht einer Stuhllehne und fuhr dabei fort, vernehmlich zu reden.

Er war beruhigt, niemand hatte gewagt zu lächeln. »Ich schlage vor, ihr schaut euch draußen um, und unsere Kollegin Sekretärin wird inzwischen das Bild ...«

Die Sekretärin unterbrach ihn: »Aber«, sagte sie.

Ein vernichtender Blick gebot ihr Schweigen. Daß sie nicht kapiert, dachte er, möglicherweise steht das Bild mit dem Gesicht zur Wand auf irgendeinem Klo.

Sie fand das Bild des Staatsratsvorsitzenden im Chefzimmer. Es hing korrekt an einem Nagel. Zwei identische Porträts in einem Raum. Sie schienen einander zu beobachten.

Sie befreite den von Rechts wegen einsamen Lächler von der Gegenwart seines gleichfalls lächelnden Abbilds und klopfte anschließend vom Sesselpolster den Abdruck ihrer Stiefelchen. Das rechtmäßige Abbild über dem Schreibtisch des Chefs lächelte sieghaft und gütig. Die müssen einander auf den Geist gegangen sein! dachte sie und lächelte gleichfalls. Mitleidig trug sie das erhabene Bildnis in den Sitzungsraum. An den Fingerspitzen spürte sie das billige Goldbronzeprofil des Rahmens.

Der Mitarbeiter, der inzwischen in anderen Örtlichkeiten nach dem gerahmten Staatsratsvorsitzenden gesucht hatte, begrüßte den glücklichen Fund mit Erleichterung. Sie schob einen Stuhl an die Wand und versuchte mit der Bildöse den Nagel zu treffen. Aus Gründen der Sicherheit abgehängt, dachte sie aufgebracht. Ich bin wohl auch aus Gründen der Sicherheit abgehängt. Gestern wäre er hilfsbereit auf den Stuhl gesprungen.

Alles vergessen.

Draußen zogen die Kollegen die Zeugen abendlichen Übermuts, die leeren Rumflaschen, aus dem Schnee.

Der Mitarbeiter öffnete das Fenster und beugte sich hinaus. »Hackt ein Loch ins Eis und versenkt den Plunder, man braucht euch nicht nachrechnen, was ihr gesoffen habt!« Sie blickten ihn überrascht an: »Ihr?«

»Schon gut«, der Mitarbeiter winkte ab, »ich habe mitgemacht, aber ich würde niemals Flaschen aus dem Fenster schleudern. Man hinterläßt keine Spuren.«
Sie rückte den Stuhl wieder in die lange Reihe und wurde plötzlich an eine Theatervorstellung erinnert, in die ihre Schulklasse geführt worden war. Sie war beeindruckt gewesen: nach dem ersten Akt tat sich der Vorhang auf und dort, wo vorher ein Wald gewesen war, befand sich unversehens eine düstere Straße.
Verwandlung. Sie kam nicht dazu, sich zu fragen, wieso sie sich an jenes ferne Schauspiel erinnerte: draußen krachte und schepperte es. Die Kollegen machten sich den Spaß, Eiszapfen vom Dach zu schlagen. Plötzlich rumpelte es heftig, und sie sah etwas Dunkles am Fenster vorüberstürzen. Mein Gott, dachte sie, nun doch noch ein Unfall!
Sie öffnete das Fenster und hörte bereits den Hausmeister schimpfen: »Was seid ihr für Menschen, zerstört mit Mutwillen das Haus! So eine Dachrinne zersplittert bei Kälte wie Glas! Das muß man wissen! Ist doch alles nur Plastescheiß! Ich hab' meine Arbeit getan, Leute, bei jedem Wetter habt ihr das warm gehabt, kein Scheißhaus ist verstopft oder eingefroren, die Wasserpumpe lief, das Dach war dicht, alles in Ordnung, nun so was!«
Sie schloß das Fenster, nahm ihre Gitarre, ging in ihr Zimmer und schob sie unter das Bett. Sie prüfte den Abstand zwischen der Gitarre und dem Federboden.
Das wär' noch was, das Dickerchen steigt zu mir, und die Gitarre fängt an zu klingen. Ping, ping, ping. Bei jedem Stoß ein Akkord. Sie mußte lachen, aber sie war traurig.
Am Nachmittag kam man in der Baracke allgemein ins Schwitzen: Die Berichte mußten geschrieben werden.
Hin und wieder ertrug dieser oder jener die Qual nicht mehr und suchte ein anderes menschliches Wesen auf, das ähnlich litt. »Nein, nein, nein«, stöhnte man, »dieser Lärm draußen verscheucht jeden guten Gedanken!«
Die auf der Insel verbliebenen Bauarbeiter hatten auf dem Gelände sämtliche Aggregate in Gang gesetzt. Die Pumpen schlürften aus den Baugruben unter dem Eis hervor das Wasser. Die Riesenherzen schwerer Maschinen klopften erwartungsvoll, und die Männer machten Geschrei.
Gegen Abend hüllten die Scheinwerfer die Baustelle in unge-

wohnte Helligkeit. Manch ein Kollege der Barackenmannschaft begab sich ganz in Gedanken zum Versammlungsraum. Spätestens beim Anblick des lächelnden Staatsratsvorsitzenden im Goldbronzerahmen und der ausgerichteten Stuhlreihen schrak er zurück. Schuldbewußt senkte er das Haupt und entdeckte betroffen die Rumflasche in der eigenen Hand. Hastig verbarg er sie unter dem allzu saloppen Pullover.

Nur im Büro des Mitarbeiters hämmerte unbeirrt die Schreibmaschine.

Dabei wäre all die Hast unnötig gewesen. Der Inselchef kam nicht am angekündigten Tag. Der Belegschaft blieb ausreichend Zeit, sich zu beruhigen, die Berichte miteinander abzustimmen und die Untätigkeit der letzten Wochen hinter Aufstellungen, Vergleichen und Statistiken hinreichend zu verbergen.

Die Arbeiter draußen sorgten dafür, daß Sandberge zusammengeschoben, Betonplatten versetzt und Wege zerwühlt wurden. Es sah nach Arbeit aus. Im Büro klingelte fortwährend das Telefon, eine Arbeitsgruppe operierte auf Anweisung des Chefs vom Festland aus und versuchte, die Leute auf Trab zu bringen. Trotzdem drohte jeglicher Eifer erneut zu erlahmen. Der imponierende Maschinenlärm verstummte. Die Arbeiter fühlten sich vom Chef betrogen.

»Junge, Junge, dem hätten wir aber zum Empfang aufgespielt! Und wär' er am Abend gekommen, zehn Meilen vom Ufer entfernt hätte ihn das Baustellenlicht schon geblendet!

Mann, Mann, der hätt' sein eigenes Wort nicht verstanden. Jangelwech Lärm, bis er dem Brigadier ins Ohr gebrüllt hätte: ›Nun macht mal Feierabend, Jungs, trinkt einen auf das Gelingen unserer großmächtigen Projekte! Auf meine Rechnung, versteht sich!‹

Aber alles für'n Arsch! Katz und Maus spielt der mit uns! Zehn Tage auf hundertachtzig, wer hält das durch!«

Immerhin, man begann gemächlich aufzuräumen, das Material zu sortieren, vom Beton die Schalung abzuklopfen und die Nägel aus den Brettern zu reißen. An und für sich war das nicht ihre Art. Montagearbeiter lebten und arbeiteten aus dem Vollen. Alles Schnittholz war jedoch in dunklen Winternächten ins Dorf geschafft und dort verarbeitet worden. Kein Brett war verdorben, aber es war auch keins mehr zu sehen. Es war grad so, als hätten die Bretterstapel nie existiert.

Täglich, meist gegen vier Uhr nachmittags, rief der Chef persönlich an. Bis zu diesem Zeitpunkt schwebte man in Ungewißheit, blickte hin und wieder wachsam übers Eis und suchte nach dem winzigen dunklen Punkt eines nahenden Eisbrechers.
Vier Uhr. Die Sekretärin öffnete das Fenster und rief: »Heut kommt er nicht mehr, hat eben angerufen!«
Eine einsame Scheinwerferlampe richtete sich auf sie. Und dann kamen Stimmen aus dem Dunkel: »Ach, wie traurig! So etwas hört man nun am Feierabend, tröste mich, schöne Frau!«
»Bloß nicht den, Mädchen, komm zu mir in den bunten Wagen! Ich zeige dir meine Briefmarken, den großen Sachsenzweier mit dem tollen Stempel!«
»Ach was, komm zu mir, ich hab' Schlaraffiamatratzen!«
Schnippisch warf sie den Kopf zurück und schloß das Fenster.
Den Bauarbeitern war es bereits ziemlich schnuppe, ob der Zirkusdirektor kam oder ob er nicht kam. Auf das Erscheinen der Sekretärin am Fenster aber warteten sie mit immer neuen Sprüchen. Im übrigen hatten sie ihre Dieselkraftstoff-Sparpläne bestens erfüllt, denn die Maschinen hatten stillgestanden. Diesen Bissen würden sie den Oberen in den Rachen werfen, sollten die ihnen dämlich kommen.

Schnee von gestern

Zwischen den Hügeln hielt sich noch etwas Schnee.
Bizarre lichte Formen auf den dunklen nassen umbrafarbenen Äkkern.
Seit Tagen malte Unsmoler draußen. Die Helligkeit von Schnee und Eis in Farbigkeit zu verwandeln faszinierte ihn.
Der Hund scharrte sich eine Mulde, drehte sich zweimal im Kreis, legte sich nieder, blinzelte, schloß die Augen und begann zu träumen.
Frühlingswind. Die letzten Schneeflecken schmolzen, die Wasserlachen auf dem Boddeneis nahmen die Farbe des Himmels an. Unsmoler sah, daß auf manchen dieser Flächen Eisenten schwammen, dort war bereits offenes Wasser. Die restlichen Eisfelder

veränderten ihre Form. Risse und Spalten taten sich auf. Aus den Spalten strömte Wasser.
Fast schien es, als würde das Geäst von Bäumen auf die weite Fläche gezeichnet. Das Eis geriet in Bewegung. Langsam trieb es hinaus zum offenen Meer.
Es hatte keinen Sinn mehr, Formen nachzuzeichnen, zu rasch die Wandlung.
»Drei Dinge, drei Helligkeiten, drei Farben«, sagte Unsmoler laut. Der Hund spitzte die Ohren. »Dunkle Hügelerde, Wintereis und das Gezweig des grauen Wassers.«
Er nahm einen Spachtel, schob die Konturen und Farbnuancen stundenlanger Arbeit vom Malgrund und strich die Farbe ab in den fleckenbunten Mallappen.
Der Hund mißdeutete das als Zeichen des Aufbruchs. Er sprang auf und raste freudig bellend im Kreise. Aber Unsmoler arbeitete weiter. Er malte das Zerbrechen des Eises hinter den Hügeln. Der Hund legte sich wieder in seine Mulde, seufzte und wartete weiter.
Unsmoler hörte den Ruf von Wildgänsen, und ihn packte wie stets die Sehnsucht, gleichfalls irgendwohin davonzufliegen.
Unten von der Baustelle her klangen Hammerschläge durch die Frühlingsluft. Mehrere Zimmerleute nagelten um die Wette. Ihm kam für Augenblicke der Gedanke, dort unten zu fragen, ob man Arbeit für ihn hätte.
Natürlich hatten die da Arbeit, überall wurden Leute gebraucht, nun auch hier. Schalung zusammennageln und am Abend sehen: das habe ich geschafft.
Was habe ich geschafft? Er blickte auf sein Bild. War es nicht ein hoffnungsloses Unterfangen, die Lichtfülle des Inselfrühlings auf einem Stück Pappe festzuhalten? Er erhob sich. Der Hund sprang auf, raste beglückt um ihn herum, bellte befreit und lief voraus.
Unsmoler verstaute die Pinsel, die Farbtuben, hängte sich den Rucksack über den Rücken, hob die Staffelei auf die Schulter, klemmte die Malpappe vorsichtig unter den Arm und ging müde heimwärts.
Nachmittags hörte Unsmoler den Baustellenlärm auch in seinem Atelier. Die Maschinen ratterten heftig, und irgendwann tönte ein fernes vielstimmiges Hupen. Er sah, daß Dörfler Richtung Hafen gingen. Aber das alles interessierte ihn nicht weiter. Er betrachtete

seine Schneefleckenbilder. Sie standen alle nebeneinander. Lernen von Bild zu Bild, das Vor und das Zurück erkennen.
Alle seine »Dadraußenbilder«, wie er sie nannte, hatten die gleichen Maße. Er besaß nur ein paar Rahmen, einer aber hatte das Format der Schneefleckenbilder. Er konnte mal dieses, mal jenes Werk gerahmt betrachten. Intensität von da draußen ins Atelier geholt. Fast bedauerte er es: die rasche Eislandschaft dieses Tages schien die wichtigste Arbeit zu sein, dabei steckte in den anderen Bildern so sehr viel mehr Zeit und Mühe.
Er schob das Bild in den Rahmenfalz, bog Nägel über die Rückseite der Pappe und hängte das Bild neben ein Flaschenstilleben an die Wand.
Morgen werde ich mir einen guten Platz am Südufer suchen, nahm er sich vor. Der Ockerton des vorjährigen Schilfs interessierte ihn. Auf seinen Wegen vom Hügel hinab war ihm die Farbigkeit seit Tagen aufgefallen: rhythmische Strukturen des Röhrichts, mal niedergedrückt und zusammengeschoben vom Eis, dann wieder aufrecht vor dunklem Wasser und darüber das weite immaterielle Grau des Himmels. Überall schienen Bilder zu warten, sie mußten nur noch gemalt werden.
Gegen Abend erschreckten ihn Gerüche. Es roch ungewohnt nach qualmendem Feuer. Er trat eilig vor die Tür und blickte besorgt hinauf zum Schilfdach, bemerkte dann aber erleichtert: im Nachbarhaus, das man das Schloß nannte, brannte Licht, und aus dem Schornstein quälte sich dichter Rauch.
Aus der Dunkelheit rief der Schmied: »Moler, Moler, die Konkurrenz ist wieder da!«
Im erleuchteten Hafenbecken lag die weiße Fähre. Es war so, als hätte es die Eiszeitpause nicht gegeben.
Der Inselchef schien vor Energie zu bersten. Die leeren Regale vom Konsum wurden aufgefüllt, und die unangenehmsten Warenengpässe waren rasch behoben. Die Kneipe schenkte nun sogar zwei verschiedene Sorten Faßbier aus.
Die schwarzen Lastkähne brachten immer mehr Betonteile und anderes Material. Eines Tages hatten sie Bahngleise geladen.
»Nu wird das ganz verrückt«, ereiferte man sich im Dorf, »der Dicke baut sich eine Eisenbahn!«
So manche Prophezeiung von Inselbewohnern hingegen hatte sich nicht bewahrheitet. Die Dächer des Barackendorfes »Som-

merglück 8. Mai« waren bei Weststurm nicht nach Neudorf geflattert. Ganz im Gegenteil, die Dächer waren frisch geteert und die Barackenräume allesamt bewohnt von Bauarbeitern.
Die Feriendorfkantine beköstigte sie, verkaufte Alkohol und Zigaretten, und einmal gab es dort sogar Apfelsinen. Diese Konkurrenz störte den Kneipenwirt der »Deutschen Eiche« nicht, denn er mußte ständig den großen Festsaal heizen, so viele trinkfeste Kerle kehrten bei ihm ein.
In der Chefbaracke unten am Hafen hörte man die Töne beschwörender Telefonate, und tagaus, tagein das Hämmern der Schreibmaschinen. Männer in Wattejacken, mit Helmen auf den Köpfen und Lehm an den Gummistiefeln stampften durch den Flur und brachten jeden Morgen Elfriede, die Reinigungskraft, in Rage. Beschlipste Herren in blütenweißen Perlonhemden und modisch bemalte Sekretärinnen gaben mit reichlich Papieren in den Händen Brigadieren Auskunft und hatten selbst dringendes Interesse daran, die Bautätigkeit voranzutreiben, denn sie hatten das Empfinden, mittlerweile selbst in einer Baubude zu hausen.
Bei Dienstbesprechungen thronte der Chef braungebrannt am Ende des langen Tisches und klopfte eindringlich mit dem Ende des Bleistifts auf die mit Fahnentuch bespannte Tischplatte.
Er hatte die mühseligen Berichte der Überwinterungsmannschaft ungelesen in einem Ordner verschwinden lassen. Schnee von gestern. Er schaute nach vorn.
Und immer wieder beschwor er seine Mannschaft: »Genossen, wir müssen Erfolge melden, Schlag auf Schlag Erfolge, laßt euch was einfallen!«
Er ließ sich was einfallen: »Demnächst, Genossen, wird die große Inselstraße gebaut. Die Betonplatten kommen. Wir müssen nur noch einen würdigen Namen für das Bauwerk finden.«
Insgeheim zweifelte er nicht daran, daß diese Straße eines Tages seinen Namen tragen würde.

Dunkles

Unsmoler grundierte Malpappen und hörte Bach. Das Spiegelbild des Fensters wippte im Schwarz der Schallplatte. Der Lautsprecher schepperte, sowie die Orgel ihre ganze Klangfülle entfaltete. Plötzlich irritierte Unsmoler das Geräusch von gleichmäßigen Axthieben. Er trat ans Fenster und blickte hinaus.
Die Dorfstraße lag ruhig im Licht der Vormittagssonne. Bei der großen Dorfkastanie aber war niemand. Vorsichtig ging Unsmoler über den altersschwachen Fußboden zum Leimtopf zurück. Nur keine Erschütterung, der Saphir durfte nicht aus den Plattenrillen hüpfen.
Als hektisch knatternder Motorenlärm ins Zimmer stieß, schrak Unsmoler zusammen, aber die Schallplatte drehte sich stetig weiter, unbeirrt erklang die Musik.
Lauerndes Knattern, dann heulten Motore auf, das Geräusch wurde wieder vorsichtiger, um dann nach wenigen Augenblicken erneut zu ekstatischem Wahnsinnslärm anzuschwellen. Es schien, als würden zwei riesige Insekten draußen über den Feldern schweben, um immer wieder aufeinander loszustürzen.
Unsmoler hörte ein dumpfes Fallen, der Boden dröhnte. Etwas war hinabgefallen. Etwas geschah. Etwas Dunkles. Er sah seine lichten Eisbilder an und dachte an Goya. In irgendeinem Buch hatte er Reproduktionen von Goyas düsteren Radierungen gesehen.
Menschendasein zwischen grellem Licht und tiefer Finsternis.
Stille und wieder das lauernde Knattern.
Er streifte seine behutsamen Flaschenbilder, seine Schneefleckenbilder, seine sanften Schilfbilder mit fremdem, flüchtigem Blick und ging rasch an seinen Tisch, die Saphirnadel übersprang ein paar Rillen, mitten in irgendeinem Takt setzte die Orgel wieder ein und tönte weiter, als wäre ein Stück Zeit der Welt verlorengegangen. Er wischte mit zwei hastigen Handbewegungen die Tischplatte leer, legte ein festes Papier auf die Fläche und fingerte ohne den Blick vom Blatt zu wenden, Zeichenkohle aus dem Pappschächtelchen. Er sah auf dem Papier, was er hörte.
Dann blickte er hinaus, aber die Hand, die die Zeichenkohle hielt, glitt über das Papier.
Bewegtes durfte nicht erstarren in konkretem Umriß. Lärm da

draußen, hier der Klang der Orgel und das leise Geräusch der Zeichenkohle, die eine Fährte zog. Schwärze, vage Schwärze. Aus dem Dunkel wuchsen Gestalten. In Schwarz gehüllte Menschen schauten reglos nach oben und warteten auf das Ende eines tobenden Kampfes. Dort oben und nirgendwo sonst wurde das Schicksal entschieden. Wesen schienen vom Himmel zu stürzen. Unsmoler zeichnete, und die Blätter flatterten herab. Finsternis und grelles Licht und das Ausgeliefertsein.

Dann schepperte eine Glocke. Die harten Glockentöne versanken in den von Dämonen heimgesuchten Zeichnungen. Der Plattenspieler drehte sich, und der Saphir rutschte am Ende der Platte hin und her.

Irgend jemand rief: »He, Kunstreiter!«

Unsmoler schreckte für einen Moment auf, blickte aus dem Fenster und sah Leute vorübergehen.

»Ich bin beim Zeichnen!« sagte er laut, und der Hund, der am Türspalt schnupperte, wandte sich fragend um.

Die hektischen Geräusche draußen waren verstummt, die Straße lag ruhig im Sonnenlicht. Zeichnungen lagen auf dem Boden, seine Hände waren schwarz vom Staub der Zeichenkohle. Immer wieder war er sich, ohne es zu bemerken, mit der Rechten über das Gesicht gefahren. Er zeichnete immer noch Gestalten, die nach oben schauten. Aber draußen auf der Straße war niemand.

Die scheppernden Glockentöne hatten die Menschen auf den letzten Zeichnungen in Mönche verwandelt.

Er warf die Zeichenkohle auf den Tisch und sah die Zeichnungen nicht mehr an. Er mißtraute Zuständen ekstatischen Arbeitens. »Theatermalerei!« sagte er laut und bedauerte, daß er nicht hinausgegangen war, das Schilf zu malen.

Aber er scheute sich, die Zeichnungen in den Ofen zu stopfen. Ein paar Tage warten, dann beurteilen. Die Rückseiten der Blätter waren auf jeden Fall noch zu verwenden.

Er öffnete das Fenster und sah ein paar Frauen auf der Dorfstraße. Sie kamen von irgendwoher zurück. Sie schauten zu ihm herüber. Er grüßte freundlich. Sie aber fuhren erschrocken zusammen, sperrten die Münder auf, um dann grußlos weiterzueilen.

Was ist da draußen los? fragte er sich. Ich muß hinaus. Er ging sich die Hände waschen und blickte dabei in den Spiegel. Da sah er sein pechschwarzes Gesicht.

»Jesus noch mal, schwarz wie der Leibhaftige!« schimpften die Weiber, »der will uns wohl angst machen, auf Ideen kümmt dei Moler!«

Pappeln

Bereits am ersten Abend nach seiner Rückkehr auf die Insel hatte der Inselchef das Poster eines lächelnden Mannequins, das er aus seinem Urlaub in Jugoslawien mitgebracht hatte, über die liederlich zugestrichene Fensterscheibe der Naßzelle geklebt. Mit solchen Menschen sollte man sich umgeben, hatte er dabei gedacht. Nun lächelte sie und lächelte, und auch er kam auf angenehme Gedanken. Demnächst werden wir die Trasse schieben! Er freute sich auf den Vormarsch der sowjetischen Raupen. Wie Panzer werden sie sich in Richtung Dorf bewegen und eine schnurgerade gelbe Spur geglätteten Sandes hinterlassen. Meinetwegen an den Pappeln vorbei, dachte er, unvermutet vom Ärger überrascht. Er war an den Aufmarsch der Dorfbevölkerung erinnert worden.
Rasch blickte er zum lächelnden Mannequin, und seine Stimmung besserte sich augenblicklich. Wenn mir alle so herzlich begegnen würden, dachte er, wie angenehm wäre das Leben! Er hätte in Jugoslawien auch Poster splitternackter Frauen in gewagten Stellungen erwerben können. Aber selbstverständlich hatte er vom Kauf derartiger Machwerke Abstand genommen. Er durfte sich nicht dem Vorwurf aussetzen, pornographische Bilder zu besitzen. Ein Anruf würde genügen, und er hätte ein Parteiverfahren am Hals, zumindest würde er des Privilegs verlustig, in westlich orientierte Länder zu reisen. Nein, derartige Poster waren mit der Würde der Frau unvereinbar. Diese Abbildung aber war vollinhaltlich vertretbar. Er dachte daran, daß es gut wäre, die untere Hälfte der Scheiben seines Schlafraumes gleichfalls zuzukleben.
Dann müßte er dieses triste graue Wasser nicht dauernd sehen und nicht die schiefen Stapel der Betonteile, und die Genossen Bauarbeiter in ihren verdreckten Wattejacken und ihren besauten Gummistiefeln würden nicht dauernd zum Fenster hereinglotzen und mit Fingern auf den Polstersessel zeigen. Nicht einmal eine

Kognakflasche konnte man auf dem Tisch stehenlassen, ohne Neid zu erregen.
Wieder packte ihn der Ärger. Rasch mußte er zum lächelnden Mannequin blicken und sich an den Urlaub erinnern, von dem er hier niemandem erzählen durfte.
Dann versuchte er, sich das künftige Objekt in seiner ganzen lichten Schönheit vorzustellen, aber seine Phantasie ließ ihn im Stich. Vielleicht sollte ich ein sonniges Panoramabild anfertigen lassen, wozu haben wir denn Kunstmaler auf der Insel!
Die Posterdame lächelte und lächelte. Sie lächelte auch, wenn der Genosse Vorsitzende wegsah.
Als die Motorsägen zu rattern begonnen hatten, hatte der Schmied gerade mit lautem Scheppern Bandeisen aus dem Bündel unter dem Vordach gezerrt, der Traktorist hatte auf seinem Hof hämmernd eine Pflugschar gerichtet, und das Malerpaar vom alten Verwalterhaus hatte gerade im Schloßgarten entzückt die ersten Blüten des Frühlings betrachtet: Anemonen.
Lärm waren sie mittlerweile alle gewohnt. Als aber das dumpfe Dröhnen eines aufschlagenden Baumes sie zusammenfahren ließ, blickten sie auf.
»Wat stellen die nu wieder an?« rief der Schmied. Lüder hob die Schultern, ging ein Stück die Straße hinauf und kam eilig zurück. »Da fällen welche unsere Pappeln!«
»Dat muß ich sehn!« sagte der Schmied und setzte sich in Bewegung. Als er den Weg zum Hafen hinunterblicken konnte, sah er den zweiten Baum fallen. »Das ist nicht statthaft!« brüllte er.
Andere Dörfler schauten aus den Türen, das Malerehepaar kam ums Verwalterhaus herum, trat an den Zaun und wunderte sich.
»Da fällen welche die Pappeln!« rief Lüder.
»Das ist nicht statthaft!« wiederholte der Schmied lautstark. »Ich seh' mir die Leute an!«
Er war losmarschiert, und die da aus den Türen geschaut hatten, gingen ihm hinterher.
Der Tüffelmacher erklärte es noch einmal dem Malerpaar: »Da schneidet einer die Allee ab, die Bäume unserer Väter!«
Aggressiv kreischten die Motorsägen.
»Bimmel mal!« sagte der Tüffelmacher.
Hinter dem Zaun des »Schlosses« hing eine alte Schiffsglocke.
»Ja natürlich, wenn es um Bäume geht!« sagte der Maler, der im

Dorf »Herr Akkurat« oder manchmal auch der »Malerinnenmann« genannt wurde. Er griff zum Klöppel. Harte metallene Töne schepperten durchs Dorf. Die Glocke war aus Eisen und hatte mehrere Risse.
»Komm mit, wir gehen runter!«
»Ich muß läuten!« sagte Herr Akkurat.
»Ich komme mit, wenn es um Bäume geht!« rief seine Frau und schloß sich den Leuten an.
Ihr Mann versuchte vergeblich, sie mit Blicken zurückzuhalten. Sie schaute sich nicht einmal um.
Die Holzfäller bei den Pappeln hatten rasch begriffen, daß dieser Aufmarsch ihnen galt. Verunsichert sagte der kleinere: »Die wollen was von uns. Am Ende soll dat Schacht geben!«
»Die sollen mal kommen, ich freu' mich drauf!« sagte sein Kumpel.
»Gut, ich lass' die Motorsäge laufen!« sagte der kleinere.
»Laßt die Bäume in Ruhe!« schrien schon von weitem die Dörfler.
»Anweisung von dem da!« rief der Kleine den Dörflern entgegen und wies mit dem Daumen der Rechten über die Schulter in Richtung Chefbaracke. In der Linken hielt er die ratternde Säge.
Die Leute kamen heran. »Ihr habt jetzt Feierabend!« sagte der Schmied.
»Wir arbeiten auf Leistung, aber wir können nicht arbeiten, wenn ihr im Weg steht. Es gibt Vorschriften!«
»Das meinen wir auch, und hier bleiben wir stehen!«
Es schien eine Auseinandersetzung zwischen dem Schmied und dem großen Holzfäller zu werden, der seine Säge bereits beiseite gestellt hatte. Aber Elfriede trat vor und begann zu zetern. Au Scheiße! dachte der Holzfäller und machte seinem Kollegen ein Zeichen, den Motor der Säge abzustellen, denn mit keifenden Weibern wollte er nichts zu tun haben.
»Redet mit denen da, nur das hat Sinn!« riet er einlenkend und zeigte zur Chefbaracke.
Ein Trüppchen Dörfler machte sich auf den Weg. Der Schmied blieb mit ein paar Leuten bei den Pappeln. Sein breites Kreuz war eine Gewähr dafür, daß hier vorerst nichts mehr geschah.
Der Chef war informiert, bevor die Abordnung die Baracke erreichte. Er kam vor die Tür und sah, daß kein Baum mehr fiel.

Elfriede, die Wischfrau, marschierte vorneweg.
»Das ist nicht statthaft, man fällt unsere Bäume!« rief Elfriede.
»Was statthaft ist, entscheiden nicht Sie!« sagte er drohend.
»Das ist unser Grund und Boden!«
Der Chef lächelte. »Es gibt keinen Privatbesitz an Grund und Boden, vielleicht spricht sich das hier endlich rum! Der Boden ist Volkseigentum, und die Bäume sind es auch!« schrie er plötzlich so laut, als würde er sich auf einem Kasernenhof befinden.
Plötzlich erkannte er unter den Leuten die Malerin. Sie fing seinen Blick auf und lächelte.
»Ich baue dem Dorf eine Straße. Ich habe momentan freie Kapazitäten. Die Gelegenheit kommt nie wieder, Leute: Maschinen, Arbeitskräfte, Betonplatten, Kies. Daher die Eile ohne Vorinformation der Bevölkerung«, erklärte er nun sachlicher. »Die umfassende Information haben Sie hiermit erhalten. Diese Straße wird die Arbeits- und Lebensbedingungen unserer werktätigen Bevölkerung verbessern. Sie steigert den Erholungswert der Insel, und ich möchte den sehen, der dagegen ist! Eine schnurgrade Straße ohne Wenn und Aber, so grade wie der erfolgreiche Weg unserer Partei!«
Den letzten Satz hatte er wieder sehr sehr laut gesagt. Er gefiel sich in der Rolle des Redners. Gern hätte er nach diesem Satz die Bürger nach Hause geschickt, den Holzfällern das Zeichen gegeben, die Arbeit fortzusetzen, und dann die Barackentür von innen geschlossen. Aber die Malerin lächelte ihn liebreizend an. Sie trat vor, reichte ihm die Hand und begrüßte ihn wie einen alten Bekannten.
»Ich finde es reizend, daß unsere Bürger an den volkseignen Bäumen hängen!« sagte sie mit schmeichelndem Lächeln. »Vielleicht sollte man den alten Pappelweg als Wanderweg bestehen lassen, neben der neuen Straße.«
»Wanderweg«, das Wort kam dem Chef bekannt vor. Schaffung eines Wanderwegs und einer Straße, das würde sich gut machen in den Berichten.
»Pappeln spenden Schatten«, fuhr sie fort, »und die Fahrzeuge werden durch Spaziergänger nicht behindert.«
»Und im Winter bei tiefem Schnee weiß man, wo die Straße ist, weil da die hohen Pappeln stehen!« rief der Schuster.
Elfriede gab ihm einen ärgerlichen Schubs. »Wir sind nicht hermarschiert, um Süßholz zu raspeln«, zeterte sie, »bleiben die Bäume nun stehen, oder bleiben sie nicht stehen?«

»Hermarschiert?« wiederholte der Chef beinahe genüßlich, »ist das eine Demonstration?« fragte er drohend.
Elfriede liebte Streit. »Natürlich ist das eine Demonstra…«
Ihr Mann, der Schuster, fuhr ihr erschrocken ins Wort. »Halt's Maul, das klärt sich alles auf!«
Elfriede stürzte sich auf ihn: »Was plärrst du dazwischen, du mit deinen ewig vollen Hosen!« Ihr ganzer Zorn ergoß sich nun auf ihren eigenen Mann.
Die Malerin sah den Inselchef an und neigte den Kopf ein wenig zur Seite.
»Gut«, sagte der Chef, »sollten die gefällten Bäume nicht kernfaul sein, werden gewisse Fachkräfte, die das Gutachten erstellten, zur Verantwortung gezogen. Aber Kollegen, auch ihr wünscht doch nicht, daß unsere Menschen durch kranke Bäume gefährdet werden. Auf unserer Insel weht nun mal ein frischer Wind, das wißt ihr am besten. Sollte ein Baum jemanden erschlagen, an wen wird man sich halten? An mich! Trotzdem, ich danke für die Vorschläge. Die Arbeiten werden bis zur Klärung unterbrochen.«
Die Malerin applaudierte, und alle anderen taten es ihr gleich, denn es war längst üblich geworden zu klatschen, wenn irgend jemand klatschte.
Der Inselchef drehte sich um und schloß die Tür.
»Natürlich war das eine Demonstration!« flüsterte der Mitarbeiter.
»Aber das mit dem Wanderweg ist gut«, sagte der Chef. Dann schüttelte er betrübt den Kopf: »Nein, diese Idioten vom Festland, die haben oben beim Dorf mit dem Fällen begonnen!«
Abends gingen die Männer ihren Sieg in der Kneipe feiern.
Die einzige Eiche, die es auf der Insel gab, war die »Deutsche Eiche«, aber einige Pappeln hatten sie gerettet. Sie hatten die Motorsägen zum Verstummen gebracht und wiegten sich nun aufs neue in der Gewißheit, mit dem Dicken da unten fertigzuwerden.
»Soll er man machen, soll er man machen, aber wenn er Mist baut und auf keinen nicht hören will, dann muß er eben gehen. Andere mußten auch gehen, wenn sie Scheiße gebaut hatten!«
Da lachte Lütt Otto bitter: »Mußten gehen, herzlichen Glückwunsch! Aber das, was sie uns eingebrockt hatten, blieb.« Ihm hatte einstmals die Wiese gehört, auf der nun die Betonteile lagerten. Ihm hatte auch die Wiese gehört, auf die der Sand des Fuchshügels

geschoben wurde, und Flächen der eingezäunten Baustelle waren sein Ackerland gewesen. Er pflegte nüchtern zu werden, wenn er an die Tage der Kollektivierung dachte.
Die anderen, die nicht betroffen waren, hatten aber nicht die Absicht, sich durch seine Bitterkeit den Abend versauen zu lassen. Jetzt hatte Lütt Otto genausoviel Boden wie sie, nämlich gar keinen mehr, und das war ihnen im Grunde recht.
»Stimmt, die Scheiße ist geblieben, aber wir sind alle gleich angeschissen, das ist Gerechtigkeit!« sagte der Tüffelmacher.
Lütt Otto verstummte, denn er wartete auf andere Zeiten.
Die Bauarbeiter saßen abseits. Sie mochten mit dem Trubel wegen der paar Pappeln nix zu tun haben. Wertloses Holz. Sie kloppten ihre Karten, hörten hin und wieder mit einem Ohr den Dörflern zu und grinsten, wenn die Kerle aus dem Dorf sich allzu wichtig nahmen.
»Der erlaubt sich was!« schniefte der Schuster und trommelte dabei mit der Faust auf den Tisch, »unser Väter Bäume!«
»Dein Vater hat da keinen Baum gepflanzt!« wurde er zurechtgewiesen.
»Napoleonpappeln sind das!« sagte der Schmied leise, denn er meinte, es wäre nicht gut, vor den Fremden die rechtliche Seite der Angelegenheit zu erörtern.
»Und diesen dicken Inselzirkusdirektor hatten wir zuerst für einen verfrühten Urlauber gehalten«, fuhr er fort, »für einen Vogel, der sich verflogen hat, einen Irrgast, wie die Doktors dat so nennen, aber nun fällt der Vogel schon unsere Bäume!«
»Schöner Vogel. Der und fliegen, bei dem Gewicht!«
»Aber saufen kann er!«
»Ja, das muß man ihm lassen, das kann er!«
»Als er auf die Insel kam, hatte er sich extra zwei Mann mitgebracht, die Bier an Land geschleppt haben. Einstand. So ein Bier gibt's hier sonst nicht mal zu sehen!«
»Geht alles in den Export!«
»Einen ausgegeben hat er, alles, was recht ist, das muß man ihm lassen!«
»Große Reden aber hat er schon am ersten Tag geschwungen. ›Lang genug habt ihr am Rande der Welt gelebt‹, hat er gesagt, ›nun geht es hier richtig los!‹«
»Und Erich hat ihm geantwortet: Die Welt ist rund, soviel soll ja

feststehen, und das mit dem Rand ist dann ja so eine Sache. Und für uns, die wir hier zu Hause sind, ist hier allemal die Mitte.«
»Für den ist Moskau die Mitte«, flüsterte Lütt Otto.
»Oh, oh, was haben die Weiber gezetert, als wir am hellerlichten Tag bedüdelt vom Hafen kamen!« sprach der Schmied vernehmlich laut. »›Er hat einen ausgegeben‹, haben wir gesagt, ›auf seine Kosten haben wir angestoßen auf die neuen Zeiten!‹ Dat hat die aber gar nicht überzeugt.«
»Weiber können einem jede Freude verderben.«
»Das ist das verdammte Mundwerk!«
Sie blickten in die Runde. An den Tischen lümmelten sich nur Männer, und es schien ihnen, als würden sie hier gemeinsam saufen, nur damit sie vor den Weibern ihre Ruhe hatten.

Die Glocke

Sie ahnten nicht, daß sie an diesem Abend beim An-die-Kastanie-Schiffen beobachtet wurden. Und hätten sie es gewußt, es wäre ihnen scheißegal gewesen.
Der Herr Akkurat, der seinen Namen weghatte, als die Dörfler zum ersten Mal dieses Wort von ihm gehört hatten, das ihn selbst treffend zu bezeichnen schien, der Herr Akkurat also, der Malerinnenmann, kam nicht zur Ruhe. Seine Frau hatte am Morgen seine entsetzten Blicke nicht wahrgenommen. Sie war mit den Dörflern gegangen. Beschwingt war sie heimgekehrt.
»Er war ja so nett!« rief sie.
»Du hast ihn gesehen?« hatte er erschrocken gefragt und das ganze Ausmaß ihrer gefährlichen weltfremden Naivität begriffen. Er hatte ihr zu verstehen gegeben, daß sie mit diesem Auftritt alles, was sie bisher gemeinsam erreicht hatten, aufs Spiel gesetzt hätte. »Alles, wirklich alles! Uns geht es nicht um fünf Pappeln. Uns geht es um ein erhaltenswertes Gebäude, um einen ganzen Park, um unsere Arbeit!« Er hatte die alten gehüteten Postkarten auf den Tisch geschleudert, die das Gebäude in der ursprünglichen Parkanlage abbildeten. »Eine Demonstration«, stöhnte er, »da hört bei denen jeglicher Spaß auf!«

Sie hatte seine Vorhaltungen beendet, indem sie sagte: »Und du hast die Sturmglocke geläutet.«
Er hatte einen Schrei ausgestoßen und war stumm in sich zusammengesunken.
Nun stand er ruhelos am Fenster und sah die Glocke, auf die er so stolz gewesen war, im sanften Mondlicht.
Hin und wieder hörte er Stimmen. Stets sah er dann, daß die Kneipentür sich geöffnet hatte.
Irgendein Mann wankte mit unsicheren Schritten hinaus, knöpfte sich umständlich den Hosenschlitz auf und pißte im Lichtschein der Außenlampe ungeniert gegen den Stamm der Dorfkastanie.
Und wieder torkelte der Mann zurück und wieder wurde es still und wieder quälte den Herrn Akkurat der Anblick der Glocke, die dort stumm in seinem Garten hing.
Natürlich war es eine Demonstration, und natürlich wird man feststellen, wer geläutet hat!
Er war verzweifelt, denn er wußte, den staatlichen Organen war es ein leichtes, ihn und seine Frau aus dem »Schloß« zu entfernen. Für alles, was die staatlichen Organe tun wollten, gab es passende Gesetze.
Wieder pißte ein Kneipenbesucher auf dem Dorfplatz an die Kastanie.
»Wie ein Pferd!« stöhnte der Mann am Fenster. Er haßte ungenierte Männer. Er lauschte nach oben, womöglich stand auch seine Frau am Fenster ihres Ateliers und träumte in die milde Mondnacht. Nein, dachte er, sie schläft bereits. Fast hätte sich ein Gefühl der Beruhigung seiner bemächtigt, aber sein Blick fiel erneut auf die unselige Glocke. »Ich habe geläutet«, stöhnte er unglücklich, »das verzeihen die in der Chefbaracke nie. Ich bin ruiniert!«
Diesen pissenden Kerlen da, denen ist das alles gleichgültig.
Ich habe geläutet! Mein Gott, ich habe geläutet! Vielleicht sollte ich morgen zum Chef gehen und sagen: »Ich habe geläutet, ich gestehe: Ich habe geläutet!«
Aber warum denn, wenn der Schmied an sein Eisen klopft, klingt es kaum anders. Dieser Gedanke kam wie ein Hoffnungsschimmer.
Als er dankbar die Hände falten wollte, bemerkte er, daß sie immer noch Ölkännchen und Schraubenschlüssel umklammert hielten.

Vor Stunden, am späten Abend, hatte er sich vorsichtig mit Werkzeug und Ölkännchen in den Garten begeben, um den Glockenklöppel zu entfernen. Die Gewißheit, daß die von der Chefbaracke nachforschen würden, wer die Leute zum Widerstand gegen das Bäumefällen aufgewiegelt hatte, hatte ihn zur Tat schreiten lassen. Er wußte, Schnüffler würden bald auf die Glocke stoßen.

Aber gerade im entscheidenden Augenblick, als er nach sorgfältigem Ölen die Mutter, die den Klöppelbolzen sicherte, entfernen wollte, war jemand die Straße hinuntergekommen. Er hatte seine Arbeit unterbrochen und sich hinter dem Zaun in absolute Stille geflüchtet, aber Lüder hatte ihn dennoch entdeckt.

»Na, Meister«, hatte Lüder gesagt, »komm eins mit rüber in die ›Eiche‹, du bist doch als Oberläuter mit von der Partie gewesen. Wir nehmen einen Kleinen, wir müssen die Bäume, die noch stehen, feiern.«

Immerhin, das war tröstlich gewesen, der grobe Kerl hatte ihn »Meister« genannt, trotzdem hatte ihn die Aufforderung derartig erschreckt, daß ihm der Schraubenschlüssel aus der Hand gerutscht war. Das Ölkännchen kippte um. Er hatte sich gebückt, um es heimlich aufzustellen. Aber Lüder schnupperte das Öl.

»Ich öle den Klöppel«, hatte er rasch gestammelt, und Lüder hatte ihn gelobt: »Das ist recht so, die Glocke wird das Dorf öfter mal zusammenrufen müssen, wenn die da unten so weitermachen!« Er hatte sich weit über den Zaun gebeugt und die Hand ausgestreckt, um erneut die Glocke tönen zu lassen, aber der Maler war schneller gewesen und hatte den Glockenklöppel festgehalten.

Endlich war Lüder weitergegangen.

Nun stand der gepeinigte Herr des »Schlosses« im Dunkel des Zimmers, sah ratlos zum hohen Fenster hinaus und machte sich Vorwürfe. Warum habe ich Lüder nur am Läuten gehindert? Ich könnte behaupten: ständig wird gebimmelt. Wenn einer was von mir will, wird geläutet. Wenn ein Kind geboren wird, wird geläutet und wenn es brennt wahrscheinlich auch. Die Glocke hängt für alle erreichbar am Zaun.

Trotz alledem, werde ich sagen, trotz alledem lasse ich sie dort, denn ich bin schwerhörig. Man muß sich bemerkbar machen können. Und die Glocke ist kinderleicht erreichbar. Er legte den Schraubenschlüssel aufs Fensterbrett, stellte behutsam das Öl-

kännchen daneben und rieb sich erleichtert die Hände. Er wußte nun, was er tun würde ... kinderleicht erreichbar ... und wer da wann geläutet hat, wie will man das noch rauskriegen?
Er eilte zur Tür. Bevor er aber die Tür erreichte, hatten ihn Befürchtungen eingeholt. Wenn die Kerle mich beim Arbeiten sehen, holen die mich womöglich mit Gewalt in die »Eiche«. Sie schieben mich mit ihren bepinkelten Pfoten über den Dorfplatz zur Tür in den verräucherten Saal hinein. Er mußte sich schütteln, öffnete aber die Haustür einen Spalt weit und schaute hinaus: heller Mondschein.
»Ich bin schwerhörig«, flüsterte er, »wenn sie mich rufen, reagiere ich nicht.«
Während er hinausschlich und zum Spaten an der Hauswand griff, beneidete er fast die Säufer: die haben nichts zu verlieren, dachte er, aber wir, die wir etwas wollen ...
Er spürte verzweifelt, wie unglaublich verletzlich er war und eilte über den knirschenden Weg zum Glockenpfahl. Er hob um den Glockengalgen die Erde aus und endlich, nach einer Drehung des Glockengalgens hing die Glocke jetzt unmittelbar am Zaun. Kinderleicht erreichbar. Wie soll man wissen, wer da läutet!

Geschichten

»Wenigstens eine Kneipe habt ihr hier!« Die Holzfäller hoben lässig die Hand zum Gruß.
Die Männer aus dem Dorf verstummten, die Kartenspieler blickten auf. Die Holzfäller ließen sich auf zwei Stühle fallen. Sie waren ziemlich sauer auf die Insel und sauer auf die Leute und auf den ganzen Trubel hier wegen der Scheißpappeln, und sie waren nicht in der Stimmung, lange zu fragen: »Ist der Platz frei, ist es gestattet, sitzt hier vielleicht jemand?« Jetzt saßen sie hier, und wer was dagegen hatte, konnte ein paar aufs Maul haben.
Der kleinere von beiden, der mehr breit als hoch zu sein schien, schnippte mit den Fingern, und alle in der Kneipe hörten erstaunt, daß das so heftig knallte, als würde jemand eine Sektflasche öffnen. Man liebte derartige unterhaltsame Ungewöhnlichkeiten.

»Zwei Bier und was zu Essen!« rief der Holzfäller in die erstaunte Stille.
Der Wirt kam und brachte das Bier. »Nur noch Eier!« sagte er.
»Eier? Ich wollte was zu essen!« knurrte der große der beiden, aber sein Kumpel bestellte: »Sechs Spiegeleier für jeden!«
»Sechs Spiegeleier für jeden!« wiederholte der Wirt, als müßten das alle in der Kneipe hören.
Nun erst schienen die beiden die aufmerksame Stille zu bemerken. Mißbilligend erwiderten sie die Blicke. Durch die geöffnete Flügeltür des Kneipensaales hindurch erkannten sie Dörfler am Stammtisch. »Menschenskinder«, rief der eine Holzfäller, »ihr legt euch aber ins Zeug wegen so ein paar Stücken Holz! Und euer Inselhäuptling holt uns wegen der paar Stangen auf diese gottverlassene Insel. Der muß dat ja wohl am Kopp haben!« Der kleinere hob sein Bierglas und prostete den Einheimischen zu.
»Kommt rüber, hier ist noch Platz, wir haben nichts gegen euch. Wir machen grad einen drauf!« rief Lüder.
Die Holzfäller nahmen ihre Biere und gingen rüber zum langen Dörflertisch. Die Stühle ächzten, als sie sich setzten. »Chef, eine Runde Bier und Korn!« rief Lüder.
Im Nebenraum hörte man das Fett in der Pfanne zischen. Der Wirt ließ Gläser vollaufen, schlug Eier auf, goß Bier nach, nahm die Pfanne vom Feuer, schenkte Doppelte ein, kippte Eier auf die Teller, schnitt altbackenes Weißbrot ab, brachte die Brateier an den Tisch, stellte die Getränke auf das Tablett, servierte. Seine Hände erledigten alles mit traumwandlerischer Sicherheit, sein Blick wanderte währenddessen durch den Raum.
Die Dörfler sahen den beiden vierschrötigen Kerlen schweigend beim Essen zu. »So feine Leute sind wir nicht, daß ihr aufhören müßt mit dem Reden, wenn wir fressen!« sagte der eine Holzfäller. Diese Umgebung begann ihn zu langweilen.
»Der kaut aber lang!« sagte der größere und wies mit dem Daumen zum Schuster, der neben ihm auf dem Stuhl hing und weggetreten war. Vor dem Schuster lag ein gebratenes Hähnchen auf dem Teller. »Ihr macht hier wohl Unterschiede?« Finster blickte er zum Wirt.
Lüder, der die beiden an den Dörflertisch gerufen hatte, fühlte sich genötigt zu reden: »Der ißt nicht, der trinkt nur. Und wenn er trinkt, kippt der rasch weg.«

»Der will seine Frau vergessen, was? Und wenn er nach Hause kommt, sieht er sie gleich doppelt!«
Die Bemerkung des Holzfällers war den Dörflern neu, der Schmied bestellte zur Belohnung eine weitere Runde. Der Wirt hatte den Blick des Holzfällers registriert: »Vor einer Stunde waren noch Hähnchen da.«
Der Holzfäller schaute sich um, er wandte den Kopf, so wie ein Stier den Kopf wendet. »Wir wollen rüber zum Festland«, sagte er, »habt ihr hier keine Fischer mit Booten?«
Der Tüffelmacher bestellte beim Wirt die nächste Runde. »Einen klapprigen haben wir«, sagte er mit schwerer Zunge, »aber der fischt nur noch unter Land im Flachwasser.«
Anstatt zu antworten, langte der Holzfäller zum Teller vom Schuster, nahm das Hähnchen und begann es seelenruhig zu verspeisen. Er sah die anderen herausfordernd an. Denen wurde die lachende Dreistigkeit erst ganz ganz langsam bewußt.
Sorgfältig benagte der Kerl die Knochen und legte sie dem Schuster auf den Teller zurück. »Der wird staunen, was er heute für einen Appetit gehabt hat!« sagte er fröhlich. »Ich hab' mich erbarmt, denn euer Kneiper stellt ihm nun schon seit vier Wochen den gleichen toten Vogel vor die Nase, und jedesmal kassiert er. Schluß damit! Chef, der Broiler und eine Runde gehen auf mich!«
Sonst war es Lüder, der für die Späße sorgte. Dumpf überlegte er, wie er es diesen beiden Pappelumsägern zeigen konnte. Aber er hatte keine Lust, sich zu bewegen, einfach keine Lust.
Vielleicht werde ich auf Händen laufen, aber ich bin müde. So ist das, wenn man den Tag über mit seiner Hände Arbeit … Sesselfurzer müßte man sein, dann käme man ausgeruht in die Kneipe. Mit Mühe konnte er die Augen offenhalten. Er blinzelte und sah die blinkenden Gläser hinter dem wogenden Rauch. Er stellte sich vor, welchen Weg er zu nehmen hätte. Platsch, platsch, platsch, auf Händen zwischen den Gläsern hindurch. Die würden Augen machen. Bierpfützen, also auf den Zeigefingerspitzen gehen, sonst kriegst du nasse Hände. Vorsicht Leute, zurücktreten bitte, ich bin sternhagelvoll. Halbbesoffen ist weggeworfenes Geld. Schweiß trat ihm auf die Stirn, und er schwankte leicht auf seinem Stuhl. Er spürte, daß man ihn ansah.
»Der ist von ab!« sagte der Schmied. Lüder riß gewaltsam die Augen auf, um ein Lebenszeichen von sich zu geben. Das Hoch-

gefühl überraschender Fähigkeiten schwamm hinüber in verworrene Träume. Die Gesichter seiner Kumpels schienen auf die Innenflächen seiner Lider projiziert zu sein. Er sah sie so, wie er sie tagsüber nie sah. Ihre Hände flatterten, sie schienen Beifall zu klatschen. »Ja«, wollte er sagen, »das haut euch um!« Aber nur ein Glucksen kam aus seiner Kehle. Die schönen Bilder verblaßten. Freunde, dachte er, ich kann euch nicht alle umarmen.

»Mann, ist der fertig!« sagte anerkennend Lütt Otto.

Lüder hörte in weiter Ferne den Schmied sagen: »Du kennst ihn doch, jetzt grunzt er eine halbe Stunde, und dann ist er wieder voll da!« Alles Freunde. Er schlief benebelt ein im Lärm. Aus dem Lärm wurde unversehens Radau.

»Dat Holz is meint!« hörte er Lütt Otto.

»Scheißholz ist dat, dat hat keinen Brennwert nicht!« bölkte der Schmied.

»Mein'twegen kann der ganze Mist runter«, schimpfte der Tüffelmacher, »Eichen hätten die pflanzen sollen, Eichen! Pappelholz ist nicht mal gut für Tüffel!«

»Von wegen dein Holz! Deine Pappeln sind das schon gar nicht, dat sind die vom Großen gewesen, aber der hat sich davongemacht«, lallte der Hausmeister vom Chefobjekt, »jetzt is alles Volkseigentum!«

Lüder versuchte sich einzumischen, und seine Stimme gehorchte ihm: »Die Pappel wurzelt in den Acker rein, Mist ist das!« Er wies so lange mit dem Zeigefinger in die Richtung der Holzfäller, bis sie ihn ansahen. »Morgen könnt ihr die absägen, ist ja eure Arbeit, dat Sägen.«

»Ihr seid so naasch wie euer Häuptling!« sagte erstaunt der große Holzfäller.

»Der ist mein Freund, er hat mir damals einen ausgegeben!« verkündete Lüder und war selbst verwundert über diese Feststellung.

»Ich krieg' hier noch einen Rappel!« grunzte der große Holzfäller.

»Bei die Malers hier, bei denen weißt du auch nicht, woran du bist«, sagte der Hausmeister, »bei denen kommst du morgens am Zaun vorbei und denkst dir, na mal sehen, wat die nu schon wieder angestellt haben. Uns Moler, der hat im Winter ein Gebilde aus Eis gebaut. Kein Mensch konnte erkennen, was das darstellen sollt!«

»Aus Eis? Eis schmilzt doch weg!« sagte der Holzfäller.
»Eben!«
»Vielleicht wollt' er uns nur verscheißern!«
»Das mögen wir nun gar nicht!«
»Aber in großen Häusern wohnen!«
Es nutzte wenig, daß Unsmoler in der ärmlichsten Hütte des Dorfes hauste. Nun wurde er mit seinen Nachbarn in einen Topf geworfen.
»Die haben Geld!« gab jemand betrübt zu bedenken.
»Natürlich haben die Geld, sonst hätte Deifine sich nicht mit Unsmoler abgegeben, die nicht! Die hat sich doch sonst von keinem an die Wäsche kommen lassen.«
»Immer dat olle Geld!«
»Davon können wir nur träumen. Freihalten würde ich euch den ganzen Abend!«
»Na, für eine Lage wird's noch reichen!« sagte der Schmied. Er winkte dem Wirt und rief: »Eine Lage auf Korl seine Rechnung!«
Als der Wirt dem Schuster das Bier vor die Nase stellte, tauchte der erneut aus der Schnapsschwere auf. »Leute«, sagte er, »ich lasse mich nicht fertigmachen, nur weil Elfriede im Objekt aufwischt, ich nicht!«
Er nahm einen Schluck und erhob sich mit Mühe. Ich gehe, dachte er, auch wenn die mich noch so sehr bitten, ich gehe. Aber niemand nötigte ihn zu bleiben. Mit gewisser Mühe erreichte der Schuster die Tür, die Skatspieler beugten sich vor, um ihn vorbeizulassen. Als er Halt an der Türklinke gefunden hatte, wendete er sich um.
»Alter Halsabschneider«, lallte er. Und zum Beweis, daß er noch voll da sei, rief er denen, die da hinten noch saßen, zu: »Mein Holz!«
Draußen im Freien erinnerte er sich daran, daß die Pappel, die sein Großvater am Ende seines schmalen Handtuchackers gepflanzt hatte, immer noch stand. Er taumelte auf die Kastanie zu, stützte seinen Kopf gegen den mächtigen kühlen Stamm, knöpfte umständlich an seinem Hosenschlitz herum und konnte kaum sein Wasser halten.
Die kühle Borke des Baumes weckte Erinnerungen an seinen Großvater. Der war gestorben wie ein Mann. Aber ich bin nicht so dämlich, daß ich über einen Staketenzaun kotze, dachte er. Ne,

schlau war der Opa nicht. Der hätte statt der Pappel eine riesengroße Eiche pflanzen müssen und vor allem, beim Kotzen hätte er nicht den Hals zwischen die Zaunstaketen klemmen dürfen.
Der Schuster schielte seitlich am Baumstamm vorbei und versuchte im Dunkeln den Zaun zu erkennen, an dem man seinen Vorfahren einst am Morgen nach einem Saufabend immer noch stehend vorgefunden hatte. Aber der Zaun war längst, wie auch sein Opa, verrottet.
Mit Gespött hatten Saufkumpane damals den Alten am Morgen begrüßt und ihm einen kumpelhaften Schlag auf den Rücken gegeben, weil sie seinen Tod nicht begriffen.
»Gar nichts begreifen die, gar nichts!« brummelte der Schuster.
Er machte eine weitausholende Geste mit seiner Rechten, die ihn fast aus dem Gleichgewicht gebracht hätte: »Gar nichts begreifen die, gar nichts, heute wie damals.«
Er überlegte, warum er eigentlich hier stand. Als er sich umwendete, sah er im Mondlicht den verrosteten Zaun vom schäbigen »Schloß« und über dem Zaun direkt an der Straße die Glocke.
Er torkelte hinüber zur anderen Straßenseite. Einladend hing der gespleißte Tampen vom Glockenklöppel herab. Der Schuster grapschte nach der Leine, verfehlte sie, langte wieder danach und hatte seinen Spaß daran, sie zu fangen. Dann begann er heftig zu läuten.
Alles war so einfach.
Der Herr Akkurat schreckte im Bett hoch. Da die Vorhänge seiner altmodischen, irgendeiner fernen Epoche zuzuordnenden Schlafstatt zugezogen waren, befand er sich in völliger Finsternis. Entgeistert versuchte er die Uhrzeit zu begreifen.
Draußen schepperte die Glocke. Mein Gott, dachte er, nun überprüfen sie die Geräusche!
»Natürlich, natürlich! Sollte das dauernde Läuten stören, werde ich selbstverständlich die Glocke …« Er sprang aus dem Bett und stürzte ans Fenster. Er streifte die Wanduhr mit flüchtigem Blick. Es war längst Mitternacht.
»Ruhe!« rief er, »Ruhe!« Die Hunde im ganzen Dorf begannen zu bellen.
Der Schuster ließ die Leine los und hob begütigend die Hand, obwohl er bei dieser Bewegung riskierte, gegen den Eisenzaun zu kippen. »Meine Kastanie«, lallte er, »meine Kastanie, weil Groß-

vater daran gestorben ist!« Er taumelte in die Richtung seines Hauses davon.
In verschiedenen Häusern ging das Licht an. Die Dorfweiber wälzten sich in ihren Betten herum und bemerkten, daß die Kerls noch nicht zu Hause waren. Diese verdammten Saufköppe spielten in der Kneipe noch die großen Herren! Die beherzten der Frauen zogen sich Mäntel über die Nachtwäsche, schlüpften in Holzpantinen und gingen nach ihren Männern sehen. Sie traten blinzelnd in das blendende Licht des Saales und marschierten schnurstracks in den kleinen verräucherten Thekenraum. »Na warte«, riefen sie, »komm du erst mal nach Hause!« Und jede erboste Frau meinte jemand anderen.
Unsmoler hörte, wie sie ihre Kerls heimtrieben. Er hörte das Gezeter und die beschwichtigenden, mittlerweile kindischen Stimmen der Männer. Er schob seinen Zeigefinger zwischen die Buchseiten und lauschte. Als dann die scharfen Frauenstimmen hinter den Haustüren verstummt waren, vernahm er, daß die Kneipe zumachte. Wieder Stimmen, wieder Schritte. Irgend jemand versuchte zu singen.
Er legte das Buch beiseite. Dort ist das Leben, dachte er. Er hatte das trockene Krachen der Bäume gehört, das dumpfe Aufschlagen, das Schreien der Sägen, aber etwas ganz anderes als die Wirklichkeit hatte er gesehen. Oder doch nicht?
Der Herr Akkurat, den sie auch den Malerinnenmann nannten, stand noch am geöffneten Fenster in der Finsternis. Er zitterte, ihn fror. Die Hunde hatten sich beruhigt, und die Lichter erloschen im Dorf. Nun würde niemand mehr die Glocke anrühren. Auch beim Nachbarn, den sie hier Unsmoler nannten, ging das Licht aus.
Der hat sich rausgehalten! dachte er, der hat Pluspunkte gemacht, und das auf unsere Kosten!
»Unglückselige Glocke!« sagte er leise.

Triebkräfte

Tristesse in der Barackenkantine, Frühstück. Um der Langeweile zu entrinnen, geriet die Sekretärin bisweilen in Versuchung, den Mitarbeiter mit kleinen Sticheleien zu treffen. Um Himmels willen, dachte sie, mit diesem aalglatten Kerl bin ich ins Bett gestiegen!

Er hingegen sagte sich des öfteren: die Frau an sich ist nachtragend. Diese hier wird mich beim Alten anschwärzen, das beste also wäre, sie würde möglichst bald abdampfen.

»Hier scheint einiges ins Schleifen geraten zu sein!« sagte der Chef unvermittelt und sah ihn an. »Eine schlechte Sache war das gestern, ich würde meinen, es war eine Zusammenrottung!« fuhr der Chef fort und hinderte durch abwartendes Klopfen mit dem Zeigefinger den Mitarbeiter daran, etwas zu entgegnen. Dann setzte er die Kaffeetasse an seine Lippen, und alle Kollegen im Raum hatten begriffen, daß er soeben ganz nebenbei den Mitarbeiter angezählt hatte.

Auch der Mitarbeiter versuchte zu trinken, aber der Kaffee schmeckte ihm nicht mehr.

Der Chef erhob sich und sagte von oben herab: »Wir sehen uns, wenn du deinen Kaffee ausgetrunken hast, in meinem Dienstzimmer!«

Der Mitarbeiter blieb ein paar Minuten reglos sitzen, dann sprang er auf, ließ den Kaffee stehen und eilte, ohne die Sekretärin anzusehen, hinaus.

»Mensch, Egon, stell schon mal die Mischer an!« rief draußen ein Brigadier. Die Bauarbeiter hockten noch in der Baubude. Die Umstellung vom Wintertrott auf das »Schrittmaß der neuen Zeit«, wie es der Vorsitzende seinerzeit formuliert hatte, fiel ihnen schwer.

Der Brigadier riß die Tür der Baubude auf. »Der Chef vons Ganze sitzt schon im Büro und will was hören!« sagte er.

Tatsächlich kam einer der Kollegen heraus und überquerte mit großen eiligen Schritten den Teil der Baustelle, den der Chef übersehen konnte.

Der Chef hörte den Baumaschinenlärm und blickte auf die Uhr. Vor dem Fenster sah er im Licht der Lampen einen Bauarbeiter mit einem Balken auf der Schulter vorüberkommen.

Dann klopfte es an seine Tür, und der Mitarbeiter trat ein.
Auf dem Schreibtisch des Inselchefs lag ein Hefter, das Datum des Tages stand bereits auf einem ansonst weißen Blatt.
Der Chef tippte mit seinem dicklichen Zeigefinger unter das Datum und sah den Mitarbeiter an.
»Du wirst mir ab heute mit deiner täglichen Unterschrift bestätigen, daß aufgrund von eingehenden Ermittlungen auszuschließen ist, daß unangenehme Überraschungen auf der Tagesordnung stehen. Der Aufmarsch gestern war eine solche unangenehme Überraschung, und ich wünsche nicht, daß Aufmärsche Schule machen!«
»Für heute zeichnen sich keinerlei Zwischenfälle ab!« stieß der Mitarbeiter hervor.
Der Chef schien diese Formulierung erwartet zu haben. »Gut«, sagte er, »dann kannst du ja unterzeichnen!«
Der Mitarbeiter beugte sich vor, roch den aufdringlichen Seifengeruch der gebräunten Finger und unterschrieb.
Der Chef nickte, klappte vernehmlich den Hefter zu und verstaute ihn mit gewisser Erleichterung in der Schublade. Er hatte sich abgesichert.
»Wir müssen«, sagte er dozierend, »Gegenmaßnahmen ergreifen, bevor der Gegner weiß, was er überhaupt will. Ich brauche dir nicht zu erklären, daß es deine Aufgabe ist, die Situation permanent zu analysieren. Drei, vier Sätze auf einem Schreibmaschinenbogen, ›Mögliche Konflikte und deren Triebkräfte‹, liegen hier morgens auf dem Tisch.«
Also gut, dachte der Mitarbeiter im Hinausgehen, lege ich ihm seine Triebkräfte morgens auf den Tisch. Die blödsinnige Formulierung des Genossen Vorsitzenden gab ihm das Gefühl der Überlegenheit. Auch ich werde mich absichern, dachte er und lächelte zynisch. Aber niemand sah es.
Der Vorsitzende lehnte sich im Sessel zurück. Er war mit sich zufrieden. Sollte irgend etwas schieflaufen, er wußte, an wen er sich halten konnte. Ab morgen bei Tagesbeginn die Lageanalyse, Datum und Unterschrift.
Draußen kam die Arbeit in Gang. Nebenan ratterte die Schreibmaschine. Er faltete die Hände über seinem Bauch. Soll sie sich doch Bäume malen, diese Dingsda … und sich um das große Haus kümmern, das sie das Schloß nennen, da fällt sicherlich ausreichend

Arbeit an. Ordnung und Sauberkeit, keine Zeit für Aufmärsche! Plötzlich mußte er lächeln. Großes Haus, dachte er, sehr großes Haus, zu großes Haus, viel zu großes Haus! Die wollen sich doch gewiß nicht mit mir anlegen, die beiden Hübschen! Werde ihnen ein wenig mit dem Zaunpfahl winken.
Er hörte im Korridor die groben Schritte des Bauleiters. Er setzte sich aufrecht und legte die Hände auf die Tischplatte. Die Burschen draußen sollten sich sputen, die Fundamente fertigzustellen … dann ran an die Straße zum Dorf!
Da die Wellen der Erregung im Dorf schon am nächsten Tag gewohnter Ruhe gewichen waren, ließ sich der Chef Zeit. Er fuhr mit seinem Zeigefinger die Daten seines Parteikalenders hinauf und hinunter und suchte den geeigneten Tag, dem zu Ehren er die neue Straße einweihen würde.
Planungsstrategie.
Manchmal, wenn in diesen Tagen drohend seine Stimme durch die Baracke klang, lauschte erschreckt das Barackenpersonal. Aber seine Untergebenen begriffen rasch: er probierte eine Rede. Die finsteren Vorhaltungen galten nicht ihnen, sie galten dem Klassenfeind.
Als dann die Vermesser die rot-weißen Stangen, die den Verlauf der Straße markierten, in den Boden schlugen, stand der Wortlaut seiner Rede bereits fest. Jene Stellen, an denen Beifall durch Händeklatschen erfolgen sollte, waren mit kleinen roten Kreuzchen versehen. Hinter den Kreuzchen war die Dauer des Beifalls in Sekunden mit Bleistift vermerkt. Nichts dem Zufall überlassen war seine Devise.

Rot-weisse Stangen

»Also doch!« sagten die Dörfler, als sie die schnurgerade Doppelreihe der Stangen bemerkten. Eigentlich hatten sie sich bereits damit abgefunden, daß sich das Straßenprojekt mit dem Bäumeabsäbeln erledigt hatte.
Die rot-weißen Stangen allerdings steckten wochenlang in der Erde, ohne daß sich tagsüber etwas tat. Trotzdem aber schien die

Straße bereits zum Leben zu erwachen. Man sah keinen Vermesser, und doch veränderte sie geheimnisvoll ihren Lauf. Eines Nachts hatte der Schmied ein paar Stangen vom Sumpfloch weggerückt, denn er mochte nicht mit ansehen, wie die Betonplatten immer wieder im bodenlosen Morast versacken würden.
Kaum aber hatten sich ein paar Stangen aus der schnurgeraden Flucht gewagt, da begannen heimlich auch andere Dörfler Hand anzulegen.
Ich laß mir doch nicht den besten Ackerboden zubetonieren! Lütt Otto wagte die größte Korrektur: Wie soll ich, wenn dat mal wieder anders kommt, den lütten Zippel auf der anderen Straßenseite beackern!
Durch diesen radikalen Eingriff bemerkte auch Elfriede die Veränderungen. Wat die können, kann ich allemal, sagte sie sich sofort. An einem Regentag begnügte sie sich allerdings damit, durch Stangenrücken ihre kleine, aber ergiebige Löwenzahnstelle für ihre Karnickel zu retten. Ihr Mann, der Schuster, hörte sie am Tage ihres heimlichen Stangenrückens durch den Regen heimkommen. Sie warf das Hoftor lauter als gewöhnlich ins Schloß. Polternder als üblich betrat sie das Haus.
»Die hat jemanden ausgemeckert«, sagte er sich. »Irgend etwas hat sie jedenfalls angestellt.« Mißtrauisch kam er aus seiner Werkstatt. Wenn sie jetzt nicht sofort losschnattert, verheimlicht sie mir was, dachte er.
Während sie scheppernd den Wasserkessel auf den Herd stellte, sagte sie jedoch triumphierend: »Unser Karnickelfutter werden wir auch künftig haben!« Sie ließ ihm keine Zeit zu rätseln. »Ich habe die Straße umgeleitet!«
Er sah sie blöde an. Sie hantierte, von sich selbst entzückt, lärmend weiter.
»Ist die denn schon gebaut?« fragte er nach einer Weile.
Sie schnaufte nur verächtlich, unterbrach dann aber für Augenblicke ihre Geschäftigkeit: »Was bist du nur für ein Pepi!« sagte sie.
So kam es, daß auch der Schuster ins Stangenrücken einbezogen wurde. Ohne daß im Schusterhaus die rot-weißen Stangen tagsüber mit irgendeinem weiteren Wort erwähnt worden waren, verbarg er, als es dunkel geworden war, ein Beil unter seiner Jacke und schlich sich aus dem Haus. Elfriede bemerkte es zu spät. Sie riß

das Fenster auf, nannte ihn einen alten Saufkopp und fragte ihn so laut, daß man es im ganzen Dorf hörte, ob er mit der Kneipe verheiratet wäre. Er antwortete nicht. Er zog den Kopf zwischen die Schultern und schlug tatsächlich den Weg zur Kneipe ein. Erst als sich das Fenster geschlossen hatte, kehrte er um und ging in Richtung Chefbaracke.

Wo rupft sie nur das Futter? überlegte er unentwegt. Schließlich glaubte er sich zu erinnern.

Als er die in Frage kommende Stelle erreicht hatte, tastete er nach den rot-weißen Stäben, riß sie heraus und steckte sie, wie er meinte, dorthin, wo sie vor Elfriedes Eingriff gestanden haben mußten. Futter findet die auch anderswo, dachte er, das Mädchen will bloß stänkern. Weiber brauchen das. Er knüllte sein Taschentuch zusammen, legte es oben auf das erste Stangenende und drosch den rot-weißen Stab schallgedämpft tief in die Erde. So, die zehn Stangen ruppt Elfriede nicht mehr raus! dachte er. Sie kann nun mal das Maul nicht halten. Das ganze Dorf weiß sicher schon, was sie sich wieder geleistet hat. Aber wenn die Offiziellen kommen, um uns zur Verantwortung zu ziehen, werde ich sagen: »Zeigt mir die Stelle, die meine Alte verändert hat, zeigt mir die!« Und wenn wir dann runtergehen zum Tatort, sieht man: Alles ist beim alten! Entschuldigen werden die sich bei ihr müssen, entschuldigen!

Seine nächtliche Richtigstellung erwies sich jedoch als völlig absurd. Zwar hatte sich der Schuster nicht in der Karnickelfutterstelle geirrt, aber Elfriede hatte, da es noch nicht so recht grün geworden war, irrtümlicherweise an anderer Stelle die Trasse verschoben.

»Also doch eine Schlängelstraße! Ist auch besser so, bißchen was fürs Auge, und die Insel wird größer, wenn die Wege länger werden«, sagte Lütt Otto gelegentlich in der Kneipe.

Am 24. gab der Inselchef das feierliche Signal zum eigentlichen Baubeginn. Die beiden Planierraupen preßten das Muster ihrer Ketten in den Ackerboden, senkten die Schilde und begannen die Trasse zu schieben. Die Kipper standen mit Kies beladen bereit. Der Bagger quietschte und löffelte weiteren Kies aus dem Fuchsberg.

Der Chef schaute auf die Uhr und lächelte glücklich. »Auf die Minute! Generalstabsmäßig!« Er marschierte auf seine Baracke zu, gönnte sich aber noch einen Blick über die Schulter zurück auf die

Planierraupen, die sich auf seinen Wink hin wie Panzer in Bewegung gesetzt hatten.

»Was machen die?« Er traute seinen Augen nicht. Sie scherten sich einen Dreck um seine Vision!

Sie machten alles andere, als eine Straße zu schieben, auf der Kleinflugzeuge würden landen können. Sie änderten fortwährend ihren Kurs, zeigten mit ihren Nasen mal hierhin, mal dorthin, ratterten aber unbeirrt voran.

»Sabotage!« schrie er, aber niemand hörte ihn. Er winkte, aber keiner der Fahrer bemerkte es. Er versuchte einen kiesbeladenen Kipper, dessen Fahrer, um nicht steckenzubleiben, mit Vollgas vorüberbrauste, zu stoppen. Der Mann sah ihn und hielt an einer günstigen Stelle an. Der Mann beugte sich aus dem Fahrerhäuschen und kniff die Augen zusammen, um den Chef, den er zum ersten Mal hatte rennen sehen, besser zu verstehen.

»Nicht zum Sumpfloch, fahr zu den Idioten!« brüllte der Chef und kletterte in den Kipper.

Bis zum Mittag standen die Planierraupen dann im Leerlauf ratternd auf dem Acker. Die rot-weißen Stangen mußten erneut ausgerichtet werden.

Eine gravierendere Verzögerung aber trat erst ein, als der Autokran, der die großen Straßenplatten verlegte, für drei Tage ausfiel und nach improvisierter Reparatur nur noch mit Vorsicht zu handhaben war. Der vorgesehene Termin war geplatzt. Schweren Herzens mußte der Chef einige effektvolle Sätze seiner Rede streichen. Wieder fuhr sein Finger den Parteikalender rauf und runter. Plötzlich kam ihm ein Einfall, er tippte auf den Jahrestag der Republiksgründung, der allerdings erst im Herbst zu feiern war.

Er schritt in seinem Büro auf und ab und sah den Staatsratsvorsitzenden an. Das Glas des gerahmten Bildes spiegelte. Immer wieder tauchte sein eigenes Gesicht im Rahmen des Bildes auf. »Wir«, sagte er, »hatten vor, den Tag der Republik mit der Fertigstellung einer neuen, breiten Straße zu feiern. Zu Ehren des großen Tages aber haben wir alle Kräfte mobilisiert und können nun stolz verkünden, die Einweihung findet vorfristig bereits am … statt.«

Das Datum ließ er offen. Lächelnd hörte ihm der Staatsratsvorsitzende zu.

Feierlichkeiten

Die Straße wurde am 4. April fertig. Am Tage der Einweihungsfeierlichkeiten sahen die Dörfler schon von weitem die mit rotem Fahnentuch bespannte am Morgen zusammengezimmerte Tribüne. Ein rotes Band versperrte den Durchgang. Hinter der Absperrung wartete Lüder mit dem Treckergespann. Lüder tat wissend und geheimnisvoll. Er wies mit seinem Daumen zum Hänger, auf dem mit einer Plane abgedeckte Kisten standen.

Die Dörfler wurden gebeten, hinter dem Traktor Aufstellung zu nehmen. Auch die Bauarbeiter, die die Straßenplatten verlegt hatten, waren anwesend. Die Straße konnte schon imponieren. Wie mit dem Lineal war sie durch die Landschaft gezogen. Der Dicke hatte seinen Kopf durchgesetzt. Der Junge wußte, was er wollte.

Urplötzlich schmetterte Marschmusik aus den Lautsprechern.

Die Barackentür tat sich auf, und der Chef, gefolgt vom Barackenpersonal, schritt würdig zur Tribüne. Die Sekretärin trug feierlich auf einem Stuhlkissen wie einen Orden die Schere.

Der Chef erklomm die Tribüne, die Musik wurde leise, das Barakkenpersonal klatschte, und die Dörfler klatschten gleichfalls.

Sogar die Bauarbeiter klatschten, denn man hatte angedeutet, es würden Prämien verteilt.

Ja, der Dicke wußte, was er wollte. Und nun machte er auch noch ein bißchen Theater, gar nicht schlecht nach dem langen eintönigen Winter.

Er betrachtete lächelnd sein Werk. Plötzlich erschrak er.

Er hatte das bescheidene Türmchen der Dorfkapelle entdeckt. Genau in der Flucht der schnurgeraden Straße ragte es dreist hinter den Dächern der Hütten empor. Das geht nicht, sagte er sich. Nein, das geht nicht! Das werden auch die Genossen vom Zentralkomitee nicht mögen! Plötzlich fielen ihm die aus der Reihe geratenen Stangen ein. Sabotage!

Wem nützt es? fragte er sich sofort: dem Pastor! Auf dessen Haus wurde zwangsläufig die Aufmerksamkeit gelenkt. Da sich der Schwarzkittel zur fraglichen Zeit nicht auf der Insel befunden hatte, mußte er Helfer haben, Komplizen, Verbündete! Und das war schlimmer, als wenn er es selbst getan hätte: das war Verschwörung!

Dann aber durchfuhr es ihn: Hatte er nicht persönlich den endgültigen Verlauf der Trasse bestimmt und das endgültige Ausrichten der Stangen überwacht? War er nicht mittags in die Kantine gekommen und hatte dort mit demonstrativer Erschöpfung vor Zeugen ausgerufen: »Wenn ich mich nicht um alles persönlich kümmere, machen die in die Straße einen Knoten!« Hatte er nicht das Gefühl der Unentbehrlichkeit genossen? Hatte er nicht nachher in seinem Büro jene Geste, mit der er auf fünfhundert Meter Entfernung die stangenhaltenden Männer um Meter nach links und rechts gescheucht hatte, genüßlich wiederholt? Hatte er im spiegelnden Glas des Bildes nicht beobachtet, daß diese Geste sich ausnehmend gut machte? Hatte er durch sein spiegelndes Ebenbild hindurch nicht das Lächeln des Staatsoberhauptes gesehen? Schien es nicht zu sagen: Ich habe Gefallen an dir?

Nun aber auf der roten Tribüne glaubte er, während ihm kurzzeitig der kalte Schweiß ausbrach, erneut den Blick zu spüren. Aber der Blick und das Lächeln verhießen nichts Gutes.

Wenige Augenblicke später hatte der Inselchef sich wieder in Gewalt. Sicher ist die Kapelle baufällig, einsturzgefährdet, sagte er sich. Ihm gelang ein boshaftes Lächeln. Die sowjetischen Freunde machten bei sich aus Gotteshäusern Schweineställe. So weit würde er nicht gehen, aber in ein Kino könnte man diese verdammte Kapelle schon verwandeln oder in einen Tempel der Kultur. Bilder, Briefmarkenausstellungen und und und. Dann aber kam ihm eine andere Idee. Erst einmal werden wir schnellwachsende Bäume rund um das Kapellengebäude pflanzen, große Bäume mit Wurzelballen in ausgehobene Gruben setzen. So große Bäume, daß der Kirchenmann bald selbst sein Kirchlein suchen muß. Er beruhigte sich, zog den Text seiner Rede aus der Tasche, trat an das Mikrophon, und die Musik verstummte.

»Liebe Genossen, liebe Bürger«, sprach er mit hundertfach verstärkter Stimme, »ihr habt es vielleicht gespürt: ich habe nicht ohne Ergriffenheit auf diese schnurgerade Betonstraße blicken können! Ich schäme mich dieser Bewegung nicht. Das erste, was in diesem Jahr fertig wird, ist eine Straße für die Bevölkerung. Das Dorf wird mit dem Tor zur Welt, dem Hafen, verbunden!«

Übertreib man nicht, Junge, dachten die Dörfler.

Der Chef beendete jedoch rasch seine improvisierte rührselige Einleitung. Sein fünfter Satz berührte bereits die ernste weltpolitische Lage. Bei diesem Thema hielt er sich sehr lange auf, dann beschrieb er die glücklichen Zeiten, die sie hier alle erleben durften. Kaum jemand hörte ihm zu, obwohl seine Stimme aus den Tonsäulen über die ganze Insel und bis weit hinaus aufs Meer schallte.

Sollte er nur reden, das alles geht uns nichts an, dachten die Dörfler. Plötzlich aber sprach er von den Bäumen, denn er entdeckte aufs neue den dreisten Turm der Kapelle.

»Drei Pappeln fielen aufgrund eines fehlerhaften Gutachtens«, rief er, »aber wir werden im Inseldorf dafür zwanzig neue Bäume pflanzen, und nicht etwa kleine!« Bei diesen aus den Lautsprechern scheppernden Worten blickte er zum zweiten Mal hinab auf die Leute. Er suchte mit den Augen das Gesicht der Malerin. Sie stand neben ihrem Gatten, der einen breitkrempigen Hut trug. Er konnte ihm nicht ins Gesicht sehen. Die Malerin aber lächelte herzlich nach oben. »Nicht etwa kleine!« wiederholte der Chef, und das Glücksgefühl unglaublicher Macht durchströmte ihn. »Es wird so sein, als würde man sich auf dieser wunderbaren Straße auf eine grüne Oase zubewegen.«

»Int Dorf will er Bäume pflanzen«, schniefte Lütt Otto, »noch mehr Bäume, damit uns die Wände feucht werden? Wat soll dat? Ich leb' doch nicht im Busch.«

Jemand stieß ihn an. Man hatte noch nicht oft von einer Tribüne herab Reden über sich ergehen lassen müssen und noch gewissen Respekt.

Die Dörfler blieben und klatschten sogar, als die Erbauer der schnurgeraden Straße einzeln nach vorn gerufen wurden und Briefumschläge überreicht bekamen, Kuverts, in denen Geld steckte. Das war Bares, das sie nachmittags in die Kneipe tragen würden.

Lüder thronte auf dem Trecker und wartete. Er war Teil der Inszenierung. Hoffentlich läßt mich das Maschinchen nicht ausgerechnet heute im Stich, dachte er und trommelte mit der flachen Hand auf das Armaturenblech. Rhythmus, als würde der Motor bereits laufen.

Der Chef schloß mit ein paar pathetischen Sätzen. Als das Stichwort kam: »Alles für das Glück unserer Menschen!«, erklang feierliche Musik. Der Chef stieg langsam vom wackligen, mit Fahnentuch kaschierten Gerüst und schritt auf das rote, über die neue

Straße gespannte Band zu. Die Sekretärin folgte ihm und bemühte sich, im Gleichschritt zu gehen. Vom Kissen nahm er wortlos die Schere. Die Enden des roten Bandes fielen in den Dreck.
Lüder startete den Traktor. Der Motor kam sofort. Die Worte des Chefs gingen im Lärm unter. Mit ärgerlicher Geste stoppte der Inselfürst den übereifrigen Traktoristen und kletterte zurück auf die rote Tribüne. Die Musik verstummte. »Das erste Fahrzeug, das über diese Straße fährt, ist ein Fahrzeug, beladen mit Waren für unsere werktätige Bevölkerung!«
Der Mitarbeiter erklomm den Hänger und zog die Plane zur Seite. Kartons mit unbekannten Aufdrucken, die besondere Dinge versprachen, wurden sichtbar.
»Freie Fahrt für den Sozialismus!« rief der Chef ins Mikrophon. Er applaudierte, und es klang, als würden Schüsse abgegeben. Lüder tuckerte los, die Dörfler klatschten und folgten dem Hängergespann. Das war es also.
»Feiern wir den Tag, Konsum und Gaststätte haben sich vorbereitet!« rief der Inselchef den Dörflern hinterdrein. Ein wenig verächtlich schaute er den Dorffrauen nach, die trotz ihrer Leibesfülle mit unglaublicher Geschwindigkeit hinter dem Trecker her eilten. Die Männer hatten es weniger eilig. »Die Kneipe läuft nicht weg, Leute!« sagten sie.
Die Malerin aber und ihr Mann warteten noch bei der Tribüne. Sie wollten dem Inselmächtigen für die schöne Rede danken.
Die Musik wurde von gravitätischer Feierlichkeit auf Fröhlichkeit umgeschaltet, und bald hörte es sich so an, als wäre die Insel ein bunter Ausflugsdampfer, der übers Meer schipperte.

Sonderzuteilung: Plüschtiere und Bananen

Als die Männer am Konsum vorübergingen, kam Elfriede bereits aus dem Laden und hob in der Linken triumphierend Bananen in die Höhe. In der Rechten aber baumelte etwas aus Fell.
»Der Junge läßt sich was einfallen!« sagte der Hausmeister und schielte zu den anderen.

Bananen auf die Insel zu schaffen, das hatte bisher noch keiner gekonnt. Sollten die Weiber sich darum prügeln. Die Männer gingen ungerührt vorüber.

»Der läßt sich wat einfallen!« wiederholte der Hausmeister.

»Der Zirkusdirektor, der!« ergänzte Lütt Otto.

»Ja, er stellt was auf die Beine!« gab der Tüffelmacher zu, »und wir haben die Glocke geläutet und sind aufmarschiert, als er drei Bäume fällen ließ, ganze drei Bäume, Leute! Aber das kann man laut sagen: nachtragend ist der Dicke nicht.«

Der Hausmeister blickte sich um, das wunderliche Malerehepaar war noch nicht zu sehen: »Die Malers haben geläutet!« sagte er leise.

»Die Malers! Die Malers!« machte der Schmied ihn nach, »wenn, dann die Malers vom Schloß. Der andere wird sich hüten, Lärm zu machen. Einer, der Pferde vom Ufer schmeißt, muß 'ne Weile stille sein.«

Die Frau vom Tüffelmacher überholte die Männer. Auch sie trug ein Bündel Bananen und ein felliges Wesen, einen Plüschteddybären mit gläsernen Knopfaugen. »Pro Person drei Stück!« rief sie.

Dieser Fuchs, dachte Lütt Otto und sprach dann langsam und boshaft genüßlich: »Und reden vom Himmelreich kann der Dicke fast so wie uns Paster von dem seinen!«

»Bananen, Bananen! Der Kerl versteht eben was von Frauen. Hat er auf der Parteischule gelernt. Wenn ich Elfriede meine Banane zeige, wird die auch gleich friedlich!« prahlte der Schuster.

»Wenn ihr eine genügt, sei froh!« sagte der Tüffelmacher. Stumm gingen die Männer weiter.

Lüder lud beim Konsum immer noch Kartons ab. »Nicht so hastig, nicht so hastig!« rief er den Frauen zu, die sich um einen günstigen Platz in der Schlange stritten. »Heute reicht es für alle!«

Als die Männer den auf Anweisung des Chefs hin festlich geschmückten Kneipensaal betraten, wurde ihnen bewußt, was der Inselchef doch für ein Kumpel war. Er schmiß ein paar Plüschtiere auf den Markt, nur damit sie sich ohne Weibergezeter am hellerlichten Tag in die »Deutsche Eiche« setzen konnten!

Pickelhubert, mit einem weißen Tuch über dem Arm, begrüßte sie am Tresen.

»Und wo hast du Deifine gelassen?« fragten die Männer.

»Bei Saisonbeginn kommen gleich zwei von der Sorte«, sagte Hubert in einem Dialekt, der verriet, daß er den Winter über in Sachsen gekellnert hatte.
Die Männer hörten den fremden Klang und verzogen verächtlich den Mund. Aber diesem Frosch, der ihnen die Krümel vom Tisch wedelte und die Bierlachen von der Tischplatte wischte, konnten sie, solange er Bier und Schnaps herantrug, weder den Dialekt noch sonst etwas übelnehmen. Ein Kellner eben.
Während der Herr Akkurat in der Schlange der wartenden Frauen vor dem Konsum stand, hatte er Zeit nachzudenken. Er rekonstruierte in Gedanken den Wortlaut der Inselchefrede und lächelte, als er sich daran erinnerte, daß auch vom Wanderweg die Rede gewesen war. Seine Frau hatte den Vorschlag gemacht, und sicher hatte ihr das einige Pluspunkte eingebracht. Plötzlich aber verdüsterte sich des Malers Miene: ein paar bedrohliche Passagen kamen ihm ins Gedächtnis. Hatte der Chef nicht von den ewig Gestrigen gesprochen, die sich in den Ruinen der Vergangenheit verschanzt hätten und mit kleinbürgerlichen Argumenten versuchten, das Neue zu behindern? Sollte der Inselmächtige ihn und seine Frau als die Bewohner des »Schlosses« gemeint haben? Fast hätte der Herr Akkurat seinen vorgerückten Platz in der Reihe aufgegeben, um unverzüglich zu seiner Frau zu eilen und sie zu fragen, ob sie Ähnliches herausgehört habe. Er blieb aber stehen. Plötzliche, rätselhafte Hast hätte möglicherweise peinliche Mutmaßungen provoziert. Wachsam schaute er sich um und stellte fest, daß er der einzige Mann unter all den Weibern war. Die Frauen beachteten ihn allerdings kaum, sie glotzten allesamt besorgt auf jene Kunden, die bereits triumphierend mit Beute in den Händen aus dem Laden traten.
Der Herr Akkurat lächelte. Ihm war eingefallen, daß der Nachbar, den man hier »uns Moler« nannte, nicht zu den Feierlichkeiten erschienen war. Das war den Genossen mit Sicherheit aufgefallen.
Nun stand es wieder eins zu eins. Aber das würde sich rasch ändern lassen. Er beschloß, eine Zeichnung von der neuen Straße zu machen und diese dem Inselchef zu widmen. Bei der Übergabe würde er in gewiß freundschaftlicher Atmosphäre den Aufmarsch anläßlich des Bäumefällens zur Sprache bringen können und das Warum und das Wie erläutern. Es mußte möglich sein, vorsichtig

zu erforschen, ob das Läuten der Schiffsglocke mit seiner Person in Verbindung gebracht wurde.
Er war so in Gedanken, daß er gar nicht bemerkt hatte, daß er bereits vor den Ladentisch gerückt war und die dicke Verkäuferin ihm bereits sechs Bananen und zwei Teddybären rübergeschoben hatte. Stumm streckte sie ihm die offene Hand entgegen. Die Frauen hielten das Geld passend parat, ihm aber mußte sie den Preis erst nennen. Hastig kramte er im Portemonnaie. Erst draußen vor der Tür fühlte er das samtige Fell der glotzäugigen Plüschtiere. Zum Umkehren war es zu spät. Er konnte nicht erneut den Betrieb da drinnen aufhalten und damit den Zorn der wartenden Weiber herausfordern.
So kam es, daß die Plüschwesen auch in das Haus, das man das Schloß nannte, Einzug hielten. Schlagartig hatten sie an diesem Tag das gesamte Dorf besetzt und sich die bequemsten Plätze auf den Sofas ausgesucht. In jedem Haus das gleiche. Als die Männer spät nach ausgiebigem Feiern nach Hause kamen, stießen sie die glotzäugigen Viecher von den Sofas, um sich selber langzumachen. Wer noch kleine Kinder im Hause hatte, hatte keine Probleme. Man brauchte die teuren Dinger nur den Doktorspielen der Jüngsten auszuliefern. Medizinische Eingriffe waren nicht lange zu überstehen. Wer wenigstens über ein schulpflichtiges Mädchen verfügte, das drüben im Internat auf die Ferien wartete, konnte das Plüschzeug im Mottenkugelgeruch der Kleidertruhe versenken, wo es in der Finsternis bis zum Ferienbeginn zu überdauern hatte. Anderen Plüschtieren erging es weitaus schlimmer, immer wieder verstoßen, landeten sie irgendwann rettungslos in der Nähe von jungen Hunden, die ohne Hemmung das Holzwollinnere im Zimmer verteilten. Die Männer sahen, daß die Innereien brennbar waren.
»Teures Anheizen!« schimpfte der Schmied. Für ihn hatte im kurzen Auflodern der Flammen diese Plüschtierepisode ein sinnvolles Ende gefunden.
Nur wenige Wesen überstanden die ersten Wochen. Dann aber schien es, als würden jene, die ausgehalten hatten, zu wertvollen Raritäten. Die letzten gelangten in die Glasvitrinen schwerer dunkler Schränke. Dort saßen sie dann neben bunten Tänzerinnen und treublickenden Schäferhunden aus Porzellan, neben stets geschonten Bildertassen und durchbrochenen Ziertellern. Einem von El-

friedes Beuteplüschwesen war dieses unverhoffte Glück vergönnt. Da aber im Schusterhaus selten etwas undramatisch verlief, war auch dieser Eroberung ein Gewitter vorausgeeilt. Wieder einmal hatte der Schuster die beiden glotzenden Wechselbälger, die ihm den Ruheplatz streitig machten, aus der Sofaecke geschleudert, aber ein Bein war in seiner Hand geblieben. Aufgebracht stopfte Elfriede das wertgeminderte Wesen in den Küchenherd. Aber damit war ihr Zorn noch nicht erloschen. Ihre Erbitterung reichte noch dazu aus, dem Alten das amputierte Bein zu entwinden, um es anschließend gleichfalls zu verfeuern, dann riß sie die Glasvitrine so heftig auf, daß die Scheiben klirrten und sämtliche Sammeltassen in Gefahr gerieten. Demonstrativ postierte sie den verbliebenen Liebling neben kostbarem Porzellan, das zum Teil noch aus dem »Schloß« stammte. »Da siehst du mal, was du anrichtest, das sind Werte!« schrie sie in das Geschepper, als wäre er drauf und dran, Tassen zu zerschmeißen. Türknallend verließ sie das Zimmer. Ihr Ehegemahl blieb zurück, und sein Groll entlud sich gegen »die da oben«: schöne Besonderheiten sind das.

Im Hausmeisterhaus hatte ein Teddybär sogar das zur Dorfstraße gewandte Fenster erobert. Allen Passanten sichtbar saß er zwischen Fensterscheibe und Gardinen, flankiert von zwei englischen weißgoldenen Porzellanhunden, die irgend so ein seefahrender Onkel im vorigen Jahrhundert von einer großen Reise mitgebracht hatte.

Jeder, der draußen vorüberkam, spürte den rührenden Blick der Glasaugen. Man sah hin und entdeckte das Plüschtier. Das war eine öffentliche Demonstration: Leute, ihr habt die Dinger massakriert, aber ich, der Objekthausmeister, achte, was der Inselchef auf den Markt schmeißt.

Auch der Schuster bemerkte eines Tages das neu dekorierte Fenster. »Arschkriecher!« fluchte er im Vorübergehen. Er war schlechter Stimmung, der große mehrtägige Frühjahrsputz bedrohte seinen Seelenfrieden. Nicht einmal sein Sofaviertelstündchen respektierte Elfriede. Fremd roch das eigene Haus nach Wischwasser. Der brave Teddy im Hausmeisterfenster brachte ihn auf einen boshaften Gedanken. Er pflegte eigentlich alles zu vermeiden, was Elfriedes Gezeter auszulösen vermochte. Aber die Tage des Frühjahrsputzes machten ihm den Aufenthalt im eigenen Haus zur Hölle. Sie weckten Rachegelüste. Selbst in seiner Werkstatt erreichte ihn der hektisch wirre Lärm. Unfähig, etwas zu tun, saß er da und lauschte. So etwa stellte er sich die Walpurgisnacht vor. Und die am hellerlichten Tag bei sich im eignen Haus. »Bemüh dich!« hatte sie ihn bereits vor dreißig Jahren angeschrien, »pack mit an!« Er aber hatte sich Jahr für Jahr verweigert. Es hätte nämlich bedeutet, für Tage gleichfalls dem Wahnsinn zu verfallen. Für Elfriede war es ein leichtes, wieder in den normalen Trott zu fallen, was aber seine eigene Person betraf, konnte er sich dessen durchaus nicht sicher sein. Meistens gelang ihm die Flucht.

In diesem Jahr hatte es morgens in Strömen geregnet. Er hatte sich eine Plane übergehängt und war zu Lütt Otto gegangen. »Mann«, hatte er zwinkernd gesagt, »ich brauch' was Dringendes, sonst scheucht mich meine Alte treppauf, treppab.« Regelrecht erbetteln mußte er sich ein schadhaftes Paar Schuhe.

Nun saß er in der Zeit seiner gewohnten Sofaviertelstunde auf seinem Schusterschemel, hielt den schiefgelatschten Schuh von Lütt Otto zwischen den Knien und in der Rechten den Hammer. Er schaute scheu zur Tür, manchmal aber auch nach oben. Es war durchaus möglich, daß oben an der Zimmerdecke plötzlich ein dunkler Fleck erschien. Ohne Überschwemmungen ging es niemals ab. Als wenn der Lärm nicht ausreicht hätte, um die Welt von ihrem Eifer zu überzeugen: »Das hier ist noch richtiges Saubermachen!«

Hin und wieder hörte er ihre aufgebrachten Schritte die Treppe abwärtsstampfen, und dann begann er heftig auf die Schuhsohle einzudreschen, aber Elfriede lärmte vorüber. Er nahm schleifende Geräusche wahr. Irgend etwas zerrte sie ins Freie. Ein Poltern, blechernes Geschepper der Schubkarre. Sie hatte offenbar beschlossen, etwas Großes wegzuwerfen. Er wagte aber nicht, den Kopf zur Tür hinauszustecken.

Man mußte sie meiden und alle Dinge, die einem lieb und teuer waren, vorsorglich in Sicherheit bringen, denn in ihrem Räumrausch war sie unberechenbar.

Der empörte Klang ihrer Schritte ließ darauf schließen, daß sie beim nächsten Mal wahrscheinlich eintreten würde. Er steckte die Schusterpinnen zwischen seine Lippen, was ihm eine rasche Antwort ersparen würde.

Sie nahm sein eifriges Hämmern nicht zur Kenntnis. Mit dem Knie stieß sie die Tür auf. Sie konnte ihn nicht einmal sehen, denn sie trug einen riesigen Stapel Illustrierte vor sich her. Schätze, die er gesammelt hatte. Ihr Gesicht war verdeckt. Nur das straffgespannte, vor der Stirn verknotete weißgepunktete Tuch und ein Stück ihrer hektisch geröteten Stirn überragten die achtlos übereinandergeschichtete Last. Fast erschrak er beim Anblick ihrer nackten, unwahrscheinlich kräftigen Arme. Als könnte sie die Last plötzlich nicht mehr tragen, ließ sie den Stapel mitten in der Werkstatt auf den Fußboden klatschen. Sie liebte Lärm. Er aber schrak zusammen.

Als der Staub emporwirbelte, hatte sie die Tür bereits geschlossen. Das ging noch mal gut, dachte er. Er nahm die Pinnen aus dem Mund und erhob sich. Elfriede hat sich wohl im letzten Augenblick besonnen. Zugegeben, er hatte die Hefte jahrelang nicht angesehen. Nun aber fiel sein Blick auf die Bilder vergangener Zeiten. Mein Gott, dachte er verwundert, welche Nichtigkeiten haben uns damals beschäftigt! Wie rasch altert doch die Zeit! Er hob ein paar Exemplare auf, blätterte interessiert, begab sich zurück auf seinen Schusterschemel und versank in alten Tagen. Er bemerkte nicht einmal, daß es aufgehört hatte zu regnen.

Als seine Frau erneut die Tür öffnete, ertappte sie ihn untätig beim Lesen. Es half ihm nichts, daß er die Lektüre wie ein Schüler rasch unter den Tisch schob, er hatte ohnehin versäumt, auf Lütt Ottos Schuhsohle zu klopfen.

»Du liest hier Zeitung, während ich mich umbringe!« herrschte sie ihn an. »Die Karre ist längst voll, ich weiß nicht, wohin mit deinem Möl! Beweg dich gefälligst. Draußen scheint die Sonne!«

Das war ein ungeschriebenes Gesetz: er hatte den angefallenen Müll zur Müllkuhle zu schaffen. Männerarbeit. Er machte ein vergnatztes Gesicht, war aber froh, das Weite suchen zu können.

»Na, wie sieht es aus, alles schon sauber?« fragte er listig.

Sie antwortete, wie er es erwartet hatte. »Beweg deinen fetten Arsch, wenn du es wissen willst!« Mit diesen Worten stampfte sie hinab in den Keller.

Er schlich ins Wohnzimmer, trat vor die Glasvitrine, öffnete sie lautlos, packte den Plüschteddy und verbarg ihn unter seiner Jacke. Er erreichte den Hof, bevor sie aus dem Keller kam. Wachsam schaute er sich um. Aus einem geöffneten Kellerfenster stieg feiner Kohlenstaub, den schräge Sonnenstrahlen vergoldeten. Was zum Teufel treibt sie da unten? rätselte er. Die Dinge auf der Karre schichtete er für die Tour zur Müllkippe um. Mit gewisser Wehmut hielt er mal diesen, mal jenen Gegenstand in den Händen. Er hatte aber nicht die Absicht, gegen die Entscheidungen seiner Alten zu opponieren. Hinter dem hohen Bretterzaun stoppte er. Er schob die Rechte unter die Jacke und befreite den Teddy, so wie er als Junge gestohlene Hühner unter der Jacke hervor zum Abmurksen ins Tageslicht gezaubert hatte. Er legte das Plüschtier oben auf den Müll, schloß das Hoftor, grinste vergnügt und ließ sich Zeit. Langsam karrte er die Dorfstraße hinauf. Alle sollten es sehen, zu reden brauchte er nicht. Das würden die anderen besorgen: »Der Schauster fährt zum Müllplatz und obendrauf auf dem Müll liegt so ein Plüschteddy, wie ihn sich andere Leute ins Fenster stellten. Jo, jo, jo, manche haben Müll int Fenster!« Er hielt die Karre ein wenig schief, und sie begann mächtig zu quietschen. Fast hätte er dem Schmied, der am Eisenlager hantierte, zugerufen: »Hörst du, wie dat verdammte Vieh schreit!«
Rechtzeitig besann er sich, nickte kurz rüber und karrte grinsend weiter. Der Schmied hob grüßend die Hand, glotzte und wunderte sich. Mittags sagte er zu seiner Frau: »Ne, so wat, ick glöw, uns Schauster ist naasch wurden … der fährt einen Teddy mit der Schubkarre spazieren. Hier scheint es langsam alle zu erwischen.«
Der Schuster aber träumte von seinem abendlichen Auftritt in der Kneipe: »Mann, schleppst du anderer Leut Müll von der Schuttkuhle zurück ins Dorf?« werd' ich den Hausmeister fragen. Der wird blöde glotzen und wird sagen: »Meinst du, ich brauch' die löchrigen Pisspötte, die du zur Kippe karrst?«
»Na«, werd' ich antworten, »da komme ich doch eben an deinem Fenster vorbei, und was sehe ich da? Unser verdammtes Plüschtier, das ich höchstpersönlich auf der Mistkarre aus dem Dorf geschafft

habe! Stimmt's?« werd' ich den Schmied fragen, »war das nicht so?« Der kann das nicht abstreiten: »Was wahr ist, muß wahr bleiben!« ist doch dem seine Redensart.

Als der Schuster am Blödihaus vorüberkam, bemerkte er nicht, daß sich dort hinter den Scheibengardinen eine große Gestalt erhob und das kleine Plüschtier auf der rumpelnden Karre lange anstarrte. Die Gestalt verschwand im Dunkel des Raumes, begab sich in den Flur, öffnete die Außentür und trat, geblendet vom Mittagslicht, hinaus auf die stille Dorfstraße. Magisch angezogen folgte der große Mann mit schlenkernden Armen dem Schuster, der nicht rechts, nicht links und nicht zurückschaute. Er begriff dumpf, dem weichen Zottelteddy sollte etwas angetan werden.

Selten wagte sich der Blöde hinaus. Seine wehleidige Mutter hatte es ihm untersagt. Sie liebte ihn wie ein kleines Kind, und sie mochte nicht das Gespött ertragen, das ihn, wie sie meinte, draußen erwartete.

Die Müllkuhle lag an einem idyllischen Platz auf dem Grund einer Mulde, deren Hänge so steil waren, daß man sie nicht beakkern konnte. Da alles auf der Insel seinen Nutzen haben mußte, war dieses winzige Tal vom Schicksal zur Schuttkuhle bestimmt worden. Der Mann karrte am Südhang vorüber, der mit dichtem Ginstergestrüpp bewachsen war. Als er seine Fuhre stürzte und unverrottbarer Müll das Plüschtier unter sich begrub, beobachtete ihn aus dem Ginstergestrüpp heraus der Blöde.

Der Schuster schaute sich nicht lange um. Das war nicht seine Art. Zufrieden machte er sich auf den Heimweg. Die Erde dampfte. Angenehm brannte die Sonne. Er spürte ihre Kraft durch seine abgewetzte dunkle Jacke. Er beeilte sich, ins Dorf zu kommen. Wenn es auch hieß, er sei ein Gnatzkopp, so war er dennoch nicht gern allein.

Im Ginster hockte immer noch der Blöde. Unverwandt blickte er auf die Stelle, an der der Teddy vom Müll verschluckt worden war. Er verharrte reglos, als würde eine unbedachte Bewegung die Güte der Sonne verscheuchen und ihn zurück in ein Geschehen fallen lassen, das er nur mit Mühe zu begreifen vermochte.

Seine Mutter schien derweil auf der Dorfstraße eine Orgie verhaltener Verzweiflung zu feiern. Als sie zum vierten Mal den Schmied mit der Frage behelligte, ob er denn nicht irgendwo ihren Sohn gesehen habe, antwortete der Schmied grob: »Sei froh, er ist

weg, und du hast nu deine Ruh!« Er mochte keine hysterischen Frauen.
Sie erstarrte, begriff und verstummte.
Hin und wieder erinnerte sich der schwere Mann im Ginster daran, daß dort, wo der Unrat hingekippt worden war, etwas auf ihn wartete. Als das Ginstergebüsch kühle Schatten auf ihn warf, hatte er bereits vergessen, was ihn gezwungen hatte, hier reglos zu verharren. Langsam wuchs er zwischen den Büschen empor. Er ging vorwärts, stieg über Gerümpel, schaute nicht links und schaute nicht rechts. Er überquerte den trockenen See des Dorfmülls, bückte sich, am anderen Ufer angelangt, scharrte mit den großen weißlichen Händen im Schurrmurr, fühlte etwas Weiches und zog den Teddy ins Licht. Er versteckte ihn unter der Jacke, so wie ihn auch der Schuster versteckt hatte, dann trabte er wie ein kranker Wolf über den sandigen Feldweg heimwärts.
Die Schusterfrau Elfriede wienerte gerade, weit aus dem Fenster gelehnt, die Außenscheiben. Sie erblickte ihn, trompetete aber ihre Entdeckung nicht sofort hinaus. Sie beobachtete ihn. Blödi, der Hüne, war nicht oft zu sehen. Erst als er beim eigenen Gehöft die Klinke niederdrückte, schrie Elfriede, damit ihr Ruf den verlorenen Sohn noch überholte: »Uns Blödmann is all wedder dor!« Einige Weiber traten vor die Tür und waren interessiert, Genaueres zu erfahren. »Man gut, daß du ihn gesehen hast, seine Mutter hätte uns sonst noch zwei Wochen lang genervt!« Elfriede tat so, als hätte sie das Lob nicht gehört. Sie putzte die Scheiben.
Gegen Abend, kurz bevor der Konsum schloß, kam die Blödimutter auf die Straße. Sorgfältig verriegelte sie von außen das hohe Brettertor. Sie rüttelte daran, als wolle sie prüfen, ob es standhielt.
»Wenn er will, kippt er dir den ganzen Zaun um, warum sperrst du ihn ein wie ein wildes Tier!« sagte Lüder im Vorübergehen. Sie sah den Traktoristen erschrocken an. Es kam ihr so vor, als wolle man ihr etwas nehmen, das ihr alleiniger Besitz war. Was denkt sich der Kerl! Nein, sie sperrte ihren Sohn nicht ein. Sie beschützte ihn! Das Kreuz, das sie trug, war der Sinn ihres Daseins. Das Mitleid der Dörfler, das sie mit traurigem Blick tagtäglich einforderte, war wie ein Tribut, den man ihr schuldig war. Lüder bemerkte ihren verstörten Blick. »Du siehst doch, er findet allein zurück!« sagte er.
Sie antwortete nicht, sondern eilte zum Konsum, um eingesalze-

nes Schweinebauchfleisch zu besorgen. Sie hatte vor, ihrem heimgekehrten Sohn sein Lieblingsessen zuzubereiten.
Am nächsten Tag stand fest: ihr Einziger hatte geraubt. Irgendwo hat er einen Teddybären gestohlen und bei sich auf das Kopfkissen gesetzt. Als Elfriede vom Wischen und Fegen unten in der Chefbaracke zurück nach Hause kam, war sie bereits informiert. Sofort eilte sie zu ihrer Vitrine: richtig, ihr Teddy war verschwunden.
Sie rannte in den Konsum, in dem zu dieser Tageszeit die Dorfweiber einzukaufen pflegten. »Er muß im Schrank gesessen haben, im Kleiderschrank«, sprach sie ganz gegen ihre Gewohnheit flüsternd. Der Gedanke jagte ihr Schauer über den Rücken. »Er hat mich beobachtet, aus dem Kleiderschrank heraus beobachtet. Ich kroch auf allen vieren über die Dielen. Mit fast nix an, weil mir so schwitzig war. Mein Gott«, rief sie, »wenn ihn was angekommen wär!«
Beim Mittagessen tischte sie auch ihrem Alten die Geschichte auf und begann mit leiser Stimme die Gefahren, in denen sie geschwebt hatte, auszumalen.
Schließlich aber keifte sie: »Und wenn mich einer aus dem Haus tragen würde, du würdest in der Werkstatt hocken und nichts mitkriegen!«
»Ja, was denn«, sagte dumpf der Schuster, »soll ich ihm denn fünf Mark in die Hand drücken?«
Er war wütend: Elfriede hatte ihm die Kneipengeschichte versaut. Er schob den Teller von sich und erhob sich. Sie empörte sich lautstark darüber, daß sie ihm offenbar nur fünf Mark wert sei!
Er hörte nicht zu. Er ging hinaus und dann die Straße hinauf. Schließlich klopfte er bei der Mutter des Blöden an. Die Tür war verschlossen. Niemand sonst schloß im Dorf die Tür ab, aber die knochendürre Frau öffnete ihm. »Was hat er nun schon wieder angestellt!« fragte sie mit gespieltem Entsetzen. »Nichts!« antwortete er, »den Teddy hat er sich vom Müllplatz geholt. Blöd mag er sein, aber ein Dieb ist er nicht.«
Er hatte nicht den Eindruck, daß seine Nachricht die Dürre erleichtert hätte. Sie warf ihm die Tür vor der Nase zu. »Ja doch, wir bringen den Teddy zurück!« schrie sie hinter der Tür.
»Mach keinen Mist«, rief er, »laß ihm den!« Der Schuster schüttelte den Kopf. Wie ein Dreck behandelt die mich, am Ende ist der ganze Schwachsinn nur eine mühselige Erfindung. Ein größeres

Problem schien allerdings zu sein, seiner Angetrauten Elfriede zu erklären, wie das verdammte Ding zur Schuttkuhle gekommen war.
Elfriede war überraschenderweise so dankbar, eine neue Variante der Geschichte zu erfahren, daß sie die Ungeheuerlichkeit seiner Tat ihm nicht vor Augen führte. Sie hörte ihm mit offenem Mund zu. Während sie lauschte, überlegte sie bereits, wo sie wen treffen könnte. Ohne Lärm brach sie auf. Er schaute ihr verwundert hinterdrein: Kenn du dich aus mit den Frauen! Und weil ihm der Satz auf der Zunge gelegen hatte, sagte er langsam: »Ja, wie das verdammte Plüschding auf die Karre geraten ist, das weiß der Teufel! Irgendeiner von uns beiden muß in Trance gewesen sein.«
»Hast du auch nachgesehen, ob niemand im Kleiderschrank hockt?« empfing man den Schuster am Abend in der Kneipe. Er antwortete nicht, alles, was er entgegnen würde, würde nur Anstoß zu neuen Spötteleien geben.
Gegen seine Alte kamen die Kerle nicht an, aber mit ihm ihr Allotria treiben, das konnten sie! Weil ich so gutmütig bin, dachte er finster. Gutheit ist ja immer Dummheit. Stumm ertrug er ihre Späße. Schweigend trank er sein Bier, und es dauerte gar nicht lange, und sie ließen von ihm ab. Man sprach nun ganz allgemein von Männern in Schränken, von Liebhabern, die, von Ehemännern überrascht, nackt aus Fenstern springen mußten und zu irgendeiner Vogelscheuche auf den Äckern rasten, um sich von der die Hosen auszuborgen. Aber wo stand heutigentags noch eine Vogelscheuche! Heutigentags würde so ein armer Nackter verdammt weit laufen müssen.
»Ach was, heutzutage muß man anklopfen, wenn man nach Hause kommt!« behauptete Lüder.
Wortlos erhob sich der Schuster. Er klopfte auf den Tisch und ging. Sie hatten ihn einfach vergessen.
»Schmeiß ein paar Mottenkugeln in den Schrank, dann muß er niesen!« rief ihm Lüder nach.
In der Malerhütte sah der Schuster Licht. Das ist auch so ein Verschwiegener, dachte er mißtrauisch. Seine Elfriede schlief bereits, denn sie mußte morgens in aller Herrgottsfrühe zur Arbeit. Die Dielen knarrten unter seinen Schritten. Elfriede warf sich im Bett herum, die Federn krachten. Sie drehte ihm den Rücken zu.
Wenn seine Alte ihm auch oftmals auf den Geist ging, schön war

es doch, daß sie alles auf Vordermann brachte. Der Schuster trat ans Fenster und blickte hinaus. Das sanfte Mondlicht stimmte ihn einsichtig und friedlich. Drüben beim Kunstmaler ging das Licht aus. Der da geht auch früh wie die Weiber schlafen, dachte er. Was soll man hier sonst auch machen.

Beim Maler bellte zweimal kurz der Hund. Das klang aber nicht, als wenn der Köter einen Igel oder sonst was verbellte. Der Schuster blickte hinüber und lauerte. Eine Gestalt kam lautlos die Straße hinauf. So so, uns Moler machte sich auf den Weg! Die Männer kippen einen, aber der ist auf den Beinen! Was man doch so alles sieht, wenn man zu ungewohnter Zeit nach Hause kommt. Das Schusterherz begann rascher zu schlagen. Am Ende wollte der Kerl hier hinauf! Bei so einem konnt' man nie wissen. Der Schuster überlegte, ob er noch Zeit hätte, aus der Werkstatt ein Messer zu holen.

Unsmoler aber ging zum Dorf hinaus. Neben ihm trabte im Mondlicht der Hund. Vielleicht will er was klauen, überlegte der Mann am Fenster, aber wenn es so wäre, würde er den Hund nicht mitnehmen. Wahrscheinlich Weiber, Weiber sind auch unten in der Baracke. Der Schuster gähnte. Er war froh, zu Haus zu sein. Er trat in den Raum zurück und begann sich auszuziehen. Wenn sie aufwacht und sich regt, komm ich ihr mit der Neuigkeit.

Elfriede stellte sich schlafend. Sie lauschte.

Ihr Mann war früher als gewöhnlich heimgekehrt, irgendwas mußte passiert sein. Schließlich mimte sie Erwachen. Sie ließ die Bettfedern knirschen. Ehe sie aber grob werden konnte, sagte er: »Dei Moler ist noch unnerwägens, der will wohl bei sonner Blondierten zum Fenster rein.« Während Elfriede sich hellwach im Bett aufrichtete, ergänzte er: »Der Jung muß sich ranhalten, solang die Fenster ebenerdig sind. Im Neubau dann ...«

»Du scheinst dir das ja auch schon überlegt zu haben«, fuhr sie ihn an, »am Ende steigt ihr allesamt bei den aufgetakelten Dingern in die Betten!« Sie sah ihn voller Empörung an. Sein weißer Bauch leuchtete im Mondlicht. Seine Schultern hingen herab. Er war wirklich keine Schönheit. Wenn er ihr auch wenig Vergnügen machte, das war noch lange kein Grund, daß die da unten versuchten, ihn in ihren Büropuff zu locken.

»Ich nicht«, sagte der Schuster, »aber bei dem da bin ich mir nicht so sicher.«

»Bist wohl neidisch, was!« fauchte sie.
Unsmoler ging über die dunklen Hügel und ahnte nicht, daß in diesem Augenblick ein neues Gerede geboren wurde: Uns Moler vögelt die Blondierten.

Nächtlich

Unsmoler liebte die Stille der Nächte. Unsichtbar draußen. Niemand schreckte ihn auf aus ungewohnten Gedanken.
Der Baustellenlärm des Tages verstummt, das aufdringliche Licht der Baustelle ausgelöscht. Einzig die Peitschenlampe, die den langen Materialschuppen mit Helligkeit überflutete, brannte. Aber selbst deren Schein war, wenn Unsmoler das Steilufer erreichte, hinter den Hügeln verschwunden. Alles wurde eindringlich einfach. Die Baumgruppen verwandelten sich in große stille Tiere, die auf wogenden Hügeln weideten.
Nachts sah Unsmoler manchmal die Topplichter ferner Schiffe, und manchmal dachte er dann an seinen Bruder Bärenhäuter. Es konnte geschehen, daß er plötzlich wahrzunehmen glaubte, wie dieser dort hinter dem Horizont gerade in Pantinen über das Deck eines Frachters latschte und mit seiner Rechten in der Hosentasche kramte, um zwischen Tabakspäckchen, Klappmesser, Knöpfen, Münzen und Bindfäden die Streichholzschachtel hervorzufischen. Ein Streichholz flammte auf, und Unsmoler sah deutlich das lächelnde Gesicht im kurzen Licht des Feuers. Es schien keine Entfernung zu geben.
Die Rätsel des Daseins berührten ihn.
Durch den Spalt unserer Sinne schauen wir in die Welt, dachte er. Alles, was wir wahrnehmen, bringt seine Erklärung. Eine Erklärung, die uns beruhigen soll und die sich einfügt in unsere gerade faßbare Ordnung.
Aber wahrnehmbar wird uns nur, was durch allzu enge Spalten zu uns schlüpft.
Aber neben uns …
Manchmal schaute er sich verwundert um und war dann überrascht von Selbstverständlichstem.

Der Nachtwind, der auf die vom Tag erwärmte Küste blies, bewegte den Wipfel einer Kiefer. Der dunkle Baum war auch gestern da und vor vielen vielen Jahren auch schon. Man konnte sogar ahnen, wie er morgen im Licht der Morgensonne aussehen würde. Seltsame Verläßlichkeit.

Damit wir uns nicht verirren, trägt die Welt die Zeichen ihrer Gestalt, dachte er. Wir machen uns ein Bild. Wir brauchen die Ordnung. Aber das Wesen der Dinge ist nicht ihr Bild. Dieser Gedanke erschreckte ihn, denn er war ein Maler.

Es gab Minuten, in denen ihm nichts unmöglich schien und Märchenhaftes ihn kaum verblüfft hätte ... da hätte ein fliegender Teppich mit sanften Schlägen in der Höhe des Steilufers vorüberziehen können. Er hätte die längst verstorbenen, in fortwährendes Gespräch versunkenen Männer mit einer ehrfürchtigen Verbeugung gegrüßt.

»Nachtgedanken!« sagte er manchmal laut, damit der Klang der eigenen Stimme ihn zurückrief.

Nachtgedanken.

Kurz nach Ostern wurde auf der Baustelle ein gewaltiger Kran montiert. Das ging so rasch, daß Unsmoler, als er wieder einmal nachts unterwegs war, rätselte, was das für ein Licht sei, das da in der Höhe leuchtete. Wo er auch ging, überall war es. Er spürte es sogar, als er abgewandt auf dem Steilufer stand. Er sprang ein Stück das Ufer hinab und hüpfte im weichen nachgebenden Sand hinunter zum Meer. Er legte sich auf den flachen Strand, streckte sich aus, schob die Hände unter den Kopf und sah die dunklen Wolken, die unter den Sternen über den Himmel zogen. Irgendwo rannte sein Hund planschend ins Wasser. Enten flogen ärgerlich schnatternd davon.

Hier unten am Meer waren die Veränderungen, die die Insel erlitt, in dieser Jahreszeit kaum zu spüren.

Dann aber, ein paar Nächte später, als er wieder einmal unsichtbar am Meer entlangging, während man ihn im Dorf im Bett einer Chefbarackenschönheit wähnte, hörte er bis zum Strand hinab die Töne der Baustelle. Man arbeitete nun wieder in zwei Schichten. Seltsames Quietschen, monoton wiederkehrend. Es klang, als riefe in der Finsternis ein riesiges trauriges Tier. Dann wieder schepperte es, als würden gewaltige Steinlawinen niedergehen. Und wieder schrie geheimnisvoll das Tier.

»Dat is doch woll nicht menschenmöglich!« hatten die Dörfler ausgerufen, als sie zum ersten Mal den aufgerichteten Kran erblickt hatten, »sowat kann ja woll nich gutgehen!« Dann aber hatten sie aus der Nähe die Gleise und die Stahltrossen gesehen, und die Konstruktion begann ihnen einzuleuchten: Wo soll der Wind auch angreifen, wenn er die ganze Herrlichkeit umschmeißen will. Der Kran war zwar ein bißchen filigran, aber kaum anders als ein Schiffsmast mit einer Rah.

»Da gehöriges Tuch dran, Leute … und die ganze Insel segelt heidiwitzka davon!«

»Soll sie segeln, die Hauptsach', sie seilt nicht zum Russen!«

Jeden Morgen um sieben kletterte, wie eine winzige Ameise einen Roggenhalm erklimmt, ein Arbeiter Sprosse um Sprosse die senkrechte Eisenleiter zur Krankanzel hinauf. Die Dörfler unterbrachen ihre Arbeit und sperrten das Maul auf. Jeden Morgen Zirkusvorstellung! Abends das Ganze abwärts im Scheinwerferlicht. Anschließend kam der Kranfahrer auf ein paar Bier in die Kneipe. Der Chef, das mußte man ihm lassen, brachte Leben auf die Insel. Aber seine Sesselfurzer hätte er zu Hause lassen können. Die gefärbten Weiber, die mochten ja noch angehen. Was fürs Auge und was für uns Moler. Lüder grinste verständnisvoll, wenn er dem jungen Kerl begegnete. »Bist ein Fuchs«, sagte er und schlug ihm kumpelhaft auf die Schulter: »Würde ich auch machen, wenn meine Alte nicht so ein Drachen wäre! Bügel die meinswegen, bis die Funken fliegen und die Scheißbaracke Feuer fängt. Aber sag, welche von denen ist die Schärfste?«

»Die Rote natürlich!«

Nicht einmal drei Wochen dauerte es, dann waren die Platten des Hochhauses übereinandergesetzt, die Eisen verschweißt und die Fugen abgedichtet. Der Kran und die Gleise wurden abmontiert, eh den Dörflern die Zirkusvorstellung alltäglich und langweilig geworden war. Fix ging das Bauen heutzutage. In den Morgen- und Abendstunden von unzähligen Arbeitslampen erhellt, sah das Hochhaus so aus, als wäre es bereits bewohnt.

Richtig was Modernes! Die bunten Glanzpostkarten, die gelegentlich aus der Ferne ihren Weg zur Insel fanden und imponierende

Gebäude fremder Städte zeigten, würden von nun an niemanden mehr beeindrucken können. Man konnte mitreden und die moderne Welt nachsichtig belächeln. Für das Auge mag so ein Ungetüm ja was sein, aber wo willst du deine Wäsche aufhängen? Und wenn du aufs Scheißhaus mußt, mußt du Proviant mitnehmen, so lange bist du unterwegs. Das Dings kannst du vergessen. Sie wandten sich ab.

Aber als der Storchenmann aus Afrika zurückkehrte und über der Insel kreiste, stand den Dörflern eine böse Überraschung bevor.

Grete aus dem Fischdorf war gerade auf dem Friedhof bei der Kapelle gewesen, als der Adebar gesegelt kam. »Ick glöw, dei Sturch kümmt!« hatte sie gerufen und bei Lütt Otto an die Tür gebullert. Nun stand Lütt Otto auf dem Hof, rührte mit spitzem Pinsel in einem Farbtöpfchen und sah hinauf zu seinem Scheunendach. Das Wagenrad lag stabil auf dem First. Lütt Otto war in der Woche zuvor sogar aufs Dach geklettert. Er hatte ein zusätzliches Querholz angenagelt und eine Flasche aus dem Nest entfernt, weiß der Teufel, auf welche Weise die da hineingeraten war.

Die Kunde, daß der Storch zurück sei, hatte sich rasch herumgesprochen. Die Leute blickten zum Himmel. Hoch oben kreiste Adebar. Man begab sich zum Hof von Lütt Otto und wartete darauf, daß der Storch herabkam und landete.

Sowie die Füße das Nest berührt haben würden, würde Lütt Otto von außen durchs Fenster hindurch auf die Wanduhr im Wohnzimmer schauen, die Zeit ausrufen und mit roter Lackfarbe auf das schwarze Scheunentor Uhrzeit und Tag der Ankunft malen. In diesem Augenblick würde der Frühling da sein.

Die roten Zahlenkolonnen vieler vieler Jahre am Scheunentor machten sich ausnehmend gut.

Schon Lütt Ottos Vater hatte mit den akribischen Aufzeichnungen begonnen. Daß Störche Glücksbringer sind, stand fest.

Lütt Otto rührte immer noch die Farbe. Gerade als Lüder den Vorschlag machte, daß Lütt Otto auf Gemeindekosten ein neues Scheunentor bekommen müsse, da auf dem alten bald kein Platz mehr für Aufzeichnungen sei, segelte der Storch, ohne sein Tempo zu verlangsamen, über die Scheune hinweg hinüber zum Chefobjekt, bremste dort seinen raschen Flug, indem er sich aufzurichten schien, und ließ sich auf dem Dach des Hochhauses nieder.

»Ist das die Möglichkeit!« riefen die Dörfler erschrocken.
»Schreib auf«, riet jemand, »er ist auf der Insel gelandet!«
Lütt Otto aber zögerte: »Dat wir nich min, min kümmt noch!«
»Dat kommt davon, weil dat hier Leute gibt, die runter in die Baracke schleichen!« rief jemand. Lütt Otto schraubte finster das Farbtöpfchen zu.
Sie warteten noch eine Weile vergebens.
Kaum einer sah, daß der Storch gegen Mittag hinab zum Acker glitt, der im Vorjahr noch Wiese gewesen war. Er stelzte über den umgebrochenen Boden, stocherte hier und da Regenwürmer aus der Erde, flog dann zur Sumpfstelle, die man beim Straßenbau zum größten Teil mit Kies aufgefüllt hatte, watete schließlich am Schilfsaum entlang und schwebte dann flach über Lütt Ottos Scheunendach, ohne sich niederzulassen.
»Dat war er, dat war er«, sagte Lütt Otto aufgeregt zu seiner Frau. »Weiß der Teufel, was er hat!«
Am nächsten Tag hatte der Storch die Insel verlassen. Lütt Otto wartete zwei Wochen. Dann, als er die Hoffnung aufgegeben hatte, ging er Unsmoler besuchen. »Kannst du auch Störche malen?« fragte er.
»Kommt auf einen Versuch an«, antwortete Unsmoler.
»Na dann pinsel mir einen oder besser noch zwei auf das Scheunentor, damit wir nicht vergessen, was das für eine Bewandtnis hat mit die roten Zahlen.«
Unsmoler drückte Rot, Schwarz und Weiß aus den Tuben auf die Palette und begab sich mit einem spitzen Pinsel in der Hand zum Scheunentor. Lütt Otto als Storchenkenner kommentierte jeden Strich. »Du, bei dem Hals kannst du noch bißchen was zugeben. Und dat hier ist die richtige Farbe für die Beine. Der ganze Hof hier hat Storchenfarbe … der Kalk von der Wand, die roten Klinker vom Schornstein und dat Schwart vom Teer, dat Biest mußte sich hier doch wohlfühlen, aber ne, wat macht der, der landet auf dem Dach vom Dicken.«
»Der nimmt das krumm mit den Wiesen«, sagte Unsmoler und berührte die schwarze Farbe auf der Palette mit dem Pinselende, um gleich darauf den beiden gemalten Störchen schwarze kleine Augen zu tupfen.
»Ja, meine schönen Wiesen. Aber wir können warten.«
Vor der Hafeneinfahrt tutete die Fähre. »Nu geht dat hier los«,

sagte Lütt Otto, »der Sommergast reist an. Der Sommergast braucht keine Wiese nicht.«
»Sommergast ist gut!« Unsmoler beeilte sich, seine Malutensilien zusammenzupacken, »wir haben noch nicht einmal Mai!«
»Wenn der Badegast kommt, ist Sommer!« beharrte Lütt Otto. Schon wegen der Zimmerpreise wollte er an dieser Feststellung nicht rütteln lassen.

Urlauber

Als die Leute drüben auf dem Festland die Fähre erreichten, hatten sie bereits eine lange mühselige Eisenbahnfahrt und einen Fußmarsch quer durch die Stadt hinter sich. Erschöpft waren sie an Bord gekommen. Ruhig hatten sie während der Überfahrt bei ihrem Gepäck gesessen. Sowie aber die Insel in Sicht gekommen war, drängten sie mit übernächtigten, bleichen Gesichtern aufgeregt aufs Vorschiff. Wie ein schöner Traum tauchte die Insel aus dem Meer. Gelb schimmerte der Sand des angeschnittenen Fuchsberges, hell ragte das Betonhochhaus wie ein nobles modernes Hotel hinter der glitzernden Wasserfläche empor.
Das gemächlich tuckernde Schiff schien die Passagiere aus den grauen Städten in eine andere, glücklichere Welt zu bringen. Für Minuten verstummten die Reisenden bewegt, dann aber, als könnten sie es nicht erwarten, an Land zu stürzen, schleppten sie ihre Gepäckstücke in die Nähe der Sicherungsketten, die vor der Aussparung der Reling hingen.
Erst in unmittelbarer Nähe des Ufers bemerkten die Urlauber die Baracken und die schilfgedeckten Hütten. Sie sahen nun auch die leeren Fensterhöhlen des Hochhauses und den rohen abweisenden Beton der Fassadenflächen, deren sonnenbeschienene Helligkeit ihnen draußen auf dem Wasser den traumhaften Luxus südlicher Badeorte vorgegaukelt hatte. Nun sahen sie auch die Stapel schadhafter Betonfertigteile, die zerfahrenen Baustellenwege, die bekleckerten Bauwagen, die Absperrungsgitter und die windschiefen Masten, an denen Stromkabel wie abgefressene Girlanden hingen. Aber sie sahen auch, daß am Hafen ein Traktor mit Hänger war-

tete. Ein Mann kletterte aus dem Fahrzeug und kam zur Anlegestelle. Mit lässiger Geste fing er die Festmacherleinen auf, die der Decksmann der Fähre ihm zuwarf.

»Sachte, sachte, Leute«, hielt der Matrose die Passagiere zurück, »wollt ihr zu guter Letzt noch zu Bach gehen?«

Sie ignorierten, daß ihm ihre Hast verächtlich war. Sie dachten nur daran, möglichst rasch hinauf ins Dorf zu gelangen. Denn soviel hatte sich schon herumgesprochen: Die Quartiere befanden sich in den unauffälligen Häusern am Ende der langen schnurgeraden Straße. »Den ersten beißen die Hunde!« rief der Matrose und schob mit dem Fuß die Koffer beiseite, »Vorsicht!« Er wuchtete die Holzplanke, auf die Querhölzer genagelt waren, in die Waagerechte und schob sie unter der Kette hindurch zum Ufer. Dann stieg er über die Absperrung, hakte auf der Gangway stehend die Ketten aus und trat zurück. »Los geht es!« brüllte er und hatte seinen Spaß an der kindischen Hast der erwachsenen Leute.

»Meine Damen, meine Herren, die Koffer dürfen fahren, gezahlt wird beim Empfang der Ware!« Lüder ließ sich Zeit, gelassen hob er das Gepäck auf den Hänger. Die ersten, von der Last ihres Gepäcks befreit, eilten bereits den Quartieren entgegen. Das Treckergespann holte sie rasch ein, johlend und fröhlich winkend saßen oben auf dem Hänger die letzten.

Als Lüder auf dem Dorfplatz hupte, traten die Dörfler vor die Tür. Wie ein Zug Ameisen näherten sich in eiligem Tempo die Gäste. Ziemlich viele für diese Jahreszeit.

Die Winteremsigkeit der Baubrigaden trug nun ihre Früchte: die Zahl der Gästebetten hatte sich mehr als verdoppelt.

Der Inselchef rieb sich die Hände: Ohne Kraft und Geld investiert zu haben, konnte er seinen Vorgesetzten eine erneute Steigerung der Urlaubskapazitäten melden. Seine Leute, die weder etwas zu vermieten, noch etwas zu verkaufen hatten und immer noch zu zweit in jeweils einer Barackenkammer hausten, empörten sich: »Die Fischköppe verdienen sich mit ihren ausgebauten Hühnerställen goldene Nasen!«

Der Dicke lächelte weise, wenn ihm derartige Äußerungen zu Ohren kamen. »Wartet ab, Kollegen, sowie wir unsere Bauarbeiten abgeschlossen haben, werden wir das unkontrollierte kleinbürgerliche Scheinemachen beenden. Vorerst aber ...«

In seinem Schreibtisch ruhte bereits der Plan zur Errichtung des größten Zeltplatzes Europas.
Er war sich im klaren darüber, daß dieses Vorhaben gewisser Vorarbeiten bedurfte, denn der Urlauber braucht nicht nur Verköstigung, sondern auch Unterhaltung.
Diesbezüglich machten sich besonders in der Vorsaison gewisse Engpässe bemerkbar.
An Baden war noch nicht zu denken. Zwar buddelten sich einige wagemutige Gäste mit bloßen Händen erste Strandburgen, aber um dort unten am Meer vergnüglich im Sand zu liegen, war es einfach zu kühl. Die Fremden schlenderten also mit über dem Hintern gefalteten Händen gelangweilt durch die Gegend.
Mit ahnungsloser Dreistigkeit betraten sie die Höfe, schauten in die Ställe und scheuchten den Schmied sogar in seinem Scheißhaus auf. Das in die Tür geschnittene Herz hatte sie neugierig gemacht. Kein Platz war vor ihnen sicher, und es gab keinen Ort, an dem nicht ihr aufdringliches Geschwätz zu vernehmen war. Sie meinten, dem Dorf erst durch ihre Gegenwart Leben einzuhauchen, und nahmen nicht einmal wahr, wenn ihre Gastgeber finster verstummten.
Die ungeschriebenen Gesetze des Dorfes galten nicht mehr. Man war zwar genervt, aber am Geld der Gäste interessiert.
Der Tüffelmacher reiste aufs Festland und brachte sich von dort dreißig Schaufeln mit.
Unsmoler mußte ihm ein Schild malen: »Schippenvermietung, Stunde eine Mark!« Die Urlauber kamen und mieteten Schaufeln, um unten am Meer ein Stück Strand, das weitaus größer war als die enge Ferienunterkunft, zu annektieren.
»Wat so geht, geht auch so!« meinte der Tüffelmacher und ließ sich andere Schildchen beschriften: »Sonnen auf dem Schuppendach verboten!« – »Betreten der Stallungen verboten!« – »Betreten der Werkstatträume verboten!« Und siehe da, es funktionierte. Der Urlauber stutzte, las und drehte um. Das sprach sich rum: Rot geschriebene Worte haben Wirkung.
Unsmoler malte nun Abend für Abend auf Bestellung Verbotsschilder. Auch die Altenbank hatte nun ihr Ölfarbensprüchlein: »Reserviert für unsere Rentner, setzen verboten!«
Unsmoler gingen die Buchstaben immer flotter von der Hand. Er kam ins Geschäft. Man bezahlte ihn wie damals mit Speck und

mit Eiern. Warum nicht, sagte er sich, Schrift kann etwas Schönes sein, Klarheit, Rhythmus, Form. Als er sich allerdings zum hundertunddritten Male anschickte, das Wort »verboten« zu schreiben, und er schon den mit Farbe getränkten Pinsel in der erhobenen Rechten hielt, stutzte er. Vor ihm stand ein Bauernstuhl. Der Sitz war von ungezählten Hosenböden bis auf das blanke Holz abgewetzt. Auf der Rückenlehne aber war von der ursprünglichen Farbe immer noch etwas zu ahnen: ein Fisch und ein Vogel und darunter die Zahl 1711. Die Farbe tropfte auf die Erde. Unsmoler schaute sich im Atelier um, verboten! verboten! verboten! schrie es ihn aus allen Ecken an. »Schluß damit!« sagte er. »Leute, es kommt so weit, daß ich euch nur noch ein Schild malen muß: »Gästen ist das Luftholen und Geldbezahlen erlaubt, alles andere aber verboten!«.

Die Dörfler lachten und stimmten ihm zu.

Das Problem erledigte sich ohnehin von ganz allein. Das Wetter wurde wärmer, die Urlauber lagerten nun tagsüber auf Decken im Windschatten ihrer Strandburgen und ließen die Dörfler in Ruhe. Unsmoler atmete auf und wagte den Versuch, wieder im Freien zu arbeiten.

Oft schon hatte er vom Pferdehügel aus gemalt. Immer wieder hatten ihn die sanften Schwünge der Anhöhen vor Meer und Bodden in ihrem Gegensatz zum Rhythmus der senkrechten Pappeln interessiert. Nun war etwas Neues hinzugekommen: die gerade, harte Linie der Betonstraße.

Während er seine Staffelei aufstellte, versuchte er schon den Farbklang seines Bildes zu erahnen. Ihm war klar, daß das Bemühen, Ton für Ton die Farben, die von der Natur vorgegeben waren, abzumalen, nicht ausreichen konnte. Er war kein Heimatmaler. Er wollte schauend und malend Intensität erreichen, abstrakte Intensität, Entsprechung.

Konzentriert begann er mit einer Vorzeichnung. Der Hund scharrte eine Mulde, drehte sich zweimal im Kreise, legte sich nieder und seufzte. Er kannte das: es würde langweilig sein auf dem Hügel und sehr sehr lange dauern. Lüder tuckerte mit seinem Treckergespann zum Hafen hinunter und sah den Maler malen. Da ist doch uns Moler wieder, dachte er, soll er doch erst mal die alten Bilders verhökern, bevor er neue malt! Er ahnte nicht, daß sich in diesem Augenblick gerade sein Gespann in einen rotgrauen Tup-

fer verwandelte, den der Maler auf das lange ockergraue Band der Straße setzte.
Urlauber hatten den Maler bemerkt. Sie waren bereits unterwegs. Unsmoler sah sie nicht kommen. Er schaute in die andere Richtung. Die Anstrengung, Formen und Farben der Landschaft in die neue Ordnung auf der Bildfläche zu transponieren, erforderte Konzentration. Er hörte das leise Knurren nicht. Er hörte nicht einmal das Keuchen, als die Leute hinter ihm standen. Der sandige Weg bergauf hatte ihre Lungen angestrengt, ihre Herzen hämmerten, und für Minuten mußten sie schweigen.
»Du, er hat 'n Hund!« rief plötzlich eine Frau. Unsmoler fuhr erschrocken herum, der Hund sprang auf und bellte.
Unsmoler wurde in die Banalität gestoßen, die man für gewöhnlich Wirklichkeit nennt.
»Einen recht schönen guten Morgen!« sagten die Urlauber voller Herzlichkeit. Sie warteten nicht auf Antwort, sondern gedachten sich sofort in ein, wie sie meinten, beiderseits informatives, unterhaltsames Gespräch zu begeben.
»Sie sind eh Moler? Eh richt'ger Künstler? Daheim haben mir auch einen. Hübsche Bildchen macht der, wirklich preiswert, da kann man nicht meckern!«
Unsmoler ließ die Arme sinken und schwieg. Er bedauerte, sich selber kein Schild geschrieben zu haben: »Das Peinigen von Malern ist verboten!«. Er packte sein Malgerät zusammen und gab auf.

Inszenierung

Der Herr Akkurat hatte unten im Dorf rein zufällig gehört, wie Badegäste einander zuriefen: »In der Landschaft sitzt ein Maler!« Er war unverzüglich mit dem Feldstecher zum obersten Fenster seines Hauses geeilt und hatte oben auf dem Pferdeberg das Dreieck der Staffelei, umringt von Zuschauern, entdeckt.
»Eine Wallfahrt gewissermaßen!« stammelte er beunruhigt, »das steht ihm nicht zu!« Seine Frau hatte, verwundert über den ungewohnten Klang seiner Schritte, vom Schmetterlingsbuch aufge-

schaut, in dem sie gerade den schönsten Falter aussuchte, um ihn in Öl in seiner ganzen Pracht auf ihrem neuen Gemälde über der Betonstraße gaukeln zu lassen, als ihr Mann hereinkam, stumm wie ein Schlafwandler. Er hatte nicht einmal angeklopft, wie es sonst seine Art war.
Er hatte die Tür offengelassen. Er bewegte sich auf einen Stuhl zu, ließ sich aber nicht nieder, sondern stützte seine Ellbogen auf die Lehne und fuhr sich mit gespreizten Fingern durch das üppige gewellte Haar. »Nicht einmal hier hat man seine Ruhe!« stöhnte er nach einer Weile. »Nicht einmal hier, auf dieser Insel mitten im Meer! Der liebe Nachbar, wo man auch ist, ist es der liebe Nachbar. Jetzt veranstaltet er Schaumalen auf seinem Pferdeberg, sammelt Pluspunkte, während wir hier darauf warten, daß man uns das Wasser abgräbt!«
»Aber mein Lieber! Er malt doch oft dort oben. Die Gäste sind nun mal neugierig. Viel Abwechslung wird ihnen nun wirklich nicht geboten.«
Der Herr Akkurat richtete sich auf und sah sie überrascht und voller Empörung an. Dann sprach er ganz ganz langsam: »Du weißt es also!«
»Aber das ist doch nicht schlimm!« sagte sie begütigend.
»Was geht hier vor!« schrie er plötzlich so laut, daß ihr angst wurde. »Wenn du so arglos bist, ich bin es nicht! Ich werde Sorge tragen, daß man uns hier nicht fertigmacht. Das verspreche ich dir!« Mit diesen Worten eilte er hinaus.
Eine Woche lang hatte er dumpf darüber nachgegrübelt, wie dem Angriff zu begegnen sei. Er war in diesen Tagen reizbar gewesen und durch Kleinigkeiten aus der Fassung zu bringen, denn die Geschichte mit der Glocke hatte ihn das ganze Ausmaß der Gefährdung spüren lassen.
Plötzlich aber verbesserte sich sein Zustand. Hin und wieder rieb er sich sogar fröhlich die Hände. Schließlich begann er zu reden. Sie stimmte sofort zu, als sie verstand, wozu er sie mit weitschweifigen Ausführungen und Begründungen zu überreden trachtete: zu einem sorgfältig geplanten Hügelspaziergang, bewaffnet mit großen weißleuchtenden Zeichenbögen.
»Wir werden dort oben arbeiten. Nichts wird dem Zufall überlassen.«
Er studierte je nach Wetterlage die Gewohnheiten der Inselbe-

sucher, schätzte die Minuten, die nötig waren, die Hügel zu erklimmen, ja er bemühte sich sogar, in Erfahrung zu bringen, wann genau der Chef seine tägliche Baustellenvisite machte. Oben, aus dem Fenster der obersten Hochhausetage blickend, sollte der mächtige Mann Zeuge einer großen Menschenansammlung auf dem Hügel werden.

»›Was ist denn da passiert!‹, wird der Inselchef im ersten Moment möglicherweise beunruhigt fragen«, erläuterte der Herr Akkurat seiner nachsichtigen Gattin den Plan, »›Wird da etwa gepredigt!?‹. Er wird unverzüglich Erkundigungen einziehen und erfahren: Das da auf dem Berg sind wir, das bekannte Malerpaar und die vielen Leute, das sind die werktätigen Menschen, die uns bei der Arbeit zuschauen. ›Ja, wird man ihm sagen, die beiden Künstler vom Haus, das man hier das Schloß nennt, sind nun mal Berühmtheiten.‹

›So‹, wird er sagen, ›wenn das so ist, dann wollen wir mal mit dem Schwamm über unser kleines Mißverständnis wischen, und den leidigen Aufmarsch wegen der Bäume vergessen.‹«

An diesem Punkt angelangt, verstummte der Herr Akkurat, obwohl seine Frau ihn durch ein aufmerksames Lächeln ermunterte, fortzufahren. Sorge schnürte ihm erneut die Kehle zu, wieder plagte ihn das bedrückende Gefühl, daß sie in jener unbedachten Mittagsstunde offenbar alles, was sie sich hier aufgebaut hatten, fahrlässig in Gefahr gebracht hatten: Sie war mitmarschiert, und er selbst hatte die Sturmglocke geläutet, während der Nachbar Bäume Bäume sein ließ und listig in seiner Hütte geblieben war.

Wenige Tage später aber war der Herr Akkurat wieder im Vollbesitz seiner Zuversicht. Punkt fünfzehn Uhr trat er mit seiner Gattin vor die Tür des großen Gebäudes. Er trug seinen breitkrempigen schwarzen Malerhut und seinen weitgeschnittenen dunklen wehenden Mantel. Die Art der Kostümierung schien einer Epoche entlehnt, die er von dramatischen Bildern spanischer Meister her kannte. Seine Frau hatte flehend verschiedene seiner sie betreffenden Kostümierungsvorschläge zurückgewiesen, dann aber dem Strohhut und einem langen Kleide zugestimmt. Sie ahnte nicht, daß auch diese Zusammenstellung nicht zufällig war. Ihr Gatte spekulierte darauf, daß diese Aufmachung dem Inselchef unbewußt außerordentlich zusagen würde. »Die kenn' ich doch, die kenn' ich doch, woher nur, woher nur?« wird der Vorsitzende sich

fragen und nicht darauf kommen, daß einst Rosa Luxemburg in ähnlicher Aufmachung in Berlin demonstrierte.
Sowie die beiden in der wenig zeitgemäßen, verwunderlichen Aufmachung die Dorfstraße betraten, vermuteten Urlauber, daß irgendwo draußen eine Theatervorführung veranstaltet würde. Besonderes wollte man aber auf keinen Fall verpassen. Und so geschah es, wie der Herr Akkurat vorausgesehen hatte: Als die beiden Künstler am kleinen Nachbarhaus vorüberkamen, folgten ihnen bereits in diskretem Abstand einige Leute.
Herausfordernd lächelnd wandte der Herr Akkurat seinen Blick vom Kollegenfenster ab. Der Dilettantismus von dessen Auftritt auf dem Hügel amüsierte ihn nun: »Aber Spaß beiseite, Schatz, das wird der junge Mann sich merken müssen: Wer sich mit uns anlegt, der …«
Er hielt, vom flehentlichen Blick seiner Frau getroffen, inne. Sie berührte ihn mit den Fingerspitzen ihrer Linken, denn sie hatte die Hände frei, alle beide mit schneeweißem Papier bespannten Zeichenbretter trug er. »Du«, hauchte sie, »er hat doch gar nichts …«
Das hingebungsvollste Lächeln, dessen sie fähig war, verhinderte seine aufbrausende Antwort. Er blieb lediglich einen Moment stehen und schüttelte fassungslos den Kopf. »Ach, du argloses, liebes Wesen. Mein Gott, wenn ich dich nicht vor den rauhen Winden der Wirklichkeit schützen würde, was dann!«
Er sah über die Schulter zurück. »Sie sammeln sich bereits!« sagte er leise. »Sie sammeln sich!« wiederholte er, denn sie schien nicht verstanden zu haben.
»Nun ja doch!« sagte sie abwehrend und erschrak im gleichen Augenblick über den unwirschen Ton ihrer Stimme. Er hatte sie aus fernen Gedanken gestoßen.
Die penible Inszenierung der Malwanderung war nahe daran, das ihrem Empfinden erträgliche Maß zu überschreiten. Mitmachen um des lieben Friedens willen, wie weit durfte das gehen?
Sie hatte sich eben daran erinnern müssen, daß von klein auf »Glück« für sie bedeutet hatte, brav zu sein, allen Forderungen der Erwachsenen gerecht zu werden. Der Lohn: deren Anerkennung. Wer aber bin ich wirklich? fragte sie sich, während sie den Saum des Kleides hochheben mußte, damit er nicht den Straßendreck fegte.

Sie ging neben ihrem Mann, aber sie schien nicht wirklich zugegen. Sie war in ferne Vergangenheit entrückt und sah sich traurig auf niedrigem Hocker der Mutter gegenübersitzen, die wie so oft am polierten Intarsientischchen stickte.

»Wer bin ich wirklich?« hätte sie gerne gefragt, aber sie wagte nicht, das Gespräch zu beginnen. Sie wußte, die Mutter hatte fertige Sätze parat, perfekte rasche Sätze und diese Sätze konnte sie genausogut auf französisch oder italienisch hersagen. Aber längst ahnte sie, die Mutter würde manches sagen, das töricht war. Eine einzige Unwahrheit aus dem Mund der Mutter aber würde die Erinnerung an eine ideale Kindheit verblassen und zerbröseln lassen wie einen uralten mürben Vorhang.

»Alles wie geplant!« glaubte der Maler seine Gattin, ermutigen zu müssen.

»Ist das wirklich nötig«, wagte sie einzuwenden, »zeichnen vor Publikum?«

»Es ist!« sagte er hart. »Aber das Publikum sind wir, schau dich um, die da spielen ihre Rollen. Sie recken ihre Hälse und wundern sich. Sie folgen uns, als hätte ich ihnen ein Drehbuch in die Hand gedrückt! Vergiß die Leute, wir wandern, zeichnen, rezitieren Verse …« Erschrocken sah sie ihn an.

»Auch Verse«, bestätigte er, »wenn sie schon so weit laufen, muß ihnen einiges geboten werden. Natur und Kultur. Gegen Goethe wird wohl niemand was einzuwenden haben.«

Am nächsten Tag mußte die Malerin mit heftiger Migräne das Bett hüten. Aber auf dem Hügel hatte sie durchgehalten. Sie hatte sich ins Zeichnen gerettet, um nicht auf die Leute schauen zu müssen. Sie hatte sich in der Verkleidung versteckt und scheinbar andächtig den Gedichten gelauscht, die ihr Gatte, zum Hochhaus blickend, pathetisch rezitierte. Balladen von Schiller und Goethe, sogar griechische Verse von Homer klangen über die Hügel. Auch sie hatte staunen müssen, daß ihr Mann schier endlos klassische Texte auswendig konnte und wie ein Schauspieler darzubieten verstand. Das Publikum hörte verblüfft zu und gaffte gebannt, als wäre er ein Rechenkünstler, der sich seitenlange Zahlenreihen merken konnte. Währenddessen gelang es ihm sogar noch, artige Skizzen anzufertigen, die er großzügig an Interessenten verschenkte.

Ihre eigenen Zeichnungen aber hatte er behutsam nach Hause

getragen, dort angelangt sofort unter Glas gebracht und mit den Worten: »Siehst du, Schatz, es hat sich gelohnt!« an der dem Bett gegenüberliegenden Wand aufgehängt. Sie konnte die Arbeiten von ihrem Krankenlager aus betrachten.
Nun, am Tag danach stieg ihr Gatte hin und wieder behende die hölzerne Stiege zum Dachboden hinauf. Er trat an das kleine Fenster, an dessen Scheibe sich bunte Falter zu Tode flatterten. Er ließ sie ins Freie und schaute hinaus. Der Malernachbar saß nicht auf den Hügeln. So oft er auch zum Bodenfensterchen kam: der Hügel war menschenleer.
Sie hörte ihren Gatten munter das Treppchen hinunterkommen. Sie richtete sich im Bett auf. Ihr Kopf schmerzte. Es ist wie im Märchen, dachte sie, nun leide ich, er aber ist obenauf. Ermattet ließ sie sich zurück in die Kissen sinken.
Dann klappte die Außentür. Seine Schritte knirschten auf dem Weg. Er begab sich voller Tatendrang zur alten Remise. Ihm war eine glänzende Idee gekommen.
»Ständige Ausstellung«, sprach er vor sich hin und öffnete die knarrende Tür. »Ständige Ausstellung, dann kommen die Leute hierher gelaufen. Bilder und Gedichte, Poesie und Malerei, der Inselchef wird staunen!«

Bauen

»Ne, ne, ne!«, die Dorfweiber schüttelten die Köpfe, »wat is dat nur, wat is dat nur för 'ne naasche Zeit!«
Beim morgendlichen Schlangestehen vor dem Konsumgeschäft genossen es die Weiber, sich zu beklagen. Sie fühlten sich sicher, denn sie meinten, niemand der Fremden könne ihre Sprache verstehen.
Völlig außer acht ließen sie, daß sie es selbst gewesen waren, die jeden entbehrlichen Stall und jeden noch so engen Dachboden zu einer dürftigen Ferienunterkunft hatten zurechtbasteln lassen. Nun waren die Urlauber da und machten ihnen das Einkaufen schwer.
»Ne, ne, ne, wat is dat nur, wat is dat nur för 'ne naasche Zeit,

Kaufhallens hät dei malle Objektminsch bauen sullen und nich Wulkenkratzers.« Und sie wandten sich um, blickten zum Hochhaus und schüttelten angesichts von so viel Unvernunft weise die Köpfe.
Das Hochhaus unten am Hafen war im Rohbau bereits fertig. Sogar Fenster spiegelten bereits in der Sonne. An manchen Abenden waren die Zimmer und Flure von den Scheinwerfern der Bauarbeiter so hell erleuchtet, daß es schien, als würde dort ein großes Fest gefeiert.
Der Herr Akkurat zog, bevor er abends das Licht in seinem Schlafzimmer einschaltete, vorsorglich die schweren Samtvorhänge zu, ihn irritierten die beiden magisch glotzenden obersten übergroßen Fenster des fernen Hochhauses. Wie immer wache Augen schienen sie über alle Dächer und Pappeln hinweg gradwegs in dieses Zimmer zu starren.
Immer noch wartete der Herr Akkurat auf irgendein positives Zeichen von seiten des Inselmächtigen. Sollte der Mann die gelungene Veranstaltung auf dem Hügel durch irgendeinen dummen Zufall übersehen haben? »Er schweigt, und er beobachtet uns!« flüsterte der Herr Akkurat. Ratlos sah er seine Frau an.
Sein Zustand beunruhigte sie. Eilends versuchte sie, eine plausible Erklärung zu finden. »Vielleicht hat man uns mit dem jungen Mann von nebenan verwechselt«, sagte sie leise.
Ihr Gatte sperrte den Mund auf. Dieser befremdliche Gedanke war ihm bisher nicht gekommen. »Aber wir sind doch zwei, zwei große weiße Zeichenpapiere, das muß man viele Kilometer weit gesehen haben, unser Nachbar aber ist immer allein, allein mit einem Hund!«
»Vielleicht waren die weißen Papiere durch Zuschauer verdeckt«, wandte sie ein.
Er erhob sich erschrocken: »Ich muß zu ihm! Ich werde unseren werten Herrn Kollegen fragen, ob man ihn in irgendeiner offiziellen Weise angesprochen hat … ich werde ihm vorschlagen, ein paar Bilder in unsere Galerie zu hängen!« beendete er den Satz.
Seine Gattin schenkte ihm ein dankbares Lächeln.
»Wir die Sommerbilder, er Winterbilder«, schränkte ihr Gatte ein.
»Aber die Galerie ist doch noch gar nicht …!«
»Das ist eine Frage von Wochen!« fiel er ihr ins Wort, »morgen

kommt der ganze Remisenplunder in die Schuttkuhle, ich brauche nur jemanden aus dem Dorf, der mir dabei behilflich ist!«
Was er seiner Frau versprach, bemühte er sich stets, um jeden Preis zu halten. Es erwies sich jedoch als äußerst schwierig, jemanden zu bekommen, der bereit war, im ehemaligen Schloß Arbeit zu verrichten. Die Männer des Dorfes hielten es offenbar für ehrenrührig, dort zu »dienen«. Schließlich waren sie die Sieger der Geschichte, und außerdem hatten sie ausreichend zu tun, und dieses Tun war durch die mannigfaltigen Bedürfnisse der vielen Gäste derartig gewinnbringend, daß es dem Herrn Akkurat mit seinen vorgestrigen Lohnvorstellungen kaum gelingen konnte, ihre ideologischen Vorbehalte zu überwinden.
Nach der regulären Arbeit, bei der sie ihre Kräfte für das Eigentliche zu schonen pflegten, ging es bei den Dörflern erst richtig zur Sache. Der Duft schwelenden Holzes, der gegen Abend durch die Dorfstraße zog, war eines der Zeichen, die davon kündeten, daß manches geschah, das nicht gestattet war.
»Hier find's du nur einen«, sagte der Schmied dem Herrn Akkurat, dabei nickte er hinüber zum Haus des Blöden. »Der Schwachkopf hat einen Nacken wie ein Stier, der schleppt was weg, und wenn du ihn anlernst, schleppt er es auch in die richtige Richtung.«
Schnurstracks ging der Herr Akkurat zum hohen Bretterzaun des Gehöfts und pochte kräftig ans Tor. Der Schmied sah ihm nach: Der mit seinem großen Hut, dachte er, der und der Blöde, die geben ein Gespann! Naasch sind sie alle beide, der eine hat zu viel, der andere hat zu wenig in der Birne.
Die dürre gestrenge Blödmutter öffnete mit Leidensmiene einen Spaltweit die Tür. Aber der Herr Akkurat schaffte es einzutreten. Zwei Stunden blieb er.
Als er wieder herauskam, trug er nicht nur einen in Zeitung eingewickelten englischen kobaltblau mit ländlichen amourösen Szenen bemalten Teller unter dem Arm, er hatte auch das Versprechen der Mutter, daß sie den Sohn am nächsten Tag zum Arbeiten bringen würde.
Die Bedingung war, daß dieser unter ständiger Aufsicht sei.
Zwei Wochen später aber karrte Blödi schon selbständig mit der Schubkarre durchs Dorf. Er sah nicht links, nicht rechts, sondern fuhr auf kürzestem Wege, so wie es ihm der Herr Akkurat aufgetragen hatte, Remisenschurrmurr zur Müllkuhle.

Dort bei den Ginsterbüschen verweilte der große Mann stets ein wenig und erinnerte sich ein jedes Mal dumpf an den Teddybären im Schutt. Sowie er die vollgepackte Karre abgekippt hatte, zog er aus dem Haufen der weggeworfenen Dinge irgendeinen Gegenstand, der ihm gefiel, legte diesen in die Karre und beförderte ihn zurück ins Dorf. Der Weg zum »Schloß« führte am eignen Hof vorüber, und da das Hoftor stets nur angelehnt war, wenn er sich »auf Arbeit« befand, stieß er mit der Karre das Tor auf, karrte zur Scheune, warf die Beute in die große schwarze Leere und blieb reglos in der fensterlosen Dämmerung, bis seine Mutter plötzlich schwarz in der hellen Türöffnung stand und ihn zurück zur Arbeit schickte, dorthin, wo der Herr Akkurat bereits auf ihn wartete.

Überall Geschäftigkeit

Die Riemen knarrten in den Dollen, Wasser tropfte von den Ruderblättern wie von den Schwingen eines seltsamen Vogels, der nicht vermochte aufzufliegen.
»Kalk will das Pärchen haben! Baumaterial transportieren wir nicht, das rentiert sich nicht!« sagte der Tüffelmacher zu seiner Frau, die wie ein Badegast auf der Heckducht saß. Er zog nun schon stundenlang die Riemen durch und hielt wie gewohnt auf das rote Dach vom »Schloß« zu, obwohl die Lichter vom Chefhochhaus so strahlend sichtbar waren, als wäre es ein Leuchtturm.
Das »Schloß« war in der Dämmerung noch gut auszumachen. Und weil der Tüffelmacher auf das rote Dach Kurs hielt, hatten er und seine Frau über das wunderliche Künstlerpaar geredet. Seine Alte, die mit von der Partie war, weil sie zum Ondulieren in die Stadt gewollt hatte, sagte nach einer Weile: »Nun arbeiten dort zwei Verrückte!«
»Ne«, entgegnete ihr rudernder Mann, »nur einer, Blödi, arbeitet, der andere gibt die Anweisungen.« Dann schwieg er, denn er dachte daran, daß er statt seiner Frau, die unbedingt hatte zum Friseur wollen, gut und gerne zwei Sack Gurken hätte laden können. Er rechnete sich den Gewinn aus, den er dabei gemacht hätte.
Das betrübte ihn, aber gleich darauf grinste er beim Gedanken an

seinen winzigen Garten, in dem er erntete und erntete. Am Zaun hing das Schildchen: »Gemüse, nachzufragen auf dem Hof«. Erträge aus eigner Kleingartenernte zu verkaufen, war gestattet. Wer konnte ihm was nachweisen. Seine Tagesbeute lag in Kisten auf den Plichtenbrettern. Vorn im Bug roch eine leere Kiste nach Rauch und nach Aal.

»Den Aal wärst du auch auf der Insel losgeworden!« sagte plötzlich seine Frau. Sie schien stets seine Gedanken zu erahnen.

»Das schon«, sagte er, »aber die von der Gärtnerei muß ich mir warmhalten, auf die Dauer ist das sicherer.«

»Nix ist sicher heutzutage!« gab sie mißmutig zu bedenken. Er hatte sich umgesehen und erneut den Kurs geändert. »Treck die man schon die Strümpf ut, wir gehen bei den Erlen an Land!«

»Wat, ich soll barftbeenig durch das betaute Schilf?«

»Dat is sicherer, da steht auch die Schubkarre«, sagte er.

In der feuchten Luft über dem Wasser waren schon das Ufer und die Nacht zu riechen. Der Mast, um den das Spritsegel gerollt war, pendelte vor dem Abendhimmel, an dem die ersten Sterne sichtbar wurden. Windstille, jangelwech rudern, schönes Stück Arbeit. Der Tüffelmacher freute sich auf die Tabakspfeife daheim.

Alles ging seinen Gang.

Die Hektik des Baugeschehens auf dem Objektgelände, die ständig drohenden Katastrophen ausbleibender Materiallieferungen hielten den Inselchef und seinen Stab auf Trab. Das spürten die Dörfler, und sie fanden das gut so. Niemand von der Verwaltung hatte Zeit, sich in ihre Angelegenheiten zu mischen. Man ließ das Dorf in Ruhe.

Nur Herr Akkurat wartete auf Zeichen der Mächtigen. An manchen Abenden, wenn die obersten Fenster des Hochhauses erleuchtet waren, hielt er Zwiesprache mit dem fernen Inselchef und gab diesem wohlgemeinte Ratschläge, er wagte es gelegentlich sogar, Vorhaltungen zu machen:

»Zu einer guten politischen Führung, werter Genosse, gehört das besondere Verhältnis zur Kunst. Interesse, Förderung, Vertrauen! Ja, Vertrauen! Wir zeigten Entgegenkommen. Wir haben unmißverständlich unter Beweis gestellt, daß wir am gleichen Strang ziehen. Unser hohes Anliegen ist, die Werktätigen an die Schätze der Kultur heranzuführen. Aber wo bleibt das Echo, werter Genosse Vorsitzender?«

Bei derartigen an die Macht gerichteten Worten veränderte sich, ohne daß er es selbst bemerkte, seine Stimme.

Einmal war unverhofft seine Frau hereingekommen, hatte sich überrascht umgeschaut und gefragt: »War hier jemand?«

»Wer soll hier gewesen sein?« Seine Sprache hatte augenblicklich zu ihrem gewohnten Klang zurückgefunden. »Ich habe lediglich nach Worten gesucht, die gegebenenfalls hilfreich sein könnten, denn man muß sich auf die da«, bei diesen Worten wies er aufs ferne erleuchtete Hochhaus, »einstellen können.«

»Es klang, als wäre hier ein Fremder gewesen!«

»Eine Frauenstimme war es jedenfalls nicht!« versuchte er zu scherzen. Er war unterbrochen worden. Gerade hatte er überleiten wollen auf die große Neuerung, die Galerie, deren Existenz nicht etwa privatwirtschaftlichen Interessen zuzuschreiben sei, sondern dem leidenschaftlichen Willen, ganz im Sinne der Direktiven des Parteitages zu handeln. Ausgerechnet jetzt mußte sie hereinkommen und ihn wie einen ertappten Schulbuben zur Rede stellen.

»Die Suche nach Formulierungen ist kein Spiel, Schatz, nein, das ist ein bitterernstes Unterfangen!« sagte er leise und sah sie traurig an. Erkannte sie überhaupt die drohenden Gefahren? Womöglich unterstellte man ihm da drüben in der Parteibaracke bereits, daß die hergerichtete Remise der Schwarzvermietung dienen sollte, der reaktionären kleinbürgerlichen Bereicherung! Möglicherweise studierten der Inselchef und seine Mitarbeiter da drüben bereits die Akten: »Was, die Kollegen Künstler wollen Kapitalisten werden? Schauen wir uns doch mal die Zahl der Zimmer an. Die nennen ihre Räume ›Atelier‹ ... aber Unterkünfte an Gäste vermieten! Nun haben wir sie im Sack!«

Wieder schrak er zusammen, er erinnerte sich plötzlich daran, wie es der Grete vom Fischdorf ergangen war. Er stand mitten im Zimmer und spürte aufs neue seine unglaubliche Verwundbarkeit. Er griff sich an die Kehle. Vielleicht zog sich die Schlinge bereits zusammen! Wenn die da drüben erst einmal Maßnahmen ergriffen, war es zu spät! Alle Worte der Verteidigung würden sie als Ausflüchte und Ausreden deuten, denn die Mächtigen können es sich nicht leisten, nachzugeben. Sie müssen siegen, siegen, siegen. Jede Widerrede reizt sie nur. Er sperrte den Mund auf und schnappte nach Luft.

»Schatz, ist dir was?« fragte seine Gattin.
»Die Galerie, die Galerie«, sagte er, »es ist eine Galerie!«
»Aber das weiß ich doch, Schatz!« sagte sie. Sie lächelte herzlich und ging hinaus.
»Aber wissen die es?!« stöhnte er verzweifelt hinter ihr her.
Die Vorstellung, daß sich da drüben im Objekt unbekannte Herren über Grundrisse beugten und die Listen der Wohnraumzählung studierten, ließ ihn nicht los. Dann aber sah er in Gedanken plötzlich Elfriede, wie sie, zu allem bereit, die Straße hinunterwatschelte.
Morgen werde ich ihr rein zufällig begegnen. Das ist die Lösung, denn was Elfriede weiß, wissen bald alle! Beileibe keinerlei Zimmervermietung, sondern Galerie. Galerie, Galerie, Galerie …
Als er in seinem Schlafraum das Nachthemd über den Kopf zog, fielen ihm bereits die Augen zu. Er war hundemüde. Erschöpft sank er zurück.
Er und seine Frau schliefen in getrennten Zimmern, nur in den Nächten vom Sonnabend zum Sonntag besuchten sie einander. Das war bereits seit längerer Zeit so, denn eines Morgens, als er im Ehebett erwachte, hatte er sie mit geröteten Augen und von der Qual der Schlaflosigkeit zerfurchtem Gesicht aufrecht im Bett sitzen sehen.
»Ich leide mit dir«, hatte sie schließlich auf sein hartnäckiges Bitten hin mit kraftloser Stimme geantwortet, »du windest dich Nacht für Nacht in Qualen. Immer wieder muß ich dich wecken.«
»Ich? Ich winde mich? Ich stöhne? Ich werde geweckt?« fragte er entgeistert. Er konnte sich an nichts dergleichen erinnern.
»Jede Nacht geht es so«, hauchte sie.
»Sieh mich an, ich bin ausgeschlafen!« Er war aus dem Bett gesprungen und hatte demonstrativ ein paar Turnübungen gemacht. »Völlig ausgeschlafen, frisch und munter!«
»Sag mir bitte, was dich quält«, hatte sie mit äußerster Behutsamkeit, aber von seinen Kniebeugen unbeeindruckt, gefragt.
»Alles in bester Ordnung!« hatte er gerufen, und eine Standwaage probiert.
Sie aber zerkrümelte mit nervösen Fingern, ohne es zu bemerken, vom Sträußchen auf dem Nachttisch eine Blüte nach der anderen.
Bis zur Aussprache jenes Morgens hatte er ihr den ganzen Som-

mer über Blumen neben das Bett gestellt. »Du träumst im Duft der Blüten vom Paradies, in dem wir daheim sind, wir beide ganz allein!« pflegte er zu sagen.
»Du träumst, daß ich leide!« hatte er nun zu erklären versucht, »du träumst es, Schatz!«
Dennoch waren sie übereingekommen, es für eine Weile mit getrennten Schlafzimmern zu probieren. Dabei war es geblieben. Seitdem kam sie ausgeruht, bisweilen sogar heiter an den Frühstückstisch. Er aber wußte nicht, ob er im Schlafe gepeinigt wurde.
Wofür denn auch, um Himmels willen?

Das ist eine Galerie

Am nächsten Tag schrubbte der Herr Akkurat mit einer Drahtbürste das rostige Gartentor. Elfriede, die Postbotin, näherte sich. »Na versuchen Sie's mal mit Arbeit?« rief sie schon von weitem, sie lachte und wünschte ihm einen guten Tag. Er richtete sich auf, grüßte und ließ sich drei veraltete Zeitungen und einen ganzen Stapel Briefe in die Hand drücken. Elfriede tat nichts wortlos. Diesmal sagte sie ihm, daß er sich wohl bald an ihrem Lohn werde beteiligen müssen, da die Hälfte der zu befördernden Post stets an ihn adressiert sei.
Er versuchte ihr zu erklären, daß das alles im Porto inbegriffen wäre. »Aber kommen Sie, ich muß Ihnen etwas zeigen!«
Anfangs hatte sie vermutet, er wolle ihr ein paar Groschen Trinkgeld in die Hand drücken. Sie hatte vor, ihm zu sagen, daß für Groschen heutzutage niemand mehr auch nur einen Finger krumm mache. Aber der Malerinnenmann schob sie sachte durchs Gartentor auf den Hof. Sie mußte grinsen. Alter Zausel, dachte sie, wenn du zudringlich wirst und mir gemalten Schweinkram zeigen willst wie dein Nachbar, dann sag ich's deiner Frau!
»Elfriede, ich brauche Ihren Rat«, sagte er.
»Eheprobleme«, sie redete nie drum herum, »oder kommt er nicht hoch?«
»Aber nicht doch, nichts in dieser Richtung, wir sind wie die Tur-

teltauben«, sagte er hastig und errötete, »nein, ich bin glücklich verheiratet, aber was halten Sie von einer Galerie?«
»Ist das eine Sauerei?« Sie wartete seine Antwort nicht ab, natürlich meinte er irgend so eine Sauerei. »Nicht mit mir, Herr Kollege!« Sie ruckte den Kopf in Richtung der Nachbarhütte, »den hab' ich auch abblitzen lassen!«
Der Herr Akkurat schnappte nach Luft. »Eine Galerie, das ist ein Ausstellungsraum, in dem Bilder an der Wand hängen: Kulturarbeit.«
Der Ausdruck Arbeit war ihr vertraut. Arbeit war kein Vergnügen. Sie zeigte durch eine Kopfbewegung, daß sie begriffen habe. Die Tür der Remise stand auf, beide traten sie ein. Der Raum war bereits schneeweiß gekalkt. Neonleuchten hingen von der gewölbten Decke. Er schaltete das Licht ein, die Lampen knisterten, und strahlende Helle füllte den Raum.
»Mannomann!« rief sie. »Das ist also eine Galerie«, sagte sie nach einer Weile, »aber wenn Sie mich fragen, paar Trennwände rein, 'ne hübsche Tapete druff, paar Doppelbetten aufgestellt, paar Spirituskocher besorgt, fertig! Vermieten bringt so viel Bares, daß Sie getrost das Pinseln lassen können!«
Der Maler sah sie entsetzt an. »Aber meine Liebe, Arbeit ist etwas Heiliges!«
Sie streifte ihn mit kurzem Blick und versuchte im Raum irgendwelche verräterischen Anzeichen zu entdecken. Aber keine Bank, kein Tisch, kein gar nichts, nur roter gescheuerter Ziegelfußboden.
»Na, was wollen Sie nun wirklich?« fragte sie, »was so ein Intelligenzler ist, der hat Hintergedanken!«
»Was halten Sie nun von der Idee, in einer Galerie den werktätigen Menschen Bilder zu zeigen?« sagte er rasch und geriet ein wenig ins Stottern.
»Kommt auf die Bilder drauf an«, sie lächelte wissend und zwinkerte vergnügt, »Bilder sind Bilder, aber die Badegäste sind scharf aufs richtige Meer und nicht nur aufs Meer. Man kann sich die Logiergäste aussuchen, meinswegen Studentinnen mit ... Sie wissen schon, was ich meine, Mädchen, die sich auch für die Pinselei interessieren.«
Er geriet in Verwirrung. »Aber nicht doch!« rief er und schlug die Augen auf gen Himmel, der hier die gewölbte Remisendecke war, »ich bitte Sie, Elfriede, ich bitte Sie!«

»Von wegen, Sie können noch so viel bitten, mit mir wird das nichts!«
»Aber nicht doch, ich bin glücklich verheiratet, ich und meine Frau, wie Turteltauben sind wir miteinander!«
»Mir macht keiner was vor«, sagte sie bestimmt, »von wegen Turteltauben, wer läuft hier denn nachts mit dem Federbett unter dem Arm durchs Haus? Damit wir uns richtig verstehen: Mit mir wird nicht geheunert, aber vielleicht haben Sie bei den Stadtschicksen mehr Glück in der ... Galerie!« Sie drehte sich auf dem Absatz herum und stampfte davon. Bevor sie aber das Gartentor erreichte, wandte sie sich noch einmal um. Sie sah ihn kreidebleich neben dem alten Apfelbaum stehen. Den hab' ich zu hart angefaßt, dachte sie und fühlte sich ganz gegen ihre Gewohnheit zu ein paar verbindlichen Worten veranlaßt: »Muß Briefe austragen«, rief sie heiter, »viel Rennerei, wenig Geld. Und dei Äppelboom dor, dei möt runner, überaltert, der bringt nichts mehr!«
Er antwortete nicht. Er sah sie nur stumm mit aufgesperrtem Munde an.
Geiler Bock, dachte sie. »Ja, Tschüs denn«, rief sie, »muß Briefe austragen. Andere machen ihr Geld im Sitzen oder im Liegen. Ich nicht!«
Dem Herrn Akkurat war es, als hätte sie die letzten Worte so laut verkündet, daß das ganze Dorf Zeuge werden mußte. Er blickte hinauf zum Fenster seiner Frau, gottlob, das Fenster war geschlossen. »Das war ein Reinfall«, stöhnte er und mußte sich mit der Rechten am uralten Apfelbaum stützen. Er fühlte die kühle Rinde und sah der Postbotin nach: Womöglich wird sie jetzt den ersten besten Passanten auf der Dorfstraße ansprechen, sie wird sich umwenden und auf ihn, den Maler, zeigen.
Er hatte nicht die Kraft wegzugehen. Erneut stöhnte er und spürte plötzlich das unwiderstehliche Gefühl in sich aufsteigen, schreien zu müssen, gellend zu schreien. Er preßte die Hand auf den Mund, riß sich los vom Stamm des Apfelbaums, stürzte in die Remise und knallte die Tür zu. Im weißen Raum wurde ihm besser.
Elfriede hielt niemanden an. Sie verkündete auch nirgendwo, daß der Herr Akkurat ihr hatte an die Wäsche wollen. Nein, nichts von alledem. Bevor sie mit jemandem zusammentraf, der ihr der Neuigkeiten wert schien, hatte sich die Geschichte dergestalt geformt: »Also wißt ihr, mit den Rechenkünsten von den Intelligenzlern ist

das doch nicht so weit her. Ich hab' ihm alles vorgerechnet, vier Trennwände rein, vier Kocher, acht Betten, und er hätte seinen Tausender im Monat. Aber ne, der große weiße Raum ohne Tisch und Bänke wird eine Galerie. Eine Galerie! Der muß das ja woll im Kopp haben!«

Die dicke Margot vom Konsum wagte zu zweifeln: »Wer weiß, wat der im Sinn hat. Die tun so, als könnten sie nicht bis drei zählen, aber ...«

»Der?« Elfriede tat den Einwand mit Gelächter ab. »Da ist uns Moler schlauer, der malt seine Schildchen und kommt damit richtig gut ins Geschäft. Rote einwandfreie Schildchen!« In diesem Moment ärgerte sie sich darüber, daß sie damals so grob zu dem jungen Mann gewesen war. Sie hatte was übrig für erfolgreiche Leute.

Am Morgen des folgenden Tages stand der für Sicherheitsfragen zuständige Mitarbeiter vor dem Schreibtisch des Inselchefs. Er beugte sich vor und nahm den Kugelschreiber zur Hand, um hinter eine Reihe von Abkürzungen auf ein sonst weißes Blatt Datum und Unterschrift zu setzen. Bevor er unterschrieb, blickte er kurz auf: »Was von gewissem Interesse wäre: Seitens der Künstler gibt es Aktivitäten. Es ist eine öffentliche Galerie in der ehemaligen Remise geplant.«

Der Inselchef tippte auf die Stelle, an der die Unterschrift zu erfolgen hatte und schien zu warten. Er überlegte, was zum Himmeldonnerwetter eine Remise sei. Der Mitarbeiter schrieb sein Kürzel, der Inselchef nahm das Blatt, legte es in den Ordner und schloß ihn weg.

Dann erst sah er den Mitarbeiter an.

»Und?« fragte er ärgerlich.

»Nichts und!« antwortete der Mitarbeiter. Der Inselchef begann mit den Fingerspitzen auf die Tischplatte zu trommeln: »Nichts und?« wiederholte er mit befremdetem Erstaunen und sah dabei über den Mitarbeiter hinweg. »Zweifellos ergeben sich Probleme. Künstler«, sagte er nach Momenten des Schweigens eindringlich, »erst schmeißen sie Pferde vom Steilufer, dann marschieren sie wegen der Bäume auf, nun das hier! Immer Überraschungen!« Er pochte nur noch mit der Spitze des Zeigefingers auf die Tischplatte: »Ich schätze keine Überraschungen! Überraschungen hat es nicht zu geben. Morgen Genaueres, kümmere dich drum!«

Als er wieder allein war, blieb er eine Weile untätig sitzen. Sein Büro befand sich immer noch in der tristen Baracke, das Mobiliar für das Chefzimmer im Hochhaus war noch nicht eingetroffen. Durch den Schleier der Vorhänge blickte er auf die Kraterlandschaft der Baustelle.

»Also eine Galerie«, sagte er langsam und runzelte besorgt die Stirn, denn er traute grundsätzlich nur jenen Aktivitäten, die durch seine eignen Anweisungen hervorgerufen wurden. »Besser nichts als etwas, das in die Hosen geht!« Er erhob sich und klopfte auf den Tisch, als würde er sich aus einer Kneipenrunde entfernen. Wortlos ging er an seiner Sekretärin im Vorzimmer vorüber. Er war versucht, in sein Schlafzimmer zu gehen, um einen ermutigenden Blick auf die große perspektivische Panoramazeichnung des künftigen Gebäudekomplexes zu werfen. Er hatte die perfekte Abbildung, auf der alles bereits fertig war, seit längerer Zeit vor das Fenster geheftet. Es waren keine Menschen auf die Wege gemalt, gut so, denn die Menschen waren es, die fortwährend irgendwelche Komplikationen verursachten.

Abteilung Kultur

Zum Hochhaus führte ein schmaler gewundener Trampelpfad. Der Genosse Vorsitzende stieg über achtlos liegengebliebene Rüststangen und schwarze Wasserpfützen, die sich in den Fährten der Raupenfahrzeuge gesammelt hatten. Er mußte die Blicke der Bauarbeiter ertragen, die ihn zu ungewohnter Zeit ohne übliche Begleitung mit vorsichtig balancierenden Schritten hinaufkommen sahen.

Kulturarbeit ... eine Galerie. Genosse, wie nutzt du den Ideenreichtum unserer Menschen? Paß auf, Junge, bremse nicht, sonst schwärzt dich jemand beim Ministerium an. Er war in Gedanken, drückte die Klinke der großen Edelstahltür Aufgang 1 hinab und roch den beißenden Geruch frischer Farbe. Die Schmuddelspur, die er auf dem Steinfußboden hinterließ, sah er nicht. Er ging treppauf in die zweite Etage. Plötzlich blieb er stehen, tippte mit seiner Rechten an ein Türblatt und sagte so laut, daß es in den leeren Fluren und im Treppenhaus hallte: »Abteilung Kultur!« Dann witterte er Kaffeeduft. Nichts sonst deutete in dieser Etage auf die Anwesenheit von Menschen hin, irgendwo in der Weite des Hauses kreischten unermüdlich Handkreissägen. Er riß eine Tür auf, sein Gespür hatte ihn nicht getäuscht. Er erschreckte eine Kaffeerunde.

»Fein habt ihr es hier, Genossen!« sagte er streng.

Sein Auftritt zeigte Wirkung. Das stimmte ihn gnädig. »Warum auch nicht, Genossen, nachher geht es um so flinker!«

Die Ertappten waren aufgestanden. Sie hatten offensichtlich das dringende Bedürfnis, sich möglichst unauffällig zu entfernen. »Eine Zusammenkunft, eine Beratung, Klärung anstehender Probleme!« stammelte ein junger Mann.

»Soso, ihr klärt also auch schon Probleme!«, der Chef tippte mit dem Zeigefinger auf die Brust des jungen Mannes und sagte, während er sich setzte: »Du, Genosse, übernimmst bis auf weiteres die Abteilung Kultur, diese Etage dritte Tür rechts!«

Der Angesprochene riß verdutzt die Augen auf.

»Bis sich hier alles eingespielt hat, muß ich administrativ vorgehen«, sagte der Inselchef, »die Zeit drängt, Demokratie spielen wir später. Nehmt Platz, Kollegen!« fuhr er gönnerhaft fort, die Anwesenden setzten sich zögernd, »eine Tasse Kaffee werdet ihr ja wohl auch für mich haben.«

Eine junge Frau sprang auf, holte Tasse, Untertasse und Teelöffel und hängte den Tauchsieder in eine Kanne.

»Du kommst nachher in mein Büro, Kollege«, wandte er sich an den frisch ernannten Leiter der Abteilung Kultur, »dort ist es allerdings nicht ganz so gemütlich wie hier bei euch.« Er blickte wohlgefällig auf die neuen Preßspanmöbel, die mit einer Folie bedeckt in der Ecke standen, dann wandte er sich zur Seite und schaute aus dem Fenster. In der Ferne sah er die flachen schilfgedeckten Bauernhäuser, den Turm der Kapelle und ein wenig vom Dach jenes Hauses, das man hier das Schloß nannte.

»Blick auf die Vergangenheit«, sagte er und lächelte. Die Anwesenden lächelten auch. Plötzlich runzelte er die Stirn, denn er meinte, auch die Konsumbaracke zu sehen und davor eine Menschenschlange. Er wandte sich ab. »Kultur, das ist auch Bäume pflanzen«, sagte er und wußte nicht, wie er auf diesen Satz kam. »Ich erwarte dich also in meinem Arbeitszimmer, Genosse … Punkt 15 Uhr.

Wir planen ein Treffen mit den Kulturschaffenden der Insel. Ich meine die Maler. Mach dir schon mal ein paar Gedanken, studiere das Zentralorgan unserer Partei, unter besonderer Berücksichtigung der Belange Kultur. Es geht um erste Vorschläge für Kunstgemälde in diesem Hause. Speisesaal, Versammlungsraum und und und. Alle Bereiche der Kultur sind effektiv zu nutzen. Die örtlichen Kapazitäten sind einzubeziehen, um den Erfordernissen des sozialistischen Erholungswesens gerecht zu werden.«
Das Kaffeewasser brodelte.
»Ich denke da auch an eine monumentale Figur, an ein Denkmal. Strandfunk: Musik und Information ... Du erhältst für deinen Raum sechs Sessel. Alles kulturvoll. Blumen auf den Tisch. Bilder an die Wand.«
Als der Inselchef das Hochhaus verließ, war er guter Stimmung. Er hatte die Situation im Griff. Er dachte schon mit Genugtuung an den Bericht an die übergeordnete Instanz: Aufgrund der an die Kollegen Inselkünstler herangetragenen Anregung wurde eine Inselkunstgalerie eingerichtet, in der die erholungssuchenden Werktätigen sich mit der sozialistischen Kunstentwicklung und dem Schaffen der örtlichen Maler vertraut machen können.
Es zeigte sich, daß in Sachen Kultur nichts überstürzt geregelt werden mußte. Ein neuer Mitarbeiter von der Sicherheit inspizierte in Feuerwehruniform unter dem Vorwand, Brandschutzüberprüfungen vornehmen zu müssen, die Remise und die Ateliers der Künstler. Beiläufig wurde über dieses und jenes gesprochen. Es wurde deutlich, daß die Eröffnung der Galerie erst in der Mitte der Hauptsaison geplant war.
Der neuernannte Leiter der Abteilung Kultur schob seine Reise in die Bezirksstadt dennoch nicht auf. Ausgestattet mit entsprechenden Spesen, saß er an einem Montag auf einer vibrierenden Holzbank unter abreisenden Urlaubern an Deck der Fähre und mußte sich solange, wie die Überfahrt währte, das Gerede der Passagiere über Versorgungsengpässe und andere Mißhelligkeiten anhören. Später im Zug hatte er Ruhe, er war allein, denn ihm stand für die Dienstreise ein Billett erster Klasse zu.
In einer staatlichen Verkaufsgalerie im Zentrum der Hauptstadt gelang es ihm, Bildreproduktionen von anerkannten Künstlern zu erwerben. Er hatte um Beratung gebeten, aber die attraktive Verkäuferin hatte ihm offenherzig erklärt, bis vor kurzem in einem

Schuhgeschäft tätig gewesen zu sein. Er müsse also schon selbst wissen, was ihm gefiele. »Gefallen?«, er lächelte, »es muß etwas Repräsentatives sein, etwas Offizielles.«
Sie überlegte einen Moment: »Gehen wir nach der Auflagenhöhe, die oben wissen schon, warum sie so viel von dem Zeug drucken.«
Auf diese Weise kam er zu vier Bildern.
Auf einem der Kunstdrucke waren qualmende Fabrikschlote vor einer lichten Landschaft zu sehen, auf dem zweiten eine Zusammenkunft gestikulierender Männer mit zerknitterten Zeitungen in den Händen, auf dem dritten ein blonder blauäugiger Jüngling auf sonnigem Strand, selbstverständlich bekleidet, neben ihm ein Mädchen mit strammen Brüstchen unter der lockeren Bluse, das vierte Bild, das der Verkäuferin sogar gefiel, zeigte Bären im Walde. Er hätte nie gewagt, den Märchenwald auszuwählen, wäre es nicht das Bild eines Malers aus der großen, friedliebenden, befreundeten Sowjetunion gewesen. Aber das Allerbeste war, alle diese Reproduktionen waren gleich groß, und es waren sogar passende Wechselrahmen vorrätig.
»Hübsch so im Wald«, sagte die Verkäuferin und sah ihn an, während sie das Bärenbild hinter das Glas schob, aber er hatte anderes zu erledigen.
Das Beschaffen der Blumen gestaltete sich überraschend einfach. Er zeigte seinen Dienstausweis und eine Dringlichkeitsbescheinigung vor, und der Chef des Blumengeschäfts holte zum Ärgernis der im Laden anwesenden Kunden von hinten einen in dünnes Zellophanpapier gewickelten Strauß Schnittblumen: rote Rosen im filigranen Grün des Spargelkrauts.
Der frischernannte Leiter der Abteilung Kultur war nicht auf den Kopf gefallen. Er hatte den schlauen Einfall, obendrein einen Kübel mit einer großen Blattpflanze zu erwerben, deren Blätter dekorativ durchlöchert waren. Dieser schwere Kübel erlaubte es ihm, sich auf Staatskosten mit einem Taxi zum Hotel, vom Hotel zum Bahnhof und dann wiederum vom Zielbahnhof zur Fähre fahren zu lassen.
Wäre es nach der Blattpflanze gegangen, hätte die geplante Sitzung auch am Sankt Nimmerleinstag stattfinden können, die Vergänglichkeit der Rosen aber machte es notwendig, den Termin des Zusammentreffens mit den Künstlern vorzuverlegen. Das Sträußchen zeigte rasch erste Anzeichen des Welkens.

Am Mittwoch holte der Herr Akkurat aus seinem Briefkasten ein Schreiben der Kulturabteilung Insel. Er las den Absender und erschrak. Was hatte diese Post zu bedeuten? Zu gern hätte er im gleichen Augenblick von der Postbotin erfahren, wer im Dorf ähnliche Post erhalten hatte. Er hätte sofort auf den Inhalt des Schreibens schließen können.
Dummerweise aber hatte er am Eisengitter einen Briefkasten angebracht, um Elfriede am Betreten des Grundstücks zu hindern. Sie war längst weitergegangen. Mit dem Brief in der Hand eilte er auf das Haus zu.
Sollte der Dorfdepp Remisenmüll in die Landschaft gekippt haben? Hatte man im Schutt eine zerbrochene Bilderleiste mit Namenszug gefunden? Oder eine ausgemusterte Hose mit eingenähtem Adreßstreifen? Oder würde er, was die Remise betraf, des Schwarzbaus bezichtigt werden?
Wieder peinigte ihn der Drang, mit einem Schrei die Qual loszuwerden. Erst im Hausflur wurde er ruhiger.
»Werte Kollegen Künstler«, las er, »hiermit laden wir Sie zu einer Beratung, die Perspektiven und die Aufgaben der Kultur betreffend, in unser neues Büro ein. Termin: Freitag 17 Uhr.«
Erleichtert blieb er einen Moment im hohen, kalten Treppenhaus stehen. Er vergaß augenblicklich alle Befürchtungen, die ihn eben noch bedrängt hatten. »Er hat uns bemerkt«, flüsterte er, »er bittet uns zu sich.«
»Liebes«, hallte es durchs kahle Treppenhaus, »der Vorsitzende hat uns offensichtlich auf dem Hügel gesehen, wir haben uns nicht verrechnet!«
Oben öffnete sich eine Tür, mit Pinseln in der Hand trat die Malerin an die Balustrade. Sie sah sehr schön aus in ihrem blütenweißen Kittel. Sie nickte und lächelte. Wie ein Engel steht sie da, dachte er. Ein Engel im Schloß.
Am Nachmittag jedoch mußte er feststellen, daß auch der Nachbar, der junge Mann von nebenan, eine entsprechende Einladung erhalten hatte. Um das in Erfahrung zu bringen, hatte er ihn aufsuchen müssen. Er hatte ein paar freundliche Worte über dessen Bilder gesagt und ihn, auch im Namen seiner Frau, für Donnerstag 19 Uhr zu einem Glas Wein eingeladen.

Störung

Unbeständig das Wetter. Immer neue Wolken trieben von Westen heran. Wenn sie auch selten über der Insel abregneten, so wanderten doch ständig kühle Schatten über das Land. Die Urlauber fröstelten in ihren ungeheizten Zimmern. Sie mußten sich offenbar durch reichlich Bewegung erwärmen. In kleinen Gruppen schlenderten sie auf allen Pfaden, allen Wegen, und wo keine Wege waren, entstanden welche unter ihren emsigen Füßen.
Unsmoler hatte versucht, irgendwo draußen ungestört zu arbeiten. Überall wurde er von Neugierigen, für die der Anblick eines Malers eine interessante Abwechslung war, aufgestöbert. Weder die frühen Morgenstunden noch sein Hund bewahrten ihn vor zudringlicher Neugierde. Selbst kurz nach Sonnenaufgang pflegten sich ihm immer wieder rasche Läuferschritte zu nähern. Ungekämmte Männer in blauen Trainingsanzügen vermuteten einen Gleichgesinnten, der genau wie sie die Einsamkeit und die Ruhe der Morgenstunde liebte.
Irgendwann, so fürchtete Unsmoler, würde der Hund die abweisende Haltung seines Herrn als Aufforderung begreifen und die Gesten der Urlauber als Angriff deuten. Er band den Hund also, wenn er mit dem Malen begann, irgendwo fest.
Dann gab es ein paar Tage Ruhe: Strandwetter.
Die Urlauber tummelten sich am Meer, brieten im Windschutz ihrer Burgen und erschöpften sich beim Baden.
Lange blieb es nicht beim friedvollen Zustand.
Kaum daß sich wieder die Wolkenschatten an die Hügel schmiegten und immer kleiner werdende Fetzen grellen Sonnenlichts über die Insel stetig nach Osten glitten, begannen die Gäste erneut, ruhelos zu wandern.
Wieder knurrte der Hund.
Weder Busch noch Baum waren in der Nähe. Nicht recht bei der Sache, schlang Unsmoler die Hundeleine um einen Fuß der Staffelei. Er war in seine Arbeit vertieft. Die seltsamen Formen der Lichtflecke faszinierten ihn. Er brauchte noch etwas Zeit. Versunken im Schauen sah er die Fremden nicht, die sich von hinten näherten. Der Hund sprang auf. Das Bild segelte durch die Luft, das Staffeleigestell machte einen Satz zur Seite, klappte zusammen

und spießte. Der Hund wich aus. Aber die Staffelei verfolgte ihn, traf ihn von hinten. Der Schlag und das Geklapper versetzten das Tier in Panik. Es raste davon. Erst hundert Meter weiter machte das Gestell einen großen Satz und blieb dann schwankend im Akkerboden stecken. In langen Sätzen tobte der Hund auf das Dorf zu.

Finster sammelte Unsmoler die Farbtuben ein. Die Fremden traten heran. »Da klebste was rüber, und dann malst du die Farben bissel dicker!« tröstete der Herr und überreichte dem Maler mit Mitleidsmine das beschädigte Bild. An der frischen Farbe klebte Ackererde. Unsmoler zerknickte das Werk vollends und machte sich mit düsterer Miene auf den Heimweg.

Unter dem Stein neben dem Gartentor lag ein Brief. Unsmoler nahm die Post zur Hand und klopfte dem Hund, der sich schuldbewußt an die Haustür duckte, beruhigend das Fell. Unsmoler öffnete die Tür und beide begaben sich ins Haus.

Er hatte die Schrift bereits erkannt. Hastig riß er das Kuvert auf. »Lieber«, schrieb sie, »ich komme auf die Insel, habe Urlaub. Kann ich ein paar Tage bei dir wohnen?«

Sein Herz begann zu hämmern. Die traut sich was! dachte er.

Nebenan

Es war 19 Uhr. Er kündigte dem Nachbarehepaar sein Kommen durch sieben Schläge mit dem Griff seines Taschenmessers an die zersprungene Glocke an.

Im »Schloß« zuckte der Herr Akkurat zusammen. Er hatte den Glockenklöppel vor Wochen schließlich doch noch abmontiert, aber die Glocke draußen tönte. Der junge Mann hielt sich nicht an Spielregeln, und das mißfiel.

Sorgfältig hatte er alles für den Besucher hergerichtet. Er wollte beeindrucken.

Auf dem Klöppeltuch, das über die Kommode gebreitet war, schauten Briefkuverts, beklebt mit bunten fremdländischen Marken, mit ihren attraktiven Ecken aus aktuellen Tageszeitungen hervor, gerade so, als hätte Elfriede die Post soeben hereingereicht. An-

dere Umschläge lagen neben einem versilberten Brieföffner und prahlten scheinbar zufällig mit attraktiven Absendern von Museen.
Der Herr Akkurat prüfte mit letztem Blick den Glanz des Leuchters und bedeutete mit der Geste eines höflichen Regisseurs seiner Frau, sie möge bitte den Raum verlassen. Ihr Auftritt war geplant, ihre Garderobe sorgfältig ausgesucht und das Begrüßungszeremoniell geprobt: Freundlich, aber ein wenig herablassend.
Das Glockengeläut war eine Eigenmächtigkeit des Kollegen, die nicht zu der Rolle paßte, die er ihm zu geben beschlossen hatte.
Er ging den Gast empfangen.
Hinter der hohen, mit Schnitzwerk versehenen Doppeltür blieb er einige Augenblicke stehen. Er mußte sich konzentrieren, um zu gemessenen, würdigen Bewegungen zu finden. Dann war es soweit. Schwungvoll zog er die beiden schweren Türflügel auf, breitete mit gleichem Schwung als Geste des Willkommens die Arme aus und hob den rechten Fuß zum ersten Schritt.
Unsmoler aber stand bereits viel zu dicht vor ihm.
Der Hausherr ließ seine Arme sinken.
Unsmoler lächelte: »Die Glocke hat sieben geschlagen, hier bin ich!«
Die Glocke! Der Hausherr zwinkerte nervös und reichte ihm die Hand.
»Ja«, sagte er, »19 Uhr 5. Welcome in the castle of the paintings, kolega!« Er hatte sich wieder gefangen. Er lächelte herzlich, obwohl es ihn verstimmte, daß der Gast sein Konzept durcheinandergebracht hatte und das polnische Wörtchen »kolega« völlig unbeeindruckt entgegennahm.
Der Gast klopfte sich die Schuhe ab und trat ein.
Die Großzügigkeit des Raumes beeindruckte Unsmoler jetzt nach so vielen Jahren aufs neue. Damals war hier die Russenkommandantur untergebracht: rote Fahnen und rote Transparente.
Nun herrschte in der Vorhalle Stille. Das Geländer der verschwenderisch breiten Treppe war inzwischen restauriert, und die Einschüsse in der Raumdecke waren nicht mehr sichtbar. Akribisch ausgebessert und gemalert die hohen rötlichen Wände. Die perfekt imitierten Marmorsäulen schimmerten in gewachstem Glanz.
Unsmoler ahnte die unglaubliche Mühe, die das Malerpaar in das verfallene Gebäude investiert hatte.

Hinter einer absichtlich spaltweit geöffneten Tür sah er in hohen Spiegeln die Lichtreflexe brennender Kerzen.
Wie gebannt blieb er stehen.
Der Hausherr beobachtete ihn.
Als Unsmoler nach einigen Momenten in den Salon geführt wurde, wartete er fast darauf, daß jeden Augenblick, passend zum Kerzenschein, ein Menuett von Boccherini erklingen würde. Aber es rieselten nur Worte.
Er sah das edle Porzellan der Schale, in der ein paar Kekse lagen. Er sah die geschliffenen Gläser auf dem blütenweißen Tischtuch, und er dachte betroffen an sein Löffeln aus dem Aluminiumkochtopf. Er dachte an die Räucherheringe, die er auf Zeitungspapier zu zerpflücken pflegte, während sein Hund bereits schwanzwedelnd auf Abfälle wartete, und er dachte an den Brief, den Delphine ihm geschrieben hatte.
Stumm ließ er seinen Blick über die Wände wandern. Der Hausherr, der jede seiner Regungen registrierte, rief: »Kunst ein anderes Mal. Alles, was ich Ihnen sowohl von mir wie auch von meiner Frau Gemahlin gern zeigen würde, ist unterwegs. Ausstellungen et cetera. Im Atelier drüben hätte ich nur einen Karton von zwölf mal vier Meter, die Anfangsphase eines größeren Auftrags.«
Er wartete auf den Ausdruck von Erstaunen auf dem Gesicht seines Gastes.
Unsmoler aber schien unbeeindruckt von Größenangaben.
»Vielleicht interessieren Sie sich für die Kunst der Radierung«, der Herr Akkurat wies auf ein paar Kupferstiche in schwarzen, filigran geschnitzten schmalen Rahmen und spielte mit dieser Geste einen weiteren Trumpf aus: »Die Ahnen meiner Frau Gemahlin, achtzehntes Jahrhundert, uralter Adel, Ostpreußen.« Kaum hatte er das ausgesprochen, fuhr er sich mit rascher Handbewegung über den Mund, als habe er zu viel offenbart.
»Und hier die Neuzeit, zwanzigstes Jahrhundert!« lenkte er ab. Ein Foto: maskierte Personen, offenbar vor der riesigen Faschingsdekoration eines mit groben Pinseln vergrößerten Hieronymus-Bosch-Bildes. »Kleine Erinnerung, kleine hübsche Erinnerung, lieber Herr Nachbar, ja, wir Künstler konnten ausgelassen feiern, und das gar nicht lange nach dem Krieg!« Sein Zeigefinger wies auf eine Maske. »Einer meiner Freunde, hochbegabt!« Er nannte einen Namen. »Heute Professor und Nationalpreisträger. Alles

durch die Bank Persönlichkeiten! Und dieser hier, raten Sie, wer das ist, nein, Sie kommen nicht drauf, unmöglich kommen Sie drauf! Der verehrte Meister ließ es sich nicht nehmen, mit uns zu feiern, obwohl er schon recht betagt war. Raten Sie, raten Sie!«
Unsmoler hob bedauernd die Schultern: »Ich müßte wenigstens seinen linken Fuß sehen.«
Der Hausherr lachte übertrieben: »Großartig, das hätte meiner Gattin Spaß gemacht! Wo sie nur bleibt?«
Er lauschte einen Augenblick, sah, daß sein Gast die Briefe wahrgenommen hatte, schob sie nun zwischen die Zeitungen und trug sie hinaus. Auch der Trumpf war ausgespielt. In der Tür wandte er sich um: »Ich mag nicht, wenn etwas herumliegt!«
Die Malerin hatte gewartet. Nun schwebte sie herein. Ihr langer Blick schien um Verzeihung zu bitten. Rasch trat der Hausherr neben sie. »Meine Frau«, sagte er stolz, der Klang eines Zeremonienstabes schien auf dem Parkett zu tönen. Ihre Augenlider senkten sich mit klimperndem Schlag. Unsmoler sah nun nur noch Oberfläche. Es war, als habe ein Windstoß plötzlich ein stilles klares Wasser gerauht und geschwind die Geheimnisse der Tiefe verborgen.
Sie trug ein wollenes Strickkleid. Eine rote Korallenkette schlang sich mehrfach um ihren Hals. Unheimliche rote Spur. Sie reichte dem Nachbarn ihre schmale kühle Hand.
Unsmoler verbeugte sich und sah für Momente das dunkle Kassettenparkett, und er fragte sich, wie es die wilden Zeiten nur hatte überstehen können. Hier hatten die Russensoldaten in Schaftstiefeln Kasatschok getanzt.
Erleichtert konstatierte der Hausherr die Verneigung, denn die Unfähigkeit junger Leute, Spielregeln einzuhalten, machte ihm gelegentlich angst. Er fürchtete stets, durch die Ahnungslosigkeit anderer in Vorgänge verwickelt zu werden, die den Balanceakt eigner Kompromisse störten.
Aus diesem Grunde hatte er vor längerer Zeit einen Kollegen über seinen Nachbarn befragt und war gewarnt worden. Der junge Mann von nebenan hatte durch sein aufmüpfiges Auftreten an der Kunsthochschule Professoren in tiefe seelische Konflikte gestürzt.
Ausgerechnet auf diese Insel war der Junge gekommen! Der ärmliche Tagelöhnerkaten konnte ihn doch unmöglich gelockt haben!

Der Herr Akkurat erforschte mit zunehmender Besorgnis das Gesicht seines Gastes.
Er wußte, bei den Sicherheitsorganen gab es Leute, die gezielt die Rolle des Provokateurs zu spielen hatten: Lockspitzel. Vorsicht, äußerste Vorsicht!, sagte er sich.
Aber das Gesicht seines Nachbarn schien ihm auffallend klar.
Wenn er ein Spitzel wäre, hätte er höchstwahrscheinlich längst Kontakt mit uns aufgenommen. Er ist, was er ist: einer, der Pferde vom Ufer schmeißt, sich von Heringen ernährt, in der Landschaft hockt und unermüdlich Bilder malt.
»Setzen wir uns!« rief der Herr Akkurat und rückte die Stühle zurecht. Unsmoler betrachtete unauffällig seine Fingernägel und beschloß, sich gut zu benehmen. Der schönen Delphine würde das alles hier sehr gefallen, warum also eine nächste Einladung verscherzen.
Er erinnerte sich später kaum noch an die Gespräche dieses Abends. Das lag nicht etwa daran, daß zu viel getrunken wurde. Nein, der Hausherr hatte zaghaft eingeschenkt und mit verstohlener Geste seine Gattin zur Ordnung gerufen, als diese vorschlug, eine zweite Flasche zu öffnen.
Aber auch Unsmoler war zurückhaltend gewesen. Harmlose Täuschungen hatte er widerspruchslos hingenommen.
Allerdings war es ihm später so vorgekommen, als wäre er an jenem Abend für Stunden in eine andere Zeit versetzt worden, in ein Land Nirgends. Bei der Verabschiedung hatte ihn der Herr Akkurat dann aber abrupt zurück in die Realität gestoßen: »Leider, leider die Kamine desolat«, rief er so eindringlich, als würde er Merksätze verkünden, »im Winter alles unbewohnbar, alles Ateliers, alles Ateliers, zum Arbeiten reicht's!«
Dann hatte er für einen Moment eine Flügeltür geöffnet. Eine riesige weiße makellose Fläche war sichtbar geworden: offenbar Papier auf Lattenrahmen geheftet, ein fahrbares Malgerüst davor, Trittleitern, Farbbüchsen, gekalkte Wände.
Unsmoler hatte den Mund aufgesperrt: diese wunderbare weiße leere Fläche!
Der Hausherr schloß rasch die Tür.
»Gewissermaßen eine Produktionshalle. Künstler sind Arbeiter, hochqualifizierte Arbeiter. Aufträge, Vorlagen, Änderungen, Abnahmen, Termine, das Ministerium ...«

»Er macht die Aufträge, um dieses Haus ...«, sagte die Gattin des Malers leise, als müsse sie um Entschuldigung bitten.
Das Aufstöhnen ihres Herrn Gemahls ließ sie augenblicklich verstummen.
»Aber was redest du!« rief er erschrocken und griff sich mit den Händen an den Kopf.
Ein sorgsam aufgebautes Kartenhaus schien polternd zusammenzufallen.

Abteilung Kultur

Als Unsmoler mit seinen Malernachbarn am nächsten Tag im Chefobjekt zusammentraf, hatte der Herr Akkurat sich längst beruhigt.
Die Künstler waren der Einladung des Inselchefs gefolgt und saßen nun mit ein paar Funktionären in einem seltsam sterilen, giftig nach frischer Farbe riechenden Raum. Sie hatten eine Weile gewartet, dann war der Inselchef hereingekommen. Er hatte sie begrüßt und an der Schmalseite des Tisches Platz genommen.
Durch das Gebäude hallte Baustellenlärm.
Mitten auf dem Tisch stand verloren ein Rosensträußchen.
Wenigstens weiß ich, wo ich hinschauen kann, dachte Unsmoler.
Der Herr Akkurat schien in seinem Element zu sein. Humorvoll hatte er den farblosen Abteilungsleiter begrüßt, äußerst charmant die Sekretärin, peinlich überschwenglich den Inselchef, mit höflicher Zurückhaltung andere Mitarbeiter.
Viele leere Worte hörte Unsmoler an diesem Tag.
Er betrachtete die welkenden Rosen und hörte kaum zu. All diese Worte kannte er bereits: Er war in diesem Land zwölf Jahre lang zur Schule gegangen, und er hatte eine Weile an einer Hochschule studiert. Nun holten ihn auch hier die Phrasen ein.
Ich danke euch für das Gesülz, dachte er, ihr macht es mir leicht: wo es so klingt, werde ich kaum das Bedürfnis haben zu bleiben.
Kaffeetassen wurden hereingetragen. Klappern von Geschirr. Viel Kondensmilch und Zucker nehmen, das nährt.
Sein Nachbar ergriff das Wort. Er spann seinen verworrenen Fa-

den und vergaß das Kaffeetrinken. Was soll das, der Dicke läßt sich nicht einwickeln in Wortgespinste, warum redet er von Bäumen, von Pferden und von der gesprungenen Glocke.

Ich habe gestern mit dem Messergriff dagegen geklopft, wer läuten will, der läutet.

Die Funktionäre hörten offensichtlich zu.

»Möge nicht nur der Beton in den Himmel wachsen, sondern zum Wohle unserer Gesellschaft auch die Kultur. Möge die Kunst auf der Insel blühendes Beispiel für das Zusammenwirken von Macht und Geist sein!«

Bei diesem Satz des Malernachbarn zog der Inselchef ungehalten die Augenbrauen hoch. Wir repräsentieren selbst Macht und Geist, dachte der mächtige Mann, dazu brauchen wir keine Farbenkleckser! »Ich danke für die Ausführungen unseres Kollegen Künstlers, über die wir bei gegebenem Anlaß diskutieren werden«, sagte er kühl, »wir sind an einer erfolgreichen Zusammenarbeit interessiert und sind bereit, bei der Vergabe von Aufträgen, die Ausgestaltung dieses Objekts betreffend, vor allem unsere einheimischen Künstler zu berücksichtigen. An die Arbeit, Kollegen, Optimismus und Zuversicht unter der wissenschaftlichen Führung der Partei, die Macht und Geist in diesem Lande repräsentiert! Erste Vorschläge könnt ihr mit dem Leiter der Kulturabteilung absprechen und in, sagen wir, einem Monat zur Diskussion vorlegen. Gelder sind bereits eingeplant.«

Unsmoler kam es so vor, als würde die Hand des Inselchefs sich besitzergreifend auf seine Schulter legen. Er schüttelte sich. Alle sahen ihn verwundert an, es entstand eine peinliche Pause.

Der Malernachbar kam rasch zu Hilfe: »Nachwirkungen des Sportunfalls, sprich Pferdesturz vom Ufer, nichts Ernstes.«

Unsmoler wollte etwas sagen, aber sein Nachbar ließ ihn nicht zu Worte kommen. »Wir danken für das Vertrauen, Kollege Vorsitzender«, sagte er rasch, »wie hat der große Lenin gesagt: ›Vertrauen ist gut, Kontrolle ist besser.‹ Wir sollten in diesem Sinne Verträge mit Terminen, Themen und Honoraren abschließen. Ich habe republikweit gültige Formulare mitgebracht. Des weiteren bin ich bereit, die Patenschaft über unseren angehenden Kollegen zu übernehmen, und meine, daß bei einer gewissen Unterstützung seine Mitarbeit bei den auf uns zukommenden Aufgaben unbürokratisch möglich, ja sogar wünschenswert ist.« Er öffnete seine

Aktentasche, die brav am Tischbein lehnte, zog ein paar Formulare heraus und reichte sie dem Inselmächtigen.
Unsmoler sperrte den Mund auf. Bestanden hier irgendwelche Absprachen? Will man ihn zurück ins Spiel nötigen, in jenes hoffnungslose Spiel, dem er sich auf abenteuerliche Weise glaubte entzogen zu haben?
Unsichtbar hatte er werden wollen. Sie aber packten ihn sanft und zogen ihn ins Licht. Warum, zum Teufel, hatte er sich an diesen Tisch gesetzt! Zu spät. Er suchte nach Worten. Da spürte er ihren Blick. Die Nachbarin sah ihn an: »Schweig, schweig, um Himmels willen, schweig!« schien sie zu sagen, »laß meinen Mann machen.«
Der Inselchef reichte die Formulare an den frischernannten Leiter der Kulturabteilung weiter: »Deine Sache, Genosse!«
Unsmoler wollte etwas sagen.
»Keine falsche Bescheidenheit!« rief der Nachbar rasch, »bei Ihrem Fleiß und Ihrer Begabung, Kolega, ist es nur eine Frage der Zeit, und Sie werden mit allen Rechten und Pflichten, ich betone Pflichten, in den Künstlerverband aufgenommen werden! Vorab aber laden wir Sie ein, in der Remisengalerie den werktätigen Urlaubern, den Einheimischen und vor allem auch unseren Verantwortlichen«, er verneigte sich in Richtung des Inselchefs, »gemeinsam mit uns Ihre Werke zu zeigen!«
Die Remise war zur Sprache gekommen. Die Galerie war nun etwas ganz Offizielles.
»Wir begrüßen die Zusammenarbeit unserer Kulturschaffenden«, sagte der Inselmächtige und erhob sich, »niemand wird zurückgelassen, wenn er guten Willens ist!«
Unsmoler hatte nicht vor, gemeinsam mit dem Malerpärchen zurück ins Dorf zu wandern. Er ging ans Meer, zog sich aus und schwamm weit weit hinaus.
Man könnte immer weiter schwimmen, dachte er. Winzig die Menschen auf dem Steilufer. Weiter und weiter … Aber er kehrte um und erreichte völlig erschöpft den Strand. Er wankte zu seinen Kleidern. Er lag im Sand und fühlte sich wieder sauber.

Ungefähr eine Woche später saß Unsmoler auf dem warmen staubigen Beton der Hafenpier und ließ seine Füße über dem Wasser baumeln. Er blickte hin und wieder zur fernen, sich nähernden Fähre, um dann wieder den Fischen im dunklen Schatten der Uferbefestigung zuzuschauen. Blicke ins Wasser hinab wie einst in Kindertagen.

In seiner Nähe langweilte sich der Hund.

Als an Deck des Schiffes Passagiere erkennbar wurden, erhob er sich.

Sein Hund begriff das als Zeichen des Aufbruchs und machte ein paar ermunternde Sätze voraus. Aber Unsmoler blieb und wartete. Womöglich erkenne ich sie nicht, dachte er besorgt. Dann aber sah er sie. Ganz vorn stand sie am Bug. Schneeweiß leuchtete ihre Bluse.

Unverkennbar sie. Was war unverkennbar? Ihre Einsamkeit?

Er hob beide Arme und winkte. Sie erwiderte seinen Gruß und wandte sich ab. Die Fahrgäste drängten dorthin, wo die Gangway zurechtgerückt wurde. Sie blieb stehen, sah ihn aber nicht an.

Er hatte Zeit, sie zu betrachten. Diese schöne Frau wollte zu ihm!

Als die Qualmwolke hektisch aus dem Fährenschornstein stieß, das Wasser für Momente brodelte und der dröhnende Motor das Schiff im Rückwärtsgang erzittern ließ, schaute sie ihn wieder an.

Sie war angekommen. Das Schiff rieb seinen Rumpf an den Autoreifen der Pier und kam zur Ruhe. Die Menschen gerieten in Eile.

Jetzt mustert sie mich, dachte er. Er beugte sich hinab, klopfte dem Hund das Fell, als wollte er ihre Aufmerksamkeit auf das Tier lenken.

Nun, eine Frau scheint er nicht im Hause zu haben, konstatierte sie erleichtert. Das erkannte sie an seiner Kleidung.

Er hörte, wie ein attraktiver Herr sich anbot, ihr den Koffer zu tragen. Sie aber dankte: »Ich werde erwartet.« Unsmoler drängte sich durch den Strom der Leute. Der Hund folgte ihm.

»Erwartet und gut bewacht«, sagte der Herr lächelnd und wünschte ihr einen angenehmen Aufenthalt. Unsmoler hätte dem Fremden am liebsten die Faust unter die Nase gehalten. Er nahm Delphines Koffer und schob ihn auf den Hänger. Lüder zwinkerte ihm zu.

Als sie beide die Betonstraße hinaufgingen, lief der Hund neben ihnen.
»Er hat mich nicht erkannt!« sagte sie.
»Dabei hängt dein Porträt an der Wand! Vielleicht ist es doch nicht ähnlich«, antwortete er. Sie sahen einander an und lachten.
Vorsichtig öffnete er das morsche Gartentor. Es durfte nicht ausgerechnet heute auseinanderfallen. Als sie den Gartenweg betreten hatte, schloß er das Tor auf gleiche Weise. »Viel hat sich auf der Insel verändert«, sagte sie, »deine Haustür aber nicht.«
Peinlich! Die Haustür paßte so gar nicht zu seinem eleganten Besuch. Die Eulen, Mäuse, Katzen, Igel und Ungeziefermalereien auf dem von der Sonne ausgetrockneten Holz kamen ihm heute albern vor. Er wünschte, er hätte die Palettenfarbreste hier nicht nach Lust und Laune in dunkle kleine Tiere verwandelt, sondern das alte Holz mit klaren, einladenden Farben gestrichen.
Er beeilte sich, die Schöne ins Atelier zu führen, und bemerkte zum ersten Mal, daß der fensterlose Vorraum nach nassem Hundefell roch.
Sonnig das Atelier. Zum Empfang blühende Jasminzweige in der Vase, der Tisch mit weißem Papier bespannt. Ein paar Winterbilder standen an die Wand gelehnt.
»Bitte, nimm Platz«, sagte er, »ich lauf' den Koffer holen.«
Lüder erwartete ihn. Die anderen Gäste hatten ihr Gepäck bereits vom Hänger gezogen. Urlauber, die nicht von ihren Vermietern erwartet worden waren, irrten nun kofferwuchtend durchs Dorf und suchten vergeblich nach Hausnummern.
Lüder stand auf dem Hänger und dirigierte vergnügt ratlose Leute durch Zurufe. Als Unsmoler zum Hänger kam, ließ der Traktorist die Suchenden Suchende sein und lehnte großartig die üblichen fünfzig Pfennig Transportgebühr ab. »Mann, ihr hättet doch nicht laufen brauchen, ich hätt' euch doch vor die Haustür gefahren! Aber du wolltest wohl mit Deifinen allein sein. Ne, ne, ne, was bist du nur für ein Fuchs«, sagte er ungeniert, »kaum ist der Dicke mit seinen Süßen hinter die Stahltür ins Hochhaus gezogen, läßt du dir was Frisches kommen! Aber das laß dir gesagt sein, ich war früher auch nicht von schlechten Eltern. Wart, ich fahr' ihr den Koffer.«
Bullernd hielt der Trecker vor der Hütte, aber sie schaute nicht heraus. Unsmoler hob den Koffer vom Hänger. Signale hupend ratterte Lüder die Dorfstraße hinauf.

Unsmoler setzte den Koffer ab, hob das brüchige Gartentor aus den Angeln und schleuderte es zwischen die Ginsterbüsche. Besser keins als so eins. Er nahm sich vor, es bei nächster Gelegenheit hinter das Haus zu tragen.
Sie öffnete ihm die Tür und überraschte ihn aufs neue. Sie trug einen engen schwarzen Pullover und kurze Hosen, sogar ihre Frisur war jetzt anders. Der Hund stand wedelnd neben ihr.
Sie sahen einander an. Er zögerte, sie zu umarmen. Er war sich nicht sicher, ob sie ihn nicht zurückstoßen und schallend lachen würde. Aber sie sagte: »Gefalle ich dir nicht mehr?«
Der Herr Akkurat blickte aus dem Fenster.
»Doch«, flüsterte er, »zu sehr!«
Er quartierte sie im Zimmer seines Bruders ein, denn es war nicht anzunehmen, daß dieser plötzlich mit einem Seesack auf dem Rücken ins Haus poltern würde.
»Hübsch«, sagte sie.
Man konnte durchs Fensterchen das Meer sehen. Sie betrachtete die Seesterne an der Wand und lauschte in die bizarren Muscheln. Sie strich mit der Hand über die riesige Schlangenhaut, die über die ganze Länge des Raumes an die Wand geheftet war, und berührte das Seepferdchen, das von der Lampe herabhing. Unsmoler legte ihren Koffer auf das Tischchen aus fremdländischem Holz, dessen Platte auf dem Rücken von vier geschnitzten Elefanten ruhte. Sie sah die Stoßzähne und staunte: »Elfenbein, richtiges Elfenbein!« Er ging die Stiege hinab, machte mit dem Tauchsieder Wasser heiß und brühte Tee in der Blechkanne.
Er hatte hier spartanisch gelebt, aus Emaillenäpfen getrunken und Gemütlichkeit vermieden. Nur nicht auf Dauer einrichten! Er hatte zurückkehren wollen in die Stadt wie der Prediger, der aus der Wüste kommt. Nun aber erinnerte er sich an die zwei mit spitzestem Pinsel bemalten Porzellantassen. In der Kindheit hatten sie ihren Brombeerblättertee an Feiertagen in diese innen vergoldeten Tassen eingeschenkt bekommen. Tassen, die die Mutter bei der Flucht quer durch Deutschland getragen hatte.
Heute ist ein Feiertag, sagte er sich, als er die schwere Schublade aufzog. Er hob ein schwarzes Bündel beiseite und schlug das Tuch auseinander: Die Porzellanuhr! Er nahm sie in die Hand und stellte sie aufs Fensterbrett. Die Uhr begann zu ticken. Rasch zog er sie auf, denn das Ticken sollte nicht verstummen.

Er kniete noch neben zerknülltem Zeitungspapier, als er ihre Schritte hörte. Sie kam die Stiege hinab. »Ach ist das hübsch!« rief sie, als sie die Tassen sah. Schattig grüne Parkbäume, ein Pärchen vor einem See, im Hintergrund ein weißes Schloß unter lichtblauem Himmel, auf dem See zwei Schwäne. Er ging die Tassen ausspülen. Als er wieder hereinkam, verbarg sie etwas:
»Wenn du solche Dinge besitzt, wage ich kaum zu zeigen, was ich für dich habe!« Sie brachte ein weiß-goldenes Engelchen zum Vorschein, ein munteres dickliches Engelchen mit einer in den Rücken geschraubten Öse.
»Das paßt doch wunderbar zu den Tassen!« sagte er und suchte nach einer geeigneten Schnur. Kurze Zeit später schwebte das Engelchen am Haken, an dem vor vielen, vielen Jahren die Adventskränze gehangen hatten.
»Und hier, vielleicht magst du's«, sie hielt ihm Kleidungsstücke entgegen. »Bitte probier es an!«
»Jetzt wird Tee getrunken, wie damals an unserem ersten Abend!«
»Bitte, probier es!« Sie streckte ihm erneut die Kleidungsstücke entgegen.
Er hatte sich vorgenommen, freundlich zu sein. Zwei, drei Wochen lang würde er das durchhalten können. Er seufzte und probierte den Nicky und die kurze Hose an. Die blauen Streifen schienen sich augenblicklich wie beklemmende Eisenringe um seine Brust zu legen: Verkleidung. Seine Beine leuchteten weiß, denn er hatte für gewöhnlich lange Hosen an, im Sommer wie im Winter.
»Gut siehst du aus!«
Er glaubte ihr nicht.
»Wirklich!« sie betrachtete ihn prüfend. »Warum läßt du dir eigentlich keinen Bart stehen? Sonst haben die Maler doch Bärte!«
»Vor allem die Malerinnen«, knurrte er und beeilte sich, seine weißen Beine unter dem Tisch zu verstecken.
Trotzdem, das feiste nackte freundliche Engelchen wurde zum Zeichen dieser Tage. Es hatte offenbar nicht die Eigenschaft anderer Dinge, rasch reglos und unsichtbar zu werden. Es schien mit dicklichen Händchen rundherum das Zimmer zu segnen. Kaum hatte man sich an diese Bewegung gewöhnt, schon machte es wieder auf sich aufmerksam, indem es die Drehrichtung änderte. Manchmal

schaukelte es auch nur sanft hin und her, dann wieder schaute es unverwandt zu Tür, als erwarte es jemanden.
»Was es nur hat«, sagte Delphine plötzlich, »es dreht uns den Hintern zu!«
»Es weiß nicht, was es von unserer Beziehung zu halten hat. Ich bin der Maler, und die Schöne ist das Modell«, sprach er erklärend zum Engelchen.
»Abwarten!« sagte sie.

Schwimmen

Am nächsten Morgen erwachte Unsmoler in aller Frühe. Er ging hinaus zur Pumpe, preßte seine Linke unter die gußeiserne Fischmaulöffnung und pumpte mit der Rechten, bis sich der Pumpenbaum mit Wasser füllte und das Wasser silbrig glitzernd zwischen seinen Fingern hindurchspritzte, dann beugte er sich unter die Öffnung und gab dem Wasser den Weg frei. Ein Wasserfall stürzte ihm über den nackten Rücken.
Dann pumpte er Wasser in den Kessel und begab sich ins Haus.
Es war bereits elf Uhr, als sie auf dem Feldweg, der durch das große Kornfeld führte, zum Meer gingen. Bereits bei den dornigen Sanddornbüschen hörten sie das lustvolle Kreischen der Badenden. Der fremde Geruch von Ölen und Bräunungsmittel wehte das Steilufer empor und zog ihnen auf dem schmalen Pfad, der sich durch die dornigen Büsche schlängelte, entgegen. Noch penetranter allerdings war der Gestank menschlicher Exkremente, die links und rechts den Weg säumten und obendrein mit leuchtenden Papierfetzen auf sich aufmerksam machten. Zerrissene Papierservierten, Zeitungsfotos und ganze Buchseiten hatten hier ihren letzten Verwendungszweck gefunden. Schwarz schillerten die Flügeldecken unzähliger Mistkäfer, die emsig Gänge gruben, um Kot für ihre künftigen Larven hinab ins Erdreich zu schaffen.
Unsmoler ging jetzt vor ihr. Er fürchtete, daß sie unvermittelt auf einen der Hockenden stoßen würden. Richtig, hinter einem Knick des Pfades erblickten sie den blanken Hintern eines Mannes, der

sich hastig die Hosen hochzog, ohne das Büschel Gras zu benutzen, das er in der Faust hielt.
Der Herr pfiff vor sich hin und trat steifbeinig einen Schritt zurück, um die beiden passieren zu lassen. Verstört blickte er auf die Uhr, als habe er auf jemanden gewartet.
Unsmoler schaute sich um: Sie lachte.
»Auf dem Weg zum Schlaraffenland muß man allerhand Hindernisse überwinden«, sagte er, als sie den Strand erreicht hatten.
Sie breitete ihr Badetuch aus. Unsmoler schaufelte mit den Händen um sie herum einen Wall. Er zäunte sie gewissermaßen ein. Dann legte er sich neben sie, stützte sein Kinn auf seine Hände und blickte blinzelnd auf die Schräge des Sandes, hinter der die fremden Leute verschwunden waren. Aber nah war das Kreischen der Badenden.
»Schreie verzauberter Vögel!«
Sie streckte sich und sah ihn an.
»Ja hörst du nicht?« sagte er, »das alles sind Pinguine, Lachmöwen, Strandläufer, Samtenten … in Menschen verwandelte Vögel. Sie haben das Wort vergessen, das ihnen ihre ursprüngliche Gestalt zurückgibt.« Er richtete sich ein wenig auf und schaute über den Wall hinweg. »Sieh doch, wie sie watscheln und im Wasser vergeblich mit den Flügeln schlagen. Die Ärmsten wollen sich erinnern!«
Sie blickte kurz auf, lachte und räkelte sich wohlig. Ihre Hand berührte ihn. Hin und wieder verschob sie den Saum ihres winzigen Höschens, damit die Sonne die Grenze zwischen Bräune und Blässe nicht mit unschöner Schärfe auf ihren Körper malte.
Er betrachtete sie. Sie spürte mit geschlossenen Augen, daß er sie ansah. Er nahm eine Möwenfeder, schob mit der Hand trockenen Sand beiseite und begann mit dem Federkiel in den feuchten Sand zu zeichnen. Immer wieder die Konturen ihres Körpers. Zeichnen und auslöschen. Auswendig lernen. Morgen beginnen mit der Arbeit.
Sie richtete sich auf, blinzelte, als käme sie von einem anderen Ort zurück, beugte sich zur Strandtasche, holte eine Cremedose hervor und reichte sie ihm. »Bitte, creme mir den Rücken ein! Erinnern sich deine Hände nicht?«
Er küßte sie sanft auf den Rücken. »Das war ganz freundschaftlich«, sagte er. »Gehn wir baden!«

»Später«, sagte sie, und er begann aufs neue zu zeichnen und das Gezeichnete auszulöschen.
Wie damals auf den Schiefertafeln.
Als er sich erhob und zum Wasser ging, folgte sie ihm.
Ohne zu zögern, tauchten sie unter. Sie beobachteten einander. Unsmoler erinnerte sich an all die kleinen Kunststücke seiner Kindheit. Er lief unter Wasser auf Händen, tauchte und tummelte sich übermütig wie eine Robbe. Dann ermunterte er sie, gemeinsam mit ihm hinauszuschwimmen. Er brachte ihr Muscheln vom Grund an die Oberfläche, erschien mit grünen Seegrashaaren oder schoß aus der Tiefe wie ein Wal. Sie lag auf dem Rücken, bewegte sacht die Hände, ruhte sich auf dem Wasser aus und blickte zum fernen blauen Ufer: »Dort habe ich dich gefunden«, rief sie und schwamm auf das Steineufer zu.
»Ohne das Pferd hätten wir uns wahrscheinlich nie gefunden!« sagte er und versuchte ihr ins Gesicht zu schauen.
Sie atmete wie er beim Schwimmen unter Wasser aus. Als sie beim Durchziehen der Arme das Gesicht aus dem Wasser hob, konnte er die Antwort darin nicht mehr lesen.
Dort, wo die großen Steine lagen, machte er ihr vor, wie man gut an Land kam. Seine Füße schlugen schäumend das Wasser, die Hände tasteten sich über die glitschigen Steine. Flach über die Klippen. Als seine Brust den Grund berührte, erhob er sich und half ihr. Auf einem großen warmen flachen Stein ließen sie sich trocknen.
Als Kinder hatten sie hier aus blauem Ton düstere doppelgesichtige Köpfe geformt und sie als Wächter des Ufers auf große Findlinge gestellt. Er wollte einen Wächter für ihre Strandburg modellieren. Einen Panther. Er fand zwischen den Steinen ein Brett als Unterlage, holte sich aus dem flachen Wasser feuchten Ton und begann mit der Arbeit. Er sah sie an und modellierte ein ruhendes Raubtier. Irgendwann seufzte sie: »Im Sand liegt es sich besser!«
»Du, ich kenne eine einsame Stelle, mit ganz ganz feinem Sand!«
Sie sah ihn mit einem Blick an, der ihn verunsicherte. Rätselhafte Frau.
»Gehn wir lieber zu unseren Kleidern«, sagte sie.
Neben den Eingang ihrer Burg stellten sie den tönernen Panther. Er war ein schlechter Wächter. Er schien die Leute anzulocken, Gaffer kamen.
Sie taten so, als interessiere sie die Plastik, sie betrachteten aber

die Schöne und versuchten, mit ihr ins Gespräch zu kommen. Unsmoler erhob sich und trug den Panther ins Meer. Der Ton sog sich voll Wasser, und das Tier zerfiel. »Gehn wir!« sagte Unsmoler, als er zurückkam, »ich muß nach Haus, den Hund befreien, und wir, wir müssen etwas essen.«

»Hast du denn irgendwas?«

»Welch ein Wochentag ist heute?«

»Donnerstag.«

»Dann gibt es Eier mit Speck!«

»Am Heringstag aber gehen wir essen!«

»Essengehen ist eine Strafe! Essengehen bedeutet Schlangestehen, und bist du endlich an der Reihe, rüttelt der nächste, während du löffelst, schon an deinem Stuhl!«

»Bei der Müllerschen ist das nicht so«, sagte sie.

»Das war doch im vorigen Jahr der Geheimtip«, nun flüsterte sie: »Privater Mittagstisch hinter hohem Bretterzaun! Hat die Frau aufgegeben?«

Er wußte es nicht. Er wußte manches nicht, was anderen wichtig war.

»Du bist doch ein Einheimischer«, sagte sie verwundert.

»Ich bin ein Maler«, antwortete er.

Also Essengehen, dachte er, noch so eine Neuerung. Auf dem Dachboden unter einem Balken, den man mit einiger Anstrengung etwas anheben konnte, hatte sein Bruder etwas Geld deponiert. »Nimm dir, was du brauchst«, hatte er gesagt, »was du nimmst, ist geschenkt.«

Durchhalten, Junge. Es sind nur zwei oder drei Wochen.

»Kaum noch was zu sehen«, sagte sie, als sie am Pferdehügel vorüberkamen, »wir sollten einen Blumenstrauß pflücken und dort hinlegen, oder findest du das albern?«

Er schüttelte den Kopf.

Im Dorf unten wurden sie beäugt.

»Mann, kiek, das ist doch Deifine! Gestern hochhackig und auf fein, heute ganz auf sportlich! Und uns Moler, ein Badegast in Ringelhemd! Mädchen, Mädchen, was hast du mit ihm angestellt!«

Nur Lüder konnte es nicht lassen, richtig laut zu werden: »Mädchen, Mädchen, rief er, bei uns wäre auch ein Zimmer für dich frei gewesen!«

»Von wegen, du geiler Bock!« fauchte seine Frau.

Am Abend, als die beiden mit dem Hund erneut ans Meer gingen, sahen sie das Treckergespann über den Strand fahren. Ein paar Männer zogen alle hundert Meter Kabel, Stangen und Gerätschaften vom Hänger. Unsmoler blieb stehen und sah das Mädchen an.
»Was führt der Dicke nun schon wieder im Schilde?«
»Für die Rettungsschwimmer, vielleicht«, sagte sie unbeeindruckt.
Am nächsten Tag aber hallte es überlaut vom Strand herauf:
»Achtung, Achtung, eine Sprechprobe! Eins, zwei, drei, vier, eins, zwei, drei, vier ...!«
»Kehren wir um«, sagte er.
»Man kann nicht dauernd weglaufen!« Sie zog ihn weiter. »Vielleicht bringen sie Musik.«
Das Verlegen der Kabel und das Aufstellen der Tonsäulen am Badestrand war die erste kulturelle Großtat eines Programms, das der Dicke in den nächsten Wochen durchzuziehen trachtete.
Während drei Männer in blauen Monturen und mit Farbeimern in den Händen, umringt von spärlich bekleideten Urlaubern, die Masten mit fröhlichen Farben anstrichen, saß der Chef in seinem neuen Arbeitszimmer und verfolgte in freudiger Erwartung den Weg des Sekundenzeigers über das Zifferblatt.
Zehn, neun, acht, sieben, sechs, fünf, vier, drei, zwei, eins! Die Sekretärin fuhr zusammen, gleichzeitig mit einem klatschenden Hieb auf die Tischplatte nebenan begann der Lautsprecher über der Tür zu tönen: »Achtung, Achtung, liebe werktätige Urlauber, hier meldet sich Ihr Inselfunk!«
»Pünktlich auf die Sekunde«, rief der Dicke seiner Sekretärin zu, »der Mann da oben ist in Ordnung!«, und als müsse er ihm soufflieren, sprach er langsam die Worte mit, die im gleichen Augenblick auch in tausend Meter Entfernung über das Meer und den Strand hallten:
»Eingerichtet für Sie, für Sie und nochmals für Sie und vorfristig in Betrieb genommen!« Der Genosse Vorsitzende hatte maßgeblich an der Ausarbeitung des Textes mitgewirkt. Nach den Worten ertönte dröhnend Musik: Schlager aus heimischer Produktion, lauter veraltete Titel, nach deren Rhythmen der Inselmächtige

seinerzeit auf der Parteihochschule das Tanzbein geschwungen hatte.
Unsmoler stöhnte: »Nein, das halt' ich nicht aus. Warum, zum Teufel, sind wir hier an den Strand gegangen!«
Nun erinnerte er sich: »Wir werden nicht nur Wasser, Sand und Sonne unseren werktätigen Urlaubern bieten, sondern auch Kultur, sprich, Bilder, Informationen und Musik!«, so hatte der Dicke beim Treffen neulich gesprochen. Die Nachbarin vom »Schloß« hatte lautlos in die Hände geklatscht und dankbar gelächelt. Auch sie hatte vermutlich gemeint, man würde hier auf der Insel Konzerte veranstalten.
Das war nun also die Musik: Einheitsbeschallung.
Die Schöne wippte mit dem Fuß. »Kommt hier alles mit zehnjähriger Verspätung an?«
»Ja, wenn es schlimm kommt, kommt es schon so rasch! Ich hau' ab!« sagte Unsmoler, die Musik übertönend, »du kannst ja bleiben.«
»Bleib hier! Du wirst sehen: Nach einer Weile wird der Lärm zur Stille, das kenne ich von der Kellnerei.«
»Wollen wir uns wirklich an alles gewöhnen?« fragte er eindringlich.
»Nein!« sagte sie entschieden, »du hast recht, Mottenkistenmusik … Es ist, als würde man in Großmutters Schrank gesperrt!«
»In meiner Großmutter Schrank hätte es anders geklungen!«
»Hast du schon mal in einem fremden Schrank gesessen?« Sie sah ihn an. Er wurde nicht klug aus ihrem Blick.
»Weshalb sollte ich in fremden Schränken sitzen?«
»Nichts, nur so … Ach, du willst mich auf den Arm nehmen!« rief sie plötzlich.
»Mit Vergnügen!« Er streckte seine Arme aus, aber sie erhob sich rasch.
»Komm, wir gehen … sonst gewöhnst du dich doch noch an die Evergreens. Hast du nicht vom feinen Sand ›Irgendwo‹ erzählt?«
»Der feine Sand ›Irgendwo‹ ist hinter Dornen!«
»Also los durch dick und dünn!«
In wiedergefundener Gemeinsamkeit stiegen sie die schiefen Stufen der dürftigen Steilufertreppe empor.
»Wir könnten zum versackenden Dorf gehen«, schlug Unsmoler vor, »vielleicht hat man dort einen Fisch für uns.« Dort, wußte er,

würde der Lärm der Schlagermusik nicht so penetrant sein, und Meer war dort auch.
»Willst du zu den toten Fischen flüchten?«
»Flüchten? Ich möchte mich nur nicht ausliefern.«
»Mir auch nicht?«
»Niemandem!«
»Der Sand ›Irgendwo‹ war also leere Versprechung?«
»Du müßtest klettern und auf allen vieren krabbeln!«
»Auf nach ›Irgendwo‹!«
Sie gingen längs der Küste. Bei den Trümmern der Bunkerruine stießen sie unvermittelt auf Urlauber, die sich gegenseitig in Posen von Eroberern oben auf den Betonbrocken der gesprengten Geschützstellung fotografierten. Krallen rostiger Armierungseisen griffen immer noch wie Tatzen wilder Tiere ins Leere. Schräge Betonflächen, übersät mit mühselig gemeißelten Herzen, Initialen und Jahreszahlen, ragten aus dem Sanddorngestrüpp.
Unsmoler wurde gebeten, von der Urlaubergruppe »ein Bild zu schießen«, man reichte ihm den Fotoapparat hinab und bemühte sich anschließend, ihn und die Schöne dem Rudel einzugliedern:
»Wart ihr schon mal beim verschütteten Dorf? Toll, einfach toll, kommt mit, dort wohnt noch eine Hexe!«
»Geht nur, vielleicht kommen wir nach.«
Als die anderen weitergingen, sagte er leise: »Hier ist es!«
Kaum sichtbar im Gestrüpp ein Durchgang.
»Fisch, versinkende Hütten, eine Zauberin oder auf zum Sand ›Irgendwo‹?« fragte er Delphine.
Er wunderte sich, daß sie wiederum sagte: »Zum Sand ›Irgendwo‹!«
Er bückte sich und kroch vorsichtig voran.
»Ein Räuberpfad!« rief sie kichernd.
»Ein Kinderpfad«, flüsterte er, »leise, leise, braucht niemand zu wissen, daß hier ein Durchkommen ist.« Plötzlich ragte ein Betonhindernis auf, wieder Trümmer. »Da müssen wir drüber weg.«
Er half ihr hinauf, dann sah sie den riesigen Trichter weißen Sandes.
»Wenn das keine Strandburg ist«, sagte er. Er kletterte voraus und breitete die Arme aus. Sie ließ sich fallen, sie riß ihn um, sie rollten hinab. Die Strandfunkmusik war hier nicht mehr zu hören.

»Ist das schön hier. Wir allein auf der Welt!« Sie flüsterte und legte sich am schrägen Hang nieder. »Hier braucht es keine Badeanzüge«, und schon zog sie sich splitternackt aus. »Und du?«
Er sah sie an. Sie sah umwerfend aus. »Ich müßte dich zeichnen, aber du hast mich entwaffnet, du hast mir Kleidung ohne Taschen angezogen, nicht der kleinste Skizzenblock, kein Stück Papier, kein Stift, nichts!«
»Zu Hause sitze ich dir Modell. Das ist versprochen! Nein, diese Maler, malen nackichte Frauen und haben selber einen Frack an! Das ist nicht fair!«
Er zog sich umständlich die Hose aus. »Malen ist Arbeit«, sagte er, »ein Arzt läßt auch nicht die Hosen fallen, wenn er einer Dame den Blinddarm herausoperiert.«
»Du siehst mich an wie ein Arzt im Dienst?«
Er küßte sie auf den Mund, damit sie schwieg. Sie schlang die Arme um seinen Hals und gab ihn nicht mehr frei.
»Kennst du das Bild von Rubens ›Die Versuchung des heiligen Hieronymus‹?« flüsterte er zwischen Küssen.
»Hieronymus?« Sie wand sich in seinen Armen. »Hieronymus war schwul!«

Die Wanderer näherten sich dem versinkenden Dorf. Unten lagen die Hütten wie verzaubert in der Senke.
Kein Laut außer einem wehmütigen Quietschen.
»Da schreit jemand!« sagte ein Herr aus dem Trüppchen.
»I wo, da schaukelt irgendwas im Wind.«
Über den hellen Sand bewegte sich langsam eine schwarze Frau. Sie blieb stehen und schaute zu den Urlaubern hinauf, dann schlurfte sie weiter und verschwand in der Ruine eines Hauses.

Helle Nacht bis in den Tag

Durch das geöffnete Fenster stieß immer wieder der Lärm allzu fröhlicher Urlauber. Zeitweilig schienen die Geräusche, in die sich Gelächter und lustvolles Kreischen mischte, den Raum auszufüllen und die nächtliche Vertrautheit der Dinge auszulöschen.

In dieser Nacht aber lauschte Unsmoler gelassen, beinahe interessiert.
Delphine neben ihm schien fest zu schlafen. Er streichelte sie sanft, war aber versucht, sie zu wecken, um mit ihr ans Meer zu gehen: Baden im seltsamen Licht des Nordhimmels.
Dicht unter dem Horizont rollte die Nachtsonne dahin. Möglich, daß sie sich schon zeigte, wenn er und Delphine das Ufer erreichen würden. Sie würden beide den Steilhang hinunterhüpfen, um unten die Rückkehr des Tages erneut zu erleben, Fanfaren des Lichts! Sie würden nackt ins Wasser stürzen und der Sonne entgegenschwimmen. Wasserperlen auf der Haut.
Zu schade die Nacht, um in Träumen zu versinken! Er beugte sich zu ihr, küßte sie, wandte sich ab, verschränkte die Hände unter dem Nacken und lauschte. Draußen wurde es stiller. Zaghaft begann jemand zu singen. Verszeilen längst vergessener Lieder.
Es war ihm danach, mitzusummen, aber er mochte ihren Schlaf nicht stören.
Aber auch sie mußte mit geschlossenen Augen wachgelegen haben, vielleicht war sie erwacht, weil er sie nicht mehr berührte.
»Umarme mich«, flüsterte sie. »Zwei Tage haben wir verloren … das müssen wir nachholen, sonst bereuen wir das ewig!«
Am nächsten Tag, gegen neun Uhr, waren sie immer noch im Bett.
Er blickte nach oben und sagte überrascht: »Das ist ja ein Amor, dein Engel!«
»Hast du es endlich gemerkt!«
Plötzlich aufdringliches Klopfen an der Tür. Der Hund draußen hatte nicht gebellt.
Unsmoler sprang auf, sie wollte ihn zurückhalten.
»Du bist unsichtbar«, sagte sie gekränkt, weil er die Kraft hatte, sich abrupt zu befreien.
Das Gesicht des Nachbarn schob sich vor das Fenster. Der Mann schaute herein, zuckte aber erschrocken zurück, als er die Frau bemerkte.
»Ich komme!« rief Unsmoler. Er stieg in die Hosen und zog den Pullover über.
»Guten Tag, Kolega. Ich bitte vielmals um Entschuldigung, wenn ich zu nachtschlafender Zeit störe«, sagte der Herr Akkurat in leicht ironischem Ton und schwenkte theatralisch seinen Künstlerhut, »ich komme in Sachen Ausstellung Inselgalerie, wir spra-

chen seinerzeit darüber. Sollten Sie etwas Geeignetes dahaben, könnten Sie sich bereits an der ersten Ausstellung beteiligen. Ich hätte gern zwei, drei Winterbilder bei Ihnen ausgesucht, aber das paßt jetzt wohl nicht ...«

»Offengestanden, nein!« sagte Unsmoler und strich sich mit den Händen die Haare glatt, »es war gestern spät!«

»Dann hat sich das offenbar erledigt ...« Der Nachbar schien im Grunde erleichtert.

»Das nicht, ich bringe Ihnen zur Auswahl mehrere Arbeiten«, sagte Unsmoler rasch.

»Wenn Sie das bis 12 Uhr schaffen, bitte ...«

»Ich werde mich bemühen!«

»Also ein paar Bilder vom Winter bis 12 Uhr. Aus erst kurzfristig bekanntgewordenen Gründen müssen wir bereits heute eröffnen! Sie und Ihr ... Besuch sind natürlich herzlich eingeladen. Ich soll auch von meiner Gattin nachbarliche Grüße übermitteln. Also heute 16 Uhr!«

»Um 11 Uhr 30 bin ich bei Ihnen«, sagte Unsmoler, denn es war zu offensichtlich, daß der Nachbar nun doch ganz gerne auf ihn verzichtet hätte.

»Der Inselchef wird anwesend sein«, sagte der Herr Akkurat. Befremdet konstatierte er, daß diese Mitteilung keinerlei Eindruck machte. Unsmoler war mit seinen Gedanken bereits ganz woanders. Er dachte an Bilder.

»Komm, küß mich«, sagte sie, als er zurück in den Raum kam. Sie breitete die Arme aus, aber er ging an ihr vorüber. »Ich muß Bilder aussuchen und passende Rahmen finden und die Rahmen auch noch streichen und alles bis 11 Uhr. Machst du bitte Frühstück!«

Er begann in Bilderstapeln zu kramen. Sanft drehte sich das Engelchen. Sie erhob sich.

Sie stand nackt mitten im Zimmer und schaute ihm zu.

»Winterbilder sind nicht nur Bilder, auf denen Eis und Schnee zu sehen ist«, sagte sie plötzlich. Sie kam heran, zog zwei Stilleben hervor, das Bild vom brechenden Eis, ein Schilfbild und die Ölskizze, die er von ihr gemacht hatte.

»Fertig«, sagte sie. »So rasch geht das!«

Er sah, daß sie recht hatte und wollte sie umarmen, aber sie stieß ihn lachend zurück: »Jetzt wird gefrühstückt, und dann machst du die Rahmen fertig.«

Die Papierblume

Jener attraktive Herr, der der schönen Delphine bei ihrer Ankunft angeboten hatte, den Koffer zum Hänger zu tragen, betrachtete die metergroße schwarze Hand, die mit ausgestrecktem Zeigefinger durch ein geöffnetes Gittertor hindurch zu einem weißgekalkten Gebäude wies, über dessen breiter Tür das Wort »Galerie« geschrieben stand.

Links und rechts der Tür waren gleichfalls Hände mit zeigenden Fingern angebracht.

»Galerie der abgehackten Hände«, murmelte der attraktive Herr. Er fühlte sich jedoch von der Hand am Gittertor magisch dirigiert. An und für sich pflegte er derartiger Nötigung nicht Folge zu leisten. Diesmal aber bog er von der Dorfstraße ab und sann, während er über knirschenden Kies schritt, über die Hand am Gittertor nach. Natürlich kam es ihm unversehens in den Sinn – das ist die Hand Johannes des Täufers vom Isenheimer Altar. Der zu gehorchen ist keine Schande!

Er schob die schwarze Galerietür auf und wurde urplötzlich von vielen Blicken getroffen. Ein Redner verstummte und musterte den zu spät Gekommenen einen Augenblick streng.

Auch Unsmoler hatte zur Tür geblickt. Da ist er ja wieder! hatte er gedacht.

Der Redner fuhr gnädig fort, seinen Text zu verlesen: »In diesem Jubiläumsjahr unserer Republik legen die Inselkünstler unter der Ägide des Kulturbundes Werke ihres Schaffens auf den Gabentisch unseres Landes …«

Wo bin ich hier hineingeraten! dachte der attraktive Herr. Er konnte nicht anders, er flüsterte: »Zum Kotzen, überall die gleiche Verblödung!« Jemand blickte sich um. Augenblicklich erschrak der attraktive Herr fürchterlich. Wozu habe ich mich wieder hinreißen lassen! Alle werden meine Bemerkung vernommen haben!

Der Redner senkte das Blatt, ein Zeichen, daß seine Rede beendet war.

Schweiß perlte auf der Stirn des attraktiven Herrn. Ihm schien, als habe er seine aufmüpfigen Worte hinausgeschrien. Das bedrohliche Echo des Satzes hinderte ihn daran, auch nur ein Bonmot des

Herrn Akkurat, der längst das Wort ergriffen hatte, zu verstehen. Wie im Stummfilm agierte der Mann da vorn. Als der Finger des Herrn Akkurat plötzlich in die Richtung des attraktiven Herrn zeigte, wobei der Maler und Hausherr allerdings lediglich auf ein Bild hinter diesem hatte hinweisen wollen, duckte der Mann sich hinter eine junge Frau. Mein Gott, dachte der attraktive Herr, man wird mich vor der Tür verhaften! Seine Lippen waren schmal und weiß geworden. Er hatte nicht einmal bemerkt, daß inzwischen Musik erklang. Trotzdem, Bach beruhigte ein wenig. Er konnte wieder klar denken: Nur nichts anmerken lassen! Keinen Schritt alleine gehen, immer mit mehreren zusammenbleiben. Aus dem Kämmerlein mit den hellhörigen Wänden werden sie nicht wagen, mich hinauszuzerren. Aber was denn! kam es ihm plötzlich in den Sinn, ich habe doch nicht Verblödung gesagt, sondern Verschönerung! Verschönerung! Das ändert selbstverständlich alles! Überall die gleiche Verschönerung! Ein akustisches Mißverständnis, wenn es irgendwann irgendwie anders geklungen haben sollte. Er konnte wieder lächeln.

Der Künstler erklärte die Ausstellung für eröffnet. Die Besucher traten vor die Bilder, denen sie während der Worte ihre Hinterteile gezeigt hatten. Alles geriet in Bewegung.

Ein Fotograf schickte sich an, ein Grüppchen abzulichten. Der Herr Akkurat hatte seine Gattin und den Leiter der Abteilung Kultur vor das Bild einer schnurgeraden Straße gelotst und die beiden angewiesen, ein angeregtes Gespräch miteinander zu führen. Nichts sollte dem Zufall überlassen bleiben. Über der schnurgeraden Straße im Hintergrund gaukelten Schmetterlinge. Blitz.

Unsmoler blieb finster in der äußersten Ecke stehen. Er mochte derartige Veranstaltungen nicht.

Diese Zurückhaltung ärgerte Delphine. »Merkst du nicht, der Nachbar stiehlt dir total die Show!«

»Es ist seine Veranstaltung, es sind seine Räume, und er hat all die Arbeit gehabt!«

»Es geht um Bilder, und deine Bilder gefallen mir am besten!« flüsterte sie.

»Mir auch!« sagte jemand hinter ihr. Sie drehte sich um. Wieder der! dachte Unsmoler.

Der attraktive Herr reichte ihr und Unsmoler die Hand.

Oberflächliches Geplauder, Unsmoler wandte sich ab und den Bil-

dern zu. Delphine blieb neben ihm, der Herr ging weiter. »Was habe ich mich darum bemüht, das Licht eines Reflexes auf einem Weinglas, das Weiß des Schnees oder das des Eises in Farbigkeit zu verwandeln! War das vergeblich? Vielleicht hätte ich die Rahmen nicht weiß streichen dürfen!« sagte Unsmoler zu Delphine.
»Deine Zweifel laß im Atelier!« flüsterte sie, »wie willst du andere überzeugen, wenn du hier Unsicherheit demonstrierst!«
»Ich will niemanden überzeugen, die Bilder sollen überzeugen!« antwortete er heftig.
Der attraktive Herr war ein paar Schritte entfernt stehengeblieben und hatte zugehört. Er wandte sich zu den beiden um. »Sie gefallen mir wirklich!«
»Wer gefällt Ihnen?« fragte Unsmoler herausfordernd.
Der Herr ging nicht drauf ein. »Besonders dies vom Eis. Eis, das auseinanderbricht.«
»Dann kaufen Sie es!« sagte Delphine und lächelte.
Der attraktive Herr zuckte zusammen, sagte dann aber: »Wir reden darüber.«
Zu den dreien stieß der Hausherr. »Ich bin zu traurig, daß der Genosse Vorsitzende verhindert ist. Immerhin, eine Grußbotschaft hat er verlesen lassen. Und? Wie gefällt die Galerie?« fragte er den attraktiven Herrn.
»Wir reden zur Zeit über das Weiß vom berstenden Wintereis.«
»Ich auch!« rief der Herr Akkurat und hob eine Zeitung in die Höhe.
»Hier sind nicht etwa die ersten positiven Kritiken, nein, diese Zeitung will ich einer schönen Frau überreichen, eine ganz spezielle Huldigung!« rief er.
Er rollte die Zeitung eng zusammen und hielt die Rolle senkrecht wie eine Blume in der Faust. Er verneigte sich vor Delphine.
Sie verneigte sich gleichfalls. Irgendwie mußte sie sich aus der Affäre ziehen.
Vielleicht ist er närrisch, dachte sie. Sie streckte die Hand aus und lächelte.
»Nicht so rasch, verehrte, schöne Frau, erst wird die Zeitung verzaubert!«
Unsmoler sah den Nachbarn mit einem Blick an, der jeden anderen gewarnt hätte: Wenn du sie beleidigst oder vorführst, dann gnade dir Gott!

Aber der Malernachbar bemerkte diesen Blick nicht: er war ganz in seiner Rolle.
»Erst wird gezaubert!« rief er mit so großer Stimme, daß auch der letzte im Raum zu ihm blickte. Der Herr Akkurat riß Löcher in das Zeitungspapier, faltete es wieder, kniffte es, Papierschnipsel flatterten auf den Boden. Er wiederholte die Prozedur und schob schließlich, ohne einen Moment seine Augen von Delphine gelöst zu haben, die Zeitung auseinander. Eine Papierblume wuchs in voller Schönheit in die Höhe.
Dann überreichte er mit einer leichten Verbeugung Delphine das Kunstwerk. Begeisterter Applaus. Auch Unsmoler war beeindruckt.
»Mit der Bitte um Vergebung für eine morgendliche Heimsuchung!« sagte der Herr Akkurat und verbeugte sich ein zweites Mal.
In diesem Augenblick blitzte erneut der Fotoapparat.
»Man liebt nicht das Kunstwerk, sondern das Kunststück!« sagte Unsmoler.
Der attraktive Herr lachte und nickte: »Ist das von Lichtenberg?«
Unsmoler hob die Schultern. »Nein, das ist Tatsache.«
Der Herr Akkurat schien zu erwachen. »Sind Sie Kollege?« fragte er den attraktiven Herrn.
»Nein, ich bin Arzt!« sagte der Herr.
Delphine hielt die Papierblume ein wenig schräg. Die Blume knickte um. Hätte der Herr Akkurat das Malheur bemerkt, er wäre sicher betrübt gewesen, aber er drängte sich bereits zwischen den Gästen hindurch zu seiner Frau. Er wollte sie heranholen: Hier stand ein interessanter Besucher, ein Arzt.
Die Zeitung öffentlich zerfetzt! Die Augen des Inselchefs waren überall: es waren die Augen des Mitarbeiters, der seinen Bericht über die Veranstaltung und anwesende Personen schreiben würde.

Die Eröffnung der Inselgalerie wurde in der größten Zeitung des Landes gewürdigt.
Eine Woche nach der Veranstaltung in der Remise lag das Blatt auf dem Schreibtisch des Inselchefs. Der Chef hieb mit der Faust auf die Abbildung: Ein Foto von einer jungen Frau, die eine Papierblume in der Hand balancierte. Im Hintergrund Landschaftsbilder, und das im wichtigsten Organ der Einheitspartei! Wenn man wenigstens seine Grußbotschaft abgedruckt hätte! Nichts! Statt dessen ein Interview mit der parteilosen Künstlerin. Kein Wort von der grandiosen Umgestaltung der Insel! Ein geweißter Kutschenstall hatte offenbar sämtliche Errungenschaften der letzten Jahre in den Schatten gestellt!
Wieder betrachtete er kopfschüttelnd das Zeitungsfoto.
Nun gut, die junge Frau ist zu akzeptieren: unsere kunstinteressierte Jugend. Aber diese verdammte Papierblume!
»Nein«, sprach er vor sich hin, »unsere Parteigruppe hält das öffentliche Zerfetzen des Zentralorgans der Partei durchaus nicht für eine Bagatelle!«
Der Bericht über die Aktion hatte längst vorgelegen.
Wie, zum Himmeldonnerwetter, konnte es nur passieren, daß Journalisten über die Insel liefen, ohne sich vorher um Instruktionen bemüht zu haben, dachte er dumpf.
Wieder hieb er auf die Zeitung.
»Eine graue Papierblume! Wir sind durchaus in der Lage, Schnittblumen zu beschaffen!«
Auch im Hause, das man das Schloß nannte, erregte die Veröffentlichung Mißfallen. »Das sieht ja grad so aus, als wäre die Sommerbekanntschaft unseres lieben Herrn Nachbarn die Künstlerin!«
Der Hausherr betrachtete indigniert das Foto.
»Sie ist doch nett«, versuchte seine Gattin ihn zu besänftigen.
»Du mußt zugeben«, sagte er mit gewisser Schärfe, »es ist schiefgelaufen. Was hat sie denn, bitte schön, geleistet? Nichts anderes hat sie geleistet, als jung zu sein und unsere Einladung anzunehmen!«
»Das spielt doch alles keine Rolle«, sagte sie betrübt und schaute aus dem Fenster in die Ferne, »das schlimme ist das Interview!

Der Text ist es! Unsere Bekannten werden es lesen, überall im Lande wird man es lesen! Schrecklich, wie steh' ich da! Könnte man nicht eine Richtigstellung verlangen?«
Abrupt wandte er sich um, schaute ihr ins Gesicht und schien zu erstarren: »Eine Richtigstellung, um Himmels willen! Was ist dir denn peinlich? Du hast es so gesagt. Und es ist gut, daß du es so gesagt hast. Kein Wort ist verändert. Ich hatte dir und den Journalisten den Wortlaut schriftlich gegeben!«
»Gesagt unter anderem, aber doch nicht für die Öffentlichkeit, nicht für die Freunde!«
Aber den Herrn Akkurat ärgerte nur das so nicht geplante Foto. Er sprang auf. »Sie hat nichts anderes geleistet, als jung und hübsch zu sein!«
»Liebster, sie hält doch deine Blume!«
Er eilte hinaus und nutzte seine Erregung, um in der Galerie mit heftiger Schrift eine weitere Eintragung im Gästebuch vorzunehmen. Beruhigt betrachtete er die lapidaren Buchstaben und verglich sie mit seinen filigranen Schrifterfindungen vergangener Tage.
Immerhin, seine Zeitungsblume war abgebildet. Eine Blume als Anfang der Öffentlichkeitsarbeit.
Der Journalist, ein alter Bekannter, hatte ihm mehrere Exemplare der betreffenden Ausgabe zukommen lassen. Nun schnitt der Herr Akkurat Artikel und Foto feinsäuberlich aus und klebte beides in das Gästebuch, dann klappte er es zu.
Beinahe zärtlich strich er über den roten Deckel: das Büchlein der sonderbaren Schriften. Es wird ein kleines Kunstwerk werden.
Seine Gattin blickte immer noch beklommen in die Ferne, plötzlich sah sie den jungen Nachbarn mit seinem Mädchen die Dorfstraße hinabkommen. Handtücher in ihren Händen, offenbar kamen sie vom Meer. Rasch nahm sie ein Zeitungsexemplar, steckte es in die Einkaufstasche und begab sich, ohne in den Spiegel zu schauen, hinaus auf die Straße. Wie zufällig traf sie mit den jungen Nachbarn zusammen.
»Nein, welch ein schönes Foto von Ihnen! Aber ich, ich bin vom Text ins Herz getroffen!«
Delphine und Unsmoler waren stehengeblieben. Die Nachbarin schien verstört.
»Möchten Sie hereinkommen?« fragte Unsmoler.

»Wenn ich darf!«
Sie gingen aufs Haus zu. Der Hund erhob sich von seinem schattigen Ginsterplatz und kam ihnen langsam ein paar Schritte entgegen. Er nahm übel. Unsmoler war mit ihr und nicht mit ihm ans Meer gegangen.
»Was für ein reizender Raum! Und welch eine zauberhafte Porzellanuhr!«
Komm zur Sache, Nachbarin, dachte Delphine. Was gingen sie die Probleme dieser Nachbarsleute an, in einer Woche würde sie abreisen.
»Ich bitte um Entschuldigung!« sagte Unsmoler, »ich will nur rasch das Feuer anzünden und Pellkartoffeln aufsetzen.«
»Feuer und ein Herd, wie schön! Haben Sie gelesen, haben Sie es in der Zeitung gelesen?«
Die Nachbarin zog aus ihrer Einkaufstasche das Parteiorgan und legte das Blatt aufgeschlagen auf den Tisch. »Ein schönes Foto von einer noch schöneren Frau!«
Unsmoler kam an den Tisch: Delphine mit der Papierblume in der Hand.
»Ihr Mann hat Unglaubliches geleistet, ich war beeindruckt von der Galerie und vor allem auch von den Instandsetzungsarbeiten im Schloß«, sagte er.
»Doch nicht Schloß! Ich bitte Sie! Es ist ein Haus mit beinahe unbewohnbar hohen Räumen. Hier bei Ihnen ist es gemütlich, ein richtiges Nest!« Die Nachbarin schaute beglückt Delphine an. »Ich liebe diese warmen Schilfdächer! Bei uns heult der Wind durch die Dachpfannen. Die Vorhänge wehen vor maroden Fenstern. Die fast unheimliche Zugluft in den Kaminen macht mich oft zur Fremden daheim! Manchmal erschrecken mich sogar schon die Schritte meines eigenen Mannes. Man beginnt, an Gespenster zu glauben! Ich male gegenan, klammere mich an die Pinsel und bin manchmal selbst wie ein Schmetterling, den der Sturm droht, aufs Wasser zu wehen.«
Delphine hörte der Nachbarin kaum zu.
»Aber Sie sind doch nur im Sommer hier«, sagte Unsmoler, »zugegeben, bei strengem Frost und in der Winterfinsternis wird es hier ein wenig ungemütlich.«
»Aber ihr seid jung!« Sie betrachtete traurig Delphine: »Haben Sie gelesen?«

»Wer mag schon Zeitungstexte lesen«, sagte Unsmoler und betrachtete das Foto.
Delphine sah ihn an: »Es ist ein Interview mit unserer Nachbarin!«
»Was man mir da in den Mund legt, Sie glauben doch nicht, daß ich das wirklich geäußert habe?«
»Ich glaube nichts von dem, was da steht!«
Die Nachbarin schien erleichtert: »Sie sind sehr mutig, und das Foto ist zauberhaft!« Wieder dieses Lächeln, wieder diese überfließende Herzlichkeit.
Sie erhob sich und steckte die Zeitung ein.
Delphine begleitete sie hinaus.
»Sie hat uns für heute abend eingeladen«, sagte sie, als sie ins Zimmer zurückkehrte.
»Was wollte sie eigentlich?«
»Obendrein Nachsicht und Mitleid«, sagte Unsmoler hart.
»Vielleicht«, sagte Delphine, »so lieb, wie sie ist, kann man einfach nicht sein.«

Zu Besuch im »Schloss«

Unsmolers Garderobe lag auf dem Bett und auf dem Stuhl. Nichts hatte ihre Gnade gefunden. »Kannst du dir nicht irgendwo eine halbwegs anständige Hose borgen?«
Es gab eine in nächster Nähe. Sie wußte es: im Spind seines Bruders, in dem in diesen Tagen auch ihre Kleidung hing. Eine blaue Hose der Handelsmarine. Ungetragen, denn Bärenhäuter, der Seemann, haßte es, Uniformen anzuziehen. Nagelneu also.
Die Hose paßte. Bärenhäuter hielt sich selbst für schmaler, als er in Wirklichkeit war und wählte daher seine Kleidung stets ein wenig zu knapp.
»Sieht gut aus, so gut wie neu!«
»Ungetragen neu«, sagte Unsmoler, »wir mögen keine Verkleidung!«
Sie ging hinaus, hinter das Haus, dorthin, wo das Brachland sanft zum Rohrkamp abfiel. Als sie nach einer Weile wieder hereinkam,

hatten sich die auf der weiten Fläche kaum sichtbaren, spärlichen Blüten in ihrer Hand zu farbiger Pracht verdichtet. Ich sollte Blumen malen, dachte er.
Delphines Feldblumenstrauß erregte bei den Nachbarn Entzükken, doch diesmal wurde im Hause, das man das Schloß nannte, ein Schauspiel von Bescheidenheit und Genügsamkeit gegeben.
»Dünner Tee und süße Worte«, flüsterte Unsmoler.
Aber irgendwann nahm der Herr Akkurat sich ein Herz und lenkte seine Worte geschickt auf die abgelegenen Dörfer des Festlands: vergessene, zerfallende Orte, in denen nur noch ein paar uralte Leutchen hausten. Die Jugend war auf und davon und die Äcker waren im Rahmen der Kollektivierung zu gewaltigen Flächen zusammengelegt. Kanadische Verhältnisse.
Aber dort gab es offenbar noch einige Gutshäuser, die nach dem Krieg dem Befehl der Sprengung entgangen waren. Wohin auch mit den Hunderttausenden Flüchtlingsfamilien.
»Heute stehen die Häuser leer! Wartende Schlösser an Seen! Ungenutzte Wiesen für Pferde! Für ganze Pferdeherden!« rief er entzückt und sah Unsmoler beschwörend an, »also wenn ich jung wäre!«
»Aber warum soll unser junger Freund an Schlösser denken? Sein Häuschen ist doch zauberhaft«, warf seine Gattin ein. »Das schöne Schilfdach, die Geborgenheit, die Wärme. Gekocht wird sogar noch auf offenem Feuer. Und überall ahnt man die Hand einer liebenden Frau mit Gespür für Anmut und Harmonie!« Sie sah Delphine liebreizend lächelnd an und bemerkte daher nicht die strafenden Blicke ihres Gatten.
»Zu klein das Atelier«, gebot Delphine ihrer Schwärmerei Einhalt.
»Also auf, auf!« rief der Herr Akkurat erfreut, »jeder kann in unserem Land ein Schloß bewohnen!«
»Aber nicht doch! Bevor unsere schöne Nachbarin in den Adelsstand hinüberwechselt, muß ich sie malen! Unbedingt muß ich Sie mit einem Strauß Feldblumen in den Armen malen! Aber vielleicht macht Ihr … Verlobter … das längst!«
»Ich bin nicht ihr Verlobter, und ich male sie nicht hinter Blumen versteckt, ich male sie nackt«, sagte Unsmoler grob. Was mischten sich diese Leute ein! Warum wollten sie ihn aufs Festland schikken. Fürchteten sie sich etwa vor ihm? Sollte er sein Leben damit

verbringen, herrschaftliche Häuser zu restaurieren? Es ging um Bilder! Um DAS Bild. Nur Bilder konnten ihn retten!

Er hörte nicht mehr zu und verstummte. Delphine ließ sich mit Worten umgarnen. Er glaubte zu sehen, wie sie ihm entglitt. Schließlich erhob man sich, der Herr Akkurat führte durch das Gebäude.

Jeder könnte ein Schloß besitzen! dachte Unsmoler ärgerlich, auch sie. Er würde der Hausmeister sein. Das hast du von Anfang an gewußt: diese Frau kannst du nicht halten. Nur nichts erobern, was man verlieren kann. Aber es waren gute Tage gewesen, und obendrein waren viele Zeichnungen entstanden. Er schlich hinter den anderen her und konstatierte die nachbarliche Vorliebe für Vorhänge, er nieste. Uralte Stoffe. Sie verbergen den Schwamm im Mauerwerk, verbergen wurmstichige Möbel, verbergen devote Bilder, verbergen Geschichte, verbergen Ängste. Ein Spinnrad im Erker. Unsmoler setzte mit dem Fuß das Rad in Bewegung. Es begann lautlos zu surren, als würde es jede Nacht mit Speckschwarte gefettet. War es ihm nicht manchmal so vorgekommen, als hätte er in eisigen Winternächten im »Schloß« Kerzen brennen sehen?

»Hier können sich die Schloßgespenster so richtig heimisch fühlen«, sagte er.

Man überhörte die Bemerkung. Delphine war es, die hofiert wurde.

»Und hier mein Atelier«, sagte die Künstlerin. »Wenn Sie eintreten möchten?«

Ihr Gatte erschrak: »Only for women!« sagte er entschieden. »Wir Männer wollen hoch hinaus, wir steigen auf den Dachboden, auf den Boden der Tatsachen.« Er lockte Unsmoler von der Ateliertür weg und wies zur Stiege. »Diese Stufen sind den Damen nicht zumutbar!« Er kletterte voraus und drückte die Bodenluke auf.

Unsmoler folgte ihm. Er war dankbar, daß er nicht in den Arbeitsraum der Malerin mußte.

Uralte Holzkonstruktionen hier oben, behauenes Eichengebälk. Gut zum Erhängen. War es 1945 nicht so gewesen? Er sagte nichts. Falter am Fenster, überall Staub, Spinnenweben und flache Sonnenstrahlen. Der Herr Akkurat öffnete das Bodenfensterchen. Die Falter mit den beschädigten Flügeln flatterten in den Abend.

Rhythmus der Dächer, in der Ferne das Hochhaus. Der Blick aus

dem anderen Fenster des Dachbodens: Schilf und Wasser. Weit weg ein Ausflugsdampfer im Keil seiner Bugwelle.
»Das Schönste hier ist die Aussicht«, sagte Unsmoler andächtig, »Insel des Lichts!«
Sie stiegen hinab, die Frauen waren noch im Atelier. Der Herr Akkurat bemühte sich, Unsmoler zu beschäftigen. Er führte ihn sogar in das Schlafzimmer, denn auch von hier bot sich eine interessante Aussicht. Unten das bemooste Dach des Tagelöhnerhauses. Der First schadhaft. Wunderbar die weite Hügellandschaft. Doch das Chefobjekt schob sich brutal ins Bild.
»Das da stört!« sagte Unsmoler.
Der Herr Akkurat nickte überraschend heftig: »Ja, abends müssen wir die Vorhänge zuziehen!« Wie überall alte gemusterte Stoffe. Eine schwere bestickte Decke auf dem Tisch, der aussah wie ein zugedeckter Sarg. Aber an der Wand hingen zwei Geigen.
»Darf ich die Instrumente in die Hand nehmen?«
»Bitte schön, es sind Geigen«, sagte der Hausherr.
Saiten gerissen, der Steg schief. Unsmoler nahm eine Violine von der Wand, setzte sich, ohne zu fragen, auf einen Stuhl, drehte die Wirbel, richtete den Steg und nahm einen Bogen vom Nagel.
Dem Hausherrn war es recht. Nur nicht mit dem Malergast ins Atelier seiner Frau.
»Vielleicht gelingt es mir, die Damen hervorzulocken«, sagte Unsmoler und begab sich ins Treppenhaus. »Paganini spielte einst ein Stück nur auf der G-Saite, ich habe immerhin drei Saiten zur Verfügung!«
Er stimmte die Immerhindreisaitengeige. Behutsame Töne. Die Geige befragen, was sie vermag. Die Finger erinnerten sich. Den Raum zum Klingen bringen. Er spielte selbstvergessen.
Sie klatschten Beifall, und er erwachte. Er stand auf der Balustrade im Haus des Nachbarn.
»Wir sollten hier Konzerte veranstalten!« rief die Gattin, »wunderbare Akustik, Sie müssen hier auftreten!«
Unsmoler wehrte ab. »Ich male!«
»Aber Sie sind ein Musiker!«
»Ich war einmal fleißig, das ist alles. Entweder ganz oder gar nicht. Also gar nicht!«
Er übergab dem Hausherrn die Geige und verneigte sich vor den Damen.

»Führe die Gäste bitte in den Salon, wir trinken unten noch ein Glas Wein«, sagte der Hausherr.
Die Malerin nahm Unsmoler und Delphine sanft am Arm und schritt zwischen den beiden feierlich die Treppe hinab. Der Hausherr hielt die Geige in der Hand und schaute den dreien hinterher. Unsmoler spürte den Blick. Was will der wunderliche Mann, fragte er sich.
Sie setzten sich im Raum der Spiegel auf vergoldete Stühle. »Darf ich rauchen?« fragte Delphine. Die Nachbarin lächelte huldvoll und nickte. Wenn Delphine etwas irritierte oder beunruhigte, hatte sie stets das Bedürfnis, sich eine Zigarette anzustecken. Mit gewohnt flinken Bewegungen führte sie die Zigarette zwischen die Lippen und riß fast gleichzeitig das Streichholz an. Das Flämmchen tanzte. Schatten tanzten. Sie blickte zu ihm hinüber. Sie hatte geglaubt, ihn zu kennen, aber rätselhaft hatte er an der Balustrade gestanden und Geige gespielt. Fern, unerreichbar fern. Fern der Reiter ohne Pferd, fern der Mann in der geliehenen Hose.
Die Tür öffnete sich, ein krummes Männchen mit langem Bart schlurfte herein und balancierte auf einem Tablett eine Flasche und vier Gläser.
»Bin ich hier richtig? Paganini schickt mich, Paganini schickt mich! Zuerst die Gräfin, zuerst die Gräfin und dann die schöne junge Frau, die junge schöne Frau!« Es stellte die Gläser hin und goß den beiden ein. »Und nun jener, der mit Tönen die Halle erfreute, mit Tönen die Halle erfreute und mich beschwor und mich beschwor. Last but not least das Glas für den Herrn des Hauses, den Herrn des Hauses!« Das Männchen schaute sich um, wunderte sich, schüttelte den Kopf. »Das Glas des rastlos tätigen Herrn, des rastlos tätigen Herrn müssen wir wohl selbander leeren!« Er stieß mit der Herrin des Hauses an und dann mit den Gästen. »Wohl bekomm's, wohl bekomm's!«
Dann verschwand das Männchen behende.
»Gespenstisch«, flüsterte Delphine.
»Zünden wir die Kerzen an!« sagte die Gastgeberin.
Delphine rauchte hastig.

Sie fanden ihren Schleichweg so mit Dornengestrüpp verstopft, daß nicht einmal der Hund sich durchzuzwängen vermochte. Unsmoler bückte sich und begann das Hindernis beiseite zu räumen.
»Laß doch!« sagte sie. »Warum sollen wir uns hier so abseits vom Meer verstecken. Wir gehen ans Wasser, und wenn der Strandfunk zu brüllen anfängt, halte ich dir die Ohren zu!«
»Wir haben den Hund mit. Wir gehen zu den Steinen«, entschied er.
»Wo wir im Geröll hocken wie Schiffbrüchige!« wandte sie ein.
»Wo denkst du hin, wir dösen auf warmen Eiszeitsteinen. Ein wenig Sand ist dort auch … je nach Wasserstand.«
Sie stiegen das Ufer hinab. Der Hund tobte voraus, stürzte auffliegenden Enten hinterdrein, schwamm eine Runde und schüttelte sich in ihrer Nähe das Fell aus. Delphine floh auf einen Stein. Der gewaltige Findling war angenehm warm. Sie legte die Kleidung ab und streckte sich aus.
»Liebste«, rief er fasziniert, »halt still, erstarre in dieser Haltung. Bevor du wie eine Nixe planschend im Wasser verschwindest und ich willenlos hinterherstürze, muß ich ein paar Zeichnungen machen!«
Als sie mit nassem Haar zurück ins Dorf gingen, bemerkten sie an Zäunen und auch an der Kastanie vor der »Deutschen Eiche« hellblaue Zettel: »Kammerkonzert in der Kapelle 16 Uhr«. Musik!
Und wieder bestand Delphine darauf, daß Unsmoler Bärenhäuters dunkelblaue Uniformhose anzog. Für sie war der Konzertbesuch ein gemeinsamer Auftritt.
Als sie in die Kapelle kamen, zündete der Pfarrer, der seltene Gast auf der Insel, vorn beim Altar gerade mit würdevollen Bewegungen zwei riesige Kerzen an. Vorsichtige Töne von Streichinstrumenten drangen aus der spaltweit geöffneten Tür der Leichenkammer.
Unsmoler und Delphine schoben sich in einer der spartanisch engen Kirchenbänke bis an die weißgekalkte kühle Wand. Die Leute ringsherum sprachen leise. Feierlichkeit angesichts der mit weißlichen Ölfarben bemalten Christusfigur. Christus, hier im Raum immer noch Herr.
Keines der Kapellenfenster gestattete den Blick auf Bekanntes.

Man konnte vergessen, wo man auf Erden war. Tönen der eisernen Glocke.
Die Dörfler, die es vorzogen, ihre Gemüsegärten zu gießen, anstatt ein Kammerkonzert zu besuchen, blickten auf. Voller Inbrunst zog der Pfarrer am Glockenstrang.
Bis auf den letzten Platz füllte sich die Kapelle.
Aber noch mehr Menschen kamen. Der Pfarrer schickte Dorfjungen, die immer dort herumlungerten, wo es etwas zu sehen gab, aus, Stühle aus umliegenden Häusern herbeizuschaffen.
Schließlich Stille: Der Geistliche trat vor die Besucher, faltete die Hände, sprach ein Gebet und segnete die Anwesenden.
Dann traten die Musikanten mit ihren Instrumenten aus der Totenkammer. Schon bei der Fährenankunft hatten diese Leute für Aufsehen gesorgt, denn sie hatten ihr Gepäck dem Traktoristen nicht anvertrauen wollen.
»Was denn, was denn, wollt ihr die Kindersärge selber schleppen?« hatte Lüder ärgerlich gerufen. Er hatte die schwarzen hölzernen Geigenkästen gemeint. Mangelndes Vertrauen kränkte ihn.
Nun erblickte man die glänzenden edlen Instrumente: das Cello, die Geigen, die Bratsche.
Lüder sah das alles nicht. Ihm war nur das rhythmische Brummen von Motoren Musik.
»Willkommen zu unserem Kammerkonzert«, sprach der Pastor mit gütig gefalteten Händen. »Bach und Telemann, dargeboten von jungen Leuten und ihren Eltern. Es musiziert für Sie die Kantorfamilie der berühmten Dresdener Nikolaikirche.«
Feierliche Klänge, Töne voller Zauber schwangen sich durch den Raum der Kapelle, und das Lärmen der Zeit schien sich an diesem ummauerten Ort zurück in Harmonie zu verwandeln. Eh' aber die Zuhörer der Eintracht überdrüssig werden konnten, legte die Bratschistin ihr Instrument beiseite und sang, begleitet von den Geigen und dem Cello, zwei Arien aus einer Bachkantate. Schließlich erhoben sich alle vier und stellten sich ohne ihre Instrumente nebeneinander. Das Publikum meinte schon, die Veranstaltung sei zu Ende, aber ein jeder der Musikanten zauberte eine Blockflöte hervor. Der Vater gab ein Zeichen, und die Familie begann ein Geweb vielstimmiger Flötentöne zu flechten: Disziplin und Genauigkeit, ein Allegro von Telemann. Die können was, flüsterten die Einheimischen.

Die Freude am Musizieren übertrug sich auf die Zuhörer.
Als das Konzert schließlich nach einigen Zugaben beendet war, trat der Pastor wieder nach vorn, wandte sich dem Publikum zu, faltete seine Hände, sprach ein Gebet und dann einen Segen. Er bat um eine Spende für die Reparatur des Kapellendaches und stellte sich mit einem Körbchen in der Linken neben den Ausgang. Langsam leerte sich der Raum. Schlurfende Schritte auf ausgetretenem Ziegelfußboden. Markstücke klimperten im Körbchen. Manche Leute gaben Scheine. Jedem Besucher drückte der Pfarrer die Hand, als könnte dieser Händedruck die Leute an Gott erinnern.
»War doch ganz hübsch«, sprach plötzlich jemand Unsmoler und Delphine an. Es war der attraktive Herr, der Arzt. »Morgen reise ich ab!« sagte er.
Ein wenig zu rasch antwortete Delphine: »Sie wollten doch noch das Bild holen!«
»Ja, geht das denn?« fragte der Mann zögerlich.
»Selbstverständlich geht das, der Künstler hat Ihnen sein Wort gegeben, wir tauschen es in der Galerie gegen ein anderes aus.« Sie lächelte hinreißend. »Kommen Sie heut Abend um acht bei uns vorbei, abgemacht?«
Dieses kurze Gespräch registrierte der Mitarbeiter vom Chefobjekt: Treffen beim Katenkünstler 20 Uhr. Die schriftliche Analyse kirchlicher Aktivitäten würde der Inselchef morgen früh ohnehin auf dem Tisch haben. Das Anlocken von Bürgern mit den Mitteln der Musik zu gemeinsamem Gebet konnte als konspirativer Vorgang eingeschätzt werden.
Der Arzt nickte und winkte im Gedränge. »Gut, ich komme um acht!«

Delphine hatte sich beeilt, nach Hause zu kommen. Sie blickte sich um im Atelier, betrachtete mal diese, mal jene Arbeit. Schließlich sagte sie: »Diese Landschaft hier hängen wir in der Galerie auf!«
Unsmoler nickte. Sie nahm das Bild unter den Arm und eilte zu den Nachbarn und kam rasch wieder. »Dein Bild sieht sehr gut aus, da drüben. Die Nachbarin läßt grüßen!«
Sie trug die Arbeit, für die der Arzt Interesse gezeigt hatte, ins Atelier. »Hast du gar keinen Geschäftssinn?« fragte sie verwundert.
»Nicht ein Fünkchen«, sagte er, »aber ich habe die Bilder.«

»Dann stell die Bilder auch ordentlich hin«, befahl sie. »Er kommt in zwei Stunden!«
Sie hatte den Tisch schön gedeckt, hatte Brötchen aufgebacken und einen bunten Turm errichtet: Brötchen mit Ei, Brötchen mit Butter und Petersilie, Brötchen mit Tomaten und Brötchen mit Kräuterquark. Sie hatte Gläser geputzt und Wein besorgt.
Aber die Männer setzten sich nicht an den Tisch. Sie blieben vor den Bildern stehen und redeten und redeten. Auf den Leuchtern brannten die Kerzen langsam herunter. Zweimal hatte sie vergeblich gesagt: »Möchten Sie nicht Platz nehmen!« Beim dritten Mal kamen die Männer der Aufforderung nach.
Auch am Tisch lauter Worte über längst verstorbene Leute, die ihr völlig unbekannt waren, über Bücher, die sie nicht gelesen hatte, und über Bilder, an die sie sich nicht erinnerte.
Essen und Trinken so ganz nebenbei.
Sie saß da, war umwerfend schön, rauchte und fühlte sich überflüssig. Wenn sie sich nicht hin und wieder an ihren Zigaretten zu schaffen gemacht hätte, so daß sich der Arzt genötigt sah, ihr mit leichter Verbeugung Feuer zu geben, hätten die Männer sie wohl ganz vergessen.
Unsmoler bemerkte nicht einmal, wenn der Gast oder Delphine selbst das Glas geleert hatten. Sie versuchte ihn diskret anzustoßen. Unsmoler sah sie dann wie erwachend an und fragte jedesmal verwundert, was wäre, und alle Behutsamkeit war zum Teufel.
Aber im Gespräch hielt er sich offenbar ganz gut.
Komisch, Unsmoler kannte sich auch in ausländischen Museen aus, in Sammlungen, die er nie gesehen hatte, die aber der Arzt bereits Gelegenheit gehabt hatte zu besuchen.
Der Arzt bemerkte schließlich ihre Stille. Von Velazquez lenkte er das Gespräch geschickt auf die spanische Mode. Dann landete er mit kühnem Sprung auf dem breitkrempigen Malerhut des Malernachbarn und war auf diese Weise mitten drin im Anwesen, das man hier das Schloß nannte. Nun war auch sie bereit, sich ins Gespräch zu begeben. Sie konnte die Möbel und Leuchter, die Muster der Stoffe und die herrschaftlichen Spiegel beschreiben, die geschliffenen Gläser, und die Stuckornamente, den merkwürdig künstlichen Geruch im Atelier der Künstlerin und das seltsame Augenzucken des Herrn Akkurat. Wo zum Teufel habe ich die

ganze Zeit hingeschaut, fragte sich Unsmoler verwundert. Er goß jetzt aufmerksam ein, hörte zu und sah sie an.
Als der Arzt schließlich mit dem Winterbild unter dem Arm gegangen war, umarmte Delphine Unsmoler.
»Siehst du«, sagte sie, »man muß die Menschen an ihre Versprechungen erinnern!«

Lärm

Die Fähre tuckerte auf die Insel zu.
Anfangs hatten die jungen Leute die Mitreisenden mit ihren aufdringlichen Gitarrenrhythmen schockiert, dann aber wurden die müden Leute mitgerissen.
Fahrt in den Urlaub.
Kopfschüttelnd betrachtete der Käptn die tanzenden Passagiere. Aufmerksam behielt er das Vorschiff im Auge. Er würde rasch reagieren müssen, sollte jemand von den Verrückten da unten über Bord gehen. In den Pausen lehnten sich erschöpfte Tänzer bedenklich außenbords. Gerade die Stille hatte ihre Risiken.
Sowie sich irgendein Passagier auf die Reling setzte, riß der Käptn das Brückenfenster auf und brüllte: »Binnenbords die Arschbakken!«
Und wieder drosch der Gitarrenspieler auf die Saiten ein. Er hatte das Peildeck erklommen, ließ die Beine baumeln und machte Musik.
Die Fähre näherte sich der Insel. Frohsinnslärm noch beim Anlegen. »Bringst du uns Hottentotten auf die Insel?« brüllte Lüder.
»Runner vom Schiff!« kommandierte der Käptn, »oder meint ihr, ich nehm euch jemals wieder zurück?«
Der Gitarrenspieler beugte sich herab, so daß sein Gesicht verkehrtherum vor dem Brückenfenster erschien. »Wohnt hier auf der Insel ein Maler?«
»Geht und laßt euch malen«, schimpfte der Käptn, ohne auf die Frage einzugehen, »gemalt macht ihr keinen Lärm!«
Gitarrengezupfe auch auf Lüders Hänger. Klimpernd marschierte die Truppe in Unsmolers Ginstergarten hinein.

»Verdammter Mist«, sagte Unsmoler und legte die Pinsel ärgerlich beiseite.
»Was ist?« fragte Delphine.
»Hörst du nicht? Wir bekommen Besuch!«
Sie schlüpfte in ihren Nicky und zog sich die Shorts an. Die Eindringlinge gafften dreist zum Fenster herein, der Hund bellte.
Unsmoler drehte das Bild um und ging hinaus ins Freie. »Was ist das hier für ein Spektakel!«
Delphine trat vor die Tür, um die Besucher zu begrüßen.
»Ach deshalb, alter Junge, hast du unsere Briefe nicht beantwortet. Kann ich verstehen, du wolltest allein sein. Dabei haben wir dir so was Schönes mitgebracht!« Ein bärtiger junger Mann gab einem jungen Mädchen einen Klaps auf den Hintern und drehte es einmal um seine Achse, als müsse der Hausherr das Mitbringsel von allen Seiten betrachten. »Alles dran, Herr Kollege, Pech für dich, die vernaschen wir nun selber!«
Auf den gegenüberliegenden Höfen reckte man die Hälse.
Rein mit der Bande ins Haus, dachte Unsmoler und öffnete den Gästen die Tür.
Sie ließen sich auf die Stühle fallen und warfen ihre Bündel auf die Erde.
Delphine schien der Überfall zu gefallen. Als sie erfuhr, daß die Leute Hunger hatten, machte sie Feuer im Herd, schlug alle vorrätigen Eier in die Pfanne, schnitt Brot auf und stellte die vom Besuch des attraktiven Herrn übriggebliebenen Weinflaschen auf den Tisch.
Bald saß man fröhlich beisammen und aß. Unsmoler war der Appetit vergangen.
Zwei der Männer waren einstige Kommilitonen von der Hochschule, die Mädchen offenbar irgendwelche Modelle, den Dürren kannte er nicht.
Nach dem Essen scheuchte er allesamt zum Strand. »Baden ist auch am späten Nachmittag schön!«
Er wollte weitermalen. Aber Delphine schickte sich an, die Gäste zu begleiten, also ging auch er mit. Er führte sie zum Steinestrand.
Gegen Abend sammelten sie Treibholz und zündeten ein Feuer an.
Im Osten stieg ein sanfter Mond aus dem Dunst.
Er versuchte mit den anderen zu lachen, aber ihn peinigte Eifersucht. Blöder Einfall, wieder ins Wasser zu gehen. Baden bei

Mondschein! Der Gitarrenschönling blieb sitzen. Delphine auch. Er sah den nackten Körper des fremden Mannes. Sie wenigstens hatte sich was übergezogen, und im Schatten lag sein Hund. Er tauchte unter. Unter Wasser war es finster. Nur dieses Bild am Feuer nicht sehen. Windschatten in Ufernähe. Spiegelglatte See dort. Ein dunkles Boot tuckerte ein Stück hinaus aufs Meer. Im Mondlicht glitzerte die feine langgestreckte Bugwelle. Der vage Umriß des Fischers stehend im Kahn. Die Gestalt warf etwas Schweres über Bord. Das Boot änderte die Richtung.

»Hat da eben jemand jemanden ersäuft?« fragte das Mitbringsel, das Biggy hieß. Sie schwamm neben ihm.

»Der Fischer fängt Bestich, hat wohl tagsüber kein Glück gehabt«, antwortete Unsmoler. Das dunkle Boot stieß irgendwo am Ufer sacht gegen Steine. Dumpfe, klingende Töne. Dann begannen sich zwei Silhouetten im Takt zu wiegen. Der Fischer und der Heizer holten die Leine vom Toewernetz ein. Ein Tanz im Mondschein. Die rauhen Stimmen über dem Wasser. »Na, wie sieht's aus?«

»Schlecht sieht es aus: tagsüber nix und abends wenig!«

»Machen wir Schluß!« Rumpeln im Boot, Verstauen von Stangen und Geräten, dann das Tuckern des Motors.

»Das muß wohl an den Seehunden liegen«, sagte einer von den beiden nach einer Weile vernehmlich. Im Mondlicht hatte er die Schwimmer entdeckt.

Das Boot kam näher. Wieder die Stimme: »Reich mir die Flinte rüber, aus so einem Fell kann ich mir 'ne schöne Mütz machen!« Im Zauberlicht des Mondes schien alles möglich. Vorn im Boot stand der Heizer und zielte. »Mann Gottes«, brüllte der Bärtige, »wir sind Menschen!«

Aber der Heizer ließ sich nicht irritieren. »Hör dir das an, die Biester können sogar reden!«

»Das eben war ein Männchen!« sagte die andere Stimme. Eine Gestalt bückte sich, der Motor begann heftiger zu tuckern, rasch und gespenstisch näherte sich das Boot. »Wenn wir uns ein Pärchen von denen greifen, bringt das gutes Geld im Zoologischen Garten, hau ihm liebers mit dem Ruder übern Kopp!«

»Ne, ick will 'ne Mütz!« rief der Mann, der vorn im Boot stand und zielte.

Nun erhoben sich die am Feuer. Sie gestikulierten und schrien irgend etwas.

»Heizer, Heizer, du altes Stelzbein, laß die Spielereien!« rief Unsmoler fröhlich aus dem Wasser. Augenblicklich senkte sich die vermeintliche Flinte. »Ach, du bist dat! Uns Moler, dei Pierdotschmieter! Warum hest du dat nicht glieks secht!« Das Boot verschwand in der Finsternis. In der Ferne blitzte der Leuchtturm.

Das Feuer war heruntergebrannt, als die Schwimmer ans Ufer stiegen. Delphine und der Schönling hatten nicht nachgelegt. Sie hatten sich unterhalten. »Wenn es klappt ...«, sagte sie, als Unsmoler zum Feuer kam.

»Wenn was klappt?« fragte er.

»Ach, nichts ...«

Der Schrecken hatte das Trüppchen stiller gemacht. Man trocknete sich ab und beschloß, nach Hause zu gehen.

»Was, nichts?« fragte Unsmoler erneut.

»Ist das ein Verhör?«

»Deine Frau hat Geheimnisse?« mischte Biggy sich ein.

»Seine Frau, seine Frau! Bin ich Besitz?« sagte Delphine überraschend heftig.

»Gehen wir, wir haben noch Buddeln im Gepäck, die machen wir bei euch nieder, heute werdet ihr uns doch noch nicht los!«

Feuer hinter dem Haus

Unsmoler hatte im Kellerloch eine Speckseite hängen.

Kartoffeln und Speck hatten im Haus zu sein, das war seit seinen hungrigen Kindertagen fast eine fixe Idee, und da man hier auf der Insel meist sein Brot, das mit der Fähre vom Festland kam, für eine ganze Woche kaufte, war für das Abendbrot gesorgt.

Die Gäste klingelten mit den Schnapsflaschen.

»Mein letzter Abend«, rief Delphine, »Schaschlik und Musik am Feuer!«

»Und herrlich was zu saufen«, sagte der Bärtige, den die Gäste »den von der Plastik« nannten.

»Feuer mitten im Dorf, das ist schlecht möglich, überall Schilfdächer«, wandte Unsmoler ein.

»Hab dich nicht so, ein klitzekleines, versteckt hinter dem Haus. Wir machen nicht zum ersten Mal Feuer!«
»Sei kein Spielverderber!« ermahnte Delphine ihn, »kannst ja einen Eimer Wasser daneben stellen«, fügte sie lachend hinzu.
»Das werd' ich auch«, sagte er finster.
Sie schnitten Speck und Zwiebeln, Roggenbrot- und Weißbrotscheiben und spitzten Haselruten an, die sie aus einem Gebüsch hackten, das an der Mauer zum Nachbargrundstück wuchs.
Sie nahmen vom Holz, das an der Hauswand gestapelt war, und wiederholten aus Ulk beim Feuerentfachen immer wieder: »Nur ein klitzekleines! Nur ein klitzekleines!« Grad so, als wäre Unsmoler ein Mann der Angst.
Sie saßen rund ums Feuer auf der Erde, spießten Brotstücke, Zwiebelscheiben und Speck auf die Stöcke und hielten sie über die Flammen. Sie tranken Wodka, gemischt mit Cola, aus Mostrichgläsern und sprachen über Gott und die Welt.
Wieder leises Gitarrengeklimper. Improvisierte Melodien, improvisierte Texte.
Auch ein dürrer Lyriker gehörte zur Gästetruppe, er hielt sich zurück. Nur seine Freundin erwähnte seine Begabung. Hier war schließlich jeder etwas Besonderes. Delphine hielt die Schaschlikrute vom Sänger über die Hitze. Wieder Gitarrengeklimper: »Gib mal her, das edle Sperrholzinstrument!« sagte Unsmoler.
»Nicht doch!« rief Delphine. Sie befürchtete, Unsmoler könnte herausfordernd grinsend das Instrument mit aller Behutsamkeit ins Feuer legen.
»Angst?« fragte Unsmoler, sah Delphine an und lachte.
Er legte den Zeigefinger quer über die Saiten, so wie er es bei dem anderen gesehen hatte. Gestimmte Akkorde. Er rutschte über die Bünde. Er schien auf Anhieb Gitarre spielen zu können. Dabei hatte er lediglich den Dilettantentrick durchschaut.
Geh' ich zu weit? fragte sich Delphine. Was muß er auch mit der dicken Biggy anbändeln. Er soll mich nicht eifersüchtig machen. Ich will frei sein!
Unsmoler riß dramatische Akkorde an und summte dazu eine schwermütige Melodie.
»Hör auf!« rief der von der Plastik, »hör auf, meinst du, mir ist nicht zum Heulen?
Wenn du hier schon zum Russen wirst, dann sauf auch wenig-

stens so!« Er goß Unsmoler ein und reichte ihm lachend das Glas: »Wer schläft, sündigt nicht und wer den Mund voll hat, singt nicht!«
Unsmoler gab die Gitarre zurück, sah Delphine an und kippte den Wodka herunter.
»Ihr hattet wirklich geschrieben?« fragte er.
»Doch, mehrmals sogar. Den letzten Brief habe ich vor zwei Wochen eingesteckt.« Der Bärtige sah Unsmoler an. »Wirklich nichts angekommen?« Unsmoler schüttelte den Kopf.
Ein Kofferradio tönte. Ein paar Dorfjungen traten aus der Dunkelheit ans Feuer.
»Endlich richtige Musik!« rief der von der Plastik. »Dreht auf, Jungs, ihr bekommt auch was zu saufen!« Er reichte den Halbwüchsigen ein Glas voll Wodkamix. »Ihr müßt aus einem Glas trinken, hier sind die Gläser knapp!« Er nahm ihnen das Radio ab, fand einen Sender, stellte den so laut, daß der Lautsprecher schepperte, stellte das Kofferradio auf die Erde und begann zu tanzen. Er drehte sich, reckte die Arme, stampfte mit den Füßen, zog sein weißes Hemd aus und schleuderte es von sich. Wie ein weißer Nachtvogel flatterte es in das Dunkel davon.
»Gleich springt er auf die Hände und tanzt auf Händen weiter. Dann geht irgendwas zu Bruch und kurz darauf pennt er. Wir kennen das schon«, sagte unbeeindruckt Biggy.
Aber zum Tanz auf Händen kam es nicht. Der Bärtige drehte sich noch ein paarmal um sich selber, machte ein paar taumelnde Schritte und krachte dann in ein Ginstergebüsch.
Aus dem knackenden Gestrüpp lallte es: »Welch ein Bett, welch ein Bett. Komm her Mädchen!« Aber kurze Zeit später war ein gleichmäßiges Schnarchen zu hören.
»Der von der Plastik rührt sich nicht mehr«, sagte Annett, das andere Mädchen. »Jungs, ihr könnt die Heule leiser stellen!«
Die Musik verstummte. Aber eine poltrige Stimme tönte: »Was geht hier vor, sind das Signalfeuer?!« Sie blickten auf. Die Jungens waren nicht mehr da, einfach von der Dunkelheit verschluckt. Statt dessen leuchtete über ihnen das ärgerliche verschlafene Gesicht des Dorfpolizisten. »Ruhestörung und das Entzünden von Feuern, das ist nicht statthaft!«
»Hört ihr was? Ich höre nichts«, sagte Biggy keß, »und mehrere Feuer sind hier schon gar nicht!«

»Wir passen auf«, sagte Unsmoler. Er erhob sich. »Da steht der Eimer mit Wasser!«

»Zum Flaschenkühlen, was? Schon wieder uns Moler!« Der Dorfpolizist machte ein finsteres Gesicht.

»Wir passen auf!« wiederholte er ärgerlich, »du fliegst den Funken wohl hinterher, wenn sie sich irgendwo aufs Schilfdach setzen!«

»Wir lassen das Feuer runterbrennen und schippen Sand drüber.«

»Aber Meldung muß ich machen«, sagte Jobst, der Polizist, »die vom Objekt erfahren es sowieso. In der Kneipe redet man schon über euren Unfug, die von der Feuerwehr wollten schon die Glokke läuten und die Feuerspritze holen.«

Er sah Unsmoler an: »Mann, Mann, Mann, mit dir erleben wir hier auf der Insel was!« Er drehte sich um und verschwand in der Finsternis.

Machen sich einen schönen Abend, dachte der Dorfpolizist grübelnd, aber bei mir bullert man an die Scheiben und brüllt: »Jobst, da stecken welche das Dorf an!« Wieder Schreibkram! Irgendwo im Dorf jaulte plötzlich ein Kofferradio in voller Lautstärke. Kaum hatte er die Richtung eingeschlagen, tönte es im nächsten Augenblick von ganz woanders her.

Leckt mich doch alle am Arsch, dachte er verdrossen.

Die beim Feuer suchten die Gläser zusammen, dann schippten sie Sand über die Glut und gingen ins Haus.

Die Gäste hatten Schlafsäcke mit und schickten sich an, im Atelier Schlafplätze einzurichten. »Raus«, knurrte Unsmoler und scheuchte sie hinauf ins Bärenhäuterzimmer und auf den Treppenabsatz davor. »Oben oder ab in den Ginster!«

»Du bist betrunken!« schimpfte Delphine, »die hätten uns nicht gestört.« Seine Grobheit ärgerte sie.

Er breitete eine Leinwand auf der Erde aus, legte sich hin und deckte sich mit einer Decke zu. Gut so, vielleicht.

»Ist es sehr hart?« flüsterte sie nach einer Weile. Er antwortete nicht. Dann aber hörte er ihre nackten Füße auf den Dielen. Das wäre was, wenn sie jetzt hinausginge, dachte er. Aber sie kam zu ihm. Am nächsten Morgen schlief er bis in den Tag hinein. Er lag auf seinem Bett, aber der Platz neben ihm war leer. Draußen strömender Regen.

Er erhob sich, ging sich waschen und setzte reichlich Teewasser auf. Oben auf der Diele schliefen noch die Gäste. Wo aber war sie?

Sie kam von draußen herein, strahlte und triefte vor Nässe. Sie hatte seine Jacke übergezogen, unter der sie den Einkauf verbarg. Butter, Marmelade, Wurst und Eier.

Während des Frühstücks, zu dem sich die Gäste einfanden, blickte man auf die Bilder.

»Und was ist das?« Das umgedrehte Bild an der Wand irritierte.

»Über das Bild von vorgestern mag ich nicht reden!« antwortete er.

»Das ist Prometheus«, sagte Delphine, »Prometheus hängt nicht am Felsen, Prometheus steht bei ihm mit dem Gesicht zur Außenwand. Wie in der Schule früher die unartigen Buben.«

»Zeigen, zeigen!« skandierten seine Gäste.

Unsmoler schüttelte den Kopf. »Bilder sind Orte. Den Ort da will ich jetzt nicht aufsuchen. Aber wenn jemand von euch Modell steht, könnten wir gemeinsam zeichnen und nachher über Resultate reden. Ins Freie geht ihr heute ja wohl nicht.«

Sie zeichneten, sogar Delphine. Nackt stand der Dichter Modell. Nur das Schaben der Kohle auf dem Papier und der Regen waren zu hören.

Ihn überraschte Delphines Zeichnung. Schlecht saß die Figur auf dem Blatt, ungelenk, oft weggewischt und verbessert waren die Linien. Aber diese Zeichnung berührte Unsmoler mehr als die Arbeiten der anderen, der Studierten. Bei ihr war es keine Routine, keine Augentäuschung, keine Demonstration von Geschicklichkeit.

»Gut!« sagte er, und beide sahen sich an. Da war sehr viel Gemeinsamkeit in unbekannten Tiefen.

Was essen wir zum Mittag? Kartoffeln, Fett und Zucker, alles da. Also Kartoffelpuffer. Gemeinsames Tun, nun wieder laut und fröhlich.

Einer schälte, der andere rieb, der dritte füllte die Pfanne, der vierte briet. Unsmoler besorgte das Feuer. Und weil es kühl war und es draußen immer noch goß, war die Hitze der Flammen angenehm. Immer zwei saßen am Tisch und aßen, bedient von den anderen. Nach einer Weile wechselte man die Plätze. Auf dem Holzfeuer gerieten die Puffer köstlich.

»Du hast das richtig gemacht. Du hast das Weite gesucht! Leute, wir hauen auch in den Sack und gründen hier eine Kartoffelpufferkneipe!« rief der von der Plastik begeistert.
»VEB Kartoffelpuffer«, sagte der Dürre, »Brigade 5. Plenum!«
Delphine zog sich zurück. Irgendwann kam sie wieder herein, verwandelt, durch und durch elegante Frau.
»Wie viele Frauen hast du hier versteckt!« brüllte der von der Plastik entzückt. Er stand auf, verneigte sich und küßte ihr die Hand und kniete vor ihr nieder.
Sie schaute auf die Uhr. »Ich muß zur Fähre«, sagte sie.

Fremder Leute Müll

Der Herr Akkurat war beunruhigt. Das lärmend derbe Treiben nebenan alarmierte ihn.
Hier im »Schloß« spielt die Musik! Nur nicht ins Hintertreffen geraten, Paroli bieten! Der Herr Akkurat beschloß, den Garten rund um die Galerie in einen gepflegten Park zu verwandeln. Animalische Ginsterwildnis nebenan, gestaltetes Grün und ins Auge springende Kultur hier.
»Aber bitte nicht den Apfelbaum entfernen!« bat liebreizend lächelnd seine Gattin.
»Nein«, sagte er, »der bleibt, wir nennen ihn den Caspar-David-Friedrich-Gedächtnis-Baum!«
Vom Eisengitterzaun bis hoch zu den Treppenstufen des großen Hauses galt es nun, den Garten herzurichten. Blödi hatte unentwegt zu karren, zu graben und zu planieren. Beinahe überall stieß sein Spaten auf verscharrten, oberflächlich eingeebneten jahrzehntealten Müll.
Blödi war der richtige Mann für derartige Knochenarbeit, zumal es dem Herrn Akkurat durchaus möglich schien, daß man beim Graben auf Wertgegenstände stieß, deren Wert der schwachsinnige Kerl zum Glück nicht würde einschätzen können. Bei Kriegsende war so mancher Schatz in der Erde verschwunden. Einiges konnte den Sowjetfreunden entgangen sein. Also instruierte der Herr Akkurat den wühlenden, grabenden Blödi, alle festen Din-

ge vorsichtig auf einen Haufen zu legen. Hin und wieder kam er im weißen Malerkittel ins Freie und sichtete. Steine, Scherben, durchgerostete Nachttöpfe, Blech, Zaunsegmente, zerbrochene Teile einer Nähmaschine, alles wertloses Zeug.

Hatte der Gerümpelhaufen eine gewisse Größe erreicht, mußte Blödi den Plunder zur fernen Schuttkuhle karren.

Am Freitag schob Blödi auf seinem Rückweg vom Müllplatz die Karre eiliger als gewöhnlich. Das stramm aufgepumpte Gummirad hüpfte nur so auf dem Kopfsteinpflaster. Er schaute nicht links und nicht rechts. Besonderes Papier raschelte in der Karrenwanne, bunte Schachteln stießen aneinander. Fremde Buchstaben, schillernder Glanz, sich räkelnde gertenschlanke Frauen, goldenes Stanniol, bunte Blechbüchsen, ein bedruckter Plastebeutel, ja sogar zwei bebilderte Magazine, dick wie Bücher, lockende Bilder des Lächelns.

»Elstern, Elstern«, flüsterte der stiernackige Mann. Irgendwo in seinem Hirn war seit seinen frühen Kindertagen die Tatsache gespeichert, daß Elstern goldene Dinge rauben.

Der gefährlich grüne riesige Nußbaum auf dem Blödihof, in dessen Laub sich die schwarz-weißen Vögel immer wieder zeternd versteckten, war noch zu queren. Dann aber wartete der Schlund des dunklen Scheunentors. Rasch, rasch, ins heimische Dunkel gelangen! Eile. Glitzernde Beute, gescharrt aus dem Müll der Schuttkuhle. Im Dunkel verbirgt sich der Glanz.

Für Abweichungen vom Gewohnten hatte man im Dorf ein feines Gespür.

Niemand fragte den Dorfdeppen: »He, was karrst du da?« Aber jeder sah es: Fremde Dinge karrte er. Auf dem Inselmüllplatz waren also bunte, fremde Dinge, glänzende, besondere Dinge, ausländische Dinge, Hüllen von Dingen, die man nicht zu sehen und zu fressen bekam.

Von der Dorfbevölkerung unbemerkt, war innerhalb des Zaunes des Chefobjekts ein Ferienheim für spezielle Gäste eingeweiht worden.

Selbst Elfriede, die sonst so gut Informierte, hob bedauernd die Schultern, als man sie beim Schwatz vor dem Konsum nach Einzelheiten fragte. Sie war lediglich für die Sauberkeit des Treppenhauses, einiger Büros und der Flure im Haupthaus verantwortlich.

Der öffentliche Bereich war durch einen zweiten Zaun vom bunten Urlaubssektor getrennt.
Dort, wo einst die Schlehenbüsche gestanden hatten, war sogar ein separater eingezäunter Badestrand mit Liegen, Sonnenschirmen und numerierten Strandkörben angeschüttet worden.
»Werd' mich schön hüten, im bunten Bereich zu arbeiten!« verkündete Elfriede geheimnisvoll flüsternd. »Das Personal mußte sich der Dicke vom Festland kommen lassen, so sieht das aus! Ich mach' doch nicht auf Zimmermädchen. ›Zimmermädchen‹! Was das in Wirklichkeit heißt, kann man sich ja vorstellen!« Mit dieser Bemerkung streute Elfriede, wie so manches Mal, ein Gerücht.
»Wat heit dat denn?« fragten die Dorfweiber.
Elfriede lächelte vielsagend: »Na wat wohl? Mit dem Arsch wakkeln und den Kerls das Frühstück ant Bett bringen, heit dat!«
»Auch das Abendbrot?« fragten die Frauen, die die Abendstunden für weitaus gefährlicher hielten.
»Auch das Abendbrot«, bestätigte Elfriede, »leichte Arbeit, aber wenn die Kerle klingeln, müssen die jungen Dinger springen!«
»Springen?« wiederholten die Weiber erschrocken, »und so wat bi uns auf die Insel!«
Elfriede lachte nur: »Die Mächens wollen dat, sieht man doch, aufgetakelt bis zum Gehtnichtmehr!«
»Bis wohin?« fragte Hilde.
Jetzt lachten auch die anderen Weiber.
»Na, uns Töchting kriegt paar mit dem Riemen, wenn die bei denen auch nur über den Zaun kiekt!«
Wieder lachten die Weiber. »Die Kerls kriegen einen Riemen, wenn die deine Kleine sehen: knallenge Hosen, und die Bluse hält nur ein Knoten über dem nackschen Bauch zusammen. Knöppe annähen ist wohl nix!«
Hilde ging beunruhigt heimwärts. Hinter sich hörte sie die anderen Weiber: »Sei kunnt nich stricken, sei kunnt nich neigen, aber eines Tages käm sei an mit nem dicken Buk: dat kunnts!«
Die sollten nur stille sein: wußten die denn, was ihre Kinder trieben? Hilde wußte Bescheid. Sie hatte sich von ihrer Tochter am letzten Sonntag überreden lassen, mit Vaddern runter an den Badestrand zu kommen. Da hatten die beiden Alten dann mit schneeweißen Bäuchen und Beinen, aber tiefbraunen Händen, Gesichtern und Hälsen von all dem Arbeiten draußen, brav in einer

Strandburg gelegen. Eine Weile hatten sie erstaunt dem eignen Kind zugeschaut: nicht zu fassen, wie geschickt sich das Mädchen mit den anderen Gören in den Wellen tummelte. Dann aber war die Tochter in all dem Gewimmel unsichtbar geworden.
»Ne, uns Tochter ist schon in Ordnung«, beruhigte sie sich. »Zimmermädchen im Objekt? Das ist sowieso nix für uns Töchting, die soll nicht fremder Leut Müll wegräumen, die wird studieren.«

Wieder der Jobst

In seinem Büro blickte der Inselmächtige auf und musterte streng Jobst, den Polizisten. »Die Mütze nimmst du vom Tisch, Genosse!« sagte er.
Jobst bückte sich und legte die Mütze auf den Fußboden. Teufel und Titt! Hätt' ich die auf die Erde geschmissen, hätt' der Dicke gesagt: »Die Mütze vom Ehrenkleid legst du auf die Erde, Genosse?«
»Es wurden Feuer im Dorf gezündet?« sagte der Inselchef und öffnete eine Mappe.
»Hinter der Hütte von uns Moler.«
»Vor allem: Es wurden am Feuer in aller Öffentlichkeit Hetzsender abgehört.«
Jobst sperrte den Mund auf: Davon hatte nichts in seinem Bericht gestanden. »Überall auf der Insel spielen diese verdammten Kofferheulen, wo was spielt, kann ich nicht wissen.«
Der Inselchef hob mit besorgtem Erstaunen die Brauen: »Aber wir wissen es!« Er wartete einen Moment. Er genoß die Unsicherheit seines Gegenübers: »Es wurden also Feuer gezündet. Welche Personen befanden sich am Feuer?«
»Dieser Künstler und ...«
»Und? Ich warte! Die Personalien betreffender Bürger, bitte!«
»Zwei Männer und drei Frauen ...«
»Na, großartig, Menschen also! Mit was für einer Einstellung übst du deine Funktion eigentlich aus, Genosse!«
Jobst schwieg betroffen.
»Gezählt hast du sie immerhin!«

»Ich habe die Bürger veranlaßt, das Feuer wegen erhöhter Brandgefahr unverzüglich zu löschen.«

»Ferner wurden auf den Hügeln nicht genehmigte Flugversuche unternommen. Oben im Dorf tauchten des weiteren Verpackungsmaterialien auf, die Rückschlüsse auf zeitweilig bevorzugte Versorgung im Ferienbereich des Objekts zulassen. Hat sich der oben genannte Personenkreis auf dem Müllplatz aufgehalten? Wenn ja, wann? Genosse, ich erwarte Antworten!«

»Es war dunkel ...«, sagte Jobst unsicher.

Auf diese blöde Aussage ging der Genosse Vorsitzende nicht ein, er pochte mit der Zeigefingerkuppe auf die spiegelnde Tischplatte.

»Morgen früh liegen die Personalien der Bürger, die an obengenannten Vorfällen beteiligt waren, hier bei mir auf dem Tisch!« sagte er scharf.

Jobst machte ein verzweifeltes Gesicht: Nichts wie Ärger mit dem Maler, wieder Schreibkram.

»Du solltest keine Zeit verlieren, Genosse. Eine der in Frage kommenden Personen ist, soweit ich unterrichtet bin, bereits abgereist! Es waren übrigens sechs beteiligte Bürger. Nächstes Mal zählst du genauer, aber es war ja dunkel«, wiederholte der Genosse Vorsitzende verächtlich.

Jobst bückte sich zu seiner Mütze und erhob sich. Flugversuche ... was war das schon wieder? Hetzsender! Kann ich riechen, woher die Musik stammt!

»Du bekommst Besuch!« sagte Biggy. Sie blickte aus dem Fenster. Unsmoler und seine Gäste saßen im Atelier, sie tranken Tee und aßen Marmeladenstullen. Spätes Frühstück. Zeichnungen auf dem Fußboden.

»Ein Polizist«, ergänzte Biggy.

»Scheiße!« sagte Unsmoler und ging zur Tür, als es klopfte.

»Vielleicht bringt er ja unsere Post«, brummte grinsend der Bärtige.

»Es ist Anzeige erstattet worden. Hier haben nichtortsansässige Personen übernachtet. Ich muß die Personalien der betreffenden Bürger feststellen«, hörten sie eine rauhe Stimme sagen.

»Scheiße!« sagten nun auch die da drinnen.

Unsmoler kam mit dem Uniformierten herein. »Bürger, die Aus-

weise bitte!« sagte der Polizist und hob seine Rechte zum Mützenschirm. »Und das Hausbuch zur Einsichtnahme!«
»Ein Hausbuch, was ist das?« fragte Unsmoler.
»Die Bibel wahrscheinlich!« sagte Biggy keß.
»Jeder Besitzer eines Hauses ist verpflichtet, übernachtende Besucher mit Namen und Adresse ins Hausbuch einzutragen«, belehrte Jobst, »Versäumnisse werden be...«
»Ich bin kein Hausbesitzer, und diese jungen Leute sind keine Besucher. Es sind Studenten der Kunsthochschule. Wir arbeiten gemeinsam nach Modell.« Unsmoler wies auf die herumliegenden Blätter. »Das hier ist ein Arbeitsaufenthalt, kein Besuch!«
Einen Moment war Jobst ratlos: Sauereien auf der Erde, alles nackte Weiber. »Und was ist mit dem öffentlichen Abhören von Hetzsendern?« fragte er scharf.
»Wie soll das möglich sein? Ich besitze kein Radio, und meine Arbeitskollegen hier haben auch keins.«
»Er hat Gitarre gespielt. Spiel dem Herrn Volkspolizisten doch was vor«, sagte Annett.
Der Polizist hob abwehrend die Hände. »Es wurden Flugversuche auf den Hügeln festgestellt, was haben Sie dazu zu sagen?«
»Wir haben eine junge Frau im Regen zur Fähre gebracht und eine Leinwand als Regenschirm verwendet. Die Leinwand ist naß geworden. Wir haben sie ausgeschüttelt und trocken gewedelt«, erklärte Unsmoler, »fliegen mit einem Stück Malleinwand, so etwas funktioniert nicht!«
Jobst machte sich ungelenk Notizen: »Waren Sie auf dem Müllplatz?«
»Ist der eine Sehenswürdigkeit hier?« fragte Biggy.
»Nein«, antwortete Unsmoler höflich, »wir waren am Meer, aber nicht auf dem Schuttplatz.«
»Also gut«, sagte Jobst, »ihr wart nicht da. Aber ich sag' euch, lügen lohnt sich nicht. Andere wissen hier bestens Bescheid!«
»Weshalb fragen Sie dann?« Wieder die Biggy!
»Weil ich meine Anweisungen habe! Sie weigern sich also, die Ausweise vorzuzeigen?« Nun lächelte Jobst.
Die Gäste gingen hinauf, die Papiere holen. Es dauerte lange, bis der Polizist sämtliche Namen, Anschriften und Ausweisnummern notiert hatte. Als der Mann hinausgegangen war, prustete Biggy los. »Ist das ein Blödmann!«

»Leise! Der hört das!« sagte Unsmoler. »Ihr reist ab, ich bleibe hier.«
»Aber irgendwann reist du auch ab«, sagte der von der Plastik deprimiert, »aber was soll's, überall die gleiche Scheiße.«

Der ABV

Jobst war ärgerlich. Und weil er ärgerlich war, bog er ab zum Konsum. Trotz des Strandwetters eine lange Reihe Wartender vor der geöffneten Tür. Der Polizist ging so finster an der Warteschlange vorüber, als müsse er hinein, die Verkäuferin festnehmen. Er begab sich schnurstracks hinter die Glücklichen, die bereits den Ladentisch erreicht hatten, und reichte Elsbeth über deren Köpfe hinweg einen Zwanzigmarkschein. Sie lächelte, was sie sonst während der Dienstzeit selten tat, bückte sich und übergab ihm Eingewickeltes. »Schönen Feierabend«, sagte sie, denn es bedurfte keiner großen Phantasie, um zu erahnen, daß in der Tüte eine Schnapsflasche war.
Jobst hatte wieder etwas, auf das er sich freuen konnte.
Bevor er die Tür zu seinem Dienstzimmer öffnete, schaute er sich um. So ziemlich alles, was nicht Schlange stand, vergnügte sich unten am Meer. Besondere Vorkommnisse keine. Er hatte sich angewöhnt, in kurzen formelhaften Sätzen zu denken.
Er schloß die Tür, drehte von innen den Schlüssel um. Feierabend! Eben nicht Feierabend. Wieder der Farbenkleckser. Sein Blick fiel auf die Schreibmaschine, nichts da mit einer flotten Sekretärin. Er war mit der Scheißmaschine allein. Als wollte er diesen üblen Anblick neutralisieren, zog er die Flasche aus der Tüte, drehte den Verschluß auf und nahm einen Schluck. Dann hängte er die Uniformjacke und die Mütze über den Haken und setzte sich.
Das mit den Namen und Ausweisnummern ging ja. Die anderen Punkte müßten sich erledigt haben. Öffentliches Abspielen von Hetzsendern! Die mit dem Radio, das waren andere gewesen, aber der Kunstmaler muß sich in acht nehmen. Ganz fix wurde sowat wat Politisches. Flugversuche! Fliegen kann nicht mal die alte Tien auf ihrem Besen. Er lächelte für Momente.

Woher soll ich wissen, was alles verboten ist, dachte er gereizt. Es sollte vorgedruckte Formulare geben: MIT SOFORTIGER WIRKUNG VERBOTEN! Papiere mit Stempel vom Inselchef. Man braucht nur eintragen, was untersagt wird. Flugversuche zum Beispiel. Keine langen Diskussionen. Verboten, fertig, Schluß. Was soll ich mir persönlich den Ärger auf den Hals holen. Von mir aus kann jeder fliegen, so hoch er will. Die Hauptsache ist, ich hab' meine Ruh.
Erneut nahm er einen Schluck. Dann faltete er das Papier mit den Personalien der Übeltäter auseinander, drehte einen Bogen in die Schreibmaschine und begann schwerfällig die Namen zu tippen.
Er ahnte nicht, daß erneut eine Störung nahte.
Hartnäckiges Klopfen. Ärgerlich öffnete er die Tür: »Geschlossen!«
Draußen stand bleich der Maler, den sie den Herrn Akkurat nannten. »Waffenfund!« ächzte er.
Jobst pfiff durch die Zähne. Was ein Tag! »Wo?«
»Bei mir!« keuchte der Herr Akkurat mit tonloser Stimme; und doch klang es, als schreie er gellend.
»Ich komme«, sagte Jobst und verschwand in seinem Büro, um seine Uniform zu vervollständigen.
Als der Polizist auf das aufgewühlte Gelände des künftigen Galerieparks kam, erwartete ihn der Maler neben einem Gerümpelhaufen. Er wies auf ein verrostetes Etwas. Offenbar eine uralte doppelläufige Jagdflinte, deren Kolben bereits verrottet war.
Jobst schaute auf das Ding und dachte an die lästige Schreiberei. Er duzte den Maler in dieser prekären Situation vertraulich: »Das ist gar nichts, damit kannst du nicht einmal ein Karnickel totschlagen. Das ist ein Stück Rost, ein altes Leitungsrohr vielleicht, schmeiß weg den Scheiß und red nicht drüber!«
Bleich der Maler. Erinnerung an einen Freund, der nur wegen eines Verdachts auf Waffenbesitz im Alter von sechzehn Jahren von den Russen verhaftet worden war und jahrelang im Gefängnis gesessen hatte. Gestohlene Jugend, Tuberkulose. Alles gar nicht so lange her.
»Ich bestehe darauf, daß Sie die Waffe mitnehmen!« stöhnte der Herr Akkurat.
»Scheißkünstler!« dachte Jobst. »Einwickeln!« befahl er.
Erschrocken schaute der Maler dem Polizisten Jobst hinterher.

Mit dem in leuchtend weißes Papier eingewickelten Fund ging der grüne Mann davon. Zu spät! Im Bericht wird stehen: Waffenfund. Erst durch den Bericht verwandelt sich das Stück Rost zurück in eine Flinte.
Der Herr Akkurat griff sich an die Kehle. Der Zwang zu schreien würgte ihn. Nein, er durfte nicht schreien, nicht hier im Garten schreien, nur nicht hier im Park! Mit eiligen Schritten stürzte er auf das Gebäude zu. Rasch, die Tür hinter sich schließen!
Draußen ein warmer Sommertag. Alles ruhig.

Schwarze Räder

Unsmoler war allein mit dem Hund. Obwohl die Erde nach nächtlichen Gewittergüssen noch in der Morgensonne dampfte, waren die Gäste ans Meer gegangen. »Es ist schön draußen«, hatte er gesagt und seinen Besuch ins Freie gescheucht.
Er zog seine Gummistiefel aus und schleuderte sie in einem plötzlichen Anfall aufkommender Wut ins Atelier. Überall Spuren der Eindringlinge. In der Luft kalter Zigarrengeruch, Kleidungsstücke verteilt, benutztes Frühstücksgeschirr.
Ich werd' den Gästen draußen einen Tisch bauen, denn sie begreifen nicht, daß sie stören. Er ging hinaus und grub vor dem Haus vier kurze Pfähle ein. Er nagelte quer zwei Bretter dran und vier Bretter drauf, dann zog er eine gerade Bleistiftlinie und sägte die Bretter auf gleichmäßige Länge. Die Abschnitte hob er auf. Die waren noch gut für Nistkästen. Kostbar jedes Stück Holz.
Nach Stürmen am Strand gesammelt. Treibgut. Beute machen am Ufer. Die Sitzbank zwei Pfähle, eine Bohle quer drüber. Künftig also draußen essen, liebe Gäste.
Das Atelier ist wieder Atelier!
Am frühen Nachmittag hörte er draußen ungewohnten Lärm, ein rasches Klappern und Hopsen. Er blickte aus dem Fenster. Natürlich seine Leute: »Hallo, wir bringen was! Es lebe das deutsche demokratische Kunsthandwerk!« riefen sie und trünnelten zwei schwere schwarzgeteerte hölzerne Ackerwagenräder die Dorfstraße hinab. Die Eisenringe schepperten auf dem Kopfsteinpflaster. Das Gefälle

der Straße beschleunigte das Tempo. Der Bärtige und der Dichter mußten sich mächtig ins Zeug legen, um Schritt halten zu können, aber die jungen Männer hatten die Räder unter Kontrolle. Sie ließen sie durch die Pfortenöffnung in Unsmolers Garten sausen. Dort hüpften die Räder in den Ginster und kippten um.
»Müllplatzbeute!« riefen die Gäste. »Der Müllplatz ist eine Fundgrube! Ein Jammer, wenn der zugeschüttet wird!«
»Besser wär's gewesen, ihr hättet Bretter für eine zweite Bank gefunden. Ich habe uns nämlich einen Tisch gebaut«, sagte er, »gegessen wird ab heute draußen.«
Der Bärtige und der Dichter rollten die Räder aus dem Ginstergebüsch. »Denkmale der Handwerkskunst!« ereiferten sie sich.
Am nächsten Tag befreiten sie die Feldsteinmauer auf der Länge von ein paar Metern vom Gestrüpp. Dann gingen sie Weißkalk besorgen und brachten nicht nur Kalk, sondern vom Schmied auch zwei angespitzte Bolzen und einen schweren Hammer mit.
Mit heftigen Schlägen trieben sie die angespitzten Bolzen in Fugen der ehrwürdigen Mauer, die das Nachbarterrain vom Katenhof trennte.
Unsmoler versuchte, in seinem Atelier zu malen, aber die lautstarken Aktivitäten vor dem Fenster störten ihn. Bißchen viel Lärm beim Weißen einer Mauer.
Sowie ein Passant auf der Straße stehenblieb, begannen seine Gäste laut zu agitieren: »Leute, was ihr achtlos in den Müll schmeißt, werden wir hier ausstellen! Feldsteinmauer und Wagenräder. Schwarz auf Weiß!« Sie schoben die Räder auf die Bolzen. »Das ist Kunst, Leute, wer kann heutzutage noch so etwas Formvollendetes bauen!«
»Ja, ja, ist gediegene Arbeit«, bestätigten die Dörfler, »fünfzig Jahre sind die Räder über die Insel gerollt. Die verrotten nicht! Wenn ihr wollt, könnt ihr auch noch ein komplettes Pferdegerippe vor die Räder pinnen, die Knochen findet ihr auf dem Berg. Fragt den da«, sie nickten von der Straße her zum Katenfenster rüber, »Unsmoler weiß, wo.«
Aber seine Gäste wollten Denkmalseinweihung feiern. »Im Freien ohne Lagerfeuer ist nix«, meinten sie, »wir gehen in die Kneipe, kommst du nicht mit?«
Er blieb zu Haus. Er hatte kein Geld übrig für die Kneipe, aber das sagte er nicht.

Das Ackerwagenrädermahnmal hatte seine Besucher im Dorf bekannt gemacht. Man rückte zusammen und winkte die jungen Leute an den Stammtisch. »Eine Bockwurst und ein Bier für jeden von euch«, verkündete der Schmied großzügig, »die Eisenbeschläge von die Wagenräders sünd noch von min Vaddern.«
Biggy unterhielt munter die Männer der Runde, jeder Kerl sah gern zu ihr hin. Man konnte ins Träumen geraten, zumal sich rumgesprochen hatte, daß die Künstlers unten am Steinestrand am hellerlichten Tag splitternackt ins Wasser sprangen. Der Bärtige steckte sich eine Zigarre an. Er behielt die Streichholzschachtel in der Hand, legte sie auf die Tischkante, beugte den Zeigefinger und schnellte die Schachtel mit kurzem Schlag in die Höhe. Das Schächtelchen überschlug sich mehrmals und landete auf dem Tisch. »Das war ein Fünfer«, erklärte er und probierte es ein zweites Mal. »Und das war gar nichts«, sagte er. Die Streichholzschachtel lag nach ihrem Wirbelflug flach auf der Tischplatte und zeigte ihre Rückseite.
Ein Spiel mit Regeln also. Man mochte hier Regeln, auf Regeln ist Verlaß. Wieder schnellte die Schachtel in die Höhe. Der Bärtige strahlte: »Und das ist ein Zehner!« Die Schachtel stand aufrecht. Bald balancierten lauter Streichholzschachteln auf der Tischkante und wurden dann mit gebeugten Zeigefingern in die Luft gewirbelt. Das gewohnte Kräfteverhältnis verschob sich zugunsten des Schusters. Unschlagbar aber war vorläufig der Bärtige: »Mit Streichholzschachteln sind wir über die Langeweile bei der Armee hinweggekommen …«
»Wo warst du?«
»Marine.«
»Was hast du da gemacht?«
»Na, was schon, Schiffe haben wir versenkt, was sonst? Kreuzer, Schlachtschiffe, Linienschiffe, Schnellboote …«
»Ne, sag!«
Er grinste: »Zwei große Bier sind der Rumpf, ein Brauner das Heck, ein roter Kirsch ist die Backbordseite, ein grüner Waldmeister die Steuerbordseite … und das Ganze ist ein Kreuzer. Der will erst mal versenkt sein! Immer von einem.«
Bald war die Seeschlacht in vollem Gange.
Der von der Plastik wurde schließlich vom Schmied in einer Schubkarre vor die Katentür gefahren. Es war weit nach Mitter-

nacht. Unsmoler hörte den Schmied: »Der Junge ist schwer in Ordnung, Mädchen! Soll ich ihn euch ins Bett legen? Aber lieber leg' ich schöne Frauen ins Bett«, flüsterte er, »oder ins Gras!«

Blauer Ton

»Urlaub ist nichts für mich«, stöhnte der von der Plastik am Tag darauf, »Urlaub kann tödlich sein!«
»Dann mußt du eben arbeiten!« sagte Unsmoler. »Ich wollte immer schon lernen, wie man eine Tonfigur aufbaut. Modellieren wir also!«
»Hier?« Der von der Plastik sah sich zweifelnd um, »man braucht Draht, man braucht Gestelle, man braucht Ton, man braucht Böke, man braucht Gips, man braucht Tücher, und man braucht einen Raum.«
»Ton ist unten am Meer, Draht findet man auf dem Müllplatz, stärkeres Eisen biegt uns der Schmied, Gips ist irgendwie zu beschaffen, aber vor allem, wir haben ein tolles Modell: wir haben Biggy!«
»Bei diesem Wetter mag ich meine Stunden nicht unter einem Dach verbringen!« protestierte sie.
»Wir arbeiten draußen, Sonnenbräune gratis!«
»Man würde uns steinigen!«
»Wir bauen hinter dem Haus ein gegen fremde Blicke abgeschirmtes Freilichtatelier!«
Unsmoler sah bereits Skulpturen vor sich. Urplötzlich gab es für ihn nichts Wichtigeres, als vom Bärtigen rasch das Handwerkliche des Modellierens zu erlernen.
»Leute kommt, wir gehen Schilf schneiden.«
Sein Eifer überzeugte, das Abenteuer lockte.
Unsmoler nahm die Sense vom Haken, zog seine Gummistiefel an, steckte den Wetzstein in die Hosentasche und gab dem von der Plastik die Stiefel seines Bruders. Sie wateten durchs flache Wasser ins rauschende Schilfdickicht hinein, bis sie zu einer trockenen Stelle kamen, die auch noch den Vorteil hatte, daß sie vom Dorf aus nicht einzusehen war. Dort begann Unsmoler mit Feuereifer

die Sense zu schwingen. Der von der Plastik raffte die Halme zusammen und trug die Last ans Ufer. Die anderen schleppten die Bündel hinauf zur Hütte.
Unermüdliches Hin und Her. Wechselnde Besetzungen wie beim Kartoffelpufferbacken. Hinter dem Haus türmte sich Schilf. Nach Stunden begutachtete Unsmoler die Menge. Er nickte zufrieden, hängte die Sense zurück unters Dach, wuchtete zwei Pfähle heran und brachte Draht aus dem Schuppen. Alles war da, denn nichts irgendwie noch Brauchbare wurde hier weggeschmissen.
Sie gruben die Pfähle ein, spannten Drähte bis zur Hauswand, zogen eine spatentiefe Rinne, steckten Schilf hinein, schippten die Rinne zu und befestigten die Halme oben zwischen gespannten Drähten. Dann jäteten sie im eingezäunten Geviert das wuchernde Unkraut und planierten mit Schippen den zwischen Schilfwänden entstandenen Hof.
Ein leerer wartender Raum.
»Inseln schaffen im Strom der Zeit«, verkündete der Dichter pathetisch.
»Feiern wir die Unabhängigkeitserklärung dieses Fleckchens eingezäunter Welt!« rief der Bärtige und ging eine Flasche holen.
»Wenn das so sein soll, darf dieser Ort nur vom Atelier aus erreichbar sein!« Unsmoler betrachtete die Fachwerkwand der Tagelöhnerhütte. Zwischen den schwarzen Balken Mauersteine, die Fugen zwischen den Steinen Lehm. »Verschließt die Türöffnung in der Schilfwand, sagte er, ich schaff' uns ein anderes Tor!« Mit einem Spieker kratzte er den Lehm aus der Fuge eines Steins. Kurze Zeit später nahm er den ersten Ziegel aus der Wand, legte den Mauerstein auf die Erde und spähte durch die Öffnung in den Raum. »Der Graf von Monte Christo schaut in die Freiheit!« rief er und löste ohne Mühe einen Stein nach dem anderen aus der Hauswand.
Beinahe erschrocken sahen ihm die anderen zu. »Hast du denn eine Tür für die Öffnung?« fragten sie.
»Noch nicht«, sagte er, »aber hier auf der Insel findet sich alles.«
Am nächsten Tag brachen sie in aller Frühe auf zum blauen Ufer. Sie wählten den Weg, der an der Schuttkuhle vorüberführte, und nahmen ausgediente Blechschüsseln und Eimer mit zum Strand. Die beiden Frauen streckten sich in der Sonne aus, die Männer aber füllten die Gefäße mit Ton, badeten rasch, versprachen wie-

derzukommen, hoben die Gefäße auf die Schultern und machten sich mit ihrer Last auf den Heimweg.
Daheim sumpften sie den Ton in einer Grube ein, die mit den Steinen, die Unsmoler aus der Wand gebrochen hatte, ausgekleidet war. Dann begaben sie sich zurück ans Meer. Oben vom Ufer sahen sie, daß behoste Leute an den Steinestrand vorgedrungen waren und die beiden Mädchen umstellt hatten. »Mist«, sagte Unsmoler, »wir hätten den Hund bei den Frauen lassen sollen!« Er pfiff durch die Zähne. Die Leute blickten hinauf, sahen die vier Männer und den Hund, wiesen mit Fingern auf sie und sagten: »Das sind auch Nackte!«
»Wir sind nackt?« rief Unsmoler verwundert. »Sollten die Kleidungsstücke aus unserer sozialistischen Produktion des Kaisers neue Kleider sein?«
Die Leute verstummten, und zogen sich zurück.
»Verrückte!« sagten Biggy und Annett, »am liebsten hätte man uns gelyncht!«

Verhüllt

Morgens, Punkt 8 Uhr im Chefbüro. Der Inselchef überflog die Schreibmaschinenzeilen des Mitarbeiters und begann mit der Kuppe seines Zeigefingers auf die spiegelnde Tischplatte zu klopfen. Er sagte nichts, sah sein Gegenüber nur erwartungsvoll an und bemühte sich, den Mitarbeiter zu verunsichern. Der aber schwieg.
»Am Strand hat es vor einigen Tagen Provokationen gegeben«, sagte der Inselchef schließlich, »darüber fand ich nichts in deinen Berichten!«
»Die Freikörperkultur an abgelegenem Ort?« Der Mitarbeiter beantwortete das Nicken des Inselchefs mit einem Lächeln.
»Harmlos«, sagte er. »Wir sind mittendrin. Die Personen werden ständig unter operativer Kontrolle gehalten. Studenten.«
»Freikörperkultur! Die machen also auch auf Kultur, und das splitternackt, eine schöne Kultur ist das!« empörte sich der Inselchef, »Genosse, wir sind eine moralisch saubere Insel! Unsere werktä-

tigen Erholungssuchenden haben Anspruch auf Ruhe, Ordnung und Sauberkeit! Ich wünsche Disziplin und Anstand! Man sollte Bürgern, die andere Vorstellungen vom Miteinander haben, ein wenig auf die Finger klopfen!«

»Das ließe sich problemlos durch den ABV bewerkstelligen«, sagte der Mitarbeiter, »meine Abteilung bleibt im Hintergrund.«

»Akzeptiert«, der Inselchef nickte, klappte den Ordner zu, der Mitarbeiter ging zur Tür.

»Sehen die Nackten wenigstens gut aus?« fragte sein Genosse.

»Da gibt es nichts zu meckern, und sauber sind die auch. Ein Jammer, wenn die sich anziehen«, der Mitarbeiter grinste.

Zwei Tage später wurde Biggy beim Modellstehen plötzlich unruhig. »Ich glaube, da ist jemand an der Tür«, sagte sie.

»Pause ist eben gewesen«, schimpfte der Bärtige. Er drückte konzentriert ein winziges Tonkügelchen an den Hintern seiner Skulptur und klopfte es mit einem Brettchen fest. Er ließ sich durch Bemerkungen oder Wünsche seiner Modelle nicht aus dem Arbeitsrhythmus bringen.

Während sein Blick vergleichend zwischen der nackten Frau und seinem Gestalt annehmenden Werk hin und her wanderte, formten seine Finger bereits das nächste Kügelchen. So ging es seit Stunden. »Du kannst dich, wenn die anderen nichts dagegen haben, ein Stückchen weiter drehen, mehr ist nicht drin!«

Die Urlaubsidylle der ersten Tage hatte sich zu intensiver Arbeitsatmosphäre gewandelt. Die Bewohner des Katens werkelten hinter dem Haus. Auf improvisierten Modellierböcken wuchsen Tonfiguren empor. Biggy stand reglos im Zentrum des Schilfhofs.

»Wirklich, da ist jemand«, sagte nun auch Annett. Der Hund erhob sich, sprang durch die Maueröffnung ins Innere des Hauses und bellte hinter der Außentür. Kurz darauf heftiges Klopfen.

»Wir arbeiten!« rief Unsmoler über das Dach hinweg. »Schiet, das offizielle Klopfen kenne ich!« sagte er leise.

Nach einer Weile verstummte das Pochen.

»Na also«, sagte der von der Plastik und fügte weiter seine Tonkügelchen an seine Tonfigur.

Der Hund legte sich hin, blickte plötzlich auf, spitzte die Ohren und knurrte. Das Schilf raschelte und wurde ein wenig auseinandergeschoben. Das rote Gesicht vom Polizisten Jobst zeigte sich,

verschwand aber augenblicklich wieder. »Verdammte Unzucht«, fluchte der Mann hinter der Schilfwand, »hier ist die Polizei, Hausbuchkontrolle!«
»Künstlerische Arbeit«, sagte Unsmoler entschieden, »bitte nicht stören! Wir arbeiten mit feuchtem Ton, wenn der trocknet, reißt er, und alles ist kaputt. Die Namen der Kollegen sind bereits gemeldet. Hier gibt es nichts Neues!«
Einen Moment schien Jobst, der Polizist, zu überlegen.
»Das hier ist ein nicht genehmigtes Bauwerk«, verkündete er schließlich. »Und es liegen weitere Straftatbestände vor: Erregung öffentlichen Ärgernisses zum Beispiel!«
»Wir klären das in zwei Stunden in deinem Büro«, sagte Unsmoler, »hier wird gearbeitet, staatliche Aufgaben!«
Das Wort wirkte. Jobst brummelte irgend etwas und ging von dannen. Zu gern hätte er noch einmal durch das Schilf gelinst. Mann, Mann! Und das nennen die Arbeit! dachte er.
»Du duzt ihn«, fragte Annett, »und eine staatliche Aufgabe, was ist das?«
»Weiß ich nicht, aber Jobst weiß das auch nicht. Habe ich nicht stattliche Aufgabe gesagt?«
Sie versuchten weiterzuarbeiten.
»Scheiße!« sagte der von der Plastik plötzlich und warf seinen Tonklumpen in die Grube.
»Ist das alles dumpf!«
Er tauchte Lappen in einen Wassereimer, legte sie mit finsterer Miene um seine Tonfigur, hüllte das Ganze in Plastefolie und wikkelte etwas Draht herum.
»Machen wir Schluß?« fragte Annett.
»Ich mache Schluß«, sagte der von der Plastik. Er legte ein Brett über den Wassereimer und setzte sich. Er preßte seinen Zeigefinger gestreckt an die Schläfe und tat so, als würde er eine Pistole abfeuern.
»Ihr könnt weitermachen!« sagte er nach einer Weile, »ich hau' ab!«
»Nicht so laut, das könnte einer falsch verstehen!« sagte Annett. Sie schob Schilfhalme beiseite und spähte hinaus.
»Sag mal, lernst du eigentlich schon Schwedisch?« brummte der Bärtige.
Unsmoler sah ihn an. Ihre Blicke trafen sich für einen Moment.

»Musik ist mir lieber!« rief plötzlich der Sänger. Er drückte sein Figürchen zusammen und warf es in die Tonwanne.
»Verdammt noch mal, wollt ihr aufgeben?«, erschrocken wandte sich Unsmoler an den von der Plastik. »So laß ich dich nicht gehen, erst bringst du mir bei, wie man die Tonfiguren abgießt!«
Der von der Plastik hob nicht einmal seinen Kopf. Regungslos saß er auf dem Eimer, die Ellbogen auf die Knie gestützt, das Gesicht in den Händen.
»Das ist fix erklärt«, sagte er gleichgültig, »du kaufst dir ein paar Tüten Kartoffelstärke, rührst die mit Gips zusammen und bedeckst mit dem Brei deine Tonfigur. Wenn der Gips fest ist, sägst du das Gebilde in zwei Teile, polkst den feuchten Ton heraus, und du hast das Negativ. Das gießt du mit Beton aus. Wenn der Beton abgebunden hat, kannst du den ganzen Zauber in heißes Wasser stecken. Die Kartoffelstärke quillt, und die Gipsform zerbröckelt. Fertig!« Der von der Plastik erhob sich. »Bitte schön, wir sind fertig, wir können in den Sack hauen!«
»Ne, ne, ich brauche gleich mehrere Abgüsse«, sagte Unsmoler.
»Dann schaff Gips heran, wenn dir das auf dieser Scheißinsel gelingt«, sagte der Bärtige und spuckte aus.
»Der Graf von Monte Christo« – sie nannten Unsmoler seit kurzem so – »will meinen Hintern zu Geld machen!« protestierte Biggy.
»Erst einmal muß er zur Polizei«, brummte der Bärtige.
Unsmoler tauchte Tücher in den Wassereimer, hüllte auch seine Figur ein und ging zu Jobst.
»Nichts wie Ärger mit die Künstlers!« empfing ihn der Polizist. »Seht euch bloß vor, die Genossen im Objekt haben schon ein Auge auf euch geworfen. Aber ich hab' nichts gesagt, verstehst du.«
»Die Leute wären längst abgereist, wenn wir Gips hätten. Tonfiguren lassen sich nun mal nur in abgegossenem Zustand transportieren.«
»Ihr macht Figuren?«
»Was sonst?« sagte Unsmoler.
Jobst grinste. »Und wenn ich euch Gips besorge, hauen die dann ab?«
»Wir brauchen zwei Sack.«
»Ich werde sehen, was sich machen läßt. Ich sag' euch Bescheid.«
Jobst klopfte am späten Nachmittag erneut an die Katentür und

eröffnete großartig, daß zwei Sack Gips im Materiallager des Chefobjekts für die Kollegen Künstler bereitstünden. Die Straftatbestände erwähnte er mit keinem Wort.

Unsmoler machte sich unverzüglich auf den Weg und holte mit der Kneipenkarre, auf der sonst nur Volltrunkene heimwärts geschafft wurden, die beiden Gipssäcke ab.

Nachts schlief er unruhig. Er träumte von absonderlich Uniformierten, die ihn immer wieder bedrohlich umringten. Wenn ich doch auch eine Uniform hätte, hatte er im Traum gedacht, in der Uniform könnte ich mich verstecken. Schließlich erhob er sich und ging hinaus in die Schilfumzäunung. Dort standen die in glänzende Folie eingehüllten Figuren magisch im Mondlicht. Lange betrachtete er sie. Die sind brav, und die sind stumm und alle einander ähnlich, dachte er. Auch das ist eine Uniform. Er holte Papier und begann, die Vermummten zu zeichnen.

Er sah sich um. Im Mauerdurchbruch stand Biggy. Sie sahen einander an. Er schüttelte den Kopf. »Idiot!« sagte sie und verschwand.

Am nächsten Morgen brachte der von der Plastik ihnen bei, wie man wiederverwendbare Doppelformen herstellt. Der Gitarrenspieler zupfte schwermütige Akkorde und suchte nach einer Melodie. Biggy packte.

Mittags zogen sie los. Lüder fuhr den Admiral, wie er dem Dorf heftig hupend verkündete, den Meister aller Seegefechte und wirbelnder Streichholzschachteln inklusive männlicher und weiblicher Begleitung zur Fähre. Der von der Plastik stand auf dem Hänger und wies mit großer Geste nach Süden: »Kurs Süd, auf zum Häusermeer Berlin. Nicht, daß ihr das mal verwechselt, da im Norden liegt nämlich Schweden, das Königreich!«

Schiffsmodellbau

Das muntere Trüppchen war abgereist. Die schwarzen Wagenräder an der Mauer und auch die Seeschlachten in der Kneipe blieben. »Leute, heute wieder Schiffsmodellbau!« riefen in diesem Herbst die Männer grinsend einander zu. Das hieß soviel wie: großes Besäufnis in der Kneipe.

»Schiffsmodellbau!« Dieses Wort machte sich auf den Weg ins Chefobjekt.
Eines Morgens lud der Mitarbeiter Elfriede wie zufällig zu einer Tasse Kaffee ein. Neutraler Ort: die Objektkantine. Was will der Geschniegelte? dachte sie mißtrauisch. Er bot ihr eine Zigarette an, gab ihr Feuer und zündete auch sich eine an. Gemeinsame Ebene. Um sie nicht durch allzu aufmerksame Blicke zu irritieren, wandte er seinen Kopf zum Fenster und betrachtete interessiert die ziehenden Wolken.
»Ja«, sagte er sinnend, »das Leben ist leichter geworden. Kräfte, die brachgelegen haben, werden in unserer neuen Ordnung freigesetzt. Warum sollten wir also ausschließlich unseren Berufskünstlern die Kunstausübung überlassen?« Nun sah er Elfriede an, um mit kurzem Blick festzustellen, wie man im Dorf über die Künstler dachte. »Ganz einfache Gegenstände des täglichen Gebrauchs zeigen ein hohes Maß an handwerklichem und künstlerischem Können, Wagenräder zum Beispiel … Aber davon will ich nicht reden. Dem Genossen Vorsitzenden ist zu Ohren gekommen …«
Was will der Kerl nur? dachte sie. Sie war auf der Hut.
»Kurz, mich interessieren Volkskunstaktivitäten auf der Insel, sprich, mich interessiert der dörfliche Schiffsmodellbau.«
Sie nahm einen Schluck Kaffee. »Schiffsmodellbau? Schöner Schiffsmodellbau!« bemerkte sie verächtlich: »Das sind Schnapsflaschen, Kümmel- und Waldmeisterschiffe! Und das ist auf dieser Insel wirklich eine Volkskunst!«
»Buddelschiffe? Noch besser«, rief erfreut der Mitarbeiter, »Flaschenschiffe, uralte Tradition werktätiger Seeleute!« Wieder einmal würde er klären. Vage hatte der Genosse Vorsitzende von Schiffsmodellbau geredet. Er würde berichtigen können.
Flaschenschiffe, großartig! Nutzung von Sekundärrohstoffen, kaum Material notwendig, Schiffchen durch den engen Flaschenhals gezaubert. Segelschiffe, Kriegsschiffe, alles staubfrei in der Flasche. Originelle Geschenke für offizielle Delegationen.
»Wir werden derartige Initiativen großzügig unterstützen«, sagte er und goß ihr erneut Kaffee ein, »sprich Ankäufe, Ausstellungen und so weiter.«
Sie mußte Zeit gewinnen. Offenbar lag hier ein Mißverständnis vor. Sie rührte im Kaffee, und das Klingen des Löffels klang plötzlich wie das ferne Klingeln von Münzen.

Natürlich Buddelschiffchen! Kannte sie doch!
Da muß mein Alter ran, überlegte sie rasch, der hat Messer und der hat Langeweile und leere Flaschen sowieso! Sie hatte bisher immer gedacht, daß sie so ziemlich alles wisse, was auf der Insel gegenwärtig geschah und was bereits geschehen war, nun aber schien es ihr so, als erahne sie auch Künftiges. Sie sah plötzlich eine Armada von bunten Buddelschiffen in der grauen Werkstatt ihres Mannes. »Mein Mann kann wunderschöne Schiffchen bauen«, behauptete sie.
»Wann kann man Arbeiten sehen?«
Elfriede schien zu erwachen: »Jetzt nicht, alles weg, der Sommer, verstehen Sie, außerdem steht jetzt die Reparatur von Schuhen im Vordergrund, aber im Winter geht's wieder so richtig los!«
»Wir bleiben im Gespräch«, sagte er, lächelte, drückte ihr die Hand und entfernte sich.
Sie begab sich zurück in den Flur, ließ die Bohnermaschine heulen und dachte nach. Dann, nach dem Postaustragen, machte sie wie alle Tage lärmend Mittag für sich und den Alten. Während er die Suppe löffelte, spürte er, irgendwas lag in der Luft. Aber sie sagte nichts. Erst so gegen fünf, als er in den Flur kam, seine Mütze vom Haken nahm, seine Jacke anzog und mit den Worten: »Dann wollen wir mal!« die Hand auf die Türklinke legte, rief sie drohend: »Wo willst du hin!« Er zog den Kopf zwischen die Schultern, als habe ihn hinterrücks ein Hieb getroffen. Er erstarrte in Erwartung eines zweiten Schlages.
»Basteln gehen, was! Schöne Bastelabende sind das! Sogar drüben im Objekt redet man davon! Schiffsmodellbau, daß ich nicht lache!«
Schiffsmodellbau, ist ein lustiges Wort, dachte er.
»Saufkopp!« schrie sie
Er wies mit dem Finger in Richtung des Nachbargehöfts, ein Zeichen, daß man dort nicht teilhaben solle an ehelichen Auseinandersetzungen.
»Ja, davor hast du Angst!« keifte sie, »schämst dich wohl! Aber mein Geld zu versaufen, dazu reicht dein Mut! Bastelabende! Daß ich nicht lache.«
Wieder wies er mit dem Zeigefinger auf die Außentür.
»Willst du mir den Mund verbieten? Ich schreie so viel ich will! Sollen all die Saufköppe ruhig mitbekommen: Ich lass' mir nicht

alles gefallen! Ich nicht! ›Bastelabend‹! Und das wagst du mir ins Gesicht zu sagen!«

Er entgegnete nicht, daß er nur gesagt habe: »Dann wollen wir mal!« Dieser Satz hatte für gewöhnlich etwas Beruhigendes, etwas Normales, etwas Einbeziehendes. Er schwieg. Was er auch sagen würde, es würde sie noch mehr gegen ihn aufbringen, das kannte er längst. Aber sein Schweigen konnte sie gleichfalls rasend machen. Gehupft wie gesprungen. Er drehte seine speckige Schirmmütze in den Händen und warf sie auf den Stuhl. Resignation. Hat gelauert, der Drachen. Aber die Mütz und die Jacke in einer leeren Karnickelbucht zu deponieren brachte auch nichts. Davonstehlen war nicht zu schaffen. Scharfe Augen und eine böse Zunge hatte das Weib, dachte er anerkennend.

In beinahe normaler Tonlage, wenn auch mit vorwurfsvollem Unterton, sagte sie noch einmal: »Bastelabende! Schöne Schiffe baut ihr ... aber ich nehme dich beim Wort! Ruinier dich meinetwegen, aber steh zu deinem Wort!«

Er hob verwundert die Brauen: Was war das nun schon wieder?

»Geh meinetwegen saufen, aber bring die leeren Flaschen mit! Flaschen für die Buddelschiffe, durchsichtige, weiße Flaschen. Kein Wort zu den anderen, sonst fangen die auch noch damit an! Also geh schon!«

Wozu dann das ganze Theater, dachte er. Sie reichte ihm die Mütze und stieß die Tür auf. Verdammter Hurenzauber! Was sollte er tun. Er floh in einen Kneipenspruch: »Na dann werd' ich mir noch mal ein kleines Bierchen reinschummeln«, sagte er und ging unsicher hinaus.

Sie richtete ihre Augen zum Himmel, war der Kerl schwer von Begriff! Wieder trafen ihn Worte von hinten: »Keine Bierflaschen, Schnapsflaschen brauchen wir, weiße, viele weiße Schnapsflaschen!«

Krumm und alt schlich er davon.

»Ein kleines Bierchen reinschummeln«, wiederholte sie erbittert, »hat wieder was aufgeschnappt von richtigen Männern!«

Boote

Unsmoler blickte über das Meer und blickte auf den Strand. Das Muster der Burgen, das Muster unzähliger Schatten, Schatten von Fährten im Sand. Gleichförmigkeit. Alles ist gezeichnet von den Tagen zuvor. Und doch die Unberührtheit der Frühe.

Erste Strandgänger. Die Senkrechten der Kommenden. Störung vorheriger Bilder. Immer mehr, immer zahlreicher diese Senkrechten. Zeichnen, Blatt für Blatt, Notizen für daheim. Blätter füllen mit Strukturen und mit Rhythmen wortloser Texte. Schönheit, die ihn fesselt. Zuschauer würden seine Stenogramme erschrekken. Wer diktiert da? Was ist der Sinn? Es ist ein Blick von oben herab. Der einzelne und das Treiben der Menge.

Unsmoler war begierig aufs Arbeiten im Atelier. Er erhob sich. Er ging am Steilufer entlang auf kaum begangenen Pfaden. Einsame Wege wählen. Nicht durch die Blicke anderer Leute aus den Gedanken gestoßen werden. Die Bilder im Auge behalten.

Tief unten der Steinestrand. Nackte Leute sonnten sich auf den Findlingen! Nackte balancierten über glatte Steine hinweg ins Wasser. Seine Gäste waren es nicht, die waren abgereist. Vielleicht waren es sogar jene Urlauber, die sich über ihn und seine Leute empört hatten. Abwenden. Unter dem Arm die Zeichnungen des Morgens. Im Atelier würden beim Betrachten der Notationen die Bilder des Morgens zurückkehren.

Hindurch durch die Dorfwelt zum Katen. Bei der Treckergarage, die Lüder im Sommer als Ferienunterkunft vermietete, saß der Traktorist mit einem Professor auf der Gartenbank.

»War Heckschütze in einem Bomber«, sagte der Professor, »abgeschossen über England. Wurden gut behandelt in der Gefangenschaft, solange die glaubten, Deutschland könne siegen.« Der Professor erzählte und erzählte. Lüder hatte Zeit. Nahm hin und wieder einen Schluck aus der Buddel, die ihm sein Professor reichte. Waren alle gleich angeschissen im Krieg. Jetzt sind auch alle gleich im Dorf. Ist nicht eingebildet, der Professor, darf wiederkommen nächstes Jahr, gibt öfter einen aus, dachte Lüder. Früher hatte man sommertags zum Zuhören keine Zeit. Nun war alles anders: LPG.

Unsmoler grüßte hinüber. Lüder hob die Hand, auch der Professor hob lässig grüßend die Rechte. Maler, Bauer, Professor, alle gleich. Selbst Lütt Otto, der hier reichlich Land besessen hatte, war gleich. Lütt Otto saß genau wie Lüder am hellerlichten Tag untätig auf der Gartenbank und ließ sich von Gästen unterhalten.

Unsmoler sah Lütt Otto und grüßte.

»Tach auch«, rief der Bauer zurück, »na, wieder tausend Mark verdient?« Er lachte.

»Unsmoler zu Fuß«, erklärte er den Urlaubern, »is hier seinerzeit geritten wie der heilige Georg. Hat mir mein letztes Pferd vom Steilufer geschmissen. War weiter kein Unglück. Hier läuft jetzt sowieso alles maschinell. Nur noch Roggen auf der ganzen Insel, und der ist fix runter. Die Genossenschaft ›Frohe Zukunft‹ läßt grüßen! Roggen, immer Roggen, bis der Boden erledigt ist. Aber das dauert eine Weile. Alle zwei Jahre Lupine.« Er seufzte und schwieg einen Moment, um dann hinzuzufügen: »Man hat auch so sein Auskommen.«

Die Zeit der aufsässigen Reden war vorüber. Kurz nach der Kollektivierung hatte so ziemlich jeder hier geglaubt, man habe nichts mehr zu verlieren. Manch einer, hörte man damals, war für ein paar Wochen in den Knast gewandert. Nun aber bemerkte man, mit den Äckern und all dem Vieh war auch ein großer Sack Sorgen dahin. Alles weg, aber die Scheinchen flatterten trotzdem vom Himmel. Der Badegast zahlte gut, der wollte ja wiederkommen. Hier konnte man frische Luft verkaufen.

Auch die See ist ein Acker, hatte sich Lütt Otto gesagt und auf dem Festland ein Boot bauen lassen. Plötzlich kam er angetuckert mit dem bunt bemalten Dings. Gut und gerne Platz für zwanzig Leute. Er machte keine Gemüsefahrten wie andere, sondern wieder seine Rundfahrten, nun aber auf dem Wasser, einmal rund um die Insel, Preis fünf Mark. Das war noch einträglicher als die Kutschfahrten, und das beste war, das Boot fraß im Winter keinen Hafer.

Obendrein Angelei mit zahlenden Gästen. Nachtangeln auf Aal, Schnapsbuddeln an Bord. Das Hochhaus ein Leuchtturm. Schönen Dank auch, Dicker, für die Beleuchtung! »Leute, hoch die Tassen, alles geht seinen sozialistischen Gang!«

Unsmoler sah an der Kastanie vor der »Deutschen Eiche« den weißen Fleck einer Bekanntmachung. Armseliger Zettel, konnte nur vom Pastor angepinnt sein. Wahrscheinlich wieder Abendmusik in der Kapelle. In der Tat. Der Pfarrer hatte im Dorf seine handge-

schriebenen Plakate verteilt. Aber das war neu: Im Konsum lehnte die Verkäuferin ab, die Konzertankündigung ins Schaufenster zu hängen. Sie eröffnete dem Geistlichen, daß sie nicht mehr für die Kirche Reklame machen dürfe.
»Doch nicht für die Kirche«, sagte er leise, »das ist für Corelli!«
»Für irgendwelche Ausländer schon gar nicht!« hatte sie kategorisch geäußert, »Anweisung von oben!« Aber die Bäume hatten sich gegen die Anschläge nicht gewehrt.
Selbstverständlich zweckte der Herr Pfarrer auch an die Kapellentür das Programm des Abends. Er kam sich dabei vor wie seinerzeit Luther, als der die 95 Thesen an die Tür zu Wittenberg schlug. Corelli, Kirchensonaten, Vivaldi, zauberhafte Musik, kommen Sie zu uns!
Das also war erledigt. Hoffentlich erreichten die Musikanten mit dem Fährschiff rechtzeitig die Insel. Besorgt blickte der Pastor zum Himmel. Der Himmel schien es gut zu meinen. Sonneninsel.
Er trat in das Dämmerlicht des Kapellenraums, rollte die restlichen Papiere auf, streifte ein Weckglasgummi über die Rolle, nahm Farbbecher und Pinsel und trug das Material für ein nächstes Mal in die muffige Leichenkammer. Er verstaute die Dinge neben den Talgkerzen und dem kleinen Vorrat an Konservendosen im obersten Fach des Wandschranks. Er mußte sich bücken, denn das kleine Möbelstück stand zu ebener Erde auf dem Steinfußboden. Es sah aus, als mache er eine tiefe Verbeugung vor dem mit allerlei schadhaftem Schnitzwerk verzierten Schränkchen. Oben auf dem Schrank bemerkte er feinen frischen Holzstaub. Das Werk der Holzwürmer seit seinem letzten Inselbesuch.
Er griff zum Besen, der an einem in eine Mauerfuge getriebenen Nagel gleich neben dem Schränkchen hing und dachte, während er die Zeichen der beharrlichen Zerstörung auf die Müllschippe kehrte, besorgt an den Zustand des Daches. Ein Gewitterguß während des Konzerts, schlimm wäre das! Beim Gottesdienst wäre das leichter zu verkraften. Die letzten treuen Seelen kannten die Gefahrenstellen. Die fünf Leutchen hatten ohnehin allesamt in der ersten Reihe Platz, die aber blieb verläßlich trocken … noch.
Für Momente bekam das Gesicht des Geistlichen einen bitteren Ausdruck. So bitter hatte ihn kein Inselbewohner je erblickt. Draußen vor der Kapellentür pflegte er stets zuversichtlich zu lächeln. Er rückte die Sargböcke beiseite und stellte die Schippe

des Totengräbers in die Ecke: Platz für die Musiker schaffen. Die vier zusammengeklappten russischen Feldbetten bereitstellen. Er bückte sich zum Wassereimer und beschloß, frisches Wasser zu holen.
Das Sonnenlicht draußen blendete ihn. Er kniff die Augen zusammen und blickte die Dorfstraße hinab. Er versuchte irgendein Dorfmädchen zu entdecken. Meist waren die Mädchen bereit, einen Blumenstrauß für den Altar zu pflücken. Die Jungs waren eher fürs Glockenläuten zu gewinnen. Nimm hin all die Demütigungen, denn es sind Prüfungen des Herrn, dachte er und begrüßte mit herzlichem Kopfnicken die Fremden auf dem Hof des Tüffelmachers. »Liebe Frau, ich hol' mir etwas Wasser!« rief er in Richtung Küche.
»Bitte, bitte, gern geschehen!« rief die Tüffelmacherfrau von irgendwo zurück. Sie hatte gerade den Hof voll Wäsche gehängt: Laken und Bettbezüge. Lichte, nach Waschmittel duftende flatternde Tücher. Mit der heutigen Fähre kamen neue Gäste.
Zwölf Pumpenschläge, dann war der Eimer voll. »Heute Konzert!« rief er der Frau zu.
»Heute ist Anreisetag, aber wir kommen trotzdem«, antwortete sie unsichtbar.
Ja, man konnte noch Leute in die Kapelle locken. Er bückte sich unter einem flatternden Laken hindurch. Ein Windstoß ließ die Wäschestütze überkippen, ein Laken berührte ihn leicht. Ein weißer Hauch, ein Engelsflügelhauch. Im gleichen Augenblick sah er ein großes weißes strahlendes Segel. Er richtete sich auf, die Erscheinung war verschwunden. Er blieb stehen: »Ich werde ein Schiff bauen, ein weißes, lichtes Segelschiff«, sagte er. »Mit uns ist das Licht!«
In größter Eile ging er zur Kapelle zurück. Es war ihm, als spüre er den Wind, der ihm die Musikanten auf die Insel wehen würde. Gute Leute würde er gewinnen können. Kojen an Bord, Schlafplätze, eine Kochecke. Die lockende Segeltour zur Insel. Licht, Weite und Freiheit. Vorträge und Musik. Das wird sich rumsprechen. Leute werden herbeiströmen. Er ging so rasch mit seinem schwappenden Wassereimer, daß ihm die Badegäste erstaunt hinterherschauten. »Der will wohl was löschen!« sagten sie.
»Dat wir uns Paster!« erklärte die Tüffelmacherfrau.
Als er den Wassereimer neben der Kapellenpforte abgesetzt hatte,

wußte er bereits, wie das Schiff heißen würde: »Arche«. Er geriet in eine derart euphorische Stimmung, daß er beschloß, beide Kronleuchter mit Kerzen zu bestücken. Aus der Totenkammer trug er die lange Trittleiter. Er mußte lächeln, weil er die Wackelleiter unter die an einer Kette herabhängende Kogge gestellt hatte. Warum habe ich nicht längst das Schiff als Zeichen verstanden? fragte er sich. Er kletterte hinauf, die Leiter schwankte bedenklich. Als er auf der letzten Stufe stand, ergriff er die Kette, hielt sich fest und pustete den Staub vom Deck des Schiffsmodells. Die Staubwölkchen wehten zur Seite und trieben, von der Zugluft erfaßt, in den schrägen Sonnenstrahlen, die durchs Kapellenfenster fielen, golden aufleuchtend, auf die offene Kapellentür zu. Er stieg hinab, holte die Kerzen, zog die Leiter schurrend über den ausgetretenen steinernen Fußboden unter den ersten Kronleuchter. Die Geräusche klangen durch den Raum und schwangen sich empor. Die großartige Akustik hier war das Pfund, mit dem er zu wuchern hatte. Er begann die Kerzen aufzustecken. Hin und wieder blickte er hinab auf die rote Terrakottafläche vor den Bankreihen und sah dort bereits den Grundriß des Schiffes.
Die drei Musikanten, Studenten der Hochschule für Musik, fanden ihn kniend auf der Erde. Vor sich hatte er Blätter, wie er sie sonst zum Malen seiner Plakate verwendete. Mit einem Bleistiftstummel war er dabei, die Arche seiner Eingebung zu skizzieren. Er erhob sich und begrüßte die jungen Leute. »Was hättet ihr davon gehalten, wenn ich euch auf einem Segelschiff auf die Insel geschafft hätte und ihr in Kojen übernachten würdet?«
»Toll würde das sein!«
»Nächstes Jahr ist das Schiff fertig«, sagte er und zeigte ihnen eine Skizze.
Sie stellten ihre Instrumente und ihr Gepäck ab, gingen in die Leichenkammer, trugen die Sargböcke, die Schippe, und die Sargtragehölzer hinter die Kapelle und stellten die russischen Militärspannbetten auf. Sie kannten das schon.
»Vorsicht«, riefen sie ihm zu, »wenn das mit dem Segelschiff klappt, würden wir nicht nur drei Tage, sondern zehn Tage auf der Insel bleiben!«
»Dann müßtet ihr allerdings drei Konzerte geben«, gab er zu bedenken.
»Abgemacht, wir kommen!«

Auch an der Galerietür war ein Anschlag, der zum Konzert einlud, befestigt.
Ruhelos ging der Herr Akkurat im Atelier seiner Frau auf und ab. Der Pfarrer ahnte nicht, in welche Gewissensnöte er den Herrn Kunstmaler gestürzt hatte. Hin und wieder blickte der gepeinigte Mann aus dem Fenster und sah Einlaß begehrende Besucher am Eisentürchen rütteln.
»Niemand nimmt Anstoß daran, daß an der Galerietür ein Zettel vom Pastor hängt«, versuchte ihn seine Frau zu beruhigen.
»Wie bist du nur naiv«, stöhnte er, »sehr wohl registriert man das im Chefobjekt. Und das ausgerechnet jetzt, wo es um die Verträge geht!« Wieder und wieder blickte er zum verschlossenen Gartentor. »Aber ich konnte doch nicht dem Herrn Pfarrer die Unterstützung versagen!« rief er.
»Nein, das konntest du nicht!« sagte sie behutsam, »ich würde die Tür aufschließen.«
»Bei unserem Nachbarn ist kein Anschlag, der hält sich raus«, sprach er nach einer Weile mit dumpfer Stimme.
»Der hat auch keine Galerie«, gab sie leise zu bedenken.
»Aber seine Bilder hängen bei uns!« Er griff sich an die Kehle und stürzte aus dem Zimmer.
Sie blickte aus dem Fenster. Sie hoffte, er würde mit großen Schritten zum Gartentor eilen und die Besucher hereinlassen. Aber das Tor blieb verschlossen.

Schilder I

Ein Mann ertrank. Die eigenen Kinder hatten es vom Ufer aus mitansehen müssen. Der Mann schwamm in hohen Wellen: Plötzlich streckte er die Arme in die Höhe und verschwand auf Nimmerwiedersehen in der Tiefe.
Der Inselchef haßte nichts so sehr wie unangenehme Meldungen.
»War der Bürger aufgeklärt«, fragte er aufgebracht, »lag schuldhaftes Verhalten vor?«
Jedes Unglück hatte, wenn es schon nicht zu vermeiden gewesen war, im Grunde die Bestrafung eines Schuldigen zu sein.

»War dem Bürger bewußt, daß er gegen Anweisungen verstieß?« präzisierte er heftig seine Frage.
»Er ist bei Sturm geschwommen«, druckste man herum, »jedem Urlauber wurde ein Zettel mit allgemeinen Verhaltensregeln ausgehändigt.«
»Ein Stück Papier, mit dem sich die meisten offenbar den Hintern abwischen! Allgemeine Regeln! Werdet endlich konkret, Genossen: Baden bei Sturm grundsätzlich verboten!« Der Inselchef schlug mit der Faust auf seinen Schreibtisch: »Und wenn ich alle zehn Meter eine Hinweistafel aufstellen muß: die Urlauber sollen begreifen, daß sie sich erholen müssen und sich nicht fahrlässig töten!«
Er lehnte sich in seinem Sessel zurück und preßte bitter seine Lippen zusammen, denn er fühlte sich vom toten Urlauber persönlich beleidigt. Der Mann hatte einen häßlichen Fleck in der Statistik hinterlassen.
»Hinweise über den Strandfunk, Sturmbälle. Gelbe Bojen, die die Badeflächen begrenzen. Rettungstürme nächstes Jahr. Ordnung, Disziplin und Sicherheit!« stieß er hervor.
»War der Bürger Gast des FDGB oder war er privat hier?« fragte er plötzlich.
»Privat.«
»Dacht' ich's mir«, sagte er finster.
Es gab plötzlich reichlich Arbeit in der Schmiede. Gegenmaßnahmen. Das Schweißgerät knallte, grelles Licht zuckte hinter den trüben Scheiben. Tagelang schweißte der Meister gemeinsam mit seinem Sohn Metallplatten an verzinkte Röhren: unverwüstliche Schilder für Verbote.
Das Ereignis war Inselgespräch. Unsmoler aber hatte weder vom Badeunfall etwas gehört, noch hatte er die Geschäftigkeit in der Schmiede wahrgenommen. Er arbeitete.
Kohlezeichnungen: Reihungen der in Tücher vermummten Plastiken. Verhüllte Gesichter wurden auf dem Papier zum eindringlichen Zeichen.
Die Strandzeichnungen mit den Rhythmen nackter Figuren hatten seltsamerweise ähnlichen Klang. Hüllenlosigkeit verbarg Individualität. Zufällig fiel sein Blick auf den mit Farbe bekleckerten Rand seines Reißbretts: zufällige Schönheit. Zufällig? War das nicht die Farbigkeit seiner Palette? Der Klang vieler einzelner Bilder? Auch hier Struktur. Eilig schnitt er sich ein kleines Passe-

partout und fuhr mit diesem langsam über die Fläche des bunten Reißbretts: Bildausschnitte, unzählige Fleckenbilder. Bilder ohne die Hemmungen eines Vorsatzes. Wirkung, die nur aus der Farbe und nur aus dem Rhythmus kam. Ja, das ist Malen!
Rasch legte er die Zeichnungen übereinander.
Er schuf sich Platz auf dem Fußboden und zog aus dem Bilderstapel eine Platte. Er griff zu einem Messer und kratzte mit dessen scharfer Klinge behutsam die Farbe vom Bild. Im Rhythmus bleiben, einen farbigen Malgrund schaffen, Fläche für die Struktur eines Strandbildes. Behutsames Zerstören kann schon malen sein.
Vom Meer her klangen die Töne des Strandfunks, vom Ferienlager her tönten die Durchsagen des Lagerleiters, irgendwo tuckerte der Trecker. Die Tür stand offen, aber Unsmoler nahm das alles nicht wahr. Sommer eben. Er nahm auch nicht wahr, daß sich jemand der Hütte näherte. Der Hund bellte nicht. Der Hund hatte das Tuten der Fähre gehört und war hinunter zum Hafen getrabt.
Der Hausmeister vom Chefobjekt schritt am Ginster vorüber. Er bewegte sich anders vorwärts als gewöhnlich. Sein Gang hatte etwas Offizielles. Sein Gesicht trug unverhohlen jenes Gefühl zur Schau, das besagte: Eigentlich bin ich da hinten im großmächtigen Neubau der Chef. Ohne mich geht da gar nichts mehr. Und dieser Farbenkleckser hier …
Die Malertür stand offen. Drinnen hörte er seltsame Geräusche. Er kniff die Augen zusammen, trat ein und spähte durch die Ateliertür. Der Maler auf allen vieren, in der Rechten ein Messer, mit dem er schabte, als würde er Fische schuppen.
Mann, hier erlebst du was! dachte der Hausmeister. Der malt nicht mit dem Pinsel, der malt mit dem blanken Messer. Junge, wenn das dem Inselchef zu Ohren kommt. Ich weiß ja nicht! Aber am Biertisch konnte diese Nachricht ein Gelächter wert sein. Unsmoler spürte, daß er nicht allein war, und hielt im Schaben inne.
Der Hausmeister trat zwei Schritte zurück und klopfte. »Ist hier niemand?« rief er.
Unsmoler richtete sich auf und ging zur Tür. »Was liegt an?« fragte er ungehalten.
Der Hausmeister reichte ihm die Hand und versuchte, ihn zurück ins Atelier zu schieben. »Einen schönen Gruß vom Genossen Vorsitzenden. Wir brauchen deine Hilfe.«
»Das wundert mich«, sagte Unsmoler und dirigierte den Gast ins

Freie. »Setzen wir uns und genießen wir die Sonne, solange sie noch scheint!«
Der Hausmeister hob die Brauen und sah ihn prüfend an: »Warum sollte sie nicht mehr scheinen?«
»Na, weshalb schon«, antwortete Unsmoler gereizt, denn der Tonfall hatte ihn geärgert. Etwas Lauerndes, Unaufrichtiges hatte mitgeklungen.
»Der Herbst kommt, der Winter kommt, und dann wird es hier, das ist amtlich, so ziemlich duster.«
»Wir wollen das mit dem Winter nicht überstürzen«, sagte der Hausmeister, »noch ist Sommer.«
»Also was gibt's?« fragte Unsmoler.
»Du kannst doch schreiben«, begann umständlich der Besucher.
»Dafür hat der Dicke doch seine neunhundertfünfzig Sekretärinnen.«
»Ganz so viele sind das nun wieder auch nicht«, brummte der Hausmeister. »Ne, die können das nur mit der Maschine, du machst das mit der Hand, mit der ruhigen Hand! Schilder eben. Ich hab' dem Dicken den Tip gegeben: er braucht Schilder, und du brauchst Geld.«
»Alle brauchen wir Geld«, sagte Unsmoler.
»Eben«, der Hausmeister vom Chefobjekt klopfte ihm gönnerhaft auf die Schulter. »Morgen acht Uhr im Objekt, Beratung mit dem Chef, frag nach mir, ich bring' dich zu ihm.«
Er schlug sich aufs Knie: »Na dann wollen wir mal wieder!«
»Was für Schilder?« fragte Unsmoler irritiert.
»Wirst schon sehn, keine Bange, ich bin dabei.«
»Warum sollte ich Bange haben?« sagte Unsmoler aufgebracht.
»Beschrei das nicht«, antwortete der Hausmeister und verabschiedete sich. Sollte der Farbenkleckser sich ruhig Gedanken machen. Er jedenfalls würde keine weiteren Auskünfte geben. Wissen ist Macht.
Als Unsmoler am nächsten Morgen die Betonstraße hinunterging, zog ein Mähdrescher auf den Hügeln seine Runden und schmiß das gedroschene Getreide in schmaler Bahn auf das abgeerntete Feld. Neues Muster, keine Kornhocken mehr.
Unten am Hafen sah Unsmoler einen gewaltigen Körnerberg. Zwei Mann schippten Getreide von Lüders Hänger. Brot auf der Erde. Unsmoler grüßte und blieb einen Moment stehen.

»Wird mit dem Kahn geholt«, erklärte Lüder den Körnerberg, »wennt vorher regnet, sind wir angeschissen!« Fröhlich lachte er. »Aber die wollen dat ja so haben!«
»Habt ihr keine Plane?« fragte Unsmoler.
»Haben wir nicht. Wir haben nur einen Plan, einen Fünfjahresplan!« Alle lachten.
Unsmoler ging weiter und bog zum Objekt ab. Die am Hafen schauten ihm nach. Er spürte ihre Blicke. Er spürte ihre Frage: Wat will der da?
Ja, was will ich hier! Das Tor war noch verschlossen. Er klingelte. Aus dem gemauerten Torpfosten tönte eine Stimme. »Bitte!«
»Ich will zum Hausmeister«, antwortete er dem Pfosten.
»Wer will weshalb zum Hausmeister?«
Unsmoler nannte seinen Namen. »Es geht um Schilder.«
Das Gittertor summte und öffnete sich. Er ging hinauf zur großen Metalltür. Der Hausmeister in blauer Montur empfing ihn und lachte, als wollte er sagen: »Ja, da staunst du, alles automatisch!« Der Mann führte ihn nun durch lange Korridore, die penetrant nach Farbe rochen. Dann ging es abwärts. Treppen, fensterlose Flure. Röhren unter der Decke. Vergitterte Lampen. Hallende Geräusche. Schließlich blieb der Hausmeister stehen und schloß eine grüne Eisentür auf. Er schaltete Licht mit einer Geste ein, als würde er in einem Theater den Vorhang öffnen. Das Neonlicht flackerte und flammte auf. Lackierte Schilder lagen auf der Erde. Auch hier der Gestank. Nichts wie raus hier, dachte Unsmoler.
»Die hier sollst du beschriften«, sagte der Hausmeister.
Verbotsschilder hatte er schon einmal gemalt. Unerfreuliche Art, sich sein Brot zu verdienen.
»Und ich dacht' schon, hier unten wohnt atombombensicher der Inselchef«, sagte Unsmoler witzelnd.
»Wo denkst du hin«, antwortete der Hausmeister, »das hier ist mein Reich. Ich bring' dich gleich zu ihm. Die Farbe ist einwandfrei, streich- und spritzfähig. Nitroverdünnung, Pinsel, alles da! So, nun weißt du Bescheid.« Er verschloß die Tür.
Ich werd' mich hüten, hier unten mit Nitrofarben zu malen, dachte Unsmoler
Wieder gingen sie durch die tristen Flure. »Wie im Gefängnis!« sagte er.
Der Hausmeister lachte: »Da kennst du den Knast schlecht!«

»Ich kenne ihn überhaupt nicht.«
»Was nicht ist, kann ja noch werden! Hier ist das eher wie im Führungsbunker.« Er blickte nach oben: »Alles Stahlbeton, die Decken hier können einen Puff vertragen.«
»Hier im Objekt ein Puff?«
Der Hausmeister lachte nicht.
Im Fahrstuhl ging es hinauf zum Chefbüro. »Hier kriegst du ein Auge, was?« Der Hausmeister forderte Bewunderung ein, aber Unsmoler blieb sie ihm schuldig. Die Chefsekretärin kam vor die Tür. Sie übernahm Unsmoler und führte ihn herein.
Der Genosse Vorsitzende stand am Fenster und blickte über die Felder. In eine Staubwolke gehüllt, zog der Mähdrescher seine Bahnen. Der dicke Mann wandte sich jovial lächelnd um:
»Na, wenn das kein Motiv ist!« sagte er. Ein vorbereiteter Satz.
Nur nicht über Bilder reden. Die Vermummten und die Strandstrukturenbilder niemandem ausliefern. Sich rasch auf die Schilderebene begeben. Über Buchstaben konnte man reden.
Die Flucht nach vorn: »Ja, wenn zehn von der Sorte nebeneinander übers Feld marschieren würden, könnte das vielleicht ein Bild werden«, sagte Unsmoler. »Vielleicht«, hatte er gesagt und an die Reihungen auf seinen Bildern gedacht.
Der Inselchef seufzte. »Momentan haben wir ohnehin ein anderes Problem!«
Er wies auf einen Sessel. Unsmoler setzte sich, und der Inselchef setzte sich auch.
»Bürger, die Vorschriften nicht ernst nehmen, bringen sich in Gefahr. Gelegentlich ist auch Unkenntnis Ursache der Gefährdung«, begann er.
Meint er mich? Hatten nicht Jobst und der Hausmeister dunkle Andeutungen gemacht? Die Schildersache nur ein Vorwand? Was will der Mann?
»Umfassende Information ist also notwendig«, fuhr der Inselchef fort, »Hinweisschilder und so weiter. Die Malerbrigaden sind zur Zeit abgezogen. Kollege Künstler, sind Sie bereit, derartige Beschriftungen zu übernehmen?«
»Wenn Lüder mir die Tafeln auf den Hof bringt und die fertigen Schilder auch wieder abholt, kann ich einspringen«, sagte Unsmoler rasch. Nur nicht täglich in dieses Haus müssen!
»Wir hätten hier für Malerarbeiten geeignete Räume.«

»Nebenarbeiten muß ich im Atelier erledigen. Arbeitstechnisch notwendige Zeiteinteilung.«
»Akzeptiert«, sagte der Chef, »auf eine gute Zusammenarbeit!«
Als Unsmoler aufatmend draußen zum weitgeöffneten Gittertor ging, sah ihm der Inselmächtige nach: So, nun soll der junge Mann erst einmal zeigen, daß er mehr kann als Pferde vom Ufer schmeißen und Feuer anzünden, dachte er. Wenn der Mann sich bewährt, wird er sehen: Zusammenarbeit mit uns zahlt sich aus. Schritt für Schritt. Wir lassen niemanden zurück.
Schöne Zusammenarbeit! dachte Unsmoler. Ich werfe ihm paar beschriftete Tafeln in den Rachen, basta!
Der Malernachbar schaute über die Mauer, als Unsmoler in Gedanken versunken am Ginstergebüsch vorüber auf seine Haustür zuging. Der Hund erhob sich und wedelte schuldbewußt.
»Guten Tag, Kolega!« rief der Herr Akkurat.
»Guten Tag«, grüßte Unsmoler zurück. Er bemerkte erst jetzt, daß er beobachtet worden war.
»Heute ohne Reißbrett unterwegs?«
»Ich war drüben, bei den glotzenden Fenstern!«
Der Herr Akkurat blickte sich scheu um. Der ist ja noch ängstlicher als ich, dachte Unsmoler.
»Vorgeladen?« fragte leise der Herr Akkurat.
»Nein, ich habe einen großen Auftrag bekommen!«
Der Nachbar erstarrte: das hat also der Zettel an der Galerietür bewirkt! Schamlos hat der Kollege die Situation ausgenutzt. Wir sind demnach ausgebootet worden!
Unsmoler bemerkte das Verstummen und Erbleichen. »Ich soll fünfzig Verbotstafeln beschriften!« rief er rasch und lachte.
Der Malernachbar rang immer noch nach Atem: »Ach so«, sagte er mit stockender Stimme und wandte sich ab.
Wirklich nur Schildermalerei? Hat der junge Mann das nötig? fragte er sich, während er rasch auf die Tür seines Hauses zuging. Er war außer Atem: schuld daran waren sicher die eiligen Schritte.
In seinem Atelier ließ der Herr Akkurat sich in seinen knisternden Korbstuhl sinken. Der riesige Karton der Auftragsarbeit schien ihn anzusehen. In drei Wochen würde er das Papier aufrollen und mit der vier Meter langen Rolle für ein paar Tage in die Stadt reisen.

Ein Schildermaler nebenan! Er versuchte zu lachen, verspürte jedoch nur Beklemmung. Beschriftet Schilder und malt, was er will! »Malt, was er will«, sagte er leise. Er stützte seine Ellbogen auf die Knie und legte sein Gesicht in die offenen Hände: Dunkelheit. Er gestand sich nicht ein, daß er in diesem Moment die vielen gestikulierenden Gestalten seines eigenen Bildes nicht ansehen mochte. Der Schildermaler von nebenan schien alles in Frage zu stellen.

Lange saß er so. Schließlich blickte er auf. Der hat gut reden! Keinerlei Verpflichtungen. Scheinbar eine ideale Lösung: das Geld nebenbei verdienen! Aber der Mann kann ja gar nicht anders! Er ist nicht im Künstlerverband!

Ich dagegen habe ein gerüttelt Maß Verantwortung übernommen für Gesellschaft, Kunst, meine Gattin, für das Haus und vieles mehr. Aber der? Ein verantwortungsloser Bursche. Nicht mal das Pferd war vor ihm sicher! Wäre der im Verband organisiert, sähe die Sache ganz anders aus, nicht mehr ganz so frisch fröhlich frei. Sollte er allerdings geneigt sein, Verantwortung zu übernehmen, ich wäre, wie ich es bereits dem Genossen Vorsitzenden gegenüber geäußert habe, bereit, behilflich zu sein.

Der Herr Akkurat hatte sich wieder gefangen.

Er zog seinen schneeweißen Kittel über, kletterte vorsichtig auf das fahrbare Malgerüst, nahm die Entwurfsskizze zur Hand, suchte die einander entsprechenden Punkte im Quadratnetz und begann, Koordinaten zu übertragen.

Briefe

Auch der Mitarbeiter, wie man ihn stets, seine Funktion verschweigend, nannte, hatte von seinem Dienststellenfenster aufmerksam den Abgang des jungen Mannes beobachtet. Die Kenntnis harmloser Details konnte irgendwann einmal wichtig sein. Das provokante Auftreten von dessen Freunden hatte die Kollegen der Dienststelle einmal mehr davon überzeugt, daß man ihn im Auge behalten mußte. Möglicherweise ein Konzentrationspunkt subversiver Tätigkeit. Zweifellos stellte es ein gewisses Problem dar,

an derartige Typen heranzukommen. In dieser Hinsicht war die Schilderaktion zu begrüßen.
Die Rechnungen fürs Buchstabenpinseln zum Beispiel würde man sich genau ansehen. Sollten Unkorrektheiten auftreten, wäre das ein Trumpf mehr in der Hand der Organe.
Die Malerpost gab nicht viel her. Man müßte, sollten sich irgendwelche Verdachtsmomente erhärten, eine Mitarbeiterin auf ihn ansetzen. Die allerdings durfte nicht aus der Inselabteilung kommen, dafür war die Insel zu klein. Der Mitarbeiter lächelte zynisch: eine freie Mitarbeiterin, eine sehr freie vom Festland. Alle Männer fallen drauf rein, alle. Man wird sehen, wie sich das Verhältnis zu der jungen Frau entwickelt, die sich seinerzeit als Kellnerin hier ihr Geld verdiente.
Er runzelte die Stirn und blickte wieder auf seinen Schreibtisch. Andere Arbeit. Wenig relevante Briefe. Briefe einer alten Frau. Keinerlei verwertbare Informationen. Spinnereien. Nicht viel los auf dieser Insel.
Eigentlich wurde Briefmaterial lediglich fotokopiert und nur in Verdachtsfällen ausgewertet. Aber einen Überblick verschaffen mußte er sich schon. Acht Stunden täglich waren schließlich mit Arbeit auszufüllen. Die Korrespondenz der Grete aus dem Fischdorf begann ihn zugegebenermaßen ein wenig zu interessieren. Sicherheitspolitisch allerdings unwichtig, die Alten vom Fischdorf würden von ganz allein wegsterben. Eine Frage der Zeit. Auch die Schrift Vergangenheit. Die jüngeren Kollegen der Abteilung konnten die Buchstaben nicht einmal entziffern. Er schon. Also lesen mit gerunzelter Stirn.
Der Objektneubau war schuld, daß es zu diesen Briefen kam. Die medizinische Betreuung hatte sich durch die Baumaßnahmen unbestritten verbessert. Sogar ein Augenarzt war für ein paar Tage vom Inselchef angefordert worden. Er kam und verschrieb allen jenen Brillen, die die Mühen einer Festlandsreise nicht mehr auf sich nehmen mochten. Auch Tien und Grete hatten den Anlaß genutzt, sich in das Reich ihres Feindes zu begeben.
Den Dicken bekamen sie nicht zu Gesicht, aber vierzehn Tage später konnte Grete fertige Brillen in der Medizinstation abholen. Kostenlos, versteht sich, SVK, beide Brillen mit gleichem Gestell.
Nun machte es wieder Sinn, eine Zeitung zu abonnieren.
In der »Demokratischen Küsten-Zeitung« hatten die alten Weib-

lein dann eine gewinnende Heiratsannonce gefunden. Neu so was. Sie hatten geschrieben.
Ein Uhrmachermeister hatte geantwortet und ein winziges Foto geschickt. Die schwarzbezopfte Tien betrachtete es lange, prüfte die akkuraten Schriftzüge, blickte hinter die trockenen Worte des Briefes und wußte nach einer Weile, wonach dieser Mann Sehnsucht hatte. Scheu abwartend stand Grete daneben.
»Er lauscht«, brach Tien das Schweigen, »er horcht nach oben, zum anderen Zimmer hinauf. Dort liegt auf dem Bett … seine gebrechliche Mutter. Neben dem Bett oben ein Krückstock. Er lauscht und wartet, daß sie mit dem Stock auf den Fußboden pocht. Aber sie schläft, sie schnarcht sogar. Nun schaut er aus dem Fenster. Der Briefträger. Fünf Briefe. Keine Bange, nur wir wissen, wovon er träumt. Er möchte der Eintönigkeit entfliehen, er möchte seiner Mutter entfliehen, aber, er hat es verpaßt. Eintönig ist sein Leben, eintönig das Ticken der Uhren. Die Zeit verrinnt. Er hört es. Du wirst ihm schreiben!«
Grete erschrak. Die alte Tien hatte sich mit beiden Händen auf die Tischplatte gestützt und sich ächzend erhoben. Sie sah Grete an. Grete errötete.
»Du bist nicht einmal vierzig, werden wir ihm sagen«, bestimmte Tien, »und jetzt gehst du in den Konsum und holst drei Schachteln bestes Briefpapier und Tinte und einen Federhalter, samt Federn. Der Heizer braucht davon nichts zu wissen.«
Noch am gleichen Abend hieß sie die Grete, sich an den wachstuchbezogenen Tisch zu setzen. »Schreiben wirst du, was ich dir sage!«
Grete erschrak: »Ich habe ein halbes Jahrhundert nicht mehr geschrieben!«
»Deshalb wirst du das auch erst einmal üben«, bestimmte Tien mit aller Strenge: »Das hier ist die Vorlage!«
Tien faltete den Brief des Uhrmachers auseinander, tippte mit dem Finger auf dessen Zeilen und legte das Blatt vor Grete auf den Tisch.
»Das hier ist die Vorlage!« wiederholte Grete willig.
Sie setzte sich die Brille auf die Nase, tauchte den Federhalter in die blaue Tinte und probierte mit kratzender Feder.
»Schreib wie er, genauso muß es sein! Das schafft Harmonie!« befahl die schwarzbezopfte Tien.

Es hatten für Grete schwere Wochen begonnen. Tägliche Mühe. Bald aber schrieb sie makellos die Zeilen des Uhrmachers nieder. Da das bessere Schreibpapier in allen Läden des Landes gleich war, konnte es passieren, daß die Tien eines Tages das Original mit der Kopie verwechselte. Als ihr der Irrtum offenbar wurde, sagte sie: »Grete, wir sind soweit, wasch dir die Hände, wir schreiben!« Alles hatte sie bedacht, auch den Umstand, daß sich Gretes Schrift verändert hatte.

»Verehrter, fremder Mann!« diktierte Tien. Grete steckte die Zunge ein wenig heraus, konzentrierte sich, verwandelte sich in die Nichteinmalvierzigjährige, tauchte die Feder ins Tintenfaß und begann: »Meine liebe Mutter«, fuhr Tien im Diktat fort, »war so frei, in meinem Namen auf Ihre Annonce hin zu antworten. Da Sie die Güte hatten zu schreiben und die liebenswürdige Art, in der Sie das taten, mir so ausnehmend gut gefiel, möchte ich Ihnen nun meinerseits einen Brief zukommen lassen.

Wir leben hier auf einer Insel. Durch die Zwänge der Kriege sind wir hierhergeraten. Mein Vater und mein Verlobter blieben im Felde. So verbringen wir unsere Tage recht schweigsam, denn mit unserem trägen Hausknecht kann man beim besten Willen kein Wort wechseln.«

Tien unterbrach das Diktat und wies hinüber zum Kater, der sich in der Sonne rekelte: »Das ist unser Hausknecht, Personal macht was her!« Sie flüsterte und kicherte leise, als würde der Brief Ohren haben. Grete fiel wie ein Echo in das Kichern ein, verstummte jedoch sofort, als Tien den nächsten Satz zu diktieren begann. Der Kater, von dem die Rede gewesen war, blinzelte träge. Das Kratzen und Schleifen der Feder irritierte ihn. Fast konnte es das schleifende Geräusch von Wanderrattenschwänzen sein.

»Obendrein ist der Alte wunderlich«, fuhr Tien fort, »im Sommer trägt er genauso wie im Winter einen alten schwarzen Pelz, und wenn er singt, klingt das schauerlich. Meist sitzt er untätig in der Sonne. Eine Hilfe in Haus und Hof ist er kaum. Das ist bedauerlich, denn das Anwesen reicht von den sonnigen Hügeln bis hinab zum Meer, in dem ich an heißen Tagen, wenn unser Fischer zu den Netzen hinausgefahren ist und unser Heizer Besorgungen im nächsten Ort erledigt, meinen erhitzten Leib abkühle.«

Grete blickte, als sie das Wort »Leib« geschrieben hatte, erschrokken auf. Ärgerlich reagierte Tien: »Unterbrich mich nicht, du bist

nicht einmal vierzig und hast einen Hintern, als würdest du täglich in Eselsmilch baden!« Grete errötete und schrieb rasch weiter, als könne sie nicht erwarten, mehr von sich selbst zu erfahren.
Während die beiden schrieben, beachteten sie nicht, was draußen vor sich ging. Selbst als dreiste Kinder, die eine Weile erfolglos »Mudder Hex! Mudder Hex!« gerufen hatten, es schafften, mit einem Stein vom Hügel aus so genau den Schornstein zu treffen, daß er polternd durch den Kamin fiel, blickte Grete nicht einmal auf. Tien aber beschrieb, angeregt vom Getöse, dem fernen Uhrmacher das Poltern eines Gewitters samt den Gefühlen, die ein einsames Herz hatte.
Der Uhrmacher antwortete rasch.
Sie aber benötigten Zeit. Nicht allzuoft gelang ein Brief. Tien unterzog die Zeilen stets einer unerbittlichen Prüfung, selten wurden die Blätter für würdig befunden, in ein Kuvert geschoben und auf den Weg gebracht zu werden. »Nein, Grete, du darfst ihn nicht enttäuschen!«
Früher hatte Tien manches von der Kraft der Kräuter gewußt, nun aber erprobte sie die Kraft der Worte. So kam es, daß Grete, wenn sie gelungene Briefe zur Poststelle ins Chefobjekt trug, auch die Bücherreihen der Leihbibliothek dort inspizierte. Sie ließ sich beraten und sich auch manchen Müll aufschwatzen. Aber Tien brauchte nur fünf Worte zu lesen, um zu erkennen, wenn Bücher unbrauchbar waren. Sagten ihr Texte aber zu, so genierte sie sich nicht, ganze Passagen bei ihren Diktaten zu verwenden.
Die Briefe an den Uhrmacher wurden zunehmend herzlicher. Auch dessen Antworten gewannen an Wärme. Grete begann sich sorgfältiger zu kleiden, und Tien schlüpfte, ohne es wahrzunehmen, in die Rolle der gestrengen Mutter. Die Frauen begannen einander aus Büchern vorzulesen, denn sie suchten nach gewichtigen Worten.
Die Beziehung zum fernen Uhrmacher verwandelte sich in einen phantastischen Roman. Diesen Roman schienen die beiden beim Briefschreiben zu bewohnen. Sie wunderten sich nur, weshalb sie dieses merkwürdige Buch nicht schon längst aufgeschlagen hatten.
Früher verstand sich Tien aufs »Bepüsten«, nun zauberte sie eine ganze Welt. Einmal berichtete sie von einem weißen Wal, der in schäumendem Wasser das Meer durchpflügte. Immer wieder er-

blicke man, ließ sie Grete schreiben, die Fontäne in aller Herrgottsfrühe in der Nähe der Insel. Tagelang sei der gewaltige Fisch vor der Außenküste hin- und hergeschwommen, und es schien so, als hätte er vor, einen Jonas ans sonnige Ufer zu speien.
Der Mitarbeiter versuchte dieser Beobachtung auf den Grund zu gehen. »Quatsch, Wale gibt es nicht mehr, das mit den Walen ist lang her«, erklärte man ihm, verwies ihn aber immerhin auf die Dorfkapelle, dort befände sich der weiße Knochen eines im siebzehnten Jahrhundert gestrandeten Wals, der die Inselbewohner in einem schlimmen Hungerjahr monatelang mit Tran versorgt habe. Dennoch wurde das Ereignis damals als Zeichen nahenden Unheils gewertet.
Siebzehntes Jahrhundert! Ein verwirrtes Weib eben, sagte sich der Mitarbeiter, eine Frau, die nicht mehr auseinanderhalten kann, was heute, gestern, oder vorgestern geschah!
Er hielt der Briefschreiberin jedoch zugute, daß sie beim Anblick ihres Wals nicht von drohendem Unglück gefaselt hatte. Keine Stimmungsmache also. Im Gegenteil, ihre Briefe strahlten einen Optimismus aus, den er manchem Genossen gewünscht hätte.
Nein, wir sind keine Unmenschen, wir verstehen durchaus zu differenzieren, dachte er selbstgefällig.
Vielleicht rückte die uralte Sütterlinschrift die Weiblein automatisch aus dem Kreis seiner Zielgruppen. Vielleicht genoß er es, die offensichtlichen Spinnereien lesend, seinem sonst stets wachen Mißtrauen für ein Weilchen zu entrinnen: im Dienst eintauchen in eine verrückte Märchenwelt. Nicht schlecht aber wunderte er sich, als Monate später im Rundfunk berichtet wurde, in der Ostsee sei ein Wal gesichtet worden. Man habe vergeblich versucht, das gefährdete Tier mit Hilfe mehrerer Schiffe in die Nordsee zu treiben. Wenn es der Tien auch gelang, die geheimsten Sehnsüchte des fernen Uhrmachers zu erahnen, daß der Mitarbeiter im gehaßten Chefobjekt die Briefe las, ahnte sie nicht.
Immer phantastischer blühte ihre Insel auf. Utopia für ihn, den fernen Uhrmachermeister, der tagaus, tagein mit der vor das Auge geklemmten Lupe in winzige mechanische Räderwerke blickte.
Schließlich hielt es der Mann, trotz der Fesseln, die ihn an seine gebrechliche Mutter, an all die Uhren, an seinen Kanarienvogel, an seine unumstößlichen Gewohnheiten banden, nicht mehr aus: »Liebste«, schrieb er, »ich komme!«

Tien hielt den Brief in der Hand und sagte bestimmt: »Es ist vorbei!«
Grete schaute sie erschrocken an: »Er wird sich umbringen!«
»Das werden wir verhindern!«
»Ich werde zu ihm fahren!«
»Nein«, sagte Tien, »du wirst erst einmal krank!«
Grete schrie auf. Aber ihre Beine schienen plötzlich weich zu werden. Sie wankte zur Ofenbank und streckte sich aus.
»Na, siehst du«, sagte Tien. Sie setzte sich an den Wachstuchtisch, betrachtete Grete und beschloß, ihre Mitbewohnerin in Windeseile altern zu lassen. Sie nahm Briefpapier zur Hand, tauchte die Feder ins Tintenfaß und begann nun ihrerseits zu schreiben.
»Lieber Herr, meine Tochter Grete bat mich um diese Mitteilung: Sie bittet Sie, Ihren Besuch bis auf weiteres auszusetzen. Die vielen Fremden, die unsere schöne Insel aufsuchen, bringen unter anderem bedauerlicherweise auch mancherlei Krankheiten mit. Leider hat meine Tochter sich beim Warten im Postamt angesteckt. Ein böser Ausschlag bedeckt ihren Körper. Die Haare und Zähne fallen ihr aus. In diesem Zustand Sie zu empfangen wäre ihr unerträglich.«
Der Uhrmacher ließ sich aufhalten und wartete ab, aber weitere Hiobsbotschaften erreichten ihn in regelmäßigen Abständen.
Seine Trauminsel wurde von Unwettern heimgesucht. Stürme knickten die Bäume um. Wasser fluteten über die Ufer und rissen die fruchtbare Erde samt blühenden Gärten mit sich. Dann kamen Zeiten der Trockenheit, das geschundene Land verdorrte, heißer Wind trieb den Dünensand über die verdursteten Äcker. Der Wasserspiegel des Meeres sank, Schiffe liefen auf Grund, Steine ragten aus der See, Kadaver von grindigen Fischen und Massen von rosa Quallen stanken bestialisch zum Himmel. Verrostetes Kriegsgerät, zerfressene Blechbehälter mit aufgemalten Totenköpfen, Granaten kamen zum Vorschein. Knallend zerplatzten aus schwarzem Schlamm quellende Blasen. Als aber schließlich das Wasser, gnädig all den Unrat bedeckend, stieg, konnte niemand vergessen, was unter der schönen Oberfläche war. Mit grauen Gesichtern hockten die Leute am Ufer.
Die nicht einmal vierzigjährige Brieffreundin wurde von Brief zu Brief schwächer und sah nun aus, so berichtete Tien in die ferne Stadt, als wäre sie bereits siebzig.

Das große Verderben hatte nur die Zeitspanne des Hin und Her von sieben Briefen gebraucht.
»Gräm dich nicht, Grete«, sagte Tien, »wir finden einen Neuen!«
Der Mitarbeiter war schon vom ersten Brief der Wandlung zum Schlimmen höchst unangenehm berührt gewesen. Beim zweiten Schreckensbrief der Tien schloß er deren Akte. Er wollte sich seinen Optimismus bewahren und verzichtete sogar darauf, administrative Maßnahmen vorzuschlagen. Die vom Fischdorf, ein Fall für die Mediziner oder den Friedhof, sagte er sich. Die Zeit arbeitet für uns. Manchmal können wir warten.
Der Uhrmacher in der fernen Stadt betrachtete in seinen Arbeitspausen fassungslos die Zeitungen, die wie üblich all die Nöte dieses Landes verschwiegen. Hin und wieder blickte er nach oben und sprang auf, wenn seine Mutter fordernd mit dem Stock auf den Fußboden pochte.

Schilder II

»Kannst du auch mit Gefühl fahren?« hatte der Hausmeister vom Chefobjekt den Treckerfahrer Lüder gefragt. Lüder bewies es: Er fuhr mit Gefühl. Nicht nur das. Er hatte bereits auf der Hinfahrt reichlich Stroh auf die beiden Hänger geworfen, lag ja genügend von dem Zeug auf dem Acker. Gepolstert reisten die Schilder vor Unsmolers Tür.
»Die sind ja so bequem unterwegs wie seinerzeit die Urlauber auf Lütt Ottos Kutschwagen!« rief Unsmoler.
»Persönlicher Wunsch vom Hausmeister«, übertönte der Traktorist den Lärm des Motors, »der Mann für alles hat dem Eisenzeug nämlich den weißen Anstrich verpaßt, mit der Spritzpistole, versteht sich. Die Eisendinger dürfen keine Kratzer bekommen! Bitte, wenn dat einer so will, kann er das alles haben!«
Sie stellten die Schilder an die Hauswand unter den Dachüberhang. Auf der gegenüberliegenden Straßenseite ging ein Fenster auf, die Dicke legte sich ein Kissen aufs Fensterbrett, stützte ihre Unterarme und ihren Busen drauf und schaute zu: Wat soll dat nu wieder werden! Baut uns Moler sich einen Zaun?

»Und die Farbe?« fragte Unsmoler den Traktoristen.
»Schwarze Farbe, Pinsel, Verdünnung, alles da!«
Lüder stieg in sein Fahrzeug und reichte ihm ein Bündel Pinsel und zwei Kanister heraus.
Die neuen Pinsel, ein Schatz.
»Wat macht Deifine?« fragte Lüder.
»Studiert«, antwortete Unsmoler kurz und knapp.
»Und … kommt sie nächsten Sommer wieder?« fragte Lüder mit vergnügtem Grinsen und zeigte auf die Schilder, »mit so wat kannst du 'ne ganze Familie ernähren!«
»So eine Frau bestimmt nicht. Dafür ist die Insel zu klein, und wenn erst einmal alles verboten ist, gibt es nichts Neues mehr zu beschriften.« Unsmoler lachte, und Lüder lachte auch.
»Was soll ich nun auf die Schilder schreiben?« – »Die Zettel kommen noch. Muß alles abgetippt werden. Wird dir noch gebracht.«
Der Traktorist sah Unsmoler an: »Du hast doch einen langen Löffel, einen verdammt langen Löffel.« Er zwinkerte, stieg in seinen Trecker und ratterte davon.
Unsmoler trug die Kanister in den Vorraum, ging ins Atelier und betrachtete die Pinsel: Wie die an so etwas herankommen!
»Langer Löffel, verdammt langer Löffel« … was bedeutete das nun wieder? Aber wie von allein ergänzte sich der Satz: »Wer mit dem Teufel essen will, muß einen langen Löffel haben!« Der Teufel kommt also zum Essen! Schönen Dank auch, Lüder!
Die Strandskizzen konnten sichtbar stehen bleiben, aber die Bilder von den verhüllten Gestalten drehte er zur Wand. Wozu sich unnötig ausliefern, wozu Gespräche provozieren.
Der Hund bellte zweimal, erhob sich und trabte dem Mitarbeiter entgegen. Unsmoler blickte aus dem Fenster. Und der Deibel ist fix! dachte er. Der Mitarbeiter winkte mit Papier: »Ich bringe die Bestimmungen!«
Sie reichten einander die Hand. Diese Szene wurde nicht nur von der Frau gegenüber beobachtet. Auch der Herr Akkurat am Frühstückstisch war Zeuge: »Mein Gott, der Mitarbeiter und der Nachbar!« sagte er zu seiner Gattin und vergaß die angebissene Toastscheibe in seiner Hand. Die Konfitüre rutschte auf die Tischdecke. Er bemerkte es nicht. »Wenn die beiden sich zusammentun, sind wir verloren!« sagte er mit entsetztem Gesicht.
Aber der junge Maler von nebenan agierte vor der Tür. Er machte

keinerlei Anstalten, den Mitarbeiter ins Haus zu bitten. Er nahm die Zettel entgegen, überflog die Texte und überprüfte, ob vermerkt worden war, wie viele Schilder von jeder Sorte zu malen waren. Er nickte. »Gut«, sagte er, »dann kann es ja losgehen!«

»Ich bitte um Entschuldigung, aber ich bin leider in Eile und kann nur kurz ins Atelier kommen«, sagte der Mitarbeiter und blickte erwartungsvoll durch die Scheiben ins Innere des Hauses.

Unsmoler legte die Zettel draußen vor der Tür auf die Bank und beschwerte sie mit einem Stein. »Auch mir brennt die Arbeit unter den Nägeln«, antwortete er, »deshalb streichen wir den Atelierbesuch ganz.«

Der Mitarbeiter machte keine Anstalten zu gehen. »Sehr viel Platz haben Sie ja nicht!« bemerkte er und sah sich um.

Sein Blick blieb an den oberen Fenstern des Nachbarhauses hängen. Unsmoler schaute gleichfalls nach oben.

»Sie blicken her, sie reden über uns«, flüsterte der Herr Akkurat erschrocken. Er legte das Toastschnittchen auf den Teller und griff sich mit der Hand an die Kehle. Seine Gattin versuchte zu lächeln: »Öffnen wir das Fenster und wünschen wir den beiden einen guten Morgen!«

»Wo denkst du hin!«, er sprang auf, als müsse er sie an unüberlegten Handlungen hindern.

Die beiden Männer draußen hatten sich abgewendet.

»Wir müssen gegensteuern«, sagte der Herr Akkurat zu seiner Gattin. Er wagte nicht mehr, aus dem Fenster zu blicken. »Und jetzt müssen wir so tun, als hätten wir nichts bemerkt!«

Er verließ den Frühstückstisch, ohne sein Toastschnittchen aufgegessen zu haben.

»Soll ich Ihnen helfen, die Schilder ins Haus zu tragen?« fragte der Mitarbeiter.

»Nein, ich werde im Freien arbeiten, günstiges Wetter, es weht kein Wind. Ich will anfangen.«

Junge, wenn du was zu verbergen hast: dein Türschloß ist für uns kein Problem, und wir haben viel, viel Zeit, wenn du mit deinem Hund im Grünen sitzt. Wir könnten dich auch zwecks Klärung eines Sachverhalts in die Bezirksstadt vorladen. Dann hätten wir Gelegenheit für tagelange Hausbesuche!

»Na, viel Spaß«, verabschiedete sich der Mitarbeiter und ging.

Unsmoler begab sich ins Atelier, holte Zollstock, Bleistift und eine gerade Leiste. Er sah sich einen Text an, maß und zog auf der ersten Tafel Linien. Er schüttelte den Kanister, stellte ihn eine Weile verkehrtherum hin, schüttelte ihn wieder, goß Farbe in ein leeres Marmeladenglas und begann zu schreiben. Er ging die Sache gelassen an, er wollte nicht Ruhm als Schildermaler ernten. Er hatte schon öfter mal so etwas gemacht. Gewisse Routine. Manche Texte hatten gleichen Wortlaut. Günstig zum Üben und zum Vergleichen. Nicht zimperlich sein, Junge, gleich rauf aufs Metall. Der nächste Buchstabe wird immer etwas besser als der vorherige. Vor allem im Rhythmus bleiben. Strukturen ähnlich denen unten am Meer. Buchstaben sind aufrechte Figuren. Vielleicht ist das Ganze sogar eine Übung fürs Malen. Trotzdem, diese Worte nicht ins Atelier tragen. Das Atelier ist der Raum der Bilder.

Leute sahen von der Straße aus zu. Es störte ihn nicht. »Könnt schon mal lesen, Leute!« sagte er und stieß das erste Schild in den lockeren Sandboden. Er zog nun keine Linien mehr, hatte er nicht nötig, stimmte auch so. Er begann die Zeile und wußte bereits, an welcher Stelle sie enden würde. Er kannte die Texte rasch auswendig. Schild auf Schild rammte er in den Sand. Ein Hof voller Schilder. »Das geht ja wie das Katzenficken«, sagte Lütt Otto anerkennend.

Viele standen am Zaun. Es imponierte, wenn irgend jemand etwas perfekt konnte.

»Paß auf, schon wieder eins fertig, und nu kommt er und rammt dat in die Erde!«

Unsmoler stellte den Pinsel in das Glas mit der Verdünnung, hob das Schild hoch, trug es an den Zaun und stieß es in den Sand. »Habt ihr gesehen!«

»Ja, dat is uns Moler und ein Kunstreiter ist er auch!« erklärten die Einheimischen. Was er da schrieb, mußten die anderen beachten.

Er sah die Zwischenräume zwischen den Buchstaben und brachte die Zwischenräume zum Klingen. Er dachte auch an Fische, an Fischebilder. Große Bildflächen, nur bedeckt von fischhaften Formen. Einheitlicher Klang und doch unglaublich reich und differenziert. Musik machen mit Linien. Der Text aller Texte. Keine Illustrationen. Er dachte an Museumssäle mit großen weißen Wänden. Was würde er sich auf diesen Flächen wünschen? Strukturen, Rhythmen, Fischebilder, die er erst noch malen würde. Währenddessen schrieben seine Hände Wörter.

Vielleicht bemerkten die Leute am Zaun, daß sie Zeugen eines seltsamen Zustandes der Arbeit waren. Vielleicht interessierte sie auch dieser seltsame wachsende Wald von Tafeln im Vorgarten des Malers. Eine weiße Tafel nach der anderen verschwand von der Hauswand, sie füllte sich mit Buchstaben und zeigte dann ihr neues Gesicht am Zaun. Ein Theaterstück das Ganze. Die Ausrufezeichen schienen zu tanzen.
Die Malerinnenfrau blieb stehen und rief entzückt: »Das ist ja wie gedruckt!« Sie kam auf den Hof. Er blickte auf und nahm sie wahr. Es war, als erwache er. Er sah die Nachbarin, die ihn herzlich anlächelte. Der Pinsel verwischte einen Buchstaben.
»So ein Mist!« sagte er, tauchte den Pinsel in Nitroverdünnung, spülte ihn aus und wusch das letzte Wort ab. Er wischte mit seinem Taschentuch die Fläche sauber.
»Ich wollte Sie nicht stören«, beteuerte die Nachbarin.
»Eigentlich hätte ich den ganzen Sums auf einen Rutsch hinter mich bringen können«, sagte er.
»Ja, es sah so aus, als würde es Ihnen Spaß machen!«
Die Zuschauer glotzten ärgerlich. Gestörtes Schauspiel.
»Dieser Schausteller!« hatte der Nachbar aufgebracht zu seiner Gattin gesagt und sie hinabgeschickt.
Unsmoler reichte der Malerin die Hand. »Was ist?« fragte er.
Sie sah sich um: »Können wir einen Moment hineingehen?«
Er nickte.
»Kommen Sie heute zu uns zum Mittagessen, ich bitte Sie sehr darum, es gibt Fisch.«
»Ich habe zu tun. Ich will das Wortgepinsel hinter mich bringen.«
»Ich bitte Sie«, sagte sie und klimperte liebreizend mit den Augenlidern, »es ist wichtig!
Ich bitte Sie sehr, es geht um meinen Mann. Er muß mit Ihnen reden.«
»Ich werde kommen.«
Sie schien erleichtert und blickte sich um. »Hier hat sich einiges verändert!«
»Das Haus hat einen Hinterausgang bekommen, aber ich habe noch keine Tür. Ein Ausgang und doch keine Tür, was ist das?« Er lachte. »Ich weiß noch nicht die Lösung.«
Auch sie lachte lieblich. »Also um 14 Uhr.« Sie ging durch den

Schilderwald, sie wußte, ihr Gatte wartete. »Wirklich, wie gedruckt!« rief sie und schaute sich um. Sie konnte nicht anders, als stets etwas Freundliches zu sagen.
Er wusch sich die Hände, die Zuschauer zogen weiter.
Punkt 14 Uhr stand er vor der Tür des Nachbarhauses.
»Welcome, Kolega!« empfing ihn der Hausherr.
Nichts deutete darauf hin, daß der Mann in irgendwelchen Nöten war. »Ich glaube, wir haben Ihr Rätsel gelöst!«
Unsmoler schaute ihn fragend an.
»Ein Loch im Haus und doch keine Tür, was ist das?« Der Herr Akkurat lachte. »Als meine Gattin mir das Rätsel aufgab, fiel mir ein: in der alten Hütte von der Grete sah ich vor kurzem zwei intakte Türen, alte Türen, also solide Tischlerarbeit. Ich nehme an, die Damen würden sie billig abgeben.«
»Zwei? Dann geht es nicht, ich brauche eine«, sagte Unsmoler und trat ein. Lächelnd durchquerten sie den großen Vorraum.
»Wenn Sie wollen, könnte ich die alte Dame fragen, ich gehe manchmal, wie man sieht, ins Fischdorf, Fisch holen.« Er wies auf eine Platte, auf der ein gedünsteter Dorsch lag, Kartoffeln in einer bunten Schüssel. Liebreizend lächelnd trat die Künstlerin ein. Eine Weinflasche, Gläser. Mit vielen Worten wurde eingegossen und aufgelegt. »Heute mal ohne den Diener, das Personal hat Ausgang!« Eine Anspielung auf den letzten Besuch.
»Macht nichts!«
Geplauder. Ist das anstrengend, dachte Unsmoler.
Aber der Herr Akkurat kam zur Sache: »Sie hatten heute Besuch?«
»Besuch würde ich das nicht nennen. Wir kennen beide den Herrn und können auf derartige Besuche verzichten. Der Mann brachte Schildertexte«, sagte Unsmoler.
Der Herr Akkurat beschloß, aufrichtig zu sein: »Das beruhigt mich! Wir müssen zusammenhalten!«
»Gut«, sagte Unsmoler und griff zum Glas, wie auch der Herr Akkurat und dessen Frau. Sie sahen sich in die Augen und stießen miteinander an. Es hätte keiner weiteren Worte bedurft.
»Wir schätzen Sie nämlich«, erklärte der Herr Akkurat.
»Ich habe mir Ihre Bilder in der Galerie oft genug angesehen und bin zu der Auffassung gelangt, Sie könnten durchaus um die Aufnahme in den Künstlerverband ersuchen.«

»Wozu?« fragte Unsmoler.
Diese Frage war derartig überraschend, daß es eine Weile dauerte, bis der Herr Akkurat antworten konnte. »Wozu? Sie wären abgesichert, Sie hätten einen Beruf!«
»Ich habe eine Berufung«, witzelte Unsmoler, »und wer ganz unten ist, ist frei!«
»Nein, ist das reizend!« rief die Malerin.
Ihr Mann schwieg betreten.
»Das waren vorhin keine leeren Worte. Ich bin bereit, Ihre Sache sowohl bei den alten Damen wie auch in den Gremien des Künstlerverbandes zu vertreten«, sagte er eindringlich.
Unsmoler wurde ernst. »Ich glaube es, aber können wir die Wirkung der Fürsprache nicht erst einmal an den alten Damen ausprobieren?«
Am nächsten Tag hupte Lüder. Unsmoler war gerade beim Schildermalen, diesmal ohne Publikum. Der Schilderwald im Vorgarten war bereits Normalität.
»He, großer Meister!« rief Lüder aus dem Treckerfenster, »Post von deinem Nachbarn!«
Auf dem Hänger lag eine Tür.

Im Verborgenen

Genauso komfortabel wie die Schilder gekommen waren, wurden sie drei Tage später in aller Frühe abgeholt. Im Stroh auf dem Hänger saßen Männer von der Feldbaubrigade. Ein paar Spaten klapperten. Auf den Äckern war momentan nichts zu tun. Beim Moler stieg man gemächlich ab. »Na, Moler, gibst du einen aus?« Die Flasche machte die Runde, aber dann, ruck, zuck, waren die Schilder verladen. Der Traktorist mahnte dauernd: »Sachte, sachte, Leute! Alles mit Gefühl!« Schließlich fuhr Lüder mit Vollgas los, ohne viel Gefühl. Die Männer auf dem Hänger würden schon dafür sorgen, daß da hinten nichts durcheinanderrutscht und zerkratzt. Ab ging's zum Strand. Lüder wollte vor den Badegästen an Ort und Stelle sein.
Unsmoler sah sich die »Strandlandschaft mit Schildern« gegen

Abend an. Das könnte ein Bildthema sein: »Deutsche Landschaft«, dachte er. Schilder. Etwas wird sichtbar.
Vielleicht war es das, was die Zuschauer an seinem Zaun so interessiert hatte: Ein ganzer Garten voller Verbote.
»Fein«, lobte er seinen Hund. Der Hund schnupperte an all den Eisenstangen, brachte sich in Position und pinkelte gegen den makellosen Lack. Markierung seines großen Terrains. Der Hund war groß wie ein Wolf. Keiner der angeketteten Dorfköter konnte ihm Konkurrenz machen. Der Umstand, daß er frei über die Insel traben durfte, sicherte ihm reichlich Zukost. Die Insel gehörte ihm. Markieren, notwendige Hundearbeit.
Tagsüber lag der Hund, wenn er seinen Herrn nicht begleitete, meist im Ginstergebüsch vor der Tür oder dösend im Haus neben dem Ofen. Nachts zog er los. Soll er, solange keine Beschwerden kommen.
»Solang sich niemand beschwert, sollen sie man machen«, sagten sich auch die Mütter im Dorf, »Jungs kann man nicht anbinden!« Die Dorfjungs legten es also darauf an, ähnlich unauffällig wie der Hund des Malers zu sein. Sie schliefen ohnehin im Heu der Scheunen, denn sie hatten ihre Betten für Urlauber räumen müssen. Niemand kontrollierte, ob sie wirklich schliefen.
Sie fischten und badeten hinter dem Rohrkamp, wo man sie nicht sah. Sie hausten wie Räuber in den Sandtrichtern oben im Dikkicht der Sanddornbüsche, und sie hatten ihren Ort, ihre Höhle, in die sich kein Erwachsener getraut hätte: ihr geheimes Reich im Dunkel, das bei allen anderen in Vergessenheit geraten war.
»Schule ist Scheiße!« stand in großen Lettern am meterdicken Bunkerbeton in der Tiefe.
An der Wand gegenüber, die in den Tagen des Bunkerbaus durch die Schalbretter die Struktur versteinerten Holzes bekommen hatte, waren malerische Nachbildungen von Lehrern verschiedenster Jahrgänge zu erkennen. Bis in alle Ewigkeit, würden die Pauker lesen müssen: »Schule ist Scheiße!« Meist herrschte hier unten allerdings totale Finsternis. Dem Konterfei der Kunsterzieherin schien der Text ohnehin nicht viel auszumachen. Das Konterfei tanzte mit dicken rot bemalten Lippen, roten Fingernägeln und roten Fußnägeln nackt auf einem Faß.
Einige der Bunkerkammern waren bei der Nachkriegssprengung unversehrt geblieben. In einem dieser unterirdischen Räume la-

gerte Sprengstoff. Ausreichend Sprengstoff, um die Schule drüben auf dem Festland samt Internat in die Luft zu jagen. Es würde noch genügend übrigbleiben, auch das Inselchefobjekt in die Ostsee hüpfen zu lassen. Jungs, das wäre ein Feuerwerk! TNT erheitert.
Kerzenbeleuchtung. Wo Kerzen nicht verlöschen, können auch Menschen atmen. Schwarze Schatten tanzten auf der Wand, düsteres Schauspiel. Höllisch gefährliche Wirklichkeit.
Der »Professor« sah zu, wie der, den man den Roten nannte, den Zünder aus einer Granate schraubte. Einfach so.
»Total sicher, siehst ja, die Granate ist so gut wie neu. Linksgewinde wegen der Züge im Lauf. Verstehst du? Die Geschosse würden sonst auseinanderfallen unterwegs zum Ziel.«
Unheimlich und souverän der Rote hier unten. Der, den sie den »Professor« nannten, war stolz, dazuzugehören. Das Scheißklauen hatte er überstanden. Zu nichts zu feige sein. Im Internat werden die anderen rasch begreifen, daß er dazugehört. Niemand würde es wagen, ihm noch mal mit der schwarzen Katze zu drohen. Keine Angst mehr vor nächtlichen Überfällen. Die Kumpels würden es heimzahlen. Vor Klassenarbeiten brauchte er sich ohnehin nicht zu fürchten. Nicht umsonst wurde er Professor genannt.
Den ganzen Sprengstoff hier hatten seine Kumpels nicht allein hinab in den Bunker getragen. Vieles von dem Teufelszeug war übernommen von Älteren, die längst nicht mehr hinunterkrochen. Der Schmiedesohn zum Beispiel hat anderes im Kopf. Hat sich ein Boot mit Außenborder angeschafft. Ein Boot wie ein Auto: weiche Sitze wie in einer Limousine, imponiert damit den Badegastweibern. Jetzt waren sie hier unten die unheimlichen Wächter.
Die meisten Granaten waren bei der Sprengung 45 nicht hochgegangen. Auch damals beim großen Unglück nicht. Alles mögliche flog durch die Luft und lag dann draußen in der Gegend rum, dürftig mit Sand bedeckt. Auch Kartuschen voll Pulverstangen. Selbst die Frauen im Dorf zündeten nach dem Krieg ihr Feuer in den Kochmaschinen mit Pulverstangen an. Ganz normal war das. Brennt verflucht gut, das Zeug.
»Der gelbe Sprengstoff braucht Initialzünder«, sagte der Rote und legte den Zünder beiseite. »Kannst ruhig rauchen, wenn du damit arbeitest.«

Woher mögen die das alles wissen?
»Ins Feuer schmeißen kannst du das Zeug, qualmt nur schwarz, aber wie!« Der Rote knickte die Geschoßspitze aus einer Gewehrpatrone und kippte das Pulver auf ein Blech. »Sieht aus wie graue Asche, mußt du mit Pulverstangenstücken mischen, dann kann man den ganzen Zauber elektrisch zünden. Ein Funke genügt. Die Knaller in Flaschen sind zum Fischen gut. Auch am Tag. Machen keinen Lärm unter Wasser. Paß auf, »Professor«, gleich baust du eine alleine!«
Der »Professor« war abgelenkt, aber er hatte längst begriffen, was der Rote da machte, wie er es machte und warum er das so machte. Die alte Wandkarte aus der Dorfschule interessierte ihn mehr. Die alten Grenzen eingezeichnet.
Wenn sich bei Kriegsende die anderen genausoviel Land genommen hätten wie die im Osten, gäbe es Deutschland überhaupt nicht mehr, wurde ihm bewußt. Würde rundherum allesamt freuen: Deutschland endlich fix und alle. Sagen, unsere Väter sind Verbrecher. Wir Verbrechersöhne! Sollen wir euch zeigen, wie das ist, wenn wir das sind? Kommen sowieso auf keinen grünen Zweig, was soll's also. Holen immer noch alles raus hier, die lieben Freunde. Auch das Uran für ihre Scheißatombomben. Und die Gefangenen sind bei denen auch verreckt. Millionen.
Die alte Schulkarte an der Betonwand interessierte ihn wirklich mehr als das Pulverzeug. Hier unten war Breslau noch deutsch.
»Paß auf, »Professor«, ans Ende der Leitung machst du die Taschenlampenbirne ohne Glas: Kontakte an die Batterie, und es knallt. Bloß nicht jetzt! Glühdraht eben, so einfach ist das. Müssen uns einen Akku besorgen, für größere Entfernungen. Dann kann man Ladungen vergraben und zünden, wann man will. Aber die Scheißakkus bekommt man nur bei Abgabe von Blei. Sammelt Blei, Leute. Blei ist in Starkstromkabeln. Enden davon im Neubauschrott.«
»Am Hafen unten, wissen wir.«
»Mann, der Taschenlampenbirnendraht darf nicht reißen«, sagte der Rote Zwieback kauend, »in die Flasche bugsieren den Scheiß. Die Ladung drum. Mach dir nicht in die Hosen, das ist ungefährlich! Schraubdeckel drauf. Müssen wir mit Wachs abdichten, wenn wir fischen wollen. Heute ist nix mit fischen. Wir laufen nicht mit Bomben durch die Gegend, zu viele Leute unterwegs.«

Der Rote hatte das Sagen.
»Wenn wir erst Raketen haben, haben wir allerhand Möglichkeiten«, erklärte er dem Neuen, »die Luftpumpen fliegen schon ganz schön weit, Metallröhre, vorne Eisenmuttern drin, Treibladung, kleines Loch hinten.«
»Ohne Leitwerk wird das sowieso nichts!« sagte der »Professor«.
»Und wie willst du die Dinger mit so einem Leitwerk in einer Röhre starten?«
»Muß nachher rausklappen, das Leitwerk ... oder wir starten schräg auf einer Rampe mit Schlitz. Hat einer ein Stück Papier?«
»Zeichnen kann er draußen im Sand.«
Der Wächter draußen signalisierte: die Luft ist rein. Sie krochen ins Freie. Blendende Helligkeit. Die Flasche in die Nachbarmulde stellen. Sie hörten die Flugzeuge kommen. Die Russenjäger machten ihre Übungsflüge. Kamen hier täglich über die Insel. Die Jungs blickten nach oben.
»Düsenflugzeuge und Raketen, alles unsere Erfindungen«, sagte der »Professor«.
Das gefiel den anderen. »Wenn es jetzt rumst, fällt das nicht auf.«
Die Düsenjäger durchbrachen knallend die Schallmauer.
»Deckung!«
Der »Professor« berührte mit dem freien Leitungsende den Kontakt der Batterie. Es dauerte einen Moment, dann krachte es dumpf, wie ein kleines Echo. Sand spritzte hoch. Durchs Geäst pfiffen Scherben. Blätter rieselten. Blauer Rauch zog durch die Büsche.
»Siehst du, Professor, du bringst das! Aber jetzt den Draht und die Batterie runter in den Bunker, brauchen wir alles noch.«
Der »Professor« wickelte flink den Klingeldraht auf und kroch aus dem Licht allein in die Finsternis. Doch noch Angst, andere Angst, neue Angst. Schnell wieder raus, eh' die Panik kommt. Schnell, eh' sich die anderen auf und davon machen. Nein, sie hatten den Ausgang nicht verrammelt. Sie empfingen ihn mit breitem Lachen: »Na, war das schön da unten?«
Sie hatten seine Hast, seine Angst gesehen.
»Den Eingang tarnen und dann nix wie weg. Das riecht hier zu sehr nach Pulverdampf.«
»Der Herbst ist besser: keine Urlauber.«
»Aber die vom Faultierhaus bleiben. Immer mehr Leute von der Sorte.«

»Ich hau' ab, wenn ich achtzehn bin, hier hält mich nichts mehr.«
»Willst du die Insel den anderen überlassen?«
»Kommt man nicht gegen an. Ich werd' nicht auf Pickelhubert machen: bitt' schön, ein Bier gefällig, liebe Gäste?«
Das Ende der Sommerferien machte sie mißmutig.
Unten im Bunker waren sie anders. Das war eine Welt für sich. Entmachtet dort, was Macht hatte.
Das Rauchwölkchen war davongeschwebt. Der Rote klettert geduckt über die Betontrümmer der zerborstenen Geschützstellung. Alles in Filmen gesehen, in denen immer die anderen siegten.
Der Rote gab das Zeichen. Runterspringen vom Beton. Spurlos auf den Weg geraten. Nun normale Spaziergänger. Scheißhochhaus. Die haben von oben tollen Überblick. Können aber nicht alles kontrollieren.
»Antreten zum Fahnenappell!« tönte es vom Jugendferienlager rüber. »Stiiiilgestanden!« kreischte der Lautsprecher. Die von der Bunkerruine lachten verächtlich. »Uns können die nicht meinen!«
Sie gingen unbeobachtet am Objektzaun entlang.
Es herrschte Betriebsamkeit im Hochhaus, das man im Dorf das Faultierhaus nannte. Man telefonierte hektisch. Anfrage im Ministerium: Können wir eine Sondergenehmigung bekommen, die Einschulung vorzuverlegen? Wir kriegen den Fanfarenzug vom Festland nur am Mittwoch. Aber wir wollen mit Pauken und Trompeten feiern! Großer Tag: zum ersten Mal seit Jahren wieder Erstkläßler hier auf der Insel. Junge Eltern hatten im Chefobjekt Arbeit erhalten, im Neubau Wohnungen bekommen und waren mit ihren kleinen Kindern vom Festland hergezogen.
Mit acht Kindern hatte man eine Schulklasse bilden können. Eine Unterstufenlehrerin war eingestellt worden. Die Neubauwohnung hatte sie gelockt. Wohnung mit Bad, Zentralheizung, Einbauküche und Seeblick. Wo sonst hätte sie so etwas bekommen! Schulraum und Kindergarten in der Hafenbaracke.
Der Chef war stolz. Es ging aufwärts mit seiner Bevölkerung.
Ein Fest planen, eine Rede schreiben, Apfelsinen beschaffen und vor allem: Marschmusik. Die im Dorf sollen endlich aufwachen! Ein Fotograf aus der Bezirksstadt mußte her, um das Ganze für die Ewigkeit festzuhalten. Farbfotos in die Schaukästen. Bestellungen möglich. Er, der Chef, in allen Alben, und wieder mal ein Graf auf der Insel! Aber kein Leuteschinder: ein Fotograf! Kleiner Scherz!

Er brachte die Abteilungen des Hauses auf Trab. Nein, man hatte zur Zeit anderes zu tun, als den Jungs nachzuschauen, die da unten am Zaun vorübergingen.

Boote

Unsmoler hielt eine am Morgen entstandene Zeichnung in den Händen und verglich sie mit den Arbeiten an den Wänden seines Ateliers. Ein Hochformat heftete er mit Reißzwecken an die Tür. Jetzt erst einmal Pause machen: das Mauerloch in der Atelierwand mußte geschlossen werden.

Plötzlich vernahm er einen langen militärischen Trommelwirbel, Pauken wummerten, und all die Geräusche kamen näher und näher. Erschrocken trat er ans Fenster. Dorfklatsch interessierte ihn nicht, darum wußte er nicht, was an diesem Mittwoch geschah. Die düsteren Töne suchten nach Erinnerungsbildern.

Erinnerung an Krieg? An Filmszenen? Delinquenten wurden mit ähnlichem Trommelwirbel zum Schafott geführt. Vom Fenster aus sah er nichts. Aber unerbittlich näherte sich das Getöse. Plötzlich schmetterten die Fanfaren: schrill, grell, unrein.

»Zurück!« befahl er seinem Hund. Er trat vor die Tür und schloß sie hinter sich. Er starrte den Tönen entgegen. Blinkende Blechinstrumente kamen die Straße hinab.

Statt eines Karrens mit Gefesseltem und einem finster dreinblikkenden Scharfrichter, wie es die Töne suggerierten, weißblaue Uniformen: Kinder im Gleichschritt, todernst.

Die Trommeln rasselten.

Er ging wie benommen rückwärts ins Haus, konnte aber nicht anders, er starrte aus dem Fenster. Auf der anderen Straßenseite legte die Dicke ihr Kissen auf das Fensterbrett.

Das Rasseln kam vorüber. Rote Halstücher auf weißen Blusen und Hemden, Fanfaren in die Seite gestützt. Im Gleichschritt marsch! Vorneweg ein Mädchen. Es wirbelte den bunten Stab. Der Tambourmajor ein junges Mädchen! Hinter den Bläsern, Trommlern und den Pauken trippelten kleine Gestalten mit Zuckertüten. Heitere Erwachsene schienen sie voranzutreiben. Überall Schaulustige

am Straßenrand. Um den Zug herum hüpfte ein eifriger apparatebehängter Fotograf. Unsmoler ein Fremder hinter den Scheiben. Plötzlich durchflutete ihn die freudige Gewißheit: Schulbeginn, die große Abreise, die Ferien waren zu Ende. Der zauberhafte Inselseptember war gekommen!
Der Fanfarenzug wird die Kapelle umrunden und noch einmal lärmend vorüberkommen. Diese Erwägung erinnerte ihn daran, daß er gerade die vom Nachbarn beschaffte Tür einpassen wollte. Er schleppte zwei Balkenstücke und Werkzeug herein, maß die Türfüllung aus und ließ die Marschierer marschieren
Während er über dem Türsturz das Fachwerk mit einem neuen Balkenstück ergänzte, saß fern von ihm Deifine, wie sie vom Dorf genannt wurde, im Studentenheim auf ihrem Bett. Mein Gott, dachte sie, wie soll das alles nur werden! Sie stellte sich den Inselkaten vor und suchte in Gedanken vergeblich nach einem Platz, an dem man ein Kinderbettchen aufstellen könnte.
»Fahr nach Polen!« hatten ihr Kommilitoninnen geraten, dort wirst du alle Sorgen los.
Nein, ich werde ihm schreiben. Ich werde ihm schreiben, daß ich ihn Weihnachten besuche.
Ihren letzten Brief hatte er bei sich an den Türrahmen geheftet. Immer wenn er die Zeilen mit seinen Blicken streifte, lächelte er. Von ihren Problemen ahnte er nichts. Ein paar Tage später war der Strand in der Tat so gut wie menschenleer. September.
Er setzte sich auf einen Hügel über dem Fischdorf. Unten am Wasser arbeitete der Fischer mit einem anderen Mann am kleinen schwarzen Boot. Ein zweites, offenbar nagelneues lackiertes Strandboot, holzfarben wie eine Geige, lag elegant auf dem Ufer daneben. Die Männer stellten einen Hebebock auf und winkten Unsmoler. Unsmoler ging hinab, denn er hatte noch nicht mit dem Zeichnen begonnen.
»Faß an, Meister«, sagten die beiden, »wir können einen dritten Mann gebrauchen.«
Sie lösten die Bolzen des Bootsmotors, befestigten den Haken der Winde und wiesen auf den Hebelarm, den er bewegen sollte: »Heb an, das Mausepißding!« Die Rolle drehte sich, die Sperre knarrte. Der schwere Motor stieg sachte aus dem alten Boot. Die beiden Männer hielten den Motor fest.
»Wenn der ins Pendeln kommt, schlägt er den Kahn kaputt«, er-

klärten sie. »Das ist ein wassergekühlter Deutz, der läuft im neuen Kahn noch seine zehn Jahre.«
»Und das alte Boot?« Plötzlich konnte Unsmoler kaum atmen, so begierig war er, das alte Boot zu besitzen.
»Dat hat seine Schuldigkeit getan. Fünfzig Mark, wenn du es haben willst!«
»Welle und Schraube brauchen wir aber. Die Bohrung im Achtersteven mach' ich dir toppendicht, wenn du Interesse hast«, fügte der Fremde hinzu.
»Wenn er das sagt, stimmt das. Das ist der beste Bootsbauer von der ganzen Küste drüben«, sagte der Fischer.
»Gut«, sagte Unsmoler und konnte sein Glück kaum verbergen, »ich nehme das Boot.«
»Abgemacht«, der Fischer reichte ihm die Hand. »Wenn du noch einen Fünfziger drauflegst, kriegst du noch einen Mast und ein Segel dazu.«
»Ich lauf' Geld holen!«
»Alles mit der Ruh'«, sagte der Fischer, »ich zeig' dir die Besegelung.« Er wies zum Bootsbauer. »Er muß sich sowieso erst eine Schablone machen.« Sie stapften durch den weichen Sand zum Haus des Fischers. Unter dem Dachüberhang lag auf Hakenhölzern, die ans Fachwerk genagelt waren, der Mast des Bootes, aufgerollt das mit rotem Buchenteer imprägnierte Segel.
»Alles einwandfrei«, sagte der Fischer.
Unsmoler hob sich die Last auf die Schulter, trug sie zum Wasser und steckte den Mast in das Loch der Ducht. Dann ging er mit Riesenschritten von dannen.
Elfriede mit der schwarzen Posttasche schwenkte eine Zeitung. »Du bist nicht drin!« rief sie. »Das ist ja wunderbar!« antwortete er und lief weiter. Sie machte ein verdutztes Gesicht.
Zu Hause hatte er keinen Blick für seine Bilder. Er holte das Geld hervor. Hundert Mark, das war zu schaffen. Dann lief er zurück. Er hatte Angst, daß irgendein Zwischenfall das Geschäft zunichte machen könnte. »Ich hab' das Geld!« rief er.
Der Fischer steckte die beiden Fünfziger ein.
»Er hat inzwischen die Welle ausgebaut und dem Kahn das Loch verstopft. Kann also losgehen. Mußt rudern. Kein Wind. Riemens kann ich dir geben. Aber die sind nicht inklusive. Geht öfter mal einer verloren.«

Die alten Männer halfen ihm das schwarze Boot ins Wasser schieben.
»Hopp«, sagte Unsmoler. Der Hund sprang in den Kahn. Der Kahn löste sich vom Grund und trieb. Unsmoler schwang sich hinein. Es war wie ein Wunder. Gewonnene Freiheit! Die Insel vom Wasser aus! Er legte die Riemen zwischen die ins Dollbord gesteckten Pflöcke und begann zu rudern. Die beiden Männer sahen ihm einen Moment lang nach.
»Dat ging aber fix«, sagte der Fischer.
Sachte pendelte der Mast. Unsmoler fragte sich: Rudere ich links oder rechtsherum um die Insel? Er ruderte am Chefobjekt vorüber. Unerreichbar auf dem spiegelglatten Wasser. Vielleicht sah man ihn.
Der Chef sah ihn nicht. Der Chef beugte sich in seinem Büro über die Wochenendausgabe der Parteizeitung und lächelte befriedigt. Auch er war glücklich. »Gute Arbeit«, sagte er zum Leiter der Kulturabteilung.
Der lächelte nun auch. Offenbar waren heute alle glücklich. Der Bericht in der Zeitung war prächtig geraten. Mehrere Fotos. Fanfarenzug in der Dorfstraße. Die Parteiführung mit Kindern vor dem Objekt. Foto oben angeschnitten. So hohe Häuser auf der Insel! Da sehen die mal, das ist hier kein Kuhdorf am Ende der Welt!
Reichlich Dörfler als Zuschauer abgelichtet, deutlich erkennbar lachende Gesichter.
Auch im Dorf war es ein Ereignis. Jeder wollte sich in der Zeitung sehen. Es waren sehr viel mehr Exemplare geliefert worden, als es Abonnenten gab. Elfriede wäre mühelos die dreifache Menge losgeworden. Wann hatte es so etwas schon einmal gegeben!
»Gute Arbeit«, sagte der Inselchef ein zweites Mal, »holen wir aus zum nächsten Schlag!«

Besuch bei den Malern

Delphines Brief war noch nicht angekommen. Elfriede, die neben ihrer Arbeit als Reinigungskraft auch die Post austrug, ging am Katen vorüber.

Aber die Kulturabteilung der Insel meldete sich. Eines Morgens stand der Mitarbeiter im Regen vor Unsmolers Tür, herzlich lächelnd, als wären sie beste Freunde. »Ich bin nur ein Bote«, sagte er, »ein Schreiben von der Abteilung Kultur. Ich komme kurz herein, hier draußen ist es ziemlich naß!«
Unsmoler konnte den Mann schlecht im Regen abfertigen. »Ich bin beim Arbeiten«, sagte er und überlegte, was gerade auf der Staffelei stand. Egal, man kann sich nicht ewig verstecken.
»Kommen Sie«, sagte er, »wenn es nicht lange dauert.«
»Wir brauchen nur einen Moment, es handelt sich um Bildankäufe für den Neubau.« Der Mitarbeiter beobachtete den Maler.
Der blieb völlig ruhig, so, als hätte er ihm lediglich gesagt: »Sauwetter heute.«
»Ich war bereits bei den Kollegen Nachbarn. Eine beträchtliche Summe steht zur Verfügung.«
»Hier lang«, sagte Unsmoler unbeeindruckt.
Der Mitarbeiter registrierte: geldgeil war der Mann offenbar nicht. Noch nicht. Aber das schien von Belang: Er wurde ins Atelier gelassen. Gewisse Offenheit vorhanden. Der Nachbar hatte ihm zwar einen Whisky angeboten, aber dort war ihm kein Bild vors Auge gekommen. Er blickte sich um.
»Das sind Skizzen vom Strand, Vorstudien. Es sind Menschen im Licht. Und was bringen Sie nun für eine Botschaft?«
»Der Genosse Vorsitzende plant gemeinsam mit der Abteilung Kultur eine Ankaufsveranstaltung im Objekt. Gemälde. Es werden auch Kunstschaffende aus der Bezirksstadt erwartet. Alles weitere im Anschreiben.« Er zog das hektographierte Schreiben aus der Tasche seiner Lederjacke und übergab es dem Maler. »Werden Sie teilnehmen?«
»Ich werde das Schreiben lesen und mich in Kürze melden«, sagte Unsmoler und schickte sich an, den Brief beiseite zu legen.
»Lesen Sie jetzt, dann kann ich Ihre Antwort gleich mitnehmen.«
Der Mitarbeiter wollte Zeit gewinnen, denn es war anzunehmen, daß der Maler und die Malerin von nebenan aus ihrem Fenster schauten und die Minuten zählten, die er hier in der Hütte verbrachte. Es war vorauszusetzen, daß man von seiner Funktion im Staatsapparat wußte. Kaum vermeidbar auf einer relativ kleinen Insel, aber als Tatsache durchaus zu nutzen. Er hatte vor, gegenseitiges Mißtrauen unter den Künstlern zu säen.

»Lesen Sie ruhig, es ist nichts Unangenehmes«, sagte er, »eine Einladung, nicht mehr und nicht weniger. Das Ganze kein Problem für Sie. Wir haben Landschaften von Ihnen in der Galerie nebenan gesehen. Im übrigen, was halten Sie von der Galerie?« Wieder der unauffällig aufmerksame Blick.
»Eine begrüßenswerte Initiative«, sagte Unsmoler und stellte sich mit dieser Antwort auf die Denkweise seines Gegenübers ein. »Aber jetzt bin ich beim Lesen.«
Unsmoler blickte nach kurzer Zeit auf: »Ich werde mich an der Vorstellung von Bildern beteiligen und danke für die Einladung.« Vielleicht konnte er ja tatsächlich ein Bild verkaufen.
Er nahm eine Reißzwecke vom Tisch und heftete das Schreiben unter den letzten Brief von Delphine an den Türrahmen. »Hier wird alles angezweckt, was wichtig ist!«
Der Mitarbeiter wurde neugierig und bewegte sich auf die Tür zu. Das war der berühmte Schritt in die richtige Richtung.
»Das darüber ist Privatpost«, sagte Unsmoler rasch. Er öffnete die Tür und versperrte dem Mitarbeiter die Sicht. Der Mitarbeiter hatte längst registriert, daß er den Brief bereits in den Händen gehabt hatte. Eher als du, Bürschchen, dachte er, den haben wir sogar in den Akten!
Der Nachbar machte einen Schritt zurück ins Dämmerlicht seines Zimmers. »Sie kommen ins Freie. Sie lachen«, sagte er leise.
»Ich mag es, wenn Menschen lachen!« antwortete seine Gattin behutsam.
»Er hat ihn hereingebeten, und sie lachen!« fuhr ihr Mann besorgt fort.
»Aber das haben wir doch auch gemacht, es hatte geregnet.«
Der Herr Akkurat blickte auf die Uhr: »Dort war er länger!«
Unsmoler mochte nicht weiterarbeiten nach diesem Besuch. Fenster auf, Durchzug. Im Schilf wartete das Boot.
Er hätte jubeln können, obwohl seine Muskeln immer noch schmerzten von der weiten Rudertour. Schwer, der schwarze Kahn.
Von der Küche aus konnte er den Mast sehen.
Am Türrahmen die violettblauen Buchstaben des hektographierten Schreibens. Fünf Bilder mußte er heraussuchen. Zurückblicken also. Das würde die Arbeit an den Strandstrukturbildern stören, vielleicht sogar beenden. Rasch das Kramen im Gestrigen erledigen. Nur nicht aus dem Tritt kommen. Bilder aussuchen, ausmes-

sen, Rahmen bauen, bereitstellen. Und dann ab in den Ofen mit diesem schriftlichen Gruß aus dem Objekt.
Woher das Holz nehmen für die Rahmen. Holz kann man nicht kaufen. Holz muß freigegeben werden, damit man es auf dem Festland erwerben kann. Und doch hatte manch einer Bretter.
Den Tüffelmacher fragen, vielleicht weiß der Rat, denn der Mann schafft nicht nur Gemüse vom Festland ran.
Er ging zum Tüffelmacher und stand eine Weile in der offenen Werkstattür. Duft von frisch geschnittenem Holz, ohrenbetäubender Lärm, sich kräuselnde Späne. Uralte Maschinen, aber immer noch liefen sie.
Eh' der Tüffelmacher zu einem nächsten Brett griff, rief Unsmoler: »Guten Tag, Meister!«
Der Mann schaute sich um, nickte verwundert, schaltete die Maschine aus und kam heran. Die Maschine verstummte. »Immer rein in die gute Stube«, sagte der Mann.
»Ich könnt' zwei Riemen gebrauchen«, sagte Unsmoler.
»Rutschen die Hosen?« fragte der Tüffelmacher vergnügt.
»Ne, ich hab jetzt das Boot vom Fischer«, sagte er lachend, »ohne Motor, deshalb die Riemen.«
»Dat alte Dings? Das hält doch nur noch der Teer zusammen!«
»Es schwimmt. Teer verrottet nie.«
»Riemens, Rauders willst du haben ...?«
»Derbstangen mit einer Blechplatte, oder sonst was dran geschraubt, als Ruderblatt.«
»Du willst dat wieder mal billig.«
»Was bleibt mir anderes übrig.«
»Und wegen so was kommst du zum Fachmann?«
»Nicht nur deshalb. Ich könnt' auch noch Leisten brauchen. Ein Drittel von der Brettbreite hier«, er legte seine Hand auf ein soeben gehobeltes Brett, »mit eingeschnittenem Falz. Für Bilder. Ich muß Bilder zur Ansicht ins Chefobjekt bringen, soll anständig aussehen.«
»Rahmens also.«
Unsmoler nickte: »Rahmens.«
»Deine Rahmens in der Galerie vom Schloß, das sind ja dolle Dinger.«
»Zugegeben, ziemlicher Bastelkram. Treibholzbretter.«
»Mit so wat kannst du im Objekt nicht antanzen!«

»Deshalb komm' ich her.«
»Wieviel Meter?«
»Für fünf Bilder … die wollen eine Auswahl sehn … kommen viele Maler hin, auch vom Festland. Zwölf laufende Meter brauche ich schon …«
»Sind die auch im Rennen?« Der Tüffelmacher wies rüber zum »Schloß.«
»Ja«, sagte Unsmoler, »die auch.«
»Zwölf laufende Meter sind eine Menge Holz!« Der Tüffelmacher seufzte. »Und bis die Riemens fertig sind, ist Weihnachten.«
Unsmoler sah ihn an und schwieg.
»Faß an«, sagte der Tüffelmacher, »zu zweit macht sich das besser.«
Die Maschine heulte auf und kam auf Touren. Der Tüffelmacher schob die Bretter durch die Hobelmaschine. Unsmoler nahm sie auf der anderen Seite entgegen.
Es dauerte keine Stunde, und die Arbeit war getan. Die Bretter lagen beidseitig glattgehobelt auf einem Stapel.
Der Tüffelmacher trennte mit seinen groben Fingern eine leere Zigarettenschachtel auseinander, legte die mit Karos bedruckte Pappseite auf die Hobelbank und drückte dem Maler einen Zimmermannsbleistift in die Hand: »Zeichne mal auf, den Querschnitt von deiner Leiste!«
Er sah beim Zeichnen zu und nickte: »Machen wir gleich fertig! Aber hier fräsen wir eine Schräge an, sieht besser aus!«
Als er ein Brett in die Hand nahm, seufzte er: »Dat schöne schiere Holz! Aber du kannst mir nächstens die Nummern aufs Boot malen. Die Obrigkeit will dat so. Die will alles numeriert.«
Unsmoler nickte.
Wieder heulten Maschinen.
Wer hätte das gedacht: Unsmoler ging mit einem Bündel Rahmenleisten auf der Schulter heimwärts.
Welche Bilder ins Chefobjekt bringen? Er dachte an die Leute dort und versuchte mit deren Blick auf seine Bilder zu schauen. Plötzlich schien es ihm, als wäre keines bis zu Ende gemalt. Kein Bild war bis zu dem Punkt gelangt, an dem ein Betrachter sagen würde, »alle Achtung, nirgendwo geschludert!«.
Dennoch schienen diese lockeren, scheinbar nachlässig gemalten Stellen wichtig zu sein. Wichtig, eben weil sie unwichtig waren

und den Betrachter nicht ablenkten. Sie waren Zeichen des Unbestimmten, Offenen. Das aber würde er denen dort nicht erklären können.
Er setzte sich auf sein Bett, das tagsüber ein Sofa war, sah auf die Bilder und steckte sich eine Pfeife an. Das wird ein Reinfall, befürchtete er. Er blickte auf die Skizzen der überfüllten Strände. Aber die Bilder waren noch nicht fertig. Die Landschaften jedoch sind brav, mit denen kann ich mich zeigen.
Rasch suchte er fünf aus und stellte das Bild eines stürzenden Pferdes daneben. Eine zusammengehörende Reihe. Zwei Bilder wechselte er aus. Jetzt zum Boot, Gummistiefel anziehen und das Segel mitnehmen.
Auf den langgestreckten Blättern des Schilfs perlten noch Tropfen. Unsmoler watete durchs flache Wasser. Leise klopfte im Wind das Fall gegen den Mast. Der Hund sprang an Bord und schüttelte sich. Ohnehin alles naß. Unsmoler warf das Segel auf die Ducht, löste die Festmacherleine und stemmte sich gegen das Heck. Die Halme neigten sich zur Seite und richteten sich hinter Boot und Mann wieder auf. Die Stiefel liefen voll Wasser. Morastiger Grund. Enten flogen schnatternd auf. Nach der Schilfwand die freie Wasserfläche! Herrliche Weite. Er schwang sich ins Boot, schöpfte das Regenwasser über Bord, setzte das Segel und straffte es mit dem Spritbaum. Das Segel füllte sich mit Wind. Er ließ das hölzerne Schwert hinab, griff zum Steuerruder und packte die Schot. Sachte nahm der Kahn Fahrt auf. Schaukelndes Lösen vom Ufer. Mit halbem Wind an der flachen Schilfküste entlang … Das braune Teersegel schwebte über dem Wasser.
Diesmal blickte der Inselchef auf. Er bemerkte das Boot dort, wo sonst keine Schiffe unterwegs waren. Offenbar weicht man aufs Wasser aus, dachte er und hob die Brauen. »Genossen, wir werden künftig auch die Wasserhoheit übernehmen müssen!«

Kunsttransport

Sechs seiner Arbeiten standen seit Tagen sauber gerahmt nebeneinander.
Nun wartete er auf Lüder. »Heute Lüder & Co, Kunsttransporte«, wie der Traktorist sich witzelnd angekündigt hatte.
Er hörte den Trecker bereits nebenan. Unsmoler stellte die Bilder zusammen und hüllte sie in eine Decke. Dann trat er vor die Tür.
Beim Nachbarn ungewöhnlich laute Worte. Lüder weigerte sich offenbar, dem Herrn Akkurat den Hänger rückwärts vor die Galerietür zu bugsieren. Der Herr Akkurat gestikulierte aufgeregt, aber Lüder war nicht zu überzeugen. Der Traktorist winkte, als er Unsmoler bemerkte: »Komm rüber, langes Leiden«, rief er, »zu zweit schleppen wir Klaviere weg!«
Unsmoler ging zu den Männern.
»Sehen wir uns die Patienten an«, sagte Lüder und ließ den Traktor draußen vor der Einfahrt im Leerlauf tuckern.
In der Tat hatte eine der beiden Kisten, die der Nachbar in der Galerie bereitgestellt hatte, die Größe eines Klaviers. Es duftete nach frisch gehobeltem Tannenholz.
»Soll die Reise nach Amerika gehen?« fragte Lüder verwundert.
»Noch nicht, noch nicht«, sagte der Herr Akkurat, »aber was nicht ist, kann ja noch werden!«
Es klang wie ein Versprechen.
Lüder schob sich die Mütze zurecht. »Entweder wir nehmen die Schachtel unter den Arm, oder ich wende mit dem Gespann hier auf dem Rasen!« Während er das sprach, rüttelte er rücksichtslos an den Kisten und war überrascht.
Der Herr Akkurat machte angesichts des groben Gebarens ein erschrockenes Gesicht, aber Lüder rüttelte ungeniert noch einmal: »Die Dinger wiegen nichts«, sagte er, »alles holl und boll, faß an, Moler!«
Sie hoben die große Kiste an und gingen Richtung Hänger.
»Ob wir allerdings ohne Zielwasser durch die Toreinfahrt treffen, dat wird sich erst noch erweisen«, äußerte Lüder heiter mit provokanter Besorgnis. Er hatte wieder Oberwasser.
Die Malerin kam gerade auf dem Kiesweg heran, um die tätigen Männer mit den Augen plinkernd liebenswürdig zu begrüßen.

»Bitte, sei so lieb und bring uns jedem ein Schnäpschen«, sagte ihr Gatte.
»Im Regal rechts steht eine ganze Flasche!« blökte Lüder fröhlich hinter ihr her. Er beurteilte die Schönheit der Tage nach der Anzahl der Extrafreuden.
Der Herr Akkurat runzelte die Stirn. »Werden Sie die Bilder auch heil ans Ziel bringen?« fragte er zweifelnd.
»Bei uns geht immer alles glatt. Was, Moler? Wir haben schon ganz andere Dinger befördert und verscharrt!«
Sie schoben die beiden Kisten auf den Hänger.
»Na also«, sagte Lüder und kippte erfreut das Gläschen Branntwein, »Kunsttransporte Lüder & Co. So, Moler, jetzt kommen noch deine Klaviere! Und morgen fahr' ich wieder Schweinescheiße.«
Unsmoler hätte seine Bilder am liebsten eigenhändig ins Chefobjekt geschafft, aber er mochte den Traktoristen nicht kränken.
Lüder klemmte die in eine Decke eingehüllten Werke zwischen die beiden Kisten der Nachbarmaler. »Sonst kriegen deine Bilder während der Fahrt das Wandern!« erklärte er.
Genau das hatte Unsmoler befürchtet.

Speisen im Objekt

Es hieß, die geladenen Festlandkünstler würden am nächsten Tag mit der Zwölfuhrfähre zur Insel kommen.
Das Schiff tutete wie üblich vor der Hafeneinfahrt. Unsmoler sperrte den Hund ein, machte sich auf den Weg und wurde am Eingang des Chefobjekts von einer flotten Sekretärin empfangen.
»Die anderen sind schon da!« sagte sie ein wenig aufgeregt und begleitete ihn in einen Saal, in dessen Mitte in zwei langen Reihen Stühle aufgestellt worden waren.
Rundherum allgemeine Geschäftigkeit: großes Auspacken. Künstler stellten Bilder gegen Stühle. Unsmoler suchte mit den Augen seine eigenen Arbeiten und fand sie an die Saalwand gelehnt. Eine der Eislandschaften stand verkehrtherum. Aber das störte nicht, auch so hielt sich das Bild.
Angesichts der Bilderfülle schwand seine Hoffnung, etwas zu

verkaufen. Er mischte sich unter die anderen. Alles junge Leute. Die Gesichter der Künstler waren von der Seefahrt gerötet. Viele rauchten. Eine Schnapsflasche wurde herumgereicht.
»Gehörst du zu den Veranstaltern?« fragte ihn ein derber Kerl, der in Knobelbechern herumlief: »Wenn dem so ist, will ich dir sagen: Es ist eine Sauerei, die Bilder derartig schäbig anbieten zu müssen! Diese roten Lehnenpolster machen jedes Bild kaputt!«
»Ich bin von der Insel«, bekannte Unsmoler, »aber selbst nur Opfer.«
Man reichte ihm die Flasche.
»Veranstalter ist der Inselchef!« sagte er und hob die Flasche hoch. Er blickte in die Runde, machte eine leichte Verbeugung und nahm einen Schluck.
Der Maler in den Knobelbechern blickte auf die Bilder, die an Stühle gelehnt auf der Erde standen und schüttelte erneut den Kopf: »Erzieht euren Fürsten besser!«
Bei jedem äußerte sich die Nervosität anders. Manche lachten hektisch, andere tuschelten befremdet, wieder andere rauchten und noch wieder andere schauten bedeutungsvoll.
Die Tür tat sich auf, eine junge Frau mit reichlich Zetteln in der Hand kam herein, hinter ihr bewegte sich beinahe tänzelnd der Mitarbeiter. Auftritt vor ungewohntem Publikum.
Das Malervölkchen scheint nicht eben schüchtern, konstatierte er. Die Einschätzung, daß »Künstler Multiplikatoren von Meinungen« seien, hatte zur Folge, daß von jeder der hier versammelten Personen bereits eine Akte existierte. Der Mitarbeiter hatte sich über den Dienstweg umfassend informieren können. Die Vermutung aber, daß so ein Künstlerblick den Dingen auf den Grund ginge, verunsicherte ihn. Besser sehen als gesehen werden war eigentlich seine Devise. Er rieb scheinbar hocherfreut, einem Zauberkünstler gleich, der die Blicke seines Publikums auf falsche Fährte lenkt, seine schmalen Hände.
Aha, eine Schnapsflasche! Alkohol, die bekannte Größe im Chaotischen.
Bitte schön, meine Damen und Herren, dachte er lächelnd, schaut in die Tiefe, wenn ihr mögt! Alles, was ihr bei mir erkennen werdet, ist: Der Mann hat Macht, ziemlich viel Macht sogar!
Multiplikatoren! Im übrigen: Wir werden euch bald einzeln vor der Nase haben, und dann geht es ums Geld.

Er ließ seinen Blick über die Bilder gleiten und mußte über seine anfängliche Scheu lächeln. Er ging von Künstler zu Künstler und reichte jedem die Hand. Immer aufs neue nuschelte er seinen Namen. Er wollte die Namen der Versammelten hören und sein Bild von den Leuten vervollständigen. Die junge Frau folgte ihm und übergab jedem der Anwesenden sechs ihrer hektographierten Zettel. Dann klatschte der Mitarbeiter in die Hände, als müsse er das Malertrüppchen aufmuntern. »Willkommen, Kollegen Künstler, willkommen auf unserer schönen Insel! Ihr habt von der Seefahrt sicher gehörigen Appetit bekommen. Meine Mitarbeiterin wird Sie in den Speisesaal führen. Vorher bitte ich, die Formulare auszufüllen und an die Rückseite der Bilder zu heften. Mehrere Schachteln Reißzwecken stehen bereit. Hier ist für alles gesorgt.«
»Ich glaube, man hat die Werke meiner Nachbarn vergessen hinzuzustellen«, sprach Unsmoler zur Zettelfrau, »die Bilder sind in den großen Kisten, die Lüder gebracht hat.«
Der Mitarbeiter lächelte über so viel Naivität, die da unterstellte, daß es zufällige Versäumnisse in diesem Hause geben könnte.
»Alles längst erledigt, der Kollege Künstler hat die Gemälde bereits vorgestellt. Er wird den Genossen Vorsitzenden heute beraten.«
Unsmoler heftete die ausgefüllten Formulare an die Rückseite seiner Landschaften und machte sich auf den Weg. In der Tür des Speisesaals suchte er mit den Augen nach einem Platz. An einem Tisch saß allein eine der Malerinnen. Sie war ihm bereits aufgefallen. Er machte ihr ein Zeichen und zeigte auf den leeren Platz. Sie nickte. Ihr Gesicht hager, die Augen groß und ernst, die Kleidung nachlässig, aber farblich schön.
»Mit welchem Schiff bist du gekommen?« fragte sie ihn. In ihren Augen glomm Wachsamkeit. »Oder bist du mit dem Flugzeug gelandet?« Sie hatte draußen die schnurgerade Betonstraße entdeckt.
»Ich bin hier zu Hause«, sagte er.
»Hier?« Sie wies mißbilligend mit dem Zeigefinger auf den Linoleumfußboden.
»Drüben im Dorf hinter den Pappeln.« Er beugte sich vor, wies aus dem Fenster und zeigte ihr die versteckten Dächer. Er sah, um den Hals trug sie eine Kette aus bunten Steinen.
»Ist die Insel gänzlich mit Schilf umgeben, oder habt ihr auch Strand?« fragte sie.

»Weißen weiten, in dieser Jahreszeit wunderbar einsamen Strand!«
Ein Getränkewagen näherte sich mit dem leisen Klingeln von Flaschen.
»Findet man dort schöne Steine?«
Sie wartete seine Antwort nicht ab, sondern wandte sich den Bierflaschen zu. Die Kellnerin nannte drei verschiedene Sorten. Sie wählte. Er sagte nur: »Mir das gleiche!«
Sie tranken Bier. Sie prostete vergnügt in die Runde. Im Saal wurde es laut.
»Steine, jede Größe«, sagte Unsmoler und lachte, »von fünf Gramm bis fünf Tonnen!«
Sie zog ihre Kette unter dem Pullover vor. »Jeder Ort hat seine Vergangenheit und seine Steine.«
»Nach Nordstürmen findet man gelegentlich Bernstein.«
Sie blickte aus dem Fenster. »Braucht nicht Bernstein zu sein.«
Niemand ahnte, daß, während sie aßen, der Inselchef bereits langsam mit seinem rasch ernannten Gremium an den zur Schau gestellten Bildern vorüberging. Es wurden Kreuzchen in Listen gemacht. Die ausgewählten Bilder stellte man beiseite, und der Hausmeister schleppte sie anschließend ins Vorzimmer des Chefbüros. Als die Künstler ihr Dessert löffelten, war man im Saal der Bilder noch beim Auswählen. Die Ausbeute entsprach nicht ganz den Erwartungen des Inselchefs. Er hatte sich anhand der Abbildungen, die in den Kunstbeilagen der Parteizeitung allwöchentlich gezeigt wurden, auf ein anderes Angebot eingestellt. Trotz alledem, er war bereit anzukaufen.
»Nun«, sagte der Inselchef, »es wird nicht die letzte derartige Veranstaltung sein. Wir werden mit unseren jungen Künstlern Gespräche führen, und der Erfolg wird sich ablesbar einstellen. Aber Genossen, das ist das Wichtigste: wir sind hier auf der Insel kulturell in die Offensive gegangen!«
Die große Flügeltür des Speisesaals hatte sich aufgetan. Der Inselchef stand in der Türöffnung. Er war nicht allein. Zwei Mitarbeiter hielten die Schwingtüren geöffnet. Er blieb in der Tür stehen, so als wäre er eingerahmt. Es irritierte ihn nicht, daß nicht augenblicklich Ruhe eintrat. Er war Beobachter. Der Lärm entsprach durchaus seinen Vorstellungen vom Künstlerleben.
»Nun Kollegen, wie läuft's?« fragte er vernehmlich. Man blickte

überrascht zur Tür und verstummte. Jemand hielt sein Bierglas in die Höhe und sagte: »Gut läuft's.«
Schwer einschätzbar diese Leute, dachte der Inselchef, aber nichts kann schiefgehen, solange man sie lobt.
»Wir danken euch für euer Kommen«, sagte er, »eine Reihe von schönen Arbeiten haben vorgelegen. Ich als Vorsitzender des Ankaufsgremiums würde mich freuen, wenn Sie den kurzen Aufenthalt auf unserer schönen Insel dazu nutzen, neue Anregungen mit nach Hause zu nehmen. Anregungen für Gemälde, die zu einem späteren Zeitpunkt möglicherweise unser Interesse finden könnten.«
Es entstand bedrückte Unruhe unter den Künstlern.
»Jene Bilder, die wir nicht ankaufen werden, stehen im Saal. Sie können ab sofort eingepackt werden. Packpapier vorhanden. Wir organisieren den Transport zum Hafen. Die Fähre legt in etwa drei Stunden ab. Es ist also noch reichlich Zeit.«
Nun sind sie blaß geworden, dachte er und lächelte.
»Bier ist noch reichlich da, Kollegen.« Einige Maler applaudierten. Er lachte kumpelhaft.
»Wir werden euch in alphabetischer Reihenfolge zwecks Vertragsabschluß in mein Büro bitten. Ich darf verraten, daß wir beabsichtigen, eine beträchtliche Summe auszugeben.«
Unsmoler nahm die Stimme des Inselchefs wahr, als wäre der Mann in weiter Ferne. Er blickte der Steinefrau in ihre großen ernsten Augen und hatte plötzlich heftiges Mitleid mit ihr und mit sich selbst: »Manchmal scheint es mir, als würden wir von Anfang an unter einem nassen Tuch leben«, sagte er leise.
Er stützte die Hände auf den Tisch, sah sie an und beugte sich vor, als wollte er sie umarmen. Seltsam, sie beide allein im Raum.
»Bist du betrunken?« fragte sie ihn.
Er ließ sich auf den Stuhl zurückfallen.
»Bier am hellerlichten Tag«, sagte er, »das geht bei mir nicht gut, aber vielleicht waren es auch die Worte von dem da.«
»Er ist gegangen«, sagte sie.
Unsmoler erhob sich und begab sich zu den Toiletten. Im gefliesten Vorraum betrachtete er einen Moment sein Gesicht im Spiegel: ein Fremder. Er beugte sich tief hinab, drehte einen Wasserhahn auf und ließ sich das kalte Wasser über den Kopf laufen. Nach einer Weile richtete er sich auf, drehte den Wasserhahn zu und

trocknete sich, ohne Ekel zu empfinden, mit dem Toilettenhandtuch Haar, Gesicht und Hände ab. Er fand einen Kamm in seiner Tasche und kämmte sich.
Als er zurück in den Saal kam, war die Steinefrau nicht mehr da.

Ankauf

Die attraktive Sekretärin schaute in den Speisesaal: »Becker, Rolf, bitte!«
Jemand erhob sich.
»Also bist du was losgeworden«, sagte man ihm, »herzlichen Glückwunsch! Auf dem Schiff mußt du einen ausgeben!«
Der Maler ging, leicht beschwipst an Stühle stoßend, zwischen den Tischen hindurch. Sie hielt ihm die Tür auf. Man wartete und wurde wieder stiller. Schließlich kam der Künstler zurück. Hochrot der Kopf. Er grinste und meinte, einen Witz machen zu müssen.
»Der nächste Herr, dieselbe Dame«, sagte er. Er setzte sich und goß sich erneut Bier ein.
Die Sekretärin wußte nicht, warum die Leute lachten, als sie wenige Minuten später hereinschaute und »Dietrich, Klaus!« rief.
Schließlich war auch Unsmoler hinter der Sekretärin hergegangen. Er wurde vom Mitarbeiter ins Chefbüro gebeten. Drei seiner Bilder lehnten an der Wand.
»Bitte, nehmen Sie Platz! Wir haben uns entschlossen, drei Bilder von Ihnen anzukaufen.«
Unsmoler konnte nicht anders: er strahlte.
»Ich denke, Sie werden unsere Preisvorstellungen akzeptieren.« Der Chef schob ihm das Formular hin.
Die Summe war höher, als Unsmoler zu hoffen gewagt hatte. Er holte tief Luft und ärgerte sich über sein aufwallendes Gefühl der Dankbarkeit. »Ich freue mich!« sagte er dennoch.
»Es hat natürlich Diskussionen gegeben«, sagte der Chef, »aber ich habe mich überzeugen lassen. Sie sehen, wir haben auch das Pferdebild angekauft ... ein stürzendes Pferd. Das letzte Inselpferd. Die alte Zeit ist vorüber. Die glückliche Zukunft hat begonnen.«

Fast hätte Unsmoler gesagt: »So ist es nicht gemeint!«, aber er schwieg. Der Mitarbeiter beobachtete ihn. Die Sekretärin legte noch zwei weitere Formulare auf den Tisch.
»Wir brauchen es dreifach!« sagte sie, »wenn Sie hier bitte unterschreiben wollen. Tragen Sie die Kontonummer ein. Wenn Sie noch kein Konto haben, richten Sie sich bei der Sparkasse eins ein, alles hier im Hause. Der Betrag wird überwiesen.«
»Sie werden das Geld brauchen!« sagte der Chef mit der Stimme eines großzügigen, nachsichtigen Herrschers, der mehr weiß als sein Untertan.
Er hätte jubeln können. Erledigt, nur raus hier!
Aber der Chef brachte eine Flasche zum Vorschein und goß zwei Gläser voll. »Auf eine gute Zusammenarbeit!« sagte er und kippte mit zusammengekniffenen Augen den Schnaps hinunter. Auch Unsmoler brachte es hinter sich.
Grinsend begab er sich in den Saal zu seinen drei anderen Bildern. Die Malerin, mit der er am Tisch gesessen hatte, packte gerade zwei ihrer Bilder in Packpapier ein. Sie blickte auf, als er hereinkam.
»Du grinst«, sagte sie unbarmherzig, »hat der Dicke dich geküßt?«
»Ich habe Geld!« sagte er.
Sie trafen einander erneut an der Riesenrolle Packpapier. »Deine Bilder da?« fragte sie. »Gar nicht schlecht, freu dich, daß sie hier nicht hängen werden.«
»Brave Bilder«, sagte er.
»Wir sind alle brav, hoffnungslos brav«, sagte sie.
»Und du, hast du was verkauft?«
Wieder dieser Blick.
»Bißchen was. Der Dicke tut so, als wäre es sein Geld. Macht auf gütiger Landesfürst! Wie weit ist es eigentlich bis zum Strand?«
Er blickte auf die Uhr über der Tür. Bißchen knapp die Zeit.
»Ich versuch' es. Kann ich bei dir übernachten, falls ich die Fähre verpasse?«
Er nickte. »Aber das nächste Schiff fährt dann erst in drei Tagen. Ich würde ganz gern mit dir gemeinsam malen.«
»Malen?« sie sah ihn unglaublich traurig an. »Lassen wir das, reich mir lieber mal den Bindfaden. Gutes Packpapier, gut für Kohlezeichnungen«, sie tippte an die Papierrolle, riß ein Eckchen

ab, schrieb ihre Adresse auf und reichte sie ihm. »Darfst mich besuchen, wenn du mal in der Stadt bist.« Sie reichte ihm nicht einmal die Hand, aber er wußte, er hatte zu gehen.
In der Garderobe lag seine Decke. Er wickelte seine verbliebenen Bilder ein, blickte sich um, nickte zum Abschied den Künstlern zu und eilte aus dem Chefobjekt. Draußen atmete er auf. Andere mußten jetzt noch im Speisesaal warten. Die Sekretärin trippelte durch die Flure, und der Inselfürst beglückte mit Geld.
»Tut so, als wäre es sein eigenes«, kam ihm der Ausspruch des strengen Mädchens in den Sinn.
Unsmoler ging mit großen Schritten die Betonstraße hinauf.
Den Bilderpacken stellte er im Vorraum vom Katen ab, dann stieg er in die Gummistiefel und ging zum Boot.
Er hatte kein Ziel, dann aber hörte er die Fähre kurz tuten. Er legte das Ruder um und ließ das Boot in Richtung Mole laufen, dorthin, wo die Fähre vorüberkommen würde.
Das Malervölkchen stand an Deck.
Er winkte zum Abschied, und man antwortete. Die Steinefrau stand reglos an der Reling. Schade, daß sie die Fähre erreicht hatte. Sie winkte nicht.

Verwandlungen

Immer wieder war der Schuster gemeinsam mit seiner Frau Elfriede zu den Abendmusiken in die Kapelle gekommen. Was aber noch größeres Erstaunen bei den fünf immer noch Gott ergebenen alten Frauen, die stets vorn in der ersten Reihe saßen, auslöste, war: Er kam auch zum letzten Gottesdienst des Jahres. Ganz allein, die Augen zum Himmel gekehrt, saß er in der letzten Reihe. Der Pastor war von der Demut des stummen Männchens sichtlich beeindruckt und schüttelte ihm mit beglückter Herzlichkeit draußen vor der Tür die Hand. Der Schuster war jedoch nur gekommen, um die an der schwarzen Kette herabhängende Kogge zu betrachten. Er hatte, während die Musikanten Händel musizierten oder nun die fünf alten Weiblein und der Pastor ihre Choräle sangen, das Bild des Schiffes auswendig gelernt. Jedes Detail war ihm ver-

ständlich: Wanten, Fallen, Blöcke, Luken, Poller, Planken, Ruder, Fahnen.
Und während er das Schiff betrachtete, bugsierte er es in Gedanken schon in eine Schnapsflasche. Er sah die winzigen Matrosen bereits hinauf zum Mastkorb klettern. Und er sah die weißschäumenden Wellen und das ferne ockerfarbene Steilufer der Insel, das er auf die Rückwand der Flasche pinseln würde.
»Was soll man machen«, sagte er, wenn einer der seltenen Kunden ihn erstaunt zur Rede stellte, »man schnitzt ein wenig zum Zeitvertreib! Heutzutage zerreißen keine Gäule ihr Zuggeschirr. Nicht einmal ausreichend Schuhe zerfleddern.«
Er war ein ausgezeichneter Handwerker, aber niemand hatte das jemals wirklich beurteilen können: so waren Schuster eben. Schuhe mußten passen, Nähte mußten halten.
Beim Flaschenschiffchenschnitzen aber würde es sich zeigen, wie gut er war: Geschicklichkeit springt auch dem einfältigsten Betrachter ins Auge.
Er hatte sich mehrere Koggenrümpfe verschiedener Größe zurechtgeschnitten und auf Anhieb eine raffinierte Methode ausgeknobelt, mit der er später die dickbäuchigen Rümpfe längs geteilt samt Mast, Segel und Takelage durch Flaschenhälse zaubern konnte.
Sogar beim Mittagessen dachte er an seine Schiffchen und manchmal sogar beim Saufen in der Kneipe. Es konnte passieren, daß er plötzlich vernehmlich sagte: »Ne, ne, so wird das nichts, da muß Trick fuffzehn her!« Man musterte ihn beunruhigt. Dabei waren die Selbstgespräche kaum verwunderlich, denn er durfte mit niemandem über seine Flaschenschiffe reden. »Mit niemandem«, hatte Elfriede ihm eingetrichtert, »mit niemandem! Die pinselschwingenden Künstler sind dir auch schon zuvorgekommen! Und das ist alles unser Geld gewesen!«
Ihn interessierten ihre Befürchtungen kaum, aber er gehorchte. Etwas anderes irritierte ihn: Er spürte, daß diese winzigen Schiffchen die Welt da draußen veränderten. Die Welt sah jetzt anders aus. Vor allem die Boote auf dem Wasser. Die mit den knatternden Motoren interessierten ihn nicht mehr, wenn aber Unsmoler mit dem schwarzen Strandboot unterwegens war und das braune Segel über den Wellen tanzte, dann war das was!
Wart nur Junge, dachte er, eines Tages verkork' ich dich mit Malbrett, Hund und Boot in einer Schnapsflasche!

Er selbst hingegen schien durch die Beschäftigung mit klitzekleinen Dingen zu wachsen. Besonders wenn er die Lupe benutzte, fühlte er sich riesengroß. Er wurde gelassener und als er gelassener wurde, wurde er freundlicher.
Ganz anders erging es dem Hausmeister des Chefobjekts, der wurde von Tag zu Tag gnatziger. Fluchend hatte der Mann nach der Ankaufsaktion die Bilder durchs Chefobjekt getragen und lautstark seinen Ärger über die steinharten Betonwände, in die nur unter größten Mühen Nägel einzuschlagen waren, kundgetan.
»Die Künstler haben das Geld, ich hab' die Probleme! Schöne Gerechtigkeit!«
Offenkundig hatte er das Empfinden, daß das Anbringen der Bilder in den Büros die größte Leistung der ganzen Kunstaktion sei. Unüberhörbar, wenn er irgendwo mißgelaunt werkelte. Bald aber begriff man, daß sein Zorn sich nicht speziell gegen Künstler oder Beton richtete. Es wurde offensichtlich, daß er jeden Anlaß nutzte, um einem tiefer sitzenden Mißmut Luft zu machen.
Da wurden zum Beispiel eines Tages parallel zur Betonstraße Telefonmasten aufgerichtet. Der Mitarbeiter hatte ihn zu sich gerufen:
»Genosse, eine erfreuliche Nachricht, du erhältst Telefon.«
»Kein Bedarf, wat soll ich mit dem Scheiß!« fluchte er.
Der Mitarbeiter sah ihn lange an: »Genosse, was wer wann bekommt und was wer wann nicht bekommt, bestimmen wir! Jobst, der Polizist, erhält einen Anschluß, der Kneiper erhält einen, und das Malerpärchen vom Schloß ist auch mit von der Partie. Ja, auch die, die haben nämlich eine Befürwortung vom Minister persönlich vorgelegt. Genosse, du siehst: Telefon, das ist was Besonderes, Telefon, das ist eine Auszeichnung!«
»Ich pfeif' auf solche Auszeichnungen«, schimpfte der Hausmeister, »ihr werdet mich nachts aus dem Bett klingeln!«
»Ja, Genosse, wir werden dich überall erreichen, im Bett, in der Kneipe oder sonstwo!« sagte der Mitarbeiter bedrohlich lächelnd. Der Hausmeister aber blickte unbeeindruckt finster.
»Zu dir werden Bürger zum Telefonieren kommen.«
»Auch das noch!«
»Ja, Genosse, auch das noch, die Gespräche könnten für uns interessant sein. Wir müssen dich nicht daran erinnern: Du hast gewisse Verpflichtungen übernommen.«

Der Hausmeister wollte nicht daran erinnert werden.
Eines Tages hatten sie ihm seine mit allzu spitzem Bleistift geschriebenen Überstunden vorgerechnet und ihm angst gemacht.
»Das ist Betrug am Volkseigentum, Bürger. Wenn wir das weiterreichen und es eine Untersuchung gibt, geht es ab in den Bau!«
Nur das nicht!
Es gab keine Untersuchung. Es hatte eine Alternative gegeben: die Verpflichtung. Er hatte unterschrieben. Sogar einen Decknamen hatte er erhalten: »Mücke«. Aber er würde sie austricksen … hatte er damals noch geglaubt.
Jeder Widerspruch zwecklos. Eines Tages stand das schwarze Klingelding bei ihm im Wohnzimmer. Er mußte vor allem erst einmal seine Alte zur Vernunft bringen, denn die war kaum zu bremsen, wenn sie über irgendeinen Mißstand lautstark zu lamentieren begann. Wenn sie auf Touren kam, schlug er von nun an sofort mit der flachen Hand auf den Tisch, denn wenn sie erschrak, wurde sie sofort still.
Eines Tages raffte er sämtliche Kissen vom Sofa zusammen und häufte sie über das Telefon. Auch eine Lösung.
»Wat soll dat!« schimpfte sie.
»Man kann sonst mithören«, flüsterte er, »muß nicht sein!«
»Was wollen die uns!« schimpfte sie allzu laut.
Bitter lachte er auf. »Gar nichts weißt du, gar nichts! Die können uns fertigmachen! Wenn die wollen, können die jeden fertigmachen, jeden! Aber quatsch bloß nicht mit den anderen Weibern darüber. Ich will meine Ruh' haben und keine Scherereien!«
Aber was war das für eine Ruhe.
Wenn er von der Arbeit nach Hause ging, begleitete ihn linkerhand der Anblick der Telefonleitung. Verdammte Leine! Angebunden haben die mich damit. Ein Ende bei mir im Wohnzimmer, das andere bei denen da im Büro auf dem Schreibtisch!
Und immer das Scheißtheater mit den Kissen, wenn Leute zum Telefonieren anrückten! Man kam noch ins Gerede, wenn man die Dinger in der Eile einfach so zurück aufs Sofa feuerte: Seht euch mal das Sofa von denen an, richtig liederlich. Bestickte Kissen hatten nun mal ordentlich aufgebaut zu sein, mit einem Knick in der Oberkante.
Mißmutig latschte er Schritt für Schritt heimwärts. Plötzlich faßte er einen Entschluß. Seine Schritte beschleunigten sich. Zu

Hause betrachtete er das schwarze Klingelding, das man ihm ins Wohnzimmer gestellt hatte. Er sprach nicht mit seiner Frau. Was wußte die schon. Erst einmal stellte er einen Hocker in den Flur. Dann nahm er eine Zange und zog all die vielen Schellen, die die Leitung hielten, aus der Wand. Die werden sich noch wundern! Seine Frau stellte ihn, bevor er sein Werk vollenden konnte, zur Rede.

Er antwortete grob: »Dat Dings kommt in den Flur!«

Das mochte sie nun gar nicht. Das Zuhören befriedigte ihre Neugierde. Das Telefon hatte ihre Stellung im Dorf verändert. Niemand wollte es mit ihr verderben. Sie hatte durchblicken lassen: Wenn ihr mir so kommt, könnt ihr zum Telefonieren kilometerweit zur Poststelle rennen, und wenn ihr Glück habt, hat die sogar geöffnet!

Er aber ließ sich nicht aufhalten: »Ins Telefon gequatscht wird im Flur, basta!« bestimmte er. Plötzlich glitt ein böses Lächeln über sein Gesicht. »Wenn du in der Küche stehst, verstehst du auch jedes Wort. Du kannst sogar auf der Küchenuhr nachprüfen, ob die Leute nachher richtig bezahlen. Ums Geld ist dir das ja immer gegangen!« Die letzten Worte sprach er voller Bitterkeit.

»Ruf den Jung an«, sagte er nach einer Weile. »Kannst dabei gleich mal ausprobieren, ob sich beim Rumhantieren keine Kontakte gelöst haben. Wenn es dir im Flur zu ungemütlich ist, stell das Mausepißdings auf den Küchentisch. Die Schnur ist lang genug.«

Alles beim alten. Aber beim alten blieb nichts.

Manchmal meinte er, daß ihm nichts anderes übrigbliebe, als sich in der Kneipe jedesmal sinnlos zu besaufen. Und wenn die die Revolution ausrufen sollten: ich kriege nichts mit!

Er hatte sich damals, als er unterschrieb, vorgenommen, niemanden »anzuscheißen«. Aber immer wieder mußte er sich daran erinnern, daß der Mitarbeiter grinsend gesagt hatte: »Du bist nicht der einzige im Dorf, der unsere gute Sache auf diese Weise unterstütze. Eine »Sache« war das für die! Nicht der einzige, wer waren die anderen?

Beim dämlichen Wort »Mücke« zuckte er regelmäßig zusammen. Nein, nichts war, wie es vorher war.

Nachts schrillte das Telefon. Seine Frau stand auf und tappte mit nackten Füßen hinaus in den kalten Flur. Sie rüttelte ihn, als sie zurück ins Bett kroch: »Ein Verrückter! ›Der Frosch gibt dem Ha-

sen Futter‹, oder so etwas Ähnliches hat da jemand gesagt.«
»Scheiße!« sagte er, erhob sich und begann sich anzuziehen.
»Was ist los«, fragte sie entsetzt.
»Verdammter Hurenzauber!« fluchte er. Sie beobachtete die wütende Geschäftigkeit mit ratlosem Erstaunen. »Wat is denn? So ein blöder Anruf, und du springst im Zimmer herum. Schnappt hier denn alles über!«
Er zerrte aufgebracht an seiner Hose. Ein Zeh vom rechten Fuß verfing sich im Saum. Er mußte auf einem Bein durchs Zimmer hüpfen, was ihn noch mehr in Rage versetzte. Am Bettpfosten fand er Halt.
Sie erblickte einen Fremden und sah ihn erschrocken an, als könnte er in diesem Zustand plötzlich etwas Unvorstellbares tun.
»Unverschämte Leute!« sagte sie, »könnten die nicht einfach sagen: ›Rohrbruch‹!«
»Können die nicht.« Er schien sich einen Ruck zu geben: »Weil es kein Rohrbruch ist. Es ist alles anders, als es erscheint. So gemütlich, wie wir denken, sind die Zeiten nicht.« Wieder zögerte er. »Ich bin zu einer Art Sicherheitsgruppe eingeteilt. Meinst du, wenn das nicht wäre, hätten wir das verdammte Telefon?«
Er klopfte sich mit der flachen Hand vor die Stirn, als könne er ihr mit dieser Geste etwas verständlicher machen. »Meinst du, das Dings wäre dazu da, damit du mit Tante Emmi kakeln kannst? Ne, ne, aus purer Menschenfreundlichkeit machen die nichts! Gar nichts. Die denken sich immer ihren Teil. Und warum das alles? Damit sie auf ihren fetten Ärschen noch sicherer in ihren Sesseln sitzen. So ist das!«
In der Tür drehte er sich noch einmal um. »Wenn dich einer fragt, sag: Rohrbruch. Vielleicht sollten wir mal in den Urlaub fahren. Das geht. Weg, einfach weg.« Dann schloß er die Tür.
Sicherheitsgruppe, dachte sie, wenn er damals schon dabei gewesen wäre, wäre der Jung auf die Sportschule gekommen …

Masten

Als die Telefonmasten aufgerichtet worden waren, hatte Unsmoler den Vorgang vom Wasser aus beobachten können. Ein Rhythmus von Senkrechten bewegte sich langsam aufs Dorf zu. Und ein grünes Auto hatte er gesehen, das rasch die Betonstraße hinauffuhr.

Er hatte gerade das Ufer gemalt. Filigrane Struktur zwischen Himmel und Wasser. Es war windig gewesen. Wellen zogen am Boot vorüber. Das Boot aber blieb, von zwei Draggen gehalten, genau auf Position. Die Anker hatte ihm der Dorfschmied geschmiedet, und Unsmoler hatte ihm dabei zugesehen. Klingender Rhythmus der Schläge. Es hatte durchs Dorf geklungen, als würde eine Glocke geläutet: Seine Anker! Zweckmäßige, formvollendete Gerätschaften, schöner noch als die Wagenräder an der Mauer. Nicht einmal rosten werden die! Glühend hatte der Schmied sie in Leinöl getaucht.

Schwarzes Eisen, das sich in den sandigen Grund krallt und das Boot an einem Fleck hält.

Malen auf dem Wasser. So ungestört wie im Atelier.

Aus dem Schilf hinaus auf freies Wasser gleiten, das Segel setzen und irgendwo, wo es gut ist, das rotbraune Tuch wieder um den Mast wickeln. Dann den einen Anker über Bord werfen, das Boot zurücktreiben lassen und den zweiten Anker nach achtern ins Wasser schleudern. Unsmoler wollte keine Fische fangen. Unsmoler wollte Bilder fangen. Das Planschen verscheuchte sie nicht.

Spiegelungen, Verdopplungen. Oben und Unten. Seltsame waagerechte Symmetrie. Himmel und Wasser, dazwischen das Land, dieser schmale Streifen, der uns allen Ort ist.

Heimwärts segeln mit Bilderbeute.

Er hatte es von Ferne gesehen: Elfriede klemmte einen Brief unter den Stein. Als er den Brief holen ging, hatte er die Geschäftigkeit beim Nachbarn bemerkt: man pflanzte einen Telefonmast in dessen Garten.

Der Herr Akkurat war ganz aus dem Häuschen gewesen. Der Redeschwall unüberhörbar. Aber er kannte offenbar die Sitten: er hatte ein Tablett voller gefüllter Schnapsgläser in den Händen gehalten. Die Arbeiter bedienten sich schweigend.

»Wenn mal was Dringendes zu übermitteln ist, kommen Sie zu mir, Kolega«, rief der Herr Akkurat, sowie er Unsmoler bemerkte. »Sie sehen, wir bekommen Telefon!« Dann hatte er auch ihn herangewinkt und ihm ein gefülltes Schnapsglas gereicht: »Ein derartiges Ereignis muß gefeiert werden. Es geht voran. Wie gesagt: Melden Sie sich, wenn Sie telefonieren müssen!«
»Ja, ich werde durch den Schnee stapfen und an die Tür klopfen!« hatte Unsmoler lachend geantwortet und den Fusel gekippt. Gehörte sich so.
»Nein, nicht doch im Winter, im Sommer, im Sommer! Übrigens Glückwunsch zum Bilderverkauf!«
»Ich glaube, ich muß mich bei Ihnen bedanken, Sie waren in der Jury«, hatte Unsmoler gesagt.
»Gern geschehen. Die Bilder sprachen an. Wie gesagt, ich werde Ihnen die Bewerbungsformulare für den Künstlerverband schikken. Zwei gestandene Maler als Fürsprecher muß man haben, und die haben Sie.« Der Herr Akkurat hatte den Hut abgenommen und sich theatralisch verbeugt. »Übrigens, Telefone kann man bei der Post bestellen, tun Sie das unverzüglich, vielleicht haben Sie Glück.«
»Ich renne schon!« hatte Unsmoler gesagt. Er war mit großen Schritten auf die Hütte zugegangen. Er wollte rasch den Brief lesen: Sie hatte geschrieben. Der Anblick der Schriftzüge auf dem Kuvert machte ihn froh. Sie in der fernen Stadt hatte an ihn gedacht. Erst im Atelier hatte er den Umschlag aufgerissen.
Der Brief war kurz und klang traurig. Kein Wort vom Studium.
»P.S. Ich werde Dich in den Weihnachtstagen besuchen, wenn ich darf.« So endete der Brief.
Er schrieb ihr sofort: »Natürlich darfst Du, und ich freue mich!«
Er schrieb vom glücklichen Bilderverkauf im Objekt, und er schrieb, daß er nun Geld habe und sie sich darum in den Weihnachtstagen die schönsten Dinge kochen oder braten würden. Und er schrieb, daß er ihr zum Nachtisch Bratäpfel, übergossen mit Vanillesoße, servieren würde und es in der Hütte besonders gemütlich sei, wenn man von draußen aus der Kälte käme, daß er eine neue Tür eingesetzt habe und daß er ihr viele neue Bilder zeigen könne: Sommerbilder. Die Struktur unzähliger Leute am Meer bedecke die ganze Bildfläche, und das sei wie eine rhythmische Musik. Zur Zeit aber male er vom Boot aus, dem schwarzen

Boot mit dem rotbraunen Segel: Bilder von Wasserspiegelungen. Zauberhaft die Insel, wenn man sie vom Wasser aus betrachtet. Manchmal sehe es so aus, als hätten die Ufer Wurzeln. Die Wurzeln, das sind die gespiegelten Bäume.

Und er schrieb, daß er nachher gleich zur Post gehen würde, zum ersten, um den Brief abzugeben, und zum zweiten, um ein Telefon zu bestellen, denn beim Nachbarn sei ein Mast für die Telefonleitung aufgestellt und so weit sei es ja nicht bis zum Katen.

Eine halbe Stunde später war er bereits auf dem Weg zur Post.

Auf der Betonstraße war ihm das grüne Auto begegnet. Es war ein Barkas, ein kleiner Mehrzweckbus mit einer Luke im Dach. Kipper und andere Baumaschinen und vor allem Lüders Treckergespann war man auf der Insel gewohnt … aber dieser Kleinbus war neu. Das grüne Fahrzeug war die Betonstraße hinaufgeprescht und zum Konsum abgebogen. In diesem Augenblick war der Kleinbus ihm so selbstverständlich, als wäre er immer schon dagewesen. Warum hatte nicht schon längst ein geschlossenes Fahrzeug die Warentransporte übernommen!

Er hatte den Brief abgegeben und der Frau hinter dem Schalter sein Anliegen erläutert.

»Ein Telefon bestellen? Ja, lohnt sich das denn, junger Mann? Auf dem Festland warten manche schon fünfzehn Jahre!«

»Vielleicht ist hier alles anders. Schreiben Sie mich auf, beim Nachbarn ist ein Mast aufgestellt worden.«

»Es sind nicht die Masten, es sind die Anschlüsse!« klärte sie ihn auf.

»Egal, schreiben Sie mich auf!«

Das bunte Plakat in der Post hatte er kaum wahrgenommen: Glücklich lachende Leute. Maschinenpistole, Mauerkelle, Zirkel, Mann, Frau und lachendes Kind, Buchstaben, das übliche. Auf Schritt und Tritt draußen die gleichen bunten Flecken an Wänden und an Bäumen. Überall hinschauen, nur nicht auf die Plakate.

Das grüne Auto

Eine Woche später hupte gegen Mittag der grüne Kleinbus auf der Dorfstraße genau vor Unsmolers Katen. Unsmoler war gerade vom Wasser gekommen.

Ein Herr stieg aus, kam am Ginstergebüsch vorbei und klopfte ungeduldig an die Tür. »Bürger, wollen Sie die Leute bis zum Abend warten lassen?«

Unsmoler stand da und begriff nicht, da öffnete sich eine weitere Autotür und die Müllersche vom Mittagstisch stieg aus. Der Mann drehte sich um und rief: »Lauf mir nicht weg!«

»Unsinn«, sagte sie, »ich will nur behilflich sein!« Sie wandte sich an den Maler: »Komm wählen, Junge, es hat keinen Sinn, sich zu sträuben.«

Nun begriff er: Ach ja, die Wahlen! »Ist doch noch reichlich Zeit«, sagte er.

»Mann, das ist doch egal, wann du gehst. Hol deinen Ausweis und steig ein!« Das Auto war so neu auf der Insel, daß es auffiel. Dörfler kamen heran und beobachteten die Szene.

»Fahrt schon, ich gehe zu Fuß!« sagte er und begab sich ins Haus, den Ausweis holen.

»Ne, ne, Kollege, nun sind wir hier, wir warten!« rief der Fahrer ihm im Kommandoton hinterher.

Als er aus dem Haus kam, sahen ihn viele Augen an. »Ich hab' ein dickes Bein«, sagte er grinsend »deshalb werde ich gefahren, und eine entzündete Hand!« Im Bus saßen bereits Lütt Otto und die Müllersche.

»Hab' extra die Sitze einbauen müssen!« sagte der Fahrer und sauste die Dorfstraße hoch, als handele es sich um einen Notfall. »Muß die Gebrechlichen und die unsicheren Kandidaten zum Wahllokal bringen.«

»Gebrechlich bin ich nicht«, sagte Unsmoler, »und Kandidat schon gar nicht!«

Der Fahrer blickte sich um. »Aber unsicher!«

Die Müllersche lachte. Seit ihr der Mittagstisch als unerlaubtes Gewerbe gesperrt worden war und sie die beträchtliche Geldstrafe mit der Pflege der Grünanlagen des Objektgeländes abarbeiten mußte, galt sie offenbar auch als unsicher.

»Nein«, sagte sie, »ich bin auch nicht gebrechlich, aber ihr vom Objekt seid eben Menschenfreunde!«
Wieder blickte sich der Fahrer um. Diesmal sagte er nichts.
Die Fahnen knatterten auf dem Objektgelände. Windiger Tag.
Der Fahrer stieg aus. »Kommen Sie!« sagte er im Befehlston.
Unsmoler ging zwischen der Müllerschen und Lütt Otto hinter dem Herrn her. Der Mann führte sie, obwohl überall Hinweisschilder den Weg wiesen.
Das Wahllokal wurde beherrscht von einem langen blauen Tisch, an dem mit ernsten Mienen die Wahlhelfer saßen. Die meist fremden Gesichter wandten sich den Eintretenden zu. Unsmoler kannte nur den Hausmeister vom Objekt und den Mitarbeiter.
Neben den hohen Kästen, die wohl Wahlurnen waren, standen Männer. Sie hielten weiße Papiere über die Schlitze, als dürfe kein Stäubchen in die Schachteln geraten. Die zwei Herren schienen kaum noch stehen zu können und maßen die Nachzügler mit finsteren Blicken.
»Tschüs«, sagte der Fahrer des grünen Autos, »ich geh' das Auto waschen.« Er schloß die Tür. Man hörte seine Schritte auf dem Korridor.
Schon am frühen Vormittag hatte der Mann die Bewohner des Fischerdorfs ins Objekt gebracht. Sogar die Fischerfrau hatte er angeschleppt. Gestützt von zwei Helfern, war sie zu den albernen Schachteln gewankt. Ihre mit weißen Verbänden umwickelten Beine vermochten sie kaum zu tragen. Auch von ihr hatte der Hausmeister den Ausweis eingefordert. »Aber Jung«, hatte sie gesagt, »du kennst mich doch!«
»Das ist wegen der Vorschrift!« hatte er geantwortet und den Ausweis weitergereicht.
Für die alten Leute war die ganze Aktion eine Anstrengung gewesen, die es irgendwie zu bewältigen galt.
Auch Tien und Grete waren am Morgen ins grüne Auto gestiegen, obwohl auf dem Vordersitz mit versiegelten Lippen totenbleich die Fischerfrau gesessen hatte. Tien hatte gehofft, im Objekt endlich auf den Dicken zu stoßen. Sie hatte in seine kleinen Schweinsäuglein blicken und bis auf den Grund seiner Seele schauen wollen, um dort in der Tiefe zu sehen, wohin die neue Zeit trieb. Aber wieder war sie enttäuscht worden.
Der Inselchef hatte als erster den gelben und dann den blauen Zet-

tel, auf dem zuoberst sein eigener Name stand, in das Dunkel der Urnen flattern lassen. Ihm war ein Rosenstrauß überreicht worden, und es hatte reichlich Beifall der nicht zufällig anwesenden Personen gegeben.
Mit der Miene eines Testfliegers, der soeben erfolgreich eine neue Maschine erprobt hat, hatte er den Raum verlassen und gütig lächelnd die Eifrigen gegrüßt, die nun ins Wahllokal drängten.
Es hatte sich sogar eine Warteschlange gebildet: die braven Leute vom Objekt. Wenn schon, dann rasch.
Anschließend hatte der Inselchef nervös im Wahlbüro gesessen und aus dem Fenster geblickt. Auf dem Schreibtisch tickte eine große Uhr. Unentwegt hatte er die Betonstraße, auf der allzu gemächlich die Dörfler herankamen, beobachtet. Hin und wieder war das grüne Auto in scharfem Tempo die Auffahrt hinaufgesaust. Der Fahrer wußte, daß er beobachtet wurde. Gegen Mittag war Ruhe eingetreten. Der Chef hatte im Wahllokal nachgefragt.
»Wie viele noch?«
»Drei!«
Er hatte auf die Weckuhr geblickt. Der Zeiger hatte sich der Zwölf genähert. Der Inselchef hatte es nicht länger im Sessel ausgehalten. Er hatte seine Hände auf das schwarze Leder der Armlehnen klatschen lassen und sich aus dem Stuhl gequält, als löse er sich aus einer Umarmung. Er hatte sich zu seiner Sekretärin begeben.
»Drei!« hatte er gerufen, »diese Leute bringen uns um den ersten Platz! Der Fahrer soll die Männeken heranschaffen!«
Sie war davongeeilt.
Völlig gelassen waren dagegen der Mitarbeiter und dessen Untergebene gewesen. Zwar stand das Ergebnis der Wahl von Anfang an so gut wie fest, dennoch war der ganze Vorgang höchst aufschlußreich. Die Abteilung hatte nicht das geringste Interesse daran, die Prozedur zu beschleunigen, denn der Mitarbeiter hatte das Empfinden, als wäre diese ganze Veranstaltung nur gestartet worden, damit die Organe wichtige Anhaltspunkte für ihre weitere Arbeit gewinnen konnten. Schon allein die Reihenfolge, in der die Bürger zur Wahl kamen, ließ wichtige Rückschlüsse auf deren politische Haltung zu. Selbst die Aufmachung, in der die Bürger erschienen, war aussagekräftig. Ein fehlender Schlips zum Beispiel offenbarte gewisse Nichtachtung. Blicke waren zu registrieren, auffällige Äußerungen galt es aufzuzeichnen, Zögern war zu analysieren.

»Kollegen, heute haben wir unsere Pappenheimer allesamt vor der Nase! Heute zeigen sie sich in besonderer, obendrein vergleichbarer Situation in anderem, höchst aufschlußreichem Licht.«
Bei provokanten Handlungen empfahl er, nur im äußersten Falle einzuschreiten, denn auch die Reaktion unbeteiligter Bürger war von Interesse. Seine Aufmerksamkeit galt nicht nur jenen, die da kamen, sondern auch jenen, die am blauen Tisch saßen.
Er hatte vor, dem Ministerium anzubieten, seine Doktorarbeit über das Thema »Die Bedeutung von Wahlen beim Aufspüren subversiver Strukturen« zu schreiben.
Dem Dicken mit dem Dr. zuvorkommen!
»Genossen«, hatte er die Kollegen seiner Abteilung auf den Wahltag eingestimmt, »wir brauchen Informationen zum Persönlichkeitsprofil eines jeden unserer Bürger. Beobachten, beobachten, beobachten! Umfassende Kenntnisse machen die politische Arbeit von morgen erst effektiv. Sie bilden die Voraussetzung der künftigen gesellschaftlichen Entwicklung.«
Nun saß er am langen blauen Tisch und besah sich die drei Nachzügler, die mit dem Barkas herangeschafft worden waren. Ja, genau diesen Personenkreis hatte er verspätet erwartet: die Mittagstisch-Müllersche, Lütt Otto, den ehemaligen Mittelbauern, und den Maler, den Pferdetotschmeißer!
Die Müllersche erledigte das Ganze, ohne eine Miene zu verziehen. Kein Lächeln, kein Gruß, nichts.
Der Maler hingegen nickte den Anwesenden seinen Gruß zu, als wäre es ihm peinlich, daß er sie habe warten lassen. Dann übergab er seinen Ausweis. Der Kollege suchte, mit dem Finger die Wahlliste hinabfahrend, den Namen, blickte auf und musterte den jungen Mann. »Berufsstand: ohne?«
»Wird erst noch eingetragen!« hatte der rasch gesagt. War er errötet?
»Veranlassen Sie das umgehend!« hatte der Kollege gemahnt und den Ausweis zu einer Kollegin geschoben, die den Wähler in weitere Listen eintrug.
»Den blauen rechts, den gelben links!«
Gab es doch etwas zu wählen? Unsmoler sah sich um. Hinten in der Ecke stand so etwas wie eine Kabine. Er blickte auf die Reihe der Namen auf dem Wahlzettel. »Und in diese Kabine muß man also gehen?« fragte er scheinbar naiv. Er wartete nicht auf die Ant-

wort, sondern durchschritt den ganzen Raum und verschwand aus dem Blickfeld.
Der Mitarbeiter kniff die Augen zusammen, lächelte und machte eine Notiz.
Unsmoler las die Namen ein zweites Mal. Einheitsliste. Er kannte die meisten Leute ohnehin nicht. Er hatte sich nicht darum gekümmert. Konnte man Wahlscheine überhaupt ungültig machen? Wertete man die Prozedur nicht auf, wenn man diese Möglichkeit bewies? Vielleicht hatte die Müllersche richtig gehandelt. Sie hatte das Ganze vollzogen, als würde sie Toilettenpapier ausgehändigt bekommen. Dennoch konnte man ihr nichts vorwerfen.
Unsmoler kam aus der Kabine und steckte seine Zettel in die Urnen. In der Tat, er hatte, wie es hieß, seine »Stimme abgegeben«, denn zu wählen gab es nichts.
Er betrachtete die am Tisch sitzenden Leute. Sie sahen ihn mit dem Ausdruck perplexer Überraschung an.
»Werden wir auch nach Hause gefahren?« fragte er lächelnd, als wäre nichts geschehen.
Das Lachen wurde nicht erwidert. »Sie fahren ein andermal im grünen Auto«, sagte jemand kalt. Nun wurde gelacht. Der Mitarbeiter aber wies den Kollegen mit Blicken zur Ordnung.
Lütt Otto schritt zur Kabine, als müsse es so sein.
Jemand sagte: »Sie brauchen nicht ...«
Der Mitarbeiter aber mischte sich ein: »Jeder Bürger ist berechtigt, die Kabine aufzusuchen.«
Interessanter Vorgang, dachte er. Können wir uns leisten: es sind die beiden letzten.
Jemand klappte ein Buch zu. »13 Uhr 10, hundert Prozent!«
Eine Sekretärin überholte die drei letzten Wähler auf dem Flur und trippelte mit unglaublicher Geschwindigkeit die Treppe hinauf.
Die drei Wähler gingen nebeneinander. Bekannte im Fremden.
»Mußt nur aufsässig sein, dann wirst du auch gefahren«, sagte Lütt Otto.
»Wir waren brav, wir haben gewählt, nun müssen wir laufen! Zerreißen hätte man die Zettel müssen«, sagte Unsmoler leise und lachte.
Die Müllersche sah sich um. »Ja, dann wären wir wer weiß wohin gefahren worden, nur nicht nach Hause!«

Schwarzer Staub

Schwarzes Tun am Hafen. Schwarzer Staub in hauchdünner Schicht auf dem Wasser. Ein stelzbeiniges Förderband drehte sich unermüdlich und ließ Briketts auf den Gipfel eines ebenmäßigen Kohlebergs rieseln: die Winterzuteilung. Schuten wurden entladen. Hin und her bewegte sich der gelbe Greifer. Unentwegt löffelte er Kohle aus den Bäuchen der flachen Schiffe auf das Band oder, wenn Lüder vorgefahren war, klackernd in den Kasten des Hängers. Die Genossenschaft hatte einen großen Hänger mit Kippvorrichtung angeschafft, ein neues Spielzeug für Lüder.

Lüder legte seinen ganzen Ehrgeiz darein, auch dieses Ungetüm virtuos zu manövrieren. Vorerst ging das aufsehenerregende Vor und Zurück allerdings selten vorüber, ohne auf den verwinkelten Höfen eindeutige Spuren zu hinterlassen: geknickte Wäschepfähle, zerschrammte Hauswände, zerbrochene Schrittplatten, Hoftore, die sich nicht mehr schließen ließen. Bei Lütt Otto war sogar eine Schuppenwand eingedrückt worden.

Lüder war ein Spezialist für das rasche Vorwärts. Rückwärts mit Hängern rangieren lag ihm weniger. Es konnte passieren, daß er sich mit seinem Gespann in den verzwickten Winkeln zwischen Häusern und Gästebehausungen derartig einklemmte, daß es weder ein Vorwärts noch ein Rückwärts gab. Die Anwohner standen in solchen Fällen sprachlos da und starrten ihn verblüfft an: Wie hatte der Mann das nur geschafft, in diese vertrackte Situation zu geraten! Lüder schien derartige Ereignisse beinahe zu genießen und ließ sich nicht aus der Ruhe bringen. Kunststück: das Lehrgeld zahlten die anderen. Er war nicht zimperlich, egal, wo er sich gerade befand, hantierte er an irgendwelchen Hebeln und kommentierte sein Tun mit den Worten: »Hilft nichts, wir müssen abkippen!«

Bei solchen Anlässen pflegte er stets »wir« zu sagen. Meist fügte er hinzu, »daß ich hier auf den verbauten Hof kutschier', ist reine Gefälligkeit. Jeder andere würde die ganze Schose einfach auf die Straße kippen und fertig.«

Langsam, mit ungeheurer Kraft drückte der Stempel die Fünftonnenlast in die Höhe. Egal wo: das Abkippen versetzte den Traktoristen immer wieder in andächtige Begeisterung. Scheppernd

und klackernd kamen die Briketts ins Rutschen. Eine Wolke von Kohlenstaub stieg empor, und oft schrie irgendwo ein Weib: »Um Himmels willen, meine frisch gewaschene Wäsche!«
Lüder grinste: »Nu ist ihm wieder einer abgegangen!«
Langsam senkte sich der leere Kasten, während er sich mit schwarzen Pfoten die ordnungsgemäße Lieferung bestätigen ließ. Wohin die Kohlen auch gefallen waren, selten protestierte jemand. Und das selbst dann nicht, wenn man einen halben Tag lang die Wohnung nur durchs Fenster erreichen konnte. Ein jeder befürchtete noch größeres Malheur und packte bereitwillig an, wenn es galt, den leeren Hänger abzuspannen und mit vereinter Muskelkraft vom Hof zu schieben.
Und während die Leute begannen, die Kohlen in Eimer zu füllen, um sie Eimer für Eimer in den Keller zu tragen, sauste Lüder schon wieder hinunter zum Hafen.
Lüder hupte auf der Straße vor dem Malerkaten.
In den anderen Jahren war Unsmoler immer als einer der letzten beliefert worden, denn es gab eine gewisse Hierarchie in der Reihenfolge. Aber Lüder hupte, winkte und meinte eindeutig ihn. Unsmoler legte die Pinsel ab, ging hinaus und trat an den Trecker heran.
»Soll ich schon wieder ins Wahllokal gefahren werden?«
Lüder lachte. »Ne, die Hauptsach', die Kohlen stimmen, ich bring' dir welche von oben, nicht den Scheißkohlengrus von unten.«
Die Anspielung auf den Wahltag war gar nicht so abwegig, denn Lüders Halt vor seinem Gehöft hatte in der Tat etwas mit den Wahlen zu tun. Zwar war eine hundertprozentige Wahlbeteiligung auf der Insel vermeldet worden, jedoch gab es nur 98 % Jastimmen. In der Kneipe hatte man dieses Phänomen erstaunt erörtert. Wer hatte sich getraut, »nein« zu sagen? Vor allem wie?
»In die Kabine sind nur wir beide gegangen«, flüsterte Lütt Otto. »Uns Moler immer vorne weg. Der wollt' schon die Zettel zerreißen!« Das hatte allgemeine Verwunderung hervorgerufen. Mann, Mann, Mann, der traut sich was!
Wahrscheinlich hoffte man unbewußt auf irgend jemanden, der denen vom Chefobjekt Paroli bot. Vielleicht wünschten sich einige, daß Unsmoler diese heikle Rolle übernehmen würde. Aber davon wußte Unsmoler nichts. Er wunderte sich nur, daß Lüder jetzt schon die Kohlen brachte.

»Dein Zaun ist sowieso im Arsch«, sagte der Traktorist.
Während er nur mit mühseligen Erörterungen auf die Gestaltung anderer Höfe Einfluß nehmen konnte, bot dieser Malerhof endlich die Möglichkeit einer vorbildlich radikalen treckerfreundlichen Umgestaltung. Nicht dieses leidige Klein-klein: mal ein Wäschepfahl an eine andere Stelle oder eine Karnickelbucht an eine andere Wand.
Unsmoler wußte, worauf der Mann hinauswollte.
»Schade um die Ginsterbüsche«, sagte er.
»Wo Ginster wächst, wohnen arme Leute«, sagte Lüder. »Aber mir soll's egal sein, wenn wat kaputtgeht, holst du dir neue von der Schuttkuhle.« Er zeigte nach links und nach rechts:
»Da fahr' ich rein und da wieder raus.« Er stieg aus dem Trecker und rüttelte am Zaun: »Na, siehst du, alles morsch!«
Warum nicht, dachte Unsmoler und half Lüder, zwei Zaunfelder auszuhängen.
»Fahr zu, in Gottes Namen!«
Lüder bahnte sich krachend einen Weg. »Genau richtig«, lobte er sich, »ich kipp' über die Seite ab, dann liegen die meisten Kohlen unter dem Dachüberhang. Da hast du sie trocken direkt neben der Haustür.«
Auch der Nachbar hatte das grüne Auto am Tag der Wahl vor dem Malerkaten halten sehn. Er war Zeuge der Nötigung geworden und war sehr erschrocken: tief saß die Angst. Er kannte diese grünen Fahrzeuge. »Grüne Minna« nannte man die Autos, in denen überall im Land die Festgenommenen abgeholt wurden.
Er und seine Gattin hatten nach langen Erwägungen bereits früh gewählt. Als sie sich an den Mittagstisch setzten, hatten sie das grüne Auto erblickt. Der Herr Akkurat war aufgesprungen.
»Bleib bei mir!« hatte seine Gattin leise gesagt, »er wird nur ins Wahllokal gefahren. Ich habe das Fahrzeug schon heut früh gesehen, »Gebrechliche wurden gefahren.«
»Er ist nicht gebrechlich!« hatte ihr Gatte mit krächzender Stimme geantwortet, »hast du den mal segeln sehen?« Er griff sich an die Kehle. »Es geht vorüber«, hatte er mit stockender Stimme gesagt.
»Wahl nennen die das«, hatte sie leise vor sich hin gesprochen, »eine Demütigung mehr. Warum müssen wir so viel büßen!« Er hatte sie angestarrt und den Mund aufgerissen, aber keinen Ton herausgebracht.

Wir haben nicht gewählt, wir haben die »Stimme abgegeben«, hatte sie erschrocken gedacht. Als müsse sie verhindern, daß auch sie die Sprache verlöre, hatte sie rasch gesagt: »Haben wir noch nicht genug bezahlt? Unser weites wunderbares Ostpreußen, die Kultur, die Tradition, die Sprache, die Lieder dort, die Identität, die Geschichte, die Freunde. Ein ganzes Land ist ausgelöscht. Wir sind in fremde dumpfe Enge gestoßen. Nur die Massakrierten sind daheimgeblieben.«
Geräusche hatten sich aus seiner Kehle gequält, er schien zu ersticken. Sie war aufgesprungen, ihr Stuhl kippte um. Er stierte sie mit aufgerissenen Augen an und schien nur einen Wunsch zu haben: Sie möge schweigen.
Sie war verstummt.
Immer noch öffnete sich sein Mund. Die Augen verzweifelt. Endlich quälte sich ein Wort heraus. »Schuld!«
Das Wort brachte ihm Erleichterung. Nur im Wort »Schuld« war all der Schmerz zu ertragen. Niemand durfte dieses Wort anzweifeln. Alles ist gerechte Strafe. Ohne diese Gewißheit würde der Schmerz unerträglich sein.
Sie hatte behutsam genickt, und er hatte sich mühsam erhoben. Er hatte seine Hand auf den Mund gepreßt, war zur Tür gestürzt, hatte sie aufgerissen und hinter sich geschlossen. Sie hatte Schreie gehört, grausige tierische Schreie.
Entsetzt hatte sie gelauscht. Schließlich war es ruhig geworden. Zögernd war sie aufgestanden. Sie war hinaus und die Treppe hinabgegangen. Auf der untersten Stufe hatte er gesessen. Sein Gesicht in den Händen verborgen. Er hatte sie angesehen, als sie sich neben ihn setzte. Er wirkte erschöpft, hatte aber mit klarer Stimme gesprochen: »Wir sind schuldig, und unsere Enge hier ist ein Schloß und unsere Enge hier ist das große Meer.«
Sie hatte genickt.
Nach einer Weile hatte er sie mit kläglichem Blick angesehen: »Ob man es gehört hat, draußen?«
»Was schert uns das!« hatte sie entschlossen geantwortet.
»Vielleicht wird man ein Tier vermuten … einen Vogel … einen fremden großen Vogel. Man sollte, wenn man herschaut, einen Vogel hinter den Scheiben erblicken, einen großen Vogel. Alles braucht eine Erklärung.«
Er hatte sich langsam erhoben und auch ihr aufgeholfen.

»Wir sind die fremden Vögel hier.« Er hatte versucht zu lächeln.
»Ist es dir peinlich?« hatte er leise gefragt.
»Es ist eine Eule unter dem Dach gewesen!« hatte sie behutsam gesagt.
»Eulen rufen, Pfauen schreien«, hatte er sich erinnert, »Pfauen schreien ...«
Das alles war vor Tagen gewesen.
Nun lärmten beim Nachbarkaten Lüder und der Traktor. Krachend war das Gespann durch die Ginsterbüsche gefahren. Der Hänger stand neben der Hauswand. »Einwandfrei!« lobte Lüder sich.
Auf der gegenüberliegenden Straßenseite ging ein Fenster auf: Publikum.
»Mudder, mog dien Finster tau, da kümmt 'ne swatte Wolke!« rief Lüder, das Motorgeräusch übertönend.
Das Fenster schloß sich. Die Dicke beobachtete das Ereignis durch die Scheiben.
Der Hängerkasten senkte sich, Lüder reichte mit schwarzen Pfoten seinen Block aus dem Führerhäuschen. Unsmoler quittierte den Empfang. Er wollte den Block zurückgeben, aber Lüder schien ihn vergessen zu haben. Wie gebannt starrte der Traktorist durch die trüben Treckerscheiben in den Garten des Malernachbarn. Sein Kinn sank vor Verwunderung herab: im knorzligen alten Apfelbaum sah er ein großes buntes Tier!
»Kiek, kiek!« stotterte er leise und wies dem Maler die Blickrichtung, »wat ein wunderlichen Vagel!«
Unsmoler dachte, der Malernachbar sei gemeint.
»Laß man, die da drüben sind schon in Ordnung!« beruhigte er den Traktoristen.
»Wat denn, mehrere?« fragte Lüder. »Ick seh' nur einen mit riesig großem Schwanz!«
Nun erblickte auch Unsmoler den Pfau im Apfelbaum.
»Festgebunden!« sagte Lüder, »genau, festgebunden, damit hei nicht abhaut!«
Vom Apfelbaum bis zum Atelierfenster der Malerin spannte sich eine Leine. Lüder hupte, aber der Vogel rührte sich nicht. Bereits seit den späten Abendstunden des Wahltages saß im Geäst des uralten Apfelbaums reglos der Pfau, aber niemand hatte bisher den Vogel bemerkt, und niemand im Dorf hatte Schreie hinter den Mauern des Verwalterhauses vernommen.

Der Herr Akkurat hatte rasch gehandelt, denn der Zwang, schreien zu müssen, würde ihn immer wieder überwältigen, das wußte er. Weiß der Teufel, welches Schicksal den ausgestopften Vogel in den verstaubten Winkel des Verwalterhauses verschlagen hatte. Der Herr Akkurat jedenfalls hatte ihn hervorgezogen, ihm federnden Stahl von unten durch den Leib gespießt und oben eine Öse befestigt. Die Feder dann band er an eine lange Stange, und in die Öse oben knotete er das Ende einer dünnen Wäscheleine. Dann schob er den derart präparierten Vogel hinauf ins Geäst des Apfelbaums. Dort saß das Tier nun reglos und wartete. Es würde die Schreie des Malers auf sich nehmen. Durch den Fensterrahmen des Ateliers seiner Gemahlin bohrte der Mann ein winziges Loch, und durch das Loch fädelte er eine zweite Leine hinaus ins Freie. Draußen verknotete er sie mit dem Ende der anderen. Dann eilte er zu ihr ins Atelier und zog: Der Vogel im Apfelbaum schien lebendig zu werden.

»Er wird nicken, wenn ich laut werde«, sagte er zu seiner Frau, »Pfauen bewegen sich, wenn sie schreien. Du mußt nur an der Leine ziehen.«

Er zeigte ihr, wie.

Der Pfau im knorzligen Apfelbaum; der frühe Kohlenberg beim Malerkaten; die hektische Tätigkeit der Materialauswertung in den Büros des Mitarbeiters; die Aggressivität, mit der die Müllersche die Leute des Chefobjekts zur Rede stellte, wenn diese ihren Weg über die gepflegten Rasenflächen des Objekts nahmen: der Tag der Wahlen, an dem es nichts zu wählen gegeben hatte, war bei keinem vorübergegangen, ohne Spuren zu hinterlassen.

Selbst Grete und die Tien hatten, nachdem sie aus dem grünen Auto gestiegen waren, lange reglos am Tisch in ihrer Hütte gesessen. Sie beachteten weder das quengelnde Mauzen ihres Katers, noch entfachten sie im Ofen das Feuer. Sie spürten die Kälte nicht. Die schwarzen Hütchen aus irgendeiner verflossenen Zeit bedeckten immer noch ihre Köpfe, und auch die Mäntel hatten sie nicht abgelegt. Der Morgen im Chefobjekt hatte so manchen schlafenden Gedanken aufgeweckt. Nun saßen sie da und schwiegen. Geistesabwesend streichelte Mudder Tien ihre Handtasche, grad so, als hätte sich der Kater auf ihrem Schoß zusammengerollt. Eine dunkle Schwanzflosse hing über die Tischkante. Den Dorsch hatte Grete immer noch nicht ausgenommen. Der Kater hielt seinen

Schwanz steil aufgerichtet und schaute sehnsüchtig nach oben. Er wagte weder auf den Tisch zu springen noch seine Krallen in den Fischschwanz zu haken, um den Fisch als Beute hinabzuziehen. Zwar durfte er, wenn ihm danach war, der Tien auf die Schulter springen oder zu ihr ins Bett kriechen, denn seine Gegenwart war angenehm warm und gut gegen Rheuma, das Tischobere aber war tabu.

Tien hatte im Wahllokal die eigene Ohnmacht gespürt, und Grete hatte die Ohnmacht der Tien gefühlt, so wie diese sie fühlte. Kraftlose Puppen hatten dort am blauen Tisch gesessen, aber diese Puppen hatten Anweisungen gegeben, und sie hatten gehorcht und hatten alberne Zettel in die dunklen Kästen fallenlassen und sich eingeredet, das sei so, als würde man benutztes Zeitungspapier hinter sich in die Scheißgrube flattern lassen. Aber kaum, daß es passiert war, hatten sie im Raum des blauen Tisches gespürt, irgend etwas ganz anderes war geschehen.

Plötzlich hatte Tien ihre Hand von der Handtasche gelöst und den gekrümmten Zeigefinger emporgehoben. »Nein«, rief sie in prophetischem Ton, aber sie verstummte und ließ die Hand zurück auf die Handtasche fallen: auch sie hatte gehorcht. Alle hatten sie sich diesem albernen Ritual unterworfen.

Ein Windstoß fuhr um die Hütte und ließ die Haustür im Türschloß scheppern.

»Hörst du nicht?« sagte Tien, »der Kater mauzt, der Dorsch muß ausgenommen werden!«

Ein großer, schöner Dorsch. Der Fischer hatte ihn morgens gebracht. Er wußte, das würde schwierig sein, die drei Weiber im Auto. Er hatte den Dorsch überreicht und war mit dem Heizer zu Fuß gegangen, und beide hatten sie dem Auto mit der Schnapsbuddel zugewinkt. Im Tran sah alles besser aus.

Nun lag die Fischersfrau wieder auf dem Bett.

»Ging doch alles glatt«, sagte ihr Alter, »deine Beine haben mitgespielt!«

»Ohne den Dicken da wären die Jungs noch hier!« stieß sie hervor.

Der Schrei

Tagelang widriges Wetter. Manchmal wurden die grauen Wolken beinahe schwarz, und der Wind mischte sich mit Regen, den er fast waagerecht gegen die Scheiben trieb. Wasser rann hinab. Lappen auf den Fensterbrettern.

Und immer der Wind. Das Malerpaar war noch nicht abgereist. Die Kohlelieferung verzögerte sich. Briketts aber würden sie im nächsten Frühjahr unbedingt brauchen.

Der Pfau hielt aus im Apfelbaum, hatte sich aber wie eine Wetterfahne gedreht und wies jetzt mit spitzem Schnabel zur Dorfstraße.

Unermüdlich schuftete der Herr Akkurat. Er machte das Haus winterfest und bereitete Hof und Garten mit aller Umsicht für das nächste Jahr vor. Als er die schweren hölzernen Fensterblenden aus dem Keller trug und neben die dazugehörigen Fenster stellte, kam er sich vor wie ein unerschrockener Kapitän, der sein Schiff auf einen drohenden Taifun vorbereitet. Die Schreie waren beinahe vergessen. Er durfte schreien: der heulende Wind hätte die schaurigen Geräusche barmherzig verschluckt, überdies hätte seine Gemahlin unverzüglich an der noblen Bordüre gezogen, und prompt würde der Pfau im Geäst sich verneigen und die gräßlichen Töne auf sich nehmen. Einst hatte die goldbestickte Klingelschnur neben einer herrschaftlichen Tafel gehangen. Mit einem Zug wurde das Personal herbeigerufen, nun aber baumelte das breite, goldbestickte Band direkt neben der Staffelei der Künstlerin. Sie brauchte sich nicht einmal zu erheben, um die Schnur, die im Apfelbaum beim Pfau endete, im Rhythmus düsterer Schreie zu straffen.

Er mußte nicht schreien. Er arbeitete. Seine Frau aber litt.

»Lüder muß erst noch auf anderen Höfen üben«, hatte der Herr Akkurat die späte Abreise begründet. »Sieh nur die Spur der Verwüstung, die er bei unserem jungen Kollegen hinterlassen hat!« In Wirklichkeit aber hatte der Herr Akkurat noch allerhand zu erledigen.

Sie drängte ihn nicht, denn das derzeitige Wetter versprach eine fürchterliche Reise zum Festland. Im großen Haus war es kalt, obwohl der Hausherr drei Kamine heizte. Sie saß an manchen Tagen in einen Mantel gehüllt stundenlang auf einem Biedermeierstühlchen in einem ofenlosen Erkerzimmerchen am Fenster und blickte auf den aufgewühlten Bodden. Das weite Wasser wurde von Tag zu Tag düsterer und bedrohlicher. Der Gedanke, möglicherweise im eisigen Haus auf dieser abgelegenen Insel zu überwintern, schien ihr unerträglich. Aber eine stürmische Überfahrt zu wagen, diese Kraft hatte sie vor langer Zeit verloren. Ließ der Wind vorübergehend ein wenig nach, so erschreckten sie die Geräusche des Kohleschippens überall im Dorf, und es schien ihr, als wäre der Winter bereits da, und sie würde bald das Eis über das schwarze Wasser des Boddens wachsen sehen.

In solchen Stunden kam es ihr bisweilen so vor, als wäre ihr eigener Mann ihr Gefängniswärter, und sie trat scheu an andere Fenster. Häufig sah sie ihn draußen neben dem Blöden an der ausgetrockneten Dunggrube schuften. Als wären es Totengräber, dachte sie. Fette, schwarze fruchtbare Erde. Wie immer perfekte Organisation: zwei Karren. Während der Dörfler, der in der Grube stand, die eine füllte, schob ihr Gatte die bereits volle durch den Wind in ein Geviert hinter dem Haus, kippte sie ab und klopfte die Erde mit der flachen Schippe fest. Ordnung, überall Ordnung. Und nicht nur das: seine Entdeckerleidenschaft hatte ihn erneut gepackt. Immer wieder ermahnte er den Blöden, den Spaten behutsam in den fetten Brei zu stoßen. Der Blöde begriff. Jedesmal, wenn er einen Widerstand spürte, schob er seine riesige Hand am Spatenblatt entlang und zog einen Holzknorren oder Dachstein mit dem gleichen Erstaunen heraus wie einen verbogenen Messingnotenständer oder den schweren Lederdeckel eines zu Erde gewordenen Buches. Hinter dem Haus standen Wassereimer parat. Dort wusch der Herr Akkurat geborgene Dinge. Er hoffte auf Entdeckungen: denn in den Zeiten der Gefahr versenkte man in der Jauchekuhle oftmals Kostbarkeiten.

Endlich, mit zitternden Händen, prüfte er das Gewicht der beiden verdreckten Gegenstände, die ihm der Blöde hinaufreichte: unverkennbar Skulpturen, keinesfalls Gips! Hastig und doch mit äußerster Behutsamkeit legte er die Fundstücke in die Wanne der Schubkarre und schob sie mit flinken Schritten hinter das Haus zu den Eimern. Dort übergoß er die erste Büste mit Wasser. Wunderbare grüne Patina erschien! Mit den Händen wischte er Gesichtszüge frei. Ein gespenstisches Antlitz mit Bärtchen unter der Nase. Es war, als blicke ihn der Teufel selber an. Der Herr Akkurat stürzte die Karre über den Fund, wies hastig den Blöden an, aus der Grube zu steigen und hinter dem Haus ein Loch zu schaufeln, dann taumelte er ins Haus.

»Zieh, um Himmels willen, zieh!« rief er im hallenden Treppenhaus. Er hörte ihre eiligen Schritte, dann klappte ihre Tür. Jetzt durfte er schreien.

Es war nur ein Schrei. Er wußte, der Pfau im Baum bewegte sich. Nur ein Schrei. Er wunderte sich, fühlte sich aber befreit. Er mußte sogar lächeln.

Sollten Vorübergehende trotz des Windes den Schrei vernommen haben, sie würden ahnungslos zum Vogel blicken.

»Es ist gut!« rief er seiner Gattin zu, dann ging er ohne Scheu hinaus.

Blödis Sandloch war bereits tief genug. Er hieß ihn zurück in die Dunggrube klettern und die nächste Karre füllen. Dann trug er beide Bronzebüsten, ohne sie weiter zu säubern und ohne die Identität der zweiten festzustellen, zum Sandloch und ließ sie in die Versenkung purzeln. Er schippte das Loch zu, stellte die leere Karre erneut neben der Dunggrube auf und übernahm die volle. Er und Blödi waren ein gutes Team.

Bis hin zum Tag der Abreise und darüber hinaus für Frühling, Sommer und Herbst des nächsten Jahres hatte er Blödis Muskelkraft in seine Vorhaben eingeplant. Blödis Kräfte und seine Intelligenz würden eine wunderbare Verwandlung des gesamten Anwesens bewirken. Er sah seine Frau bereits im Meer der Blumen wandeln und sich selbst die schönsten Erdbeeren, Gurken, Tomaten, Zwiebeln aus eigener Ernte in die Küche tragen. Schwarze, fruchtbare Erde.

Verheimlichtes

Diese beinahe greifbaren Träume erloschen am Morgen des darauffolgenden Tages, als die Mutter des Blöden mit christlichem Bedauern im Blick an seine Tür pochte und ihm mitteilte, daß ihr Herr Sohn nicht mehr kommen könne. »Er soll Straßenmeister werden, und er bekommt eine Uniform«, erklärte sie, denn sie wertete die farbige in Aussicht gestellte Schlechtwetter-Gummijacke als Uniform und erklärte, daß der Sohn ein Konto haben würde, auf das am achten jedes Monats Geld käme. Da half dem Herrn Akkurat auch nicht das Angebot einer Lohnerhöhung. Die Mutter glaubte plötzlich an die Genesung ihres Sohnes, der, wie sie meinte, von allen, »von allen!« rief sie und sah dem Herrn Akkurat entschlossen in die Augen, verkannt worden sei.

Als sie ging, hatte der Pfau im Baum wieder hektisch zu wippen begonnen, aber die früher stets wehleidige Dürre hatte weder das wahrgenommen, noch hatte sie Schreie gehört.

Es war nicht so sehr der Verlust der Hilfskraft, der den Herrn Akkurat so erschüttert hatte, vielmehr war ihm ein schrecklicher Verdacht gekommen: Möglicherweise hatte man in den Büros des Hochhauses beschlossen, ihn und seine Gattin von der Insel zu vertreiben. Aber dieses Haus war ihm Burg. Hier befand sich, beschützt von ihm, das Atelier seiner Gattin. Ihr Atelier, eine heilige Oase. Unberührt von Zwängen, unberührt von Schuld und Nötigung überdauerten in diesen Räumen Tradition, Anmut, Würde und Kultur. Hier durfte sich in wundersamer Weise die Alternative zu all den Schrecken der Welt, die Hoffnung und Güte entfalten.

Dem Herrn Akkurat war nicht bewußt, daß er seine Frau selbst zu einem Requisit dieses Refugiums machte. Er behandelte sie ähnlich wie den verbogenen Notenständer, den er aus der Jauchegrube geborgen hatte und der nun sidolgeputzt und poliert im Vestibül stand. Er hätte niemals wahrhaben mögen, daß er seine Gattin unermüdlich zwang, das Lächeln der Glückseligkeit zur Schau zu tragen.

Durch die Abwerbung des Blöden war ihm aber wieder einmal die Anfälligkeit dieser ummauerten Welt bewußt geworden. Sie war verletzbar wie die Papierblume, die er am Tage der Galerieeröffnung hervorgezaubert hatte. Oft war er bei Sturm hinauf auf den Dachboden gestiegen. Gespenstisch ächzte das Gebälk. Behutsam setzte er seine Füße nur auf die groben Balken, denn er fürchtete, daß die Stuckdecke ihres Ateliers sein Gewicht nicht würde tragen können. Entsetzlich der Gedanke, daß ausgerechnet er in einem Regen von bröckelndem Gips und verrottetem Holz in ihr Heiligtum hinabstürzen könnte.

Nie war sie auf dem Dachboden gewesen. Nie war sie hier oben spätem Schnee begegnet, den der Wind wintertags durch die Fugen der Dachsteine geweht hatte. Nie hatte sie im Sommer merkwürdig wuchernde Pilze von den Balken stoßen müssen oder eine der unzähligen Fledermäuse berührt, die in den Winkeln neben den Schornsteinen wie Zeichen schlummernden Unheils hingen.

Seit er sich eines Tages strauchelnd an einem Sparren hatte halten müssen und zu seinem Schrecken eine Handvoll schwammiger Masse aus dem Balken riß, scheute er sich, etwas zu berühren. Er fürchtete die Geister der Dinge, die es darauf anlegten, ihn in schlaflosen Nächten heimzusuchen.

Von all dem kein Wort zu ihr.

Nach dem Besuch der verbitterten Dürren, deren Sohn nun zum Angestellten geworden war, hatte der Herr Akkurat lange in seinem Atelier gesessen und sich schließlich gesagt: »Es ist an der Zeit!«

Er suchte seine Frau in ihrem Atelier, fand sie aber im winzigen ungeheizten Erkerzimmerchen. Sie saß in einen Mantel gehüllt und blickte über den Bodden.

»Sowie sich das Wetter ändert, reisen wir ab«, sagte er, »wahrscheinlich Sonnabend.«

Sie lächelte dankbar. »Vielleicht ist es gar nicht so schlimm!« Sie wies auf einen rötlichen Fleck, der auf den Wellen tanzte: das Segel des Nachbarn.

Ihr Mann stand hinter ihr, seine Arme hingen herab, er wirkte unglaublich müde.

»Unsmoler scheint über das Meer zu wollen, aber das ist die falsche Richtung«, sagte er.

»Wenn es so wäre, eine S-Bahnfahrkarte nach Westberlin ist billiger«, sagte sie leise.

Er blickte sie erschrocken an, als habe sie einen geheimen Gedanken geäußert. »Er gesteht es sich nicht ein, aber das sieht man doch, er übt! Wir aber, wir geben nicht auf. Man darf nicht noch einmal weglaufen. Nein, wir geben nicht auf. Wir sind keine Nomaden!«

Der Herr Akkurat klatschte in die Hände und straffte sich. Dann ging er hinaus und begann die Fenster der unteren Etage von außen mit Holztafeln zu sichern. Es wurde dunkel im Parterre.

Als er den Trecker hörte, rannte er hinaus und stellte sich mitten auf die Straße. Er stellte sich quer und breitete die Arme aus. Lüder stoppte.

»Meister«, sagte der Herr Akkurat, »wir brauchen die Kohlen jetzt, kurven Sie über den Rasen, soviel Sie wollen!«

Der Traktorist berührte mit dem Zeigefinger lässig den Mützenschirm: »Das ist ein Wort, geht in Ordnung, Chef. In einer Stunde bin ich da.«

Der Herr Akkurat machte das große schmiedeeiserne Gartentor auf, begab sich ins Haus und öffnete die Kellerluken. Der Wind heulte durch das Gebäude und rüttelte an den klappernden Türen. Dann ging er zum Apfelbaum, knotete die Pfauenstange vom Stamm und zog Freund Vogel vorsichtig aus dem Geäst. Der ausgestopfte Pfau hatte gelitten.

»Ich bring' dich wieder in Ordnung«, sagte er und trug ihn samt Stange in sein Atelier. In diesem Jahr brauchte er ihn nicht mehr. Er würde nicht schreien müssen, das wußte er: er hatte zum Rückzug geblasen.

Dann fuhr er fort, die Parterrefenster mit den passenden Holztafeln zu verschließen.

Lüder hupte und schob, ohne zu zögern, den vollbeladenen Hänger rückwärts durch das enge Tor. Die meisten Kohlen polterten direkt in den Keller. Schwarzer Staub stieg aus den geöffneten Luken.

»Der Vogelpfau ist woll davongeflogen«, meinte Lüder, als er wieder in sein Fahrzeug stieg.

»Ja«, rief der Maler, »es wird Winter!«

»Auch so ein Zugvogel!« schrie Lüder.

Der Herr Akkurat breitete bedauernd die Arme aus. »Nächsten Sonnabend müssen wir zur Fähre, wir haben Gepäck!«

»Geht in Ordnung, befördern wir alles, und wenn es Klaviere oder tote Pferde sind!« Lüder hob die Hand und brauste davon.

Der einzige Passagier, der mit der Mittwochfähre zur Insel kam, war der Pastor. Die Überfahrt war heftig. Obwohl der Wind ein wenig nachgelassen hatte und die Sonne strahlte, stand auf dem Bodden noch eine ziemlich grobe See. Wuchtig stieß das Schiff in die kurzen Wellen. Schlingernd und schaukelnd bahnte es sich seinen Weg. Das Spritzwasser schlug so heftig gegen die Scheiben, daß der Pastor meinte, sie könnten jeden Augenblick zertrümmert werden. Der Bootsmann schielte zum Pastor, aber der Schwarze hielt sich wacker. Der Mann kam sogar auf die Brücke und schien sich fürs Seemännische zu interessieren.

Der Pastor dachte an seine »Arche«, deren Rumpf auf einer kleinen Werft bereits Gestalt annahm. Ein paar Leute, die noch an den lieben Gott glaubten, schweißten ihm nach Feierabend den Schiffskörper zusammen.

Der Käptn winkte: »Na, willst du mal ans Ruder?«

Der Pastor stellte sich ausgesprochen gelehrig an, und als die Buddel herumgereicht wurde, zeigte es sich, daß er auch einen guten Zug hatte.

»Pasting, wat willst du sommertags mit der Handvoll alten Weibern Kirchenlieder singen, fang bei uns an, leichte Arbeit, geregeltes Einkommen«, sagte der Käptn, als sie schließlich wohlbehalten ins ruhige Hafenwasser liefen. »In drei Stunden legen wir ab, kannst gleich wieder mit. Hier bei den Heiden bist du fix am Ende mit dem Schäfchenzählen.«

Direkt an der Pier wartete Lüder mit dem Treckergespann, etwas abseits stand das grüne Auto.

»Siehst du, da steht schon die ›grüne Minna‹, kannst an Bord bleiben, wenn du willst!«

Der Pastor runzelte die Stirn: »Das würde nicht viel nützen.«

Er half dem Bootsmann die Brettergangway ans Ufer schieben. Dann ging er an Land.

»Tag, Hochwürden«, grüßte Lüder vergnügt, »wollt Ihr mitfahren? Ich laß mir nur fix was auf den Hänger schmeißen!«

Der Pastor dankte, lehnte aber ab. Wo Lüder war, war Lärm.

Er aber wollte Ruhe. Drei Tage Insel. In dieser Jahreszeit waren Zimmer frei. Er mußte nicht in der Leichenkammer hausen.

Aber von wegen: nichts zu tun! Er mußte die Kapelle so gut es ging für den Winter rüsten. Aber das Eigentliche war: er wollte mit möglichst vielen Menschen reden. An sich erinnern hieß an Gott erinnern. Er ging die Betonstraße hinauf, dachte an die Gespräche und blickte sich hin und wieder zum Objekt um. An die Leute vom Objekt war sicher kein Rankommen.

Am Hafen wurden mit dem primitiven Ladegeschirr der Fähre Kisten aus der Vorschiffsluke gehoben. Sachte schwebten sie auf die Hänger. Lüder nahm sie in Empfang.

Der Mann im grünen Auto mußte warten, dem aber war das recht. Er hatte noch zu schreiben:

»Ankunft ›Kapelle‹ 12 Uhr 10 mit regulärer Fähre. Einziger Passagier. Spricht mit dem Kapitän, offenbar persönliches Verhältnis. ›Kapelle‹ ist Bootsmann beim Ausbringen der Laufplanke behilflich. Traktorist Lüder bietet ›Kapelle‹ an, mit ihm zum Dorf zu fahren. ›Kapelle‹ lehnt ab. ›Kapelle‹ entfernt sich, geht 12 Uhr 20 zu Fuß hinauf zum Dorf. Gepäck: schwarze Aktentasche. Keine weiteren Personen zugegen.«

Der Mann im grünen Auto klappte das Büchlein zu, steckte es in die Brusttasche und verstaute den Fotoapparat im Handschuhfach. Er brauchte nicht besonders vorsichtig zu sein. Lüder und die Bootsbesatzung waren vollauf beschäftigt.

Der Mann stieg aus, begab sich zur Fähre und rief: »Tag auch!«, wobei er lässig die Hand hob.

Die Leute grüßten zurück.

»Bist gleich dran, fünf Kisten noch«, brüllte Lüder.

Der Mann ging zum Auto zurück, stieg ein und ließ den Motor an.

Tassen

Die Geräusche draußen hatten sich verändert.

Fröstelnd trat der Herr Akkurat vor die Tür in die Wärme: strahlende Sonne, kaum noch Wind. Sofort ging er zurück ins finstere, kalte Treppenhaus. Er lauschte. Sie war nirgendwo zu hören.

»Schatz«, rief er, »wunderbares Wetter draußen, Sonnenschein! Wollen wir ein wenig hinaus?«

Sie kam auf den Treppenabsatz, schaute hinab und lächelte.

»Ich komme!« Sie liebte Licht und Sonne.

Nebeneinander gingen sie die Dorfstraße hinauf.

»Unser Nachbar ist schon wieder segeln«, sagte er. Der Mast des Bootes ragte nicht aus dem Schilf.
»Auf dem Wasser stört ihn niemand beim Arbeiten.«
»Wenn er das Schiffchen tanzen läßt, malt er nicht«, sagte ihr Gatte streng.
Sie waren gerade auf der Höhe des Gehöfts vom Blödi, als sie einen Mann bemerkten, der eilig näherkam.
»Der Pastor«, sagte er erschrocken, »so ist das eben: wir werden gestört. Mit diesem Herrn möchte ich zur Zeit nicht mitten auf der Straße plaudern! Rasch, Liebes, wir machen einen Besuch!«
Die hohe Tür in der Bretterwand, die den Blödihof zur Straße hin sichtdicht abschloß, war nur angelehnt. So war es immer, wenn Blödi mit der Straßenfegerkarre unterwegs war.
Der Herr Akkurat zog mit weit ausholender Geste seinen großen schwarzen Hut, grüßte den Pastor aus der Ferne und schob seine Gattin auf den Hof. Hinter ihnen fiel die Tür zu. Draußen ging der Pastor vorüber.
»Bist du es?« rief die Dürre aus dem Dunkel des Hauses.
»Nein, wir sind es«, antwortete der Herr Akkurat, »wir wollen uns nur verabschieden, Sonnabend reisen wir ab!«
Die Dürre erschien. »Und ich dachte, es wäre Sohni«, sagte sie enttäuscht, »wo der Junge nur bleibt! Haben Sie ihn auf der Betonstraße gesehen?«
»Wir haben nicht zum Hafen geschaut«, sagte der Herr Akkurat.
»Ein Kreuz ist das mit dem Jung«, begann sie ihre üblichen Klagelitaneien. »Bei Ihnen war er unter Aufsicht, aber nun ...«, ihr Gesicht bekam den Ausdruck tiefen Leids. »Kommen Sie herein, uns besucht ja sonst niemand!«
Im Flur roch es nach alten Kleidern.
In der Nähe der Dürren fürchtete sich seit jeher jeder, fröhlich zu sein. Sie klagte, kochte, räumte, aß und lebte, wie sie nicht müde wurde zu beteuern, nur um ihres armen Sohnes willen. Den aber störte das ewige Lamentieren wenig. Er war's gewohnt und begriff es nicht.
»Ich dachte, der Jung«, hauchte sie. Sie führte ihre Gäste in die gute Stube. »Darf ich was anbieten?«
»Aber nicht doch, keine Umstände!« rief rasch die Malerin. Der Herr Akkurat aber machte ihr mit den Augen ein Zeichen: Sie möge sich bitte nicht einmischen!

»Ein Schnäpschen gefällig?« fragte die Dürre.
»Ich wäre nicht abgeneigt«, sagte er, »ein Schnäpschen auf das Wohl des Hauses!«
Sie begab sich in die Küche. Er stand behende auf, wandte sich zum Bord, drehte zwei Tassen um, inspizierte kurz das Firmenzeichen und saß, als sie mit einer Flasche und drei Gläsern zurück ins Zimmer kam, wieder brav auf dem zerschlissenen Stuhl.
Der Malerin war sein Verhalten äußerst peinlich, aber sie bemerkte ein leidenschaftliches Glimmen in seinen Augen. Besser dies zu sehen, als die düsteren Vorzeichen der Schreie.
Es wurde ein langes kompliziertes Gespräch über die Magie der gebrauchten Dinge und über den Unrat, den Blödi vom Müllplatz ins Dunkel der Scheune karrte.
»Er hat ja sonst keine Freude«, sagte die Dürre.
Der Herr Akkurat tröstete: »Meiner Gattin geht es ähnlich, auch sie hat so ein gütiges Herz. Sie hat Mitleid mit den alten Dingen.«
Die Malerin errötete, so unangenehm waren ihr diese Worte.
Selbst die Dürre nahm das Erröten wahr. Ihr Söhnchen und die feine Künstlerin hatten Gemeinsamkeiten! Sie seufzte, auch der Herr Akkurat seufzte.
»Heutzutage wird ja alles achtlos weggeschmissen. Meine Gattin aber gibt vielen alten Dingen eine Heimstatt. Ihr Sohn wird sich von ähnlichen Gefühlen leiten lassen.«
Die Malerin war blaß geworden und wollte sich erheben. Er aber bedeutete ihr zu bleiben. Er duldete keinen Widerspruch.
Draußen hüpfte das Karrenrad auf dem Kopfsteinpflaster, Schaufel und Besenstiel klopften ans Blech. Die Dürre erhob sich. »Da ist er!«
Der Herr Akkurat blieb sitzen: Leidenschaft. Er wies auf das Regal: »Werfen Sie die beiden alten Tassen da keinesfalls weg!«
Die Dürre nahm die beiden Trinkgefäße und reichte sie ihm. Sie wollte die Gäste los sein. Ihr Sohn war gekommen. »Für Sie«, sagte sie, »Sohni ging gern zu Ihnen.«
»Die Tassen werden es gut haben!« sagte der Herr Akkurat, als sie hinausgingen.
Blödi war schon im Dunkel der Scheune. Auf der Straße vor dem Brettertor stießen sie auf Lütt Otto, der sie überrascht ansah. Auch er mit Karre. »Nichts zu machen, was?« empfing er sie, »die neuen Herren haben euch den Ochsen ausgespannt. Das kenn' ich!«

Scheu sah sich der Herr Akkurat um.
»Ich hab' den Blödmann eben auf dem Müllplatz aufgegabelt.« Der Schalk blitzte in Lütt Ottos Augen, als er den befremdeten Ausdruck im Gesicht der Künstlerin wahrnahm.
»Da hockte er. Um ihn herum im Kreis mucksmäuschenstill an die zwei Dutzend Ratten. Aufgerichtet, die Biester, die rosigen Vorderpfötchen erhoben, die Krällchen gefaltet. Die Viecher hörten ihm zu. Ick glöv, der Kierl hat denen das Evangelium gepredigt.«
»Nein!« rief die Künstlerin aufs höchste verwundert.
»Komm schon«, sagte ihr Mann.
Lütt Otto lachte und karrte davon.
Vorsichtig hielt der Herr Akkurat die beiden Tassen in der Hand. »Es ging nicht um die Hilfskraft. Wir haben zwei Tassen geschenkt bekommen!« rief er Lütt Otto hinterher.
Lütt Otto sah sich um, zuckte mit den Schultern. »Alle Tassen habt ihr nicht im Schrank, bei uns stehen auch noch welche!« rief er grinsend.
Der Herr Akkurat hob seine Beute in die Höhe: »Von dieser Sorte?«
»Mach sein, wenn ihr Interesse habt ...«
»Wir kommen schauen!«, der Herr Akkurat ging mit großen Schritten Lütt Otto hinterher. Seine Gattin mußte sich mühen, Schritt zu halten. Der Bauer wartete. Als sie von dessen Hof kamen, trug der Herr Akkurat fünf Tassen in den Händen. Er war beglückt. »Wir bauen um uns herum einen Wall aus schönen Dingen, Liebes. Die magischen Kräfte der schönen Dinge beschützen unsere kleine Welt ... und alles so gut wie geschenkt«, fügte er flüsternd hinzu.
Sie kehrten zurück in die Düsternis ihres Hauses: die Fenster mit Holztafeln verschlossen. In der unteren Etage war der Winter bereits eingezogen. Sie mußten Licht anschalten.
»Gehen wir rasch hinauf« sagte sie, »nach oben ins Licht.«

Der Pastor nahm ein Zimmerchen im Dachgeschoß der Kneipe. Anschließend begab er sich zur Kapelle. Jemand notierte, daß es 13 Uhr 26 war.
Die schwere Eichentür knarrte widerstrebend in den Angeln. Kühl und abweisend tat sich der Kapellenraum auf. Die Wannen, die er bei seinem letzten Aufenthalt sorgfältig postiert hatte, waren vollgelaufen. Gut, daß er gekommen war.
Der Steinfußboden, in den bunte Fliesen und ein paar alte Grabplatten eingelassen waren, mußte über Winter trocken bleiben. Die Bänke hatte er in einem sicheren Winkel gestapelt.
Er trug in Eimern das Wasser vor die Tür, stellte jede der sieben Wannen wieder an ihren Ort und nahm sich vor, die Frau des Tüffelmachers zu bitten, die Gefäße hin und wieder zu entleeren. Ein Jammer war das mit dem Dach. Auch über Dächer würde er abends in der Kneipe reden.
Wenn die Kerle nicht zu ihm kamen, mußte er zu ihnen gehen, seine Bockwurst essen, ein Bier trinken und mit ihnen reden.
Er blickte hinauf zur Kogge. Die Sonne war während seines Tuns weitergewandert. Nun hing das Schiff im Sonnenlicht. Er nahm es als gutes Zeichen.
Er verschloß die Tür und schaute hinaus aufs Wasser. Er bemerkte ein braunes Segel. Wieder ein Zeichen. Ihm wurde froh ums Herz. Er dachte an die »Arche« und an die vielen Musiker, die er mit dem Schiff auf die Insel bringen würde. Ihm war, als würde der Raum hinter der schweren Tür zu klingen beginnen.
Dann begab er sich hinunter zum dörflichen Hafen. Die meisten Boote waren bereits an Land gezogen. Der Tüffelmacher werkelte an seinem Boot.
»Na, alles noch in Ordnung?« fragte der Pastor und reichte ihm die Hand.
Der Tüffelmacher nickte: »Solang die Boote laufen, geht alles seinen Gang!«
»Einer ist draußen.«
»Dat is uns Moler, heut ist nicht viel Wind, aber manchmal sieht's aus, als wenn er's drauf anlegt, nicht nur Pferde, sondern auch Kähne zu versenken!«

»Kommt er hier ran?«
»Mit dem Boot kann er überall ran. Meist liegt er im Rohrkamp gleich hinten bei sich. Ein Pfahl im Schlick und fertig ist der Hafen.«
Der Pastor blickte in das klare Wasser und sah den geriffelten Sandgrund. Er sah zerbrochene weiße Muscheln, eine verrottete Leine, die wie eine schwarze reglose Schlange auf dem Grund lag, und er sah ein paar kleine Fische, die sich ruckartig darüber hinweg bewegten. »Hier ist das bannig flach.«
»Ja, hier darfst du nicht viel Tiefgang haben. So sechzig Zentimeter etwa. Größere Kähne müssen runter zum Fährhafen.«
Der Pastor zog besorgt die Brauen hoch.
»Sind Sie jetzt Bootsbesitzer?« Überrascht sah der Tüffelmacher den Pastor an und fuhr dann tröstlich fort: »Vor Anker liegen kann man überall. Irgendwo rund um die Insel findet man bei jedem Wetter einen guten ruhigen Platz. Überall Sandgrund.«
»Ich komme dieser Tage bei Ihnen vorbei«, sagte der Pastor, ohne weiter auf Boote einzugehen, »ich möchte Ihre Frau bitten, hin und wieder in die Kapelle zu schauen und nach starken Regengüssen die Wannen zu leeren.«
Der Tüffelmacher nickte. »Gewiß doch, dat macht die, mit dem Himmel muß man sich gut stellen!« Er lachte.
Der Pastor blickte wieder hinaus aufs Wasser. Das braune Segel war nicht mehr zu sehen. Es war hinter Gehöften verschwunden. Vielleicht hat der segelnde Maler gleichfalls die Absicht, »sich mit dem Himmel gut zu stellen«, dachte er.
Unsmoler, wie ihn der Tüffelmacher genannt hatte, würde er wohl kaum in der »Deutschen Eiche« treffen. Er beschloß daher, den jungen Maler zu Hause aufzusuchen. Vielleicht konnte er ihn fragen, ob er Freude daran hätte, ein Bild für die Kapelle zu malen: Christus wandelt über das Wasser oder Christus bei den Fischern. Irgend etwas mit Wasser. Vielleicht auch die Sintflut. Was für Themen! Er ging die Dorfstraße hinauf, begrüßte freundlich diesen und jenen und machte hier und dort einen kleinen Schwatz. Der Sonnenschein hatte die Leute vor die Tür gelockt. Man harkte in den Gärten Laub zusammen, grub Dahlien aus, trug Bohnenstangen in die Schuppen oder saß einfach auf einem Stuhl vor der Tür. Dörflicher Frieden.
Das Haus des Malerpaares aber sah mit seinen verblendeten Fen-

stern abweisend und unheimlich aus. Aber die beiden mußten zu Hause sein! Ein Schornstein rauchte.
Der Pastor ging am Verwalterhaus vorüber und klopfte beim Unsmolerkaten an. Wenn der Maler im Schilf dicht bei dem Haus gelandet war, könnte er bereits daheim sein.
Es war 16 Uhr 42. Er blickte zwar nicht auf die Uhr, aber ein anderer Herr, der sich für die Wege des Pfarrers zu interessieren hatte, notierte die genaue Uhrzeit.
Der Herr Akkurat und seine Gattin saßen oben im Raum am Tisch. Sie tranken wie stets um diese Zeit Tee. Plötzlich bemerkte der Herr Akkurat den Herrn Pfarrer, der beim Nachbarn an die Tür pochte.
»Sieh doch mal! Der junge Mann bekommt geistlichen Besuch, aber er segelt. Etwas Klügeres könnte er gar nicht machen!«
Nun schaute auch seine Frau aus dem Fenster: »Was kann der Pfarrer da nur wollen?«
»Weiß der Teufel!« antwortete ihr Gatte. Kaum aber hatte er das gesagt, erschrak er selbst.
Sie sah ihn betroffen an und schwieg.
»Was also schlägst du vor?« sprach er nach einer Weile ungehalten.
»Bitten wir ihn herein!«
Er sperrte den Mund auf.
»Du hast es doch erlebt: wir dürfen den Bogen nicht überspannen. Wir müssen die Herren vom Hochhaus bei Laune halten, sonst sind wir hier erledigt. Wir gingen, weiß Gott, in diesem Jahr schon mehrmals fast bis zum Äußersten!«
»Was ist das Äußerste?« fragte sie leise.
»Das Äußerste ist jener Punkt, an dem unsere kleine Welt hier zusammenbricht!«
»Zu unserer kleinen Welt gehört die Gastfreundschaft.«
»Selbstverständlich gehört sie dazu«, sagte er heftig, »aber die Kirche ist eine Organisation. In der Sowjetunion springt man mit den Kirchlichen ganz anders um. Ich habe es gesehen! Was dort ist, wird auch hier sein! Das ist nur eine Frage der Zeit.«
»Ich bitte dich, bitte ihn herein. Was kann schon sein, der Geistliche klopft offenbar überall!«
Der Herr Akkurat erhob sich und öffnete das Fenster. Der Pastor, der vergeblich vor der Tür des Malers wartete, blickte bei dem Geräusch zu ihm hinauf.

Der Herr Akkurat machte nun ähnlich ausholende Gesten, wie er sie bei der Begegnung auf der Dorfstraße gemacht hatte, diesmal allerdings ohne Hut, Verbeugung, Höflichkeit, Gruß, das Bewegungsritual ging diesmal über in ein offenbar herzliches, hereinbittendes Winken.
»Ich komme!« rief der Herr Pastor zurück.
Der Herr Akkurat schloß das Fenster: »Muß der Mann so schreien!« sagte er ärgerlich und eilte hinab, um den Gast möglichst rasch und unauffällig ins Haus zu lassen.
»Sie klopften vergeblich, unser junger Kollege ist auf dem Wasser. Aber hier wird Ihnen aufgetan.«
»Danke«, sagte der Pastor und schaute sich um.
Der Herr Akkurat führte den Geistlichen in den Spiegelraum im Parterre, ließ ihn aber den Mantel anbehalten. Im Raum war es kalt und dunkel. Schmale senkrechte Streifen Tageslicht drangen durch die Verkleidung der Fenster. Gitterstäbe aus Licht. Der Hausherr zündete sämtliche Kerzen zweier Kandelaber an. Der Pastor sah ihm zu. Die Kerzen leuchteten auch in den Spiegeln.
»Wir treffen uns bei Kerzenschein gewissermaßen in einem anderen, sichereren Jahrhundert«, sagte der Herr Akkurat und lachte gezwungen. »Wir sind so gut wie abgereist!«
»Früher war es auch nicht einfacher«, sagte der Pastor.
»Für die Kirche schon«, meinte der Herr Akkurat, »aber gleich wird es warm, äußerlich zumindest, was halten Sie von einem Grog für das Innerliche?«
»Ich wäre nicht abgeneigt«, antwortete der Pastor zur Überraschung des Hausherrn, der behende hinauseilte.
»Liebes, würdest du bitte Wasser heiß machen! Wir trinken gemeinsam Grog.«
»Ihre Frau ist anwesend?« fragte der Pastor, als der Herr Akkurat zurückkam.
»Sie wird gleich kommen«, sagte er und seufzte. Am liebsten hätte er seine Gattin rausgehalten. Er holte die Rumflasche aus dem Schrank, und beide Männer setzten sich.
»Der rechte Ort für Gespräche«, sagte der Hausherr und wies auf die verschlossenen Fenster.
»Sich zu Gott zu bekennen ist nicht strafbar!« entgegnete der Pastor.

»Was ist Strafe?« fragte der Herr Akkurat erregt.
»Ja, was ist Strafe«, wiederholte der Pfarrer den Gedanken.
»Der Tüffelmacher sagte heute, daß man sich mit Gott gut stellen müsse ...«
»Stellen?« versuchte der Herr Akkurat zu scherzen, »man kniet vor dem Herrn!«
»Man kniet vor dem Herrn«, wiederholte der Pastor ernst.
Der Herr Akkurat sprang auf. »Gott hat uns verlassen«, schrie er, »ich habe es gesehen!« Er stürzte hinaus.
»Wir haben Gott verlassen«, sagte der Pastor und erhob sich.
Die Malerin kam herein. Sie trug lächelnd ein silberglänzendes Tablett. Auf dem Tablett standen eine Metallkanne, aus der es dampfte, eine Jugendstilzuckerdose, jeweils im Metalleinsatz drei Teegläser, in denen silberne Löffel klimperten.
»Bitte, Herr Pfarrer, nehmen Sie Platz, mein Mann kommt sicher gleich wieder.«
Der Pastor setzte sich.
»Mein Mann ist krank«, flüsterte sie, »nachts schreit er. Verzeihen Sie ihm.«
Der Pastor breitete lautlos die Arme aus.
»Alle haben wir Schaden genommen«, fuhr sie fort, »aber klagen dürfen nur die anderen.« Sie goß Wasser in die Gläser. Löffelte Zucker hinein und goß Rum dazu. Dann lauschte sie in den Flur hinaus, kam aber rasch zurück. »Wärmen wir uns ein wenig«, sagte sie, »es ist kalt, der lange Winter kommt.«
Sie tranken in winzigen Schlucken. »Dies Haus ist seine Welt. Es ist ein anderer Planet. Das ist die Tragödie: Wer etwas liebt, fürchtet um selbiges. Also sind wir ausgeliefert.«
Der Pastor wußte nicht, was er antworten sollte. »Dann werde ich wohl besser gehen«, sagte er schließlich, aber da kam der Herr Akkurat herein.
Der Maler schien verwandelt. Er hatte sich gefangen.
»Wir sind schuldig!« stieß er hervor. Dann atmete er erleichtert aus und setzte sich. Die Kerzen des siebenarmigen Leuchters flakkerten. Er griff zum Glas, senkte den Blick und trank in gierigen Schlucken.

Seltsame Sandgesichter wuchsen über die Betonplatten der Straße. Sie machten dem neuernannten Straßenmeister angst. Gesichter aus wanderndem Humus.
Unentwegt trieb der Wind über dem riesengroßen Feld eine wirbelnde Wolke empor. Die Wolke zog Richtung Bodden flach über das Land.
»Bester Boden fliegt auf Nimmerwiedersehen davon«, sagten die Dörfler. Aber das war ihnen jetzt so ziemlich egal.
»Kommt alles von der Kollektivierung, alles einheitlich bebaut, kein Baum, kein Strauch, die ganze Fläche gepflügt.«
Sogar Sand setzte sich hinter den trockenen Beifußstauden, die am Straßenrand wucherten, ab. Sandnasen schoben sich über die Plattenstraße. Manchmal löschte Blödi die Nasengesichter rasch mit dem Besen aus, manchmal aber stand er nur da, glotzte und war unfähig, irgendeinen Entschluß zu fassen. Die Gesichter wuchsen hinter ihm, sie wuchsen vor ihm. Er hielt sich am Besen fest, seine Beine berührten die Karre. Vertraute Berührung, vertraute Dinge.
Ein Geräusch: Elfriedes watschelnde Schritte. »Na, machst du auf Arbeiterdenkmal?« rief sie ihm zu.
Es dauerte Sekunden, bis er sich rührte. »Kannst es weit bringen heutzutage«, sagte sie, »je weniger man tut, um so höher steigt man. Kannst Inselchef werden!«
»Kann Inselchef werden«, wiederholte er gutmütig mit holpriger Stimme.
Elfriede lachte beglückt. Wäre doch toll, wenn der Blöde auf die Frage, was er werden möchte, antworten würde: »Inselchef!« Oder sollte er vielleicht sagen »Kunstmaler«? Seit ihr Mann Buddelschiffchen bastelte, waren die Maler Konkurrenten. Die hatten ganz schön abgesahnt bei der Bilderaktion im Chefgebäude!
»Oder willst du vielleicht Kunstmaler werden?« fragte sie listig.
»Kunstmaller werden«, wiederholte er.
Das klang noch besser: ein »Maller«, das war ein Verrückter.
Kunstmallers, das sind also die Verrückten, die Kunst machen. Das würde was zu Lachen geben oben im Dorf!
»Na tschüs denn, Kunstmaller!« rief sie ausgesprochen vergnügt.

Eilig watschelte sie weiter. Sie blickte kurz zu den Häusern der Künstler und lächelte: Ob die wohl ahnten, daß sie einen neuen Namen hatten?
Auf dem Bodden das braune Segel. Das Boot kam rasch voran. Immerhin, segeln kann er ja, dachte sie. Ihr Alter hatte den Maler samt Hund sogar klitzeklein in Holz geschnitzt und richtig schön bunt gemacht und dann samt Boot, Zeichenbrett und braunem Segel in eine Wodkaflasche gezaubert. Auf dem winzigen Zeichenbrett konnte man sogar ein gepinseltes Boot erkennen. Das soll erst einmal einer nachmachen! Wartet's nur ab, Leute, die Buddeln werden sommertags weggehen wie warme Semmeln: Dei Moler in die Flasch! Besser nicht zu viel Spott mit den Künstlern treiben, würde auch ihrem Mann das Geschäft verderben. Schade nur ums schöne Gerede.
Blödi schob die Karre ein Stück voran, nahm die Schippe heraus und löschte Gesichter aus, eins nach dem anderen: dreimal mit der Schipp schurrend über den Beton, dann mit dem Besen drüber. Sachte voran Richtung Dorf. An trockenen Windtagen kam er verspätet nach Hause. Seine Beschäftigung verwandelte sich in eine Sisyphosarbeit, aber das merkte er nicht, und er schaute meist nicht zurück zu den nachwachsenden Nasen.
Daß er den Ratten auf dem Müllplatz predigte, war eine jener Erfindungen, die sich die Dörfler einfallen ließen, damit das Leben bunter wurde. Zugegeben, manchmal hockte er dort stundenlang reglos und stumm, ohne daß man begriff, warum. Die Ratten gewöhnten sich an ihn, und schließlich kamen sie ganz nah heran, sowie er begann, mit schweren Pfoten im Müll herumzuwühlen.
Die hungrigen Möwen aber hielten Abstand. Sie waren groß wie Bussarde. Sie stießen herab und schrien, sobald Blödi sich mit seiner Beute etwas entfernte. Scheu huschten die Ratten davon.
Der große Mann aber riß von den Ginsterbüschen ein paar Zweige, knickte sie zur Bürste, reinigte die Fundstücke und legte sie in die Karre. Beim Anblick mancher Dinge meinte er, längst bevor er sie aus dem Unrat geborgen hatte, von ihnen geträumt zu haben. Jedes Stück Draht, jeder Topf, jedes zerbrochene Figürchen, jede verbogene Gabel, jede Perle einer zerrissenen Kette machte ihm offenbar Hoffnung, daß irgend etwas in Ordnung käme.
Er brauchte Ordnung. Wenn alles in Ordnung war, hatte er Ge-

fallen am Leben. Der neue Chef aber nötigte allen andere Ordnung auf, sogar dem Dorfblöden. Das ertrug der große Mann nur schwer. Ihm war oft angst.
Der Herr Pfarrer hatte keine Angst. Er hatte seinen Glauben und ein gerüttelt Maß diplomatischer Geschicklichkeit. Wie hieß es doch in der Bibel? Seid klug wie die Taube!
Abends saß er in der Gaststätte. Er trank sein Bier und kaute seine Bockwurst. Die Dörfler winkten ihn an ihren Tisch, und bald hatte er vom Kapellendach gesprochen, das undicht war, und davon, daß es traurig wäre, wenn dieses ehrwürdigste aller Inselgebäude verfallen würde.
»Wir haben jetzt eine neue Kapelle, und der Turm von der ist dreimal so hoch!« sagte der Hausmeister herausfordernd.
»Und predigen tut der Dicke auch, jedenfalls immer am 1. Mai!« ergänzte Lüder.
Nach ein paar Bier waren die Kerls eben respektlos. Der Pastor konnte es ertragen. Ihm war wichtig, sich zu zeigen. Zu zeigen, daß es so etwas noch gab: Kirche.
Die Männer duzten ihn sogar, war ja ein junger Kerl, ihr Pastor, und er war in Zivil.
»Und wenn einer eurer Lieben das Zeitliche segnet, dann bahrt ihr ihn hinter dem Maschendrahtzaun im Objekt da oben auf?« fragte er.
»Das nicht!« protestierten sie.
»Ach so«, sagte er und lachte, »da geht ihr nur zum Beten hin!«
Der Ton gefiel ihnen. Kein Feigling, der Mann.
»Das auch nicht. Aber Spaß beiseite, wenn du Material besorgen kannst: Dachlatten und Steine, dann decken wir dir ratzfatz im Sommer die Kapelle ein. An uns soll dat nich liegen!«
»Frag nach im Chefobjekt«, rieten sie ihm listig, »solange du den Turm nicht höher machst, wie der da drüben ist, kannst du von denen möglicherweise Materialfreigabescheine kriegen!«
Soll er sich doch ins Chefobjekt begeben! Er ist auch nichts Besseres! Auch die heilige Kirche kommt nicht um die Staatsmacht drum rum!
In der Tat begab sich der Pastor am nächsten Tag auf den Weg zum Chefobjekt.
Die Dörfler sahen ihn die Betonstraße hinabgehen und grinsten.
Die Ankunft des Pfarrers war in den Büros längst angekündigt.

Man war genauestens über alle seine Schritte unterrichtet. Ein umfassender Bericht vom Kneipenabend lag in der Sicherheitsabteilung auf dem Tisch des Mitarbeiters. Davon ahnte der Pastor nichts. Aber so war es: Die Mitarbeiter der Sicherheitsabteilung hatten allesamt Achtstundentage. Das große Räderwerk drehte sich, es mußte sich drehen.

Morgens um acht hatten diese Leute und der Inselchef erneut über die Angelegenheit »Kapelle« gesprochen und sie als ernstzunehmend eingestuft.

»Kein Fußbreit Land dem Gegner!« so hatte der Inselchef den Mitarbeiter instruiert.

Der Pastor meldete sich beim Pförtner. Der Pförtner war unterrichtet, tat aber ahnungslos.

»Ich würde gern den Herrn Vorsitzenden sprechen«, sagte der Pastor.

Der Pförtner lachte belustigt: »Werter Bürger, wenn Sie ein legitimes Anliegen vorzutragen haben, sind Sie berechtigt, um eine Terminabsprache zu bitten. Das Ganze aber schriftlich!«

»Es handelt sich um ein erhaltenswürdiges Kulturdenkmal«, sagte der Pastor listig.

Der Pförtner stutzte. Auf diese Sprachvariante war er nicht vorbereitet.

»Ich müßte beim Leiter der Kulturabteilung fragen, möglicherweise hat der Kollege Zeit.«

»Fragen Sie«, sagte der Pastor und stellte sich neben den Gummibaum.

Der Pförtner telefonierte, der Pastor aber blickte aus dem Fenster. Von hier aus sah die Insellandschaft immer noch so lieblich aus wie früher, der Turm der Kapelle ragte heimelig empor. Das Chefobjektgebäude störte nicht, denn der Pfarrer sah aus eben jenem hinaus.

Das Telefonieren währte eine ganze Weile. Höflich grüßte der Pastor die Vorübergehenden. Verwundert blickten sie ihn an. Schließlich rief der Pförtner ungnädig durchs Fensterchen: »Zimmer 14!«

Der Leiter der Abteilung Kultur erhob sich, als der Pastor eintrat. Sie gaben einander die Hand.

»Ich habe ein Anliegen«, sagte der Pastor, »es handelt sich um die Kapelle.«

»Ein historisch wertvolles Gebäude«, sagte der Leiter der Abteilung, »setzen wir uns.«
»Es regnet durch. Die Bausubstanz ist gefährdet. Gemeindemitglieder wären bereit, das Dach zu erneuern. Die Kirche würde vermutlich das Material bezahlen können. Was wir von Ihnen brauchen, sind Freigabescheine für Dachlatten und Dachsteine.«
Der Leiter der Abteilung holte tief Luft. »Sie wollen Holz! Eine Menge Holz sogar! Sie kennen die prekäre Situation. Ich brauche Ihnen nicht die äußerst begrenzte Kubikmetermenge nennen, die wir für sämtliche Baumaßnahmen auf der Insel zur Verfügung haben. Es gibt eine Reihe Häuser, die dringend der Renovierung bedürfen. Aber das Material fehlt. In diesen Häusern wohnen Menschen! Menschen!«
Der Pastor nickte mitfühlend.
»Schreiben Sie einen Antrag. Das kann nicht schaden. Ich werde Ihren Antrag mit meiner Befürwortung weiterreichen. Aber das muß ich Ihnen von vornherein sagen, für die nächsten beiden Jahre ist das Inselkontingent längst ausgeplant.«
»In der Kapelle finden Konzerte statt«, sagte der Pastor, »es ist peinlich, wenn bei Regenwetter das Wasser von oben herabrinnt.«
»Wir sind informiert: Konzerte unter dem Kreuz. Sollten Sie nicht besser beim Beten bleiben?«
»Kirchliche Musik, Vivaldi, Bach, Händel«, bemerkte diplomatisch der Pastor.
»Solange es dabei bleibt, hat sicher niemand etwas einzuwenden«, sagte der Funktionär, »wir sind für Kultur, allerdings der Gekreuzigte an der Wand …«
»Auch der ist historisch wertvoll«, sagte der Pastor.
»Ja, Schnitzerei, sechzehntes Jahrhundert, vergoldet und bemalt.«
Der Pastor nickte.
»Kreuz und Figur hängen an Nägeln, sie sind also abnehmbar«, sprach der Leiter der Abteilung sinnend, »was würden Sie von folgendem Gedanken halten: Wir nutzen das Gebäude gemeinsam.«
Überrascht sah ihn der Pastor an.
»Wir für Konzerte und weltliche Beerdigungen, dann selbstverständlich ohne Kreuz und andere kirchliche Attribute. Wenn Sie den Raum für Ihre Veranstaltungen verwenden, sind Sie berech-

tigt, Kreuz und Christus aufzuhängen. Ich bin der Meinung, daß Absprachen dieser Art Erhaltung und Erneuerung des Gebäudes garantieren.«

»Ich bin nicht befugt, derartige Verträge abzuschließen«, sagte der Pastor.

Der Leiter der Kulturabteilung lachte: »Ich auch nicht! Aber reden wir mit unseren Vorgesetzten, überzeugen wir die Instanzen!« Es hätte nicht viel gefehlt, und er hätte dem Pastor listig zugezwinkert.

Am Abend aß der Pastor wieder seine Bockwurst. Und wieder winkten ihn die Dörfler an den Tisch: »Na, wie war's beim Dikken?«

Der Pastor hob bedauernd die Hände. »Ich werde einen Antrag stellen!«

»Und den werden die da oben wohlwollend prüfen. So haben die gesagt, stimmt's?«

Der Pastor nickte.

»Dann kannst du lange warten!«

»Wenn die nicht wollen, wollen vielleicht andere. Wartet's nur ab!« Der Pastor lachte, machte jedoch deutlich, daß er nicht weiter über diese Angelegenheiten reden wolle. Dieser Umstand wurde mit gewissem Bedauern im Bericht vermerkt. Was hat er vor? rätselte man am nächsten Morgen in der Sicherheitsabteilung. Denn der Ausspruch klang wie eine Drohung.

Vorerst hatte der Pastor jedoch überhaupt nichts vor. Die Gefäße in der Kapelle standen an ihrem Platz. Mit vielen Leuten hatte er gesprochen. Nun wurde es erst einmal Winter. Im nächsten Jahr würde er mit einem Boot erscheinen. Er tunkte das Bockwurstende in Senf, biß ab und tunkte erneut. Er aß die pappige Weißbrotstulle dazu, trank Bier und lauschte den lauten Reden. Man diskutierte ihm zu Ehren über die Sintflut und über die Blödheit der Knechte, die allesamt ersoffen waren, als Noah die Leitern hochzog und die Wasser kamen.

Er mischte sich nicht ein. Interessante Aspekte. Andere Sicht.

Sollte er vom Sinn der Bilder reden? Kann man an etwas glauben, was nicht gleichzeitig Bild ist?

»Kann euch nicht passieren, ihr habt ja so ziemlich alle Boote«, sagte er und lachte.

»Die ganze Insel ist ein Boot«, sagte der Schmied.

»Schönet Boot!« riefen die anderen.
»Die Insel kann man bedauerlicherweise sogar umsegeln, und das bei Windstille«, meinte der Schmied. Nun sprach man über Boote, spielte aber nicht Schiffeversenken. Immerhin saß der Pastor am Tisch. Der Geistliche in Zivil war zwar nicht eingebildet, hatte aber offensichtlich nicht vor, sich zu besaufen.
»Pasting«, sagte Lüder in Biervertraulichkeit, »dich fahr' ich morgen höchstpersönlich zur Fähre. Is mir eine Ehre! Muß vorher nur noch bei die Malers vom Schloß vorbei, paar Stücken Gepäck auf den Hänger schmeißen!«
Der Pastor wagte nicht, Lüder zu enttäuschen. Er nahm das seltsame Angebot an, zog sich aber in seine Kammer zurück und las in der Bibel erneut die Sintflutgeschichte. Die Männer unten soffen weiter. An diesem Abend konnte jeder in sein Schlafzimmer torkelnde Kerl den Vorhaltungen seiner Frau prächtig begegnen: »Wat denn, wat denn, mit dem Paster haben wir zusammengesessen. Du solltest auch mal was für dein Seelenheil tun!«

Im gleissenden Licht

Die »paar Stücken Gepäck« beim »Schloßgebäude« erwiesen sich als äußerst zahlreich. Der Herr Akkurat hatte sie bereits Stück für Stück auf die Straße vor den Eingang getragen. Das Wetter war wunderbar. Sonnenschein und Windstille.
»Hab ich's nicht gesagt?« wurde er nicht müde, seine Gattin an seine Voraussage zu erinnern.
Punkt 15 Uhr schloß er das Haus ab. Dann klappte auch das eiserne Gartentor zu. Er hängte das Vorhängeschloß ein.
»Adieu, bis zum nächsten Frühling!«
Lüder kam pünktlich: Auf dem Notsitz im Treckerhäuschen kauerte der Pastor und hielt sich krampfhaft an der Rückenlehne des Fahrersitzes fest. Lüder bremste heftig und verkündete fröhlich: »Das hab' ich vorausgesehen, wieder verdammt viel Gepäck. Ich hab' uns einen Helfer mitgebracht!«
Der Herr Akkurat hätte gern auf die kompromittierende Hilfskraft verzichtet.

Der Pastor kletterte aus dem Führerhäuschen und begrüßte ahnungslos herzlich das Malerehepaar. Er wollte anpacken, aber der Herr Akkurat hinderte ihn.
»Unterhalten Sie, wenn Sie mögen, meine Frau Gemahlin. Beladen ist meine Sache. Ich weiß, wie ich die Dinge anzufassen habe: Gläser, Papierrollen, alles, alles zerbrechliche Dinge! Sie müssen mich verstehen, alles ist zerbrechlich hier auf der Insel«, wiederholte er vieldeutig.
Es kamen nur wenige Passagiere an Bord. Das war gut so, denn unten im ungeheizten Fahrgastraum türmte sich das Gepäck des Malerpaares auf Sitzen und Tischen. Der Herr Akkurat und seine Gattin standen, als die Fähre mit heftig bullerndem Motor ablegte, auf dem zitternden Deck in der Sonne.
»Wir hätten uns von unserem Nachbarn verabschieden sollen«, sagte sie nach einer Weile.
»Er war nicht zu Hause!«
Kaum aber hatten sie an den Kollegen gedacht, sahen sie voraus auf spiegelndem Wasser den schwarzen Kahn. Das Segel war um den Mast gewickelt. Das Boot lag vor Anker. Ein Bild unglaublichen Friedens. Aber sie wurden beim Schauen gestört: ein Herr, dem sie irgendwann einmal im Chefobjekt begegnet waren, trat neben sie und tat überrascht und erfreut, das Malerpaar an Bord zu treffen.
»Schauen Sie mal!« sagte der aufdringliche Herr und wies nach oben. Er machte die beiden mit dieser Geste auf einen sonderbaren Anblick aufmerksam: Oben auf der Brücke hatte der Pastor das Ruder übernommen. Der Käptn stand neben ihm, und beide sprachen angeregt miteinander.
»Die Kirche wird aktiv!« sagte der Herr und blickte den Maler von der Seite prüfend mit unauffälliger Aufmerksamkeit an.
Der Herr Akkurat spürte das Lauern. Er griff sich mit der Rechten an die Kehle. Da war es wieder, das Würgen. Da war die Angst. Es gelang ihm mit großer Anstrengung, den rechten Arm vorzustrecken: er zeigte auf das spiegelnde Schiffchen des Malers.
»Dort«, stieß er mühsam hervor, »unser Kollege, er arbeitet.«
Dann stieß er einen Schrei aus und begann heftig mit beiden Armen zu winken. Auch seine Gattin winkte. »So verabschiedet man sich auf dem Meer«, erklärte sie.

Unsmoler im Boot legte hastig das Malbrett auf die Ducht. Er beugte sich rasch nach vorn, dann hielt er inne, blickte zur Fähre und erhob sich. Er legte die Hände wie einen Trichter an den Mund und rief etwas, streckte den Arm in die Höhe und bewegte ihn hin und her.
Die Fähre tutete.
Der Herr Akkurat schrie ein zweites Mal, dann kehrte die Farbe in sein Gesicht zurück. Er lächelte. Der Hund im schwarzen Boot setzte beide Pfoten aufs Dollbord und bellte.
Die Malerin war unglaublich erleichtert. Sie legte ihrem Gatten die Hand auf die Schulter. Unverwandt blickte sie auf das Boot im Licht. »Eigentlich doch wunderbar das Miteinander auf der Insel«, sagte sie. In diesem Moment konnte sie sich den Winter hier nur in der wunderbaren gleißenden Helligkeit von Schnee und Eis vorstellen.
»Ja«, sagte ihr Gatte, »bei Sonnenschein, Windstille und ausreichend Abstand wunderbar.«
Der Maler im schwarzen Boot hatte sich wieder gesetzt.
Die Bugwelle der Fähre eilte im spiegelnden Wasser auf sein Schiffchen zu. Heftig begann das Boot zu schaukeln, der Mast schlug wie ein Pendel hin und her und beruhigte sich wieder. Der Herr Akkurat sah sich um. Der Herr aus dem Objekt stand hinter ihm und zündete sich eine Zigarette an.
»Die Kirche wird aktiv, sagten Sie?« sprach er den rauchenden Herrn an, »ich würde eher sagen, der Herr Pfarrer sucht sich einen neuen Beruf!« Dann drehte er dem Mann den Rücken zu und wandte sich an seine Frau: »Schatz, du magst den Rauch nicht, komm, gehen wir aufs Vorschiff!«
Der Herr machte Anstalten, die Zigarette über Bord zu werfen.
»Nein, aber nicht doch, rauchen Sie, rauchen Sie!« sagte der Herr Akkurat, »wir gehen schauen.«

Schatz, schau nicht zurück!

Kaum hatte der Herr Akkurat sich mit seiner Gattin aufs Vorschiff begeben, zog er aus seinen Manteltaschen sorgfältig verpacktes restliches Brot und begann, kleine Bröckchen über Bord zu werfen.

»Aber es sind doch gar keine Möwen da!« wandte sie behutsam ein.

»Es werden welche kommen!«

»Aber woher denn?« Sie betrachtete den lichten leeren hohen Himmel und die weite spiegelglatte Wasseroberfläche. Die Fähre schob sich tuckernd durch den an diesem Tage braven Bodden.

Unsichtbar in weiter Ferne schwangen sich zwei Möwen vom Himmel hinab, schnappten treibende Brotbrocken, folgten dem Schiff und holten es rasch ein.

Wieder warf er Bröckchen.

»Hier spielt die Musik!« rief er den Möwen zu. Es waren plötzlich viele. »Möwen entstehen aus dem Nichts«, sagte er und lächelte.

Die Möwen versuchten, einander die Bissen streitig zu machen. Aufdringliches Kreischen, chaotischer Lärm über dem friedlichen Schiff. Beinahe beängstigend. Als der Herr Akkurat nichts mehr zum Verfüttern hatte, verstummten die Vögel. Sie kehrten, begleitet von ihren sanften Spiegelbildern, mit ruhigen Flügelschlägen zur Insel zurück.

Auf der Müllhalde zerrte der Dorfdepp im Schurrmurr watend verbrauchte Dinge ins gleißende Sonnenlicht. Eine dunkle Rauchwolke stieg senkrecht aus dem Schlot des Heizhauses: Windstille. Düsenjäger zogen weiße Kondensstreifen über den Himmel.

Der Herr Akkurat blickte sich um und nahm plötzlich die weiße Waagerechte und die dunkle Senkrechte über der Insel als ein riesengroßes unheimliches Kreuz wahr.

»Schauen wir nicht zurück«, sagte er zu seiner Gattin, »genießen wir den Zauber, der vor uns liegt!«

Es kam den beiden so vor, als glitten sie durch einen Traum aus weichem Licht: so ruhig, so schön, so feierlich der Tag.

Der Inselchef in der obersten Etage des Objekts schüttelte ärgerlich den Kopf. Der kreisrunde Ausschnitt der Inselwirklichkeit begann zu tanzen, und der Dicke mußte die Gestalt auf dem Müllplatz erneut einfangen. Das Gesichtsfeld des Fernrohrs glitt über ein Stück Acker, dann strich es über undefinierbaren Müll. Für Momente hatte er weißes Flattern von Möwen im Blick und dann erneut die dunkle scharrende Gestalt.

»Niemand hat es bei uns nötig, im Dreck zu wühlen!« sagte er aufgebracht und beschloß, Verbotsschilder aufstellen zu lassen.

Er fuhr mit dem Fahrstuhl hinab, ging den Korridor entlang und begab sich in sein Büro. Kaum hatte er sich gesetzt, drückte er auf das diskrete Knöpfchen. Seine Sekretärin erschien mit dem Notizblock in der Hand und lächelte.

»Ich habe mit dem Hausmeister zu reden, und das rasch, und zwar im Büro hier. Wenn er antanzt, soll er gleich reinkommen!«

»Scheiße, Scheiße, Scheiße«, schimpfte der Hausmeister ungeniert in die Sprechmuschel, »ihr könnt mich alle mal. Ich bin beim Kohleschaufeln, damit ihr es warm habt!«

Die Sekretärin mußte ihn bekniet haben, denn der Hausmeister erschien eine halbe Stunde später, schwarz vom Kohlenstaub, im Büro des Inselchefs. »Schöne Hilfskräfte habt ihr eingestellt!« schimpfte er, »die Kaderakte stimmt, aber wenn die Leute Zugluft bekommen, feiern die zwei Wochen lang krank, und ich kann mich allein abrackern mit dem Kohlengrus! Ein Wunder, daß der Mist überhaupt brennt!«

Mit diesen Worten hatte er seinem Ärger fürs erste Luft gemacht. Scheu blickte er sich um. Er wollte sehen, ob seine Schuhe schwarze Spuren auf dem Teppichboden hinterlassen hatten.

»Über Kohlen sprechen wir später«, sagte der Chef und erhob sich. Die schwarze Gestalt des Hausmeisters schüchterte ihn seltsamerweise ein. Er hatte das Empfinden, nicht einem einzelnen gegenüberzustehen, sondern einer ganzen Klasse, in der gefährliche, unberechenbare von der Geschichte obendrein noch geadelte Kräfte schlummerten. Er wagte nicht einmal, die Schnapsflasche mit dem verräterischen Etikett aus dem Fach zu nehmen, um dem schwarzen Mann einen Kleinen anzubieten.

»Über Kohlen sprechen wir später«, wiederholte er. »Ich habe ein anderes Problem. Wir brauchen wieder mal Schilder, diesmal Schilder für den Müllplatz. Es gibt Bürger, die scharren im Abfall herum, als wären wir hier mitten in Indien!«

»Wenn da einer scharrt, dann ist das uns Blödi, und der kann nicht lesen. Wir können uns die Schilder also sparen. Für so wat bin ich im übrigen nicht zuständig. Ich hab' genug Ärger mit dem Scheißkohlengrus und all dem anderen Kram!« Der Groll kam wieder hoch.
»Anderswo müssen Betriebe ausschließlich Rohbraunkohle verfeuern!« sagte der Inselchef väterlich belehrend, »wir sind also noch gut dran. Was meinst du, was nötig war, um die ganze Inselzuteilung als Briketts zu bekommen! Aber Geduld, Kollege, irgendwann läuft hier alles mit Öl. Dann brauchst du nur noch aufs Knöpfchen drücken!«
»Vernünftige Briketts würden ausreichen. Aber ich seh' schon: eines Tages kommt ihr mir mit Lausitzer Mutterboden!«, der Hausmeister machte sich erneut Luft, »den Mutterboden könnt ihr dann gleich ohne Umwege auf den Müllplatz kippen!«
»Wir wollen sachlich bleiben, Kollege«, versuchte der Inselchef den schwarzen Mann zu beruhigen. »Im übrigen turnen auch Urlauber auf dem Müll herum.«
»Kein Mensch hätte Spaß daran, in der Lausitzer Erde zu wühlen. Das Müllplatzproblem wäre gelöst, hier im Objekt aber würde man sich den Arsch abfrieren!« Der schwarze Mann grinste, sein Ärger war verflogen. Versöhnlicher fuhr er fort: »Warum die Eile? Bald ist Winter. Der Schnee deckt alles zu.«
»Deine Gelassenheit, Kollege, möcht' ich haben!«
»Und ich dein Gehalt!« hätte der Hausmeister beinahe gesagt. Aber er verkniff sich diese aufmüpfige Antwort. Dem Mitarbeiter mußte er über dieses Gespräch berichten. Wozu also den Mund voll nehmen, das würde nur schaden. »Laßt den naaschen Minschen doch im Dreck wühlen, macht ihm Spaß, irgendwann hört er von ganz alleine damit auf!«
»Also gut, keine Schilder!« sagte der Inselchef. Der Hausmeister war so ziemlich der einzige, dessen Rat er hin und wieder annahm.
Ruhig tuckerte in der Ferne die Fähre voran. Die beiden Schreie des Herrn Akkurat vergessen. Künstler eben, hatten die Passagiere nachsichtig gedacht.
Unsmoler allerdings hatte im ersten Augenblick an ein Unglück an Bord der Fähre geglaubt. Er hatte sich in seinem Kahn nach vorn gebeugt und zur Ankerleine gegriffen, um das Eisen aus dem

Grund zu reißen. Dann aber hatte er zurückgewinkt, denn niemand auf der Fähre schien in Not zu sein. Das weiße Schiff mit seinen rotbraunen Rostflecken an der Außenhaut entfernte sich unbeirrt. Nichts deutete auf irgendeine Gefährdung hin, und doch hatte der Ruf des Malernachbarn wie der Hilfeschrei eines Ertrinkenden geklungen.

Unsmoler rollte die Pinsel in einen Lappen und kümmerte sich nicht weiter um das Fährschiff. Er blickte irritiert auf seine sanfte Malerei. »Es ist schon eine verdammte Versuchung, wenn die Natur so schöne Bilder parat hat!« sagte er sich. Der Schrei des Nachbarn aber schien immer noch über dem Wasser zu klingen.

Plötzlich bemerkte Unsmoler die weißen Kondensstreifen am Caspar-David-Friedrich-Himmel, und er sah den dunklen Rauch, der aus dem schlanken Schlot des Heizhauses quoll, und wie der Herr Akkurat, so erblickte auch er das Zeichen des Kreuzes.

Er bückte sich und zog mit reinem Tubenweiß zwei Waagerechte quer über das Bild und malte dann mit dem Pinsel die weiche Senkrechte des dunklen Rauchs darüber: ein Kreuz, das sich im spiegelnden Wasser wiederholte, zerstörte die stundenlange Behutsamkeit. Unsmoler lehnte die Pappe an die Achterducht, legte die Riemen in die Dollen, zog die Anker an Bord und ruderte langsam zu seinem Bootsplatz im Schilf.

Er hatte fürs erste genug von zauberhaften zeitlosen Landschaftsräumen.

Reihungen

Die Urlauber waren abgereist, der Strand leer, aber ausgerechnet jetzt, spürte er, begann ihn das Figürliche erneut zu interessieren. Immerhin, er fand die Menschen in den zahllosen Skizzen und Zeichnungen wieder, die er vom Steilufer aus gemacht hatte. Blätter des Sommers breitete er auf dem Atelierfußboden aus. Er ging zwischen den Arbeiten auf und ab und nahm mal diese, mal jene Studie zur Hand.

Individuum und Menschenmenge. Diese Frage hatte er wiederge-

funden. Es konnte keine rasche bildnerische Antwort geben. Aber so machte er das immer: einfach mit der Arbeit beginnen.
Nur dieses Versprechen gab er sich: Hüte dich vor allzu großer Nähe zur Natur. Statt dessen wollte er Zeichen finden, Vokabeln einer neuen Bildsprache.
Spürst du Intensität, sagte er sich, bist du der Wahrheit auf der Spur? Fragen, immer wieder Fragen. Was z. B. wird aus der Biggyzeichnung, wenn du hundert Biggys gleichzeitig auf dem Blatt hast? Was geschieht bei der Multiplikation von Dingen? Was verwandelt sich? Zeichnend fragen, zeichnend antworten.
Schablonen machen.
Hundert suchende Linien übereinander. Dann aber eine gute Minute nutzen und mit dem scharfen Messer, ohne zu zögern, aus dem Liniengewirr die eine eindeutige Kontur schneiden. Nichts darf dich beim Schneiden ablenken. Alle Konzentration auf diese schwingende Linie, die die Fläche schafft.
Gefundene Gestalt. Schablone, die unzählige Variationen möglich macht. Mit dem Pinsel um die Schablone fahren. Umrißlinien dick und dünn, grob und fein, gepunktet und gestrichelt, sich überlagernd, einander verstärkend oder auslöschend. Wieder Linien, die Flächen schaffen. Flächen, die sich mit Strukturen oder Farben füllen. Farben, die sich ins monochrome Grau bewegen oder zu extremer Stärke steigern. Und in allem immer noch gegenwärtig die Gestalt Mensch.
Biggy und der Musikant vom Sommer vervielfältigten sich auf Bildern. Die Individualität verblaßte. Die Blätter bekamen etwas Militantes, als würden die übermütigen Sommergäste reglos posieren und doch das Marschieren lernen.
Ein Blatt nach dem anderen entstand. Wem konnte er diese Bilder zeigen? Auch in der Stadt würde es keinen Ort mehr dafür geben. In dieser Bildwelt war er allein, aber frei und lebendig. Er vergaß das Heizen, das Essen, das Rasieren. Schlafen irgendwann.
Aber er wußte, er war auf dem rechten Wege. Etwas wurde sichtbar.
Das Bild, der Ort grenzenloser Freiheit. Irgendwann nach Tagen wankte er in den Konsum, alle seine Vorräte waren verbraucht. Die Dicke hinter dem Ladentisch erschrak.
»Ich lass' mir einen Bart stehen, das ist alles!« sagte Unsmoler.
Unsmoler nahm ihr das Messer aus der Hand und schnitt von der

harten Wurst ab, bevor er bezahlt hatte. In der Tür erschien wedelnd sein Hund. Er warf dem Hund den Bissen zu. Der Hund fing den Brocken in der Luft. Dann schnitt er ein zweites Stück Wurst ab und steckte es sich selbst in den Mund.

»Waren Sie krank?« fragte die Verkäuferin perplex.

»Ja«, sprach er mit vollem Mund und lachte, »ich war mal krank!«

»Jeder ist mal krank«, antwortete sie und hob seine Einkäufe in seine Einkaufstasche. Sie war dankbar für diese Erklärung. Alles in Ordnung also.

»Wir wollten schon die Tür aufbrechen lassen ... zu lang lag die Post unter dem Stein.«

»Die Tür war auf«, sagte Unsmoler, »ich habe gearbeitet, und das ist so, als sei man auf dem Wasser. Man kann mit dem Rudern erst aufhören, wenn man das Ufer erreicht hat. Das Ufer, das sind die Bilder.«

»Sind sie wenigstens schön geworden?«

»Vielleicht gut, das wäre mir wichtiger«, sagte er. Er bezahlte und ging.

Ach ja, die Briefe unter dem Stein.

Er bückte sich. Ihre Schrift. Die Buchstaben riefen ihn in die Realität, seine Hand zitterte. Erst einmal Tee kochen und richtig essen. Der Hund seufzte und legte sich neben den Ofen. Auch die Hundewelt kam wieder in Ordnung.

Essen und dann die Briefe. Das Bild der fernen Schönen, das er rufen konnte, wann immer er an sie denken mochte, schaute ihm beim Essen zu. Ihr Brief wartete.

Als er satt war, öffnete er den Brief: »Wir müssen miteinander reden. Ich bin sobald wie möglich bei dir. Ein Kind hat sich auf den Weg gemacht.«

Er ließ sich rückwärts aufs Bett fallen. Sein Leben hatte sich von einem Augenblick zum anderen verändert.

Delphines Ankunft

Sein Telegramm erreichte sie nicht mehr. Sie war bereits unterwegs. Kalter feuchter Wind wehte ihr entgegen. Sie versuchte, den Geruch der Seeluft zu genießen, aber das gelang ihr nicht. Die trostlose, schier endlose Bahnfahrt durch die Dunkelheit hatte ihr jegliche Zuversicht genommen. Wie die anderen schweigenden Menschen im Zugabteil hatte auch sie, in den Mantel gehüllt, vergeblich versucht, bei all dem Gerüttel ein wenig zu schlafen. Nur die Namen der Bahnhöfe, die im Licht müder Lampen sichtbar geworden waren, hatten verraten, daß man einem Ziel näher kam. Und das Ziel war dieser triste Hafen! Wind, Nässe und das monotone Klatschen der Wellen an der langen grauen Betonpier.

Vielleicht soll es nicht sein, dachte sie plötzlich. Dann aber sah sie die rostige Fähre. Sie ging absichtlich langsam. Aber das Schiff wartete und scheuerte sich den Wanst an alten, ausgedienten, leise quietschenden Autoreifen.

»Fahren Sie zur Insel?« fragte sie. Ein Mann hievte Transportkisten an Bord.

»Aber immer«, antwortete der Mann, »wenn das hier erledigt ist, legen wir ab, so ziemlich fahrplanmäßig.«

Sie begab sich aufs Schiff, setzte sich in den menschenleeren kalten Fahrgastraum, steckte die Hände in die Manteltaschen und preßte sie wärmend an den Leib. Öliges Hafenwasser vor den Fenstern.

Sie dachte an die Kommilitoninnen, die jetzt ihren unbeschwerten Tag begannen.

Schließlich bullerte heftig der Motor, Geruch von Diesel. Dumpfe Geräusche an Deck. Angebundene Schiffe zogen am Fenster vorüber.

Der Käptn stieß die Pendeltür auf, kam in den Raum und sah sich um. Sie streckte ihm einen Geldschein entgegen. Den übersah er. »Kalt hier«, sagte er, »aber auf der Brücke ist es warm. Da oben wartet auf Sie ein Sessel.« Er sah, sie wollte allein sein. Aber er wollte sie nicht allein lassen. Er hatte einen Blick für Menschen. »Wenn es Ihnen da oben nicht gefällt, können Sie wieder nach unten gehen, aber jetzt kommen Sie erst einmal mit!«

Sie stieg hinter ihm das steile Eisentreppchen hinauf. Der Sessel

stand festgeschraubt neben dem Steuerbordfenster. Sie setzte sich und knöpfte den Mantel auf. Sie versuchte nicht, die Rundung ihres Leibes zu verbergen. Freundliche Wärme hier.
Der Käptn übernahm das Ruder und schickte seinen Decksmann Kaffee kochen. Die Weite des Wassers lag vor ihnen. Man ahnte die Sonne hinter den ziehenden Wolken.
Sie durfte stundenlang schweigen.
Langsam stieg die Insel aus dem Wasser.
Als die roten und grünen Bojen in den Wellen tanzend querab dümpelten, fragte der Käptn: »Darf ich Musik machen oder schadet das?«
Sie lachte zum ersten Mal an diesem Tag. »Tuten Sie nur, das wird ihm gefallen!« Sie legte die Hände auf ihren Leib und versuchte, den fernen Inselkaten zu erkennen.
»In drei Stunden fahren wir zurück«, sagte der Käptn, »vielleicht möchten Sie ja wieder mit ...«
Das Typhon blies seinen lauten Gruß. Der Decksmann erschien auf dem Vorschiff und machte die Leinen klar.
Sie wollte sich erheben. »Warten Sie, bis wir festgemacht haben!« sagte der Käptn. Er hätte gern gesehen, daß da jemand mit Blumen in der Hand auf die junge Frau warten würde. Aber da war niemand, da stand nur das grüne Inselauto. Der Decksmann sprang ans Ufer und band die Fähre an. Der Motor verstummte, die Fähre lag ruhig an der Pier.
»So, nun kommen Sie!« sagte der Käptn und ging vor ihr die Stiege hinab. Er nahm ihre Tasche und half ihr an Land. Sie machte sich auf den Weg. Kurz vor dem Dorf wurde sie vom grünen Barkas überholt. Der Fahrer stoppte und öffnete die Tür. »Na, schöne Frau, willst du mitfahren?« rief er.
Sie schüttelte den Kopf: »Bin gleich am Ziel«, sagte sie.
Der Mann knallte die Tür zu und fuhr wieder an, die Räder drehten durch. Ein blaues Wölkchen kräuselte sich über der Straße. Rauch über dem Katen. Er war also daheim. Was würde er sagen? Was, wenn er nicht allein ist?
Mit klopfendem Herzen ging sie am Ginstergebüsch vorüber. In diesem Augenblick trat Unsmoler mit einer Müllschippe in der Linken und einem Besen in der Rechten vor die Tür und war sprachlos, als sie plötzlich vor ihm stand. Sie stellte die Reisetasche ab. Er legte Besen und Müllschippe ins trockene Gras und

umarmte sie vorsichtig, dann nahm er ihr Gepäckstück und ging voraus ins Haus.
»Entschuldige die Wüstenei, ich hatte noch nicht mit dir gerechnet!« Er nahm Zeichnungen vom Bett, das sich tagsüber in eine Couch verwandelte, und bat sie, sich zu setzen. Dann warf er Holz und Briketts in den Ofen und ging in die Küche Teewasser in den Kessel schöpfen.
Es war wie früher. Tee trinken und zur Ruhe kommen.
»Du hast den Kohlenberg gesehen. Hier wird es immer warm sein!« sagte er.
Sie nickte und betrachtete die Bilder.
Er betrachtete sie. Delphine sah noch schöner aus als im Sommer. Neue Würde, die ihn befangen machte.
»Das war der Sommer. Biggy und der Sänger haben sich verwandelt. Aus dem Sommertanz ist ein Marschschritt geworden«, erklärte er seine Bilder, »unsere Zeit eben!« Dann aber erschrak er über seine eigenen Worte. »Nein«, rief er, »aus dem Sommer ist etwas ganz anderes geworden, etwas, das alles aufwiegt!«
Sie saß auf dem Bett, er ließ sich auf die Knie fallen und küßte ihre Hände. Sie nahm seine Hand und legte sie sich auf den Bauch.
Er setzte sich neben sie. Nach einer Weile brühte er den Tee. Er holte die vergoldeten Tassen vor, und sie aßen und tranken. Schallplattenmusik wie früher.
»Wo waren wir also stehengeblieben?« fragte sie und lachte zum zweiten Mal an diesem Tag.
Gegen drei blickte sie auf die Uhr. »Ich bleibe also!« sagte sie.
In der Ferne tutete die Fähre. Kurze Zeit später tutete das Schiff noch einmal.
»Ich bleibe!« sagte sie ein zweites Mal.
Erstaunt sah er sie an. War das nicht selbstverständlich? Nein, es war nicht selbstverständlich.
»Der Kapitän war freundlich … ich möchte ihm winken.« Sie erhob sich. »Komm bitte mit, hast du ein weißes Tuch?«
Er gab ihr ein Handtuch, und sie gingen hinter das Haus.
»Vielleicht sieht er uns!« sagte sie.
Von irgendwoher kam der Hund. Unsmoler hinderte ihn, an Delphine freudig hochzuspringen.
Sie winkten. Nach ein paar Sekunden tutete das Schiff die Antwort und legte ab.

Am nächsten Morgen hatte Frost erste Eisblumen an der Fensterscheibe wachsen lassen. Es war kalt im Raum, aber er wagte nicht aufzustehen. Er wollte ihren Schlaf nicht stören. Ihr Kopf ruhte vertraut auf seinem Arm. Er sah zum Fenster und betrachtete die Brechung des Lichts in den Eiskristallen. So hell schon draußen. Er rückte ein wenig von ihr weg. Sie kuschelte sich erneut an ihn heran. Er bemerkte, sie war längst wach. Er sah sie an. Die Augen hielt sie geschlossen. »Ich will uns das Zimmer heizen«, sagte er leise. Er zog seinen Arm unter ihrem Kopf hervor und küßte sie sanft.

»Zimmer?« wiederholte sie, »es ist dein Atelier!«

»Sieh mal«, sagte er, »Rosen für dich!«

Sie schlug die Augen auf und folgte seinen Blicken. »Rosen aus Eis!« sagte sie erschrocken.

Er stieg vorsichtig aus dem Bett und ging zum Ofen. Er rüttelte die Asche durch den Rost und entfachte das Feuer. Sie sah ihm zu. Diese Handgriffe würde sie alle lernen müssen. Er schöpfte Wasser in den Kessel und trug die Asche ins Freie. Sie hörte draußen den Pumpenschwengel quietschen und richtete sich ein wenig auf. Sie sah, wie er sich halbnackt unter das Pumpenmaul beugte und sich das Wasser über den Rücken schüttete, als wäre es Sommer. Was für ein Kerl. Wenn er nun hereinkommt und mich aus dem Bett scheucht! Nein, sie würde sich nichts befehlen lassen!

Er war bereits angezogen, als er mit der Waschschüssel auf einem Hocker hereinkam. »Das Badezimmer wird installiert«, sagte er und stellte die Schüssel neben den Ofen. Dann zog er die Wattejacke an. Immer noch die Wattejacke von damals. Er knotete sich einen Schal um den Hals und verließ das Haus.

Die Weiber im Konsum betrachteten ihn interessiert, fragten aber nichts. Das Dorf wußte längst Bescheid. Er musterte die Regale, während er wartete. Er suchte irgend etwas Nettes für den Frühstückstisch. Aber da war nichts Besonderes. Die Dicke vom Konsum bemerkte seine Blicke und bewies die Geschicklichkeit einer Taschenspielerin. Sie nahm seine Einkaufstasche, bückte sich zu den Zwiebeln und legte ihm auch das Brot hinein. Ihm fiel beim Bezahlen nichts auf, das jedoch hatte nichts zu sagen. Aber draußen vor der Tür entdeckte er in seiner Tasche neben den anderen Einkäufen ein Glas Bienenhonig. Der Tag beginnt gut, dachte er und ging am Katen vorüber zum Gehöft der Müllerschen. Er öffnete das hohe Bretterhoftor, das längst keine Gästetische mehr zu verbergen hatte.

Die Müllersche hantierte auf dem Hof.

»Nanu!« wunderte sie sich.

»Wir sollen wählen kommen!« sagte er. Beide lachten sie. »Nein«, fuhr er fort, »das haben wir hinter uns. Aber ich habe versäumt, im Frühjahr Blumen zu pflanzen. Nun brauche ich welche, ich habe Besuch.«

»Blumen bei Frost? Wo gibt's denn so was? Wahrscheinlich nur bei mir. Stimmt, ich hab' das Wetter gerochen und gestern abend was reingenommen. Moment, min Jung!«

Er wartete vor der Tür. Vielleicht ein paar Astern, dachte er. Nach kurzer Zeit kam sie mit drei Röschen heraus. Er streckte ihr zehn Mark entgegen.

»Laß man«, sagte sie, »das ist für euch drei!«

Der Frühstückstisch war bereits gedeckt, als er nach Hause kam. Nach Hause. Er überreichte ihr die Rosen und stellte stolz die Beute Honig neben die Marmelade. Sie errötete, als er ihr die Rosen gab. Rosen, das war in dieser Jahreszeit wie ein Wunder.

»Wir schaffen es«, sagte er. Das waren die ersten Worte, die ihrer beider Zukunft betrafen.

»Ich habe dir auch etwas mitgebracht!« Sie zog zwei Skizzenbücher unter der Bettdecke hervor.

»Sie passen in deine Wattejackentasche. Vom Buchbinder extra für dich gebunden.«

»Gut«, sagte er lachend, »ich bleibe!«

An seinen Humor würde sie sich gewöhnen.

Elfriede legte ihm die Post an diesem Tage nicht unter den Stein, denn Unsmoler bekam eine schwere Rolle zugeschickt. Elfriede hatte sich die Mühe gemacht, die Sendung hinauf ins Dorf zu schleppen. Neugierig klopfte sie an die Tür und bemühte sich anschließend, möglichst weit in das Innere der Hütte vorzudringen.

»Mann, Mann, sind da Steine drin?« rief sie keuchend.

»Wahrscheinlich eine Bombe«, sagte er. Er nahm ihr das Paket ab und stoppte ihren Vormarsch.

»Was bekommen Sie?« fragte er.

»*Ich* bekomme nichts!« sagte sie herausfordernd. Sie lächelte wissend.

»Na dann auf Wiedersehen!« Er schob sie ins Freie.

»Das waren wahrscheinlich Aale«, rief die Briefträgerin fröhlich, »na dann schönen Gruß an deine Frau!« Sie wollte irgendwie beteiligt sein und war wieder beim Du.
Er ging ins Atelier. »Ein Paket von unserem Bildhauer.«
»Vielleicht will er kommen?«
»Im Winter bestimmt nicht. Scheint Papier zu sein. Es ist möglich, daß er seine Vorräte verschenkt«, sagte er. Seine Stimme hatte einen seltsamen Klang.
»Du meinst …?«
»Sehn wir nach!«
In der Tat, es war Zeichenpapier. Auf dem obersten Bogen stand geschrieben: »Danke für den Inselsommer. Statt gewünschtem Bargeld Papier. Denke oft an unsere Flugversuche!«
Lapidare Buchstaben.
Nie hatten sie über Geld geredet. Offenbar waren die Zeilen für andere Leser bestimmt, denn es war ein Risiko, Pläne durch großzügige Geschenke zu verraten.
Allenthalben war es bedrückend spürbar: Man verließ das Land. Auch von der Insel waren Leute abgehauen. Das aber war das Erstaunliche: Unsmoler, der war hergekommen.
Unsmoler hatte, wie die Einheimischen nun meinten, sogar eine junge schöne Frau ins Dorf geholt.
»Hat sich die Hörner abgestoßen, der Jung! Ist nun erwachsen!«
Die Männer schienen sogar zu erwarten, daß er von nun an auf ein Feierabendbier in die Kneipe kommen würde. Aber Unsmoler kam nicht. Sie wurden auch mit dieser Enttäuschung fertig: »Lot man, lot man, wenn er Deifine erst mol ne Weile int Hus hat, wird ihm das schon über werden. Und wo soll er hin? Zu den Süßen im Objekt kann er schlecht schleichen. Hierher wird er kommen, hierher. Im Laufschritt. So ist uns das auch ergangen.«
Noch aber war es nicht soweit. Das zumindest konnten sie sehen, wenn er mit Delphine und dem Schäferhund auf dem Weg zum Meer wie im Traum durchs Dorf ging.
»Leute«, sagten sie leise, »muß Liebe schön sein!«

Delphine schien in der Tat wie in einem Traum zu leben. Das war kein heiterer Blütentraum, sondern eher ein vitaler Zustand ihrer Seele, der jegliche Ängste und Zweifel von ihr fernzuhalten schien. Vielleicht schützte die Natur das heranwachsende Kind.
Trotz dieser scheinbaren Wirklichkeitsferne verwandelte sich beinahe lautlos das Innere des Hauses. Zwar hatte Lüder eine Woche nach ihrer Ankunft einen schwergewichtigen, an sie adressierten Reisekorb vor die Haustür gefahren, geöffnet aber hatte sie diesen nicht. Sie verspürte keinerlei Antrieb, irgendein Lehrbuch aufzuschlagen. Ja, es grauste sie sogar davor, im Anatomiebuch die Abbildungen gehäuteter Menschen zu erblicken oder lateinisch beschriftete Schnitte durch Leiber und Organe zu betrachten. Statt dessen saß sie im knisternden Korbstuhl, den Unsmoler von irgendwoher angeschleppt hatte, und strickte. Sie lächelte bisweilen selbst über die Gelassenheit, mit der sie unerwartet jeglicher Emanzipation Adieu gesagt zu haben schien. Sie probierte Kochrezepte aus, arrangierte Dinge auf den Borden und in den Regalen neu, schmückte den Tisch, sie wusch und putzte, wechselte Vorhänge und gab allen Winkeln des Hauses, das Bärenhäuterzimmer ausgenommen, ein neues Gesicht. Ihn störte das nicht, denn er hatte nie an das »Wohnliche« gedacht und nie versucht, sich einen schönen Ort zu schaffen. Alles war bewußt Provisorium geblieben.
Nun aber hielt er immer wieder erstaunt inne und entdeckte längst Vergessenes neu. Oft zeigte er auf ein unerwartetes Miteinander von Gegenständen und hob beschwörend die Hände: »Bitte nicht verändern, das muß ich erst noch malen!«
Die Magie der Dinge hatte ihn erneut eingefangen. Er zeichnete und malte unentwegt. Währenddessen hörten sie Musik.
Oft lasen sie einander vor. Ihre weiche dunkle Stimme floß ruhig weiter, wenn er sich zu ihr beugte und ihr wortlos den Nacken küßte. Was ihm immer wieder bewußt wurde, hütete er sich auszusprechen, nämlich: »Ein Narr muß zu seinem Glück gezwungen werden!« Das Wort »gezwungen« hätte sie traurig machen können.
Auch das zeichnete er: Räume, darinnen ein Weib.
Sie begab sich nur selten hinaus auf die Straße. Eigentlich nur

dann, wenn er mit ihr zum Meer ging. Sein Schritt angepaßt dem ihren. Beide unerreichbar eingehüllt in anderes. Das fiel im Dorf auf, denn gewöhnlich schritt Unsmoler aus wie einer, der weit weit weg wollte.
»Bitte, laß den Hund bei mir, wenn du abends noch ans Meer gehst.«
Ihre Worte überraschten ihn. »Fürchtest du dich?«
»Manchmal macht mir die Inselstille angst«, sagte sie.
Sturm kam auf, der Wind heulte ums Haus. Getöse, Geklapper, Lärm. Ihn zog es bei jedem Wetter ans Meer. Finsternis gab es für ihn nicht. Er kannte die Wege. Ein Balken war angetrieben. Er hob ihn auf die Schulter und wußte schon, wofür er ihn verwenden würde. Der Vorraum des Katen sollte ein Fenster bekommen, und dies war das Holz, um das Fachwerk zu ergänzen. Der Balken war naß und schwer von der schaukelnden Reise im Wasser von irgendwoher. Unsmoler schleppte ihn auf dem Rückweg mal auf der einen, mal auf der anderen Schulter. Schließlich trug er ihn quer über dem Nacken, den Kopf nach vorn gebeugt. Als er durch Sturm und Finsternis mit dem so geschulterten Balken mitten auf der Dorfstraße ging, hörte er plötzlich eine Stimme, die vom Erschrecken so verändert war, daß er nicht erkennen konnte, wer da rief.
»Der heilige Christ kommt, Leute, Leute, der heilige Christ!«
Er drehte den Balken, um das Kreuzzeichen auszulöschen, auf die rechte Schulter, aber er hörte im Wind nur noch ein paar sich eilig entfernende Schritte. Dann schlug heftig eine Tür.
»Der heilige Christ!« stotterte der verstörte Schuster im Licht daheim.
»Bist du schon wieder besoffen!« herrschte Elfriede ihn an.
Der Schuster faßte sich und verstummte.
Unsmoler aber warf den Balken in den Katengarten. Der Boden dröhnte. Sie blickte auf. Das war er! Wie schön das Nachhausekommen: er wurde erwartet!
Am nächsten Tag war die Insel kleiner geworden. Hochwasser. Aufregung im Dorf unten. Das Wasser erreichte Boote, die bereits winterfest verpackt an Land lagen. So hoch war das Wasser bisher nie gekommen. Manche alte Erfahrung taugte offenbar nichts mehr.
»Und wo hast du deins?« rief ihm der Tüffelmacher zu.

»Dem kann nichts passieren, das schwimmt noch!«
»Sieh zu, daß du den Kahn vor dem Eis aus dem Wasser schaffst!«
»Kein Problem!«
Delphine blickte aus dem Küchenfenster. Dort, wo sie im Sommer das Sträußchen für die Malernachbarn gepflückt hatte, schwappte nun dunkles bedrohliches Wasser. Das Schilf hinter der Wasserfläche war kaum noch zu sehen. Der schwarze Kahn zerrte an den Leinen und schaukelte heftig. Mit einem Rundholz auf dem Rükken ging Unsmoler dem nahen Wasser entgegen.
Er hatte vorher reichlich Briketts in den Ofen geschmissen und zu ihrer Verwunderung ein Handtuch, frische Unterwäsche, Strümpfe, Hemd, Hosen und Pullover auf einen Stuhl neben den Ofen gelegt. Dann hatte er sich drei alte Pullover übergezogen und zu ihr gesagt, sie solle den Wasserkessel auf den Ofen setzen, wenn er mit dem Boot an Land käme.
Sie hatte sich mit dem Strickzeug ans Küchenfenster gesetzt und blickte ihm nach. Unten am Wasser warf er das Rundholz von der Schulter und legte es sorgfältig zurecht. Dann zog er die Gummistiefel, die Hose, die Strümpfe aus, zog die Stiefel wieder über und watete Richtung Boot. Ohne zu zögern, ging er immer tiefer ins Wasser hinein. Das Wasser stieg ihm bis zum Hals. Ihr klopfte heftig das Herz. Sie stand auf und ließ den Hund ins Freie. Dann setzte sie sich wieder ans Fenster, mochte aber nicht mehr stricken. Der Hund rannte zum Wasser, blieb aber am Ufer, sprang hin und her und bellte. Unsmoler hatte das Boot erreicht. Sie sah, er hatte Mühe, hineinzuklettern. Dann aber stand er aufrecht im Kahn und winkte kurz. Er wußte wohl, sie sah ihn. Er beugte sich hinab, zog den hinteren Anker aus dem Grund, kletterte nach vorn und knotete liegend die Festmacherleine vom Pfahl, erhob sich dann rasch, schleuderte den Anker Richtung Ufer und holte Hand über Hand die Ankerleine ein. Sein Tun hatte etwas Unbeirrbares. Mein Gott, dieser Mann in dieser braven Zeit! Hoffentlich geht das gut! dachte sie besorgt.
Seine Bewegungen waren wie ein Tanz. Wieder beugte er sich hinab, wieder zog er den Anker aus dem Grund, wieder richtete er sich auf, wieder schleuderte er das Geschirr Richtung Land ins aufspritzende Wasser, wieder zog er. So selbstverständlich wie ein Mensch Schritte macht. Gleichmäßig, als würde Musik dazu

spielen. Das Boot näherte sich dem Ufer. Wieder und wieder die Würfe, dann aber sprang er im Kahn ganz nach achtern und stakte mit dem Riemen. Der Hund rannte bellend am Ufer auf und ab. Das Boot wurde schneller und schneller und glitt über das wartende Rundholz hinweg. Die Rolle drehte sich, und der Kahn fuhr aufs Ufer. Unsmoler sprang an Land, nahm die beiden Anker und schritt, bis die Leinen sich strafften, auf das Haus zu, dann rammte er die Draggenflunken in die Erde.

Der Hund tanzte um ihn herum. Unsmoler kippte das Wasser aus den Gummistiefeln, zog die Hosen an und klemmte sich die Stiefel unter den Arm. Delphine stellte den Kessel auf den Ofen. Er kam herein, kleidete sich wortlos im Vorraum aus, kam nackt neben den Ofen, trocknete sich ab und zog sich die bereitgelegte Kleidung an. Dann goß er heißes Wasser in ein Glas, löffelte Zucker hinein, goß Branntwein dazu, setzte sich und trank.

»Ganz schön kalt, das Wasser«, sagte er und lachte fröhlich. Er lachte!

»Scheußlicher Gedanke!« sie schüttelte sich. »Bald kommt das Eis«, sagte sie nach einer Weile besorgt.

»Vor Januar kommt das Eis nicht, und wenn es da ist, dauert es immer Wochen, bis die Fähre den Betrieb einstellt«, versuchte er sie zu beruhigen. »Aber ich glaube, im Objekt gibt es auch eine Gemeindeschwester.«

»Ich glaube?«

»Ich geh' rüber und werde fragen, was die für Möglichkeiten haben«, sagte er rasch.

»Hat noch Zeit.«

»Wie möchtest du, daß es mit uns weitergeht?« fragte er sie eines Nachts, als er spürte, daß sie wach war.

»Schritt für Schritt.«

»Ich werde Geld verdienen. Vielleicht kann ich unserem Fischer helfen, dann haben wir obendrein immer Fisch. Es gibt nichts Gesünderes!«

»Bei Wind und Wetter aufs Wasser? Und immer Fischgestank? Du bist ein Maler! Vielleicht findest du ja etwas in der Stadt.«

»Das wird zur Zeit schwierig sein«, sagte er leise, »ich fürchte, ich bekomme keine Zuzugsgenehmigung, die aber wäre eine unumgängliche Voraussetzung ...« Er spürte, wie sie zusammenzuckte. Dann aber schmiegte sie sich an ihn.

»Schritt für Schritt«, flüsterte sie. Erst einmal ist Weihnachten, dann kommt die Überfahrt und dann ... begleitest du mich auf der Reise?«
»Ja«, sagte er, »aber lange kann ich nicht wegbleiben, der Hund ...«
»Ich komme ja auch wieder!«
Das war das erste Mal, daß sie das sagte.

Ein dringendes Gespräch

Am nächsten Tag ging er, ohne daß sie es wußte, zum Chefobjekt. Er klingelte an der Pforte, denn er kam außerhalb der üblichen Öffnungszeiten.
»Sie wünschen?«
»Ich muß zum Vorsitzenden!«
Lachen. »Na hör'n Sie mal!«
»Sagen Sie ihm, der Maler ist hier und bittet dringend um ein Gespräch.«
Nach einer Weile summte es. Er konnte die Gittertür öffnen. Er ging hinauf zum Haupteingang. Der Pförtner kam mit ärgerlicher, aber überraschter Miene heraus. »Hochwasserschäden?«
Unsmoler schüttelte den Kopf.
»Folgen Sie mir!« sprach der Mann. Es klang, als spräche ein Polizist. Sie gingen auf geharktem Weg um das Hochhaus herum und durch die klägliche Parkanlage hinter dem Hochhaus. Abgezirkelte Wege auf planierter Fläche, ein paar Bänke mit Blick aufs Wasser, zwei ramponierte Birken, mit Tannenzweigen abgedeckte Blumenrabatten, Fahnenstangen und ein trostloser verwaister Wäscheplatz. Links Baumaterial, Baubuden, abgestellte Baufahrzeuge, Chaos, frierende Dinge. Nasser Wind. Rechts bereits fertiggestellte Gebäude in Großblockbauweise, vier Etagen. Die Gebäude wirkten dürftig, beinahe provisorisch, obwohl sie immerhin über Balkons verfügten, Flachdächer. Es sah so aus, als wären den üblichen Häusern lediglich ihre Satteldächer genommen. Amputierte Wesen. Hier möchte ich um keinen Preis wohnen, dachte Unsmoler.

»Block I, 3. Tür, 2. Etage«, sagte der Pförtner und kehrte um. Unsmoler ging weiter. Seltsam, alles ärmlich. Vielleicht die Jahreszeit. Enges Treppenhaus. Mit Zentimetern gegeizt. Nirgendwo Großzügigkeit. Küchengerüche.

Er klingelte. Es wurde geöffnet. Er hatte nicht erwartet, eine Walküre zu erblicken. Unwillkürlich trat er einen Schritt zurück. »Guten Tag«, stammelte er, »entschuldigen Sie bitte ...«

»Sie wollen meinen Mann sprechen? Sprechzeiten sind Dienstag!« sagte sie, ohne seinen Gruß zu erwidern.

»Es könnte dringend sein ...«

»Ich werde fragen, ob er Sie empfängt.« Sie ging, der Inselchef kam in den Flur und lächelte gequält.

Unsmoler grüßte. Der dicke Mann nickte und fragte grob: »Wieder ein Pferd vom Ufer geschmissen?«

»Nein, meine Frau ...«

»Sie haben Ihre Frau vom Ufer geschmissen?«

»Nein, um Himmels willen, nein ... sie bekommt demnächst ein Kind ...«

Offenbar war der junge Mann ein wenig verwirrt. Das machte dem Inselchef die Situation sympathisch. »Nun, Kollege Kunstmaler, kommen Sie erst einmal herein.«

»Sie erinnern sich an die Pferdesache ...?«

»Wir erinnern uns an alles!« sagte der Inselmächtige und lächelte genüßlich.

Unsmoler wurde in das Arbeitszimmer geführt. Das Zimmer nicht groß, Schreibtisch am Fenster, Schreibgarnitur aus Marmor, Sitzecke mit kleinem Tischchen, schwerer Porzellanaschenbecher, darunter ein geklöppeltes Deckchen. Gerahmtes Sammelsurium an den Wänden. Ein Bücherregal. Natürlich Leninbände, Marx und Engels. Ein Rehgehörn über der Tür. Häßlicher Teppich. Sogar der Geruch kleinbürgerlich.

»Nehmen Sie Platz!«

Die Tür zum Nebenzimmer war angelehnt.

»Eine junge Frau bekommt ein Kind, demnächst«, sprach der Vorsitzende in den Spalt.

»Und was hast du damit zu tun?« tönte es grob aus dem Nachbarzimmer.

»Ich nichts!« antwortete der Dicke rasch und zwinkerte seinem Gast zu.

»Und wieso sollst du dich darum auch noch kümmern? Ich frage mich, wie man hier früher ohne dich klargekommen ist!« hörte Unsmoler.
»Schon gut«, sagte der Inselchef.
»Nun, wir begrüßen es, wenn die Bevölkerungsstruktur sich zugunsten der Jugend verschiebt!« wandte er sich nun an seinen Besucher. »Wir haben ein Herz für die Jugend.«
»Was macht man aber, wenn die Wehen verfrüht einsetzen und die Fähre erst am nächsten Tag fährt?«
Der Vorsitzende erhob sich und ging auf und ab. Er sah sich schon als gefeierter Retter in einer schwierigen Situation. »Wann ist es soweit?«
»In zwei Monaten …«
Das Mienenspiel des Vorsitzenden zeigte Enttäuschung. Solange noch bis zur Ruhmestat.
»… aber es gibt Siebenmonatskinder«, fuhr Unsmoler besorgt fort.
Der Inselchef musterte ihn mit erhobenen Brauen.
»Junger Mann, wir verfügen hier auf der Insel über eine umfassend ausgebildete Gemeindeschwester, zudem sind alle Kollegen im Objekt medizinisch vorgebildet. Erste Hilfe und dergleichen. Aber es könnte in der Tat der Fall eintreten, daß diese Möglichkeiten nicht ausreichen. Daher wurde die Betonstraße schnurgerade gebaut. Flugzeuge bis zu einer gewissen Größe könnten landen, sprich Ärzte einfliegen, Krankentransporte übernehmen und und und.«
»Sie würden im Notfall ein Flugzeug anfordern?«
»Das würden wir. Der Mensch steht bei uns im Mittelpunkt!«
Unsmoler atmete auf und erhob sich.
Der Inselchef ging zum Schreibtisch und kam mit einer Flasche und zwei Gläsern zurück. Er stellte die Gläser auf das Tischchen und goß ein. »Trinken wir auf die komplikationslose Geburt eines neuen Inselbewohners!«
Die beiden Männer stießen an.
»Wir werden unverzüglich einen Maßnahmeplan erarbeiten. Soviel heute: sollten Komplikationen auftreten, begeben Sie sich zur Wohnung des Objekthausmeisters im Dorf oben. Von dort aus können Sie mit dem Objekt telefonieren. Hier hat ohnehin ständig jemand Bereitschaft. Alles Notwendige wird veranlaßt werden.«

Unsmoler hätte den dicken Mann umarmen können.
»Warst du in der ›Eiche‹?« fragte Delphine, als Unsmoler nach Hause kam. »Du hast Schnaps getrunken!«
»Ich war beim Inselfürsten, er wird dir ein Flugzeug besorgen, falls es notwendig werden sollte!«
Sie wandte sich ab. »Die wollen womöglich Pate werden!« sagte sie heftig. Mit funkelnden Augen sah sie ihn an. »Was mich und das Kind betrifft: Ich treffe die Entscheidungen, und ich habe dich nicht gebeten, die da einzubeziehen! Am 5. Januar reise ich ab, das Risiko ist also gering.«
Später sollten beide sich oftmals fragen: Warum waren wir in jenen Tagen eigentlich nicht von früh bis spät glücklich?

Bärenhäuter

Doch, es waren gute Tage. Geborgenheit und Wärme. Kerzenschein verzauberte die dunkle Jahreszeit. Musik und sanfte Gespräche. Unsmoler zeichnete oft. Sie das Modell. Ungestörtes Zurruhekommen. Gelassenheit. Nicht einmal den Hund zog es ins Freie. Eines Tages aber wurde der Hund unruhig, tapste zur Tür, hielt den Kopf schief und lauschte. Dann hörte auch Unsmoler Schritte. Der Hund wedelte und blickte sich um. Unsmoler legte das Reißbrett zur Seite und erhob sich.
»Wir bekommen Besuch«, sagte er. Er konnte nicht hinausblicken. Die Fenster waren zugehängt, sie hatte ihm Modell gestanden. Sie zog einen Pullover über, den Rock an und strich sich die Haare glatt. Unsmoler öffnete die Innentür. Im gleichen Augenblick ging auch die Außentür auf. Der Mann, der dunkel die Türöffnung ausfüllte, beugte sich hinab und klopfte dem Hund, der ihm freudig entgegensprang, freundschaftlich das Fell. Es war Bärenhäuter.
»Guten Tag, Bruderherz«, sagte er und ließ seinen Seesack von der Schulter fallen. »Keine Bange, ich bleibe nicht lange!« Bärenhäuter gab sich Mühe, seine Stimme zu dämpfen. »Ich habe gehört, du bist nicht allein.«
Unsmoler blickte ins Atelier. Delphine hatte die Zeichnung umgedreht und an die Wand gelehnt. Sie erwartete den Gast.

»Tritt ein, sei willkommen«, sagte Unsmoler nach der Begrüßung.
»Wenn ich störe, gehen wir beide in die Kneipe ...«
»Aber nicht doch«, sagte Delphine rasch.
Bärenhäuter sah sie an und umarmte sie behutsam. »Moler, Moler, was bist du nur für ein Glückspilz!« sagte er.
»Von welchem der Meere kommst du?« fragte Unsmoler.
»Draußen vom Walde komme ich«, antwortete Bärenhäuter und trug wie ein Weihnachtsmann den Seesack herein. Er knotete ihn auf, hob ein Bündel heraus und legte es beiseite, dann drehte er den Seesack um und kippte den Inhalt auf das Bett, das tagsüber das Sofa war. Apfelsinen, Datteln, Kokosnüsse, Feigen, Schokolade, Pullover, Bücher, Flaschen, Bohnenkaffee und eine fremdländische Decke. »Den Sack nämlich brauch' ich!« sagte er. Kein Wort sonst. Das Bündel ließ er wieder in den Seesack rutschen. Er warf den Sack in den Vorraum, setzte sich an den Tisch und bemühte sich, die Aufmerksamkeit der beiden von den Köstlichkeiten abzulenken.
»Setzt euch doch auch!« Er mochte keine großen Worte. Er nahm eine Flasche vom Sofa. »Haben wir Gläser?«
Delphine brachte den Männern Schnapsgläser. Bärenhäuter goß ein, dann schaufelte er mit seinen großen Händen Apfelsinen auf den Tisch.
»Magst du die runden Dinger überhaupt?« fragte er sie.
»Gern sogar!«
»Trinken wir auf das Wohl deiner Frau!« wandte er sich an seinen Bruder und hob sein Glas.
»Und du, magst du Kartoffelsuppe?« fragte sie nach einer Weile. Es war Mittagszeit.
Er nickte.
Sie brauchte die Suppe nur zu wärmen. Bärenhäuter erzählte beim Essen vom faszinierenden Tauchen über Korallenriffen und von einem Eremiten. Tagelang hatte ihr Schiff vor der kubanischen Küste auf Reede gelegen. Warten auf einen Platz an der Pier. Da es an Bord wenig zu tun gab, waren die Matrosen mit einem der Rettungsboote zum Baden zu einer, wie es schien, unbewohnten Insel gefahren. Auf dem breiten Strand spielten sie Fußball. Plötzlich flog der Ball ins dichte Gebüsch. Aus den Büschen kam ein uraltes graubärtiges Männchen. Den Ball in den Händen.

»Du bist ja kein Einsiedler mehr! Prost Moler, auf euer Wohl!«
Gegen drei tutete die Fähre. Bärenhäuter erhob sich. »Ich muß los. Unser Schiff liegt im Überseehafen.«
»Willst du nicht bleiben! Dein Zimmer ist frei, nichts hat sich dort verändert!«
»Ich muß aufs Schiff, nur die Familienväter haben diesmal mehrere Tage Urlaub.«
»Die weite Reise für drei Stunden?« rief Delphine erschrocken.
»Ich bin immer auf Reisen«, sagte Bärenhäuter, »ich bin ein Nomade geworden.« Er breitete seine Arme aus, lachte aber und wandte sich an seinen Bruder: »Darf ich deiner Frau die Decke überreichen?«
Unsmoler nickte: »Natürlich!«
Bärenhäuter nahm die Decke und spannte sie zwischen seinen Armen. »Gefällt sie dir?«
Sie nickte, warf sich die Decke über die Schultern und trat vor den Spiegel: »Toll, tolles Muster!«
»Lamawolle«, sagte Bärenhäuter, »Lamawolle wärmt gut. War schön bei euch! Ich habe gesehen, was zu sehen ich mir immer gewünscht habe. Nun bin ich wieder auf dem laufenden!«
»Und das alles?«
»Für euch natürlich. Pullover passen immer. Die ziehen sich hin. Mußt sehen, ob die Kunstbücher was taugen. Die Fressalien werdet ihr schon schaffen zu dritt.« Bärenhäuter lachte, reichte beiden die Hand, klemmte den Seesack unter den Arm und ging hinaus.
»Begleitest du ihn nicht?« rief Delphine überrascht.
Unsmoler schüttelte den Kopf. »Das mag er nicht, und Dankesworte will er auch nicht hören!«
»Unsinn!« sagte sie und drängte sich an ihm vorbei ins Freie. Sie lief Bärenhäuter nach, umarmte ihn und küßte ihn auf die Wange.
Dann ging er davon und hob, ohne sich umzusehen, noch einmal die Hand.
»Was seid ihr nur für Brüder«, sagte sie, als sie zurückkam.
»Das Pferd damals hat er auch bezahlt«, sagte Unsmoler.
Delphine schaute auf die Schätze. »Das legen wir alles unter den Weihnachtsbaum«, sagte sie. »Schade, wir hatten nichts für ihn!«
»Wir haben für ihn die Erinnerung an einen guten Ort«, sagte

Unsmoler. »Jeder Mensch braucht einen Ort. Auch er. Er trägt das Bild davon … du hier im Raum bei mir, eingehüllt in seine wärmende Decke.«

Zurückkommen

Unsmoler stand reglos am Bug.
Die Fähre lief mit unverminderter Geschwindigkeit durchs schwache beschneite Eis. Stetiges Bersten. Eisschollen schoben sich übereinander, untereinander und ordneten sich in der dunklen Spur des Schiffes.
Als Unsmoler mit Delphine zum Festland aufgebrochen war, war der Bodden noch eisfrei gewesen.
»Es wird allerhöchste Zeit«, hatte sie gesagt.
»Ja, langsam wird es Zeit«, hatte er geantwortet.
Nun war das Eis gekommen. Die Fähre mußte zwei Anläufe nehmen, um es an die Pier zu schaffen.
Schade, Lüders Treckergespann war nicht da. Die Warentransporte hinauf zum Konsum bewältigte in gästelosen Zeiten problemlos das grüne geschlossene Auto.
Unsmoler hatte einen schweren Bilderpacken und ein noch schwereres Bündel Arbeitsmaterial zu schleppen. Aber den Fahrer, der ihn seinerzeit zum Wahllokal geschafft hatte, mochte er nicht bitten, ihn samt Gepäck nach Hause zu fahren. Nein! Das wäre eine ungute Heimkehr.
Spurlos lag der Weg zum Dorf vor ihm. Frisch gefallener makelloser Schnee. Weiß wie ein weißes Blatt Papier. Er trug den Bilderpacken auf dem Kopf, das Bündel auf dem Rücken. Hinter dem Katen wartete das Boot auf den Frühling. »Hallo, Boot!« rief Unsmoler.
Daheim auf dem Hof Hundespuren. Er schloß die Tür auf und öffnete sie. Kalt und klamm empfing ihn das Innere der Hütte. Er ließ die Tür geöffnet, setzte Bündel und Bilderpacken im Vorraum ab, drehte sich um und pfiff.
Dann stapfte er eine Schneespur die Treppe hinauf: die Bilder wegstellen. Sollten die sich erst einmal erholen von den vielen Wor-

ten und Begutachterblicken. Für- und Widergerede drüben in der Stadt. Aber es war gutgegangen. Das Zünglein an der Waage war das Bildnis der Schwangeren gewesen. Ihr Bild hatte er preisgegeben, das Bild des noch nicht geborenen Kindes, und das bedauerte er. Nur nicht daran denken.
Daß bei der Abstimmung ein Wunder geschehen war, erfaßte er nicht. Zwar hatte er mit seinen Bildern überrascht, aber von dem, was offiziell gewünscht wurde, war wenig darin enthalten. Trotz alledem, er war in die Künstlergilde aufgenommen worden.
Der Herr Akkurat hatte ihm aufrichtig gratuliert und der gestrengen Kollegin, die sich vehement eingesetzt hatte, die Hand geschüttelt. So freundlich begegneten die beiden ungleichen Künstler einander sonst nicht.
Der Hund kam ins Haus gestürzt. Lärmende Begrüßung. »Da bin ich wieder!«
Im Atelier war die Kälte nicht so spürbar. Alles immer noch blitzsauber aufgeräumt. Fast schien es, als wäre Delphine noch zugegen. Der Stapel der Bücher. Bücher seiner Kindheit, die er ihr vorgelesen hatte. Frierende Bücher. Der kleine Prinz, Alice im Wunderland, Die Schatzinsel, Pu der Bär. Die Erinnerung an die Abende war voller Zauber. Die Worte hatten bereits dem Kind gegolten. Es hatte zugehört. Er griff nach einem Buch und blätterte. Der Hund legte sich neben den Ofen: alles wieder in Ordnung. Der Ofen aber war kalt. Das Tier sah ihn vorwurfsvoll an.
Unsmoler stellte die Bücher ins Regal. Er legte die Holzpantinen zum Anwärmen verkehrtherum auf die Ofenplatte, entfachte ein Feuer, schloß die Außentür und zog die Wattejacke aus. Wieder daheim.
Er wußte sie gut aufgehoben drüben in der Stadt.
Das mit den Bildern hatte sich so ergeben: Ein Telegramm vom Nachbarn war gekommen: »Vorlage beim Künstlerverband, Arbeiten mitbringen.«
Im Zugabteil hatte die schöne Frau sich seiner nicht zu schämen brauchen. Die schäbige Wattejacke hing in der Ecke, der Bärenhäuterpullover war in Ordnung, und in Ordnung waren auch die Manchesterhosen, die sie ihm zu Weihnachten geschenkt hatte. Angekommen, deponierte er die Bilder bei der Gepäckaufbewahrung. Alles lief so, wie sie es geplant hatte. Gemeinsam gingen sie zur Klinik. Sie hatte ihn dort in den Warteraum geführt.

»Warte hier«, hatte sie gesagt. »Aber zieh deine komische Jacke aus.«
Unsmoler hatte ihr nachgesehen. Ihr Bild verwischte rasch hinter dem geriffelten Glas der Pendeltüren. Hab' ich das nicht schon einmal in einem Traum erlebt? hatte er sich gefragt. Auch jetzt erinnerte er sich mit leichtem Erschrecken an dieses Verlöschen.
Er hatte dort lange in abgegriffenen Schwarzweiß-Illustrierten geblättert und schweigend neben Verstummten gewartet. Beklemmender Klinikgeruch. Namen wurden über schnarrende Lautsprecher aufgerufen. Leute verschwanden, andere kamen. Alles Menschen in Bedrängnis.
Er machte sich Sorgen um Delphine.
Schließlich kam sie herein, leicht gerötete Wangen, lächelnd, forsch, selbstbewußt, in ihrer Begleitung ein Arzt in weißem Kittel, der ihn mit Handschlag begrüßte. »Kommen Sie, wir müssen noch ein paar Worte miteinander reden.«
»Ist was?« hatte Unsmoler erschrocken gefragt. Er hatte die Leute um sich herum vergessen.
Der Arzt hob die Hände, »alles bestens, aber kommen Sie.«
Der Arzt sagte ihm draußen, was auch sie ihm hätte sagen können. Delphine konnte in der Klinik bleiben. Alles machbar, Kollegin sozusagen. Gewebeentwässerung oder dergleichen. Die beiden taten so, als müßten sie ihn beruhigen. Er, der Dritte.
Abschied. Kleine vorsichtige Umarmung.
Händedruck vom Doktor: »Nur keine Aufregung, junger Mann, hier werden täglich Dutzende Kinder geboren!«
Dann waren sie davongegangen. Wieder hatte er durch die Scheiben hinterhergeblickt. Sie dunkel neben dem Weiß des Arztkittels. Beunruhigendes Bild. Zwei verschwimmende Flecken.
Er hatte die Wattejacke von der Garderobe genommen, war hinausgegangen und hatte hinauf zu den vielen Fenstern geblickt. Irgendwo dahinter war sie. Er wußte nicht einmal, in welchem Trakt sich die Entbindungsstation befand. Dann hatte er den Zettel mit den Adressen hervorgezogen. Zuerst hatte er es beim bärtigen Bildhauer versucht. Hinter dem mit weißer Farbe zugestrichenen Schaufenster des einstigen Bäckerladens hatte Licht gebrannt. Gottlob! Er hatte im dunklen Flur geklingelt. Schritte. Eine junge Frau hatte die hohe zerschrammte Tür geöffnet. Natürlich eine Neue! hatte Unsmoler gedacht.

»Tag, ich komme von der Ostsee.«
Sie lächelte. »Ostsee«, das Zauberwort. »Ich möchte meinen Kumpel, den Bildhauer, besuchen.«
Ihr Lächeln war abrupt erloschen. »Ja, hier hat vorher ein Kunststudent gewohnt, alles noch voll Gips und Dreck!« hatte sie geschimpft.
»Wissen Sie, wo er ist?«
Ihr Blick wurde eisig. »Nein, ich habe nie etwas mit diesem Herrn zu schaffen gehabt!«
Er ist also in den Westen gegangen … hatte Unsmoler gedacht.
Alle Adressen auf dem Zettel stimmten nicht mehr. Überall öffneten Fremde. Doch das mußte nicht bedeuten, daß alle seine Bekannten abgehauen waren. Suchend irrte er durch die triste Stadt. Schließlich war er erschöpft ins Kino gegangen und dann zu guter Letzt wieder auf dem Bahnhof gelandet. Bier und Buletten in der Mitropa, ein kurzer Schlaf im Warteraum auf einer Bank.
Frühmorgens in der Bahnhofstoilette Katzenwäsche. Doch zum Inselnachbarmalerehepaar wollte er unrasiert und übernächtigt nicht gehen.
Da war nur noch die Adresse auf dem Packpapierfetzen.
Mit der Straßenbahn fuhr er durch den Morgen. Eilige berufstätige Mütter zerrten ihre plärrenden Kinder durch dunkle Straßen. Er hatte an Delphine gedacht. Mütter. Straßensuche mit dem Packpapierzettel in der Hand. Ein Bäckerladen duftete wunderbar.
Er hatte für fünfzig Pfennig zehn Brötchen gekauft und schließlich bei der Steinefrau an die Tür geklopft. Es dauerte eine Weile, bis er etwas hörte. Die Tür wurde einen Spaltweit geöffnet. Sie war noch nicht angezogen.
»Die Brötchen«, hatte er gesagt.
»Seit wann werden Brötchen ausgetragen!« Dann hatte sie ihn erkannt: »Der Mann, der im Schilf verschwand! Komische Zeit für Besuche!«
»Ja, die Zeiten sind ziemlich verrückt!«
»Ziemlich früh, meine ich«, hatte sie korrigiert.
»Ich hab' auf dem Bahnhof übernachtet.«
Sie hatte die Tür geöffnet, ihn hereingelassen, in die Küche geschoben und ihn aufgefordert, Tee zu machen. Dann hatten sie in ihrem Ladenatelier hinter den geweißten blinden Scheiben ge-

frühstückt. Überall Ölbilder in Schwarz und Weiß. Reduzierung. Figuren, Figuren, Figuren.
Plötzlich war es ihm wichtig geworden, irgendwie dazuzugehören. Er hatte seine Bilder vom Bahnhof geholt, und sie hatten sie sich gemeinsam angesehen. Zehn Arbeiten fanden ihre Gnade. Nicht zu viel zeigen, hatte sie geraten.
Er wußte, sie hatte recht mit ihrer Auswahl.
»Du wirst lachen«, hatte sie zu guter Letzt gesagt, »ich bin zufällig in der Kommission morgen. Meinen Segen wirst du haben.«
Nun war er wieder auf der Insel, in seinem Atelier. Das Ofenrohr glühte.
»An welche Frau denkst du!« herrschte er sich an.
Draußen schippte jemand Schnee. Scharrende Eisen auf Stein. »Wat soll die Müh': kommt doch noch mihr von boben!« hörte er jemanden rufen.
Bevor Unsmoler hinausging, stellte er ein Reißbrett auf die Staffelei und zweckte einen weißen Bogen auf die Fläche: Papier des bärtigen Bildhauers. Papier vom Kumpel, der weggegangen war und vorher sein Papier geschickt hatte: Kumpel, übernimm du meine Hoffnung! Ich kann nicht mehr.
Unsmoler ging zum Konsum, der Hund trabte neben ihm. Blicke, aber niemand fragte nach Delphine.
Milchpulver, Haferflocken, Wurst, Brot, Butter, Zucker, Käse, Tee, Fleischknochen ...
Es fing wieder an zu schneien. Im Katen war es warm, die Dinge aber waren noch klamm. Er legte sich eine Decke auf den Stuhl und rückte die Staffelei so zurecht, daß er während des Essens auf die weiße wartende Fläche schauen konnte.
Er brühte Tee, röstete Brotscheiben, fütterte den Hund und setzte sich.
Am Tag nach der Aufnahme in den Künstlerverband hatte er morgens sein ganzes Gepäck zur Gepäckaufbewahrung geschleppt, dann war er mit der S-Bahn nach Westberlin gefahren. Für zwanzig Pfennig.
Verschwenderisch beleuchtete Fülle. Überfluß an Düften. Überfluß an Früchten. Rührend dagegen die Apfelsinen, die Bärenhäuter auf das Bett geschüttet hatte. Überfluß an Autos, Überfluß an Sauberkeit. Überfluß an Lächeln und strahlend weißen Zähnen. Überfluß an allen Dingen. Sogar Überfluß an Galerien.

Glänzend kommt man hier ohne uns aus, wurde ihm bewußt.
In den Galerien war der Eintritt frei. Guter Tip von seiner Gastgeberin. Den ganzen Tag war er im Leuchten und im Tosen fremder Geräusche herumgewandert. Er hatte Sehnsucht nach der Stille und dem wehmütigen Schrei der großen Möwen bekommen. Als würde man etwas gefragt, so klang der Schrei der großen Möwen daheim. Aber die Weite war auch hier: Caspar David Friedrichs »Mönch am Meer« im Museum.
Lange hatte er vor dem Bild gesessen. Wunderbar einfach das Werk, dabei logisch im Aufbau wie ein Bild von Klee oder Picasso.
Er konnte es kaum erwarten, nach Hause zu fahren und zu arbeiten.
Nun blickte er auf die weiße Fläche, kaute seine Stullen und wartete. Draußen wuchs die Finsternis.

Tiefer Schnee

Der nächste Inseltag weckte ihn mit grellem Sonnenschein. Er hatte lange geschlafen.
Als würden Mücken in der Sonnenwärme tanzen, schwebten draußen glitzernde Rauhreifkristalle durchs Licht. Er sprang aus dem Bett und stieß das Fenster auf, und es war, als würde er vom Frost einen Hieb erhalten.
»Ist das ein Glück!« rief er. Aber er schloß das Fenster wieder. Er wußte selbst nicht, ob er diese faszinierende überwältigende Helligkeit gemeint hatte, oder den Umstand, daß Delphine sicher auf dem Festland war.
Rasch zog er sich an. Noch bevor er den Ofen anheizte, stieg er hinauf in das Bärenhäuterzimmer. Seine Schritte hallten fremd durchs kalte Haus. Das Fenster oben war dick mit Eisblumen bedeckt. Er preßte seine Hand an die Scheibe. Die Wärme schmolz einen winzigen Ausguck. Er spähte hindurch: Eis auf der See! Die Insel war eingeschlossen. Der Schnee und die Windstille hatten es dem Frost leichtgemacht.
Während er frühstückte, erlosch der wunderbare Glanz des Sonnenlichts. Schneeflocken trieben gegen die Scheiben. Er sah an den

Querstegen der Fensterkreuze den Schnee nach oben wachsen. Gegen elf Uhr mußte er das Licht einschalten. Abends fiepte sein Hund. Er wollte ihn ins Freie lassen, aber die Tür ließ sich nicht mehr öffnen. Er stieß das Fenster auf. »Hopp!« rief er. Der Hund sprang hinaus, versank im tiefen Schnee und sah sich unschlüssig um.

»Tob dich aus«, sagte Unsmoler und schloß das Fenster. Aber eine halbe Stunde später erklang Einlaß begehrendes Bellen. Als er den Hund auf gleichem Wege wieder hereinließ, fegte der Wind Schnee ins Zimmer. Schneetapsen auf dem Bett. Er schüttelte die Decke in der Nähe des Ofens aus.

»Dünnerlüchtig«, sagte er zum Hund, »wenn Delphine sehen würde, wie rasch wir verwildern, kommt sie nicht mehr zurück!«

Am nächsten Tag wurde er von munteren Stimmen geweckt. Wieder hatte er lange geschlafen. Sonne glitzerte durch Schneekristalle, die die Scheiben bedeckten. Sind wir bereits im Schnee versunken? dachte er. Aber die Fenster ließen sich öffnen.

Die von der Frostluft verwandelten Stimmen kamen von fröhlich schaufelnden Männern. Mit wahrem Feuereifer schippten sie Laufgräben. Es schien, als würde ein Fest der wunderbaren Fülle gefeiert. Rhythmisch warfen schwarze Schippen die weiße Pracht über die Wälle, die neben den Laufgräben wuchsen. Ein übermütiges Hallo verkündete ab und an, daß es gelungen war, die Pfade miteinander zu verbinden.

Unsmoler stieg aus dem Fenster, stapfte zum Schuppen, scharrte die Tür ein wenig frei und zwängte sich durch einen Spalt in die Schuppendunkelheit. Mit einer Schippe kam er wieder zum Vorschein. Auch er begann Pfade zu schaufeln. Zu den Kohlen, zur Pumpe, zum Herzhaus und schließlich von der Haustür zur Straße.

Das Dorf hatte mittlerweile das Aussehen einer mit Wehrgängen durchzogenen Festung bekommen. Der Umstand, daß der Konsum geschlossen blieb, da die dicke Verkäuferin noch nicht bis zum Laden vorgedrungen war, verstärkte den Eindruck von Belagerung.

Das Chefobjekt war unsichtbar geworden.

Beim Hausmeister schrillte unentwegt das Telefon.

»Lot die man schreien«, instruierte der Mann seine Alte vergnügt, »nur nicht abheben, wir sind draußen beim Schippen.« Um 12 Uhr aß er seelenruhig Mittag. Als es erneut klingelte, nahm er den Hörer ab. »Hab' nix gehört. Was meint ihr, was hier los ist!« stoppte er das aufgebrachte Geschnatter am anderen Ende der Leitung. »Wir machen, was wir können«, sagte er schließlich, »ich geh' zu Lüder rüber, aber ich sag' euch gleich, der muß erst die Tür vom Geräteschuppen freischaufeln, dann kann er überhaupt erst anfangen.« Er legte auf, ohne sich weitere Instruktionen anzuhören.

Lüder hatte sich bereits zum Traktor vorgearbeitet und montierte fluchend das kalte Eisen des Schiebeschilds.

»Schönen Gruß vom Inselchef!« sagte der Hausmeister.

»Der kann mich mal«, antwortete Lüder, »der friert sich sicher nicht die Pfoten ab!«

»Doch, tut er! Die Heizung bei denen macht Sperenzien, und ich komm' nicht durch!«

»Soll er dich mit dem Flugzeug holen!« Lüder wurde wieder fröhlich: Der Dicke klapperte also mit den Zähnen. Lüder beschloß, sich Zeit zu lassen.

Nachmittags um zwei sprach der Hausmeister erneut bei Lüder vor: »Du, die zahlen Sondervergütungen, Überstunden und so weiter.« Na also, das hört sich schon besser an, dachte Lüder. »Geht gleich los!« sagte er.

Um 15 Uhr setzte sich stotternd der Treckermotor in Gang.

Der Hausmeister ging die Nachricht in die Kneipe tragen. Ein schmaler Graben zur Kneipe war längst fertig.

Um 15 Uhr 5, als der Motor sich warm gelaufen hatte, ging Lüder zum Angriff über.

Um 15 Uhr 10 aber hatte er sich bereits hoffnungslos festgefahren. Die großen Treckerräder drehten sich wirkungslos im Schnee.

»Verdammte Scheiße«, schrie Lüder, »konntet ihr nicht warten mit eurem Scheißgeschippe!«

Der Wall neben dem Pfad war kaum zu bezwingen. Lüder stieg vom Trecker und schaufelte verbissen mit der Schippe den Treckerrädern eine Bahn. Die anderen Kerle zechten bereits fröhlich in der »Eiche«. Sie feierten den großen Schnee.

»Der macht uns mit seinem Ungetüm den Laufgang zur Sau«, berichtete der Schuster.

»Sei froh, dann kommt deine Alte nicht durch, wenn sie dich nach Hause treiben will!« Sie soffen, als würde der Schnaps knapp. »Sauft Leute, sauft, heut fällt man weich!«

Lüder hatte den Wall überwunden. Er ratterte vor und zurück, vor

und zurück. Scheinwerferlicht. Lüder malte mit den Treckerreifen ein gleichmäßiges Fischgrätenmuster auf die Dorfstraße. Mühelos ließ sich der weiche Schnee zur Seite drücken.
Um 11 Uhr nachts hatte er einen Weg bis zum Konsum gebahnt. Gegen Mitternacht war er beim Ausgang des Dorfes angelangt, dort aber traf er auf eine Schneewehe von gewaltigem Ausmaß. Es gelang ihm zu wenden und erlöst preschte er auf der befreiten Straße zurück.

Der schlafende Schuster

Kurz vor seinem Gehöft taumelten Lüder zwei Zecher im aufgeblendeten Scheinwerferlicht entgegen. Er bremste, rutschte und stieß in den Schneewall.
»Seid ihr verrückt!« Er stieg vom Traktor, sah aber, daß kein grobes Wort die Mauer der Heiterkeit durchstoßen konnte.
»Du bist dat«, lallte der Schuster, »dat war dat Treckerlicht, und ich dacht' schon der Herrgott in seiner leuchtenden Herrlichkeit!« Die Seligen zogen torkelnd weiter. Ich hab' mir auch einen verdient, dachte Lüder. Er schaltete den Rückfahrscheinwerfer ein, um nicht einen der beiden womöglich doch noch zu erwischen. Er fuhr rückwärts und dann wieder vorwärts bis zu seinem Hof. Er freute sich auf den morgigen Tag. Mit dem Mistlader würde er sich durch den Schneeberg fressen. Er, der Befreier. Zu Hause schluckte er eine halbe Flasche Korn und war danach so aufgekratzt, daß er nicht zu Bett gehen mochte. Er beschloß, den Mistlader, dieses wenig geländegängige Fahrzeug, zum Zeichen seines Sieges bereits jetzt in Stellung zu bringen. Es gelang ihm seltsamerweise, den Motor in Gang zu bringen. Lüder fuhr bis zur weißen Wand der Schneewehe. Da bemerkte er etwas Dunkles. Selig lag der Schuster im weichen Schnee. Spuren zeigten, daß er vergeblich versucht hatte, den Schneewall zu erklimmen. Der schlummernde Schuster brummte nur Unverständliches, als Lüder ihn zu wecken versuchte.
»Sonne Bescherung«, sagte Lüder. Er trug den kalten Mann in den Mistlader, setzte sich hinter das Lenkrad und fuhr rückwärts die

Straße hinab. Er stoppte an einer zum Übersteigen des Walls geeigneten Stelle und hob sich den Schuster auf den Rücken. Der kalte Mann muß ins warme Bett, dachte er. Soll Elfriede sich ruhig verfrieren! Leise öffnete er die Tür, leise schlich er mit dem Hausherrn auf der Schulter ins Haus.

Zwar nannte Elfriede ihren Mann, als er morgens wieder durch Worte zu treffen war, eine versoffene Existenz, zwar schalt sie ihn, zu blöde zu sein, um in einem gottverlassenen Kaff von hundert Häusern die eigene Haustür zu finden, aber im Laufe des Tages sollte sie zu spüren bekommen, daß etwas ganz Ungewöhnliches geschehen war: Ein Engel hatte ihr den eignen Mann ins Ehebett geworfen.

Entschlossen, es mit allen Widrigkeiten des Wetters aufzunehmen, war Elfriede in der Frühe aus dem Haus gegangen. Sie hatte vorgehabt, aller Welt zu beweisen, daß, wenn man nur wolle, doch ein Vorstoß zum Chefobjekt möglich sei. Ihr Marsch jedoch endete an jener Stelle, an der sich ihr Gemahl nachts zur Ruhe niedergelegt hatte. Trotz der frühen Stunde sah sie zwei Männer andächtig mit Taschenlampen auf den Schnee leuchten. Die Kerls betrachteten merkwürdige Abdrücke, die so aussahen, als hätte ein seltsam großer Vogel seine Schwingen in den Schnee gepreßt.

»Na, habt ihr kein Zuhause!« begrüßte sie den Tüffelmacher und den anderen.

Die Kerle schwiegen. Sie blickte hinab. »Na und?«

»Sieht gradwegs so ut, as wir dat ein Engel west!« sagte der Tüffelmacher schließlich.

»Ach wo, dat wir min Oller«, sagte sie, »mach sein, hei wullt nach boben!«

»Red nicht, Elfriede, wenn sich dein Alter besoffen aufs Ohr legt, schläft er. Hätte der sich bei diesen Minusgraden hingepackt, dann wir hei dot. Hast du ihn lebend zu Hause?«

Sie nickte.

»Na siehst du!«

»Hier langt's noch zum Erfrieren«, kommentierte der andere mit gewissem Stolz.

Lüder schaltete in diesem Moment die Hoflampe an. Er kam mit einer dampfenden Gießkanne in der Hand auf die Straße und trat an den Mistlader heran.

»Kumm eins her!« rief der Tüffelmacher die Straße hinab.

Lüder kam mit seiner dampfenden Kanne näher.
»Sieh dir dat an! ...«
Elfriede unterbrach: »Von wegen Engel, das war mein Mann!«
Lüder kratzte sich unter der speckigen Mütz den Kopf, wie er es manchmal machte, wenn er mit einem schwierigen Problem konfrontiert wurde.
»Das mußt du doch am besten wissen, du hast ihn doch ins Bett gebracht«, ereiferte sich Elfriede.
Lüder erinnerte sich erst in diesem Moment an seine Tat, aber er liebte absonderliche Geschichten. Erstaunt sah er sie an. »Ich?«
»Du hest den Schauster int Bett bröcht«, wiederholte der Tüffelmacher, als hätte der Traktorist nicht begriffen.
»Von wegen, so schön ist er nu wieder auch nicht!«
»Du bist doch bei uns im Schlafzimmer gewesen!« rief Elfriede.
»Ich werd' mich schön hüten«, sagte Lüder, »du würdest mir ein schlimmes Willkommen bereiten oder etwa nicht?«
»Na sicher doch!«
»Leute, ich muß weiter, mein Wasser wird kalt.«
Lüder drehte sich um und ging zum Mistlader, um das heiße Kühlwasser einzufüllen.
Er sah sich nicht um. Er grinste.
Elfriede beschloß, ihren Versuch aufzugeben, die Leute des Chefobjekts mit ihrem Erscheinen in Erstaunen zu versetzen. Im Dorf schien es an diesem Tag interessant zu werden.
Lüder schraubte den Kühlerverschluß zu und wandte sich noch einmal mit gespielter Empörung an Elfriede: »Ich bei dir mitternachts ins Schlafzimmer? Ich möcht' den seh'n, der sich das traut! Ich schinder' draußen, und die andern machen sich einen Bunten in der Kneipe. Und anschließend trag' ich die Saufköppe auch noch zu Mutti ins Bett! Ich müßte was am Kopp haben, wenn ich das täte!«
Seine Stimme klang überzeugend, denn er dachte an den gestrigen Abend und wurde tatsächlich ärgerlich. Er warf die leere Kanne ins Fahrerhäuschen, stieg ein, glühte vor, startete. Der Motor fing nach einigen gequälten Umdrehungen zu tuckern an. Das Gerät vibrierte. Lüder grinste wieder. Das machten die Gedanken. Als er an den dreien gemächlich vorüberfuhr, stoppte er, hüllte sie in blauen stinkenden Dieselqualm und beugte sich aus dem Fenster: »Stimmt, Leute, ich war total fertig gestern, aber nicht vom Saufen!«

Na, dachte er, mittags werd' ich sehen, wie sich die Story entwikkelt hat.
Es wurde wieder ein gleißend heller Tag. Das Rattern und Quietschen vertrieb die winterliche Stille. Der Greifer senkte sich in den Schnee, Meter für Meter schob sich der Mistlader durch die Schneewehe voran und türmte links und rechts vom Weg auf der Insel noch nie dagewesene Schneeberge. Unentwegt hantierte Lüder mit den Hebeln. Er kniff die Augen zu schmalen Schlitzen zusammen und richtete seinen Blick auf das dunkle Metall des Greifers. Schneeblind mocht' er nicht werden, obwohl das ja ein Arbeitsunfall wäre, Krankengeld und so ... aber erstens, sagt man, tut das weh, und zweitens waren schon ausreichend Wunder geschehen. Er brauchte also nicht wie seinerzeit Saulus geblendet vom stählernen Roß zu stürzen, nur damit es was zu bekakeln gab. An Zuschauern hätte es nicht gefehlt. Die Dorfbewohner machten aus dem Sonnentag einen Sonntag. Sie spazierten auf der geräumten Straße heran und besprachen mit hochgezogenen Brauen die seltsamen Ereignisse der Nacht.
Gegen elf stieg Lüder auf das Dach des Mistladers. Beinahe enttäuscht stellte er fest: eine halbe Stunde noch, und der Schneewall würde bezwungen sein. Zwar war der Weg dann noch weit bis hinunter zum Hafen und zum Objekt hinauf, aber das war zu erkennen: Die Strecke zum Chefobjekt war mit dem Schiebeschild des Treckers ziemlich fix zu räumen. Er zog die Fäustlinge aus, nahm die Mütze ab und fuhr sich mit den Fingern durchs Haar.
»Die Leute dahinten brauchen wir nicht!« meinte er eine Stimme zu hören.
Er wandte sich um: niemand!
Und plötzlich war es, als geriete er in die eigene Falle. Listig lachend hatte er das Dorf in spökenkiekrige Phantastereien gelockt. Nun erhaschte es ihn selbst. Er erschrak, denn es war ihm, als würde er einen Moment lang von düsterer Hellsicht getroffen: der gegenwärtige Augenblick zeigte sich ihm als das Resultat einer endlosen Kette von tragischen Fehlentscheidungen. Verstört stieg er von seinem Ausguck hinab.
Mann, laß dem Dorf die Ferien, dachte er und zweifelte plötzlich am Sinn seiner Arbeit.
Er kletterte in das Mistladergehäuse, ließ sich auf seinen Fahrer-

sitz fallen und wartete. Plötzlich schlug er sich auf die Oberschenkel. »Krause, verrückte Gedanken sind dat!« herrschte er sich an, »trotzdem, kleine Pause!«
Eine Panne vorzutäuschen, ließ sein Stolz nicht zu. »Ganz einfach, ich brauch' Diesel.« Er schüttelte sich, stieg aus, nahm den Zwanzig-Liter-Kanister und begab sich auf den Weg zurück.

Deibels sind klein

Lüder hatte das Bedürfnis, diesem oder jenem Dörfler zu begegnen. Er wollte erfahren, welcherart Verwirrung sein Verzicht, den Ruhm für die Rettungstat zu ernten, in den Köpfen der Dörfler angerichtet hatte. In der Morgendämmerung mochte das ja noch angehen, daß man Engels oder Deibels zur Erklärung heranzog, aber jetzt in der Mittagshelligkeit …
Elfriede, die Schusterfrau, mußte das Verstummen des Mistladers vernommen haben, denn sie trat vor die Tür und winkte hektisch. Sie bedeutete Lüder überraschend herzlich, ins Haus zu kommen, verschwand dann aber ebenso rasch, wie sie hervorgekommen war. Nanu! dachte er, denn er konnte sich nicht entsinnen, dieser Frau jemals ohne Angriff ihrerseits begegnet zu sein. Dat mit dem Leibhaftigen kannst du also streichen, überlegte er, wahrscheinlich hat man sich auf den Erzengel Michael geeinigt. Er grinste fröhlich und beschloß, so zu tun, als würde er am Schusterhaus vorübergehen. Elfriede klopfte heftig an die Scheiben, und als das auch nicht wirkte und er nur den leeren Kanister in die Höhe hob, stieß sie einen Fensterflügel auf und rief: »Mann, kum rin, hier sind alle!«
Er bog in den schmalen Schneegraben, der zur Schustertür führte, und trat beim Schuster ein. »Nanu«, sagte er, »ist hier eine Leichenfeier?«
»Eben nicht!« antwortete Elfriede feierlich.
Der Schlafraum war proppenvoll, und Schnaps gab es auch. Der Schuster thronte im Bett. Er schien verwandelt, denn er steckte in einem weiten bläulichen Nachthemd. Dieser völlig ungewohnte lichte Farbton seiner Bekleidung unterstrich den Gegensatz zu den wie üblich dunkel gekleideten Besuchern. Elfriede inszenier-

te. Sie hatte ihren Mann ins Bett gesteckt, um seine wundersame Rettung noch augenfälliger zu machen.
Lüder betrachtete die Szene mit gut gespielter Verwunderung und beantwortete sämtliche Fragen nur mit Schulterzucken. Der Schuster, beglückt von der Wandlung seines Weibes zum Guten, schien in der Tat verklärt, ja er lehnte sogar dankend ab, als Elfriede ihm, so wie allen andern, nachschenken wollte.
»Ne, Muddern«, sagte er, »ich bin ...« Das Wörtchen »bekehrt« verkniff er sich rechtzeitig. Nur nicht übertreiben!
Alle waren sich darin einig: mit rechten Dingen war es in der letzten Nacht nicht zugegangen. Ein übergroßes, menschenähnliches Wesen hatte den erretteten Meister aufs Bett geworfen ...
»Deibels sind klein!« wurde argumentiert.
»Aber die Kraft hätten die schon, schwer ist er ja nicht, unser Meister!«
Er wurde wieder »Meister« genannt, wie damals, als ein Schuhmacher noch etwas galt auf der Insel und man stolz sein konnte, wenn man bei ihm als Lehrling anfangen durfte.
»Stimmt, Kraft haben die Deibels schon, aber wenn sie durchs Zimmer laufen, hört man auf den Bretterdielen den Pferdefuß klopfen«, belehrte jemand die Runde.
»Hast du was gehört, Elfriede?«
»Nichts hab' ich gehört, gehumpelt hat das Ungetüm jedenfalls nicht!«
Nachdem Lüder drei Schnäpse gekippt hatte, beschloß er, die Leute mit all ihren Mutmaßungen allein zu lassen. Die Geschichte kam überraschend gut ins Wuchern.
»Schönen Dank auch«, sagte er, »ich hab' zu tun, denn was wollt ihr saufen, wenn kein Nachschub durchkommt!«
Am frühen Nachmittag bezwang er die letzten Meter der großen Schneewehe. Die weite unberührte Landschaft lag vor ihm. Er schob die Mütze zurück und blickte zum Chefobjekt:
»Arschlöcher müssen warten!« sagte er.
Er fuhr mit dem Mistlader rückwärts auf seinen Hof und rief seine Frau. »Muddern, ich mach den Traktor klar, geh schon mal in den Konsum und sag der Dicken, sie soll 'ne Kiste für die Ollen vom Fischdorf zusammenstellen. Brot und Schnaps und Speck und Butter, was man so braucht. Ich komm' gleich bei ihr vorbei!«
Ungläubig beobachtete der Inselchef gegen 14 Uhr 30, wie der

Traktor, der sich brav einen Weg Richtung Objekt gebahnt hatte, plötzlich die Betonstraße verließ und querfeldein eine verrückte Fährte zu ziehen begann.
»Teufel noch mal«, schimpfte er, »ist der Kerl besoffen?«
So sah es in der Tat aus. Mal preschte das Gefährt mit vierzig Sachen voran, dann wieder schien der Fahrer Feierabend gemacht zu haben. Mal probierte er diese, mal jene Richtung.
Der Chef war versucht, zu winken und zu brüllen: »Idiot, hier lang!« Er hatte für Momente vergessen, daß er sich in der Aussichtsetage befand und durchs Fernrohr blickte. Mit bloßem Auge allerdings war der im Schnee wühlende, einen günstigen Weg suchende Traktor kaum auszumachen. In Wirklichkeit war er unerreichbar weit weg. Plötzlich fiel dem Genossen Vorsitzenden der Strandfunk ein.
Großartig, dachte er, ich werd' dem Herrn da mit Donnerstimme den Marsch blasen! Die ganze Insel soll es hören. Die Scheiben werden zittern! Er eilte zum Studio, das aber war verschlossen und der Verantwortliche nicht auffindbar. Ein Techniker sagte, daß die Anlage ohnehin seit dem Herbst abgeschaltet worden sei wegen der Kurzschlüsse und so.
»Machen hier denn alle, was sie wollen!« brüllte der mächtige Mann und zog sich in sein Büro zurück. »Verbinden Sie mich mit dem Hausmeister!«
Die Sekretärin machte ein klägliches Gesicht. »Die Verbindung ist offenbar unterbrochen.«
»Dann eben mit dem Abschnittsbevollmächtigten!«
Der ABV meldete sich. »Was ist denn nu schon wieder los!«
»Genosse, stellt mal fest, ob euer Traktorist besoffen ist. Der Mann kurvt wie verrückt auf den Äckern rum!«
Um drei Uhr erreichte Lüder die Hügel über dem Fischdorf. Steifbeinig stieg er aus. Der Traktor stand auf hartgefrorenem freigewehtem Ackerboden, tuckerte vor sich hin und dampfte wie ein überanstrengtes Pferd. Lüder schlug mit seinen Armen an den Leib, langsam wurden die Finger warm. Er blickte sich um. Aus drei Schornsteinen kräuselte sich Rauch. Er drückte auf die Hupe, aber nichts rührte sich da unten. Er hupte noch einmal, gurtete die Proviantkiste los, setzte sie sich auf die Schulter und stapfte hinab.
»Lebt ihr noch!« brüllte er in die Frostluft.
»Kum rin, wenn du nicht der Deibel büst!«

Ein Fenster vom Heizerhaus öffnete sich dicht über der Erde. Der Heizer lugte wie ein Fuchs aus seiner Höhle.
Lüder hob die Kiste von der Schulter und schob sie dem Heizer vor die Nase. »Flaschen hab' ich auch mit!«
Der Heizer zog die Kiste in seinen Bau. Lüder kletterte hinterdrein. Mein Gott, dachte er, die leben unbequem! In der Ecke standen die Krücken. Auf dem einen der beiden Stühle saß stumm der Fischer. Aber pudelwarm und urgemütlich das Loch.
»Wir räumen die Kiste aus, dann hast du einen Sitz«, sagte der Heizer.
»Alles angeschrieben bei der Dicken, alles drin, was du sonst so holst, Quittung liegt bei.«
»Ja«, sagte der Heizer, »ich war drei Tage nicht oben. Das Holzbein friert. Wenn dat andauert mit der Kälte, werd' ich's wohl verfeuern müssen. Ich trag' die eiserne Ration Brennholz immer mit mir rum. Gute deutsche Eiche. Aber nichts überstürzen, das Holzbein ist schließlich alles, was mir vom Heimatwald geblieben ist. Darauf wollen wir einen nehmen. Er hopste zum Wandbord, nahm ein Glas herunter, reichte es Lüder und goß ein. »Brennol wärmt auch!«
In diesem Moment trat im fernen Neudorf der Polizist auf die Straße. Die heftigen Worte, die ihm der Inselchef durchs Telefon ins Ohr gebrüllt hatte, hatten ihn kochen lassen, doch das verbarg er hinter einer strengen unnachsichtigen Miene. Auch hütete er sich, die Lüderfährte aufzunehmen, um den Mann irgendwo in ferner Feldeinsamkeit zu stellen. Das würde nicht gutgehen. Besser hier im Dorf vor Zeugen. Der Polizist begann auf und ab zu wandern. Die Polizeipräsenz verwandelte die Dorfstraße, auch wenn es nur Jobst war. Auch Unsmoler sah ihn.
Schließlich wurde in der Stille das Geräusch des Treckers hörbar. Jobst begab sich mit raschen Schritten zum Ortseingang. Lüder in der eigenen Spur. Das Scheinwerferlicht glitt über die verschneiten Hügel, zielte eine Weile lang tastend auf den verschneiten Rohrkamp und strahlte dann hinauf zum Dorf.
Jobst im Licht. Die Sau kennt die Straßenverkehrsordnung nicht, müßte längst abblenden! dachte der Polizist und geriet noch mehr in Wut. Lüder blendete nie ab. Er wußte nicht einmal, wie das ging, dennoch sah er Jobst zu spät, der Polizist sprang zur Seite, Lüder ratterte vorbei und bremste.

Grelle Trillerpfeifenpfiffe. Lüder hielt, blieb aber sitzen. Jobst kam angerannt. Alle eingetrichterten Worte, die er jahrelang nicht hatte benutzen können, waren in sein Bewußtsein zurückmarschiert. Er hob die Hand korrekt an den Mützenschirm und sagte seinen Spruch. Dann befahl er barsch und bemerkte überrascht, daß er gar nichts anderes hätte sagen können: »Bürger, verlassen Sie das Fahrzeug. Übergeben Sie Fahrzeugpapiere und Fahrzeugschlüssel! Sie fahren unter Alkohol!«
Zuschauer umringten die Szene. Lüder liebte Publikum. Er kletterte vom Sitz, schien zu taumeln, streckte aber dem Polizisten zur Begrüßung die Hand entgegen und sagte: »He, Jobst, erkennst du mich nicht, ich bin Lüder!«
Die Zuschauer lachten.
Jobst stieß die Hand beiseite: »Bürger, übergeben Sie mir die Fahrzeugpapiere!«
»Die Flebben mußt du dir bei mir zu Hause abholen, aber den Fahrzeugschlüssel kannst du jetzt schon haben!« sagte Lüder freundlich und schien aufzuatmen: »Mann, bin ich froh, endlich Feierabend!« Er hob sich die Kiste auf die Schulter und marschierte los. Aber er drehte sich noch einmal um: »Daß wir uns nicht falsch verstehen, Jobst, jetzt bist du für das Fahrzeug verantwortlich ... Kühlwasser ablassen und Batterie ausbauen. Nichts darf bei der Kälte Schaden nehmen. Volkseigentum, verstehst du! Alles meine Zeugen hier!« Dann rief er den Zuschauern zu: »Schönen Gruß von denen aus dem Fischdorf. Die leben noch. Die fischen sogar!« Er langte in die Kiste und hielt einen Fisch hoch. Es war ein Lachs. »Eigentlich wollt' ich jetzt fix einen Happen essen und dann die Straße zum Objekt räumen. Aber ich kann froh sein«, er wies auf den Polizisten, »er will das nicht! Feierabend also!«

Aufforderung zum Widerruf

Lange vor dem Frühstück fuhr der Inselchef hinauf in die Aussichtsetage. Unberührt der stille Schnee im müden Licht der Lampen unten am Hafen. Auf der verschneiten Betonstraße tat sich offenbar nichts. Nur eine dünne Fährte führte von draußen zum

Objekt. Aber das konnte genausogut die Spur eines Tieres sein. Er deckte den Schonbezug vom Fernrohr gar nicht erst ab.
»Nun schlafen die da vollends ein!« sprach er aufgebracht.
Er begab sich in sein Büro und wählte die Nummer des Dorfpolizisten. Nichts, immer wieder nichts! Dann probierte er es beim Hausmeister und lauschte den Klingelzeichen. Schließlich meldete sich eine Frauenstimme.
»Geben Sie mir Ihren Mann!« rief er ungnädig.
»Sind Sie es, Genosse Vorsitzender?«
»Wer denn sonst!« antwortete er grob.
»Mein Mann ist unterwegs. Er wühlt sich durch den Schnee. Mein Gott, ist er noch nicht da?« fragte sie erschrocken.
»Was weiß ich. Bei euch im Dorf funktioniert wohl gar nichts mehr. Beim ABV rührt sich auch nichts. Ist der Mann eingeschneit?«
»Hier sind alle Wege freigeschaufelt«, sagte sie unvorsichtigerweise.
»Gut, dann überbringen Sie dem Abschnittsbevollmächtigten bitte eine dringliche Nachricht! Sagen Sie ihm, er soll sofort im Objekt anrufen! Danke!« Der Inselchef legte auf.
Irgendwo in den Fluren des Hochhauses heulte eine Bohnermaschine. Türen klappten heftig.
Der Inselchef begab sich zum nächsten Treppenhausfenster, um erneut zum Dorf zu blicken. Wieder nichts!
Er ortete die Geräusche der Bohnermaschine und stieß schließlich auf Elfriede.
»Nun, wie sieht es aus, Kollegin?« rief er.
Sie schaltete das Gerät aus. »Schon besser, schon besser. Aber es hätte nicht viel gefehlt, und es hätte Tote gegeben.« Sie machte eine kleine Pause, um die Worte wirken zu lassen. »Was meinen Mann betrifft, der wurde im allerletzten Moment gerettet. War im Schnee steckengeblieben und schon ganz steif. Wurde nach Hause getragen, aber niemand weiß, von wem! Ich hab' mich durchgekämpft. War nicht ganz einfach!« sagte sie, Anerkennung heischend.
»Durchgekämpft! Warum ist die Straße noch nicht geräumt? Ich habe versucht, den ABV zu erreichen. Ist ihm etwas zugestoßen?«
»Jobst ist mopsfidel, hat dem Traktoristen gestern abend die Fahrerlaubnis abgenommen! Behauptete, der Traktorist wäre betrunken. Sah aber nicht so aus, war nur hundemüde, der Mann. Alle

Straßen könnten schon frei sein, wenn Lüder den Treckerschlüssel noch hätte. Hat gestern den Alten im Fischdorf Notrationen gebracht. Menschenleben haben im Sozialismus Vorrang. Vorher mußte er die größte Schneewehe des Jahrhunderts mit dem Mistlader beiseite räumen. Das hat ihn viel Zeit gekostet. Nicht totzukriegen, der Mann!«

»Der ABV hat die Fahrerlaubnis eingezogen?« unterbrach sie der Chef mit ungläubigem Staunen.

»Und den Fahrzeugschlüssel auch!« bestätigte Elfriede.

»Danke für die Informationen«, sagte der Genosse Vorsitzende und ging mit eiligen Schritten in sein Büro.

Und wieder heulte die Bohnermaschine.

Die Frau des Hausmeisters tappte derweil durch die Finsternis. Ihre Sinne waren auf das äußerste gespannt, denn das Dorf wirkte zu dieser Stunde in der Tat gespenstisch. Hinter dem Lüderhof waren sämtliche Gänge im Schnee nur noch mannsbreit, man hätte meinen können, durch ein endloses Schneelabyrinth zu irren. Hinter jedem Abzweig konnte etwas lauern. Alles nicht mehr recht geheuer hier. Selbst dem Schuster war in der letzten Nacht Seltsames geschehen. Und das, obwohl er ein Mann war.

Die einsame Hausmeisterfrau war bemüht, das Knirschen ihrer Schuhe zu vermeiden.

War das wirklich der Inselchef gewesen, der da angerufen hatte? Sonst telefoniert doch immer die Sekretärin. Und wenn es nun der Deibel selber gewesen war?

Sie wagte jedoch nicht, sich den Anweisungen von oben oder von ganz ganz unten zu widersetzen. Sie nahm sich ein Herz, hämmerte bei Jobst an die Scheiben und drehte sich im gleichen Augenblick um, bereit, einen hinterhältigen Angreifer mit erhobenen Händen abzuwehren.

Der ABV stieß die Tür auf und knöpfte sich schlaftrunken die Uniformjacke zu. »Was ist nun schon wieder los! Flattern Engel durch die Gegend?« fragte er unwirsch.

»Der Inselchef schickt mich, du sollst ihn anrufen!«

»Scheiße!« sagte er und schloß die Tür. Er wählte die Nummer vom Sekretariat. Es wurde sofort abgenommen.

»Wer ist da!«

Es war die Stimme des Chefs. Lieber wäre ihm zum Angewöhnen die Stimme der Sekretärin gewesen.

»Genosse Vorsitzender«, sagte der Dorfpolizist rasch, »ich habe schon mehrfach versucht, das Büro zu erreichen.«
»Wir haben es auch probiert, was ist bei euch da oben los?«
»Es hat Probleme beim Umschalten gegeben. Die Kälte. Ich war im Außendienst«, log der ABV.
»Ach ja, der Außendienst, der Außendienst«, begann der Inselchef leise, um dann die Lautstärke seiner Stimme fast bis zum Unerträglichen zu steigern, »du hast die Papiere vom Traktoristen eingezogen?«
»Trunkenheit am Steuer«, antwortete Jobst kleinlaut, »ich hatte die Weisung, ihm auf die Pfoten zu schauen.«
»Konntest du dir keinen besseren Zeitpunkt aussuchen?« brüllte der Inselchef, »die Planierraupe ist zur Zeit nicht einsatzbereit!«
Dicke Luft, flüsterte man im Korridor der Büroetage verstört. Das Gebrüll war durch die Polstertür hindurch zu hören.
»Genosse, du begibst dich jetzt im Laufschritt zum Fischdorf. Du läßt dir von den Bürgern dort schriftlich bestätigen, daß der Traktorfahrer keinen Tropfen Alkohol getrunken hat! Wenn du den Zettel hast, gehst du zum Traktoristen, sagst, die Angelegenheit hat sich geklärt, gibst ihm die Fahrerlaubnis wieder und forderst ihn auf, unverzüglich die Räumungsarbeiten fortzusetzen! Tempo, Mann, ein Schiff kommt heute!« Er knallte den Hörer in die Gabel.
»Scheiße, Scheiße, Scheiße!« fluchte Jobst. Er zog den Uniformmantel über, hängte seine Diensttasche um, setzte die Fellmütze auf und ging ins Freie. Er roch Räucherrauch. Lüder räucherte Lachse.
Während der ABV in der viel zu schmalen Treckerreifenspur voranstolperte und mehrmals sogar seitwärts in den Schnee fiel, dachte er immer wieder an die Lachse in Lüders Räucherofen, und er dachte daran, daß der Mann die Fische mit Gewißheit nicht alleine fressen würde, sondern gemeinsam mit vielen Gästen. Die Leute würden essen und trinken und reden. Er aber war ausgeschlossen, und reden würden sie über ihn, ihn, der hier allein durch den Schnee stiefelte. Wieder taumelte er. Er fiel seitwärts.
»Bleib doch einfach liegen!« schien eine Stimme zu flüstern. »Bleib liegen!«
Die Fellmütze war ihm vom Kopf gerutscht. »Das könnte euch so passen!« knurrte er. Er richtete sich wieder auf, klopfte den Schnee aus der Mütze.

»Verdammtes Arschloch!« rief er in die Richtung des Chefobjekts, sah sich aber gezwungen, weiterzustapfen, denn sicher stand da oben in der pudelwarmen Aussichtsetage das Arschloch und überwachte durchs Fernrohr den Vormarsch der Volkspolizei.

Glückwünsche

Lüder hockte noch immer vor dem Räucherofen, löschte die kleinen Flämmchen, die hin und wieder aus dem qualmenden Holz züngelten, und wartete.

Seine dreiste Fröhlichkeit war versiegt. So mancher im Dorf hatte das bereits beunruhigt registriert. Man befürchtete, seine Stille sei ein Zeichen von Angst. Verdammt noch mal, wenn Lüder in die Knie ging, standen sie plötzlich in der ersten Reihe. Dazu hatte nicht einmal der Schmied Lust. Man verstand sich aufs gelassene Überleben. Die erste Grundbedingung aber dafür war: nicht auffallen! Solange Lüder seine dreisten Reden führte, solange der seinen fröhlichen Hokuspokus machte, solange der, alle Verkehrsregeln mißachtend, durch das Dorf bretterte, solange der seine Späße mit dem Dorfpolizisten machte, hatten sie, wie sie meinten, ihre Ruhe.

Nun aber herrschte bedrohliche Stille. Lütt Otto suchte ihn mit einer Buddel »Seehund« auf. Er wollte mit dem Traktoristen anstoßen und mit ihm eine Weile in den Rauch blicken. Aber Lüder hatte »den Kleinen« abgelehnt und damit Lütt Otto zutiefst erschreckt: »Mann, bist du krank, fehlt dir was?« fragte er.

Natürlich fehlte dem Mann etwas. Sonst wäre er nicht Lüder, der Traktorist, gewesen. Ihm fehlten die Maschinen.

Beide Männer hatten vor dem Räucherofen gesessen und geschwiegen. Plötzlich ging die Sirene. Lüder sprang auf.

»Mann, Mittwoch 13 Uhr, das ist der Dicke, der probiert nur seine Heule aus!« sprach Lütt Otto beruhigend wie zu einem Kranken. Dann reichte er seinem Kumpel die Hand und ging. Ja, dachte er, uns Lüder, der ist fertig.

Er blickte sich noch einmal um. Lüder sah ganz klein aus. Hat ja auch den Bogen überspannt, der Junge, dachte Lütt Otto. Die

Hauptsache is man, daß er den Dicken nicht gegen uns allesamt aufgebracht hat. So was können wir nicht brauchen.

Die unheimlichen Sirenentöne erschreckten auch Unsmoler. Lähmende Kriegserinnerungen: Löcher, Gänge, Bunker, zitternde Keller. Er lauschte und starrte auf die Zeichnung. Das Gängelabyrinth im tiefen Schnee verwandelte sich auf dem Blatt, ohne daß er etwas tat. Die Schneegräben wurden zu Schützengräben.

Er legte den Stift beiseite. Draußen lachten rodelnde Kinder. Er lächelte und nahm den Stift wieder zur Hand.

Es geschah, wie es der Inselchef angeordnet hatte. Jobst klopfte gegen 14 Uhr mittags bei Lüder an die Haustür. Die Lüderfrau öffnete.

»Wo ist der Chef?« fragte der ABV völlig erschöpft.

»Den laß bloß in Ruh!« entgegnete sie heftig.

»Die Sache hat sich aufgeklärt!« sagte Jobst beschwichtigend, »ich bin extra rüber ins Fischdorf, die Leute da haben bestätigt, dein Mann hat keinen Tropfen Alkohol getrunken. Er bekommt die Papiere zurück. Das nehm' ich auf mich!«

»Vadder, kumm eins her!« rief sie. Lüder kam langsam und ohne ein Lächeln.

»Die Sache hat sich geklärt!« wiederholte Jobst.

»Er war bei den Alten im Fischdorf, die haben für dich ausgesagt!« ergänzte seine Frau.

»Mann, du hast uns mit deiner Torkelei allesamt ganz schön auf den Arm genommen!« sagte Jobst vorwurfsvoll.

Lüder wischte seine Hände an der Hose ab, nahm Schlüssel und Papiere, drehte Jobst den Rücken zu, latschte in die Küche, nahm Heißwasser vom Kohlenherd, kippte das Wasser in einen Eimer, zog seine Wattejacke an, setzte die Mütze auf, stieg in die Filzstiefel und sagte immer noch ohne Lächeln: »Na, dann werd' ich mal fix Kühlwasser auffüllen! Mudder, mach du man draußen bei die Fische weiter.«

Die Blödimutter hörte den Trecker vorüberrattern und erschrak. Also doch! Lüder ging dem Schnee zu Leibe! Dem großen freundlichen Schnee, der ihr den Sohn wiedergegeben hatte. Voll und ganz ihr! Sie hatte ihn tagelang nicht mehr in die feindliche Wirklichkeit entlassen müssen, die aus ihm augenblicklich einen Schwachsinnigen machte. Daheim war er anders. Da saß er oft stundenlang im Waschzuber, dessen Wasser sie durch ständiges

Nachgießen bei angenehmer Temperatur hielt. Daheim war er ihr riesiges Baby. Sie seifte ihn ein und beruhigte ihn mit Kosenamen, wenn er sich davor fürchtete, Seifenschaum in die Augen zu bekommen. Sie hüllte ihn in riesige Badetücher und erbebte vor Stolz, wenn unter seinen Schritten die Dielen knarrten und die Deckenlampe zu schaukeln begann.

Am frühen Nachmittag betrat sie die Straße. Rasch ging sie zum Ortsausgang und blickte die Betonstraße hinab. Unablässig stieß Lüder mit dem Schiebeschild seines Traktors Schnee beiseite. Vor und zurück, vor und zurück. Unermüdlich.

»Schlimm, dieser Eifer«, schimpfte sie.

Als der Eisbrecher einlief, stand Lüder bereits mit dem Gespann unten am Hafen und wartete. Alles wieder normal. Der Konsum bekam neue Ware, und Elfriede brachte Post und Zeitungen ins Dorf. Sie klopfte auch an die Katentür und reichte Unsmoler einen Brief. Er blickte auf den Absender und runzelte die Stirn.

Elfriede wartete. Sie beobachtete ihn.

»Ist was?« fragte er.

Sie schien zu erwachen. »Nein, nichts!«, sie drehte sich um und ging.

Der Brief kam direkt aus dem Chefobjekt. Es war eine Rote-Nelken-Glückwunschkarte im Umschlag. »Die Parteigruppe gratuliert zur erfolgreichen Aufnahme in den Künstlerverband und wünscht weiterhin gute Zusammenarbeit. Vorwärts zu Ruhm und Ehre des Sozialismus!«

Unterschrieben hatte der Inselchef.

Woher, zum Teufel, wußten die davon!

Aber er war nicht der einzige, der die Aufmerksamkeit auf sich gezogen hatte.

Unter der Überschrift: »Die Helden der Schneekatastrophe« erschien Lüders Foto zwei Wochen später in der Zeitung. Elfriede konstatierte beunruhigt: die Aura ihres geretteten Gatten drohte zu verblassen.

»Was bist du für ein Pepi, was schnitzt du andauernd Schiffchen«, schalt sie ihren Mann, »kannst du nicht auch Engel mit ausgebreiteten Flügeln oder heilige Kreuze durch die Flaschenhälse bugsieren!«

Sie war nicht bereit, sich irgend etwas nehmen zu lassen.

Wo wir nicht sind, ist der Gegner

»Schon wieder Sturm«, sagte der Inselchef in die Sprechmuschel des roten Telefons, »Genossen, wenn es hier bläst, ist der Schnee, kaum daß wir ihn von den Straßen geräumt haben, aufs neue unterwegs, besondere geographische Lage eben. Aber auf uns ist unter allen Bedingungen Verlaß, wir halten die Stellung und sind in der Lage, stets die wichtigsten Verbindungswege freizuhalten. Wenn notwendig, nimmt die gesamte Belegschaft die Schippe in die Hand. Allerdings wäre es weitaus effektiver, unsere technischen Möglichkeiten mit vergleichsweise geringen Mitteln zu optimieren.«

Ihm war der tägliche Rapport wintertags lebensnotwendig. Wirklich wurde erst, was er ins Telefon gesprochen hatte. Die unbeirrbare Stimme am anderen Ende der Leitung gab ihm Kraft, und Kraft hatte er bitter nötig, denn Umstände wie z. B. das tagelange Ausbleiben der Zeitung erzeugten eine beängstigende Leere. Unversehens taten sich gefährliche Freiräume auf. »Wo wir nicht sind, ist der Gegner!«, diese Gewißheit machte ihm angst. Zwar hatte er den Kulturbevollmächtigten beauftragt, durch hektographierte Mitschriften von Rundfunkkommentaren die Presselücke zu schließen. Aber der Mann erledigte den Auftrag ohne jeden Enthusiasmus, und es war kaum nachprüfbar, ob die täglich wechselnden Anschläge in den roten Kästen auch wirklich gelesen wurden.

Manchmal fühlte sich der Inselchef erschreckend machtlos.

In Augenblicken der Ratlosigkeit pflegte er an sein Bürofenster zu treten und aufs Knöpfchen zu drücken: die Jalousie gehorchte prompt. Er liebte derartige Knöpfchen. Leise raschelten die Stahllamellen. Sie veränderten ihre Stellung, ließen Licht hereinfluten oder blendeten es ab. Ein winziger Fingerdruck veränderte die objektiven Gegebenheiten des Büroinneren. Ein Antippen gab den Ausblick auf das vereiste Meer frei oder löschte im nächsten Moment das Bild der Erstarrung. Er schätzte voraussehbare Ergebnisse. An manchen beklemmenden Tagen blieb die Jalousie jedoch ganz geschlossen. Dann brannte unentwegt das elektrische Licht. Denn an manchen Tagen drohte der Anblick des Winters ihn in ein Gefühl der Panik zu stürzen.

»Genosse«, hatte man ihn vertröstet, »der Überseehafen bindet zur Zeit alle unsere Kräfte, sowie sich die Lage dort entspannt, sind wir mit dem Eisbrecher erneut bei euch!«
Er hatte an diesem Morgen, wie so häufig, übertrieben: als er telefonierte, war lediglich Wind gewesen. Der Wind aber gab ihm nachträglich recht: er wuchs sich aus zum Sturm. Irgendwo weit draußen trafen mächtige Wellen auf das Meereseis. Die bucklig erstarrte Fläche hob und senkte sich und begann an ihren schwächsten Stellen zu bersten. Es dauerte nur ein paar Stunden, und der Sturm hatte das Eis kurz und klein gebrochen und trieb die Schollen in Richtung Insel.
Man hörte wieder das Rauschen. Die eisige Flotte kam.
Schollen türmten sich zu Bergen und schlidderten krachend wieder hinab. Ein Getöse, wie es selbst Herbst-oder Frühjahrsstürme nicht erzeugten. Schnee stiebte von den Flächen und zog westwärts über die Insel. Es sah so aus, als würde die Insel brennen.
Unsmoler hätte jubeln können und wußte nicht, warum. Der Hund trottete hinterher. Was wollte dieser Mensch im Sturm. Es war ein Wetter, bei dem sich die Tiere verkrochen. Unsmoler rutschte die steinhart gefrorene Küste hinab. Unten im Luftstau vor dem Steilufer war die Gewalt des Sturmes kaum zu spüren. Unsmoler hätte zeichnen können, ohne daß ihm das Blatt zerfetzt worden wäre. Aber er zeichnete nicht.
Kann man dieses Schieben, Stoßen, Schäumen, Brausen, das In-Bewegung-Sein überhaupt darstellen? Er kletterte über das Eis, das auf den Strand glitt. Abstrakte Bilder.
Eisbilder.
Schließlich stieg er das Steilufer wieder hinauf, wie man eine Felswand hinaufsteigt. Andere Perspektiven. Mehrmals rutschte er ab, bevor er wieder Halt fand. Dann aber legte er seinen Arm oben auf das ebene Ufer und schwang sein Bein über die Kante. Der Hund begrüßte ihn mit wilden Sprüngen: endlich war der Zweibeiner oben, und nun ging es nach Hause in die Wärme und Windstille der Behausung.
Unsmoler trieb, den Wind im Rücken, heimwärts. Es war wie im Traum: Plötzlich stand er vor seiner Haustür. Er hatte die ganze Zeit konzentriert an Bilder gedacht, an fast monochrome Eisbilder. Die Füße hatten ihn nach Hause getragen.
Also doch wieder Landschaften!

Er schob den Tisch in die Nähe des Ofens, legte Briketts nach und begann nach der Erinnerung zu zeichnen. Wieder einmal erfuhr er, wie schwer es ist, innere Bilder aufs Papier zu übertragen. Schließlich legte er die Zeichenkohle zur Seite, blickte aus dem Fenster und dachte darüber nach, was wohl diese inneren Bilder von den Bildern auf dem Papier unterschied. Er sah doch alles so deutlich: die Wucht der weißen Schollen.

Die weißen Schollen schienen sich plötzlich in weiße Kittel zu verwandeln. Er dachte an Delphine und sah sie. Sie lächelte und sagte, daß es ein Junge sei. Einen Moment überlegte er, ob er zur Post gehen solle, um in der Klinik anzurufen. Aber warum sollte er sie behelligen, nur weil er am hellichten Tage träumte?

Draußen auf der Dorfstraße erprobte Lüder seinen eigenhändig hergestellten Schneepflug. Einfachste Bauart, man könnte fast sagen, genial: Ein aus Bretterbohlen zusammengenagelter Keil sollte offenbar den Schnee an den Straßenrand drücken.

In eine eiserne Öse vorn an der Spitze des großen Keils hakte Lüder ein kurzes Drahtseil, dann spannte er den Trecker vor und fuhr an. Es funktionierte. Lüder liebte Tempo. Er sauste Richtung Betonstraße. Lüder war wieder voll da. Lüder spielte wieder und beseitigte so ganz nebenbei die Schneewehen.

Elfriede kam vermummt die geräumte Dorfstraße hinab. Sie hielt etwas Weißes im Fäustling der erhobenen rechten Hand. Sie bog ab und bewegte sich auf die Unsmoler-Tür zu. »Post!« schrie sie.

Er eilte zur Tür, hielt sie mit einer Hand fest und streckte die andere Hand aus. Schnee wehte ins Haus.

»Soll ich das Telegramm unter den Stein legen, damit du es im Frühjahr findest?« rief sie. Sie drängte, lärmend die Schuhe abklopfend, in den Hausflur. Er nahm ihr die Depesche ab.

Sie wartete. »Willst du nicht nachsehen? Darf man gratulieren? Bei euch Männern weiß man das ja nie so genau …«

Er mochte Elfriede nicht als Zeugin haben.

»Du denkst wohl, nun hast du neun Monate lang gewartet, nun kommt es auf ein paar Minuten auch nicht mehr an, aber ich kann dir sagen«, verkündete sie feierlich, »du bist Vater geworden. Es ist ein Junge!« Sie machte eine Pause, teils um die Wirkung ihrer Worte zu beobachten, teils um den Anschein zu erwecken, daß ihr in diesem Augenblick das Wissen zugeflogen sei. »Viertausendzweihundert Gramm!«

Er wandte sich ab, riß das Telegramm auf und las.
»Na siehst du!« sagte Elfriede hinter ihm.
Aber Unsmoler wollte nur noch allein sein.

Der Zauber von zehn Wörtern

Unsoler setzte sich und betrachtete immer wieder die ungelenken Druckbuchstaben, die von der Postfrau mit dem Kopierstift in die Kästchen des Formulars gemalt worden waren.
Zehn Wörter.
Unsmoler schien es, als würde er künftig den Himmel mit anderen Augen betrachten und das Meer und jegliche Dinge der Welt auf neue Weise erleben. Unruhig erhob er sich, um hinauszugehen. Aber er setzte sich gleich wieder, denn er mochte niemandem begegnen. Er wollte allein sein mit den zehn Wörtern des Telegramms.
An diesem Tisch werden wir sitzen!
Obwohl hundert Verrichtungen vordringlicher gewesen wären, räumte er mit plötzlichem Entschluß den Tisch frei, holte Glasscherben und begann mit den scharfen Kanten wie mit einer Ziehklinge die zerschundene Tischplatte zu glätten. Immer wieder strich er mit den Händen über das Holz. Jeden Kratzer, jede Unebenheit spürte er mit geschlossenen Augen auf und bearbeitete sie, bis sich die gesamte Oberfläche samtig anfühlte wie Delphines Haut. Es war ihm, als würde er sie berühren, und der Gedanke an sie ließ ihn vor Liebe und Dankbarkeit fast andächtig werden.
Dann nahm er das Ölfläschchen aus dem Malkasten, kippte das Öl auf die Tischplatte und rieb es mit den Handballen in das Holz. Das Holz zeigte sich nun in seiner ganzen Schönheit. Er ging zum Fenster und sah, der Sturm war vorüber. Er öffnete die Fensterflügel, legte die Schallplattenaufnahme des Brandenburgischen Konzerts Nr. 2 auf den Teller des Grammophons und ließ die Musik Bachs hinaus ins Dorf klingen.
Dann setzte er sich, atmete den Duft des Leinöls, lauschte der Musik, schloß die Augen und stellte sich einen riesengroßen leeren Raum mit schneeweißen Wänden vor. Welche Bilder würden auf

diesen weißen Wänden erscheinen? Da er doch meinte, ein anderer zu sein? »Armes Weib!« hörte er sich plötzlich sagen.
Er hatte an die Rücksichtslosigkeit gedacht, mit der er als Maler seinen Weg gehen würde.
»Sie ist reich, sie hat ein Kind«, beruhigte er sich. Dann sah er sich um. Wie ärmlich doch alles war!
Er stand auf, schloß das Fenster, nahm Geld aus dem Schrank und verließ den Katen. Er wollte irgend etwas anschaffen, irgend etwas besorgen, das er ihr als ermutigendes Zeichen zum Empfang ins Atelier stellen konnte.
In einem kleinen fensterlosen Nebenraum des Konsumgeschäfts wurden Industriewaren angeboten. Unsmoler betrat diesen Raum für gewöhnlich nur, wenn er Socken, Seife oder Briefpapier brauchte. Aber es gab dort sehr viel mehr: Tauchsieder, Röster, Kocher, Besen, Bälle, Bohnerwachs, Badeartikel, Löffel, Gabeln, Messer, sogar einen Staubsauger, der hier im Dorf jedoch immer noch für eine überflüssige Erfindung der Neuzeit gehalten wurde.
Unsmoler sah sich um und erblickte ein schwarzes Radio. Überraschend gut gestaltete Form. Natürlich ein Radio! Das würde Delphine den Aufenthalt auf der Insel erleichtern.
Lütt Otto kaufte gerade Tabak. Er ließ sich obendrein Zigarren zeigen, beroch sie, hielt sie ans Ohr und drehte sie mit leichtem Druck zwischen den Fingern.
»Und«, fragte der LPG-Bauer, als er Unsmoler sah, »sollte man anstoßen?«
»Man sollte«, sagte Unsmoler und wandte sich an die dicke Konsumverkäuferin, »eine Buddel ›Seehund‹ und ein Radio bitte!«
Derartige Redeweise schätzte man im Dorf. Lütt Otto grinste.
Die Verkäuferin stellte ihm die Flasche hin und begab sich in den Nebenraum, aus dem Unsmoler herausgekommen war.
»Welches?« rief sie, »wir haben zwei!«
»Das schwarze«, antwortete er und schraubte die Flasche auf. »Dann wollen wir auf das Wohlergehen von unserem neuen Inselbewohner einen gehörigen Schluck nehmen!« Er reichte Lütt Otto die Flasche.
Lütt Otto gab sie ihm zurück. »Erst du, ist ja wohl anzunehmen, daß du der Vater bist!«
Die Verkäuferin kam mit dem Radio in den Verkaufsraum zurück und sah die erhobene Flasche.

»Getrunken wird grundsätzlich vor der Tür!« fuhr sie die Männer an.
»Was denn, auf das Glück und Wohlergehen von ihm sein Jung sollen wir draußen trinken?« Lütt Otto reichte ihr die Flasche: »Du mußt auch einen nehmen, gehört sich so!«
»Ich bin im Dienst!«
»Stell dich nicht an, ich gieß' dir ein Glas voll!«
Sie bückte sich, und als sie wieder aufrecht stand, hatte sie ein Schnapsglas in der Hand. Lütt Otto, ganz Kavalier, schenkte ein.
»Na denn Prost!« sagte sie, trank, verstaute das Glas und war wieder ganz Verkäuferin. Sie wickelte die Schnur vom Gerät und steckte den Stecker in die Steckdose. »Licht is«, sagte sie und drehte an den Knöpfen. »Und spielen tut er auch!«
»Einwandfrei«, mischte sich interessiert Lütt Otto ein.
»Was bin ich schuldig?« sagte Unsmoler.
Sie zögerte einen Moment, dann sagte sie gönnerhaft: »Nimm dat Dings mit bis morgen früh, probier's erst mal aus. Die Familie soll ja Spaß dran haben!«
Mit dem Radio unter dem linken Arm und mit der Flasche in der Rechten verließ Unsmoler den Laden. Er traf noch drei Dörfler und trank mit ihnen auf das Wohl von … ja, wie heißt er denn eigentlich? Dann warf er die Flasche über die Schulter in den Schnee.
»He, Meister!« rief der Schuster, »der Erdenbürger muß alkoholisch getauft werden!«
»Soeben geschehen!« antwortete Unsmoler fröhlich. Man hörte es der Stimme an, daß er die Wahrheit sagte.

Allerweltssätze

Unsmoler war so begierig, die Radiotöne durch den Katen klingen zu lassen, daß er nicht einmal die Haustür richtig schloß. Hastig zog er den Stecker der Lampe aus der Steckdose, hastig schloß er das Radio an. Er lauschte fremdem Sprachgewirr und banalen flottenTönen. Immerhin, eine ganze Menge Sender. Gute Musik schien allerdings nicht geboten zu werden. Aber zu dieser

Tageszeit konnte man das nicht endgültig beurteilen. Nachrichten. Alles übertönend das hierzulande Übliche. Rasch abschalten. Stille. Gute Stille. Kalter Luftzug. Er schloß die Außentür. Der Hund hatte sie aufgestoßen und das Weite gesucht. Zu viel Lärm. Auf dem leeren Tisch das Telegramm. Wieder erlebte er den Zauber der zehn Wörter. Wartete sie nicht auf eine Antwort?

Wie schreiben? Alle seine Worte schienen neben den ihren dürftig. Schließlich trat er vor die Tür, um zwei Allerweltssätze zum Postamt zu tragen. Der Hund kam aus dem beschneiten Ginstergebüsch, schüttelte sich das Weiß aus dem graubraunen Fell und begleitete ihn. Ganz gegen seine Gewohnheit blickte Unsmoler vor sich hin auf die glatte Straße. Festgefahrener Schnee. Er dachte an Delphine und das Kind und bedauerte, auf der Insel festzusitzen. Er blickte auf, schaute über den Bodden und bemerkte, daß sich der Wind gedreht hatte. Er hörte die fernen Balzrufe der Eisenten und hatte plötzlich das beglückende Empfinden, daß der Frühling gekommen sei. Hatte er nicht vermutet, er würde die Welt nach der Geburt des Kindes mit anderen Augen sehen?

Gewiß, es war ein schöner, unglaublich lichter Nachmittag, das aber hatte er nicht gemeint.

Als er in die Poststelle kam, blickte die Frau hinter dem Schalter vorwurfsvoll auf die Uhr. Er schien es nicht zu bemerken, denn anstatt sein Anliegen vorzutragen und dann möglichst rasch zu gehen, bat er um einen Bleistift. »Ein Telegramm«, sagte er.

»Erwarte euch sehnsüchtig. Der Frühling ist da!« schrieb er unter die beiden anderen Sätze. Die Postfrau hielt beim Silbenzählen überrascht inne. Ihr Stift verharrte auf dem Wort »Frühling«. Sie blickte ihn über die Brillengläser prüfend an. »Sind Sie betrunken?«

»Ja, natürlich!« sagte er.

Da erinnerte sie sich an das Morgentelegramm. Sie beruhigte sich mit dem Gedanken, daß alle frischgebackenen Väter ein paar Tage lang verrückt sind. Sie fuhr fort mit dem Silbenzählen und berechnete die fällige Gebühr.

Er zahlte und verließ den Raum. Betroffen starrte er draußen in einen grauen Tag. Die Wasservögel waren verstummt und die Sonne hinter ziehenden Wolken verschwunden.

»Was telegrafiere ich ihr da!« Er kehrte um, ging zurück in den Schalterraum und sah, daß die Postfrau gerade das letzte Wort sei-

nes Telegramms durchgegeben hatte. Sie legte auf und musterte ihn überrascht.
»Doch kein Frühling«, sagte er.
»Natürlich kein Frühling, aber die Einsicht kommt zu spät, junger Mann«, antwortete sie.
Zu Hause prüfte er den Treibholzbalken, mit dem er seinerzeit, ohne es zu ahnen, die Christusvision des Schusters ausgelöst hatte. Das Holz war noch naß. Mit dem Fenstereinbau im Katenvorraum mußte er also noch warten. Er trug den Balken ins Atelier und lehnte ihn zum Trocknen vor dem umgedrehten Prometheusbild schräg gegen die Wand.
Da ihm nichts Besseres einfiel, wanderte er mit einem Ölkännchen durch das Haus, um sämtliche Scharniere von Fenstern, Türen und Schränken zu ölen. Danach bohrte er ein winziges Loch in den Fensterrahmen und schob einen Draht hindurch. Er führte ihn unter dem Dach entlang und spannte ihn dann bis zum Schuppen. Mit Hilfe dieser Antenne wollte er zu gegebener Stunde probieren, was das Radio zu leisten vermochte. Er pfiff fröhlich vor sich hin, denn er hatte das beglückende Gefühl, lauter notwendige Arbeiten zu verrichten.
Tage später war er gerade damit beschäftigt, den meterlangen Abschnitt eines Treibholzstammes in den Rumpf eines Schaukelpferdes zu verwandeln, als Elfriede, ohne daß er sie bemerkte, auf den Katen zuschritt. Er sah das fertige Schaukelpferdchen bereits vor sich, sah das Büblein bereits selig schaukeln, sah die Farben des Apfelschimmels, die rote Satteldecke, den Schweif aus dem aufgedrehten Tauende, die Steigbügel, die ihm der Schmied schmieden würde, das alles sah er … Holzspäne flogen wie erschreckte Vögel durchs Atelier, und es kam ihm so vor, als würden seine Kinderträume wieder lebendig.
Lautlos schob Elfriede die geölte Tür auf. Er fuhr zusammen und legte das Beil auf die Erde.
»Klopfen hörst du wohl auch nicht mehr«, sagte sie und hielt ihm ein Telegramm entgegen. Sie betrachtete einen Moment lang seine Verwirrung, dann ließ sie den Blick durch den wüsten Raum schweifen. Beinahe genüßlich sagte sie: »Nu ward dat aber Tiet, sei kümmt hüt!«
Er nahm das Telegramm und überflog es.
»Mit dem ersten Schiff sind wir bei dir!«

Er strahlte. »Wann kommt das erste Schiff?« fragte er die Briefträgerin. Sie betrachtete kopfschüttelnd den mit Spänen übersäten Fußboden und sagte gelassen: »Wenn dat Schiff man nicht schon da ist, der Inselchef hat denen drüben mächtig Dampf gemacht!«
Unsmoler geriet augenblicklich in Aufregung.
»Raus!« sagte er und eilte in den Vorraum, um in die Gummistiefel zu fahren.
»Nun man sachte«, sagte sie, »kannst beruhigt sein, ich habe höchstpersönlich angerufen, vor 15 Uhr wird das mit dem Schiff nichts.«
Drei Stunden also noch!
»Wo soll der Lütte denn schlafen?« bohrte sie.
»Im blauen Salon ... ich muß nur noch die Deckchen vom Himmelbett aufschütteln.«
»Na denn man los, viel Zeit ist nicht mehr! Soll ich beim Aufräumen helfen?« fragte sie.
»Lieber nicht«, sagte er, »du würdest mir mit dem Besenstiel nur Löcher in die Bilder stoßen!«
»Wenn einer ein Stößer ist, dann bist du das ja woll!« Sie lachte herausfordernd.
Unsmoler schob sie aus der Tür. Daß er weder Badewanne noch sonst etwas für das Kind beschafft hatte, beunruhigte ihn nicht. Die Hauptsache warm, sagte er sich und kehrte die Späne zusammen. Er schaufelte sie mit der Müllschippe in den Ofen. Das Feuer flammte auf, das Ofenrohr sprühte Hitze.
Was war noch zu tun?
Eine halbe Stunde später ging er mit großen Schritten in den Konsum und kaufte Trockenmilch, Gries, Rotwein, Eier und Zwieback und stapfte, die Einkäufe in der Tragetasche, hinauf auf den Hügel, auf dem der Strohschober stand. Nein, die Fähre war noch nicht zu sehen. Nur Eisfelder trieben wie weiße Schiffe auf dem schwarzen Wasser. Er zog einen trockenen Strohballen aus dem Schober, lud ihn sich auf die Schulter und begab sich zur Verwunderung des Hundes auf dem kürzesten Weg nach Hause. Der Hund bellte, als wollte er ihm zu verstehen geben: falsche Richtung, Mann, wir müssen wie üblich zum Meer!
Nichts mehr war wie üblich!
Er beschloß, Delphine vorläufig im Bärenhäuterzimmer unterzubringen. Bärenhäuters Schiff würde erst wieder in ein paar Mona-

ten heimatliche Häfen anlaufen, bis dahin könnte er den Vorraum zur Küche und die Küche zum Zimmer umbauen. Und da er sie nun in Gedanken dort oben unterbrachte, beschloß er, ihre Sachen aus dem Reisekorb zu nehmen, die Wäsche aufs Bett zu legen und die Bücher auf dem Fußboden zu stapeln.

Um 12 Uhr mittags war alles erledigt und der Deckel von Delphines Reisekorb abmontiert. Er schrubbte das Behältnis im Freien ab und stellte es zum Trocknen neben den Ofen.

Eine halbe Stunde später löste er die Verschnürung des Strohballens und polsterte den Korb mit reichlich Stroh, schüttelte Decken aus und legte sie darüber. Er fand das Nest so anheimelnd, daß er gerne selber Kind gewesen wäre. Während all dieser Arbeiten war das Fenster weit geöffnet. Keinesfalls durfte er das Tuten der Fähre überhören. Von Zeit zu Zeit ging er hinter das Haus und blickte über den Bodden. Nein, immer noch kein Schiff.

Wieder das grüne Auto

Unsmoler ertrug das Warten nicht mehr. Er band den ausgepolsterten Reisekorb auf den Schlitten und ging hinunter zum Hafen. Es dämmerte bereits, als er endlich die Lichter der Fähre erblickte. Es war kalt geworden. Das Schiff kam aus ungewohnter Richtung.

»Siehst du«, sagte er zum Hund, »nichts ist mehr so, wie es war.«

Das erste Mal tutete die Fähre bereits weit, weit draußen. Er klopfte seine Tabakspfeife am Absatz aus und steckte sie in die Tasche. Ab heute rauche ich nur noch im Freien, nahm er sich vor. Abends, zum Feierabend, werde ich mich auf die Bank an der Hauswand setzen.

Hell erleuchtet das Schiff. Aufgeregt griff er erneut zur Pfeife, hielt aber mitten in der Bewegung inne.

Er ging auf und ab und starrte mit klopfendem Herzen auf die Lichter. Vor der Hafeneinfahrt schickte die Fähre einen zweiten triumphierenden Ton über die Insel.

Er hoffte Delphine wie damals im Sommer an Deck zu erblicken, doch dann sagte er sich, daß sie unter Deck bei dem Kind sein würde. Vielleicht kommt sie überhaupt nicht. Die Tour war ris-

kant. Aufkommender Wind hätte die Eisfelder zu unüberwindbaren Hindernissen zusammenschieben können. Da erkannte er sie hinter den Scheiben der Brücke. Der Bootsmann stand schon mit den Festmachern an Deck. »Gehört der Schiffsjung dir?« rief er. Unsmoler strahlte.
»Dann übernimm die Leinen!«
Knirschend schob das Schiff die Eisschollen beiseite.
»Wahrschau!« rief der Mann und warf Unsmoler die Festmacher zu.
Unsmoler legte sie über die Poller und blickte empor. Da stand sie.
Sie hielt das Kind im Arm und lächelte. Vom Objekt her kamen Leute, das grüne Objektauto überholte sie. Auch Dörfler traten ins Licht der Hafenbeleuchtung. Aber das alles sah er nicht. Er half die Gangway ans Ufer zu ziehen.
»Nix wie hoch«, sagte der Käptn, »sie wartet schon!«
Unsmoler eilte die eiserne Treppe nach oben. Er umarmte die beiden vorsichtig. »Soll ich den Kleinen tragen?«
Sie schüttelte den Kopf. »Nimm du die Tasche, abwärts geht das besser so.« Sie wies auf eine lange kastenförmige Tasche mit steifem Boden, die sie Tage zuvor aus blau gefärbtem Segeltuch geschneidert hatte.
Unsmoler ging rückwärts voraus, bereit, die beiden aufzufangen. Das Gehen fiel ihr offenbar schwer. Es kam ihm vor, als wären dies die Momente der Geburt. Sein Herz hämmerte. Unten an Deck legten sie das Bübchen behutsam in die Tasche. Es schlief. Er nahm den Henkel auf der einen, sie den Henkel auf der anderen Seite.
So gingen sie ans Ufer.
Im Licht einer Laterne wartete der Koffer. Der Bootsmann hatte das Gepäck bereits an Land getragen. Unmittelbar neben dem Koffer stand der Mitarbeiter und hieß sie und den neuen Bürger der Insel im Namen des Vorsitzenden willkommen. Der Abgesandte überreichte ihr einen Präsentkorb, der mit allerhand Konserven, Süßigkeiten und Flaschen gefüllt war. Blitzlicht von einem Fotoapparat. »Das ist für die Inselchronik!« beruhigte der Mitarbeiter. »Sie werden selbstverständlich gefahren!«
Der Fahrer vom grünen Auto öffnete die Wagentür.
»Ich bin mit dem Schlitten gekommen!« sagte Unsmoler und zeigte auf das seltsame Gefährt.

Sie erkannte den Korb.
»Mir wäre es doch ganz lieb, gefahren zu werden, wir beide sind seit Mitternacht unterwegs.«
Der Fahrer schob den Koffer in den grünen Barkas.
Sie setzte sich auf einen der mittleren Sitze und streckte die Arme aus. Unsmoler stellte die Babytasche vorsichtig neben sie. Er mochte das grüne Auto nicht, aber er wollte sie nicht allein lassen. Also hob er den Schlitten neben den Koffer ins Auto und setzte sich hinter sie. Der Mitarbeiter gab ihm den Korb, verabschiedete sich und warf die Tür zu.
Delphine schaute lächelnd in die Tragetasche. »Er hat genau deinen Mund, das fiel mir gleich nach der Geburt auf«, sagte sie.
Licht im Auto. Leute beobachteten die Szene.
»Die traut sich was«, sagte jemand.
Das grüne Auto fuhr los. Neben dem Auto her lief der Hund.
Zu Haus im Atelier war es kühl.
»Ich hab' zu lang auf euch gewartet. Gleich aber wird es warm!«
»Es geht«, sagte sie, »ich möchte nichts anderes, als mich hinlegen!«
»Was hältst du von deinem Korb als Kinderbettchen? Moses im Körbchen.«
»Er heißt nicht Moses … er hat deinen Namen.«
Beinahe erschrocken sah Unsmoler sie an. »Meinen? Genau wie ich heißt er? Bringt mein Name Glück?«
»Mir ja!« sagte sie, »außerdem hat er einen anderen Nachnamen.«
»Ich werde ihn Bübchen nennen!«
»Gut, einigen wir uns auf Bübchen.«

Nachrichten

Es war ein Klingen in der Luft.
Auf der Erde Matsch. Der Schnee wurde zu Wasser. Wasser floß auf allen Wegen abwärts. Also doch Frühling!
Das Bübchen schlummerte in der Sonne der nächsten Mahlzeit entgegen. Es lag im Körbchen, und das Körbchen stand in jenem

windgeschützten Schilfgeviert, in dem im Sommer Biggy Modell gestanden hatte. Dorthin war der Frühling längst gekommen. Vor Tagen schon hatte Unsmoler den Schnee über die Schilfwand geschippt. Der dunkle Boden dampfte.
Unsmoler schritt über die Hügel heimwärts. Der Besuch bei den alten Weiblein war erfolgreich gewesen. Er hatte die Erlaubnis erhalten, das eine noch gut erhaltene Fenster aus der verfallenden Hütte auszubauen. Morgen würde er sich mit einem Eisensägeblatt, einem Beil und einer Zange erneut auf den Weg machen. Die Scheiben allerdings waren kaputt. Kein großes Problem. Glas und Kitt bekam man für wenig Geld auf dem Festland.
Das lichte Wetter machte dem Inselchef Mut. Das Meer erschreckte ihn nicht mehr mit eisiger Starre. Glitzernde Wellen bis zum Horizont. Der Genosse Vorsitzende war hinauf in die Aussichtsetage gefahren und hielt Ausschau. Überall Flecken dunkler Erde im Weiß des letzten Schnees. Wir haben es geschafft!
Der Bau des Objekts war bereits weit fortgeschritten. Aber jener glückliche Zustand, den er erhofft hatte, hatte sich bisher nicht eingestellt. Gelegentlich zweifelte er daran, daß er jemals …
Da sah er den Wanderer. Er richtete das Fernrohr und erkannte den Maler. Er war vom Mitarbeiter darüber informiert worden, daß der junge Künstler eine Abonnementsbestellung für das Zentralorgan der Partei abgegeben hatte. In der Parteigruppe hatte man diesen Schritt einhellig zu würdigen verstanden und als Zeichen einer bewußtseinsmäßig positiven Entwicklung betrachtet.
»Ja«, hatte er selbst als Parteigruppensekretär in einer Versammlung geäußert, »wir kriegen auch die komplizierten Bereiche des Überbaus in den Griff. Unsere Arbeit mit den Kulturschaffenden trägt erste Früchte. Die positiven Signale unsererseits, sprich, die Begrüßung der jungen Mutter mit einem Präsentkorb, das nur als Beispiel, sind durchaus verstanden worden!«
Erfreut war die junge Mutter bei ihrer Ankunft ins Auto gestiegen. Auch das war registriert und positiv bewertet worden.
Während der Inselchef den einsamen Wanderer durchs Fernrohr betrachtete, lächelte er gönnerhaft und erwog die Möglichkeit einer sozialistischen Namensgebung. Festliche Musik, Gedichte und und und … die öffentliche Würdigung junger Mütter würde möglicherweise die allgemeine Geburtenrate steigern können. Ausreichend Kindergartenplätze vorhanden.

»Immer noch zu wenig junge Menschen hier im Winter«, seufzte er. Gottlob, der Winter war überstanden. Allerdings bot die geringe winterliche Bevölkerungsdichte auch gewisse Möglichkeiten: Sie gewährleistet eine alljährlich wiederkehrende optimale Überschaubarkeit und erlaubt den Organen gezielte Maßnahmen, auch erfreuliche, zum Beispiel die ehrenvolle Begrüßung junger Mütter.

Auch Unsmoler war zuversichtlich gestimmt. Er stapfte mit seinen Gummistiefeln durch den Matsch, spürte die warme Sonne auf dem Rücken und freute sich auf Delphine und das Bübchen. Er ahnte nicht, daß er gerade vom Genossen Vorsitzenden durchs Fernrohr beobachtet wurde, und er ahnte nicht, daß man im Chefobjekt die Entscheidung, das Zentralorgan zu bestellen, kannte und derartig wichtig nahm.

Delphines Erwägung: »Wenn wir das beste Einwickelpapier für das geringste Geld haben wollen, müssen wir die Parteizeitung abonnieren«, hatte Pluspunkte bei denen da oben gebracht.

Unsmoler und Delphine aßen, schliefen und arbeiteten im Atelier, aber der Raum blieb Atelier, denn ob sie nun dem Bübchen die Brust gab oder es trockenlegte, ob sie es in den Armen wiegte oder dem Kind leise etwas vorsang: fast immer war er dabei und zeichnete.

Mit seinen Malpappen und Farben hingegen zog er sich zurück ins Bärenhäuterzimmer. Dort saß er auf dem Stapel ihrer Lehrbücher und malte winzige Formate.

Räumliche Beengtheit, und doch erlebte er in diesen Monaten Glück. Alles war einfach geworden. Er bewegte sich so frei, als wäre ihm eine erdrückende Last von den Schultern genommen:

Die Bilder waren nicht mehr kategorisches Zentrum seines Daseins. Das Kind, sein Neubeginn. Alles, was ihm lieb und wert war, würde er dem kleinen Jungen nahebringen.

Immer wieder trat er zum Plattenspieler, um festliche Töne durchs Haus klingen zu lassen. Musik war ihm wichtiger als Worte.

Er bemerkte nicht, daß seine schauende Schweigsamkeit Delphine irritierte.

Allzu ruhige Abende.

»Ich habe vor Wochen ein Radio gekauft«, sagte er eines Abends.

»Warum hast du das nicht längst gesagt!« rief sie.

»Ich fürchtete mich vor dürftiger Musik, den Hits, den ...«

»Hin und wieder Nachrichten, das wäre schon was!«
Er holte das Radio aus der Bodenkammer und schaltete es an. Es war kurz nach sieben. Der erste Satz, den sie hörten war: »843 Bürger aus der Sowjetzone meldeten sich bei den Notaufnahmestellen der Bundesrepublik und baten um politisches Asyl.«

Gefrorener Regen

Der Frühling hatte es schwer. Auf dem Strand türmte sich hier und da immer noch sandiges Eis. Es wechselten Sonnentage mit Tagen, an denen es draußen nicht hell wurde.
Schien die Sonne, gingen Unsmoler und Delphine zu den warmen Hängen der Hügel. Zwischen ihnen schaukelte die Stoffwiege sanft an den Tragegriffen.
Bis die Dorfweiber sich an den Anblick der Babytrage gewöhnten, dauerte es eine Weile.
»Dat is ja grad so, as würdet ihr ein Brot schleppen!« hatten sie anfangs aufgebracht gerufen.
Eigentlich wurde die Babytasche erst akzeptiert, als bei Sommerbeginn ein Urlauberpärchen auf die Insel kam und ebenfalls einen Säugling in einer Tasche trug. Deren Tasche jedoch war ein sichtbar industriell gefertigtes Behältnis, West sogar.
»Kennen wir alles schon«, sagten nun die Frauen im Dorf, »sowat haben wir längst auf der Insel!«
Insgeheim aber mokierten sie sich über die raffinierten Jungschen.
»Die Mädchen lassen sich heutzutage allerhand einfallen, um ihre Kerls bei Fuß zu halten. Mann, Mann, so hätten wir unseren Männern mal kommen sollen: ›Faß an, Vadder, dat Baby hat zwei Henkels!‹«
Delphine wunderte sich. Um die Ausgaben für einen Kinderwagen zu sparen, hatte sie eine Erfindung gemacht, die im Ausland gerade der letzte Schrei zu sein schien. Bislang hatte sie erst in Modedingen die im Westen aktuellen Kreationen vorausgeahnt, und das ohne die Gelegenheit gehabt zu haben, in ausländischen Modejournalen zu blättern. Jetzt zum Beispiel war sie darauf ge-

kommen, sich aus Leinenbettüchern ein Sommerkleid mit dem Schmuck unzähliger Taschen zu schneidern. Sie war sich fast sicher, daß im nächsten Jahr Urlauber ähnliche Kleidungsstücke tragen würden.

Unsmoler imponierte ihr Einfallsreichtum und ihre unglaubliche Geschicklichkeit. Als sie ihm aber das Schneiderbandmaß um Taille und Brustkorb legte und ihm verriet, daß sie auch ihm eine weiße Sommerjacke nähen würde, erschrak er. »Bloß nicht«, rief er, »das laß bleiben. Ich mag nicht auffallen!«

Bisher hatte sie gemeint, daß seine dürftige Kleidung lediglich eine Folge der Knappheit der Mittel sei. Nun aber begriff sie: Er verbarg sich. Sie hingegen paßte sich nicht im geringsten dem Dorfüblichen an. Und es schien, als würde sie Ablehnung ringsum nicht einmal wahrnehmen.

Wie Fremde gingen sie mit dem Bübchen in der Tragetasche durchs Dorf. An sonnigen Tagen breiteten sie irgendwo in den Hügeln die Lamadecke über das dürre Vorjahresgras und setzten sich. Sie ließen sich von der Sonne bescheinen und zeigten dem Kleinen die weite, weite Welt.

Rundherum freier Blick bis hin zum Horizont.

Aber immer wieder kamen die düsteren Tage. Regen prasselte gegen die Fenster, und die Welt verschwamm. Einmal sogar gefror das Regenwasser an den Scheiben. Unsmoler war fasziniert von dem Anblick und begann die beinahe monochromen verwandelten Formen der Welt da draußen zu malen. Sie aber schüttelte sich.

»Nun regnet es auch noch durch!« rief sie einmal mitten in der Nacht entsetzt.

»Quatsch!« fuhr er sie an, »was du immer hast, das Schilfdach ist hundert Jahre alt, aber pottendicht!«

Dann lauschte er. Tatsächlich! Er vernahm das Geräusch gleichmäßig fallender Tropfen. Er machte Licht an, erhob sich und untersuchte das Fenster. Kondenswasser hatte sich auf dem Fensterkreuz gesammelt und tropfte herab, zerspritzte auf dem Fensterbrett und machte das Bett feucht.

»Das werden wir gleich haben«, sagte er unbeeindruckt. Er griff nach dem ersten besten Lappen, wischte das Kreuz trocken, faltete das nasse Tuch und legte es dorthin, wohin die Tropfen gefallen waren.

»Das war eine saubere Windel«, sagte sie. »Wir haben viel zu wenige, und es ist ein Kreuz, sie ständig in der winzigen Schüssel zu waschen und am Kohleofen mit Müh und Not trocken zu bekommen!«

»Ich fahre bald mal in die Stadt und besorge mehr!« beruhigte er sie.

Sie schliefen wieder ein, dann aber erwachte er, weil er spürte, daß sie aufrecht im Bett saß.

»Und es war doch kein Quatsch!« sprach sie heftig in die Dunkelheit.

»Was war kein Quatsch?« fragte er verwundert. Er hatte die eigenen Worte längst vergessen.

»Ach nichts«, antwortete sie, und er ahnte, daß sie mit der Linken eine Bewegung machte, die besagte: hat doch keinen Sinn!

Er wartete eine Weile auf ein weiteres Wort, aber sie ließ sich zurückfallen und schwieg.

»Manchmal bist du wunderlich!« sagte er.

»Ich?« fragte sie ungläubig.

»Wir beide sind es«, sagte er rasch.

»Wir sind beide Wunderkinder«, flüsterte sie plötzlich und umarmte ihn überraschend heftig.

Tiere

Die angekündigte Tour ergab sich bald: Einladung zu einer Versammlung des Künstlerverbandes. Fast war er verwundert: Er konnte unbeschwert reisen, denn sie würde den Hund versorgen. Er trug Briketts herein, stapelte Holz in Ofennähe, kaufte die notwendigsten Nahrungsmittel auf Vorrat und füllte die Eimer bis oben hin mit Wasser.

Als er wiederkam, hatte er reichlich Gepäck: zugeschnittene Glasscheiben, Malmaterial, Windeln, Babyöl und was sonst noch alles auf dem Zettel gestanden hatte und obendrein einen Karton, in dem es fortwährend piepte.

Er sah sie schon von weitem: sie war an den Hafen gekommen. Freudig hob er die Schachtel hoch, in der kaum befiederte Küken vergeblich versuchten, Balance zu halten. Sie sah die Geste und

den Karton und hoffte, er sei auf den Gedanken gekommen, ihr eine Überraschung mitzubringen. Sie hatte Sehnsucht nach aktuellen Dingen.
Er küßte sie vor allen Leuten. »Und das Bübchen?«
»Es schläft.«
Er hob den Karton hoch und sagte: »Horch mal!«
Sie hörte das Piepen der Küken. Ja, das war tatsächlich eine Überraschung.
»Wir werden ständig frische Eier haben«, sagte er.
Sie fand diese Neuerwerbung ausgesprochen töricht. »Willst du ein Kleintierhalter werden?«
Er schaute sich um und antwortete nicht. Unterwegs erklärte er dann: »Je weniger Geld wir zum Leben brauchen, um so freier sind wir! Unabhängig von denen da!« Er nickte zum Chefobjekt hinüber. »Hühner: unsere Freiheit!«
»Findest du nicht auch, daß deine Zukunftspläne ein bißchen zu harmlos sind?«
»Die Hauptsache, die Bilder sind nicht harmlos!«
Er war froh, nicht vom Milchschaf erzählt zu haben, das er eigentlich beschlossen hatte zu erwerben … Milch und Käse für das Kind, Dung für den Garten, Wolle für Socken und Pullover. Jetzt, wo es keine Kühe mehr auf der Insel gab, würde das Schaf überall zu fressen finden. Und Gänse, hatte er überlegt, könnte man auch halten, Gänse fressen Gras und unten am Schilf Entengrütze, und er würde dem Angelverein beitreten und vom Boot aus fischen …
Aber all diese Überlegungen waren wahrscheinlich doch nicht gut. Mit der Anschaffung der Küken hatte er, so schien es, bereits eine Grenze überschritten.
Aber sie hatte recht. Er war Maler, nichts als Maler. Alles andere war Flucht.
»Apropos Freiheit: Warst du bei Biggy?« fragte sie plötzlich.
Überrascht sah er sie an. »Nein!«
»Und andere Frauen?«
»Ob ich mit anderen Frauen geschlafen habe? Ich werde mich schön hüten: Ich kann dich nicht belügen!«
»Nur weil du nicht lügen magst, bist du mir treu?«
Er blieb stehen und sah sie erschrocken an. Was ist mit uns los?
Plötzlich aber überwältigte sie überraschende Zärtlichkeit. »Ach, ihr meine beiden kleinen Jungs!«

Schweigend betraten sie das Haus und sahen als erstes nach dem schlafenden Kind. Er bemerkte, daß etwas anders war im Raum: Auf dem Tisch, auf dem Stuhl, auf dem Bett, überall lagen ihre Lehrbücher.

»Es war nicht sicher, daß du heute kommst«, sagte sie, als müsse sie sich entschuldigen.

»Du hast gelernt?«

»Ein wenig geblättert. Gestern waren es über neunhundert!« sagte sie unvermittelt.

»Was über neunhundert?«

»Leute, die in den Westen gegangen sind.«

»Meinst du, ich lasse euch im Stich? Wir schaffen es hier! Ich bin kein Nomade.«

»Mit Ackerbau und Viehzucht!« sagte sie überraschend heftig.

»Das nur als Sicherheit!«

Er stellte den Kükenkarton in Ofennähe, packte die Glasscheiben aus, legte eine der Scheiben mit kleinem Spalt auf den Karton, holte eine Untertasse mit Wasser, stellte das Wasser zu den Küken und streute Haferflocken auf den Kartonboden. Einen Moment sah er zu, wie die Tiere tranken und munter pickten, dann ging er hinaus in den Schuppen, um eine Kükenunterkunft aus der schwedischen Weinkiste zu bauen, die irgendwann einmal von den Meereswogen auf den Strand geworfen worden war.

In der Sicherheitsabteilung

»Hühner also«, sagte der Mitarbeiter, der in diesen Räumen des Hochhauses der Chef war, »soll er nur machen, solang er nicht Brieftauben anschleppt ...« Er lächelte ein Lächeln, das kein Lächeln war.

»Und der Antennendraht außen am Haus scheint eine ganz normale Radioantenne zu sein«, ergänzte sein Gegenüber.

»Das Wörtchen ›scheint‹ wollen wir in diesen Räumen nicht hören, Genosse! Im übrigen: Für unsere Radioprogramme braucht man keine derartigen Zusatzantennen!«

»Spezielle Hörgewohnheiten konnten bisher nicht ermittelt wer-

den. Zur Zeit ist beinahe ständig jemand im Hause. Die Musik neulich, mit der er das Dorf beschallt hat, stammte von einer Schallplatte, Bach, Gewandhausorchester Leipzig.«
»Bleiben wir am Ball. Die Unterlagen seiner, sagen wir ruhig, Frau werde ich anfordern. Vielleicht stoßen wir auf Querverbindungen.«
Solange die Flut der Urlauber noch nicht eingesetzt hatte, war reichlich Zeit, sich intensiv mit den Einheimischen zu befassen: Der Achtstundentag mußte auch in dieser Abteilung mit Arbeit ausgefüllt werden. Der Vorgang »Palette« rechtfertigte den Aufwand. Sich mit diesem Herrn zu befassen war zumindest anspruchsvoller, als Kneipensprüche von Fischköppen zu sammeln. Künstler, das hatten die Genossen schon während der Ausbildung gelernt, sind Spezialisten und Meinungsmultiplikatoren, das macht sie für potentielle Gegner interessant.
Manche Ungereimtheit war bereits sichtbar geworden. Der Mann, den man hier auf der Insel Unsmoler nannte, war für Überraschungen gut.
Die Tiere im Karton also Hühner. Wer sich Hühner anschafft, hat weder vor, republikflüchtig zu werden, noch den Wohnsitz zu wechseln. Bleibt er aus freien Stücken?
Der Mitarbeiter blickte aus dem Fenster. Graues Wetter, Regen schüttete gegen die Scheiben. Dreiviertel des Jahres wettermäßig zum Kotzen. Er jedenfalls konnte sich bessere Orte vorstellen. Arbeitsmäßig war hier alles so lala. Sollte es seiner Abteilung allerdings gelingen, subversive Vorgänge aufzudecken, wäre das gleichbedeutend mit Beförderung. Der Genosse Vorsitzende würde ganz schön alt aussehen. Der Dicke, der Freund der Kunstschaffenden. Ankauf von Bildern, Präsentkorb für die Frau, Glückwunschschreiben. Will sich wohl Hofmaler heranziehen. Wenn er sich da mal nicht vergreift. Wir wissen Bescheid. Schon an der Hochschule gab es Probleme mit dem Jungen. Hat sich auf- und davongemacht. Unterschlupf Insel. Prost Mahlzeit, mein Bester! Wir hier sind auch nicht von gestern.
Wieder lächelte der Mitarbeiter sein Lächeln.
Wird interessant sein, was für Logiergäste der junge Mann in diesem Jahr haben wird. Wir werden uns bemühen, präsent zu sein. Zwei vom vorigen Jahr sind inzwischen republikflüchtig. Saubere Leutchen, mit denen der Mann sich umgibt. Wollte in der Stadt

erneut Kontakt mit einem der Herren aufnehmen … vorher möglicherweise verschlüsselte Botschaft in einer Papiersendung.
»… statt gewünschtem Bargeld, Papier. Denke oft an die Flugversuche!« Den Spruch kann ich beten. Bin gespannt, wann der erste Brief aus Hamburg kommt.
Verfügt über Boot … Segelboot, geräuschlos, Motor ausgebaut. Bei Dunkelheit kaum auszumachen, schwarze Farbe, selbst das Segel eingefärbt. Übt bei jedem Wetter manövrieren. Separater Hafen. Hinterausgang am Haus. Sichtschutz durch Schilfwand.
Nächtliche Spaziergänge. Die Zielperson wird nicht behaupten können, daß sie um diese Uhrzeit draußen malt. Unsere Aufgabe ist es, herauszufinden, was der Mann vorhat.
Anfang Mai kommen die vom Schloß. Von denen werden wir sogar das Bettgegrunze hören können. Die neue Technik macht es möglich. Wenn es da überhaupt noch was zu grunzen gibt. Vorerst nur Mäusegequieke. Das Gequieke vom Katen wäre unterhaltsamer. Der Mitarbeiter grinste, er war ein optimistischer Typ.

Schmetterlinge

Die ersten Schmetterlinge dieses Frühlings waren die leuchtend gelben Zitronenfalter. Hin und wieder gaukelten aber auch Kohlweißlinge und vereinzelte Pfauenaugen durch die Gärten. Dort, wo nicht hohe Bretterzäune aus verwittertem Holz den Einblick verwehrten, sah man Frauen auf Beeten arbeiten und Männer Karnickel- oder Schweinedung zwischen die Reihen der Erdbeerpflanzen streuen. An Wäscheleinen flatterte sich Sommerkleidung den dumpfen Mottenkistengeruch aus dem Gewebe. Der Winter vorüber.
Es schien so, als hätten die Schmetterlinge und die Dörfler solange dem Wetter mißtraut, bis die Fähre mit den ersten Gästen als Zeichen des beginnenden Sommerhalbjahres ins Hafenbecken eingelaufen war.
Mit den bunten geschwätzigen Städtern kamen wieder Neuigkeiten in Hülle und Fülle. Das wurde aber auch höchste Zeit, denn der Gesprächsstoff abends in der Kneipe drohte knapp zu werden.

Seit man hier auf den Höfen weder Pferde noch Kühe hatte und die Schweine in einem Gemeinschaftsstall gemästet wurden, gab es nicht mehr allzuviel, worüber zu reden es sich lohnte. Das um so mehr, als man Gespräche über Politik und alle Angelegenheiten, die einem wirklich am Herzen lagen, tunlichst vermied. Dem Hausmeister war das recht so: Er mußte niemanden anscheißen.
Die ersten Städter waren meist Wanderer, die es darauf anlegten, zwischen Ankunft und Abfahrt der Fähre rasch die Insel zu umrunden. Andere Passagiere setzten sich mit großen Stullenpaketen und Thermoskannen voll Malzkaffee irgendwo in die Sonne und versuchten anschließend, für die Sommersaison im Dorf Quartier zu machen. Allesamt waren es Leute, für die die Überfahrt ein Ausflug war.
Auch wenn sie am gleichen Tag zurückfuhren, so konnten sich doch manche von ihnen rühmen, bereits gebadet zu haben, obwohl sich am Strand an schattigen Stellen noch Eiswälle türmten.
Mitte April jedoch waren die Quartiere bereits belegt, und die Schlange vor dem Konsum wurde von Tag zu Tag länger. Der fröhliche Urlauberlärm begann bereits zu stören. Immerhin, die Dorfweiber konnten wieder verwundert über die Unvernunft der Welt den Kopf schütteln.
Im Fenster der Schusterwerkstatt stand neben zwei neu besohlten Schuhen, die auf das Reparaturgewerbe hinwiesen, eine dickbauchige Rotweinflasche, in der das mystische Ereignis dieses Winters in seiner ursprünglichen Version konserviert war. Im tiefen Schneegips die schwarze Gestalt des Schusters. Darüber mit ausgebreiteten Flügeln, deren Enden wie auch die Fingerspitzen des Erfrierenden an die Wandung des Glases stießen, ein Engel.
Abzusetzen war diese Variante kaum. Das freute den Schuster insgeheim, denn er leerte die Rotweinkorbflaschen, die Elfriede zum einzig würdigen Aufenthaltsort für die neue Insellegende erklärt hatte, ohne Vergnügen.
»Mudder«, sagte er, »dat is vor allem die rote Farbe, die mich stört.«
»Laß dat bloß keinen hören!« riet sie,« dat weitst du doch, Rot ist der Obrigkeit heilig!«
Die Buddelschiffvariante »Molerboot« ging besser. Das kleine Schiff in wildem Meereswogen mit Mann und Hund an Bord sprach Sehnsüchte an. So ziemlich jeder Urlauber konnte sich

mit dem verwegenen Segler in der Flasche identifizieren. Boot als Symbol der Freiheit, Unabhängigkeit und Individualität. Obendrein mit Hund. Was will man mehr!
»Eins, zwei, drei, eins, zwei, drei, Achtung, Achtung, eine Sprechprobe!« hallte die Lautsprecherstimme über die Insel. Ein gräßliches Tier schien aus dem Winterschlaf erwacht zu sein. Unsmoler fuhr zusammen. O ja, auch das gehörte neuerdings zum Sommer! Er unterbrach ärgerlich seine Arbeit, holte den Teerpott aus dem Schuppen, legte Reisig, Streichhölzer, Briketts in einen Eimer, nahm den Spaten und einen Besen und ging zu seinem Boot. Auch unten am Hafen, sah er, waren ähnliche Lautsprecher wie bereits am Strand installiert worden.
Vormarsch. Er mußte sich beeilen, das Boot herzurichten, als könnte man auf dem Wasser dem Lärm entkommen.
Neben dem Boot grub er rasch ein fußtiefes Erdloch und entfachte ein Feuer darin. Über die Flammen hängte er den Teerpott.
Dann kippte er das Boot auf die Seite, fegte es ab, und als der Teer dünnflüssig war, begann er die Planken zu teeren. Wieder eine neue Schicht. Teerschichten wie Jahresringe.
Während er teerte, erwartete er, jeden Moment aufs neue vom penetranten Lautsprechergetön getroffen zu werden.
Die heftigen Töne blieben aus. Dafür gab es Gründe.
Im Chefobjekt wußte man von der Wirkungsweise der Gewöhnung und hatte angeordnet, die Sprechfunkanlagen zwar instand zu setzen und zu erweitern, sie aber nur kurz zu erproben und dann bis zum 1. Mai, dem Tag der großen Ansprachen, schweigen zu lassen.
Statt des Lautsprechergeplärrs klangen vom Hafen her nun Hammerschläge. Verkaufsbuden und eine Tribüne wurden errichtet.
»Der Dicke läßt sich zum Feiertag wieder was einfallen«, sprach man im Dorf anerkennend, »vielleicht schmeißt er Südfrüchte auf den Markt. Das mit den Plüschtieren aber kann er sich diesmal sparen!«
»Nur weil er sich eine Tribüne baut, braucht das noch lange keine Extras geben«, wandte man ein.
»Und die Buden da unten? Irgendwat läßt der gewißlich kukken!«
Als die Pauke, dieses neben den Lautsprechern gewaltigste Lärminstrument der Insel, am 1. Mai durch die Straße wummerte und

die Schritte von allen, die hinterherliefen, auch von Frauen und Mädchen und Kindern, soldatisch veränderte, schauten Unsmoler und Delphine aus dem Fenster. Das Wetter war zauberhaft.
»Wir sollten auch hinab zum Hafen gehen. Mal sehen, was sich dort tut«, sagte Delphine. »Vielleicht kann man Obst für das Bübchen ergattern.«
»Willst du da hinterhermarschieren?«
Sie zuckte mit den Schultern. »Wir könnten zum Hafen segeln ...«
Er zog das Boot aus dem Schilf ins flache Wasser und trug Delphine, die das Bübchen in den Armen hielt, an Bord. Sie wischte die Bugducht sauber und setzte sich. Er stellte die Babytasche auf die Plicht, schob den Kahn ins Tiefere, schwang sich hinein und stakte durch das vorjährige Schilf. Rauschende Halme, schnatternde Enten, klatschende Fische ... Unsmoler setzte das Segel.
Sie hatten den Hafen noch nicht erreicht, da tönte den dreien schon die Lautsprecherstimme des Inselchefs entgegen. Kämpferische Worte hallten, unterbrochen von Lautsprecherbeifall, über das Wasser. Kampf und Sieg, Übererfüllung, Entschlossenheit und alles gerade jetzt besonders. Sachte schob der Wind das Boot voran.
»Hoffentlich ist der Dicke still, wenn wir anlegen!«
Die Stimme verstummte. Marschmusik vom Band. Der Marschblock an der Tribüne löste sich auf. Man drängte vor die Kioske.
»Fahr schneller, Genosse!« sagte Delphine spottend. »Vielleicht gibt es Obst!« Sie wiegte ihr Kind im Arm, blinzelte in die Sonne und lachte.
»Schießbuden werden es sein, so klingt es jedenfalls!« sagte Unsmoler.
»Sieh mal, Schiffe!« rief sie.
Er beugte sich unter dem Segel hindurch und blickte zum Horizont und sah es auch. In der Ferne schwebten weiße Segel wie weiße Schmetterlinge über dem Wasser.

Der Verantwortliche oben im Studio des Inselfunks verfolgte konzentriert den Fortgang der Veranstaltung. Es war sein Job, die neuen Tonsäulen unten am Hafen mit flotter Musik und optimistischen Worten zu versorgen. Als der Inselchef seine kämpferische Mairede beendet hatte, schaltete der Mann im Studio um.
»Auch Frohsinn brauchen unsere Menschen!« hatte der Genosse Vorsitzende bei der letzten Beratung mit staatsmännischer Weisheit festgestellt und ihm gewisse Freiheiten bei der Gestaltung des Programms eingeräumt. Das Vertrauen schien gerechtfertigt, denn im letzten Sommer war die Strandbeschallung ohne größere Zwischenfälle über die Bühne gegangen. Obendrein hatte der Inselchef den Genossen zur weiteren Qualifizierung auf einen Vier-Wochen-Lehrgang geschickt. Es konnte also kaum etwas schiefgehen und wenn, dann trugen jene die Verantwortung, die dem Kollegen mit Stempel und Unterschrift den erfolgreichen Kursabschluß bescheinigt hatten.
Der Mann im Studio hatte inzwischen tatsächlich dazugelernt. Aber das ahnte der Genosse Vorsitzende nicht: Der Kollege hörte, ohne daß jemand etwas davon mitbekam, allzu gerne Radio Luxemburg. Der junge Mann war nicht von gestern: sowie er die Kopfhörer abnahm, stellte er den Skalenzeiger auf Radio Berlin. Längst versuchte er, den West-Conferencier zu imitieren. Auf sozialistisch, versteht sich. Nun saß er quer zum Fenster und hatte lässig die Füße auf den Studiotisch gelegt. Das Mikrophon ruhte in lockerer Hand. Er spähte hinaus und machte auf weltmännisch.
Sachte angehen lassen die Sache, nicht übertreiben, heute erst einmal vorsichtig. Am 1. Mai konnte der kleinste Versprecher übel gedeutet werden. Heute verstand die Parteileitung keinen Spaß. Heute allerhöchstens zwei, drei Westschlager. »Kollege«, mußte er sich bremsen, »keinesfalls den Genossen Vorsitzenden überfordern.« Mindestens dreißig Prozent Marschmusik. Paßt zu der albernen Schießbude da unten. Vor allem, immer wieder auf die Landesverteidigung hinweisen. Blumen für unsere Schützen und so weiter. Mit verächtlichem Grinsen legte er ein Band vom vorigen Jahr ein. Für den Inselchef und seine Dorschköppe erst einmal

das richtige. Ihn kotzte diese Musik an. Aber neuerdings war seine Devise: »Mein Gott, nehmen wir doch alles nicht so fürchterlich wichtig! Die wollen doch nicht Beethoven hören, wenn sie sich am Strand suhlen!«
Aber der Strand war noch leer. Die Menschen befanden sich unten am Hafen, und das war etwas Neues: die Zielgruppe in Sichtweite des Inselbeschallers.
Immer wieder griff er zum Fernglas. Er bemühte sich, interessante Details auszuspähen, um die Leute da unten mit seinen Bemerkungen in Erstaunen zu versetzen.
Donnerwetter! Da redet einer, der alles zu wissen scheint, einer, der offenbar überall gleichzeitig ist.
»Unser verdienter Traktorist, der sich in vergangenen Wintertagen so bewährte, hat offenbar soeben eine fabelhafte Trefferserie gehabt. Sehen Sie nur den wunderbaren aufblasbaren Frosch aus unserer volkseigenen Plasteproduktion in seinen Armen! Der Kollege Lüder versteht also nicht nur, mit Motoren umzugehen, er steht auch mit der Waffe in der Hand seinen Mann! Aber, aber, was seh' ich da, er trägt eine gelbe Blume im Knopfloch! Heute tragen wir die Mainelke, Genosse!«
Lüder zog die gelbe Schießbudenblume aus dem Knopfloch und sah sich ärgerlich um. »Ich bin noch längst kein Genosse!« sagte er dumpf. Wen aber konnte er zur Rede stellen, etwa diese verdammten Tonsäulen, die er kürzlich selbst an den Hafen gekarrt hatte? Wo saß der Kerl, der alles ausposaunte? Er blickte zum Objekthochhaus, sah die vielen offenen Fenster und erblickte dann ganz oben in der Aussichtsetage das dunkle Auge des Fernrohrs. Er zeigte nach oben. »Er glotzt wieder, Leute! Wie so 'n Scharfschütze glotzt er!« rief er.
Viele schauten nach oben und wiesen mit den Händen in die Richtung.
Der Inselchef war gut im Ahnen von Zusammenhängen. Er zog das Fernrohrstativ vom Fenster weg und fluchte: »Verdammtes Lautsprechergequatsche!«
»Nu verzieht der Spanner sich!« sagte Lüder unten in der Menge und spuckte aus.
Der große Beschaller aber schwatzte ungeniert weiter.
»He, du da in der wunderschönen blauen Windjacke vom VEB-Textimod, bekleckere dich nicht, Eis immer gerade halten, junger

Mann. Die Waffe in der Hand und die Waffel in der Hand darf man nicht verkanten.«

Der Mann am Studiofenster genoß das gewaltige Tönen der eigenen Plauderstimme. Mann, Mann, Mann, dachte er, wenn das hier der Blick auf den Sommerstrand wäre. Denen würde ich aber einheizen! Die Dörfler da unten interessierten ihn im Grunde herzlich wenig. Plötzlich hob er die Füße vom Studiotisch. Ganz langsam stand er auf. Unverwandt starrte er auf den Bodden und griff zum Fernglas. An die zwanzig weiße Segel näherten sich der Insel! Ein Bild wie im Film!

Doch vor allen anderen glitt ein schwarzgeteertes Fischerboot, das den lustigen Namen »Mama Delphina« trug, ins Hafenbecken. Nun entdeckte er auch das Kleinkind im Arm der Mutter. Den Aufhänger konnte er sich nicht entgehen lassen.

»Sieger der großen Regatta zu Ehren des Kampftages der Werktätigen wurde der jüngste Inselbewohner auf der schwarzen Schonerbrigg ›Mama Delphina‹!« brüllte der Lautsprecher. Auch den Namen am Bug des Schiffes hatte er mit Hilfe seines Zeissglases entziffern können. »Überzeugen Sie sich selbst, weit abgeschlagen die anderen Segler! Blickt aufs Wasser, liebe Genossen und Freunde, und staunt über den gewaltigen Vorsprung der meisterhaft gesegelten ›Mama Delphina‹!«

Hafen

Die Leute wandten sich von den dürftigen Buden ab. Sie sahen Unsmoler mit Frau und Kind im schwarzen Strandboot und erblickten dann die fremden Segel.

Einzelne begaben sich auf die Mole, um den weißen Schiffen entgegenzugehen, andere tranken vor dem Getränkezelt weiter ihr Bier, nun aber mit Blickrichtung Bodden.

»Allesamt Lustkutter, Boote, reinweg zum Vergnügen«, konstatierten sie.

Die eigenen rechtschaffenen Boote hatten alle noch ihre eigentliche Aufgabe. Es waren Angelboote, Boote für Gästefahrten oder Boote, mit denen man Gemüse oder andere Raritäten von abgele-

genen Festlandorten auf die Insel schaffen konnte. Auch das Malerboot hatte seinen produktiven Sinn, auch wenn Unsmoler an diesem Tage mit der Familie eine Spazierfahrt machte.
Die »Mama Delphina«, das schwarze Boot, schwamm an der Pier entlang, ließ das braune Segel fallen und kam zur Ruhe. Unsmoler kletterte ans Ufer, machte den Kahn fest und beugte sich hinab. Delphine reichte ihm die Tragetasche, in der das Bübchen schlief. Dann stieg auch sie aus.
Ankommen, als kämen sie aus der Fremde.
Sie wurden von den angeheiterten Dörflern begrüßt. »Glückwunsch zum großen Sieg!« Alle hatten die Durchsage gehört.
»Sehen so Sieger aus?« fragte Unsmoler und zeigte auf das Kind.
An der Schießbude war trotz der nahenden Segel weiter Betrieb. Klackernde Schüsse auf Blech. Tonröhrchen zerplatzten. Ernste Männer zielten so konzentriert, als müßten sie unbedingt etwas von den dürftigen Preisen erbeuten. Winzige Schnapsflaschen und bunte Keksschachteln baumelten an Tonröhrchen, in denen steckten aber meistens nur Papierblumen. Immerhin etwas Bleibendes. Die Kerle nahmen all den Tinnef so stolz entgegen, als würden sie Auszeichnungen empfangen.
Die Losbude, grell beleuchtet, zeigte buntes, wunderbar nichtsnutziges Zeug. Die Musik der Buden mischte sich mit den Tönen der offiziellen Beschallung. Ab und zu schmetterte ein Tusch: jemand hatte eine Trillerpfeife oder sonst etwas Harmloses gewonnen.
Ein Verkaufsstand mit Zuckerwatte und eine Bude mit Speiseeis …
»Kein Obst«, sagte Delphine enttäuscht.
Trotzdem, ein bunter Tag, der herausfiel aus der Berechenbarkeit der anderen Tage. Es war seltsam, auch Unsmoler hatte das Bedürfnis, ein Luftgewehr in die Hand zu nehmen, um ihr anschließend eine Papierblume zu überreichen.
Sie aber ging uninteressiert weiter und stellte sich am Eisstand ans Ende der Schlange.
»Zwanzig weiße Schiffe. Warum wissen wir nichts davon!« sprach der Inselchef aufgebracht ins Leere. Es war niemand sonst in der Aussichtsetage anwesend, der ihm hätte antworten können.
Eigentlich war er hier oben immer allein. Er liebte diesen weißen lichten leeren Raum, der im Gegensatz zu all den anderen

Räumen des Objekts nicht die beunruhigende Eigenschaft hatte, unglaublich rasch zu altern.
»Hat unser Maler mit den Schiffen was zu tun? Der Mann ist doch eben hier hereingesegelt!«
Überrumpelung jedweder Art schätzte der dicke Mann ganz und gar nicht. Immer regte sich sein Mißtrauen.
Er stand jetzt, vom Festgelände aus unsichtbar, in der Tiefe des Raumes und preßte unentwegt sein rechtes Auge ans Okular des Fernrohrs. Er konnte die schäumenden Bugwellen der Segler erkennen. Die Schiffe machten gute Fahrt. Sie zielten genau auf die Insel. Nach einer Weile aber leuchteten plötzlich einzelne Segel im Sonnenlicht auf. Ein Boot nach dem anderen änderte den Kurs. Er atmete für Momente auf. Na also, alles im Griff. Gewiß doch, eine derartige Heimsuchung wäre der Sicherheitsabteilung höchstwahrscheinlich viele Tage im voraus bekannt geworden und somit beim Morgenrapport längst zur Sprache gekommen. Jegliche Imponderabilität hätte man von vornherein ausgeschlossen.
Regatta! Eine schöne Regatta wäre das, bei der der alte Malerkahn siegen würde! Ein wirklich leichtfertiger Kommentar aus dem Studio. Man sollte den Mann ersetzen.
Das Über-die-Insel-Blicken war dem Inselchef für heute ohnehin verdorben. Man hatte mit Fingern hier herauf gezeigt, und auch das hatte dieser Studioidiot provoziert. Fahrlässig hatte der Mann mit seinem Geschwätz die Bürger darauf aufmerksam gemacht, daß sie zeitweilig beobachtet wurden.
Die fernen Segel leuchteten jetzt allesamt in der Sonne. Alle Schiffe mit gleichem Kurs. Nun zielte der Kurs an der Insel vorüber aufs offene Meer hinaus. Wunderbare Leichtigkeit und Weiße. Für Augenblicke konnte der Inselchef sich am Anblick erfreuen, dann aber fuhr er zusammen.
Womöglich eine als Regatta getarnte Massengrenzverletzung! Auf und davon übers Meer! Regatta zu Ehren des Kampftages! Hat hier niemand den Ernst der Lage erkannt?
Er fuhr eilig mit dem Fahrstuhl zwei Stockwerke hinab. In der Sicherheitsabteilung traf er lediglich auf den Mitarbeiter. »Alles im Einsatz!«
Der Chef nickte. Gemeinsam analysierten sie die Situation und blickten dabei aus dem Fenster, um den Vorgang weiterhin zu beobachten.

Das Licht auf den Segeln erlosch.
»Nun kommen sie doch!« sagte der Inselchef.
»Sie mußten nur einen Kreuzschlag machen«, sagte der Mitarbeiter.
»Du bist informiert?«
»Ich verstehe bißchen was vom Segeln.« Der Mitarbeiter spürte, daß er den Genossen Vorsitzenden mit dieser Bemerkung verletzt hatte. Unklug so etwas. Mächtige Männer sind mächtig empfindlich.
Immer noch war nicht ersichtlich, ob die Schiffe die Absicht hatten, anzulegen, obwohl sie bereits sehr nahe waren. Minuten später aber schoß das erste Boot in den Wind, die Segel killten. Ein Mann mit weißer Schirmmütze gab an Bord offenbar die Kommandos. Flatternde Segel rutschten hinab. Der Bug berührte sanft die Pier.
»Man sollte die Gäste begrüßen!« sagte der Vorsitzende.
»Ich muß die Stellung hier halten!« antwortete der Mitarbeiter.
»Gut«, sagte der Inselchef, »wir lassen uns durch ein paar Schiffchen nicht aus der Ruhe bringen!« Die beiden blieben am Fenster stehen. Aber die Leute unten gingen auf die Mole hinaus.
Viele Boote kamen. Segel flatterten, Masten schwankten. Verwaist der dürftige Festplatz.
Die Schiffe schoben sich ins Hafenbecken, andere machten weiter draußen an der Mole fest, wieder andere gingen abseits vor Anker.
»Es wird ein Segelverein sein. Ansegeln. Boote sind offenbar mächtig im Kommen«, bemerkte der Mitarbeiter.
»Das kann man wohl sagen! Mächtig im Kommen! Die Insel ein Seglerparadies. Wasser, Sand, Wind und Sonne, unser Reichtum.« Der Inselchef hatte sich gefangen.
Der Wind war zu einem weiteren Trumpf in seinen Händen geworden. Er begann zu dozieren. »Segeln war früher ein Vergnügen der Reichen. Bei uns aber kann jeder Bürger für ein geringes Entgelt in einem der vielen Sportvereine jedweder sportlichen Tätigkeit nachkommen.«
Der Inselchef konnte nicht sehen, daß der Mann neben ihm die Augen verdrehte.

Eine rote Mainelke

Der Herr Akkurat stand auf dem Vorschiff. Seine Gattin trank unten im Passagierraum die vierte Tasse Kaffee. Kaffee und Kuchen waren neuerdings in das Bordangebot der Fähre aufgenommen worden. Der Kaffee schmeckte nicht einmal schlecht. Alles wurde besser, Schritt für Schritt besser.

Ganz bewußt hatte der Herr Akkurat den Feiertag als Ankunftstag gewählt. Er hatte vor, den möglicherweise kompromittierenden Eindruck der herbstlichen Abreise vergessen zu machen. Das Wetter war günstig und gottlob, diesmal war der Pastor nicht an Bord. Auch der Herr Akkurat überließ ungern irgend etwas komplizierenden Zufällen. Jedes Detail der Ankunft war geplant. Sowie Lüder das Gepäck an der Pier übernommen haben würde, würde er dem Mann den Gartentorschlüssel übergeben und ihn instruieren, die Koffer und Bündel unter das Vordach der Remise zu stellen. Großzügige Bezahlung später. Alle Dinge waren sorgfältig verpackt. Nichts konnte bei Lüders groben Handgriffen kaputtgehen.

Er hingegen wollte sich gemeinsam mit seiner Gattin erst einmal hinauf zum Objekt begeben und dem Genossen Vorsitzenden die eigens für diesen Zweck angefertigte rote Mainelke überreichen. Noch steckte die übergroße Papierblume in einer zwei Meter langen Papprolle. Zwei Handgriffe, und das rote Symbol der Arbeiterklasse würde sich entfalten. Der Herr Akkurat war nun mal einfallsreich und geschickt. Und mit Worten umgehen konnte er obendrein. Notwendig werdende Varianten hatte er auch bedacht. Sollte der Inselfürst unerreichbar sein, würde die Mainelke mit einem angehefteten originellen Sprüchlein im Sekretariat auf den mächtigen Mann warten.

Noch aber tuckerte die Fähre voran. Langsam hob sich die Insel aus dem Meer. Weite, Licht und das ferne Ufer. Erhebender Anblick.

Die Gattin des Herrn Akkurat kam an Deck.

»Sieh nur das schwebende Weiß!« sagte er.

»Als wären es Schmetterlinge«, sagte sie entzückt.

»Oder Blütenblätter von Anemonen. Es ist, als erblühe die Insel!«

Was die Künstlerphantasien dergestalt anregte, waren die weißen Segelboote, die das Hafenbecken verließen. Die Segler kreuzten gelassen zu den Ankerplätzen. Sie machten der weißen Fähre Platz, aber man hatte den Bootsführern zugesichert, daß sie, sowie die Fähre wieder abgelegt haben würde, zurück an die Pier könnten. Nicht nur das, der Inselchef hatte kurzerhand beschlossen, abends einen Empfang zu geben. Er hatte die Bootsführer und deren Frauen sowie möglicherweise anwesende Vereinsfunktionäre zu 20 Uhr ins Objekt gebeten. Bis dahin hatte der Mitarbeiter sein gesamtes Personal einzusetzen, um alle verfügbaren Informationen zum Vorgang »Weiße Segel« zu beschaffen.
Das lediglich zur Absicherung, denn mittlerweile begrüßte der Inselchef die Ankunft der schneeweißen Boote.
Das Interesse der Sportsfreunde an der Insel galt es, abends bei einem Glas Wein auszuloten und gegebenenfalls in sinnvolle Bahnen zu lenken. Es kam ihm vor, als wäre das ihm anvertraute Gebiet durch die Ankunft der Segler urplötzlich größer geworden. Es reichte zumindest bis dorthin, wo das letzte der Schiffe ankerte.
Die selbstbewußten Männer mit den weißen Schirmmützen auf der Pier interessierten ihn mehr als die hastigen blassen kofferschleppenden FDGB-Urlauber. Sie gefielen ihm auch weitaus besser, als die sturen Bootseigner der Insel, die sonst mit ihren Booten die Insel umrundeten oder stundenlang da draußen vor Anker lagen, um mit Regenwürmern lächerliche Plötzen zu angeln. Von den Frauen ganz zu schweigen. Die Frauen auf den weißen Booten hatten etwas von jener Posterdame, die ihm seinerzeit im engen tristen Barackenwaschraum tagtäglich zugelächelt hatte. Nun waren also auch die Klassefrauen auf die Insel gekommen. Wirklich, es ging vorwärts, es ging aufwärts. Trotz alledem, wir siegen!
Der Herr Akkurat erblickte den Genossen Vorsitzenden im Foyer des Hochhauses. Der dicke Mann schien noch dicker geworden zu sein. Er plauderte gerade mit einem Herrn in weißer Seglerjacke.
Der Herr Akkurat wartete solange, bis der Genosse Vorsitzende zu ihm herüberschaute, dann zog er die sich entfaltende Nelke aus der Röhre und ging gemeinsam mit seiner Gattin auf die beiden Herren zu. »Herzlichen Glückwunsch zum Kampftag der Werktätigen!« rief er.
»Glückwunsch«, sagte der Inselchef. Er nahm die Blume entgegen und lehnte sie an die Wand. »Das sind unsere bildenden Künst-

ler«, erklärte er dem gutaussehenden Herrn in der Seglerjacke, »den Winter verbringen sie in der Hauptstadt, nun sind sie wieder hier.« Man reichte einander die Hand.
»Ich gebe heute abend anläßlich der Feierlichkeiten zum 1. Mai einen kleinen Empfang für unsere auswärtigen Sportfreunde. Sie als führende Inselkünstler sind hiermit herzlich eingeladen. Ein Segelolympiasieger wird, wie ich soeben erfuhr, gleichfalls anwesend sein. Leinwände sind ja auch eine Art Segel …« Der Genosse Vorsitzende lachte über den eigenen Scherz.
Das Gespräch war kurz.
Draußen vor der Tür fragte sich der Herr Akkurat verwundert: »Wer war dieser Herr, er kam mir so bekannt vor …?«
Seine Gattin wußte es auch nicht.
»Er wurde uns nicht vorgestellt … Vielleicht muß man ihn kennen …«
»Wir werden es abends beim Empfang erfahren. Man könnte ja vorher jemanden fragen.«
»Es wäre nicht gut, überall herumzuposaunen, daß wir geladen sind.« Der Herr Akkurat hatte wieder mal Bedenken.
Auf dem Weg zu ihrem Anwesen sprachen die beiden jeden, dem sie begegneten, mit ein paar freundlichen Worten an. Der Malernachbar arbeitete gerade mit Hammer und Meißel am Mauerwerk seines Katens. »Hallo, Herr Kollege!« rief der Herr Akkurat.
Unsmoler drehte sich um, legte den Meißel beiseite und kam zur Straße. In der Hauswand klaffte ein großes Loch. Er reichte den beiden die staubige Hand. »Ich baue gerade ein Fenster ein. Der Vorraum wird zur Küche. Es ist ein wenig eng bei uns geworden.«
»Was habe ich Ihnen gesagt!« rief der Herr Akkurat, »ein Gutshaus wäre passender, aber erst einmal herzlichen Glückwunsch zum Söhnchen!«
Die beiden gingen weiter. Unsmoler setzte seine Arbeit fort. Stein für Stein löste er aus der Wand. Ein geteertes Kantholz wartete darauf, eingepaßt zu werden: schwarzer Fachwerkrahmen für das weiß gestrichene und neu verglaste Gretefenster.
»Na, der hat nun sein Tun«, sagte der Herr Akkurat, »aber wer mag nur dieser Herr gewesen sein?«
»Ein Künstler vielleicht?«
»Er trug das Parteiabzeichen.«

»Vielleicht ein Maler.«
»Segler von so noblen Schiffen, das sind eher Ärzte, Filmschauspieler, Staatsbildhauer, Handwerker, Leute vom Funk. Wenn jemand Geld und Beziehungen hat, dann doch wohl die.«

Pfahlbauten

Der Empfang wurde ein voller Erfolg. Man war sich nähergekommen, man hatte vorgeführt, wer man war, welchen Draht man nach oben hatte, wen man alles kannte, was man konnte und was man hier wollte. Und vor allem: man hatte durchblicken lassen, über welch gute Beziehungen man zu wichtigen Produktionsbetrieben verfügte. Bei manch einem Doppelten hatte es offensichtlich augenzwinkernde Absprachen gegeben.
»Genossen«, hatte der Inselchef abschließend geäußert, »den Sport umfassend zu fördern ist für jeden in unserem Lande eine Ehrensache. So auch für uns. Solange unsere Materialbilanz nicht davon berührt wird, ist diesbezüglich hier so ziemlich alles möglich!«
Man nahm ihn beim Wort.
»Sieh mal«, rief Delphine ein paar Tage später, »die bauen!«
»Ich baue auch!« rief Unsmoler zurück. Er war dabei, das Fenster im Vorraum einzupassen.
»Aber die bauen im Schilf!«
Er kam sofort in den Raum, der vorerst noch Küche war. Zwei der Segelschiffe hatten sich in den Rohrkamp geschoben. An Deck hantierten Männer. Sie trieben schwarze Kanthölzer in den Grund.
»So ein Mist«, sagte er, »geteertes Holz, das sieht grad so aus, als sollte das etwas Bleibendes werden!«
Die Schläge schwerer Hämmer klangen herüber.
»Ist doch gut, wenn die bleiben!« Delphine erinnerte sich daran, was ihr der Pickelhubert damals beim Strandspaziergang gesagt hatte: »Interessante Leute werden hier herumlaufen, nicht nur die Fischköppe!«
»Wir haben mit denen da nichts zu schaffen!« sagte Unsmoler streng und ging zurück zu seiner Arbeit.

»Mit wem haben wir denn etwas zu schaffen?« rief sie ihm hinterdrein.
»Wir sind zu dritt, das reicht uns doch!«
Was die da im Schilf errichteten, sollte in der Tat etwas Bleibendes werden. Schwarze angespitzte Balken tief im sandigen Grund. Schiffe segelten davon, dafür kamen andere mit Brettern, Pfählen, Dachpapperollen an Deck neu hinzu. Das Schilfufer veränderte sich mit unglaublicher Schnelle. Man beeilte sich offensichtlich, Tatsachen zu schaffen.
Das wurde es also: Häuschen auf Stelzen. Es sah so aus, als schicke sich das Dorf an, an jener Stelle hinaus aufs Wasser zu wandern. Dort hatten im letzten Sommer die Dorfjungen noch ihre Binsenflöße durchs Wasser gestakt.
»Das Dorf macht sich nun also auch schon auf die Beine!« sagte Unsmoler. Delphine wußte, worauf er anspielte. Am gestrigen Tag, das hatten sie abends in den Westnachrichten gehört, waren es über tausend Menschen gewesen, die drüben in den Aufnahmelagern um Asyl gebeten hatten.
Wenn Unsmoler auch die rigorose Inbesitznahme des vormals unberührten Ufers ärgerte, die Lautlosigkeit der gleitenden Schiffe, der Zauber der weißen Segel vor der grenzenlosen Wasserfläche besänftigten ihn. Nicht einmal die unentwegten Hammerschläge brachten ihn in Rage. Das Arbeiten schien den Emsigen da draußen so viel Freude zu machen, daß sie offenbar mit Vergnügen Hunderte unbezahlter Aufbaustunden leisteten. Was die Leute auf diese Weise schufen, stellten sie unverzüglich unter den Schutz bunter Vereinswappen. »Betriebssportgemeinschaft Traktor, Sektion Segeln«, »Hochschulsportverein Segeln«, reichlich Schilder hatten sie, die, das hatte die Abteilung Sicherheit nachgeprüft, durchaus keine falschen Tatsachen vorspiegelten.
Sowie eines der stelzbeinigen Häuschen fertig geworden war, wurde ein derartiges Amulett über die Tür an die Stirnwand genagelt. Der Vorrat an Baumaterial schien unerschöpflich zu sein.
Es kamen Schiffe, deren Decks mit gespundeten Brettern so hochbeladen waren, daß die Mannschaft die Segel nicht zu setzen wagte. Hilfsmotoren schoben die Schiffe langsam voran. Großes Hallo und das Tuten aus vielen Nebelhörnern begrüßte sie. Und immer rascher klangen die Hammerschläge hinter dem Schilf.
Zu guter Letzt verband ein langer Steg die einzelnen Stelzen-

häuschen miteinander. Es zeigte sich, daß die Segler durchaus nicht chaotisch vorgegangen waren, sondern offenbar Vertreter sämtlicher Gewerke, auch Architekten, in ihren Reihen hatten. Und nicht nur das, sie hatten prominente Mitglieder, die geeignet und geschickt genug waren, den Inselchef über den Fortgang der Arbeiten auf dem laufenden und vor allem auch bei Laune zu halten.

»Genosse Vorsitzender, wir haben vor, den Steg bis zur Mole zu führen. Das ermöglicht von Land aus einen problemlosen Zugang zum Sportbereich. Der Schilfgürtel wird auf diese Weise geschont. Um allerdings den Erfordernissen des Arbeitsschutzes Genüge zu tun und um möglichen Unfällen vorzubeugen, werden wir uns etwas einfallen lassen müssen. Geländer überall anzubringen wäre kaum sinnvoll. Unsere Sportfreunde brauchen freien Zugang zu den Booten.«

Der bekannte Filmschauspieler legte besorgt seine Stirn in Falten.

Nur keine Komplikationen! dachte der Inselchef.

»Am Ende des Steges eine verschließbare Tür …«, schlug er vor.

Genau das hatte der Abgesandte der Segler bezweckt.

»Großartig, das ist die Lösung!« rief er erfreut.

Eine Tür versperrte nun den Zugang zum Steg. Abgesonderte Welt dahinter.

Der Inselchef beobachtete hin und wieder von der Aussichtsetage aus das Treiben. Er blickte mit Genugtuung auf die weißen Segelboote und auf die Liegestühle, die sich auf dem Steg reihten. Ordnung, die ihm zusagte. Er sah die bunten Bojen, an denen die Schiffe festmachten, und er sah, wenn er später am Tag hinauffuhr, die braungebrannten Frauen, die in den aufgereihten Liegestühlen Platz nahmen oder in bunten Badeanzügen von den Leitern hinab ins Wasser stiegen, und er sah Boote ablegen und gelassen die Insel umrunden.

Gegen Abend, wenn es kühl auf dem Wasser wurde, waren sie allesamt wieder da, ordentlich aufgereiht wie die Häuschen am Schilf. Wurde es dunkler, glimmte dort die Glut der Holzkohlengrills. Lachen schallte herüber.

Ein neuer Bereich der Insel war erschlossen.

»Wir haben ein Seglerparadies geschaffen«, meldete er in die Bezirksstadt. »Die Förderung des Sports ist uns oberstes Anliegen.«

»Dat reine Sodom und Gomorrha!« schimpften die Dörfler in der Dorfkneipe.
Aber was wußte man schon von denen. Die Segler lebten abgesondert hinter dem Schilf und hatten kaum das Bedürfnis, sich vor dem Konsum an die lange Schlange anzustellen, und die verräucherte Kneipe lockte sie auch nicht.
Die Leute der größeren Schiffe brachten sich, was sie brauchten, vom Festland mit: im Bilgenwasser lagerten Konserven, auf denen mit Fettstiften Verfallsdatum und Doseninhalt notiert war. Brot holten sie sich in Säcken von der Fähre ab. Wahrscheinlich gehörte auch ein Bäckermeister auf dem Festland zu den Sportskameraden. Nicht einmal zum Strand wanderten die Privilegierten, denn das Boddenwasser war bei den stelzbeinigen Häuschen sehr viel wärmer als das Meerwasser, das an das Nordufer brandete.
Das bißchen, was man im Dorf von dem Treiben hinter der Gittertür erfuhr, brachte man von den Seglern kleinerer Boote in Erfahrung. Die nämlich pflegten beengt unter den Persenningen zu nächtigen, die sie über die Großbäume ihrer Boote spannten. Diese, meist jungen Leute kamen mit schwankendem Gang ins Dorf, sie tippten mit den Zeigefingern an ihre Seglermützen und baten höflich darum, ihre Wasserkanister füllen zu dürfen. An denen war nix zu verdienen. Denn für Wasser Geld zu nehmen, auf diesen Einfall war bisher noch niemand gekommen ...
Diese Leute waren den Eignern der größeren Pötte auch nicht ganz grün. Sie verbargen gewissen Neid hinter dem Stolz, in winzigen Booten, die nur eine handbreit Freibord hatten, den Bodden überquert zu haben. Damit aber konnten sie hier auf der Insel niemandem imponieren.
»Die da in den Bootshäusern wohnen, das sind nicht alles Segler«, verrieten sie, »manche haben vom Segeln so viel Ahnung wie eine Sau vom Motorradfahren!«
»Ich seh' mir die mal von dichten an!« verkündete Lütt Otto. Einst war die Wiese dort sein Besitz. Zur Wiese aber gehörte das Schilf, und die Bauwerke ragten ins Schilf hinein.
Er kam mit seinem großen Boot angetuckert, schaltete auf Leerlauf und glitt an den Steg. Mißbilligend wurde er betrachtet: Lärm. Hier waren Segler zu Hause. Lütt Otto blieb im Boot stehen.
»Habt ihr überhaupt eine Genehmigung?« rief er.
Irgend jemand wies auf das Schild, das groß an der Hütte prang-

te: Sportgemeinschaft Traktor, Sektion Segeln. »Das ist hier was ganz Offizielles. Genehmigungen liegen vor. Aber sagen Sie mal, dürfen wir mal Ihren Bootsführerschein sehen? Das Boot befindet sich in nicht ordnungsgemäßem Zustand!«
»Das Boot ist tipptopp!« konterte Lütt Otto aufgebracht.
»Anker? Wurfleine? Peilstock gemarkt? Kappbeil? Reserveschäkel? Wassereimer mit Leine? Nebelhorn? Weiße Laterne gemäß Artikel 7? Elektrische Taschenlampe? Staatsflagge? Zugelassene Schwimmwesten? Verbandstoff?«
Lütt Otto sperrte das Maul auf.
»Von wegen tipptopp, den Bootsführerschein, bitte!«
»Der liegt zu Hause neben der Marmelade!« sagte Lütt Otto, er kuppelte den Rückwärtsgang ein und drehte ab.
»Verdammt, die wollten Scheine sehen!« berichtete er abends in der Kneipe.
Ab sofort vermied man es, mit den eigenen Booten den Weißen in die Quere zu kommen.
»Was für ein Pech, daß wir im Frühjahr immer dat alte Schilf abbrennen müssen!« tröstete man sich grinsend.
»Ne, da kommen wir nicht drum rum, sonst taugt dat neue Ruhr nicht mehr zum Dachdecken.«
»Material vergammeln lassen, so wat is heutzutage strafbar!«
»Dat Schilf gehört zur LPG, so ist das nun mal, da hat der Dicke gar nicht einzugreifen.«
»Unumgänglich das Brennen! So ein Pech für die, alle Arbeit för ümsüss.«
»Aber vorher kippt dat Eis die Buden um!«
Wieder mal vertraute man auf die Hilfe des Winters.

Seidene Unterröcke

Zu Fähnchen zerrissen flatterten ihre Unterröcke an den Stangen der Kobben über dem Meer. Die Frau des Fischers aber ruhte im breiten Bett auf der Seegrasmatratze und lauschte den Tönen der Welt, die von draußen durch die Lehmwand der Hütte drangen. Sie wollte nicht mehr hinaus. Deshalb sah sie seelenruhig zu, wenn

ihr Alter stumm an den gewaltigen Wäscheschrank ging, um im Laufe der Jahre ihre kunstseidenen Unterröcke Stück für Stück zu Flaggen zu verarbeiten. Er hielt es nicht einmal mehr für nötig, sein Versprechen zu wiederholen: »Muddern, wenn du wieder auf dem Posten bist, kleiden wir dich von Kopf bis Fuß neu ein!«
Seine Wortlosigkeit ersparte ihr, immer aufs neue zu beteuern, daß sie längst jegliche Hoffnung aufgegeben habe. Sie blieb drinnen, denn sie mochte den Rest ihrer verbliebenen Daseinsfreude nicht mit dem Maß der von Gebrechen unbehinderten Existenzen messen. Sie wünschte ihrem Alten noch viele Jahre der Fischerei. Jahre, die ausreichten, all ihre Wäsche aufzubrauchen. Ungerührt hörte sie, wie er draußen vor der Tür die Seide zerriß und die Lappen an die dünnen Tannenstangen der Kobben band. Sie opferte gewissermaßen ihre zweite Haut. Auf diese Weise war sie geheimnisvoll an seinen Fischzügen beteiligt. Die Kunstseidenfähnchen, die schon bei geringem Luftzug weithin sichtbar flatterten, lockten ihn Morgen für Morgen. Das war zwar eine andere Lockung als in den guten Jahren, in denen er ihr abends kaum Zeit gelassen hatte, die Unterwäsche akkurat über den Stuhl zu hängen. Aber sie lockte.

Aalangeln mußten in aller Frühe gebört werden. Sie wurde kaum wach, wenn er in der Finsternis des Zimmers seine Plünnen zusammensuchte und kurz darauf das Haus verließ. Rasch glitt sie zurück in die bunte Welt der Träume. Gegen acht weckten sie die Stimmen der Fremden, die hinunter zur Bootsanlegestelle gingen. Bald darauf hörte sie das Tuckern des Motors. Sie blickte hinauf zur Zimmerdecke, sah aber das Boot kommen, und sie sah ihren Mann aufrecht stehend im Kahn, die Ruderpinne in der Rechten. So wie sie ihn früher immer gesehen hatte, als sie noch unten am Strand im grellen Morgenlicht auf ihn wartete.

Alles so wie immer. Manchmal war der Heizer mit von der Partie. Sie war ein wenig eifersüchtig. Aber immer verläßlich vornweg, an den entrindeten, von der Sonne gebleichten Fichtenstangen ihre Unterwäsche. An ruhigen Tagen spiegelten sich die Fähnchen im Meer. Bei Wind wurden sie von Spritzern getroffen. Sie sah alles deutlich, und der Anblick erfrischte sie wie andere ein Morgenspaziergang.

Sie war auf diese Weise zugegen, wenn sich der Kahn ein Stück auf das Ufer schob. Sie war zugegen, wenn ihr Alter aus dem Boot

stieg, den Draggen nahm, auf den Strand hinaufging, bis sich die Leine straffte. Sie war zugegen, wenn die Badegäste an das Boot drängten und den Fang beäugten. Sie war zugegen, wenn die Fremden ihm Scheine reichten und klebrig fischiges Wechselgeld zurückbekamen. Im Sack achtern die Fische, die die Fremden nicht sehen mußten. Sie war zugegen, ohne einen Schritt zu tun. Ein paar Kisten für die vom Objekt, der Rest … Ein paar Scheine für die Hosentasche. Geld ließ ihren Alten so ziemlich kalt.
»Reich ist nur der«, hatte er sie früher immer zu überzeugen versucht, »der nix braucht! Wer viel anschafft, hat auch viel Sorgen!«
Diese Haltung war zweifellos daran schuld, daß sie immer noch in dieser armseligen Hütte hausten, die aber, wie er meinte, den gewaltigen Vorzug hätte, daß er auf niemanden angewiesen war und sämtliche Reparaturen gelassen zwei eins nach dem Kaffeetrinken erledigen konnte.
Sie wälzte sich aus dem Bett, stakste zum Herd, um ihm einen Kaffee zu machen. Bald würde er mit dem Fischbeutel hereinkommen. Sie würde sich die schönsten Fische aussuchen.
Auch Mudder Tien und Grete, denen sie nicht grün war, ernährten sich in der Hauptsache von Fisch. Gelegentlich halfen die beiden dafür beim Entwirren von Schnüren und Netzen, oder sie halfen beim Fertigmachen von Aalschnüren. Hin und wieder überreichten sie dem Fischer auch mit großer Geste einen Korb Hühnereier.
Obwohl die beiden alten Weiblein dergestalt profitierten, meinten sie dennoch durch das Fischen mehr Ungemach als Nutzen zu haben. Fisch lockt Fremde. Und die Fremden, die wartend durchs Fischdorf strichen, störten.
Hier gab es keine Zäune. Es passierte immer wieder, daß Urlauber ihre Gesichter an die Fensterscheiben preßten und in die Zimmer spähten. Manchmal wurden die beiden alten Damen beim Briefeschreiben aufgeschreckt. Erwischt beim Fabulieren, wurden sie durch glotzende Augen aus ihrer seltsamen Wirklichkeit gestoßen. Sie stürzten gewissermaßen ab. Hühner wurden wieder zu Hühnern, der Kater wieder zum Kater, sie selbst alterten augenblicklich, und die Hütte schnurrte zusammen.
Plötzlich schauten sie mit den Augen der anderen auf sich selbst, und plötzlich waren sie nicht mehr zu Hause. Sie waren draußen. Tien wartete meist nicht darauf, daß Grete sich aus der Erstarrung

löste, in die sie, den eingetunkten Federhalter in der Hand, bei so plötzlichem Erwachen geriet. Tien ging vor die Tür und jagte die Gaffer davon.

Notwehr, denn sie wußte von der Wirkung fremder Blicke. Sie war davon überzeugt, daß sogar Einweckgläser aufspringen und der Inhalt verderben würde und die von der Zimmerdecke baumelnden getrockneten Kräutlein sich in wertloses Stroh verwandelten, wenn sie nicht augenblicklich eingriff.

Kam Tien ins Zimmer zurück, klatschte sie in die Hände, und Grete rührte sich wieder. An ein Weiterschreiben aber war nicht zu denken.

Abgebrochene Briefe führten dazu, daß sie nicht nur mit der Numerierung durcheinanderkamen, sondern sogar die Übersicht über beschriebene Geschehnisse verloren und oftmals vergaßen, was sie dem Briefpartner bereits geschrieben hatten oder erst hatten schreiben wollen. Das stürzte die Adressaten in Verwirrung, die Antwortbriefe blieben aus. Keine Korrespondenz entwickelte sich so wunderbar wie jene mit dem Uhrmacher. Die Weiblein vermochten offenbar nicht mehr, ihr wahres Alter zu verbergen. Dabei hatten sie durchaus noch nicht jenes Alter erreicht, in dem man angesichts der neuen Zeit nur noch verständnislos mit dem Kopf schütteln konnte. Der Tien gelang es immer noch, all die Neuigkeiten, die ihr zu Augen und Ohren kamen, in das System ihrer Denkgewohnheiten einzufügen. Ja, sie erkannte das Wesen der Fremden so genau, daß sie nach einigen Begegnungen mit aufdringlichen Gaffern früh morgens vor die Tür trat, in die Luft schnupperte und Grete zurief: »Grete, mach das Schreibzeug klar! Heut haben wir Ruh! «

So war es. Tien ahnte, was die Urlauber tagsüber unternehmen würden, und das zu einer Stunde, in der die noch in ihren dürftigen Unterkünften schliefen.

»Und die, die können uns schon gar nichts!« Sie wies auf die weißen Segelschiffe, die in sicherer Entfernung am Ufer vorüberglitten. »Dat is ne anne Sorte Minsch! Und dat da sind noch wieder anne!«, sie zeigte auf eins der Vorpostenboote, die hin und wieder mit weißschäumender Heckwelle und weißer Nummer auf dem grauen Leib unglaublich rasch aus dem Dunst der Ferne kamen, um den Seglern zu demonstrieren, daß es keinesfalls gut wäre, versehentlich aus dem Bereich der Dreimeilenzone zu geraten.

Die Altenbank

Den Männern auf der Altenbank am Hafen schien es bereits so, als führen mit der Fähre immer die gleichen Leute ab. Stets das gleiche Gedränge an Lüders Hänger, stets das gleiche fremde Hasten. Immer das gleiche aufgeregte Wuchten mit Koffern, Rucksäcken und Taschen. Was für einen Tag haben wir? Das Ablegemanöver der Fähre konnte genauso vor zehn Tagen stattgefunden haben. Und in vier Wochen würde es auch nicht anders aussehen.
Aber diese Gleichförmigkeit der Sommertage tat den Alten gut, und deshalb kamen sie, wenn das Wetter es erlaubte, Tag für Tag in diese zeitlose Gewißheit gewandert.
Etwas hatte sich doch geändert: Die Fähre legte nun erst gegen Abend ab. Schatten trafen die Altenbank. Aber die Kraft, zu reagieren, hatten sie noch.
»Dann wollen wir mal wieder«, sagten sie, erhoben sich, rückten die Bank ein wenig nach vorn, und wieder wärmte die Sonne ihre krummen Rücken. Schließlich stand die Bank mitten auf der Betonstraße.
Lüder fuhr einen Bogen und bremste. »Leute, wollt ihr vor der Zeit ins Himmelreich?« übertönte seine Stimme das Bullern der Maschine.
Die Bank der gebrechlichen Männer mitten auf der Straße war ein Problem. Alles pflegte verläßlich beiseite zu springen, wenn er mit seinem Gespann angerattert kam, die aber nicht. Sie hörten ihn nicht einmal.
»Hier haben wir schon vor Adolf gesessen!« erwiderten die Alten eigensinnig. Das stimmte zwar nicht, aber Lüder wußte, was die Männer meinten.
»Leute, ich fahr' euch die Bank auf den lütten Berg, da gibt es mehr zu sehen as hier. Und die Sonn' wärmt euch bis Weihnacht dat Kreuz, und dat alles gratis, Beförderung inklusive!«
»Gratis«, das Wörtchen mochten die Alten.
»Probieren geht vor Studieren, wenn't euch nicht gefällt, stell' ich euch morgen die Bank hier wieder mitten auf die Straße!« Lüder klappte die hintere Hängerklappe runter. »Steht mal auf, Leute!« sagte er. Er stellte die Bank als Stufe an den Hänger. Von der eigenen Verwegenheit überrascht, kletterten die Alten, schelmisch

lachend, als stellten sie gerade was Verrücktes an, hinauf auf den Hänger. Lüder schob die Bank in die Mitte der Ladefläche. »Herrschaften, wir bitten, Platz zu nehmen!«
Sie setzten sich und hielten die Krückstöcke zwischen den Knien. Lüder tuckerte im Schrittempo die Betonstraße hinauf, bog dann dicht vor dem Dorf in die Hügel ab, fuhr ein Stück einen Feldweg hinauf und hielt an.
»Viel Sonne, wenig Wind, aber viel fürt Auge«, pries er den Platz an. »Hier sitzt öfter die ganze Familie von uns Moler. Der Minsch weiß, was gut ist!«
Schöne Aussicht über das Schilf hinweg auf die Seglerbucht. Vor den stelzbeinigen Seglerhütten der Steg mit den Leutchen, die sich in Liegestühlen sonnten. Sanfte Anlegemanöver der weißen stillen Schiffe.
»Blick auf die Betonstraße als Zugabe! Hafen mit Fähre kostenlos. Leute, ihr müßt euch langsam an den Blick von oben gewöhnen! Also nix wie runner vom Wagen!«
Die Alten erhoben sich, zögerten aber: »Oh, oh, oh, von oben runner is schwieriger as von unnen nach boben!«
Sie schafften es. Schließlich saßen sie wieder aufgereiht auf der Bank. Sie blickten über die Bucht. »Jung«, sagten sie, »wir sehen nur dat, was wir kennen!«
»Wat denn, so lang ist dat doch alles nicht her. An schöne Frauen erinnert man sich immer!«
Lüder ermunterte zum Schauen. Reinweg wie in der Südsee!
Seit Jahrhunderten träumten die Männer auf der Insel von der Südsee: schöne Frauen, Wärme, Früchte, bunte Vögel, Freiheit. Dieser Traum hatte einst so manchen jungen Mann aufs Meer gelockt, in die Stürme, in die Nässe, in die Kälte und zu guter Letzt meist auch ins nasse Grab. Lüder blickte aufs Wasser. Er verstummte und schien zu erstarren.
»Wat für naaschen Kirl«, sagten die Alten, als er sich plötzlich schüttelte, auf den Traktor stieg und lärmend in die Dorfstraße abbog.
Abends in der Kneipe ließ er sich gegenüber vom Tüffelmacher auf den Stuhl fallen. »Na, wie läuft das Geschäft?« fragte er zu vorgerückter Stunde.
»Wie sollt gehen?« antwortete ausweichend der Tüffelmacher, »immer rundherum.«

»Du drehst noch die Scheißkugeln?«
»Schöne Kugeln sind dat, einwandfrei, die reißen nicht, Erlenholz!«
Die hölzernen Bocciakugeln schienen das Geschäft des Sommers zu werden. Plötzlich wollten alle Badegäste diese runden Dinger haben.
»Mann, du brauchst vernünftige Arbeit!« redete Lüder dem Tüffelmacher ins Gewissen. »Bau mir zehn Ruderkähne.«
»Mann, zehn Stück? Zehn Stück? Eichenholz und Kupfernieten hab' ich nicht mal für eins!«
Lüder sah ihn enttäuscht an.
»Arger dich nich, die Idee mit dem Bootsverleih ist zu nix«, tröstete der Tüffelmacher, »hab' ich längst durchgerechnet ... Spielkram drehen ist einträglicher.«
Aber Lüder hatte es gepackt. Er stand auf, wendete sich zum Saal um und rief mit lauter Stimme: »Ist hier niemand, der mir ein Boot verkaufen kann?«
Niemand antwortete. Als er pinkeln mußte, begab er sich, einer Eingebung folgend, nicht zur Kastanie, er verschwand in der Kneipentoilette. Jemand erhob sich und folgte ihm.
»Ich hätte da was ...«, sagte der Mann, »und ich will hier bauen.«
»Boote?«
»Das nicht, nur ein Haus, aber Boote könnt' ich beschaffen. Von der Armee ausrangierte Rettungsboote. Kreuzdiagonal verplankt, toppendicht in einwandfreiem Zustand. Die laufen gut und gerne noch ihre dreißig Jahre. Weißt ja, die Armee hat bei uns die besten Sachen. Ich hab' da einen an der Hand, der arbeitet auf der Werft. Der kommt ran an so wat. Motor rein, Kajüte drauf, fertig. Kannst mir ja die Baugrube ausheben, wenn ich soweit bin.«
»Du baust hier?«
»Auf dem Karnickelberg, schöne Aussicht. Keller alles ausgebaut. Hab' mich letzten Winter für dat Haus, das ihr das Schloß nennt, interessiert. Das Ungetüm sah unbewohnt aus. Aber jetzt bin ich froh, daß ich den Klotz nicht am Hals habe. Das Dach allein reicht aus für tausend schlaflose Nächte!«
»Die Grube ist so gut wie gegraben, wenn das mit dem Boot klappt.«
»Ich ruf' an bei dem.«

»Telefonieren ist so eine Sache ...«
»Oder besser, du fährst hin zu ihm. Ihr werdet schon handelseinig werden. Ich geb' dir einen Zettel mit.«
Jemand kam herein.
Die beiden verstummten und begaben sich zurück in den Schankraum. Jeder zu seinem Bier.

Kommentare

Es fand offenbar ein Wettlauf statt. Aber mit wem? Mit der Zeit? Eile wie vor einem Gewitter. Sperrangelweit geöffnet die Fenster vom »Schloß«. Trotzdem quoll dichter Rauch aus beiden Schornsteinen. Schlechte Briketts. Der Herr Akkurat heizte. Mit aller Gewalt mußte er den Winter vertreiben, der sich hinter den mit Brettern verschlossenen Fenstern länger gehalten hatte als anderswo.
Die Betriebsamkeit auf der Insel hatte das Malerpaar überrascht. Der Baustellenlärm beim Chefobjekt im Jahr zuvor hatte die beiden weit weniger irritiert. Offizieller Eifer spielte sich auf einer anderen Ebene ab und hatte stets etwas Erzwungenes. Man konnte darauf bauen, daß er erlahmte. Beton, Büros, Kennziffern, Planziele, Trott.
Die Segler aber, die das Schilfufer in der Nähe der Mole verwandelt hatten, beunruhigten. Es wucherte. Selbst der Malerkollege von nebenan schien angesteckt. Er hatte in den Katen ein neues Fenster eingebaut. Sogar die Alten des Dorfes waren aktiv geworden. Sie eroberten sich mit ihrer Bank einen Hügel. Da saßen sie nun mit ihren Krückstöcken zwischen den Knien und schauten in die Weite. Fast schien es, als würden sie auf etwas warten. Aber worauf?
Der Herr Akkurat kam sich vor wie ein Läufer, der noch in den Startlöchern hockt, während die Konkurrenten bereits auf und davon rasen. Irgendeinem Ziel entgegen. Aber welchem?
Die klamme Kälte im dicken Gemäuer des »Schlosses« schien ihn zu lähmen. Abends saß er im dicken Pullover neben seiner Gattin am lodernden Kamin und trank Grog. Beide sannen sie darüber nach, was da draußen passierte.

Der Galerieraum allerdings erwärmte sich rascher. Sperrangelweit war tagsüber die Tür geöffnet.
Unermüdlich arbeitete der Herr Akkurat. Seine Gemahlin half. Sie lehnte Gemälde an die Wände und stellte attraktive Bildgruppen für die erste Ausstellung zusammen.
Der Nachbarkollege hatte drei Werke gebracht. Gut so. Dessen Bilder hatten eine wichtige Funktion. Sie machten die Galerie zu etwas Gemeinschaftlichem und wirkten dem gefährlichen Eindruck entgegen, daß es sich hier um etwas Privates handelt.
Der Pfau an seiner langen Stange lag noch im Atelier auf der Erde. Vielleicht überfiel ihn der Schreizwang deshalb nicht: All die Arbeit ließ ihn nicht recht zur Besinnung kommen. Immer wieder mußte er sein Tun unterbrechen und mit den Kohleeimern von Kamin zu Kamin eilen. Er kam sich gelegentlich vor wie der Heizer eines riesigen Schiffes, das mit Volldampf hinaus aufs Meer fuhr. Unermüdlich Kohlenschleppen und die Feuer in Gang halten. Heizer und gleichzeitig Kapitän. Den Qualm über dem roten Dach sahen auch die Alten auf ihrer Bank.
Früher hatte der Mann das ruhiger angehen lassen.
»So ist das eben: Alles wird fixer und fixer heutzutage! As son Karussel, in dem bald allen düsig wird!«
Nur noch die Segelboote friedvoll. Das zu sehen tat gut. Hinter dem Schilfsaum machte der Wind noch das Tempo.
Die Segel über dem Wasser hatten etwas Tröstliches. Bewegung im Zeitmaß, das die Alten kannten.
»Kiek, kiek, kiek, kiek, wat is dat nu wedder!«
Auf schmalen Brettern, die in der Tat so aussahen wie Muddern ihr Plättbrett, balancierten schwarzgekleidete Kerls unter bunten Segeln.
»Reine Gottversuchung ist dat!«
»Die tanzen dem Meer auf dem Buckel rum … dat gehört sich einfach nicht!«
Wind war aufgekommen. Zwei größere Boote setzten ihre Segel. Langsam stieg weißes Tuch flatternd an den Masten empor. Es füllte sich mit Wind und sachte, sachte begann die Reise. Und bald schienen die Boote in Weiten, in denen es keine Ufer und keine Worte mehr gab, zu verblassen. So empfanden das die Alten. Und sie sahen mit stillem Einverständnis zu. Die Segler empfanden vielleicht Ähnliches. Vielleicht hatten sie deshalb den Schiffen mit

Messingbuchstaben die Namen »Kehrwieder« und »Lieb Heimatland« ans Heck geschraubt.

Ein anderer Segler kam. Das Boot schoß draußen bei den Bojen in den Wind, ließ das Großsegel fallen und lief dann nur mit der Fock behutsam näher an das Schilf heran. Am Bug stand ein Mann und prüfte immer wieder mit der Peilstange die Wassertiefe.

»So ist das richtig«, meinten die Alten. »Alles gelassen angehen!«

Sie konnten nicht erkennen, daß es das Boot vom Pastor war. Der Pfarrer kam mit Musikanten zur Insel.

Die »Arche I« war Wirklichkeit geworden.

Lüder fuhr in Hochstimmung die üblichen Koffer zur Fähre. Zwei Tage lang hatte ihn der Schmiedsohn vertreten müssen. Lüder war auf dem Festland gewesen. Nun hatte er sein Boot, sein kreuzdiagonal verplanktes unsinkbares Rettungsboot, zugelassen für zwanzig starke Kerle. Noch lag es drüben am anderen Ufer. Ein luftgekühlter Zweitakter wurde eingebaut. Ein feines Boot und ein generalüberholter Motor.

»Nicht so ein Plastescheiß, wo gleich von außen ein neugieriges Auge reinschaut, wenn du mal Grundberührung hast!« hatte ihm der Mann, der an die Boote und Motoren rankam, erklärt.

Bares auf die Hand.

Lüder blickte aufs Wasser und träumte: Bald würde er bei denen da draußen sein. Er beachtete die »Arche I« nicht weiter, denn er wußte nicht, was es mit diesem Schiff Besonderes auf sich hatte.

Am Abend aber ging der Pastor durchs Dorf und heftete an die Kastanie und an den hohen Bretterzaun vom Blödihof handgemalte Plakate, die zum ersten Sommerkonzert einluden. Da erkannte man ihn. Ihr Paster hatte mir nichts dir nichts eine Arche gebaut. Eine Arche mit sechs Kojen und Stauraum für Musikinstrumente.

Der Herr Akkurat sah ihn kommen. Er sah die Plakatrolle in der Hand des Mannes und wußte Bescheid. Er eilte ans Gittertor und rief ihm entgegen: »Tut mir außerordentlich leid, wir eröffnen erst nächste Woche!«

»Schon gut«, sagte der Pastor und behielt die Rolle in der Hand. »Ich brauche eigentlich überhaupt keine Reklame zu machen. Es wird sich rasch herumsprechen. Großartige Musiker … ein Streichquartett, das in Paris einen ersten Preis gewonnen hat. Und das auf einer Insel! Die ›Arche‹ macht's möglich! Schauen Sie gelegentlich aus dem Fenster: Wir haben eine Flagge gehißt. Weiße Violine auf blauem Grund. Die Sonnabendmusik, immer am Tage vor der Predigt. Sie und Ihre Gattin sind herzlich eingeladen!«

»Wir kommen!« sagte der Herr Akkurat.

»Zwei Plätze in der ersten Reihe werden reserviert, Sonnabend und Sonntag!«

Als der Pastor gegangen war, eilte der Herr Akkurat zum Südfenster des »Schlosses«. Tatsächlich, nicht weit vom Bootsplatz des Nachbarn entfernt, lag ein Segler. Oben im Topp wehte eine blauweiße Flagge.

Er rief seine Frau.

»Sieh mal, das erste Kirchenschiff, das wirklich schwimmt!«

Auch die Kirche machte also Tempo und er … er hatte noch nicht einmal die Bilder in der Remisen-Galerie gehängt. Er eilte hinunter.

Der Pastor hatte Glück, das Wetter hielt sich. Der Geistliche bewegte sich durch den Raum wie ein Platzanweiser.

»Bitte, wenn Sie dort hinten noch etwas zusammenrücken, dann kann noch jemand sitzen!«

Die Leute blickten enttäuscht auf die vollbesetzten Bankreihen.

»Bitte bleiben Sie nicht in der Tür stehen«, bat der Pastor, »auch draußen wird man etwas hören! Wir lassen die Flügeltüren geöffnet. Das Wetter hält sich.«

Man setzte sich draußen ins Gras.

Unsmoler holte von zu Hause die Lamadecke und breitete sie auf der Erde aus. Auch er und Delphine waren nicht früh genug ge-

kommen. Niemand hatte damit gerechnet, daß es so voll werden würde.
Sie sahen das Malerpaar vorübergehen.
»Drinnen ist alles besetzt«, wollte Unsmoler sagen, aber der Pastor winkte die beiden prominenten Gäste nach vorn in die erste Reihe.
»Warum sitzen wir hier auf der Erde? Warum versteckst du dich immer«, flüsterte Delphine mit vorwurfsvollem Blick.
»Wer tief sitzt, kann nicht fallen!« antwortete er. »Weil es hier schöner ist und wir das Bübchen bei uns haben ...«, ergänzte er.
Unsmoler fand es in der Tat besser draußen. Er blickte zum geöffneten Kapellenportal. Das Innere des Gebäudes schien voller Finsternis. Aber aus dem Dunkel würde die Musik kommen.
Drinnen der Herr Akkurat schaute sich um. Er erkannte die Segler wieder, die er beim Empfang kennengelernt hatte. Offenbar hatte der Pastor auch bei den Pfahlbauten seine handgemalten Plakate angeheftet. Man nickte einander zu. Plötzlich begegnete ihm der Blick des Mitarbeiters. Der Herr Akkurat griff sich an die Kehle. Seine Frau bemerkte erschrocken die Geste. Sie blickte sich um und sah das Gesicht des Mitarbeiters. Sie nickte freundlich. »Wie schön«, flüsterte sie ihrem Gatten zu, »in der Musik begegnen alle einander!«
Sie irrten sich. Der Mitarbeiter war mit zwei Damen seiner Dienststelle zum Konzert gekommen, weil der Inselchef einen qualifizierten detaillierten Bericht wünschte. Die drei von der Sicherheitsabteilung hatten sich im Raum verteilt. Alles im Griff.
Schon am Vormittag war vom Hochhaus aus das Schiff mit dem blauweißen Fähnchen bemerkt worden. Immerhin, am Heck flatterte vorschriftsmäßig die Staatsflagge am Flaggenstock.
»Wir werden gleichfalls aufs Wasser müssen«, sagte der Chef und ging, während der Mitarbeiter sein Auge an das Okular des Fernrohrs preßte, wie ein gefangenes Tier in der Aussichtsetage auf und ab, »wo wir nicht sind, ist der Gegner!«
Nun waren drei Kollegen der Sicherheitsabteilung erst einmal hier. Sie warteten und prägten sich Gesichter ein. In der Tat viele Leute.
Vor die Tür der Totenkammer hatte der Pastor eine Bank gestellt: ein paar Sitzplätze mehr. Verstoß gegen die Sicherheitsbestimmungen. Verstellter Notausgang. Wichtige Feststellung.

Der Pastor läutete die Glocke. Die vier Musikanten gingen mit den Instrumenten in den Händen um die Kapelle.
Die Konzertbesucher, die da draußen im Gras saßen, machten ihnen bereitwillig Platz und applaudierten. Die Musiker verneigten sich. Dann verschwanden sie im Dämmerlicht, und die Glocke verstummte. Segensworte, die akustisch nicht zu verstehen waren. Die Musik begann. Die Töne schwebten hinaus ins Freie. Unsmoler legte seinen Arm um Delphines Schulter. Alles junge Leute draußen. Vielleicht verzieh sie ihm, daß sie nicht drinnen vorn in der ersten Reihe saßen.
Aber zu guter Letzt saßen sie dann doch in der ersten Reihe: »Die Zugabe spielen wir für die da draußen!« sagten die Musiker und erhoben sich. Unsmoler lag auf der Decke, blickte nach oben und lauschte einem Satz aus dem letzten Schubertquartett. Ein herrlicher Tag.
Unruhig schauten sich der Mitarbeiter und seine Kolleginnen um. Draußen waren sie nicht präsent.
Der Konzertbericht erschreckte den Inselchef vor allem durch die Höhe der geschätzten Besucherzahl. Auch der Umstand, daß dort Segler zugegen gewesen waren, beunruhigte ihn.
Außerhalb des Chefobjekts drohten sich Gruppen unter dem Dach der Kirche zusammenzufinden. Unverzüglich berief der Genosse Vorsitzende eine Parteiversammlung ein. Man beriet, was zu tun sei. Erst einmal wurde ein Genosse damit beauftragt, die notwendige Qualifizierung zum Führen von Booten zu erwerben und sich auf volkseigenen Werften nach einem Boot umzusehen. Bis zur Leipziger Messe konnte man nicht warten. Sofortiges Handeln war angebracht.
»Winken wir mit Ferienplätzen, Genosse, dann läßt sich alles beschleunigen.«
Um 10 Uhr klingelte das Telefon beim Herrn Akkurat. Der Inselchef persönlich am Apparat.
»Kollege Künstler, was macht die Galerie? Ich hoffe sehr, daß ihr auch in diesem Jahr unseren Erholungssuchenden Gemälde zeigt!«
»Uns eine Herzenssache!« antwortete der Herr Akkurat, der beim Klingelzeichen zusammengefahren war.
»Und uns ist es eine Herzenssache, daß die Kollegen Künstler ein Gegengewicht zu den Aktivitäten des Herrn Pastor schaffen.

Wir würden die Ausstellungseröffnung unterstützen, sprich Getränke, Gläser, belegte Brötchen. Ich werde persönlich anwesend sein. Wir setzen vollstes Vertrauen in euren Einfallsreichtum, Kollege. Die Presse wird kommen. Über den Strandfunk wird die Eröffnung publik gemacht. Der Verantwortliche ist unterrichtet. Welchen Tag habt ihr vorgesehen? Seid ihr nächste Woche soweit?«
»In vier Tagen könnten wir es schaffen.«
»Sonnabend wäre ein guter Tag! Sonnabend 20 Uhr?«
Der Herr Akkurat begriff. Rasch sagte er: »Ausstellungseröffnungen sind grundsätzlich am Vormittag ... wegen des Lichts.«
»Gut, Sonnabend 10 Uhr!« Auch im Objekt war man also in Eile.

Vorwürfe

Bei den Nachbarn herrschte noch Frohsinnslärm. Die Ausstellungseröffnung zog sich hin. Man saß vor der weitgeöffneten Galerietür auf Klappstühlen, die das grüne Auto aus dem Chefobjekt gebracht hatte, und trank Wein.
Absolute Windstille draußen.
Delphine kam mit dem Kind auf dem Arm aus dem Haus. »Warum ziehst du dich immer zurück?« fragte sie.
Unsmoler sah sie verwundert an.
»Warum sind wir gegangen? Ich wäre gern noch geblieben!«
»Ich habe mit den Besuchern da drüben nichts zu schaffen!«
»Es waren so ziemlich dieselben Leute wie beim Konzert!«
»Aber im anderen Bild!«
»›Im anderen Bild, im anderen Bild‹?, was soll das nun schon wieder!«
»Schon wieder?« fragte er befremdet.
»Natürlich hast du mit denen zu schaffen! Der Inselchef hat ja auch prompt nach der Landschaft gefragt, und du hast gelächelt und gesagt, sie sei fast fertig.«
Das Bild quälte Unsmoler. Dabei hatte er gemeint, es wäre eine leichte Arbeit und eine anständige Art, Geld zu verdienen, obendrein. Eine Landschaft eben.

Aber irgend etwas geschah. Es wurde und wurde kein Bild. Niemand außer ihm würde das bemerken: Es waren doch immerhin abgemalte Dinge in farblicher Harmonie. Aber er war längst darüber hinaus.
Er erhob sich, und sie gingen ins Haus. Er streifte das Landschaftsbild mit raschem Blick. Die weißen Chefobjektklötze peinlich. Keine Resonanz mit der Welt. Tote Häuser, dachte er.
Sie setzte sich mit dem Bübchen im Arm an den Tisch.
»Der Malerberuf ist ein Beruf wie jeder andere«, sagte sie.
Er schüttelte den Kopf.
»Der Satz ist von dir«, beharrte sie, »jeder Beruf hat eben Bereiche, die unangenehm sind!«
»Kunst hat etwas mit Moral zu tun!«
»Für sein Kind zu sorgen und entsprechend Geld zu verdienen, das hat auch etwas mit Moral zu tun«, antwortete sie und sah ihn dabei nicht an. Das Bild schien ihr fertig, aber er lieferte es einfach nicht ab.
Immer noch muntere Töne von nebenan.
»Ich hatte die geschwätzige Stille dort drüben nicht mehr ausgehalten«, sagte er.
»Geschwätzige Stille!« wiederholte sie ungehalten, »auch so ein Wort!«
Er spürte, daß sie sich hoffnungslos im Dickicht der Mißverständnisse verirren würden, also verstummte er.
Schweigen. Der Hund schwieg. Sie schwieg. Das Kind schwieg. Er schwieg. Draußen Reglosigkeit. Beklemmung, die ihnen das Atmen schwer machte.
»Sogar der Pastor war drüben!« sagte sie nach einer Weile. Sie lauschte. »Er ist immer noch drüben!«
»Geschulte Stimme«, sagte Unsmoler und versuchte zu lächeln.
Der Pastor verabschiedete sich nebenan.
Das grüne Auto fuhr vorüber und hielt vor jenem Gebäude, das man das Schloß nannte.
»Hast du es nicht gespürt?« fragte Unsmoler.
»Was soll ich gespürt haben?« antwortete sie ungehalten.
»Die Lüge, die alles vergiftende Lüge!«
Er blickte auf sein Bild. Harmlose Landschaft. Das Südwestufer der Insel im Sonnenlicht. Das Hochhaus, die sich akzentuierenden Senkrechten. Farbrhythmus, Formrhythmus.

Viele Möglichkeiten der Gestaltung ausgespielt.
Das male ich denen mit links, hatte er gedacht, als der Inselchef ihm den Auftrag gegeben hatte, für die Krankenstation ein Bild der Inselneubauten zu malen.
Irgend etwas beunruhigte ihn während der Arbeit. War er nahe dran, sich in etwas zu verstricken? In welche Lüge? In welches Verschweigen?
Wenn du aus dem Gedächtnis verlierst, weshalb du hier auf der Insel bist, bist du verloren, dachte er. Woran dachte sie? Er sah Delphine an. Sie blickte auf die Dorfstraße, als warte sie darauf, daß sich irgend etwas bewege. Eine Katze, ein Vogel, ein Mensch, ein fremder Hund vielleicht.
Reglosigkeit draußen. Reglos auch der Hund im Zimmer.
Plötzlich erinnerte Unsmoler sich an ein Bild: Gewitter über Toledo. War es von Goya oder von El Greco? Häuser, winzige Menschen, Dramatik. Irgendwo irgendwann hatte er einen winzigen Farbdruck gesehen … vielleicht eine Postkarte, vielleicht eine Reproduktion in einem Kunstbuch. Er ging zum Regal, schlug Bücher auf. Suchte in Schubladen. Er fand den Kunstdruck nicht.
Sie schaute aus dem Fenster. Wenigstens er bewegt sich in dieser toten Welt, dachte sie.
Die Sonne schien nicht mehr. Der Himmel war grau. Ein seltsam bedrohliches Grau. Die Zweige der Dorfkastanie streckten sich regungslos in den Himmel. Beinahe tragisch die Stimmung. Plötzlich begriff er: Da draußen war das Bild, das er suchte. Er lauschte und hörte es donnern. Er hob das sonnige Auftragsbild von der Staffelei, packte Pinsel, Farben und Palette in den Rucksack und öffnete wortlos die Haustür. Ein plötzlicher Entschluß. Der Hund machte keinerlei Anstalten, ihn zu begleiten.
Unsmoler begab sich hinaus. Sie sah es. Donner und unheimliche Erwartung. Er da draußen.
Sie nahm das Bübchen auf den Arm. Autotüren klappten nebenan. Das grüne Auto fuhr rasch vorüber.
Ich hätte ihn zurückhalten müssen, dachte sie. Gleich ist das Gewitter hier. Ein erster Windstoß. Erlösende Bewegung. Papierfetzen wirbelten seltsam hell durch die Dorfstraße. Sie legte das Bübchen hin und nahm das Chemiebuch zur Hand.
Als der erste nahe Blitz zuckte, blickte sie auf. Ich hätte ihn zurückhalten müssen, dachte sie wieder.

Dann dachte sie an die Wäsche auf der Leine. Sie stürzte in den grollenden Donner hinaus. Die Außentür knallte gegen die Wand. Das Bübchen erwachte und weinte.
Finsteres Brausen in der Luft.
Unsmoler hielt mit aller Kraft die Leinwand fest. Die Pappeln bogen sich, vom Wind geschüttelt. Unsmoler erreichte sein Ziel, den Strohballenschober auf dem Hügel. Windschatten. Der Mast seines Bootes pendelte fern im Schilf. Die weißen Boote in der Bucht zerrten an den Ankerketten.
Ein Drama spielte sich ab. Das Drama, das er offenbar vergessen hatte, erinnerte an sich.
Mit ein paar Handgriffen bereitete er sich vor. Er schaute zum Chefobjekt. Fremd wie die Burg eines Hexers, weiß vor fast violettem Himmel. Der riesige Acker: verzaubertes Wogen. Junge Lupinen, ein auf und ab klingendes Grün. Leute eilten auf der Betonstraße hinauf zur weißen Burg. Wieder eilig das grüne Auto. Er preßte Tuben aus, reichlich Farbe. Krachender Donner, Blitz auf Blitz. Nichts durfte kleinlich sein in dieser gewaltigen erschrekkenden Natur! Er griff zu seinen größten Pinseln, mischte Töne, fand auf der Palette schließlich den Dreiklang, der standhielt. In wenigen Minuten überarbeitete er das ganze Bild. Dann strömte der Regen. Unsmoler lehnte das Bild an den Schober, stellte sich davor und wartete, bis alles vorüber war. Dann ging er heimwärts. Er wußte, was er in den Händen hielt, war gut. Wieder die Sonne. Auf der Dorfstraße kam Delphine ihm mit dem Kind auf dem Arm entgegen. Sie sah es bereits aus der Ferne: Das Unwetter hatte ihm nichts angetan. Er trug die Leinwand in beiden Händen. Er schien glücklich. Was für ein Kerl! dachte sie.

Absprachen

Die Kunde vom alljährlichen Schilfabbrennen hatte die Segler längst erreicht. Wenn dieser Brauch in den letzten Jahren auch nur sporadisch ausgeübt worden war, so war die Tatsache, daß die Dörfler sich gerade jetzt daran erinnerten, beunruhigend.
Man hatte sich während des Konzerts beäugt. Die Leute aus dem

Dorf unverkennbar: der gute dunkle Anzug, das Kleid. Artig saßen die Einheimischen in den engen Reihen.
Die Segler laut. Grobe Stimmen wie auf dem Wasser. Leiser deren attraktive Frauen, braun, heftig geschminkt, schlank. Sie sorgten dennoch für Unruhe, weil sie sich immer wieder erhoben und umwandten. Sie hatten Plätze freigehalten. Nun winkten sie Bekannte neben sich.
Immerhin, während des Konzerts waren alle ruhig geworden.
Bei der Ausstellungseröffnung war man erneut aufeinander getroffen. Der Inselchef mobilisierte sein Personal in Sachen Kultur. Elfriede hatte ohnehin vorgehabt, die Veranstaltung zu besuchen. Sie kam mit ihrem Mann. Schließlich war auch der eine Art Künstler: Buddelschiffe und so weiter. Sie hatte sich vorgenommen, den Herrn Akkurat zur Rede zu stellen, öffentlich: Warum wurden hier nicht auch Buddelschiffe ausgestellt! Sie hatte überlegt, ob sie ihrem Alten nicht eine weiße Schippermütze aufsetzen sollte. Schließlich hatten auch sie ein Boot. Er aber hatte darauf bestanden: »Ohne Mütz und ohne Gezeter, oder du gehst allein! Die Weißen wollen Papiere sehen. Besser erst gar nicht auffallen.« Es war ihr nicht leicht gefallen nachzugeben.
Auch Lütt Otto war gekommen, er fühlte sich mit dem Maler vom Katen verbunden, schließlich hatte der sein Pferd vom Ufer geschmissen. Und der Hausmeister vom Chefobjekt als Dörfler vom Dienst war gleichfalls da: Er hatte die dienstliche Anweisung bekommen, präsent zu sein. Dank der Weisungen des Genossen Vorsitzenden und der stündlichen Durchsagen des Strandfunks waren so viele Leute erschienen, daß das Gedränge in den Galerieräumen ein Betrachten der Bilder beinahe unmöglich machte. Das grüne Auto hatte auf einen Wink hin ein zweites Mal ins Objekt sausen müssen, um Nachschub an Getränken heranzuschaffen.
Der Inselchef war hochbefriedigt. Der Mitarbeiter zählte die Anwesenden. Die Besucherzahl in der Kapelle war weit in den Schatten gestellt worden. Hier spielt die Musik! Ja, nächstes Mal auch Musik! Das Bad in der wohlwollenden Menge hatte dem Inselchef gefallen und seine eigene Rede zur Eröffnung der Ausstellungssaison erst recht. Für die Klatscher hatte er selbst gesorgt. Nichts dem Zufall überlassen! Die Segler, braungebrannt und weiß gekleidet, hatte man hinter dem Schilf hervorgelockt. Alles im Griff. Die Insel eine Insel der Kultur.

Lütt Otto erkannte jenen Herrn wieder, der ihn vor Tagen mitsamt seinem Boot hatte abblitzen lassen. Nun bin ich dran! Beide hielten ein Glas Wein in der Hand. Lütt Otto ging zu ihm. Sie blickten einander in die Augen und waren sich in dieser Umgebung nicht unsympathisch. Diesmal nicht von oben herab, mein Lieber! dachte Lütt Otto.

»Sollen eure Pfahlbauten bleiben?« hatte Lütt Otto sehr direkt gefragt.

»Natürlich, die haben wir doch eben erst gebaut!«

»Ja, ja, können die ja auch ... bis zum Winter«, sagte Lütt Otto gutmütig, als würde er ein tolles Zugeständnis gemacht haben.

»Ich hoffe jahrzehntelang.«

»Wenn die Dinger feuerfest sind, könnte das was werden.« Lütt Otto hatte sich umgedreht, als wäre das Gespräch beendet. Er war ein Stück in den Garten hinein zum knorrigen Apfelbaum gegangen und hatte sich an den Stamm gelehnt.

Der Segler folgte ihm. »Wollt ihr die Clubhäuser anzünden?«

»Die nicht, aber das Schilf«, hatte Lütt Otto ungerührt geantwortet, »bevor man baut, muß man eben fragen! Früher is uns Ruhrkamp auch immer abgebrannt worden ... von wegen der Schilfqualität. Hier wird wieder mit Rohr gedeckt, weil das nichts Besseres gibt. Im Winter warm, im Sommer kühl.«

»Wir haben eine Genehmigung!« Der Segler hatte mit den Augen nach dem Inselchef gesucht. Der aber befand sich gerade in den Räumen der Galerie und ließ sich Bilder erklären.

»Genehmigung vom Dicken?« Lütt Otto hatte mitleidig gelächelt. Er besaß früher die Wiese da unten. Der sich anschließende Schilfgürtel gehörte also einst ihm. Jetzt war zwar alles LPG, vielleicht aber ließ sich dennoch was machen.

»Vielleicht können wir irgendwie einig werden«, hatte er gesagt.

»Von mir aus gern!«

»Aber nicht hier. Wir reden mal bei mir. Da ist dat Hus.« Lütt Otto zeigte sein Anwesen.

»Morgen?«

»Morgen nachmittag, sagen wir, um fünf ... besser, du kommst ohne weiße Mütz und noch besser, du kommst allein. Das ist diskreter.«

Am nächsten Tag erschien der Weißbemützte ohne Mütz bei Lütt

Otto. In der Hand hielt er eine Tüte. In der Tüte war eine Flasche Whisky.
»Na, dann wollen wir mal!« Lütt Otto bot dem Fremden einen Stuhl an, holte zwei Gläser und setzte sich dem Mann gegenüber an den Tisch.
Schweigen.
»Warmes Wetter!« sagte der Fremde.
»Unter den Pappdächern der Pfahlbauten ist das sicher schlimm über Mittag.«
»Man kühlt sich im Wasser ab.«
»Hier in der Stuw ist immer schönes Wetter. Im Winter warm, im Sommer kühl. Liegt am Schilfdach. So ziemlich alle haben wir hier Schilfdächer.«
Sie waren beim Thema. Lütt Otto goß ein.
Der Segler hatte gewußt, daß er würde saufen müssen. Saufen schafft Vertrauen. Wer besoffen ist, hört auf, allzu berechnend zu sein. Man spricht aus, was, nüchtern gesagt, schlimme Folgen haben würde. Einschenken.
Wer etwas im Schilde führt, ist vorsichtig und betrinkt sich nicht. Mithalten, Junge.
Beim fünften Doppelten konnte man deutlicher werden.
»Momentan wird das Schilf nicht gebraucht, deshalb müssen wir im Herbst abfackeln.«
»Wenn das Schilf gebraucht würde, würde es nicht angezündet?«
»Dann würde es im Winter geschnitten, schwere Arbeit, runter muß es auf jeden Fall.«
»Also Schneiden!«
»Was hab' ich davon, wenn ich das Zeug nachher nicht los werde! Nur verdammt viel Arbeit hab' ich davon. Ein Streichholz, und alles ist erledigt. Keine Extraarbeit, keinen Ärger, keine lästigen Fragen mehr, alles beim alten!«
»Was für Fragen?«
»Fragen nach markierten Peilstäben, Staatsflaggen, Bootsscheinen und nach, was weiß ich, noch für Kram. Kein Mensch hat hier sowat.«
Der Fremde erkannte ihn erst jetzt.
»Ach, du warst das!«, sie waren beim sechsten Schnaps, »so ist das nun mal, jeder muß hierzulande Scheine haben, da kommt auch ihr nicht drum rum!«

»Hierzulande! Boote schwimmen auf dem Wasser!«
»Hier zu Wasser auch.« Der Fremde grinste.
Lütt Otto schwieg. Sollte der andere kommen. Schweigen konnte er stundenlang.
»Wozu braucht ihr die Boote?« beendete schließlich der Fremde das Schweigen. Er grinste nicht mehr.
»Um den Weibern zu entkommen«, sagte Lütt Otto.
»Angeln?«
»Auch angeln.«
»Gründet einen Anglerverein, Leute. Wer hier ein Boot hat, wird Mitglied, das kost' 'ne Mark im Monat, und alles läuft in geordneten Bahnen.«
»Und die Scheine?« Schon einmal hatte ein fehlender Schein Lütt Otto »hierzulande« ein Geschäft verdorben, diesmal wollte er dem Inselchef zuvorkommen.
»Unser Verein hat eine Prüfungskommission. Wir schicken euch die Fragen und nehmen euch im Herbst ganz gelassen bei zwei, drei Bier die Prüfungen für die Scheine ab. Bis dahin wird nicht nach Scheinen gefragt.«
»Ist das amtlich?«
»Genausogut wie amtlich!«
»Und mit dem Stundenschreiben fürs Schilfabhauen?«
»Auch. Ich red' mit meinen Leuten.«
»Dann sind wir uns einig!« Sie reichten einander die Hand.
Der Segler wußte, er mußte jetzt gehen, unbedingt jetzt, sonst würde er da drüben auf dem durchgesessenen Sofa zusammensacken. Die Seglerkollegen warteten schon auf den Erfolg seiner Mission. Er erhob sich.
Alle Achtung, dachte Lütt Otto, der kann ja noch stehen, wat ein Kerl. Als er die Tür hinter dem Gast geschlossen hatte, taumelte er zum Sofa.
Der Segler, der ein Chirurg und obendrein ein Professor war, schritt blöde grinsend, aber aufrecht durchs Dorf.
Am nächsten Abend gründete man in der Kneipe einen Anglerverein. Der Hausmeister wurde Vorsitzender und übernahm es, die Formalitäten im Objekt zu erledigen. Er wußte, derartige Aktivitäten wurden vom Genossen Vorsitzenden begrüßt. Pluspunkte.

Man kam eigentlich immer irgendwie überein. Keine unnütze Kraftvergeudung, die kann man sich nicht leisten im Norden. Kraft brauchte man anderweitig. Unsmoler malte vom Boot aus, fütterte die Hühner und besorgte die Einkäufe. Delphine schrieb auf einen Zettel, was gebraucht wurde. Sie kochte das Mittag, blätterte in ihren Büchern und versorgte das Kind. Mutter und Sohn bewohnten jetzt den Raum, der die Küche gewesen war.

Blick auf den Bodden, Blick auf die Ankunft und das Auslaufen der Fähre …

Und alles war anders, wenn Unsmoler und Delphine einander umarmten.

Die Schilfumzäunung war nun hühnerfreier Ort. Der Hühnerstall lehnte sich fix und fertig an die Rückwand des Hauses. Der Auslauf das freie Gelände bis hinab zum Wasser.

Mit dem Bübchen in der Tragetasche gingen Delphine und Unsmoler oft abends an den Strand. Dann waren die Urlauber bereits gegangen. Fast immer badeten die beiden, wenn ihnen danach war, vom Boot aus. Geregelte Tage. Sie waren nicht im Urlaub. Abendessen um 19 Uhr. Um 19 Uhr die Nachrichten. Das Radio leise gestellt. Immer hörten sie auch diese Mitteilung: »… und baten um Asyl …«

Wie viele werden es heute sein?

Immer mehr Menschen gingen in den Westen, Hunderte täglich.

»Wir bleiben«, hörte sie ihn immer wieder sagen, »nirgendwo kann man so konzentriert arbeiten wie hier, nirgendwo mit so wenig Geld auskommen, und nirgendwo zeigt sich die Zeit so deutlich wie auf einer überschaubaren Insel.«

Aber dieser Satz galt nur für ihn.

In den Büros des Inselchefs hatten die Angestellten mächtig zu tun, Lebensmittel für die Menschenmassen heranzuschaffen. Engpässe auch auf dem Festland. Für Importe kaum Devisen. Die Russendivisionen, Hunderttausende hungriger Soldaten, die sich auf dem Festland in den Wäldern versteckten, mußten auch noch ernährt werden.

Im Hochhaus also Hektik und reichlich Probleme.

Dennoch, der Dicke ließ sich immer wieder was einfallen: ein Kinozelt war errichtet worden.
»Das erste seit Menschengedenken!«, wie er bei der Einweihung sagte.
Delphine konnte Unsmoler nicht einmal begleiten, wenn ein sehenswerter Film gezeigt wurde: Sie mochte das Bübchen nicht allein lassen ... Mal ging Unsmoler, mal ging sie ...
Elfriede legte die Briefe nicht mehr unter den Stein. Sie kam beinahe täglich an die Tür, denn neben der Post brachte sie in den Sommermonaten an jedem Wochentag die Zeitung.
»Ihr bekommt Besuch«, sagte sie eines Tages, »die Flugkünstler, Räderroller, Feueranzünder und Schiffeversenker kommen!«
Unsmoler nahm das Telegramm entgegen. »Gruß Biggy«, war es unterzeichnet. »Komme Dienstag mit zwei Freunden!«
»Unangenehme Nachricht«, rief er. »Besuch von Biggy!«
Delphine hängte gerade Wäsche auf.
»Ist dir das wirklich unangenehm ... oder willst du mich nur beruhigen? Wann kommt sie?«
»Heute mit zwei Freunden. Komm, laß alles stehen und liegen, wir legen Bübchen in die Tragetasche und wandern wie Badegäste ans Meer. Wir hauen ab!«
Sie gingen auf sandigem Weg, der sich durch das hüglige Lupinenfeld schlängelte, dann bogen sie ab auf den Pfad, der längs der Küste zum Fischdorf führte. Bei der Bunkerruine blieb Unsmoler stehen.
»Komm«, sagte er, »ab in die Zuflucht!«
»Mit dem Lütten durch die Büsche kriechen?«, zweifelnd sah sie ihn an.
»Bist du inzwischen alt geworden?« fragte er. Er nahm beide Henkel der Babytasche und ging gebückt vorsichtig voran. Sie folgte ihm. Er war so darauf konzentriert, die Tasche unbeschadet durchs Dickicht zu tragen, daß er den Geruch von gebratenen Würsten nicht wahrnahm. Erst als er an den Rand des Trichters kam, der wie eh und je eine Sonnenoase im Dickicht bildete, sah er die Leute. Da saßen auf dem weißsandigen Grund um einen Grillrost herum fünf splitternackte Leutchen. Überrascht starrte er hinab. Man drohte ihm mit Fäusten.
Unsmoler bedeutete Delphine, den beschwerlichen Rückzug anzutreten.

»Verrückte haben auch diesen Platz erobert!« sagte er voller Verachtung. Er hoffte fast auf eine Auseinandersetzung.
»Lassen wir es für heute gut sein!« sagte Delphine, als sie schließlich wieder aufrecht auf dem Weg standen, »es gibt auf der Insel keine Verstecke mehr!«
Am Brettertisch im Garten sahen sie Biggy mit einer weißblonden Frau sitzen. Vor ihnen lag ein angeschnittenes Brot. Zwei geleerte Fischbüchsen und drei leere Brauseflaschen standen abseits.
»Ihr seid zu zweit?«
Biggy wies auf das Ginstergebüsch.
Aus dem gelben Blütendickicht erhob sich langsam ein kleiner breiter bärtiger Mann, der sie mit merkwürdigen Augen ansah.
Unsmoler spürte: Das war ein Auftritt.
»Ich bin Kaspar, und ihr, ihr seid wahrscheinlich die heilige Familie!«
»Ich bin nicht heilig!« sagte Delphine hart, als habe der Mann sie beleidigt.
Der Fremde kam heran, reichte ihr die Hand und verbeugte sich.
»Ein Kaspar wird allzu leicht zum Kasper«, sagte er, »aber das war nicht Spott, das war Neid!«

Ein Buddha im Boot

Sie saßen immer noch am Tisch vor dem Haus.
»Wir haben ein Zelt mit«, sagte Biggy.
»Zelten auf Privatgrundstücken ist verboten«, sagte Unsmoler.
»Und du machst ganz auf ›braver Bürger‹?«
»Was bleibt mir anderes übrig«, antwortete Unsmoler ärgerlich.
Immer diese Nomaden, die sich anschließend entfernen können und daher herrlich unangepaßt sein durften. Er mußte bleiben. Er wollte bleiben.
»Autos gibt es hier neuerdings auch?« Biggy sah erstaunt den grünen Barkas die Dorfstraße herunterkommen. Unsmoler wandte sich um und erkannte den Inselchef neben dem Fahrer. Der mächtige Mann nickte lächelnd herüber. Triumphierend, wie es Unsmoler schien. Ein Lächeln, das soviel besagte wie: Uns entgeht nichts!

Der Barkas hielt vor dem Haus, das man hier das Schloß nannte. Das Fahrzeug wendete und kam erneut vorüber. Der Fahrer verlangsamte demonstrativ das Tempo, fast schien es, als hätte er vor anzuhalten. Aber er schaute nur aufmerksam zur Tischrunde, gab dann Gas und sauste dem Dorfausgang zu.
»Komisch, er hat nicht einmal fotografiert!« versuchte Unsmoler zu witzeln.
Nebenan Stimmen. Das Malerpaar begrüßte überschwenglich den Inselchef.
»Das da sind auch Maler«, erklärte Unsmoler dem Mann mit den merkwürdigen Augen, »der Inselfürst besucht sie. Ihr könnt ja auch mal rübergehen, die Galerie hat jeden Nachmittag geöffnet.«
»Von ihm hängen auch drei Zeichnungen dort!« erklärte Delphine den Gästen.
Unsmoler winkte ab.
»Du versuchst schon wieder, dich zu verstecken!« sagte sie heftig. »Auf einer Insel gibt es kein Versteck!«
Er entgegnete nichts, ging aber in das Atelier und stellte das Radio auf einen hiesigen Sender ein ... warum sich Fremden ausliefern. Er hätte sich gewünscht, daß dieser Tag verliefe, wie all die anderen Tage auch. Etwas Essen, dann wieder arbeiten. Um fünf Uhr würde er Tee machen und mit Delphine zusammen am Tisch sitzen. Das Kind auf ihrem Schoß, Musik und ein paar Worte.
Alle anderen Menschen störten.
Als er wieder hinauskam, wiegte die Blonde das Bübchen im Arm. Delphine sah ihn an und sagte: »Die drei werden gegenüber vom Bärenhäuterzimmer hausen, sich unter der Pumpe waschen und tagsüber unterwegs sein. Sie werden sich vorschriftsmäßig anmelden und als Grund für den Aufenthalt angeben: gemeinsames Malen nach Modell. So ging es im vorigen Jahr, und so wird es auch diesmal gehen.«
»Und das Gesetz zum Schutze des Friedens?«
Die anderen sahen ihn betroffen an.
»Das war ein Witz«, mußte Unsmoler erklären.
»Und der war nicht einmal schlecht!« sagte Kaspar.
»Ein politischer«, sagte die Blonde.
»Und gegessen wird draußen!« rief Biggy ein bißchen zu fröhlich und klatschte in die Hände.

Unsmoler nickte und blickte nach oben. Weiße Wolken zogen über den Himmel, günstige Windrichtung.
»Segelwetter. Ich schaffe euch mit dem Boot zu den Instanzen.«
Sie gingen zu dritt zum Liegeplatz. Unsmoler schob das Boot durchs Schilf, setzte das Segel, und der schwarze Kahn sailte auf den Bodden hinaus. Fröhlicher Betrieb bei den Seglern in der Bucht.
Kaspar saß reglos da und schaute. Unsmoler sah ihn an. Die Stille des Mannes hatte etwas Magisches und der Blick etwas Besitzergreifendes. Er spürte, dieser Kerl sah eigene Bilder und schwieg.
»Verwandelt der Buddha im Boot alles in Bilder?« fragte sich Unsmoler. Immerhin keinerlei Aggressivität, die ihn herausgefordert hätte. Er wies zum Hochhaus. »Dorthin müßt ihr. Vor zwei Jahren standen da nur ein paar wildbemalte Bauwagen. Gelb, rot, blau, Farbwolken. Schwarze agierende Strichmännchen metergroß. Aus Mündern quollen Wortfahnen. ›Ich brauche Liebe‹ und so weiter. Ich kam mir fast albern vor, wenn ich mit meinem Malbrett unter dem Arm dort vorüberging.«
»Und«, fragte Kaspar, »hast du es gemalt?«
»Die anarchistische Zirkuswagenromantik?«
»Nein, das, was du beschrieben hast.«
»Nein«, sagte Unsmoler und wunderte sich über sich selbst.
»Dann werde ich es wohl machen müssen!« Kaspar blickte zum Ufer, als würde er dort die Wagen sehen. Vorüber an den weißen dümpelnden Booten, vorüber an den Hütten auf Stelzen.
Unsmoler segelte in den Hafen, ließ die drei auf die Pier klettern und zeigte ihnen den Weg zu den Büros. Warten wollte er nicht. Es war nicht abzuschätzen, wie lang die Prozedur der Anmeldung dauern würde: Überall Schlangen. Das war Normalität in diesem Land.
»Wir sehen uns zu Hause!« sagte er, legte ab und setzte das Segel.
»Hast du sie ersäuft?« fragte Delphine, als er allein in ihr Zimmer kam, das früher die Küche gewesen war.
Er wollte sie umarmen, aber sie wandte sich ab. Er ging ins Atelier. Er mußte an die Worte von Kaspar denken. Ja, warum hatte er nicht Wagenwände gemalt?
Draußen vor dem Fenster fuhr der grüne Barkas vorüber. So lange war der Dicke also bei den Nachbarn geblieben. Wahrscheinlich

ließ er sich porträtieren. Unsmoler blickte auf die weiße Fläche der Wand und versuchte, dort ein Wagenbild zu erkennen. Dann sah er aus dem Fenster. Er wartete auf den Maler Kaspar. Dessen Worte »und hast du es gemalt?« schienen ihm die wichtigsten Worte zu sein, die er seit Wochen vernommen hatte.

Laken

Das grüne Auto, das sonst meist schon am Dorfeingang zum Konsum abbog, kam jetzt öfter vorüber. Es war fast ein Ritual. Es hielt bei den Nachbarn, wendete und fuhr demonstrativ langsam am Katen vorbei. Der Fahrer glotzte grußlos, gab dann Gas und preschte die Dorfstraße hinauf. Nebenan hohe, beglückte Töne der Malerin, die erst verstummten, wenn sich die große Tür schloß.

Regentage. Die Maler vom Katen zeichneten. Kaspars Zeichnungen erinnerten stark an die Blätter der kubistischen Phase von Picasso. Zwar schaute er aufmerksam zum Modell, offensichtlich begriff er auch die Räumlichkeit und die Proportionen, dennoch, die Leiber der Frauen wurden in eine seltsam fremde Derbheit transponiert: Südlich sinnliche Figuren mit tiefschwarzem Stift auf gewöhnliches liniertes Papier gezeichnet. Die großen Hefte füllten sich.

Offenbar hatte Kaspar auch unten am Meer intensiv gearbeitet. Nummer VI stand in römischen lapidaren Ziffern auf dem Deckel eines großen Konsumheftes.

Ungeniert hatte er zwischen all den Leuten gezeichnet. Offenbar hatten sie sich bald an ihn gewöhnt, so wie sie sich an alles gewöhnten. Er hatte sie in seine Welt geholt. Unsmoler spürte, auch beim gemeinsamen Zeichnen im Katen ließ Kaspar die beiden Frauen so posieren, daß man hätte meinen können, sie würden aus einem Gemälde des fernen Meisters stammen.

Picassos Nähe, kein schlechter Ort. Ein Ort, der auch den Frauen gefiel. War Kaspar ihr Chronist? War Kaspars Welt der andere Ort in diesem peinlich geordneten Land? Demonstrierte Kaspar eine Kraft, die allem gewachsen war? War sein Herz unverletzbar, weil

es unerreichbar, weil es ganz woanders war? War Kaspar ein König, der alle üblichen Gesetze außer Kraft gesetzt hatte?
»Ich mag all die Diktaturen nicht, die von gestern nicht, die von heute nicht und erst recht nicht die von übermorgen«, sprach er, ohne zu zögern, aus, »körperlich und geistig neige ich zur Emigration. USA vielleicht.«
Die Blonde entdeckte beim Zeichnen das Radio. »Wollen wir nicht Musik hören?« sagte sie und stieg flink vom Podest, auf das sie die Maler gesetzt hatten. Sie schaltete das Radio ein, alberne Musik plärrte los, hiesiger Sender.
Delphine streifte Unsmoler mit kurzem Blick.
»Lieber eine Schallplatte!« sagte er.
»Er erhob sich und legte eine Aufnahme eines Brandenburgischen Konzerts auf den Plattenteller.
Gewandhausorchester Leipzig, wunderbare Musik, aber Kaspar runzelte die Stirn.
»Deutsche Ordnung. Hast du nicht Jazz? Ich werde dir was schikken.«
»Du traust ihr nicht?« fragte ihn Delphine später.
»Wer traut wem? Aber ich zeichne sie, das genügt!«
Regennachmittag. Nach dem Zeichnen begaben sich die Katengäste in die Galerie. Es machte etwas her, wenn Kaspar, flankiert von den beiden auffallend schönen Frauen, irgendwo erschien und seine Blicke besitzergreifend auf Personen oder Dinge richtete.
Der Malerinnenmann überschlug sich fast. »Ich kenne Sie bereits, denn wer könnte Sie zwischen zwei derartig attraktiven Damen übersehen! Der Künstler im Goldrahmen gewissermaßen!«
»Modelle«, sagte Kaspar lässig. Er beantwortete das forschende Fragen des Herrn Akkurat nur gelegentlich mit Nicken oder Kopfschütteln. Er überließ es Biggy, seine Begabungen zu preisen. Zwei Schauspieler begegneten einander.
»Möchten Sie sich nicht ins Buch eintragen?«
Kaspar schaute ins Buch. »Das haben ja vor allem Sie geschrieben!«
Erschrocken blickte der Herr Akkurat den Fremden an. Kaspar zog seinen schwarzen Stift aus der Tasche, blätterte um und schrieb in großen Lettern auf eine leere Doppelseite:
»Allenthalben lauert Nazikunst, Picasso, hilf!!!« Er unterschrieb

mit vollem Namen und Adresse. Hinter den Namen fügte er hinzu: »Nachtwächter i. U.« Dann schloß er das Buch.
Biggy hatte ihm bewundernd zugesehen. Kaspar konnte herrlich brutal sein.
Der Herr Akkurat las nicht sofort. Er verabschiedete die Gäste mit blumenreichen Worten. Am nächsten Tag aber saß der Pfau oben im knorzigen Apfelbaum.
»Was habt ihr da drüben angestellt?« fragte Unsmoler seine Gäste.
»Kleiner Eintrag!« sagte Biggy und lachte.
»Fatal die beiden Süßen da drüben. Das große Gegenbild muß geschaffen werden«, sagte Kaspar, »gibt es hier Farbe im Dorf?«
»Nur, was du im Konsum findest.«
Kaspar ging und kam mit Latexfarben zurück. Gelb, Rot, Blau, Schwarz und Weiß. Er hatte Glück gehabt. Er hatte sich grad in jenem Augenblick in die Warteschlange eingereiht, als Bettlaken verkauft wurden. Pro Person eins. Also drei, denn die Mädchen hatten ihn begleitet.
Zu ungewohnter Stunde, in der Dämmerung des nächsten Morgens, erblickte Unsmoler den Maler Kaspar auf dem Gartentisch. Unverwandt betrachtete der Gast die Hauswand. Unsmoler ging hinaus. Er wollte ohnehin die Hühner aus dem Stall lassen. Als das erledigt war, setzte er sich neben den Reglosen.
»Ich werde die Bilder malen, an denen du vorübergegangen bist!« sagte Kaspar. »Dort an die Hauswand werde ich, wenn du gestattest, die Leinwände heften. Direkt neben deine Tierchentür. Die Tierchen sind gut, aber zu klein. Wir müssen groß sein. Groß, damit wir nicht zerdrückt werden. Zeichen, riesengroße Zeichen. Worte, Menschen, Wolken. Nomadenbilder, Wagenbilder. Bilder, die man wahrnimmt, wenn die Wagen vorüberrollen.«
»Male!« sagte Unsmoler, »male!«
Kaspar erhob sich, heftete waagerecht das erste Laken mit reichlich Reißzwecken an die Fachwerkbalken der Hauswand und stellte die Farben zurecht. Dann suchte er leere Gefäße, Letschogläser vom Mittagessen des Vortags. Kaspar pumpte Wasser, mischte Farben und erprobte deren Konsistenz auf Zeitungen. Er setzte sich wieder auf den Tisch und blickte stumm zur Wand. Schließlich begann Kaspar zu malen. Er ließ sich nicht unterbrechen, als Delphine das Frühstück hinausbrachte. Er beachtete auch die beiden

Schönen nicht. Unaufhörlich tunkte er die groben Heizungspinsel in die Gläser. Er ließ Farbe kleckern und Strichmännchen über die Flächen marschieren. Er kippte Farbwolken gegen die Weiße und stellte Männchen in den rinnenden Farbenregen. Schließlich löste er das erste Lakenbild ab, legte es auf die Erde und bemalte das nächste langgestreckte Nesselrechteck. Versunkenes Malen. Spielte er Genie oder war er eins? Zuschauer am Zaun, wie damals, als Unsmoler die Schilder beschriftete, wie damals, als vom bärtigen Bildhauer die Wagenräder montiert wurden.

Unsmoler trat hin und wieder vor die Tür.

»Erzähl mir von den bekleckerten Wagen«, rief Kaspar jedesmal.

Unsmoler sprach aus, was ihm so grad in den Sinn kam.

»Bringt mir den Blümchenvorhang von oben«, kommandierte Kaspar plötzlich die beiden Frauen. Sie gehorchten und gingen den Vorhang holen, der ihnen nicht gehörte.

Delphine hatte das Bübchen besorgt und kam mit dem Kind auf dem Arm ins Freie. Seltsame Veranstaltung.

Unglaublich hemmungslose Selbstverständlichkeit im Tun von Kaspar.

Die Mädchen kamen mit dem Vorhang. Sie sahen Delphine an.

»Kaspar sagt …«

Delphine nickte. Sie wollte kein Spielverderber sein. Ein großes Spiel. Immerhin, sie gehörte dazu. Mit dem Vorhang gehörte sie dazu.

Kaspar übermalte die Blumen. Ließ sie hier und dort aber sichtbar stehen. Delphine dachte an die Blümchentapete, die hier überall im Dorf an den Wänden klebte. Auch damals in ihrem Kellnerzimmer. Blumen hinter dem Spiegel. Damals, als sie Unsmoler unter dem toten Pferd hervorgezogen hatte. Wie sie meinte …

Wenn er doch etwas von dieser unglaublichen Unbeirrtheit hätte!

Niemand am Zaun lachte. Kaspar überzeugte. Kaspar überraschte mit jedem Strich. Er zwang den anderen sein Bild auf. Er lockte sie in sein Bild, in sein Theaterstück.

Nach dem Blumenübermalungsbild machte Kaspar Schluß. Erschöpft setzte er sich hin. Fehlt nur, er hätte sich verneigt vor denen da am Zaun.

Das letzte Bild blieb an die Wand geheftet. Das sollte Folgen haben.

Wieder der grüne Wagen nebenan. Der Inselchef trat in den Vorraum des Hauses, das man das Schloß nannte, und legte sein Jakkett ab. Er atmete auf, ohne es selbst zu bemerken. Alles mögliche legte er mit dem Jackett ab.
Wohltuende Entspannung. Hier empfing ihn nicht die ausgeklügelte Treppenhausenge des Neubauwohnkomplexes. Hier lauerten nicht allenthalben Probleme wie hinter all den numerierten Bürotüren im Objekt. Hier nervte nicht ständig die eigene Frau. Hier hatte man Manieren, hier war er herzlich willkommen.
Der Herr Akkurat, schon im weißen Malerkittel, hängte das Jakkett auf einen Bügel und öffnete die Tür zum großen Atelier. Dezente klassische Musik, Duft von Terpentin. Sonne fiel durch das fahrbare Stahlgerüst, das zeitgemäße Professionalität des Malers signalisierte. Der Sessel neben dem rundenTischchen ausgesprochen einladend. Auf dem Tischchen Blumen und Bücher. Repräsentative Attribute auf den Bildern, die im Entstehen waren. Das Malerpaar war übereingekommen, die Gemälde »Ein Sonntag des Genossen Vorsitzenden« zu nennen. Beide meinten sie, es würden demonstrativ unpolitische, ja sogar mutige Bilder entstehen: Der mächtige Mann im Oberhemd, das Parteiabzeichen draußen vor der Tür am Jackett. Einfach nur Mensch.
Auch die Künstlerin bereits im Malerkittel. Arbeit eben, noble Arbeit. Und der Genosse im Sessel würde gleichfalls arbeiten: stillsitzen. Arbeiten zu dritt. Erst einmal eine Tasse Tee, zugegebenermaßen guter Tee. Bei Freunden gewachsen. Sorgfältig zubereitet, mit blumigen Worten gereicht. So ganz nebenbei würde der Inselchef hier zum Teekenner werden. Angenehme Plaudereien. Kein Wort über derzeitige Engpässe, sprich Versorgungsprobleme. Seit Wochen war zum Beispiel kein Zement im Handel. Hier war der Genosse Vorsitzende vor peinlichen Fragen sicher. Takt ganz groß geschrieben.
Hier wurde er nicht einmal von beunruhigenden Gedanken heimgesucht, die ihm hin und wieder, mir nichts, dir nichts, in den Sinn kamen. Hier war er sicher.
Zwar pflegte er die Stirn zu runzeln, wenn der Fahrer am Haupteingang des Hochhauses vorfuhr, das Stirnrunzeln jedoch war nur

für die Sekretärin bestimmt. Der Inselchef tat so, als wäre die Tour zu den beiden Malern eine seiner vielen anstrengenden Verpflichtungen. Hier im »Schloß« entstand das Bild, das man sich von ihm machen sollte.

Er beobachtete die Künstler beim Malen und war in den Pausen interessierter Betrachter. Interessant die Veränderungen. Kleine Hinweise. Und das gefiel ihm: gleich zwei Fliegen mit einer Klappe. Zwei Bilder. Er würde entscheiden können, welches der beiden gelten solle. Man hätte auch gleich drei Künstler ... das würde die Effektivität ... Er dachte nach.

»Ihr Nachbar hat ein Gewitterbild geliefert«, sagte er unvermittelt, »verdammt dunkle Wolken, aber das Objekt leuchtend.«

Der Herr Akkurat zögerte mit der Antwort. Wenn er auch von denen nebenan beleidigt worden war, so war das noch kein Grund, die Harmonie dieser Stunde, die der Inselchef offensichtlich genoß, zu stören. Zudem hatte er sich selbst für den Kollegen eingesetzt. Er durfte sich nicht getäuscht haben.

»Gewitter? Gewitter haben Symbolcharakter. Revolutionen sind Gewitter.«

»Gesellschaftspolitische Gewitter!« bestätigte der Chef.

Malerblicke hin und her. Mischen auf der Palette. Leise beiläufige Worte. Der Satz vom Gewitter war im Grunde schon zu gewichtig.

Der Herr Akkurat fühlte sich für die Unterhaltung seines prominenten Modells zuständig, aber er war gedankenmäßig aus dem Tritt gekommen.

»Haben Sie die Eintragung im Gästebuch gelesen?« fragte er.

Zu spät, natürlich hatte der Inselchef das nicht gelesen, vielleicht war er jedoch informiert worden ...

»Ich habe neulich geblättert ...«

»Der Eintrag ist neu: ›Allenthalben lauert Nazikunst ... Picasso, hilf!‹ Und das quer über zwei Seiten ... eine Provokation, wie ich meine. Allenthalben! Allenthalben!«

»Picasso hat die Friedenstaube geschaffen und Guernica gemalt!« sagte seine Gattin rasch. Gelegentlich sprang sie ein. »Gäste vom Nachbarn ... junge, ein wenig übermütige Leute!«

»Nun, ich denke, wir brauchen keinen Picasso und keine übermütigen Leute. Wir können uns selber helfen!« sagte der Inselchef lächelnd und wies mit einer kleinen Handbewegung auf die Rück-

ner lieben Gattin in den schillerndsten Farben darzustellen, erfuhren die beiden kaum etwas aus der Fremde. Der Mann war ein Galerist, das genügte. Eine Ausstellung im westlichen Ausland zu erkämpfen wäre der Gipfel der Träume.
Der Herr Akkurat ließ alle Minen springen. Der Gast aber wurde unruhig. »Ich möchte die Insel noch ein wenig kennenlernen«, sagte er, »ich hoffe, Sie nehmen es mir nicht übel, wenn ich mich jetzt erhebe.« Er trat ans große Fenster, blickte über den Bodden, das Schilfmeer und den Streifen der angrenzenden Wiese. »Haben Sie hier keine Kühe?«
Die Frage überraschte. Eben noch hatten sie in Sphären eines anspruchsvollen Kunstgesprächs geschwebt, nun aber fragte der Herr nach Kühen!
»Wir können nur mit Schweinen, Hunden und Kleinvieh dienen«, erklärte der Herr Akkurat befremdet, »das letzte Pferd hat unser Nachbar das Steilufer hinabstürzen lassen!«
War dieser korpulente Herr wirklich Galerist, wirklich ein Schwede? Dem Herrn Akkurat kamen Zweifel.
»Sie beherrschen ausgezeichnet unsere Sprache«, sagte er.
»Die Nordländer sind für ihre Sprachbegabung bekannt!« mischte sich seine Gattin ein. Ihr war der lauernde Unterton des Lobes nicht entgangen.
Der Herr Akkurat aber ließ sich nicht bremsen. »Man stellt sich die Schweden eigentlich immer blond, blauäugig, groß und hager vor«, setzte er das Verhör fort.
»Ich bin Ihnen zu dunkel und zu behäbig?«
»Nein, Sie sind wunderbar!« rief die Gattin des Herrn Akkurat rasch, »dürfen wir Sie begleiten und Ihnen unsere zauberhafte Insel zeigen?«
»Nordmänner sind Einzelgänger«, sagte der Gast, »ich finde mich schon zurecht, auf einer Insel kann man sich ohnehin nicht verlaufen. Ich komme also wieder, denn das Angebot, bei Ihnen zu nächtigen, nehme ich dankend an.«
Am Meer traf der Schwede wahrscheinlich rein zufällig Kaspar, der, von Urlaubern ungestört und unbeachtet, auf einem selbstgescharrten Sandhügel saß und eine Zeichnung nach der anderen produzierte. Interessiert stand der Fremde eine Weile hinter ihm und sah zu, wie der Zeichner Kaspar seine Figuren aufs linierte Papier brachte. Aufmerksam registrierte er, wie Kaspar hin und

wieder so flink, als würde ein Hecht nach einem Weißfisch schnappen, in das Menschengewimmel blickte. Beuteblicke, die offenbar keine unmittelbaren Auswirkungen auf seine Gestalten hatten. Dann aber bemerkte der Herr, wie auf dem Blatt ein bekleideter Betrachter sichtbar wurde, der gleich ihm sein Kinn in die linke Hand stützte.

Er ließ die Hand sinken und erkannte, daß Kaspar vor den sinnenden Zuschauer eine rundliche Faunsgestalt zeichnete, die auf einem Sandhügel saß und ein Papier hielt. Auf dem Papier zeigte sich ein Fragezeichen. Das Fragezeichen überraschte. Überraschend war auch, wie genau die Situation beschrieben worden war, und erst recht verblüffend, wie präzise auf dieser Zeichnung, das mußte sich der Schwede eingestehen, sein eigenes Wesen getroffen wurde, und das, obwohl der Zeichner die ganze Szene an einen südlichen Strand transportiert hatte. Nicht ein einziges Mal hatte Kaspar sich umgesehen. Der Herr hinter ihm ging ein paar Meter weiter, zog sich bis auf seine Shorts aus und legte sich hin, als wäre er ein ganz normaler Badegast.

Nach einer Weile erhob er sich und sprach den Künstler an. »Sie haben etwas ins Gästebuch der Galerie geschrieben?«

Kaspar nickte.

Der Herr blickte auf Biggy und die Blonde, die aus dem Wasser gekommen waren und nun vor sich hin bräunend die Szene beobachteten und aufmerksam jedem Wort lauschten.

»Freundinnen«, sagte Kaspar, »Modelle.«

»Sie wohnen zur Zeit neben der Galerie und haben dort ein Bild an die Hauswand gemalt?«

Kaspar nickte.

»Das Bild ist interessant.«

»Sind Sie von der Stasi?« mischte sich die Blonde ein.

»Würde Sie das stören?« fragte der Fremde, beachtete sie aber nicht weiter.

Kaspar nickte.

»Ich kann Sie beruhigen. Trotzdem würde ich mich gerne mit Ihnen treffen, sagen wir morgen, eine Stunde vor dem Auslaufen der Fähre vor dem Bild da im Garten?« Kaspar nickte.

Am nächsten Tag hatte der Herr ein kleines Problem. Er mußte den Herrn Akkurat und dessen Gattin daran hindern, ihn zur Fähre zu begleiten.

»Ich habe am Strand eine Frau kennengelernt«, sagte er, »ich möchte sie wiedersehen, sie wohnt hier in unmittelbarer Nähe, gleich nebenan.«
»Nein, diese Schweden!« rief die Malerin entzückt, denn sie entzückte nun alles, was der Herr sagte. Manch eine Hoffnung verband sie mit diesem Menschen.
»Die Dame ist verheiratet«, sagte der Herr Akkurat streng, als habe sich der Besuch bei den Nachbarn somit erledigt.
»Aber nicht doch, sie sind nicht verheiratet!« fiel ihm seine Gattin ausnahmsweise in den Rücken.
Der Schwede lächelte beglückt. »Bitte lassen Sie mich nur machen.«
Eine Stunde vor dem Auslaufen der Fähre verabschiedete sich der Fremde vom Künstlerpaar und ging zu den Nachbarn. Das Künstlerpaar sah es mit gewissem Bedauern. Der Schwede war doch ihre Erwerbung!
Am Gartentisch nebenan saßen die fünf Erwachsenen. Sie tranken Tee. Das Bübchen lag in den Armen der Blonden.
Leicht getrübte Stimmung.
Am Vormittag nämlich war Delphine zu Unsmoler ins Atelier gestürzt: »Kaspar oben dreht durch!« Sie konnte kaum sprechen, so erregt war sie gewesen.
Unsmoler war die Treppe hinaufgestürzt und fand Kaspar, wie er splitternackt, mit bunten Farben beschmiert über den Fußboden kroch und arbeitete. Er malte radikal, brutal und hemmungslos auf ein Laken.
Von unten rief Delphine: »Das ist unsere beste Bettwäsche!«
Kaspar hatte sich umgedreht. Sein beschmiertes Gesicht hatte tiefe Freude gezeigt. Beinahe flehend hatte er gesagt: »Zehn Minuten noch, ich hab' es endlich!«
Ja, hier entstand ein Bild. Unsmoler hatte sich an den Türpfosten gelehnt und zu Delphine hinabgeblickt.
»Das sind keine Laken, das sind Bilder«, hatte er gesagt.
»Man muß sich von der Natur lösen, nur so findet man in scheinbarem Spiel den Sinn und die Tiefe!« hatte Kaspar gemurmelt.
»Johann Wolfgang von Goethe!« hatte Unsmoler dumpf gesagt und war langsam die Treppe hinabgegangen. Delphine hatte ihn angesehen. Er aber hatte nur mit den Schultern gezuckt.
»Genies sind fast immer unerträglich.«

Gegen Abend war dann der Herr gekommen, der da glaubte, unauffällig zu sein. Aber die Frauen hatten bei der ersten Begegnung nur einen kurzen Blick auf dessen Garderobe werfen müssen, und schon hatten sie Bescheid gewußt.
Kaspar begab sich mit seinem neuen Bekannten kurz ins Haus. War es wirklich ein neuer Bekannter? Oder war die Inselbegegnung auch eine Inszenierung?
Der Herr Akkurat, der dem jungen Mann die Gästebucheintragung nicht verzeihen konnte, beobachtete die Szene vom Schlafzimmer seiner Gattin aus. Sie saß am Tisch und blickte in ein Buch.
»Die Aktentasche hat der Galerist im Haus gelassen!« stellte der Herr Akkurat fest.
Der Schwede setzte sich draußen an den Tisch. Ihm wurde Tee eingeschenkt. Kaspar löste das übermalte Tuch von der Wand, faltete es zusammen, ging zurück ins Haus, kam mit der Tasche ins Freie und stellte sie an die Hauswand.
»Geheimnistuer«, sagte der Herr Akkurat ärgerlich.
Nebenan verabschiedete sich der Schwede. Er war nur kurz geblieben. In der prallen Aktentasche trug er fünf zusammengefaltete Wagenbilder. Er sah voraus, daß sich an der Grenze keinerlei Probleme ergeben würden.
»Sie meinen doch nicht im Ernst, daß diese Schmieragen hier Kunstwerke sind?« würde er mit gespieltem Erstaunen die Zöllner fragen.
Die ganze Geschichte war unglaublich ausbaufähig. Er würde nicht übermäßig investieren müssen. Er sah die Laken bereits aufgespannt auf Keilrahmen in seiner Galerie und anderswo.
Kaspar war die Entdeckung!
Die Adresse wußte er auswendig. Dresden ... viele, jeder hiesigen Instanz einleuchtende Gründe gab es, nach Dresden zu reisen. Scheinbar so ganz nebenbei die Besuche beim Maler. Er würde kofferweise Doppelbettlaken transportieren, saubere hin, bemalte zurück.
Als der Fremde sich verabschiedet hatte, flüsterte Kaspar Delphine zu: »Geh rein, für dich steht was auf dem Tisch.«
Wie Weihnachten: Auf dem Tisch standen zwei Pfund vakuumverpackter Kaffee, und unter den Packungen lagen zwei Scheine. Es war das erste Westgeld, das Delphine in den Händen hielt.

Kaspar war ein Zauberer. Er hatte die Laken und den Blümchenvorhang in Kaffee und Valuta verwandelt. Der Frieden war wieder hergestellt.

Die Stille und der Wind

Kaspar war König. Er saß in der Zinkwanne, in der sonst die Windeln gewaschen wurden, und wusch sich die Latexfarbe vom prallen Bauch. Die Windeln hatte er aus dem Wasser gefischt und über die Pumpenschnauze gehängt.
Kurzerhand nahm er eine Windel und benutzte sie als Waschlappen. Delphine sah es von der Küche aus. Hält er sich tatsächlich für so begnadet, daß er sich das erlaubt?
Sie war gerade bereit, ein Stück Seife hinauszubringen, als Unsmoler auf den Hof kam. Delphine trat vom Fenster zurück in den Schatten des Raumes.
»Kann man dich keinen Augenblick allein lassen?« fragte Unsmoler, als er den Gast in der Wanne sah.
»Wieso, das Wasser ist bunt, nichts ist zu sehen! Nett, daß du mich gestern nicht erschlagen hast!« rief Kaspar.
»Dein Bild hat dich gerettet!« sagte Unsmoler und blickte sich um.
Sie sahen einander an und grinsten.
Unsmoler setzte sich auf die Bank am Tisch.
»Frauen eben! Nähere dich nur den Frauen, die du nicht liebst!« sagte Kaspar. Er hatte wohl bemerkt, daß der Haussegen im Katen ein wenig schief hing.
»Wieso?«
»Weil Frauen wie Hirschkühe sind. Sie lieben die Mächtigen. Also sorgen sie für Kämpfe. Sie wollen sehen, wer siegt. Morgen zieh' ich los. Ich hab' mit den Bauwagenbildern eine Chance.«
»Wenn du vor deiner Karriere noch einmal wirkliche Stille erleben willst«, sagte Unsmoler, »gehen wir morgen in aller Hergottsfrühe angeln. Vom Boot aus angeln.«
Biggy und die Blonde kamen vom Meer. Man hörte sie schon von weitem.
»Die lass' ich dir hier«, sagte Kaspar.

»Mir reicht eine!« sagte er.
»Welche von beiden?«
»Keine von beiden!«
»Er will uns die Stille zeigen!« begrüßte Kaspar die Frauen, »Stille, in der man das Raunen der eignen Seele hört!«
Am nächsten Tag trat Unsmoler im Morgengrauen vor die Tür. Die Sonne war noch nicht aufgegangen. Aber die Amsel sang bereits. In ihrem Gesang wiederholte sich ständig eine seltsame Folge von Tönen. Es klang so, als wäre vor vielen Jahren der Erkennungspfiff von ihm und seinem Bruder von einem Vogel in das Repertoire aufgenommen und weitervererbt worden. Im Gras lag eine leere Weinflasche. Es war spät geworden gestern. Kaspar hatte mit Worten die Weltkunst revolutioniert. Aber ein Satz schien wichtig gewesen zu sein: »Solange du Hoffnung hast, kommst du nicht an dein Ziel!«
Unsmoler hatte zurückgefragt: »Kann man ohne Hoffnung leben?«
Kaspar hatte gelacht, einen zerknitterten Schein aus der Tasche gezogen und gesagt: »Du siehst es ja, der Abschied von der Hoffnung ist der Anfang!«
Dann hatte er zur Rotweinflasche gegriffen, sie an den Mund gesetzt und getrunken. Offenbar hatte er so tun wollen, als habe er sie ohne Luft zu holen geleert. Regisseur und Schauspieler in einem. Er hatte die Flasche über die Schulter hinter sich in die Dunkelheit geworfen. Kaspar durfte großartig sein. Er hatte Westgeld in der Hosentasche.
»Diktaturen machen Hoffnung, das ist ihr Trick!« hatte er seinen Satz erläutert, denn er meinte, sein Gastgeber war noch nicht soweit, die Tragweite des Satzes zu begreifen.
Nun lag die Rotweinflasche betaut im Gras. Sie war noch halb voll. Unsmoler kippte den Wein gluckernd auf die Erde, ein Götteropfer wie bei den Griechen. Er nahm einen Flaschenkorken vom Tisch und ließ den Korken auf dem feuchten Glas zwitschern. Es klang, als wäre es der Gesang eines Buchfinken … Er aber fühlte sich wie ein großer grauer Vogel, dem auf dem Rücken die Flügel zusammengebunden waren.
Er stellte die Flasche auf den Tisch und ging die Hühner ins Freie lassen. Sie rannten hinter dem Haus flatternd ins Gelände. Schon hell genug. Zeit der weißen Nächte. Oben bei den Gästen regte

sich nichts. Er beschloß, sie schlafen zu lassen, und kroch zu Delphine zurück ins Bett.

»Was streichst du durch die Zimmer wie ein unruhiger Wolf? Oder warst du etwa oben?«

»Sie reisen ab.«

»Das glaube ich erst, wenn das Schiff hinter dem Horizont verschwunden ist«, sagte Delphine.

Am Vormittag kam Wind auf. Man hörte das Rauschen der Brandung. Als aber die Gäste am späten Nachmittag an den Hafen kamen, war das Wasser relativ ruhig. Sonnenschein. Unbewegt lag die Fähre unter weißen ziehenden Wolken an der Pier. Durch nichts verriet sie, daß sie draußen auf dem Wasser ein Tänzchen vorhatte.

Auf dem Bodden kämpfte mit gerefften Segeln ein einsamer Segler gegenan. Schwer stieß der Bug in die Wellen, die schräg von vorn dem Schiff entgegenrannten. Bei jeder Woge schüttete ein Regen von Spritzwasser über das Deck und rann von der schwankenden Schräge zurück ins aufgeregte dunkle Meer. Der Mann am Ruder im nassen Pullover war der Pastor. Er hatte es längst aufgegeben, mit Fröhlichkeit und Zuversicht seine Mitsegler zu ermuntern. Statt dessen hatte er sie Schwimmwesten anlegen lassen und unter Deck gescheucht. Er kümmerte sich nicht mehr darum, was da unter Deck vor sich ging. Er mußte sich konzentrieren. Er luvte an, wenn der Druck des Sommersturmes auf das Segel plötzlich zu stark wurde, und ließ das Boot abfallen, wenn sich der Vortrieb gefährlich verringerte. Immer sah er in den Winkeln seiner Augen den Schatten der Insel, in deren Schutz ruhiges Wasser wartete.

»Wende!« brüllte er manchmal, obwohl er nicht wußte, ob die da unten überhaupt noch auf seinen Ruf reagierten und sich auf die Luvseite begaben. Beim Gegenankreuzen waren ein paar Seemeilen noch ein weiter Weg. Der Mast schien hinüber zum Ufer zu winken, und wirklich hatten schon einige Segler, in den Liegestühlen ruhend, den Kollegen draußen bemerkt. Schließlich machte sich die Insel bemerkbar. Die Wellen wurden kleiner. Da aber der Wind weiter zunahm, kam die »Arche« rasch voran. Die Bugwelle schäumte, und der Pastor lächelte zum ersten Mal seit vier Stunden. Er stieß die Luke vom Niedergang weit auf.

»Na, lebt ihr noch?« rief er hinab, »wir haben es geschafft!«

Bleich richteten sich seine Passagiere auf.

»Macht Ordnung da unten, heut abend treten wir auf!«
Auf dem Steg bei den Pfahlbauten standen jetzt noch mehr Leute und beobachteten die Manöver des Bootes im Wind.
Aufmerksamkeit, die entschädigte.
»Nehmt euch zusammen, wir haben Publikum!«
Unter Deck ein Stöhnen.
»Kann einer die Flagge an Deck bringen!« rief er unbeeindruckt hinab, »die mit der Geige!«
Aus der Luke schob sich der Bratschist in die Höhe, er atmete die frische Luft und sah die nahe Insel.
Er beugte sich hinab und bemühte sich zu lachen.
»Übernimm du das Ruder. Einfach Kurs halten. Ich setze die Flagge. Wir müssen die Aufmerksamkeit nutzen!« Der Pastor drückte der Bratsche die Ruderpinne in die Hand, holte die Flagge und kletterte nach vorn.
Der Sommersturm war überraschend gekommen, nicht einmal der alteingesessene Fischer hatte seine Angeln rechtzeitig bergen können. Die See riß einen Kobben von der Verankerung ab. Hunderte von Haken samt Schnur waren verloren.
»Scheißmist«, fluchte der Alte, als die See sich am nächsten Tag wieder beruhigt hatte, »da muß ich meiner Ollen wieder mal an die Wäsche!« Er begab sich in die Hütte, zog einen alten seidenen Unterrock aus dem Schrankfach, schob ihn unter die Jacke und ging hinunter zum Boot, das Angelgeschirr erneuern. Besinnliches Tun.
Die verlorene Kobbenstange mit ihren bunten Fähnchen trieb Tage später am Badestrand an. Brauchbar, dachte ein morgendlicher Strandgänger und nahm sie mit.
Die Unterwäsche der Fischerfrau flatterte nun bei dem Fremden über der Strandburg.

Verrückt?

Man sprach jetzt noch davon: Kaspar und seine beiden Begleiterinnen waren zu früh an den Hafen gekommen. Still hatte die Fähre an der Pier gelegen. Da während der Überfahrt erst kassiert wurde, hatten die drei, wie andere Passagiere auch, bereits aufs Schiff gedurft. Anstatt sich aber auf eine Bank zu setzen, war Kaspar, der Maler, aufs Peildeck der Fähre geklettert.

Die Erhabenheit dieses Ortes hatte ihn offenbar animiert, denn er begann, von sich selbst begeistert, mit pathetischer Stimme ein »MANIFEST, GESPROCHEN VOM HÖCHSTEN PUNKT EINES WEISSEN SCHIFFES« vorzutragen. Niemand hatte ihn verstanden. Der verworrene Text war mit englischen Brocken gespickt. Wahrscheinlich war es ein hundsmiserables Englisch, vielleicht waren es auch nur Phantasieworte, die englisch klangen.

Die wartenden Passagiere auf dem Schiff wagten nicht zum Redner hinaufzublicken: Verrückte sind gefährlich. Vielleicht wollte man auch nicht in irgend etwas Politisches hineingezogen werden.

»Was ist das hier wieder für ein Theater!« hatte der Fährenkapitän schließlich geflucht und Kaspar zu den anderen Passagieren gescheucht. »Wenn wir erst aus dem Windschatten sind, wirst du froh sein, daß du nicht da oben stehst!« hatte er gesagt, als Kaspar etwas von deutscher Ordnung murmelte.

Der Käptn wußte, was die Passagiere unterwegs erwartete: eine ganz schöne Mütz voll Wind.

Unsmoler und Delphine hatten Kaspars Auftritt aus einiger Entfernung wahrgenommen. Sie hatten die drei Reisenden zum Hafen begleitet, waren dann aber hinaus auf die Mole gegangen. Als sie am Eingangstor zum Seglersteg vorübergekommen waren, hatte Unsmoler am Tor gerüttelt, aber die links und rechts durch einen stachelbewehrten Eisenzaun gesicherte Tür war verschlossen. Die Leute in den Liegestühlen hatten aufgeblickt.

»Hier reißt was ein!« hatte Unsmoler gerufen. Delphine zog ihn weiter. Dann war die Fähre vorübergekommen. Biggy, die Blonde und Kaspar hatten am Bug gestanden und gewinkt. Kaum hatte das Schiff den Molenbereich verlassen, hatte es heftig zu schaukeln begonnen.

»Nun beginnt Kaspars Leiden«, hatte Unsmoler ohne Mitleid gesagt, und sie waren nach Hause gegangen. Jetzt saßen sie zu dritt in aller Ruhe am Abendbrottisch. Das Bübchen auf dem Schoß von Delphine.

»Ich hätte gern gewußt, was er da auf dem Schiff gepredigt hat«, sagte sie.

»Was soll's, die Provokationen der Maler sollten ihre Bilder sein«, erwiderte er »... aber das muß man ihm lassen: bei ihm sind sie es.«
»Ist er verrückt, oder sind wir es, weil wir so seelenruhig bleiben?« Delphine sah ihn an.
»Er ist's, und wir sind es auch. Nur auf die Normalen kann sich der Deibel verlassen!«
Sie mochte derartige Sprüche nicht. Ihr Blick sagte das.
»Wir sind Zurückgebliebene«, sagte er und lachte, »endlich wieder Ruhe!«
»Friedhofsruhe!« sagte sie heftig.
»Das sagst du, mit dem Bübchen auf dem Schoß!«, er war ärgerlich. »Wollen wir wieder mal das verdammte Radio anschalten?« sagte Unsmoler versöhnlich.
»Sie blickte auf die Uhr. Können wir. Nachrichten, etwas von draußen.«
Er suchte den Sender.
»Du hast ihr nicht getraut?«
Unsmoler zuckte mit den Achseln. »Ich habe das Lächeln vom Barkasfahrer gesehen. Es bedeutete: alles läuft wie geplant. Ich habe Kaspar gefragt. Er deutete etwas an. Er spielt mit ihr, glaubt er. Er benutzt sie als Modell.«
»Er spielt mit allen. Auch mit sich selbst!«
»Und macht deshalb manches sichtbar.«
Sie lauschte. »Eintausendzweihundertzehn sind also wieder auf und davon!« wiederholte sie nach einer Weile.
»Man flieht nicht!« sagte er.
Sie holte schniefend Luft. »Du bist geflohen, von der Hochschule weg, das hast du selbst gesagt ...«
Geflohen? Ich habe mich in ein totales Risiko begeben. Ich habe mir die Freiheit genommen, dachte er. Aber sie hat oftmals recht, gab er seinen Gedanken eine andere Richtung, sie hat meistens recht, und sie spricht Wahrheiten unbarmherzig aus. Jedenfalls glaubte er das noch zu diesem Zeitpunkt. Er erhob sich, trat neben sie, küßte sie auf die Wange und setzte sich wieder.
Ruhe. Es war tatsächlich still geworden. Dabei war doch Hochsommer. Das Wetter war heiß und sonnig. Die Urlauber tobten sich unten am Meer aus und die Segler hatten durchgesetzt, daß die Lautsprecher am Hafen nur zu besonderen Anlässen einge-

schaltet wurden. Sogar unten am Strand hatte man die Lautstärke der Tonsäulen vermindert. Einflußreiche Leute unter den Seglern, dort hinter dem stachelbewehrten Tor.
Hitze, alles schien erschöpft. Selbst das Bübchen war kaum zu hören, denn ständig war die Mutter in der Nähe. Sie ahnte im voraus, wenn es Hunger bekam, die Windeln gewechselt werden mußten oder das Baby ihre Zärtlichkeit brauchte.
Leise Sommergeräusche. Nur manchmal der Wahnsinnslärm der Düsenjäger, und dann wieder die Ruhe.
Offene Fenster bewegten sich unmerklich, Fensterhaken quietschten leise. Beinahe unerträgliche Wehmut. Und immer diese Nachrichten vom großen Abschied.
Fliegen, dicke Brummer, die von draußen ins Zimmer sausten, momentelang hektisch kreuz und quer durch den Raum flogen und genauso rasch wieder im Freien verschwanden.
Stille an den Booten der Dörfler. Dort am flachen Wasser ging alles seinen uralten, gelassenen Gang. Unverschlossen standen hier Dieselfässer, unverschlossen die Kisten mit Ölzeug und Angelgeschirr. Alles ruhte unter uraltem Gesetz. Die Männer entdeckten auf dem Wasser die Welt ihrer Vorfahren wieder.
Selbst jene paar Dörfler, von denen man annahm, daß sie Leuteanscheißer wären, auf dem Wasser sah man sie anders. Auf dem Wasser ging es um Fische, um Bleie, Barsche und Aale und um Ruhe. Das Wasser ein Niemandsland. Ort der Muße. Muße hatten sich ihre Väter selten gönnen dürfen. Sie aber hatten sie. Sie hatten ihr Haus, ihren Garten, ihr Boot, ihre Arbeit, ihr Auskommen, ihre Familie, ihre Sommergäste und ihre Dorfkneipe, die immer noch »Deutsche Eiche« hieß. Aber selbst sie schienen auf etwas zu warten. Man hatte immer auf etwas gewartet … bei Trockenheit auf Regen, bei Regen auf Trockenheit. So war das eben.
Ein einsamer Storch wanderte am Ufer auf und ab. Er wartete auf die gemächliche Heimkehr der Angler, die ihm Fischchen zuwarfen. Die Urlauber meinten, man habe ihnen zuliebe dem Fotomotiv Adebar die Flügel gestutzt. Wenn sie aber versuchten, nahe heran zu gehen, erhob sich der Vogel mit langsamen Flügelschlägen, landete jedoch nach einigen Metern aufs neue. Er erkannte Fremde an ihren Bewegungen. Vielleicht hatte man ihm früher tatsächlich die Flügel beschnitten, und er hatte sich daran gewöhnt, nicht wegzukönnen. Das Storchenidyll in Wahrheit eine Tragödie.

»Entschuldigen Sie, bin ich hier richtig beim Künstler?« rief eine Frau von der Dorfstraße aus Delphine zu.
Delphine blickte auf. Sie legte ihr Anatomiebuch beiseite, nahm das Bübchen auf den Arm und einen Briefumschlag von der Fremden entgegen.
»Hübsch haben Sie es hier! Wenn Sie bitte quittieren wollen!« Die Frau legte einen Block auf den verwitterten Gartentisch. Sie tippte mit dem Zeigefinger auf die Empfangsbestätigung und reichte Delphine einen Kugelschreiber.
»Kurierdienst«, las Delphine. Sie mußte lachen. »Was man hier alles hat!«
»Ist auch neu«, sagte die Fremde, »hier ist manches ein wenig ins Schleifen geraten.« Sie schaute sich um, als wolle sie etwas erblikken, das diese Behauptung bestätigen würde. »Bin jetzt auch für die Schaukästen verantwortlich. Die letzten Aushänge sind vom Mai!«, sie schüttelte den Kopf.
Delphine unterschrieb. Die Fremde klappte den Quittungsblock zu und ging. Bevor sie aber die Straße erreicht hatte, drehte sie sich um. »Sie sind die Frau?«
Delphine nickte unbestimmt und ging ins Haus. Sie öffnete die Ateliertür.
»Ein seltsamer Brief. Wenn er unangenehm ist, kannst du sagen, ich hätte ihn verschlampt. Ich habe unterschrieben.«
Sie legte das Bübchen ins Körbchen, setzte sich die Sonnenbrille auf und ging mit dem Anatomieatlas wieder in die Sonne. Unsmoler kam mit dem Schreiben ins Freie.
»Ich muß heute nachmittag zur Abteilung Kultur, klingt wie eine Vorladung«, sagte er.
Sie schob den Zeigefinger zwischen die Seiten, klappte das Buch zu und sah ihn an.
»Kaspar oder der Fremde? Die Blonde oder das Gewitterbild?«
Sie blickte hinüber zu den Nachbarn. »Die vielleicht?«
»Keine Ahnung«, sagte er dumpf. Leise auch seine Stimme.
Nachmittags begab er sich zum Objekt ins Zimmer der Abteilung Kultur. Die wartenden Leute kannte er mittlerweile. Auch der Mitarbeiter war zugegen. Das Gewitterbild stand an der Wand. Er sah, es hielt sich. Aber um das Bild ging es vorerst nicht.
»Schön, daß Sie sich haben freimachen können«, wurde er begrüßt, »Sie haben Gäste?«

»Längst abgereist!« sagte er.
»Künstler?«
»Ja, wir arbeiteten gemeinsam nach Modell, aber Sie brauchen nur in der Anmeldung nachzufragen.«
»Haben wir bereits«, sagte lächelnd der Mitarbeiter, »drei Personen aus Dresden.«
»Hatten Sie sonst noch irgendwelche Besuche?« mischte sich jemand ein, den Unsmoler nicht kannte.
»Ich kann mir nicht alle interessierten Leute merken, die über den Zaun schauen!«
»Das nicht. Wir meinen Besuche. Sie hat also niemand sonst aufgesucht?«
Unsmoler konnte getrost sagen: »Nein, mich hat niemand besucht.«
Der Schwede war zu Kaspar gekommen, nicht zu ihm.
»Na gut!« sagte der Mitarbeiter nach langem Blick.
»Ein anderes Problem: Wir haben Ihr Bild abhängen müssen. Kollegen fühlten sich gestört. Warum diese dunkle Wolke? Schätzen Sie die weltpolitische Lage so düster ein?«
»Es ist eine Insellandschaft, nicht mehr und nicht weniger. Stimmt, Gewitterstimmung, das ist Realismus. Wenn Sie unbedingt eine Deutung wollen, so könnte man sagen, holt die Wäsche von der Leine und stellt euch bitte nicht unter hohe Bäume!« Er lachte.
»Wären Sie bereit, uns entgegenzukommen und die Wolke aufzuhellen, um das Ganze etwas, sagen wir, freundlicher zu gestalten?«
»Fürchten Sie sich vor Gewitter?« Er war von seiner eigenen Reaktion überrascht. Er lachte sogar herausfordernd. »Das Bild ist gelungen, so wie es ist. Im Gewitter draußen gemalt. Ich wäre aber bereit, ein zweites Bild zu machen, eine sonnige Landschaft in gleichem Format, eine Landschaft, die neben dieser Arbeit hängen könnte. These und Antithese ... das ist Dialektik«, hörte er sich sagen.
»Wir werden mit dem Genossen Vorsitzenden darüber beraten.«
Unsmoler erhob sich. »Könnte ich diese Arbeit mitnehmen, damit ich ein passendes zweites Bild beginnen kann?«
Die Herren sahen einander an. »Mit dieser Variante sind wir einverstanden«, sagte der Leiter der Kulturabteilung schließlich, »Das nehme ich auf meine Kappe.«

Als Unsmoler die Betonstraße hinauf nach Hause ging, hatte er ein ungutes Gefühl. »Scheißdiplomatie!«
Delphine sah ihn mit dem Bild ins Haus kommen. Seine Gestalt drückte Niedergeschlagenheit aus.
»Sie mögen kein Gewitter«, sagte sie, »das bedeutet also: kein Geld für uns!«
»Doch«, sagte er, »vielleicht sogar mehr, als wir dachten. Ich male ein Pendant dazu: Sonnenschein. Aber es ging wahrscheinlich wirklich um etwas anderes ... um den Fremden vielleicht, um ein Winken mit dem Zaunpfahl, was weiß ich.«
Seine Gesprächspartner hatten sich derweil ins Café gesetzt. Sie werteten die Begegnung aus. »Ging doch!« meinte der für die Fragen der Kultur zuständige Genosse erleichtert. Er hatte sich vor einem Gespräch über Malerei gefürchtet und ahnte nicht, wie sehr den Maler diese Begegnung deprimierte.
»Inzwischen war unsere Nachbarin hier«, sagte Delphine.
»Und was wollte sie?«
»Sie kam vorüber, als ich draußen saß. Sie hat das Bübchen sehen wollen und war entzückt. Sie möchte mich mit dem Kind auf dem Arm malen!«
»Du hast ›nein‹ gesagt.«
»Ich habe ›ja‹ gesagt. Morgen nachmittag gehe ich hin.«
Unsmoler stellte das Gewitterbild verkehrt herum gegen die Wand. »Und du meinst, das ist ein Zufall?« fragte er heftig.
»Willst du mich einsperren?«
»Es ist offenbar Krieg!« sprach er leise.
»Was für ein Krieg?« rief sie aufgebracht.
»Ich weiß es nicht. Kaum Luft zum Atmen. Wir drei ...«
Sie beugte sich zum Kind, nahm es aus dem Körbchen und wiegte es in den Armen.
»Maikäfer flieg, dein Vater ist im Krieg«, sang sie spöttisch. »Die Mutter ist im Pommernland, und Pommerland ist abgebrannt, Maikäfer flieg!« Das Bübchen lächelte.
Unsmoler verließ den Raum, lud sich die Ruder auf die Schulter und ging zum Boot.
Wenn ich das Wasser nicht hätte! dachte er.

Ein Versuch

Unsmoler nickte ein freundliches »Guten Tag« und wollte vorübergehen, aber die Nachbarin sprach ihn an. »Wie bin ich doch froh, Ihre liebe Frau und Ihr bezauberndes Söhnchen malen zu dürfen! Es sind wunderbare Stunden. Welch ein hoffnungsvoller Anblick!«

Er runzelte die Stirn, denn er war sich sicher, daß sie auch dem Inselchef derartige Nettigkeiten sagte.

»Aber ich muß mit Ihnen reden: sie hat bei mir geweint!«

»Quälen Sie sie so sehr mit dem Stillsitzen?« versuchte Unsmoler zu scherzen. Er floh manchmal in Scherze, wenn ihn etwas sehr betroffen machte. »Sollte das der Fall sein, kann ich ihr nicht mehr erlauben, zu Ihnen zu kommen!« sagte er mit gespielter Strenge.

Die Nachbarin lächelte, neigte den Kopf ein wenig zur Seite und klimperte mit den Augenlidern.

»Sie liebt Sie so sehr«, sagte sie, »aber sie fürchtet sich vor dem Winter hier. Vielleicht könnte mein Gatte helfen.« Sie blickte sich scheu um. »Wir sollten miteinander reden … aber nicht hier auf der Straße … in der Galerie vielleicht. Und sagen Sie bitte Ihrer Frau nicht, daß wir über Tränen gesprochen haben!«

Die Nachbarin lächelte freundlich. Sie war immer freundlich. »Um 15 Uhr in der Galerie?« Unsmoler nickte und ging weiter.

Sie hatte also bei Fremden geweint. Es schien ihm, als wäre das Verrat.

Er begab sich zur verabredeten Zeit mit dem Gewitterbild unter dem Arm zu den Nachbarn. Die Malerin erwartete ihn bereits.

»Oh, ein neues Bild!« rief sie entzückt.

»Ein Auftragsbild, das Anstoß erregte. Ich würde es statt einer anderen Arbeit gern eine Weile in die Galerie hängen, denn ich stehe zu den dunklen Wolken.«

»Ich weiß, Sie segeln bei Sturm«, sagte sie leise, als würde sie vor Bewunderung verstummen.

»Manchmal bei ziemlich viel Wind«, korrigierte er, »die richtigen Stürme kommen im Herbst.«

Nur nicht gleich von Tränen reden. Er stellte das Bild an die Wand … man hatte es auch im Objekt zu ebener Erde an die Wand gelehnt.

»Ich habe den Auftrag zu meiner eigenen Sache gemacht«, sagte er, »das schien mir wichtig. Da die Wolke im Objekt aber seltsamerweise beunruhigt, werde ich noch ein zweites Bild malen: Die Insel im Sonnenlicht. Zwei Bilder, die nebeneinanderhängen könnten.« Er hörte sich reden, wie er sonst nirgendwo reden würde. Scheißdiplomatie, aber er wußte, die beiden Maler würden mit dem Inselchef sprechen. Er wollte ihnen für diese Unterredung Argumente liefern.

»Wir machen Aufträge immer zur eigenen Sache!« sagte der Herr Akkurat streng.

Unsmoler hatte nicht bemerkt, daß sein Kollege hereingekommen war.

Es war wirklich so, die Nachbarn wollten helfen. Solidarität.

»Ihre Frau ist durch und durch Stadtmensch … ich kann sie verstehen. Sie braucht …«

Unsmoler unterbrach die Nachbarin: »Hier kommen wir über die Runden, und darum geht es. Hier haben wir alles: ein Dach über dem Kopf, ausreichend zu essen, Wärme. Hier kann ich arbeiten!«

»Und sie, hat sie denn auch alles?« fragte die Künstlerin.

Der Herr Akkurat ging hinaus, kam aber nach einer Weile wieder. Er brachte Tee, so wie er auch Tee servierte, wenn der Chef oder wenn Delphine gemalt wurden.

»Was soll ich tun, ich bekomme für die Stadt keine Zuzugsgenehmigung!« verteidigte sich Unsmoler.

»Das ist in der Tat das Problem, aber ich wäre gern bereit, meinen Einfluß geltend zu machen und Ihnen ein Schreiben auszustellen, indem ich behaupte, Sie als Hilfe beim Ausführen von baugebundenen Aufträgen dringend zu benötigen. Keine harmlosen Aufträge sind das … das Ministerium des …«

Unsmoler schrie beinahe auf: »Ich muß meinen eigenen Weg gehen!«

»Sollen Sie doch auch!« beruhigte ihn die Nachbarin. »Alles nur pro forma. Das Schreiben wäre lediglich für das Wohnungsamt. Es geht um Wohl und Wehe Ihrer Frau, die wir sehr schätzengelernt haben.«

Der Herr Akkurat überreichte ihm ein offenes Kuvert, in dem bereits ein säuberlich getippter Brief an ein Wohnungsamt der Hauptstadt lag. Der Mann tat so geheimnisvoll, als habe er für sei-

nen jungen Nachbarn einen Zauberspruch notiert. »Eile tut not«, sagte er, »im Herbst strömen die Studenten in die Stadt, dann wird es schwierig mit Wohnraum!«
Unsmoler steckte den Briefumschlag ein.
Gemeinsam hängten sie die Gewitterlandschaft an jenen Platz, an dem vorher eine Eislandschaft gehangen hatte. Mit der Eislandschaft unter dem Arm verließ er die Remise.
»Und?« fragte Delphine. Sie schien zu wissen, weshalb er in der Galerie gewesen war.
»Ich versuche es!«
Sie schien erleichtert.
»Offenbar haben wir Geheimnisse voreinander.«
»Was hat sie denn erzählt?«
»Du hast geweint.«
»Willst du, daß ich hier weine? Ich sehe scheußlich aus, wenn ich weine!« sagte sie und lächelte.
Unsmoler umarmte sie und blickte auf die Uhr. »Eine Stunde Zeit noch!«
Eine Stunde später stand er an Deck der Fähre. Sein Hund lief bis zum Ende der Mole neben dem Schiff her. Langes Warten auf dem Bahnhof drüben. Nachts dann mit der ruckelnden Bahn durch das vom Mond beleuchtete Land. Ankunft Berlin fünf Uhr morgens. Rasieren mit kaltem Wasser und stumpfer Klinge in der Bahnhofstoilette. Deprimierender Ort. Dünner Kaffee dann in der Mitropagaststätte.
Er wanderte durch die Straßen und kam viel zu früh beim Wohnungsamt an. Halbsieben.
Er war der erste in der Schlange, die sich bald bildete. Müde Gespräche der Wartenden. Immerhin, er hatte erfahren, in welche Etage und in welches Zimmer er mußte. Er hatte ein wenig zur Unterhaltung beigetragen. Stories von Fischen und vom Meer. Nur wer was sagt, bekommt auch was zu hören.
Um acht Uhr öffnete sich die Tür zu tristen Treppen und Korridoren. Weiße Tafeln, schwarze Beschriftung. Pfeile und Nummern wiesen den Weg. Hallende Schritte. Schrammen in der Ölfarbe der Paneele. Geruch nach erschlagener Zeit, nach verreckender Hoffnung, nach Resignation, nach verwaltetem Mangel. Triste Töne geschäftiger Ordnung. Wieder Warten, diesmal im Flur. Er ließ den Herrn, der eigentlich der zweite war, vorgehen. Er wollte

sehen, wie alles abläuft, und versuchte im Gesicht des Mannes zu lesen, als dieser wieder herauskam. Nichts zu erkennen.

Über den Brief lachten die Damen nur: »Was meinen Sie, was hier los ist!« Der Zauberspruch des Herrn Akkurat erwies sich als völlig wirkungslos. Der Herr Akkurat wußte offensichtlich wenig von der Wirklichkeit. Aber wer kannte die schon!

Unsmoler hatte auf seinem Weg zum Wohnungsamt so viele blinde Schaufenster und verfallende Häuser gesehen, daß er sich Hoffnung gemacht hatte.

Hier warteten Räume.

Irgendeinen Laden, wie in der Studentenzeit damals, könnte er herrichten. Aber es zeigte sich, wer die Stadt einmal verlassen mußte, kam schwerlich wieder hinein.

»Das Helfen bei Aufträgen zählt nicht als reguläre Arbeit, mein Herr, da könnte ja jeder kommen!«

Man fürchtete offensichtlich alles Unkontrollierbare, und die Dame hinter der breiten Holzbarriere hatte offenbar lediglich die Aufgabe, das Betteln und Drohen der Leute zu ertragen. Sie schien mit der schützenden Fähigkeit gesegnet, nichts von dem, was die Leute vortrugen, wirklich wahrzunehmen. Er versuchte zu erklären. Er gab sich Mühe. Aber die Frau lächelte nur befremdet über das erschreckende Ausmaß seiner Naivität. Wie konnte sie in dieser Umgebung überhaupt noch lächeln! Den Brief legte die Dame in einen Ordner. Erledigt, da warten noch andere. Er wollte das Schreiben wiederhaben, um beim Künstlerverband vorzusprechen. Die Dame schüttelte bedauernd den Kopf.

»Mein Herr, ich kann nichts für Sie tun, und das Schreiben hier kommt zu den Akten!«

Er schlug mit der flachen Hand auf die Holzbarriere. Es knallte, als hätte jemand eine Pistole abgefeuert. Aus den Nachbarzimmern stürzten entrüstet weitere Sachbearbeiterinnen. Sie eilten, zu allem entschlossen, der Kollegin zu Hilfe. Unsmoler hatte vorher gar nicht wahrgenommen, daß dieser Raum mehrere Türen hatte. Die Wartenden im Flur beäugten ihn wie einen Verrückten. Rasch die Treppen hinab. Jeder Atemzug in diesem Hause Gift.

Also würde diese Stadt das Bübchen, ihn und Delphine nicht verschlingen. Verstoßen hatte sie ihn.

Grauer Himmel. Wieder trieb er durch die Straßen. Ein paar hundert Meter weiter, erinnerte er sich, muß ein Park sein. Er fand eine Bank und setzte sich. Herausgebrochene Latten. Knüllpapier. Flaschen. Er spürte, daß er Hunger hatte. Er zog die Stullen aus der Tasche. Delphine hatte ihn, während er sich auf der Insel stadtfein gemacht hatte, reichlich mit Proviant versorgt. Sogar Tomaten und gekochte Eier. Sie hatte sich gewiß mehr von seiner Mission erhofft. Er ging weiter. Nationalgalerie. Er kannte die Werke von damals.

Irgendwann brach für eine Weile die Sonne durch. Das Aussehen der Straßen und Plätze verwandelte sich. Blendendes Weiß kam zum Vorschein, fröhliche Leute. Provozierend fast, wie sich die Menschen abgrenzten von all dem verbrauchten Grau. Menschen, die sich behaupteten. Er sah sich um, sah den jungen Leuten in die Gesichter. Nichts darin von dumpfer Resignation! Stadt. Er stand in einer Häuserschlucht zwischen den treibenden Menschen. Unbeachtet, unsichtbar stand er da und fühlte sich so frei, wie er sich selten auf der Insel fühlte.

Grenzgänger

Unsmoler kaufte sich eine S-Bahn-Karte und fuhr nach Westberlin. Wieder Kontrollen. Er durfte im S-Bahn-Wagen bleiben. Viele ängstliche Gesichter. Einige von denen würden nicht zurückkehren. Heute wieder tausend?

Unsmoler sah niemanden an. Blicke erschreckten. Dann das Aufatmen. Man war drüben angelangt.

Geräusche, Gerüche, Formen und Farben: alles anders. Ist die Freiheit bunt?

Hier braucht man dich nicht, wurde ihm erneut bewußt. Hier wartet man nicht auf Bilder. Auf deine schon gar nicht. Lückenlose Ordnung. Es schien, als hätten die Katastrophen der Vergangenheit diesen Flecken Erde ausgespart.

Fast beruhigte es ihn, daß er hier und dort dann doch Narben bemerkte. Einschüsse im Sandstein und Granit der Häuser. Feuerschwärze manchmal. Auch diese Straßen hatten dazugehört. Sie trugen das gleiche Schicksal.

Den eigenen Ort verlassen oder den eigenen Ort verwandeln? Das

fragte sich sicher mancher. Aber viele gaben auf. Sie gaben den Ort auf, der ihnen vom Schicksal anvertraut worden war.
Er spürte den Geldschein im Socken. Delphine hatte ihm den kleineren Schein vom Kaspargeld mitgegeben. Die Socken waren sicher ein miserables Versteck, aber die Brieftaschen wurden oftmals schon im Zug vor Berlin kontrolliert.
Er ging ins Zeitkino, rund um die Uhr Filme. Er wollte sitzen, andere Gesichter sehen und das Wohnungsamt vergessen. Ein Film aus der harmlosen Traumfabrik. Ein paar schöne Szenen in Italien. Ufer, Sonne, Licht. Krieg und Tod, Schuld, Hunger, Zerstörung und Vernichtung hatte es niemals gegeben. Der trübe Nachmittag draußen blendete.
Sein Spiegelbild begleitete ihn. Plötzlich war es weg. Die Auslagen eines Ladens wurden sichtbar. Werkzeug. Er blieb stehen. Hunderttausend Möglichkeiten! Und dann das Geschäft für Künstlerbedarf! Träumen vor Fenstern.
Einfach hierbleiben? Bärenhäuter und Delphine eine Nachricht geben? Sie würden Worte verabreden müssen, deren eigentlicher Sinn für dritte nicht erkennbar ist. Sprache unter der Oberfläche der Sprache.
Mit Neugier betrachtete er all den Glanz. Aber warum die Insel verlassen, wenn es um die Herausforderung geht? Je lapidarer die Frage, um so lapidarer die Antwort.
Die Luft für das Bübchen auf der Insel ist gut. Malen, malen, ums Leben malen! Und der Dicke wird es nicht zu arg treiben, sonst laufen auch ihm alle weg.
Überschaubar die Insel. Versuchsanordnung mit klaren Ausgangsgrößen. An Grenzen gehen. Kaspar zeigte, wie man es macht. Aufgeben? Noch ist nicht alles gewagt! Er legte den Rest des Geldes auf den Tisch des Gemüseladens. Überwältigender Duft von fremden Früchten.
»Dafür Apfelsinen!« sagte er. Die Frau kannte das. Lächeln unter superblondem Haar. Er lächelte zurück. Neutrale Verpackung.
»Wegen der Kontrollen«, sagte sie und wandte sich dem nächsten zu. Natürlich hatte sie erkannt, woher er kam.
Er wurde aus der S-Bahn geholt und von Polizisten in einen separaten Raum geführt. Man kontrollierte Ausweis, Brieftasche, Jackentaschen und Gepäck.
»Sie waren im amerikanischen Sektor?«

»Ist das verboten?«

Er hatte sich keine Quittung geben lassen. Die Kinokarte hatte er weggeschmissen.

»Haben Sie Westgeld bei sich?«

»Nein!«

»Wie kommen Sie dann zu den Apfelsinen?«

»Ein Geschenk von meiner Tante.«

»Wie viele Tanten es doch gibt!« Zynisches Lächeln.

»Wo wohnt Ihre Tante?« Sie blätterten alle Papiere auseinander. Ihm war so, als läge er nackt auf dem Tisch. Er nannte die Adresse des Werkzeugladens, die er sich eingeprägt hatte, weil es dort Stechbeitel gab.

Einer der Uniformierten nahm seinen Ausweis vom Tisch und begab sich damit nach nebenan. Wahrscheinlich ging er telefonieren. Mit wem? Warum?

Zweimal wurde er noch nach der Tantenadresse gefragt.

Dann durfte Unsmoler gehen. »Apfelsinen für Kleinkinder, dafür haben wir Verständnis.«

Ihm war erbärmlich zumute: man hatte ihn zum Lügen gezwungen. Er hatte sich auf die da eingestellt. Gefährlich oft muß man sich auf »die da« einstellen. Scheißapfelsinen. Und diesen Leuten das Land überlassen? Nein, und nochmals nein!

Bahnhof.

Fünf Stunden noch bis zur Abfahrt des nächsten Zuges. Er gab die Tasche bei der Gepäckaufbewahrung ab und schlenderte noch einmal in die Stadt.

Vorüber an schwarzen Trümmern. Erinnerung an den Krieg. Die Seelen Hunderttausender schwebten durch die Straßen. Zeichen wie die Inselbunkerruine auch hier.

Nach den Stunden in Westberlin erschien ihm im Ostteil der Stadt alles beängstigend provisorisch. Als lohne sich Sorgfalt nicht. Als würden die Neubauten ohnehin allesamt zusammenklappen in den Katastrophen kommender Kriege. Drüben lebte man den Tag, hier schien es, dachte man weiter.

Zu Besuch

Bilde dir nichts ein, Junge, du bist unwichtig. Sie können nicht alle überwachen. Aber es war nicht zu leugnen: der Mann hinter ihm bog um die Ecke, wenn auch er um die Ecke gebogen war. Fast zu offensichtlich. Die Gegend war Unsmoler bekannt. Die Ruine der Synagoge zwischen den Trümmern anderer Gebäude. Grüne Birken hoch oben auf der Ruinenmauer. In einiger Entfernung die große Uhr auf der Straßenseite gegenüber. Ging sogar richtig, die Uhr! Alles wird besser.

In der Nummer zwölf wohnte einst ein Kommilitone. Einfach mal klingeln. Unsmoler trat in den dunklen Hausflur. Der folgsame Herr stellte sich auf der anderen Straßenseite vor ein Schaufenster und betrachtete interessiert die Auslagen. Medizinischer Bedarf: Prothesen, Stützstrümpfe usw.

Unsmoler ging die Treppe hinauf. Ein Mäandermuster machte die Steigung mit. Auch hier speckige Ölfarbe, Schrammen, Kratzer, bröckelnder Putz. Schleichender Verfall, den die Hausbewohner selber kaum noch bemerkten. Warum sich beunruhigen. Westberlin ist nah. Wichtig ist, was man mitnehmen kann, wenn die Hoffnung erlischt. Weggehen konnte man immer noch, warum sich beunruhigen? Anderes ist wichtig. Vielleicht das, was man eines Tages im Kopf mitnehmen kann. Unsmoler stand vor der hohen Tür, oben Scheiben, Dunkelheit dahinter. Kein Namensschild. Er klingelte und bereute augenblicklich, hergekommen zu sein. Zum Glück niemand zu Hause. Zu spät. Ein kleines Kind öffnete.

»Papa, ein Mann!« rief das blasse Mädchen.

Unsmoler hörte Schlurfschritte. Im Halbdunkel des Flurs ein Gesicht. Dunkle Augen trafen ihn mit einem Blick, der nichts Gutes erwartete. Eine Hand tastete nach dem Lichtschalter.

Eh Unsmoler seinen Gruß stammeln konnte, rief sein Gegenüber freudig: »He, du lebst noch … und bist sogar im Lande! Komm rein, Junge!«

Er wurde in ein großes hohes Zimmer geführt. Leinwände. Weiß gestrichen der Raum. Überraschend viel Licht, vielleicht, weil der Korridor so finster gewesen war. Im Licht eine Staffelei. Auch hier mitten in der Stadt eine Insel. Inseln überall. Er sah ein Katzenbild, an dem der Maler wohl gerade gearbeitet hatte. Im-

mer noch die gleiche Malweise wie damals. Einst hatte Unsmoler die Konsequenz imponiert, mit der dieser Mann »gesellschaftlich bedeutsamen Themen« aus dem Wege ging. Sanftes Sichversagen.
Der Maler bemerkte den Blick und wurde ernst. »Fünfmal am Tage muß meine Frau hereinkommen und mir sagen, daß die Katze jetzt gelungen ist.« Er lächelte bei diesem Geständnis.
Die Katze kam lautlos mit steil erhobenem Schwanz hereingewandert und strich schmeichelnd um seine Beine. Es schien, als hätte sie gespürt, daß von ihr gesprochen wurde.
»Katze, Kind und Kegel, du bist nun also verheiratet ...«
»Man braucht seine eigene Welt ... und du, du bist allein unterwegs?«
»Vielleicht ... sieh mal aus dem Fenster ... steht gegenüber vor dem Laden jemand?«
»Ein Mann in Trenchcoat.«
»Wenn er einen Hut aufhat, ist er es.«
»Du bist doch nicht etwa schwul geworden!«
»Das nicht, aber der Kerl da läuft trotzdem hinter mir her.«
»Zieh mich da bloß nicht in irgendwas rein! Du hast schon des öfteren für Komplikationen gesorgt! Berlin ist schwierig.«
»Ich habe nichts zu verbergen.«
»Das weißt du, aber wissen die es?«
»Ich bin ein braver Maler, der auf einer braven Insel haust.«
»Du ein Braver? Ohne Abschied bist du damals auf und davon! Mann, was hast du ihr angetan!«
Unsmoler sperrte den Mund auf: »Ich ihr?« fragte er mit seltsam veränderter Stimme.
»Du hast sie sausen lassen!«
»Ich sie?« Er blickte sich um, sah einen Stuhl und setzte sich.
»Egal ... Soll ich uns einen Tee machen?«
Unsmoler nickte. Langsam begriff er, weshalb er hierhergekommen war.
Auf der gegenüberliegenden Straßenseite stand noch immer der Mann und rauchte. Auch sein Gastgeber blickte aus dem Fenster, als er mit dem Tee hereinkam.
»Ich habe inzwischen auch Frau und Kind«, sagte Unsmoler. »Meine Frau sehnt sich nach der Stadt.«
»Du suchst eine Wohnung? Vielleicht könntest du es über den

Verband probieren: Behaupte einfach, daß du die neuen Wohnviertel malen willst. Um das zu realisieren, brauchst du für drei, vier Wochen eine Unterkunft … und dann noch ein paar Wochen und wieder ein paar Wochen … und zu guter Letzt …«

»Anstatt auf Bildern ritt er auf einer Lüge zurück in die Stadt!«

»Was heißt hier Lüge, die wollen überlistet werden, versuch's!«

Unsmoler blickte auf die Uhr. »Du kannst für zwei, drei Nächte bei uns übernachten. Wir stellen einen Stuhl ans Sofa.«

Unsmoler nickte.

»Warst du drüben?« fragte der Katzenmaler.

»Ja, aber das einzige, was mich wirklich überzeugt hat, waren die Werkzeugläden.«

»Wenn du kein Westgeld hast, kannst du das da drüben alles vergessen. Hier in der Stadt kommt man eher an die blauen Scheinchen. Hin und wieder für ein paar Grafiken … ist ja Gedrucktes. Unsignierte Radierungen kann man gefahrlos rübertragen. Aber wir haben hier an der Ecke ein Eisenwarengeschäft, liegt ein bißchen abseits, deshalb bekommt man dort gelegentlich Dinge, nach denen man anderswo vergeblich fragt. Bis 18 Uhr offen.«

»Du meinst, die haben dort Stecheisen?«

»Der Stahl ist wahrscheinlich ziemlich mies, aber immerhin. Wenn man oft zum Abziehstein greift …«

Es war Viertel nach fünf. Sie tranken Tee und sprachen ein wenig von früher. Der Maler trat noch dreimal ans Fenster. Beim dritten Mal sagte er: »Nun ist der Kerl weg, wahrscheinlich hat er Feierabend. Du kannst gehen. Wenn sie dich fragen, was du hier wolltest, sag, du wolltest wissen, wo es Stechbeitel gibt.«

Unsmoler erhob sich. Sie gingen zur Tür. Jemand kam die Treppen hinauf. Der Katzenmaler zögerte und lauschte. Aber die Schritte gingen vorüber. Irgendwo wurde ein Schlüssel ins Schloß gesteckt, dann klappte eine Tür. Der Maler atmete auf und ließ Unsmoler hinaus.

Unsmoler eilte die Treppe hinab.

Der Mann da draußen war tatsächlich weg.

Zum Glück kein Schild an der Ladentür: »Wegen Inventur geschlossen!« Im winzigen Schaufenster auf vergilbtem Papier Beile, Zugmesser, Schraubzwingen, Nägel. Großstädte wurden bei Lieferungen bevorzugt. Altmodisches Klingeling der Ladentür, dunkel innen. Ein Männchen trat aus noch tieferen Schatten und

stützte sich, ungnädig blickend, auf den Verkaufstisch. Fast schien es, als wäre der Gnom ärgerlich darüber, daß er dem unbekannten Kunden eine jede der üblichen »Haben Sie?«-Fragen mit einem Kopfnicken beantworten mußte.
Als Unsmoler wieder ins Freie kam, blendete ihn der Stadthimmel. Er fühlte im knittrigen Zeitungspacken das stählerne Werkzeug, und es war ihm, als hätte er soeben ein Zauberschwert bekommen, mit dem er alle Drachen der Welt besiegen könnte.
Er wandte sich noch einmal um und hätte sich nicht gewundert, wenn er plötzlich statt vor der Tür eines Eisenwarenladens mit ein paar altbackenen Schrippen in der Hand vor einem Bäckereigeschäft gestanden hätte.
Er begab sich zum Bahnhof, um sein Gepäck zu holen. Ein Auto kam die Straße hoch und bog um die Ecke. Jemand stieg aus. Wieder war jemand hinter ihm. Aber das störte ihn nicht. Er hatte nichts zu verbergen.

Holzkloben

Er hatte eine Befürwortung vom Verbandsbüro bekommen und war sofort durch die Stadt zum Wohnungsamt gegangen. Am Fluß entlang, als brauche er die Wassernähe. Immer wieder blickte er auf das langsam strömende undurchsichtige dreckige Wasser. Stumme Möwen, graue Brücken.
Die zuständige Abteilung im Wohnungsamt hatte geschlossen.
Am Montagmorgen reichte die Schlange der Wartenden vor dem Amt bereits bis auf die Straße. Er stellte sich an und rückte langsam vorwärts.
Sein Erscheinen in der Amtsstube erregte erstauntes Befremden: Der Mann, der offenbar nicht begriff und es nun mit allerhand Tricks versuchte. Wieder wurde sein Schreiben abgeheftet, wieder war alles vergeblich. Wieder fuhr er nach Westberlin. Wandern mit dem Skizzenbuch. Beute machen für eigene Bilder. Gegen Abend ging er zum Bahnhof.
Rückreise.
Ausweiskontrolle im Zug. Das war üblich. Es wunderte ihn nicht,

niemanden wunderte es. Maß war immer noch die Nachkriegszeit. Die Uniformierten blätterten in seinem Ausweis. Sie hoben mit spitzem Bleistift unauffällig das Paßbild an und schauten dahinter. Offenbar war da ein Zeichen, denn er mußte das Werkzeugpaket auspacken, mühsam sämtliche Knoten lösen, die Schnur brauchte er noch. Die Uniformierten hatten Zeit. Kaum Leute im Bummelzug.

Auch die Apfelsinen mußte er auspacken. Ihm lief das Wasser im Munde zusammen. Der gleiche Spruch: »Geschenk der Tante.«

Vor dem Fenster der Film der nächtlichen Landschaft. Riesige Äkker im Mondlicht, sorgfältig bestellt. Dörfer und Städte, in denen er wieder das beunruhigend Provisorische sah. Große stumme Wälder, Wälder wie im Märchen, Wälder, die eingezäunte Orte mit Häusern, Kasernen, Baracken, Bunkern, Munitionslagern, Panzern verbargen. Orte, die auf keiner Karte verzeichnet waren. Sichtbar nur brave Bäume, und doch wußte er vom Dahinter. Ein Bild war entstanden. Es hatte sich in den Jahren zusammengefügt. Die Wälder waren durchsichtig geworden. Dinge waren zu sehen, die eigentlich niemand zu sehen bekam. Er wußte das, und dennoch fuhr er zurück.

»Endstation, mein Herr, wir kehren um!« Der Schaffner berührte ihn. Unsmoler war eingeschlafen.

Ein Ruck, der sich durch die Wagenreihe fortsetzte, verriet, daß die Lok bereits am anderen Ende ankoppelte. Unsmoler räkelte sich, nahm sein Gepäck und stieg aus. Er hatte geträumt, auch von Holzfiguren, die er mit den neuen Messern schnitzen würde. Skulpturen, die so seltsame Gestalt annahmen, daß er einmal erschrocken aufgefahren war und sich sagte: »Langsam, langsam, nicht so flink voran, vorläufig Figuren, die man verkaufen kann!«

Seeluft. Vier Uhr morgens. Wieder hatte er Zeit. Schlendern durch die schlafende Stadt. Hier und dort erste Lastwagen. Einzelne Leute begegneten ihm, alle mit Müdigkeit in den Gesichtern. Unsmoler war viel zu früh am Wasser. Er sah die vertraute Fähre. Weiß, mit den Narben der Rostflecke, ruhte sie im spiegelnden Wasser. Die Ausleger der Kräne ragten noch regungslos in den Himmel. Abgestellte Kipper, Absperrungen und Schuttberge verrieten, daß der Hafen erweitert wurde. Häuser, die nackte Innenwände zeigten. Tapetenfetzen. Rußgeschwärzte Spuren von einstmals rauchen-

den Kaminabzügen. Sichtbar, wo Schränke und Betten an Wänden gestanden und Bilder gehangen hatten. Das sind also unsere Spuren. Man könnte solche Ansichten malen. Sein Blick wanderte über Mauern. Löcher, wo mächtige Dielenbalken gewesen waren. Wo sind die Balken? durchfuhr es ihn. Möglicherweise waren sie unter all dem Schutt begraben.
In Berlin waren nur schwarze Steine und die mit Grün bewachsenen Trümmerberge geblieben. Unsmoler trug sein Gepäck zur Fähre und schob es an Deck. An Bord rührte sich noch nichts. Dann ging er zurück zu den abgerissenen Häusern, stieg über die Absperrung und machte sich auf die Suche nach den Balken. Fünfzig Meter weiter die Abrißstraße hinauf standen orangefarbene Wohnwagen. Er sah einen Mann in weißem Turnhemd mit einer Schüssel in der Hand ein Wagentreppchen hinuntersteigen. Unsmoler winkte und beeilte sich. Der Mann hatte ihn bemerkt, er schüttete im hohen Bogen Schmutzwasser aus und wartete.
»Ich brauche ein paar von den Deckenbalken da!« sagte Unsmoler.
»Brennholz?« fragte der Mann, »willst du dir die Säge versauen? Die Balken spießen voller Nägel!«
»Macht nichts«, sagte Unsmoler, »das Holz ist abgelagert und reißt nicht mehr. Die Nägel zieh ich raus. Ich will was schnitzen.«
»Was gibst du aus?«
In diesem Augenblick fiel Unsmoler ein, daß er bereits alles ausgegeben hatte.
»Nichts«, sagte er, »die Figuren bringen erst Geld, wenn sie fertig sind.«
»Was bist du für ein bunter Vogel!«
Unsmoler lachte und hob die Schultern.
»Gut, man begegnet sich immer zweimal«, sagte der Mann im Turnhemd, »hast du ein Fahrzeug?«
»Nur ein Schiff.« Unsmoler zeigte auf die Fähre im Hafenbecken. »Und das fährt in drei Stunden.«
Der Mann schüttelte erstaunt den Kopf. »Leute gibt das!«, und über sich selbst verwundert, schlug er mehrmals an die Wagenwand. »Erich«, rief er, »wälz deinen Arsch aus der Koje. Hier ist einer, der will wat für nix!«
Unsmoler wäre nicht überrascht gewesen, wenn jetzt ein vierschrötiger Kerl erschienen wäre, der ihm angesichts dieses belei-

digenden Ansinnens ein paar runtergehauen hätte, um sich dann wieder seelenruhig schlafen zu legen. Aber mit verdrießlicher Neugier in den Augen tauchte ein kleiner Dicker in der Türöffnung auf und erwiderte mit wortlosem Nicken den Gruß.
»Rupf ihm ein paar Balken aus dem Schutt, er will schöne Frauen schnitzen, ich fahr' ihm dat Holz zur Fähre.«
»Nicht mal einen Kasten Bier läßt er springen?«
»Ne, alles gratis. Kannst die gute Tat meinetwegen ins Brigadetagebuch schreiben.«
»Dat kannst du vergessen!« knurrte der Mann.
Unsmoler war vorausgegangen. Er zeigte auf Hölzer, die aus einem Trümmerberg ragten.
Motorgeräusche, blaue Wölkchen, ein Fahrzeug mit Greifer kam heran. Der Greifer packte zu und zog das Holz aus dem Schutt. Acht Enden legten sie nebeneinander. Dann kam der Mann im Turnhemd mit einem Kipper. Unsmoler war genau an die richtigen Leute geraten.
Der Kipper fuhr bei der Fähre vor. Der Käptn kam an Deck: »Wat is nu kaputt!« rief er.
»Dat Handgepäck!« rief der Fahrer.
»Wat soll die Scheiße!« schimpfte der Käptn.
Unsmoler mischte sich ein. »Das ist abgelagertes Holz ... 250 Jahre hat das geruht. Genau das richtige zum Schnitzen. Ich brauch' das auf der Insel!«
»Er will schöne Frauen schnitzen!« rief der Kipperfahrer.
»Wat hat man mit die Künstlers doch immer für Trouble!« sagte der Fährenkapitän ärgerlich. »Fahr rückwärts ran ans Vorschiff, dann sehen wir weiter.«
Unsmoler kletterte aufs Schiff und ging nach vorn. Der Käptn wies den Fahrer ein. »So nu kipp ein bißchen an, nicht zu viel, damit wir das Zeug sachte rüberziehen können.«
»Vorsicht, sind Nägel drin!« rief der Fahrer.
Der Käptn zog sich Arbeitshandschuhe an und gab auch Unsmoler welche. Gemeinsam zerrten sie die Balken an Bord. Sie legten sie mittschiffs auf Deck.
»Mann, Mann, Mann, worauf lass' ich mich nur immer ein. Moler, du hast Glück mit dem Wetter!«
Der Fahrer hob grüßend die Hand und brauste davon. Der Schipper kam mit einem Beil.

»Klopp die Nägel krumm, damit sich keins von den Urlauberweibchen die Beine mitsamt den Perlonstrümpfen aufreißt!«
Unsmoler schlug die herausspießenden Nägel um, setzte sich auf die Balken und wartete.
Am Himmel das Grollen von Düsenjägern. Russen hoch oben in der Luft.
Das Wasser im Licht. Im Wasser Kühle.
Hin und wieder zerriß ein winziger Fisch die makellose Glätte der Oberfläche. Ringe.
Unsmoler saß auf seiner Beute und dachte an Skulpturen. Etwas ganz von neuem beginnen. Man kann wachsen, ohne gleich mit dem Kopf an die Zellendecke zu stoßen.

Beunruhigung

Die Insel war nicht mehr fern. Die Fähre tuckerte an träumenden Segelbooten vorüber. Warten auf Wind. Andere Boote hatten die »Gardinen« fallen lassen und schnurrten, von schwachen Hilfsmotoren vorangetrieben, Richtung Inselufer. Die Bugwelle der Fähre ließ sie eine Weile schaukeln.
Die Insel voraus geheimnisvoll entrückt in weichem Licht. Plötzlich erlosch der Zauber. Aus den Tonsäulen am Hafen schmetterte dem Schiff Begrüßungsmusik entgegen, und wieder schien sich die Insel in einen großen Ausflugsdampfer zu verwandeln, der lärmend durchs Wasser schwamm. Die müden Fremden an Bord der Fähre wurden munter. Eine nachlässige und doch militärische Lautsprecherstimme unterbrach das freudige Treiben: »Alle Gäste ohne Ferienscheck der Gewerkschaft melden sich umgehend beim Feriendienst in der Hafenbaracke, links!«
Unsmoler hörte nicht hin. Er sah die Silbermöwen auf den weiß bekackten Peitschenlampen der Hafenbeleuchtung sitzen und lauschte. Er hörte im allgemeinen Lärmen ihre wehmütigen Schreie.
Lüder wartete wie üblich auf der Pier. Kofferfahren. Der Treckermotor lief. Als er Unsmoler beim Abrißholz an Deck sitzen sah, hob er grüßend die Hand. »Dat fahr' ich dir!« rief er.
Unsmoler hätte die Balken als Floß hinter seinem Boot her in die

Nähe des Katens ziehen können. Aber das Angebot von Lüder auszuschlagen wäre unhöflich gewesen. Also hob er gemeinsam mit dem Bootsmann die Balken vom Fährendeck und wartete am Hafen, bis der Traktorist von der Koffertour zurückkam.
Delphine blickte aus dem Fenster und sah die Schiffspassagiere auf der Dorfstraße. Unsmoler war wieder nicht dabei.
Ist er »rüber«, wie auch ihre Eltern »rüber« waren? Ich hätte ihm klipp und klar sagen müssen, daß ich ihm nicht folge, wenn er abhaut.
Wieder dachte sie an das perfide Lächeln des Mitarbeiters. Was wußten die um Himmels willen, was sie nicht wußte!
Seit jenem Tag, an dem der ungebetene Herr, kurz nach Unsmolers Abreise, bei ihr an die Tür geklopft hatte, schien es ihr, als würde sie langsam aus einem Traum erwachen.
Wenn sie ihn nun verhaftet haben und der Brief des Nachbarn nur ein hinterhältiger Trick gewesen ist!
Um so wacher mußte sie sein! Wach wie eine Wölfin. Abreisen, sich beeilen. Adressen verbrennen. Alles sauber hinterlassen.
Sie hielt einen Wischlappen in der Hand, als plötzlich die Fensterscheiben vibrierten. Lüders Trecker stoppte direkt vor der Haustür. Glücklich lächelnd, staubig und mit Stoppelbart kam Unsmoler herein. »Ich habe noch auf Lüder warten müssen. Ich habe Holz erbeutet!« sagte er.
Lüder ließ draußen die Balken vom Hänger rutschen.
»Holz? Na wenigstens hast du keine Ferkel gekauft!« Sie lachte. »Warum hast du dich nicht gemeldet!« Für Momente war sie wieder im Traum. »Warum hast du keine Nachricht gegeben. Wo warst du nur so lange?« fragte sie flüsternd.
»Bei einer freundlichen Familie auf dem Katzensofa. Ich übernachte stets auf Katzensofas.«
»Und ... hast du Erfolg gehabt?«
Er sah sie an und schüttelte den Kopf. »Nein, es war nichts zu machen. Der Brief hat nichts gebracht. Westberlin ist zu nah, zwanzig Pfennig nah ... nicht einmal das, man kann ja zu Fuß hin und her. Das mögen unsere Dienststellen ganz und gar nicht. Nur zuverlässige Leute bekommen ...«
»Also nicht«, sagte sie leise.
Er schüttete die Apfelsinen auf den Tisch.
»Bananen wären besser gewesen«, sagte sie.

Der Dreizehnte

An jenem Tage im August herrschte zu ungewohnter Stunde Stille im Dorf. Urlauber, die auf der Dorfstraße vorüberkamen, bewegten sich anders als gewöhnlich. Irgend etwas war geschehen.
Delphine sah ihn fragend an. Er schaltete ganz gegen seine Gewohnheit bereits am Vormittag das Radio ein.
Da hörten sie es. Immer wieder kam die kaum faßbare Nachricht: Alle Grenzen geschlossen.
Panzer rasseln durch die Straßen Ostberlins. Unabsehbar die Folgen. Akute Kriegsgefahr.
»Jetzt sind wir ausgeliefert!« sagte Delphine. Sie mußte sich setzen. Kraftlos hingen ihre Arme herab. »Wir sind im Käfig.«
»Nein, mit dem Boot kann man weg«, sagte Unsmoler leise und legte seine Hand auf ihre Schulter, »das Boot ist schwarz und das Segel dunkel, und der Herbst bringt die langen windigen Nächte.«
»Nein, nicht mit dem Kahn!« sagte sie erschrocken und erhob sich.
An der Mole machte ein Küstenschutzboot fest. Groß und grau, Bordkanonen und Maschinengewehre. Einzig die Rettungsringe rot. Früher wäre das halbe Dorf schnurstracks zum Hafen gewandert. Kriegsgerät übte seit eh und je seltsame Faszination aus. Werkzeug des Teufels. Nun aber ahnte man, auf wen die Waffen zielen würden, man blieb zu Haus.
Die Dorfjungs allerdings kamen der Einladung nach, das Schiff zu besichtigen. Sollen sie, dachten die Mütter, dann sehen die Burschen, was Fakt ist, und machen keine Sperenzien.
Grenzer wurden stationiert. Sie kamen nicht in die Kneipe. Ausgangssperre, hieß es, haben sie.
Die Kneipe fast leer. Der Objekthausmeister hockte verdrossen am verwaisten Stammtisch, dienstlich, wie man ahnte.
Wie aufgescheuchte Hühner irrten Badegäste durchs Dorf, manche reisten ab.
Im Chefobjekt gab man sich militärisch.
»Na endlich, na endlich!« rief der Mitarbeiter triumphierend.
Hinter entschlossenen Worten verbarg der Inselchef seine Furcht. Er kannte Krieg und spürte die Gefahr.

Schlechter ging es dem Herrn Akkurat.
Manchmal drangen unheimliche Töne aus dem Haus, das man wie eh und je das Schloß nannte. Der ausgestopfte Pfau im knorrigen Apfelbaum nickte.
Der Inselchef hatte den Herrn Akkurat telefonisch nötigen wollen, »umgehend eine, die Maßnahmen zum Schutze des Friedens begrüßende Stellungnahme in der Tagespresse abzugeben«. Wortreich hatte sich der Maler aus der Affäre gezogen und insgeheim den Tag verflucht, an dem er einen Telefonanschluß erhalten hatte.
Unsmoler aber zersägte Abrißbalken und richtete die Kloben im Garten auf. Er schliff die Schnitzeisen so gelassen, als wäre nichts Weltbewegendes geschehen.
Hin und wieder betrachtete er seine Aktzeichnungen, schließlich aber skizzierte er mit Kohle auf den vier Seitenflächen des ersten Klotzes ein sich umarmendes Liebespaar und begann damit, die Skulptur aus dem Holz zu schlagen.
Unermüdliche Töne des Holzhammers in der beängstigenden Stille dieser Tage.
Delphine irritierte dieses unbeirrte Klopfen. »Du kannst arbeiten?«
»Ich würde hier wahrscheinlich auch stehen, wenn morgen die Welt unterginge!« Er wies auf den Holzklotz, der sich langsam verwandelte. »Das sind wir!« sagte er. »Das werden wir«, korrigierte er sich, »ein Menschenpaar zwischen Licht und Finsternis. Sich umarmen, sich lieben: das ist der unvergängliche Mut seit Adam und Eva!«
Sie sah ihn an, schwieg und ging ins Haus. Sie nahm das Bübchen auf den Arm. »Nein, das sind nicht wir«, sagte sie, als sie zurückkam, »du vergißt das Kind!«
Ein graues Schnellboot, auf dem stählernen Rumpf eine dreistellige Nummer, dröhnte mit schäumender Heckwelle, kaum dreihundert Meter vom Ufer entfernt, vorüber. Qualm schlecht verbrannten Diesels.
»Wie Hunde, die die Schafe umkreisen!« flüsterte sie. »Wir müssen weg. Weg von hier, in irgendeine Kleinstadt meinetwegen, wenn es schon nicht Berlin sein kann!«
»Nein«, sagte er. »So wahr ich hier stehe. Ich überlasse denen das Feld nicht. Wir bleiben. Hier haben wir das Meer, hier kann man

atmen. Hier kann ich arbeiten. Der Ort beschützt uns, und wir beschützen den Ort!«
Sie sah ihn erschrocken an und wandte sich ab und eilte zurück ins Haus.
Er machte noch zwei Schläge, dann ließ er die Arme sinken.
Sie saß am Tisch. Sie hatte auf ihn gewartet: »Bleiben ... wie soll das gehen?« flüsterte sie. »Hier sind wir ausgeliefert, mehr als anderswo. Die vom Objekt brauchen sich keinerlei Zurückhaltung mehr aufzuerlegen. Wir brauchen Geld, aber ich habe noch keinen Beruf. Alles wirst du machen müssen, um uns zu ernähren. Alles!«
»Das Meer steht uns bei«, sagte er, er umarmte sie und ging hinaus. Wieder hörte sie das Klopfen des Schlägels. Sie warf sich auf das Bett und heulte lautlos, um das Bübchen nicht zu erschrecken. Nein, sie konnte hier nicht bleiben!
Der Nachbar sah Unsmoler oben vom Fenster aus. Er kam hinunter und trat an die Feldsteinmauer, die das Verwalterhaus vom Katen trennte. Er wagte nicht zu rufen. Er stand da und blickte Unsmoler, der abgewandt am Holzkloben arbeitete, an. Die Späne flogen wie Spritzer zur Seite.
Warum schaut er sich nicht um, dachte der Herr Akkurat, ich muß ihn sprechen. Warum schaut er sich nicht um, ich muß ihn dringend sprechen! Unsmoler sah sich um und bemerkte den Nachbarn, der ihn mit vorsichtiger Geste näher winkte. Er ging zur Mauer, an der die Ackerwagenräder befestigt waren.
»Hat es geklappt?« fragte der Nachbar leise, als wollte er die beklemmende Stille nicht stören.
»Mächtig hat es geklappt«, sagte Unsmoler mit kaum zu bezähmender Wut, »die Tür ist zugefallen. Dieses Land wird im eignen Mief ersticken!«
Der Nachbar griff sich an die Kehle und sah ihn erschrocken an.
»Die Zuzugsgenehmigung meine ich ...«
Unsmoler schüttelte den Kopf. »Die Damen auf dem Amt haben das freundliche Schreiben abgeheftet und mich davongejagt.«
»Sie haben den Brief behalten?«
»Egal, alles erledigt!« sagte Unsmoler und wollte sich abwenden.
Die Augen des Nachbarn sahen ihn flehend an.
»Nichts überstürzen, Kolega, alles wird besser. Jetzt steht die Regierung nicht mehr mit dem Rücken an der Wand. Kein ständiger

Aderlaß mehr. Wer sicher ist, kann der Bevölkerung Spielraum geben. Das wird auch für die Kultur gelten. Spielraum ... wir werden freier, freier!«

»Ich spiele nicht!« sagte Unsmoler, »es ist ernst. Vielleicht bedeutet das alles Krieg.«

Der Herr Akkurat machte wieder eine Handbewegung zu seiner Kehle hin. Die Hand zitterte. »Das wage ich nicht einmal zu denken!«

Unsmoler nickte freundlich und drehte sich um.

»Nichts überstürzen!« hörte er hinter sich die leise beschwörende Stimme des Herrn Akkurat, »ich flehe dich an. Alles wird besser, jetzt wo ... Du wirst es erleben!« Er hatte »du« gesagt. Das Unglück schien sie einander nähergebracht zu haben. Unsmoler blieb stehen. Der Herr Akkurat verstummte und eilte auf seine offene Haustür zu.

Unsmoler begab sich zurück zum Holzkloben. Er nahm den Klöpfel in die Rechte, streckte seine Linke zum Stecheisen aus, aber er konnte nicht weiterarbeiten, jedenfalls nicht jetzt. Das grüne Objektauto kam die Dorfstraße hinunter. Auf dem Dach des Barkas war ein Lautsprecher montiert. An alles war gedacht worden. Flotte Marschmusik ertönte.

Die Haustür beim Nachbarn fiel ins Schloß. Der ausgestopfte Pfau im knorrigen Apfelbaum begann heftig zu nicken. Die Marschmusik übertönte die Geräusche, die aus dem Nachbarhaus drangen. Offenbar hielt das Auto vor der Friedhofskapelle.

Unsmoler schritt Richtung Röhricht. Aus dem Schilf ragte der Mast des schwarzen Bootes. Die Musik brach ab. Unsmoler wurde von Worten eingeholt. Er ging rascher.

Maßnahmen zum Schutze des Friedens wurden verkündet. »Bis auf weiteres ist das Betreten und jeglicher Aufenthalt am Strand nach Sonnenuntergang aus Sicherheitsgründen untersagt. Das Befahren der See mit Booten ...«

Ohne die Schuhe auszuziehen, ging er ins Wasser. Er kletterte in den Kahn, löste die Wanten, zog den Mast aus dem Loch der Ducht und legte ihn vorsichtig um. Dann knotete er die Festmacherleine vom Pfahl und stakte den Kahn tiefer ins Schilfdickicht. Ein Anker vorn, ein Anker achtern. Er stieg zurück ins Wasser und watete an Land. Er blickte sich um. Das Boot war unsichtbar geworden. Die leere Schneise im Schilf aber blieb. Auch der Pfahl erinnerte.

Er kehrte um, bewegte den Pfahl hin und her, zog ihn aus dem Grund, nahm ihn auf die Schulter und ging zurück zum Katen. Die Lautsprecherstimme tönte ihm entgegen, offenbar stand das grüne Auto immer noch vor der Kapelle. Wieder der gleiche Wortlaut. Maßnahmen zum Schutze des Friedens ... dann erneut Marschmusik. Er lehnte den Pfahl hinter dem Haus an die Wand. Delphine sah ihn am Fenster vorübergehen. Er schaute nicht herein. Er hätte ihre erschrockenen Augen gesehen.

Aussicht

Oben in der Aussichtsetage des Objekts drei Männer: der Inselchef, der Mitarbeiter und ein Militär. Genossen, auf die es jetzt ankam. Hier im Objekt jedenfalls.
Der Offizier zeigte auf das Sanddornbuschwerk fern am Steilufer. »Das da kommt weg, unübersichtliches Gelände«, er war dabei, den Weg der Grenzstreife festzulegen, »Genossen, da müßt ihr fix mal mit der Planierraupe längs!«
»Da sind Steine.«
»Dann schiebt die Steine beiseite. Auf Hünengräber, Findlinge und sonstige Antiquitäten können wir in der gegenwärtigen Situation keine Rücksicht nehmen!«
»Die Steine sind eine Bunkerruine, eine gesprengte Geschützstellung. Hinterlassenschaft unseliger Zeiten«, erläuterte der Inselchef, der dem Militär mit der Genauigkeit seiner Kenntnisse imponieren wollte.
»Da ist in der Tat kaum etwas zu machen«, bekräftigte der Mitarbeiter die Aussage, »das muß man denen nämlich lassen, sie verstanden, verdammt guten Stahlbeton zu machen.«
»Ich werde mir die Ecke genauer ansehen«, sagte der Offizier. Militärische Anlagen von einst interessierten ihn.
»Und die Boote hier?«
»Kommen aus dem Wasser ... zehn Tage haben wir Zeit.«
»Fischerei?«
»Nur einer, dem Mann werden ein paar Vorhängeschlösser für Kahn, Motorkasten und Treibstoffschuppen zur Verfügung ge-

stellt. Eine starke Lampe wird das gesamte Gelände von Eintreten der Dämmerung bis zum nächsten Morgen Nacht für Nacht beleuchten!« sagte der Genosse Vorsitzende.
»Die Grenzstreife wird ständig überprüfen, ob der Mann sich an diesbezügliche Vorschriften hält.«
Der Mitarbeiter lächelte: »Wenn wir mit dem Bürger reden, wird er die Fischerei aus Altersgründen an den Nagel hängen.« Er war stets für ein konsequentes Vorgehen.
»Alles Schritt für Schritt«, bremste der Inselchef, »wir wollen niemanden vor den Kopf stoßen, sondern durch geduldige Überzeugungsarbeit vorankommen. Das ist heute wichtiger denn je.«
Glaubt der Dicke immer noch daran? fragte sich der Mitarbeiter. »Da bin ich anderer Meinung«, sagte er. »Klartext jetzt!«
Der Inselchef musterte ihn mit gespieltem Erstaunen: Der forsche Junge von der Sicherheit meinte wohl, daß nun seine Stunde gekommen sei. »Wer Überzeugungsarbeit vernachlässigt, spielt dem Gegner in die Hände!« sagte er scharf, »und das wollen wir doch wohl nicht, oder?«
Der Militär begab sich an ein anderes Fenster. Er war Spezialist. Was die da besprachen, berührte ihn nicht. Zivilisten, die sich aufspielten. Kannte er. Aber in Wirklichkeit hing alles von ihm ab. Er war es, der dafür zu sorgen hatte, daß in diesem Abschnitt nicht einmal eine Maus die Grenze verletzte. Nicht einmal eine Maus! Dieser Gedanke gefiel ihm, obwohl das Land hier bis zum Horizont hin von Wasser umgeben war.
»Ganz meine Meinung«, pflichtete nun der Mitarbeiter dem Inselchef bei, »Überzeugungsarbeit. Darum sollten wir unverzüglich an unsere Kunstschaffenden herantreten und ihnen nahelegen, daß sie sich öffentlich, ohne Wenn und Aber, zu den Grenzsicherungsmaßnahmen bekennen. Künstler sind Meinungsmultiplikatoren!«
Lang genug hatte ihn das Künstlerwischiwaschi vom Dicken genervt. Man hatte ihn darüber informiert, daß der Genosse Vorsitzende vergeblich beim Malerpaar angerufen hatte, um eine solche Stellungnahme zu erreichen. Jetzt war für die Farbenkleckser die Stunde gekommen, Flagge zu zeigen.
Der Mitarbeiter richtete das Fernrohr auf den Malerkaten. Auf dem Hof sah er den jungen Mann, den man im Dorf Unsmoler nannte. »Es ist doch nicht zu fassen!« rief er, ohne das Auge vom

Okular zu lösen, »es geht um Sein oder Nichtsein, aber dieser ehrenwerte Bürger hat nichts Besseres zu tun, als im Vorgarten an Hölzern herumzuhacken! Hat sich Abrißholz beschafft, der Junge«, fügte er lächelnd hinzu, denn es gefiel ihm, im handverlesenen Kreis von Genossen mit Wissen zu prahlen, »aber das ist außer einer Tüte Apfelsinen und ein paar Schnitzeisen so ziemlich alles, was er sich aus unserer Hauptstadt mitgebracht hat!«

»Apfelsinen?« fragte der Inselchef und hob die Brauen.

»Apfelsinen«, bestätigte der Mitarbeiter, »unser geschätzter Freund kauft beim Klassenfeind ein. Hatte wohl vor, das des öfteren zu machen. Aber jedwedes Fremdgehen dürfte dank der Grenzsicherungsmaßnahmen ja nun ein für allemal der Vergangenheit angehören!« Hämisch lachte er. »Zum Glück haben wir diese Art Leute hier bestens unter Kontrolle.«

Er winkte dem Offizier, trat vom Fernrohr zurück und nötigte den Militär hindurchzuschauen. »Sieh dir das an, Genosse. Auf diesen Pappenheimer müssen wir ein wenig achten. Ein unternehmungslustiger Bursche, der sich schlau vorkommt.«

Der Uniformierte nickte. »Da führt der Streifenweg längs.«

»Sein Boot ist verschwunden«, der Mitarbeiter sah den Inselchef herausfordernd an. Der aber reagierte nicht.

Am nächsten Tag, das hölzerne Paar auf dem Katenhof nahm schon Gestalt an, machte die Grenzstreife zum ersten Mal ihre Inselrunde. Unsmoler stand im Freien und arbeitete. Der Hund ruhte irgendwo im Ginstergebüsch.

Geräusch von Blech im Takt von Schritten. Unsmoler nahm die Geräusche nicht wahr, er hörte nur die eigenen monotonen Schläge des Klöpfels auf dem Griffende des Hohleisens. Er nahm auch nicht wahr, daß sich der Hund, der Wächter alles Gewohnten, erhoben hatte und langsam mit leicht gesträubtem Nackenfell in Richtung der unbekannten blechernen Töne schlich.

Die beiden Grenzsoldaten sahen die Formen der Figur, die offensichtlich auf eine Frau hindeuteten, und den mit dem Schlägel agierenden Künstler. Sie blieben stehen. In diesem Moment schoß der Hund auf sie los. Sie brüllten auf.

Der Hund beschloß, es bei dieser ersten Einschüchterung zu belassen. Knurrend stoppte er, ließ die fremden Kerle aber nicht aus den Augen. Offensichtlich war er bereit, bei irgendeiner Regung, die er als Angriff deuten durfte, zuzubeißen.

»Pfui!« sagte Unsmoler, ging zum Hund und packte ihn am Halsband.
»Wir knallen die Töle ab, wenn sie giftig wird!« sagte einer der Soldaten.
Abends Nachrichten im Radio. Unsmoler erhob sich und stellte den Apparat leiser. Delphine sah ihn an. Hatte er Angst? Sie wollte nicht, daß er Angst hatte. »Was tust du?« fragte sie.
»Das ist euretwegen!« rechtfertigte er sich.
»Solche Redensarten mag ich nicht«, sagte sie.
»Niemand weiß, was wird ...«, sagte er.
Sie erschrak ... dachte sie nicht auch so? Wollte sie nicht auch jedes unnötige Risiko vermeiden, hatte sie nicht vor, das Studium fortzusetzen? Sie war die Mutter. Das Bübchen brauchte vor allem sie. Ihn aber durfte Vorsicht nicht kleinkriegen. Sie mochte sich nicht getäuscht haben in ihm.
Nach ein paar Tagen war das blecherne Geräusch der Stahlhelme, die an den Koppeln der Grenzer hingen, Normalität geworden.
»Brenzlich wird das erst, wenn man nichts mehr hört, dann nämlich tragen die ihre Pißpötte auf dem Kopf!« meinte man kenntnisreich im Dorf.
Kamen die Soldaten vorüber, knurrte der Hund nur noch leise, und bald ließ er auch das. Die Grenzer warfen ihm Wursthappen zu.
Delphine aber erschreckte, was nun alles Normalität wurde.
Selbst im Inneren des Katens hörten sie das Scheppern. Manchmal mitten in der Nacht, manchmal morgens, manchmal mittags, manchmal abends. Unberechenbar. Leise Stimmen am Fenster vorüber. Glimmende Zigaretten draußen, wenn es dunkel war. Immer irgendwann. Grinsende junge Kerle. Sie wußten, daß hier eine junge schöne Frau wohnte. Sie meinten, ihr zu imponieren. Immerhin waren sie zu Hauptpersonen geworden. Männer mit Waffen.
Delphine aber peinigten die Geräusche. »Wie im Gefängnis!« sagte sie.
Sie stand ihm Modell hinter der Schilfwand. Er machte Skizzen für die hölzernen Figuren. Eine fremde Hand teilte das Schilf. Ein Kerl glotzte.
Unsmoler erhob sich. »Hau ab, du verdammtes Arschloch!« fluchte er.

»Sachte, sachte, Kollege«, sagte der Uniformierte, »nicht politisch werden, das geht nämlich in die Hosen!«
»Sachte, sachte«, sagte nun auch der andere Soldat im Gehen, »wir haben hier auf alles zu achten. Auf alles.«

Das Zimmer des Bruders

Sie hatte in ihrem Raum, der früher Küche gewesen war, vor einiger Zeit acht der größten Spiegel, die es auf der Insel zu kaufen gab, über- und nebeneinander gehängt. Eine zwei Meter hohe Spiegelwand war entstanden, die den Raum größer und lichter erscheinen ließ.
Umarmungen vor dem Spiegel. Das Paar. Schauen, rasche Zeichnungen. Wieder umarmen, loslassen, zeichnen.
»Bitte nur diese Zeichnungen noch!« bat Unsmoler, dann schlüpfte er in die Hose und lief mit den Skizzen hinaus.
Weiterarbeiten draußen. Schläge, Schläge, Schläge. Das Stecheisen grub sich ins Holz.
Wie leicht er sich doch von ihr lösen konnte! Wie ging das? Wie konnte er sie loslassen und zum Holzklotz rennen? Sie hatte sich angelehnt, er aber stürzte davon.
Sie saß auf ihrem Bett und weinte. Drohte sie erneut in den Traum zu sinken, in dem Unsmoler der König war?
Auch in der Mittagshitze arbeitete er draußen.
Im Nachbargarten hinter der Remise, von der Straße aus nicht wahrzunehmen, stand stumm der Herr Akkurat und winkte vorsichtig. »Bring mir ein neues Bild in die Galerie!« sagte er und wandte sich ab.
Unsmoler ging ins Haus, hakte eine Eislandschaft von der Wand und begab sich zum Nachbarn in die Remise. Seltsam die Zeiten.
Der Nachbar erwartete ihn. Er schloß die Tür, er beachtete das Bild nicht. »Man weiß nicht, was die da oben vorhaben«, flüsterte der Kollege besorgt, »heute bekam ich einen Anruf. Ich wurde scheinbar beiläufig gefragt, ob ich sagen könne, wo dein Boot ist.«
»Untergegangen ist es, alt, morsch und verrottet!«
Der Herr Akkurat schien erleichtert und öffnete die Tür.

»Scheißtheater!« dachte Unsmoler und ging.
Dann aber drehte er sich doch noch einmal um. »Danke!« sagte er.
Der Herr Akkurat zuckte zusammen, denn Fremde kamen gerade vorüber und blickten in Richtung der beiden Maler.
Unsmoler lehnte das Bild an die Hauswand und ging am Küchenfenster vorüber hinab zum Boddenufer. Wieder watete er durch das Ruhrkamp zum wartenden Boot. Er hob die Plichten und alles, was lose war, heraus und schob den Kahn im Schilfdickicht in brusttiefes Wasser. Mit der Pütz, die ihm gewöhnlich dazu diente, Regenwasser aus der Bilge zu schöpfen, begann er Boddenwasser ins Boot zu kippen. Tiefer und tiefer sackte der Kahn. Schließlich stemmte Unsmoler sich auf die Backbordwand und drückte sie unter Wasser. Das alte schwere Boot lief vollends voll und sank auf den Grund. Unsmoler knotete den Schöpfeimer am Boot fest und versenkte auch den. Alles unsichtbar, alles vom Wasser verborgen. Abwarten und sehen, was wird. Er lud sich die Plichten auf die Schulter und ging in triefenden Kleidern zurück zum Hof. Erledigt das. Es war nun so, wie er gesagt hatte: abgesoffen der Kahn. »Lecks ziehen sich dicht unter Wasser!« könnte er sagen, sollte man die Behauptung überprüfen.
Lütt Otto hatte auch einmal ein Boot unter Wasser gedrückt, so ziemlich an der gleichen Stelle ... aber das war vor sechzehn Jahren, kurz vor Kriegsende gewesen.
Wieder stellte Unsmoler sich in den Hof und drosch auf das Holz ein. Die Kleidung trocknete.
»Immer bei der Arbeit? Mann, du hast Nerven!« rief Lütt Otto im Vorübergehen.
»Und du, gehst du ab heute nicht mehr scheißen?« Lütt Otto antwortete mit einem Lachen.
Nicht nur die Worte, auch der Tonfall seiner Stimme hatte Delphine befremdet. Mein Gott ... paßt er sich den Bauern an? Will er sich hier bei denen verstecken?
Für Momente schien sie ihn an irgendeinem fernen Tag zu erblikken: Mit Stiefeln voller Schweinekacke kam er ins Zimmer und ließ sich auf einen Stuhl fallen. Grobe rissige Hände mit dicken gewölbten schwarzgeränderten Fingernägeln auf dem Tisch neben dem Teller ... und weder er noch sie nahmen den Schweinegestank, den er verbreitete, wahr. Sie mit breitem Hintern stellte

ihm eine riesige Schüssel Schälkartoffeln vor die Nase … Fliegen summten, Anpassung ist Sicherheit. Sie sah sich im Raum um. Die Dinge schienen fremder geworden.
»Nein«, sagte sie leise, »nur das nicht. Nein, nein, nein!« versprach sie dem Kind. Sie schüttelte das Bettchen auf und legte das Bübchen schlafen. Dann ging sie hinaus. Sie betrachtete lange die beiden Gestalten, die sich aus dem Holzkloben schälten. »Wie eine Beute umklammert der Mann die Frau!« sagte sie.
»Er hält sich an ihr fest«, antwortete er und lachte.
»Er erdrückt sie!«
Unsmoler sah sie an, aber sie bemerkte, daß es ein Blick war, der ihre Erscheinung fraß, um irgendein Detail für die Skulptur zu nutzen.
»Lege die Hände bitte an deine Brüste«, befahl er.
Sie zögerte einen Moment, dann tat sie es und betrachtete weiter das Zueinander des hölzernen Paares. »Als wäre die Frau Eigentum!«
Er legte Eisen und Holzhammer auf den Gartentisch.
»Nein, er erdrückt sie nicht. Er will sie halten!« Er wußte, daß er ihr viel zumutete. »Das ist eine geschlossene Form … Ein Paar … das bietet sich so an. Nicht umzuwerfen, die beiden! Ein aufrechtes Zeichen!« Er bemerkte, daß er wieder nur von der Skulptur sprach.
Sie aber hatte ihn, den Mann, und sich selbst gemeint.
»Man liebt, wenn man dem anderen alles verzeihen kann«, sagte er rasch.
Sie ging zurück ins Haus. Sie mochte nicht von den vorüberkommenden Streifensoldaten angegafft werden, und schon gar nicht, wenn sie traurig war, darum stieg sie das Treppchen hinauf und öffnete die Tür zum Bärenhäuterzimmer, dem einsamsten Ort des Hauses. Sie setzte sich auf das Bett und betrachtete die an die Wandschräge genagelte Schlangenhaut, die Unsmolers Bruder irgendwann einmal aus einem fernen Land mitgebracht hatte.
Unsmoler wußte nicht, daß sie, seit er, ohne etwas erreicht zu haben, aus der Stadt zurückgekehrt war, manchmal hier saß. Sie trat ans kleine Fenster und blickte über den Bodden, so wie manchmal im Herbst die Frau des Herrn Akkurat über das Wasser blickte. Weiße gefesselte Boote hinter dem Schilf. Ein Posten auf der fernen Mole. Unter Wasser versteckt der schwarze Kahn.

Kann man auf dieser Insel wirklich irgend etwas verstecken? Tränen vielleicht.
Sie blickte zum Objekt ... das hohe Bürogebäude glotzte mit Fensteraugen. Sie erinnerte sich daran, wie sie damals mit ihrem Liebsten die staubige Betonstraße hinabgegangen war und er von der unheimlichen Stille des Hochhauses gesprochen hatte.
»Etwas kristallisiert sich heraus«, hatte er gesagt. Nun war es da. Damals hatte sie gelacht und sich tanzend vor ihm gedreht. Strandfunkmusik hatte gedudelt, Töne, die er verabscheute. Sie aber hatte getanzt. Vielleicht war sie glücklich damals. Tanzen auf staubigem Beton. Diesen Mann bieg' ich mir zurecht, hatte sie gedacht. Der steckt alle in die Tasche, mich aber nicht!
Die Leichtigkeit jener Tage war dahin. Nun sah sie das Objekt mit seinem Blick. Nun hatte sich etwas gezeigt, und alles würde immer noch deutlicher werden, schlimmer und schlimmer.
Urlauber gingen auf der Straße ... ihnen begegneten zwei Grenzer. Schaftstiefel auch im Sommer, die MP auf dem Rücken, am Koppel Bajonett, Stahlhelm und die Tasche für die Patronen. Die Uniformierten würden wieder am Hof vorüberkommen und im Vorbeigehen in ihr Fenster gaffen. Immer waren es andere Augen.
Unten sein Klopfen. Mein Gott, diese unbeirrte Zuversicht! Begreift er nicht, daß ich hier weg muß!
Auf dem Pferdehügel Menschen, als wären sie vor nahender Flut bergauf geflüchtet.
Unten sein unentwegtes Klopfen.
Meint er vielleicht, ich werde, wenn es schlimm kommt, mit dem Kind auf dem Arm nachts ins Schilf schleichen und zu ihm ins morsche Boot steigen?
Ich bin damals nicht abgehauen, als das nur zwanzig Pfennig und ein müdes Lächeln gekostet hat. Ich werde es auch jetzt nicht tun.
Klopfen unten, Klopfen, Klopfen. Sie preßte die Hände auf die Ohren. Aber sie hörte es weiter.
Sie mußte sich setzen. Sie hätte schreien mögen, wie ein verwundetes Tier. Schreien, schreien!
Warum nur verliebte ich mich in diesen eigensinnigen Kerl!
Ich in seiner Umarmung. Sie versuchte sich einzureden, daß es Umklammerung sei.

Tagsüber sonnten sich die Musiker am Meer … nach dem Konzert spazierten sie auf den Pferdehügel: in die Weite schauen.
In der Aussichtsetage des Chefobjekts wurde abends kein Licht mehr eingeschaltet. Grenzer blickten durch das Fernrohr des Dikken aus der Dunkelheit in das Dämmerlicht über dem Meer.
Die Musiker auf dem Hügel hingegen schauten durch den Schiffsfeldstecher der »Arche«. Nördlich unter dem Horizont das andere Land … Sie sahen die Schiffe mit den weißen Nummern auf den grauen Leibern. Manchmal lagen die Unheimlichen in unmittelbarer Nähe der Insel vor Anker. Man konnte Matrosen angeln sehen, friedlicher Anblick. Aber in der Ferne leuchteten weiß die gewaltig schäumenden Heckwellen von raschen Vorpostenbooten im Abendlicht.
Einer der Musiker machte behutsame Andeutungen. Es war ein Musikstudent. Wohnsitz Ostberlin, Studium in Westberlin. Das gute Cello drüben. Er wollte zu seinem Instrument, zu seinem Lehrer.
Der Pastor sah ihn an und schüttelte den Kopf. »Mit der ›Arche‹ aussichtslos. Aber das alles sind nur vorläufige Maßnahmen«, besänftigte er, »das normalisiert sich wieder. Das lassen ›die‹ sich nicht gefallen.«
»Die« gegen eine Atommacht?
Verstummen.
Auf der Hafenmole der Posten.
Es hieß, die Armeeangehörigen hätten allesamt Ausgangssperre, dennoch erschienen eines Abends in der Kapelle bei der Abendmusik zwei Soldaten. Die Musiker stimmten gerade ihre Instrumente. Alles schaute sich um. Die beiden nahmen in der letzten Reihe Platz, die Maschinenpistolen zwischen den Knien.
Der Kapellenraum war erfüllt von seltsam entrückter Stimmung. Auf dem Altar brannten Kerzen, vor dem Gekreuzigten, auf dem Kronleuchter funkelten Kerzen. Kerzen neben den Notenpulten. Warmes lebendiges Licht strahlte bis hinauf zur blau auf weiß gemalten Decke. Ornamente in kaum zu spürendem Flackern. Kälte des Abendlichts draußen hinter den staubigen Scheiben. Selten hatte Unsmoler das Innere eines Raumes so berührt. Er hätte stundenlang schauen können.
Lautlos waren die Grenzer nach zwei Musikstücken gegangen, kein Geschepper: sie hielten die Stahlhelme fest.

Letzter Abend der Musiker. Der Pastor sprach Unsmoler beim Hinausgehen und Händeschütteln an und fragte, ob er ihn gemeinsam mit den Musikanten im Atelier besuchen könne.
Unsmoler nickte ... während der Konzerte hatte er oft an Bilder denken müssen ... Das Gespräch mit den Musikern interessierte ihn.
Er würde die farbigen Figurenvariationen hervorholen und ausgesuchte Blätter auf dem Atelierfußboden ausbreiten ... Reihungen und Überschneidungen, Farbrhythmen und Strukturen. Vielleicht würde er die Musikanten dazu bringen können, von neuen Aspekten der Harmonielehre zu reden, von modernen Kompositionsregeln, die möglicherweise auch auf die Malerei übertragbar wären.
»Kommen Sie, kommen Sie!« sagte Unsmoler erfreut.
»Sagen wir morgen um 18 Uhr?« ergänzte Delphine lächelnd.

Das Abendessen

Mittlerweile wußte es jeder auf der Insel: am übernächsten Tag würde ein Schlepper kommen und sämtliche auswärtigen Boote auf den Haken nehmen und im Schleppzug rüber zum Festland schaffen ...
Delphine räumte den ganzen Vormittag. Unsmoler floh zu seinen hölzernen Figuren. Delphine stieß das Fenster auf und bat lautstark, den Vorgarten zu harken.
»Warum das?«
»Siehst du nicht die Späne überall? Wir bekommen Gäste!«
Als die Späne auf einem Haufen lagen, kam sie in den Garten, als müsse sie sich von seiner Sorgfalt überzeugen. »Kannst du nicht dein Bild von der Wand montieren?« sagte sie. »Es zeigt ja doch nur seine Rückseite!«
Er war sprachlos, sie aber fuhr munter fort: »Wir haben Gäste ... der große Abschied von der Insel. Die ›Arche‹ verläßt das Ufer!«
»Die, die bleiben, sollten wir feiern und nicht die, die sich davonmachen!«
»Davonmachen müssen!« antwortete sie überraschend heftig, sie

fügte aber sanfter hinzu, »ich werde was Tolles kochen. Die Insel soll denen in guter Erinnerung bleiben.«
»Wir wollen nicht vergnüglich speisen, wir wollen Bilder betrachten und über Kunst reden! Ich will im Gespräch etwas von den Farben und Strukturen in der Musik erfahren, vom farbigen Wesen der Tonarten. Vielleicht kann ich das ja in der Malerei ...«
Heftig unterbrach sie ihn: »Ich, immer ich, ich will, ich und meine Malerei, ich, ich, ich!«
»Also gut, du willst ...!«
»Ja, diesmal will ich! Denn mit Sicherheit haben die Musikanten auf der ›Arche‹ jämmerlich gegessen. Wahrscheinlich die ganze Woche lang nur Tütensuppen. Wir brauchen die Bildplatte ... vielleicht sind es die letzten Gäste in diesem Haus. Grenzgebiet, neue Bestimmungen, das weißt du doch alles!«
»Die große Platte für fünf Leutchen?«
»Wir sind über zehn! Die Malernachbarn kommen auch, und das wird höchste Zeit, denn bald reisen auch die ab. Wir haben uns noch nie für ihre Einladung revanchiert. Wir legen dein Bild mit einem Ende auf den Gartentisch, unter das andere Ende kommen zwei Böcke. Ich bitte dich, mach jetzt kein Theater. Ich decke das Bild mit einem Tischtuch zu.«
»Die Gästetafel im Vorgarten?« er meinte, sich verhört zu haben.
»Willst du dich wieder verstecken?«
Er gab auf.
»Und geh doch mal zum Fischer und frage ihn, ob er was für uns hat. Möglichst viele verschiedene Fische. Ich will einen Riesentopf Fischsuppe kochen.«
Unsmoler trug die Böcke aus dem dunklen Schuppen und stellte sie, auf ihren ausdrücklichen Wunsch hin, an der Straßenseite des Hauses auf. Dann löste er das Bild, das sie nie hatte sehen dürfen, von der Wand und schleppte es in den Garten.
Delphine hatte an diesem Tage das Kommando übernommen. Sie kam mit dem Besen und fegte die Wand ab. Alte Worte mit Zeichenkohle auf dem Putz notiert.
»Es kann ja sein, sie kommen hier herein«, sagte sie.
»Ja, so war es gedacht!« antwortete er.
Aber das hörte sie nicht, so heftig hantierte sie mit dem Besen. Soll sie machen, was sie mag. Er zuckte mit den Achseln und pfiff dem Hund. Man sollte weggehen, wenn die Frauen anfangen zu

schrubben. Ihm war es recht, den Fischer zu besuchen. Mal sehen, ob der Alte noch aufs Wasser darf.
Als er mit einem Beutel voll Fisch zurückkam, sah er schon von weitem das Tischtuch vor dem Hause leuchten, zwei nagelneue weiße Laken.
Warum hat sie darauf bestanden, vor dem Haus zu decken? Ist das nicht eine unsinnige Demonstration?
Er blickte hinauf zum Himmel … keine Aussicht auf Regen …
Unduldsame Hektik bis zum Nachmittag. Dann war Ruhe. Delphine ging sich waschen. Festlich mit Blumen geschmückt die lange Tafel. Besteck und Geschirr hatte sie von der Nachbarin geborgt. Sämtliche Stühle des Hauses draußen.
Die Gäste kamen und waren entzückt.
Man hatte sich gesetzt. Stimmengewirr. Dann kam die riesige Fischsuppe. »Ein Meisterwerk«, lobten die Gäste.
Blicke von der Dorfstraße herüber.
Die Abrißbalkenfiguren wie hilflose Wächter. Ungeziefermalereien auf dem Türrahmen.
Die Malerin von nebenan kam liebreizend lächelnd verspätet. Ihr Gesicht war gepudert. Vielleicht hatte sie geweint. Sie bedauerte, daß ihr Mann nicht kommen könne. »Er ist erkrankt!« sagte sie.
Delphine wartete, bis die Teller leergelöffelt waren, dann gab sie Unsmoler einen Wink. Er holte den Wein und die Gläser. Sie selbst räumte das Geschirr ab, stellte einen riesigen Berg selbstgebackene Käse-, Salz- und Kümmelröllchen auf den Tisch. Essen und trinken. Lachen und reden. Ein wenig zu lautes Lachen in diesen Tagen.
Nein, wir lassen uns nicht entmutigen! Lärmen vertreibt böse Geister.
»Zu traurig, daß mein Mann nicht dabeisein kann!« rief die Nachbarin euphorisch.
Unsmoler wollte etwas entgegnen, aber da näherte sich wieder das Geräusch dieser Tage: das leise Scheppern. Die Stahlhelme an den Koppeln der Grenzer schlugen bei jedem Schritt an Metall.
»Hallo«, grüßte der Pastor und hob die Hand, »darf ich ein Glas Wein herüberreichen?«
»Kennen wir uns?« rief einer der Uniformierten barsch im Vorübergehen.
Betretene Stille …
»Die Grenzer, die ins Konzert kamen, hatte ich vorher auch ange-

sprochen«, sagte der Pastor zu seiner Rechtfertigung nach einer Weile, »man muß aufeinander zugehen.«
Der Cellist wandte sich angewidert ab.
»In der Kapelle, das waren andere …«, sagte Delphine.
»Ja, das waren andere!«
Der Pfarrer blickte bittend in die Runde. Es schien, als müsse er sich für seine prinzipienlose Freundlichkeit entschuldigen. »Sie kamen nur auf eine Sonate, und das während des Streifenganges. Allgemeine Ausgangssperre, alles arme Teufel. Die dürfen nicht einmal Radio hören«, sagte er leise. »Aber ich habe mit ihnen reden können. Die beiden im Konzert, das waren nette junge Kerle. Haben sich aber für vier Jahre verpflichtet, um einen Studienplatz zu bekommen. Medizin.«
»Sie haben sich verpflichtet, auf Menschen zu schießen …«, knurrte der Cellist.
»Ob sie es wirklich tun, ist eine andere Frage«, sagte der Pastor und blickte sich zur Straße um.
»Da haben es die Frauen leichter«, sagte rasch die Malerin von nebenan. Sie wollte wie stets vermitteln.
»Frauen verlieren Zeit durchs Kinderkriegen …«, sagte jemand.
»Verlieren? Sie gewinnen!« widersprach Unsmoler heftig.
Delphine sah ihn an. Er bemerkte, daß sie die Lippen aufeinander preßte.
Jemand, der den Pastor erkannt hatte, rief von der Straße herüber: »Gibt es dort das Abendmahl?«
»Nein, nur ein Abendbrot!«
»Wir tafeln auf einem Gemälde, das ich nie habe sehen dürfen!« sagte Delphine.
»Sie haben Geheimnisse voreinander?«
Jemand lüftete die Tischdecke.
»Er hat es umgedreht!« sagte sie.
Man beugte sich hinab.
»Ist das ein Christus«, rief der Pastor verwundert, »warum verstecken Sie ihn?«
»Es ist ein Prometheus!« sagte Delphine.
»Und wieso der helle Schein?«
»Das ist der Blitz der Bombe!« antwortete Unsmoler finster.
»Welcher Bombe?«
»Der letzten!«

Sie sahen einander an. Schweigen.
Delphine hörte drinnen das Bübchen weinen, ging ins Haus und kam nach einer Weile mit dem Kind auf dem Arm wieder.
Sie sah den Pastor an: »Könnten Sie das Bübchen nicht taufen?«
»Sind Sie Mitglied der Kirche?« fragte der Pastor streng.
Sie schüttelte den Kopf.
»Und Ihr Gatte?«
»Wir sind nicht verheiratet.«
Der Pastor verbarg seine Verlegenheit. »Segnen kann ich den Knaben, so wie ich auch den Konzertbesuchern stets meinen Segen erteilt habe«, sagte er.
Leute standen am Zaun.
Unsmoler erhob sich. Er wollte kein Publikum. Er verstand Delphine nicht. »Machen wir einen Spaziergang hinab zum Wasser«, sagte er, »dort können Sie das Kind, die Insel, die Weite und die Hoffnung segnen. Nachher saufen wir weiter.«
Eine kleine Prozession zum Wasser hinab, auf dessen Grund das Boot versteckt war.
Hoffentlich spricht sie nicht auch noch vom Boot, dachte Unsmoler, sie hat was getrunken.

Fährten

In der Dunkelheit standen noch die leeren Weinflaschen auf dem langen Tisch. Die Gäste waren gegangen.
Delphine wandte sich um und sah Unsmoler an. »Du hast kaum etwas gesagt, was ist los mit dir?« fragte sie.
Er stellte die von den Nachbarn geborgten Teller in der Küche ab und legte die Bestecke in die Abwaschschüssel.
»Wir haben gegessen, und wir haben getrunken!« sagte er finster.
»Beginnst du, mir Vorwürfe zu machen? Verwandelst du dich bereits?« fragte sie heftig.
»Ich mich verwandeln? Wenn, dann um euretwillen!« sagte er.
Wieder solch ein Satz! Sie wollte vor sich selbst nicht zugeben, daß sie auf derartige Worte gewartet hatte.

»Um unseretwillen?« zischte sie aufgebracht.
Er trat verwundert neben sie. Er wollte seinen Arm um ihre Schulter legen, aber sie machte einen Schritt zur Seite.
»Du kannst dich darauf verlassen, die schaffen uns nicht!« sagte er mit düsterer Entschlossenheit.
»Die schaffen uns nicht!« wiederholte sie heftig. »Was nützt uns das, wenn wir hier verbittern!«
Er lächelte. »Das werden wir nicht. Schau aus dem Fenster, bis zum Gartenzaun reicht unser Zauberreich. Sieh hin, da stehen unsere unerschrockenen Wächter!«
»Ich sehe nur Holzklötze vor einem verrotteten Zaun! Eine lächerliche Grenze für Typen wie die vom Hochhaus! Dreifach eingezäunt sind wir, das ist alles. Ein Zaun ums ganze Land und dann noch eingezäunt auf einer Insel!«
Sie hatte seine Figuren Holzklötze genannt, aber er unterbrach sie mit einem Lächeln. »Nicht doch, wir leben in einer anderen Welt, in unserer Welt. Wir sind die Welt, Liebste! Bücher, Musik, Bilder, Natur, Gespräche, Gedanken … und obendrein haben wir das Radio.« Er blickte auf die leere Wand, die vorher das umgedrehte Prometheusbild verdeckt hatte. Er glaubte an seine Bilder, die dort hängen würden. »Unentwegt werde ich arbeiten!« sagte er. Wieder wollte er den Arm um sie legen, aber sie trat rasch einen Schritt zurück.
»›Ich werde, ich werde …‹!« machte sie ihn entrüstet nach, um dann unvermittelt zu schreien: »Und ich, und was wird aus mir?«
Unsmoler stand ihr gegenüber. Sie sah ihn nicht an, sie war bereit, jedes seiner Worte falsch zu verstehen.
Er blieb ruhig. Sie hatte das vorher gewußt und gefürchtet. Sie hätte sich gewünscht, daß er in Wut geraten würde. Es empörte sie, daß er auf ihre Kränkungen nicht reagierte.
»Und ich?« wiederholte sie erbittert ihre Frage.
»Du? Auch du machst, was du tun mußt«, sagte er, als wäre das die größte Selbstverständlichkeit von der Welt.
Dieser Satz öffnete die Schleusen. Kein Vertagen mehr, nun mußte sie reden.
»Soll ich?« fragte sie leise. Es klang wie eine Drohung.
»Jeder muß tun, was er tun muß«, sagte er mit stockendem Atem. Er ärgerte sich sofort über diesen banalen Satz, aber sie ließ ihm keine Zeit, ihr genauer zu erklären, was er meinte.

»Gut«, stieß sie rasch hervor, »ich werde die Insel verlassen! Ich nehme das Studium wieder auf! Ich werde Ärztin sein! Man wird mich brauchen, und ich werde Geld verdienen!«

Erschrocken sah er sie an.

»Meinst du«, fuhr sie hastig fort, »ich werde hier geduldig warten, bis die da durch den morschen Zaun kommen, deine Figuren umstoßen und an die Tür donnern, weil du sie enttäuschst? Wenn sie kommen, ist es zu spät. Für uns alle drei zu spät. Und du wirst sie enttäuschen, du mußt sie enttäuschen, wenn du ein Kerl bist!«

Er lehnte sich an die Wand, an die er damals, kurz bevor sie kam, verkehrtherum das Bild genagelt hatte. Er mußte sich anlehnen. Nichts hatte er geahnt.

»Du uns verlassen? Du bist betrunken!« sagte er nach einer Weile.

War das hier nicht das Glück gewesen? Das immerhin mögliche Glück. Der glückliche Ort, umgeben von der wunderbaren Weite des Meeres? Waren hier nicht die Liebe und das Vertrauen zu Hause gewesen? Und hatten sie nicht das bezaubernde Kind? Waren sie nicht unendlich reich?

Er hob das weinende Bübchen vom Bett und nahm es auf den Arm. Er ging im Raum hin und her, das Kind wurde still. Das von der Zimmerdecke herabhängende weiß-goldene Engelchen begann sich im sanften Luftzug zu drehen.

Delphine sah ihn nicht an. Sie blickte irgendwohin, ohne etwas zu sehen.

»Du willst uns wirklich verlassen?« wiederholte er leise.

Sie wandte sich abrupt um. Nur weil er das Kind im Arm hielt, schrie sie nicht. »Euch? Ich euch verlassen? Wieso euch? Mein Kind kommt mit mir! Ich habe telefoniert. Ich bekomme einen Krippenplatz und habe ein Zimmer im Studentenwohnheim sicher. Das Stipendium reicht mir, du wirst keinerlei Kosten haben!«

Das Kind unter fremden Menschen ... »Aber darüber muß man doch reden!«

»Du willst reden? Plötzlich willst du reden? Mit dir kann man nicht reden, du hast auf alles deine nicht zu widerlegende Antwort!« Sie streckte die Arme nach dem Kind aus.

»Es ist auch mein Kind, wir sind eine Familie«, sagte Unsmoler leise.

Wenn es ihr jetzt nicht gelang, sich loszureißen, würde sie es nie

schaffen. »Dein Kind?« sprach sie langsam, »bist du dir da so sicher?«
Es war ihm, als hätte er einen Hieb in den Magen bekommen. Er mußte sich setzen.
»Wenn man jemanden liebt«, höhnte sie, »kann man alles verzeihen!«
Eine Fremde, die seine Worte wiederholte.
Sie hatte ihn nicht schwach sehen wollen, niemals. Aber er war jämmerlich zusammengesackt. Klein und dürftig, sprachlos und besiegt hockte er da.
»Das nicht, Mädchen!« sagte er plötzlich hart. Er erhob sich, stieß mit dem Kopf an das baumelnde Engelchen, sah plötzlich das alberne aufgepinselte Lacklächeln vor sich, packte die weiß-goldene Putte mit der Linken, riß sie von der Zimmerdecke herab und war drauf und dran, sie durchs geschlossene Fenster ins Freie zu schleudern. Er besann sich aber und wankte ins Freie.
Von draußen hörte sie ein Scheppern und ein Poltern. Sie stürzte ans Fenster. Aber er hatte nur die Prometheusplatte von den Bökken gestoßen, das Bild an die Hauswand geschleift und dagegen gekippt.
Dann hörte sie wieder das Klopfen. Klopfen draußen im Licht der Außenlampe.
»Ist er wahnsinnig! Wie kann er jetzt arbeiten! Ich habe ihm eben seinen Sohn genommen! Wie kann er jetzt arbeiten!« Sie warf sich auf das Bett und heulte hemmungslos. Unsmoler war wieder der geheimnisvolle Reiter geworden, der sie magisch angezogen hatte. Es kostete sie übermenschliche Kraft, nicht zu ihm hinauszugehen.
Am Nachmittag des nächsten Tages fuhr Lüder ihren Reisekorb und die Koffer zur Anlegestelle. Sie trug das Kind in einem Tragetuch. Sie fand stets eine Lösung.
Die Fähre legte ab.
Sie nahm nicht wahr, daß da kein Posten auf der Mole auf und ab ging. Sie nahm auch nicht wahr, daß die Masten der Segler nicht mehr aufragten. Sie schien nichts von alledem zu sehen.
Sie sah nicht die Staubwolke, die bei jedem Windstoß vom Acker emporstieg. Sie sah nur ihn. Sie hatte so sehr gehofft, ihn noch einmal zu sehen.
Er stand ganz am Ende der Mole mit dem Hund auf den nassen

glitschigen Steinen. Mitleid überflutete sie. Sie wäre womöglich ins dunkle Wasser gesprungen und zur Mole geschwommen.
Er würde ihr aus dem Wasser helfen. Sie würden sich umarmen, und sie würden heulen, und sie würden zurück in den Katen gehen. Aber sie hatte das Kind auf dem Arm. Sie schob sich ganz nahe an die Reling, sie drückte das Bübchen an sich, drehte es aber so, daß es hinüber zur Mole schaute.
»Dein eigensinniger Papa«, flüsterte sie. »Er ist frei, so frei wie man hier nur sein kann. Aber wir schaffen es auch, Bübchen.«
Er sah sie. Das Schiff tuckerte durchs schwarze Wasser.
»Du kannst die Pellkartoffeln aufbraten …«, rief sie, als die Fähre am Molenkopf vorüberkam. Sie begriff sofort, wie absurd dieser Zuruf war. Sie verstummte mitten im Satz.
Er antwortete nicht. Die Bugwelle des Schiffes schwappte die Hafenmole längs. Zigarettenkippen im Wasser. Er ging, ohne sich noch einmal umzusehen.
Sie stieg hinab in den Fahrgastraum und beugte sich über das Kind. Niemand sollte ihre Tränen sehen.
Lüders Traktor überholte Unsmoler auf der Betonstraße. Der Trekker schleppte ein großes, eigens für den Transport von Booten zusammengeschweißtes Gefährt. Gummibereifte Ackerwagenräder.
»Steig auf!« rief der Traktorist herab und stoppte.
Unsmoler blickte Lüder in die Augen, der zog demonstrativ die Mundwinkel herab und nickte wortlos. Beide wußten Bescheid.
Lüder wies mit dem Daumen zum seltsamen Trailer und rief: »Dich können die ja nicht meinen, du hast ja kein Boot mehr!«
»Fahr man!«, Unsmoler winkte ab, »die meinen alle.«
Sie holen also die Boote aus dem Wasser, dachte er, hoffentlich behält wenigstens der Fischer seinen Kahn.
Lüder gab Gas und fuhr davon.
Unsmoler blickte auf den grauen Beton der sandigen Straße: Er sah die Abdrücke unzähliger Schritte. Fährten, die aus dem Dorf zum Hafen führten. Auch Delphines Fährte war dabei.
Spuren im Sand auf dem Beton.
Ich werde Schritte malen! Schritte, Spuren, Strukturen, die sich wie Sturzbäche über farbige Malgründe ergießen. Schritte Getriebener, Schritte Gejagter, Schritte Hoffnungsvoller, Schritte Verzweifelter, Schritte Ängstlicher. Menschenströme, gestern, heute und morgen.

Ströme, für die es auf Dauer keine Grenzen gibt.
Wenn ich auch bleibe, dachte er, dieser Ort wird unerbittlich ein anderer werden. Es wird so sein, als ginge auch ich in die Fremde. Alle sind wir zu Nomaden geworden.
Er blickte sich um. Die Fähre war nicht mehr zu sehen. Die Leere des Wassers erschreckte ihn.

Delphines Hausschuhe

Unsmoler war an seinen Holzskulpturen vorübergegangen. Er hatte sie nicht beachtet. Er mußte von neuer Arbeit aufgefangen werden, sonst würde die Hoffnungslosigkeit erbarmungslos nach ihm greifen. Er kannte das.
Er strich große Papiere mit einem Ockerton ein und begann in die feuchte Farbe Fußspuren zu zeichnen. Beginnen, rasch beginnen! In den Sog der Arbeit geraten.
Nach einer Weile wollte er sich Trittmuster ansehen. Er bückte sich zu seinen Schuhen neben der Treppe und stieß auf Delphines Hausschuhe. Er konnte nicht weiterarbeiten.
Der Hausmeister vom Chefobjekt blickte sich erstaunt um, als Unsmoler die Gaststube der »Deutschen Eiche« betrat.
Unsmoler überraschte die Leere. Ach ja … die Männer im Dorf hatten auch ihre Probleme. Aber nicht solche, die man sich in der Kneipe von der Seele reden konnte. Die Boote, nicht die Schäfchen, würden bald auf dem Trocknen sein.
Unsmoler ließ sich auf einen Stuhl fallen. »So 'ne Scheiße!« sagte er.
Der Wirt hob die Brauen. »Und darauf ein Bier!«
»Kumm röwer!« sagte der Hausmeister vom Chefobjekt und winkte ihn an den Stammtisch.
Unsmoler nahm sein Bier und setzte sich zu ihm. Egal, mit wem er jetzt redete. Man sollte Bescheid wissen im Dorf und ihn dann in Ruhe lassen.
Delphine auf und davon.
Andere Dörfler kamen herein. Es hatte sich schon herumgesprochen im Dorf: »Unsmoler hilft sich einen ein!«

Sie prosteten ihm zu und grinsten. »Scheiß drauf, Mann!« sagten sie, oder »Mann, sei froh!« Das war alles. Trostreiche Worte.
»Ist das alles eine Scheiße!« rief Unsmoler und kippte sich ein Bier nach dem anderen rein. Ihm war alles gleichgültig. »Nein, ist das alles eine Scheiße!« verkündete er wieder und wieder.
Der Wirt beobachtete ihn aufmerksam. Die Worte konnten auch politisch gemeint sein.
Die Dörfler beherrschten sich. Sie waren das Saufen gewohnt. Sie spürten seine Furchtlosigkeit. Unsmoler sagte, was auch sie gern gesagt hätten, aber er meinte etwas anderes.
Irgendwann erhob er sich, aber er konnte nicht einmal mehr stehen, ohne sich festzuhalten, und schon gar nicht konnte er das Geld in seinen Taschen finden. Er taumelte, nahm sich zusammen und versuchte den Wirt zu fixieren. »Morgen zahl' ich!« bemühte er sich zu sagen. Es gelang ihm, aufrecht bis zur Tür zu gelangen. Kaum war er draußen, fiel er hin. Er kroch auf allen vieren bis zum Gehöft. Seine farbigen Figuren warteten ernst und aufrecht in der Dunkelheit.
Am nächsten Tag ging Unsmoler am Vormittag in die »Deutsche Eiche«, um seine Schulden zu begleichen. Er wollte vermeiden, ins abendliche Saufen zu geraten. Gestern das reichte. Er hatte gesagt, was die Dörfler längst wußten: Delphine auf und davon.
Alles erledigt, sagte der Wirt. Die andern haben zusammengelegt.
»Stell den Männern eine Buddel »Seehund« mit Dankesgrüßen von mir auf den Tisch. Sie sollen einen auf Delphines Seelenheil kippen.« Unsmoler legte zwanzig Mark auf die Theke. Er drehte sich um und ging hinaus.
Delphines Schuhe standen im Atelier. Er strich die Sohlen mit Farbe ein und stempelte sie auf die gefärbten Flächen. Schrittebilder. Flächen, gefüllt mit einander überlagernden Fährten, Strukturen. Abends soffen die Kerle auf Delphines Gesundheit.
»Ne, so 'ne strammen Weiber kann man hier nicht halten! Hätten wir ihm gleich sagen können!«
Sie vermißten Unsmoler. Sie hatten gehofft, daß er in seinem Kummer all das sagen würde, was in diesen Zeiten hätte gesagt werden müssen. Selber schwiegen sie, denn sie wollten es sich mit der Obrigkeit nicht verderben: »Sup die dun un fret di dick un hul din Mul von Politik!«

Sie hatten noch Hoffnung. Sie waren hier ansässig. Aber Unsmoler … Von zeitweiligen Maßnahmen war die Rede gewesen. Im nächsten Jahr würde alles geregelt sein … Nur nicht durchdrehen jetzt.
»Wir verlassen uns darauf, daß der Dicke Wort hält!« verkündeten sie. Sie wußten, daß der Hausmeister die Worte ins Chefobjekt tragen würde.
»Dem Dicken kann das egal sein, ob die Boote schwimmen oder nicht, aber wir verlassen uns darauf, daß er Wort hält!«
Nein, dem Inselchef war das durchaus nicht egal. Auch er vermißte die Boote auf dem Wasser. Die schöne Segleranlage war nun für die Katz. Die Insel schien geschrumpft. Sein Reich kleiner, dürftiger. Vieles bedrückte ihn in diesen Tagen. Auch, daß kein Zement geliefert wurde. Alles für den antifaschistischen Schutzwall. Die Inselmischanlage stand still. Tot der Produktionsbetrieb, auf den er so stolz gewesen war.
In den letzten beiden Jahren hatte er die Arbeitskräfte, wenn keine anderen Tätigkeiten zu verrichten waren, stets zum Mischen und zum Formen von Schritt- und Straßenplatten einsetzen können.
Wie ein Aderwerk durchzogen betonierte Wege die Insel: sein Werk. Er selbst allerdings ging niemals auf diesen Wegen. Er ließ sich im grünen Auto fahren, denn er mochte nicht irgendwann von irgendwem irgendwo zur Rede gestellt werden. Nur keine Diskussionen jetzt.

Herr Akkurat doppelt

Alle warteten ab. Die Dörfler werkelten auf ihren Höfen und beobachteten, wie alle anderen sich verhielten. Nur nicht vorpreschen, nur nicht auffallen. Offenbar aber wollten sie doch etwas zum Lachen haben in diesen Zeiten, die nicht zum Lachen waren. Aber selbst das Lachen konnte von der Obrigkeit krummgenommen werden. Es sei denn, der Anlaß wäre eindeutig kein politischer Witz.
Politisch wäre das nicht, wenn man sich über den Herrn Akkurat lustig machen würde. Ist nicht in der Partei, der Mann. Jedenfalls

trug er kein Abzeichen. Aber zu ihnen gehörte er auch nicht: der hatte, meinten sie, durch die Maßnahmen rein weg gar nix eingebüßt, aber sie, sie hatten, mächtig viel sogar!

Man hatte ihnen die Boote aus dem Wasser gezerrt. Die Gäste waren ihnen abgereist. Unsmoler war sogar die Frau weggelaufen. Wer weiß, was noch alles kommt! Nur der vom »Schloß« hat gutes Geld verdient. Hatte dem Dicken ein Jagdfrühstück gemalt. Tote Wildschweine und der Genosse Vorsitzende mit Flinte und Jagdgenossen auf bunten Wolldecken beim Picknick unter Eichenbäumen. Könnt 'ne spaßige Frage sein: Kumpel, wie viele Schweine sind abgebildet?

Aber sie hätten sich gehütet, das zu fragen. Hul din Mul ...

Sie kannten das Bild ohnehin nur vom Hörensagen.

»Alles richtig natürlich«, hatte der Objekthausmeister berichtet, »das Gemälde hängt im Bereich, in dem nur ganz besondere Gäste Urlaub machen.« Nicht mal Elfriede darf dort wischen.

»Aber auf der Insel kann man nichts verbergen, sehr geehrter Herr Akkurat! Wir werden dich runterholen vom hohen Roß. Hier sind schon ganz andere vom Pferd geflogen!«

Eines Abends schepperte die gesprungene Schiffsglocke in lauer Luft. Der Herr Akkurat blickte aus dem Fenster und sperrte den Mund auf: er sah sich selbst. Hut und weiter dunkler Mantel und eine Tafel, bespannt mit weißem Papier. Einen Moment lang fühlte er sich geehrt. Dann aber hörte er das peinigende Gelächter auf der Dorfstraße. Auf dem Papier war ein Gesicht gezeichnet. Der Blöde zeichnete mit Grillkohle ein Gesicht. Punkt, Punkt, Komma, Strich und fertig ist das Mondgesicht!

Irgend jemand hatte ihn in die Rolle des Herrn Akkurat schlüpfen lassen.

»Nimm din Hut av und wink dem Kirl am Finster!« Blödi tat, was man ihm sagte, und wurde mit Gelächter und Applaus belohnt. Der Herr Akkurat griff sich an die Kehle und rannte die Treppe hoch. Seine Frau war nicht zugegen. Er stürzte zur Klingelquaste, zog und schrie. Draußen der Pfau wippte heftig im Apfelbaum.

»Kiek, nun läßt er ihn wieder schreien!«

»Aber uns kann er damit nicht schrecken!«

Blödi ahmte die Schreie nach.

Auch das!

Die Malerin kam in ihr Atelier geeilt. Ihr Gatte hatte sich bereits

beruhigt. Er saß apathisch auf ihrem Malstuhl und wies aus dem Fenster.
»Ich war im Erkerzimmer«, sagte sie, als müsse sie sich entschuldigen. Sie hatte über den Bodden Richtung Festland geblickt.
»Ja«, sagte er leise, »so bald wie möglich reisen wir ab.«
Sie wußte: »So bald wie möglich« konnte eine sehr lange Zeit sein.
»Das war doch mal wieder was!« sagte man im Dorf.
»Richtig natürlich sah uns Blödi aus!«
»Noch natürlicher als dem Kunstmaler seine Chefbilder!«
Unsmoler bemerkte nichts von diesen Ereignissen. Er verließ die Hütte kaum. Er mochte da draußen nicht den Grenzern begegnen. Nach Sonnenuntergang den Strand zu betreten war ohnehin verboten. Die Maschinenpistolen waren geladen und die Grenzer möglicherweise schreckhaft. Vermieste Landschaft. Zweimal die Woche ging er in den Konsum und kaufte auf Vorrat ein. Die Hühner legten, die Tomaten reiften, und die Kohlrabi mußten gegessen werden. Gewisse materielle Unabhängigkeit. Das war seine kleine Freiheit.
Er verkroch sich wieder in seinem Atelier und ließ sich davontreiben in seine Bilderwelt. Wenn er arbeitete, konnte er alles andere vergessen.

Der Herr Akkurat krank

Der Scherz hatte nicht viel gebracht. Zwei Abende versuchte man in der Kneipe darüber zu lachen, daß der Dorfblöde den Herrn Akkurat so prächtig vertreten hatte. Aber man konnte sich nichts vormachen: das Ganze war verpufft. Nicht einmal beschwert hatte sich der Maler.
»Hat keine Zeit, der große Künstler, der muß das Geld zählen!« versuchte man die Story abzurunden.
Aber Herr Akkurat zählte nicht, er hütete das Bett. Die Krankheit schien ihn endlich einmal von allen Verpflichtungen zu befreien. Die Gardinen waren zugezogen. Meist aber brannte die Bettlampe. Sie war mit einem Tuch abgedunkelt, um den Herrn Akkurat im Schummerlicht dösen zu lassen. Hin und wieder betrat sei-

ne Gattin das Zimmer. Sie brachte ihm mit leisen Schritten die Schonkostmahlzeiten, die Tabletten und den Kamillentee. Dreimal täglich schob sie ihm das Fieberthermometer in die Achselhöhle und blieb zehn Minuten bei ihm sitzen, dann zog sie das Thermometer hervor, hielt es ins Licht, schlug die Quecksilbersäule herunter und legte es zurück auf den Nachttisch.

»Und?« fragte er stets besorgt, wobei er den Kopf ein wenig vom weichen Federkissen hob.

»Immer noch achtunddreißig fünf«, sprach sie leise. Erleichtert ließ er sein Haupt zurücksinken.

Seit vielen Tagen erfand sie sein Fieber. Dreimal hatte sie bereits den Versuch gemacht, es abklingen zu lassen, aber stets sein Erschrecken bemerkt.

Gewiß, es gab Momente, da wurde ihr die Krankenpflege zur Last, und sie war nahe dran, ihn gesund werden zu lassen. Stets aber erinnerte sie sich rechtzeitig an seine unheimlichen Schreie, die das Haus für Momente zum Gespensterhaus machten.

Solange er im Dämmerlicht lag, schrie er nicht. Die Schreie würden wiederkehren, wenn die Begegnung mit der Wirklichkeit seine Kräfte überstieg. Aber die Wirklichkeit zur Zeit …

»Schlaf dich gesund! Was du brauchst, ist Ruhe«, flüsterte sie behutsam.

Auch sie brauchte Ruhe. Zum ersten Male, seit sie verheiratet waren, konnte sie malen, ohne fortwährend befürchten zu müssen, daß er auf leisen Sohlen in ihr Atelier trat. Er äußerte sich stets anerkennend, aber auf ihr lastete ständig der Zwang, Rede und Antwort stehen zu müssen.

Es war genau wie damals in den fernen Tagen ihrer Jugend, wenn sie sich abends mit den Hausaufgaben bei ihrem Vater melden mußte. Der Vater überflog die gestochen geschriebenen Zeilen, um ihr dann freundlich mit der Rechten über das Haar zu streichen.

»Schlaf dich gesund. Es gab zu viel Aufregung«, sagte sie leise. »Soll ich das Licht löschen?«

Er richtete sich erschrocken auf.

»Welche Aufregung?« fragte er entgeistert, »ich bin krank!«

»Die Aufregung, die mir deine Krankheit bereitet!« sagte sie hastig.

Er sank zurück ins Kissen und lächelte müde. »So eine Grippe bringt mich nicht um!«

Er war für Tage ganz Kind geworden. Immer öfter mußte sie ihm Indianergeschichten vorlesen. Offenbar sank er zurück in heile Zeiten. So weit zurück mußte er. Manchmal glaubte sie, er sei eingeschlafen. Kaum aber schloß sie leise das Buch, schlug er die Augen auf. »Bitte, gib mir zu trinken!«

Schluß mit dem Theater! dachte sie plötzlich. Mein ganzes Leben lang bin ich gezwungen, Theater zu spielen!

»Schatz«, rief sie mit lieblicher Stimme, »du beginnst zu quengeln, du bist gesund!«

Er rückte sein Gesicht in den Lichtschein der Lampe. Sie sah sein wirres Haar, das sich nach allen Seiten sträubte. Heftig zwinkernd starrte er sie an. »Gesund, weil ich trinken möchte?«

»Weil du quenglig wirst!« rief sie und lachte. Sein Blick schien fassungslos, als habe sie sich eines Verrats schuldig gemacht. Sein Blick stieß durch ihr Lachen.

»So sagte mein Vater immer, wenn ich krank war und zu maulen begann!« beendete sie den Satz.

Er rückte sein Gesicht aus dem Licht. »Und ich dachte schon, du meinst mich!«

Sie goß ihm Tee ein, gab ihm zwei Schlaftabletten und huschte aus dem Zimmer. Draußen atmete sie auf. Sie eilte die Treppe hinab, ohne daß sie sein Ruf einholte.

Es klopfte. Sie fuhr zusammen. Sie lächelte und öffnete kurz die Außentür. Draußen im Regen war niemand.

Und wieder klopfte es.

Nun werde ich verrückt, dachte sie erschrocken. Sie blickte aus dem Fenster in das Rinnen draußen. Am liebsten hätte auch sie sich ins Bett gelegt, die Gardinen zugezogen und Licht eingeschaltet. Trostlos hockte der Pfau im Apfelbaum. Von den dürren Ästen des Baumes tropften große Tropfen wie Tränen. Ich muß hinaus, dachte sie. Menschen! Einkaufen, irgend etwas kaufen. Sie ließ ihren seltsamen Hut im Schrank. Sie schlang sich ein Tuch um den Kopf und schlich sich eilig hinaus. Nur jetzt nicht seinen Ruf hören, nur jetzt nicht seine Worte vernehmen: »Was willst du im Regen draußen! Was soll das? Wir haben Vorräte für viele Wochen im Keller!« Nur nicht an die Konserven und die Kellerluft denken, an die muffige Luft, die sie an Bombennächte erinnerte. Diese Reihen bedrückend sorgfältig numerierter Konserven! Kurz vor dem Verfallsdatum kamen die Nahrungsmittel auf den Tisch.

Das muß weg! Was aufgegessen wurde, wurde wieder neu angeschafft. Nahrung aus dem Grab. All diese Sicherheitsmaßnahmen waren beklemmend.
Hinaus! Sie hatte ein schlechtes Gewissen: Sie ließ den Kranken für eine Weile mit den Gespenstern allein.

Landgewinn

Von Südwest fegte der Wind über den Bodden. Schaumkronen der Brandung verliefen sich im Schilf. Pappbecher trudelten durch die Dorfstraße, Plastemüll, Papierfetzen flatterten herum wie kranke Vögel.
Ging alles die Dörfler nichts an. Allenthalben Zeichen von Gleichgültigkeit.
Das Wasser fiel. »Nu wird auch noch das Wasser knapp!« flüsterte man schadenfroh. Wann hatte es das gegeben: Die Festlandsfähre mußte an der Außenmole anlegen. Nicht genug Wasser im Hafenbecken.
Der Sturm hatte sein Gutes: der Herrn Akkurat erhob sich von seinem Krankenlager. Er wollte das Haus und seine Gattin schützen.
Die Insel schien aus den Fluten zu steigen. Das hatte die Tien damals alles beschrieben, als sie der Grete die letzten Briefe an den Uhrmacher diktierte.
Der Inselchef traute seinen Augen kaum. Er blickte aus den Fenstern der Aussichtsetage und sperrte den Mund auf. Einer der Soldaten, die hier oben mit starken Feldstechern Wache schoben, um jeden Fluchtversuch über das Meer zu vereiteln, äußerte einen interessanten Gedanken: »Nun ist die Insel doppelt so groß wie sonst, nun könnt' sie drei Kneipen vertragen!«
»Doppelt so groß«, das war das Zauberwort. Der Chef eilte die Treppen hinab in sein Büro. Sein Reich war größer geworden. Unverzüglich mußte er Vermessungsingenieure kommen lassen. Denn Landgewinn ist Machtgewinn!
»Könnt ihr nicht kommen, Genossen? Es eilt, wir zahlen Leistungsprämien und Überstunden!« Er bettelte wie ein kleiner Junge.

»Keine Leute!« bekam er überall zur Antwort.
Er blickte aus dem Fenster und sah zwei Grenzer auf dem Pfad, den die Streife mittlerweile getreten hatte.
»Da laufen sie!« dachte er unwillkürlich. »Natürlich! Die Armee, da sind die Leute!« Bei der Armee hatte er Freunde. Er wählte eine Nummer. Schließlich war er zu dem Genossen vorgedrungen, der etwas zu sagen hatte. Er trug sein Anliegen vor.
»Ihr seid Grenzgebiet«, sagte der Mann am anderen Ende der Strippe in einem Ton, als wollte er sagen: »Ihr seid Glückspilze. Bei euch werden wir ohnehin gewisse Baumaßnahmen ergreifen müssen. Ich kann das also vertreten, wenn ich dir ein paar Vermesser rüberschicke. Wenn das Wasser so flach steht, um so besser, da sehen wir mehr. Mit dem Hafen muß sowieso was passieren. Morgen mittag sind wir mit dem Hubschrauber da. Wie gesagt, das kann ich vertreten. Wir brauchen genaueste Karten. Wir bauen trigonometrische Punkte im ganzen Land. Warum euch nicht vorziehen? Grenzgebiet!«
Unsmoler bemerkte den Hubschrauber nicht, der trotz des heftigen Windes unterwegs war und auf der Betonstraße nahe dem Hafen landete. Ein Militär und drei Zivilisten kletterten heraus. Der grüne Barkas kam angefahren, und die Männer stiegen ein, obwohl bis zum Chefobjekt nur vierhundert Meter zu laufen waren. Die Inselkinder hatten den Hubschrauber bemerkt. Sie rannten hinunter zum Hafen, aber auf der Hälfte des Weges flog das Ungetüm schon wieder davon.
Sie gingen auf die Mole und inspizierten jene mit Miesmuscheln bewachsenen Bereiche, die sich sonst nicht zeigten. Plötzlich sahen sie etwas anderes.
Unsmoler hörte sie eine Stunde später. Er blickte aus seinem Fenster und sah, daß sie den Eimer trugen, den er am Kahn festgebunden hatte. Im Eimer zappelten Fische. Er ging vor die Tür.
»Wo habt ihr die Pütz her?« fragte er.
»Aus dem Schilf, im Kahn war noch Wasser und im Wasser schwammen Fische!« sie ließen ihn in den Eimer schauen. Plötzen.
Unsmoler zog sich Gummistiefel an und ging trockenen Fußes zum Boot. Im Boot Wasser. »Scheiße!« sagte er.
Am nächsten Tag klopfte es. Ein Herr stand vor der Tür, zog einen Ausweis aus der Tasche und steckte ihn sofort wieder ein.

Welches Schrittebild habe ich auf der Staffelei stehen? schoß es Unsmoler durch den Kopf. Aber solange ich die Bilder nicht benenne, können die mir gar nichts!

Den Herrn interessierten keine Bilder.

»Wir hätten da ein paar Fragen«, sagte er.

»Fragen Sie!« sagte Unsmoler.

»Ein paar Fragen zum Verbleib Ihres Bootes!« sprach der Herr in einem Tonfall, der sein Gegenüber erschrecken sollte.

Der aber wußte eine Antwort. »Ja, ich habe mal eins gehabt, einen uralten Kahn, längst abgesoffen, das Ungetüm. Ich hatte mich damit bekauft, aber fünfzig Mark sind zu verkraften.«

»Sie wissen, daß alle Boote längst aus dem Wasser sind. Eine vorläufige Maßnahme!«

»Bin ich für das morsche Holz noch zuständig? Das Dings schwimmt nicht mehr.«

»Selbstverständlich sind Sie verantwortlich! Schaffen Sie das Boot an Land. Das könnte Sie vom möglichen Verdacht befreien, illegal unser Land verlassen zu wollen!«

»Meinen Sie, ich will ersaufen?«

»Sie haben bis morgen Zeit, Sie kennen die Gesetze!« Der Herr lächelte und ging.

Lüder mußte helfen. Lüder grinste. »Scheiß flaches Wasser! Aber warum soll dir das besser gehen als allen anderen! Gegen Abend bin ich bei dir, dann ruppen wir den Vogel aus dem Schlick!«

Unsmoler hob im Vorgarten bei seinen Skulpturen eine Grube aus.

Lütt Otto kam vorüber: »Schaufelst du ein Grab?«

»Na, gewiß doch«, antwortete Unsmoler, »ich beerdige ein Boot!«

Das war doch wieder was, Unsmoler ließ sich immer was einfallen! Erst das Pferd und nun den Kahn! Unsmoler, der traut sich was!

Lüder legte ein Drahtseil ums Boot und zerrte es mit dem Traktor auf den erbärmlichen Trailer. Solche Aktionen machten ihm Spaß, ihm kam es gar nicht so sehr auf die Buddel Schnaps an, die Unsmoler ihm in den Werkzeugkasten legte.

Sie tuckerten auf den Malerhof.

»Zu klein das Loch!« sagte Lüder.

»Ne, ne«, sagte Unsmoler, »die Organe müssen das Boot noch sehen können, sonst glauben die nicht, daß ich's wirklich verkuhlt habe!«

Das war einleuchtend. Unsmoler kippte den Kahn mit dem Heck in die Grube. Aufrecht ragte das Boot zur Hälfte empor. Es schien, als wolle es in den Himmel fahren.
»Wenn die dat man nicht übelnehmen!« sagte Lüder.
»Das ist kein Boot mehr und auch keine Demonstration, das ist ein Schilderhaus!« sagte Unsmoler, »für mich ist das keine zeitweilige Maßnahme. Mit den Booten, das ist endgültig.«
»Mach keinen Scheiß!«
Unsmoler zog den Spaten aus dem Erdhaufen und begann, das unterste Drittel des Bootes einzugraben. Lüder sah ihm betrübt zu.
»Da kommt ein Querbrett rein, auf dem kann ich sitzen und meine Figuren betrachten!«
Lüder schüttelte den Kopf.
»Auf Ideen kommt der Mann!« sagte er abends in der Kneipe.

Das Bild des Genossen Vorsitzenden

Unsmoler saß nun manchmal auf seinem Sitz im senkrechten Boot. Niemand sah ihn. Das Boot zeigte der Straße seine schwarzgeteerte Unterseite. Auch vom Giebelfenster des Nachbarhauses aus war Unsmoler auf seinem Sitz nicht auszumachen. Sogar die Dicke von gegenüber war oftmals völlig überrascht, wenn er plötzlich hinter dem Kahn hervorkam, an eine Holzfigur herantrat und mit dem Stemmkloben auf den Stechbeitel einzuschlagen begann, um dann wieder in seinem Boot zu verschwinden.
Der Herr Akkurat, der seit einigen Tagen gelegentlich ans Fenster kam, wunderte sich: »Unser junger Freund bleibt stets am selben Platz, nur die Figuren dreht er … Immerhin, es ist zu sehen, was er zur Zeit macht: Er schnitzt Figuren. Wir sollten ihn, bevor wir abreisen, einladen.«
Dankbar lächelte seine Gattin. Sie war für Harmonie.
Sie trat neben ihn ans Fenster und blickte zum Hochhaus hinüber.
»Wie mag der Genosse Vorsitzende die allgemeine Lage einschätzen«, fragte sie behutsam, »er weiß gewiß mehr.«
Das linke Auge ihres Gatten zuckte. Sie bemerkte dieses kleine Anzeichen von Nervosität nicht. Sie blickte zum weißen Haus.

»Ich würde zu gern das Porträt fertigstellen, vielleicht sollten wir mal anrufen.«

Ihr Gatte erinnerte sich an das letzte Telefonat und griff sich mit der Rechten an die Kehle.

»Liebster, wir schaffen Werke, die ihm ständig Mahnung sein werden. Güte, Weisheit, Heiterkeit verklären seine Züge auf den Porträts. War es nicht so, daß der Vorsitzende beim Modellsitzen regelrecht auftaute? Waren es nicht glückliche Stunden? Im Grunde sind alle Menschen gut! Wir müssen uns lediglich bemühen, das Edelste ihres Wesens zum Blühen zu bringen!«

»Aus der zauberhaften Bootsfahrt bei Mondschein in Ufernähe wird nun wohl nichts!« bemerkte der Herr Akkurat kühl. Ihre Schwärmerei hatte ihn eifersüchtig gemacht.

Sie ging in ihr Atelier und stellte das Porträt des Inselchefs auf die Staffelei. Sie setzte sich und betrachtete das Bildnis so, wie Unsmoler, sitzend im senkrechten Kahn, seine Figuren betrachtete. Daß der mächtige Mann aus dem Rahmen schaute, als wäre er ein dicklicher seelenloser Faun, störte sie.

Im Fischdorf blickten der Fischer und sin Fru gleichfalls auf ein Bild.

Der Alte war, obwohl immer noch heftiger Südwind wehte, auf dem Bodden hinüber zum Festland getuckert. Er hatte ausprobieren wollen, ob das wirklich ging. Er war was ganz Besonderes: er durfte mit dem Kahn auf dem Wasser sein. Er hatte eine Bescheinigung, und wirklich, er war kontrolliert worden, obwohl die See rauh war und er gemeint hatte, auf den grauen Schiffen gäbe es nur schlickrutschende Süßwassermatrosen.

Man hatte ihn gezwungen, längsseits zu kommen und an Bord des grauen Schiffes zu klettern. Ein Matrose stieg in den Fischerkahn und öffnete den Karton. »Was machen Sie mitten auf dem Bodden mit einem Fernsehgerät!«

»Fernsehkucken, was sonst, aber ich find' keine Steckdose nicht!«

Man hatte ihn verhört, die Papiere kontrolliert und weitertuckern lassen. Ein alter närrischer Mann, dem sein Leben offenbar nicht mehr viel wert ist.

Es war bereits Nacht gewesen, als er den Karton aus dem Kahn auf die Schubkarre gewuchtet hatte. Alles so geheimnisvoll, als hätte Tien ihre Hand im Spiel. Mitten ins Schlafzimmer war er gekarrt. Der Eisenring des Karrenrades tönte auf den Dielen. Sein

Weib war erwacht und knipste das Licht an. Sie musterte ihn verschlafen.
»Wo kommst du her!« herrschte sie ihn an.
Er grinste, unterwegs war eine Buddel leer geworden.
»Ick hev ne nieje Liebschaft.« Er zeigte auf den Karton. »Dat ist ein Fernseher, nun haben wir alle Tage Kino!«
Argwöhnisch betrachtete sie den großen Pappkarton, auf den rote Regenschirme und Pfeile gedruckt waren und Wörter wie »Vorsicht!« »Oben!« »Nicht Stürzen!«
»Rühr dat Dings nicht an, bevor du wieder nüchtern bist!«
»Dat Dings rühr' ich nicht an, wenn dir nicht danach ist«, gutmütig grinste er.
»Laß den Saukram und komm ins Bett!« kommandierte sie.
Die Überraschung war ihm gründlich mißlungen.
Als am nächsten Morgen aus dem Kasten nur Geflimmer kam, erntete er sogar Hohn. »Dat soll nu wat sein! Schönes Kino hast du dir da andrehen lassen!«
Ratlos drehte er an den Knöpfen. Offensichtlich hatte die Verkäuferin im Rundfunkladen ihm mit allerhand Tricks bewegliche Bilder in den Kasten gezaubert.
»Rembrandt heißt das Scheißding!« fluchte er, um wenigstens mit gewissen Kenntnissen aufwarten zu können.
»Und was haben sie dir dafür gegeben, daß du ihnen den Scheiß abnimmst?«
»Räucheraal und einen Dusender …« Er schwindelte den Preis herunter und stülpte sich die Mütz auf den Kopf, um sich hinab zum Wasser zu den verläßlichen Dingen des Lebens zu begeben.
Als er mittags nach Art der Schwerhörigen zurück in die Hütte polterte, empfing ihn das seltsame Licht des Fernsehgeräts, das von nun an in diesem Raum kaum noch verlöschen sollte.
Seine Alte hatte sich versehentlich auf die Antenne gesetzt, und das Bild war sichtbar geworden. Sie hatte das Empfinden, als hätte sie die Bilder geboren. Dieses Gefühl hielt an, obwohl sich später zeigte, daß auch an anderen Stellen des Zimmers »Empfang« war.
»Da muß ich erst kommen!« triumphierte sie.

Immer wieder schallte das Klopfen des Holzhammers wieder durchs Dorf.
»Und wenn dat stille ist, sitzt Unsmoler in seinem gekenterten Kahn und blickt mit dem Stechiesen in der Hand auf seine Hölzer.« So vermutete man.
Aber so war es nicht. Unsmoler malte fast ununterbrochen von früh bis spät.
Waren das Kindheitserinnerungen, Erinnerungen an die Flucht? Der unentwegte Blick vor die eigenen Füße?
Aber nicht die Toten am Wege, nicht das Bild der Großmutter, die versucht hatte, heimlich davonzukriechen, weil sie die Tochter und deren Kinder am raschen Vorankommen nicht mehr hatte hindern wollen, drängten in seine Malerei.
Mit gesenktem Kopf war er nach Delphines Abschied von der Fähre nach Haus gegangen. Plötzlich war das Bild der Fährten wieder da. Er träumte von riesengroßen Bildern, von Strukturen, die ganze Wände und Fassaden eroberten. Er lebte in diesen Bildern, so daß er die Dinge ringsumher kaum noch wahrnahm.
»Du bist Bildhauer geworden?« sprach ihn eines Tages der Herr Akkurat an. Auch den Nachbarn an der Gartenmauer hatte er nicht bemerkt.
Unsmoler erschrak, lachte dann aber: »Warum nicht! Es ist beinahe egal, was ich mache. Geld zu verdienen, hab' ich nie verstanden.«
»Du bist jung, du findest eine andere Frau«, glaubte der Herr Akkurat ihn trösten zu müssen. Und wieder regte sich dessen kollegiale Solidarität: »Wenn wir wieder auf dem Festland sind, werd' ich sehen, was sich machen läßt ... die Ausgestaltung eines Kindergartens vielleicht. Das ist effektiver als Buchstaben malen. Also, wenn du bereit wärst ...«
Unsmoler wollte abwehren, zögerte dann aber doch: Geld, das würde Arbeitsmaterial bedeuten. Geld ist ein wenig Freiheit in der Unfreiheit.
»Wenn's nichts Politisches ist!« sagte er ein wenig zu laut. Der Herr Akkurat blickte sich irritiert um. Daß die Jugend immer so unsensibel laut sein mußte!

»Alles ist politisch, auch ein Blumenstrauß«, sagte er, wandte sich ab und ging auf das Haus zu.

Unsmoler begab sich zum aufgerichteten Boot. Er wußte, der Kollege würde sich umschauen, bevor er die Haustür schloß. Soll auch er denken, daß ich meine Zeit sinnend im gestrandeten Boot verbringe.

Warm genug war es noch. Am Meer ergingen sich immer noch Urlauber. Aber auch die waren von Maßnahmen betroffen. Die Organe erfanden immer neue Sicherheitsvorkehrungen. Der Strand schien zu unübersichtlich, denn es hatte sich bei den Urlaubern die Sitte eingebürgert, die Strandburg mit brusthohen Tuchbarrieren einzuzäunen. Das war nicht nur gut gegen auflandigen Wind, sondern verwandelte ein Stück Natur gleichzeitig in etwas Häusliches, Abgeschirmtes. Man konnte sich zurückziehen. Dieses Tücherlabyrinth, meinten die für Sicherheitsfragen Verantwortlichen, würde gewissen Elementen die Möglichkeit geben, sich zu verbergen. Jeder Versuch einer Republikflucht mußte aber bereits im Vorfeld vereitelt werden. Der Strandfunk verkündete: Bürger, die abends ihre Windschirme am Meer zurücklassen, machen sich strafbar.

Unsmoler bedauerte das, denn er hatte damit gerechnet, daß viele der Gäste ihre Nesselburgen auf der Insel lassen würden. Material für Bilder, das er am Abreisetag der Leute hätte ernten können … Aber die Materialfrage klärte sich auf andere Weise.

Der Herr Akkurat hatte Wort gehalten: Unsmoler bekam einen Brief von der Auftragskommission. Ihm wurde mitgeteilt, daß er aufgrund des Vorschlags seiner Inselkollegen für die künstlerische Ausgestaltung eines Kindergartenneubaus vorgesehen wäre. Der Termin einer ersten Zusammenkunft mit Architekten und künftigen Nutzern wurde bereits genannt.

Da sind sie nun, die großen Bilder! Unsmoler aber war klar, daß er wenig von dem, was ihm vorschwebte, bei diesem Auftrag würde realisieren können.

Aber trotzdem, ich mache es.

Die Reise

Ein Termin also. Es gab für ihn wieder Wochentage und Uhrzeiten. Die Fähre würde nicht warten. Die Züge würden nicht warten. Nichts würde warten.

Er betrachtete sich mit Delphines Augen im Spiegel und mußte sich noch einmal kämmen und obendrein die Schuhe putzen. Ein zusammengerollter Seesack seines Bruders war sein Gepäckstück. Das hätte sie gewiß nicht gelten lassen. Kaum etwas drin im Sack: Waschzeug, Rasierzeug, ein Messer, Tabak und Tabakspfeife, Streichhölzer, eine harte Wurst, ein Brot als Reiseproviant und ein Trainingsanzug, in dem er eventuell irgendwo würde schlafen können, Stifte und ein Skizzenbuch. Neben der Fährengangway stand ein unauffälliges Männchen.

Etwas verunsichert ging Unsmoler die Holzplanke hinauf. Aber das Männchen reagierte nicht. Vielleicht doch keiner von der Stasi, dachte er. Es konnte allerdings auch sein, daß dies eine Demonstration von deren Präsenz war.

Als das Schiff sich dem Festlandshafen näherte, suchte Unsmoler mit den Augen die Pier ab. Kein verdächtiges Auto wartete. Unbehelligt konnte er das Schiff verlassen. Werden wir alle verrückt? fragte er sich. Er wandte sich um, das Männchen war an Bord geblieben.

Am Bahnhof dann das triste Warten.

Schließlich wurde der Zug eingesetzt. Obwohl er erst eine Stunde später abfahren würde, durfte man einsteigen. Unsmoler kauerte sich in eine Ecke und schlief ein. Das monotone Geräusch, die Schienenstöße und das Schlingern der Waggons in den ausgefahrenen Gleisen weckten ihn und versetzten ihn gleichzeitig in einen seltsamen Zustand. Er dachte an das Bübchen und an Delphine und versuchte sich abzulenken, indem er die Menschen im Zugabteil betrachtete. Sein Gegenüber hatte sich unter seine Jacke verkrochen. Die Jacke hing oben am Haken und pendelte hin und her. Ein Mann ohne Kopf, die Hände im Schoß. Schlafend im nächtlichen, brausenden Zug. Hin und wieder schickte der Lokomotivführer ein wehmütiges Tuten über die Felder, Bahnübergänge wohl. Ein Mädchen versuchte im trüben Funzellicht zu lesen und gab es nach einer Weile auf. Sie sank zur Seite, wollte schlafen, aber auch

das gelang nicht. Sie kramte in ihrer Reisetasche, zog einen Apfel hervor und begann zu essen.
Soldaten mit Netzen voller Bierflaschen lärmten vorüber. Sie bemerkten das Mädchen und wurden noch lauter. Sie blickte den Männern nach und schaute dann aus dem Fenster, spiegelte sich in den dunklen schmuddligen Scheiben oder blickte auf die Lichterketten ferner Dörfer. Sah sie vielleicht ihn im Spiegelbild an und fragte sich, was das wohl für einer sei? Er dachte an sein Atelier auf der Insel, den Tisch mit den Pinseln und schlief ein. Ein Kontrolleur weckte ihn mit leichtem Stoß an die Schulter. Der Mann stieß nacheinander alle Passagiere aus dem Schlaf und ging weiter. Als Unsmoler zum zweiten Mal erwachte, tagte es bereits.
Ein kalter roter Himmel über den grauen Kuben der Häuser empfing ihn. Häuser in der geteilten Stadt. Aufgeschreckte Krähenschwärme flatterten über schwarzen Bäumen.
Die Bahnhofsgaststätte hatte noch geschlossen. Er wischte eine Parkbank trocken, holte Brot, Messer und Wurst hervor, setzte sich auf den Seesack und begann zu essen.
Um die Bänke herum pickten Sperlinge. Er warf ein Stück Brot in ihre Richtung, sie flogen davon ins nasse Gebüsch. Ein Doppelstockbus fuhr vorüber. Autos. Mütter, die ihre Kinder in die Kindergärten zerrten. Er erhob sich, steckte seinen Proviant zurück in den Seesack, rollte ihn so gut es ging zusammen und begab sich zum Museum … um zehn würde es öffnen.
Als erster Besucher ging er schnurstracks zum WC, um sich zu waschen und zu rasieren. Die Handtücher waren noch sauber. Gute Idee, herzugehen. Sogar seine Schuhe glänzten anschließend.
Bilder betrachten? Die harmlosen Kunstfürsten alterten in diesem Lande ungefährdet. Er hielt sich nicht lange auf in der oberen Etage. Auch die Menzelbilder im Parterre interessierten ihn nicht. Reiterschlachten, stürzende Pferde, Erzählungen. Ruinen schauten von draußen zum Fenster herein. Auf Trümmersimsen wuchsen Birken. Wurzeln in rissigem Gemäuer.
Dann aber in goldenem Rahmen das düstere ländliche Fest!
Goya! Er schloß nach einer Weile die Augen, um die Erschütterung zu bewahren. Ein anderes Bild erschien in der Finsternis: Der Blick auf Toledo. Er sah das Bild, nach dessen Reproduktion er vor einiger Zeit daheim gesucht hatte. Er sah die wunderbaren Graus der Gebäude unter dem dramatischen Himmel, und er sah mit ge-

schlossenen Augen nun auch die winzigen verlorenen Menschen in der schwarzgrünen Landschaft der Hügel, auf denen die Stadt thronte. El Greco! Irgendwo hinter der Mauer, die sie offiziell den antifaschistischen Schutzwall nannten, hing dieses Bild für ihn unerreichbar in einem anderen Museum.
Er öffnete die Augen. Er mußte an anderen Bildern vorüber den Ausgang finden, seinen Seesack an der Garderobe abholen und sich zum Gespräch mit den Auftraggebern begeben.

Begegnung

Er hatte es hinter sich.
Draußen vermißte er das befreiende Rauschen des Meeres. Stadtgeräusche statt dessen. Zerbrochene Töne ringsumher. Und überall der Klang: Zu spät!
Ausgeliefert auf Dauer all dem Dürftigen. Unüberwindbar die Mauer.
Knatternde Autos, quietschende Straßenbahnen. Selbst die Töne erbärmlich.
Aber er war anständig behandelt worden. Er hatte einen Vertrag unterschrieben und würde die erste Rate in Rechnung stellen können. Er hätte froh sein können. Aber überall in dieser Stadt klang dieses deprimierende: Zu spät!
»Nein, nicht zu spät«, sagte er laut, »ich wollte nicht weg.«
»Haben Sie Kinder?« hatten die Kindergärtnerinnen gefragt.
An das Bübchen würde er wahrscheinlich beim Malen des Bildes denken müssen. Großformatiges Märchenbild. Man hatte seinen Vorschlag akzeptiert.
Er blickte auf die Uhr.
Er begriff nicht gleich, daß er gemeint war: »Hallo, altes Haus, was machst du hier?«
Jemand schüttelte ihm die Hand. Er versuchte, sich an das Gesicht zu erinnern. Ein Künstler, natürlich ein Künstler ... Ach ja, die Hochschule. Einer von damals, höheres Semester. Sie hatten nie miteinander gesprochen. Seltsam, daß er mich erkennt. Umgekehrt wäre das weniger verwunderlich gewesen, denn dieser Mann

fiel damals auf. Er hatte sich gewisse Narrenfreiheit erobert und konnte dreiste Aussprüche riskieren. Aussprüche, die von vorsichtigeren Studenten hinter vorgehaltener Hand weitererzählt wurden. Eine Instanz damals. Sogar die Professoren schienen ihn zu fürchten. Nun stand er vor ihm und schüttelte ihm die Hand.
»Noch nicht zu spät!« sagte der Mann, der seltsam dem »von der Plastik« ähnelte.
Der von der Plastik aber war rechtzeitig in den Westen gegangen.
»Stimmt, mein Zug fährt erst abends«, antwortete Unsmoler, »und wozu ist es nicht zu spät?«
»Um ein Bier zu trinken!«
Unsmoler nickte zustimmend. Sie gingen in ein Lokal, das sich Bärenschenke nannte.
Sein Begleiter kannte sich aus.
Obwohl Plätze frei waren, ließ der Einlaßkellner immer nur zögernd drei, vier Gäste herein. Der Begleiter von Unsmoler aber ging an den geduldig Wartenden einfach vorüber.
»Hören Sie, Kollege, ich habe hier einen ausländischen Gast zu führen. Wir haben keine Zeit. Wir haben Termine!«
Sie wurden vorgelassen und plaziert. Es war gut, daß Unsmoler verstummt war und kein Wort gesprochen hatte.
»Die Bedienung ist langsam«, mokierte sich sein Begleiter, »und anständiges Essen haben die hier auch nicht, aber das macht nichts, wir wollen Flüssignahrung zu uns nehmen.«
Unsmoler blickte auf die Speisekarte. »Diplomatenschnitzel!« las er verwundert.
»Weiß der Teufel, wo sie das Diplomatenfleisch wieder herhaben, Diplomaten genießen von Rechts wegen Immunität!« sagte die Instanz von einst, »aber hier ist offenbar alles möglich, neulich servierte man sogar Känguruhschwanzsuppe!«
Die Kellnerin kam heran. Die Instanz schien in der Gaststätte kein Unbekannter zu sein.
»Ein Bier und eine Diplomatenschwanzsuppe, bitte!« bestellte er.
Die junge Frau hatte einen Witz erwartet. Sie lächelte erfreut. »Damit können wir nicht dienen!«
»Gut, dann sollen die Diplomaten eben ihre Schwänze behalten! Dann zwei Bier und zwei Doppelte!«
Natürlich, jede Begegnung mit dem wurde zu einer Sauferei. Auch

das gehörte zu dessen Ruf. Ich jedenfalls werde mich nicht nötigen lassen, dachte Unsmoler. »Wovon lebst du?« fragte er.
»Vom Alkohol!« war die Antwort.
»Ich meine, wie verdienst du dein Brot?«
Der andere hob die Schultern. »Bei uns darf niemand verhungern. Selbst wenn du es willst. Sie lassen dich nicht!«
Nachdem die Instanz ein paar Bier getrunken hatte, begann sie gewaltige Pläne zu entwickeln. Pläne, die alles in den Schatten stellen würden, was hier im Lande je an Kunst geschaffen wurde.
Als sie wenig später nebeneinander im Toilettenraum standen und Urin die schwarzgestrichene Wand hinab in die Abflußrinne rann, sagte die Instanz plötzlich: »Pollock! Was ich hier an die Wand pisse, ist mehr Bild als alles, was die Nationalpreisträger brav auf ihre Leinwände pinseln! Kennst du Pollock? Das hier ist moderner als Pollock. Pißpainting!«
Sie gingen zurück an den Tisch.
»Scheißkunst!« sagte Unsmolers Gegenüber plötzlich, »das Beste, was man heutzutage tun kann, ist saufen und vögeln!« Angewidert blickte er sich um. Sein Blick fiel auf eine Frau.
»Die wäre ein Modell! Aber verdammt noch mal, ich käme doch nicht zum Arbeiten. Wenn ich Titten seh', muß ich bumsen! Malen ist nur Ersatz.« Ungeniert glotzte er hinüber.
»Wohnen hier noch andere von uns?«
»Gleich um die Ecke der Punschkoch Hans-Werner. Wohnt über einem ehemaligen Milchladen. Zu dem gehen wir hoch. Bei dem riecht es nach Katzen, aber auch nach Punsch. Den nimmt niemand ernst. Wozu auch, wenn er Punsch macht. Punsch mit verschiedensten Gewürzen, alles Geheimrezepte. Es gibt noch Geheimnisse in diesem Land!« Er schien von dem Plan begeistert, war aber unkonzentriert.
Die Frau am anderen Tisch zahlte.
Der Begleiter von Unsmoler hörte nicht auf das, was Unsmoler entgegnete.
Die Frau ließ ihre Handtasche zuschnappen.
Die Instanz erhob sich, klopfte, ohne Unsmoler anzusehen, auf den Tisch und erreichte den Ausgang vor der Frau. Er öffnete die Tür und verbeugte sich. Sie dankte mit einem Lächeln. Er ging hinter ihr her auf die Straße.
Unsmoler zahlte. Er beneidete den Kerl ein wenig.

Katzen

Unsmoler stand im tristen Hausflur vor der Tafel mit den Namen aller Hausbewohner und konnte sich nicht an Hans-Werners Familiennamen erinnern. Was will ich hier auch? fragte er sich, um gleich darauf die Antwort zu geben: Ich will erfahren, wie die anderen zu Rande kommen. Vielleicht will ich aber auch nur erfahren, wo man hier Künstlerfarben kaufen kann. Er ging die Treppe hinauf. In der zweiten Etage waren auf die Fläche einer Wohnungstür mit Bleistift Grüße von Besuchern geschrieben, von Besuchern, die offenbar vergeblich geklopft hatten. Jemand hatte ein Punschglas gezeichnet und notiert: »Und ich hatte solchen Durst!«
Unsmoler klopfte. Die Tür wurde rasch geöffnet. Der Punschkoch sah ihn an.
»Und ich dachte, es-es wäre, es wäre, es wäre ein Telegramm!« sagte er stotternd. Noch immer der Sprachfehler.
»Nein, ich bin kein Telegramm. Erkennst du mich?«
»Immer! Komm-komm-komm herein!« Hans-Werners Schritte lärmten im Flur. Er trug Springerstiefel, eine enge Hose und eine Jacke mit Achselklappen. Die Schüchternheit, an die sich Unsmoler noch gut erinnern konnte, verbarg sich in dieser Montur. Sämtliche Türen waren einen Spaltweit geöffnet, und aus jeder der Türen schnürten lautlos Katzen.
»Wir haben einen Gast!« sagte der Punschkoch. Es roch nach Katze.
Unsmoler blieb verwundert stehen.
»Alles Koll-, alles Kollegen! Das, das hier ist Richter. Der Mann ist weg, aber aber sein Kater blieb. Er hat den Namen seines Herrn über-übernommen.« Der angesprochene Kater, groß und behäbig, strich um Unsmolers Beine.
»Hab' den Kollegen kast-kastrieren müssen, sonst wäre hier der Deibel los. Da ist nämlich auch noch Bongo. Bongo, der Bild-Bildhauer ist auch auf und davon, hat mir aber den B-B-B-Bongo dagelassen. Mit dem kann ich nun über Kunst reden.«
Bongo legte sich auf den Rücken, Hans-Werner kraulte ihm mit der Spitze seines Springerstiefels den Bauch. Von einem schäbigen Sessel, dessen Seiten von Katzenkrallen zerfetzt waren, sprang Heidi.

»Heidi?«
»Ja, Heidi. Du erinnerst dich? Sie ist auf und davon, ei-ei-ein Malweib geworden, das sich nach oben vögelt. Katze eben.«
Er grinste und zeigte seine schadhaften Zähne.
»Mehr wer-werden es nicht. Mauer. Alle kastriert. Kastriert und künstlerisch tätig!«
Er wies auf eine hohe Wand voller angehefteter Blätter, die über und über mit Abdrücken von Katzenpfoten bedeckt waren.
Hier also fand Unsmoler seine Schrittebilder wieder!
»Ich tauche die Pfoten in Far-Farbe und lege Pa-Papier um den Katzennapf herum.«
Er schlug eine Mappe auf. Katzenpfotenbilder.
»Verdichtungen!« rief er aus.
»Katzen sind Künstler! Das Unbewußte ...«
In diesem Moment klapperte der Briefschlitz. Hans-Werner eilte zur Tür. Die Katzenherde folgte ihm, die Schwänze steil aufgerichtet.
Unsmoler setzte sich. In der Tat, es roch nicht nur nach Katzen, sondern auch nach Punsch.
Das Muster der Pfoten stellte seine Spurenbilder in Frage. Aber möglicherweise war die Richtung, die eindeutige Richtung eben doch etwas Besonderes. Hier waren es Spuren um einen Freßnapf herum.
Hans-Werner kam mit einem Packen Briefe herein. Flüchtig sah er die Post durch.
»Wenn, wenn ich diese Briefmarken schon sehe!« sagte er und wies angeekelt auf das gezahnte Bildchen des Staatsratsvorsitzenden. Ihn interessierte im Grunde nur Post von jenseits der Mauer.
»Zum Glück habe ich dir nicht geschrieben«, sagte Unsmoler. »Aber ich hätte es auch gar nicht können. Deine Adresse hat mir erst die Instanz sagen müssen. Du erinnerst dich, so nannten wir ihn damals. Er rühmte deinen Punsch.«
Hans-Werner hielt inne und sperrte den Mund auf. »Mit dem warst du zusammen?« Für Momente Mißtrauen.
»Plötzlich stand er hinter mir und sprach mich an«, sagte Unsmoler zur Erklärung. »Er lud mich zu einem Bier ein ... aber ich mußte die Zeche bezahlen!«
»Das glaub' ich!« sagte der Punschkoch, »aber eigentlich finan-

ziert ihm die Sta-Stasi die Sauferei.« Er erschrak über seine eigene Offenheit.
»Scheiße!« sagte Unsmoler und lachte.
Hans-Werner öffnete einen Brief und wurde wieder munter.
»Mailart! Lustiges Hin und Her!« Er zeigte Unsmoler einen Malbrief. »Ich kann dir ein paar Adressen geben.«
Unsmoler schüttelte den Kopf. »Kein Geld übrig für Briefmarken. Außerdem wird wahrscheinlich meine Post kontrolliert. Das verdirbt den Spaß am lustigen Hin und Her.«
»Aber nicht doch. Auch die Kontrolleure m-m-müssen etwas dazulernen! Meine Nachrichten sind zum Beispiel: ›SEI KUNST IM EINERLEI!‹ Nichts dagegen zu sagen. Oder was hältst du von von dieser Nachricht: ›ICH SENDE IHNEN EINE IDEE, VERWANDELN SIE SIE!‹ Auch dagegen nichts zu sagen!« Er lachte fröhlich, als habe er den Mächtigen ein Schnippchen geschlagen. Das Stottern war fast vergessen. »Ich kann dir Adressen geben … Nachrichten von anderswo. Kommunikation mit dem Jenseits! Die Postkontrolle erhöht die Wirksamkeit meiner Botschaften! Die Stasi soll gezwungenermaßen auf Rosa-Luxemburg-Zitate glotzen. ›FREIHEIT IST DIE FREIHEIT DER ANDERSDENKENDEN!‹ Aber genug davon. Ich werde uns einen Punsch machen.«
Unsmoler schüttelte den Kopf: »Ich will noch Farben kaufen.«
»Ich komm' mit, ich muß auch noch ins Freie!«
»Ins Freie!« dachte Unsmoler.
Hans-Werner ging in die Küche und füllte mit einer Müllschippe penetrant nach Katzenschiet riechenden Sand in einen Sack. Gemeinsam schleppten sie die Last zu einer nahen Baustelle, entleerten den Sack neben einen Kieshaufen und schaufelten sauberen Sand in das Behältnis.
Ein Fenster öffnete sich, jemand rief etwas und drohte mit der Faust.
Hans-Werner hob gleichfalls die Faust. »Rotfront!« rief er.
Sofort schloß sich das Fenster.
»Farben kannst du morgen kaufen«, sagte Hans-Werner. »Wir werden einen Kollegen besuchen. Du kennst ihn, der freut sich! Der wohnt nicht weit weg von hier, der Mensch. Du wirst aber staunen, was der Junge macht. Er beträufelt Dinge, die er in verfallenen Häusern und im Müll findet mit Gips und fügt sie zu Hause zu einem Kunstwerk zusammen! Sein Tagebuch. Die Din-

ge und die Zeit in weißer Erstarrung. Niemand kann das Gebilde aus der Wohnung schaffen. Wozu auch, könnt' man sowieso nicht ausstellen. Sieht wunderlich aus. Eine Modefotografin hat Ma-Mannequins vor dem Werk posieren lassen. Das hat ihn ein wenig bekannt gemacht.«
»Wie habt ihr das nur allesamt geschafft, in Berlin zu bleiben?«
»Wir haben unser sozialistisches Diplom gemacht«, sagte Hans-Werner und lachte.

Das blaue Licht

Es war spät geworden.
Sie gingen durch die nächtliche Stadt. Die Luft geschwängert mit bedrückenden Gerüchen. Schwelende Plaste irgendwo. Fabrikschlote, die insgeheim Gifte in den Nachthimmel bliesen.
In der Ferne Geräusche von anfahrenden Bussen. Geräusche, die Unsmoler an ein Mädchen erinnerten. Auf sie hatte er damals manchmal gewartet. Es schien ihm plötzlich, als wären alle seine Zeiten Zeiten des Wartens, der Versäumnisse und Fehlentscheidungen gewesen.
Hatte er jemals eine Wahl gehabt?
Kaum eine Menschenseele auf der Straße. Hin und wieder sprang Hans-Werner auf die Fahrbahn, um ein Taxi zu stoppen. Aber alle fuhren vorüber.
Unsmoler setzte sich auf den Bordstein und streckte die Beine aus. Ein Polizeiauto näherte sich und verlangsamte die Fahrt. Die Polizisten blickten wachsam. Der Punschkoch machte spöttisch winke, winke.
»Wir sind die letzten in der Stadt, wir und die B-Bullen!« rief er.
»Bilder gibt's genug!« hatte der Gipser gesagt und die zwei leeren Flaschen in den rasch bereiteten Gipsbrei getaucht und sie dann an das monströse Gebilde geklebt. »Dieses Detail heißt ›Der Besuch‹!« hatte er verkündet und dann begonnen, den Sperrmüllkleiderständer, den der Punschkoch ihm als Geschenk überreicht hatte, mit Gips zu beträufeln.
»Sieht ja aus wie ein Giacometti!« hatte Unsmoler gesagt.

Aber der Gipser hatte nur gelächelt: »Giacometti ist tot, dieses Werk aber wächst. Was wächst, ist lebendig!«
Wieder war ein Taxi an ihnen vorübergefahren.
»Giacometti ist tot!« rief Hans-Werner, »und den Merzbau hat es längst gegeben! Schwitters ist auch tot! Alle sind längst tot! Nur wir beide und die Bullen leben!«
»Und die da oben!« Unsmoler zeigte auf das bläuliche Fernsehgeflimmer hinter den Gardinen.
»Nein, die sind tot«, sagte Hans-Werner, »aber ich schaff' mir auch so eine Ki-Kiste an.«
»Kennst du das Märchen ›Das blaue Licht‹?«
»Nein, nur das Blau vom Blaulicht!«
Unsmoler überlegte, ob die Abriegelung des Westteils der Stadt nun den Zuzug in den Ostteil erleichtern würde. Aber er hörte sogleich das Argument der Funktionäre: Nun bemüht sich der geschlagene Gegner erst recht, die Ordnung unseres friedliebenden Landes zu untergraben.
Oben das blaue Licht ... Westfernsehen war möglich ... Hier, so grenznah, konnten es die Offiziellen kaum verhindern.
Unsmoler blickte sich um. Nein, ihn zog nichts in diese kranke Stadt.
Sie polterten die Treppe hoch. Auch ohne Taxi hatten sie es bis zur Wohnung geschafft. Eine halbierte Stadt ist klein.
Unsmoler zog den Trainingsanzug an und legte sich aufs Bett, das ihm Hans-Werner zugewiesen hatte. Er löschte das Licht. Irgendwann erwachte er von einer Berührung.
Es war eine Katze.
Er gab es schließlich auf, die Katzen von der Bettdecke zu schubsen. Sie plumpsten in der Dunkelheit auf die Erde, kamen aber bald wieder. Morgens in der ersten Helligkeit sah er die Seelen der Davongegangenen in den geschmeidigen Katzenleibern um sich herum auf dem Bett liegen. Sie gehörten wohl dahin.
»Wenn du lesen möchtest: Bücher liegen unter dem Bett. Irgendwer hat sie mit einer Katze hiergelassen«, hatte Hans-Werner gesagt. Unsmoler griff aufs Geratewohl unter das Bett. Er spürte den Packen. Und zog ein Buch hervor. Er schaltete Licht an und begann gebannt zu lesen.
Schließlich erhob er sich, wusch sich, zog sich an und setzte sich mit dem Buch ans Fenster.

Irgendwann klingelte es.
»Kannst du an die Tür gehen?« rief Hans-Werner verschlafen, »ihr von der K-K-Küste seid Frühaufsteher!«
Die Frau vor der Tür brachte Unsmoler in Verlegenheit. Eine Schönheit. Es befriedigte sie sichtlich, ihn sprachlos zu sehen.
»Ich bin verabredet«, sagte sie.
»Nun komm doch rein«, rief Hans-Werner. Der Punschkoch lag im Tohuwabohu seines Ateliers ungeniert im Bett. Alles war originell und absonderlich in diesem Raum. Ein Durcheinander von Dingen vom alten verrosteten Wehrmachtsstahlhelm bis zum Originaldruck von Rauschenberg.
»Beeil dich«, sagte sie, ohne irritiert zu sein, »hast du unsere Verabredung vergessen?«
»Nun setz dich doch!« stotterte Hans-Werner strahlend. »Ich habe wichtigen Besuch, wir sind eben erst nach Haus gekommen!«
»Aber das Auto wartet unten!«
Der Punschkoch sah erst Unsmoler, dann die Schönheit an.
»Haben wir noch Pl-Platz für ihn? Sehr wichtiger Mann oben von der Küste.«
»Wenn er die Farbeimer auf den Schoß nimmt ...«
»Du kommst mit! Eine Aktion, Aktionskunst, sie fotografiert ihre Mode«, erklärte Hans-Werner seinem Gast, »wichtige Sache!«
Unsmoler schüttelte den Kopf. Hier schien offenbar alles wichtig zu sein.
»Fahrt nur, ich geh' Farben kaufen, ich irre ein wenig durch die Straßen, und dann muß ich schleunigst zurück auf die Insel, mein Hund wartet.« Er wollte auch irgendwo etwas essen ... hier sah es nicht nach Frühstück aus.
»Sie hat Mannequins mit ... die posieren, während ein total überk-k-kandidelter Kollege eine Kunstaktion macht ...« Der Punschkoch schien wieder mal fasziniert, aber Unsmoler schüttelte den Kopf.
»Acht tolle Beinchen warten!« ereiferte sich Hans-Werner.
Auf dich und mich gerade! dachte Unsmoler.
Hans-Werner stieg aus dem Bett und zog sich an. Die Fotografin musterte Unsmoler herausfordernd. Dieser Mann in den selbstgeschneiderten Jeans mit der Erfindung großer Taschen seitlich auf den Oberschenkeln wurde offenbar in Kreisen alternativer Künstler ernst genommen. Sie versuchte ein Gespräch zu beginnen. Uns-

moler ahnte nicht, daß er diese Aufmerksamkeit zum großen Teil Delphine schuldete, die seine Hosen geschneidert hatte. Er wandte sich ab, denn er mochte nicht schon wieder in den Bann interessanter Frauen gezogen werden. Er nahm seinen Seesack, blickte noch einmal auf die Katzenpfotenblätter und verabschiedete sich.
»Komm wieder mal vorbei!« sagte Hans-Werner wie immer freudig erregt und folgte ihm in den Flur.
»Eine Katze will ich nicht mitnehmen ... aber ...« Unsmoler malte mit der Linken die Umrisse eines Buches in die Luft.
Hans-Werner nickte ... »Ich brauche das Zeug nicht!« flüsterte er, »wir haben hier bald das blaue Licht, aber du ...«
Unsmoler stellte sein Gepäck ab, holte rasch das Buch und ließ es im Seesack verschwinden.
»Die Gedanken sind frei ...«, sagte er lachend.
»Die Gedanken drehen sich im Kreise, wenn sie eingemauert sind«, flüsterte der Punschkoch verschwörerisch, »Mailart ist ein Huhurufen im dunklen Wald. War toll, daß du hier warst!«
Hans-Werners Lebensfreude hatte etwas Ansteckendes. Unsmoler lächelte, als er die Treppe hinunterging.

Auf dem Schiff

Unsmoler hatte im Vorübergehen in das Innere des wartenden Autos geschaut. Ein junger Mann in sauberer roter Arbeitsmontur saß auf dem Beifahrersitz und rauchte. Unsmoler nickte, der Rauchende lächelte und winkte ihm wie einem Bekannten zu. Auf einem der Rücksitze stand ein Karton mit Farbeimern und großen Pinseln. Aber Unsmoler hatte nicht die Zeit, irgendwo Statist zu sein. Eigene Bilder warteten. Aber plötzlich schien es ihm, als wären seine Fährtenbilder, die er so eindringlich vor sich gesehen hatte, von den Abdrücken der Katzenpfoten ausgelöscht. Er blieb einen Moment stehen und schloß die Augen. Katzenpfoten.
»Scheiße!« fluchte er.
Im Zug ließ man ihn schlafen. Keine Ausweiskontrolle. Keine Gepäckkontrolle. Die Staatsgrenze dicht. Wurde manches normaler?

Auf dem Schiff kamen die Spurenbilder wieder. Er sah Fährten im Glitzern des leichtbewegten Wassers. Erst einmal würde er aber Entwürfe für die Kindergartenbilder zu machen haben.
Die Wasserpfützen auf der Pier hatten vereiste Ränder. Kurz der Sommer, kurz der Herbst.
An Bord der Fähre kaum Leute. Aber Mungo, der Seemann, stand auf dem Vorschiff neben einem großen Karton. Ein Kerl wie aus Eisen. Aber einer, der sich auch alles bieten ließ. Ich halte mich zurück, weil ich malen will, dachte Unsmoler, aber der, was will der? Ein Haus bauen. Mungo blickte sich um, kurze Begrüßung von Ferne. Nach einer Weile kam der Mann heran und blickte auf den Seesack, den Unsmoler an Bord gewuchtet hatte.
»Schlechte Zeiten zum Anheuern!« sagte Mungo.
»Die Absicht hatte ich nicht, das Ding gehört meinem Bruder.«
»Ich bin auch eine Landratte geworden, hab' mir einen Kühlschrank gekauft«, Mungo wies auf den großen Wellpappkarton.
»Wir sind nun allesamt Landratten, aber wozu gleich einen Kühlschrank kaufen? Es wird doch Winter«, sagte Unsmoler und zeigte auf die vereisten Pfützen, »und von deinem Haus sieht man erst die Grube!«
»Sowie ich Steine habe, geht das ruck, zuck! Die Baubude stell' ich in den nächsten Tagen auf, gleich was Vernünftiges. Die Hütte wird später der Entenstall. Entenzucht ... Nichts geht über einen Entenbraten! Wasser hab' ich dichte bi!«
In der Tat. Mungo hatte ein tolles Wassergrundstück. Der rechte Ausblick für einen alten Seemann. Was heißt alt! Seeleute gingen früh in Rente.
»Und du?«
Unsmoler öffnete den Knoten und ließ Mungo in den Sack blikken.
»Farben und Nessel!« sagte er.
Wie mußte dem Seemann auf der Insel zumute sein, jetzt wo die Boote aus dem Wasser gezerrt worden waren?
Auch Mungo blickte aufs Wasser.
»Wir haben uns allesamt verrechnet!« sagte Unsmoler.
»Das kannst' laut sagen!« sagte Mungo.
»Die Leinwand will ich bemalen!«
»Sicher, mit Segeln ist nix mehr.«

Das Messtischblatt

Der morgendliche Aufenthalt in der Aussichtsetage hatte in jenen Tagen für den Inselchef jeglichen Reiz verloren. Die bewaffneten Organe waren rund um die Uhr anwesend. Grenzer flegelten sich respektlos auf den Sitzen, glotzten über das Wasser und demonstrierten, daß ihnen so ziemlich alles egal war. Müde Kerle, die sich gehenließen und die die Tage zählten, die sie noch zu dienen hatten.

Zum Glück hatte er ein neues Spielzeug: Die Vermesser der Armee hatten ganze Arbeit geleistet und eine Karte angefertigt, die nur für den internen Gebrauch bestimmt war. Streng geheim! Er hielt das Dokument unter Verschluß, zog es aber oft hervor.

Es war die Kopie seines Reiches. Der Blick auf dieses Papier wurde ihm wichtiger als der Blick aus der Aussichtsetage, der zur Zeit so wenig Erfreuliches bot. Die Karte aber war verläßlich erfreulich. Wie ein ganzer Erdteil ruhte die Insel im Wasser.

Sämtliche Häuser waren verzeichnet. Wunderbar präzis ausgerichtet die Baracken des Feriendorfes. Schnurgerade die Betonstraße, ihre Tragfähigkeit eingetragen. Wuchtig der Komplex des Objekts. Alles seine Werke! Der Sockel der Insel, der inzwischen wieder mit Wasser bedeckt war, war auf dieser Karte gesondert gekennzeichnet. Land, das darauf wartete, trockengelegt und durch Dämme gesichert zu werden: Landgewinnung.

»Ein paar jagdbare Tiere brauchen wir«, sagte er sich an diesem Morgen, »aber wir verfügen über keine ausgedehnten Waldgebiete. Wir müssen uns etwas anderes einfallen lassen. Fasane zum Beispiel.« Immer wieder mußte er an die in Sauforgien ausartenden Jagdtreffen mit den sowjetisches Offizieren in Brandenburgs Wäldern denken. »Allerdings ein Tierpark … ein Tierpark mit Schwarzwild, das wäre durchaus …«

Die Sekretärin schwebte herein. Er klappte die Karte zusammen und blickte ärgerlich auf. Sie meldete den Mitarbeiter.

»Die Frau von unserem Farbenkleckser hat offenbar nicht die Absicht, nach Beendigung ihres Medizinstudiums zur Insel zurückzukehren!« verkündete der Mitarbeiter.

In Anbetracht der allseitigen Überwachung war es überraschend, daß diese Tatsache erst jetzt im Büro des Chefs zur Sprache kam.

»Nun, wir brauchen tüchtige Ärztinnen! Wir hätten sie brauchen können. Wir hätten sie zum Studium delegieren, wir hätten ihr eine Neubauwohnung in Aussicht stellen können, wären wir rechtzeitig von ihrem Vorhaben unterrichtet worden.«
»Selbst ihr Mann fiel aus allen Wolken.«
»Selbst?« der Inselchef musterte den Mitarbeiter befremdet und schüttelte den Kopf. Dann schob er den Bericht in die Schublade.
»Im übrigen, die beiden waren niemals verheiratet.«
Der Mitarbeiter wußte das.
Sie ist also auf und davon, dachte der Inselchef, als der Mitarbeiter den Raum verlassen hatte. Sie und der jüngste Inselbürger. Um den zurückgebliebenen Künstler werden wir uns kümmern. Wir werden uns was einfallen lassen. Wir werden an der Fassade Losungen anbringen, damit unsere Bürger etwas Sinnvolles zu sehen bekommen, wenn sie nach oben blicken. Unser Maler wird uns die aktuellsten Parolen schreiben und, während er Buchstaben pinselt, den Text verinnerlichen.
Der Inselchef nahm Unsmoler übel, daß er seine Frau nicht hatte halten können.
Zwei Inselbewohner weniger, bedauerliche Sache.
Auch die vielen Sportfreunde vom Seglerhafen waren auf und davon. Mal sehen, was das Eis mit den stelzbeinigen Bootshäusern anstellt. Häuser, die nicht gepflegt werden, gehen zu Bruch. Er war nahe daran, in die Aussichtsetage hinaufzufahren, aber auf die Begegnung mit zwei übernächtigten Soldaten konnte er verzichten. Die Luft würde zum Schneiden sein. Er breitete erneut die Inselkarte auf dem Schreibtisch aus ... noch waren die Bootshäuser als Ferienobjekt III sauber und akkurat eingetragen. Im Grunde auch die sein Werk.
Alles normalisiert sich, versuchte er sich einzureden. Das Segeln wird wieder gestattet werden, wenn wir die Außengrenzen toppendicht haben. Wird Zeit, daß die Genossen ihre Türme bauen. Scheinwerfer, Hunde usw. Dann würde auch er wieder hinauf in seine Aussichtsetage fahren. Er betrachtete die Karte und versuchte vorauszusehen, wo die Grenztruppen die Türme hinsetzen würden. Von zwei, drei war die Rede gewesen.
Unsmoler saß zwischen den Skulpturen im aufgerichteten Kahn und blickte am Katen vorbei zum wogenden Schilf. Vor gar nicht

langer Zeit ragte dort der Mast seines Bootes empor. Delphine, das Bübchen, alles schon so fern.
Manchmal empfand er die Insel als Gefängnis. »Ich bin der Graf von Monte Christo!« pflegte er sich zu sagen, aber dem Grafen war es weitaus schlimmer ergangen.
Er würde ein Binsenboot bauen können, eins von jener Art, wie sie die Jungs in den Ferien zusammenschnürten. Er brauchte nur ein stabiles Leitergerüst zusammenzunageln, auf das er, wenn es notwendig wurde, Binsen binden konnte. Binsen wuchsen reichlich im tieferen Wasser am Schilf.
Als er ein paar Tage später das seltsame Leitergerüst an die Hauswand lehnte, wurde ihm leichter ums Herz.
Eine nicht ganz gelungene Leiter eben. So würden alle denken.
Draht, Schnüre, Leinwand für ein Segel: alles vorhanden. Binsen würde es immer geben. Er konnte sich Zeit lassen.

Licht

Unsmoler hatte mit den Entwurfsskizzen für das große Kindergartenbild begonnen. Märchenszenen.
Drachen, Riesen, Ritter, Zwerge machten sich im Atelier breit … seine Spurenbilder standen verlassen an der Wand. Er kam total aus dem Rhythmus.
Plötzlich begriff er, was mit ihm geschah: die anderen bemächtigten sich seiner. Er nahm das Zeichenbrett, ging hinaus und pfiff dem Hund. Das hatte ihm manchmal geholfen: zeichnen in der Landschaft. Hinschauen.
Er saß oben auf dem Steilufer … dort, wo die Grenzer nicht vorbeikommen würden. Sie sahen ihn von unten durch das Fernglas, ohne daß er sie bemerkte. Aha, der Maler! Sie gingen weiter.
Es wurde dunkel. Die ärmlichen Hütten vom Fischdorf ruhten im strahlenden Licht der hohen Peitschenlampe. Die Alten hatten ihre Straßenbeleuchtung, ohne daß das Dörflein eine Straße hatte. Beim Vorübergehen sah Unsmoler: im Fischerhaus flackerte das bläuliche Licht eines Fernsehers. Dort also auch. Die Gardinen zugezogen.

Als er sich seinem Katen näherte, bemerkte er schon von weitem: Im Haus war Licht.
Am Ende sie! Sein Herz begann zu hämmern.
Der Hund stürmte voran und tobte die Treppe hinauf. Oben, wo es sonst dunkel blieb, ging Licht an. Bärenhäuter kam die Stufen hinab. Er hatte die seit Wochen defekte Glühbirne gegen eine heile ausgewechselt. War so seine Art, wortlos alles mögliche in Ordnung zu bringen.
»Ich dachte schon … hier wäre niemand mehr …«, sagte er. Sie setzten sich draußen hinter das Haus, machten ein Feuer und tranken Malaga. Als das Feuer heruntergebrannt war, grillten sie über der Glut Lammkoteletts. Bärenhäuter hatte eingekauft, und das nicht nur hierzulande.
»Einiges ist passiert in der Zwischenzeit …«
»Ja, sie ist gegangen«, sagte Unsmoler.
»Ja, auch das … und das Bübchen?«
»Sie hat es mitgenommen, ist nicht mein Sohn.«
Streng sah ihn Bärenhäuter an. »Es ist dein Kind.«
Unsmoler antwortete nicht.
»Du ein Sehmann, ich ein Seemann … da spielen die Frauen nicht lange mit«, sagte sein Bruder nach einer Weile behutsam. »Aber du machst das schon richtig: Du lebst!«
»Ich lebe?«
»Ja«, sagte Bärenhäuter, »du malst. Und du findest eine Neue.«
»Und du, du kannst immer noch das Weite suchen?« wechselte Unsmoler das Thema.
»Ich bin in der Weite. Den Seeleuten anderswo geht es ganz und gar nicht besser. Was soll's also.«
»Nimm keine Rücksicht, wenn du das Fahren mal satt hast. Ich würde auch keine Rücksicht nehmen.«
Beide aber wußten sie, daß jeder alles vermeiden würde, was dem anderen schaden könnte.
»Aufhören? Was soll ich anderes machen, als auf den Meeren herumzufahren? Ich habe mich daran gewöhnt. Ein Nomade bin ich geworden.«
»Und, denk dran, wenn ich mal weg bin, bin ich nicht weg!«
Bärenhäuter mißfielen derart verschwommene Aussagen. »Versteh' ich nicht.«
»Wir wollen dieses Thema ausklammern … falls wir mal von de-

nen da über unsere Gespräche befragt werden«, Unsmoler nickte in die Richtung des weißen Hauses, »dir aber sage ich: Wenn ich ...«
»Mach keine Dummheiten!« unterbrach ihn Bärenhäuter. Der Seemann war insgeheim froh, daß der alte Teerkahn nicht mehr im Schilf dümpelte. Sein Bruder würde es fertigbringen, in den Kahn zu steigen und in den Tod zu segeln. Vom Sinn der seltsamen Leiter, die am Haus lehnte, ahnte er nichts.
Bärenhäuter ließ die Geschenke, die er für Delphine und das Bübchen mitgebracht hatte, im Seesack. Unsmoler ahnte, Bärenhäuter würde die beiden aufsuchen. Er hoffte es.
Der Mond schien. Die beiden einsamen Brüder saßen hinter dem Haus, aßen und gossen Malaga aus der Korbflasche in die Gläser.
»Und, ist hier sonst niemand? Man kann eine Frau nur vergessen, wenn man eine neue findet. Ist nun mal so«, Bärenhäuter war immer fürsorglich gewesen.
Nur nicht wieder hineingeraten, dachte Unsmoler.
»Bald Weihnachten«, sagte Bärenhäuter beim Abschied am nächsten Tag, »sag mal, willst du einen Fernseher haben?«
»Nein, die Funktionärsgesichter will ich nicht ins Haus lassen, und andere Sender als die hiesigen kriegt man hier nicht.«
Das stimmte nicht ganz, bei bestimmter Wetterlage, das hatte die Fischersfrau zufälligerweise herausgefunden, konnte man einen schwedischen Sender empfangen. Aber darüber sprach sie mit niemandem.
»Sie studiert«, sagte Unsmoler, »Delphine und ich sind im Streit auseinandergegangen.«
»Anders kann man es auch nicht schaffen, wenn man einander liebt«, sagte Bärenhäuter.
Der Hund begleitete den Bruder zur Fähre. Leise wedelnd stand das Tier auf der Pier, bis die Fähre den Blicken entschwand. Bärenhäuter würde irgendwann wiederkommen.
Als die Fähre nach Stunden am anderen Ufer anlegte, wurden dort im Hafen schwere Betonteile verladen. Der Käptn von der Fähre meinte, daß es Fertigteile für Wachttürme wären.
Armer Bruder, dachte Bärenhäuter. Er verabschiedete sich vom Fährenkapitän und ging zum Bahnhof, um sich nach einer Zugverbindung zu erkundigen. Er mußte nach dem Bübchen und Delphine sehen, das war eine unausgesprochene Bitte seines Bruders.

Anfangs hatte Unsmoler sich bemüht, Delphines Ordnung zu erhalten. Schließlich aber wurde er gleichgültiger. Unsinn, nichts war wie ehedem. Ihre Ferne schien sein Leben mehr verändert zu haben als der Zaun rings ums Land.
Was redete man sich alles ein, um über die Runden zu kommen.
Die Lichtgirlanden in fremden Fenstern erinnerten Unsmoler daran, daß Weihnachten war. Er dachte an das Bübchen. Und er dachte an Delphine … aber er brauchte sich nur vorzustellen, daß da andere Männer waren, um alle Gedanken an die beiden auszulöschen.
Trotzdem vermied er es, in Richtung Festland zu blicken. Er ging zum Meer, wenn ihm danach war, ins Grenzenlose zu schauen. Aber am Meer, oben auf dem Steilufer, hatten die Grenztruppen zwei Türme errichtet, von denen aus das ganze Terrain und die angrenzenden Gewässer zu überblicken waren. Man begegnete den Soldaten nun seltener, und es war nicht mehr verboten, nach Sonnenuntergang den Strand zu betreten.
»Na seht ihr«, sagte man im Dorf. »Nichts wird so heiß gegessen, wie es gekocht wird, nur nicht den Dicken ärgern … vielleicht werden dann im nächsten Jahr unsere Boote wieder ins Wasser dürfen.«
Als wenn derartige Entscheidungen vom Inselchef getroffen werden könnten!
Abende am einsamen Strand. Unsmoler machte aufs neue die erstaunliche Beobachtung, daß die Welt am farbigsten wurde, wenn längst die Glut des Abendhimmels erloschen war. Wunderbare Einfachheit. Jede Vereinzelung dahin. Wuchtige Räumlichkeit, die er mit seinen Farbstiften skizzierte, um sie daheim im Atelier aufs neue entstehen zu lassen. Ein Gewirr kurzer farbiger Striche. Gemalte Räume, in die die Dinge ragen. Alles existiert nur im Gegeneinander. Ein ganzes Leben lang konnte man sich mühen, diesem Wissen Gestalt zu geben. Und die Fährten auf der Fläche? Hatten die Entwürfe für den Kindergarten sie ausgelöscht?
Der Fischer hatte von Unsmolers Boot, das gen Himmel fuhr, gehört. Und da dieses Boot einmal ihm gehört hatte, wollte er es besuchen. Wie zufällig kam er auf der Dorfstraße vorüber.

Unsmoler hantierte mit Stecheisen und Stemmkloben an einer Figur.
»Bringt das was ein?« rief der Fischer, denn es wäre unhöflich gewesen, sofort sein eigentliches Anliegen zu offenbaren.
»Was hat dir denn deine Arbeit eingebracht?« antwortete Unsmoler.
»Es hat immer gereicht fürs Überleben.« Der Fischer untertrieb ein wenig, denn auf seinem Konto hatte sich eine ganze Menge Geld angesammelt.
»Hast geschindert, wohnst in einer schiefen Hütte und frierst wintertags am Küchenstuhl fest! Glückseligkeit bricht hier nirgendswo aus!« Beide lachten sie.
»Hast recht. Dat Rheuma kneift, und mit die Beine von meiner Alten ist rein weg gar nichts mehr los.«
Er sah Unsmoler eine Weile beim Arbeiten zu. Kräftige Hiebe mit dem Holzhammer auf das Griffende des Beitels. Rechtschaffene Arbeit, obendrein bei diesem kalten unfreundlichen Wetter. Das imponierte dem Fischer. Er konnte sich sein Wetter auch nicht aussuchen.
»Hast dir einen Strandkorb draus gemacht!« rief er nach einer Weile. Unsmoler blickte sich um.
»Ich wollt' den Kahn nicht missen.«
»Hast ihn zersägt?«
Er sah den Fischer an und schüttelte beinahe unmerklich den Kopf.
Der Fischer grinste, kam in den Garten und reichte Unsmoler die Hand. »Hast schon alles abgemalert auf dieser lütten Insel, was? Nu mußt du schnitzen!« Er stellte selten Fragen: er behauptete.
»Mit den Bildern ist das wie mit den Fischen ... hast du die einen gefangen, kommen neue geschwommen!« sagte Unsmoler.
»Schöne Klötzers hast du da! Die taugen zu Galionsfiguren!«
Unsmoler nickte.
»Nicht sonn Flaschenspielkram wie uns Schauster macht«, fuhr der Fischer fort. »Holz muß schwer in der Hand liegen.«
Unsmoler antwortete nicht. Der Fischer wechselte das Thema.
»Dat Boot ist ja nu nicht mehr notwendig ... deine Alte ist ja auf und davon. Ruh hast du nu auch zu Hause.«
Unsmoler legte den Stechbeitel beiseite. Der Fischer betrachtete das Werkzeug. »Ich hab' auch schon mal geschnitzt. Eine Prothese ...«

»Das Heizerbein?«

»Ne, einer Frau einen Arm. Einer mit allen Wassern gewaschenen, einer Schönen, die aller Welt ihre nackichten Brüste gezeigt hat. Immer vorneweg, gegenan gegen die See. Ein buntfarbenes Weibchen vor dem Schiffsbug … hat mir Glück gebracht, die Schöne … wer kann das schon von einer Frau behaupten. Ja, die hat Glück gebracht! Du siehst, ich lebe noch. Und das, obwohl ich auf so einem verdammten Segler fuhr. Aber hin und wieder war das knapp … einmal, das war vor Indien, hat es uns die Stagen vom Klüver abgeruppt, selbst unsere Schöne war beschädigt. Und weil unser Zimmermann schon auf der Hintour das Zeitliche gesegnet hatte, hatte ich die Angelegenheit ins Lot zu bringen. ›Schön und gut, Käptn, aber ich muß mir am Ufer krummgewachsenes Holz besorgen!‹ Uns Käptn ging für zwei Tage unter Land, wir brauchten ohnehin Wasser und bißchen wat Grünes gegen Skorbut. Wenn ich heutzutage von wat Schönem träume, Jung, dann von der Insel, weiß der Herrgott, wie die geheißen haben mag. Groß war sie nicht. Da gingst du mit offenen Augen umher und glaubtest am hellerlichten Tag zu phantasieren. Schmetterlinge so groß wie hier die Vögel sind … und Frauen stramm und ebenmäßig. Die konnten zwischen ihren Arschbacken Nüsse knacken, und an den Bäumen Blüten und Früchte, alles zu gleicher Zeit! Und ein Duft in der Luft, von dem wurd' man reinweg besoffen … ich glaub', das war das Paradies!«

»Und warum schnitzt du jetzt nicht mehr?« Unsmoler hatte plötzlich das Bedürfnis, hier auf der Insel nicht alleine zu sein. Hier stand der Fischer, der in seiner Jugend das Paradies gesehen hatte und Interesse zeigte.

»Noch darf ich aufs Wasser … aber dafür brauchst du heutigentags ja einen Erlaubnisschein. Verrückte Welt!« sagte der Fischer und blickte zum schwarzen Teerkahn, der den jämmerlichen Versuch machte, zum Himmel zu fahren.

»Ja, Moler, wir von der Insel waren losgezogen, weil wir das Paradies suchten. Aber die Käptns hatten das bannig eilig. Fix von einem Hafen zum anderen. In den Fässern Pökelfleisch, der Zwieback konnte laufen, so viele Maden. Maden sind Frischfleisch. Bei jedem Wetter rauf in die Wanten, und das bei der Kost! Wer sich nicht halten konnte, war fix im Paradies. Wenn unsere Schöne vor dem Bug nicht die Prothese aus dem krummen Ast gehabt hätte,

hätte ich geglaubt, die Insel nur geträumt zu haben. So war dat. Der Arm hat gehalten bis Kolberg. Weißt du, was das ist … Kolberg? Du denkst wohl auch schon wie die annern Lü, das ist was zum Essen.«
»Täuf eis, ich borg' dir für eine Weile ein Figürchen, damit du wieder zum Schnitzen kommst!«
Unsmoler ging ins Haus und holte das weiß-goldene Engelchen. Seit jenem Abend, an dem Delphine ihm gesagt hatte, daß sie davongehen würde, hatte es auf dem Schrank gelegen.
»Schnitz mal wieder was … ein Arm, das reicht nicht für das ganze Leben.«

Nebel

Erste Wärme über dem Festland. Boddennebel trieb her über die Insel. Unsmoler wanderte im Nebelmeer, und das begann vor der Haustür.
Nebelnässe, wie damals, als das Pferd, als Delphine, als …
Erinnerungen, die er nicht berühren mochte.
Er schwamm aufrecht. Am Steilufer Grenzenlosigkeit. Tiefe ohne Grund.
Die Luft körperhaft, fast so, als könne man armerudernd fliegen.
Er dachte unversehens daran, sich Gänse zu besorgen … einen Ganter und eine Gans verschiedener Rassen, deren Nachkommen den Wildgänsen ähneln würden. Vielleicht würden sie fliegen, vielleicht sogar davonfliegen, statt seiner fliegen.
Er ging auf dem Rückweg an der Poststelle vorbei und kaufte sich eine Geflügelzüchterzeitung. Kleingärtnerei und Geflügelzucht wurden vom Staat gefördert. Die Steigerung der Erträge half die Versorgung der Bevölkerung sichern. Zudem ist jemand, der sich um eine Schar Hühner kümmert, ein kleiner Fürst in seiner Kleintierzüchterwelt. Die kleine, intakte Welt eines Hühnerhofs: das andere Maß. Die ummauerte Heimat wird plötzlich riesengroß.
Er reagierte auf zwei Annoncen. Die Gänse kamen in dunklen Kisten. Die brave Landgans legte bald Eier. Bewacht vom Gan-

ter, brütete sie zwölf davon aus. Stolz marschierte sie mit ihren Gösseln in der Märzsonne. Unsmoler zeichnete unentwegt Gänse. Plastische Formen. Er dachte an Betonplastiken. Aber Zement gab es zur Zeit nicht: die große Mauer schluckte zu viel. An der Vervollkommnung der Grenzbefestigungen wurde noch gearbeitet.
Unsmoler malte einen weiteren Entwurf für das Kindergartenbild: die güldene Gans.
Zur Entwurfspräsentation fuhr er wieder in die Stadt.
Es irritierte seinen Gastgeber, den Ernährer zurückgelassener Katzen, nicht, daß er einen Auftrag übernommen hatte.
»Ein-ein Bild für einen K-Kindergarten? Ein Märchen? Das ist das Beste, was dir passieren konnte!« stotterte er begeistert. »Die besten Russenfilme, die ich kenne, sind Märchenfilme … geglückte Flucht ins Märchen. Im Deutschen Theater kannst du ein tolles Theaterstück sehen, gute Inszenierung, gute Schauspieler, gutes Bühnenbild, farbig, nicht gräulich wie bei dem Brecht. ›Der Drache‹ von Jewgeni Schwarz. Da hast du ein Märchen! Handelt von Sch-Stalin … aber Sch-Stalin hat zum Glück nicht bemerkt, daß er mit dem Drachen gemeint war. Der Dichter überlebte. Eine Weile wenigstens.«
Unsmoler ging ins Theater und war tief beeindruckt. Nachts zeichnete er einen weiteren Entwurf für das Kindergartenbild.
Bei der Präsentation hob er die nächtlichen Zeichnungen in die Höhe und erzählte, daß das Märchenstück des russischen Juden Jewgeni Schwarz ihn auf diese Bildidee gebracht habe. Niemand erlaubte sich, Einwände zu machen. Und wieder traf Unsmoler die Instanz. Der Mann nahm ihn zu einer Ausstellungseröffnung mit.
Engelsbilder an den Wänden. Engel mit zusammengebundenen Flügeln. Engel wie Hühner auf einem ungarischen Bauernmarkt. Ein stämmiger Alter mit Bürstenhaarschnitt hielt die Eröffnungsrede und stellte sich mit Worten schützend vor den jungen Maler. Mag sein, daß seine schöne Frau ihn dazu überredet hatte. Aber die Rede war gut. Die Rede war mutig. Formulierungen, die man so sonst nirgendswo hörte. Die Rede machte Unsmoler Hoffnung: Wir schaffen es, die Gesellschaft zu verwandeln! Er schob sich, als der kurze Applaus verklungen war, durch die Menge und sprach den Mann an. Er mußte ihm sagen, wie sehr ihm die Worte gefallen hatten.

»Wer sind Sie?« fragte ihn der Redner. Unsmoler nannte seinen Namen und sagte, daß er Maler auf einer Insel sei.

»Ich plane eine Ausstellung von Arbeiten junger Künstler, die etwas wagen. Geben Sie mir Ihre Adresse ... vielleicht können wir Sie einbeziehen. Schicken Sie ein paar Fotos.«

Wenig später sah Unsmoler jene Malerin, deren Betrübnis ihn stets verunsicherte.

»Na, hast du dich eingekratzt?« fragte sie ihn streng.

»Ich wollte dem Redner nur sagen, wie mutig ich die Worte fand!«

»Mutig?« fragte sie. Sie stellte eigentlich immer nur irritierende Fragen.

»Um den brauchst du dir keine Sorgen zu machen, der ist in jeder Weise abgesichert. Aber, stimmt schon, es ist ein Segen, daß wir den haben.«

Als Unsmoler am nächsten Tag morgens im Zug erwachte, erinnerte er sich dunkel daran, daß er nach der Ausstellungseröffnung zu neuen Bekannten in ein Auto gestiegen war. Dichtgedrängt waren sie irgendwohin gefahren. Offensichtlich in das Atelier des Engelmalers. Beneidenswert große Leinwände lehnten ringsherum an den hohen Wänden. Von der Decke herab hatte an einem Seil eine lebensgroße Gliederpuppe geschwebt: das Engelsmodell. Immer wieder hatte sich jemand bemüßigt gefühlt, den hölzernen Engel mit irgendeinem Attribut, einem Hut oder dergleichen, zu versehen und in Schwung zu versetzen. Und jedesmal hatte die ausgestreckte hölzerne Hand über dem wogenden Lärmen den Versuch gemacht, die Anwesenden zu segnen.

Unsmoler erinnerte sich, daß er aus unerklärlichem Grund tieftraurig gewesen war. Er hatte alle möglichen Schnäpse gekippt, braune, blaue, grüne, gelbe. Irgendeine Frau hatte sich bemüht, ihn zu trösten.

Plötzlich hatte er Gitarrenspiel und Gesang gehört. Der Gesang hatte ihn so sehr in den Bann gezogen, daß er die tröstliche Frau vergessen hatte.

Während der Zug nun durch Felder, Wälder und Orte ratterte, hatte er immer wieder an die Melodie denken müssen, an diesen Gesang, an diesen langen, langen Ton und die stürzenden Töne danach. Vergeblich versuchte er sich an die Verszeilen zu erinnern ... er fand sie nicht. Statt dessen dröhnte sein Kopf.

Ich hätte aufstehen sollen, hinausgehen mit diesem wunderbaren Lied.
Aber die Frau auf seinem Schoß hatte ihn gehindert. Sie schien das Lied zu kennen.
»Nun stiehlt der Kerl wieder allen die Show«, hatte sie gesagt. »Aber paß mal auf!« Sie war aufgestanden, hatte mit dem Gastgeber gesprochen und war dann hinter einer großen Leinwand verschwunden. Der Maler war auf eine Trittleiter geklettert, er hatte die Figur abgeknotet, sich den flügellosen hölzernen Engel auf die Schulter geladen und ihn hinausgetragen. Lose hing das Seil hinab.
Gitarrenklänge.
In Tücher gehüllt war die Frau, die eben noch auf Unsmolers Schoß gesessen hatte, hinter dem Bild hervorgekommen. Man applaudierte.
»Und jetzt das Original!« hatte der Maler gerufen.
Sie hatte das Seil ergriffen und sich jauchzend, geschickt wie eine Zirkusfrau, hin- und herschwingen lassen. Drehungen, Akrobatik. Die Tücher waren hinabgefallen. Applaus, der Sänger verstummte. Dagegen kam er nicht an.
Auch die Instanz war zugegen. Der Mann hatte nach dem Seil gegriffen, mit den Bewegungen eines Volltrunkenen eine Schlinge geknotet und einen Fuß hindurchgesteckt, den Kopf nach unten, von Zechern angestoßen, pendelte er hin und her. Nach wenigen Schwüngen stieß er plötzlich gräßliche Geräusche aus. Aus dem Spaß schien Ernst geworden zu sein.
Unsmoler erinnerte sich, daß er aufgesprungen war. Er hatte den Kerl anheben wollen, aber im gleichen Moment rieselte Putz, und der Haken riß aus der Decke. Das Seil fiel neben dem Komödianten auf die Erde.
»Nicht einmal erhängen kann man sich in diesem Staat!« hatte er mit gespielter Schwermut gerufen. Er wies nach oben. »Alles Murks!«
»Der darf das!« hatte seine Trösterin geflüstert.
Über allem hatte eine Verzweiflung gelegen, die niemandem bewußt wurde.
Weg! hatte Unsmoler gedacht, weg!
Er war der Fremde, der von der Märzsonne am Meer Braungebrannte. Fremd zwischen diesen Menschen. Machte ihn das in-

teressant, weil die Eingemauerte Sehnsucht nach dem Fremden hatte? Oder hatte man sich an die Zeit von damals erinnert: Der Mann, der gegangen und dennoch geblieben war …

Planung

Seltsam, es war ein moderner Sitzungssaal mit neuem Mobiliar in neuem Gebäude, und doch herrschte die gleiche Tristesse wie damals in der Baracke am Hafen. Dort hatte in der dürftigen Enge der Inselchef von lichter Atmosphäre geträumt, von lächelnden Mitarbeitern, von Begeisterung und Aufbruchstimmung. Nichts davon hatte sich erfüllt.

Lag es am gleichen Rot des Fahnentuchs, dem gleichen Lächeln des Staatsratsvorsitzenden von oben herab hinter dem Glas des Großserienrahmens? Lag es an der gleichen Anordnung der Polsterstühle, auf denen die Genossen zusammengesackt mit maskenhaften Versammlungsgesichtern die Sitzung über sich ergehen ließen?

Sogar der Barackengeruch war ihnen in die neuen Räume gefolgt und das Reden wider besseres Wissen war ihnen gefolgt und die Rituale waren ihnen gefolgt und das Empfinden, daß die Zeit viel zu langsam verging. Und ein jeder litt an der eigenen Stupidität, die immer noch die bequemste Art war, über die Runden zu kommen. Und doch wurden in diesem Kreis alle Angelegenheiten, die das Leben hierzulande bestimmten, durchgekaut, beraten und abgesegnet, bevor sie im Gemeinderat oder sonstwo verkündet wurden.

»Wir kommen zu Punkt fünf«, der Inselchef blickte auf und runzelte die Stirn, »unseren Werktätigen muß auch unter neuen, komplizierten Bedingungen ein unterhaltsamer, effektiver Urlaub ermöglicht werden«, sagte er, »nicht alle unsere Ressourcen sind diesbezüglich bereits voll ausgeschöpft. Der Pastor, so scheint es, wird wieder aktiv.«

»Das werden wir unterbinden!« sagte der Mitarbeiter rasch.

»Das werden wir vorerst nicht unterbinden. Keine Konfrontation zum gegenwärtigen Zeitpunkt!«, streng klopfte der Genosse Vorsitzende auf den Tisch. »Wir werden mit eigenen Aktivitäten gegensteuern. Neben der kontinuierlich verbesserten Unterhaltung durch den Strand- und Inselfunk, der Gründung eines Heimattierparkes und der Errichtung einer modernen Freilichtbühne werden wir in Absprache mit der Weißen Flotte die Festlandsfähre so weit wie möglich für das Angebot von Fahrten rund um die Insel nutzen, musikalische Unterhaltung inklusive. Das erfordert eine optimale Koordinierung des Be- und Entladens. Sagen wir Ankunft 12 Uhr, Rundfahrt von 13 bis 17 Uhr, Ablegen zur Überfahrt 18 Uhr.« Er nickte einem Genossen zu: »Du regelst das!« Der Angesprochene zuckte zusammen.

»Die Bootsbesitzer der Insel rechnen ernsthaft mit der Erlaubnis, die Boote wieder nutzen zu können. Sie behaupten, das sei ihnen vom Genossen Vorsitzenden zugesagt worden«, meldete sich der Mitarbeiter, der die Zurechtweisung übelgenommen hatte.

Der Inselchef, einen Moment verunsichert, reagierte rasch. »Die weltpolitische Lage hat sich zunehmend verschärft. Das war nicht vorauszusehen. Wir müssen reagieren. Der Gegner nutzt jede auch noch so geringe Möglichkeit zu Provokationen. Stimmungsmache können wir jedoch nicht dulden! Dagegen ist einzuschreiten!« Der Genosse Vorsitzende pflegte lästige Themen rasch beiseite zu schieben.

»Tagesordnungspunkt sechs«, verkündete er streng. »Unser junger Inselkünstler scheint uns ein wenig zu entgleiten.«

Er war bereits vom nicht gerade zurückhaltenden Ausstellungsbesuch des jungen Inselmalers in der Hauptstadt unterrichtet worden. Dafür, daß der junge Mann sich im Atelier eines Künstlers die Hacke vollgesoffen hatte, hatte er Verständnis. Daß sich der junge Mann jedoch so heimlich, still und leise der Einflußnahme entzog, empfand der Inselchef als Herausforderung.

»Wir sind über sämtliche Schritte umfassend im Bilde«, bemerkte der Mitarbeiter infam lächelnd. »Der Bürger, den sie hier Unsmoler nennen, fertigt ein Gemälde für einen Kindergarten in unserer Hauptstadt an, das macht gewisse Reisen erforderlich. Tatsache allerdings ist, er nähert sich Kreisen, die unter Beobachtung stehen …«

Der Mitarbeiter wurde vom Genossen Vorsitzenden unterbrochen: »Manche unserer Bürger haben die seltsame Begabung, sich immer die falschen Freunde zu suchen. Aber mit Aufträgen kann bei derartigem Verhalten ganz schnell Schluß sein!« Er konnte dem Maler nicht verzeihen, daß er Delphine und das Kind hatte gehenlassen.

»Nehmen wir den Herrn nicht ein wenig zu wichtig?« äußerte eine brünette junge Frau, die der Mitarbeiter seit kurzem für sein Inselteam gewonnen hatte. Alle sahen sie an. Offenbar kannte sie die Spielregeln dieser Runde noch nicht.

»Wir nehmen alles ernst«, begann der Chef genüßlich seine Belehrung, »denn wir sind geschichtlich und vor allem territorial in einer besonderen Situation. Das sollte jeder von uns, ich sage bewußt jeder von uns, verinnerlichen!«

Er machte eine Pause, um die neue Kollegin zu einer weiteren vorlauten Entgegnung einzuladen, aber sie hatte begriffen und blieb stumm.

»Jener junge Mann ist möglicher Konzentrationspunkt negativer Elemente. Wir haben diesbezüglich unsere Erfahrungen mit ihm. Zwar können wir den Besucherstrom dank der Maßnahmen der Grenzsicherung, sprich gesetzliche Vorschriften des Grenzgebietes, steuern und kontrollieren, es gibt bedauerlicherweise jedoch noch andere Möglichkeiten der Kontaktaufnahme.« Wieder sah er sie an, aber sie entgegnete nichts. Er spielte also den Trumpf aus, ohne daß er ihn benötigte: »Sein Bruder ist Seemann … Afrika, Kuba, Südamerika, Westeuropa. Genossin, du weißt, was das bedeutet, respektive bedeuten könnte!«

Er blickte in die Runde, lächelte und wandte sich erneut an die brünette Kollegin. »Ich würde vorschlagen, daß du dich um«, er ahmte den Tonfall ihrer Stimme nach, »›den Herrn‹ ein wenig kümmerst!« Sein Blick glitt zum Mitarbeiter, der ihr direkter Vorgesetzter war: »Du regelst das!«

Der Mitarbeiter nickte. Was meinst du, was ich alles regele, dachte er lächelnd.

In Wirklichkeit meinte er längst, daß er der mächtigste Mann der Insel sei. Bedauerlich: er mußte es verbergen.

»Unser Künstler könnte zum Beispiel ein paar Losungen schreiben. Unsere Fassade verträgt ein wenig rote Farbe!« fuhr der Genosse Vorsitzende fort.

»Auf die Wände?«

Der Inselchef zeigte sich wieder einmal in jeder Weise kompetent. »Auf Tafeln!, Genossin, Losungen ändern sich. Du wirst ihm dies-

bezügliche Aufträge überbringen. Material wird geliefert, Ausflüchte werden kaum möglich sein!«
»Und wenn er doch ablehnt?«
»Das allerdings würde eine feindliche Gesinnung offenbaren. Aber laß dir was einfallen, Genossin. Nur nicht gleich mit der Tür ins Haus fallen. Erst seine Zusage ... Er wird an Schilder denken wie ›Klettern auf dem Steilufer verboten‹, dann schicken wir ihm die Tafeln ... zu guter Letzt die Texte!« Offenbar hatte der Inselchef das alles schon durchdacht. »Alles Schritt für Schritt. Künstler sind sensibel.«
»Er wird eine schöne Frau schon nicht im Regen stehenlassen. Er ist hilfsbereit«, sagte der Mitarbeiter. Er hatte ein gutes Gedächtnis und umfangreiche Akten. Er meinte, so ziemlich alles von Unsmoler zu wissen.
Schließlich hatten in seiner Dienststelle alle Kollegen ihren Achtstundentag, und allzu viele Menschen gab es im Winterhalbjahr nicht auf der Insel.

Osterferien

Vorerst kamen nur Tagesurlauber. Alles ähnlich wie im vorigen Jahr. Die Leute schienen beinahe verwundert, daß sie ohne weiteres die Insel besuchen durften. Daß ihre Namen in eine Art Passagierliste eingetragen wurden, war wohl auf allen Schiffen üblich. Früher hatte man das offenbar vergessen. Früher war es dem Kapitän schnuppe gewesen, ob hier jemand, wie seinerzeit auf der Schatzinsel Ben Gun, zurückgelassen wurde.
Neuerdings aber legte die Fähre erst ab, wenn alle wieder an Bord waren. Auf Vollzähligkeit wurde geachtet.
Die Internatsschüler, die in den Ferien nach Hause kamen, fühlten sich privilegiert: Es gab Anordnungen, die sie nicht betrafen.
Längst bevor die Fähre in den Hafen eingelaufen war, sahen die »Großen« zu ihrem Schrecken aus dem Sanddorndickicht einen während ihrer Abwesenheit errichteten Wachturm emporragen. Wo früher einmal eine militärische Anlage gewesen war, dorthin fühlte sich das Militär offenbar wieder hingezogen.

Die Jungs sahen einander an und murmelten: »Scheiße!« Der Rote spie ins an der Bordwand vorübergleitende Wasser und zeigte kurz drei Finger seiner Linken, was bedeutete, wir treffen uns um acht.
In der Dämmerung strolchten sie, als könnten sie nicht erwarten, das Meer von oben zu betrachten, zum Steilufer. Da sahen sie es genau: Eine Schneise war durchs Sanddorngebüsch geschlagen, Buschwerk war von schweren Maschinen niedergewalzt. Zaunpfähle, ausgerichtet in Reih und Glied, warteten darauf, mit Maschendrahtgeflecht und Stacheldraht verbunden zu werden.
»Scheiße, Scheiße«, jammerten sie erschrocken. Ihr Versteck lag im inneren Bereich. Bei Dunkelheit, während die Wachhabenden oben auf dem Turm mit den Scheinwerfern spielten, schlichen sie in die Sandmulde. Sie ertasteten den mit Sand bedeckten, zwischen Betontrümmern versteckten Eingang zu den Bunkerräumen. Sie krochen aus der Finsternis in die Finsternis. Erst tief unten in der Höhle schaltete der Rote die Taschenlampe an.
Der Lichtkegel glitt über die Wände. Nichts hatte sich verändert. Nichts war berührt. Sie saßen auf den leeren Munitionskisten rund um den flachen Kistentisch, auf dem aufgereiht Flaschenbomben standen. Sie sprachen kein Wort. Sie hatten Angst. Zum ersten Mal Angst hier unten. Aufgewickelte Zündkabel in der Ecke. Sie wußten, daß sie den Bunker mit dem Zeug, das im Nebenraum lagerte, aus sicherer Entfernung in die Luft sprengen konnten. Sogar der Turm da oben würde kippen. Das aber wäre ein ungeheuerliches Verbrechen, ein Staatsverbrechen.
Sichere Entfernung! Es gab keine sichere Entfernung, denn aus diesem Land gab es kein Entkommen mehr. Zum Glück haben wir nur Pauker an die Wände gemalt, dachten sie, denn irgendwann wird doch irgendeiner reden. Dann werden die Sicherheitsorgane den Eingang vergrößern und hier hinunterkriechen. Wenn die das Zeug hier finden, sind wir erledigt. Sprengstoffbesitz zur Vorbereitung von kriminellen Handlungen. Die warten doch nur auf so was. Die machen was Politisches draus. Die wollen Exempel statuieren. Ab die Rübe. Sie wagten kaum zu atmen. Ihnen war speiübel.
»Professor, mach die Proviantkiste auf und lang was rüber!« sagte der Rote.
Der Professor hieß einen Kumpel sich erheben, öffnete die Kiste,

auf der der Junge gesessen hatte und langte in Wachspapier eingewickelte Zwiebackpakete hervor.
»Die Buddel!« Der Rote nahm die Flasche, betrachtete sie, zog sein Messer aus der Tasche und kratzte sorgfältig das Etikett ab. Wortlos sahen die anderen ihm zu. Die Papierschnipsel kehrte er mit der Hand zusammen und steckte sie in die Hosentasche, dann schraubte er den Deckel der Flasche ab, roch daran und sah die anderen der Reihe nach an. Ohne seinen Blick auch nur einen Moment auf die Flasche zu richten, ließ er deren Inhalt auf den sandigen Betonboden gluckern.
Sie sahen sich bleich und gespenstisch an. Von unten beleuchtete Szene. Die Taschenlampe auf der Erde. War jemand unter ihnen, der sie verpfeifen würde …?
»Alles nur Kinderkram!« sagte der Rote schließlich leise. Sie spürten, selbst der hatte Angst. »Ich pass' sowieso kaum noch durch den Spalt. Feierabend hier unten!«
Würde er befehlen, die Flaschen bei der Munition zu deponieren und das Kabel auszulegen?
Aber der Rote nahm die Zwiebackpakete, riß das Papier auf und roch an einem Zwieback.
»Muffig«, sagte er und schüttete den Inhalt auf den Boden. Das Papier zerknüllte er und stopfte es sich in die Taschen.
»Alle Vorräte!«, er machte ein Zeichen mit dem Daumen. »Das lockt die Ratten, die verwischen die Spuren.«
Die anderen Jungen machten es ihm nach. Sie mußten etwas tun. Hin und wieder stand jemand auf, ging in das Halbdunkel und kam mit irgendeinem Gegenstand zurück, der hier nicht bleiben durfte.
Der Rote nahm eine Sprengflasche. Die anderen Jungs sahen ihn erschrocken an. Er grinste.
Er öffnete den Verschluß, zog den Zünddraht heraus und kippte die Pulverstangen und das Pulver auf den sandigen Boden. Eine Flasche nach der anderen. »Ich muß sowieso bald zur Armee, dann kann ich knallen, mehr als mir lieb ist!«
»Kinderkram!« flüsterten sie erleichtert, »Kinderkram.«
Sie sprachen Worte, die sie bei einem Verhör zu ihrer Entlastung würden wiederholen können. Das Spiel war zu Ende.
»Sand drüber!«
Den Professor schickten sie zum Ausgang, ob die Luft draußen

rein war. Er war der Jüngste. Ein letztes Mal so wie früher, als es noch Spiel war.
Der Rote schaufelte aus dem Gang trockenen Sand zwischen seinen Beinen Richtung Bunkerraum. So graben Hunde. Die anderen schaufelten den Sand weiter … alles bedecken. Dann krochen sie, mit den Händen die Fährten verwischend, rückwärts zum Ausgang und warteten lautlos, bis sie sich in die Dunkelheit hinauswagten. Zum Glück wuchsen hier noch die dornigen Sanddornbüsche. Wieder sicherten zwei Jungs, während die anderen den Eingang ein für alle Male mit bloßen Händen zuschaufelten. Dann liefen sie geduckt zum Steilufer und sprangen die Kante hinab. Abwärts im Sand.
»Zugegeben, wir haben auf dem Steilufer getobt und uns mit harten Sandbrocken beworfen, Klüterschlacht eben. Machen die Kinder hier von jeher!« Das würden sie antworten.
Sie zogen Richtung Fischerstrand. Dort lag das letzte Boot nahe am Wasser im grellen Licht.
Nur bei toppendichtem Nebel würde es eine Chance geben, mit dem Boot über das Meer zu entkommen. Sie hatten alle den gleichen Gedanken, sprachen ihn aber nicht aus.
Sie ahnten nicht, daß bei dem Maler ein Gestell an der Hauswand lehnte, das wie eine zu breit geratene Leiter aussah.
Seit Unsmoler das Gestell gebaut hatte, fühlte er sich nicht mehr ausgeliefert. Er würde fliehen können, sollte die Situation ausweglos werden.
Die Jungs aber fühlten sich ausgeliefert … das Boot des Fischers im Licht. Keine Chance. Zum Glück keine Chance. Sie durften feige sein, sie wollten leben.
Als sie nach den Osterferien an Bord der Fähre gingen, sahen sie einander erleichtert an. Offenbar hatte man den Pulverbunker noch nicht entdeckt. Der Zaun durchs Dickicht war gezogen. Sie hatten Zeit gewonnen.

Mit den Tagesausflüglern kam ein fröhlicher, argloser Kommilitone von damals auf die Insel. Er sah Unsmoler von der Straße aus an den Holzskulpturen arbeiten. »Hallo!« rief er.
Unsmoler erkannte ihn erst auf den zweiten Blick. »Nanu, Pietro, so schwer bepackt und ganz allein?« fragte er verwundert. Diesen ein wenig leichtfertigen Menschen hatte er damals immer nur gut gelaunt und von schönen Mädchen umgeben erlebt. Sie hatten ihn »Pietro« genannt, weil sie meinten, nur Italiener wären so sinnenfroh.
»Irgendwas wird sich hier schon finden!« rief Pietro.
»Komm herein!«
»Nur einen Moment, ich muß wieder zur Fähre.«
Pietro trug einen schweren Sack auf der Schulter. Er hatte sich verändert. Das spürte Unsmoler. Pietro berichtete, er habe zelten wollen, das sei allerdings nur mit Zeltschein gestattet und den müsse man drei Wochen vorher schriftlich beantragen. Pietro fragte also, ob er das sperrige Zelt, Marke Eigenbau, unterstellen dürfe. Unsmoler nickte und machte mit Kirschsirup und Wasser eine Kanne Saft. Pietro trank und erzählte, blickte aber schon nach kurzer Zeit auf die Uhr.
»Ich muß los«, sagte er, »aber ich komme wieder, mit Zeltschein.«
Unsmoler beruhigte ihn … »Hast noch Zeit, die Fähre fährt nicht ohne dich los!«
Aber Pietro erhob sich. »Ich will nicht unangenehm auffallen!« sagte er und schien wieder fröhlich, vielleicht weil er sein sperriges Gepäckstück los war. Unsmoler begleitete ihn hinaus, ließ ihn das Bündel in den Schuppen tragen und machte sich wieder an seine Arbeit.
Aber es dauerte nicht lange, und er wurde erneut gestört.
Der Hausmeister vom Chefobjekt kam auf den Hof. »Moler, Moler, du kannst dir paar Pluspunkte verdienen, man weiß nie, wozu man die noch brauchen kann!«
Das Moler, Moler klang beinahe wie eine Warnung in einem Märchen. Offenbar hatte man sich in der Sicherheitsabteilung für die Hausmeistervariante entschieden.

»Die da oben haben wieder Schilderprobleme«, sagte der Hausmeister.
»Ich hab' kein Zeit nicht!« Unsmoler paßte sich gelegentlich der Sprechweise der Dörfler an. Doppelte Verneinung.
»Mann, hab dich nicht so, dat ist nicht viel ... ein, zwei Schilder!«
Unsmoler klopfte stumm an seinen Figuren herum. Er war nicht bei der Sache.
Aber der Hausmeister vom Chefobjekt sah sich interessiert das schwarze Boot, das in den Himmel fuhr, an und sagte: »Dat wird gemunkelt, daß es Sondergenehmigungen für Boote geben soll ... in begrenztem Umfang, versteht sich, da wären Pluspunkte schon mal gar nicht übel ... Schilder malen, dat ist noch die leichteste Art, sich verdient zu machen. Man sagt, der Genosse Vorsitzende verhandelt bereits mit denen in Berlin.«
»Ich hab' kein Boot mehr!« knurrte Unsmoler.
Der Hausmeister klopfte mit den Knöcheln an das eingegrabene Boot, blieb stehen, störte ihn und schwieg.
»Sollen die meinetwegen die beiden Tafeln schicken«, sagte Unsmoler nach einer Weile.
»Na also«, sagte der Hausmeister, »ein Mann, ein Wort! Schönen Tag auch!«
Der Mitarbeiter hatte den Hausmeister instruiert. Er konnte sich auf dessen Einfühlungsvermögen verlassen, schließlich hatte er vom Hausmeister damals das Angeln gelernt ... nicht zu heftig ziehen ... anrucken und dann sachte, sachte. Leine geben, wenn der Zug zu stark wird. Nur nicht loslassen.

Holen wir uns die Welt auf die Insel!

»Dann müssen wir uns eben die Welt auf die Insel holen!« beendete der Herr Akkurat das kurze, ein wenig trübsinnige Gespräch über die Gartenmauer hinweg und sah sich scheu um. Er und seine Gattin waren seit Ostern wieder anwesend. Unsmoler bemerkte den ängstlichen Blick des Herrn Akkurat und dachte ... lieber

Nachbar, beeil dich und setz den nickenden Pfau in den knorzligen Baum, du wirst ihn bald brauchen.

Was der Herr Nachbar mit seinem bedeutungsschweren Satz gemeint hatte, verstand Unsmoler allerdings erst Wochen später.

»Holen wir die Welt auf die Insel!«, das schien auch der Genosse Vorsitzende zu meinen.

Das mußte man dem Mann lassen. Er hatte die Fähigkeit, auch unter erschwerten Bedingungen Baumaterial und andere ihm notwendig erscheinende Dinge irgendwie, wenngleich auch mit quälendem Zeitverzug und allerhand Tricks zu beschaffen. Weiß der Teufel, wie er in der gegenwärtigen Situation an Zement gekommen war.

Die Betonsilos des kleinen Mischwerks waren jedenfalls randvoll gefüllt. Die gesamte Feldbaubrigade und alle in anderen Bereichen zur Zeit nicht unbedingt notwendigen Arbeitskräfte waren zur Produktion von Betonteilen abgestellt.

»Nu will er sich auch 'ne Mauer bauen!« unkte man im Dorf, denn die Betonarbeiten fanden abgesichert hinter einem extra errichteten Zaun statt. Es solle verhindert werden, daß Liebespaare in Ermangelung von geeigneten Bäumen ihre Herzen für alle Ewigkeit in den feuchten Beton ritzten, hieß es offiziell. Manch eine Schrittplatte im Dorf erinnerte in der Tat an flüchtige, längst vergessene Sommerferienliebeleien. Was man im Objekt jedoch befürchtete, war, daß irgendwelche Elemente die Gelegenheit nutzen würden, staatsfeindliche Parolen in den frischen, noch weichen Beton zu ritzen. Sicherheit überall.

Eines schönen Tages glättete die seit längerer Zeit ungenutzte Planierraupe ratternd den Südhang des Pötterberges. Nun glaubten es auch die Dörfler: die große Freilichtbühne würde tatsächlich errichtet werden. Die Betonteile waren wirklich Sitzbänke, und all das Gerede nicht lediglich Tarnung für irgendeinen militärischen Scheiß.

Der Hang des Inselchefs zum Überdimensionalen konnte sich ausleben. Er freute sich darauf, den Erfolgsbericht zu übermitteln: Eine Kulturstätte mit tausend Plätzen sei geschaffen worden.

Da er in keiner Weise durch einengende Besitzverhältnisse behindert wurde, plante er das Amphitheater in der Tat bombastisch.

Fast zur gleichen Zeit ergab es sich, daß er seinen Traum von den landenden Flugzeugen realisieren konnte. Als der Feldbaubriga-

dier seine Leute zum Düngerstreuen abziehen wollte, war die Gelegenheit gekommen.
»Die Bühne hat jetzt Priorität, Genosse, das ist eine politische Entscheidung. Kultur ist Waffe. Wir brauchen deine Leute ... den Dünger aber streuen wir aus der Luft!«
»Wir lernen fliegen, was!« schimpfte der Bauer.
»Wir können fliegen und, vor allem, wir können landen!« sagte der Genosse Vorsitzende und wies auf die schnurgerade Betonstraße.
»Na, dann lande man!« sagte der Bauer. Er setzte seine Mütze auf und verließ das Büro. Widerrede bringt nix, sagte er sich, sollen die man machen! Sie werden schon noch auf den Arsch fallen.
Der Inselchef telefonierte mit dem Festland. Er benutzte das rote Telefon und hatte vor sich auf dem Tisch eine lange Liste von Argumenten. Er schwitzte. Er las die Begründungen ab und hatte währenddessen ständig die Furcht, barsch unterbrochen zu werden.
Er wurde nicht unterbrochen, am anderen Ende der Leitung herrschte sogar noch eine Weile bereitwillige Stille. Dann aber fragte die Stimme beinahe süßlich: »Noch was?«
»Nein, Genossen, das ist alles. Ich kann die Unterlagen auf dem Postwege umgehend abschicken, aber ihr wißt ja, die Verbindung zum Festland ist manchmal ... Sturm, Nebel, Eis ...«, diese Bemerkung war ein weiteres Argument.
»Mit dem Papierkram kannst du dir den Hintern wischen!« klang es immer noch freundlich. »Habt ihr da auf eurer Insel eine Landkarte? Na großartig! Dann klapp sie mal auseinander und schau drauf. Ihr seid Grenzgebiet, Mann! Ein Flugzeug bei euch stationiert würde gegen jede Sicherheitsvorkehrung gröblichst verstoßen!« Die Stimme war grob geworden, fuhr nach einer Weile aber sanfter fort: »Eure Schwierigkeiten mit dem Düngerstreuen werden wir mit dem agrochemischen Zentrum besprechen. Wie sagtest du, Hänge, Sumpfgelände?«
Dem Genossen Vorsitzenden war, als wäre er mit einem Flugapparat, dem bunten Vogel seiner Träume, gegen eine Mauer geprallt, auf der geschrieben stand: GRENZGEBIET.
In einem Wirbel glänzender Bruchstücke stürzte er Richtung Erde. Er vergaß zu antworten.
»Na gut«, sagte die Stimme nach zwei Wartesekunden, »schreib

die Argumente auf, schließlich müssen wir für die Agrarflieger was in den Händen haben.«
Der Inselchef fand sich in die Realität. »Selbstverständlich, sofort. Übrigens, Genossen, überreiche ich unserem Staat ein paar zusätzliche Quadratkilometer.«
»Na großartig, wie habt ihr das gemacht?«
»Nicht nur durch Uferbefestigungen und Trockenlegung, obendrein haben wir die Insel neu vermessen lassen. Die Karten waren veraltet. Für unsere Planung aber brauchten wir genaueste Daten. Wir sind auf diese Weise in der Lage, die Zeltplatzkapazität um dreißig Prozent zu steigern.«
Steigern, steigern, das Wort mögen die ... er wartete eine Weile, um das Wort wirken zu lassen. Der Genosse am anderen Ende schien sich Notizen zu machen.
»Tut uns leid, daß wir dir kein Flugzeug bewilligen können ... aber das mit den Agrarfliegern wird klappen. Ihr habt euch vergrößert, dann seid ihr ja all die Jahre unterbeliefert worden. Diesmal das Doppelte. Setzt die neuen Maße ein. Bei euch auf der Insel soll es wachsen, wie es bisher noch nie gewachsen ist!«
Ein paar Tage später kam ein Schleppkahn. Der Kran hob einen Düngerberg aus dem Schiffsrumpf. Stickstoff mit Mineralien angereichert.
Der Chef organisierte weiter. Er war in der Offensive. Er mochte die Offensive. Er blickte nach vorn und nicht nach hinten und hielt die Leute auf Trab.
»Unser Reichtum sind Sonne, Sand und Wasser, aber mit reichlich Düngung können wir die Insel obendrein in einen üppigen Garten verwandeln«, pflegte er in diesen Tagen zu seinen Genossen zu sagen. »Diese Fischköppe werden noch vor Staunen die Maulsperre bekommen!« Das jedoch äußerte er nur im allerkleinsten Kreis.
Er hatte den Streutermin kaum erwarten können. Bestes Flugwetter. Er war in die Aussichtsetage hinaufgefahren. Er war allein, da die Grenzer nun ihre eigenen Türme hatten.
Die Betonstraße war abgesperrt. Die zivilen Genossen der Sicherheitsabteilung und der Inselpolizist leiteten die Bürger auf den Pappelweg. Der Genosse Vorsitzende sah das Flugzeug erst, als es bereits zur Landung ansetzte und dann auf seiner Betonstraße ausrollte. Klein und gelb. Dann kam ein zweites und ein drittes. Beide machten es dem ersten nach. Am Hafen rasselte ein Förder-

band und belud Lüders Hänger mit Dünger. Alles funktionierte, der Mistlader stand bei den Flugzeugen. Das ist moderne Technik! So hatte er es sich damals erträumt. Träume werden wahr.
Die Stimme des Inselfunks tönte über die Insel, obwohl die eigentliche Saison noch nicht begonnen hatte. Alles wie geplant. Es wurde verkündet, daß die Betonstraße für den öffentlichen Verkehr gesperrt wäre, da Agrarflugzeuge zum Düngerstreuen in rascher Folge landen und aufsteigen müßten.
»Muddern, nu regnet dat Scheiße!« sagte der Schuster.
Damit brachte er auf den Punkt, was akustisch so schwer zu verstehen war, denn es war ein ruhiger Tag und die Töne trugen weit und überlagerten sich zu einem Kauderwelsch. Obendrein fuhr noch das grüne Auto mit dem Lautsprecher auf dem Dach durchs Dorf und empfahl, die Wäsche abzuhängen. Seltsame Stimmung.
»Nu regnet dat Scheiße!« wiederholte der Schuster.
Elfriede herrschte ihn an: »Von wegen Scheiße, Kunstdünger!«
»Scheißkunst!«
Die Flugzeuge brummten im Tiefflug über das Dorf hinweg. Die Leute eilten von Fenster zu Fenster, um sie mit Blicken zu verfolgen. Sie verschwanden hinter Lütt Ottos Scheune, dann stieg eine weiße Wolke empor. Wat nu, die streuen nach oben! Aber so war es nicht, sie spien über den Getreideäckern ihre weißen Wolken aus.
An diesem Tag schmeckte allen das Mittagessen anders. Der feine Staub drang durch die Ritzen. Selbst auf den Wassereimern schwamm eine dünne Schicht vom Teufelszeug.
»Wenn die Kerls wenigstens Schweinescheiße von oben kippen würden, dann wüßte man, woran man ist!« schimpfte der Schuster.
»Früher haben wir mit der Hand gestreut, immer rinn mit die Hände in das scharfe Zeug! Aber du hast das ja nicht tun müssen!« schalt ihn Elfriede.
»Da kam der Mist wenigstens nicht in die Supp und nicht aufs Brachland und nicht ins Wasser!«
Elfriede öffnete die Tür. Immer mußte sie ihren Mut beweisen!
»Muddern, bliv binnen und mach die Schotten dicht!« rief er.
Aber sie hatte sich bereits mit resoluten Schritten hinausbegeben.

»Mann, Mann, der ihre Haare werden aber wachsen!« Er schüttelte den Kopf und grinste.
Auch Unsmoler trat vor die Tür. Er sah das Gesicht des Piloten, und plötzlich befand er sich in jenem fernen Moment seiner Kindheit, in dem ein Jagdfliegerpilot Jagd auf die Flüchtenden machte, die über den staubigen Acker rannten. Sie taumelten und stürzten. Er sah die peitschende Spur der Einschüsse. Manche Leute erhoben sich nicht wieder. Unsmoler wankte hinein ins Haus und erbrach sich. Sein Hund hatte sich verkrochen.

Grosse Tafeln

Die Piloten arbeiteten ohne Unterbrechung. Füllen, starten, fliegen, streuen, landen. Füllen, starten, fliegen, streuen, landen. Ein Flugzeug war immer in der Luft. In die Reserve versetzte Kampfflieger, die nun bei den Agrochemikern arbeiteten. Zwar wunderten sich die Männer ein wenig über die ungewöhnliche Menge, die ihre gelben Flugzeuge hier zu streuen hatten, aber sie waren es gewohnt, Befehle auszuführen. Befehle, die sich nun Instruktionen nannten. Entlohnt wurden sie nach geflogenen Einsätzen, also nix wie hoch und raus mit der weißen Scheiße.
Lüder trichterte ein. Lüder liebte es gleichfalls ranzuklotzen. Anweisung von oben.
»Ich steck' nicht drin in dem Zeug!«
Schließlich war der Haufen am Hafen verschwunden … wird 'ne dicke Prämie geben, dachte der Traktorist und blickte sich zur Fährte der rollenden Hängerräder um. Hinter dem Fahrzeug wirbelte es empor. Düngerstaub überall. Die drei gelben Flieger verschwanden in der Ferne.
Zum Glück haben wir reinen Sandboden hier, dachte Lütt Otto und roch an dem weißen Pulver: ein kräftiger Regen, und der ganze Mist ist weggewaschen.
Der große Regen aber kam nicht … zwei, drei Frühlingshuschen, das war alles. Aber es reichte, um das Grün des jungen Roggens reinzuwaschen und die Betonstraße zu säubern.
»Seht ihr, dat braucht nicht viel, und alles ist wieder wie vorher,

und der Kaffee und das Mittagessen schmecken auch wieder!« triumphierte man in der Kneipe.

Der Chef aber wartete gespannt auf das wunderbare Wachsen. Mit neuer Zuversicht blickte er nach vorn. Das Verschwinden des Seglerhafens schmerzte ihn nicht mehr. Es gab Neues. Zum 1. Mai wurde die Bühne allerdings nicht fertig. Bedauerlich.

Er hatte seine Mairede auf einer stinknormalen Holztribüne halten müssen. Es war eine kurze Rede. Alles Schlag auf Schlag. Fröhliche Musik, ein Umzug, ein paar Buden. Sonderzuteilung Halberstädter Würstchen. Erledigt. Er gestand sich nicht ein, daß ihm Menschenansammlungen in der gegenwärtigen Situation nicht ganz geheuer waren, obwohl die Sicherheitsorgane alle Vorsichtsmaßregeln getroffen hatten.

Die Eröffnungsfeierlichkeit »Freilichtbühne«, das kündigte er bereits in den wöchentlichen Parteiversammlungen an, wird allen Genossen einiges abverlangen.

»Freunde, es wird eine Menschenansammlung werden, wie wir sie auf der Insel noch nicht erleben durften. Den Leuten muß Außergewöhnliches geboten werden. Wir dürfen dem Gegner keinerlei Gelegenheit geben, die Situation für seine Zwecke zu nutzen. Bereits im Vorfeld dürfen wir nichts, aber auch gar nichts, schleifen lassen!«

Die Losungstafeln fielen ihm ein.

Er ließ sich einen Bericht geben und setzte Termine.

Unsmoler blickte auf, als Lüder auf seinen Hof getuckert kam und heftig hupte.

»Schönen Gruß vom Chef. Ich bring' dir seine Tafeln.«

Als der Traktorist davongetuckert war, kam eine brünette Frau auf den Unsmolerhof. Eine schöne Frau.

»Sie wollen hoffentlich zu mir!« sagte Unsmoler und lächelte.

»Ja, das will ich«, sagte sie streng. »Ich bringe die Losungen für die Tafeln.«

Sie zog ein Papier hervor und überreichte es.

»Ach du Scheiße!« murmelte er, »das soll ich schreiben?«

»Sagten Sie etwas?« fragte sie.

Er sah sie an und schwieg.

Das Konzert auf der Freilichtbühne

Bereits Tage vor der ersten Veranstaltung auf der Freilichtbühne hatte der Strandfunk immer wieder sein Musikprogramm unterbrochen, um das Ereignis anzukündigen.

Der grüne Barkas schaukelte den staubenden Sandweg hoch. Ein Raunen ging durch das wartende Publikum. Man hoffte, daß es die Musiker wären, und applaudierte. Das Auto hielt. Zwei Männer, die mit Gewißheit nicht Musiker waren, sprangen heraus. Sie öffneten dem Inselchef und dessen korpulenter Frau die hinteren Autotüren. Erfreut, mit Beifall empfangen zu werden, stiegen die beiden aus und lächelten huldvoll. Der Beifall verstummte. Die hohen Gäste wurden zu reservierten Plätzen geführt und setzten sich. Der Barkas wartete abseits. Es konnte losgehen.

Die reservierten Plätze in der ersten Reihe waren im Grunde schlechte Plätze. Man sah die etwas erhöhte Bühne von unten. Würden Tänzerinnen auftreten, würde das ja noch angehen, dachte der Inselchef.

»Genosse, die Jungs kommen gerade aus dem Ausland, wo sie unser Land mit Bravour vertreten haben!« hatte ihm der Vertreter der staatlichen Bühnenagentur versichert. Er hatte sich darauf verlassen. Die Jungs hatten sogar gedruckte Plakate. Zu zwölft mit großem Gepäck waren sie angereist. Alle bestens untergebracht im Objekt, separater Erholungsbereich, und nun das! Die Bühne leer, fast leer! Die Scheinwerfer beleuchteten den halbrunden Bühnenhintergrund, die Instrumente glitzerten. Man wartete. Der Conferencier trat ans Mikrophon und klopfte daran, alles in bester Ordnung. Er nickte dem Inselchef zu. Er hätte ihn ankündigen müssen. Auch so einer von denen, die nicht spurten.

Der Chef erhob sich und erklomm mit flinken Schritten die Betonstufen zur Bühne, als wäre alles normal. Seine Worte stiegen zum Himmel und hüllten die Insel ein.

»Kultur ist Waffe, Freude mobilisiert!« Er redete eine ganze Weile. Es hätte auch eine 1.-Mai-Rede sein können. Er berauschte sich an den eigenen Worten.

Der Ansager applaudierte und sprach in ein anderes Mikrophon: »Dem können wir vollinhaltlich zustimmen. Wir danken dem Ge-

nossen Vorsitzenden, danken für die Kulturstätte hier, danken für den überwältigenden Empfang auf der Insel und wünschen uns allen einen unterhaltsamen Abend. Ein Extraapplaus für den Redner!« Erlösung.
Der Vorsitzende verbeugte sich. Aus den Türchen in der Bühnenrückwand flatterten wie bunte Paradiesvögel die Musiker.
»Da sind sie, da sind sie!« rief der Ansager. Ein Schlagzeugsolo grollte über die Insel. Es schien, als hätte der Schlagzeuger hundert Hände.
Die Malerin, die wie auch ihr Gatte auf einen der Ehrenplätze geführt worden war, beugte sich zum Inselchef, nickte ihm verbindlich lächelnd zu und flüsterte so etwas wie, »darauf kann man gar nicht oft genug hinweisen!«.
Der Genosse Vorsitzende starrte zur Bühne. Er sah die Musikanten herumhopsen. Die Blitze der Lichtreflexe ihrer geputzten Instrumente trafen ihn. Die Beckenteller schwankten, alles schwankte. Das Grinsen der jungen Leute schien zu triumphieren. Die hätte er als Flakhelfer sehen mögen. Von wegen bei Angriffen in Dekkung gehen! Die hätten geflennt beim großen Sterben im Lager! Schweiß trat ihm auf die Stirn. Was treten wir los, dachte er, das ist unsere Jugend! Er sah zur Seite. Die Malerin sah ihn an und lächelte. Augenblicklich beruhigte er sich.
Ihre Anteilnahme war echt, denn sie spürte die Einsamkeit des dicken Mannes.
Unsmoler saß ganz oben in der letzten Reihe. Er hatte vor, sich unauffällig zu entfernen, sollte die Veranstaltung allzu peinlich werden. Einfach über die Hügel davongehen. Aber er blieb.
Struktur der Reihen, der Rhythmus der Köpfe, der Rhythmus der Musik. Er dachte an Bilder: Unsmoler kniff die Augen zusammen. Das Bühnenspektakel verschmolz zu einem flackernden, bunten, lärmenden Fleck.
Leichtfertige Musik, sagte er sich. Sie verspricht, was sie nicht halten kann. Zügellos brüllt sie Freiheit, aber sie liefert allenfalls Rausch. Er sah reichlich Uniformen. Die Grenzer hatten offenbar Ausgang bekommen. Die Sitzreihen mußten gefüllt werden.
Junge Leute aus dem Publikum forderten lautstark bestimmte Titel. Die Dörfler aber blieben gelassen. Sie hatten wieder mal das beruhigende Gefühl, wie angenehm es ist, normal zu sein. Aber da waren die Rufe von Jugendlichen, auch von solchen, die Unifor-

men trugen, und da war das begeisterte Klatschen, wenn Anfangsakkorde erklangen. Der Abend nahm Gestalt an.
Zwischenrufe, so etwas kannte man hier nicht. Müssen wir abbrechen? Der Genosse Vorsitzende wechselte Blicke mit seinen Leuten. Nein, alles im Griff. Auch der Mitarbeiter war mit all seinen Leuten zugegen.
Oben auf dem Hügel flackerte ein winziges Feuer. Unsmoler hatte den Rauch gewittert und sich umgeblickt. Vier Leute saßen im Gras. Er sah die Schatten. Der Bodden glitzerte. Der Mond war aufgegangen. Sterne.
»Tina, Tina, Tina!« riefen Jugendliche von unten.
»Tina, komm runter auf die Bühne!« sprach einer der Musikanten ins Mikrophon. »Du hörst doch, man verlangt nach dir! Das ist des Volkes Wille!«
Am Feuerchen erhob sich jemand und ging zwischen den Reihen den Pötterhügel hinab. Ohne Ziererei erklomm ein junges Mädchen die Bühne. Man schien sie zu kennen. Applaus. Sie trat ans Mikrophon, wandte sich zu den Musikanten um und sagte etwas. Akkorde. Sie bewegte sich im Rhythmus der Musik, dann packte sie den Mikrophonständer, und es schien plötzlich, als würde dieser mit ihr tanzen. Dann fiel sie ein mit einem langen Ton … sie hielt ihn … sie hielt ihn länger … Mann, war das ein Ton! Dann Koloraturen wie eine Opernsängerin. Leute, die kann was! Das begriffen sogar die Sturen. Wummernder Rhythmus der Band. Mann war die frei, Mann, war die souverän! Wie war das möglich im ummauerten Land!
Sie bezauberte. Sie verwandelte. Dann imitierte sie andere Sänger, und es schien, als hätten diese ein Leben lang nur versucht, die Unbekannte dieser Inselnacht zu kopieren. Zu guter Letzt sang sie einen Titel der Band, und das war der Hammer.
Wir sind nicht verstummt, wir haben eine Stimme!
Sie verbeugte sich wie eine Ballettänzerin. Die Verbeugung eine Parodie.
»Das war auf euren Wunsch Tina, die ihren Weg machen wird«, rief der Conferencier ganz aus dem Häuschen. Unsmoler erhob sich und ging an der Glut des Feuerchens, das nun verlassen war, vorüber. Er blieb stehen und bedeckte die Glut mit Sand. Er war ein vorsichtiger Mensch. Aber das Bild dieser jungen Frau wollte er nicht verlöschen lassen.

»Zwei Fragen, die sich stellen: Erstens, warum waren wir nicht informiert und, werte Genossen, zweitens, wer hat das Programm genehmigt?« Der Inselchef klopfte mit dem Bleistiftende auf den mit rotem Fahnentuch bespannten Sitzungstisch. Überraschungen schätzte er nicht.
Der für die Kultur zuständige Kollege schluckte.
Der Mitarbeiter kam ihm zu Hilfe. »Wenn es um die junge Frau geht ... Sie reiste als Begleitperson an. Sie ist damit vorschriftsmäßig gemeldet. Niemand konnte ahnen, daß eine Garderobiere singt. Keinerlei Ausbildung, kein Schein, keine Lizenz, nichts.« Er lächelte: »Keinerlei Vorstrafen und immerhin Mitglied der Freien Deutschen Jugend. Sie hat auf ausdrücklichen Wunsch des Publikums gesungen und ihre Sache gut gemacht. Deshalb wäre es kaum sinnvoll gewesen, einzugreifen, zumal die Zuhörer ...«
Auch den Mitarbeiter hatte sie offenbar überzeugt.
»Wieso kannte man sie im Publikum?« fragte der Inselchef ungehalten.
»Der Kern von den Übereifrigen waren Leute von der Band selbst. Sie haben erfolgreich Stimmung gemacht. Sie saß oben auf dem Hügel, deshalb haben wir sie nicht weiter beachtet.«
»Unvertretbar viele Westtitel«, warf der Genosse Vorsitzende dazwischen, »es könnte scheinen, als wäre die Insel ein Experimentierfeld ... nach der Devise: wie weit kann man gehen so abseits vom Schuß!«
»Wir schießen überall, hier vielleicht sogar besser als anderswo«, der Mitarbeiter lächelte zynisch, fuhr dann aber ernster fort: »Was die Westtitel anbetrifft, das waren Parodien, das können wir vertreten.«
Wirklich sie hatte überzeugt.
»Selbstverständlich wird das Ganze ein Nachspiel haben. Was allerdings die Möglichkeiten unserer Arbeitsgruppe betrifft, die sind in diesem Fall begrenzt. Die Musiker sind heute hier, morgen dort. Grundsätzlich sollte man die Singebewegung unserer Jugend begrüßen.«
Das erste Konzert war also doch als Erfolg zu werten. Der für die Kultur zuständige Genosse atmete auf.

»Jawohl, Genossen, die junge Frau ist ein überzeugendes Beispiel unserer Singebewegung«, schloß der Genosse Vorsitzende das Thema ab, »der Beifall hat es bewiesen. Wir werden derartige Tendenzen künftig durch Gesangswettbewerbe unterstützen ... sprich ansprechende Preise zur Verfügung stellen: Präsentkörbe, Ferienplätze, Sektflaschen.«
Ein neues Problem hatte sich ergeben ... die Bühne war da, nun mußte auf der Bühne auch etwas geboten werden.
»Wir erwarten demnächst auf der Insel eine bekannte Persönlichkeit unseres sozialistischen Films. Wir werden uns darum bemühen, die Berühmtheit für eine Darbietung auf unserer neuen Bühne zu gewinnen. Was haltet ihr von einer Filmvorführung mit Autogrammstunde ...«
Stolz hatte der Herr Akkurat durchblicken lassen, seine Gattin und seine Wenigkeit würden eine bekannte Schauspielerin porträtieren.
Erwartungsvoll, mit einem riesigen Blumenstrauß, versteht sich aus eigenem Garten, begaben sich der Herr Akkurat und Gattin am großen Tage zum Hafen. Auch vom Chefobjekt erschien eine Abordnung. Die Filmschauspielerin posierte mit wehenden Haaren am Bug. Sie kam nicht allein, was den Herrn Akkurat unangenehm überraschte. Sie kam, wie sich das für eine Berühmtheit gehört, in Begleitung. Ein junger Mann mit aufmüpfigem Blick und sorgfältig verpackter Gitarre unterhielt sie mit allerhand lustigen Einfällen. Der Herr Akkurat überreichte die Blumen und begann eine floskelreiche Begrüßungsrede. Dreist unterbrach ihn der junge Mann mit einer scherzhaften Bemerkung.
Augenblicklich ahnte der Herr Akkurat Schlimmes. Er sah das grüne Auto und die Abordnung des Chefobjekts und spürte erschrocken: Die lustigen Einfälle dieses Burschen würden gar nicht so lustig sein, sondern höchst kompromittierend.
Halten wir die Fenster möglichst geschlossen, instruierte der Herr Akkurat seine Gattin, das Dorf braucht nicht zuzuhören.
Unsmoler interessierten die Besucher des Herrn Akkurat, die zudem noch mit dem Objektbarkas vorgefahren waren, herzlich wenig. Er vermied Begegnungen, denn es kam ihm so vor, als hätten sich fast alle Menschen derzeit mit Angst und Argwohn infiziert. Er wollte sich nicht immer aufs neue anstecken.
Die Holzfigur des Drachentöters hatte er hinter das Haus getra-

gen. Zu oft war er von Leuten, die sich langweilten, angesprochen worden. Dort, wo seine Hühner und Gänse auf Futtersuche waren, schnitzte er nun auch. Aber vor allem malte er, und was er im Atelier malte, sah niemand. Fährten, die im Kreis gingen, begrenzt vom Grau des Betons.

An die Wand geheftet hatte er den Karton des Märchenbildes. Auch daran arbeitete er.

Morgens in aller Frühe ging er ans Meer. Morgens gehörte der Strand ihm. Mit geschlossenen Augen am Ufer zu liegen, den Hauch des Windes auf der Haut zu spüren, dem Rauschen des Meeres zu lauschen und mit den Händen den feinen Sand zu berühren, das bedeutete für ihn Glück. Bei düsterem Wetter, sogar bei Nieselregen, sah er hinter seinen geschlossenen Augenlidern das Licht der Sonne, als begänne ein strahlender Tag.

Eines Morgens erblickte er, bevor er hinabgestiegen war, unten am Wasser, einen weißhäutigen, nackten kleinen Mann. Unsmoler wurde finster, als würde ihm jemand den Morgen stehlen. Dann aber glaubte er plötzlich, den Sänger jenes Atelierfestes beim Engelmaler zu erkennen. Er stellte sich an den Rand des Steilufers, breitete die Arme aus und sang mehr schlecht als recht jene Töne, die er seit jenem Tage nicht mehr würde vergessen können.

Der Mann blickte hinauf und sang weiter. Und das waren die richtigen Töne und die richtigen Zeilen von den Engeln, die vom Himmel fallen!

Das war er! Unsmoler wartete auf den letzten Ton, dann ließ er sich das Steilufer hinunterrollen.

»Du bist kein Engel … Engel sterben, wenn sie fallen!« Aber das schien ein Lob zu sein.

So wurden sie miteinander bekannt.

Unsmoler erzählte ihm von der Begegnung in der Stadt.

»Ich wohne hier natürlich in einem Schloß«, sagte der andere lachend.

»Dann sind wir Nachbarn, ich hause im Katen nebenan und höre bei euch da drüben fortwährend weltfremdes Gelächter.«

»Und ich habe dich Sprüche pinseln sehen, die waren erst komisch!!!«

Unsmoler errötete. Am Chefobjekt prangte nun rot auf weiß der Satz: »Blühen und wachsen zu Ruhm und Ehre der Partei!«

»Der Satz ist so blöd, daß er schon wieder lustig ist!«
»Aber die Buchstaben einwandfrei geschrieben!« Sie lachten.
»Was hätte man mit diesen Buchstaben alles formulieren können!«

Warmer Regen

Der erste Sommerregen dieses Jahres. Unsmoler ging hinaus und trug eine Figur nach der anderen unter den Dachvorsprung.
Plötzlich hörte er die leise, aber eindringliche Stimme des Herrn Akkurat.
»Lieber Freund«, flüsterte der Herr Akkurat in den Regen. Er schaute kläglich unter einer gummierten Zipfelhaube hervor. Das Wasser rann an seinem Cape herunter. Er winkte Unsmoler näher an die Mauer. »Ich habe ein Problem. Das Problem ist Adamski, zweifellos ein hochinteressanter Mann. Unsere verehrte Schauspielerin hat Drehtermine. Sie reist ab, der junge Mann aber will noch bleiben. Er sucht für ein paar Tage eine Bleibe. Als sein Unterhändler frage ich, wärst du …«
»Ist es so schlimm mit dem?« fragte Unsmoler und brachte den Herrn Akkurat mit dieser Frage völlig aus dem Konzept.
»Er ist jung«, der Herr Akkurat breitete die Arme aus, »aber du bist auch jung.«
Unsmoler begriff, daß der Gast da drüben den komplizierten Lebenskompromiß des Herrn Akkurat in Frage stellte, daß Adamski den Frieden, den der Herr Akkurat mit der Gesellschaft geschlossen hatte, sabotierte. Das war schlimmer noch als die Eifersucht, die diesen quälte. Aber seltsam, der Pfau hatte all die Tage nicht genickt. Vergessen saß der ausgestopfte Vogel im knorzligen Apfelbaum. »Und hier ist keine Frau …«, fügte der Herr Akkurat leise, beinahe verlegen, hinzu.
Der Herr Akkurat vermutete bei seinem Gegenüber zögerliches Abwägen. Er glaubte an den Edelmut seines Nachbarn appellieren zu müssen: »Die Welt auf die Insel holen, gut und schön, aber manchmal ist die Welt nur schwer zu verkraften!« Er breitete bedauernd die Arme aus.

»Wenn du im Objekt anrufst und das regelst, kann der fröhliche Mann bei mir im Katen übernachten.«
Die Arme des Herrn Akkurat schnellten bei dieser Antwort vor Freude in die Höhe. »Das ist Prominenz, bei denen zählt alles anders. Ich rufe selbstverständlich an.« Er senkte die Stimme. »Er ist ein Dichter!«
Nun erst wurde ihm bewußt, daß Unsmoler völlig durchnäßt war. »Aber du stehst ja im Regen!«
»Es ist ein warmer Regen.«
Das war der Regen, auf den der Inselchef gewartet hatte.
Es wuchs. Man sah das Getreide sich bläßlich in die Höhe recken. Auch anderswo, in den Gärten, am Straßenrand, auf den Wiesen: überall dieses wahnsinnige Wachsen.
»Das ist die Chemiesierung!« verkündete der Inselchef stolz. Die Prognose bewahrheitete sich.
Aber Lütt Otto kratzte sich am Kopf und sagte: »Das sieht nicht gut aus, das sieht gar nicht gut aus, schlimm sieht das aus!«
Diese Formulierung wurde wortwörtlich an die Sicherheitsorgane weitergegeben und seiner Akte beigefügt. Lütt Otto galt ohnehin als Miesmacher.
Dem Genossen Vorsitzenden legte man eine Reihe von Meinungsäußerungen vor.
Er konnte großzügig sein: »Um Schönheit geht es nicht«, sagte er, »es geht um Effektivität, Chemiesierung plus Macht der Partei, das ist der real existierende Sozialismus hier und heute!«

Frühstück am Intarsientisch

Sanfter Sommerwind. Wohltuende Wärme. Das hohe Fenster stand offen. Spätes Frühstück im Hause, das man das Schloß nannte. Elf Uhr. Das Gesetz gewohnter Zeiten war inzwischen abgeschafft. Die schöne Filmschauspielerin war gerade erst aus dem Schlafzimmer getreten. Sie hatte ihren Liebsten, den sie ihren Adam nannte, im Frühstückszimmer gehört. Sprühend von Witz und Daseinsfreude hatte Adamski die Hausherrin begrüßt. Er hatte in aller Frühe im Meer gebadet, hatte dem Fischer geholfen und sogar Fische für das

Mittagessen mitgebracht. Nun trank man den Morgenkaffee. Fröhliches Lärmen, klingende Worte. Die Gardine wehte sacht.
Der Herr Akkurat kam im weißen Arbeitskittel herein wie aus einer anderen Wirklichkeit. Er trat ans Fenster, blickte besorgt hinaus, schloß es vernehmlich und wandte sich um. Einmal mehr wurde er Zeuge, wie Adamski die Frauen betörte. Anarchie! Der Gast aber ist heilig.
Der und heilig!
Der Herr Akkurat setzte sich und schwieg. Er hatte längst begriffen, daß Widerspruch zwecklos war. Der Kerl zog bei Diskussionen Argumente aus dem Ärmel, denen hier niemand gewachsen sein konnte. Er beobachtete seinen Gast und empfand ihn aufs neue als ungeheuerliche Gefahr. Dieser Gefahr mußte er begegnen, der erste Schritt war getan. Adamski aber einfach auffordern, den Rest der Ferien beim Nachbarn zu wohnen, so einfach war die Lösung nicht. Vorher galt es, den Grund von dessen unbeschwerter Fröhlichkeit zu ergründen und als törichte Unvernunft zu entlarven. Nur wenn das gelang, konnte die vorherige Ordnung mit all den sinnvollen Ritualen im eignen Hause wieder hergestellt werden. Und seine Gattin, würde die jemals wieder …
Er schwieg, hörte zu und versuchte zu lächeln. Er mußte es ertragen. Seine Gattin war glücklich.
Es stellte sich heraus, daß der Begleiter der Diva erst vor ein paar Jahren in dieses Land gekommen war. Das ist die Lösung! Das hier war einer der wenigen, die den umgekehrten Weg gegangen waren. Ein Mensch mit anderer Vergangenheit, ein Mensch mit anderen Augen.
Hier am Tisch sprach man verschiedene Sprachen!
Der Herr Akkurat sah den Gast erschrocken an und rief: »Von drüben? Aber das ist ja …!« er unterbrach sich. »Wie wollen Sie hier auf Dauer zurechtkommen? Ihnen fehlen Jahrzehnte der Sensibilisierung!«
»Nicht nur das«, sagte sein Gast, »es ist noch schlimmer. Mein Vater war Kommunist und obendrein Jude.«
Der Herr Akkurat verstummte.
»Endlich verstehe ich es«, sprach Adamski ernst, »Sensibilisierung heißt hier: nichts hören, nichts sehen, nichts sagen! Damit die im Faultierhaus es leichter haben.«
Die Diva dankte ihrem Liebsten mit einem Lachen.

Der Herr Akkurat biß sich auf die Lippen. Den Spottnamen »Faultierhaus« für das Chefobjekt kannte Adamski also auch schon. Offenbar redete der Mann mit den Inselleuten. Das bedeutete erhöhtes Risiko.

»So sind die fahrenden Künstler eben!« hatte der Herr Akkurat seit Tagen versucht, diesen und jenen im Dorf zu beruhigen, »ein wenig überkandidelt, aber völlig ungefährlich, politisch naiv, Künstler eben, die meinen das alles nicht so!« – »Junger Freund«, flüsterte er jetzt, »wenn unsereins ungeprüft aussprechen würde, was ihm mir nichts, dir nichts so in den Sinn kommt, würde es zu einer nicht wieder gutzumachenden Katastrophe kommen! Und das wollen wir doch wohl nicht, oder?«

»Die Katastrophe ist längst da!« antwortete der junge Mann heiter.

Der Herr Akkurat griff sich an den Kopf, seine Finger vergruben sich im Haar. Er wartete auf den unwiderstehlichen Drang zu schreien. Aber da war nichts. Ein kleiner Seufzer entrang sich seinem Mund. Adamski hat es gut, der ist Kommunist, ein guter Kommunist, wie er sagt. Ein Kommunist, in dessen Diktatur die Gewehre mit Backpflaumen geladen werden. Der hat es gut, der glaubt an den Kommunismus ... Er darf sich Opfer nennen ... der Vater toter Kommunist.

»Du bist Kommunist«, sagte er nach einer Weile leise, »aber ich, was bin ich? Soll ich denn in die Partei eintreten?«

»In die Partei? In die Mörderpartei von Stalins Gnaden?«

Mein Gott, was sprach Adamski alles aus! Zum Glück, das Fenster war geschlossen.

»Das weiß mittlerweise jeder, der ein Handvoll Hirn im Kopf hat: Im großen Völkergefängnis SU hat man Kommunisten zu Hunderttausenden ermordet!« sagte Adamski hart.

Der Herr Akkurat sackte zusammen.

»Nicht nur Kommunisten ...«, flüsterte er. Er schreckte mit aufgerissenen Augen empor. »Sie hatten sie gepfählt!« schrie er plötzlich. »Ich habe es geseh...«

Seine Frau sprang auf. Sie wollte zum Seilzug, aber ihr Gatte winkte ab.

Er hatte Worte geschrien ... da half der Pfau nicht.

»Sie waren aufgehetzt«, murmelte er, »›Deutsche sind keine Menschen. Jeder Tag, an dem du keinen Deutschen umbringst,

ist ein verlorener Tag!‹ Das hat sogar der vielgepriesene Schriftsteller Ilja Ehrenburg den russischen Soldaten gepredigt, als sie in Ostpreußen vorrückten.« Der Herr Akkurat hob den Kopf und versuchte krampfhaft, zu lächeln.
Wenn er doch weinen könnte, dachte seine Frau, nur einfach leise weinen.
»Ein ausgelöschtes Land, aber wir leben«, flüsterte er nach einer Weile.
Die Gäste waren verstummt. Vielleicht sogar erschrocken. Sie erhoben sich.
»Auslöschen«, sagte Adamski düster, »dieses Wort sollte nur die eigene Schuld beschreiben.«

Das kleine Konzert

Als die Gäste mit ihrer Badetasche seinen Blicken entschwunden waren, trat der Herr Akkurat vom Fenster zurück und begab sich langsam zum Telefon. Direkte Verbindung zum Inselchef. Der Genosse Vorsitzende hatte ihm seinerzeit eine spezielle Nummer genannt. »Wende dich direkt an mich, wenn du mal Probleme hast«, hatte er vertraulich geäußert.
Nach ein paar weitschweifigen Begrüßungsfloskeln sagte der Herr Akkurat hastig, als fürchte er, Adamski würde ihm mit irgendeinem Unfug zuvorkommen: »Der Begleiter unserer prominenten Besucherin zieht um, wir ertragen seine vorlauten Späße auf die Dauer nicht!«
»Diese Einschätzung begrüßen wir. Wir kennen ihn«, kam die dunkle Antwort vom anderen Ende.
Sofort bereute der Herr Akkurat seine Formulierung.
»Zum Arbeiten brauchen wir nämlich Ruhe«, sagte er rasch, »sehr viel Ruhe.«
»Der junge Mann spielt Gitarre und singt, wir sind informiert!« unterbrach ihn der Inselchef.
»Er wird, wenn ihr das gestattet, noch ein paar Tage bei unserem Nachbarn wohnen, der kann Lärm ertragen, der arbeitet an Holzskulpturen im Freien.«

»Auch wir werden die Gegenwart des Herrn Adamski gelassen ertragen und keinerlei Maßnahmen ergreifen, mit denen der junge Mann in den Westmedien hausieren gehen könnte.«
»Ihr gestattet also den weiteren Inselaufenthalt? Davon hat unser junger Nachbar nämlich seine Bereitschaft, den Sänger zu beherbergen, abhängig gemacht.«
»Wir gestatten!« sagte der Inselchef und lachte dumpf.
Der Sänger, um den es in diesem Gespräch ging, und seine Diva waren ans Meer gegangen.
Sie lag entspannt im Sand. Für Ausgelassenheit und Spektakel sorgte ihr Adam. Er tauchte am tiefsten, er lief auf Händen, er schwamm am weitesten hinaus, soweit sogar, daß ihn die Grenzer, als er ans Ufer kam, abführten. Zwei Stunden Verhör. Für ihn alles ein Spiel. Man mochte ihn, sogar die Grenzer begrüßten den kühnen Schwimmer am nächsten Tag nach der Festnahme mit fröhlichem Hallo. Der Mensch, der offenbar keinerlei Erbitterung kannte, erbitterte allein den Herrn Akkurat, den er so ganz nebenbei auch noch als Meisterkoch entthrohnte. Nach ein paar Inseltagen hatte Adamski nämlich so ziemlich alles erfahren, was man hier von Fischen und Fischgerichten zu sagen wußte. Beim Fischer hatte er geholfen und zugehört und in der Folge Fischmahlzeiten zubereitet, die alles in den Schatten stellten, was der Herr Akkurat jemals seiner Gattin wortreich serviert hatte.
Eines Tages hatte er den Fischer gefragt, ob er ihn mitnehmen würde, aufs Meer.
Der Alte hatte ihn durchdringend angesehen und schließlich gesagt: »Das darf nicht sein.«
»Warum nicht?«
»Aushorchen lass' ich mich nicht, Jung!« Schweigen. Nach einer Weile: »Die Obrigkeit sagt, wenn ich einen Badegast mit ins Boot nehme, haut der mir draußen auf dem Wasser eins über den Schädel und fährt mit dem Kahn sonstwohin. Verbote nur zu meiner Sicherheit. Zu meiner Sicherheit würden die mich sogar einsperren.«
Der Herr Akkurat zählte die Stunden, die Adamskis noch im Haus, das man das Schloß nannte, verbringen würde. Wenn sich endlich die Tür hinter dem singenden Mephisto schloß, könnte er behutsam mit der Reparatur der Schäden beginnen, die Adamskis Gegenwart hinterlassen hatte.

Die Zeit lief. Dann aber kam ein großes Erschrecken.
Adamski eröffnete dem Hausherrn, als würde er ihm ein großes Vergnügen bereiten, daß er alle seine neuen Bekannten zu einem kleinen Konzert ins Malerdomizil eingeladen habe.
Der Herr Akkurat schrie vor Entsetzen auf.
Wenigstens gelang es ihm, die Veranstaltung in die Remise zu verlegen und als kleine Musik anläßlich einer Ausstellungseröffnung zu deklarieren.
In aller Eile ließ er durch seine Gattin den Inselchef einladen. Das bot gewisse Sicherheit. Der Genosse Vorsitzende aber ließ sich, wie erwartet, entschuldigen.
Hastig rahmte der Herr Akkurat die Porträts vom Inselchef und hängte sie neben die nach frischer Farbe duftenden Bildnisse der bekannten Schauspielerin in der Galerie auf. Es waren vier neue Arbeiten, die in der Lage waren, die Liedchen des Poeten ein wenig zu neutralisieren. Von seinem jungen Nachbarn ließ er sich drei Bilder über die Feldsteinmauer reichen. Die Eröffnung, anläßlich deren der Sänger ein paar Lieder zu Gehör bringen würde, konnte also im Rahmen des Üblichen über die Bühne gehen.
Der Herr Akkurat übte eine Rede ein, die eine gewisse Distanz zum singenden Poeten deutlich machte. Sämtliche Vorsichtsmaßnahmen waren nur allzu begründet, denn Adamski hatte hin und wieder während der Mahlzeiten einzelne Zeilen seiner provokanten Texte rezitiert. Dem Herrn Akkurat drohten stets fast die Bissen im Halse steckenzubleiben: So testet man Verse.
Adamski begann den Abend in der überfüllten Remise mit dem Schubertlied »Du holde Kunst«.
Unsmoler wurde ärgerlich, das schöne Lied, verhunzt! Adamski sang, als würde er einen abgehalfterten Opernsänger imitieren. Also doch ein Fatzke, der Kerl! Um so mehr aber kam die Darbietung bei den Zuhörern an, denn der Vortrag war zugegebenermaßen lustig.
Unsmoler applaudierte nicht. Aber immerhin, er wartete ab.
Das erste Lied war in der Tat nur Köder gewesen. Menschenfänger Adamski! Es folgten zwei seiner Inselskizzen: das Lied »Vom Fischer und sin Fru« und ein Lied mit dem Titel »Küken zählt man erst im Herbst!«. Er probierte aus, beobachtete das Publikum, spürte Worte und Töne auf, bei denen die Zuhörer Feuer fingen. Er tastete sich in die Seelen. Das »Lied von der Kneipe« mit dem lusti-

gen Refrain »Dat beten, was wi freten, dat können wi ok supen!« war eine fröhliche, freundliche, beinahe liebevolle Beschreibung der Dörfler. Beobachtungen. Der Mann war doch kein Clown, der nur am Meer herumgealbert hatte.

Den Abschluß bildete ein Duett mit der Diva. Ein zauberhaftes Liebeslied. Das Publikum war hingerissen. Fast bedauerte der Herr Akkurat schon, den Sänger zum Nachbarn abgeschoben zu haben.

Als Unsmoler um das Lied von den fallenden Engeln bat, sprach Adamski pathetisch: »Bruderherz, wir wollen die Ausstellungsbesucher nicht von stürzenden Engeln erschlagen lassen. Aber keine Bange, in deiner Hütte werde ich so große Lieder singen, daß uns beiden himmelangst wird!«

Er zupfte, seine Worte begleitend, virtuos die Saiten der Gitarre und beobachtete dabei das Publikum.

»Um mich an meine Engelverse zu erinnern, hat sich euer Maler neulich, ohne die Flügel auszubreiten, das Inselufer hinabgestürzt!« Adamski lachte, und die anderen lachten auch. »Aber wenn ihr eine Zugabe braucht …«

Man applaudierte.

»… und wenn ihr mich also zwingt, beuge ich mich in aller Demut dem Willen der werktätigen Massen und singe.«

Er schien seine Gitarre plötzlich in ein Streichinstrument zu verwandeln. Seine Rechte glitt über die Saiten: der Rhythmus eines Besens auf einer langen, langen Straße.

»›So blöd, so blöd ist unser Dicker …‹«, begann er.

»Mann, Mann, der traut sich was, jetzt brät er dem Inselchef eins über, haben wir zuerst gedacht«, kommentierte der Tüffelmacher noch nach Wochen, »fix aber wurd' uns allen klar, uns Blödi ist gemeint, und alles hat gelacht. Adamski lachte auch. Der wußte ja schon, gleich würde uns das Lachen im Halse steckenbleiben. ›So blöd, so blöd ist unser Dicker … nun wirklich nicht‹, hat er gesungen. Und das stimmt: Ständig brabbelt unser großer Straßenfeger vor sich hin: alle unsre Boote sind nun weg vom Wasser. Aber die Strophe, die dann kam, die war nicht sauber: ›Der Blöde spricht, aber all die anderen Inselblöden schweigen höchst sensibel, feige, was auch immer passiert!‹ Das hat der Adamski gesungen!

Paar aufs Maul hätten wir ihm geben sollen. Aber er hatte ja seine

Diva bei sich, die hätt' sich auf jeden gestürzt, der ihm hätt' ans Leder wollen. Wer aber will so einer schönen Frau was antun ..., jedenfalls nichts mit der Faust.«
Die Kumpels in der Kneipe grinsten einvernehmlich.

Hungerharkenzinken

Am nächsten Tag war die Schauspielerin mit dem grünen Barkas zur Fähre gefahren worden. Der Herr Akkurat hatte das arrangiert.
Abschied also auf der Straße vor dem Gittertor, denn Adamski weigerte sich, in das grüne Auto zu steigen. Öffentliche Umarmungen. Hemmungslos demonstrierten sie Liebe. Der Herr Akkurat und seine Gattin warteten mit großen Blumensträußen bereits im grünen Auto.
Adamski stapfte ernst hinter Unsmoler ins Bärenhäuterzimmer hinauf. Er warf sein Bündel aufs Bett.
»Abschied vor dem grünen Stasiauto!« stöhnte er, »schreckliche Insel. Hier kann niemand ausweichen. Hier kann man sich nicht verstecken. Hier gibt es kein Häuserdickicht. Hier gibt es nicht mal einen finsteren deutschen Wald!« Er strich mit den Händen über die Schlangenhaut an der Wand. »Schlange, liebliche Versucherin, hier im Zimmer bist du an die Wand genagelt! Ich werde ein Liedchen davon singen!« Er trat ans Fenster und blickte hinaus.
»Eigentlich wollte man den Sozialismus erst einmal an Ratten und Mäusen ausprobieren. So hatten es die Wissenschaftler nach langen Diskussionen vorgeschlagen. Aber die Politiker haben sich durchgesetzt: Wir versuchen es gleich mit Menschen. Am besten auf einer einsamen Insel! Dort sind die Ergebnisse am einfachsten zu analysieren. Die Versuchsobjekte werden von Türmen aus überwacht. Der Modellversuch läuft bereits seit Jahren.«
»Als wenn das Experiment nur hier liefe!« sagte Unsmoler. »Aber es stimmt schon, manches zeigt sich hier unverhüllt.« Er machte die Stimme des Großen Vorsitzenden nach: »Sag mal, Genosse, was hast du eigentlich gegen Freikörperkultur?«

Beide lachten sie.
»Ich werde hier aus dem Fenster schauen und beschreiben, was ich sehe: dürftige deutsche Geschichte!«
»Du kannst die Fähre noch erreichen!« antwortete Unsmoler grob.
Adamski lachte wieder. »Ich soll sehen, daß ich Land gewinne? Den Gefallen tue ich dir nicht. Ich bleibe. Wir gehen beide auf die Mole und winken der Lorelei, als wäre die Insel der zerbrechliche Kahn, der am schönen Weib vorübertreibt!«
Sie gingen durchs hohe Gras zur Mole.
Die Schiffsschraube rührte das ruhige Wasser im Hafenbecken auf. Draußen am Molenkopf zwei Männer und ein Hund. Adamski wieder in seinem Element: Schauspiel.
»Lorelei!« schrie er.
Die Diva an Deck des weißen Schiffes reagierte prompt. Sie kämmte sich das Haar und winkte.
Er tanzte den Tanz der Sehnsucht. Ein Gaudi für die Leute auf dem vorüberfahrenden Schiff.
»Don Quijote und Sancho Pansa, wo ist euer Esel und wo ist eure Rosinante?« brüllte jemand fröhlich.
Unsmoler blickte zum Hügel, wo das Pferd verscharrt worden war. Adamski zeigte zum Hochhaus: »Was fragst du? Da natürlich! Wenn du den Esel meinst!«
Sie winkten dem Schiff nach und gingen zurück.
Adamski spielte den Gebrochenen. Unentwegt, so schien es Unsmoler, hörte er den virtuosen Klang der Gitarre oben im Bärenhäuterzimmer. Probieren von Klängen. Auch der da oben arbeitete. Nicht einmal, wenn Adamski die Stiege hinabkam, sich auf irgendeinen Hocker setzte und ein paar Zeilen vorlas oder eine neue Melodie summte, fühlte sich Unsmoler gestört.
Täglich brachte Adamski Briefe zur Fähre.
»Die Inselstasi liest zu langsam«, erklärte er Unsmoler, »die in der Stadt sind flinker.«
Die Inselleute mochten Adamski. Sie hörten ihm zu, aber sie waren etwas verschlossener geworden. Sie hatten das Blödilied nicht vergessen.
Auch Mungo, der Seemann i. R., war beim Konzert gewesen … verdammt, hatte er gedacht, und den hätte ich fast in meinen Entenstall gelassen!

Der Seemann im Ruhestand wohnte in seiner geräumigen Baubude, deren eine, zum Wasser hin abgetrennte Hälfte der Entenstall war. Im vorderen Teil waren ein Bett und ein Herd untergebracht. Nägel für die Garderobe steckten in den Fugen der unverputzten Wand. Werkzeug stand in der Ecke neben der Tür. Der Weg der geschlachteten Enten vom Stall bis zur Bratenpfanne in der Kochmaschine war nicht weit.
Die Baugrube für das eigentliche Haus hatte Lüder seit langem ausgehoben. Die Fundamente waren längst gestampft, aber geeignete Steine für die Kellerwände bekam der Bauherr nicht. Dabei fuhr er oft in die Stadt und mühte sich. Mungo baute außerhalb vom Plan. Kein Wunder also, daß er nicht vorankam. Aber er aß reichlich Entenbraten.
»Und den hätte ich fast in meinen Stall gelassen!« Mungo schüttelte über sich selbst verwundert den Kopf.
Der Remisenabend beim Herrn Akkurat wurde im Objekt analysiert. Von den Sicherheitsorganen waren mehrere Personen unter den Zuhörern gewesen.
Müssen wir uns so etwas bieten lassen?
Besonders das Blödilied brachte die Genossen auf. Der Mitarbeiter bestätigte: Blödi sagt zu allen möglichen Passanten: »Alle Boote weg! Alle Boote weg. Wasser leer, Wasser leer!«
Der Inselchef hieb auf den Tisch: »Davon kann nun wirklich nicht die Rede sein!«
Den Urlaubern würden diese Sicherheitsmaßnahmen kaum ins Auge fallen, wenn gewisse Personen sie nicht darauf aufmerksam machen würden. Es wurde darum beschlossen, Blödi von der Straße zu nehmen. Seit es, dank der reichhaltigen Düngung, überall auf der Insel so heftig wuchs, wehte kein Sand mehr. Das Fegen der Betonstraße war also unnötig. Soll doch der Maler vom »Schloß« den Schwachkopf beschäftigen! Hat er vorher doch auch getan!
»Wer hat die behinderte Person dazu verleitet, fortwährend zu provozieren?«
Der Genosse Vorsitzende sah den Mitarbeiter an. »Mit dieser Frage sollte man sich vor allem beschäftigen!«
Der Mitarbeiter lächelte: »Auch mit der. Zur Zeit provozieren hier einige!«
»›Alle Boote weg!‹, das ist Unwahrheit! Ist die Fähre etwa kein Boot?« Aufs neue erregte sich der Genosse Vorsitzende.

»Die Fähre würde ich eher als Schiff bezeichnen«, wagte die Brünette zu bemerken. Sie hatte offenbar immer noch nicht ganz begriffen, wie es hier lief.
Der Genosse Vorsitzende klopfte gereizt mit dem Bleistift auf die Tischplatte. Es war nicht gut, ihm zu widersprechen.
Mit den Worten: »Wann endlich beginnen die Fährenfahrten rund um die Insel. Ich warte drauf!« ging er zum Angriff über. »Morgen früh ein Zwischenbericht in meinem Büro! Übrigens, unser besonderer Freund, der Herr Pastor, hat ein paar Musikanten angemeldet ... Remmidemmi in der Kapelle ... Genossen, laßt euch was einfallen!« Mit diesen Worten beendete der Inselchef die Besprechung.
»Das mit den Booten und mit Blödi hättest du nicht sagen dürfen!« redete Lüder Adamski ins Gewissen, als der sich eines Abends die vielen alten landwirtschaftlichen Maschinen auf dem Lüderhof erklären ließ, »je weniger von den Booten gesprochen wird, um so besser. Alle hat es erwischt. Auch die Prominenz!« Der Traktorist wies zu den Pfahlbauten am Schilfrand. »Da drüben lagen die schönsten Jachten. Weg, alles weg. Aber wir arbeiten an einer Lösung, der Inselchef verhandelt mit Berlin, und die Prominenten rühren mit. Aber wir reden darüber nicht. Nur die zwei Inselblöden reden davon!« Lüder grinste herausfordernd.
»Da hast du völlig recht, reden darf man davon nicht, aber davon singen muß man!« antwortete vergnügt Adamski. Beide lachten. »Wenn man singt, ist dat Kunst, und dat is dann wat anners!«
»Man muß nicht alles ausposaunen ...«, schränkte Lüder ein.
»Ich bin zum Glück kein Clown, der auf der Gitarre Posaune spielen kann!« Lüder klopfte mit einem Eisen an die Zinken der Hungerharke. »Hör dir das an! Das ist noch Stahl. Schmiedestahl.«
Adamski lauschte dem klingenden singenden Ton.
Unsmoler pumpte gerade Wasser in einen Eimer. Zwölf Schläge mit dem Pumpenschwengel.
Lüder preschte mit dem Gespann Richtung Hafen. Der Trecker bremste scharf. Es staubte. Unsmoler blickte auf. Lüder winkte ihn ans Fahrzeug.
»Findest du nicht auch, daß dein Mieter bißchen sehr neugierig ist ...?«
Unsmoler schüttelte den Kopf.

»Ich wollte dich nur gewarnt haben ...« Lüder tippte an seinen Mützenschirm und fuhr weiter.

Man hat mich vor dir gewarnt ... du bist zu neugierig«, sagte Unsmoler wenig später zu Adamski.
»Und, was sagt uns das?«
»Ich vertraue dir seltsamerweise.«
Adamski erklärte er sogar seine Schrittebilder.
»Ich denke an meinen Vater, wenn ich das sehe«, sagte Adamski leise.
»Und ich an meinen ... und an meine Frau ... und an meine Mutter und an meine Großmutter und an meinen Bruder und an mich selbst.«
Adamski sah ihn an, runzelte die Stirn und ging hinaus.
»Ich geh' ans Meer und bringe uns einen Fisch mit!« rief er nach einer Weile.
Am Fischerboot stand neben schau- und kauflustigen Badegästen der Inselpastor. Nur der Fischer kannte ihn.
Ins Fischdorf kam der Pastor selten, und er kam meist wie einer, der ein paar Fische kaufen wollte. Dabei hatte er vor allem vor, ein paar Worte mit den Alten zu wechseln. An Gott erinnern. Er wußte, Tien und Grete hatten ihr spezielles Verhältnis zu den dunklen, aber vielleicht auch zu den lichten Mächten. Was den Heizer betraf, der beschimpfte ihn nur. Der nahm Gott übel, daß seine Familie nach dem Krieg im verlorenen Land umgebracht worden war. Der Heizer wollte die Mörder in der Hölle treffen. Er konnte das Vaterunser nicht beten.
»Und vergib uns unsere Schuld, wie wir vergeben unseren Schuldigern«, das brachte er nicht über die Lippen. Und die Fischerfrau, die hatte zwar die Bibel auf dem Nachttisch, ließ sich aber auch auf kein Gespräch ein.
Einfach am Boot stehen, dem Fischer zusehen, einen Fisch kaufen, sich zeigen.
Reden brachte hier nicht viel.
Aber freundlich war der Fischer immer.
»Ick hab' was!« sagte er diesmal und ging mit dem Pastor zur Hütte. Er hieß den Pastor aber vor der Tür warten, ging hinein und kam mit einer Zeitungspapierrolle wieder heraus ... man ahnte ... dieser Mann hat Räucheraal bekommen.

Als der Fischer zurück zum Boot kam, fragte Adamski: »Was war denn das für einer!«
»Dat wir uns Paster!«
»Und der hat Aal bekommen?«
»Willst du etwa nicht ins Himmelreich?« Der Fischer lachte fröhlich. »Aufdrängen mußt' ich ihm den. Er sagt, er käme, um zu geben. Aber ich bin's, der ihm gibt! Weil er kein richtiger Paster nicht ist. Früher, die konnten ihr Handwerk, die haben von der Kanzel hinab gewettert, daß einem Hören und Sehen verging. Die wuschen einem den Kopp. Richtig geläutert hast du dich danach gefühlt! Damals mußtest du dir das Himmelreich noch verdienen!«
Der Fischer sprach viel, er mochte sich nicht der Mühe des Zuhörens unterziehen, und der junge Mann, der sich aufs Zuhören verstand, sollte ruhig mitbekommen, wie es um die Welt stand.
»Was kann das schon für ein Himmelreich sein, in das du mit süßen Worten reingelockt wirst! Früher wurde mit Sündern anders umgesprungen! Und vor tausend Jahren hatten wir hier noch den Svantevit ... oh, oh, das war mir einer! Aber dieser neumodische Paster, das is ein Hirte, bei dem die Schafe tun und lassen können, was sie wollen. So einer kann die Herde nicht vor Wölfen schützen. Und seine Fürbitte zählt im Himmelreich nicht viel. Meiner Alten darf ich gar nicht erzählen, daß ich ihm was gegeben hab' ... die würde sagen: Reine Fehlinvestition. Die kennt sich aus mit neumodischen Wörtern.« Er zeigte auf die Fernsehantenne, die aus dem Schilfdach ragte. »Immer schlauer wird die!«
Ein Badegast hatte dem Alten vor einiger Zeit am Boot ein diskretes Angebot gemacht. »Ich bau' dir eine Antenne: garantiert mehrere Programme. Aber ein paar Kilo Aal müssen schon drinne sein. Ich muß alles mögliche beschaffen, Verstärker, abgeschirmte Kabel, eine spezielle Antenne usw.« Das klang einleuchtend.
So kam es, daß in der Fischerhütte mehrere Programme flimmerten. Die Alte mit den offenen Beinen, die kaum noch aus dem Bett stieg und deren nutzlose Unterwäsche der Fischer längst zu Kobbenfähnchen verarbeitet hatte, lebte in anderen Welten.
Der Fischer hingegen schaute nur selten auf die Flimmerbilder. Nicht einmal von den Lippen konnte er den blassen Gespenstern was ablesen. Flimmerzeug, gut für seine Frau und für die Katz. Er

stellte nicht einmal fest, daß die Sendungen aus einem anderen Land kamen.
Dabei hatte er selbst den Antennenmast durch das Schilfdach gestoßen und unten auf den Fußboden ein Brett genagelt. Wie ein Mast ruhte die Stange unten in einer Bohrung des Brettes. Das senkrechte Rundholz hatte er mit einem Querholz versehen. Mit Hilfe dieses Brettes konnte seine Frau die Antenne vom Bett aus drehen. Bilder aus allen Richtungen. Bei Nordsturm drehte sich das Dings allerdings wie eine Wetterfahne. Kein Problem. Der Fischer knüpfte Tampen ans Brett, über das er abends seine Kleidung hängte, und belegte die Leinen am Bettpfosten. Das aber war wirklich nur bei Starkwind notwendig. Meist endeten die Leinen unter der Bettdecke seiner Frau. Denn immer wieder zog sie dran, »as so ein Kutscher an die Zügel«. Die Antenne drehte sich. Seine Alte suchte den Horizont nach Sehenswertem ab. Hatte sie was gefunden, schob sie die Stricke unter ihren dicken Hintern, und die Antenne rührte sich nicht mehr.

Das grosse Wettsingen

Der Strandfunk unterbrach sein gewohntes Musikprogramm: »Werte Urlauber, morgen um 19 Uhr beginnt, als kulturelle Bereicherung einer Tanzveranstaltung, das erste große Preissingen auf unserer Freilichtbühne ›11. Plenum‹. Bürger, die Mut und Talent haben und einen der tollen Preise gewinnen möchten, melden sich am Abend beim Veranstalter. Zum Tanz auf der Bühne spielt die fünfköpfige Combo ›Weiße Möwe‹ auf. Sie wird unsere Preissänger mit tollen Rhythmen begleiten. Reichlich Sitzplätze für Zuschauer und Zuhörer vorhanden. Eintritt eine Mark plus fünf Pfennig Kulturbeitrag.«
Tanz konnte der Pastor nicht anbieten. Drei blaue Zettelchen wiesen schüchtern auf das Konzert in der Kapelle hin, das am gleichen Abend wie die Tanzveranstaltung stattfinden sollte. Wieder hatte sich die Konsumfrau geweigert, die Einladung zur kirchlichen Veranstaltung im Schaufenster aufzuhängen. »Sie sehen doch … ich hab' schon ein Plakat!«

Das aber wies mit großen Lettern auf das erste große Wettsingen hin.
Gegen Abend begleitete Unsmoler Adamski zum Meer. Ihm gefielen dessen witzige, geistreiche Bemerkungen angesichts von Gewohntem.
Der Strand war fast leer. Unsmoler und Adamski schwammen in die Grenzenlosigkeit des Meeres hinaus und hörten vom Strand her erneut vom Wettsingen.
»Wollen wir uns eine Torte erbeuten?« fragte Adamski.
»Ich mag Erdbeertorte!« sagte Unsmoler, als wäre der erste Platz so gut wie sicher und man könnte unter Preisen wählen.
Sie schwammen zurück. Oben auf dem Ufer ragten die Wachtürme empor.
»Ach wie schön, so gut bewacht zu sein!«
»Man wird dich nicht singen lassen«, meinte Unsmoler, »das Lied von den Booten liegt denen immer noch schwer im Magen. Aber wenn du dich als Frau verkleidest und liebliche Töne versprichst ...« Sie stiegen an Land.
Adamski ließ seine Stimme in höchsten Tönen erklingen, als würde er tatsächlich in eine derartige Rolle schlüpfen wollen.
Unsmoler blickte scheu das Steilufer hinauf. »Es wäre mir doch ein wenig peinlich. Außerdem würde man dich entlarven und wegen Verunglimpfung der werktätigen Frau von der Insel weisen.«
Adamski hob angetriebenes braunes Seegras auf, zog es auf eine Schnur und band es sich als Bart ans Kinn.
»Schon besser! Wenn das keinen Respekt einflößt!« meinte Unsmoler und hängte sich auch einen Bart um.
Zwei Wanderer, die wie Marx und Engels aussahen, wählten den Weg über die Hügel und stützten sich beim Gehen auf Stecken, die sie aus Strandburgen gezogen hatten. Sie begegneten niemandem.
»Sieh dir diesen Himmel an: Der Westen ertrinkt bereits im Rot!« rief Adamski.
»Das Bild könnte ich dir für 45,10 liefern. Das Kadmiumrot macht das Ganze ein wenig teuer«, sagte Unsmoler. »Aber für den Blick nach Osten müßtest du nicht so viel anlegen, da sieht's nämlich ziemlich schwarz aus. Rußschwarz ist billig.«
Adamski zeigte auf das Transparent am Hochhaus, das in der Abendsonne leuchtete. »Und was kostet so etwas?«

Unsmoler wurde ernst. »Selbstachtung für zweihundert Mark zehn.«
»Viel zu teuer, viel zu teuer, mein lieber Engels. Wenn du schon malen mußt, anstatt die Weltrevolution voranzutreiben, male uns lieber die schöne deutsche Landschaft. Die Eskaladierwand beim Jugendlager da drüben zum Beispiel. Im ganz Konkreten muß man die geschichtliche Dimension erkennen.«
Die beiden Wanderer erreichten die ansteigenden Zuschauerreihen vom Hügel aus. Deshalb fiel es nicht weiter auf, als die Bärtigen in der letzten Reihe Platz nahmen. Die Kapelle hatte sich am Rand der riesigen Bühne aufgebaut, einige Paare tanzten. Schleppende Veranstaltung. Lustlosigkeit. Aber auch die Tristesse war interessant. Zwei junge Leute beteiligten sich am Sängerwettstreit und bemerkten zu spät, daß sie gar nicht singen konnten. Weder kamen sie mit dem Mikrophon zurecht, noch beherrschten sie die Texte. Alberne Bewegungen. Eine kurze Zeit lang Belustigung für die Zuschauer.
»Na, wer hat den Mut, wer will noch mal!« Der Kollege von der Abteilung Kultur strampelte.
Ein Bärtiger erhob sich und stützte sich auf seinen Stock.
»Ich!« rief er mit hoher Fistelstimme und tapste hinab zur Bühne.
»Na, wird das auch gehen, Opa? Die Stufen sind steil!«
Das alte Männchen hinkte zur Kapelle und sagte was. Dann klopfte es mit den Füßen den Takt, trat ans Mikrophon und begann ein virtuoses Trompetensolo auf dem Spazierstock. Die Kapelle, die nicht so schlecht war, wie es geschienen hatte, kam in Stimmung. Jazz. Auch auf der Tanzfläche kam Stimmung auf. Das bärtige Männchen tanzte ein paar Schritte, dann brillierte es wieder auf seiner imaginären Trompete. Zwischenbeifall. Das war ein Spaß! Man hatte Sehnsucht nach Spaß. Das Männchen bot ihn.
»Zugabe«, brüllte der Seegrasbärtige aus dem Publikum. »Zugabe!« riefen auch andere.
»Wir machen keinen Instrumentalwettbewerb. Hier wird gesungen!«
Adamski hatte sein Publikum längst gewonnen.
»Was mit Worten!« rief man.
»Gut, geben wir ihm noch eine Chance!« verkündete diplomatisch der von der Abteilung Kultur.
Wieder begann Adamski mit seiner Trompete, dann tat er so, als

kippe er Spucke aus dem Instrument. Angeekelt stellte er das Instrument beiseite. Das Publikum war begeistert.
Er rief den Musikanten etwas zu, die spielten einen ganz gewöhnlichen Schlager extrem langsam. Adamski sang die erste Zeile.
»Hier bei den sieben Zwergen ... bei Schneewittchen mit den ach so süßen ... na ihr wißt schon ...« Es schien irgendein Anfang zu sein, dann flogen ihm die Reime nur so zu. Manchmal zögerte er absichtlich und schaute erwartungsvoll ins Publikum. Irgend jemand rief ihm dann ein halbwegs passendes Wort zu. Er baute es ein in seinen Gesang.
Plötzlich ergriff er wieder seine imaginäre Trompete, blies und überlegte einen neuen Text und leitete, dirigierend, zu einem rasanten Tempo über ...
Ein Zauberer auf der Bühne. Ein Verführer.
Nach ihm wagte sich niemand mehr hinauf.
Der anhaltende Applaus hatte ihn zum Sieger gekürt. Ein Kasten Rotkäppchensekt der Preis.
»Den saufen wir bei dir aus!« sagte Adamski und ging in einer Schar neu gewonnener Freunde den Hügel hinab.
Lärmend zogen die Sieger durchs Dorf. Sie bogen ab beim Katen. Adamski genoß den gelungenen Abend und lud seine neuen Freunde ein. Er hatte sein Publikum noch länger haben wollen. Vielleicht war ihm auch daran gelegen, Unsmoler bekannt zu machen. Er hatte recht: wozu sich verstecken. Niemand beachtete die Bilder. Man suchte sich einen Platz, setzte sich auf die Erde, nahm Bücher und Farben von Hockern und fühlte sich rasch wie zu Hause.
Unsmoler stellte Talgkerzen auf. Die Raucher brauchten ohnehin dauernd Feuer. Konservenbüchsen für die Asche. Manche benutzten diese Aschenbecher sogar.
»Hoffentlich gelingt es uns, den Sekt lautlos zu öffnen, sonst denken die Herrn vom weißen Haus, die Weltrevolution sei ausgebrochen!« rief Adamski. Er öffnete das Fenster, zielte mit der Sektflasche ins Freie und ließ den Korken knallen. »Mamma mia! Der Dicke wird sich vor Schreck in die Hosen scheißen!«
»Wieder ließ Adamski eine Sektflasche knallen. »Hande hoch!« brüllte er, und die Hände mit den leeren Trinkgefäßen streckten sich ihm entgegen. »Auf die Weltrevolution und die Bilder von uns Moler!«

Zum ersten Male begriffen einige, daß sie bei einem Maler zu Gast waren.
»Red nicht so viel, sing lieber was!« sagte Unsmoler rasch.
Adamski ging das Treppchen hinauf und holte seine Gitarre. Jemand verließ den Raum, um aus der Kneipe Schnaps zu holen.
Als der Mann wiederkam, sagte er: »Da draußen schleichen welche ums Haus.«
Adamski kniete sich aufs Bett und hielt eine leere Sektflasche verkehrt herum aus dem Fenster.
»Ihr könnt gehen«, rief er in die Nacht, »alles leer. Taschen leer, Flaschen leer, Köpfe leer, nur die Hosen sind voll!«
Adamski hatte kaum getrunken, aber er schien betrunken.
»Sing das Lied von den Engeln!« bat Unsmoler.

Die Kannibalen tanzen wieder

Nach der Prämierung des verkleideten Adamski hatte die Veranstaltung auf der Freilichtbühne weiter ihren Lauf genommen. Die Urlauber, die vor allem tanzen wollten, waren froh, daß der Sieger und seine Freunde mit dem Kasten Sekt davongezogen waren.
Nun ging es erst richtig los. Die wuchtigen Bässe der Combo »Weiße Möwe« wummerten über die Insel und stürzten sogar in den Raum der Friedhofskapelle. Bei Kerzenschein musizierte ein Quartett Beethoven. Beethoven und die Bumsmusik. Die Musiker hielten durch bis zum letzten Satz.
Mit bedauerndem Blick schüttelte der Herr Akkurat nach dem Konzert die Hand des Pastors. Seine Gattin hingegen rief entzückt: »Einmalig, einmalig, einmalig!«
Daß sie sich so exponieren muß! dachte der Herr Akkurat und sah sich scheu um.
Immer noch wummerten die Bässe, aggressiv, besitzergreifend, böse. Nun könnten die doch stille sein, dachte der Herr Akkurat, das Kirchenkonzert ist vorüber! Seine Blicke trafen die des Schusters.
»Die Kannibalen tanzen wieder!« sagte der Schuster und wies lauschend in die Höhe, als müsse er den Herrn Akkurat auf die dumpfen rhythmischen Töne aufmerksam machen.

Der Herr Akkurat antwortete nicht gleich. Die Antwort mußte überlegt sein. Zu viele Leute ringsherum.
Elfriede, die Schusterfrau, war zu den »Kannibalen« gegangen. Sie war stets dort zu finden, wo es versprach, hoch herzugehen. Ihr Mann hingegen hatte sich in aller Ruhe die baumelnde Kogge ansehen wollen. Immer noch schnitzte er seine Buddelschiffe. Bums, bums, bums ... Mit Sehnsucht und Neid dachte er an die enthemmten Tänze der Wilden. Hüpfende Brüste, schwingende Hüften, stampfende Füße. Davon hatten die Seeleute in früheren Zeiten immer geschwärmt. Das war ein Traum, den er versäumt hatte, Wirklichkeit werden zu lassen. Seine Vorfahren, soweit er denken konnte, immer waren sie Schuster gewesen. Schuster, immer nur Schuster. Alle waren sie am Leben vorübergegangen, dachte er. Und der eigene Kahn ... dem riß die Hitze die Planken entzwei. Es wurde gemunkelt, daß eine Entschädigung gezahlt würde, falls es mit der Sonderreglung nicht klappen sollte ...
Die hämmernden Bässe begleiteten auch das Malerehepaar heimwärts. Ferne Energie, die sie traf. Etwas rascher als der Schlag eines Herzens ...
»Haben sich die Musiker nicht großartig aus der Affäre gezogen? Sie haben gelauscht und ihren Rhythmus auf das ferne Bumsen abgestimmt. Geniale Reaktion! Als hätten die da«, die Gattin des Herrn Akkurat schaute Richtung Freilichtbühne, »mitgespielt.«
»Beethoven muß sich eben auch anpassen. Wir alle müssen es!«
Betrübt sah ihr Mann sie an.
Sie hörten Gesang im Katen nebenan und blieben stehen. Jemand kam vorüber. »Da feiern Marx und Engels!« sagte der Herr.
»Marx und Engels?« wiederholte der Herr Akkurat erschrocken, »was sind das nun schon wieder für Dreistigkeiten! Marx und Engels, das geht nicht gut, die beiden rütteln an den Grundfesten!«
»Sie sind jung«, flüsterte besänftigend seine Gattin.
»Ich habe es kommen sehen!« sagte er im Hausflur, »ja, ich habe es kommen sehen!«
Es war bereits Mitternacht. Der Herr Akkurat stand immer noch am Fenster und lauschte ins Freie. Im Katen drüben immer noch Lärm. Manchmal vernahm er Gitarrentöne, Gesang und Applaus. Aber meist hörte er, wenn sich die Tür öffnete, lediglich Stimmengewirr. Männer kamen heraus und pinkelten an die Begrenzungsmauer. Frauen zogen die Schlüpfer runter und hockten sich

in den Ginster. Mein Gott, wird das stinken, wenn die Sonne drauf scheint, dachte er.

Der Pastor beim Maler

Wenn Adamski und Unsmoler sich auf der Straße zeigten, sagten die Leute: »Wat 'ne Überraschung: Marx und Engels wandeln wieder mal auf Erden und sehn sich an, was sie uns eingebrockt haben!«

Lüder drohte scherzhaft: »Ihr traut euch was, Jungs! Paßt bloß auf, dat dat nich Schacht gibt!«

»Wer will denen was tun, die lassen sich ja von Odin sein Wolf begleiten!«

Am Nachmittag klopfte es an der Katentür. Vor der Tür stand der Pastor.

Unsmoler hatte den Besuch von jemand anderem erwartet und war erleichtert.

»Kommen Sie herein«, sagte er. Er verbarg seine Bilder nicht mehr. Adamskis Freiheitssinn hatte abgefärbt. Nicht bange machen lassen!

»Kommen Sie!« wiederholte er, da der Pastor sich fortwährend entschuldigte.

»Ist Adamski bei Ihnen zu Gast?«

»Ja, hören Sie nicht?« Adamski probierte im Bärenhäuterzimmer.

»Ich habe nämlich ein Anliegen ... unsere Musikanten mußten abreisen, die Totenkammer, in der seit Jahren kein Verstorbener geruht hat, wurde als Übernachtungsmöglichkeit aus hygienischen Gründen gesperrt, das Boot aber ...«

»Er hat ein großartiges Engellied komponiert«, sagte Unsmoler.

Das war das Stichwort für den Pastor.

»Würden Sie es bei mir in der Kapelle singen?« fragte er Adamski, der die Treppe hinunterkam. »Ich meine, würden Sie es wagen, als Gast der Kirche ein Konzert zu geben?«

»Ich würde sogar im Puff singen, wenn es hier einen gäbe!«

Der Pastor lächelte traurig.

Das Konzert sollte am Sonnabend stattfinden. Schwüles Wetter seit Tagen. Am Nachmittag türmten sich im Westen Wolkenberge. Gewitterstimmung. Die Farben der Landschaft veränderten sich. Reglos die Bäume.
Adamski kam in die Kapelle. »Wenn es gewittert, wird die Freilichtbühne Ruhe geben«, meinte er, »aber wenn die da bumsen, komme ich auch gegenan. Schließlich haben wir hier eine ganze Kapelle!«
»So ganz ist die nicht. Wenn es regnet, regnet es durch, und wir bekommen Probleme«, sagte der Pastor und steckte Kerzen auf den Kronleuchter. Adamski prüfte die Akustik und ließ die Gitarre klingen, wie hier noch kein Instrument geklungen hatte. Der Raum bis in den letzten Winkel angefüllt mit Tönen.
Er freute sich auf das Konzert. Die ersten Leute kamen, falteten Decken und polsterten sich damit die harten Sitzbänke.
»Ihr rechnet wohl mit Zugaben?« fragte Adamski, der immer alles sah. Die Leute fühlten sich geehrt: persönliche Ansprache.
Die Kapelle füllte sich. Draußen hörte man bereits fernen Donner.
Das Gewitter wurde fürchterlich. Aber Adamski wäre nicht Adamski gewesen, wenn er nicht mit dieser Situation fertig geworden wäre. Das Zusammenrücken der Leute, das Rinnen des Wassers, das Donnern, das Erschrecken, das Blitzen ... alles schien zu seinem Konzert dazuzugehören. Eine gewaltige Inszenierung, die ihn davontrug, davontrug in jubelnde, heulende, dramatische, zarte, provozierende, gewagteste Gesänge. Dem konnte sich niemand entziehen.
»Was für ein Kerl!« dachte Unsmoler.
Der Pastor hatte zu arbeiten. Wassereimer aufstellen, Bänke verrücken, aber nicht deshalb schnappte er so beklommen nach Luft.
Als sie vor die Tür traten, war das Gewitter vorüber. Die Insel hatte sich verändert. Wasser stürzte Straßen und Wege hinab. Eine tiefe Sonne schien, als wäre nichts geschehen. Aber die Felder und das Gras, all dieses wahnsinnige Wachsen, lag platt auf dem Boden. Der Acker wie naß gekämmtes Haar. Die Erde dampfte.
»Adamski, Adamski, was hast du angerichtet!« sagte Unsmoler.

Die Ernte vernichtet. Früher wäre das eine Katastrophe gewesen. Ganz früher hätte das Hungern bedeutet.
Nichts davon jetzt. Im Dorf herrschte sogar gewisse Schadenfreude:
»Haben wir doch gleich gesagt: Überdüngung bringt nichts. Dat Grün schießt in die Höhe und kippt beim ersten großen Regen um. Unterpflügen, fertig!«
Keine Empörung. Man ging vors Dorf und blickte andächtig über die Äcker. Das Getreide platt auf dem Boden. Die Natur hatte wieder einmal gezeigt, wer wirklich mächtig ist ... Sie hatte ein wenig gezuckt, und die großen Worte vom Dicken waren weggewaschen.
Selbst Tien und Grete stiegen aus ihrer Fischdorfmulde, um über die Hügel zu schauen. Tien lächelte geheimnisvoll. Grete blickte sie verstohlen an und zweifelte nicht daran: Tien hatte es dem Dicken gezeigt. Wäre sonst das eigene Kräuterbeet, das sie mit einigem Aufwand und ganz ohne Zauberei den Sommer über gegen den aggressiven Sand behaupteten, verschont geblieben?
Überall dieses Lächeln.
»Und er?« Die Dörfler wollten nicht zu deutlich werden und wechselten das Thema.
»Er« war in diesen Tagen Adamski.
Nicht alle waren beim Konzert in der Kapelle gewesen. »Und ›er‹? Hat er wieder von Booten und dem Blöden gesungen und so?«
»Hat er!«
»Und vom Vögeln im Kornfeld?«
»Hat er!«
»Und von denen da ganz oben?«
»Hat er!«
»Wenn dat mal gutgeht ... der Junge kennt keine Grenzen nich.«
Es ging in der Tat nicht gut. Am Sonntag noch genoß Adamski die allgemeine Aufmerksamkeit, die sein Erscheinen unten am Strand erregte. Bald war er umringt von Leuten, die seinen Worten lauschten.
Gegen Abend aber, als die Festlandsfähre abgelegt hatte, klopfte Jobst an die Katentür. Unsmoler öffnete. »Willst du zu mir?«

»Du hast einen Gast?«
»Hat er eine Straßenlaterne zerschmissen?« ulkte Unsmoler.
»Ich muß dem Bürger etwas übergeben!« Jobst hielt ein Papier in der Hand.
»Adamski ist unterwegs, ich lege ihm den Brief auf den Tisch!«
»Das ist kein Brief. Das ist eine Vorladung, und ich brauch' den Menschen persönlich!«
»Worum handelt es sich?«
Der Polizist setzte sich finster auf den Sitz im halbvergrabenen Boot. »Hier wart' ich!«
Adamski kam die Dorfstraße hinab. Er war schon von weitem zu hören. Schöne Frauen begleiteten ihn und ließen sich spaßig unterhalten.
Der Polizist erhob sich. »Sie sind Herr Adamski? Ich habe ein Schreiben zu übergeben. Wenn Sie bitte quittieren wollen!«
Jobst hielt seine Diensttasche waagerecht. Ein Tisch für Adamski.
Adamski nahm den Kugelschreiber. Seine Hand zitterte.
Adamski kam mit dem Papier in den Katen. Er zögerte einen Moment, dann stapfte er wortlos die Stiege hinauf.

Telefonieren

Es war schon spät. Adamski hörte Unsmoler in der Küche werkeln. Hatte ihn der Maler verraten und die Gedichte an die Sicherheit übergeben? So ein Gedicht reicht für Jahre. Da waren andere für Geringeres hinter Gitter gekommen.
Unsmoler kam mit dem Tee und goß ein.
»Abwarten und Tee trinken!«
Adamski sprang auf. »Warten, daß sie mich holen?«
»Sie holen dich nicht, sie haben dich hinbestellt.«
»Ich muß telefonieren!« Adamski ging auf und ab. »Steht da draußen jemand?« Er wagte nicht, hinauszublicken.
Unsmoler stand auf. »Nein! Aber das hat nichts zu bedeuten. Wenn du willst, laufe ich rüber zum Nachbarn und sage, daß du zum Hintereingang kommst.«
Adamski nickte.

Unsmoler nahm ein Bild unter den Arm und klopfte beim Herrn Akkurat. Er hörte Schritte. Das Außenlicht ging an.
»Wer ist da?«
»Der Nachbar!«
Die Tür öffnete sich. Der Herr Akkurat bereits im Schlafrock.
»Entschuldigung«, sagte Unsmoler und drängte sich in das Haus. »Ich wollte ein Bild für die Galerie bringen und fragen, ob Adamski hier telefonieren darf … Adamski hat Probleme.«
»Letzteres habe ich nicht gehört«, sagte der Herr Akkurat nach kurzem Bedenken leise. »Aber ich kann unmöglich dem Freund unserer verehrten Schauspielerin versagen, seine große Liebe anzurufen!« Diese Worte sprach der Herr Akkurat laut und akzentuiert. »Aber wir schlafen bereits. Das Telefon steht ihm zur Verfügung. Wir lassen die Terrassentür auf. Er möchte beim Gehen von außen den Stein gegen die Tür schieben.«
Unsmoler nickte dankbar. Der Herr Akkurat zeigte auf das Bild. Unsmoler verstand und stellte es an die Wand.
»Das Konzert war genial«, flüsterte der Herr Akkurat, »aber …«
»Ich weiß«, sagte Unsmoler.
Adamski saß in sich versunken am Tisch. Die Ofentür stand offen, aber es brannte kein Feuer. Adamski wies auf einen Packen Papier.
»Man wird die Gedichte beschlagnahmen. Belastendes Material«, flüsterte er, »versteck das Bündel irgendwo. Wenn ich ein Feuer gemacht hätte, würden sie das riechen und möglicherweise sofort hereinkommen.«
»Eins nach dem anderen!« sagte Unsmoler. »Du kannst telefonieren. Die Nachbarn schlafen bereits. Du möchtest die Tür mit einem Stein sichern, wenn du nachher das Haus verläßt. Die Terrassentür ist nicht verschlossen. Sie haben Verständnis dafür, daß du mal mit deiner Schönen telefonieren mußt. Sie fanden das Konzert in der Kapelle genial!«
Adamski lächelte schwach.
Unsmoler öffnete die Tür zum Schilfgeviert. In der unteren Etage des Nachbarhauses brannte Licht. Die Vorhänge waren zugezogen.
Unsmoler lauschte und hielt den Hund am Halsband.
Er winkte Adamski heran. Der zögerte.
»Hier ist niemand, mein Wort drauf«, flüsterte Unsmoler.

Adamski stieg an der Hauswand über den Schilfzaun und verschwand in der Dunkelheit. Unsmoler hörte, wie drüben die Glastür geschlossen wurde. Er holte das Manuskriptbündel und tastete sich durch die Finsternis zum Hühnerstall. Die Hühner gackerten leise. Er hob die brütende Henne vom Nest. Er nahm die Bruteier und das Stroh aus der Kiste, legte Adamskis Manuskripte auf die nackten Bretter, formte das Stroh darüber wieder zum Nest, legte die Bruteier zurück und setzte die Glucke wieder drauf.

Das war also erledigt.

Adamski kam spät zurück.

»Vielleicht hätte ich dort bleiben sollen, wahrscheinlich ist es dort sicherer«, sagte er leise.

»Mach dir nicht in die Hosen! Hier haben wir den Hund, niemand wird uns überraschen, ich geh' schlafen.«

»Nichts weißt du, gar nichts weißt du!« sagte Adamski ernst.

Unsmoler wurde ärgerlich.

»Du weißt offenbar zu viel! Im übrigen, die vom Objekt haben andere Probleme … Die ganze Ernte ist im Arsch. Es kann durchaus sein, daß der Dicke dich zu seinem Hofnarren machen will, damit er auch mal was zu lachen hat!«

Aber Adamski war für Späße unerreichbar.

Daß sämtliche Telefongespräche aus dem Haus, das man das Schloß nannte, in der Sicherheitsabteilung mitgeschnitten wurden, war reine Routine. Man wertete die Bänder nicht einmal aus, konnte aber jederzeit auf sie zurückgreifen, würden der Herr Akkurat oder seine Gattin sicherheitspolitisch auffällig werden.

An diesem Abend aber war alles ein wenig anders. In der Sicherheitsabteilung des Objekts machte man Überstunden. Die Unwetterkatastrophe hatte eine außergewöhnliche Situation geschaffen. Man hatte zu registrieren, wie die Bevölkerung reagierte. Die Überdüngung war zweifellos schuld an der katastrophalen Auswirkung des Platzregens. Würden gewisse Elemente das Unglück offen den Fehlentscheidungen der Parteiführung zuschreiben? Würde der Gegner die Situation zur Stimmungsmache nutzen? Das Konzert in der Kapelle hatte die Stoßrichtung gewisser Kreise der Intelligenz bereits vor Augen geführt. Die Situation mußte unter Kontrolle gebracht werden.

Man hatte das Erschrecken des Herrn Adamski bei der Übergabe

der Vorladung registriert und vorausgesehen, daß er irgendwelche Kontakte aufnehmen würde.
Der Mitarbeiter strahlte: er hatte sich nicht geirrt. Die Telefonate waren äußerst aufschlußreich.
»Da haben wir auf den richtigen Busch geklopft, Genossen, das ist anderes Material als das, was ihr aus der Kapelle mitgebracht habt!«
Neun verschiedene Teilnehmer hatte der Bürger angerufen. Zwei davon sogar im Ausland.
Der Mitarbeiter strahlte: die Akte »Klampfe«, seine große Chance. Endlich mal nicht Provinz!

»Marx und Engels und Odin sein Wolf«

Der Schmied blickte ihnen nach und war sich über seine Gefühle nicht im klaren. »Marx und Engels und Odin sein Wolf, nur die Raben fehlen«, sprach er vor sich hin, »warum, zum Teufel, geht Unsmoler mit, der soll sich da lieber raushalten. Dem Adamski aber hätte das jeder hier prophezeien können: Wer gegen den Wind pißt, macht sich die Hosen naß!«
Im Dorf wußte man längst Bescheid: Adamski war zwecks Klärung eines Sachverhalts vorgeladen worden. Klang nicht gut so was.
»Deine Manuskripte werden bebrütet«, sagte Unsmoler, als sie die Dorfstraße entlanggingen. »Weiß der Teufel, was da inzwischen ausgeschlüpft ist!«
»Du hast sie im Hühnerstall unter der Glucke versteckt? Laß sie da einstweilen.«
Als Adamski, Unsmoler und der Hund an die Pförtnerloge kamen, war der Pförtner auf diese Situation nicht vorbereitet.
»Wir sind vorgeladen!« sagte Adamski, der jetzt in besserer Verfassung war.
»Doch nicht der Hund!«
»Der hat auch gebellt!« sagte Adamski und lachte.
Der Pförtner ließ die drei passieren. »Warten Sie im Foyer, man wird sich um Sie kümmern!«

Er telefonierte.
Der Mitarbeiter kam und grüßte kurz angebunden. »Darf ich Ihre Vorladung sehen?«
Adamski zeigte das Schreiben. Der Mitarbeiter nahm es und gab es Adamski nicht zurück.
Das passiert mir kein zweites Mal, dachte Adamski.
»Es handelt sich ausschließlich um eine Unterredung mit Ihnen«, sagte der Mitarbeiter, »die anderen Personen ...« Er zögerte.
»Den Hund schicke ich raus«, sagte Unsmoler, »ich möchte jedoch auf meinen Freund warten. Ich zeichne in der Zwischenzeit. Der Blick hier aus dem Fenster hat mich immer schon interessiert.«
Der Mitarbeiter hob die Schultern. »Zeichnen Sie meinetwegen.«
Adamski und der Mitarbeiter entfernten sich im langen Korridor. Unsmoler blickte ihnen nach. Sie verschwanden in einer Tür. Es war die Tür der Kulturabteilung. Immerhin kann ich sehen, wenn sie Adamski woanders hinbringen, dachte er und nahm es als positives Zeichen, daß er hatte bleiben dürfen.
Ein paar Minuten später kam der Inselchef die Treppe hinunter. Unsmoler blickte von seinem Skizzenblock auf und grüßte. Der Inselchef erwiderte den Gruß mit kurzem Nicken. Es war spürbar, daß ihm diese Begegnung unangenehm war.
Eine halbe Stunde später kam Adamski mit rotem Kopf, als hätte er zuviel getrunken, zurück ins Foyer.
Erst draußen auf der Betonstraße sprach er.
»Ich habe ihnen angeboten, im Objekt vor der gesamten Belegschaft zu singen«, er lachte fröhlich, »das hat sie dermaßen erschreckt, daß sie auf ihre Zettel blicken mußten, um zu lesen, was sie überhaupt von mir wollten. Sie haben mir nahegelegt, angesichts der schwierigen weltpolitischen Lage jegliche Auftritte, die unkalkulierbare Gefühle anheizen könnten, zu unterlassen. Das ist soviel wie ein Berufsverbot. Sie haben sich vor mir gefürchtet.«
Adamski wies auf das auf dem Boden liegende Getreide. »Sie haben Angst, daß ich auch über das hier schreibe. ›Kein Lied davon, junger Mann!‹«
Adamski hatte nun wieder Augen für die Landschaft. »Als wären Panzer über die Äcker gewalzt!«
»Panzer? Die eigene Dummheit reicht völlig aus ... ich habe dir von den Düngeflugzeugen erzählt. Man hat die Gesichter der Piloten erkennen können«, sagte Unsmoler langsam, wieder spürte

er Übelkeit in sich aufsteigen. Ferne andere Erinnerung. Aber davon bemerkte Adamski nichts.
»Ja, sie haben sich gefürchtet!« sagte Adamski glücklich.
Er geriet in Hochstimmung, die Vorladung schien im nachhinein zu einem Höhepunkt seines Inselaufenthaltes zu werden.
Dörfler hatten den Hund allein aus dem Objekt kommen sehen. Nun aber sahen sie »Marx und Engels« und wunderten sich.
Fast schienen sie enttäuscht. Die da im Objekt waren wohl doch nicht so gefährlich, wie man immer angenommen hatte. Sollten sie selbst niemals bis an ihre Grenzen gegangen sein?
»Gehen wir ans Meer?« fragte Unsmoler.
»Wir müssen uns im Dorf zeigen. Öffentlichkeit ist Sicherheit, verstecken Schwachsinn!« entgegnete Adamski. »Und obendrein muß ich unserem Nachbarn die Telefongespräche bezahlen.«
Mit der Zwölf-Uhr-Fähre reiste die Adamski-Freundin mit einem befreundeten Ehepaar an. Diesmal war der Inselchef nicht rechtzeitig unterrichtet worden. Die drei Personen, die sich unverzüglich zum Haus, das man hier das Schloß nannte, begaben, wurden erst bei der Schiffsankunft identifiziert.
Der Herr Akkurat öffnete beglückt die Tür, als er die Schauspielerin erblickte.
»Wo hat man meinen Adam hingeschafft!« rief sie dramatisch.
»Hingeschafft?« Der Herr Akkurat erschrak aufs neue. »Eben war er noch hier. Wir haben uns angeregt miteinander unterhalten.«
Die Gattin des Herrn Akkurat kam eilig die Treppe hinab. Sie breitete die Arme aus und eilte der Schauspielerin freudestrahlend entgegen. Dann begrüßte sie mit vollendeter Höflichkeit die anderen beiden Gäste. Der Mann, ein bekannter Filmregisseur. Parteiabzeichen demonstrativ am Revers.
»Eben war Adamski noch hier!« wiederholte der Herr Akkurat erregt. »Ich sah ihn bei unserem Nachbarn ins Haus gehen.«
Die Schauspielerin verließ das Haus, eilte über den Kiesweg zum Gittertor, dann auf die Straße und bog bei Unsmoler ein.
Die beiden jungen Männer saßen am Tisch, hatten ein riesiges Rührei in der Schüssel, »Balkanfeuer« in den Gläsern und dicke Brotscheiben in den Händen.
Unsmoler hörte die eiligen Schritte und erhob sich.
»Eine Frau«, sagte er, als müsse er Adamski beruhigen. »Eine verdammt schöne Frau sogar!« rief er von der Tür aus.

Adamski sprang ihr schon entgegen.
Sie stürzte auf ihren Geliebten zu, die beiden umarmten sich, als wären sie einer riesengroßen Gefahr entronnen.
»Liebster, ich dachte, ich würde dich aus irgendeiner dunklen, nassen Zelle befreien müssen.«
»Die wagen nicht, mich einzusperren!« Er war wieder ein ganzer Kerl.
»Ich habe Verstärkung mitgebracht! Die Sommers.«
Unsmoler konnte, während die Diva sprach, in Ruhe ihr Gesicht betrachten. Sie hatte schöne, aufrichtige Augen. Ihre Wangenknochen waren vielleicht ein wenig zu grob, so kannte er es bei Leuten, die sich durchzusetzen verstanden. Aber ihr Lächeln ließ auch ihm die Knie weich werden.
Sie beschloß, sich nicht um eine Aufenthaltsgenehmigung zu bemühen.
»Richtig, ignorier den Dicken!« rief Adamski, »Wir reisen ab! Was die Sommers machen, ist deren Sache. Die passen zu denen da drüben.«
Unsmoler ging in den Hühnerstall. Am Bündel klebten Strohhalme und zwei kleine Federn.
»Mein Werk von einem Hühnervolk bekackt!« rief Adamski mit gespieltem Entsetzen, »das ist meine Tragik!«
»Schiet bringt Glück, du wirst berühmt!« sagte Unsmoler.
»Bin ich doch schon!«
Als am späten Nachmittag das Paar zur Fähre aufbrechen mußte, nahm Adamski das Bündel und reichte es der Schönen.
»Pack du das ein!« flüsterte er, »man kann nie wissen, was die sich einfallen lassen, und sieh dich noch einmal um: hier wohnen das Biedere und das Ungeheure dicht beisammen. Schrittebilder, Gänse und Hühner, ein Maler und ein Seemann.«
»Und ein deutscher Schäferhund«, sagte die Schauspielerin und streichelte das Tier.
»Sag' ich doch: das Biedere!« antwortete ihr Adamski mit Pathos. »Mach es gut, Bruderherz, und male, wie besprochen, die deutsche Landschaft! ›Landschaft mit Eskaladierwand‹.«
Er packte die Gitarre ein und legte ein paar beschriebene Briefbögen auf den Tisch: Texte.
»Wenn du mich besuchen kommst, gibt es mehr.«

»Die beiden sind also abgereist«, sagte der Genosse und legte das Foto auf einen gesonderten Stoß. »Ein Hund auf der Mole. Was soll das, Kollegen?«
»Das ist die Abschiedsdelegation«, der Genosse neben ihm lachte, »unser Katenmaler hat sich wohl doch in die Hosen gemacht: er hat den Hund zum Winken geschickt.«
»Mit dem Hund sind die sogar ins Objekt gekommen, bei den Jungs piept's wohl!«
»›Wollen Sie, daß man Ihnen Antisemitismus vorhält? Wollen Sie, daß man Sie mit den Faschisten in einen Topf wirft?‹ Das hat der Klampfenheini dem Genossen Vorsitzenden gegenüber zu äußern gewagt.« Der Mitarbeiter lächelte gequält. »Und das nur, weil der Genosse Vorsitzende ihm eröffnet hat, daß wir weitere Provokationen nicht dulden werden!«
»Die verstehen das!«
»Als wenn hier irgend jemand dem Mann an die Wäsche wollte! Soll er rumhüpfen. Je mehr er durch die Gegend kutschiert, um so besser für uns. Überall wird er bestimmte Leute hinter dem Ofen hervorlocken. All die unsicheren Kantonisten bekommen wir auf dem Tablett serviert. Die Auswertung seiner drei Wochen hier wird Monate dauern!«
»Das will ich nicht hoffen!«
»Der Mann ahnt gar nicht, was er uns wert ist. Man sollte den Klampfenhansel in die Gehaltsliste aufnehmen!«
Die Genossen von der Sicherheit saßen am Beratungstisch der Abteilung und betrachteten mit Lupen Strandfotos: Adamski im Gespräch mit Leuten. Adamski Volleyball spielend, Adamski nackt beim Kopfstand, Adamski wandernd mit Unsmoler, Adamski und die Filmdiva, Adamski singend.
Aufschlußreiche Schnappschüsse wurden gesondert abgelegt.
»Stellen wir erst einmal die Liste sämtlicher Kontaktpersonen zusammen. Unverzügliche Auswertung der Fotos von sämtlichen Auftritten! Wer im Publikum freut sich besonders, wer ...«
»Die Identität der Bürger ist, soweit noch nicht geschehen, bei deren Abreise festzustellen. Einen Genossen werden wir für die Rezeption abstellen.«

»Das an die Freilichtveranstaltung anschließende äußerst aufschlußreiche Treffen im Katen beim Maler wurde gesondert bearbeitet.«
»Befassen wir uns ein wenig intensiver mit dem Kollegen Künstler … dessen Vater ist ja wohl nicht Opfer des Faschismus«, der Mitarbeiter lächelte zynisch und sah die brünette Kollegin an. »Wir werden uns ein wenig deiner Reize bedienen müssen … Ich würde vorschlagen, daß du dem jungen Mann wieder ein paar Sprüche bringst. Ihr kennt euch ja bereits. Es wird ihm sicher einleuchten, daß der Wortlaut vom Transparent so, wie es jetzt da draußen aussieht, nicht bleiben kann.«
Der Mitarbeiter blickte aus dem Fenster und wies mit dem Daumen auf das faulende Getreide.
»Dem Genossen Vorsitzenden wird schon ein neuer Vers einfallen. Wird Zeit, daß der Mist da draußen untergepflügt wird. Das Zeugs fängt an zu stinken! Also Genossin, wir rechnen mit deinem Einfallsreichtum«, wandte er sich wieder an die Brünette. »Ob er Adamski gemalt hat, das ist ja wohl ohne viel Einsatz rauszukriegen. Im übrigen solltest du dich mit seinem Hund anfreunden. Das könnte von Wichtigkeit sein. Dazu bist du ja wohl ohne viele Worte bereit!« Der Ton war ein wenig schärfer geworden, aber sofort lächelte der Mitarbeiter wieder: »Die Winter hier können sehr langweilig sein, Genossin. Sehr, sehr langweilig. Dieser Mann aber ist nicht uninteressant, zumindest vom sicherheitspolitischen Aspekt her. Möglicher Konzentrationspunkt feindlicher Bestrebungen. Es ist zu erkunden, ob er bereit wäre, mit uns zusammenzuarbeiten. Er hat republikweit Zugang zu gewissen Kreisen. Hier auf der Insel aber ist er zu isolieren. Beschäftige dich erst einmal mit seiner Akte. Ich erwarte«, er blickte auf die Uhr, »nach dem Mittag deine Vorschläge.«
Die Kollegin erhob sich und ging hinaus.
»Sie sollte sich hin und wieder gemeinsam mit dem Maler zeigen«, sagte der Mitarbeiter, der hier der Chef war, »das bringt schon was: Verunsicherung bei den Nachbarn.«

»Haben wir alles Marx zu verdanken!« sagte der Feldbaubrigadier zu Lüder.
Beide hatten beobachtet, wie ein Tonnenleger in Ufernähe gekommen war und das Badegebiet mit gelben Bojen vom offenen Meer abtrennte.
Es war nicht ersichtlich, ob mit »Marx« Adamski gemeint war, der vor zwei Wochen so weit hinausschwamm, daß ihn die Grenzer anschließend am Ufer festnahmen.
Es war im Dorf üblich geworden, sich mit gewissem Vergnügen einer verschwommenen Redeweise zu bedienen. Man reagierte mit List auf das Lauschen der Spitzel und hoffte, sich gegebenenfalls herausreden zu können. Aber man irrte sich. Die Spitzelberichte waren stets eindeutig.
»Gewiß doch, haben wir alles Marx zu verdanken!« bestätigte Lüder, der zwar niemals baden ging und schon gar nicht das Bedürfnis hatte, hinauszuschwimmen, dem aber neue Grenzziehungen gleichfalls mißfielen.
»Jo, jo, manche müssen dat eben immer übertreiben!« Auch so ein vager Satz.
»Dann wollen wir mal wieder!« Der Feldbaubrigadier kletterte mit seinem gebogenen Draht in der Hand auf den Treckernotsitz, und Lüder gab Gas. Seit Tagen schon beseitigten sie die Spuren des großen Wachsens und des Gewitters. Um die Pflugscharen legten sich immer wieder Bündel von Getreidehalmen. Das war kein Pflügen nicht. Immer wieder halten. Der Brigadier kletterte vom Traktor, säuberte die Pflugscharen, kletterte wieder hinauf, und Lüder fuhr weiter. Unterhaltung nur mit Gebrüll.
Irgendwie schämten sich die beiden. Unterpflügen, was sie selbst gesät hatten. Gut, wenn man von dem Schiet hier nichts mehr sah. Bald würden die Gören in die Ferien kommen, also ranklotzen. Sand drüber.
»Ihren roten Spruch haben sie auch schon abgenommen«, sagte der Brigadier.
Lüder hatte am Ackerende gewendet. Wieder Halt. Sie blickten in Richtung Chefobjekt.
Reden. Die Maschine machte etwas weniger Lärm. Leerlauf.

»Unsmoler wird ihnen schon einen neuen pinseln«, antwortete Lüder.
»Der soll sich diesmal aber wat Schlaueres einfallen lassen!«
»Dat bestimmen alles die!«
So war es.
Die Brünette war bereits bei Unsmoler gewesen. Sie kam, als er an den Figuren arbeitete. Sie kam wie ein Spaziergänger über das Brachland und blieb bei ihm stehen. »Heute ohne Marx- und Engelsbart?«
Er blickte auf.
»Lassen Sie sich nicht stören!« sagte sie, »darf man sich setzen?«
»Mann nicht, Frau ja!« sagte er.
Sie setzte sich auf den Hocker, den er, wenn er hinter dem Haus arbeitete, dorthin mitnahm. Sie schaute ihm zu. Der Hund kam zu ihr, und sie streichelte ihm das Fell.
Freundlicher Anblick. Er unterbrach die Arbeit.
»Ich glaube, wir kennen uns«, sagte er.
»Natürlich kennen wir uns. Ich habe Ihnen damals den Spruch für das Hochhaustransparent übergeben. Sekretärinnen müssen nun mal machen, was der Vorgesetzte ihnen sagt.«
»War es denn so schlimm, zu mir zu kommen?«
»Das nicht, aber der Spruch war ziemlich mies, und deshalb komme ich heute auch wieder … der Spruch kann so nicht bleiben!«
Sie blickte sich um. Selbst das Gras auf dem dürren Sandboden hinter dem Katen hatte nach der extremen Düngung zu wild gewuchert. Nun lag es am Boden und faulte.
»Chemie ist das, was stinkt«, sagte Unsmoler, »so hieß es bei uns schon in der Schule!«
Sie streichelte den Hund und dachte … doch ganz unterhaltsam, der Mann. Wird schon seine Gründe haben, daß wir uns mit ihm beschäftigen. »Können wir nun den Spruch durch etwas Passenderes ersetzen?«
»Wieder Ihre Aufgabe?«
Sie streichelte immer noch den Hund, sah Unsmoler an, lächelte und nickte. »Ich würde an Ihrer Stelle guten Willen zeigen und die Tafeln beschriften. Man ist im Objekt ziemlich sauer.«
»Sauer über das hier?« Er zeigte auf das faulende Grün.
»Auf Adamski, und daß Sie ihn begleitet haben, mit dem hier«, sie klopfte dem Hund das Fell, »grad' so, als würden Sie ihn beschüt-

zen wollen.« Sie legte ihren Arm um den Hundehals und drückte ihn an sich. Schöner Anblick.
»Was heißt eigentlich ›Odin sein Wolf‹?« fragte sie.
»Warum?«
»So nennen manche deinen Hund.« Sie war zum Du übergegangen.
»Mythologie ... Odin wurde von zwei Wölfen und zwei Raben begleitet. Die Raben: Gedanke und Gedächtnis ...«
»Und die Wölfe?«
»Sanftmut und Liebreiz!« Sie lachten beide.
»Der Auftritt von Marx war lustig!«
Unsmoler tat, als verstünde er nicht.
»Na, der auf der Freilichtbühne!«
»Genossin, wie kannst du den Titanen Marx an seinem Bart festmachen! Marx, Marx! Auf der Bühne sang ein bärtiges Männchen. Spaßige Verkleidung eben. Das hätte auch Rübezahl sein können oder Rumpelstilzchen!«
»Ich bin nicht Mitglied der Sozialistischen Einheitspartei«, sagte sie leise.
Was ist los, fragte sich Unsmoler, bin ich durch Adamski für die Frauen hier wieder interessant geworden? Vorsicht, Junge, sie kommt vom Objekt. Aber reden kann ich ja mit ihr. Soll sie sehen, was für ein harmloser netter Kerl und was für ein braver Staatsbürger ich bin.
Eine innere Stimme warnte ihn vor der Fremden. Aber gleich darauf sagte er sich: Soll sie getrost ins Objekt tragen, was ich will, daß man dort von mir erfährt. Diese Frau könnte Sicherheit bedeuten. Besser die als heimliche Hausdurchsuchungen. Du wirst ihr die Bilder erklären können. Sie sieht gut aus. Vielleicht schafft sie es, Delphine aus deinen Gedanken zu vertreiben.
Er lächelte, und sie lächelte.
Sie hat dich um ihren kleinen Finger gewickelt! dachte Unsmoler betroffen. Sie spielt wahrscheinlich mit dir! Gut, spiel du auch mit ihr!
Er wußte nicht, daß er nicht spielen konnte. Bei ihm wurde alles ernst.

Die Fähre stieß an die ausgedienten Autoreifen, die als Fender am Bollwerk hingen. Das Schraubenwasser im Hafenbecken brodelte.

Weiches Federn, Quietschen des Gummis an der Bordwand. Beendet das Wendemanöver.
Angekommen. Daheim.
Lüder hatte zwei Hänger angespannt. Der hintere war für die Dorfkinder reserviert. Er sauste mit seiner Ladung hupend die Betonstraße hoch.
»Alcatraz!« murmelte der Rote unterwegs. Wie er hatten auch die anderen größeren Jungs dorthin geblickt, wo ihr Unterschlupf gewesen war. Dort ragte jetzt einer der beiden grauen Wachtürme empor. Maschendrahtzäune, Stacheldraht.
Auch beim Objekt ein neues Gehege: der Tierpark. Würden sie sich ansehen am nächsten Tag. Eine Bache mit Frischlingen und zwei Überläufer. Wenn die Viecher hier frei herumrennen könnten, würde das für ein bißchen Durcheinander sorgen.
»Von wegen! Schweine hauen ab ins Schilf. Machen Schweine so.«
»Grunzen auf der ›Liebesinsel‹ und lassen sich nicht sehen.«
»Insel« war leicht übertrieben. Bei mittlerem Wasser ein trockener Flecken. Im Schilfmeer verborgen, von Wasser umgeben, das den Jungs bis zum Hintern ging.
»Der Bunker ist passé, Leute, wir nehmen uns die Insel. Da stört uns keine Menschenseele. Morast drum rum. Da bauen wir unsere Binsenboote! Wenn man auf denen sitzt, sind die so gut wie unter Wasser. U-Boote. Hat einer noch Reusen auf dem Dachboden? Wir stellen Reusen an der Schilfkante.«
Freiräume noch, die blieben.
Was auf den Dachböden an Schätzen herumlag, wußten sie. Aber auf den Dachböden oder in den Scheunen mußten sie nicht mehr hausen. Nun waren ihre Zimmer sogar in der Ferienzeit frei. Die strengen Bestimmungen sorgten dafür. Der Verlust war nicht groß: das Heu auf den Böden war schon lang nicht mehr das, was es früher mal gewesen war. Es war alt und staubig geworden.
Es dauerte nicht allzu lange, und die Schweine waren eines Morgens nicht mehr im Tierparkgehege. Es war nicht ersichtlich, ob sie allein oder mit fremder Hilfe entkommen waren. Es wurde gemunkelt, daß Zelter vorgehabt hätten, Spanferkel zu braten.

Mit den Transparenttafeln hatte Lüder auch weiße und rote Ölfarbe aus dem Objekt herangefahren. Drei Anstriche waren nötig, damit die Buchstaben verschwanden. Die weiße Farbe taugte nicht viel.

Die Tafeln lehnten an der Hauswand und warteten auf Worte. Lautlos standen sie da und störten Unsmoler doch. Er hatte die Arbeit begonnen, er würde sie auch zu Ende führen müssen. Hitze, drückende Tage, lähmende Mittagsstunden, in denen die Geräusche, die von draußen in Unsmolers Atelier drangen, wie Töne des Irrsinns klangen. Gekünsteltes Gelächter, albernes Wummern ferner Schlagermusik. Kofferradios plärrten. Düsenjäger durchbrachen die Schallmauer, die Fensterscheiben klirrten, und hin und wieder keifte irgendeine Dörflerin.

Unsmoler warf sich aufs Bett und sah den Fliegen zu, die gegen die Fensterscheiben prallten, um danach aufs neue durchs Zimmer zu brummen. In solchen Stunden kam er sich selbst wie eine Fliege vor. Jedes seiner Bilder ein neuer Start und dann: bum gegen die unsichtbare Scheibe.

Unsmolers Tage kannten keine Sonntage. Er schien außerhalb gewohnter Zeit zu sein. Er konnte auf Unterhaltung verzichten und erfuhr doch, wenn auch manchmal mit wochenlanger Verspätung, was auf der Insel geschah. Er vermied Begegnungen und ging deshalb schon bei Sonnenaufgang ans Meer. Er liebte diese Stunde, die den Tag unbeschädigt erlebte. Unbeschädigt? Er sah, daß die Grenzer nicht nur auf ihren Türmen hockten, sondern immer noch, wenn auch weniger auffällig, Streife gingen. Er sah, daß die Burschen sich Schnapsbuddeln vergraben hatten, aus denen sie, wenn sie bei ihrer Runde vorüberkamen, jedesmal einen Schluck nahmen, und er sah als erster, daß die Wildschweine eines Nachts den Gemüsegarten seines Nachbarn umgewühlt hatten … manchmal war er mit seinem Wissen den anderen voraus.

Manches erfuhr er von der Brünetten aus dem Chefobjekt.

Unsmoler hatte gerade am großen Karton des Kindergartenbildes gearbeitet, als sie klopfte. Sie brachte den Text für die Tafeln. Er ließ sie herein und machte Tee.

»Tee ist gut bei der Hitze«, sagte er.

Grad so, als würde in diesem Lande über Krieg und Frieden entschieden. Bring die scheinheiligen Worte hinter dich und vergiß sie.
Friedensworte. Seltsam, dabei sprach man unentwegt vom Kampf. »Kampf um Normerfüllung«, »Friedenskampf«, selbst »die Höhen der Kultur« sollten »erstürmt« werden.
Er legte den Pinsel beiseite und blickte aus dem Fenster. Er hatte die ruhigen Tage nicht genutzt. Nun wirbelte durch die Straße Staub. Wochenlang hatte die Hitze zwischen den Hütten geflimmert. Sie hatte die Leute erschöpft. Die Urlauber nannten es ein Traumwetter. Sie lagen tiefgebräunt am Meer. Sie träumten.
Unsmoler ging hinauf ins Bärenhäuterzimmer und trat ans Fenster. Über das umgebrochene riesige Feld zog eine ockerfarbene Wolke. Sie verbarg die Freilichtbühne und das Hochhaus vor seinen Blicken. Die Betonstraße führte ins Nichts. Alles ausgelöscht.
Er lauschte. Endlich hörte er wieder das Meer. Wind.
Er ging zurück ins Atelier, zog zwei brave Landschaften aus dem Stapel, mischte Umbra, Ocker und Weiß und malte das wandernde Feld. Er löschte Bilder mit neuen Bildern aus.
Dann begab er sich zurück ans Bärenhäuterfenster und zeichnete die konturenlose, wunderbar weite Landschaft. Das dramatische Bild faszinierte ihn.
Beunruhigt blickte der Inselchef aus dem Fenster seines Büros. Die Sonne schien, aber es war ein Licht wie bei einer partiellen Sonnenfinsternis.
Die Sekretärin kam herein. »Wie in der Sahara, der ganze Sand ist unterwegs«, sagte sie.
Der Inselchef preßte die Lippen aufeinander.
»Das ist kein Sand, das ist der Acker!« Er konnte es nicht lassen, zu korrigieren, denn er hatte das Gefühl, daß der Sand sein Freund sei. Sonne, Wasser, frische Luft und Sand: der Reichtum hier.
Aber die Äcker, die machten Probleme. Ackerkrume ist fein. Ackerkrume fliegt.
Beim letzten Staubsturm hatte er seine Leute ausgeschickt, die Situation zu begutachten. Er kannte das Problem.
»Am Strand stört der Wind nicht und beim Zeltplatz kaum!« sagte er streng.
Ein Segen, daß der Adamski weg ist, dachte er, der Bursche hätte

die Situation ausgeschlachtet und freche Lieder auf die Finsternis gemacht.
»Weshalb ich dich rief: Der Kollege, der seinerzeit die Straße fegte, ist wieder anzufordern!«
Die Sekretärin nickte und verließ das Chefzimmer.
Blödi half zur Zeit beim Malerehepaar. Der Herr Akkurat baute gemeinsam mit ihm an der Boddenseite seines Anwesens einen Zaun. Unter dem fliegenden Sand hatte er, vom Dorf geschützt, kaum zu leiden, wohl aber unter den Wildschweinen. Sie kamen nachts.
Seltsamerweise hatte er die Verwüstung seines Gartens erstaunlich gelassen hingenommen. Keinerlei Anzeichen von Verzweiflung, die ihn bei anderen, viel belangloseren Anlässen zu packen drohte.
Es war ihm wohl wichtig, dem Genossen Vorsitzenden seine Toleranz beweisen zu können, und er dachte an sein Gemälde, das den Genossen neben einem erlegten Wildschwein zeigte.
Nach der ersten Nacht, in der die Schweine kamen, hatte er das Erkerfenster geöffnet, über das wogende Schilf geblickt und gerufen:
»Nun sind wir wohl quitt, ihr Schweine!«
Später hatte er dann mit dem Inselchef telefoniert.
»Wenn ihr eure Schweine sucht, die sind quietschvergnügt. Sie waren bei uns.«
»Wir werden Maßnahmen ergreifen!« hatte der Genosse Vorsitzende kurz und knapp geantwortet. Er ergriff gerne Maßnahmen.
»Aber nicht doch, ich werde einen Zaun bauen!« Der Herr Akkurat ahnte damals noch nicht, daß es ihm trotz reichlich Maschendraht nicht gelingen würde, einen Zaun zu bauen, den Wildschweine nicht spielend durchbrachen. Ein paar Tage nach dem Telefonat war der Trecker hinter dem Haus des Herrn Akkurat vorgefahren. Lüder und zwei weitere Personen luden Balken und Bretter ab. Der Herr Akkurat erschrak. Und bereute seinen Anruf. Unsmoler dachte an eine neue Baustelle und erschrak gleichfalls.
Beide waren sie erleichtert, als sie lediglich eine Jagdkanzel entstehen sahen.

Geräte

Der Wind drehte auf West und brachte Regen. Die Äcker beruhigten sich und flogen nicht mehr davon. Man beschloß, Zwischenfrucht anzubauen, Raps oder Lupine vielleicht.
»Na also!« sagte der Inselchef, »was sollte das ganze Gerede. Wir lassen uns von unserem Kurs nicht abbringen!«
»Das ganze Gerede?« Es wurde erstaunlich wenig über all die Probleme gesprochen.
In Krisenzeiten pflegte man auf der Insel besonders vorsichtig zu sein. Aber das eine bedachte man nicht: Die kommenden Zeiten würden fortwährend Krisenzeiten sein.
Was die Boote betraf: Den Frauen gefiel es sogar, daß den Kerls die Möglichkeit genommen war, sich eine Buddel »Seehund« unter den Arm zu klemmen, ins Boot zu steigen und den lieben Gott einen guten Mann sein zu lassen. Einzig die Kneipe blieb Zuflucht. Aber diese Zuflucht verlor zunehmend an Bedeutung. Denn eines hatte sich in der Tat verbessert: die Versorgung der Bevölkerung mit Waren des täglichen Bedarfs. Im Konsum lag sogar mehrere Monate lang ein Versandhauskatalog aus. Man brauchte nur eine Nummer auf eine Postkarte zu schreiben, seine Adresse anzugeben, und tatsächlich wurden die Waren, soweit vorhanden, zugeschickt.
Manch einer meinte in aller Öffentlichkeit: »Vielleicht hatten die oben gar nicht so unrecht, wenn sie früher sagten, daß an allen Schwierigkeiten nur die offenen Grenzen schuld wären!«
Wahrscheinlich wurde derartiges nur geäußert, damit die dreimal verfluchten Lauscher diese staatstreuen Worte weitertrugen. Mit den Mächtigen mußte man sich, so gut es ging, arrangieren, entkommen konnte man ihnen nicht mehr.
In der Tat, die Hütten der Dörfler füllten sich mit Dingen.
Die erste Freude war jedoch meistens rasch vorbei. Die Dinge alterten schnell. Man mußte Ersatzteile besorgen, und was eigentlich Zeit sparen sollte, wurde häufig zur Belastung.
Gewiß, man brauchte nicht mehr hinab in den Keller zu steigen, wenn man sein kühles Bier auf dem Tisch haben wollte: es gab den Kühlschrank. Man brauchte nicht in die Kneipe zu gehen: Spektakel gab es auch im Wohnzimmer. Die Fernsehglotze flimmerte.
Das wurde alles so normal, daß man völlig verblüfft war, als man

eines Abends an den Schaltern knipste, aber nichts geschah. Die Fernseher blieben stumm. Die gerade erst installierten Wasserpumpen versagten ihren Dienst, die Radios schwiegen, die Elektrokocher blieben kalt, und die Kühlschränke hörten auf zu brummen. Allgemeine Finsternis und Stille.

»Wat is nu kaputt!«

Man blickte beunruhigt zu den Wanduhren, die man längst nicht mehr aufzuziehen brauchte und seufzte erleichtert: die Sekundenzeiger drehten noch munter ihre Runden. Die Zeit war nicht stehengeblieben. Die Batterien funktionierten.

Wäre draußen Sturm gewesen oder hätte ein Schneetreiben den Himmel verdunkelt, hätte ein Gewitter Hagelschauer auf die Erde geschickt oder wäre wenigstens das Wasser über die Ufer getreten, man hätte den Stromausfall mit Geduld und ohne Verwunderung hingenommen. Aber nichts davon. Alles in allem ein wettermäßig guter Tag!

Man lauschte. Wie hört sich ein ferner Krieg an?

Lang genug hatten die Oberen von Kriegsbrandstiftern und Kriegsgefahr geredet, man hatte ihnen nicht geglaubt. Wer kann schon in ständiger Angst leben. War nun der Tag gekommen?

Hat der Ami sich das mit der Mauer doch nicht bieten lassen, oder hat der Russe auf den Knopf gedrückt?

Daß die Sirene stumm blieb, beruhigte die Dörfler nicht. »Die hat auch kein Strom nicht!« sagte man sich.

»Wenn wat wär', wär' schon längst einer mit der Glocke durch die Straße gebimmelt.«

»Aber nich, wenn dat Revolution gibt ...«

»Damals 53 wir dat auch im Sommer.« Das aber sagten nur wenige, und das ganz, ganz leise.

»Mit dem Dicken und seinen Leuten würden wir fix fertig ...«

»Aber wat bringt dat, gar nix bringt dat: dei Russ is överall int Land.«

»Steine in die Fahrrinne und auf die Betonstraße ...«

»Vaddern, hull blos din Mul!« Die Frauen zerrten ihre Männer von der Straße.

»Dat is gor nicht lang her«, zeterten sie, »da war jeden Tag Stromsperre und nu kommt euch schon nach vier, fünf Stunden das große Wundern an! Wat sind dat nur für Männers!«

Die Jugendlichen hatten Kofferheulen. Die Radios plärrten ihre

Musik. Ausnahmsweise hörten sie Nachrichten. Nichts Neues drüben auf dem Festland.
Dörfler trafen sich in der Kneipe. Jeder wollte erfahren, was die anderen wußten. Kerzen auf den Tischen. Richtig romantisch. Der Schnaps lief noch ganz normal aus den Flaschen.
Fatal war die Situation im Objekt. Man tappte durch dunkle Flure. Alarm. Man schloß Sabotage nicht aus. Die Kampfgruppe sammelte sich in einem Zimmer in der Nähe der Waffenkammer. Man spähte wachsam aus dem Fenster. Auf dem Zeltplatz aber flackerten friedlich die Lagerfeuer.
Gegen 23 Uhr knisterte es in den Neonleuchten des Objekts. Die Notstromanlage war in Gang gekommen.
Diese Nachricht kam sofort in der Kneipe an. »Im Objekt alles taghell erleuchtet!«
»Wunderbar, denen geht endlich ein Licht auf!« sagte jemand. Das klang bedrohlich.
Im Dorf war am nächsten Tag immer noch kein Strom. Die Weiber stellten Wassereimer zurecht und schickten ihre Kinder zum Wasserholen zu jenen Leuten, die ihre Handpumpen noch nicht durch elektrische Kreiselpumpen ersetzt hatten.
Erst um acht Uhr abends brüllten im Dorf gleichzeitig Hunderte Radios und Fernseher auf.
»Licht!« riefen die Leute in das Spektakel hinein, so als würden sie als erste diese Kunde verbreiten. »Licht!«
Die Geräte summten, die Kocher kochten, die Nachrichtensprecher quasselten, aus den Wasserhähnen schoß Wasser, und die Schlagersänger quäkten durcheinander.
Langsam sickerte die Nachricht durch, ein Marder wäre ins Trafohäuschen eingedrungen und habe einen Kurzschluß verursacht.
Einer von den Mardern hatte sich geopfert und es allen gezeigt. Auch denen da im Objekt …
Also kein Aufstand irgendwo, kein Krieg und keine Sabotage.
»Wenn dat man stimmt mit dem Marder …«, sagte man leise.
Den meisten Dörflern kam es so vor, als habe die Insel wieder mal »gezuckt«.

Das tanzende Boot

Zwischen den rosa Kobbenfähnchen tanzte das Boot weit draußen auf den Wellen. Aufrecht stand der alte Mann im Kahn und zog sich Hand über Hand am triefenden Netz entlang. Er hob es Meter für Meter aus dem Wasser. Hin und wieder löste er einen silbrig aufblitzenden Fisch aus den Maschen, warf ihn in den Däken und ließ das Netz wieder zurück ins Meer. Keine leichte Arbeit ohne zweiten Mann.

Unsmoler stand auf dem blauen Inselufer, von dem damals das Pferd gestürzt war.

Oft, wenn er den Alten da draußen sah, wurde er daran erinnert, daß sein Aufenthalt auf dieser Insel nur etwas Vorläufiges sein konnte.

Und er erinnerte sich an jenen Tag, an dem er einen großen Bogen vor sich auf den Tisch gelegt hatte, um mit aller Sorgfalt ein maßstabgetreues Binsenfloß zu zeichnen. Rechts auf das Blatt hatte er das zu beschaffende Material notiert: Bindedraht, wie ihn die Rohrdachdecker brauchen, Nägel sechs Zoll, Derbstangen oder Kanthölzer, zwanzig Meter Malleinwand, dreißig Meter Tauwerk, zehn Millimeter stark, dreißig Armvoll Binsen, Proviant für sieben Tage.

Den notwendigen Auftrieb hatte er berechnet. Erst als die Zeichnung fertig vor ihm lag, hatte er gemeint, wieder frei atmen zu können. Er hatte sich erhoben, die Zeichnung zusammengefaltet, mit einem Streichholz angezündet und in den Ofen gestopft. Er kannte die Maßangaben auswendig.

Manches hatte sich zwischenzeitlich erledigt. Das Schneidern der Beseglung zum Beispiel. Niemand hatte sich für die Takelage vom alten Teerkahn interessiert. Um den Mast gewickelt wartete das Segel im Schuppen.

Das Holzgestell lehnte an der Hauswand. Binsen mußten frisch geschnitten sein, sie warteten im Wasser. Wasserkanister, Bindedraht und Nägel, alles Notwendige war beschafft.

Er konnte sich sagen: Ich bin aus freien Stücken hier! Ich bin Maler. Ich betrachte die Zeit, und die zeigt sich hier wie anderswo. Wie hatte Adamski gesagt: Versuchslabor Insel.

Unsmoler arbeitete und war froh bei seinem Tun.

Auch Mungo, der Maschinist und Entenfresser, der Mann mit den Pranken, die sich mit unglaublicher Geschicklichkeit auf die Reparatur von Bootsmotoren verstanden hatten, der Mann, der mit seinem Haus nicht vorankam, auch der nahm die neue Situation mittlerweile erstaunlich gelassen. Anfangs hatte ihn ein gewaltiger Groll gepackt. »Wat seid ihr für Minschen!« hatte er geflucht, als er sah, wie Lüder mit einem rasch zusammengeschweißten Trailer Boot für Boot aus dem Wasser zog. Am meisten hatte ihn erbost, daß die Bootseigentümer auch noch behilflich waren.
»Leute, Leute, was seid ihr für Minschen!« Finster hatte ihn Jobst, der Polizist, angesehen. Mungo hatte ausgespien und war gegangen. Nun aber hatte er sich offenbar abgefunden. Ein freundlicher starker Mann, der nicht lange im Zorn leben mochte.
Er lachte nur noch, wenn die Sprache auf die Kähne kam. Zwar hatte er zugegebenermaßen damit gerechnet, bis an sein Lebensende auf der Insel ein gefragter Mann zu sein, der wie ein Wunderdoktor zu allen defekten Motoren gerufen werden würde, nun aber sagte er, »Leute, ich habe mein halbes Leben im Gestank von Schiffsmaschinen zugebracht, auf Dieselgeruch kann ich nun verzichten! Ich sitz' in der Sonne, hüte meine Enten und blicke aufs Wasser. Was will ich mehr! Langeweile kommt nicht auf: Mit dem Hausbau werd' ich noch 'ne Weile zu tun haben, so wie das vorangeht.«
Von dieser Läuterung erfuhr man im Objekt. In einer Parteiversammlung schlug jemand vor, den ehemaligen technischen Offizier der Handelsmarine, genannt Mungo, für die Partei zu werben. »Ein solider, kompetenter Mann. Wir brauchen solche Genossen im Dorf. Wir könnten ja durchblicken lassen, seinen Hausbau in die Planung aufzunehmen.«
In Wirklichkeit aber entsetzte den Seemann Mungo der Blick von seinem Hügel auf das Wasser: kein Bootsgeräusch, kein Segel, nicht einmal der Kahn vom Fischer. Nur die grauen Vorpostenboote lauerten hinter dem Horizont. Über dem Meer beinahe täglich das Knallen der Düsenjäger. Ein totes Meer! dachte er zornig. Und wieder hieb er einer Ente den Kopf ab.
»Wer füttert Enten über den Winter!« sagte er, wenn jemand fragte, ob er sie allesamt auffressen würde. »Im nächsten Frühjahr gibt es neue!« Man hatte Verständnis, daß er niemanden in seine Baubude ließ, in der er wie ein Zigeuner hauste. Die notwendigen

Mauersteine für den Neubau waren immer noch nicht zu bekommen. Er aber war geduldig und zu jedermann freundlich, auch zum Polizisten Jobst und selbst zum Objekthausmeister. Das hätte auffallen müssen.

Neuerungen

Zwar hatte sich die Versorgung der Bevölkerung mit technischen Geräten sichtlich verbessert, das Angebot an Frischgemüse aber war extrem zurückgegangen. Der Tüffelmacher und einige andere, die in früheren Jahren mit ihren Kähnen vom Festland Grünzeug, Tomaten und Obst herangeschafft hatten, hatten nichts mehr, was sie, grad so, als hätten sie es soeben im Garten geerntet, über den Zaun hinweg verkaufen konnten.

Die winzigen Vorgärten, die vormals so ertragreich schienen, brachten nicht mal ausreichend für den Eigenbedarf. Die Kähne fehlten eben.

Nun waren die Schlangen vor dem Konsum, wenn Salat oder dergleichen angeboten wurde, beängstigend, beängstigend auch das Lamentieren der Urlauber, wenn sie nach stundenlangem Anstehen wieder nichts abbekommen hatten.

»Die Kleingartenfrage ist in besonderer Schärfe zu stellen!« rief der Genosse Vorsitzende in einer Krisensitzung der für die einzelnen Bereiche Verantwortlichen. »Geeignete Kleingartenparzellen sind vom Ackerland abzuteilen und den Bürgern umgehend zur Verfügung zu stellen.«

Das geschah unbürokratisch. Die Dörfler drängten in den rasch ins Leben gerufenen Verein »Neues Glück«, denn alle hatten die Sorge, zu kurz zu kommen. Mit ungeahntem Eifer begann man zu arbeiten. Man sollte es nicht für möglich halten, schon drei Wochen später wurde der Konsum von den Kleingärtnern mit erstem Salat beliefert.

Andere Maßnahmen griffen noch schneller. Zum Beispiel die Antwort der staatlichen Organe auf leerstehende Unterkünfte. Ein Anschlag im roten Kasten, und alle wußten Bescheid: Man brauchte Gästezimmer nur im Objekt anzumelden, und schon

wurden Urlauber zugewiesen. Saubere Bettwäsche lieferte man vom Objekt gleich mit, die schmutzige holte der Barkas ab. Das klappte einwandfrei, und das Geld wurde pünktlich ohne jegliches Gerede aufs Konto überwiesen.
Der Chef aber konnte eine erneute Steigerung der Urlauberzahlen seinen Vorgesetzten melden. Pluspunkte.
Verläßliche, verdiente Leute waren die Urlauber, die über den FDGB auf die Insel kamen.
Dennoch gab es gewisse Schwachstellen. Der Kontakt der Grenzer zur Bevölkerung war nicht zu vermeiden. Ohne hin und wieder Ausgang zu erhalten, hält es der beste Soldat nicht aus. Die Stunden außerhalb des Gitterzaunes, in dem mittlerweile auch eine Wohnbaracke stand, führten die Grenzer meist in die Kneipe. Es war zu befürchten, daß Bier und Schnaps dazu verleiteten, hier und da mehr über Grenzsicherung zu äußern, als erlaubt war. Die Sicherheitsabteilung sah sich daher genötigt, ein weiteres Sicherungssystem ziviler Streifen zu installieren. Der Liegeplatz des Fischerbootes bedurfte ganz besonderer Aufmerksamkeit.
Die verläßliche Arbeit der Streifen wiederum mußte kontrolliert werden. Gelegentlich machte das der Mitarbeiter. Eines Morgens gegen zwei Uhr ging er als einsamer betrunkener Wanderer, der offenbar den Weg zu seinem Zelt nicht mehr fand, Richtung Fischdorf. Die Hütten lagen im grellen Licht des beleuchteten Bootsliegeplatzes. Wo grelles Licht ist, sind allerdings auch tiefe Schatten. Finsternis hinter den Hütten. Der Mitarbeiter begab sich ins Fünfhüttendörflein hinab, verließ den Pfad und imponierte sich selbst mit Wachsamkeit und Umsicht. So ein Boot wartete direkt darauf, von irgendwelchen Elementen, die in den Schatten lauerten, gekapert zu werden. Er spürte die beruhigende Schwere seiner Pistole unter dem Arm. Lautlos ging er voran. Plötzlich versank sein rechter Fuß, ein rascher Schritt mit dem linken Fuß, doch auch der versackte im Nachgebenden. Er unterdrückte einen Schrei, er sank tiefer und tiefer. Erst als er bis zum Bauch im Morast steckte, begann er zu rufen.
Bei den alten Weiblein knarrte die Tür. Grete lauschte hinaus.
Der Mitarbeiter ruderte mit den Armen. »Hilfe, Hilfe!« gellte es durch die Nacht. Leise Stimmen. Grete im weißen Nachthemd eilte erschrocken und voller Angst zum Haus des Heizers. Half nichts: Tien hatte sie geschickt. Grete bullerte an die Fensterschei-

be. Der Mitarbeiter hörte die Scheibe scheppern. Aber eine Buddel »Seehund« ist ein gutes Schlafmittel. Erst morgens um fünf würde der Heizer nüchtern sein.
»Altes Stelzbein, kum rut, wie hemm wat fungen!« schallte es jetzt auch vom Fischerhaus hoch.
Der Fischer stand bereits an der Grube, als der Heizer mit der Axt im Gürtel auf seinen Stelzen herangestakt kam. »Und ich dacht', wie hem son Schwien fungen!« sagte er enttäuscht.
»Vielleicht ist dat ja eins!« antwortete der Fischer fröhlich.
Der hilflose Mitarbeiter sah sich genötigt zu reden. »Kollegen, so helfen Sie doch!«
»Bist du sein Kollege?« fragte der Heizer den Fischer.
»Holen wir ein Brett!« antwortete der.
Tien und Grete standen dunkel in der Tür, sie hatten ihre Mäntel über die Nachthemden gezogen.
»Die Bohle borgen wir uns mal aus!« Der Fischer nahm die Planke, auf der Tien und Grete in der Abendsonne zu sitzen pflegten, und trug sie zur Grube.
»Der sitzt so richtig in der Scheiße!« sagte der Heizer.
»Das Brett schieben wir ihm zu!«
»Diskutieren Sie nicht lange!« kommandierte der Mitarbeiter.
»Er möchte giftig werden!« übersetzte der Heizer dem Fischer den Ausspruch in die richtige Lautstärke. »Das mögen wir nicht, und wir mögen auch nicht, wenn man uns zu nachtschlafender Zeit aufschreckt!«
»Meine Herren, ich bitte Sie, ich flehe Sie an!«
»So klingt das besser!« Sie schoben dem Mann von der Sicherheit von der Seite das Brett vor die Brust. Der Mann konnte die Arme drauflegen.
»Versuch dich rauszurappeln.«
Der Mitarbeiter mühte sich vergeblich. Der Schlamm hielt ihn fest. »Zehn Buddeln Schnaps, wenn ihr mich rauszieht!«
»Langsam wird der Mann sympathisch! Aber da hilft wohl alles nichts: Lüder muß ihn morgen mit dem Kran rausruppen, vielleicht kriegen wir ihn ja im Ganzen raus!«
»Wir könnten das mit der Winsch versuchen! Ein Glück, daß wir hier noch ein Boot zu liegen haben!«
Beinahe hätte der Mitarbeiter gebrüllt, »wegen dem Scheißkahn steck' ich ja in der Scheiße!«.

Der Ekel drohte, ihm den Atem zu nehmen.
Die beiden Helfer hantierten unten am Boot, knüpften Leinen zusammen, machten sich im grellen Licht an der Winsch zu schaffen, und dann, es sah gespenstisch aus, kam der Heizer wie der Leibhaftige näher gehumpelt. Er hatte sich ein Hanfseil, an das das lange Drahtseil gebunden war, um den Leib geschlungen. Die Winsch schrie, als würde jemand gefoltert. Der Fischer drehte, und das Drahtseil wickelte sich ab.
Reglos hing der Mitarbeiter am Brett. Er hatte inzwischen begriffen, daß diese Leute hier Gruben aushoben, um darüber auf Balken ihre Klosetts zu stellen. Allen Unrat, alles Spülwasser, allen Dreck kippten sie in diese Löcher. War eine Grube voll, wurde sie mit Sand bedeckt, und an einer anderen Stelle vollzog sich das Ganze von vorn.
»Beeilen Sie sich doch!« flehte er.
Der Heizer blieb stehen. »Sachte!« Er hopste um die Grube herum und schlang ein Tau um den Leib des Gefangenen. »Ich knote eine Schlaufe, und dann ziehen wir an. Sieh zu, dat du auf dat Brett zu liegen kommst! Zieh an«, brüllte der Heizer und hob die Hand. Der Fischer an der Winsch setzte sich in Bewegung. Er drehte sie jetzt anders herum. Die Leine straffte sich, fast schien es, als wollte sie den Mitarbeiter vollends in den Kot zerren.
»Die Leine muß unter den Armen bleiben, sonst reißen wir dir den Kopf ab!« riet der Heizer und paffte ein Tabakswölkchen in die Morgendämmerung.
Das schmierige Etwas glitt über das Brett und dann noch ein Stück über den Sandboden. Der Heizer winkte mit beiden Armen, der Fischer blieb stehen. Der Mitarbeiter rappelte sich auf.
»Kann man hier irgendwo duschen?« fragte er blöde.
Der Heizer zeigte aufs Meer.
Der Mitarbeiter planschte eine Weile im Wasser, dann stellte er sich ans Boot und begann sich auszuziehen.
Plötzlich erfaßte ihn das Licht des Scheinwerfers, das um ein vielfaches greller war als die Peitschenlampe. Das Boot warf einen langen Schatten. Der Mitarbeiter duckte sich. Eine Rakete stieg empor, ein dumpfer Knall, dann lagen das Meer und die gesamte Mulde schattenlos in gleißender Helligkeit.
Wird auch Zeit, dachte der Mitarbeiter. Seine Retter verschwanden verstört in ihren Hütten. Der Heizer blickte aus dem Fenster.

Ist ja wie an der Ostfront, dachte er. Eine Fackel am Fallschirm, haben wir alles schon gehabt. Er wunderte sich, daß der Gerettete keine Anstalten machte davonzurennen.

Schnurgerade Spur

Bereits am frühen Morgen zeigte sich der Mitarbeiter im Fischdorf. Schadensbegrenzung war sein Anliegen. Über sein nächtliches Malheur hatte er in der Dienststelle nicht gesprochen. Die Schadenfreude wäre groß gewesen. Die Grenzstreife war von ihm bereits nachts zum Stillschweigen verpflichtet worden. Jetzt wollte er die Bewohner des Fischdorfes davon überzeugen, daß es für sie gleichfalls sehr zweckmäßig wäre, den Mund zu halten. Er begab sich zu der Hütte des Heizers, bückte sich und blickte durchs schmuddlige Fenster. Der Mann beugte sich gerade über eine emaillierte Waschschüssel und wusch sich. Mit der Schulter stützte der Einbeinige sich an die Wand. Der Mitarbeiter sah die große rote Narbe auf dem Rücken des alten Mannes.
Der Heizer bemerkte den Schatten vor dem Fenster, richtete sich auf und langte nach dem Handtuch.
Nach einer Weile öffnete er das Fenster, das er als Eingang zu benutzen pflegte, und kletterte ins Freie.
Der Mitarbeiter zog seinen Ausweis hervor. »Hier ist es nachts zu einem Zwischenfall gekommen«, sagte er. »Wir müssen feststellen, ob es sich um einen gezielten Anschlag auf unsere Sicherheitsorgane handelt. Die Gruben hier graben doch wohl Sie.«
Das bist doch du gewesen! dachte der Heizer. Wenn du mir so kommst, komm' ich dir auch so.
»Hier war rein gar nix! Aber Kackegruben gibt's hier. Die Löcher sind wegen der Hygiene.«
»Wir wären bereit, diese Variante zu akzeptieren, wenn man sich in diesem Dorf, was den nächtlichen Vorfall betrifft, zu absolutem Stillschweigen verpflichtet!«
»Wir halten Wort!« sagte der Heizer und betonte das »Wir«.
»Die Gruben sind künftig abzusichern!«, der Mitarbeiter griff in seine Brusttasche. »Im übrigen soll ich im Namen des Kollegen,

dem in Ausübung seines Dienstes das Mißgeschick passierte, eine Prämie an die Helfer überreichen.«
»Ach, den jungen Mann, der vom rechten Wege abgekommen ist, meinen Sie? Ja, dem waren wir ein wenig behilflich.«
Der Mitarbeiter überreichte dem Heizer einen Briefumschlag. »Das dürfte für einige Buddeln »Seehund« reichen, teilen Sie die Summe untereinander auf. Und unterrichten Sie die anderen Personen: Kein Wort darüber. Wenn Sie jemand fragt: Das mit dem Licht war eine nächtliche Übung!«
»Eine schöne Übung war das!« Der Heizer grinste.
Der Mitarbeiter verließ eilig den Ort seiner nächtlichen Demütigung. Oben auf dem Hügel blieb er stehen und blickte zurück. Diese Bruchbuden und Kackegruben: das liebste Fotomotiv der Urlauber! Er sah jene Stelle, an der er nachts versackt war. Das Brett, das man ihm zugeschoben hatte, lag noch immer da. Ihm war, als würde er immer noch stinken.
In Ausübung des Dienstes, dachte er krampfhaft, in Ausübung des Dienstes! »Das wird sich hier alles ändern!« versprach er sich.
Während er auf das Objekt zuschritt, um sich zum dritten Mal unter die Dusche zu begeben, überlegte er, wie er sinnvollerweise vorzugehen hätte.
Erstens müßte man Maßnahmen als sicherheitspolitisch notwendig begründen. Zweitens müßte man erreichen, daß der Genosse Vorsitzende der Meinung wäre, der Plan käme von ihm selbst.
Der Mitarbeiter hatte nicht vor, irgend etwas zu überstürzen. Er wurde aber in der Folgezeit so häufig an sein Versacken in der Grube erinnert, daß er die Angelegenheit Fischdorf mit aller Intensität vorantrieb. Gerüche, belangloseste Worte, ja sogar das Rauschen des Meeres riefen in ihm urplötzlich das Erlebnis ins Gedächtnis. Selbst beim Anblick seiner Waffe, die er mit aller Sorgfalt an jenem Morgen hatte reinigen müssen, konnte es passieren, daß ihn seine Nase in schändlicher Weise narrte.
»Das hier ist der neuralgische Punkt«, formulierte er immer wieder in Sicherheitsberatungen und pflegte dabei mit dem Lineal auf jene Stelle der Inselkarte zu tippen, wo das Fischdorf lag. »Eine unübersichtliche Mulde, ein Boot und ein paar verkommene Hütten, die Deckung bieten. Bedauerlicherweise ein besonderer Anziehungspunkt für Urlauber. Ein kontraproduktives Fotomotiv obendrein. Nicht das Hochhaus, sondern diese musealen Bruch-

buden repräsentieren offenbar landesweit unsere schöne Insel!«
Letztere Formulierung traf den Inselchef besonders hart.
»Hast du Vorschläge, Genosse?« fragte er beim fünften Male heftig.
Der Mitarbeiter hob die Schultern. »In der Sowjetunion hat man ganze Völker umgesiedelt!«
»Das war vor vierzig Jahren, jetzt geht das nicht mehr so einfach. Vielleicht sollten wir es mit einem Zaun bewenden lassen. Genossen, wir machen ein Museumsdorf draus. Ärmliche Hütten: die Hinterlassenschaft unseliger Zeiten. Besichtigung nur mit professioneller Führung!«
Na, endlich hast du verstanden, dachte der Mitarbeiter, und er ergriff das Wort. »Genossen, der Zaun wäre als sicherheitspolitische Anlage zu begründen. Desgleichen ein Plattenweg. Bei jedem Wetter muß der Ort auf schnellstem Wege erreichbar sein. Grenzgebiet. An das notwendige Material, sprich Maschendraht, Pfähle und Platten, kommen wir unter diesem Aspekt relativ problemlos heran.«
Vierzehn Tage später sah der Fischer vom Wasser aus, wie sich ein Bulldozer dem Fischdorf näherte.
»Meinen die uns?«
Beunruhigt lauschten die anderen Bewohner des Fischdorfs dem sich nähernden Geratter. Plötzlich tauchte das Ungetüm oben am Hang über den Hütten auf. Es schob Sand vor sich her, kippte ein Stück weit über den Berg nach vorn, ratterte wieder rückwärts hinauf und zeigte sich nach einiger Zeit erneut. Und wieder schob es Sand vor sich her.
»Verflucht noch mal, das ist ja grad so wie damals, als die Panzer auf unseren Graben zukamen.« Der Fischer kniff die Augen zusammen, um genauer zu sehen. Sein Herz begann heftig zu hämmern, dabei war doch Frieden, längst Frieden.
Frieden? Nur bedingungslose Kapitulation. Mindestens zehnmal fuhr die Raupe rauf und runter. Der Fischer warf den Draggen über Bord und wartete. Die Fische zappelten im Fischkasten.
Die Urlauber mit ihren Einkaufsbeuteln in den Händen blickten nicht mehr aufs Meer. Sie sahen der Raupe zu. Denen ist alles egal, was hier passiert, dachte der Fischer. Denen gehört hier nichts. Wem nichts gehört, der achtet auch nichts.
Oben im Berg entstand ein Einschnitt, den Hügel hinab ein regelrechter Damm. So fix geht das!

Die Raupe wendete, fuhr langsam in Richtung Freilichtbühne und hinterließ eine schnurgerade glatte Fährte.
»Nu glauben die, wunder was sie da gemacht haben!« schimpfte der Fischer, aber er war froh, daß nicht sein Kahn gemeint gewesen war.

Der Zaun

Als der Fischer ein paar Tage später vom Wasser zurückkam, winkten die alten Weiblein heftig. Sie saßen auf der gescheuerten Planke an der warmen Wand ihrer Hütte. Er ließ sich Zeit, trug eine Fischkiste ans Ufer und ließ sich die Badegäste um das Zeug streiten. Er brauchte nur den Preis zu nennen und abzukassieren. Das Plastefaß mit dem Fisch für das Chefobjekt hatte er im Boot gelassen. Er verschloß den Motorkasten und schob auch ein Schloß in die Kette. Dann legte er den Sack mit dem Fisch für den eigenen Kochtopf bei sich auf die Schwelle und begab sich zu den Alten.
»Das soll hier alles zum Museum werden!« rief Tien beunruhigt.
»Dat glöv ik, und ihr beide werdet ausgestopft!« antwortete er.
Grete sperrte das Maul auf.
»Aber seid froh, lebend seid ihr bessere Sehenswürdigkeiten als mit Holtwull im Lief. Ihr zaubert denen was, und die vom Objekt schwimmen in der Scheißegrube um die Wette!«
Späße, hinter denen sich Sorge verbarg. Er ging zu seiner Hütte … vielleicht hatte ja seine Alte im Fernsehen was gehört.
Nein, seine Alte wußte von nichts. Der Barkasfahrer kam in die Mulde hinab. Das Fahrzeug wartete auf dem Hügel.
Ächzend hob er sich das Fäßchen auf die Schulter. Der Fischer zeigte auf den von der Raupe geschobenen Damm. »Was soll das nun wieder!«
Der Fahrer gab sich informiert und optimistisch. Er wußte, daß die Feldbaubrigade auf den Äckern nichts zu tun hatte und daher zum Pfählefahren eingeteilt worden war. »Mann, sei froh, die bauen euch eine Straße, und die bauen euch einen Zaun!«
»Ich brauch' keine Straße und keinen Zaun nicht!« sagte der Fi-

scher, »wenn hier eine Straße herführt, kommen noch mehr Leute. Und wo viele Leute rumlaufen, wächst kein Gras mehr!«
»Wo wächst hier Gras?«, der Fahrer sah sich um, »seid doch froh, wenn ihr einen Zaun habt. Die Mulde hier wird zur Ruhe kommen. Ihr könnt wieder Hühner halten, und die legen ihre Eier nicht ins Kornfeld.«
»Wo ist hier noch ein Kornfeld?«
»Das wird hier wieder richtig grün, und ich kann auf der Plattenstraße direkt ans Wasser fahren.«
Der Fahrer sah sich um. Sein Blick nahm zum ersten Mal die üppigen Holunderbüsche wahr, die überall dort, wo einstmals ein Herzhäuschen gestanden hatte, wucherten. »Bißchen was Grünes habt ihr ja noch. Aber ihr werd' sehn, hinter dem Zaun kommt der Sand zur Ruhe. Sag mal, war hier neulich nacht was los?«
»Ick hör' nichts, wenn was los ist«, sagte der Fischer und dachte: Komm mir nicht so, Junge, ihr seid doch allesamt bei der Firma.
Als der Fischer ein paar Tage später vom Wasser aus zur Insel blickte, sah er den Trecker den schnurgeraden Weg auf das Fischdorf zukommen. Eine Staubwolke wehte wie eine schlimme Nachricht vor ihm her. Ob die das nicht doch nur auf sein Boot abgesehen hatten? Auch bei den anderen hatten sie sich vorher nicht lange angekündigt.
»Laß dir Zeit mit dem Nachhausekommen«, sagte er sich und blickte hin und wieder zum Ufer.
Lüder hielt auf dem Hügel über dem Dorf. Drei Männer stiegen ab und hoben einen Betonpfahl vom Hänger. Lüder fuhr an, stoppte, wieder und wieder die gleichen Bewegungen.
Die tanzen einen Zaun, dachte der alte Mann.
»So viele Zäune wie jetzt hat das seit dusend Jahren nicht gegeben! Na int Wasser werden die schon keinen bauen«, sprach er vor sich hin, »dazu fehlt zum Glück dat Geld.«

Pflöckeln

Abends ging Unsmoler ans Meer. Kaum Leute. Das Wasser herrlich warm. August. Schwimmen in der Dämmerung. Schwimmen in der Ewigkeit.
Er watete ans dunkle Ufer. Plötzlich glitt das Licht eines Scheinwerfers den Strand entlang, es traf ihn wie ein Schlag. Es hüllte ihn in grelle Helligkeit und hielt ihn fest.
Es verwandelt nicht die Wirklichkeit, dachte er, das ist die Wirklichkeit! Er drehte sich um. Sein Schatten lag lang und schwarz auf dem Wasser. Er wußte, daß die da oben auf dem Turm ihn durch Feldstecher beobachteten. Ein Spiel für sie. Dann erlosch das Licht. Er tastete nach seinen Kleidern. Vor seinen Augen tanzten Sonnen und ließen den Strand in völlige Finsternis versinken.
Er stieg die Ufertreppe hinauf und ging den Schlängelweg hinab nach Hause. Bei der Freilichtbühne wurde der Pfad zu einer schnurgeraden, betonierten beleuchteten Straße. Im Licht einer der Laternen agierten ein paar Männer. Unsmoler versuchte ihre gewalttätigen Gesten zu deuten. Er befahl seinem Hund, bei Fuß zu gehen und beschleunigte seine Schritte. Der Hund knurrte. Die fünf Männer hatten Pflöcke in den Händen. Ein Kasten Bier stand in ihrer Nähe. Einer der Männer holte aus und schleuderte den Stab mit angespitztem Ende in die Erde, dann ging er zur Bierkiste und setzte die Flasche an. Die anderen Kerle betrachteten den Pflock mit Kennerblicken, dann hob einer seine Hand, verharrte einen Moment in dieser Pose und schleuderte sein Holz so geschickt, daß es in der Erde steckenblieb, das des vorherigen Werfers aber zur Seite flog. Anerkennung heischend schaute er sich um, und als müsse er sich belohnen, nahm auch er ein paar kräftige Schlucke aus einer Buddel. Sie sahen Unsmoler und riefen: »Wir vögeln die Erde!« Ein erneuter Wurf. Der aber war dürftig, der Pflock kippte um.
Unsmoler ging an den Männern vorüber und blickte sich hin und wieder um. Immer noch warfen die Kerle mit aller Kraft ihre Pflöcke. Welch ein stumpfsinniges Spiel, dachte er. Und doch wurde das Spiel in diesem Herbst auf der Insel regelrecht Mode. Nur Männer spielten es. Vielleicht wollten sie mit ihresgleichen zusammensein. Vielleicht mußten die Kerle ihre Wut ausleben, ihre Erbitterung, von der sie nichts mehr ahnten.

Der seltsame Eifer kam dem Tüffelmacher gelegen. Er drechselte einwandfreie Eichenhölzer … nicht solche, die man nach ein paar Würfen mit dem Beil zuspitzen mußte. Seine Pflöcke hielten. Einwandfreie Kerneiche. Eigentlich hatte er aus dem Holz Spanten für Boote schneiden wollen. Das aber hatte sich erledigt.
Unsmoler machte am nächsten Tag ein paar Kohlezeichnungen. Männer schlagen mit Knitteln auf Mutter Erde ein. Er war einer Intensität begegnet, und die wollte er aufs Papier bringen.
Er hörte Schritte. Jemand kam auf seinen Hof.
Unsmoler legte ein weißes Blatt auf seine Zeichnung und öffnete.
»Diesmal mit Zeltschein und Karton«, rief der Gast munter. Es war Pietro.
Unsmoler blickte an ihm vorbei zur Straße. Pietro war allein gekommen. Im Garten stand ein großer Pappkarton. Regenschirme, Weingläser aufgedruckt.
»Dein Bündel steht unberührt im Schuppen«, sagte Unsmoler.
Sie setzten sich ins Atelier. Pietro schaute sich kaum um, irgend etwas Unausgesprochenes war zwischen ihnen.
»Geht es dir auch so beschissen?« fragte Pietro plötzlich.
Unsmoler hob die Schultern. »Ich lebe, ich male …«
»Ich … im Packen ist kein Zelt. Im Packen ist ein Faltboot und im Karton kein Fernseher, sondern …«
»Scheiße!« unterbrach ihn Unsmoler.
»Es ist ein Zweier.« Pietro sah ihn an.
Unsmoler schwieg.
»Wie lang ist dies Zimmer?« fragte der Gast.
»Fünf Meter.«
»Irgendwo muß ich das Boot zusammenbauen.«
»Trink deinen Saft aus, wir gehen zum Zeltplatz.«
»Du hast Angst?«
»Trink aus, dein Zelt und deinen Karton hol dir später.«
Es war möglich, daß Pietro für die Staatssicherheit arbeitete und von der Firma geschickt worden war. Was ich ihm zu sagen habe, sollte ich ihm besser draußen sagen, überlegte Unsmoler.
Sie sprachen von früheren Zeiten.
»Dir geht es auch nicht besonders … sonst würdest du nicht Nußknacker schnitzen«, sagte Pietro. Er meinte die Holzfiguren.
»Gehen wir«, sagte Unsmoler.
Pietro trug seinen Karton in den Schuppen und kam mit einem

kleinen verpackten Zelt heraus. Unsmoler nahm ein Handtuch von der Leine. Sie kamen an Gruppen wettstreitender Pflöckler vorüber.
»Sieh dir diese Gesichter an!« sagte Pietro. Die von Bier, Sonne und Eifer hochroten Köpfe hatten in der Tat etwas Unheimliches. Oben am Steilufer empfing sie das Getön des Strandfunks und das glückliche Kreischen der Badenden.
»Hör dir die Leute an!« sagte Unsmoler.
Sie zogen sich aus, stürzten sich ins Wasser und schwammen zur gelben Bojenkette. Unsmoler hängte sich an eine Leine.
»Auch eine Grenze, Pietro, schwimm nicht weiter, sonst holt man dich aus dem Wasser und du fällst auf. Die eigentliche Grenze aber beginnt hinter dem Horizont. Dort lauern die Vorpostenboote. Mit einem Faltboot abzuhauen ist also fast aussichtslos. Die Nächte sind zu kurz. Und du bist zu langsam.«
»Man sollte sich also besser aufhängen?«
»Du? Du bist doch der fröhlichste Mensch, den ich kenne!« beschwichtigte Unsmoler.
»War ich.«
»Wirst du auch wieder sein. Wart's ab und verlieb dich. Wenn du ein größeres Zelt brauchst, hol deins aus dem Schuppen. Der Schuppen ist nie abgeschlossen. Brauchst mir nicht Bescheid zu sagen.«
Die Strandfunkmusik wurde unterbrochen. Eine Stimme tönte: »Die Schwimmer an den gelben Bojen verlassen bitte sofort die Abgrenzung!«
»In welcher Richtung?« fragte Pietro.
»Natürlich zum Strand«, sagte Unsmoler und ließ die Leinen los. »Du siehst, man paßt überall auf. Tag und Nacht ist der Abschnitt hier im Blickfeld. Du würdest es mit einem Boot nicht einmal bis ans Steilufer schaffen, geschweige denn ans Wasser. Und wärst du auf dem Wasser, so wäre nichts gewonnen. Da oben lauern die Türme mit ihren Scheinwerfern. Das Licht holt jeden ein.«
Sie schwammen auf eine Gruppe Badender zu, tauchten und kamen zwischen denen an die Oberfläche. Nach einer Weile schwammen sie an Land und legten sich in die Sonne. Kein Wort mehr über Flucht.
Später fiel Unsmoler auf, wie die Frauen diesem Mann hinterherschauten. Der ideale Typ für die Stasi, dachte er und beschloß er-

neut, auf der Hut zu sein. Trotzdem erzählte er auf dem Weg zum Zeltplatz, daß die größeren Kinder meist im wärmeren Bodden baden würden. Sie haben mitten im Schilf ihr Versteck, eine kleine Insel. Luftlinie linker Grenzturm, dritte Pappel. Das Wasser rundherum ist knietief. Vom Hochsitz aus kann man die Jugendlichen nur sehen, wenn sie auf dem Inselchen aufrecht stehen. Wenn sich dort etwas regt, könnten das die Kinder oder die Wildschweine sein.

»Deshalb sagtest du vorhin ›fast‹!«

Unsmoler lachte. »Ich habe ›fast‹ gesagt? Seit Monaten habe ich dieses Wort nicht mehr benutzt!«

Sie verabschiedeten sich voneinander vor dem Zeltplatztor.

Das Zeltplatzgelände war eingezäunt. Alle Zelte in Reih und Glied. Wasserhähne über einer Betonrinne. Klosetthäuschen nebeneinander. Am Tor in einer Baracke die Rezeption. Pietro, mit seiner Umhängetasche über der Schulter und seinem Zelt unter dem Arm, sah sich nicht um. Er mußte seinen Schein vorzeigen. Das war das letzte, was Unsmoler von ihm sah.

Am nächsten Morgen ging Unsmoler in den Schuppen. Das Bündel und der Karton standen unberührt in der Ecke. Ein paar Tage später tobte nachts ein heftiges Gewitter. Während die Blitze zuckten, der Donner grollte und der Regen gegen die Scheiben prasselte, war Unsmoler plötzlich so, als wäre Pietro ins Zimmer gekommen. Unsmoler schaltete Licht ein, der Hund hob den Kopf und blinzelte ihn verschlafen an. Unsmoler sprang auf und lief in den strömenden Regen hinaus. Der Hund überholte ihn und bellte. Aber da draußen war nichts. Unsmoler rannte in den Schuppen. Beim Schein eines Blitzes sah er: Pietros Gepäckstücke waren weg.

Der Schlafanzug war durchnäßt. Unsmoler warf ihn über den Stuhl und kroch ins Bett. Er zitterte am ganzen Körper.

Leere

Am nächsten Morgen strahlte die Sonne. Regungslos standen die Wipfel der Apfelbäume auf dem Hof der Dicken von gegenüber. Unsmoler zog sich an und ging in den Schuppen. Er hatte sich nicht getäuscht: Pietros Gepäck war nicht mehr da.

Er kam als Toter, dachte Unsmoler unwillkürlich und begann, Pietro, den Lebenden, zu suchen.
Aber er fand ihn nirgendwo.
Mit niemandem konnte er reden, niemanden durfte er fragen.
Ihm fehlte Delphine. Mit ihr hatte er über alles sprechen können.
»Was geht mich dieser Mann an!« sagte er sich immer wieder.
Und doch, das Meer war ein anderes geworden. Er selbst war ein anderer geworden.
»Nußknacker!« lenkte er sich ab, »ja, meine Figuren sind im Grunde große bunte Nußknacker!«
Er ahnte, daß er an den Holzfiguren nicht würde weiterarbeiten können.
Ein Mann mit Hund auf dem Weg, ein Mann, der Ausschau hielt und mit sich selbst sprach. Der Anblick der Pflöckelnden in der Landschaft reizte ihn. Im Meer trieb wahrscheinlich ein Toter.
In dieser Jahreszeit den Versuch zu machen, über das Meer zu fliehen, ist Schwachsinn. Ich habe ihn, so gut es ging, gewarnt, aber ich habe »fast« gesagt. Unsmoler fühlte sich schuldig.
Er wehrte sich und versuchte sich einzureden: Dieser verdammte Kerl schäkert wahrscheinlich gerade mit einem Mädchen. Ich aber mache mir seinetwegen Sorgen. Abgereist wird er sein. Als er sein Bündel geholt hat, war ich gerade im Konsum einkaufen oder am Meer oder sonst wo!
Aber Unsmoler glaubte sich selber nicht.
»Arbeite!« befahl er sich, das hat dir immer geholfen.
Sowie er jedoch zum Stift griff, kam er sich vor, als wäre auch er ein Pflöckler.
Gegen Abend kletterte er auf die »Maßnahme«, die ungenutzte Jagdkanzel des Chefs am Zaun des Nachbarn. Er sah nur wogendes Schilf und vor dem Schilf ein paar Wildenten auf dem Wasser. Er stieg hinab und ging ins Haus zurück. Er irrte durch die Räume. Auch die Räume verwandelt. Hier war ein Gespenst hindurchgegangen.
»Wozu noch die Vorsicht«, sagte er sich schließlich, er zog sich die Gummistiefel an, heftete aber Zeichenblätter auf das Reißbrett, klemmte es unter den Arm, pfiff dem Hund, ging an seinen Gänsen vorüber zum Boddenufer und watete ins Schilf hinein. Das rauschende Schilf überragte ihn. Er schob sich quer zum Ufer durch die Halme voran, bis er zum Inselchen kam. Auf die Insel

duckte sich eine primitive Schilfhütte. Einfach zwei senkrechte in den Boden geschlagene Derbstangen, die am oberen Ende mit einer Latte verbunden waren, an der geschnittenes Schilf lehnte. Hinten und vorne offen. Zum Stehen zu niedrig, zum Übernachten allemal ausreichend. Reste einer Feuerstelle. Abenteuerspielplatz der Dorfjungs. Drei kleine Binsenboote, die einen Erwachsenen wohl kaum würden tragen können. Keine Spur von Pietro. Nein, hier war Pietro nicht gewesen. Nur ein paar Fährten von Wildsauen. Nichts sonst.

Unsmoler war erleichtert.

Daheim aber kam die Unruhe wieder. Draußen kakelten die Hühner. Sie verlangten ihr Abendfutter. Auch der Hund sah ihn vorwurfsvoll an. Die Tiere zwangen ihn in die gewohnte Ordnung der Tage. Er stellte den Hühnern das letzte Futter hin und ärgerte sich: er hatte vergessen, im Konsum nach hartgewordenem Brot zu fragen. Dann begab er sich in den Stall, die Eier des Tages aus den Nestern holen. Schließlich machte er sich selbst ein paar Stullen, genehmigte sich eine Flasche Bier und setzte sich an den Tisch. Ihm war, als säße ihm Pietro gegenüber. Plötzlich erhob er sich und ging ein zweites Mal in den Hühnerstall. In der Ecke hinter dem mit Stroh gefüllten Sack lag zusammengeknüllt die Hülle von Pietros Bündel. Teile vom Pappkarton lehnten an der Wand.

Ihm lief ein Schauder den Rücken hinunter. Also doch!

Er zerschnitt die Leinwand zu Bildformaten und machte mit den Resten und der Pappe im Ofen ein Feuer.

Nachts konnte er nicht schlafen. Am nächsten Tag ging er zu den Nachbarn: »Darf ich telefonieren?«

»Hast du Probleme?« fragte der Herr Akkurat mitfühlend.

»Ich möchte nur einen Termin für die Kartonvorlage vereinbaren.«

»Ist er fertig?« fragte der Herr Akkurat.

»Nein«, sagte Unsmoler, »ich muß mich nur zwingen, daran zu arbeiten.«

Der Herr Akkurat sah, daß irgend etwas mit seinem Nachbarn geschehen war.

»Wenn ich dir behilflich sein kann …«

»Erst einmal möchte ich nur telefonieren.«

Kleines rotes Zelt

An die Wildschweinjagd war hier in den Sommermonaten nicht zu denken. Bürger würden gefährdet werden. Die Schweine aber machten unentwegt Probleme. Sie wühlten den Müllplatz um, brachen nachts in Gärten ein, ängstigten Urlauber und kannten kaum Respekt.
»Versuchen wir, sie wieder einzufangen!«
Der Inselchef war mit der friedlichen Variante einverstanden, zumal er es noch nicht geschafft hatte, eine Suhler Jagdwaffe trotz Sondergenehmigung käuflich zu erwerben. Die Gewehre mit den ziselierten Schloßbeschlägen waren begehrter Exportartikel.
Es hatte sich herumgesprochen, daß die Grenzer oben bei den Wachtürmen sogar am hellerlichten Tage von den Schweinen Besuch erhielten. Dieses Terrain lag allerdings im Sanddorndikkicht, das den Sauen bisweilen als Unterschlupf diente. Die Soldaten kippten seit einiger Zeit Essensabfälle über den Maschenzaun. Vielleicht hatten sie vor, ihre einfallslose Kost aufzubessern. Schließlich hätte man behaupten können, das Schwein im Gebüsch für einen Flüchtigen gehalten zu haben, der nach vorschriftsmäßigem Anruf nicht stehengeblieben sei.
Vielleicht war es aber auch einfach nur vergnüglich, bei aller Langeweile hinter dem stacheldrahtbewehrten Maschendrahtzaun den Schweinen beim Fressen zuzusehen.
Man fütterte nun also auch vor dem Gatter des Heimattierparks. Die Tiere folgten der nahrhaften Fährte allerdings nur bis zum Tor. Wiederholte Versuche, das Schwarzwild in das Pferch zu locken, mißlangen. Schließlich rührten die Schweine das listig ausgelegte Brot nicht einmal mehr an. Sie hatten es nicht mehr nötig: sie waren zu einer Inselattraktion geworden. Den Badegästen machte das Schweinefüttern viel mehr Spaß als das Möwenfüttern. Die Vierbeiner wurden regelrecht zahm, wußten aber genauestens, wem sie vertrauen konnten. Dieses Vertrauen ehrte. Die Urlauber wetteiferten mit Leckerbissen um die Gunst der Tiere.
Die Wildschweine schienen sogar zu ahnen, daß Abreisetage besondere Tage waren. Sie erfreuten die Urlauber mit ihrem Besuch am Zeltplatz bereits gegen Mittag. Zeit für einmalige Fotos. Man

hatte bereits gepackt, das Gepäck stand für den Traktor abholbereit vorm Zeltplatzeingang.
Plötzlich wurden die Schweine Nebensache.
Wie ein aufmüpfiges dreistes Zeichen war ein kleines rotes Zelt inmitten des eingezäunten Terrains stehengeblieben. Ein einzelnes Zelt! Die Leute von der Rezeption gerieten in Aufregung. Rasch war der Name des Besitzers herausgefunden. Man wartete. Die Sicherheitsabteilung wurde weisungsgemäß benachrichtigt. Telefonate hin und her. Schließlich die lautstarke Aufforderung über den Strandfunk, daß sich Herr Peter N. unverzüglich an der Rezeption des Zeltplatzes III einzufinden habe.
Der grüne Barkas sauste heran. Alle Zelter wurden aufgefordert, innerhalb der Umzäunung genau an jenem Platz Aufstellung zu nehmen, an dem vorher das eigene Zelt gestanden hatte. Die Genossen machten eine Lageskizze, trugen die jeweiligen Namen ein und befragten zuallererst die Bewohner benachbarter Zeltbehausungen. Ihnen mußte das Gebaren des Abwesenden bekannt geworden sein. Anschließend durften die Vernommenen wieder hinaus zu ihrem Gepäck.
Die ungewohnte Situation hatte die Wildschweine mißtrauisch gemacht. Unbeachtet hatten sie sich davongetrollt. Die Urlauber blickten auf das rote Zelt und verfluchten den Säumigen. Man befürchtete, daß man bei verspätetem Ablegen der Fähre sämtliche Anschlußzüge auf dem Festland verpassen würde.
Einige Personen erboten sich, am Strand nach dem Herrn vom roten Zelt zu suchen. Die Genossen im grünen Barkas winkten ab. Er ist ausgerufen worden, das sollte reichen.
Peter N. aber kam nicht.
Es hieß, er wäre anfangs allein gewesen, dann habe er ein Mädchen kennengelernt. Das Mädchen war rasch ermittelt. Sie hatte verheulte Augen und gab zu Protokoll, daß der junge Mann eines Nachts einfach davongegangen wäre.
Das rote Zelt wurde abgebaut und in den Barkas geschafft. Lüder, der bereits gewartet hatte, ließ den Motor an. Die Reisenden atmeten auf. Es wurde ihnen gestattet, sich zur Fähre zu begeben.
»Nu aber fix!« rief Lüder und schmiß das Gepäck auf den Hänger.
Unsmoler bekam von alldem nichts mit. Nicht einmal den Aufruf über den Strandfunk hatte er vernommen. Er arbeitete am Karton des Kindergartenbildes.

Die Fähre verspätete sich bei der Abfahrt lediglich um eine halbe Stunde.
»Holen wir dicke auf!« beruhigte der Käptn die Leute, »ruhiges Wetter heute.«
Die Sicherheitsabteilung ging bei ihren Ermittlungen äußerst diskret vor. Bei den Nachforschungen stieß man nicht auf Unsmoler. Die letzten Tage des Pietro hatte man Stunde für Stunde rekonstruieren können, die letzte Inselnacht offenbar nicht.

Adamskis Wohnung

Pietro, der als Gespenst ins Atelier gekommen war, ließ Unsmoler keine Ruhe. Aber der Termin der Kartonvorlage des Auftragsbildes zwang Unsmoler zu kontinuierlichem Arbeiten an der mehrere Meter großen Zeichnung.
Am elften Tage nach dem Verschwinden Pietros, es war der 24., blieb Unsmoler nichts anderes übrig, er mußte packen: Rasierzeug und Zahnbürste, Handtuch, Skizzenbuch, Stifte und Proviant. Vor allem aber mußte er die riesige Kohlezeichnung fixieren und zusammenrollen.
Mit der Papierrolle und dem so gut wie leeren Seesack auf dem Rücken marschierte er zur Fähre. Er hatte beschlossen, auch Adamski, den einzigen, mit dem er über Pietro reden konnte, aufzusuchen. Er hatte sich die Adresse eingeprägt.
Wieder die Reise durch die Nacht. Schlafend im Zug, die baumelnde Jacke über dem Gesicht. Wieder das Gepäck in der Bahnhofsaufbewahrung. Und wieder der Weg durch die morgendliche Stadt. Wieder die Morgentoilette im Museum. Wieder das Goyabild.
Er fand die Straße, in der Adamski wohnte. Er fand die Hausnummer. Die Tür stand offen.
Die Frau, die die breite Treppe hinabkam, hatte er oft in den verschiedensten Rollen auf der Bühne des Brechttheaters gesehen. Er grüßte, berührt von dieser Begegnung, mit einer Verbeugung. Sie lächelte freundlich, beinahe vertraut und fragte mit einer rauh tönenden Stimme, die genauso unverwechselbar war wie ihr unaffektiertes Äußeres, ob sie ihm helfen könne.

»Ich möchte hier nur jemanden besuchen«, sagte er.
»Er ist zu Hause.« Sie lauschte. »Er spielt Gitarre.« Er sah ihr nach. Die schwere Haustür schnappte ins Schloß.
Er las die Namensschilder neben den Türen. Ja, das war die Schauspielerin gewesen. In der nächsten Etage, dort wo das Namensschild neben dem Eingang hätte sein sollen, ein heller Fleck. Das Schild abgeschraubt. Wozu die Vorsicht, dachte Unsmoler, die, die Adamski übelwollen, wissen mit Sicherheit, wo er wohnt. Er hörte Gitarrenspiel. Er wartete, bis die Töne verklangen. Dann klingelte er.
Nach einer Weile eine Regung hinter der Tür. Unsmoler ahnte, daß er beobachtet wurde. Er schob sein Gesicht vor den Türspion, drückte mit dem Zeigefinger die Nasenspitze in die Höhe und machte ein treuherziges Gesicht.
»He, Bruderherz!« Adamski hatte rasch die Tür geöffnet. »Sie haben die Gesichtskontrolle mit Bravour bestanden, Genosse. Solch tumbe Leute brauchen wir!«
Adamski führte seinen Gast über einen düsteren Korridor in ein lichtes hohes Zimmer, dessen Wände bis zur Decke voller Bilder hingen. Fotos, vor allem aber Malerei. Eine Mauer aus Bildern. Ein Flügel, Gitarren, Sessel. In einem Sessel saß, beinahe versunken, ein junges wunderschönes Mädchen.
»Ich komme ein anderes Mal wieder«, sagte Unsmoler verlegen.
»Unsinn, alter Eremit, sag guten Tag und mach eine Verbeugung, obwohl ihr Vater Minister ist. Ich trage ihr grad ein paar Lieder vor und lasse mich von weiblichem Gespür beraten.«
»So ist Brecht auch zu Ruhm gekommen«, sagte Unsmoler.
»Du willst mir was von Brecht erzählen?« Adamski nahm auf einem Stuhl Platz, schob seinen rechten Fuß auf sein linkes Knie, stützte die Gitarre auf seinen rechten Oberschenkel, sah Unsmoler an und begann mit leiser Stimme ein Lied von einer Wolke hoch oben zu singen: Brecht. Dann stimmte er, ohne seine Zuhörer aus den Augen zu lassen, das Instrument. Unsmoler spürte, es war ein Auftritt. Er setzte sich. Adamski erzählte, während er Akkorde zupfte, von Begegnungen mit Brecht, von der Gitarre, die er gerade spielte, und dem berühmten Gitarrenbauer, seinem Freund, der sie gebaut hatte. Wer ist nicht dein Freund? dachte Unsmoler, du mit deinem immer wachen schmeichelnden Interesse.
Adamski begann eine Melodie zu summen.

Und mit den Liedern betörst du, dachte Unsmoler weiter. Er hörte zu, betrachtete dabei die Bilder an der Wand und entdeckte die Zeichnung, die er seinerzeit dem Freund geschenkt hatte, und lächelte.

Adamski ging nach behutsamem Vorspiel aufs Ganze.

Starker Tobak. Was mag die Tochter des Ministers empfinden? Kommunist und radikaler Weltverbesserer, und doch einer von denen? Wollten die Oberen sich mit seinen Dreistigkeiten schmükken: so frei sind wir, so offen? Wollten korrumpierte Intellektuelle mit seiner Freundschaft prahlen können?

Und ich selbst? fragte sich Unsmoler, was will ich von ihm? Ihm vom Gespenst erzählen ...?

Adamski gibt Gedanken Form, antwortete er sich. Er spricht aus, was andere nicht wagen auszusprechen. Er lauscht in die Welt. Er ist nicht verschämt, er ist befreiend unverschämt. Ich will zuhören.

Nach vier Liedern erhob er sich. »Ich muß gehen, ich wollte nur sehen, daß du lebst und wie du lebst.«

»Wir essen noch! Wir trinken noch! Rotwein, wie die Franzosen! Anschließend darfst du gehen. Wenn sie dich gehen läßt! Aber«, Adamski wandte sich an das Mädchen, »er ist ein Asket. Ein Priester der Farbe in grauem Land.« Adamski legte die Gitarre beiseite. »Und?« fragte er die Schöne.

»Gib mir den Text mit. Wir reden ein andermal darüber. Wir telefonieren«, sagte sie. Die Ministertochter erhob sich. Adamski brachte sie zur Tür.

Unsmoler wollte sich auch verabschieden.

»Was, erst verscheuchst du mir die Verehrerin, und dann willst du ihr hinterherlaufen? Kommt nicht in Frage. Wir gehen in die Küche und essen einen Happen. Wie ich dich kenne, hast du mächtigen Appetit.« Adamski stellte Brot, Käse und Rotwein auf den Tisch. »Die Wurst ist im Kühlschrank«, sagte er, während er Gläser vom Küchenbord nahm und einschenkte. »Was macht unser lieber Herr Akkurat, und wie weit ist das große Experiment gediehen? Schwimmt die Insel noch?«

»Ein Bekannter von mir ...«

Adamski legte den Zeigefinger an die Lippen. »Leise«, flüsterte er, »deine Stimme trägt für Stadtwohnungen zu weit. In den Zimmern drüben haben sie Wanzen versteckt ... hier in der Küche nicht. Die

Genossen von der Sicherheit rechneten nicht damit, daß wir nach Arbeitermanier vor allem in der Küche essen, leben, reden. Das Liebesgestöhn im Zimmer drüben können sie meinetwegen auf ihre Bänder bannen und beim Abhören vor Neid erblassen. Uns kann es nur recht sein, wenn sie von all dem Ärgern Magengeschwüre bekommen. Strafe muß sein! Also, ein Bekannter ...«
»Ist ein lieber, dem Staate wohlgesonnener Herr!« sagte Unsmoler mit unverminderter Lautstärke.
Beide lachten sie. Adamski goß ein. »Vom Herrn Akkurat sprachen wir bereits!« rief er.
Adamski spielte mit der Staatssicherheit, aber auch mit den Besuchern spielte er.
Unsmoler erzählte vom Pietro-Gespenst in der Gewitternacht.
»Ein Haufen Sand, auf dem die Gespenster tanzen, das wird von der Insel bleiben. Dabei sind die, die die Insel verderben, im Grunde alles liebe Leute«, sagte er traurig.
Und doch: das immer wieder erschallende Lachen zeugte von Kraft und Zuversicht.
Als Unsmoler aufbrach, holte Adamski ein dickes Buch in die Küche. Er flüsterte. »Kennst du Trotzki? Wenn sich in Stalins Rußland jemand mit diesem Buch erwischen ließ, bedeutete das den Tod.« Adamski lächelte angesichts der Bedeutung bedruckter Buchseiten.
»Trotzki? Meinst du, daß dessen Verbrechen geringer ausgefallen wären?« fragte Unsmoler unbeeindruckt. »In Kronstadt jedenfalls hatte er schlimm begonnen.«
»Er wurde von Stalins Spitzeln mit einer Spitzhacke erschlagen! Er war Jude«, sagte Adamski so heftig, als würde diese Tatsache Bemerkungen dieser Art grundsätzlich verbieten. Ärgerlich legte er das Buch auf den Küchentisch. Im nächsten Augenblick fand er aber zum üblichen Ton zurück. »Ich sehe, du bist zu faul, das Buch zu tragen. Hier ist was Leichteres.«
Er gab Unsmoler ein paar Blätter in die Hand, die er nach dem Lesen auf der Insel weiterreichen sollte ... den Nachbarn vielleicht.
»Durchsuchen werden sie dich nicht, und wenn, dann kannst du sagen, ich hab' sie dir in die Tasche gesteckt, ohne daß du davon etwas gemerkt hast! Bei mir kommt es auf ein Vergehen mehr oder weniger nicht an. Ich habe längst lebenslänglich zusammen. Ich bin ein Knastbruder auf Urlaub.«

Nach den Diskussionen mit den Mitgliedern der Auftragskommission wollte Unsmoler das ganze Gerede vergessen. Er ging ins Kino und sah sich gleich zwei Filme hintereinander an. Dann wanderte er mit der Papierrolle auf der Schulter durch die nächtliche Stadt.

In Hans-Werners Straße sah er das bläuliche Licht hinter dem zweiten Fenster des dritten Stocks. Hans-Werner war offenbar zu Hause und auch noch wach. Das Fernsehgerät lief jedenfalls.

Er hätte ihn auch aus dem Schlaf klingeln dürfen.

»Willkommen auf meiner blauen Insel!« rief der stotternde Freund.

Begleitet von den lautlosen Katzen, begaben sie sich ins Zimmer, in dem der neue Fernseher stand. Hans-Werner hatte schon im Bett gelegen. Nun drehte er das flackernde Bild den beiden von Katzenkrallen zerschundenen Sesseln zu.

»Nachts kommen die wesentlicheren Sendungen«, sagte er und holte Rotwein. »Nichts für die Menge. Die Interessierten sind auch drüben die Minderheit.«

Westberlin hinter der Mauer, für fast alle unendlich weit weg und doch ganz nah. Hans-Werners Geist war drüben, sein Körper hier. Gleichgültigkeit dieser Wohnung gegenüber. Selbst wenn er zeichnete oder seine Mailartbriefe verfaßte, war er nicht wirklich hier.

Er verdiente sein Brot mit irgendwelchen Wandgestaltungen, die aber waren gut, jedenfalls besser als die von Kollegen. Er profitierte von dem anderen Bild, in dem er lebte.

Wieder zeigte er Unsmoler Briefumschläge aus den großen Städten der westlichen Welt. Mailart. Das war die konkrete Verbindung. Die tatsächliche Berührung mit denen dort.

»Bist du Briefmarkensammler geworden?« fragte Unsmoler ketzerisch. Ihm widerstrebte der Gedanke, daß die alternative Kunst hier zu einem dürftigen Echo der Westkunst werden könnte. Kunst ist Antwort. Kunst bezieht ihre Substanz und ihr Gewicht aus konkreter Situation. Dieser Ansicht war auch Adamski. Adamski hatte einmal betrübt gesagt: »Gelobt sei die Bedrängnis!« Der Katzenkönig argumentierte mit der Grenzenlosigkeit. Mit dem

Gesicht der Zeit, das sich unabhängig vom Land zeige … an manchen Orten früher als anderswo. Diese Orte gelte es aufzusuchen. Er zeigte auf den Fernseher: »Do-dort habe ich sie!«
»Dort im farblosen, seelenlosen Geflimmer?« fragte Unsmoler heftig, als müsse er sich verteidigen. »Da muß ich mir aber aufs schärfste widersprechen!«
Als die Mattscheibe nur noch das Testbild zeigte, kroch Hans-Werner, der Katzenkönig, unter die Decke. Unsmoler begab sich in das andere Zimmer. Er legte sich hin. Seine tastende Hand zog unter dem Bett ein Buch ins Licht. Er legte es bis zum Morgen nicht aus den Händen: Doktor Schiwago.
Ein verbotenes Buch.
Beim Frühstück sprach er davon.
»Nimm den Pasternak mit«, sagte Hans-Werner, »und laß ihn über die Insel wandern.«

Die Fähre mühte sich gegenan. Hin und wieder schwappte überkommendes Wasser auf dem Vorschiff hin und her. Ganz vorn am Bug, der sich gelassen in den Wogen auf und nieder senkte, stand fasziniert Unsmoler. Die meisten anderen Passagiere waren unter Deck, einige kotzten achtern im Windschatten.
Aber schließlich hatten auch die es überstanden. Die Fähre glitt in das geschützte Hafenbecken. Lüder sah Unsmoler mit der großen weißen Rolle von Bord kommen und winkte ihn heran. »Die fahr' ich dir«, sagte er, um dann auf platt seine Rede zu beenden.
»Ein Minsch is an dat blaue Ufer andriewen wurn.« Nur Unsmoler sollte ihn verstehen.
Den trafen die Worte wie ein Schlag. Er kletterte zu Lüder in die Treckerkabine, setzte sich auf den Notsitz und klemmte seine Papierrolle zwischen die Beine. Kein Wort weiter über den Toten.
Lüder bremste vor dem Malerkaten. Unsmoler stieg ab, lehnte die Papierrolle an den Zaun und hob sein Gepäck vom Hänger. Von irgendwoher kam heftig wedelnd der Hund. Alles wieder in Ordnung. Für den ja.
Unsmoler ging ins Haus und durch alle Räume. Dann öffnete er die Hintertür. Vorwurfsvoll gackernd rannten die Hühner herbei. Er rief die Gänse, die flügelschlagend in seine Richtung liefen. Unversehens erhoben sie sich in die Luft.
»Ich lerne das auch noch!« rief er ihnen zu.

Vielleicht war der Tote ja doch ein Fremder, ein Urlauber, irgendein Schwimmer, der die Macht der Wellen unterschätzt hatte, dachte er.
Aber warum hatte Lüder ihn mit dieser Nachricht empfangen?
Unsmoler ging zum Schmied.
Er blieb in der offenen Werkstattür stehen. Der Schmied bearbeitete das glühende Ende eines langen Vierkantstabes auf dem Amboß. Das andere Ende hielt der Sohn mit der Zange fest.
Das Eisen wurde flacher und dunkler und spitzer. Der Schmied gab dem Sohn ein Zeichen, der schob es wieder in die Glut.
Der Meister wischte sich die Hand an der Schürze ab und reichte sie Unsmoler.
»Schmiedet ihr Spieße für die Schweinejagd?« fragte Unsmoler.
»Ne, ne, ne,«, beteuerte der Schmied, »das wird ein Tor, richtig was Feines!«
»Ich war drüben auf dem Festland«, sagte Unsmoler, »inzwischen soll hier einer angetrieben sein.«
»Das ist amtlich«, der Schmied nickte, »Jobst und einer vom Objekt haben überall rumgefragt. Auch nach dir haben sie sich erkundigt.«
Der Schmied sah, daß Unsmoler bleich wurde. »Der Tote hat zwischen den Steinen gehangen.«
»Ein Badeunfall?«
»Kein Badeunfall. Der Mensch hat Kleider angehabt. Ein junger Kerl. Bei dir war doch neulich einer mit einem Pappkarton.«
»Zu mir kommen öfter mal Leute.«
»Der mit dem Karton fiel auf ... nur, daß du das weißt.«
Vier Augen, die Unsmoler ansahen. Eine ganze Weile Stille. Nur das Gebläse über der Glut hörbar.
Der fröhliche Pietro zwischen den Ufersteinen, das Gesicht im Wasser. Unsmoler nickte den beiden zu und ging mit weichen Knien zur Tür.
Blendende Helligkeit draußen.
»Du warst wegen zwei Bolzen hier«, sagte der Schmied.
Unsmoler blieb stehen und drehte sich um. Der Sohn vom Schmied reichte ihm zwei große Eisennägel.
Unsmoler spürte, daß er Angst hatte.
Pietro hatte es nicht geschafft.
Man würde zu ihm kommen. Es war anzunehmen, daß man längst

wußte, daß er den Toten gekannt hatte. Er fragte sich, was zu tun wäre. Er legte die Adamskigedichte und den Pasternak in einen Karton und schob ihn unter das Bett. Bei einer Haussuchung würde man sowieso alles finden. Einem dummen Zufall aber wollte er nicht Vorschub leisten.

Sie werden eintreten und sagen: »Nur eine Routinesache. Wir waren bei allen.«

Routinesache. Jedermann wußte, Fluchthilfe galt als ein Verbrechen.

Was würde er antworten? Er komplettierte die Geschichte, die ihm spontan beim Schmied eingefallen war. Er würde auf den blauen Modellierton zeigen, der im Schilfgeviert in der Grube lag und sagen: »Der Mann hat Bilder sehen wollen, mir als Gastgeschenk Modellierton vom Ufer ins Dorf geschleppt. Den Karton habe ich längst verfeuert.«

Er holte etwas trockenen Ton aus der Grube, zerkrümelte ihn und streute ihn in die Asche. Er wartete. Aber sie kamen nicht.

Wo wir nicht sind, ist der Gegner

Noch am gleichen Abend wanderte er zum blauen Ufer.

Auf dem umgebrochenen Acker wucherte bereits Melde. Grüppchen von Pflöcklern bewegten sich über das Feld. »Die werde ich zeichnen«, sagte Unsmoler sich und blieb eine Weile stehen.

Am blauen Ufer angelangt, sah er hinab. Dann blickte er zum Wachturm hinauf und sah oben hinter den schrägen Scheiben die düsteren Silhouetten der wachhabenden Grenzer.

»Wißt ihr, daß ihr Mörder seid?« hätte er fast geschrien.

Aber die da oben hatten wahrscheinlich wenig mit Pietros Tod zu tun.

Alle haben wir mit Pietros Tod zu tun. Ich und der Tote selber auch.

Wie ein weißer warnender Finger wies das Hochhaus in den Himmel.

Die Aussichtsetage dort menschenleer. Der Inselchef befand sich in einer Parteiversammlung. Er war ausgesprochen schlechter

Stimmung. Der Tote schien ihn persönlich tief gekränkt zu haben und hatte ihm den Blick über die Insel fürs erste verdorben. Der Tote hatte die Insel beschmutzt.
Auch der unentwegte Lärm von Preßlufthämmern marterte seinen Kopf. Zum dritten Mal wurde der Beton der Gästehaushochterrasse aufgestemmt. »Wenn es jetzt wieder durchregnet«, hatte er dem Brigadier der Reparaturbrigade gedroht, »hetze ich euch die Staatssicherheit auf den Hals!«
In Wirklichkeit beschäftigte sich der Mitarbeiter längst mit der Angelegenheit. Die Sache roch nach Sabotage.
»Der Tote, soviel ist erwiesen, ist ein Bürger, der bei uns gezeltet hat!« Dem Inselchef fiel es nicht leicht, diese Tatsache zum wiederholten Male auszusprechen. »Sollte es sich bestätigen, daß dieser Mann versucht hat, illegal unser Land zu verlassen, wäre das ein Beweis dafür, daß der Gegner auch bei uns in zunehmendem Maße aktiv wird. Neben verstärkter Wachsamkeit müssen wir dafür sorgen, daß auch von unseren Tagesurlaubern niemand auf dumme Gedanken kommt! Genossen, dieses Grundgesetz muß uns in Fleisch und Blut übergehen: ›Wo wir nicht sind, ist der Gegner!‹ Wir müssen unsere Menschen lückenlos beschäftigen und kulturell hochwertig unterhalten. Die Verwandlung des Fischdorfes in ein Museumsdorf geht zügig voran. Ein repräsentatives Tor ist in Arbeit. Weitere Aktivitäten sind notwendig. Ich warte auf Vorschläge!«
»Wenn der Dorfschmied das Tor schmiedet, könnte man doch Besuche in der Schmiede organisieren, ein Schauschmieden veranstalten.«
»Und Atelierbesuche«, rief der Leiter der Kulturabteilung.
Der Inselchef runzelte die Stirn und blickte kurz zum Mitarbeiter.
Der Kollege, der die Maler ins Gespräch gebracht hatte, spürte, daß er einen Fehler gemacht hatte. »Zumindest die Galerie sollte man nach eingehender Prüfung der Exponate in eine kulturvolle Inselwanderung einbeziehen«, sagte er rasch.
»Dagegen wäre nichts einzuwenden, unsere Bürger sollen nicht nur unterhalten werden, sie sollen sich auch fortbilden. Genosse, du wirst das Malerpaar aufsuchen und Absprachen treffen. Des weiteren wirst du den Kollegen Künstler fragen, ob er bereit wäre, einen Vortrag über Volkskunst zu halten, der Besuche in der

Schmiede vorbereitet. Du wirst den Kollegen Künstler von der politischen Notwendigkeit überzeugen.«
Da hab' ich die Scheiße! dachte der Genosse von der Kulturabteilung und nickte.

Der aufrichtige Eifer des Herrn Akkurat

Das Interesse des Inselchefs an einer herzlichen Beziehung zu Kunstschaffenden der Insel hatte Schaden genommen. Der Adamskibesuch hatte ihm bewußt gemacht, Künstler sind unzuverlässig.
Der Herr Akkurat spürte die Abkühlung.
Um so erleichterter war er, als die Sekretärin des Genossen Vorsitzenden telefonisch den Besuch eines Kollegen von der Kulturabteilung ankündigte.
»Um 17 Uhr«, schlug der Herr Akkurat vor. Er hatte die Absicht, das Zusammentreffen bei Kaffee und Kuchen in einer freundlich entspannten Atmosphäre verlaufen zu lassen.
Er selbst jedoch geriet in Aufregung. Wußte er denn, worum es wirklich gehen sollte? Die Befragungen der Bürger durch die Sicherheitsorgane waren ihm nicht entgangen. Irgend etwas schien in der Luft zu liegen. Würde der Kollege von der Abteilung Kultur alleine kommen, oder würde ihn ein Fremder aus der Bezirksstadt begleiten?
Der Herr Akkurat eilte zum Konsum. Er hatte Glück. Keine Schlange. Letzte Wespen summten in der Kuchenecke.
Der Kollege von der Kultur kam allein und war angenehm überrascht, am Kaffeetisch empfangen zu werden. Das Gespräch verlief bestens, man konnte dem Malerpaar anmerken, wie glücklich es war, weder über den Nachbarn noch über Adamski oder gar den angespülten Toten befragt zu werden. Es ging ausschließlich um Kultur. Speziell um die Galerie und den Dorfschmied. Der Herr Akkurat geriet in Eifer. Er sprühte nur so vor Ideen. Seine Vorschläge und die Art und Weise, in der er die Möglichkeiten der Realisierung erläuterte, ließen den glänzenden Organisator ahnen.

Seine Gattin schenkte Kaffee ein und lächelte.
»Welche Summe steht zur Verfügung?« fragte der Herr Akkurat beiläufig.
»Geld?« fragte der Gast mit vollem Mund erstaunt.
»Ja, Geld«, sagte der Maler. »Für Plakate, Hinweisschilder, Poster. Wenn wir an der Inselrezeption einen kleinen Verkaufsstand einrichten, bekommen wir das rasch wieder rein. Auch dem Schmied müßte eine Kleinigkeit geboten werden. Ein Katalog der ausgestellten Bilder, ein Foto vom Museumsdorf und anderen Sehenswürdigkeiten, ein kurzer Abriß über die Tradition des Handwerks, all das ist nötig. Fotos, Postkarten, Kataloge!«
»Fotos, Postkarten, Kataloge«, wiederholte der Kollege von der Kultur erschrocken.
»Wir brauchen Farbe in unserem Land!« rief der Herr Akkurat.
»Über Geld ist noch nicht gesprochen worden«, gestand der junge Mann.
»Dort steht das Telefon.«
Der junge Mann erhob sich und wählte eine Nummer. »Es läßt sich sehr gut an«, sprach er, vom Herrn Akkurat abgewandt, in die Sprechmuschel, »aber, Genosse, welche Möglichkeiten der Finanzierung haben wir.«
Er lauschte eine Weile. Zuhören war er gewohnt.
Mit gewisser Großartigkeit kam er an den Tisch zurück.
»Wir werden ein Konzept aufstellen. Die Finanzierung der Vorschläge wird nicht das Problem sein«, sagte er.
Mit ähnlichem Eifer, wie der Herr Akkurat seinerzeit die Tassen und Porzellanhunde ins »Schloß« getragen hatte, widmete er sich nun dem Eisen. Fast schien es ihm, als gelte es, einem bereits vom Tode Gezeichneten rasch noch wichtige Geheimnisse zu entlocken, so intensiv befragte er den kraftstrotzenden Schmied. Die große Bibliothek des Hauses gab auch einiges her. Der Herr Akkurat wurde binnen weniger Tage ein Theoretiker der Schmiedekunst. Er sah dem Meister bei der Arbeit zu und spürte überall im Dorf die eisernen Zeugnisse mehrerer Generationen von Dorfschmieden auf. Geschmiedete Zeichen der Vergangenheit.
»Um handgeschmiedete Flurgarderoben, Kaminbestecke, Aschenbecher, Türklopfer, Rosen, Wetterfahnen werden sich die Inselgäste reißen! Und wenn wir draußen auf dem Hof die Feldschmiede aufbauen, werden die Leute Schlange stehen, um den Blasebalg

treten zu dürfen!« Der Herr Akkurat war in Begeisterung geraten und versuchte, auch den Schmied zu entflammen.
Dem war es langsam zu bunt geworden, lange hatte er stumm zugehört. »Eiserne Rosen, so was geht nun schon gar nicht.«
Ein wenig schwerfällig war der Mann schon.
Der Herr Akkurat nahm ein Stück Kohle aus der Esse, kniete sich hin und zeichnete auf den Betonfußboden der Schmiede eine Rose.
»Flacheisen vierzig Millimeter breit«, erklärte er währenddessen, »die jeweils gegenüberliegenden Blätter in einem Stück, die untersten kaum gebogen, die zweite Lage stärker, die dritte noch stärker. In der Mitte eine Bohrung, da kommt ein Bolzen durch, gestauchter Kopf.«
Der Schmied und sein Sohn schauten, die Münder leicht geöffnet, stumm zu. Sie staunten. Auf dem Beton blühte eine Blume auf. Die Arbeit war nun sonnenklar, als hätten die Väter seit Generationen immer nur eiserne Rosen geschmiedet.
Der Schmied reichte dem Maler einen Lappen zum Säubern der imponierend geschickten Hände, eine Geste der Anerkennung. Der Herr Akkurat verstand die Geste jedoch falsch. Er bückte sich, um die Zeichnung vom Fußboden zu wischen.
»Stopp«, rief der Schmied, »dat bleibt!« Er ging zum Fensterbrett, nahm ein Stück weiße Kreide und malte um die Zeichnung des Herrn Akkurat einen Rahmen.
»Da tritt mir keiner drauf!« sagte er.
»Dei Kirl kann mehr as Bilders molen!« hieß es von nun an vom Herrn Akkurat im Dorf.

Blond, intelligent und schlank

Eigentlich wußte Unsmoler, wie er mit Krisen fertig wurde. Er nannte das in souveränen Momenten: den Weg durch die Welt der tausend Fallen finden. Eine der Möglichkeiten war, einfach mit der Arbeit zu beginnen, gleichgültig, wie die Stimmung war.
Ein erster Kohlestrich auf einem weißen Blatt Papier provozierte einen nächsten, und so ging es dann immer weiter. Oder er konnte den Stechbeitel zur Hand nehmen und vor eine seiner halbferti-

gen Figuren treten und einen ersten Schlag tun. Er konnte sich auch daranmachen, mit Sandpapier ein älteres Bild, das offensichtlich nicht gelungen war, behutsam vom Malgrund zu schleifen ... manchmal zeigte sich plötzlich in den verblassenden Farben die Lösung. Er mußte nur noch zum Pinsel greifen und verdeutlichen ...

Gelegentlich half es auch, im Hause eine längst fällige Reparatur in Angriff zu nehmen oder ein Buch aufzuschlagen.

Es ging eben darum, vor allem den reglosen Zustand eines düsteren Gleichgewichts zu überwinden.

Auch Sprüche halfen manchmal. »Wenn du fliegen willst, mußt du erst auf einen Berg klettern.«

Er stieg also nach oben und behütete seine Unabhängigkeit, die vorerst einzige Form der Freiheit. Die Suche nach dem eigenen Bild von der Welt war Begründung genug, den beschwerlichen Weg zu gehen.

Er hatte sich zwingen wollen, den Karton des Märchenbildes auseinanderzurollen. Aber er saß auf dem Stuhl und starrte vor sich hin.

»Einfach beginnen!« befahl er sich. Er blieb aber reglos sitzen.

Er spürte die Gefahr: der Tote drohte das Ufer zu erobern, das ihm selbst immer erlösende, befreiende Zuflucht gewesen war.

Auf dem Strand liegen und mit den Händen den feinen Sand spüren, den sanften Tönen lauschen ... Wellen, Wind und Weite.

Aber dort hatte der Ertrunkene zwischen den Steinen gelegen, das Gesicht im Wasser. Der Mann hatte den Strand nicht erreicht.

»Steh auf, geh ans Meer, eh es zu spät ist! Steh auf!« befahl Unsmoler sich.

Er erhob sich. Er heftete wie gewohnt Papier auf die Hartfaserplatte, steckte eine Schachtel Zeichenkohle ein, hieß den Hund zurückbleiben und ging los. Manchmal hilft auch Gewohnheit.

Wieder sah Unsmoler die Pflöckler, die häßlichen Zäune, die betonierten Wege, die Wachtürme ... Blicke eines miesen Tages.

Es waren kaum noch Leute am Strand. Wunderbar weich das Abendlicht.

Werde ich baden? fragte er sich. Wieder dachte er an den Toten. Er legte seine Zeichenplatte in den Sand und seine Kleidung ab.

Er ging ins Wasser und vergaß den Toten. Er spürte, daß er wieder ins Lot kam.

»Hallo!« sagte eine Frauenstimme, als er zu seinen Kleidern ging. Eine schlanke Frau näherte sich ihm, ohne daß sie von seiner Nacktheit irritiert war. Er erkannte sie erst im letzten Moment. Es war die Schöne vom Objekt, die ihm die Losungen für die Tafeln überbracht hatte.
»Das Wasser scheint warm zu sein«, sagte sie. Sie mußte ihn beobachtet haben.
»Ja, es ist herrlich!« sagte er.
»Der Abend ist die Zeit der Berufstätigen«, sagte sie.
»Ich hatte dich nicht erkannt, die Haarfarbe hat sich geändert«, entschuldigte er sich.
»Manches ändert sich!« sagte sie. »Schade, daß ich erst jetzt gekommen bin, ich wäre gern mit dir zusammen geschwommen, allein trau' ich mich nicht weit. Wir haben als Kinder immer nur in Hallenbädern gebadet.«
Wenn sie jetzt nach Pietro fragt, ist es offensichtlich, dachte Unsmoler.
Aber sie fragte etwas anderes: »Paßt du etwas auf mich auf?« Sie zog sich aus, blickte sich lächelnd um und ging ins Wasser. Sie sah gut aus. Die Art, wie die Haare über ihren Nacken fielen, die gleiche Haarfarbe, die gleiche Frisur. Ja, sie ähnelte ihr.
Sie schwamm unbeholfen ein Stück ins Tiefe, dann strampelte sie ängstlich und ungeschickt. Sie winkte ihm. Es kostete ihn keinerlei Überwindung, ein zweites Mal ins Wasser zu rennen. Es war geradezu seine Pflicht. Mit raschen Schwimmstößen näherte er sich ihr. Sie wartete nicht. Plötzlich begann sie in perfektem Stil zu kraulen. Sie war vielleicht sogar schneller als er. Dann drehte sie sich auf den Rücken, schlug mit den Beinen und lachte. Er tauchte, schwamm unter Wasser und tauchte unter ihr auf. Sie berührten einander. Siedend heiß durchfuhr es ihn. Verdammt, was tust du! dachte er.
Er kehrte um und sah sie nicht mehr an. Sie stieg wie eine Siegerin ans Ufer.
Nimm dich in acht! dachte er. Sie spielt mit dir!
Soll sie, sagte er sich gleich darauf, ich spiele auch mit ihr! Es ist Krieg! Er grinste sie an. Sie reichte ihm ihr Handtuch. »Trockne mir den Rücken ab!« befahl sie.
»Wenn du nachher ein Weilchen still liegst, dann ja, ich möchte zeichnen.«

»Zeichnen?« fragte sie.
»Zeichnen!«
Er war versucht, ihr den Rücken zu küssen, zog aber die Zeichenkohle aus der Tasche und wartete. Sie legte sich auf den Rücken. Er begann zu arbeiten. Der frißt dir aus der Hand, dachte sie. Sie wußte, wie man Männer verrückt macht. Sie spielte, und sie spielte gut. Sie wußte nicht einmal, daß sie spielte. Sie dachte, das Leben wäre so. Leben heißt Erfolg haben. Sie hätte alles spielen können, auch eine Wissenschaftlerin. Sie war intelligent, jung und schön, das genügte.
Mehrmals zerbrach die Kohle. Sie blickte auf. Er wischte die Zeichnung vom Blatt.
»Was machst du nun?« fragte sie erschrocken.
»Ich lösche dich aus! Aber bleib liegen, ich mache eine nächste Zeichnung … und eine nächste … solange wie du das aushältst!«

Der Fahrgast mit den buschigen Brauen

Obwohl der Herr Akkurat aus dem Regen kam, war er so froh, wie er es selten war. Wasser triefte vom Regenmantel. Er setzte dem Treppenpfosten keck seinen breitkrempigen Hut auf und stieg treppauf. Er hinterließ eine nasse Fährte. Er versuchte zu singen. Unbeholfene Töne. Schon lange hatte er nicht mehr gesungen.
Seine Gattin lauschte und erschrak. Reflexartig streckte sie ihre Hand aus. Heftig zog sie an der Schnur, müde nickte der regennasse Pfau drüben im Apfelbaum.
Dann aber erschrak sie aufs neue: Ihr Gatte schrie nicht, er sang. Unverkennbar formte sich eine kleine Melodie. Taramtamtam, taramtamtam, schallte es im Treppenhaus. Er war schon ganz nahe. Sie versuchte zu lächeln. Es gelang ihr.
Er klopfte kurz und öffnete die Tür, ohne ihr »Herein!« abzuwarten.
»Liebste, die Insel wird ein Schmuckstück! In diesen Leuten stecken ungeahnte Fähigkeiten, man braucht sie nur zu wecken. Künstler sind es, Künstler!«
Fast verspürte sie so etwas wie Eifersucht.

Am nächsten Tag betrat drüben auf dem Festland ein übermüdeter auffälliger Herr das Fährschiff, ein Herr mit buschigen Augenbrauen und eindringlichem Blick. Besonders aber fiel er dem Genossen von der Sicherheit durch sein Gepäck auf. Es waren drei mit Kunstleder bezogene Kästen. In dem einen konnte sich durchaus ein Schlauchboot, in dem zweiten ein Außenbordmotor und in dem dritten ein Kanister voll Benzin verbergen. Der Genosse von der Sicherheit näherte sich den Kisten. Er hatte vor, an der einen, in der er den Treibstoff vermutete, zu rütteln ... ein leises Gluckern hätte seine Annahmen bestätigt. Der geheimnisvolle Herr aber ließ sein Gepäck nicht aus den Augen.
Bevor die Fähre am Ufer festmachte, gab der Mann von der Sicherheit seinem Kollegen auf der Pier ein Zeichen. In der einen der Kisten hatte es tatsächlich geblubbert.
Die Genossen hatten die Anweisung, so diskret wie möglich vorzugehen. Andere Urlauber sollten durch notwendig werdende Maßnahmen weder gewarnt noch beunruhigt werden.
Die Zielperson kam den Sicherheitsorganen gewissermaßen entgegen, denn der Mann mit den buschigen Brauen mied das Gedränge. Gelassen ließ er alle zu Lüders Treckerhänger hasten, dann schickte er sich an, seine Kisten von Bord zu tragen.
»Darf ich Ihnen helfen?« fragte der Genosse von der Sicherheit. Der Herr machte sich erneut verdächtig. »Nein, nein«, sagte er, »das mache ich lieber alleine!«
Nun erst zeigte der Kollege unauffällig seinen Ausweis. »Wir hätten da etwas zu klären. Wenn Sie mir bitte zum Fahrzeug folgen wollen.«
Vom Objekt her kam der grüne Barkas.
Die anderen Urlauber beneideten den Herrn, der in den Barkas stieg und nicht einmal seine Kisten in das grüne Auto heben mußte. Das besorgte für ihn der eifrige Fahrer. Sie hingegen stemmten der Reihe nach ihr Gepäck nach oben auf den Treckerhänger.
Der Barkas aber sauste bereits Richtung Objekt. Niemand sah, daß der Herr kreidebleich geworden war. Selbst Lüder sagte grinsend, »Dat sind die oberen Zehntausend. Wir sind alle gleich, aber ein paar von uns sind noch gleicher!«
Der Herr Akkurat erwartete den Traktor. Aber Lüder lud wie üblich vor der Kneipe die Koffer ab, wendete und fuhr davon.

Der Fotograf vom Festland war also nicht gekommen. Ein herber Rückschlag. Langsam ging der Herr Akkurat auf sein Haus zu.
Es ist hoffnungslos, dachte er, nichts ist planbar in der Planwirtschaft.
Es hupte. Er blickte sich um. Das grüne Inselauto hielt vor dem Tor, zwei Herren stiegen aus, öffneten die Heckklappe und stellten drei Kisten ab. Ums Auto herum kam der Kunstfotograf, er begab sich zum Gepäck und winkte dem Herrn Akkurat. Der Barkas brauste davon.
Manches ist doch planbar in der Planwirtschaft, korrigierte sich der Herr Akkurat.
Die Malerin empfing den Kunstfotografen mit einem beglückten Lächeln. Er, durch und durch Ästhet, wußte ihr formvollendetes Auftreten zu würdigen, obwohl er einstweilen vor allem um seine Kisten besorgt war.
Der Herr Akkurat half ihm tragen. »Vorsichtig, vorsichtig!« mahnte der Herr. Das hätte er nicht zu sagen brauchen. Der Herr Akkurat wußte, wie sehr sie auf intakte Apparate angewiesen waren.
»Heute abend richten wir Ihr Labor ein. Nachmittags werden Sie erst einmal mit der Handkamera arbeiten müssen. Ein hochinteressantes Schauschmieden ist angesagt«, instruierte er den Gast.
Der läßt es ja heftig angehen, dachte der Fotograf. Er war froh, daß er nicht sofort auspacken mußte, wie vorhin. Man bat ihn zu Tisch. Die Vollkommenheit des Arrangements im Spiegelsaal beeindruckte ihn so sehr, daß er nicht wagte einzutreten. Er blickte ein wenig verlegen erst auf seine Schuhe, dann auf seine Hände.
»Ach selbstverständlich, wo bin ich nur mit meinen Gedanken. Wir zeigen Ihnen Ihr Zimmer, in dem Sie die nächsten zwei Wochen wohnen werden!«
Der Herr Akkurat kam seiner Gattin zuvor. Er führte den Herrn in das Mansardenzimmer, in dem auch eine einfache Waschgelegenheit vorhanden war.
Seine Gattin wartete unten. Sie hatte erfreut die Wirkung registriert, die die Mittagstafel auf den Herrn gehabt hatte. Ein Mann mit Kultur.
Die schweren Vorhänge waren ein wenig zugezogen. So blieb es tagaus, tagein, denn man durfte das schwere Samttuch nur noch

mit äußerster Behutsamkeit bewegen, so brüchig das Gewebe. Das ein wenig abgedunkelte Licht im Raum aber brachte das Leuchten der Kerzen und die Reflexe auf den Goldrahmen der Spiegel und dem Silber des Bestecks prächtig zur Geltung. Meißner Porzellan, Blumen, Weingläser auf blendend weißem Tischtuch.
Der Fotograf hatte die Probe bestanden.
Sie wartete und genoß den Anblick der Tafel, von der sie hoffte, sie bald auch auf den Fotos betrachten zu können. Ihr erschien der Kunstfotograf wie ein Zauberer, der die arrangierten Sekunden der verrinnenden Zeit bannen konnte.
Das, was sie in ihrer Malerei versuchte zu erreichen und was im Bild allzu leicht den Makel der Beschönigung und der Unwahrhaftigkeit bekam, auf den Fotos wurde es zum unanfechtbaren Dokument. Dieser Mann würde auf einer anderen Ebene alles neu entstehen lassen. In dieser Welt würde sie mit ihren Augen und Gedanken ohne Furcht und Beklemmung spazierengehen und wohnen können: Fotos.
Die beiden Männer traten ein. Der Herr Akkurat hatte die Entscheidung seiner Gattin begrüßt, im großen Raum zu speisen. Nun schritt er voran, trat hinter den dem Gast bestimmten Stuhl, zog ihn ein wenig vom Tisch ab, wies mit einer geschmeidigen Geste auf das Sitzpolster und bat den Herrn, Platz zu nehmen.
Damit war gewährleistet, daß der Gast nicht ahnungslos die festgefügten Regeln des Hauses verletzte. Die Bewegungen des Hausherrn mahnten gleichzeitig zu einer gewissen Behutsamkeit im Umgang mit dem alten Mobiliar. Es wurde deutlich, daß es vor allem die Rituale waren, die hier alles zusammenhielten.
Seine Gattin nötigte den Gast, sich umzusehen. »Ich weiß, Sie werden hier Hunderte von Aufnahmen machen und jeden Winkel im Zauber des Lichts fotografieren. Ich weiß, Sie werden das Schloß liebgewinnen!«
»Erst einmal geht es um dörfliches Eisen«, sagte ihr Gatte mit Nachdruck.

Eisen

Die Veranstaltung auf dem Hof der Schmiede verhalf dem Herrn Akkurat zu einem spektakulären Auftritt. Der Schmied lieferte mit den klingenden Schlägen des Hammers die Begleitmusik. Der Arbeitseifer von Zuschauern drohte den Blasebalg der Feldschmiede zu zerstören.
»Alles mit Gefühl, Leute!« unterbrach der Schmied für einen Moment den Redefluß des Herrn Akkurat und ließ seinen Sohn vormachen, wie man es richtig anstellt: ganz gelassen, so halten Dinge und Menschen hundert Jahre.
Auch der Schmiedsohn hatte seinen Auftritt. Nicht nur beim Treten des Blasebalgs. Er schmiedete ein Kaminbesteck und schenkte es einer schönen Frau. Eine neue Möglichkeit, Bekanntschaften zu schließen. Bootspartien waren passé.
Der Fotograf mit seinem Geschoß von Fotoapparat, das allen Professionalität verriet, verbrauchte einen Film nach dem anderen.
»Wir möchten Fotos bestellen!« äußerten Urlauber.
»Ein Buch wird erscheinen, in dem werden Sie sich entdecken können!« blockierte der Herr Akkurat die Trivialität derartiger Ansinnen.
Nach dem vorgeführten Drehen und Spalten, Biegen und Stauchen von glühendem Eisen bewegte sich die Menge, umkreist vom Fotografen, hinter dem Herrn Akkurat durchs Dorf. Mit einem weißen Stöckchen, wie man es eigentlich nur in der Hand von Dirigenten kannte, tippte der Maler an Türbeschläge. Er wies auf Wetterfahnen, Pumpenschwengel, auf allenthalben durch Gewöhnung unsichtbar gewordene Dinge. Vielleicht war kaum noch jemandem bewußt, daß sich auf dem eigenen Dach eine Wetterfahne befand. Dabei hatten diese eisernen Fahnen die Gestalt von Nixen, Pferden, Hähnen, Fischen. Einst sah man, auf die Fahnen schauend, nur den Wind. Den kalten Ostwind, den nassen Westwind. Wie das Wetter wurde, erfuhr man heute aus dem Radio oder dem Fernseher. Obendrein konnte es jedem Dörfler so ziemlich egal sein, wie das Wetter war. Aufs Wasser durfte man nicht mehr, einen eigenen Acker hatte man nicht, und der Badegast zahlte sowieso.
Die Bildungswanderung des Herrn Akkurat rückte viele alte Din-

ge wieder ins Bewußtsein. Was sah er nicht alles, und was machte er die Leute alles sehen! Der geflammte Beschlag eines Hoftores erinnerte an die Formen orientalischer Schwerter, die die Inselbewohner als Seefahrer in südlichen Ländern kennengelernt hatten. Die Formen anderer Scharniere an die Fibeln der Germanen oder die Schmuckstücke der Wenden. Die Einfälle flogen dem Herrn Akkurat nur so zu.
Sein Vortrag überzeugte nicht nur die Urlauber. Er selbst fragte sich am Abend selbigen Tages verwundert, wieso er eigentlich noch male und nicht kurzentschlossen zum Hammer griffe, um fortan nur noch Eisen zu bearbeiten.
Die Dörfler, deren Dinge derartige Beachtung fanden, blieben gelassen. »Soll der man reden, soll der man machen. Nu kümmt ja woll dei Iesentiet!«
Sie erlaubten dem Kunstfotografen, überall sein Stativ aufzubauen. Er holte mal dies, mal jenes Objektiv aus einem kunstlederbezogenen Köfferchen, schraubte es vor den klobigen Fotoapparat und blickte sorgfältig und lange hindurch, um schließlich abzudrücken. Hin und wieder ließ er Interessierte durch den Sucher blicken. Die staunten dann nicht schlecht: prächtig sah so ein uraltes Eisenteil auf dem verwitterten Holz eines Scheunentores aus. Tagelang wanderte der Mann durchs Dorf. Sämtliche Wetterfahnen nahm er ins Visier. Die Sorgfalt und Behutsamkeit machte Eindruck, und die Dörfler zeigten dem Herrn »allet, wat aus ollem Iesen is«. Der Mann mit den buschigen Brauen wählte aus und adelte die Dinge, indem er sie fotografierte.
Stutzig wurden sie jedoch, als ein paar Tage später ein Herr kleine, auf Täfelchen gedruckte Eulen neben die in die Aufmerksamkeit gerückten Eisenteile heftete.
»Wat soll das nu wieder!«
Eulen waren von jeher Todesvögel gewesen ... die an der Tür? Es schien, als ginge Gevatter Tod durchs Dorf. Aber da man sich hier im Dorf an alles gewöhnte, gewöhnte man sich auch an die Gegenwart der blauen Eulen. Es war immer noch Zeit, die Dinger abzureißen, sollte im Dorf jemand ernsthaft erkranken. Aber es starb in diesen Wochen niemand. Im Gegenteil, die Oma Kachlin, die jahrelang eigentlich nur noch in einer dumpfen Kammer zwischen Lehnstuhl und Bett gelebt hatte, wurde plötzlich mobil. Auf Filzlatschen schlurfte sie durchs Dorf und blickte sich um, als würde sie

niemanden und nichts mehr erkennen. Sie murmelte wirres Zeug, stellte aber nichts an, was Veranlassung gegeben hätte, sie in ihrem Zimmer einzuschließen. Die Stunde ihrer Ausflüge pendelte sich auf 11 Uhr vormittags ein. Sie trat aus der Tür und bewegte sich, wie auch immer das Wetter sein mochte, in einem die dürren Glieder umhüllenden Staubmantel zum Ausgang des Dorfes und blickte, irgend etwas murmelnd, über das weite, brache Feld.
»Die macht das nicht mehr lange!« meinte man im Dorf. Aber Johann sah sich nicht veranlaßt, die Eule neben der schmiedeeisernen Türklinke zu entfernen. Der Tod von Muddern Kachlin wäre für ihn und die anderen Bewohner des Hauses nicht weiter tragisch gewesen.
Jede freie Kammer brachte bares Geld, schönes Geld.

Personenkult

Auf dem Plakat nahmen sich die handgeschmiedeten Türscharniere, die Truhenbeschläge, die Kienspanhalter, die Aalspeere und Wetterfahnen aus wie Kostbarkeiten. Großartig hatte der Fotograf es verstanden, den Gegensatz von grauem verwittertem Holz und geschwärztem Eisen auszuspielen. Die ehrwürdigen Gebrauchsgegenstände bildeten einen Rahmen um das Konterfei des hammerschwingenden Schmiedes. Über Nacht war der klotzige Mann eine Berühmtheit geworden. Überall hing das bunte, glänzende Plakat. In der Galerie lag sogar eine Postkartenserie aus, die die einzelnen Motive gesondert präsentierte und auf der Rückseite das ungefähre Entstehungsjahr, das Material, den Ort und den Namen des Dorfschmieds nannte. Diese Details hatten dem Herrn Akkurat keine Probleme bereitet, denn durch die Jahrhunderte hatten die Väter die Schmiede an Söhne vererbt. Der Nachname war immer derselbe geblieben, der Ort auch.
Was aber in dieser Zeit der raren buntgedruckten Bilder das Erstaunlichste war: Wie hatte der Herr Akkurat es nur schaffen können, die Druckgenehmigung und die Freigabe des äußerst knappen Kunstdruckpapiers zu erhalten? Zwar hatte der Inselchef eine vom Herrn Akkurat formulierte Befürwortung unterschrieben,

das war aber nur der allererste Schritt gewesen. Niemals hätte der Inselchef ahnen können, daß das Vorhaben dermaßen rasch realisiert wurde.
»Das ist Personenkult!« sagte er aufgebracht. Überall draußen und drinnen, sogar in den Büros, begegnete ihm die Abbildung des Dorfschmieds.
Die eisernen Gebrauchsgegenstände nahmen sich aus, als wären sie lediglich kostbare Umrahmung des kraftstrotzenden Kerls.
Wie bescheiden, man konnte fast sagen dürftig, war die schmale silberne Rahmung des Staatsratsvorsitzenden dagegen. Der Staatsratsvorsitzende selber wirkte in der Nachbarschaft des Posters mickrig, sein Lächeln peinlich.
Was aber den Genossen Vorsitzenden besonders in Wut versetzte, war der Umstand, daß er durch den Einsatz des Herrn Akkurat in einer Weise überrundet worden war, die einer Demütigung gleichkam.
Von der Inselbroschüre, zu der er selbst das Vorwort geschrieben hatte und in der gleichfalls Abbildungen vorgesehen waren, unter anderem sein eigenes Porträt, würden erst im vierten Quartal des nächsten Jahres 5000 Exemplare verfügbar sein.
Aber bei allen seinen Angestellten und Genossen hing schon jetzt das Schmiedeeisenplakat.
»Personenkult dulden wir nicht!« So deutlich hatte er werden müssen, damit einige Mitarbeiter begriffen und wenigstens die Hälfte der Plakate entfernten. Somit dominierte zumindest im Objekt wieder das blutleere Porträt des lächelnden Staatsratsvorsitzenden.
Durchs Dorf schritt der Schmied, von Urlaubern beäugt wie ein Filmstar. Die Dörfler straften ihn, wie sie jeden, der sich über die anderen erhob, zu bestrafen versuchten: sie ignorierten ihn. Das aber war auf die Dauer zu anstrengend, daher ließ man es bald bleiben. Der Schmied war nun mal eine Berühmtheit, nicht zu ändern. Kaum ein Urlauber verließ die Insel ohne dessen Bild im Gepäck. Das mußte man aushalten können.
Die Plakate mit den gemalten Bildern trafen erst drei Wochen später ein, immerhin aber noch vor der Abreise des Malerpaares. Da die Schmiedeeisenplakate bald ausverkauft waren, kaufte man nun auch das Galerieplakat, denn es ist schön, wenn man etwas mit nach Hause tragen kann.

Der Genosse Vorsitzende ließ das Wunder der raschen bunten Bilder auf Korrektheit überprüfen. Die Spur führte in eine private Druckerei in einer Kleinstadt. Die Leute hatten, betört von der Redekunst des Herrn Akkurat und überzeugt durch die Perfektion der Vorlagen, die Druckerzeugnisse an Sonntagen hergestellt.
»Immerhin habe ich das Ganze angestoßen«, beruhigte sich der Inselchef. »Ohne meine Befürwortung hätte es niemals eine Druckgenehmigung gegeben.«
Er forcierte die Arbeiten im Museumsdorf. Schon war der Maschendrahtzaun gezogen und die alte Gretehütte gesäubert. Der Tüffelmacher hatte eine neue Tür angefertigt und eingehängt, der Mauerdurchbruch war verschlossen und das Dach eingelattet. Erste Ausstellungsstücke herangeschafft.
»Wat soll dat nu wieder!« schimpfte der stelzbeinige Heizer, »Vierkantlatten für Schilfrohr. Bindedraht zieht sich nur über Rundungen richtig glatt. Und wo habt ihr das Schilf? Rohr wird wintertags geworben. Bis ihr also decken könnt, saugt sich hier alles schön mit Nässe voll. Is doch alles Scheiße, was ihr macht!«
Er irrte sich. Am nächsten Tag wurde das Dach provisorisch mit Wellasbestplatten eingedeckt. Es sah scheußlich aus.
Aber es gab anderes, was man bestaunen konnte: Lüder fuhr aus der Schmiede das Rosentor heran. Leute von der Feldbaubrigade hängten es ein.
Tage später bewegten sich die Teilnehmer der organisierten Inselwanderung nicht durchs Neudorf, die Leute kamen durchs Rosentor, um kommentiert das Fischdorf zu besichtigen.
Das ist die Testphase, hieß es im Objekt.
Den Wanderern kam die neue Variante entgegen. Hier waren sie direkt am Strand, und am Strand war es immer noch am schönsten.
Handgeschmiedetes war auch im Gretekaten zu sehen, und nicht nur das. Man hatte alle möglichen Geräte, Butterfässer, Melkeimer, Sensen und Dreschflegel, Marlspieker und Netznadeln, Butterformen und Kohleplätteisen eingesammelt. Die Dörfler hatten gespendet.
Der Ruhm des Schmieds verblaßte ein wenig, und die Galerie hatte weniger Besucher. Dem Herrn Akkurat war das recht. Interessierte Leute kommen niemals in der Masse. Er bereitete sich ohnehin langsam auf die Abreise vor ... Wir fliegen in den Süden,

sagte er zu seiner Frau. Der Süden war dreihundert Kilometer entfernt: die Stadt.
Das Interesse der Urlauber an geschmiedetem Eisen blieb. Die Dörfler stellten sich darauf ein. In der Schmiede »sang der Hammer unentwegt sein Lied«. So hatte es der Herr Akkurat seinerzeit poetisch verklärt ausgedrückt.
Die Eulen brachten Geld, denn die neuen Kunden liebten die echten Dinge. Der Herr Akkurat hatte diese Nebenwirkung nicht voraussehen können. Lütt Otto sprach ihn im Konsum an.
»Was ist dat nu wedder für 'ne Gerechtigkeit, manche Lü im Dorf haben an die zehn Eulen, und was ist bei mir? Grad mal zwei. Hast du nicht noch paar von die Vögels auf Lager?«
Der Herr Akkurat folgte Lütt Otto zum Scheunentor, an dem einst die Ankunftszeiten der Störche notiert wurden.
»Und was ist mit dem Eisen?«
Nun erst schaute der Maler auf die gewaltigen Türangeln. Eiserne Schwünge, Wogen aus gespaltenem Eisen, die Lütt Otto dem Fotografen vorenthalten hatte.
Nicht gleich übertreiben, abwarten war stets seine Devise. Eigenhändig nagelte der Herr Akkurat mit Blaupinnen die Eule ans Tor.
Lütt Otto rieb sich die Hände. »Und wat mögen die Eisen so wert sein?«
»In Pfennigen läßt sich das nicht berechnen, der Wert von Kunst ist ideell.«
»Von Pfennigen soll auch nicht die Rede sein.« Lütt Otto zwinkerte dem Maler zu. »Na, so zwei, drei blaue Scheinchen?«
Der Herr Akkurat erbleichte. Er verabschiedete sich und ging durchs Dorf, überall sah er neben den Eulen statt der alten Stücke rasch geschmiedetes Kunsthandwerk.
Er sang nicht im Flur. Er schrie. Es hallte im Treppenhaus. Erschrocken zog die Malerin an der Pfauenschnur und eilte zu ihm. Der Pfau wippte im Apfelbaum.
Der Herr Akkurat schleppte sich treppauf. »Die Insel stirbt. Jede Bemühung verkehrt sich hier ins Gegenteil«, flüsterte er.
»Du bist nicht der Mann, den Rückschläge verzweifeln lassen!« entgegnete sie.
Nachmittags um 17 Uhr wanderte das seltsame Paar, er mit breitkrempigem Hut, sie mit Hütchen, an dem Schmetterlinge turnten,

an der Freilichtbühne und den übelriechenden Klosetts vorüber über die Hügel zum Fischdorf. Sie stießen auf den ungewohnten, abweisenden Maschendrahtzaun und das in der Landschaft merkwürdig anmutende schmiedeeiserne Tor, an dem der Herr Akkurat vielfach multipliziert seine gezeichnete Rose wiederentdeckte. Beinahe unsichtbar, aber unentwegt, wehte feiner Sand durch die Gitterstäbe. Das Tor war nicht, wie sie schon befürchtet hatten, verschlossen. Der Herr Akkurat drückte die Klinke nieder und schob mit gewisser Anstrengung den Sand zur Seite, bis das Tor einen Spalt freigab. Er zwängte sich hindurch, seine Gattin folgte ihm. Erst hinter dem Tor wurde unten in der Senke das Vierhüttendorf sichtbar.
»Zauberhaft der reine weiße Sand«, sagte sie und berührte ihren Gatten sanft. Sie hatte wie er längst das mit Wellasbest eingedeckte Gretehaus erblickt.
»Ist das nicht grauenhaft!« sagte der Herr Akkurat und zeigte auf das Dach, als müsse er sie erst aufmerksam machen.
»Du hättest dem niemals zugestimmt«, sagte sie, »auch als Provisorium nicht, deshalb haben sie dich in ihre Planung nicht mehr einbezogen.«
Er wandte sich um. Er sah neben dem Rosentor die Schippe, mit der der Heizer morgens das Tor freischaufelte.
»Der Sand wird hier alles gnädig begraben«, sagte der Herr Akkurat, »bald wird man andere Wege treten.«
Ein paar Meter weiter landeinwärts ragte der Zaun nur noch einen Meter aus dem Sand hervor.
»Dein wunderbares Plakat hängt unten neben der Tür«, tröstete sie.
»Meins?« fragte er scheinbar erstaunt, um dann im nächsten Augenblick zu befehlen: »Kehren wir um!«
Als die beiden an der Freilichtbühne vorüberkamen, drehten sich dort ein paar Paare zu den Takten alberner Schlager. Im Hafen wartete die Fähre.

Zwei flüsternde Männer am Morgen

Es schien so, als wollte der Wetterumschwung dem Herrn Akkurat ermöglichen, sich von den Enttäuschungen der letzten Tage zu erholen. Die Dinge, die Plakate, die Urlauber, die Dörfler, alles versteckte sich im watteweichen Nebeldunst. Herbstkühle über dem Land. Nur Nahegelegenes, Vertrautes sichtbar. Ungesehen trotteten die Wildschweine vorüber. Der Zeltplatz, eine bis vor kurzem noch ergiebige Futterquelle, war verlassen. Das ehemalige Tiergehege roch lockend nach Freßbarem. Mit erhobenen Schnauzen sogen die Schweine den Duft ein. Unsichtbar im Nebelmeer wagten sich die Tiere zurück an diesen Ort. Am Futtertrog lösten sie die Falltür aus. Mit einem Rums rutschte sie herab. Sie waren gefangen. Zu spät das Erschrecken. Nur drei Nachzügler stoben davon ins Schilfmeer.

Die anderen Schweine tobten gegen den Gitterzaun. Rasseln und Scheppern im Nebel. Der Hausmeister brüllte im Treppenhaus des Hochhauses: »Wir haben sie!«

»Alles eine Frage der Zeit!« sagte der Chef großartig. Er bedauerte allerdings, auf die herbstliche Wildschweinjagd verzichten zu müssen.

Er trat hinaus in den Nebel. Er sah nichts, hörte aber das unheimliche Rasseln und Scheppern des Zaunes, gegen den sich die Tiere warfen. Dann wieder vernahm er das dumpfe unheimliche Trommeln. »Wenn die jetzt durchbrechen«, dachte er, »sie sind gereizt!«

Er zog sich zurück. Vor der Edelstahleingangstür blieb er stehen. Immer noch hörte er die Schweine.

»Ich werde Anweisung geben, daß man sie füttert«, dachte er. Plötzlich herrschte unheimliche Stille. Sollten die Biester es geschafft haben? Er starrte in den Nebel und trat dem Eingang rückwärts einen Schritt näher. In der Ferne vernahm er das Tuten von Schiffen. Er blickte auf die Uhr. Die Fähre hatte bereits Verspätung. Er beschloß, hinauf in die Aussichtsetage zu fahren, vorher aber anzuordnen, daß man unverzüglich die Hafenbeleuchtung einschalten solle.

»Längst geschehen!« wurde ihm entgegnet. Oben in der Aussichtsetage war allerdings kein Schimmer der Hafenlichter zu bemerken. Er öffnete ein Fenster ... immer noch dieses unheimliche verlorene ferne Tuten. Er kam sich vor, als befände er sich ganz allein auf einem hohen Berg in den Wolken. Erschreckend der Blick hinab. Weder die Betonstraße noch die Ordnung der anderen Wege sichtbar. Alles ausgelöscht. Nicht einmal ein Labyrinth ist so schrecklich. Ein Labyrinth hat Wände, greifbare Wände. Hier war nichts. Der Schweiß brach ihm aus. Er mußte hinab, rasch hinab in die gewohnte Ordnung. Überall brannte Licht. In seinem Büro atmete er auf. Schreibtischordnung.

Unsmoler ging über die Hügel hinab an den Strand. Er war fasziniert von der ungewohnten Räumlichkeit, die der Dunst schuf. Plötzlich bellte dumpf sein Hund. Eine barsche Stimme ertönte: »Leinen Sie den Hund an, sonst knallen wir den Köter ab.«
Unsmoler pfiff. Der Hund kam heran.
»Bleiben Sie stehen!« tönte die Stimme aus dem Nichts. Eine Taschenlampe malte einen hellen Strich in den Dunst. Und dieser schwankende Strich näherte sich.
Unsmoler hörte das Klappern von Blech. Er hätte sich lautlos zurückziehen können, aber ihn interessierte die Begegnung. »Hier lang« sagte er, »sonst holt ihr euch nasse Füße.« Der Schein der Lampe schwenkte und beleuchtete kurz und gespenstisch einen Soldaten. Der Soldat hielt die Maschinenpistole im Anschlag. »Die Hauptsache, ihr zielt nicht auf mich. Ich bin der Maler aus dem Dorf.«
Ein zweiter Grenzer kam heran. »Was machen Sie hier unten?«
»Ich geh' spazieren ... ich bin jeden Tag und bei jedem Wetter unterwegs.«
Der eine Grenzer ging ans Wasser und kam nach einer Weile zurück. »Da ist nichts«, sagte er.
»Was soll da sein?« fragte Unsmoler.
Die beiden antworteten nicht. »Sie kommen erst einmal mit!« sagten sie. Die drei Männer stiegen den Strandzugang hinauf und gingen zum Zaun, der den Wachturm umgab. Nach einer Weile wurde das Türchen geöffnet. Er mußte eintreten, das Tor wurde wieder verschlossen. Zum ersten Mal seit langem betrat er diesen Flecken Erde. Er wurde zur Baracke geführt. Der Hund blieb vor dem Zaun.
Die Personalien wurden aufgenommen, er mußte immer wieder

die gleiche Frage beantworten: »Bürger, was wollten Sie bei diesem Wetter unten am Strand?« Schließlich durfte er gehen, wurde aber beauflagt, sich unverzüglich nach Hause zu begeben.
Der Weg zurück. Er versuchte sich das Bild der Gestalten im Nebel einzuprägen. Er wußte, das würde er malen: watteweiche Umrisse. Das ungenaue, beunruhigende Bild.
»Fall bloß nicht von der Insel runter!« rief er jemandem zu, dem er in der Dorfstraße begegnete. Er konnte nicht erkennen, wer es war.

Ausgerechnet bei diesem Wetter hatte der Seemann Mungo große Wäsche! Jeder, der an seinem Zaun entlangging, sah die klatschnassen Lappen wie eine Girlande auf der Leine hängen. Der gute Mann mußte das wohl am Kopp haben!
Die Alte vom Tüffelmacher schaltete abends den Fernseher ein. Irgend so ein 20-Uhr-Krimi sollte kommen. Der Tüffelmacher ging noch mal kurz hinaus und stellte sich an die Hecke: schon richtig kalt im nassen Dunst! Er hörte Mungos letzte Enten schimpfen. Den Biestern geht das Wetter auch auf den Docht, dachte er. »In der Pfanne ist es wärmer!« rief er grinsend, als wollte er die Tiere beruhigen.
Frühmorgens hing die Wäsche immer noch klatschnaß auf der Leine. Logisch, wann hätte sie denn trocknen können. Das Wetter hatte aufgeklart. In Mungos Hütte brannte Licht. Irgendwie beruhigte das den Tüffelmacher.
Nach dem Frühstück ging er aber doch zu Mungos Baubude. Das Fensterchen erleuchtet, immer noch Fernsehgeflimmer.
Ich mach' mir Sorgen, aber der macht sich einen Fetten, dachte er.
Gegen Mittag sah er Lüder unten am Bootshafen. Daß Lüder irgendwo ohne den Traktor herumstand, war ungewöhnlich.
»Eine schöne Scheiße ist das«, begrüßte ihn Lüder leise. »Kumm eins mit!« Gemeinsam gingen sie hinauf zu Mungos Baubude. Vom Zaun aus sahen sie, daß von der Stallrückwand, die nur an die Hütte angelehnt war, bis hinab zum Schilf eine Spur führte. Die Erde war vom Kiel eines Bootes gefurcht. Immer noch lief der Fernseher. Die drei letzten Enten gründelten unten im Röhricht.
»Kleinvieh hat dei Minsch niemals züchten wollen!«
Der Tüffelmacher lehnte sich an den Zaun.
»Faß bloß nichts an, jetzt werden die hier bald verrücktspielen.

Unsere Boote werden wir allesamt einbuddeln können!« schimpfte Lüder.
»Der Mann hat uns endgültig in die Scheiße geritten!«
»Der hat hier nur auf den Nebel gewartet!«
Sie gingen zurück und blickten auf das spiegelglatte Wasser.
»Bei dem Wetter kann er bis nach Amerika rutschen, wenn es ihm gelingt, sich an den Grauen vorbeizumogeln!«
»Wenn sein Motor durchhält schon. Aber du kennst ihn. Er wird fixer sein als die Grauen!«
»Also: Wir beide wissen von nix. Wir haben uns nur gewundert, daß er bei diesem Wetter Wäsche hat. Aber weil der Fernseher lief, meinten wir, alles wäre in Ordnung.«

Nebelbilder

Unsmoler hatte den Karton vom Kindergartenbild mit Laken zugehängt und betrachtete die große weiße Fläche. Er stellte sich Nebelbilder vor. Unheimliche Bilder. Unheimlich und bedrohlich. Gespenstische Bilder. Kein Stahlhelm, keine Maschinenpistole, keine Uniform erkennbar. Gestalten, die auf den Betrachter zukommen. Man weiß nicht, was man von ihnen zu erwarten hat. Deshalb ist man wehrlos. Er wollte das Erlebnis wuchern lassen.
Tiere und Menschen im Nebel ... hatte er das nicht schon einmal gemalt? Wieso war ihm das Bild so vertraut? Wieso sah er die Bilder, als wären sie bereits fertig? Mußte er sie überhaupt noch malen, wo sie doch ohnehin niemand würde haben wollen?
Am späten Nachmittag klopfte es. »Stör' ich?«
Nein, die schöne Blonde im T-Shirt störte wirklich nicht. Die Nebelbilder waren in seinem Kopf. Die würde sie nicht zu sehen bekommen.
»Darf ich hereinkommen?«
»Ja, sicher! Ich wollte gerade Tee machen.«
Sie trat ein und tätschelte umwerfend verführerisch dem Hund das Fell. Unsmoler sagte ihr, daß sie schön sei.
»Eigentlich habe ich ja auch Schauspielerin werden wollen«, erwiderte sie.

»Bist du doch«, sagte Unsmoler.
Sie sah ihn einen winzigen Augenblick lang mit eisig forschendem Blick an. Für den Bruchteil einer Sekunde fiel sie aus der Rolle, an der sie offenbar Gefallen gefunden hatte. Er spürte es, aber sie hielt es nicht für möglich, daß er es gespürt haben könnte, denn sie fing sich sofort. Sie wandte sich ab, streichelte erneut den Hund und fragte: »Wie meinst du das?«
Er lachte: »Alle Frauen sind das!«
»Und in welchem Stück trete ich auf?«
Verschmitzt sah er sie an: »Ein Stück entwickelt sich … aber das mit der Schauspielerei meine ich ganz allgemein. Schauspielerei ist Kommunikation. Man vermag etwas zu sagen, ohne es aussprechen zu müssen.«
Er versuchte sie zu umarmen und zu küssen. Sie macht mich zum Schauspieler, dachte er.
»Falsch!« sagte sie und tat einen Schritt von ihm weg. Er ging in die Küche und kam mit dem Tee zurück. Er hatte vorher so lange die weiße Fläche betrachtet, daß ihm die winzige Veränderung der Tücher auffiel: sie hatte nachgeschaut.
Er stellte den Tee auf den Tisch. »Hast du Hunger?«
»Nicht auf Brot«, antwortete sie.
Er lachte: »Bitte keine leeren Versprechungen mehr!«
»Sei doch nicht gleich sauer!« Sie zeigte auf das zugehängte Bild. »Du hast große Wäsche gehabt?«
Er hatte weder Mungos nasse Nebelwäsche auf der Leine gesehen noch davon gehört. Er antwortete also absolut arglos.
»I wo, ich habe den Karton zugehängt, damit ich nicht dauernd an den Auftrag denken muß. Es gibt noch anderes.«
Sie lächelte. Lockst du schon wieder? dachte er.
»Was siehst du, wenn du auf die weiße Fläche blickst?« fragte er sie.
»Ich sehe mehrere Laken. Aber immerhin, sie sind ziemlich sauber.«
Er stellte den Plattenspieler an. Bach.
»Der ist auch nicht mehr der Neueste!« sagte sie.
»Wie soll er auch, er ist 1750 gestorben.«
»Ich meine den Plattenspieler.«
Sie begriff, daß er sie auf den Arm nahm. »Gehen wir noch baden?« fragte sie.

»So spät im Jahr baden?«
Armes Mädchen, dachte er, du mußt aufs Ganze gehen. Du hast wahrscheinlich einen Auftrag. Er fühlte sich dieser Frau gegenüber wunderbar frei. Sie zu verlassen oder von ihr verlassen zu werden würde kein Drama sein. Er liebte sie nicht, und sie liebte ihn auch nicht. Sie spielte.
Oder wollte er, daß die Überwachung ein ganz konkretes Gesicht bekam, ein ausgesprochen hübsches obendrein? Oder brauchte er sie als Modell? Oder tat es ihm ganz einfach gut, von irgend jemand beachtet zu werden?
Zwei Spieler gingen zum Meer. Im Dorf meinte man, sie wären ein Paar.

Denn sie wissen nicht, was sie tun!

Die Mungoflucht war offenbar gelungen. Man sprach kaum noch davon. Der Entenstall war akribisch durchsucht und anschließend abgerissen worden. Er sollte nicht ein zweites Mal als Unterschlupf dienen können.
Es gab Dörfler, die Genugtuung bei dem Gedanken empfanden, daß Mungo es »denen« gezeigt hatte. Im allgemeinen war man jedoch nicht gut auf den Flüchtling zu sprechen, denn die Situation hatte sich eindeutig verschlechtert. Die ständig wechselnden Doppelstreifen sah man wieder öfter. Nachts hörte man in der Dorfstraße blechernes Scheppern im Rhythmus von Schritten. Grell glitt urplötzlich das Licht von Scheinwerfern über Strand und Wasser. Schlafende Vögel flatterten geblendet auf, und Spaziergänger erschraken. Sogar das Schlafzimmer der Malerin traf eines Nachts so heftig das Licht, daß sie sich in Erwartung eines fürchterlichen Donnerschlages die Ohren zuhielt. Der Donner blieb aus, aber in einer Mondnacht knallten richtige Schüsse. Grenzer hatten, wie sich herausstellte, auf Wildschweine geschossen, die sich durch Rascheln im Schilf verdächtig gemacht hatten. Ein Mißverständnis.
Nach zwei Wochen jedoch hatte sich die Situation bereits soweit entspannt, daß die Soldaten der Streife es meist so einrichteten,

kurz nach Kneipenschluß an der »Deutschen Eiche« vorüberzukommen. Sie klopften an das Fenster der Kneiperwohnung, das Fenster öffnete sich. Geld wurde herein, Bier oder Schnapsbuddeln wurden herausgereicht. Das Leben ging weiter, man mußte danach trachten, es sich so angenehm wie möglich zu machen.
Der Genosse Vorsitzende, dem immer häufiger der erschreckende Gedanke gekommen war, daß ihn das Schicksal ans Ende der Welt verschlagen habe, hatte sich nun erneut bewußtmachen können, daß er an vorderster Front stand. Im Grunde konnte er dem Flüchtigen also dankbar sein. Die Insel war als neuralgischer Punkt in das besondere Blickfeld der bewaffneten Organe geraten.
Urlauber waren nur noch wenige da. Herbst eben. Die Eisenzeit war vorüber, und doch sorgten durch Glanzplakate geweckte Leidenschaften in aller Stille für eine merkwürdige Begebenheit.
Die Hunde bellten nicht mehr. Sie hatten mittlerweile begriffen, die Fremden durften alles. Auch Lütt Ottos Hund war oft genug zurechtgewiesen worden, wenn er Urlauber verbellte. Resigniert lag er in der Hütte und meldete nicht einmal, als eines Nachts ein Fremder in blauem Trainingsanzug auf dem Scheunendach turnte. Der Mann war abends nur mal kurz vor die Tür gegangen. Seine Frau befürchtete, als er nicht zurückkam, eine Weibergeschichte, denn in der Kneipe suchte sie ihn vergebens. Es war ein dunkler Abend, Oktober eben. Sie irrte aufgebracht durchs Dorf. Plötzlich aber war der Mond hinter den Wolken hervorgeschwommen, und sie erblickte die Silhouette ihres Angetrauten hoch oben auf einem Scheunendach. Zum Glück allein.
»Egon«, hatte sie gerufen, »Egon, was tust du um Himmels willen!«
Eh' er ihr mit gepreßter Stimme verständlich machen konnte, daß sie um Himmels willen schweigen solle, hatte auch Elfriede, die oft gerade dort auftauchte, wo man ihre Neugierde keinesfalls brauchen konnte, den Mann auf dem Dach erblickt.
Die Ehefrau bewies Geistesgegenwart. »Leise, leise flüsterte sie, mein Mann ist ein Schlafwandler, der Mond treibt ihn auf die Dächer!«
Elfriede war leise, aber sie erinnerte sich augenblicklich daran, daß sie ihren Alten hatte aus der Kneipe treiben wollen. Da drinnen durfte sie laut sein. Sie riß die Kneipentür auf. »Auf Lütt Otto sein Dach balanciert ein Schlafwandler!« rief sie.

Die Kneipe leerte sich.
Noch saß der Mann rittlings auf dem First unmittelbar bei der Wetterfahne. Als die Kneipentür sich öffnete und die Zecher hervorquollen, löste er sich aus der Erstarrung. Er schob sich magisch langsam ein Eisensägeblatt in den Ärmel und rutschte über das knirschende Schilf rückwärts.
Lütt Otto wollte brüllen: »Mann, wat verruinierst du mir dat Dach!«
Er kam nur bis zum ersten Ton. Die Gattin des Mannes da oben beschwor ihn mit Gesten zu schweigen. »Wecken Sie ihn nicht, sonst stürzt er sich zu Tode!«
Der Mann da oben streckte seine Arme nach vorn und bewegte sich offenbar mit geschlossenen Augen vorwärts.
Diese Richtungsänderung wurde flüsternd kommentiert: »Der weiß auch nicht, was er will!«
»Wie soll er auch, er schläft doch!«
»Versaut mir aber das Dach«, zischte Lütt Otto, »verdammter Schweinkram, haben die Urlaubers auf der Straße nicht Platz genug?«
»Schlafwandler wiegen nichts«, beruhigte ihn die Frau des Turners.
Der Mann da oben tastete sich nun, mit den Füßen links und rechts des Firstes auf den Latten Richtung Dachende voran. Die Leute unten hielten den Atem an.
Elfriede ergriff wieder einmal die Initiative.
»Ihr müßt ihn runterholen!« mobilisierte sie die Männer.
»So 'ne lange Leiter haben wir nicht!«
»Dann bindet welche zusammen!«
Der Schlafwandler war am Firstende angelangt und schickte sich an, den nächsten und allerletzten Schritt zu machen.
»Wir müssen ihn wecken!«
»Wach auf, Alfred! Wach auf«, rief dessen Frau, »du liegst nicht bei mir im Bett!«
Der Mann da oben schien zutiefst erschrocken. Er spielte seine Rolle gut. Es schien, als könnte er jeden Augenblick fallen, dann aber kippte er nach vorn und klammerte sich wimmernd am First fest. Das Publikum atmete auf. Da konnte man nicht meckern: Der Badegast bot dem Zuschauer was.
»Halt aus, Junge, wir holen dich runter!«

Zwei Leitern wurden herangetragen. Die erste aufgerichtet und ans Dach gelehnt, dann mit der zweiten verbunden und hinaufgeschoben. Ein halbwegs nüchterner Dörfler stieg hinauf und lockte.
Langsam rutschte der Mann näher. Plötzlich strahlte der Mond wieder heftig. Der Mann auf dem First sperrte den Mund auf und schien augenblicklich wieder einzuschlafen.
»Alfred, Alfred, schlaf nicht ein, du bist auf einem Dach!« rief seine Frau, und wieder schien der Mann zu erwachen. Ängstlich näherte er sich der Leiter und schaffte es noch dreimal, den Zuschauern den Atem stockenzulassen. Dann stieg er Sprosse für Sprosse langsam, ganz langsam hinab. Unten angekommen, war er immer noch in Trance. Stumm hob er die Arme, als wollte er die Schar der Gaffer teilen, und ging dann wortlos durch die Gasse hinaus auf die Straße. Seine Frau folgte ihm. »Er findet allein zurück«, flüsterte sie.
Vom nächtlichen Hin und Her aus dem Schlaf geschreckt, war der Herr Akkurat ans Fenster getreten. Aus dem Dunkel des Zimmers heraus hatte er den Fortgang der Handlung durch ein Opernglas hindurch genauestens beobachten können.
Ein Kenner, eine Enthusiast, der einiges riskiert, dachte er mit gewisser Hochachtung. Er brauchte nicht einzugreifen. Die Wetterfahne von 1711 stand immer noch senkrecht auf Lütt Ottos Dach. Die Leitern aber wurden weggetragen. Der Herr Akkurat schlüpfte zurück ins Bett.
Nun steigen sie sogar schon auf die Dächer! dachte er. Ich mache sie zu Dieben, denn alles verkehrt sich auf dieser Insel ins Gegenteil.

Der Drache

Watteweiche Gestalten. Beinahe monochrome Farbigkeit. Unsmoler dachte immer wieder an die magische, rätselhafte Kraft dieser Bilder. Unschärfe und doch Genauigkeit, Farbigkeit und doch kaum Farbe, unbestimmbar die Situation und doch zwingender Ausdruck.

Er sah die Bilder gleichsam vor sich und rätselte doch über die Art der Realisierung. Er breitete die Postkarten, die ihm Bärenhäuter aus aller Welt geschickt hatte, auf dem Tisch aus. Es war, als öffnete er ein Fenster. Klee und Kandinsky, Goya und Velasquez, Tintoretto und Pollock, Picasso und Rousseau, Bacon und …
Es klopfte. Er beugte sich vor, um hinauszublicken. Sie war es. Er streckte seine Hand aus, um die Karten zusammenzuschieben. Er erschrak über diese Bewegung, ließ die Karten liegen und ging die Tür öffnen. »Komm rein!« sagte er.
Sollte sie ruhig die Postkarten sehen! Sollen sie und ihresgleichen lernen, dazulernen, wahrscheinlich ist das unsere einzige Chance.
»Tee?« fragte er. Sie nickte. Er ging in die Küche. Sie wird die Karten umdrehen und nachsehen, woher ich die habe. Auf den Karten stand nichts geschrieben, was sie nicht hätte sehen dürfen. Immer waren es nur Grüße, die Sätze einfach wie eine Formel. Nie beschrieb der Bruder das eigene Befinden, nie schwärmte er von fremden Orten. Vielleicht wollte er keine Sehnsüchte wecken. Aber der Schwung der Schrift, die Richtung der Buchstaben, der Druck des Kugelschreibers sagten so viel, daß Unsmoler meinte, seinem Bruder, während dieser die Karten beschriftet hatte, über die Schulter geschaut zu haben. Er sah, was ihm zu wissen wichtig war.
Unsmoler brachte den Tee herein. Natürlich hatte sie unter einzelne Karten geblickt. Fast hätte er gesagt: »Die kennst du doch schon!« Statt dessen sagte er: »Einiges davon ist entartete Kunst!« Er machte eine Pause. Dann aber fügte er hinzu: »Hätten die Nazis gesagt!« Er lachte. Ihre Gedanken, das wußte er, waren in die Falle getappt, denn von den Nazis mußte sie sich distanzieren.
»Welches Bild gefällt dir nicht?« fragte er nach einer Weile, »ich werde versuchen, es dir zu erklären.«
Sie tippte auf den Pollock. »Klecksereien!«
»Klecksereien, genau, aber was für welche!«
Da sie meinte, sie würde alles auf dieser Welt verstehen können, hörte sie eine ganze Weile zu. Schließlich aber erhob sie sich. »Gehen wir schwimmen?«, sie lachte, »sonst gelingt es dir am Ende noch, mich zu überzeugen!«
»Schließt du nicht ab?« fragte sie, als sie auf die Straße gingen und er den Hund pfiff.
»Wozu? Ich habe nichts zu verbergen«, sagte er.

Augenblicklich spürte er, daß er eine falsche Antwort gegeben hatte. Er hätte nur sagen dürfen: »Hier gibt es nichts zu stehlen.«
Beim Pfiff hatte der Herr Akkurat aufgeblickt. Er war gerade damit beschäftigt gewesen, eine Weißbrotscheibe mit Konfitüre zu bestreichen. Auch bei denen oben Teezeit.
»Wieder die beiden«, sprach er zu seiner Gattin, die ihm gegenüber am Kaffeetischchen saß, »ich weiß nicht, ob das gut ist.«
»Romeo und Julia«, entgegnete sie und schaute den beiden ebenfalls nach.
»Wenn man sicher sein könnte, daß es wirklich eine Julia ist …« Er zog die Stirn besorgt in Falten.
Der Herr Akkurat ging nur noch ungern auf die Straße … überall sah er rasch zurechtgeklopftes Eisenzeug. Klingendes Gehämmer tönte durch die Dorfstraße. Vater und Sohn schienen um die Wette zu schmieden. Schmieden auf Vorrat.
Hatten die beiden ihr Gespür für Eisen verloren?
Traurig blickte er aus dem Fenster seines Hauses wie aus der Fensterhöhle einer Burg. Nachts wachte er manchmal von den Schritten der Streife auf. Es waren nicht die Schritte selbst, es war das leise Scheppern von Eisen im Rhythmus der Schritte. Er konnte nicht anders. Er mußte zum Fenster tapsen und die Grenzer mit der MP im Licht der Kneipenlaterne sehen. Gleich würden sie zusammenbrechen, dann erst würde er die Schüsse vernehmen. O diese Erinnerungsbilder, die in all den Winkeln seiner Seele wohnten! Die Grenzer aber gingen unbeschadet weiter, als hätte die Vergangenheit einen anderen Weg eingeschlagen.
»Ich freue mich so sehr auf die Fotos!« sagte seine Gattin laut. Sie verstand es, ihn abzulenken.
Aber es war tatsächlich so: Sie träumte schon davon, mit den Augen in der makellosen Fotowelt spazierenzugehen. Sie wollte in den verläßlichen Fotos Zuflucht finden können.
Unsmoler und die blonde Dame vom Objekt da draußen waren den Blicken entschwunden.
Der Herr Akkurat seufzte. »Sollte unser lieber Nachbar denen da an die Brust sinken? Das wäre gar nicht gut. Was die Fotos betrifft: Ich werde mit dem Fotografen telefonieren. Er soll uns umgehend die Kontaktabzüge schicken.«
»Wir könnten das alles doch an Ort und Stelle erledigen.«
Er sah sie lange an. Nach einer Weile sagte er: »Du hast recht.«

Er erhob sich. In der Tür blieb er stehen. Er sah sich schmerzlich lächelnd um: »Verschließen wir also die Fenster, es reicht für dieses Jahr!«
Sie hörte ihn langsam die Treppe hinabgehen, dann vernahm sie das knarrende Geräusch der Kellertür. Nach einer Weile rumorte es draußen. Er lehnte die ersten hölzernen Fensterblenden gegen die Hauswand. Sie atmete auf.
Vielleicht würde es ihr in diesem Jahr erspart bleiben mitzuerleben, wie die Landschaft immer düsterer und bedrohlicher wurde, denn die Angst, auf einer düsteren Insel, über die Regen und Schneeschauer jagten, überwintern zu müssen, wuchs im Herbst von Tag zu Tag.
Als Unsmoler vom Meer zurückkam, sah er am »Schloß« die schwarzen Tafeln stehen.
»Nun wird es Winter«, sagte er sich. Er freute sich auf die Inselstille und auf das Malen an den Nebelbildern, die ihn bedrängten.
Aber erst werde ich meinen Drachen malen müssen … auch den nebelhaft?
Er nahm das Laken vom Bild.
Nahm seine Tabakspfeife zur Hand, Farbstifte und Papier, rückte einen Stuhl zurecht, setzte sich und betrachtete die Vorzeichnung des Märchenbildes. Das Lichte, das Vage, das Klare, das Gewisse und das Verschwommene …
Das Schwimmen und die Zärtlichkeit der schönen Frau hatten ihm gutgetan.

Abschied

Der Herr Akkurat und seine Gattin absolvierten am nächsten Tag im milden Glanz der Nachmittagssonne ihren Abschiedsspaziergang. Der Herr Akkurat trug seinen schwarzen, verwegenen Schlapphut, sie ihr anmutiges Schmetterlingshütchen. Der Herr Akkurat hatte seine Erbitterung angesichts der skrupellosen Vermarktung schmiedeeiserner Tradition unterdrückt und sich entschlossen, bei dem einen oder anderen Dörfler, den er vor Tagen

mit heftigen Worten attackiert hatte, den Frieden wiederherzustellen. Das war gelungen.
Nun galt es, sich vom offenen Meer zu verabschieden. Arglos schritten die beiden Wanderer über die Hügel, als sich plötzlich Männer, die schwere Knittel in den Händen hielten, ihnen in den Weg stellten.
Sie erschraken.
Die angeheiterten Pflöckler meinten, das wunderliche Paar gehöre zu einer soeben angereisten Theatertruppe. Und da sie in einem Zustand waren, in dem sie bereit waren, über alles und jeden zu lachen, konnten sie unmöglich die beiden passieren lassen, ohne selbige in ihre Fröhlichkeit einzubeziehen.
Sie hatten ihren Wettkampf unterbrochen und stellten sich gewissermaßen als Kollegen den beiden stöckeschwingend in den Weg.
»Hallo, wir sind die Räuber!« grinsten sie.
Der Herr Akkurat stellte sich vor seine Gattin. »Verschwinden Sie!« brüllte er mit beeindruckender Stimme.
Die Männer hörten auf zu lachen. Sie wandten sich von denen, die keinen Spaß verstanden, ab.
»Bescheiß dich, Kumpel!« fluchte jemand.
Zum ersten Mal machte das Malerpaar kehrt, ohne hinab auf den Strand geblickt zu haben. Sie blickten sich um und sahen nun hier und dort die Grüppchen von Spielern. Überall die Spuren des gewalttätigen Spiels, der spärliche Pflanzenwuchs war zerstört.
»Wir müssen was unternehmen!« sprach der Herr Akkurat. Seine Stimme war nun alt und brüchig.
»Aber nicht doch, was sollen die Leute auch den ganzen Tag machen ... es sind zu viele!« versuchte ihn seine Gattin zu besänftigen.
»Eben!« sagte er entschlossen.
Am nächsten Tag pochte er bei Unsmoler an der Tür.
»Ich muß dich kurz mal stören!« sagte er und klopfte mit einem weißen Umschlag auf die Handfläche seiner Linken. Er schien erregt.
Unsmoler bat ihn, sich zu setzen. Der Gast schaute sich kaum um. Er war ganz von seiner Mission in Anspruch genommen, setzte sich aber. Unentwegt klopfte er mit dem Kuvert auf die Hand.
»Worum geht es denn?« fragte Unsmoler.
»Siehst du das nicht?« fragte der Herr Akkurat erstaunt, »siehst

du nicht, was man mit dieser Insel anstellt? Die Grenze der Belastbarkeit ist überschritten. Nachdem die Natur durch die neuen Grenzbestimmungen anfangs gewisse Entlastung erfahren hat, zerstören nun wildgewordene Horden mit Stöcken jeglichen Bewuchs! Kolega, wir müssen das Grenzgebiet als eine Chance nutzen, das müssen auch die im Objekt begreifen, sonst sinkt der Erholungswert der Insel auf Null!«

»Ich will mich nicht erholen. Ich will malen!« sagte Unsmoler und zeigte auf Zeichenblätter: Knüppelschwingende Männer, die auf die Erde einzuschlagen schienen.

»Du machst es dir zu leicht«, sagte der Nachbar, »ich hatte mit dir gerechnet!«

»Mache ich es mir wirklich leicht?«

»Nun, ich hätte es wissen müssen, du sperrst dich gegen eine Eingabe. Verständlich, die vom Objekt gehen ja aus und ein bei dir. Bist du nicht mit einer Sekretärin aus der Abteilung Kultur eine Liaison eingegangen?«

Unsmoler sperrte erstaunt den Mund auf. Der Nachbar meinte offensichtlich die Blonde und vergaß dabei, daß bei ihm sogar der Inselchef persönlich zu Gast gewesen war. Es ging dabei ums Porträtieren, würde er sagen. Worum ging es bei ihm, um Aktzeichnungen? Unsmoler wollte sich auf keine lächerliche Diskussion einlassen.

»Was wolltest du denn?« fragte er.

»Nur eine Unterschrift. Eine klitzekleine Unterschrift. Ich habe einen Brief an den Vorsitzenden formuliert, einen Brief, in dem eine drastische Reduzierung der Urlauberzahl gefordert wird. Zu viele Menschen hier!«

Unsmoler blickte zu seinen Pflöcklern. Er wollte weiterarbeiten.

»Ihr reist doch bald ab«, sagte er lachend. Das war eine Unverschämtheit. Er streckte jedoch seine Hand aus: »Wenn du willst, unterschreibe ich.«

Sofort reichte ihm der Herr Akkurat einen Kugelschreiber und das aufgefaltete Blatt. Unsmoler unterschrieb. Er schaute dem davoneilenden Nachbarn nach und dachte, ich muß mich beeilen, eh' das Spiel verboten wird. Er heftete weiße Blätter auf seine Sperrholztafel, steckte Zeichenkohle ein und ging die Pflöckler suchen.

Wut

Der Herr Akkurat war so mancher Herausforderung gewachsen. Diesmal hatte er sich die Aufgabe gestellt, die Fensterblenden der unteren Etage mittels einer Hebelvorrichtung ohne fremde Hilfe von innen in die richtige Position zu bringen.
Mit allergrößter Anstrengung und eisernem Willen zog er den Hebel der Konstruktion ein Stück herunter. Dann gelang ihm das Kunststück, umzugreifen, um mit dem Gewicht seines Körpers auf den Hebel einzuwirken. Sein Gewicht hatte er offensichtlich überschätzt. Seine Füße zappelten in der Luft. Der Hebel senkte sich nicht weiter.
Sollte er seinen Erfindergeist der Lächerlichkeit preisgeben? Ein letzter Versuch. Als wäre er ein Turner am Reck, wanderte er an das äußerste Ende des Rundholzes. Plötzlich überwand das System den toten Punkt, der Hebel schnellte herunter. Die Bretterblende schlug mit ohrenbetäubendem Knall vor das Fenster. Eine Scheibe splitterte. Im Raum war es dunkel geworden. Der Herr Akkurat stürzte zu Boden und wagte nicht, sich zu bewegen. Benommen wähnte er sich des Augenlichts beraubt. Er meinte, sein Schädel sei auf dem Parkett, auf dem einst die Russen in Knobelbechern Kasatschok getanzt hatten, zerplatzt.
Seine Gattin war von dem fürchterlichen Knall aufgeschreckt worden. Nun ist es passiert, dachte sie. Er hat doch nicht nur verrottete Dinge in der Jauchegrube gefunden.
Mit weichen Knien machte sie sich auf den Weg hinab. Er hörte, wie die Tür geöffnet wurde, und sah seine Gattin als Silhouette, von einer Korona umgeben, in der Türöffnung stehen. In ihrem schütteren Haar fing sich überirdisch das Lampenlicht der Treppenhausbeleuchtung. Langsam richtete er sich auf. Sie knipste das Licht an.
»Es hat funktioniert«, sagte er leise.
Sie stürzte zu ihm: »Mein Gott, was hast du gemacht!«
Er fuhr sich mit der Hand über die Stirn und spürte das Blut.
»Nur eine Schramme!« sagte er, »Scherben, aber ich habe Scheiben gleicher Abmessung vorrätig.«
Die Abreise wurde nicht aufgeschoben. Pünktlich um 16 Uhr öffnete seine Gattin die Tür des oberen Zimmers und lockte mit

zarter Stimme: »Liebster, der Tee!« Alles im Zeitplan. Der Herr Akkurat war nicht zu schlagen.
Sie riefen um halb fünf dem Malernachbarn ein herzliches »Aufwiedersehen!« hinüber. Nicht einmal das vergaßen sie. In diesem Jahr fiel es dem Herrn Akkurat nicht schwer, dem jungen Kollegen die verstummende, sich verdüsternde Insel zu überlassen. Der Brief mit der Eingabe an die Behörde lag im gelben Postkasten.
Unsmoler kam zum Abschied an die Mauer.
»Glückliche Reise!« sagte er.
Der Herr Akkurat schloß das Gittertor ab. Die geteerten Brettertafeln vor den Fenstern des »Schlosses« erinnerten ihn plötzlich an die dunklen Brillengläser von Blinden. Er wandte sich erschrocken ab. Das Treckergespann fuhr vor. Der Traktorist lud die Koffer und Papierrollen auf den Hänger und hatte das Reisegepäck bereits unter Deck verstaut, als das Malerpaar an Bord der Fähre kam.
»Wird es gehen?«, besorgt betrachtete der Traktorist den weißen Kopfverband des Malers.
»Eine Lappalie!« sagte der Herr Akkurat und reichte Lüder einen Zehner. Es war nicht ersichtlich, ob er die Verletzung oder das großzügige Trinkgeld meinte.
Ruhig der Bodden. Es versprach, eine Überfahrt zu werden, wie sie die Künstlerin sich wünschte.
Das Paar war bereits in der Stadt, als der bereits geöffnete Brief des Herrn Akkurat dem Inselchef auf den Tisch gelegt wurde. »Sehen Sie sich das an!« sagte die Sekretärin und verließ sogleich den Raum.
Der Inselchef meinte, sich in seinem Arbeitszimmer gehenlassen zu können, ohne daß sein Ruf, gelassen jede Situation zu meistern, gefährdet wurde. Seine Fausthiebe auf die Tischplatte übertrugen sich jedoch auf den Fußboden. Die Zwischendecken leiteten die Erschütterungen weiter in alle Räume der zweiten Etage. In den Büros schaute man einander vielsagend an. Man kannte das: Auf dem Olymp donnerte es.
Nach dieser Ouvertüre sprang der Genosse Vorsitzende trotz seiner Leibesfülle aus dem Sessel. »Die Insel ist kein Sanatorium für durchgeknallte Künstler!« brüllte er. »›Zu viele Leute, zu wenig Platz!‹, wo gibt es denn so was! Wo sollen die Leute sonst hin!«
Nichts brachte den Inselchef so sehr auf wie Widerspruch. Zweifellos war das Schreiben, das ihm auf den Tisch geflattert war, als

ein solcher zu werten. Ausgerechnet zu einem Zeitpunkt, wo die Planung für den nächsten Sommer so gut wie abgeschlossen war und die Belegungskapazität bei genauester Beachtung neuer Sicherheitsbestimmungen um weitere fünfzig Prozent gesteigert werden konnte, meldeten sich diese Künstler! Nicht etwa telefonisch von Mensch zu Mensch, sondern mit einer offiziellen Eingabe, die man schriftlich beantworten mußte und nicht einfach in den Papierkorb werfen konnte, wie sie es verdient hätte.

»Zu wenig Platz? Wir werden die Natur umgestalten, wir werden eine Sonnenbadefläche schaffen, die ihresgleichen in Europa sucht! Dann haben wir Platz! Oder fangen diese Burschen etwa an mit: Volk ohne Raum? Sollte sich Revanchismus hinter der Eingabe verbergen, dann gute Nacht, liebe Leute!«

Dieser Satz beruhigte ihn. Er ging zum Schreibtisch, öffnete das Fach mit dem Repräsentationsschnaps und goß sich ein Glas ein. Dann setzte er sich, zog das Telefon heran und wählte die Nummer des Genossen von der Sicherheitsabteilung.

Die aus dem Nebel kommen

Unsmoler wäre dem Vorsitzenden in diesen Tagen des Zorns ahnungslos begegnet. Längst hatte er seine Unterschrift unter die Eingabe vergessen. Er hatte der Vorsicht und dem diplomatischen Geschick des Herrn Akkurat vertraut und den Text lediglich überflogen. Er hatte weitermalen wollen.

Was soll all das Geschwätz!

War es ihm überhaupt wichtig, Einfluß zu nehmen? War es nicht eher seine Aufgabe, den Lauf des Geschehens zu beobachten und jede Herausforderung, jede Nötigung in Bilder zu verwandeln? Ich verändere nicht, ich konstatiere!

Er spürte die Kräfte, die von den Gestalten im Nebel ausgegangen waren, immer noch. Was sollte ihn sonst zu Bildern drängen, wenn nicht all die magischen Zeichen ringsumher.

Er brauchte keine pflöcklerfreie Idylle.

Er malte unentwegt die Graus und die fahlen Ockertöne. Die Ebenen zunehmender Verschleierung. Er ahnte: niemanden würde

das interessieren, niemand würde diese Bilder kaufen. Und doch, er mußte sie realisieren.
Der Hund erhob sich, betrachtete die Tür und wedelte. Unsmoler blickte aus dem Fenster. Sie. Sie ging mit ihrer Tüte in der Hand am halbvergrabenen Boot vorüber und streifte es mit einem Blick.
Er öffnete ihr die Tür. »Hallo«, sagte er, »du bist angemeldet worden!« Er küßte sie auf die Wange.
»Angemeldet?« fragte sie.
Er zeigte auf den Hund.
Sie kippte aus der Tüte Knochen in den Hundenapf, zerknüllte die Tüte, ging ins Atelier und stopfte sie in den Ofen.
Er hatte keins seiner Bilder beiseite gestellt. Auf dem Tisch lagen immer noch die Kunstpostkarten. Sie betrachtete leicht befremdet die Nebelbilder.
»Momentan brauche ich Nebel!« sagte er.
»Nebel?« erschrocken sah sie ihn an.
Sofort begriff er, woran sie dachte. Er sprach es aus: »Nicht, daß ich das Bedürfnis habe, mich davonzumachen. Ich male Nebelbilder. Gestalten im Nebel.«
»Malst du den, der mit dem Boot verschwand?« Wieder eine fast bange Frage.
»Sieht das aus, als wenn die Figuren davongehen? Sie kommen! ›Die aus dem Nebel kommen‹. Ich werde die Bilder zu einer Ausstellung schicken ... ich habe plötzlich diese watteweiche Ungenauigkeit liebgewonnen. Manchmal ist mir, als fröre Genauigkeit Zustände ein, als bedeute Genauigkeit im Bild Erstarrung. Anhalten der Zeit. Jetzt spüre ich eine bisher ungenutzte Intensität. Sieh dir die Postkarten an. Alles sind Blicke zurück. Es kann aber sein, daß ich auch nur Unaktuelles zu Gesicht bekomme ... aber warum sollte nicht gerade hier etwas Neues entstehen?«
Irgendwann, dachte sie, würde sie ihm unter gewissen Bedingungen den befreienden Schlüssel reichen. Aber so weit war es noch lange nicht. »Du hast eine Eingabe gemacht?« sagte sie plötzlich.
»Was habe ich gemacht?«
»Eine Eingabe! Ein Protest gegen die Erweiterung der Urlaubskapazitäten. Vernichtung der Landschaft durch Menschenmassen und und und.«
Er begriff nicht.

Sie sah ihn an. Sie forderte eine Antwort. »Du hast unterschrieben!«
»Den Brief des Herrn Akkurat?«
»Brief ist gut! Außerdem ist es nicht nur sein Brief. Es ist eure gemeinsame Eingabe. Man ist mächtig sauer im Objekt.«
Jetzt erinnerte er sich. Einen Augenblick lang war er versucht, die Schöne zu benutzen, um sich reinzuwaschen. Sie würde jedes Wort seiner Ausflüchte weitertragen. Das allerdings würde bedeuten, alles dem Herrn Akkurat aufzubürden.
Sie sah ihn an: Wenn er jetzt abstreitet, ahnt er etwas, dachte sie.
Er tappte nicht in diese Falle, aber das hatte andere Gründe, als sie dachte.
»Die Insel hat ohnehin eine ganze Menge auszuhalten, hinzu kommt dieses gewalttätige Spiel der Pflöckler, das die Grasnarbe der Hügel zerstört. Findest du nicht auch, daß zu viele Menschen auf die Insel geschafft werden?«
»Wo sollen die Leute denn sonst hin?«
Er antwortete mit einem Achselzucken. Er zeigte auf die Bilder.
»Noch male ich die bedrohlichen Männer, wenn ich fertig mit den Bildern bin, sollen sie sich gefälligst ein weniger zerstörerisches Spiel ausdenken!«
»Pflöckler sind das?« Sie blickte auf die Nebelbilder.
»Ja, ich werde diese Herren zu einer Ausstellung schicken … sollen sie in noblen Sälen pflöckeln! Das heißt, wenn sie Zutritt erhalten. Ich bin zwar eingeladen worden, aber es wird eine Jury geben. Wir brauchen hier auf der Insel also nicht zu entscheiden, ob die Bilder gut sind oder schlecht!« Er reichte ihr das Schreiben. Sollte sie ruhig sehen, daß man andernorts auf ihn aufmerksam geworden war.
»Ich habe kunstmäßig ohnehin Nachholbedarf«, gestand sie, »vielleicht sollten wir mal gemeinsam durch die Museen wandern. Wann fährst du mal wieder aufs Festland? Ich könnte zwei Tage Urlaub nehmen.«
»Meine Stadtaufenthalte sind ganz und gar nichts für eine schöne Frau … Meist penne ich dort auf einem Sofa zwischen hundert Katzen.«
»Ich würde ein Hotel nehmen.«
»Die Klamotten, in denen ich dort herumlaufe, kennst du. Du würdest dich hüten, mit mir gemeinsam einen Raum zu betreten!«

»Vielleicht könnte ich dir eine Lederjacke besorgen. Manchmal kommen wir ran an so etwas.«
»Ich hab' kein Geld dafür.«
»Und wenn du das große Bild abgeliefert hast?«
»Dann vielleicht ... im Grund möchte ich aber nur das Allernötigste ausgeben und den Rest für Farben verwenden. Endlich nicht mehr mit dem Material so geizen müssen!«
Es schien ihr nicht sinnvoll, weiterzubohren. Sie blickte auf die Uhr.
»Möchtest du noch zeichnen? Ein, zwei Stunden hätte ich Zeit. Oder willst du alles nur nebelhaft?«
»Dich nicht!«
»Aber deine Nebelmänner schickst du in die Ausstellung!«
»Vielleicht.«
Er heftete Papier auf das Reißbrett. Sie begann sich auszuziehen. Armes Mädchen, dachte er erfreut, du mußt alle Register ziehen!

Schüsse und Schreie

November. Sturm.
»Rühr mir nicht die Stange an«, murmelte die alte Fischersfrau drohend.
Ihr Alter hatte nur nach oben geschaut und die Schippermütz in den Nacken geschoben, wie er es manchmal machte, wenn er einen Entschluß faßte.
Die Verlängerung des Antennenmastes, die bis auf den Fußboden reichte, vibrierte. Die Stange klopfte rhythmisch im Loch der Zimmerdecke. Geräusche, die ihn beunruhigten. Den Sturm draußen sah er, und er roch ihn: aufgewühltes Wasser, Gischt. Er fühlte ihn, und hier im Zimmer hörte er ihn sogar.
»Du setzt mir nicht die Stange fest!« rief sie. Er begriff, daß sie gegen seine Gedanken protestierte.
»Dat Dings ruppt uns dat Dach kaputt, und das vor dem Winter!« brüllte er, als wäre sie es, die taub war.
Draußen hatte es zu regnen begonnen, Wasser floß an der Stange

hinunter. »Ich werd' das Mausepißding oben im Dach festkeilen und dann das Schilfdach richtig abdichten.«
Sie schüttelte den Kopf, ohne den Blick vom Fernseher zu wenden. Gebannt wartete sie ab. Er beugte sich vor, um das Bild zu erkennen. Nichts Rechtes war zu sehen. Geflimmer nur. Lauter weiße waagerechte Striche, die sich rasch bewegten.
»As so ein Fischschwarm!« dachte er. Dann aber verwandelte sich das Geflimmer in tanzende Mädchen, die ihre schlanken Beine in die Höhe warfen. Immerhin, Schlüppers hatten die an, wenn auch bannig lütte.
»Utlännischer Hurenzauber!« sagte er grinsend und wandte sich ab. Kaum aber blickte er wieder nach oben, um beunruhigt jene Stelle zu betrachten, an der der Antennenmast die Zimmerdecke durchstieß, unterbrach seine Alte das Gekicher, das der Conferencier bei ihr ausgelöst hatte. »Untersteh dich!« rief sie. Sie wandte sich aber sofort wieder dem Bild zu. Es war, als würde ein Fisch zurück ins Wasser springen.
»Lecke Boote und lecke Häuser sind nix!« brummte er. Seine Frau aber lachte so fröhlich auf, daß er sich auf das Bett stützte und erneut zuschaute. Er drehte den Ton laut, beobachtete genau die Lippen des Ansagers und verstand trotzdem nichts.
»Sag bloß, du verstehst das Gebrabbel!«
Sie sah ihn kurz an. War er nun vollends taub geworden?
»Du etwa nicht? Das ist ein Schwede!«
Er machte ein bedauerndes Gesicht und erhob sich. Ihn interessierte nicht einmal, was die Badegäste auf deutsch brabbelten. Von Fisch verstanden die nichts und der mit den weißen Zähnen hatte ihm auch nichts zu sagen.
»So, nun ist das Bild weg!« rief sie aufgebracht, als habe er schuld.
»Das ist der Sturm«, sagte er. Wieder blickte er an der Stange hinauf.
»Die bleibt drehbar!« rief seine Frau, »sonst …«
Er sah sie an. Den drohenden Tonfall hatte er vernommen.
»Sonst?« wiederholte er, »wat sonst?« Er bedauerte sofort, sie derartig in die Enge zu treiben. Sie hatte nichts, womit sie drohen konnte, sie hatte rein gar nichts mehr. Sie war gebrechlich, und seit die Söhne weg waren, krank und völlig auf ihn angewiesen. Er mochte nicht einmal mehr mit ihr streiten.

»Sonst sterb' ich«, sagte sie leise, denn sie sah, daß er ihr auf die alten welken Lippen schaute.
Ne, dachte er erstaunt, diese Weiber. Die haben immer noch einen Trumpf im Ärmel. Er stieg über die Leine, mit der die Richtung der Antenne gegen Abend an einer Klampe fixiert wurde, und trat an den Herd. Im Grunde gefiel ihm der Mast im Zimmer und die Leine, über die er ständig steigen mußte. Er kam sich vor, als wäre er auf einem alten Segler unter Deck. Er legte Holz und Briketts nach und setzte den Teekessel auf. Eine Böe stieß den Schornstein hinab. Das Feuer puffte im Herd, eine Stichflamme fuhr neben dem Kessel heraus, ihr folgte eine Qualmwolke, die durchs Zimmer wogte, um dann am Antennenmast emporzusteigen und im Deckenloch zu verschwinden.
Erstaunt beobachtete der Fischer den Vorgang, dann schüttelte er angetan den Kopf: Das war schon eher ein Schauspiel! Er rückte den Kessel auf dem Herd zurecht und öffnete die untere Ofenklappe ein wenig mehr. Seine Frau hatte die Stichflamme nicht einmal wahrgenommen. Sie war in einer anderen Welt. Sie saß in einem fremden, glücklichen Land in der ersten Reihe eines noblen Saals, alles blitzsauber, und die Leute auf der Bühne bemühten sich, sie zu erfreuen.
Trotz des grellen Lichts der Peitschenleuchte sahen Tien und Grete, wenn sie nachts erwachten, stets das blaue flackernde Licht im Fischerkaten. In anderen Nächten, wenn nicht gerade wie in dieser Nacht der Sturm heulte und der Regen gegen das Fenster trommelte, hörten sie Musik von da drüben und seltsame Worte, Schreie, Schüsse und banges Schweigen. Längst nannten die beiden das Fischerhaus das Haus der Gespenster.
Aber jeden Morgen war der Spuk zu Ende. Der Fischer trat gelassen vor die Tür. Er streckte sich, zog seinen Schafwollpullover über, blickte zum Himmel und begab sich, bepackt mit allerhand Kram, hinunter zum Boot.
Der hat das gut, der hat sein zweites Zuhause auf dem Meer!, dachten Tien und Grete oft.
Sie hingegen glichen Schnecken, die an ihrem Hause festgewachsen sind. Ihr Schneckenhaus rührte sich nicht mehr. Durch die Fenster mußten sie von früh bis spät den Anblick des Gretehauses ertragen, an dessen Tür ein Schild »INSELMUSEUM« genagelt worden war. Buchstaben als Zeichen ihrer Niederlage.

Grete hatte ihre Hütte zerstört, um sie dem Zugriff des Inselchefs zu entziehen. Aber der dicke Mann hatte das Haus dennoch okkupieren lassen. Fremden Krimskrams hatte man da hineingetragen und das Dach mit Wellasbest gedeckt. Täglich waren Besuchergruppen gekommen und hatten all den Trödel begafft. Auch sie auf ihrer Bank wurden beglotzt, als wären sie ausgestopfte Museumsstücke.
Aber der Einbeinige hatte ihnen geholfen. Er stemmte auf der abgewandten Seite des Hauses einen Mauerdurchbruch, setzte die Haustür um und mauerte den vorderen Eingang zu. Gemeinsam schleppten die Weiblein die Planke und die Steine, auf denen die Planke ruhte, hinter das Haus.
Im Sommer war der neue Sitzplatz sogar angenehm. Wenn man auch nicht mehr aufs Meer, sondern nur noch auf den ansteigenden Hügel schauen konnte. Immerhin, sie hatten den neuen Plattenweg nicht vor Augen, nicht die Peitschenlampe, deren Licht die Nächte verdarb, und nicht das von den Fremden eroberte Gretehaus. Sie sahen Sand und oben Himmel und, wenn sie sich hingesetzt hatten, nicht einmal mehr den Zaun, der die ganze Senke zu einem Käfig machte. Sie meinten zu spüren, daß die seltsamen Kräfte, denen sie immer vertraut hatten, auf leisen Sohlen zurückkamen.
Immer noch blies es draußen. Tien setzte sich im Bett auf. Lichtflecken auf den Gardinen, die sich sachte bewegten. Es schien, als würden die beiden Lichter da draußen tanzen. Tien hörte das Klappern von irgendeinem Brett, das sich gelockert hatte, und sie hörte den gleichmäßigen schniefenden Atem von Grete und das Brausen, das über die Mulde fegte.
»Heute könnten die doch die verdammte Lampe abschalten. Wer will denn schon bei diesem Sturm entkommen!« sprach sie in den nächtlichen Raum.
»Wer will denn schon bei diesem Sturm entkommen«, wiederholte Grete, ohne zu erwachen.

Sonntag früh

Sturm auch am nächsten Morgen. Ein leichter Ruck ließ das Gebälk der Hütte, die dem Wasser am nächsten stand, erzittern. Verdammt, dachte der Fischer, ich muß mir die Stützen ansehen. Dat Hus, dat wird mir langsam kipplig. Er erhob sich und trat vor die Tür. Ein Windstoß fegte in die Mulde herab und erwischte ihn. Er mußte sich festhalten. Fliegender Sand stach ihn ins Gesicht. Er blinzelte. Der Wind wird drehen, dachte er. Rechtsherum, und das ist gar nicht gut. Er roch das Meer. Seetang und Fischgeruch. Er atmete tief. Endlich wurde die Insel saubergeweht. Nichts widerte ihn so an wie der laue Sonnenölgestank, der sommertags vom Badestrand herüberzog, oder gar der Essensgeruch, der sich bei ruhigem Wetter von der Großküche über die Insel legte.

Der Sturm vertrieb, was nicht hergehörte.

Der Alte blickte blinzelnd zum Boot. Das lag hoch auf dem Ufer. Gemeinsam mit dem Stelzbeinigen hatte er den Kahn hinaufgezogen. Alles in Ordnung, bis auf den Ruck im Haus vorhin. Er beugte sich hinab zu den Stützen. »Dat sieht nicht gut aus«, murmelte er vor sich hin. Bei ruhigem Wetter vergaß er häufig nachzuschauen, obwohl auch bei leichtem Nordost der feine Sand beinahe unmerklich, aber unentwegt von seiner Hütte hinauf zum Heizerhaus wanderte. Es sah wirklich nicht gut aus. Wenn es ernst werden sollte, würden die meisten Stützen einfach an der Wand emporrutschen, ohne die Hütte im Lot zu halten.

Nachdenklich betrachtete er die unterhöhlte, der See zugewandte Seite seines Hauses, dann ging er zurück in die Stube, kramte die Kiste mit den rostigen Nägeln hervor, zählte zehn Achtzöller ab und griff zum Hammer. Seine Frau hatte ihn kaum beachtet, als er sich aber mit dem Hammer in der Hand aufrichtete, blickte sie mißtrauisch in seine ferne Wirklichkeit. Er machte ein begütigendes Zeichen. »Ich muß die Stützhölzer unter dem Haus festpinnen«, sagte er viel zu laut, »der Wind wird drehen.«

So schlecht und recht keilte er die Stützen unter die untersten Fachwerkbalken und nagelte sie dann mit den groben Nägeln fest. Weit war es nicht her mit seinen Zimmermannskünsten.

So was konnte der Heizer weitaus besser, aber bei dem war noch kein Leben in der Bude. Kein Rauch. Es war Sonntag.

Der Fischer blickte wieder aufs Wasser. Die Strömung gefiel ihm nicht. Die Brandung kippte zwar aufs Ufer, aber der weiße Schaum des wirbelnden Wassers wurde mit großer Geschwindigkeit parallel zum Ufer davongetragen. Es schien so, als bewege sich die ganze Insel mit beängstigender Geschwindigkeit in entgegengesetzter Richtung durchs Meer. Es war, als hätte sie sich mit all ihren Häusern, Hütten, Bäumen, Hügeln, Tieren und Menschen vom Grund gerissen und triebe nun davon Richtung West. Dat is nur Einbildung, sagte er sich, in Wirklichkeit geht die Reise nach Osten, und das ist die riesengroße Scheiße.
Er sah, daß das Wasser unter dem Schaum ockerfarben war vom Sand, den es davontrug. Dat Meer holt sich, was es will, dachte er, und wenn dat anners will as ich, dann helfen keine Stützen nicht.
Er ging ums Haus und sah, daß nun beim Heizer Rauch aus dem Schornstein quoll. Er legte den Hammer und restliche Nägel auf die Schwelle und ging den sanften Hang hinauf zu seinem Kumpel, dem einzigen, den er noch hatte.
Lüder und der Schuster schwankten derweil im Neudorf vom Sturm gerüttelt die Straße hinunter.
»Wat ein Wind!« rief der Schuster, »dat is ja fast, als wären wir jetzt schon dun!«
Noch nichts los in der Kneipe, und die Begegnung draußen war auch nicht gerade das. Immerhin kam Lütt Otto nach einer Weile herein, klopfte auf die Tischplatte, ließ sich auf den Stuhl fallen und schüttelte verwundert den Kopf: »Meine Alte wollt' mich nicht weglassen. Zu guter Letzt mußte ich noch die Wäscheleine abtütern. Hat man jemals davon gehört, daß ein Sturm 'ne Wäscheleine davonträgt?«
Die Augen vom Schuster hatten bereits ein wenig Glanz bekommen. »Der Vater schlägt die Pfähle ein, die Mutter spannt die Leine, die Schwester hängt die Wäsche auf, und drinnen sitzt der Kleine.« Das Verslein illustrierte der Schuster mit einer obszönen Zeichnung, die er mit bierfeuchtem Zeigefinger auf den hölzernen Tisch malte.
Lütt Otto verzog verächtlich den Mund. So etwas hatten sie als Schüler der ersten Klasse hinter dem Rücken des Vordermannes gezeichnet. »Dir geht das gut heute, was! Ist deine Alte krank?« sagte er.
»Die hat Beratung.«

»Über andere Leute reden, was!«
Der Wirt strich den Schaum von den Gläsern, füllte nach und brachte das Bier an den Tisch. Lüder wartete, bis der Wirt wieder im Hinterzimmer verschwunden war, dann sagte er dumpf: »Reden? Hier redet doch keiner mehr.«
Er kam nicht darüber weg, daß Mungo, den er für seinen Freund gehalten hatte, kein Sterbenswörtchen hatte verlauten lassen. Heimlich, still und leise weg. Sogar Laken hatte der Mann als Sichtblende aufgehängt, als wären die Nachbarn schon allesamt zu Verrätern geworden.
»Wir reden doch«, rief demonstrativ Lütt Otto und blickte dabei zur offenen Tür der Kneiperwohnung, »heute ist Sonntag und draußen ist Sturm. Oder hab' ich schon zu viel gesagt!« Die drei grinsten. Das Grinsen hielt nicht lange.
»Kein Sterbenswörtchen hat er gesagt!« Lüder war nicht gut drauf.
»Sei froh, daß er nichts gesagt hat, sonst wärst du jetzt nämlich dran!« beendete Lütt Otto das Thema.
Man hörte, daß sich draußen vor der Tür Männer die Füße abklopften. Polternd kamen die Kumpels herein und brachten etwas vom Atem des Sturms in den dumpfen Kneipenraum. »Verdammt großes Wasser! Junge, Junge, wenn der Wind dreht, ist hier was los!« Diese Erkenntnis machte ihnen offensichtlich Freude.
»Der Dicke hat Katastrophenalarm bekommen und spielt in seinem Turm verrückt.«
Die pichelnde Runde war ganz auf der Seite der Naturgewalten. Der Vormittag hatte sein Thema. Nach einer Weile schaltete der Wirt das Radio ein. Wetterbericht. Die Nachricht, daß der Wind rechtsdrehend sei, machte die Debatte noch heftiger.
»Der weiß, wie er zufassen muß«, krähte der Schuster, um sich Gehör zu verschaffen, »erst holt er sich das Wasser aus der Nordsee und dann nix wie druff auf unsere Küste!«

Malen

Unsmoler ließ den Sonntag Sonntag sein. Er liebte das herausfordernde Tosen des Sturmes draußen. Es schien Kräfte in ihm zu wecken, die er versuchte auf seine Malfläche zu lenken. Er arbeitete am großen Kindergarten-Drachenbild.
Vor Tagen hatte er den nach der Vorlage bei den Auftraggebern korrigierten Karton auf dem Fußboden ausgebreitet. Er hatte Pergamentpapier darübergerollt und mit dem Pinsel die Konturen nachgezeichnet. Auf der Rückseite des Pergamentpapiers schwärzte er die durchscheinenden Linien mit Zeichenkohle ein. Dann heftete er die Pause an die grundierte Leinwand. Er brauchte mit einem Pinselstiel nur noch die Konturen durchzudrücken, und die Zeichnung war detailgetreu auf die neue Fläche übertragen.
Es war spannend gewesen, die Pergamentpause von der Leinwand zu heben. Schwarz und eindeutig standen die Konturen auf dem makellosen Weiß. Nichts erinnerte an die Mühsal der Arbeit.
Er drehte das Bild auf den Kopf und zeichnete nun, von den gepausten Linien unterstützt, alle Dinge verkehrt herum mit schwarzgrüner Gouachefarbe, grad so, als wäre das Ganze ein abstraktes Bild.
Ordnung. Klang. Sturm. Die Ginsterbüsche vor dem Fenster wogten.
Unsmoler schüttete Terpentin, Leinöl und Dammarharz in ein Weckglas zusammen, quetschte eine Tube Ocker hinein, rührte um und überzog die ganze Bildfläche mit dieser dünnen durchscheinenden Lasur. Schritt für Schritt. Lang genug war er sich über alle Aspekte klargeworden, unzählige Skizzen und Farbentwürfe hatte er gemacht. Nun konnte er das Bild wieder umdrehen und mit ungehemmter Vehemenz malen.
Gut, daß die schöne Blonde nicht kam. Jeder Besucher hätte ihn gestört. Er arbeitete bis spät in die Nacht.
Am nächsten Morgen wütete der Sturm immer noch. Er blickte auf das Bild. Das Bild war wie aus einem Guß.
Sachte! warnte er sich. Er dachte daran, wie er sich vor Jahren monatelang mit seinem Prometheusbild gequält hatte. Geh hinaus! Er schlüpfte in die Gummistiefel, zog sich die Wattejacke an, klemmte sich sein Skizzenbuch unter den Arm und ging ins Freie.

Der Hund kam wedelnd aus dem Schuppen. Gegenan! Unsmoler hätte jubeln können.
Keiner Menschenseele begegnete er auf seinem Weg zum Meer.
Mit zusammengekniffenen Augen blickte er hinab auf das tosende Wasser. Hinabsteigen schien unmöglich. Das Meer schäumte an die Küste. Es gurgelte um die Stangen der Tonsäulen und um die Stelzbeine des Rettungsturms. Baumstämme mit wirrem, zerbrochenem Geäst und weißgeschundenen Wurzeln wummerten an den Fuß der verbogenen Eisentreppe, die im Rhythmus der Wellen erzitterte. Unsmoler zog die Mütze tiefer ins Gesicht. Er mußte sie festhalten. Er stemmte sich gegen den Sturm und ließ sich von der Seite treffen, um weniger Angriffsfläche zu bieten. So bewegte er sich Richtung Fischerstrand.
Vom Bohlenabstieg, der aus alten Eisenbahnschwellen gebaut worden war, waren nur noch die drei obersten Stufen intakt. Alle anderen Stufen lagen kreuz und quer am Steilhang, der ins Rutschen gekommen war. Einige Hölzer trieben bereits im wirbelnden Wasser die Küste entlang.
Unsmoler blickte hinunter. Aber noch schien es zu früh, nach Treibgut Ausschau zu halten.
Ein paar Bretter oder Balken könnte ich schon gebrauchen, dachte er. Morgen in aller Frühe vielleicht. Wenn der Sturm nachläßt, wird das Meer auf dem Strand zurücklassen, was es herzugeben bereit ist.

Bernstein

Nachts war Unsmoler hin und wieder aufgewacht. Der Sturm hatte offenbar nachgelassen. Aber immer noch jagten die Wolken über den Himmel. Hin und wieder zeigte sich ein strahlender Mond. Für Momente Helligkeit im Atelier. Das Drachenbild hielt sich. Unsmoler schlief stets sofort wieder ein, stand aber in aller Frühe auf. Welchen Anblick würde die Küste bieten?
Sein Zeichenbrett trug er im Seesack. Eilig schritt er über den gefrorenen Boden zum Ufer. Der Hund begleitete ihn. Schräg stand der Rettungsschwimmerturm, aus dem Lot auch die albernen

Strandfunkmasten. Die Leitungen herabgerissen. Äste von Bäumen, die von irgendwoher herangetrieben waren, hatten sich verhakt. Von schwarzen Kabeln gefesselt, lagen sie auf dem Strand. Die Eisentreppe hatte sich gehalten. Aber frei schwebte ihr unteres Ende in der Luft. Seetang und Fäden schwarzer Wurzeln hatten sich um die unteren Stufen geschlungen. Durch seine Schritte geriet die Treppe in schwingende Bewegung, als wollte sie sich doch noch aus ihrem Halt im Ufer reißen. Sandbrocken kullerten den gefrorenen Hang hinab und rollten auf den Strand.
Hier würde in den nächsten Tagen einiges ins Rutschen kommen. Aber erst einmal rutschte Unsmoler die letzten Meter abwärts.
Ein breites Band aus Tang und Seegras parallel zum Wasser. Früher harkte man Seegras zusammen und stopfte damit die Matratzen und die Sessel, oder man fuhr es als Dung auf die Äcker. Es gab damals kaum etwas, das nicht sinnvoll zu verwerten gewesen wäre. Der Hund sprang voraus. Er würde irgendeinen Kadaver finden und sich darin wälzen. Unsmoler ging rascher. Voraus im Sonnenlicht lag glänzend ein Stück Bernstein. Er bückte sich. Es war ein Stück, so groß, wie er es noch nie gefunden hatte. Er scharrte hastig im Seegras und fand noch mehrere Brocken. Er wurde blind gegen alles, was nicht Bernstein war. Gebückt, mit gierigen Augen suchte und sammelte er, bis er auf geborstene Betonbrocken der Geschützstellung stieß, die während des Sturms hinabgestürzt waren. Er hatte keinen Blick für die Dramatik der Trümmer. Er kehrte um und suchte beinahe im Laufschritt das Terrain ab, das er bereits inspiziert hatte. In der Ferne sah er Leute. Er beeilte sich noch mehr, blieb dann aber plötzlich stehen. Junge, dreh nicht durch! sagte er sich. Langsam ging er weiter.
Bei der Eisentreppe begegneten ihm Dörfler, die gesehen hatten, wonach er sich bückte.
»Du hast dir ja gleich einen Sack mitgenommen! Früher haben wir das Zeug in Westberlin verkauft!«
Unsmoler zog sein Zeichenbrett mit dem aufgezweckten Papier aus dem Sack und lachte.
»Wenn du die schiefen Mausepißdinger abmalerst, denken alle, du kannst keinen geraden Strich mehr ziehen!« Sie betrachteten mit Wohlgefallen die schrägen Masten der Tonsäulen. Unsmoler ließ das Zeichenbrett zurück in seinen Seesack rutschen und holte statt dessen einen großen Bernstein hervor.

»Schönes Stück!« Nun griff ein jeder in die Hosentasche. Man zeigte sich die Beute. Sie waren aus der anderen Richtung gekommen. Unsmoler ging diesen Weg am Strand entlang zurück. Direkt auf dem Spülsaum fand er noch einige Stücke, die eben erst angetrieben worden waren. Hinter der Biegung, dort wo Mungo sein Boot ins Wasser gebracht hatte, hatten Sturm und Strömung das Ufer weniger heftig attackiert. Unsmoler sah noch die Schleifspuren vom Bootskiel. Ohne Rollen das Ufer hinab. Mungo hatte sich beeilen müssen. Unsmoler kletterte die paar Meter hinauf und begab sich nach Hause.
Immer wieder mußte er seine Schätze betrachten. Es ging nicht nur ihm so. Viele schien der Bernsteinrausch zu packen. Die Soldaten gingen mit gesenktem Blick am Meer entlang ihre Streife. Sogar Sekretärinnen des Objekts begaben sich nach Dienstschluß an den Strand. Die spät dran waren, mußten sich mit winzigen Splitterchen begnügen. Eine sanfte Dünung klatschte auf den Strand. Hier und dort rollte sie doch noch gute Stücke ans Ufer, so daß sogar noch in den späten Abendstunden manch ein glücklicher Finder, von weniger Erfolgreichen umringt, seine Beute stolz präsentierte.
Am nächsten Morgen hielt der Trecker oben auf dem Ufer neben der Eisentreppe. Ein paar fröhliche Männer sprangen ab. Der Hausmeister vom Objekt war mit von der Partie. Sie hoben Feuerwehrschläuche vom Hänger und stiegen, nachdem sie die Treppe gesperrt hatten, mit Schläuchen, Schippen und Keschern die Eisenstufen hinab. Alles legal.
Erst als sie den Pumpenmotor anwarfen und ein Saugrohr ins Meer legten, wurde es fragwürdiger. Wasser schoß in breitem Strahl hervor. Ein Rohr bohrte sich dicht an der Düne in den oberflächlich gefrorenen Strand. Ein Rinnsal strömte zurück. Die Dörfler suchten zielgerichtet. Sie kannten sich aus. Wasser spülte um ihre Gummistiefel. Die Bernsteinader lag nicht allzu tief. Das Meer hatte Sand beiseite geräumt. Günstige Konstellation.
Sie spülten Loch neben Loch und lösten beim Spülen einander ab.
»Holt die Keschers und die Schippen. Wir sind drauf!«
Der vom Wasser aufgespülte Sand, der neben dem Rohr nach oben quoll, färbte sich dunkel. Das war die bläuliche Farbe, in der der Bernstein ist. Die Männer machten keine einzige hastige Bewe-

gung, grad so, als würde Gier andere gierige Leute locken. Zwei Mann schippten eine Vertiefung, in die sie das strömende Wasser leiteten, bevor es zurück ins Meer floß. Nun hatten auch sie Säcke. Einer hielt seinen Kescher in den Zulauf. Die anderen kescherten im See. Hin und wieder griffen sie wie Taschenspieler in die Netzbeutel und schoben in den dunklen Sack, was sie ergriffen hatten. Fremde waren hinzugetreten. Großmütig gestatteten sie denen, weiter unten auf dem Strand im Bächlein zu fischen. Mit der Leine, mit der sie die Pumpe hatten das Ufer hinabrutschen lassen, sperrten sie ihr Terrain ab.

Lüder tuckerte dreimal ins Dorf, um Benzin für die Pumpe, Speck, Schnaps und Brot für die Männer zu holen. Wahrscheinlich schaffte er vor allem die Beute weg. Man konnte nicht wissen, ob nicht plötzlich irgend jemand aus dem weißen Haus kommen würde, um zu beschlagnahmen, was er vorfand.

Jedesmal fand Lüder seine Kumpels betrunkener vor. Aber die Pumpe lief und lief. Die hatte noch Mungo, der Fachmann, überholt.

»Der konnte was! Wenn der gewußt hätte, daß wir auf einer Goldader sitzen, wär' der geblieben! Aber ne, der wollt' das alles dem Russen überlassen, als wenn der sich nicht schon genug von uns geholt hat!«

Lüder mißfielen die Reden. »Beute machen und Maul halten«, sagte er leise.

Sie ließen sich von Lüder nichts sagen. Sie waren laut und hielten fachmännische Redensarten feil, als wären sie immer schon Bernsteinförderer gewesen. Aber das Unauffällig-die-Beute-in-Säcken-Verschwindenlassen perfektionierten sie. Sie arbeiteten in die Dunkelheit hinein. Arbeiten konnten sie, wenn es drauf ankam.

Dann aber kamen die Grenzer. Sie beleuchteten die Szenerie hier und dort mit ihren Taschenlampen, dann zogen sie weiter.

»Die werden telefonieren!«

»Feierabend. Morgen ist auch noch ein Tag!« Die Männer suchten tastend ihre Gerätschaften zusammen und enterten, blöde Redensarten in den stillen Abend lallend, die schwankende Eisentreppe hoch.

Am nächsten Morgen war das Steilufer abgerutscht und hatte die Bernsteinader tief unter Sandmassen begraben. Das mit der

Schatzsuche hatte sich ohnehin erledigt. Jegliches Spülen und Graben nahe dem Steilufer war sinnvollerweise untersagt worden. Jobst machte mit dieser Anweisung seine Runde.
»Anweisung von oben!«
»Das hätte nun einer wissen sollen!« Die Männer gaben sich erstaunt.

Der Preis

Unsmoler war überrascht. Man hatte ihm in der Hauptstadt einen Grafik-Preis zuerkannt. Farbgrafik, gedruckte Schablonen, Figuren am Meer. Er wurde zur Preisverleihung eingeladen.
Er telefonierte mit der Auftragskommission. »Kann ich mein Bild vorstellen? Ich muß in vierzehn Tagen ohnehin aufs Festland. Es wäre schön, wenn ich beides verbinden könnte.« Er erwähnte den Preis. Das würde denen die Annahme des Bildes erleichtern.
Die Blonde sah am nächsten Tag den Brief auf dem Tisch liegen.
»Lies mal«, sagte er.
»Du kommst in Fahrt«, sagte sie, »nun kannst du dir eine Lederjacke leisten!«
Zwei Wochen später marschierte Unsmoler mit einer riesigen Rolle hinab zum Hafen. Er hatte das Wandbild um die Leisten des Keilrahmens gewickelt und trug es wie eine übergroße Flinte auf der Schulter.
Der Chef beobachtete ihn durch das Zielfernrohr seines doppelläufigen reich ziselierten Jagdgewehres. Daß Unsmoler da vor dem Fadenkreuz herumtanzte, war reiner Zufall. Der Inselchef hatte am Vortag sein neues Spielzeug bekommen: endlich das Jagdgewehr. Hier oben in der Aussichtsetage war er ungestört. Er blickte nicht wie üblich durchs Fernrohr auf sein Reich. Er blickte durch das Zielgerät einer Präzisionswaffe. Er war glücklich. Bäume, Häuser, Tiere tanzten vor seiner Flinte. Zielübungen. Der Finger am Abzug. Die Waffe war nicht geladen. Die Entfernung ohnehin zu groß.
Auch der Mitarbeiter hatte eine Jagdwaffe erhalten. Dem Inselchef war das recht, zumal er nicht vorhatte, ohne Begleitung auf

nächtliche Pirsch zu gehen. Beide bildeten sie ein sozialistisches Jagdkollektiv. Das hatte die Lieferung der Waffen, die ein wichtiger Exportartikel waren, beschleunigt. Der Kurzlehrgang war bereits erfolgreich absolviert.

Enten und Wildgänse würde man bejagen. Die drei Sauen, die sich nicht hatten einfangen lassen, zu erlegen, war sogar Pflicht. Der Genosse Vorsitzende hatte einen zweiten Hochsitz in der Nähe der Sanddornbüsche errichten lassen. Zweimal wöchentlich fuhr das grüne Auto Abfälle aus der Objektküche in einem Kübel zur Köderstelle.

Unsmoler ahnte nicht, daß er zwischen den Balken eines Zielfernrohrs tanzte. Er dachte an den Preis. War das seine Rückkehr in die Stadt?

Wie würden sich seine Grafiken neben den Arbeiten anderer Künstler halten?

Auf dem Weg zu Hans-Werner, dem Katzenaufbewahrer der flüchtigen Freunde, kam er an einem Textilgeschäft vorbei. Kurzentschlossen kaufte er ein Manchesterjackett. »Gerade eingetroffen!« sagte stolz die Verkäuferin.

Am nächsten Tag ergab sich bei der Vorlage des großen Bildes ein Problem. Leinwand schien den Kindergärtnerinnen nicht strapazierfähig genug.

»Ich ziehe Ihnen die Leinwand auf Preßspanplatten auf«, schlug Unsmoler vor. Das war die Lösung. Unsmoler kaufte für die Klebeaktion Knochenleim, Schlemmkreide, eine Kleiderbürste, einen Tauchsieder, einen groben Pinsel, einen Topf und einen Emailleeimer. Im Eimer, den er für das Wasserbad zum Erwärmen des Knochenleims am nächsten Tag brauchen würde, konnte er das Arbeitsmaterial bequem durch die Stadt tragen. Seltsames Gepäck bei seiner Wanderung durch Museen. Gegen Abend, als er zu Adamski ging, blickte er sich hin und wieder um. Immer wieder flackerte sein Mißtrauen auf.

Vor Adamskis Haus stand ein einsamer Herr und rauchte. Als Unsmoler hineinging, hob der Mann die Hand mit der Zigarette in die Höhe und sprach leise in seinen Ärmel.

Unsmoler stieg die Treppe hinauf und klingelte.

»Willst du Plakate kleben?« flüsterte Adamski überrascht. »Setz dich einen Moment, ich habe noch ein wenig zu tun.«

Adamski suchte auf den Tasten seines Flügels eine Melodie zu

einem Text. Notenblätter lagen auf dem schwarzen Deckel des Instruments. Immer wieder machte Adamski Notizen. Winzige Punkte auf und zwischen den Zeilen. »Der Text hat Schwächen«, sagte er fröhlich, »aber die Schwächen zwingen mich, ein großes Lied zu machen. Wenn der Text vollkommen wäre … hätte er die Musik nicht mehr nötig.«
Akkorde … eine kleine Melodie, die die Worte verwandelte.
Das Telefon. Adamski stand auf und ging nach nebenan. Die Tür ließ er offen. Dunkle Worte nebenan. Er kam zurück, setzte sich an den Flügel.
»Wo waren wir stehengeblieben?« Eine Frage, die ihn sofort wieder ins Lied führte, als hätte es das Telefonat nie gegeben. Töne und Worte. »Du hast einen Preis bekommen?« fragte er plötzlich. Fast schämte sich Unsmoler. Jeder Erfolg machte in diesen Zeiten verdächtig.
»Mann, das ist gut. An uns soll man nicht mehr vorbeischauen können!« Wieder überraschende Akkorde. Dann erhob er sich und wandte sich Unsmoler zu. »Gehen wir was essen!« Adamski zwinkerte ihm zu. Gespräche besser in der Küche.
Unsmoler scheute sich, von der Blonden zu reden.
Er legte ein Stück Bernstein auf den Tisch, und sie sprachen von der Insel. Er erzählte vom Nebel, den Pflöcklern, den Bildern und von Seemann Mungos Flucht. Und wieder waren sie bei gewohnten Themen. Sie redeten, worüber nicht gesprochen werden durfte.
Adamski berichtete von den Verhältnissen in der »großen friedliebenden Sowjetunion«. Dort habe die Geheimpolizei in jedem Kaff ein Soll gehabt … so und so viele Verhaftungen monatlich … so und so viele Liquidierungen. Es kam zu guter Letzt nicht mehr darauf an, wen man einfing. Hauptsache, die Zahl stimmte. Gestanden haben sie alle. Wenn man sich überhaupt die Zeit nahm, die einzelnen zu befragen.
Anders hätten sie es niemals geschafft, 50 Millionen umzubringen. Adamski lachte.
Die Welt auf dem Nullpunkt. Der Blick zurück wäre leichter zu ertragen, wenn man glauben dürfte, daß Hitler in einer heilen Welt eine schreckliche Ausnahme gewesen wäre …
Adamski der unermüdliche Aufklärer.
Beim Abschied drückte er Unsmoler zwei kleine Büchlein, beide im Westen erschienen, in die Hand: aufmüpfige Lieder von ihm

selbst und ein kleines Handbuch des Guerillakampfes. »Das ist für die ›Außenstelle Insel‹!« flüsterte er verschwörerisch. »Wenn sie das bei dir finden, wanderst du ab in den Knast!« fügte er stolz hinzu.

Unsmoler schob die Geschenke unter sein Oberhemd und knöpfte sein neues Jackett zu. Die Bücher brannten auf seiner Haut.

Der Raucher stand jetzt auf der gegenüberliegenden Straßenseite.

Mit seinem Emailleeimer stieg Unsmoler in die Straßenbahn. Als er bei seinem Kumpel, dem stotternden Katzenverwahrer, klingelte, öffnete der mit strahlendem Gesicht. »Rate mal, wer auf dich wartet!«

Unsmoler erschrak. Er versuchte, seinem Gastgeber ein Zeichen zu machen, der aber hatte sich schon umgedreht. Da saß sie, schön, blond und fremd. Rotwein auf dem Tisch. Verdammt, Unsmoler freute sich, sie zu sehen!

»Nun, wie lief es?« fragte sie.

»Es ging, nur muß ich die Leinwand morgen auf eine große Platte kleben …«

Er hob den Eimer mit dem Arbeitsmaterial zur Erklärung in die Höhe und spürte dabei Adamskis Bücher unter seinem Hemd.

»Ich trage den Eimer nur mal rasch nach nebenan.«

Sie erhob sich.

»Und wasche mir die Pfoten, so sagt man doch«, er grinste.

Sie setzte sich wieder.

Odin sein Hund

Unsmoler war froh, wieder auf der Insel zu sein. Er ging die Betonstraße hinauf. In der Dorfstraße pfiff er seinem Hund. Der Hund kam nicht. Aber seine Hühner und Gänse machten, als er hinter dem Haus rief, einen Höllenspektakel. Zwei Tage zuviel, die er unterwegs gewesen war. Die Näpfe leer. Er fütterte. Tumult und Flügelschlagen.

Er heizte, brühte sich Tee, betrachtete seine Nebelbilder und wartete. Nachts lauschte er immer wieder. Kein Winseln vor der Tür, kein Bellen. Zweimal stand er auf und pfiff in die Finsternis.

Am nächsten Morgen machte er sich auf die Suche. Als er unverrichteter Dinge heimkehrte, kam Elfriede gerade die Betonstraße herauf. Sie sah ihn mit Leidensmiene an.
»Hast du Odin sein Wolf gesehen?« fragte er besorgt.
»Du meinst deinen Köter?« Sie war stets direkt. »Frag die da«, sie zeigte mit dem Daumen rückwärts zum Chefobjekt. »Hier läuft doch jetzt alles mögliche mit Flinten rum ... aber ich habe nichts gesagt. Neulich nacht hat es geknallt. Aber ich habe nichts gehört.«
Der Inselchef und der Mitarbeiter saßen sich gerade gegenüber. Morgendliche Lagebesprechung. Kaum Probleme. Winterruhe mehr oder weniger. Gäste nur noch im Komplex »Sommerglück«. Nach Weihnachten würde auch dort für vier Wochen Ruhe sein. Pause für Renovierungen. Immerhin über Flinten und die Wildschweinjagd konnte man reden. Spätestens Neujahr müssen wir die Sauen erlegt haben, das war beschlossene Sache. Gut füttern bis dahin. Schwein am Spieß zum Jahresbeginn.
»Das mit dem Hund hätten wir uns sparen können«, sagte der Chef, »der Maler wird sauer sein.«
»Er hat seine Aufsichtspflicht vernachlässigt. Soll er ruhig mitbekommen, daß wir nicht spaßen!«
»Ausgerechnet jetzt, wo er einen Preis bekommen hat! Ich bin an einer guten Zusammenarbeit mit unseren Kulturschaffenden interessiert.«
»Er wird zusammenarbeiten.«
»Ich hatte vor, ihn zur offiziellen Weihnachtsfeier einzuladen.«
»Er wird kommen, unsere Mitarbeiterin hat ihn im Griff. Wenn wir wollen, überzeugen wir jeden, und für die allzu Übermütigen lassen wir uns auch was einfallen. Das mit dem Hund war eine dumme Verwechslung. Im übrigen, wer sagt denn, daß der Hund erschossen wurde? Wir werden das Gerücht lancieren, daß ein Inselbesucher den herrenlosen Hund aufs Festland mitgenommen hat.«
Unsmoler aber ahnte die Wahrheit.
Der Schuß war offenbar nicht in der Nähe des Dorfes gefallen, sondern wahrscheinlich dort, wo die Sauen gefüttert wurden. Daß der Hund gleichfalls von den Küchenresten angelockt worden war, war möglich.
Unsmoler brauchte nicht lange zu suchen. Er ging zum Buschwerk

in der Nähe vom Hochsitz und machte zwei Schritte ins Gebüsch hinein. Dort war frisch gebuddelt worden. Nach einem Spatenstich schon stieß er auf das Fell seines Hundes.
Er grub das Tier aus, lud es sich auf die Schultern und wanderte zum Pferdehügel, um dort ein zweites Grab zu schaufeln. Er traf niemanden, er sah niemanden, und doch würden bald alle wissen, was er hier gerade tat.

Eine offizielle Weihnachtsfeier

Dort, wo der Hund in der Ofennähe seinen Platz gehabt hatte, standen jetzt die Kohleeimer. Die Dinge rückten nach. Manchmal dachte Unsmoler an Delphine und das Bübchen ... Wir würden wieder scheitern, sagte er sich.
Die Blonde kam mit einer großen Papiertüte unter dem Arm. »Ich hab' dir eine Lederjacke besorgt.«
Er probierte die Jacke über dem Pullover an, sie paßte und sie gefiel ihm. »Die nehme ich! Morgen kriegst du dein Geld. Ich muß erst was abheben.«
Er hätte auch unter dem Balken im Bodenraum nachsehen können. Aber sie brauchte manches nicht zu wissen.
»Und was hast du noch so in unserer Hauptstadt getrieben?«
»Das Bild auf die große Preßspantafel geklebt. Deshalb bin ich zwei Tage länger geblieben. Die Kindergärtnerinnen wollten das Gemälde schußsicher.«
Ein kurzer Blick von ihr. Wenn sie mich tatsächlich beobachten soll, werden sie längst wissen, daß ich bei Adamski war. Wenn ich ihr das verschweige, dann wird sie wissen, daß ich Verdacht geschöpft habe. Er beschloß, ein wenig zu erzählen.
»Vor Kummer bin ich dann zu Adamski gegangen.«
Sie schien ihm für diese Mitteilung dankbar zu sein. Sie küßte ihn. »Ach, ich muß dir ja noch eine Einladung übergeben!« Sie ging auf den Flur und holte aus ihrem Mantel einen Briefumschlag.
»Was, es ist bald Weihnachten?«
»Wir haben den fünfzehnten.«

»Ich mag keine offiziellen Weihnachtsfeiern. Sentimentalitäten mit Lichterglanz und Knabberzeug!«
»Bitte, komm, ich bin doch auch dabei. Alles Leute, die irgend etwas mit Kultur zu tun haben. Der Dicke lädt ein. Bei einem Glas Wein läßt sich über manches reden. Auch über Probleme.«
»Auch über Schießübungen?«
Sie schwieg. Sie mußte ihn mitbringen.
»Zeig deinen guten Willen. Irgendwie bist du auf die da angewiesen. Wenn sie dir wirklich übelwollen, können sie dir sonstwas anhängen.«
Er blickte sie eiskalt an. Sie erschrak.
»Ich soll aus Angst zur Weihnachtsfeier gehen? Hältst du mich für so dürftig?« fragte er.
Sie schüttelte heftig den Kopf und umarmte ihn. »Nein, nur weil ich dich bitte!« flüsterte sie.
Er ging also. Er hatte sich vorbereitet. Weil er ahnte, daß reichlich Schnaps die Runde machen würde, hatte er einen Schluck Mohnöl getrunken. Er hatte sich die Schuhe geputzt, sein Jackett angezogen und die Lederjacke darüber. Draußen war es kalt und windig. Ein seltsamer Weg dorthin.
Die Blonde mußte die Straße beobachtet haben. Sie erwartete ihn am Eingang mit einem aufrichtigen Lächeln. Er war wirklich gekommen!
Gemeinsam gingen sie in das Jagdzimmer. Das Bild des Herrn Akkurat war von einer ausgesucht schönen Tanne fast vollständig verdeckt. Einige Personen saßen bereits an der Tafel. Er war froh, daß die Blonde bei ihm war. Sie strahlte. Sie führte den Tanzbären vor und setzte sich neben ihn. Wenig später kam der Inselchef in den Raum. Wie üblich mit Gefolge. Er war glänzender Laune. Das war die letzte Aufgabe dieses Jahres: die letzte der Weihnachtsfeiern. Eine hatte er mit den Grenzern veranstalten müssen, eine mit den Veteranen, eine mit der Belegschaft, eine mit der Partei, eine … Er hatte nicht mitgezählt. Immer hatte er Lobreden halten müssen, immer Prämien verteilen, immer Kuchen essen und Kaffeetrinken und vor allem, immer hatte er fröhlich sein und saufen müssen. Selbst die Reinigungskräfte hätten es sehr übelgenommen, wenn er nicht mitgetrunken hätte.
»Ich hörte von einigen Erfolgen«, wandte er sich an Unsmoler, »ich freue mich, daß wir uns in Ihnen nicht getäuscht haben!«

Ehe Unsmoler etwas sagen konnte, mischte sie sich ein. »Unser Maler wird in der Hauptstadt von einer Reihe interessanter Künstler geschätzt. Wir sollten ihn in jeder Weise unterstützen, wenn wir ihn hier auf der Insel halten wollen! Im übrigen läuft gerade eine vom Künstlerverband initiierte Kampagne ›Künstler aufs Land, Künstler in die Betriebe!‹.«
Sie schien in ihrem Element. Sie spielte. Als sie ihren Satz beendet hatte, drückte sie ihren Schenkel an den seinen. Was soviel hieß wie: habe ich das nicht toll gemacht. Wir beide gegen die! Er sah sie an. Ihr Gesicht schien nichts von der Berührung zu wissen.
Du gibst dir ein bißchen viel Mühe, schöne Frau, dachte der Mitarbeiter, das geht, so wie ich das einschätze, weit über das Weisungsgemäße hinaus. Wir müssen aufpassen, daß sich die Sache nicht umdreht und er dich einfängt, Genossin.
»Woran arbeiten Sie zur Zeit?« fragte der Mitarbeiter und beobachtete die Reaktion des Malers.
»Dazu will ich mich im Moment nicht äußern!« antwortete Unsmoler.
Der Mitarbeiter lächelte schief.
»Denn mit vollem Mund spricht man nicht!« fuhr Unsmoler fort.
Alle lachten, der Mitarbeiter lachte nicht.
Unsmoler schluckte den Bissen hinunter und drückte seine Kuchengabel in das Tortenstück. »Woran ich im Moment arbeite? Zur Zeit arbeite ich an einem ausgezeichneten Stück Torte aus unserer volkseignen Produktion.« Er mußte versuchen, seine Zukunft in die Narrenfreiheit zu retten. Irgendwie schien das auch dem zu entsprechen, was man sich an diesem Nachmittag von ihm wünschte. Nur nicht schon wieder Probleme!
Den Mitarbeiter aber hatten die Antworten gereizt. »War da nicht eine Eingabe?« fragte er.
Der Inselchef wies ihn mit einem Blick zurecht und wandte sich verbindlich lächelnd an Unsmoler. »Probleme sind dazu da, daß man sie löst«, sagte er, »und das werden wir gemeinsam! Es geht nicht darum, daß man den Besucherstrom eindämmt, sondern darum, für alle, ich betone für alle, also auch für die Ortsansässigen, optimale Bedingungen zu schaffen. Im übrigen haben uns Ihre beiden Kollegen ein in herzlichen Worten gehaltenes Schreiben zum Jahreswechsel geschickt. Ich nehme an, Sie werden sich

auch diesem Schreiben anschließen können. Was haben Sie für künstlerische Pläne, Kollege Kunstschaffender?«
»Er wird sich demnächst an einer wichtigen Ausstellung der Akademie der Künste beteiligen. ›Junge Kunst im Aufbruch‹«, sagte die Blonde rasch, denn sie spürte, daß Unsmoler etwas sagen wollte, was die Stimmung der Weihnachtsfeier würde kippen lassen. Sie wandte sich süß bittend zu ihm: »Bekomme ich eine Einladung?« sagte sie lächelnd.
Der Mitarbeiter ärgerte sich. Er hatte diese Genossin auf die Insel geholt, aber sie machte offenbar vergnüglich Karriere. Die Auslandsabteilung in Berlin hatte sie seit kurzem übernommen.
»Ich weiß noch nicht, wann die Eröffnung ist«, wich Unsmoler aus.
Der Mitarbeiter lächelte wieder. Er wußte, das entsprach nicht der Wahrheit. Er hatte den Brief mit den Terminen in der Hand gehabt. Was geben wir uns soviel Mühe mit Hinz und Kunz? fragte er sich. Unser Ministerium sollte grundsätzlich alle Positionen in der Kultur besetzen ... auch den Underground, ja vor allem den, sollten wir stellen. Das wäre zweifellos sinnvoller, als sich mit Kantonisten, wie dieser einer ist, herumzuplagen.
Man ging zum Wodka über.
Der Inselchef begann nach russischer Art mit einem Trinkspruch. Trinkspruch auf Trinkspruch. Alles nur Gerede.
Man wurde langsam betrunken.
Witze wurden erzählt. Unsmoler tat so, als versuche er einen von Tünnes und Scheel zu erzählen. Er war komisch dabei, und man lachte.
Schließlich brach man auf. Die sind eigentlich doch ganz in Ordnung, dachte Unsmoler und grinste in die Runde. Gar nicht so eng, wie ich dachte. Die erzählen Witze, wie man sie sonst in der Öffentlichkeit nicht zu erzählen wagte. Er schwankte beim Aufstehen leicht.
»War ich nicht brav?« fragte er die Blonde und grinste blöd, »komm mit in mein Paradies.«
»Ich besuch' dich mal wieder, wenn wir beide nüchtern sind!« Sie entschwebte. Er streckte die Hand nach ihr aus. Sie drehte sich um und ging.
Sein Grinsen erlosch. Was tust du, sprach er zu sich selbst, und wo bist du? Was hast du mit denen zu schaffen!

Die Betonstraße war gut beleuchtet. Sein Kopf dröhnte. Echo der Stimmen. Er ging aus dem Licht über den gefrorenen Boden zum Pfad an den Pappeln und steckte sich den Finger tief in den Hals. Er spürte das Zäpfchen und erbrach sich. Er kotzte: raus mit dem Giftzeug. Dann wischte er sich den Mund ab und blickte auf. Er sah die dunkle Silhouette des Pferdehügels, und nun erst dachte er an seinen Hund.
Schneeflocken trudelten ins Licht der Straßenlaternen.

Drei Apfelsinen

»Willst du deine Weihnachtszuteilung nicht abholen? Pro Person drei Stück!« rief Elfriede rüber und schwenkte ihr Einkaufsnetz.
»Hol du sie dir, ich glaub' nicht mehr an Weihnachtsmänner!« antwortete er.
Er war im Arbeiten, das war ihm das wichtigste. Nach den Nebelbildern nun Schwimmerinnen. Frauen unter Wasser in unbekannter Tiefe, Frauen in anderen Welten, lockende, fremde Frauen in der Unschärfe schillernden Wassers. Er dachte dabei an die Blonde. Sie verstand es, sich in seine Gedanken zu schleichen.
Delphine hätte kein gutes Haar an dieser Frau gelassen. Sie hätte die semmelblond Gefärbte aus dem Wasser ins grelle Licht gezerrt und in der Luft zerrissen. Nichts wäre von der Hübschen übriggeblieben! Was willst du? sprach Unsmoler in Gedanken zur fernen Delphine, sieh dir die Serie von Bildern an, ich verwandle alles in Bilder.
Die Serie der Pföckler im Nebel hatte er abgeschlossen und die drei seiner Meinung nach besten Nebelbilder – diesmal fragte er die Blonde nicht – mit reichlich Wellpappe umwickelt an die Akademie der Künste geschickt. Es war zwar ein bißchen zeitig, er befürchtete jedoch, der Frost würde im Januar oder Februar den Fährverkehr zum Erliegen bringen oder sonst etwas könnte dazwischenkommen. Die Ausstellung war ihm wichtig.
Noch war der Bodden, wie fast alle Jahre, um diese Zeit eisfrei. Zwar war es kurzzeitig schon bitterkalt gewesen, es hatte sogar Schnee gelegen, aber kurz vor Beginn der Schulferien hatte Tau-

wetter eingesetzt. Die übliche Weihnachtswärme war gekommen. Die leise Hoffnung der Kinder, auf der überschwemmten Pferdewiese Eishockey spielen zu können, wurde wieder einmal enttäuscht. Hin und wieder gab es Stunden, die waren so frühlingshaft, daß man hätte meinen können, der Winter wäre bereits vorüber. Meist aber trieb aufkommender Wind rasch wieder tiefe Wolken heran und hüllte die Insel in nasse Finsternis. Das klare Meerwasser wurde düster. Weiß leuchteten die Schaumkronen. Rostig und verbogen hing die Strandtreppe von zwei letzten Stützen herab und zitterte im Wind.

Die von der Internatsdisziplin erlösten Schuljungs trampelten sich rasch eigene Pfade das Steilufer hinab. Dort, wo sich herabgestürzte Betonteile der Geschützstellung auf dem Strand türmten, hatten sich neue Höhlen und Unterschlupfe gebildet, die es zu erkunden galt. Zwischen den Trümmern eingeklemmt, fanden sie den Kadaver eines ertränkten Hundes, dem eine Drahtschlinge um den Hals hing. Das Meer hatte ihn ausgespien und nicht zurückgenommen.

Am Draht schleppten sie das stinkende Hündchen das Steilufer hinauf. Sie hatten vor, es bei Gelegenheit den Grenzern als Gruß an den nur im Sommer genutzten Hundezwinger zu binden.

Sie hatten etwas gegen die grauen Muschkoten. Sie fühlten sich von deren dunklen Silhouetten hinter den Fenstern der Türme wie von stummen Gespenstern beobachtet. Und wenn dort oben niemand zu sein schien, dann, so meinten die Jungs, glotzen die Uniformierten durch die schmalen Schießscharten, die im Beton unterhalb der Sichtscheiben ausgespart worden waren.

Wohin noch auf dieser Insel.

Das Fischdorf lockte auch nicht mehr. Früher taugte es für so manchen Schabernack. Sie hatten sich prächtig gruseln können, wenn sie, dunkle Mächte herausfordernd, »Mudder Hex, Mudder Hex mit dem Tintenklecks!« riefen.

Jetzt aber lagen die Hütten eingezäunt im grellen Licht der Lampe. Aus der Zauber. Eine Hängerladung Brikett türmte sich vor jeder Tür.

Der Fischer hatte ein paar Tage nicht aufs Wasser können, statt Frischfisch stand mittags bei ihm eben mal wieder Salzhering mit Pelltüften auf dem Tisch. Wenn es nach ihm gegangen wäre, würde er eine halbe Buddel Braunen als Hauptmahlzeit servieren. Das

aber hätte seine Alte ganz und gar nicht gemocht. Mißmutig füllte er den Kochtopf. Erbseneinweichen für morgen. Ratsch, batsch, die Erbsentüte platzte. Die Erbsen rollten über die Dielen, und was nicht in den Ritzen verschwand, kullerte unter das Bett seiner Alten, wurde dahinter wieder sichtbar, prallte an die Wand und rannte dann wie eine kleine Herde in die Zimmerecke. Er hatte den Erbsen erstaunt nachgeschaut. Ihm wurde plötzlich bewußt, wie schief die Hütte bereits stand. Schlagseite. Er nahm die Müllschippe, kniete sich hin und schaufelte die Erbsen in den Topf.
»Hat sein Gutes, wenn das Haus schiefsteht!« sagte er grinsend zu seiner Frau. Die hatte das Ereignis nicht bemerkt. Sie starrte auf eine breite Straße, auf der ein Auto bergab raste. Im Hinterhalt lauerten bewaffnete Kerle. Die Schüsse klackerten, als er die Erbsen abspülte.
Das Auto fuhr den Hang rechts der Straße hinab, überschlug sich und explodierte.
Nun erst blickte sie auf. »Was hast du gesagt?«
Er wiederholte es nicht. Wozu sie beunruhigen. Daß die Hütte so sachte umkippte ... wozu davon reden. Mit niemandem darüber reden, schon gar nicht mit Offiziellen. Wenn die nämlich helfen, wird alles nur schlimmer. Ins Altersheim würden die uns verfrachten! Ihr weiches Bett, die Seeluft und das Fernsehgeflimmer mußte er ihr erhalten. Das, meinte er, war er ihr nach einem langen gemeinsamen Leben schuldig.
Noch ging hier alles seinen Gang, noch stakste der Heizer Tag für Tag ins Dorf und brachte auf dem Rückweg mit, was man ihm auf den Zettel geschrieben hatte. Sogar die Apfelsinenzuteilung hatte er herbeigetragen, obwohl davon nichts auf dem Zettel stand.

Ganzjährige Nutzung

Es kam so, wie Unsmoler vermutet hatte: der Fährverkehr kam Anfang Februar zum Erliegen. Das Eis hatte die Insel in der Gewalt.
Winter. Unverzagt, ja sogar munter, machte sich der Heizer tagtäglich auf seinen Weg zum Barackendorf.

»Sand, frische Luft und Wasser sind unser Reichtum, und dieser Schatz steht uns auch im Winterhalbjahr zur Verfügung!« Das war der neue Leitspruch vom Inselchef. Die Ferienwohnungen innerhalb des Objekts waren lediglich für besondere Kader vorgesehen, die die Insel allerdings nur in den Sommermonaten aufsuchten. Hin und wieder wurden die Einrichtungen auch im Winter zur Unterbringung von Teilnehmern spezieller Lehrgänge genutzt. Das allerdings war mit der ganzjährigen Nutzung der Insel nicht gemeint. Es ging um Urlauberzahlen, die in der Statistik ins Gewicht fielen. Das Barackendorf konnte ein Anfang sein.

Man hatte eine Klubhausleiterin vom Festland eingestellt, die dafür sorgen sollte, daß sich die Gäste des Barackendorfes wintertags nicht zu Tode langweilten. Immerhin, an das Heizhäuschen war ein massiver Kulturraum angebaut worden, in dem man Billard und Tischtennis spielen konnte. Und es gab, was wichtig war, einen Fernsehraum. Die sanitären Anlagen waren überholt worden. An alles war gedacht worden, nur an das Eis des Winters nicht, das die Anreise verhinderte.

Die Leiterin irrte durch die leeren Räume und hatte oftmals das Empfinden, wahnsinnig zu werden. Hin und wieder leistete ihr der Heizer Gesellschaft. Sie kochte ihm Kaffee, und er erzählte ihr Geschichten aus seinem wilden, ungewollt verwegenen Leben. Einmal versuchten sie sogar gemeinsam Pingpong zu spielen. Sie lächelte ihn an, kokettierte wohl auch ein wenig mit ihm und ließ ihn spüren, daß sie eine Frau war. War so ihre Art. Sie war nicht mehr die Jüngste und ziemlich mollig. Hin und wieder mußte sie probieren, ob es noch funktionierte, denn die nächsten attraktiven Männer kamen gewiß. Wahrscheinlich Arbeiter aus Chemiebetrieben, die hier frische Luft schnappen sollten. Manche Weiber mögen die Einbeinigen, dachte der Heizer. Er begann auf seine Kleidung zu achten, rasierte sich, bevor er morgens aus seiner Hütte stieg, und trank erst am Abend seinen Schnaps.

Ihre Gesten sprachen verschiedene Sprachen. Ein Mißverständnis in den Baracken, um die der Schnee stiebte.

Unsmoler wußte weder etwas von der Frau in den winterfesten Baracken noch davon, daß der Heizer auch bei diesem Wetter tagtäglich vom Fischdorf zum Heizhaus gehumpelt kam. Das alles interessierte ihn nicht. Unsmoler malte seine Serien und nahm sich nicht einmal Zeit, einen schneefreien Gang von seiner Tür bis

zur Dorfstraße zu schippen. Ein schmaler Pfad zum Geflügelstall, ein schmaler Pfad zur Wasserpumpe, ein schmaler Pfad zum Kohlehaufen, das genügte. Er malte immer noch Schwimmerinnen, weibliche Wesen, die zum Grund tauchten. Sagt man nicht: hinter dem Ofen werden die schönsten Frühlingsgedichte geschrieben?
Schablonen aus Pappe. Mit dem Messer geschnitten. Musik der Kontur. Rasch nachgezogene Umrißlinien für intensiv farbige Leimfarbenflächen auf dem weißen Malgrund. Farbige Klänge, die er anschließend vollständig mit schwarzer Ölfarbe zustrich, um dann in das Schwarz eine Linienstruktur zu kratzen. Figuren und farbige Gründe kamen wieder zum Vorschein. Unzählige Variationen des gleichen Themas, jedes Bild hatte andere Gestalt.
War er auf der Suche nach der Schönen, die sich zur Zeit wieder mal rarmachte? Die blonde Frau, die aus dem Dunkel kam? Oder befreite er sich von ihr?
Wieder schneite es. Von der Dorfstraße her stapften über eine Schneewehe der Dorfpolizist und ein Fremder in den Garten hinein. Unsmoler runzelte die Stirn: ja doch, ich schipp' einen Pfad, falls das zu den Bürgerpflichten gehört. Unwillig ging er zur Tür. Die Eindringlinge stellten sich mit Namen und Dienstgrad vor und wünschten, ohne den Grund ihres Kommens anzugeben, eingelassen zu werden.
Er bat sie ins Atelier, mußte er wohl …
Sie sahen sich um, sahen seine Taucherinnen und fragten, ob er nach Modell arbeite …
Er zeigte ihnen eine der geschnittenen Pappschablonen und lachte: »Das sind meine Modelle!«
Sie lachten nicht. Was könnte der Grund ihres Kommens sein? überlegte er. Hing der Besuch mit Pietro, mit dem Verschwinden Mungos oder mit Adamski zusammen? Er dachte an die Bücher und hektographierten Gedichte unter dem Bett und bedauerte, die gefährlichen Worte nicht besser versteckt zu haben.
»Ist das eine Haussuchung?« fragte er.
Überrascht sah ihn der Fremde an. »Wie kommen Sie darauf? Warum sollten wir bei Ihnen eine Haussuchung machen? Wenn wir Haussuchungen machen, kommen wir nicht nur zu dritt.«
In diesem Moment bewegte sich am Fenster rasch eine weitere Person vorüber und kam, ohne zu klopfen, ins Haus, strich sich aber, bevor sie ins Atelier trat, auf der Matte die Schuhe ab. Wenn

sie mich abholen wollen, würden sie sich nicht derartig bemühen, dachte Unsmoler. Es war ein Zivilist, der den Raum betrat.
»Nichts!« sagte er.
»Was soll das Theater!« fragte Unsmoler heftig.
»Kein Theater, es handelt sich im Zusammenhang mit einer Personenfahndung lediglich um eine Routinekontrolle!«
»Als wenn sich jemand über das Eis davonmachen könnte!« rief Unsmoler ärgerlich.
»Warum sollte sich jemand davonmachen wollen?« fragte der Zivilist.
Unsmoler begriff, daß es besser war, möglichst wenig zu sagen. Er zuckte mit den Schultern.
»Sie sind Kunstmaler?«
Er nickte.
»Gesprächig sind Sie ja gerade nicht!«
Unsmoler versuchte sich an irgendwelche verfänglichen Briefzeilen oder unbedachten Äußerungen zu erinnern, an Bilder, die diesen Auftritt provoziert haben könnten.
»Liegt irgend etwas gegen mich vor?« fragte er, »wenn nicht, dann …«
Der Zivilist sah ihn mit dem Ausdruck grenzenlosen Erstaunens an. »Was sollte gegen Sie vorliegen?« Wieder diese Pause. »Hatten Sie in den letzten Tagen irgendeinen Besuch?«
Unsmoler schüttelte den Kopf.
»Aber Sie sind doch ein Mann!«
»Vermutlich ja«, sagte Unsmoler, »so steht es im Ausweis.«
Die Männer lachten. »Ist Ihnen irgend etwas Besonderes aufgefallen?«
Unsmoler schüttelte den Kopf.
»Was haben Sie in den letzten zwei Tagen getan? Sind Sie spazierengegangen?«
»Das Wetter war nicht so.«
»Also nein. Halten Sie Ihr Haus verschlossen. Es kann sein, daß Personen hier unbefugt Unterschlupf suchen.«
»Bis vor kurzem hatte ich einen Hund!« sagte Unsmoler.
»Ich hab' ihn nicht erschossen!« sagte Jobst rasch. Das war so ziemlich das einzige, was er während der ganzen Zeit gesprochen hatte.
»Ich weiß«, sagte Unsmoler.

Die Männer schienen es plötzlich eilig zu haben. Sie gingen aus dem Atelier, blickten kurz in den Delphineraum und dann die Stiege hinauf.
»Wenn Sie gestatten, schauen wir uns kurz oben um, reine Routine, die Ihrer Sicherheit dient.« Jobst, der Polizist, stapfte das Treppchen hoch. Die anderen Herren blieben im Vorraum stehen.
Vielleicht ist meinem Bruder etwas passiert, dachte Unsmoler.
Jobst kam nach kurzer Zeit wieder von oben herab.
»Nix!« sagte er. Die Herren verabschiedeten sich. Sie schüttelten dem Maler die Hand.
»Wenn Ihnen nachträglich etwas einfallen sollte, lassen Sie uns das wissen.«
Er hörte ihre Schritte sich entfernen. Er mußte sich setzen. Er blickte auf seine Schwimmerinnen. Er konnte nicht weiterarbeiten. Er hatte das Gefühl, ein eisiger Windstoß wäre in das Zimmer gefegt und hätte alles erstarren lassen. Sogar das Feuer war ausgegangen.

Geschmolzenes Glas

Er saß lange reglos auf dem Stuhl. Kein Hund, der zu ihm kam, die Schnauze auf sein Knie legte und ihn ansah. Steh auf! befahl er sich. Er stand auf und öffnete das Fenster. Kalte, frische Luft strömte herein. Er kniete sich vor den Ofen, fachte das Feuer an und baute Briketts über die Flammen. Dann schlüpfte er in die Gummistiefel, zog die Wattejacke über und ging hinaus. Das Dorf schien friedlich und verträumt. Wären nicht die Fährten im Schnee gewesen, hätte nichts an den unangenehmen Besuch erinnert. Er betrachtete die Spuren. Ja, der Mann in Zivil hatte das Haus umkreist. Auch beim Herrn Akkurat waren die Männer ums Haus gegangen. Er überlegte, ob er nicht Radio hören sollte, wer weiß, was in diesem Moment gerade in der Welt geschah. Da er aber nun mal draußen war, begab er sich in den Konsum. Die Frau vom Tüffelmacher verstummte und schaute sich scheu um, als er eintrat. Sie hatte mit der Verkäuferin gesprochen. Unsmo-

ler zog das Einkaufsnetz aus der Joppentasche und trat an den Ladentisch.
Er mußte sich entschließen zu reden, wenn er etwas hören wollte.
»Bei mir war eben die Polizei«, sagte er.
»Überall war die Polizei!« sagte die Verkäuferin.
»Rein verrückt spielen die, die Leiterin vom ›Sommerglück‹ ist verschwunden, die mußten die Tür aufbrechen, Heizung, Klosetts, alles kaputtgefroren«, die Tüffelmacherfrau verstummte abrupt, als habe sie schon zuviel gesagt.
Unsmoler kaufte das übliche. Die Verkäuferin bückte sich und legte ihm noch zwei Packungen Knäckebrot und eine Tüte Zwieback auf den Ladentisch.
»Nimm dat sicherheitshalber mit, mit dem Eis is dat dit Johr wedder ganz verrückt.«
»Sicherheitshalber!« Dieses Wort klang nach, als Unsmoler aus der Konsumtür trat und in die gleißend helle weiße Winterlandschaft blickte. Er sah sich um wie jemand, der nach langer Abwesenheit heimkehrte.
»Sicherheitshalber!« tönte es wie ein Echo über die Hügel.
»Bis zum Horizont alles dicht!« sprach er vor sich hin, um das andere Wort auszulöschen. Erst nach längerem Schauen sah er, daß die Fläche so eben nicht war. Ein Wall zusammengeschobenen Eises in der Nähe der Insel. Die Insel als Hindernis einer stetigen Drift.
In der farbigen Welt seiner Schwimmerinnen versunken, hatte er die Tage des eisigen Nordwindes nicht wahrgenommen.
Eisstrukturen werde ich zeichnen! Es packte ihn. Rasch ging er nach Hause. Im Zimmer war es warm. Ohne die Jacke auszuziehen, machte er sein Zeichenbrett fertig. Er ging vor die Tür und pfiff wie gewohnt, verstummte aber sofort. Kein Hund. Allein zum vereisten Meer. Das Eis trug. Er ging bis zur Eisbarriere und erklomm den Wall. Er setzte sich auf seine Fellmütze und steckte sich eine Tabakspfeife an, rauchte und blickte sich um. Durchs Fischdorf bewegten sich drei Männer.
Unsmoler sah, daß jemand auf sie zutrat. Er wandte sich ab. Zeichnen.
Im Fischdorf wies Jobst, der Polizist, auf das Heizerhaus. »Ist er krank?« fragte er vernehmlich.

»Nicht, daß ich wüßt'!« sagte der Fischer.
»Wann haben Sie ihn das letzte Mal gesehen?« fragte einer der Herren.
»Wann du ihn das letzte Mal gesehen hast!« übersetzte Jobst in die notwendige Lautstärke, da der Fischer nicht geantwortet hatte.
»Vorvorgestern mach das gewesen sein.«
»Gestern nicht und vorgestern nicht? Sehen Sie sich nicht täglich?« Der Fremde bemühte sich, laut zu sprechen und sein Gegenüber dabei anzusehen.
»Wir nehmen abends öfters einen.«
»Und da waren Sie nicht verwundert, daß er gestern nicht hier war?«
»Ich dachte, er übernachtet auf seiner Arbeitsstelle. Die Chefin hat ihm ja schöne Augen gemacht. Heut wäre ich mal rübergelaufen, uns wird hier nämlich das Brot knapp.«
Die Fremden warfen einander einen Blick zu und nötigten den Fischer anschließend, mit ihnen hinauf zur Hütte des Heizers zu gehen.
»Der Heizer und die Leiterin vom Ferienobjekt sind spurlos verschwunden.«
So spurlos nicht, dachte der Fischer, aber er schwieg.
Sie brachen den Eingang auf, kletterten hinab und wunderten sich, wie ein Mensch so hatte leben können.
»Der hat früher auf einem Schlepper gearbeitet«, erklärte der Fischer.
Die Hütte war saubergefegt. Das Bett war gemacht, das Zudeck auf Kante gefaltet. Auf dem Hocker neben dem Bett lag neben einer heruntergebrannten Kerze eine aufgeschlagene Bibel und ein abgegriffenes bräunlich verblaßtes Foto. Einer der Eindringlinge nahm das Foto in die Hand. Eine Frau mit vier kleinen Kindern.
»Hatte er Familie?« fragte er den Fischer, der draußen geblieben war und hinabschaute.
»Nein«, sagte Jobst.
»Nicht mehr«, korrigierte der Fischer.
»Geschieden?«
»Die hat man totgeschlagen.«
Jobst strafte ihn mit einem finsteren Blick.
Der Fremde wandte sich ab. Legte das Foto zurück und nahm die

Bibel in die Hand. Er blickte auf den Titel des Buches. »Eine Bibel, das sieht nach Abschied aus!«
Der Heizer verstand es und gab ihm insgeheim recht. Er hatte die Bibel nie bei seinem Freund gesehen.
Die Männer kletterten zurück ins Freie, versiegelten den Eingang und begaben sich zu den beiden alten Weiblein.
Als sie nach einer Weile wieder zum Vorschein kamen, drehte sich auf dem Haus des Fischers die Fernsehantenne. Die bettlägerige Frau hatte die fremden Stimmen gehört.
»Sie kommen!« sagte sie erschrocken und zog die Bettdecke bis zur Nase.
»Laß man Mudder, ich komm' schon mit denen klar!« beruhigte sie der Alte.
Die Töne des Landesfernsehens schwappten ins Freie, als die Fremden die Tür öffneten.
»Nur ein paar Fragen, reine Routine!« Sie blickten sich um und wandten sich dann an die Kranke.
»Wann haben Sie Ihren Nachbarn zum letzten Mal gesehen?«
»Ich habe ihn überhaupt nicht mehr gesehen«, sagte sie.
»Was soll das heißen?«
Der Fischer nahm das Zudeck beim Fußende und schlug es seiner Frau über den Kopf. Die mit Verbänden bewickelten aufgedunsenen Beine wurden sichtbar. Sie kreischte unter dem Federbett.
Der Fischer wandte sich zu den Fremden um: »Sie verläßt das Haus nicht mehr, und niemand kommt hier herein, sie besuchen.«
»Schon gut!« die Fremden beeilten sich hinauszugehen. Draußen holten sie tief Luft.
»Mudder, kannst vorkommen!« sagte der Fischer und berührte das Zudeck.
Es dauerte geraume Zeit, bis ihr Gesicht wieder zum Vorschein kam. »Du Schuft!« fauchte sie.
»Laß man Mudder, zu irgendwas müssen deine Beine doch noch gut sein!« sagte er.
Als Unsmoler den Traktoristen Tage später nach dem neuesten Stand der Gerüchte fragte, hatte sich offenbar die Fluchtvariante durchgesetzt: Die von der Baracke habe den Heizer kirre gemacht und ihn dann veranlaßt, sie zur Fahrrinne zu bringen. Die Hübsche wollt' sich dünnemachen! Weshalb sollte so eine sonst in die Einöde kommen?

Von offizieller Seite war nichts Gegenteiliges zu erfahren. Es hieß, die Untersuchungen würden noch laufen.
Der Fischer aber sprach mit niemandem. Er hatte die Fährte im Schnee gesehen. Nur die eine. Tief eingedrückt im Schnee. Die Fährte führte in der Tat aufs Eis und nicht wieder zurück. Er hatte die leere Buddel im Schnee gefunden, sie aufgehoben und in den Ofen gesteckt, ein Klumpen geschmolzenes Glas in der Asche. Das geschmolzene Glas legte er bei sich auf das Fensterbrett.

Trinken mit einem Ertrunkenen

Der Fischer wäre ganz gern hinauf zur Heizerhütte gegangen, aber die war kalt und versiegelt. Vielleicht hätte er ein Feuer angefacht, eine Buddel und zwei Gläser auf den Tisch gestellt und sich auf den Hocker gesetzt, so wie er sich immer hingesetzt hatte.
Er blickte sich um. Vielleicht ging es auch hier. Seine Alte sah den Montagabendfilm. Er stellte eine Buddel und drei Gläser auf den Tisch und goß ein. Das eine Schnapsglas schob er in ihre Nähe. Die anderen beiden standen bei ihm. Er stieß an und trank nacheinander die beiden Doppelten. Dann blickte er hinaus. Es hatte zu schneien begonnen. Schwarz lag das Boot auf dem Ufer.
Dreibein, das kommt mich hart an, daß du von ab bist! dachte er. Das geschmolzene Glas auf dem Fensterbrett glitzerte. Das ist dein Leichenstein, soll der Himmel dir gnädig sein! Wieder goß er ein, wieder stieß er an und wieder kippte er den Inhalt der beiden Gläser hinunter.
Diese jungen Dinger legen es darauf an, uns alte Kerle verrücktzumachen. Er sah die Frauen vor sich, die sommertags an das Boot kamen. Letzten Sommer sogar splitternackte Weiber. Aber ob sie nun nackt waren oder so bißchen was anhatten, es kam immer auf das gleiche heraus.
Sein Kumpel hatte Andeutungen gemacht, wie die junge Frau im Ferienobjekt herumlief.
Nun sah der Alte den langen leeren fensterlosen Korridor vor sich. Linoleumfußboden. Der Heizer hatte ihm erzählt, daß dort Tag und Nacht Licht brannte. Sein Kumpel stelzte ins Bild. Mit aufge-

steckten Haaren, nur in ein Badetuch gehüllt, nach Seife duftend, erhitzt vom Duschen, kam die Leiterin des Ferienobjekts um die Ecke. Sie lächelt. Deutlicher kann man nicht werden! Sein Kumpel lächelt auch. Immer war sein Lächeln unheimlich. Er breitet die Arme aus und will sie umarmen. So hat sie das nicht gemeint! Anstatt ihn umzustoßen, schreit sie. Versteh einer die Weiber. Er hält ihr den Mund zu! Bitte, bitte, sei still, Mädchen! Dreibein, du hast nie gewußt, wieviel Kraft du in den Armen hast. Schlimm ist das, wenn einer das nicht weiß! dachte der Fischer traurig. Sie ein totes stummes Vögelchen. Der Heizer sitzt auf dem Linoleum. Sie liegt da, die Krücken liegen da. Er rafft sich auf. Und wartet auf die Dunkelheit und das Schneetreiben. Mit einem Bündel auf der Schulter stapft er über die halbe Insel, fegt seine Hütte und leert eine ganze Flasche. Die leere Flasche schleudert er in den Schnee und wandert mit dem Bündel hinaus aufs Eis. Ferner und ferner das Licht der Grenzerlampe an der Bootsfahrt. Weiter und weiter von der Insel weg. Schwäche, immer noch trägt das Eis ihn und seine Last.

Wieder goß der Fischer ein, stieß das Heizerglas an und kippte die beiden Schnäpse. Als er das zweite Glas absetzte, sah er das Loch im Eis.

»Willst du mir nicht auch was einschenken!« sagte seine Frau. Der Fernsehfilm war zu Ende.

Er begriff nicht gleich, er sah immer noch das schwarze Wasser im Eisloch, aber die Schollen fügten sich bereits zusammen. Schneeflocken darüber. Schneeflocken vergehend im schwarzen Wasser.

Am nächsten Tag machte der Fischer den Eisschlitten klar. Er nahm die langen Stangen mit. Er wollte nicht ersaufen, wenn das Eis bricht. Er folgte den unsichtbaren Spuren seines Freundes. Er wählte die Richtung, die sein Kumpel wahrscheinlich gewählt hatte. Er schob den Schlitten über das Eis. Auf dem Schlitten Angelgeschirr, obwohl er nicht vorhatte zu fischen. Er wußte aber, die Grenzer würden ihn beobachten und ihre Beobachtungen weitergeben.

Auf dem Eis draußen blies der Wind, an manchen Stellen war der Schnee davongeweht. Plötzlich sah er die Fährte weiß auf dunklem Eis. Rechter Fußabdruck, rechter Fußabdruck, rechter Fußabdruck. Er sah sogar die Spur der Krücken. Punkt, Punkt, Punkt rechts und links. Punkt, Punkt, Punkt.

Also war es so gewesen. Seltsame Umkehrung: Weiß auf dunklem Grund. Der von den Schritten verdichtete Schnee war nicht davongeweht.
Er löschte die Fährte mit seinem Schlitten aus.
Zwei genügen, dachte er und kehrte um.

Schnipsel I

Immer wieder hatte Unsmoler, gewissermaßen losgelöst von der Insel, draußen auf der Eisbarriere gesessen und gezeichnet.
Vergeblich versuchte er, zurückgekehrt ins Atelier, die Zeichnungen in Farbe umzusetzen. Kaum etwas von der splittrigen Härte des Eises, kaum etwas von der brutalen Räumlichkeit übereinandergetürmter, ineinanderverkeilter geborstener Schollen blieb. Er mußte das andere Extrem zu nebelhafter Unbestimmbarkeit schaffen. Alles zu sanft und zu freundlich. Wo blieb das Ereignis!
Schließlich kam er auf die Idee, an die Schablonenbilder der Taucherinnen anzuknüpfen, die Formen also mit dem scharfen Messer zu suchen. Ecken, Kanten, Linien. Er färbte Papiere mit Leimfarben ein, lichte Graus. Er zerschnitt sie nach dem Trocknen. Bilderbauen aus Zerschnittenem, Zerstörtem: Richtungen, Schübe, Stauungen, Werfungen. Ereignisse eben. Schnipselereignisse! Er lief, ohne die Jacke überzuziehen, in den Konsum.
»Ist Tapetenkleister da?«
Die Dicke sah ihn erstaunt an.
»Willst du in dieser Jahreszeit die Zimmer renovieren? Will deine Wasserstoffblonde es hübsch haben?«
Während der Leim quoll, erprobte Unsmoler bereits Anordnungen farbiger Schnipsel.
Er färbte, schnitt, komponierte und klebte bis spät in die Nacht. Am nächsten Morgen galt sein erster Blick den Bildern. Ist das das Eis, das sich in der Inselnähe aufgetürmt hatte, ist das das Eis, unter dem der Heizer und die Leiterin in der Finsternis treiben?
Er hörte Stimmen und blickte hinaus. Er sah eilige Leute auf der Dorfstraße. Seltsame Hektik im Winter. Er öffnete das Fenster.
»Was liegt an, Leute?« rief er.

»Die kommen mit einem Eisbrecher!«
Später ging auch er hinaus. Er wollte das aufgebrochene Eis sehen. Die Fahrrinne, die sich in der Ferne verlor. Auch das ein Bild. Der Eisbrecher lag bereits im Hafen. Er hatte, wie es hieß, auch Post und vor allem Lebensmittel gebracht. Aber die Post war noch nicht sortiert. Morgen würde sie von Elfriede zugestellt werden.
»Zeitungen können Sie jetzt schon haben.«
Ein paar illustrierte Blätter lagen aus. Geflügelzüchterzeitung, Kleingärtnerzeitung, Angelzeitung, Imkerzeitung, Fußballzeitung, Armeezeitung.
Auch eine deutschsprachige tschechische Zeitung. Text auf glattem, glänzendem Papier. Schwarzweißfotos. Unsmoler kam eine Idee.
Bilderkleben aus zerschnittenen Zeitungen. Zerschnittene Zeilen. Zerschnittene Geschichten, zerschnittene Texte. Schübe, Richtungen, Stauungen, alles wie beim Eis. Das Ganze dann lasierend mit Weiß übermalen. Die Druckzeilen ergeben das Grau.
Ja, das ist das Eis! Das ist das Eis, unter dem die Toten treiben.

Schnipsel II

Der grüne Barkas fuhr die Betonstraße Richtung Hafen, bog aber beim Plattenweg, der zum Fischdorf führte, ab.
Das Auto hatte, da es den Heizer nicht mehr gab, die Versorgung des Fischdorfes übernehmen müssen. Zweimal wöchentlich also auch dorthin. Der Fahrer fluchte, wußte aber, daß das lediglich eine Übergangslösung sein würde.
Mit heftigem Hupen kündigte er sich an. Keine Zeit für Worte, keine Zeit für irgendwelche Neuigkeiten. Kein Pfefferminzschnaps, kein Fischen nach Wechselgeld in der bunten Tasse.
Festgetretener Schnee. Offene Autotür. Grete und der Fischer im Wind. Neue Situation. Der Eckpfahl is weg, nun kommt hier bald alles ins Kippen, dachte Tien.
Grete kam mit Brot, Milchpulver, Haferflocken, Tee und Eiern, ein paar Konserven, Wurst und Zucker ins Haus zurück. Sie stellte den Einkauf auf den Wachstuchtisch.

Sie hörten, wie der Barkas draußen wendete und dann heulend den Plattenweg hinauffuhr.
Dämmerlicht. Im Fenster vom Fischer Geflacker. »Wir sollten uns auch so ein Flackerdings bringen lassen, süß hürt man gor nix mir!« meinte Tien.
»Jo, wir sollten uns auch so ein Flackerdings bringen lassen«, wiederholte Grete.
Beschlossene Sache also. Beide blickten sie auf die Dielen, unter denen ihr Schatz versteckt lag.
»Hol dat Metz, Grete!«
Als Grete mit dem Messer zurück in die Stube kam, kniete Tien an jener Stelle, an der der Schatz verborgen war. Grete reichte ihr das Messer, und Tien begann, die kaum sichtbaren Fugen freizukratzen.
»Jetzt gehen wir bei. Eh' die uns auch dat noch nehmen. Wer viel hat, will alles, so ist dat eben. Bring uns den Spaten, Grete!« keuchte erregt und heiser die alte Tien.
Grete eilte in den Verschlag und brachte den Spaten.
»Steck ihn rein!« Grete schob das Spatenblatt in die Fuge und hebelte die Klappe ein wenig hoch. Die drei Nägel ächzten. Tien übernahm es, den Spaten zu halten. »Nu geh mit die Fingers dazwischen!«
Grete gehorchte, obwohl sie fürchtete, Tien könne den Spatenstiel loslassen und sie wie in einer Falle fangen. Grete strengte sich an. Ihre Finger wurden weiß, dann gab es einen Ruck. Die Vernagelung hatte sich vollends gelöst. Sachte hob Grete die Klappe hoch und lehnte sie an die Wand. Unten im winzigen Kellerloch stand schwarz die Truhe.
»Zieh die Vorhänge zu!« kommandierte Tien. Grete erhob sich, zog die Vorhänge zu und schaltete das Licht an. Tien zeigte auf den Spalt zwischen den Vorhängen und dann auf ein Sitzkissen. Grete verschloß die Lücke mit dem Kissen.
Dann kletterte Grete hinab. Tien reichte ihr den Handfeger hinunter. Kein Stäubchen sollte in die Truhe fallen. Als Grete das geteerte Möbel gesäubert hatte, zog Tien das Schlüsselchen hervor. Es hing an einem schwarzen fettigen Bändchen, das sie um den Hals trug. Sie hob das Bändchen ächzend über den Kopf und sagte zu Grete: »So is dat. Wir werden auch so ein Flimmerdings kaufen. Dann haben wir immer unsere Neuigkeiten!«

Grete schien es, als wären die Neuigkeiten in der Truhe versteckt. Sie streckte sich nach dem Schlüsselchen, steckte es in das Schloß und drehte den Schlüssel mit einiger Mühe um. Beide lächelten sie. Der Tag war gekommen.
»Mach auf!« kommandierte Tien.
Knarrender Deckel. Blöde schaute Grete in die Truhe.
»Mach den Mund zu, sonst kommen die Fliegen rein!« sagte Tien, rutschte näher und beugte sich hinab. Nun konnte auch sie es sehen: Der pralle Leinensack war weg. Eine Ratte huschte konfus in den Schnipseln herum.
Tien bewegte tonlos die Lippen, dann kippte sie vornüber. Hinein in die Grube. Es schien, als würden ihre Hände in den Schnipseln der Truhe scharren. Eine zweite Ratte zeigte sich, rannte an ihr hoch, sprang ins Zimmer und huschte über die Dielen. Der Kater sprang träge, aber zielsicher und hatte sie. Tien da unten rutschten die Röcke über den Kopf, ihre Beine wiesen in die Höhe. Eine zweite, eine dritte Ratte, sie verfingen sich in den Röcken. Andere Tiere fanden bessere Wege. Eine Ratte genügte dem Kater. Grete versuchte, sich aufzurichten. Sie wußte nicht, ob Tien sie bei ihrem Sturz getroffen hatte. Tien rutschte vollends herab ins Gewimmel der aufgestöberten Tiere, die panisch das Weite suchten. Tiens Körper bedeckte die Truhe und rührte sich nicht mehr. Grete befreite sich und kletterte aus der Grube. Sie konnte nicht schreien, sie konnte nicht sprechen.
Neben dem Ofen betrachtete der Kater sinnend die tote Ratte.
Tien zeigte obszön ihren Hintern. Konnte die sich nicht selber helfen!
»Tien!« rief Grete. Tien antwortete nicht einmal mit einem Befehl.
Der Heizer, der vielleicht hätte helfen können, den gab es nicht mehr. Der Fischer aber durfte so nicht in diese Grube schauen. Grete mußte hinab ins Rattennest. Tien zurechtlegen, wenigstens das.
Tien war unglaublich schwer geworden. Grete schien es, als wolle die Freundin sich nicht von der Truhe trennen lassen. Grete kämpfte stumm mit der Last der Toten. Immer noch meinte sie, Tien würde urplötzlich die Augen aufschlagen. Schließlich hatte Grete die Zauberin auf der Schulter, sie griff Halt suchend aus der Grube, hielt sich aber unglücklicherweise an der Klappe fest.

Sie zog sich in die Höhe. Die Klappe gab nach, kam in Schwung und hieb ihr mit aller Gewalt auf den Schädel. Grete sackte in die Finsternis, Tien lag auf ihr. Die Klappe war geschlossen. Der Kater machte einen erschrockenen Satz unter den Tisch. Da aber Ruhe eintrat, kam er wieder zum Vorschein, setzte sich zu seiner Ratte und betrachtete sie.

Eisige Stille

Das Fischdorf in der Stille. Pfade festgetretenen Schnees. Das schwarze Boot umgedreht und beschneit auf dem Ufer. Blaues Licht in der Fischerhütte, ruhiges Lampenlicht bei Tien und Grete und über allem der grelle Schein der Peitschenleuchte.

Der Fischer klemmte sich eine Taschenlampe unter den Arm und ging hinauf zum Heizerhaus. Gestempelte Papierstreifen quer über dem Spalt der seltsamen Tür warnten ihn davor, sich Zugang zu verschaffen.

Er schaltete die Taschenlampe ein, leuchtete in die Wohnung und erschrak: eine Luke, von der er all die Jahre nichts gewußt hatte, war mitten im Raum hochgeklappt. Sollte das das Versteck des Heizers sein? Er richtete den Strahl in den Kellerraum und erblickte das Stück eines Regals, in dem, ordentlich aufgereiht, verschiedenste Flaschen standen. Und noch etwas sah er: einen aufrechten Glaskolben mit Destillierschlangen. Er erkannte sofort, daß dieses Teil zum guten alten Destillationsapparat gehörte. Mit dem Gerät hatten sie nach dem Krieg Schnaps gebrannt. Er hatte immer gemeint, daß das Dings längst auf dem Müllplatz verrottet wäre, aber hier hatte es unter der Obhut seines Kumpels geduldig auf die nächste Katastrophenzeit gewartet.

Er klopfte an die Scheiben und flüsterte den Namen seines Freundes. Er hielt es doch noch für möglich, daß dessen Gestalt unversehens aus der Versenkung stieg. Aber nichts rührte sich. Er betrachtete noch einmal die Versiegelung an der Tür. Sie war unbeschädigt. Er wollte um das Haus gehen, um die anderen Fensteröffnungen zu kontrollieren, aber plötzlich war ihm, als wäre etwas hinter ihm. Er blieb stehen und blickte sich um. Der Schein einer

Taschenlampe blendete ihn kurz und glitt dann auf den Einstieg des Heizerhauses. Der Lauf einer Maschinenpistole senkte sich. Die Grenzer hatten ihn erkannt.
»Ich wollt' sehen, ob sich hier was tut«, sagte der Fischer.
Die Grenzer kamen heran und leuchteten ins Fenster hinein. »Alles wie gehabt«, sagte der eine zum anderen. »Und du schleich hier nicht nachts herum, manche Kumpels sind nervös!«
Der Fischer ging zurück zu seiner Hütte.
Seine Frau blickte ihn an, als er hereinkam.
»Bei Stelzbein Totenstille, und bei Tien und Grete rührt sich auch nichts mehr!« sagte er dumpf.
»Die beiden laß man!« antwortete sie nach einer Weile. »Siehst doch, bei denen brennt Licht!«
»Aber seit gestern kein Rauch über dem Schornstein.«
»Damit wollen sie dich nur anlocken, die raffinierten Biester. Nachts werden die feuern. Jetzt, wo das Dreibein nicht mehr reinschaut, sollst du dat wohl übernehmen! Die beiden laß man!«
Er gehorchte. Aber am nächsten Vormittag stapfte er zum Boot und umkreiste danach Tiens Hütte. Er mochte nicht rufen, seine Alte würde das kränken, er versuchte aber in die Fenster zu blikken. Die Vorhänge waren jedoch sorgfältig zugezogen, kein Spalt, nix.
Mittags sagte er: »Mudder, bei den da drüben stimmt wat nicht! Wat is dat nur allens!«
»Bei denen hat nie wat gestimmt!« antwortete sie heftig.
»Wenn dat morgen immer noch so stille is, klopf' ich an und geh' rein, egal, ob die Tür verschlossen ist oder nicht!«
»Ja, immer geh!« schimpfte seine Frau aufgebracht, »willst dich wohl anbiedern bei denen. Die warten drauf!« Sie wußte selbst nicht mehr, woher ihr Groll kam, nur das wußte sie: er war Jahr für Jahr gewachsen.
Nachmittags hielt erneut der Barkas auf den Betonplatten.
»Wat, schon wieder Ware?« rief die Fischersfrau, die das Auto hatte kommen hören. Ihr Alter legte den Holzkloben, an dem er sich seit Tagen zu schaffen machte, auf die Erde und erhob sich. Vielleicht sollte er sich wenigstens ein paar Reservebuddeln holen. Wenn niemand was haben wollte, würde das Auto auch nicht mehr kommen.
Aber der Fahrer draußen hupte nicht. Autotüren taten sich auf.

Fremde stiegen aus. Wieder wurden sie von Jobst begleitet. Sie gingen hinauf zum Heizerhaus. Der Fischer hob den Holzkloben auf und setzte sich wieder. Seine Frau spähte aus dem Fenster.
»Vaddern, die gehen zu den beiden Weibern rüber!«
Er blieb sitzen und wartete.
»Sie klopfen, aber da rührt sich nichts. Sie kommen!« rief sie plötzlich erschrocken. Sie zog das Zudeck hoch. »Wenn du wieder die Decke hochschlägst, sterb' ich!«
Der Fischer ging an die Tür.
Die Männer stellten sich als Kriminalisten vor, schienen aber nicht eintreten zu wollen. »Kommen Sie bitte als Zeuge mit. Dort drüben öffnet niemand!«
Jobst klopfte erneut am Tienhaus und rüttelte an der Tür. Einer der Herren bückte sich. »Der Schlüssel steckt von innen.«
»Öffnen Sie, Polizei!« rief Jobst.
»Versuchen Sie, die Tür aufzubrechen!« sagte einer der Kriminalen.
Jobst machte mit seiner Hand einen kräftigen Ruck. Holz splitterte. Die Tür war auf. Der schwarze Kater sprang an ihnen vorbei ins Freie. Kälte auch im Haus. Abgestorbene Blumen.
»Ist hier jemand?« Nur die Stille antwortete. Sie sahen in allen Räumen nach. Keine Menschenseele. Die Fenster verschlossen. Die Männer sahen einander an.
»Im Dorf sagt man, ›die Tien kann zaubern‹!« bemerkte der Fischer.
»So kommt mir das langsam auch vor!« sagte Jobst.
»Die werden verreist sein«, meinte einer der Herren.
»Hier kommt man nur mit der Fähre weg«, sagte Jobst, »aber die Fähre fährt zur Zeit nicht!«
Das schien die These des Fischers zu bekräftigen. Zu wunderlich die Ereignisse der letzten Zeit. Er blickte auf den Spaten, der da mitten im Zimmer lag und wollte ihn aufheben.
»Hier wird nichts angefaßt!« sagte ein Herr.
Der Fischer wies auf den feinen Spalt im Fußboden. Eigentlich waren die Hütten allesamt nicht unterkellert gewesen, aber in der Russenzeit hatte sich so mancher ein Versteck unter den Dielen ausgebaut.
Die Herren verstanden. »Genau wie bei dem anderen! Öffnen Sie die Klappe!« wiesen sie Jobst an.

Der Dorfpolizist holte aus der Küche ein Brotmesser, steckte das Messer in den Spalt und hebelte die Klappe ein wenig hoch, dann packte er zu und klappte den Lukendeckel nach oben. Erschrocken sperrte er das Maul auf: Es waren die ersten Toten, die er zu sehen bekam.

Die Herren wandten sich an den Fischer. »Danke, Sie können jetzt gehen. Wir kommen nachher noch mal rüber, verlassen Sie bis auf weiteres das Dorf nicht!«

»Verlassen Sie das Dorf nicht!« sagte der Fischer beim Weggehen. »Wo sollt' ich wohl hin!«

»Na wat is?« empfing ihn seine Frau.

Er hob die Schultern. »Jobst hat den Deibel gesehen.«

»Nu kommt er ins Freie!«

»Der Deibel?«

Jobst war aus dem Haus gekommen, begab sich zum Barkas und fuhr mit dem Fahrer davon. Die anderen Männer blieben im Tienhaus. Nach einer Weile kam einer von ihnen zum Fischer rüber. Der Mann trat ein, hielt seine Hände über den warmen Herd und stellte beiläufig Fragen.

»Wann haben Sie die Frauen zum letzten Mal gesehen?«

»Beim Einkaufen am Konsumwagen vor drei Tagen.«

»Danach nicht mehr?«

Der Fischer schüttelte den Kopf. »Morgen hätte ich nach dem Rechten gesehen.«

»Bißchen spät, finden Sie nicht?«

»Es ist Winter, da verkriecht sich jeder in seiner Hütte.«

Der Mann sah sich im Zimmer um und erkundigte sich nach Problemen, die diese Abgeschiedenheit doch sicher mit sich brachte.

»In einem Heim hätten Sie es einfacher!«

»Ne, das geht hier schon!« wehrte der Alte ab.

Die Fischerfrau nickte heftig.

Der Fremde machte sich Notizen und ging wieder rüber zum Tienhaus.

Die Fischerfrau stellte das Fernsehgerät ab, sie rückte sich die Kissen an der Wand zurecht und blickte unverwandt aus dem Fenster. Hin und wieder kamen die Männer aus dem Haus ins Freie. Sie schlugen wie Holzfäller ihre Arme an ihre Leiber. Sie rauchten und redeten. Schließlich blickten sie alle in eine Richtung. Das grüne Auto kam zurück. Wieder das Klappen von Türen.

Die Fischerfrau winkte, ohne ihren Blick vom Geschehen draußen abzuwenden, ihrem Mann. Der aber blieb neben dem Ofen sitzen und schnitzte an seinem Klotz herum.
»Sie laden Tragen aus!« kommentierte sie.
Er blickte kurz hinaus.
»Dann waren die beiden also im Kellerloch. Weiß der Teufel, wer sie da reingesteckt hat!«
Wieder dauerte es geraume Zeit.
Auf einer Bahre trugen die Männer in Folie eingewickelt ein gekrümmtes Etwas.
Er trat ans Fenster. »Steifgefroren!«
»Ne, Vadder, das is die Totenstarre!«
»Erst unser Stelzbein, dann so wat und nu ...?« Er vollendete den Satz nicht.
»In Tüten, as wäre dat verrecktes Vieh!«
Die Autotüren knallten.
»Kein bißchen Achtung, kein bißchen Rücksicht.«
Das Auto fuhr davon. Jobst und zwei Männer gingen hinterher.
Die Fischerfrau kroch unter das Zudeck und weinte. Er saß neben dem Ofen, holte die Buddel und stellte drei Gläser vor sich auf den Hocker.
»Dann wollen wir mal wieder«, dachte er und goß die drei Gläser voll. Er stieß an und kippte den Schnaps die Kehle hinab.
»Stelzbein, hast du damit was zu tun?« fragte er nach einer Weile.
»Ich war doch längst tot!« antwortete der Kumpel.

Gerede

Niemand hatte geschwatzt, und doch wußten alle Bescheid: Tien und Grete tot unter einer Falltür aufgefunden und wie zwei Kadaver in Plastetüten auf einem Eisbrecher in die Gerichtsmedizin aufs Festland geschafft.
Nackt auf einem Blechtisch mit einem Zettel am Zeh. Ne, das ist kein Vergnügen nicht! Das ist Leichenschändung. Weißkittel schnippeln lachend an dir rum. Dat ist so ziemlich das Schlimmste.

Auch die Fischerfrau wußte, wie das so vor sich ging. Hatte sie alles im Fernsehen gesehen.
Schreckliches Ende. Unbeweint und von allen verlassen auf einem kalten Blechtisch und dann die Entsorgung. Ein Häufchen Asche.
»So feierlich wie dat Pier von Lütt Otto wird heutzutage niemand mehr bestattet«, das mußte auch ihr Mann zugeben. Der Heizer treibend unter dem Eise hatte es wahrscheinlich besser erwischt als Tien und Grete.
Der Fischer schlief neuerdings schlecht, das gemeinsame Abendschweigen mit dem Heizer fehlte ihm. Das Geflimmer des Fernsehers in der eigenen Hütte irritierte. Die Ereignisse auf dem Bildschirm begannen sich in seine Träume zu schleichen. Nachts wurde es manchmal urplötzlich taghell im Zimmer. Der Schneehang reflektierte gleißend das Licht des Scheinwerfers vom Grenzturm. Seltsame Schatten bewegten sich durchs Zimmer und verloschen so plötzlich, wie sie gekommen waren.
Anfangs hatte seine Alte ihn wachgerüttelt. Beim ersten Mal hatte sie sogar geschrien: »Der Erzengel Gabriel!«
Beim Aufwachen war auch er erschrocken. Tatsächlich, da bewegte sich etwas. Aber draußen war alles ruhig, und beide schliefen sie wieder ein. Sie hakte sich bei ihm unter, so wie sie einst in ihrer Jugend durch die Felder gegangen waren. Wie ein Fels war ihre Ruhe früher gewesen, als die Jungs noch hier waren.
Manchmal weckte sie ihn auch nur, um mit ihm zu reden. Und immer ging es darum, auf anständige Weise ins Grab zu sinken.
»Versprich mir, daß du dafür sorgst!«
»Und wenn ich nun vor dir ins Gras beiße?« brummte er schläfrig.
»Untersteh dich!«
Ihm schien es wichtiger, sie mit List lebendig über den Winter zu bringen.
»Anständig ins Grab? Wie soll wintertags uns Paster so fix auf die Insel kommen?«
»Ach der, der tut nicht not. Dat is doch kein richtigen Paster nich. Menschen, die an der Grube weinen, sind wichtig.«
Er lachte und zeigte ihr seine braunen, von der Tabakspfeife abgewetzten Zähne.
»Ne Mudder, lassen wir besser erst das Gras über die anderen Toten wachsen, bevor wir uns schwarze Gedanken machen. Wenn

die Sonne höherkommt, wird das Leben wieder angenehmer. Alles hat seine Zeit, und dem Sterben muß man auch seine Zeit lassen.«
Sie hatte offenbar beschlossen, sich zu beeilen. Die düsteren Ereignisse hatten sie erschreckt. Nur nicht verbogen in Plastetüten gestopft werden wie die Tien und wie die Grete. Nur nicht hinein in einen durchsichtigen Schneewittchensack!
Die Fähre kam jetzt trotz widriger Eisverhältnisse zweimal in der Woche. Der Eisbrecher bahnte ihr den Weg. Das hatten offenbar die Todesfälle bewirkt.
Das Tuten der Schiffe war jedesmal wie eine Fanfare der Befreiung.
Zwar wurden insgeheim immer noch die abstrusesten Verdächtigungen ausgetauscht, aber das unheimliche Gefühl, mit einem Mörder auf einer einsamen Insel vom Eis eingeschlossen zu sein, verlor an Kraft. Die dunklen Fragen in den Augen der Dörfler blieben.
Unsmoler spürte diese Blicke. War er nicht so ganz anders als sie? Waren die Bösen nicht immer die anderen?
Es war beinahe wie eine Erlösung: Die schöne Blonde kam die Dorfstraße hinab. Er eilte an die Tür. Sie war erst am Vormittag mit der Fähre gekommen und noch nicht vom dumpfen Mißtrauen infiziert, das auf der Insel wucherte.
»Na, hast du mich schon vermißt?« rief sie lachend.
Sie küßten einander auf die Wangen.
»Wo warst du so lange?«
»Winterzeit ist Lehrgangszeit«, sagte sie. »Oder meinst du, ich will hier als Tippse alt und grau werden? Übrigens schöne Grüße vom Herrn der hundert Katzen! Der Mann hat noch mal Glück gehabt, wäre die Grenze nicht rechtzeitig dicht gemacht worden, wären es sicher noch mehr!«
Unsmoler antwortete nicht. Sie wußte also, aus welchem Grund der Mann die Katzen hatte.
»Hier ist einiges passiert inzwischen …«, sagte er.
»Hab' schon gehört, lauter Tote.«
»Zwei, von denen man sicher weiß.«
Sie mochte das Thema nicht. »Der Katzenmann hat mir schon einen Brief geschrieben, fand ihn hier vor.«
Unsmoler reagierte nicht. »Es ist unsere Teezeit«, sagte er.

Er setzte Wasser auf, spülte in der Küche Kanne und Tassen aus und kam wieder zurück.
Sie hatte einen Aschenbecher auf den Tisch gestellt und rauchte.
»Du schreibst dich also mit ihm …«
Sie spürte seine Eifersucht. »Keine Liebesbriefe, obwohl er die Blonden mag. Mailart. Korrespondenz mit aller Welt. Er hat mir Adressen gegeben, obwohl ich ihm gesagt habe, daß ich nicht zeichnen kann.«
»Für derartige Briefe brauchst du nicht zeichnen zu können, du brauchst überhaupt nichts zu können«, sagte Unsmoler verärgert. »Du mußt nur Geld für Briefmarken haben. Und das hast du. Geh ans Meer und sammle Strandgut, irgendwelche Schnapsflaschen mit bunten fremdländischen Etiketten, löse die Etiketten ab, klebe sie auf eine Postkarte und signier' das Ganze, fertig! Schreib vielleicht noch drunter: Der kleinste gemeinsame Nenner! Oder bück dich nach angetriebenen Milchtüten, frankier und adressier sie. Schreib mit Rotstift drauf, ›das ist die Milch der frommen Denkungsart‹!«
»Dann ist Mailart also Ulk?«
»Ulk kann geistreich oder albern sein, gewichtig wie die holde Kunst oder einfach dürftig. Da wir hier am Ufer eines Meeres wohnen, kann man aufsammeln, was angespült wird. Fast jeder hier ist glücklich über einen Gruß aus der Fremde. Wir sind genügsam geworden.«
Sie blickte auf seine Eisschollenbilder.
»Das mit den Etiketten ist gut. Im Moment bedeckt aber drinnen wie draußen alles das Eis.«
Unsmoler lachte: »Meinst du das politisch? Wenn das so ist, kannst du auch eine ganze Postkarte mit ›streng vertraulich‹ bestempeln. Null Inhalt wird zum Inhalt, nur darfst du das Signieren nicht vergessen!«
Sie sah ihn mit jenem raschen Blick an, der augenblicklich seine Wachsamkeit zurückrief. Sie löschte ihren Blick mit einem bezaubernden Lächeln aus.
»Vielleicht findest du irgendeinen harmlosen Stempel in deiner Schublade, der als Reihung dekorativ und schmückend wirkt«, schlug er rasch vor. »Du kannst auch eine Postkarte voll mit Einpfennigwerten des Briefmarkenporträts unseres geliebten Staatsratsvorsitzenden kleben und darunter zur Erklärung das Karl-Marx-Zitat vom Umschlag von Quantität in Qualität tippen …«

Sie wandte sich ab und blickte genauer auf seine Eisbilder.
»Mit der Schrift hast du es ja im Moment! Du hast so viele lustige Ideen, warum machst du nicht selbst Mailart?«
»Was soll ich mit Menschen korrespondieren, die ich nicht kenne?«
»Weil es einfach spannend ist ... die Künstler sind ein lustiges Völkchen! Irgendwann mußt du mich unbedingt zu Adamski mitnehmen!« sagte sie beiläufig, zu beiläufig.
Er versuchte, sein Erschrecken zu überspielen. Mann! rief er sich in Gedanken zu, was tust du? Du traust ihr nicht und gibst ihr doch Ratschläge, wie sie sich mit Mailartbriefen anpirschen kann!
»Ich werde mich hüten, dich mitzunehmen!«
»Und warum nicht?« Wieder dieser kurze Blick.
»Weil ich dich dann nämlich los bin!« sagte er. »Adamski ist ein Verführer, besonders, was die Frauen anbetrifft.«
Augenblicklich begriff er, was für ein herrliches Argument ihm eingefallen war.

Nur ein Ruck

Der Alte vom Fischdorf war hinüber zum Neudorf gegangen. Ein weiter Weg für ihn. Er hatte sehen wollen, ob ihn irgend jemand wegen der Eisfischerei ansprach. Fehlanzeige. Offenbar wollte zur Zeit niemand etwas mit dem Fischdorf zu tun haben. Er hatte sogar die Kneipe, in der die Männer unter sich waren, aufgesucht. Niemand winkte ihn an den Stammtisch. Da hatte er nun an der Theke gestanden und sich gleich zwei Schnäpse einschenken lassen, einen für sich und einen für den toten Heizer. Er stieß an, kippte sie beide runter, zahlte und ging hinaus in die Dunkelheit, in die Kälte und den Wind. Er spürte die Blicke. Ne, das mit der Eisfischerei war in diesem Jahr gelaufen.
Was soll's, sagte er sich auf dem Rückweg. Löcher ins Eis schlagen und Netze hinunter ins schwarze Wasser schieben. Soll das Dreibein da unten seine Ruhe haben.
Er kam zurück in die Hütte. Tiens Kater sprang vom Bett und schnürte ins Freie. Seine Alte blickte auf.

»Na, Muddern, wie ist dir dat ergangen?«
»Glaubst du an Jesus Christus und all diese Wunder?« fragte sie unvermittelt. Seit sie das Fernsehen hatte, kam sie ihm manchmal mit überraschenden Fragen. Diese Frage aber war so ungewöhnlich, daß er eine Weile über den fernen Klang der Worte nachdenken mußte, um deren Sinn zu begreifen.
Erwartungsvoll sah sie ihn an. Er mußte antworten.
»Wunder?« wiederholte er langsam, um Zeit zu gewinnen. »Flugzeuge fliegen wie Vögel. Wagen fahren ohne Pferde, und nun noch dein Flimmerdings, wenn das alles keine Wunder sind!«
Die Antwort genügte ihr nicht. »Das ist alles erklärlich!« sagte sie.
»Na gewiß doch. Wenn der Herrgott heutigentags über das Wasser wandeln würde, würden die Wissenschaftler dir erklären, warum das ganz normal ist, basta.«
Ihr Gesicht nahm einen beleidigten Ausdruck an. »Ich habe von Christus gesprochen!«
Während er auspackte, was er im Konsum besorgt hatte, kam ihm ein Gedanke. »Mudder, sagte er, »wenn es wirklich so was wie einen Herrgott gibt, dem das Menschengekrabbel hier nicht piepegal ist, kann er sich uns nur verständlich machen, wenn er die Sprache benutzt, die wir verstehen. Aber wenn wir es verstehen, ist es kein Wunder mehr. Wunder sind woanders.«
»Hast du einen gefunden, der mit dir aufs Eis geht?« fragte sie.
»Ne, dat sind alles Frostkoetels geworden. Aber was soll's. In drei Wochen ist der ganze Zauber sowieso wieder Wasser geworden!«
Schnee stiebte im Lampenlicht draußen.
Das Tauwetter setzte sogar früher ein. Das Eis riß auf, und eine breite Rinne freien Wassers bildete sich. Er konnte wieder draußen am Kahn hantieren. Draußen war er ein freier Mann, dem die Sonne den Rücken wärmte. Das Eis brach, aber Frühling war das noch lang nicht.
Am Abend war Nordwind aufgekommen. Nachts gab es plötzlich einen Ruck. Der Fischer ahnte, was das bedeutete: Stützen waren weggerutscht. Das würde auch nichts bringen, wenn er jetzt hinausginge. Tageslicht abwarten.
Seine Frau lag wach. »Es hat die ganze Zeit geknirscht!« rief sie ihm ins bessere Ohr.

»Laß es knirschen, solang es nicht die eignen Knochen sind!«
Er schlief wieder ein.
Morgens aber wunderte er sich. Seine Alte war ganz an die Wand gerückt, und er lag so nahe bei ihr, als wären sie noch in den Flitterwochen. Er rückte ein wenig weg, denn er hatte sich nie an all ihre Verbände gewöhnen können. Aber das Wegrücken war gar nicht so einfach. Wat is nu kaputt! dachte er und setzte sich auf. Seltsam das Zimmer. Die Schranktüren standen offen, als hätte sich nachts jemand in ihrer Wohnung zu schaffen gemacht. Die ganze Welt schien aus dem Lot geraten. Nur das goldene Engelchen vom Kunstmaler hing senkrecht an seinem Faden hinab.
»Kieck, Muddern, da hast du dein Wunder!«
Sie sperrte stumm den Mund auf.
»Muddern«, sagte er erstaunt, »wie hemm bannig väl Schlagsiet!«
»Nu sünd wie dran!« rief sie erschrocken.
»Ach was, dat is nicht Gevatter Tod, dat is dat Eis, dat is retour kamen!« Er kletterte aus dem Bett und suchte seine Schlappen. Gemächlich kleidete er sich an. Er wollte zu ihrer Beruhigung ganz gelassen das Feuer anfachen und das Teewasser aufsetzen, sah aber, das Ofenrohr war aus dem Schornstein herausgerutscht.
»Muddern, wenn der Tod uns hätte holen wollen, hätte er uns heut nacht so ganz gemütlich ersticken können.«
Er schlüpfte in die Gummistiefel. »Ich dreh' nur mal fix 'ne Runde!« Er mußte die Tür aufdrücken, sie klappte wieder zu. »Muddern, nu haben wir auch eine Automatik, alles wie bei Herrschaften!«
Er stieg hinaus.
Das Meer hatte ganze Arbeit geleistet. Mir nichts, dir nichts hatte es die Schollen auf den Strand und die kleine Düne hinaufgeschoben. Das Eis war still: der Wind hatte gedreht.
Nun hab' ich mein Tun, dachte er und betrachtete die Schäden …
Der Schornstein hielt sich gerade noch so. Stein für Stein würde er den abtragen müssen. Zum Glück alles nur mit Lehm gemauert.
Er ging zurück in die Hütte. Seine Frau saß im Bett und starrte auf den Fernseher. Nichts, nur weißes Geflimmer.
»Dat is dat Eis!« sagte er.
Sie blickte aus dem Fenster, sah die Schollen und begann zu schreien.

»Muddern«, schimpfte er, »willst du, daß die Oberen uns hören und uns helfen? Was dabei rauskommt, weißt du!«
Sie verstummte.
»Dein Flimmerdings bring' ich schon wieder in Ordnung. Aber erst muß es hier warm werden.« Er rückte mit einiger Mühe den Kohleherd an die Giebelwand, legte unter zwei Beine jeweils ein Brikett. Der Ofen stand wieder halbwegs gerade. Dann drückte er das Ofenrohr an die Wand, zeichnete rundherum einen Kreis und begann ein Loch in die Lehmwand zu klopfen.
»Alles kein Problem, Muddern, wir erfrieren nicht.«
Eine halbe Stunde später prasselte das Feuer im Herd. Er setzte Teewasser auf.
»Was soll nun werden!« jammerte sie.
»Höher kommt das Eis nicht, und wenn es doch kommt, hier sind noch drei andere Häuser. Oder willst du gleich da drüben ins Museum?«
Sie schüttelte heftig den Kopf.
»Na siehst du!«
Gegen Mittag hatte er ihr die Antenne wieder gerichtet. Verständigung durch die Zimmerdecke. »Wenn du ein Bild hast, klopf mit dem Besenstiel!«
Er hatte die Stange durchgesägt und oben in der richtigen Stellung auf dem Fußboden festgenagelt. Dann legte er die Leiter ans Schilfdach und begann den gefährlichen Schornstein abzutragen. Die Sonne wärmte ihm den Rücken. So mochte er das Leben.

Märzsonne

Sie kam durch die Sonne. Über ihrer linken Schulter trug sie an breitem Riemen eine lederne, zu ihrer Lederjacke passende Umhängetasche. Sie hatte Stiefelchen an, was die Zierlichkeit ihrer Gestalt noch augenfälliger machte. Ein zauberhafter Anblick in der Frühlingssonne.
»Du kommst ja regelrecht getanzt!« rief Unsmoler.
»Das macht die Sonne«, sagte sie und hielt den Kopf ein wenig schräg, »und was gibt es bei dir Neues?« Im gleichen Augenblick

fiel ihr ein, daß er den Brief, den sie bereits kannte, noch nicht erhalten hatte. Seine Nebelbilder waren angenommen, und er war zur Ausstellungseröffnung in die Akademie der Künste eingeladen worden.
»Zum Glück nichts Neues!« sagte er strahlend. Aber das war Koketterie, denn eigentlich war er ein unverbesserlicher Optimist.
»Aber ich habe was. Meine ersten Schritte in der Welt der Kunst!« Sie klopfte auf die Ledertasche. »Mailart. Ich war fleißig, aber lache nicht!«
Sie setzte die Tasche ab und breitete erwartungsvoll ihre postkartengroßen Arbeiten auf dem Bett aus, das tagsüber, sorgfältig zugedeckt, ein Sofa war.
Er seufzte ein wenig verlegen. Er war ernst geworden.
»Alles ein wenig zu kompliziert. Es sind Bildchen«, bemerkte er nach einer Weile, möglichst taktvoll. »Ich habe einen Stempel mit«, sagte sie verunsichert und reichte ihm einen Bürostempel: RUNDSCHREIBEN.
Er machte ihr Platz auf dem Tisch, gab ihr ein großes Blatt Papier, drückte auf eine Glasscheibe etwas chromoxydgrüne Ölfarbe.
»So nun setz dich und male mit dem Stempel dein erstes Ölbild. Je weniger Mittel, um so besser. Eine Reihung dieses gestempelten Wortes: einen Zaun aus Worten zum Beispiel. Oder stempele einen runden Kreis: dann ist es ein wirkliches ›Rundschreiben‹. Das wäre ein harmlos origineller Witz. Oder stempele alle Worte richtig herum, nur einmal eins verkehrt herum, darunter schreibe: ›die Provokation!‹. Das wäre kein Witz. Variiere, erfinde! Beim Tun kommst du auf Gedanken, laß dich gehen, Mädchen. Du kannst das doch!« Er lachte und versuchte sie zu umarmen. Er spürte ihre Enttäuschung.
Sie hatte plötzlich etwas von einer eifrigen Oberschülerin, die alles, was sie lernen wollte, auch lernen konnte.
Stille. Er zeichnete sie, sie stempelte.
»Es kleckst«, sagte sie nach einer Weile.
»Laß es doch klecksen: das ist jetzt Kunst. Vielleicht muß es klecksen. Ein Farbfleck, durch den der offizielle Stempel wandert.« Er legte seine Zeichnung ab, trat hinter sie, blickte ihr über die Schulter und bekam selbst Lust, mit dem Stempel zu hantieren. Er entdeckte auf dem Tisch die Wäscheklammer, mit der er seine Eis-

skizzen zusammengeklammert hatte. Er entfernte die Feder. Die Klammer zerfiel in zwei identische Holzteile.
Er reichte sie ihr. »Das sind auch Stempel, wenn du ein zweites Element brauchst.«
Sie geriet in Eifer. Er legte ihr ein paar leere, frankierte Postkarten auf den Tisch.
»So nun munter drauflos, stempele das erste sinnvolle Rundschreiben!«
»Willst du nicht auch Mailart machen?«
»Ich habe anderes vor. Ich mag die Moden nicht. Vielleicht, weil die Moden zu rasch vergehen ... vielleicht mißtraue ich auch unserem Echo auf Erfindungen, die anderswo gemacht wurden. Vielleicht bin ich zu sparsam. Aber dir macht es Freude, und alle Kerle, die von einer schönen Frau Post bekommen, freuen sich auch!«
Er berührte mit seinen Lippen ihren Nacken.
»Ich öffne dir mit Ratschlägen die Tore zu fremden Männerburgen! Bin ich nicht ein kompletter Idiot?«
»Manchmal schon«, sagte sie. Sie wandte sich rasch um, küßte ihn flüchtig und stempelte eifrig weiter.
Am nächsten Tag brachte Elfriede die Einladung zur Ausstellungseröffnung. Die Schöne ließ sich drei Tage lang nicht sehen, dann kam sie mit einer Mail-Art-Postkarte. Er erkannte sofort, von wem sie war. Es waren drei Katzenpfoten draufgestempelt und darunter stand geschrieben: »Immer schön leise treten!«
Das war eine provokante Karte.
»Na, das ist doch eine staatserhaltende Mahnung. Der Mann sollte den Nationalpreis bekommen«, sagte er.
Und wieder war da dieser kurze kalte Blick, von dem sie selber vielleicht nichts ahnte. Sie war doch nicht perfekt.
Dieser Blick warnte ihn erneut. Er durfte sie nicht mit zu seinen Freunden nehmen. Sie beide womöglich noch in ihren Lederjakken als äußeres Zeichen von Übereinstimmung! Sie sah den Brief, den sie bereits kannte, auf dem Tisch liegen.
»Und haben sie deine Nebelbilder ausjuriert?«
»Nein«, sagte er.
»Ist ja prima! Wann ist die Eröffnung? Wäre toll, wenn wir zusammen fahren könnten! Ich muß nämlich auch aufs Festland, eine Seminararbeit vorstellen.«
»Ich fahre nicht«, sagte er, »ich habe zu tun.«

Sie spielte die Gekränkte. Sie konnte nicht begreifen, daß er ihr immer noch nicht gehorchte.
Er war anders als andere Männer.
Sie zeigte ihm zwei Stempel: »Streng vertraulich« und »Nur für den Dienstgebrauch«.
»Mädchen, laß das nicht den Dicken sehen!« sagte er besorgt.
»Ach der, der hat andere Probleme: Die beiden alten Damen vom Fischdorf sind von Ratten angefressen worden. Das hat sich in der Bezirksstadt herumgesprochen. Eine Untersuchung wurde eingeleitet. Man spricht von Seuchengefahr. Das Abwasser des gesamten Objekts geht ungeklärt in die See, die hygienischen Verhältnisse des Zeltplatzes und des Feriendorfes untragbar. Der gute Mann muß eine zentrale Abwasseranlage bauen lassen. Klärteiche.«
»Wenn der anfängt zu bauen, wird mir immer himmelangst«, sagte Unsmoler.
»Sprich nicht davon. Zeig deine Hand!«
Er zeigte ihr seine Hand. Sie stempelte ihm »Streng vertraulich« und »Nur für den Dienstgebrauch« auf die Handfläche. »Das zur Beachtung!«
Er schrieb zwei Wörter darüber: Freiheit und Wahrheit.
Sie las:

Freiheit NUR FÜR DEN DIENSTGEBRAUCH
Wahrheit STRENG VERTRAULICH

Er bemerkte ihr kurzes registrierendes Innehalten nicht. Sie wandte sich ab, setzte sich an den Tisch und begann eifrig zu arbeiten.
Er zeichnete die schöne stempelnde rätselhafte Frau.
»Sende die Karten besser nicht ab. Das könnte dich deine Stellung kosten. Man weiß nie, wem so etwas in die Hände gerät«, sagte er plötzlich.
»Du hast ja Angst!« Sie sah sich um und lachte.
»Um dich habe ich Angst. Aber wenn das eine Mutprobe ist, werde ich ein paar leere Karten verschicken und darunter schreiben: der Text wurde von der Selbstzensur verboten. Oder Karten, deren Text übermalt ist mit der Randbemerkung: Aus Gründen der persönlichen Sicherheit geschwärzt.«
»Und das wäre, meinst du, weniger heftig?«
»Nein. Du siehst, Mailart ist hier entweder albern oder lebens-

gefährlich. Wegen einer Dreistigkeit sollte man aber nicht in den Knast wandern.«
»Weswegen sonst?«
Er legte sein Zeichenbrett beiseite.
»Höchstens wegen einer schönen Frau.«

Neuigkeiten

Es war wieder Elfriede, die die Nachricht brachte. Sie schwenkte die Zeitung und rief: »Da steht etwas über dich drin! Ich verkauf' dir ein Exemplar.«
Er holte ihr die dreißig Pfennig.
»Auf der zweiten Seite!« sagte sie.
»Hast du es gelesen?«
»Im ganzen Objekt redet man seit gestern davon ... immerhin steht das alles in der republikweit größten Zeitung!«
»Die Republik ist klein, und die wichtigste Zeitung ist die Kleingärtnerzeitung«, sagte Unsmoler witzelnd.
Sie ging. Er würde schon sehen!
Unter der Überschrift »Was soll das?« war eine Besprechung der Akademieausstellung abgedruckt. Er suchte seinen Namen und fand ihn. »... Nebelbilder, was soll das? Malt der junge Mann derartig verwaschen, weil er sich scheut, seine Meinung klar und unmißverständlich kundzutun? Verbirgt er was, oder hat er das Malen einfach nicht gelernt? Der befremdete Betrachter fragt sich, was ist mit diesen jungen Leuten los, die von der Akademie der Künste für diese Ausstellung ausgewählt wurden, um neue Wege in unserer sozialistischen Kunst aufzuzeigen! ...«
Unsmoler ging ins Atelier und setzte sich.
Würde die Schöne vom Objekt überhaupt noch kommen, wenn man ihn in der Parteizeitung derartig runtergemacht hatte?
»Vielleicht werde ich künftig vor den Umarmungen der Partei sicher sein, und das wäre gar nicht mal schlecht!« gab er sich zur Antwort. Draußen gackerten die Hühner. Verhungern würde er gewiß nicht. Vielleicht kann ich hinter dem Schilf sogar ein paar Reusen stellen ...

Überlebensstrategien. Mit dem billigen Fisch wird es ohnehin bald vorbei sein. Der Heizer verschollen, der Fischer allein. Plötzlich kam er auf den Gedanken, zum Fischer zu gehen und dem Alten seine Hilfe anzubieten.
Der Lärm von Planierraupen riß ihn aus den Gedanken. Er ging hinaus und erblickte gar nicht weit entfernt auf der Wiese neben der Betonstraße die stählernen Ungetüme in Aktion. Sie schoben Wälle. Ein Kipper schaffte Sand heran. Etwa eine Kläranlage am Dorfeingang? Sollte er sich den Maschinen in den Weg stellen?
Was soll's … Klärbecken sind nötig.
Am nächsten Tag pochte es heftig an seine Tür. Unsmoler war überrascht: der Herr Akkurat und seine Gattin standen draußen. Unsmoler wußte gar nicht, daß sie bereits auf der Insel waren. In anderen Jahren hatten stets stinkende Qualmwolken, die sich aus den winterkalten Schornsteinen des Nachbarhauses quälten, die Ankunft des Malerpärchens angezeigt. Verwundert gab er den Kollegen die Hand. Er blickte sich zum rauchlosen Nachbarhaus um. Die unteren Fenster waren noch mit schwarzen Tafeln verschlossen.
Der Herr Akkurat und seine Frau überfielen ihn mit einem Vorwurf. »Warum hast du uns nicht angerufen, wir hätten gemeinsam etwas gegen diesen Unfug unternehmen können. Wir wären sofort gekommen!«
Er begriff: sie meinten die Klärbecken neben der Betonstraße.
»Ich bemerkte den Unsinn erst gestern, als die Planierraupen ratterten. Im übrigen wäre mein Einspruch zur Zeit kaum eine Unterstützung gewesen.«
»Wir haben von der Ausstellung gehört!« untertrieb der Herr Akkurat.
»Möchtet ihr ins Warme kommen?«
Der Herr Akkurat wehrte dankend ab.
»Diese Zeitungsattacken gelten im Grunde weniger euch, sie gelten anderen Leuten«, versuchte die Malerin Unsmoler zu trösten.
Ihr Gatte unterbrach sie. »Nein, diese Gruben hier. Der Gestank wird unerträglich sein!«
»Noch ist die Kacke nicht am Dampfen!« sagte Unsmoler.
Befremdet von so viel Gelassenheit, konnte der Herr Akkurat nur den Kopf schütteln.

Eine halbe Stunde später verkündete dichter Qualm dem Dorf, daß das »Schloß« wieder bewohnt war.
Unsmoler ging zum Fischer. Der Fischer hantierte am Boot. Aber es war noch nicht die rechte Zeit zum Fischeholen. Verwundert blickte der alte Mann auf. »Heut is ja mächtig Betrieb hier ... der Paster redet schon seit einer Stunde mit meiner Alten. Und was willst du?«
»Bei dir als zweiter Mann anfangen!« sagte Unsmoler.
»Von mir aus gern, aber dazu mußt du dir erst mal eine Genehmigung vom Dicken beschaffen.«
»Soll das Boot ins Wasser?«
Der Fischer nickte. »Ich wollt' schon den Paster bitten. Der Kahn muß zu Bach, sonst reißt die Planke kaputt!«
Sie trugen Stangen und Rollen heran und schoben zu zweit das Boot ins Wasser.
Ein schwimmendes Boot! Welch ein Anblick!
»Hol dir nächste Woch Fisch!« sagte der Alte beim Abschied.
»Na gewiß doch!«
Die schlanke Blonde besuchte Unsmoler am nächsten Tag. Sie zeigte ihm Gestempeltes und erwähnte die Zeitungsartikel mit keinem Wort.
»Kannst du mir einen Rat geben?« fragte er.
Gespannt sah sie ihn an.
»Der Fischer ist mit seinem Boot allein«, sagte er. »Er kommt ohne Hilfe nicht klar. Ich will ihn unterstützen. Ein paar Stunden täglich. Ich vermute, dazu brauche ich eine offizielle Genehmigung.«
Sie sah ihn erschrocken an. Sie fragte ihn nicht, ob ihn die Artikel in den Zeitungen derartig verletzt hätten, daß er abhauen wollte. Sie vermutete, daß es der Fall war.
»Ich soll dir einen Rat geben?«
Er nickte.
»Ich würde an deiner Stelle nicht einmal daran denken, den Antrag zu stellen. Ich sagte dir ganz im Vertrauen, der Genosse Vorsitzende hat ziemlich viel Ärger im Moment. Er müßte den Antrag weiterreichen, und ich wüßte auch, an wen.«

Elfriede zögerte nicht lange, sie trat in den Vorraum, der die Küche war, und rief vernehmlich: »Moler, du hast ein Telegramm!«
Als er die Ateliertür öffnete, spähte sie in den Raum. Sie hatte gesehen, was sie hatte sehen wollen: Verdammte Unzucht, die Blonde saß nackt auf einem Stuhl!
»Is nichts Schlimmes!« sagte sie. Er steckte das Telegramm in die Tasche, was ihr mißfiel. »Interessiert dich wohl nicht? Nächstes Mal renne ich nicht so!«
»Ich arbeite«, brummte er.
»Ach, so nennt ihr das!« rief Elfriede vernehmlich und verließ, von ihrem eigenen Ausspruch entzückt, das Haus.
Unsmoler zog das Telegramm aus der Tasche.
»Befehl von Elfriede«, sagte er zur Blonden, »ich muß es sofort lesen. ›Bild verkauft, erbitten Kontonummer, die Ausstellungsleitung‹.«
Die nackte Blonde lächelte.
»Willst du immer noch mit dem alten Fischer Fische fangen?« fragte sie. »Deine Bilder sehen gut aus, geheimnisvoll. Es gibt offensichtlich Interessenten. Nun hast du es schwarz auf weiß!«
Ein paar Tage später kam Elfriede erneut.
»Arbeitet ihr schon wieder?« fragte sie zweideutig grinsend und übergab ihm ein weiteres Telegramm.
»Schon wieder was verkauft?« fragte er. Sie schüttelte den Kopf.
Diesmal las er sofort.
Es war eine Einladung zu einer öffentlichen Diskussion in der Akademie der Künste.
»Ich bin morgen zum Schlachtfest geladen«, sagte er dumpf.
»Ist doch toll!« rief Elfriede entzückt.
»Aber nicht, wenn man eins der Schweine ist!« sagte er.
Beide lachten sie. Elfriede mochte Sprüche.
Ich werde mich, anstatt hinzufahren, am Meer in die Sonne setzen und aufs Wasser sehen, beschloß er. Sollen die sich auf dem Festland meinetwegen die Köpfe einschlagen!
Aber ihm kamen bald Zweifel. Er wurde immer unruhiger. Er versuchte an seinen Eisbildern zu arbeiten, aber er war nicht bei der Sache. Immer wieder diese Gedanken: Wer soll hierzulande das

Eis zum Schmelzen bringen, wenn man die, die sich bemühen, im Stich läßt?
Wenn du dich feige in die Sonne setzt und auf die ewigen Wogen blickst, wirst du dich dein Leben lang schämen. Er packte seine Tasche: Handtuch, Rasierzeug, weißes Hemd, Skizzenbuch, Stifte und ein paar geschmierte Stullen.
Wenn du dich schließlich entschließt, doch nicht zu fahren, kannst du das Brot getrost auch hier essen oder an die Hühner verfüttern, sagte er sich.
Fast hoffte er, daß die Fähre aus irgendeinem Grund nicht kommen würde. Aber die Fähre kam. Er stellte gegen 17 Uhr den Hühnern reichlich Futter hin, hängte sich die Tasche um und ging an den ratternden Planierraupen vorüber zum Hafen.
Er fürchtete schon, auf seinem Weg die schöne Blonde zu treffen. Aber sie kam erst zwei Stunden später die Dorfstraße hinab. Sie spürte, daß etwas anders war als sonst. Der Schornstein rauchte nicht. Tatsächlich, die Katentür war verschlossen. Sie rief, aber nichts regte sich. Sie setzte sich auf das Bänkchen im schwarzen aufrechten Boot. Plötzlich fiel ihr der Fischer ein. Wenn er den Alten unter den Tisch säuft und in dessen Klamotten zum Kahn schlurft, ist es für ihn einfach, davonzufahren! Wer wird ihn daran hindern? In den anderen Hütten ist doch alles tot!
Sie sprang auf und ging mit eiligen Schritten aufs Objekt zu. Vorbei an den Sandbergen der idiotischen Baustelle. Sie blickte immer wieder nach allen Seiten. Vielleicht kam Unsmoler ja ganz plötzlich mit dem Zeichenbrett unter dem Arm den Hügel herab. Sollte er aber versuchen abzuhauen: sie würde in echte Schwierigkeiten geraten. Sie ging noch rascher. Bevor sie sich mit der Sicherheitsabteilung in Verbindung setzte, ließ sie sich von der Sekretärin des Dicken den Schlüssel für die Aussichtsetage geben. Sie fuhr hinauf und richtete das Fernrohr auf das Fischdorf in der Mulde. Das Dach des Fischerhauses erschien in ihrem Blickfeld. Es ragte ein wenig hervor. Links neben dem Dach auf dem schmalen Strand lag unverkennbar der schwarze Fischerkahn. Sie atmete auf. Was sie sonst zu vermeiden hatte: sie ging in die Sicherheitsabteilung. Der Diensthabende begrüßte sie erfreut und zeigte ihr eine Kopie des Telegramms an Unsmoler.
»Das ist in die Hosen gegangen, Genossen, die Fähre ist weg!« schimpfte sie.

Das Podium

Säulen und kahle Platanen vor dem Eingang. Tarnfarbenflecken der Baumrinde. Alles grau ringsumher. Eine Pendeltür und ein Pförtner. Der Pförtner wies die breite Marmortreppe hinauf. Unsmoler stellte bei ihm seine Umhängetasche ab. Es war noch Zeit. Viel zu früh war er gekommen. Hier in der Stadt konnte er Wegezeiten schwer einschätzen. Die erste Straßenbahn, die um die Ecke gebogen war, war die 12 gewesen. Er war eingestiegen. In jeder Kurve hatte die Bahn höllisch geschrien. Seltsame Begleitmusik beim Betrachten einer Stadt.
In den Sälen links und rechts hingen immer noch die Bilder der Ausstellung, um die es in den Zeitungen wochenlang gegangen war. Auch seine drei Werke hingen dort. All den Blicken, all dem Gerede, all den Mutmaßungen, all den Verdächtigungen hatte er sie ausgeliefert.
»Hallo, Bilder«, sagte er, »wie geht es euch!« Sie schwiegen. An zwei Bildern ein roter Punkt.
Er staunte, wie brav doch diese ganze Ausstellung war. Wie war es nur möglich, daß diese Bilder derartig viel Staub aufgewirbelt hatten. Es ging offenbar um anderes.
Der Marmorfußboden spiegelte. Das ist das Eis, auf das ich mich begeben habe. Immer mehr Leute kamen durch die Pendeltür. Er hörte unzählige Schritte auf den Treppenstufen und beschloß, gleichfalls in den Saal zu schauen. Zu seinem Erstaunen waren die wie in einem Amphitheater ansteigend angeordneten Sitzreihen bereits bis zum letzten Platz gefüllt. Immer mehr Leute drängten herein. Er ging hinab und setzte sich ziemlich weit vorn auf den Fußboden. Er wollte alles aus nächster Nähe mitbekommen. Nach einer Weile kam ein Herr auf die Bühne und forderte alle Personen, die keinen Sitzplatz gefunden hatten, auf, in einem anderen Saal, in den die Veranstaltung mit Lautsprechern übertragen werden würde, Platz zu nehmen. Ich habe meinen Platz gefunden, dachte Unsmoler. Das könnte euch so passen, den Saal nur mit euren Leuten zu füllen!
Bekannte Persönlichkeiten nahmen am Tisch auf der Bühne Platz. Unsmoler erkannte jenen wieder, dem er die Einladung zu dieser Ausstellung zu verdanken hatte. Zu verdanken? Auf den Plätzen

daneben andere Größen der Kultur: Schriftsteller, Komponisten, Maler, Bildhauer, Akademiemitglieder.
Schließlich die Reden. Beschwörungen, Angriffe, Vorwürfe, Warnungen. Der Präsident kündigte eine Pause an und bat um weitere Wortmeldungen. Wer was zu sagen habe, möge einen Zettel mit seinem Namen nach vorne bringen.
Unsmoler spürte die Ausweglosigkeit der Situation. Dummheit würde ich mir verzeihen, sagte er sich, Feigheit nicht! Er schrieb seinen Namen auf einen Zettel und brachte diesen nach vorn. Dann setzte er sich wieder und dachte nach. Er konnte in dem aufgeregten Lärm rings umher keinen klaren Gedanken fassen. Was willst du sagen? Er wußte es nicht. Er wußte nur, er würde nach vorn gehen, um irgend etwas zu äußern, was den Professor, der ihn eingeladen hatte, unterstützen könnte.
Er, der unbekannte Maler von der Insel, glaubte einen Nationalpreisträger beschützen zu können.
Die Redner wechselten. Manche drohten unverhohlen.
Einer der höchsten Parteiideologen rief: »Wenn das hier Untergrundkunst ist, werden wir diesen Untergrund erbarmungslos zerschlagen!«
Und plötzlich war da sein Name.
Unsmoler begriff nicht gleich. Eine Pause. Er erhob sich und nahm die fünf Stufen zum Podium mit zwei Schritten. Er dachte nicht an seine Bilder, sondern nur an die Solidarität zu Künstlern, die in diesem Lande etwas bewirken wollten.
Er redete und hörte überraschenderweise Beifall.
Der Beifall gab ihm die Chance, zu überlegen und nächste Formulierungen zu finden.
Und wieder Applaus.
Er ging von der Bühne und setzte sich. Seine Leidenschaft hatte überzeugt.
Getrost konnte er heimfahren und die Hühner füttern.
Als die Veranstaltung zu Ende war, holte er seine Tasche vom Pförtner und verließ das Gebäude. Leute strömten zu den Straßenbahnen.
Jemand rief ihn. Von der anderen Straßenseite winkte der Professor.
»Wo gehen Sie hin?« fragte dessen Gattin.
»Zum Bahnhof.«

»Dann sind Sie ja nur hergekommen, um auf die Bühne zu springen!«
Er lachte.
»Kommen Sie mit uns, wir gehen noch in den ›Albatros‹, Sie können bei uns übernachten.«

Heimfahrt

Er hätte glücklich sein können. Man hatte seinen Worten applaudiert, man hatte ihn gelobt. Er hatte in der Ausstellung, von der alle Zeitungen schrieben, zwei Bilder verkauft. Er hatte mit den Größen der Kultur an einem Tisch gesessen, geredet und getrunken. Er war von einem Künstler, den er schätzte, und dessen zauberhafter Gattin aufs freundlichste aufgenommen worden.
Er stand an der Reling der Fähre, die im Hafen vertäut lag, und konnte es nicht erwarten, daß sie sich endlich von diesem Ufer löste.
Die Gattin des Künstlers hatte ihn in herzlicher Fürsorge mit Reiseproviant ausgestattet. Apfelsinen und Bananen!
Er mochte die Früchte nicht essen. Er dachte an das Bübchen … dem hätte er gern das rare Obst auf den Tisch gelegt.
Warum hatte er den Tag nicht genießen können?
War der Tag der Rückkehr zu plötzlich, zu unerwartet gekommen?
Warum hatte er sich nicht vor Freude betrunken? Warum hatte er nicht jugendliche Freiheit demonstriert.
Vielleicht hatten sie es erwartet.
Waren all diese Nationalpreisträger und Berühmtheiten, die das Glück gehabt hatten, in ihrer Jugend Weltkunst erlebt zu haben, aus der Nähe so enttäuschend dürftig geworden?
Selbstgefälliger Zynismus, den sie selbst für revolutionäres Denken hielten, und Resignation zwischen Kerzen, Zigarrenrauch und Sektgläsern.
Wäre er nicht fast aufgesprungen, als sie die Mauer als Voraussetzung, ihre fulminanten Ideen zu verwirklichen, lobten?
Fast aufgesprungen.
Fast.

Ein einzelner aus ihrer Reihe hatte mit der Ausstellung den Versuch gemacht, Verkrustungen, wie er verkündet hatte, aufzubrechen.
Unsmoler hatte über den Tisch hinweg dessen schöne Frau betrachtet. Er begriff: Sie war es gewesen, um derentwillen der alte Mann über seinen Schatten gesprungen war.
Im »Albatros« feierte man offenbar den Umstand, daß das gewagte einmalige Experiment so glimpflich abgelaufen war.
Abgelaufen.
Unsmoler hatte bei der Tafelrunde bleiben müssen, bis seine Gastgeber aufbrachen.
Im Auto durch die Stadt zur noblen Villa.
Der Kellner ließ den arrogant hingeworfenen Hunderter des betrunkenen Komponisten auf dem Tisch liegen.
»Haben Sie denn keine Kinder?« hatte ihn der Nationalpreisträger zur Rede gestellt und den Schein in die Flamme einer Kerze gehalten. Dieses Bild schien über dem versinkenden Festland zu schweben.
Unsmoler schaute nach vorn.
Er war der einzige Passagier an Deck.
Die Insel tauchte gegen Mittag am Horizont auf.
Sie wuchs und wuchs, und dann dieses Bild: Wie ein gemiedenes Ufer lag sie im Wasser.
Die Insel ohne Segel, die Insel ohne Boote.
Die Fähre stieß an die Fender, die quietschenden, knarrenden Autoreifen.
Ein Windstoß wirbelte Staub vom grauen Beton der Pier.
Dann das Geräusch der schurrenden Gangway. Unsmoler betrat das Ufer.
Der grüne Barkas rollte heran, um die Versorgungsgüter ins Objekt und hinauf in den Konsum zu fahren.
Unsmoler und der Fahrer blickten einander kurz an. Ein leichtes Nicken. Nicht mehr als notwendig. Der Fahrer machte eine Notiz.
Das aber sah Unsmoler nicht.
Die Planierraupen arbeiteten ratternd hinter den Wällen der Klärbecken. Weißer Sand unter der dünnen Schicht dunklen Bodens.
Der Leib der Insel aufgerissen.
Man war vorangekommen, die Dämme waren bereits geglättet.

Noch riecht es nicht nach Scheiße, dachte Unsmoler.
Die Hühner flatterten ihm entgegen, als er auf seinen Hof einbog.
Keine Post unter dem Stein.

Die Diagnose einfach

Der Genosse Vorsitzende blickte zutiefst befriedigt von der Aussichtsetage hinab auf die rechteckig in die Landschaft geschnittenen Klärbecken. Die Arbeiten gingen zügig voran. Zu Zwischenfällen war es nicht gekommen. Selbst das Malerpärchen hatte die Notwendigkeit der Anlage eingesehen, denn der Genosse von der Abwasserwirtschaft hatte äußerst überzeugend argumentiert: »Im Becken 4 werde ich vor Ihren Augen baden! So sauber das Wasser. Wir können es ohne Bedenken in den Bodden leiten. Die biologische Reinigung ist effektiv und äußerst preiswert! Der unhaltbare gegenwärtige Zustand wird damit ein für alle Mal beendet.«
Der Inselchef machte ein paar Schritte um das Stativ des Fernrohrs herum und richtete das Gerät auf den langen Maschendrahtzaun, den man seinerzeit um das Fischdorf gezogen hatte. Er betrachtete die akkurate Reihe der so gut wie neuwertigen Betonpfähle und lächelte plötzlich. Natürlich! Den Zaun dort werde ich aufgrund der Vorkommnisse abbauen lassen und die Pfähle wie auch den Maschendraht zum Einfrieden der Klärbecken verwenden!
Fakt ist, der Fischer wird die Arbeit mit dem Boot allein nicht mehr bewältigen. Die Genehmigung für eine Hilfskraft wird nicht erteilt. Boot weg, Lampe weg, Zaun weg, Hütten weg.
Die Umgestaltung der Insel vollzog sich in rasanten Schritten.
Ärgerlich zog er die Brauen zusammen. Seine optimistischen Gedanken wurden stets durch irgend etwas gestört. Diesmal hatte er an die Bilder denken müssen, mit denen der Inselmaler in der Hauptstadt aufgetreten war. Nebelbilder! Er kannte die Werke lediglich von wenig schmeichelhaften Beschreibungen aus der Tagespresse. Unsere Menschen lieben Sonne. Viel Sonne, Sand und Wasser können wir ihnen hier bieten … aber nein, der junge Mann malt Nebel! Verdammt noch mal, Optimismus soll er verbreiten!

Aber nein, er malt Nebel. Schlimmer noch, er malt Gestalten im Nebel. Gestalten bei undefinierbaren Tätigkeiten. Gestalten, die sich verirren! Gestalten, die im Nebel tappen! Gestalten, die unbeobachtet etwas tun.
Sieht dieser Mensch unsere grandiosen Errungenschaften nicht, oder will er sie nicht sehen? Will dieser Bürger nicht zur Kenntnis nehmen, wie wir zum Beispiel die hygienischen Verhältnisse durch die Abwasseranlage grundlegend verbessern? Will er nicht zur Kenntnis nehmen, daß wir seit zwei Wochen unseren Werktätigen eine ständige Arztpraxis zur Verfügung stellen können?
Wird ihm nicht klar, daß er mit seinen Bildern unsere Arbeit, unsere Insel und die Partei der Arbeiterklasse diffamiert hat?
Wir hatten sehr viel Geduld mit ihm, aber man wird mich fragen: »Genosse, welche erzieherischen Maßnahmen habt ihr ergriffen?«
Nun, ich werde Schritte einleiten, die eine letzte Chance für ihn sind. Er wird unsere Sichttafeln mit Losungen beschriften, mit Merksätzen, die sich vor allem in sein eigenes Hirn einbrennen sollen.
Der Genosse Vorsitzende blickte noch einmal über die Insel … sah die präzisen Rechtecke der Abwasserbecken, in denen die Planierraupen noch glättend Erdreich hin und her schoben, und sah den Bagger, der schnurgerade Gräben für das Leitungssystem aushob … Nebel, was für ein Unfug! Hier ist kein Nebel!
Er fuhr hinab, um die Genossen von der Sicherheitsabteilung zu konsultieren.
Auf der Betonstraße wanderte der alte Fischer zum Dorf hinauf. Er hörte den Lärm der Planierraupen nicht und nahm auch keine Notiz von den frischen Sandwällen zu seiner Rechten.
Er war rasiert und trug einen schwarzen Anzug. Er grüßte niemanden, weil er niemanden ansah. Und er reagierte nicht, wenn ihm jemand einen guten Tag wünschte. Aber man wußte ja, er war so gut wie taub. Bei Unsmoler bog er von der Dorfstraße ab und ging auf dessen Hof.
Vielleicht will er sich abmalern lassen, versuchte man im Dorf das seltsame Gebaren zu erklären.
»Naksch im Nebel auf dem Sofa!« lästerte Elfriede. Man las auch im Dorf die Zeitung. Der Fischer blieb nur kurz in der Malerhütte. Gemeinsam mit Unsmoler kam er bald wieder heraus. Beide Männer begaben sich zum Nachbarhaus, das man das Schloß nannte.

Der Herr Akkurat erschrak über den Besuch, ließ die beiden Männer aber eintreten.
Die imponderablen Auftritte von Unsmoler auf dem Festland ließen zur Zeit jede Begegnung mit ihm problematisch erscheinen. Der Herr Akkurat hatte eigene Pläne, die er von einem unbedachten Nachbarn nicht zunichte machen lassen wollte. Keinesfalls konnte er riskieren, mit einem jungen Mann, der es wagte, öffentlich aufmüpfige Reden zu halten, in einen Topf geworfen zu werden.
»Worum geht es?« fragte er, kaum daß er die Tür geöffnet hatte.
»Meiner Frau geht es nicht besonders«, antwortete der Fischer dumpf. »Der Pastor möchte bitte, wenn es möglich ist, rasch auf die Insel kommen. Sie will das so!«
Der Herr Akkurat rief unverzüglich an. Der Pfarrer kam mit der nächsten Fähre und begab sich zum Fischerdorf. Die Tür des Fischers aber war verschlossen. Er klopfte, aber nichts tat sich. Das Boot lag in der Brandung und schlug bei jeder Welle dumpf auf den sandigen Grund. Der Fischer war nirgendwo zu sehen.
Der Pfarrer umrundete die Hütte, der Vorhang innen war zugezogen, aber das blaue Licht des Fernsehers flackerte. Der Geistliche bückte sich kurz. Er nahm einen Stein in die Hand und klopfte heftiger an die Tür. Wieder keine Reaktion. Ungehalten irrte er umher und blickte bei der Heizerhütte durch die Scheiben. Auf der Holzbank sah er den alten Fischer liegen. Wieder pochte er. Der Mann rührte sich nicht. Der Pfarrer öffnete beunruhigt den seltsamen Eingang. Der Fischer richtete sich auf.
Erst nach einer Weile erkannte er den Pastor.
»Junge«, sagte er, »dat ging aber fix!«
Er strich mit den Händen den schwarzen Anzug glatt.
»Nachts wache ich bei ihr, sie hat das so gewollt«, sagte er und stieg ins Freie, »tagsüber muß ich mich hinlegen.«
»Ist sie bereits verstorben?« fragte leise der Pastor.
Der Fischer hörte die Frage nicht. Er bat den Geistlichen mit einer Handbewegung, ihm zu folgen. Er schloß seine Hütte auf und hielt die Tür fest, damit der Pastor einsteigen konnte. Im Bett lag mit gefalteten Händen die Fischerfrau. Sie war tot. Sie war seit mehreren Tagen tot. Zu ihren Füßen tönte der Fernseher. Der Pastor schaltete das Gerät aus.
»Segnen Sie sie, damit sie unter die Erde kann«, sagte der Fischer.

Der Pastor segnete die Tote und blickte den Fischer besorgt an.
»Mit dem Beerdigen ist das so einfach nicht.«
»Sie kommt mir nicht in die Plastetüte. Das habe ich ihr versprochen. Wenn es Schwierigkeiten gibt, beerdige ich sie selber«, drohte der alte Mann.
»Ein Arzt muß sie sehen.«
»Ich habe damals im Krieg und damals nach dem Krieg Hunderte Menschen ohne Arzt und ohne Pfarrer begraben: Ertrunkene, Verstümmelte, Erschossene, Verkohlte, Erschlagene …«
Der Pastor hob beruhigend die Hände: »Ich nehme es in die Hand.«
Der Pastor eilte zum Chefobjekt. Er hatte erfahren, daß die Insel einen Arzt bekommen hatte, den suchte er auf und sprach mit ihm unter vier Augen. Der Arzt schwang sich aufs Fahrrad und radelte zum Fischdorf. Der Fischer erwartete ihn.
»Wie ist das passiert?« fragte der junge Doktor, während er die Tote untersuchte.
»Ich kam vom Wasser. Das Haus war voller Rauch. Das Flackern vom Fernseher kaum zu sehen. Ich hab' Tür und Fenster aufgerissen. Bin aber zu spät gekommen. Der Ofen voller glimmender Kohlen. Die Frau im Bett tot. Sie hatte das Rohr aus der Wand gezogen und das Loch nach draußen verstopft.«
»Wir werden versuchen, ihr die Plastetüte zu ersparen«, sagte der Arzt und stellte den Totenschein aus. Das Gesicht der Toten rosig … die Diagnose einfach.
Fast alles so wie einst. Dunkel die Worte des Pastors. Dunkel der Geruch der welkenden Blumen. Zwei große Kirchenkerzen neben dem Sarg. Der Sarg war vom Tüffelmacher gefertigt worden. Seine letzten Eichenbretter hatte er geopfert. Eichenbretter, aus denen er, so lange war das noch gar nicht her, Bootsplanken hatte machen wollen. Im Sarg lag auf Hobelspänen die Frau, die das feierliche Begräbnis erzwungen hatte. Glockengeläut. Ihr Mann, der Überlebende vom Fischdorf, einsam in der ersten Reihe. Die Söhne hatten nicht einreisen dürfen. Die Kapelle überfüllt.
Am tiefen Grab draußen zwei Bläser vom Festland. Schwarz gekleidet mit golden blinkenden Waldhörnern. Auch dafür hatte der Pastor gesorgt. Schwarz die Töne, die durch das Dorf schwebten.
Die lange Reihe der Dörfler zog am Fischer, der neben dem Pastor

am Grabe stand, vorüber. Händeschütteln. Immer wieder Hände voll Sand auf das tönende Holz unten. Stumme Blicke.
Die Fischerfru hatte es geschafft, vor Tien und Grete unter die Erde zu kommen … vielleicht sogar in den Himmel.
Ihr Mann hatte Wort gehalten: nix da mit Plastetüte und irgendwelcher Asche in der Plasteurne.
Er hatte sich allerdings bereit erklären müssen, in den Tagen nach der Beerdigung für eine ausgiebige Befragung zur Verfügung zu stehen.
Die allen Vorschriften zuwiderlaufende Installation des Herdes, das herausgerutschte Ofenrohr, das tagelange Verschweigen des Ablebens seiner Ehefrau, das aufgebrochene Siegel am Eingang der Heizerhütte, all das belastete ihn. Fünf Todesfälle in seiner unmittelbaren Nähe …
Man hoffte wahrscheinlich, durch die Aussagen des alten Mannes das große Sterben aufzuklären. Und noch etwas hatte man vor …
Im Dorf machte man sich so seine Gedanken. Aber das Geschwätz der Leute hörte er nicht.
Ohne Arg kam er nach der Beerdigung in die Kneipe, er bezahlte den Wirt großzügig im Voraus, trank selbst ein paar Schnäpse, verbeugte sich vor den anderen Zechern, sagte vernehmlich: »Schönen Dank auch!« und ging hinaus. Die Kluft, die ihn von den Dörflern trennte, war selbst im Unglück spürbar.
Am nächsten Tag kam er am frühen Nachmittag erneut ins Dorf. Wieder im schwarzen Anzug. Unter dem Arm trug er zwei in Zeitungspapier gewickelte Pakete. Wieder klopfte er bei Unsmoler. Unsmoler kam aus dem Haus, sprach mit ihm und bat ihn herein. Das alles wurde von den Augen des Dorfes registriert. Nach einer Weile kam der Fischer heraus. Er trug nur noch ein Bündel und ging mit dem hinauf zum Kapellenfriedhof. Dort wickelte er aus, was er unter dem Arm getragen hatte. Es war das goldene Engelchen, das einst Delphine zu Unsmoler auf die Insel gebracht hatte.
Der Fischer legte das Figürchen zwischen die welken Blumen aufs frische Grab und knüllte das Einwickelpapier zusammen. Er steckte den Bindfaden in die Hosentasche, blieb mit dem Knüllpapier in den Händen eine Weile reglos am Grabe stehen und begab sich anschließend zum Hafen. Die Fähre lag schon an der Pier, aber es war noch viel zu früh.

An Bord fand er einen Mülleimer. Er warf das Knüllpapier hinein und setzte sich unter Deck auf eine Bank. Erst jetzt bemerkte er, daß er seine Tabakspfeife vergessen hatte.
Im Dorf wußte man längst, daß er sich den Behörden auf dem Festland stellen mußte.
»Leute, der kommt nicht wieder!« meinte man ohne jedes Mitleid.

Schaumalen

Der Herr Akkurat, wie auch seine Gattin, hatten auf dem Friedhof drei Hand voll Sand in die Grube geworfen. Auch sie hatten mit Trauerblick die Hand des Fischers und des Pfarrers geschüttelt.
Sie hatten Unsmoler zur Kapelle gehen sehen und waren gleichfalls dorthin gegangen.
»Wir können unserem Kollegen von nebenan nicht das Feld überlassen!« hatte der Herr Akkurat zu seiner Gattin gesagt und sie zur Eile ermahnt. »Auf jeder Hochzeit tanzt der Bursche neuerdings!«
Daß Unsmoler vor Tagen gemeinsam mit dem Fischer vor der Tür stand, war alarmierend gewesen. Der Fischer hatte sich mit seinen Sorgen nicht etwa an sie gewandt, der Mann war, obwohl sie doch über das Telefon verfügten, zuerst zum jungen Nachbarn gegangen.
»Es ist keine Hochzeit«, korrigierte die Malerin ihren Gatten sanft, »es ist eine Beerdigung. Auf Beerdigungen tanzt der Tod.«
Befremdet hatte der Herr Akkurat sie angeschaut.
In der Kapelle hatte er bemerkt, daß die Dörfler mit ihren Blicken immer wieder Unsmoler suchten. Wahrscheinlich hatte man auch hier auf der Insel die Zeitung gelesen. Wahrscheinlich vermuteten diese einfältigen Leute, daß der, von dem geredet wurde, egal was, ein großer Mann sei. Ärgerlich schüttelte der Herr Akkurat den Kopf.
Nach der dörflichen Trauerfeier ging er, ohne sich umzuziehen, unruhig im Giebelzimmer seines Hauses auf und ab.
Mit wachsender Besorgnis sah seine Gattin zu. Sie spürte, ihr Gatte hatte Probleme. Sie versuchte zu lächeln.

Plötzlich blieb er stehen. Er blickte hinab auf den Nachbarkaten.
»Der Bursche weiß genau, was er will, genau, aber wir, wir durchschauen ihn!« stieß er hervor, »der Junge kann sich darauf verlassen, uns wird er nicht in die Ecke drängen, uns nicht!«
»Nicht doch, Lieber«, sagte sie mit sanfter, begütigender Stimme, »unser junger Kollege ist doch im Grunde übel dran. Wir sollten ...«
Der Herr Akkurat unterbrach sie mit erschrockenem Blick: fiel die eigene Frau ihm etwa in den Rücken?
»Übel dran?« wiederholte er zweifelnd, »übel dran? Wenn das allerdings der Fall sein sollte, möchte er, bitte schön, uns nicht auch noch reinreiten. Das Leben ist schon schwer genug!«
»Lieber!« hauchte sie. Bevor sie jedoch den Satz fortsetzen konnte, griff er sich an die Kehle und eilte hinaus. Sie begab sich unverzüglich in ihr Atelier und streckte, in Erwartung eines qualvollen Schreis, ihre Hand nach dem Klingelzug aus. Sie ließ ihre Hand jedoch sofort wieder sinken: der ausgestopfte Pfau war noch nicht im Apfelbaum montiert. Sie lauschte. Kein Schrei im Treppenhaus. Statt dessen fiel hallend die Haustür ins Schloß. Es klang wie ein Schuß. Sie zuckte zusammen.
Dann sah sie ihren Gatten über den Kiesweg in die Galerie hasten.
»Wir werden künftig allzu große Nähe zum Nachbarn vermeiden ...«, sagte ihr Gatte nachmittags beim Teetrinken streng. Die kleine Mißstimmung schien noch nicht ganz vergessen.
Sie sah ihn überrascht an.
»Wenn du den Herrn Kollegen dermaßen leidenschaftlich verteidigst, muß es dem Ehemann gestattet sein, von gewisser Nähe sprechen zu dürfen«, setzte er seinen Satz fort und beantwortete damit ihren verwunderten Blick. »Trotzdem ist es gut zu wissen, was der junge Mann vorhat. Wir werden also weiterhin Bilder von ihm in der Galerie hängen, aber in anderen Bereichen in die Offensive gehen. Jeder wird sich künftig davon überzeugen können: Wir haben nichts im Nebel zu verbergen. Wir nicht. Ich denke da an ein regelmäßiges Schaumalen.«
Sie erschrak, denn sie dachte an die Veranstaltung damals auf dem Hügel. »Ich gehe nicht auf den Hügel«, sagte sie leise.
»Aber wer spricht denn vom Hügel!« rief er.
»Wir werden lediglich an bestimmten Tagen zu bestimmter Stun-

de Besuchern unsere Ateliers öffnen. Nur so kann man die Werktätigen an die Kunst heranführen. Eine derartige Initiative ist neu, völlig neu!«
Sie sah ihn flehend an.
»Liebste«, bat er, »wir müssen reagieren. Unser Nachbar fordert uns heraus. Wenn wir endlich grünes Licht für deine Ausstellung im Ausland bekommen wollen, müssen wir Ideen haben. Neue Ideen! Wir müssen, Liebes, wir müssen!«
Sie nickte kaum sichtbar. Er sah es. Zustimmung.
Vernehmlich setzte er die Teeschale ab. »Sieh hinaus!« befahl er.
Die Malerin blickte aus dem Fenster und sah die blondierte junge Frau vom Objekt in flotter Lederjacke forsch an den nachbarlichen Ginsterbüschen vorübergehen. Unsmoler öffnete ihr. Die Begrüßung herzlich. Die Tür schloß sich.
»Mittendrin im Objekt ist er, mittendrin!« sagte der Herr Akkurat.
»Aber es wird ihm nicht gelingen, uns das Wasser abzugraben!«
»Will er das denn?«
»Ob er es will oder ob er es nicht will. Er tut es offenbar.«

Diskrete Verhöre

Die schöne Blonde hatte sich ein paar Tage rar gemacht. Nun aber machte sie ihm mit bezirzendem Lächeln Vorwürfe. »Du bist mir einer, fährst in die Hauptstadt und sagst mir nicht Bescheid. Dein Auftritt hätte mich unheimlich interessiert. Du hinter einem Rednerpult!«
»Es war kein Auftritt. Ehrlich gesagt, ich hatte vermutet, es würde ein Schlachtfest werden«, antwortete er.
»Dein leidenschaftlicher Einsatz wurde gelobt!«
»Einsatz wofür?« sagte er, »zu glauben, daß bei uns irgendeine Neuerung möglich ist, bevor sie in der Sowjetunion erprobt wurde, ist völlig illusorisch. Wir können nur die Hände in den Schoß legen und demütig warten. Das Licht und die Finsternis kommen aus dem Osten, aber ganz was anderes, hast du etwas von unserem Fischer erfahren?«
Ihr mißfiel diese Abschweifung. »Seine Hütte ist baupolizeilich

gesperrt. Das wurde allerhöchste Zeit. Man wird ihm einen Platz im Altersheim zur Verfügung stellen«, sagte sie rasch.
»Ich muß dir was zeigen.« Unsmoler stand auf und holte eine hölzerne Möwe. »Die hat der Fischer geschnitzt und mir gebracht. Ich finde sie großartig. Sie rührt mich. Man sollte etwas für ihn tun. Er braucht die Insel, und er braucht das Meer.«
»Und er braucht sein Boot?« warf sie dazwischen. Wieder dieser kurze Blick.
Unsmoler reagierte auf ihre Frage nicht. »Du solltest für den Alten bei euch im Objekt ein gutes Wort einlegen«, sagte er. »Schließlich gehörst du zur Kulturabteilung.« Er zeigte auf die Möwe. »Das ist Volkskunst im besten Sinne. Er hat ein etwas süßliches weißgoldenes Engelchen in eine Möwe verwandelt. Vielleicht könnte er im Dorfmuseum wohnen und schnitzen und obendrein sein Museumsboot bewachen.«
»Ich werde sehen, was sich machen läßt«, sagte sie und legte die Möwe auf den Tisch.
»Worauf warten?« fragte sie dann.
Er begriff nicht gleich.
»Du meintest, man könnte die Hände nur in den Schoß legen und demütig abwarten.«
Es war ihm nicht gelungen, das Gespräch auf ein anderes Feld zu lenken. »Auf Veränderungen in der Kulturpolitik!«
Vielleicht genügte ihr diese Aussage. Nun wechselte sie das Thema. Sie erzählte, daß sie sich für einen Ferienaufenthalt in Jugoslawien bewerben könne. Sie schaute ihn herausfordernd an. »Soll ich dich als Lebensgefährten angeben? Vielleicht dürftest du mit.«
Er schüttelte den Kopf. »Mich zieht es nicht nach Jugoslawien.«
»Andere würden sich darum reißen! Baden im warmen Mittelmeer!«
»Aber warum denn. Der Inselchef baut uns doch gerade Planschbassins direkt vor die Tür. Im vierten Becken kann man baden, heißt es.«
»Bei dir weiß man nie, woran man ist!«
Der Herr Akkurat hatte die schöne Blonde in den Katen gehen sehen. Unmöglich konnte er gelassen am Tisch sitzen, während die beiden da unten womöglich Pläne schmiedeten.
Der Herr Akkurat ging die Treppe hinab und begab sich in sein

Atelier. Auf dem langen Arbeitstisch lag eine Vielzahl von Zetteln. Der Papierkorb war gefüllt mit Knüllpapier. Sein Blick glitt über die ausgebreiteten Blätter. Er nahm zwei Papiere, betrachtete sie kurz, zerriß sie und warf sie zum Knüllpapier in den Korb. Er griff zum Graphitstift, skizzierte etwas und legte die flüchtige Skizze an die frei gewordene Stelle. Seine Vorstellungen verdichteten sich. Es schien fast, als ginge es um Bühnenbilder eines Theaterstücks, das in diesem Hause aufgeführt werden würde. Innenansichten von Räumen mit einzelnen Figuren, deren Kleidung farblich zu den an den Wänden angedeuteten Bildern paßte. Und immer wieder die Darstellung des Treppenhauses, in dem Gemälde ausgestellt und Pflanzenkübel postiert waren. Über dem Arbeitstisch an die Wand geheftet, der Grundriß des Schloßgartens. Markierte Gartenwege, auf denen Pfeile die Lauf- und Blickrichtung von Menschen festlegten. Skulpturen auf Grasflächen.

Tafeln mit erklärenden, bereits in der Rohfassung notierten Texten, rot markiert innerhalb des Hauses. Nichts sollte offenbar dem Zufall überlassen bleiben. Gleichfalls mit Rot waren zahlreiche Absperrungen eingezeichnet, hinter denen Zuschauer stehen würden, um die Künstler in sorgfältig arrangierter Situation bei der Arbeit beobachten zu können.

Schon jetzt hielt der Herr Akkurat spontane Worteinfälle und akribische Regieanweisungen fest. Ein Gesamtkunstwerk würde entstehen, in das sogar die Bäume und Pflanzen des Gartens, die Durchblicke zum Boddenwasser und die Wolken des Himmels einbezogen wurden. Und alles zielte darauf ab, im Atelier seiner Gattin in einer hauchfeinen Marderhaarpinselspitze, die die Leinwand berührte, zu kulminieren. Die Künstlerin, als geheimnisvolles Wesen. Er wußte bereits, in welchem Kleid er sie würde auftreten lassen. Noch aber sprach er nicht davon. Er wollte sie nicht überfordern.

Seine Stimmung besserte sich. Als er am Dienstagmorgen Unsmoler unten auf dem Katenhof an den Holzskulpturen arbeiten sah, sagte er zu seiner Gattin: »Da werkelt er wieder. Solang er nicht an unserem Stuhl sägt, bitteschön! Ich sagte es bereits, zwei, drei Bildchen für die Galerie, vielleicht sogar eine Skulptur für den Garten, das ist unser neuerliches Entgegenkommen. Ich werde mit der Berühmtheit reden, denn man sollte die Pläne seines Nachbarn kennen.«

Unsmoler ahnte nichts von diesen Gedankengängen, als er den Herrn Akkurat freundlich begrüßte.
»Gern gebe ich zwei, drei Bilder für die Galerieausstellung«, sagte er.
»Aber bitte keine Nebelgeschichten, mit derartigen Bildern kann man in gewissen Kreisen Eindruck schinden, hier auf der Insel jedoch nicht!«
Unsmoler spürte die Untertöne, war aber weit davon entfernt, gekränkt zu sein.
Noch eins drauf, dachte der Herr Akkurat. »Du hast uns in eine schwierige Situation gebracht, die gilt es auszubügeln.«
»Ausbügeln, indem ich den Erbauer der Abwasserbecken beim Baden in Wanne 4 male?« Unsmoler lachte.
Aber der Herr Akkurat erbleichte und erhob sich. Er vermutete, daß ihm sein Gegenüber vorhielt, den Genossen Vorsitzenden gemalt zu haben. »Das ist der Dank!« sagte er heftig, »aber ich stehe zu meinem Wort: Ich werde zwei Bilder hängen, egal, wie ich deine menschlichen Qualitäten einschätze!« sprach er in den Raum hinein. Er drehte sich um und ging.
Unsmoler sah seinem Nachbarn mit erschrockenen Augen nach. Werden wir alle verrückt?! Was nur hat uns so beschädigt? Wie, zum Teufel, spiegelst du dich in dessen Bewußtsein?

Ein paar Buchstaben

»Die Partei ruft!« Elfriede winkte mit einem Brief. Unsmoler zog eine Grimasse. Elfriede, entzückt von der Wirkung ihrer Worte, reichte ihm das Schreiben durchs offene Fenster herein. Es war eine Einladung von der Kulturabteilung.
Einladung gleich Vorladung, sagte sich Unsmoler. Fernbleiben wäre Provokation. Ich werde also hingehen und sehen, was sie wünschen.
Er nahm den Pinsel, den er abgelegt hatte, wieder zur Hand.
Bemalte Papiere auf dem Fußboden, auf dem Bett, überall. Der Auftritt des Herrn Akkurat hatte eine Bildserie provoziert. Die merkwürdige, urplötzliche Verwandlung des Gesichts seines Nachbarn

faszinierte Unsmoler. Nun hatte er seit Tagen Doppelgesichter gemalt. Manchmal schien es, als würde er Spielkarten entwerfen. Dann wieder erinnerten seine Darstellungen an Menschen, die in voller Montur bis zum Gürtel im Wasser standen und sich im Wasser spiegelten. Aber die Spiegelungen waren keine echten Spiegelungen. Die gespiegelten Gesichter schienen zu anderen Wesen zu gehören, zu verletzten, beschädigten, verunstalteten Geschöpfen. Grimassen wurden sichtbar, von denen die oberen Gesichter offenbar nichts ahnten. Es war möglich, die Bilder mal so herum, mal andersherum zu hängen. Immer wurde das untere Gesicht die Spiegelung. Unsmoler sah sich nun die Menschen seiner Umgebung wieder genauer an. Er prägte sich die Gesichtzüge ein, um sie nach ihrem zweiten Gesicht zu fragen.

Er blickte erneut auf das Schreiben und legte den Pinsel auf den Tisch. Ärgerlich hob er das Reißbrett von der Staffelei. Er löste das Blatt, an dem er gerade gearbeitet hatte, ab und zerknüllte es. Der Brief hatte ihn gestört. Er konnte nicht weiterarbeiten. Dann aber reute ihn die Materialverschwendung. Er strich das Papier wieder glatt, wusch mit dem Schwamm die Gouachefarbe ab und begann in der Knitterstruktur nach Elfriedes Gesicht zu suchen.

Nachmittags ging er an den Dämmen der Klärbecken vorüber zum Chefobjekt. Anmeldung beim Pförtner. Personalausweis und Eintragung ins Pförtnerbuch. In der Kulturabteilung wurde er erwartet. Der Funktionär bat ihn, Platz zu nehmen, und setzte sich gleichfalls. Die Blonde kam mit Kaffee herein, zwinkerte Unsmoler zu, setzte den Kaffee aufs Tischchen und ging wieder hinaus.

Unsmoler war überrascht. Es ging nicht um seinen Auftritt in der Stadt, es ging nicht um die Ausstellung, nicht um die vielen Zeitungsartikel. Es ging um den Fischer. Alle Worte, die Unsmoler sich zurechtgelegt hatte, waren offenbar für die Katz.

Man bat ihn um eine Einschätzung der Schnitzkünste des Alten, denn man hatte vor, ein größeres Fischereischiff, das in der Hochseefischerei ausgemustert worden war, als Museumsschiff herzurichten und zur Insel zu schleppen. Der alte Mann könnte auf dem Schiff im Kapitänslogis wohnen, schnitzen und den Besuchern etwas von der entbehrungsreichen Seefahrt längst vergangener Zeiten erzählen.

»Auf jeden Fall wäre das besser, als im Altersheim zu hocken«, meinte Unsmoler.

Die schöne Blonde kam herein und fragte, ob noch Kaffee gewünscht würde. Unsmoler dankte. Er wollte den Aufenthalt im Objekt nicht unnötig ausdehnen. Sie lächelte unmerklich.
Diese Sekretärin hatte offenbar Macht. Alle schönen Frauen haben Macht, beruhigte Unsmoler sich. »Und wann wird das mit dem Schiff aktuell?« fragte er.
»Noch in diesem Monat. Die Werft bekommt ein paar Ferienplätze. Die Kollegen dort richten das Schiff an Subbotniksonnabenden her. Sie bringen es und machen anschließend Urlaub. Wir können manchmal sehr schnell sein«, sagte der Funktionär und sah Unsmoler dabei herausfordernd an. Der letzte Satz klang seltsam bedrohlich, aber ganz sachlich fuhr der Mann fort: »Die Exponate des Fischdorfmuseums werden wir gleichfalls in einem der umgebauten Laderäume des Loggers zur Schau stellen. Die Genossen von der Werft waren begeistert von unserem Vorhaben. Die Logger werden nicht mehr benötigt. Die Werften stellen unserer Hochseefischerei modernste Schiffe zur Verfügung. Trawler, Verarbeitungsschiffe, Gefrierschiffe und und und. Ja, überall geht es rasant voran. Nur in der Kunst gibt es offenbar hier und dort Probleme.«
Also doch! dachte Unsmoler.
Der Funktionär wartete auf eine Antwort.
Aber Unsmoler schwieg. »Finden Sie?« fragte er nach einer Weile.
»Ich lese es in der Zeitung!« sagte der Kollege düster. »Und der Genosse Vorsitzende hat es selbstverständlich auch gelesen. Aber ich meine, unsere Zusammenarbeit entwickelt sich positiv. Wären Sie bereit, uns weiterhin mit Ihren Malkünsten zu unterstützen?«
»Wenn ich dazu in der Lage bin ...«, antwortete Unsmoler vorsichtig.
Der Funktionär reichte ihm einen Zettel.
»Sie sind dazu in der Lage. Wir brauchen Ihre Buchstaben. Sie kennen die Schrifttafeln bereits. Sie müssen umgehend erneuert werden.«
Unsmoler sah sein Gegenüber an. Nein, das war kein Hohn. Das war Ahnungslosigkeit. Das versöhnte ihn ein wenig. Besser, denen ein paar Buchstaben malen als ein Bild, dachte er und steckte den Zettel in die Tasche.

Nur Worte?

Unsmoler schaute aus dem Atelierfenster. Es hatte sachte zu regnen begonnen. Graue Wolken zogen über das Dorf hinweg. Urlauber kamen eilig die Dorfstraße hinab. Frauen schützten ihre komplizierten Frisuren mit Handtüchern. Verhüllte, Vermummte. Vielleicht ein Bild. Unsmoler mischte ein Grau und übermalte Gesichter mit dem Faltenwurf von Tüchern.
Hatte er das nicht schon einmal getan?
Seine doppelgesichtigen Wesen schienen ihre Angesichter verbergen zu wollen. Verrieten Gesichter zuviel? Eine neue Bildvariante. Einfach erproben. Schritt für Schritt, Bild für Bild.
Heftiges Bullern draußen. Er nahm die Geräusche des Traktors erst wahr, als die Ginsterbüsche knackten.
»Mußt den Weg mal wieder freihacken!« rief Lüder, als Unsmoler vor die Tür trat. »Fix, fix mit dem Abladen! Ich will dir die Scheißdinger nicht tropfnaß übergeben.«
Unsmoler klappte die Seitenfläche des Hängers herunter. Zu zweit stellten sie die Platten an die Hauswand. Das Wasser rann vom Schilfdach.
»Scheißpreßspan und ein halber Zentner Farbe drauf!« schimpfte Lüder, »sauschwer die Mausepißdinger. Jetzt haben die obendrein noch ein Lattengerüst auf die Rückseite genagelt, damit der ganze Murks sich nicht verzieht!«
Die Platten halten länger als die Sprüche, dachte Unsmoler.
Lüder kletterte zurück auf seinen Traktorsitz. Er hob die Rechte und fuhr rücksichtslos den Bogen, den er auch im Herbst beim Kohlenliefern zu fahren pflegte. Wieder krachten die Büsche.
An der Wand warteten die Platten. Unsmoler ging ins Atelier. Er konnte nicht weiterarbeiten. Er zog den Sprüchezettel hervor. Es widerstrebte ihm aber, den Text zu lesen. Doch nicht nur Worte, sondern Sinn. Vielleicht sogar Verrat an eigenen Gedanken.
Buchstaben vorheriger Sprüche schimmerten rosa durch unzureichend deckende weiße Farbe. Erst einmal die Hühner füttern, die Eier aus den Nestern nehmen. Vielleicht war es auch nötig, einzukaufen. Unsmoler irrte durchs Haus und suchte nach aufschiebenden Tätigkeiten. Zwei Tage lang mied er den Vorderausgang. Dann gab er sich einen Ruck: bring's hinter dich!

Böcke in den Garten, die Platten waagerecht darauflegen, niemand würde von der Straße aus die Worte lesen können.
»VON DER SOWJETUNION LERNEN HEISST SIEGEN LERNEN!«
Er blickte die Dorfstraße hinauf, als würde sie mit einem Lächeln auf den Lippen die Straße hinunterkommen. Er erinnerte sich genau: Zu ihr hatte er über die Russen gesprochen.
Sollten die im Objekt sich wirklich so viel Mühe mit mir geben und mir Strafarbeiten aufbrummen, wie es früher Lehrer in der Schule machten?
Ungewisses Wetter. Er blickte zum Himmel. Am Fenster des Nachbarhauses ein Schatten, der verschwand. Mit Bleistift zeichnete Unsmoler die Umrisse der Buchstaben. Dann holte er die Farbe. Ein Windstoß wirbelte Staub auf, Staub setzte sich auf den ersten Buchstaben nieder, als wolle eine höhere Macht Unsmoler an dieser Arbeit hindern. Erste Regentropfen. Dann ein Guß.
Er schleppte die Platten nun doch in sein Atelier und stellte sie an der Wand entlang auf. Er setzte sich, um den Guß da draußen abzuwarten, und zündete sich eine Tabakspfeife an. Wie ein Orakel standen die Tafeln vor ihm. Jede Tafel acht Buchstaben, die Reihenfolge der Tafeln vom Zufall bestimmt. Er suchte nach neuem Sinn. ION LERNE stand auf der vordersten Tafel mit Bleistift geschrieben. »Ion«, erinnerte er sich, bedeutete soviel wie »Gehendes«.
Gehendes lerne? Er versuchte die roten, durch die weiße Farbe schimmernden Buchstaben früherer Sprüche zu entziffern, um verwandelten Sinn aufzuspüren. Ein Spiel. Als die Husche draußen vorüber war, trug er eine Tafel nach der anderen in geordneter Reihenfolge hinaus. Kein Staub mehr, alles naß. Er würde doch draußen arbeiten können. Er rieb die Tafeln mit einem Tuch trokken, tauchte den Pinsel in die gelieferte Farbe und schrieb.
Am Fenster des Nachbarhauses stand der Herr Akkurat. Er blickte durch ein Opernglas und versuchte den Spruch zu lesen.
»Na, so toll scheint es ihm wirklich nicht zu gehen«, rief er seiner Gattin zu, »er macht Werbung für den Russen!«
Dieser Satz verbreitete sich auf merkwürdige Weise im Dorf.

»ION LERNE« war neben Unsmolers Tür rot auf weiß zu lesen: Die Tafeln für das Chefobjekt standen hintereinander und warteten darauf, abgeholt zu werden.
Unsmoler arbeitete mit Stecheisen und Stemmknüppel im Garten an hölzernen Stelen. Nach dem großen Sturm hatte er die ehemaligen Eisenbahnschwellen, aus denen der nun zerstörte Strandabstieg gebaut gewesen war, von der Düne und vom Strand geborgen und nach Hause gebuckelt.
Er hatte nun reichlich Schnitzholz.
Er arbeitete an Figuren, Gestalten, die einander gegenüberstanden. Der Raum zwischen ihnen war ihm wesentlich. Die spannungsreiche Gestalt der Leere. Er war in seiner Spielkartenmalerei vom Tafelbeschriften unterbrochen worden. Der Faden war gerissen. Er hatte zum Stecheisen gegriffen und war draußen sofort ins Arbeiten geraten.
Er bemerkte die Blonde nicht, lautlos war sie gekommen.
»Na, wie haben wir das mit dem Fischer gemacht? Sind wir nicht ein tolles Team?«
»Da müßte man den Alten erst noch fragen«, sagte er.
»Wir haben das Optimum erreicht. Er bekommt sogar ein Schiff, auf dem er wohnen kann!«
»Mich beunruhigt deine geheimnisvolle Macht.«
»Du ahnst gar nicht, was ich alles kann!« Wie eine Zauberin stand sie vor ihm, kokett, hübsch und ihm gewogen.
»Ich weiß es!« Er versuchte sie zu küssen, sie machte einen Schritt rückwärts.
»Das auch«, sagte sie, »aber das meine ich jetzt nicht.«
Er blickte sich um, als würde er sich für die Zauberin eine andere Aufgabe überlegen, er hörte das Rattern der Planierraupen.
»Dann zaubere die Stinkbassins von dannen!«
»Wozu? Dich will ich wegzaubern!«
Er stutzte, offenbar Abwehr. Sie reagierte.
»Runter zum Strand werde ich dich zaubern. Ich möchte baden gehen. Aber nicht mit einem Knall. Wir laufen.«

Eine halbe Stunde später lagen sie einträchtig nebeneinander auf dem flachen Strand und sahen Sand und Wasser. Sie waren lange geschwommen.
Sinnliche Nähe. Ihm wurde das Atmen schwer. Aber in der Nähe waren Leute.
Wie sag' ich es ihm? überlegte sie. Am besten rede ich nur von Dänemark … Bundesrepublik … da würde er sofort abblocken.
»Das mit dem Wegzaubern meine ich ernst«, sprach sie vor sich hin.
Er blickte sie an, sie sah unglaublich verführerisch aus. »Wärst du nicht ganz gerne dahinten hinter dem Wasser, sagen wir, in Dänemark?« setzte sie ihren Satz fort.
Er richtete sich überrascht auf. »Willst du etwa abhauen?« Sie meinte, sein Erschrecken rühre daher, daß er derartigen Verrat verabscheute. Das ließ sie fortfahren im leisen Fragespiel. Sie schüttelte beruhigend ihr hübsches Köpfchen. »Hast du noch nichts gemerkt?«
Er sah sie an. Er ahnte, wie das Gespräch verlaufen würde. Nerven behalten, sagte er sich.
»Bist du schwanger?« fragte er bewußt naiv.
Sie lachte nur.
»Oder bist du etwa bei der Firma?« Er blickte auf den Sand vor sich und malte mit dem Zeigefinger irgendwelche Muster.
»Nicht, was du denkst«, sagte sie rasch, »keine Angst. Ich bin keine, die hier die Leute aushorcht. Ich bin bei der Auslandsabteilung. Das ist nun mal so, jeder Staat auf der Welt beschafft sich Informationen, dafür braucht er die fähigsten Leute.« Sie drehte sich auf den Rücken. »Findest du das nicht auch: Wir beide wären ein tolles Team!«
Unsmoler stützte sein Gesicht in die Hände. Sie sollte nicht sehen, wie bleich er geworden war.
»Grenzen würden für uns beide nicht mehr existieren. Die Maschinenpistolen der Genossen wären mit Platzpatronen geladen, sollten wir über die grüne Grenze das Land verlassen. Guter Einstand drüben. Keinerlei Risiko. Es gibt minenfreie Korridore«, sagte sie rasch.
Er schwieg und starrte aufs Wasser. Nerven behalten. Nerven behalten!
»Bißchen was lernen müßtest du schon«, fuhr sie fort, »zum Bei-

spiel Dänisch. Perfekt Dänisch in vier Monaten. Auf Lehrgang in einem tollen Heim, in dem nichts anderes als Dänisch gesprochen wird. Kein Wort Deutsch. Swimmingpool, alles da. Lernen! Mann, hier auf der Insel versauerst du doch!«
Er schwieg immer noch.
»Vorher würden wir möglicherweise verhaftet werden«, gestand sie ein, »wegen irgendwelcher Mailartsprüche vielleicht. Verhaftet und verurteilt. Diese Variante wäre besser, als über die grüne Grenze davonzumachen: Wir würden freigekauft von denen drüben. Knast nur für die Legende. Aber anstatt im Bau zu brummen, büffeln wir beide im Dänischheim. Englisch hab' ich schon hinter mir.«
Er glaubte zu wissen, wie er sich zu verhalten hatte.
Er sah sie kalt an, als würde ihn die Eifersucht und Enttäuschung überwältigen.
»Englisch mit wem!«
Sie drehte den Kopf und blickte ihn an. Er war kreidebleich und zeichnete wieder mit dem Zeigefinger Figuren in den Sand.
»Eifersüchtig? Das war doch, bevor ich dich kennengelernt habe!«
Ihre süße Stimme. Dann Schweigen.
»Ich soll ein doppeltes Spiel spielen, und du meinst, daß ich das kann?« Er sah sie verwundert an.
»Es ist kein Spiel. Die Situation ist ernst, sehr sehr ernst!« sagte sie.
»Ich bin Maler!« antwortete er nach einer Weile.
»Das ist es ja gerade, überall könntest du hingehen und zeichnen! Wir wissen ohnehin, wo jeder Kohlkopf beim Gegner wächst.«
»Dann braucht ihr mich ja nicht. Außerdem interessieren mich keine Kohlköpfe!«
»Liebster, red nicht drum herum!«
»Liebster, Liebster! Du hast mich nie geliebt. Du hast mit mir gespielt. Du hattest lediglich einen Auftrag. Diese Enttäuschung bringt mich um!«
Nerven behalten, sagte er sich.
Sie sah es: er würgte, dann erbrach er sich. Gelang ihm manchmal.
Sie erhob sich und zog sich an. Verflucht noch mal, sie verstand es, sich anzuziehen!
»Kein Wort von diesem Gespräch zu anderen Personen. Meine Kollegen sind nicht zimperlich!« sagte sie.

»Du siehst doch, ich kann nichts für mich behalten!« sagte er.
Sie lachte. »Du bist unschlagbar!« Wieder war sie neckisch. »Junge, was hätten wir für eine Zukunft! Glaub mir, ich liebe dich!«
Er antwortete nicht.
»Bitte, laß mich nicht im Stich!« flehte sie, »wir könnten völlig neu anfangen!«
Er sah sie an, als wäre sie nicht ganz bei Sinnen.
Sie ging.
Er blieb liegen.
Einmal schaute sie sich noch um. »Vielleicht habe ich dich auch nur prüfen wollen«, rief sie.

Eine organisatorische Meisterleistung

Obwohl der Herr Akkurat seine eigenen Pläne mit aller Energie vorantrieb, irritierte es ihn, so gar nicht zu wissen, was zur Zeit im Hause seines Nachbarn geschah. Was mochten das für Bilder sein, an denen der junge Mann da drüben seit Wochen derartig zurückgezogen arbeitete. Plante der Junge wieder einen Auftritt in der Hauptstadt? Nicht einmal draußen bei den langgestreckten hölzernen Stelen ließ sich der Kollege blicken. Wie erstarrte Wächter standen die Holzfiguren im Ginstergarten.
Der Herr Akkurat leerte seine Teetasse und erhob sich. »Liebes«, sagte er, »ich schau' mal drüben rein.«
»Sei brav!« rief sie ihm hinterher. Ein Zuruf, der ihm mißfiel. Ein wenig zu laut fiel die Tür ins Schloß. Ich bin doch immer freundlich! dachte er.
Er klopfte. Es dauerte eine Weile, bis Unsmoler an der Tür erschien. Er hatte sich verändert. Die dreiste Fröhlichkeit, mit der er gewöhnlich Menschen begegnete, war offenbar dahin.
Der Herr Akkurat zögerte, konnte es dann aber doch nicht lassen, den Satz, den er vorbereitet hatte, an den Mann zu bringen.
»Du hast hier zwar seit geraumer Zeit eine eigene Dauerausstellung, Kolega, rund um die Uhr geöffnet, trotzdem bin auch ich bereit, zusätzliche Arbeiten von dir zu hängen … wenn es nicht gerade Nebelbilder sind.« Mehrere Spitzen in einem Satz.

Unsmoler begriff nicht gleich. »Eine Ausstellung?«
Der Herr Akkurat wies zum Chefobjekt: »Schriftbilder. Warum du allerdings die römische Kapitale verwendetest, ist mir gewissermaßen schleierhaft!«
Unsmoler verstand. »Was hast du gegen Nebelbilder?« fragte er. »Es ist allenthalben Nebel ... erkennen wir uns denn? Tappen im Nebel, oder tappen wir in der Finsternis? Weshalb malen wir? Doch nicht, um Wohnungen zu schmücken. Wir suchen Formulierungen. Wir machen das Bild unserer Welt erst sichtbar.«
Der Herr Akkurat hatte vorausgesetzt, Unsmoler würde nach seinen Auftritten in der Stadt mit stolzgeschwellter Brust herumlaufen und allen traditionelleren Künstlern mit Herablassung begegnen. Er hatte sich getäuscht. Unsmoler war alles andere als in Hochstimmung.
»Was die Schrift betrifft, hast du recht«, sagte Unsmoler verlegen lächelnd, »ich hätte für den Text eine mesopotamische Keilschrift verwenden sollen!«
»Bleiben wir am besten bei der vieldeutigen Bilderschrift unseres Berufes«, formulierte der Herr Akkurat gewandt.
Unsmoler nickte. »Tritt ein, aber es sieht nicht gut aus bei mir.«
Der Herr Akkurat blickte sich um und begriff sofort: dieser Mann schien weder das Bedürfnis noch die Kraft zu haben, anderen das Wasser abzugraben. Kein Bild auf der Staffelei.
Neben dem Ofen ein Berg zerknüllter Zeichnungen. Unsmoler sah den Blick des Nachbarn.
»Stimmt«, sagte er, »schade ums Material! Aber sieh nach, vielleicht findest du etwas fürs Publikum!«
Ältere Bilder lehnten an der Wand. Unsmoler räumte einige Stöße frei. Der Herr Akkurat blätterte die Stapel durch und zog drei ältere Arbeiten hervor.
»Genau das richtige, so solltest du weitermachen!« riet er väterlich und stellte damit alle neuen Bilder seines Kollegen in Frage. Wenigstens das konnte er sich nicht verkneifen.
»Freut mich, daß du etwas gefunden hast«, sagte Unsmoler dumpf und begleitete den Nachbarn an die Tür.
Besorgt hatte die Gattin des Herrn Akkurat ihren Mann im Nachbarhaus verschwinden sehen. Nun kam er regelrecht beschwingt mit Bildern unter dem Arm wieder zum Vorschein. Sie war erleichtert.

Dann hörte sie ihn hereinkommen. Direkt fröhlich rief ihr Gatte: »Unserem Nachbarn geht es gar nicht gut, wahrscheinlich Depressionen, wir sollten versuchen, etwas von ihm zu verkaufen!«
Der Herr Akkurat war kein schlechter Mensch, und was Depressionen betraf, wußte er, wovon er sprach. Zur Zeit hatte er sein Leiden jedoch im Griff. Nicht einmal den ausgestopften Pfau hatte er ins dürre Geäst des alten Apfelbaums setzen müssen.
Alle Vorhaben, die er vorantrieb, entwickelten sich gegenwärtig vorzüglich. Sein neues Gartenkonzept, das von der ursprünglichen, ein wenig herrschaftlichen Rasen-Kiesweg-Konzeption abwich, offenbarte zunehmend seine Pracht. War das Ensemble nun ein faszinierendes, mittels lebendiger Blumen gemaltes Bild oder eine durch Stauden, Büsche und flache Rabatten modellierte Plastik? Zumindest war es eine disziplinierte, durch und durch geschmackvolle Arbeitsleistung.
Der erste Blick des Herrn Akkurat galt Tag für Tag in aller Frühe dem Garten. Wenn das Dorf noch ruhte, wässerte und pflegte er bereits seine Stauden. Schon am Frühstückstisch überraschte er seine Gattin mit einer duftenden Rose, einem soeben geschnittenen Jasminzweig oder einem Strauß erst am Morgen erblühter Lilien. Dieser Garten war mittlerweile eine Sehenswürdigkeit. Nirgendwo sonst gab es diese durchdachte Ordnung, die keinerlei merkantilen Zwecken diente, sondern einzig der Schönheit.
Lüder hupte. Triviale Töne. Die Fähre hatte für den Herrn Akkurat Kisten gebracht. Neue Pflanzen für draußen und drinnen. Das Übliche. Zusätzlich aber zwei lebensgroße Figuren, auf die der Garten schon gewartet hatte.
Abends, als im Garten die Statuen ihre Arme bittend gegen den Himmel reckten, klatschte der Herr Akkurat in die Hände. »Wir sind komplett!« rief er. Seine Frau schwebte in einem rosa Kleid durch die abendlich duftende Pracht.
Der Herr Akkurat war in der Zeit.
»Nun kommen wir zum Eigentlichen!« sagte er und legte den Entwurf für die Treppenhausgestaltung auf den Tisch.
Zur Realisierung desselben bedurfte es lediglich zweier Tage.
»Und nun?« fragte seine Gattin besorgt am dritten Tag.
»Nun bist du dran«, sagte er.

Vorletzter Besuch

Unsmoler hatte eine schlechte Zeit. Da war es gut, daß die Blonde nicht kam, denn er wußte nicht einmal, ob er sie noch ins Haus lassen würde.

Ihre Worte: »Meine Kollegen sind nicht zimperlich!« standen als vage Drohung im Raum. Er hatte Phantasie genug, sich vorzustellen, was sie meinte. Damals an der Hochschule hatte er in einem Verhör die eisige Kälte derartiger Kollegen andeutungsweise kennengelernt.

Aber sie kam schließlich doch. Es war später Nachmittag. Sie trug lässig ihre flotte Ledertasche am Riemen über der Schulter. Sie sah umwerfend schön aus. Trauer im Blick. »Hallo«, sagte sie, »ich muß mal wieder.« Sie meinte verreisen. »Du weißt, mein Studium.«

»Dein Studium?« fragte er. »Komm herein. Ich muß mit dir reden.«

Er konnte sie nicht verachten. Er mochte sie. Eine Frau eben. Besonders, wenn sie diesen Blick hatte, mochte er sie. Vielleicht hatte sie ihn ja tatsächlich nur prüfen wollen.

Sie schüttelte den Kopf. Ihr Haar ein Trumpf, den sie immer wieder ausspielen konnte.

»Die Fähre wartet nicht.« Sie blickte auf die Uhr.

»Laß sie fahren. Ich muß mit dir reden.«

»Worüber denn?«

»Über dich und unser Gespräch am Strand.«

»Wir haben am Strand gesprochen? Ach ja, über unsere Zukunft haben wir gesprochen. Aber ich habe begriffen, du liebst mich nicht. Das zu bemerken ist bitter für eine Frau! Schluß also.«

»Ich mag dich!«

»Dann beweise es: ja oder nein!«

Er wollte sie umarmen. Sie entzog sich ihm. Wieder dieser Blick.

»Ja oder nein, ohne Wenn und Aber!«

Er ließ die Arme hängen. Da kam die Eiseskälte in ihrem Blick.

»Noch ist die ideale Gesellschaft nicht aufgebaut, Junge. Noch ist das Leben Kampf. Noch heißt es Opfer bringen!«

Sie drehte sich um. Er blieb reglos stehen.

Die Bulldozer bei den Klärbecken waren verstummt. Statt dessen tönten dort Rufe von Männern. In der Ferne beim vormilitärischen Lager heulten hochtourige Motoren. Irgendwo aufdringliches Gelächter.

Er stieg hinauf in das Zimmer seines Bruders. Er schaute ihr vom Fenster aus nach.

»Ach, du raffiniertes, schönes Biest!« hörte er sich sagen. »Was zum Teufel hält mich hier?«

Er beugte sich aus dem Fenster und sah die akkuraten Dämme der Abwasserbecken. Arbeiter zogen einen Zaun. Betonpfähle. Maschendraht noch in Rollen auf der Krone der Dämme. Röhren. Ein gelbes Band von frisch ausgehobenem Sand zog sich hinauf bis zum Chefobjekt. In der Ferne heulten immer noch die Motorräder, und dann plötzlich das Klackern von Schüssen aus Kleinkalibergewehren. Ach ja, das Sommerlager der vormilitärischen Erziehung war von einem neuen Durchgang bezogen worden.

Sie auf der Betonstraße. Welch ein prächtiger Köder, dachte er. Wer gerät bei diesem Anblick nicht in die Versuchung, ihr in die Freiheit absoluter Skrupellosigkeit zu folgen …

Ich hätte ihr antworten sollen, daß ich zu sehr an der Heimat hänge. Das hätte die von der Staatssicherheit vermuten lassen, daß ich nur aus lauter Heimatliebe »nein« sage.

Was ist das nur für ein Land!

»Heimat!« schniefte er verächtlich.

Wieder suchte er sie mit seinen Blicken. Sie ging auf der Betonstraße rasch voran. Die Fähre tutete bereits. Vom Objekt her kam langsam der grüne Inselbarkas in Richtung Dorf gefahren. In der Höhe der Blonden stoppte das Fahrzeug kurz und fuhr dann weiter. Bei den Abwasserbecken hielt das Auto an. Unsmoler sah einige Herren aussteigen. Türenklappen. Die Arbeiter hörten auf, die Betonpfähle auf der äußeren Dammkrone auszurichten. Sie bewegten sich auf die Herren zu und stellten sich erwartungsvoll auf. Offenbar hielt jemand eine kurze Ansprache. Beifall klackerte wie vorhin die fernen Schüsse. Unsmoler sah, wie aus einer Rohröffnung Wasser schoß und sich in Rinnsalen glitzernd auf dem glattgeschobenen Grund des Beckens ausbreitete. Wieder Beifall. Der Inselchef hatte die Kläranlage in Betrieb genommen. Unsmoler schloß das Fenster.

Du bist hier nicht mehr zu Hause, sagte er sich und stieg die Treppe hinab.

»Duft ist Waffe, Stille ist Macht!«

Die Kunstwerke in der Galerie des Herrn Akkurat waren ausgepreist. Das erübrigte Nachfragen und zeigte den Besuchern, daß sie ihre Zeit nicht damit verplemperten, auf Billiges zu schauen. Ohne daß die Bilder bewacht werden mußten, war die Tür der Remise von 14 bis 18 Uhr für jedermann geöffnet. Die Leute kamen und gingen. Kein Mensch wäre auf den Gedanken gekommen, irgend etwas zu beschädigen oder gar zu stehlen. Wohin auch mit der Beute.

Das eigentliche Kunstereignis jedoch fand erst von 18 bis 18 Uhr 30 statt. Durch ein Meer von Blumen lustwandelte man auf einem knirschenden, sich schlängelnden Kiesweg bis hin zum Portal des großen Hauses, das man im Dorf mit gewissem Stolz das Schloß nannte.

Von Blumendüften betört, trat man in das gedämpfte Licht des großzügigen Treppenhauses. Erstaunlicher Anblick für all die Bewohner winziger Neubauwohnungen, die im Volksmund spöttisch Wohnklosetts genannt wurden. Begegnung mit einer großzügigeren Welt.

Je intensiver die Kläranlage bei Südwestwind ihren Gestank zum Dorf schickte, je aggressiver das Knallen der Kleinkalibergewehre tönte, um so wichtiger schien das Anwesen des Herrn Akkurat zu werden.

Kultur hinter einer Mauer von Blumen.

»Duft ist Waffe, Stille ist Macht!« formulierte der Herr Akkurat gelegentlich aufmüpfig, und variierte damit eine Losung der Partei. Er spürte, wie gut ihm, was seine Gesundheit betraf, derartige Mutproben taten.

Seine Position schien, da das Schaumalen bei den Verantwortlichen und bei den Urlaubern ausgezeichnet angekommen war, außerordentlich gefestigt. Besonders gefiel im Objekt die Wortlosigkeit der Veranstaltung, denn in den Akten der Sicherheitsabteilung waren eine ganze Reihe hinterfotziger Aussprüche des Herrn Akkurat registriert, die allen Anlaß gaben, seinen verbalen Äußerungen zu mißtrauen. Bei den Vorführungen von 18 bis 18 Uhr 30 wurde alles, das hatte man überprüft, durch perfekt gestaltete Schrifttafeln reguliert.

Ähnlich wie in Zoologischen Gärten waren im Malerhaus neben den offenen Türen Schilder angebracht. Hier allerdings las man anderen Wortlaut. »Künstler beim Arbeiten, bitte nicht ansprechen!« zum Beispiel.
Gespannte Seile in den Türöffnungen verhinderten das Betreten der Räume, sie gestatteten aber ungestörtes Zuschauen. Die geordnete Blumenpracht draußen und die noble Kühle des hohen Treppenhauses hatten die Zuschauer auf den Geist des Hauses eingestimmt. Niemals kam es zu dreisten Übertretungen der schriftlichen Anordnungen. Schautafeln, die verschiedene Maltechniken, Malstile und Kunstepochen erklärten und durch chronologisch angeordnete Abbildungen von Werken den Werdegang der beiden Künstler zeigten, machten Fragen überflüssig. Informatives bot, wenn es an den Türen der Ateliers zu Stauungen kam, ausreichend Unterhaltung. Schallplattenklänge populärer Barockmusik unterstrichen den entrückten Charakter dieses neuartigen Museums, in dem zwei lebendige schweigende Figuren als Ausstellungsstücke agierten.
»Bitte rechts gehen!« mahnte ein Schild oben und unten an der Treppe. Alles war geregelt. Belehrt und erbaut schritt man hinab. Hinweiszeichen führten draußen vor der schweren Tür auf anderem Pfad an Skulpturen und Blumen vorüber Richtung Dorfstraße aus dem Anwesen hinaus. Einbahnwege. 18 Uhr 30 ertönte ein Glöckchen. Das »Schloß« leerte sich bis auf seine beiden malenden Bewohner.
Die Gattin des Künstlers atmete auf. Er aber rieb sich erfreut die Hände. Sein Gesamtkunstwerk funktionierte. Gesamtkunstwerk! Das war das Zauberwort, in dessen Kontext sich all seine Bemühungen verwandelt hatten. Urplötzlich konnte er sich einer Avantgarde zugehörig fühlen. Vor kurzem noch hatte er bei einem Unsmolerbesuch für einen Augenblick den Verdacht gehabt, daß er in dessen Wertesystem wahrscheinlich ein Nichts sei: altmodisch und verstrickt. Sein Herz hatte gedroht, für Momente auszusetzen. Nun aber hatte er seinen Platz in der Moderne gefunden und konnte, wo auch immer, vom einzig Möglichen reden: dem Gesamtkunstwerk.
»Wir sollten unseren Staatsratsvorsitzenden in den Künstlerverband aufnehmen! Ein Staatssystem ist ein Gesamtkunstwerk!« hatte er unlängst bei einer Begegnung mit einem kunstinteres-

sierten Herrn am Meer geäußert. Er ahnte nicht, daß auch diese Formulierung ohne weitere Wertung längst in seiner Akte abgeheftet war.
Feierabend. »Es funktioniert!« rief er und klatschte in die Hände.

Bei Unsmoler funktionierte nichts. Unsmoler ging im Atelier auf und ab und war unfähig, ein Blatt Papier aufzuspannen, um endlich mit der Arbeit zu beginnen. Der Besuch des Herrn Akkurat hatte ihn deprimiert, der eiskalte Abschied der Schönen hatte ihn deprimiert, der Gestank der Klärbecken deprimierte ihn, die Nachrichten im Radio und der Anblick der fernen, von ihm selbst beschrifteten Tafeln am Hochhaus deprimierten ihn. Der Klang der Schüsse deprimierte ihn, und doch ließ ihm die Erinnerung an die davongegangene Schöne keine Ruhe. Auch ein Brief von Bärenhäuter, seinem Bruder, aus dem Land der aufgehenden Sonne bedrückte ihn. Alles andere als das hatte sein Bruder allerdings bezweckt. Bärenhäuter hatte lediglich beiläufig gefragt, ob Unsmoler in der Zwischenzeit Delphine und das Bübchen wiedergesehen habe. »Das war das große Glück, aber du hast es gehenlassen!« schrieb der Bruder.
Aufgebracht hatte Unsmoler den Brief auf den Tisch geworfen. »Das Glück, das Glück!« rief er ärgerlich aus, »ich suche nicht das Glück, ich bin Maler! Ich habe mich nun mal darauf eingelassen!«
Er war nicht in der rechten Verfassung, um zurück in die Malerei zu finden. Nicht einmal zum handwerklichen Bosseln an den Stelen draußen vor der Tür konnte er sich überreden. Irgendwann aber raffte er sich auf: Du darfst denen den Gefallen nicht tun und versacken. Geh zum Meer, befahl er sich, das Meer hat dir immer geholfen.
In aller Frühe nach schlafloser Nacht der Weg zum Meer. Erstaunlich: Auf den Dämmen der vor gar nicht langer Zeit geschobenen Klärbecken blühten erste Feldblumen! Morgendliche Stille. Das militante Jugendlager schlief noch. Niemand am Meer. Dort unten auf dem Strand hatte die Schöne versucht, einen Agenten aus ihm zu machen. Er ging trotzdem hinab.
Ohne Pferd, ohne Hund, ohne Frau. Er legte sich auf den Sand, blickte in den Himmel und schloß die Augen. Er lauschte dem Rauschen der Wellen. Unendliche Weite. Sonne auf der Haut. Hei-

lung. Freiheit der Gedanken. Es ging ihm am Strand wie Antäus, der von seiner Mutter Gäa immer wieder neue Kraft bekam, sowie er sie, die Erde, berührte.

Geheilt heimwärts. Leute kamen ihm entgegen. Lautsprecherstimmen, Kommandostimmen aus den Lagern schallten über der Insel. Die Insel erwachte. Er aber dachte wieder an Bilder.

Ich werde sie malen.

Ihr Gesicht als Spielkartenbild. Ihr zweites Gesicht als Spiegelung. Oder ihr schönes Gesicht als Maske. Hinter der Maske die Fratze eines irrsinnigen kalten Krieges. Variationen.

Er begann daheim sofort mit der Arbeit … Er wunderte sich über sich selbst: zu guter Letzt übermalte er das gespiegelte Fratzengesicht und löschte es durch ihren Unterleib aus. Dahin die Spiegelung. Was blieb, war eine schöne blonde unfruchtbare Frau, die alles konnte, weil sie nichts konnte und alles nur Theater war.

Wieder und wieder malte er sie. War das, was er formulierte, überhaupt ein bildnerisches Thema? Die endlos traurige Schöne, bei deren Anblick sich das Herz vor Mitleid zusammenkrampfte? Die Frau, die an die Grenze ihrer Macht gestoßen war.

Wahrscheinlich werde ich diese Bilder in zwei, drei Wochen übermalen, dachte er, im Moment aber halfen sie ihm.

Eines Nachmittags schnitzte er an seinen Figuren draußen vor der Tür. Seltsame Aufregung unter den Dörflern. Lüder stoppte: »Wisst du mit!?«

»Wohin?« rief er.

»Runter zum Hafen, sie bugsieren das Museumsschiff rein!«

»Fahrt man, ich seh' mir die Geschichte später an!«

Er war wieder unter den Lebendigen.

Museum

In der riesigen Werft drüben auf dem Festland gab es Zeiten, da wurde in einzelnen Bereichen die Arbeit knapp, aber das nur, weil das Material fehlte. Gewaltig waren die Serien der Fischereischiffe, die man für das sowjetische Riesenreich baute. Immer noch Reparationen.

Man wußte, daß die Russen sämtliches Uran für ihre Atombomben in diesem Lande abbauen ließen, und man vergaß nicht, daß sie Ostpreußen in Besitz genommen und den Rest von Deutschlands Osten an Vasallen verteilt hatten, und man wußte, daß das alles nicht gerechnet wurde. Von Anfang an zählte vor allem die fortwährende Knechtarbeit. Aber wehe, es hätte jemand ausgesprochen! Das wäre ein Rütteln an den Grundfesten gewesen. Verschweigen gehörte zu den unumstößlichen Spielregeln. Solange man die Spielregeln beachtete, lief man frei herum und leistete sich manche aufmüpfige Dreistigkeit. Man lästerte sogar über die »Freunde«, und jedermann wußte, wer gemeint war, wenn man von den »Freunden« sprach.
Manchmal aber kam die Produktion selbst für die Freunde ins Stocken.
Bekamen die Arbeitskollektive keine Arbeit zugewiesen, spielten sie tagelang Skat. Auch das war zu ertragen.
Die Aufgabe, einen ausgedienten Logger in ein Museumsschiff zu verwandeln, war in eine derartige Pause gefallen. Allen Beteiligten machte es Spaß, etwas für die eigenen Leute zu bauen. Techniker und Arbeiter hatten sich mächtig ins Zeug gelegt und anschließend den umgebauten Logger bei ruhigem Wetter mit einem Werftschlepper zur Insel geschickt.
Noch wohnten Werftarbeiter auf dem Schiff. Sie machten Urlaub und bauten nebenbei Vitrinen und Podeste für künftige Ausstellungsstücke. An Bord kreischten die Kreissägen.
Die ehemaligen Mannschafts- und Maschinenräume, die Laderäume und Netzkammern verwandelten sich. Im Hafenwasser spiegelten sich wieder schlängelnd zwei Masten.
Wenn das Museumsschiff für Besucher auch noch nicht zugänglich war: die Dörfler pilgerten zum Hafen. Wieder ein Museum. Die Exponate aus dem Gretehaus wurden in den Laderaum des Loggers geschafft. Die Ladeluken waren in Oberlichter verwandelt worden. Vom Schuster angekaufte Buddelschiffe erhielten ihren Platz in Glasvitrinen. Zwei Bilder von jedem Inselkünstler sollten in der ehemaligen Mannschaftsmesse ausgestellt werden. Beim Fischer war eine Möwe bestellt worden. Ein seltsames Sammelsurium von Dingen.
Unsmoler kümmerte sich um all das wenig. Immer noch malte er die Blonde. Bilder als Fragen an einen Menschen. Fragen, von denen er erwartete, daß sie seine Malweise beeinflußten.

Zur Erholung arbeitete er hin und wieder draußen vor der Tür an den hölzernen Stelen.
»Hallo, Kolega«, rief der Herr Akkurat über die Feldsteinmauer hinweg, »das sind ja Giacomettifiguren!« Unsmoler wandte sich um.
»Die Eisenbahnschwellen sind es, die die langgestreckten Gestalten erzwingen!« sagte er.
»Kannst du mir eine für die Galerie geben?«
Unsmoler lud sich eine Skulptur auf die Schulter und trug sie zur genaueren Betrachtung an die Mauer.
Der Herr Akkurat nickte zustimmend. »Gut«, sagte er. Seit er ein moderner Künstler geworden war, konnte er wieder souveräner sein.
Sein ausgestopfter Pfau verstaubte auf dem Dachboden, an dessen kleinen Fenstern sich Schmetterlinge zu Tode flatterten. Der Herr Akkurat brauchte den Vogel nicht mehr.

Der Mann am Zaun

Unsmoler ging zurück zu seinen Hölzern, setzte wieder und wieder das Stecheisen an und schlug behutsam auf das Griffende. Eine neue Figur … eine schlanke, traurige Frau sollte entstehen. Eine militante Frau, die versagt hatte.
Gestalten unserer Welt aus Eisenbahnschwellen, die sich zwischenzeitlich in Treppenstufen des Strandabstiegs verwandelt hatten. Das rhythmische Klopfen löschte für Unsmoler alle anderen Geräusche aus. Keine Schüsse mehr, keine sich durch den Sand quälenden Motorräder, keine kommandierenden Lautsprecherstimmen, keine ferne Schlagermusik. Scheinbar ein friedlicher Tag. Unentwegtes Klopfen. Holzspäne taumelten zu Boden.
Ein junger Mann trat an den Zaun und hob die Hand. Unsmoler sah ihn.
»Erkennst du mich noch?« fragte der Fremde.
Unsmoler kam nicht dazu zu überlegen. Er fuhr erschrocken zusammen, weil diese Situation einer bereits erlebten dermaßen ähnelte, daß sie wie deren Spiegelung erschien.

»Du erkennst mich nicht«, sagte der Fremde und stellte ein großes Bündel an Unsmolers dürftigen Zaun.
»Doch«, sagte Unsmoler, ohne eine Regung zu zeigen, »du bist Alfons aus der Architektur.«
»Darf ich hereinkommen?«
Unsmoler nickte. Alfons blickte sich rasch um. Auch diese Bewegung war beinahe identisch.
»Du willst dein Zelt unterstellen, weil du keinen Zeltschein hast und abreisen mußt.« Unsmoler vermied es, hinzuzufügen, »aber dein Zelt ist kein Zelt!«
Sie gingen ins Haus.
»Setz dich!« Unsmoler wies auf einen Stuhl und stellte das Radio an. Er holte eine Rotweinflasche, goß zwei Gläser voll und nahm gleichfalls Platz.
Alfons sah sich im Atelier um.
»Eigentlich wäre dir Saft lieber«, sagte Unsmoler, »aber keine Angst, wir werden uns nicht besaufen.«
»Ich habe schon bemerkt, du kannst Gedanken lesen!«
Unsmoler zögerte, seinem Gast zu erzählen, daß er diese Situation und deren gräßliches Ende schon einmal erlebt hatte. Wann erlebt? War es im letzten Sommer gewesen? Die Jahre begannen einander zu ähneln. Wie ein Mahlstrom schien sich die Zeit im Kreise zu drehen. Bei jeder ihrer Umdrehungen sog sie Wesentliches hinab. Menschen, Häuser, Landschaften, Hoffnungen.
Die Winterkohlen würden angefahren werden und die Einkellerungskartoffeln geliefert. Alles würde seinen sozialistischen, geregelten Gang gehen. Seine Hühner würden Eier legen, er würde sie mit subventioniertem Brot füttern und die überzähligen Eier an den Konsum liefern und im Konsum bei der Dicken, was er so brauchte, einkaufen. Aber irgendwann würde der Mahlstrom auch ihn erfassen … Unvermittelt blickte er seinen Gast an und fragte:
»Bist du ein Gespenst?«
Die Frage überraschte den Gast.
»Ja«, sagte er nach einer Weile, »so komme ich mir gelegentlich vor. Ich lebe nicht wirklich. Wir alle leben nicht wirklich. Wir warten, aber wir wissen nicht mehr, worauf.«
»Alles in Ordnung, in bleierner Ordnung.«
Seltsamer Dialog.
Sie hätten wortlos einander gegenübersitzen können und lediglich

hin und wieder nur mit dem Kopf zu nicken brauchen. Woher kam diese plötzliche Trostlosigkeit.
»Aber das Leben ist kurz«, sagte Alfons.
Unsmoler fuhr zusammen. Wieder ein identischer Satz.
Der Tote von der Formgebung schien unsichtbar zugegen.
»Die Nächte sind kurz!« sagte Unsmoler. Das war eine erste vorsichtige Warnung. Wie weit durfte er gehen. Alfons konnte ein Spitzel sein. »Hier wurde ein Toter angetrieben. Ein junger Kerl, der nicht begriffen hatte, wie kurz die Nächte sind.«
»Einer, der über das Meer wollte?«
»Einer, der dumm genug war, es zu wollen!« Deutlicher durfte Unsmoler nicht werden.
»Dumm?« Sein Gegenüber sah ihn aufgebracht an. »Ich halte es nicht mehr aus«, sagte er nach einer Weile versöhnlich, weil Unsmoler verstummt war.
»Du bist wohlgenährt und gut gekleidet. Was hältst du nicht mehr aus?«
»Diese Ordnung halte ich nicht mehr aus, diese organisierte dürftige Ordnung.«
»Wieviel Chaos braucht ein Mensch?« fragte Unsmoler. Er drehte sich ein wenig auf dem Stuhl und gab seinem Palettentischchen einen Tritt. Die Terpentinflasche, die Farbtuben, die Pinsel, alles flog in den Raum und landete auf dem Fußboden.
»Das ist mein Chaos. Mein Leben spielt sich auf den Leinwänden ab.«
Alfons schob ihm sein leeres Glas hin. Unsmoler goß ein.
Alfons blickte auf die Porträts der schönen Blonden und lächelte ein wenig schmeichelhaftes Lächeln. »Wir hatten damals mehr von dir erwartet!« kommentierte er.
Unsmoler konnte nicht von der Blonden erzählen, die der Gast da sah. Er konnte nicht den Sinn dieser Bilder erläutern. Er durfte dem Gast nicht trauen. »Ich lebe!« stieß er hervor.
»Du lebst? Er lebt!« rief Alfons mit verächtlichem Erstaunen, als würde er sich an einen unsichtbaren Zeugen wenden.
Unsmoler dachte an den toten Pietro. Er sah ihn wieder vor sich. Unten am Meer sah er ihn liegen. Mein Gott, dachte er, ich strecke mich aus auf diesem Strand, blinzele in den Himmel und lasse Sand durch meine Finger rieseln!
»Unser Zug steht auf dem Abstellgleis, in den Waggons spielen

hinter vergitterten Fenstern die Toten Karten, das solltest du malen!« sagte der Gast und blickte auf die Uhr.
Und nun sagst du, »die Fähre, ich muß los«, dachte Unsmoler.
»Die Fähre, ich muß los!« sagte Alfons.
»Das Leben ist kurz, die Nächte aber sind zu kurz!« wiederholte Unsmoler.
»Kann ich mein Zelt trotzdem bei dir unterstellen?«
Unsmoler nickte. »Der Schuppen ist immer auf, aber rechne nicht mit mir.«
»Wie sollte ich mit einem …« Alfons sah Unsmoler an und verstummte.
Sie traten vor die Tür. Unsmoler wies auf den Schuppen.
»Wir sind betrunken«, sagte Alfons, »aber ich trau' dir, du müßtest keine Nußknacker schnitzen, wenn du …«
Das Atmen wurde Unsmoler schwer. Wieder dasselbe Wort: »Nußknacker«.
Nußknacker. Unsmoler ging ins Atelier. Er hob die Farben nicht auf. Er goß sich noch einmal ein Glas voll und leerte es. Dann ging er zum Hinterausgang hinaus. Er griff an das Schilfgeloßgerüst und rüttelte daran. Eine Sprosse fiel herab. Das Gestell war längst verrottet. So viel Zeit inzwischen vergangen.
»Nußknacker« hatte Alfons zu seinen Figuren gesagt. Vielleicht hatte er sogar recht.
Die Vorsicht machte alles fragwürdig.

Die Frau im gepunkteten Kleid

Alfons hatte nicht nur sein Bündel zurückgelassen. Der Besuch aus der Stadt hatte Unsmoler in tiefe Niedergeschlagenheit gestürzt. Ihm war bewußt geworden, daß der Betrachter auf seinen letzten Bildern lediglich eine nackte Blondine dargestellt sah. Nichts weiter. Nichts von der Tragödie sichtbar.
Unsmoler nahm ein Messer zur Hand, zögerte aber. Er floh aus dem Atelier und versuchte im Garten zu arbeiten. Er harkte trockenes Gras aus den Ginsterbüschen, sägte verdorrtes Gestrüpp ab und schichtete auf dem Ödland hinter dem Haus zum Verbrennen

einen Haufen auf. Wenigstens diese Arbeiten konnte er verrichten, ohne bei dem Gedanken, daß alles doch keinen Sinn habe, resigniert die Hände sinken zu lassen.
Der Herr Akkurat schaute aus seinem Blumengarten, winkte mit der grünen Gießkanne herüber und beglückwünschte Unsmoler zu derartigen Aktivitäten, die er der eigenen Vorbildwirkung zuschrieb.
»Das ist nur Therapie«, rief Unsmoler zurück, »mich hat es erwischt. Kannst du mir nicht deinen Pfau borgen?«
Der Herr Akkurat erschrak und kam an die Begrenzungsmauer. Er kannte derartige Beschwerden und deren Unberechenbarkeit zur Genüge.
»Den Pfau? Nein, das geht nicht«, sagt er leise, »aber ich hätte Tabletten ... wenn es schlimm kommt ... rechtzeitig eine Tablette einwerfen.«
Er eilte davon. Unsmoler harkte weiter. Der Herr Akkurat erschien erneut und überreichte ihm eine Schachtel.
»Lies dir genau die Gebrauchsanweisung durch! Nur eine Tablette pro Tag«, sagte er, »vielleicht plagt dich ja auch nur die Sommergrippe ... meine Gattin ist auch nicht recht auf dem Posten ... aber ich halte die Stellung, momentan fühle ich mich ausgezeichnet!«
Es schien, als mache der Herr Akkurat einen kleinen fröhlichen Hüpfer.
Unsmoler ging ins Haus und las die Gebrauchsanweisung. Die möglichen Nebenwirkungen waren furchterregend. Statt Tabletten zu schlucken, sammelte er frische Hühnereier in einen Korb und ging hinüber zum Herrn Akkurat.
Die Galerie, in deren Nähe er den Nachbarn eben noch gesehen hatte, war zugesperrt. Unsmoler folgte dem sich durch die Blumenpracht schlängelnden Kiesweg bis zum Portal des großen Hauses. Auch das war verschlossen. Mit seinem Körbchen voller Eier schaute er, den Kollegen suchend, ums Haus herum. Plötzlich erblickte er ihn. Der Herr Akkurat hantierte vornübergebeugt an einer langen Holzplatte. Die Holztafel ruhte auf Böcken. Auf der Holztafel lag eine bekleidete Frau.
Unsmoler erschrak und machte Anstalten, sich zurückzuziehen. Zu spät: der Herr Akkurat hob den Kopf und sah ihn.
»Ich bin nicht das Rotkäppchen«, rief Unsmoler und näherte sich nun doch dem Herrn Akkurat, als habe er nichts Ungewöhnliches

bemerkt. »Ich bringe auch nicht Kuchen und Wein für die Großmutter, sondern lediglich frische Eier für eine Kranke!«
Der Herr Akkurat legte die Wasserrohrzange, mit der er sich an der Gestalt zu schaffen gemacht hatte, beiseite. Er kam Unsmoler entgegen und hob befremdet die Brauen. Die Frau auf dem Tisch rührte sich nicht. Unsmoler erkannte das blaue, weißgepunktete Kleid. Die Nachbarin hatte es des öfteren im Garten getragen. Unsmoler öffnete den Mund und versuchte etwas zu sagen.
Offenbar wurde dem Herrn Akkurat bewußt, daß er einen Patienten vor sich hatte. »Nun, hast du die Medizin genommen?« fragte er.
»Mir geht es besser«, stotterte Unsmoler.
»Täglich eine«, mahnte der Herr Akkurat wie ein besorgter Arzt, »meine Gattin hat sich bedauerlicherweise noch nicht so recht erholen können.«
Unsmoler vermied es, zum Tisch zu blicken.
»Das Gesamtkunstwerk ist in Gefahr«, fuhr der Herr Akkurat fort, »ich muß für Ersatz sorgen. Wo endet die Natur, wo beginnt das Kunstobjekt? Eine Gestalt, die auf dem Malstuhl sitzt. Ihr Kleid, ihre Schuhe, alles original, der Leib ein Drahtgestell, Holzwolle und Pappmaché. Kopf, Augen, Hände, Haar, gewissermaßen reinster Naturalismus. Die Hand der Malerin beweglich.«
Er trat zurück an den Tisch und hob mit einem Marionettenfaden den Ärmel der lebensgroßen Puppe in die Höhe. Aus dem duftigen Ärmel ragte eine zart getönte Hand. Die Hand hielt einen Pinsel.
»Das ist phantastisch, das ist beängstigend: das ist Intensität!« keuchte Unsmoler.
»Und das erst bei entsprechender Beleuchtung, Gegenlicht!« Der Herr Akkurat war in seinem Element.
»Frische Eier für die Originale.« Unsmoler überreichte den Eierkorb. »Ich hätte eine Frage: könntest du meinen Hühnern morgen abend und übermorgen abend etwas Futter über die Mauer werfen? Ich würde alles zurechtstellen.«
»Du willst verreisen?« Der Herr Akkurat schien beunruhigt.
»Vielleicht zwei, drei Tage.«
»Eine Ausstellung, ein neuer Auftrag?«
Unsmoler schüttelte den Kopf.
»Und deine blonde Freundin, will die nicht das Füttern übernehmen?«

»Die wollte nur mich übernehmen. Und das nicht einmal für sich selbst.« Unsmoler blickte sich um. Kein Dritter in der Nähe.
»Ich füttere!« sagte der Herr Akkurat und machte ein besorgtes Gesicht.

In der Stadt

Am nächsten Tag begab Unsmoler sich an Bord der Festlandsfähre. Der Motor im Maschinenraum lief bereits. Er spürte das Vibrieren unter den Füßen. Er trat an die Reling und fragte sich im gleichen Augenblick, was ihn eigentlich veranlaßt habe, auf Reisen zu gehen. Die düstere Stimmung war dahin. Statt dessen bemächtigte sich seiner das Gefühl freudiger Erwartung. Glitzernde Bilder im reglosen Wasser des Hafens. Kinder saßen auf dem Bollwerk. Sie ließen ihre Beine baumeln und schauten hinab auf die Schwimmer ihrer Angeln. Schwärme winziger Fischchen schwammen durch die in die Tiefe ragenden gespiegelten Masten.
Das Museumsschiff war gänzlich neu gestrichen. Dennoch sah man, daß es aus der Weite gekommen war. Der eiserne Rumpf zerbeult. Viele Stürme und Stöße hatte es überlebt und die Mannschaft und deren Beute immer wieder geduldig heimwärts getragen.
Nun war es hier. Eine Eisentür mit kleinem rundem Fensterchen tat sich auf. Ein Mann schlurfte vom Achterdeck zum Vorschiff. Der Mann warf einen kurzen Blick zur Brücke der Fähre hinauf und hob grüßend die Hand. Dann verschwand er vorne im Niedergang. Unsmoler hatte den Alten, den Fischer vom Fischdorf, erkannt.
Die Fähre legte ab. Unsmoler wunderte sich immer noch, wie einfach es war, die Zuversicht zurückzugewinnen. Das muß ich dem Herrn Akkurat erzählen!
In der Stadt fing ihn die düstere Stimmung wieder ein.
Wie eh und je trieb er durch die Museen, und wieder sah er dieselben Bilder. Selbst durch diese Räume klang die trostlose Botschaft: Ihr seid abgeschnitten vom Eigentlichen. Wieder wohnte er beim freundlichen Katzenkönig. Viele Katzen waren inzwi-

schen gestorben. Trotzdem schien es, als habe sich nichts verändert.
Was will ich hier? fragte sich Unsmoler und dachte an die Insel.
Dann aber stellte er sich seinen Katen vor, und er erinnerte sich an die Bilder von der blonden Frau. Und er dachte an die Wolke kreischender Möwen über den stinkenden Seen der Kläranlage, und er sah das wartende Alfonsbündel in der dunklen Schuppenecke, und er war froh, nicht dort zu sein.
Er hatte vor, Adamski zu besuchen. Er wollte sehen, wie der mit der Welt zurechtkam. Aber Adamskis Tür öffnete sich nicht. Offenbar war der Mann nicht zu Hause. Und doch trafen ihn da unten auf der Straße vor dem Haus die registrierenden Blicke eines auffällig unauffälligen Rauchers. Fast hätte er den Herrn nach Adamski gefragt. Mit Sicherheit wußte der Mann Bescheid, aber mit Sicherheit hätte der Mann gelogen. Laufen und schauen. Staub und Hitze. Nichts zeigte sich wirklich. Und doch war da so viel Künftiges und Gestriges im grauen Gegenwärtigen, daß ihm das Atmen schwer wurde. Wie all dem Gestalt geben!
Die Gegenwart verbarg sich hinter blassen Ansichtskarten.
Stadt ohne Kopf, so schien es.
Sinnen in staubigen Straßen.
Wesen ohne Gestalt sind Gespenster. Alles Geistige verrinnt, wo nicht Gestalt ist. Verrinnt wie das Wasser, das nach dem Regen zu den Gullys strömt.
Die Bücher unter dem Bett bei dem Katzenkönig waren immer noch dieselben wie bei seinem ersten Besuch. Staubflocken auf den Einbänden. Es kam offensichtlich nichts mehr Neues hinzu.
Nein, die Blonde hatte nicht bei ihm übernachtet.
»Dann sei froh! Sie ist bei der Firma!« sagte Unsmoler
»Wußte ich doch!«
»Woher denn?«
»Du hast es mir selbst gesagt!«
»Ich?«
»Ja du!«
»Ich habe es gewußt?«
Und wieder ging Unsmoler durch die Stadt. Ihm kam es so vor, als würde er von Ahnungen vorangetrieben, die niemand zu formulieren vermochte. Er auch nicht.
In einzelne Bombenlücken hatte man Bäumchen gepflanzt und

Spielplätze für Kinder angelegt. Hunde pißten an die Büsche. Katzen kackten in die Sandkästen. Alte Leute saßen auf Bänken, und Kinder saßen in Kinderwagen. Trippelnde Tauben pickten an Kuchen und Eiswaffelresten. Straßenbahnen rumpelten vorüber. Von den kahlen Wänden einer Baulücke blickte lächelnd das Porträt des Staatsratsvorsitzenden. Es sah nicht so aus, als würde er jemals den Spaß am Regieren verlieren.
Hinter den Scheiben vorüberfahrender Autos glaubte Unsmoler lauter Menschen zu erkennen, denen er schon einmal begegnet war.

Über die Toppen geflaggt

Man sah es schon von Ferne: Das Museumsschiff im Hafen hatte über die Toppen geflaggt. Eine Menschenschlange glitt langsam durch eine hintere Öffnung in das Schiffsinnere, um vorn am Bug wieder hinauszukriechen. Über dem brachen Feld stieg eine Staubwolke in die Höhe, dort kämpften Fußballmannschaften einzelner Ferienlager. Motorradfahrer heulten einen Hügel hinauf und hinunter. Und wieder das Klackern von Schüssen. Eisbuden, Bierbuden, Bockwurstbuden, Bumsmusik. Das Ganze ein Inselfest.
Die Fähre legte an.
Lüders Hänger wurde umringt und mit Koffern beladen. Aber Unsmoler hatte nur leichtes Gepäck. Er ging am Gespann vorüber. Lüder hob die Hand und sah Unsmoler an. Unsmoler begegnete zum ersten Mal diesem stummen Blick, der ihn in den Folgetagen immer wieder irritieren sollte.
Der Maschendrahtzaun rund um die Klärbecken war inzwischen fertig. Auf jedem Pfahl saß eine Möwe. Die weiße kreischende Wolke wogte über dem Fäkaliensee wie in den Tagen davor. In den Gärten der Kleingartenanlage werkelten Dörfler. Unzählige kleine Hütten im Grün. Weißgekalkte Steine begrenzten Reviere. Üppiges Wachstum.
Der Arbeitseifer der Dörfler war offensichtlich ungebrochen: Das Eigene. Gemüse zum Verkauf.
Auch nebenan beim Herrn Akkurat Leute.

Unsmoler schloß den Katen auf. Hinter der Schwelle Sand. Man bemerkte kaum dessen stetiges Vordringen, wenn man täglich fegte. Er sah sich um und spürte, irgend etwas war geschehen. Irgend etwas war anders.
Er setzte sein Gepäck ab.
Im Atelier vor dem Ofen Asche. Eine Schublade ein wenig geöffnet. Bilder, die mit Gewißheit nicht ins Zimmer geblickt hatten, zeigten ihre Vorderseite. Die Gardine, die er seit Delphines Abreise nicht mehr bewegt hatte, war ein wenig zugezogen. Aber die Porzellanuhr und der silberne Leuchter standen an ihren Plätzen. Was hätte man sonst stehlen können …
Unsmoler ging durchs Haus. »Ist hier jemand!« rief er.
Stille. Er setzte sich. Gut, daß ich dem Katzenkönig die Bücher zurückgebracht habe.
Sie sind also hier gewesen … diese Herren, die nicht zimperlich sind. Offensichtlich hatten sie es darauf angelegt, daß ich ihren Besuch bemerke. Was wollen sie mir signalisieren?
Unsmoler grinste: ein Anzeichen von Fatalismus. »Drücken Sie sich gefälligst deutlicher aus!« werd' ich ihnen sagen. »Bitte!« würden sie antworten und mir ins Gesicht schlagen. Nein, das würden sie nicht. Sie haben effektivere Methoden.
Er blickte in den Ofen. Es war nichts verbrannt worden. Er lüftete, ging nach den Hühnern sehen, gab ihnen frisches Wasser und weichte hartes Brot ein, dann legte er sich aufs Bett und blickte zur Zimmerdecke. Der Abend dämmerte bereits, als er erwachte. Er ging vors Haus und sah hinüber zum Nachbarn. Oben bei der Malerin brannte Licht. Er sah hinter der Gardine den Schattenriß ihrer Gestalt. Sie malte, ihr Arm bewegte sich unermüdlich. Sie war also wieder gesund. Er ging in den Stall. Die Hühner saßen bereits auf den Stangen. Er sammelte Eier in den Korb, der leer auf der Mauer stand, und ging hinüber zu den Nachbarn.
Der Herr Akkurat öffnete.
»Ich will nicht weiter stören, ich will mich nur zurückmelden und Dank fürs Hühnerfüttern sagen.«
Der Herr Akkurat sah ihn besorgt an und streckte die Hand nach dem Körbchen aus. »Das war nicht weiter problematisch, nur eins will ich sagen: *Ich* habe deinen Garten nicht betreten.«
Unsmoler nickte: »Andere haben mir einen Besuch abgestattet. Gestohlen wurde offenbar nichts.«

»Das ist ja entsetzlich!«
Unsmoler hob die Schulter.
»Das ist ein Zeichen!« verdeutlichte der Herr Akkurat seine Aussage. Er war offensichtlich daran interessiert, daß Unsmoler sich rasch entfernte: »Meiner Gattin geht es immer noch nicht gut!« flüsterte er. Die große Tür schloß sich.
Auf dem Kiesweg zwischen den Blumen blickte sich Unsmoler um. Oben bei der Künstlerin brannte noch Licht und immer noch machte die Dame genau die gleiche Bewegung. Unermüdlich.
Als er sich ein zweites Mal umsah, war das Fenster dunkel.

Blicke

Früh, als die meisten Urlauber noch schliefen, stellte Unsmoler sich vor dem Konsumladen hinter den wartenden Frauen an. Der Laden war noch geschlossen. Man hatte seinen Gruß geradezu ehrerbietig erwidert, ihn dabei aber angeschaut, als käme er von einem anderen Stern. Auf seine harmlosen Späße reagierte man zurückhaltend, so daß er schließlich schweigend in der von Minute zu Minute länger werdenden Schlange stand. Als die Dicke das Geschäft aufsperrte, fand er sich plötzlich vorn am Ladentisch, ohne sich vorgedrängelt zu haben. Die Dicke sah ihn geradezu erschrocken an. Er zögerte.
Aber eine Frau aus der Reihe sagte: »Unsmoler is dran!«
»Zwei Mischbrote, ein Pfund Speck, ein Bund Zwiebeln, zwei Tüten Haferflocken, fünf Fischbüchsen, ein Kilo harte Wurst, zwei Gläser Erdbeermarmelade, Milchpulver, zwei Packungen Tee, Tabak, den üblichen, so das wär's!« Während er die Dinge verstaute, rechnete die Verkäuferin den Betrag aus. Sie irrte sich nie. Er zahlte und schob sich aus dem Laden. Er hörte jemanden sagen: »Wenn er dat überhaupt noch allens aufessen kann!«
Warum sollte er nicht können?
Der Tüffelmacher arbeitete gebückt in seiner Kleingartenparzelle. Er blickte auf, als Unsmoler vorüberkam, und nahm, als dieser grüßte, was hier durchaus nicht üblich war, seine Mütze ab.
»Was ist hier los?« fragte sich Unsmoler.

Am nächsten Morgen hing an der Türklinke seiner Außentür ein Einkaufsnetz. Es waren zwei dicke Räucheraale. Das gibt's doch nicht! dachte er, niemand hat ein Boot, und doch fängt jemand Aale und verschenkt sie auch noch! Was geht hier vor!
Hing das alles mit dem Einbruch irgendwelcher Leute in seiner Hütte zusammen? Was wußte man davon?
Als der Herr Akkurat gegen Abend seine Blumen goß, trat Unsmoler an die Mauer und begrüßte den Unermüdlichen. »Ich wollte was fragen!« rief Unsmoler.
Der Herr Akkurat, der ein lautstarkes Gespräch vermeiden wollte, kam eilends heran. »Worum geht es?« flüsterte er.
»Um den heimlichen Besuch in meinem Atelier. Alle im Dorf scheinen etwas zu wissen, nur ich weiß von nichts.«
Der Herr Akkurat hob beschwörend die Hände. »Nur keine Provokationen und Komplikationen jetzt. Ich flehe dich an! Meine Gattin steht kurz vor der Erfüllung eines langgehegten Wunsches. Äußerste Zurückhaltung deinerseits bitte, denn alles, was dich betrifft, würde auch auf uns zurückfallen. Wir haben für dich gebürgt!«
»Die Bürgschaft betraf meine Malerei«, sagte Unsmoler.
»Wo denkst du hin! Alles gehört zusammen, alles!«
»Ich habe nicht vor, irgend jemanden zu provozieren. Das bißchen Kraft, was ich habe, brauche ich für mich, für meine Bilder«, beruhigte Unsmoler den erregten Nachbarn.
»Bilder sind manchmal auch nicht ohne!« sagte der Herr Akkurat mit leichtem Vorwurf, aber ich weiß wirklich nicht, was gegen dich vorliegt. Jedenfalls nicht mehr, als jeder in den Zeitungen lesen konnte … Du verstehst, die Blumen sind durstig …«
Der Herr Akkurat wandte sich um und ging. Unsmoler schaute ihm nach. Der Herr Akkurat hatte seine Blumen noch nicht erreicht, da stellte er die Gießkanne ab, drehte sich um, legte die Handflächen aneinander, hob sie flehend und blickte beschwörend in Unsmolers Richtung.
Unsmoler war genauso schlau wie vorher.
Am nächsten Tag allerdings suchte ihn der Dorfpolizist auf. Jobst überreichte einen Brief.
»Hast du auf Briefträger umgeschult?« fragte Unsmoler dreist. Er provozierte hin und wieder eben doch.
Der Polizist sah ihn mit einem Na-warte-Blick an, nötigte ihn,

den Empfang des Umschlags zu quittieren und verabschiedete sich grußlos.
Es war eine Vorladung »zwecks Klärung eines Sachverhalts«.
Unsmoler ging in den Schuppen, blickte zum Packen, den Alfons zurückgelassen hatte. Der Packen schien unberührt. Das Bündel würde ihn nicht in ernste Schwierigkeiten bringen können, er hatte es nicht angefaßt, für ihn war darin ein Zelt.
Er beschloß, den Termin der Vorladung einfach zu vergessen. Die vom Objekt würden ihn holen müssen. Im Dorf würde man es wahrnehmen.
Am nächsten Tag hielt der Barkas vor der Tür. Jobst stieg aus und klopfte heftig bei Unsmoler an. Unsmoler öffnete mit einem Pinsel in der Hand.
»Folgen Sie mir!« herrschte Jobst ihn an.
»Ach ja, der Termin, den hab' ich verschwitzt, wie spät ist es eigentlich?«
»Zu spät!« sagte Jobst.
»Es dauert einen Moment, ich muß mich umziehen!« Unsmoler wies auf seine mit Farbe beschmierte Hose.
»Das hätten Sie sich früher überlegen müssen!«
Nirgendwo war ein Mensch zu sehen. Er steckte den Pinsel oben in den morschen Zaunpfahl. Ein Herr kam aus dem Auto, zog den Pinsel heraus und warf ihn in die Büsche. Unsmoler stieg ein. Jobst folgte ihm. Das Auto fuhr los. Bin ich festgenommen? fragte sich Unsmoler.

Ist das ein Verhör?

Im Dorf war man sich darüber einig: Der kommt nie wieder!
»Da kennen die kein Pardon nich, aber das muß man ihm lassen: Schneid hat er!«
»Ja, das ist einer von der Insel!«
»Wenn man denen da oben angst machen will, dann damit!«
»Aber wenn du das tust, Junge, ist Feierabend. Hätten wir ihm gleich sagen können!«
»Aufmucken, so wat mögen die nicht!«

»Schon gar nicht so ...«
»Davon kann so mancher ein Liedchen singen!«
Leise Gespräche im Dorf. Sie hatten das grüne Auto beobachtet. Sie hatten aus der Deckung zugesehen, wie Jobst an die Katentür bullerte. Mußte ja so kommen. Vielleicht hatten sie sehen wollen, ob er Widerstand leistet. Nein, er war einfach mitgegangen.
»Dat is ein Kerl!«
»Das mußte mal ausgesprochen werden«, flüsterte dieser oder jener, wenn es niemand hörte, »die heut' sind kein Deut besser als die von 33.«
»Bis die dat gesehen haben, hat dat aber mächtig gedauert!«
»So ein raffinierter Hund ist das!« Das war ein Lob.
»Vielleicht hatte er vorher türmen wollen ...«
»Ne, der wollt' nicht weg. Der ist von der Insel. Der hält die Stellung.«
»Das aber muß man ihm lassen: Aufrecht hat er sich abführen lassen!«
Unsmoler war zum fragwürdigen Helden geworden und wußte nichts davon.
Das grüne Auto bremste scharf vor einem Hintereingang des Hochhauses. Der Fahrer stellte den Motor ab und stieg gleichzeitig mit den anderen Herren aus.
»Wir benötigen deine Hilfe nicht mehr, Genosse Abschnittsbevollmächtigter!« Jobst kletterte aus dem Auto und versuchte Unsmoler einen mitfühlenden Blick zuzuwerfen.
Der eine der beiden Zivilisten packte Unsmoler am Arm. Unsmoler spürte, daß der Kerl ihn mit diesem Griff einschüchtern wollte.
»Und jetzt keine Sperenzien!« Der Herr zerrte an seinem Arm. Der Fahrer kam seinem Kollegen zu Hilfe.
»Übertreibt ihr nicht klein wenig?« fragte Unsmoler und stieg aus.
»Sie scheinen sich über den Ernst der Lage nicht im klaren zu sein!« Sie stießen ihn in den Hauseingang. Zwei Männer, denen es erlaubt war, endlich die Zügel schießen zu lassen, und ein Mensch, der ihnen ausgeliefert war.
Das sind die Texte von Adamski, überlegte Unsmoler, die werden sie gefunden haben. Was könnten sie denn sonst in der Hand haben?
Während die beiden Typen ihn in den Fahrstuhl schoben, überlegte er, wie er sich verhalten sollte. Zum ersten Mal allein mit den

beiden Kerlen in einem engen Raum. Er war direkt dankbar, daß ihm keine Handschellen angelegt worden waren. So rasch verschob sich das Maß. Wenn sie prügeln und du kannst dich wehren, spürst du nichts, dachte er.
Wieder öffneten sich Türen, diese Türen hatten keine Klinken. Unsmoler wurde unsanft in einen Raum geschoben. An einem Tisch saßen der Mitarbeiter und ein Unbekannter.
»Guten Tag!« sagte Unsmoler.
Der Mitarbeiter blickte auf die Uhr. »Eine kleine Verspätung, wir hatten für 11 Uhr zu einem Gespräch gebeten.«
»Ich hab' es verschwitzt«, sagte Unsmoler. Er wies auf seine Hose. »Sie sehen, ich war beim Malen.«
Die beiden Herren sahen einander an. »Und was sind das für Bilder?«
»Schwimmende, Menschen, die tauchen.«
»Die untertauchen, was?«, sie lachten, »das wird hierzulande kaum gelingen!«
»Schwimmen ist wie schweben. Es erinnert an die Schwerelosigkeit von Kosmonauten. Sie wissen, daß unser Kosmonaut in Tauchbecken trainierte?« Daß du dich nicht schämst, dachte Unsmoler insgeheim. Du fängst an, dich auf sie einzustellen. Aber das ist nun mal das schlauste, wenn du diesen Raum als freier Mann verlassen willst.
»Diese Bilder könnten etwas Symbolisches haben«, fuhr er fort. Augenblicklich bemerkte er, daß er einen Fehler machte. Er redete zuviel.
Die Herren hatten offenbar einen Ball zugespielt bekommen, sie reckten sich. »Symbolisches wie Ihre Nebelbilder? Aber auf die wollen wir im Moment nicht eingehen.«
Wieder warfen die beiden in völliger Übereinstimmung einander rasche Blicke zu.
»Nebel gibt es nun mal ...«, sagte Unsmoler.
»Lassen wir das. Uns interessiert eine andere Frage. Da Sie gerade davon sprachen: was halten Sie von Symbolen?«
Das ist es, dachte Unsmoler blitzschnell. Nur komisch, daß sie so rasch auf das Eigentliche kommen. Er hatte bereits damals in seiner Hochschulzeit Verhöre erlebt ... man hatte sich stets eine ganze Weile lang nach völlig Nebensächlichem erkundigt.
Vielleicht fürchten sie, in ein Gespräch über Kunst verwickelt zu

werden. Ein Terrain, auf dem sie sich nicht auskennen. Genau das sollte ich probieren, nervend hartnäckig probieren.

»Was ich von Symbolen halte? Das Symbol in der Kunst existiert seit Zigtausenden von Jahren. Sie kennen gewiß die steinzeitlichen Frauengestalten und sicher auch die Höhlenmalereien von Altamira, die erst 1868 entdeckt worden sind, großartige Tierdarstellungen. Bisons, Wildpferde, Nashörner, steinzeitliche Jäger.«

»Wir wollen nicht wissen, was irgendwelche Urmenschen ...«

»Das waren keine Urmenschen, das waren bereits ...«

»Wir wollen wissen, was Sie von Symbolen halten!« Der graue Herr war laut geworden.

»Ich wollte es Ihnen gerade erklären, aber Sie unterbrechen mich dauernd. Symbole sind Zeichen, die etwas verdeutlichen. Als solche werden sie, ich hatte es eben versucht zu erläutern, seit Jahrtausenden, verwendet. Bei den Steinzeitjägern zum Beispiel werden Pfeile ...«

»Antworten Sie auf meine Frage! Wir sind hier nicht beim Kaffeekränzchen!« Der Mitarbeiter schlug auf den Tisch.

»Was ist es dann?«

»Das hier ist ein Verhör, und es sieht für Sie gar nicht gut aus!«

Der Keller

Er wußte nicht, wie spät es war. Keine Uhr an der Wand. Nur das Bild des Staatsratsvorsitzenden lächelte herab. Immer wieder die gleichen Fragen. Aktenordner auf dem Tisch. Und immer wieder die scheinbar besorgte Behauptung: »Nein, das sieht gar nicht gut aus!«

»Das nervt langsam!« schimpfte Unsmoler.

»Ob es Sie nervt oder nicht nervt, ist völlig gleichgültig: Sie haben lediglich zu antworten! Gibt es gute Symbole?«

»Was fragen Sie! Sie kennen die Friedenstaube von Picasso!«

»Und schlechte Symbole?«

»Genauso wie es gute und schlechte Bilder gibt!« Immer schlidderte er in Bereiche der Kunst, die sie sich mühten zu meiden.

»Ich möchte den Genossen Vorsitzenden sprechen!« sagte er plötzlich.
Die beiden grinsten verächtlich. »Hier haben wir das Sagen!«
»Ich hoffe, überall hat hier die Partei das Sagen!« Unsmoler wußte, daß das eine geschickte Antwort war.
Wahrscheinlich lief ein Band mit. Er spürte, die Herren wollten ihr abfälliges Grinsen nicht in Worte übersetzen.
»Es reicht!« Der Mitarbeiter erhob sich. Die beiden, die ihn hergebracht hatten, kamen in den Raum. Man sprach leise miteinander. Unsmoler begriff immer noch nicht, worum es eigentlich ging. Seltsam. Er verspürte keinerlei Angst. Er war beinahe interessiert am Fortgang der Handlung. Eine beinahe euphorische Stimmung bemächtigte sich seiner. Es war ein Kampf. Ein Gegner hatte sich gezeigt. Kein Nebel: sie standen vor ihm.
»Folgen Sie!« sagte der Mitarbeiter.
Wieder keine Handschellen. Sie hatten wohl doch noch Hoffnung. Wollen sie mich einschüchtern, mir mit Knast drohen, um mir dann den Ausweg zu zeigen? Wollten sie mit Druck das gleiche erreichen, was die Blonde mit ihrem schönen Busen hatte erreichen wollen?
Hoffnung darfst du ihnen nicht machen.
Er blieb stehen: »Ich muß den Genossen Vorsitzenden sprechen!«
»Folgen Sie!« sagten sie grob. Sie standen vor dem Fahrstuhl. Es ging hinab. Das ist der Keller, wurde ihm klar. Nun erst fiel ihm ein, sie hatten nicht nach den Adamskigedichten gefragt.
Feuchte Kühle. Er kannte den Bereich, der Hausmeister hatte ihm die einzelnen Keller gezeigt, als er das erste Mal Verbotsschilder zu beschriften hatte.
Sie schlossen eine Stahltür auf. Ein fensterloser Raum. Nun wird sich zeigen, wer ihr wirklich seid! dachte er.
Er blickte sich um. An der Wand standen seine weißen, rot beschrifteten Tafeln.
Sie beobachteten, welche Wirkung dieser Anblick auf ihn hatte.
»Begreifen Sie nun endlich, worum es geht?« brüllte ihn der eine der Herren an. Die Lautstärke erschreckte vor allem den Mitarbeiter.
Unsmoler sah die Herren an und verstand nicht, was sie meinten.
»Müssen wir Sie erst mit der Nase drauf stuken?! Hier haben Sie Ihr Symbol!«

Unsmoler las langsam die ramponierten Buchstaben auf der vorderen Tafel: SOWJETUN…

»Das ist ein Teil des Wortes …ION steht auf der nächsten Tafel.«

»Spielen Sie nicht den Blöden!«

»Sehen Sie genauer hin. Das ganze Dorf spricht davon!«

»Und ich dachte immer, niemand liest die Losungen!«

»Ums Lesen geht es hier nicht! Es geht um Zeichen!«

Er begriff nicht.

»Mann, ein Hakenkreuz!« Das Wort ging dem Herrn schwer über die Lippen.

Nun sah es Unsmoler auch.

»Und Sie unterstellen, daß ich das gemacht habe?« fragte er und versuchte seiner Stimme einen drohenden Klang zu geben.

»Wer sonst, wenn nicht Sie!«

Unsmoler ging rasch zu den Tafeln.

»Rühren Sie das Beweisstück nicht an!« Einer der Zivilen packte ihn an der Schulter.

»Faß mich nicht an!« fluchte Unsmoler. Es gelang ihm noch, mit einer raschen Handbewegung die Tafel nach vorn zu kippen. Sie klatschte auf den Betonfußboden. Es klang wie ein Schuß. Der Mitarbeiter erschrak erneut. Lärm hier unten, der im Erdgeschoß zu hören war. Der Zivile riß Unsmoler unsanft zurück.

»Da haben Sie Ihre Hakenkreuze!« schrie Unsmoler. Er spielte äußerste Entrüstung. Er zeigte mit seiner freien Hand auf die Rückseite der Tafeln.

»Lassen Sie von Ihren Chemikern untersuchen, weshalb sich die aufgeklebten und aufgeschraubten Latten der Rückseite auf der Vorderseite abzeichnen!«

»Beruhigen Sie sich!«

»Verdammt noch mal!« Er wandte sich empört um und sah die Herren an. Es war in der Tat die simple Erklärung … unterschiedliche Wärme oder Spannung hatten die vielen Farbschichten abplatzen lassen und zufälligerweise die Waagerechten und Senkrechten zum erschreckenden Zeichen zusammengefügt. Wochenlang hatte es an der Fassade geprangt.

»Man sieht, was man sehen will!« Unsmoler blickte jeden der Herren, einen nach dem anderen, vorwurfsvoll an. »Es gehört nämlich Phantasie dazu, in diesem Muster ein Hakenkreuz zu er-

kennen, denn es ist kein Hakenkreuz! Das verdammte Zeichen hat Unglück genug gebracht!«
Jemand richtete die nach vorn gekippte Tafel wieder auf. Weitere Farbe war abgeplatzt. Das Zeichen war ausgelöscht.
»Und wo ist das beschissene Zeichen nun?« fragte Unsmoler heftig, »hätte man nicht über das alles in Ruhe reden können?«
Es dauerte noch, bis man ihm sagte, daß er nach Hause gehen könne. Unsmoler beherrschte sich. Er durfte seine Erleichterung nicht zeigen.
»Was, ihr wollt mich jetzt einfach so vor die Tür setzen? Ohne mich wieder dorthin zu fahren, wo ihr mich hergeholt habt?«
»Haben wir hier einen brisanten Sachverhalt geklärt oder nicht?« antwortete der Mitarbeiter scharf. Dann wandte er sich in sachlichem Ton an seine Kollegen: »Es konnte nachgewiesen werden: es hat nie ein Hakenkreuz gegeben. Der Mann hat unwahrscheinliches Glück!«
»Glück?« fragte heftig Unsmoler, »um das festzustellen, hätte ich nicht einmal fünf Minuten gebraucht!«
»Wir hatten Hinweisen nachzugehen. Aber übertreiben Sie nicht, junger Mann. Wir können Sie auch hierbehalten und weiterreichen.«
Unsmoler wußte, daß das stimmte.
Wenigstens werde ich nie wieder Transparente malen müssen, dachte er. Immer werd' ich sagen können: »Nein danke, das hätte mich schon mal fast Kopf und Kragen gekostet!«
»Wir behalten Sie im Auge!« Der graue Herr lächelte ungut. »Wir haben alles im Griff, verlassen Sie sich darauf, und den Underground in der Kunst, den stellen wir!«
»Fahr ihn nach Hause, Genosse«, wies der Mitarbeiter den einen Zivilen an.
Unsmoler stieg in den Barkas. Es hieß, auch noch diese nächsten ekelhaften Minuten durchzuhalten. Der Fahrer schwieg verbissen, fuhr zum Hafen runter und bog dann nach links zum Dorf ab. Unsmoler blickte aus dem Wagenfenster und sah im Vorüberfahren, daß sich ein Mann, der auf einem Bootsmannsstuhl saß, langsam den Großmast des Museumsschiffs hinaufzog.

Vielleicht war es doch kein guter Gedanke gewesen, sich nach Hause fahren zu lassen.
Die Dörfler sahen das grüne Auto kommen. Sie zogen sich in ihre Häuser zurück. Sie nahmen an, Unsmoler würde in Handschellen, von Unbekannten begleitet, ins Haus geführt werden: Lokaltermin.
Nichts dergleichen geschah. Sie sahen es. Das Auto hielt. Unsmoler stieg aus. Auch der Fahrer verließ den Wagen, um sich grinsend zu verabschieden, grad so, als wäre der verdutzte Maler sein bester Freund. Unsmoler begab sich schnurstracks in seinen Katen. Der Barkas wendete und brauste davon.
»Verdammt noch mal, gefahren haben sie ihn!« konstatierte man im Dorf.
»Was hat dat nun schon wieder zu bedeuten!«
»Hat es das schon mal gegeben, daß einer, der bei denen in der Mangel war, ungeschoren davongekommen ist?«
»So fix jedenfalls nicht. Es sei denn ...«
Dieses »es sei denn« machte als vernichtender Verdacht im Dorf die Runde. Die Verdächtigung war für die Dörfler ein Ausweg, denn sie wollten nicht wahrhaben, daß man ungestraft die Mächtigen herausfordern konnte. Sie hatten längst die Ansicht, »jeder Widerstand ist zwecklos!«, verinnerlicht.
Unterwerfung »ohne Wenn und Aber« war durchaus von Vorteil. Sie ersparte unnütze Kraftvergeudung. Man konnte seine Intelligenz ausschließlich darauf verwenden, seine Schäfchen ins Trokkene zu bringen, denn immer wieder ergaben sich für eine Weile Freiräume.
Wer gegen den Wind pißt, ist einfach nur blöd. Der darf sich nicht beklagen, wenn er naß wird.
Ein seltsames Gefühl von Freiheit hatte sich allenthalben eingestellt: frei von Schuld und frei von Verantwortung. Diese letzte Freiheit galt es zu verteidigen.
Unsmoler aber hätte ein Held sein müssen. Was hatte Unsmoler denn schon zu verlieren! Rein weg gar nichts. Sie zeigten auf den Katen und lachten. »Diese Scheißbude etwa?«
»Ne, ne«, munkelte man, »Unsmoler, der ist umgekippt, schlim-

mer noch, den haben sie umgedreht. Sonst würde er nicht fuchsmunter durch die Gegend marschieren. Erst die Blonde, dann der Wink mit dem Zaunpfahl ... nicht mal blaue Flecke im Gesicht, völlig unbeschädigt! Fix ist das gegangen mit ihm.« Dankbar griff man nach dieser Version.

Unsmoler hatte sich zusammengenommen. So, als wäre nichts geschehen, war er in seinen Katen gegangen. Aber als er die Haustür geschlossen hatte, spürte er, daß ihm die Knie weich wurden. Er wankte ins Atelier, setzte sich und schaute sich um, als wäre er in diesem Raum ein Fremder. Er begann zu zittern. Was ist mit mir? Ist doch alles gut gegangen. Seine Glieder aber glaubten ihm das nicht.

Ihm kamen die Tränen. Weshalb nur? Was soll der Unsinn? Weshalb sollte ich flennen? Er zwang sich, aufzustehen. Er begab sich in die Küche, nahm die Flasche aus dem Schrank und goß sich einen Schnaps ein. Das Zittern ließ nach. Er ging hinaus und fütterte die Hühner. Dann holte er die Eier aus den Nestern. Nebenan in den Blumen werkelte der Herr Akkurat. Der Herr Akkurat blickte herüber, wandte sich aber sofort ab, als Unsmoler hinsah, und tauchte in den Blumen unter. Unsmoler ging zurück ins Haus.

Ans Malen konnte er nicht denken. Er nahm den geschnitzten Vogel des Fischers vom Schrank, schraubte der Möwe eine Öse in den Rücken und band sie an den Faden, an dem früher die weißgoldene Putte gehangen hatte.

Dann setzte er sich hin und rekapitulierte das Verhör. Er lauschte erneut den Fragen und prägte sich seine Antworten ein, denn er hielt es für durchaus möglich, daß das grüne Auto plötzlich erneut auf der Straße vor seiner Tür erscheinen würde und Fremde heraussprangen, um ihn zur zweiten Runde zu holen. »Wir haben da noch etwas vergessen, Bürger!« Er blickte aus dem Fenster. Noch kamen sie nicht.

Aber am nächsten Tag klopfte es. Es war die schöne Blonde. Er war unrasiert und das Atelier in einem jämmerlichen Zustand, aber ihm gelangen wieder Späße. »Kommst du allein?«

»Ja wieso?«

»Gestern kamt ihr zu dritt.«

»Mit denen habe ich nichts zu tun«, sagte sie heftig.

»Möchtest du ein Bier?« Sie schüttelte den Kopf.

»Setzen wir uns.« Er wies auf die Bank vor dem Haus.

»Willst du mich nicht hereinlassen?«
»Im Moment halte ich es da drinnen nicht aus ... da haben deine Leute reingeschifft.«
»Meine Leute sind das nicht!« empörte sie sich. »Die haben reingepißt, wirklich reingepißt?«
»Nicht wirklich, aber es kommt aufs gleiche hinaus.«
»Du bist sauer, die haben dir gestern übel mitgespielt. Der Vorwurf war schwachsinnig. Ein Badegast hat ein Foto verschickt. Sonst hätten sie das Zeichen niemals bemerkt.«
»Es gab kein Zeichen! Oder war diese Geschichte für einen guten Einstand drüben gedacht?«
»Unsinn! Hakenkreuze sind nirgendwo beliebt. Können wir nicht reingehen?« Sie rümpfte die Nase. Der Wind stand so, daß er von den Klärbecken auf das Dorf zuwehte.
»Der Gestank darf uns nicht stören. Das ist ein Gruß vom Dikken«, sagte Unsmoler.
»Und hier willst du bleiben?«
»Meinst du, eure Scheiße kann mich vertreiben?«
»Wieso eure?«
»Vorläufig wird nur der Dreck vom Objekt in die Klärbecken geleitet.«
»Ein schönes Gespräch!«
»Ein Scheißgespräch. Aber wovon sollen wir sonst reden? Wir haben uns ausgesprochen!«
Sie sah ihn flehend an. »Liebster ... ich kann ja verstehen, daß du sauer bist. Aber mit dieser Einstellung wirst du gar nichts erreichen. Gegenan gelingt nichts. Die Machtverteilung ist eindeutig und endgültig. Du brauchst nur zu mir halten. Ich bringe dich raus. Wir beide ...«
»Spielst du immer noch das Spiel: Genosse Major, Auftrag erfüllt?«
Ihr kamen die Tränen.
»Das ist eine Meisterleistung«, rief er lachend, »richtige salzige Tränen auf Kommando!«
Sie stand auf, wandte sich um und ging davon.
Er fühlte sich hundeelend. Gehört das alles noch dazu, auch diese Tränen? fragte er sich.

Bockwürste

Er zog sich seine saubere Hose an und wanderte die Betonstraße hinab Richtung Hafen. Er zwang sich, unter Menschen zu gehen. Die törichte Losung am Hochhaus störte nicht mehr. Der Trecker von Lüder überholte ihn und bremste. »Na, gehst du zu deinen Leuten?« Unsmoler begriff nicht gleich. Lüder tippte an die Mütze, grinste verächtlich und fuhr weiter.
Was ist los? fragte sich Unsmoler erschrocken. Nimmt man mir im Dorf übel, daß ich nicht im Knast sitze? Glaubte man etwa, ich hätte ein Hakenkreuz gemalt? Sind wir soweit gekommen, daß man dieses Zeichen akzeptiert, wenn es sich gegen die Mächtigen hier richtet? Oder dachten sie, daß ich mit diesem Zeichen die Politik der Partei charakterisieren wollte?
Lüder wartete am Hafen auf die Fähre. Unsmoler überlegte kurz, ob er den Traktoristen zur Rede stellen solle. Das aber schien sinnlos. Wer wagt denn zu sagen, was er wirklich denkt.
Auf dem Museumsschiff setzte sich der Fischer gerade in den Bootsmannstuhl und zog sich langsam zur Mastspitze hinauf. Ein Flaschenzug im Topp machte es möglich. Unsmoler grüßte aus der Ferne. Der Fischer erkannte ihn und hob ein Stück Holz und ein blinkendes Messer in die Höhe. Der Alte hatte seinen Ort gefunden. So wie damals in seiner Jugend, ganz, ganz oben im Mast.
Unsmoler ging nicht zum Hafen, er wanderte den Hügel hinauf am Objekt vorüber zum Fischdorf.
Schon von weitem sah er: der Zaun war weg. Nur das Rosentor stand einsam in der Landschaft. Landschaft mit einsamem Tor. Wäre das nicht auch ein Thema? In der Fischdorfsenke, in der das Licht flimmerte, stand in Ufernähe eine Bude, vor der Urlauber in Badebekleidung Schlange standen.
Ein Bockwurststand am Meer. Auch ein Thema: Die Bockwurstfresser.
Er ging an den Strand, zog sich aus und legte sich in den Sand.
Lüders Verhalten war seltsam gewesen … weiß der Teufel, was man im Dorf redet. Wahrscheinlich wurden Gerüchte unter die Leute gebracht. Vielleicht gehörte auch das dazu. Er fühlte sich ausgeliefert.
Schwimm hinaus, Junge, das hat dir immer geholfen! Er gehorch-

te sich, schwamm lange, zog sich an und machte sich auf den Weg zurück.
Am Hafen ging Unsmoler aufs Museumsschiff, es war kaum Andrang. Er legte fünfzig Pfennig in die Kasse des Vertrauens. Späne rieselten von oben. Er blickte durch die Scheiben in die Messe. Ja, da hingen auch seine zwei Landschaften auf der braunen Täfelung. Wie harmlos! Er verzichtete auf die Wanderung durch den Bauch des Schiffes und kletterte auf die Pier. Oben baumelten die Füße des Alten.
Auch hier kam er an einer Bockwurstbude vorüber.
Er bückte sich, hob mehrere weggeworfene Pappteller auf und stellte sich an. Als er an der Reihe war, kaufte er drei Würste, jede auf extra Pappe. Reichlich Mostrich, drei Weißbrotscheiben. Dann hob er noch einige der rechteckigen Pappteller auf und ging, seine Beute in den Händen balancierend, nach Hause.
Im Atelier lehnte er ein Reißbrett an sein Bett und ließ Bockwürste und leere, mostrichbeschmierte Pappunterlagen sachte von der Schräge auf den Fußboden rutschen. Immer wieder Betrachten eines Vorgangs: Die Lawine.
Schließlich holte er seine vier größten Leinwände, fügte sie auf dem Fußboden zu einem Hochformat zusammen und begann mit Zeichenkohle die Sturzflut der Würste zu zeichnen.
Alle seine Farbvorräte baute er im Raum auf. Pinsel stellte er zurecht, nicht spitze und flache Künstlerpinsel, sondern ganz gewöhnliche Anstreicherpinsel. Schluß mit dem Minutiösen, endlich aufs Ganze gehen, endlich aus dem Vollen schöpfen! Malmittel, Dammarharz in Terpentin gelöst, in einem Gurkenglas.
Er mischte heftige Töne. Kunstdarmfarbe, Mostrichfarbe, Pappefarbe. Ein dissonanter Dreiklang voller Aggressivität, ein Klang, wie er manchmal bei Schostakowitsch dem Hörer in die Seele schneidet.
Farbige Zettel flatterten auf den Fußboden ... Farbproben, immer drei Töne. Die Häufchen gemischter Farbe wuchsen und wuchsen. Die drei Grundfarben Gelb, Rot und Blau stießen verwandelt aufeinander: Mostrichgelb, Wurstrot und die Pappe, die neben zwei heftigen Tönen fast bläulich wirkte. Raffinierte Trivialität. Die erbarmungslose Flut des Trivialen.
Das ist es, sagte er schließlich und trat vor die Leinwand.
Aber die Vorzeichnung störte ihn plötzlich. »Was sollen derartig sensible Linien!«

Er kniete sich auf den Fußboden. In Pappen schnitt er mit dem Schnitzmesser die Schablonen eines metergroßen rechteckigen Papptellers und einer metergroßen leicht gebogenen Bockwurst. Er war verwundert, wie rigoros er mit dem Material umging. Es schien fast, als würde er später nichts mehr brauchen.
Er legte die Schablone auf die Leinwand und stukte den Pinsel in die vorbereitete Farbe. Er schablonierte die Fläche voll mit rutschenden Papptellern. Schwache Abstufungen vom bläulichen Grau hinten bis zum Ockergrau vorn. So primitiv, so einfach, so hergebracht: Blau ist hinten.
Saugender Kreidegrund machte rasches Übermalen möglich.
Am nächsten Tag kamen die Würste dran. Glänzende pralle Würste, die hinab auf den Betrachter zu stürzen schienen. Würste bis zum Abend. Glanzlichter, Höhungen mit hellstem Ton am nächsten Tag. Dunkle Prägungen der Pappteller am vierten Tag. Dann der kleckernde Mostrich.
Am fünften Tag nachmittags betrachtete er seine Werke. Sie waren nicht ganz so brutal und aggressiv, wie er sich es erträumt hatte. Die Realisierung war hinter dem Bild, das er vor sich gesehen hatte, zurückgeblieben. Er empfand den wilden Aufbruch als vergeblich.
Wozu all die Schinderei, fragte er sich, denn er war erschöpft.
Er stieß die Fenster auf. Elende Musik strömte herein. Die Bockwurstmusik hatte die Lufthoheit erobert. Fünf Tage hatte er gearbeitet und gearbeitet und war doch nicht ans Ziel gekommen.
Er ging in den Konsum. Ein paar Dorfweiber ließen sich umständlich und seelenruhig bedienen. Unsmoler hatte keine Geduld. Er hielt passendes Geld in die Höhe. »Kann ich nur mal fix eine Flasche bekommen!«
»Was will er mit der Flasch? Im Objekt kriegt er doch die Brust!«
Verletzendes Gelächter im Laden.
Die Dicke gab ihm wortlos die Schnapsflasche.
Tiefe Niedergeschlagenheit bemächtigte sich seiner. Unten am Hafen schon wieder ein Fest für die Urlauber.
Und wieder würden sie seine brav gepinselten Landschaften in der Messe des Museumsschiffs sehen.
Weg mit den braven Bildern in dieser heftigen Zeit, sagte er sich und ging mit entschlossenen Schritten nach Hause.

Wieder Feuer hinter dem Haus

»Mein Gott, was stellt er nun an!«

Der Herr Akkurat und seine Gattin standen beunruhigt in jenem kleinen Erker, in dem sie häufig saß, wenn der Termin der Überfahrt näherrückte. Schon viele Tage vorher pflegte sie besorgt über das der Jahreszeit entsprechend häufig von Stürmen aufgewühlte düstere Boddengewässer zu blicken. Diesmal aber war sie gemeinsam mit ihrem Gatten froh gestimmt an das Erkerfenster getreten, um einem Feuerwerk zuzuschauen, das anläßlich des Hafenfestes auf der Mole gezündet wurde.

»Das ist das Freudenfeuer anläßlich deines Erfolges!« hatte der Herr Akkurat überschwenglich die grellbunten Explosionen gedeutet. Aber plötzlich hatten sie in unmittelbarer Nähe die Flammen eines anderen Feuers entdeckt. Der Herr Akkurat war in sein Zimmer geeilt, um das lichtstarke Opernglas zu holen.

Auf dem Brachland hinter den Häusern stand ihr Nachbar und verbrannte Bilder!

»Und er trinkt«, kommentierte der Herr Akkurat für seine Gattin das Geschehen. Eindeutig, Unsmoler hob hin und wieder eine Flasche, die im Gras neben dem Feuer lag, auf und nahm einen Schluck. Dann ging er zurück ins Haus und kam mit noch mehr Bildern zurück.

»Wir müssen etwas unternehmen!« rief seine Gattin erschrokken.

»Wir können es uns nicht leisten, in dieser Endphase in irgend etwas hineingezogen zu werden. Man hat den Kollegen bereits unter Wind!« entgegnete ihr Gatte heftig.

»Vielleicht verkraftet er unseren Erfolg nicht!« gab sie leise zu bedenken.

»Es ist dein Erfolg, Liebes, dein Erfolg, und ich bin mir völlig sicher, daß er nichts von der Ausstellung weiß. Niemand hierzulande ist an einer Neiddiskussion interessiert.«

»Aber er verbrennt doch Bilder!«

»Seine Sache!« Der Herr Akkurat wandte sich gepeinigt vom Fenster ab. »Und wenn er sich selber in Brand steckt! Dann wäre hier endlich Ruhe, endlich, endlich Ruhe!«

Sie erstarrte für Momente angesichts dieser männlichen Härte.

Der Maler von nebenan hatte sich neben dem Feuer niedergelassen. Fast ein romantischer Anblick.
»Du mußt nach ihm sehen. Du mußt!« Sie sah ihren Gatten fordernd an.
Er preßte die Lippen aufeinander.
»Dann werde ich eben gehen!« sagte sie entschlossen.
Der Herr Akkurat eilte ihr hinterher, überholte sie und bat sie, im Hause zu bleiben.
Der Qualm des Feuers zog über das Schilf hinweg zum Bodden.
Durch den Garten hinter dem Haus begab sich der Herr Akkurat zum Hinterausgang seines Anwesens. Auf der Jagdkanzel war niemand. Er legte Wert darauf, nicht gesehen zu werden.
Unsmoler dachte an seine sanften Bilder in der Messe des Museumsschiffs. Die werde ich auch noch holen und ins Feuer schmeißen … auch sie sollen davonfliegen als Rauch.
Aber aus der Finsternis trat der Herr Akkurat in das Licht der Flammen. »Hat sich noch niemand über das Feuer beschwert?« erkundigte er sich.
Unsmoler wunderte sich, daß da jemand gekommen war. Er war betrunken. »Wer denn?« fragte er mit schwerer Zunge, »die anderen Menschen sind in einer anderen Welt. Hörst du nicht? Bumsmusik und Bockwurstfressen. Man feiert. Ich habe hier ein eigenes Fest. Dieses Fest ist mein Gesamtkunstwerk.« Er hob die Flasche gegen das Licht der flackernden Flammen. »Ich kann dir nichts anbieten, die Flasche ist leer.«
Der Herr Akkurat hatte längst abwehrend die Hände gehoben.
»Bilder malen und die Bilder dann fliegenlassen. Siehst du den Rauch? Sie haben sich nicht gewehrt. Keinen Mucks haben sie getan. Die wollen das. Auch schweigen ist Kunst. Schöne Grüße auch an dein Gesamtkunstwerk. Hat es sich von der Grippe erholt?«
»Wie sprichst du von meiner Frau!« rief empört der Herr Akkurat, »sie hat den Durchbruch geschafft!«
Erstaunt löste Unsmoler seinen Blick vom niederbrennenden Feuer. Er sah seinen Nachbarn an. »Ist sie tot?« fragte er, »ich weiß es jetzt nämlich, niemand schafft es. Es kommt nur noch auf den würdigen Abgang an.«
»Sie lebt, und sie hat es geschafft!« rief der Herr Akkurat zornig.
»Unsinn«, lallte Unsmoler. Er wandte sich ab und streckte sich auf

der Erde aus. Er blickte zum Himmel, an dem die ersten Sterne funkelten und lachte nur. Das Lachen schien emporzusteigen.
Der Herr Akkurat zitterte vor Empörung. »Wenn du noch laufen kannst und du nicht zu feige bist, der Wahrheit ins Gesicht zu sehen, werde ich dich zwingen, ihren Erfolg zur Kenntnis zu nehmen. Du mußt endlich begreifen, was du mit deinen Eskapaden gefährdest!«
»Mich interessiert das alles nicht!«
Der Herr Akkurat packte Unsmoler und versuchte, ihn in die Höhe zu ziehen. Wenn es um seine Gattin ging, kannte er weder Furcht noch Pardon. »Beweise dir, daß du noch laufen kannst, Kolega!«
Unsmoler erhob sich. Der Herr Akkurat schob ihn vor sich her bis zum Eingang der Galerie. Unsmoler lehnte sich an die angenehm kühle Wand. Der Herr Akkurat zog ein großes Schlüsselbund aus der Tasche, öffnete die schwere Tür und schaltete das Galerielicht ein.
»Das I-Tüpfelchen …« Unsmoler wußte nicht, was er damit sagen wollte.
Etwa zehn zerschrammte Kisten, zum Teil kyrillisch beschriftet, standen versiegelt im Raum. Dort, wo vorher Werke der Künstlerin gehangen hatten, kringelten sich Perlonschnüre.
Der Herr Akkurat führte ein Wunder vor.
»Schon allein das Besorgen der Kisten glich einer Odyssee!« rief er, überwältigt vom Anblick der versandbereiten Behältnisse. »Ich verzweifelte fast. Die Termine drohten zu platzen. Da fielen mir die sowjetischen Freunde ein! Die Garnison konnte helfen! Ich mußte nur aussuchen im Kistenlager! Von dem Augenblick an, an dem die Freunde eingesprungen waren, überschlugen sich unsere Genossen fast vor Eifer. Wir konnten den Termin halten! Aus dem Osten kommt das Licht!«
»Aus dem Osten? Sie sind doch schon hier. Sie warten in den Wäldern auf den großen Endkrieg.«
Der Herr Akkurat zuckte zusammen. »Ausgemusterte Munitionskisten! Schon das wird Aufsehen erregen. Schwerter zu Pflügen! Neue Munition ist da drinnen: Bilder!«
»Schmetterlingsbilder?« fragte Unsmoler grinsend.
Der Herr Akkurat ging auf die Frage nicht ein. »Und sie! Sie reist doch! Wir lassen uns auf unserem Weg nicht entmutigen! Meine Gattin als Gesamtkunstwerk reist mit. Ihr Abbild in der Kiste. Sie

ist bereits abgenommen!« Er klopfte auf eine langgestreckte versiegelte Kiste.

»Ein Schneewittchensarg im Kampfgebiet«, Unsmoler grinste blöde, »das ist das I-Tüpfelchen!«

»Das Kleid ist blau, es hat lediglich weiße Punkte, du kennst es!« entgegnete der Herr Akkurat. Er hatte Mühe, sich zu beherrschen. »Wir können ihre erste Ausstellung im westlichen Ausland nicht begleiten. Meine Gattin wird jedoch als Kunstwerk in der Ausstellung rund um die Uhr präsent sein. Der Erfolg ist programmiert. Die Ausstellung ist brisant und doch unpolitisch, sie ist brillant und doch modern, sie ist sensationell und doch völkerverbindend. Das ist der Durchbruch im nichtsozialistischen Ausland.«

»Das ist lediglich eine dürftige Tragödie im Kampfgebiet«, lallte Unsmoler und hielt sich an der langen Kiste fest, »alles nur lächerliche Tragödie!«

Der Herr Akkurat ging außer sich vor Empörung auf den Betrunkenen los. Unsmoler wich zurück. Hinter sich spürte er die Mauer und das kleine Remisenfensterchen. Er konnte keinen Schritt rückwärts mehr machen. Er fühlte mit der Schulter den Fenstergriff. Er ging ein wenig in die Knie, lehnte sich an und grinste schon wieder. Das Grinsen ließ den Herrn Akkurat in seinem Vormarsch innehalten. Unsmoler streckte sich, er spürte, wie der Fensterverschluß hochklappte.

Der Herr Akkurat stöhnte: »Ich könnte dich umbringen!«

Unsmoler hörte nicht auf zu grinsen. »Das wäre das I-Tüpfelchen, es würde die Konzeption total verändern.«

Der Herr Akkurat ballte seine Fäuste. Er wagte aber nicht, näher zu kommen. »Nimm dich in acht! Morgen legt hier eine Barkasse an. Spektakuläre Übergabe von Schiff zu Schiff. Der Genosse Vorsitzende hat sich eingeschaltet. Sowie die Kisten auf See sind, laß ich mir von dir so etwas nicht mehr bieten! Merkst du nicht, daß dich hier niemand braucht? Niemand! Alles hat sich abgewendet!«

Unsmoler wollte seine Ruhe. Er torkelte mit dem Lächeln eines Betrunkenen, dem alles gleichgültig ist, auf den Ausgang zu. Er war ein sanfter Mann. »Herr Kollege, beim Gesamtkunstwerk fehlt noch das I-Tüpfelchen«, lallte er.

»Hinaus!«

»Das I -Tüpfelchen im Kampfgebiet ...«

Unsmoler wankte ins Freie, der Herr Akkurat folgte ihm, schaltete das Licht aus und verschloß sorgfältig die Tür. Das Schlüsselbund rasselte.
»Das I-Tüpfelchen!« lallte Unsmoler. Wirklich, er war schwer betrunken.

Das I-Tüpfelchen

Weder der Schnaps noch das Bilderfeuer hatten Unsmolers Seele erleichtern können. Er torkelte durch die Räume des Katens und mußte sich vorsehen, daß er nicht auf seine Bockwurstbilder stürzte. Da erblickte er auf dem Schrank das Tablettenschächtelchen des Herrn Akkurat. Die Zauberkugeln des Nachbarn! Unsmolers Gedanken waren verworren. Alles schien Schaden genommen zu haben hier auf der Insel. Nirgendwo ein Ort. Nur in der klitzekleinen Tablettenschachtel Weite. Lauter kleine I-Tüpfelchen.
»Warum sind die I-Tüpfelchen nur so furchtbar rund«, versuchte er zu sagen. Aber da war niemand, dem er das hätte sagen können. Die Hühner schliefen schon.
Er streckte die Hand aus, nahm die Schachtel, kippte den Inhalt auf die linke Hand und warf die Kügelchen in den geöffneten Mund. Einwandfrei getroffen! Er grinste erfreut, kaute und schluckte und ließ sich aufs Bett fallen. Schmecken nach nichts, die I-Tüpfelchen! Irgendwann in der Nacht fing er an zu schweben, die Beine schwerelos. Scheiße, Scheiße, Scheiße, dachte er, jetzt fliege ich davon. Nur nicht zu hoch! Nicht gleich zum Mond. Kalter Mondschein draußen. Der kalte Mond wartete gierig. Unsmoler schwebte zum Ofen. Es gelang ihm, das Beil zu ergreifen. Ein Beil hat Gewicht. Ein Beil ist Ballast. Nur nicht zum Mond aufsteigen! Es ist kalt dort. Logisch. Alles ist logisch auf dieser Welt. Er schwebte zum Glück in geringer Höhe, die ihn nicht ängstigte, draußen durch den Mondschein und wälzte sich doch schlaflos in seinen Kleidern auf dem Bett. Schlafen, dachte er, schlaf doch, nur nicht den Kopf bewegen. Er sah gewaltige hölzerne Bauten, die er auf der Insel errichten würde. Daher das Beil. Hölzerne Kunstwerke, die weit hinaufragten, höher als das Türmchen der Kapel-

le, höher als die Masten vom Museumsschiff und höher als das Objekthochhaus. Wird dem Dicken gar nicht gefallen, wenn man von anderen Ufern aus nur diese Hölzer sieht. Nichts sonst. Nur die Konstruktionen. Für einen Moment erblickte er sie aus weiter Ferne hart und grafisch in seltsamem Licht. Zeichen, Zeichen wofür? Mit dieser Frage umrundete er sie schwebend. Dann aber beobachtete er sich dabei, wie er da draußen über die Feldsteinmauer des Nachbarn glitt und vorsichtig das Fenster der Galerie öffnete. Ja richtig, er hatte in seinem früheren Leben den Riegel hochgeschoben. Die Hauptsache war nur, das Fenster wieder von innen zu verschließen, denn man erwartet Ordnung hier. Ordnung ist das I-Tüpfelchen des Herrn Akkurat. Da war es wieder, das I-Tüpfelchen. Aber die Ordnung hatte er verschluckt. Er sah sich im Mondlicht lächeln. Da standen all die versiegelten Russensärge.

»Einsteigen bitte«, rief es, »selbstverständlich vom Kopfende her! Raketen haben Köpfe!«

Natürlich, natürlich, oben drauf ist das Siegel, das darf nicht beschädigt werden. Nur nicht aufwachen, der Kopf würde brennen, höllisch brennen. Unsmoler wälzte sich im Bett herum und träumte davon, mit dem Beil zwischen die zusammengenagelten Bretter der langen Russenkiste zu fahren. Die Nägel gaben nach. Russenmurks. Vorher hatten da vier kleine Flugabwehrraketen drin geschlafen. Überall schlafen sie, kleine, große, dicke, dünne, haushohe, allerliebste Raketen. Die Garnison hilft aus. Sieben leere Kisten, Genosse Künstler. Zeichen unverbrüchlicher Freundschaft. Rück zur Seite, Mädchen, ich tu dir nichts, ich bin ein gebranntes Kind. Die hohle Nachbarin rutschte zur Seite. Implosion einer weißgepunkteten Nachbarin. Sie wissen doch noch, was das ist, Implosion? Ein Beil ist ein Kopfkissen. Keine Härte hat der Stahl, weicher Stahl, samtweicher Stahl. Er rückte sich zurecht. Klappe zu, Affe tot! Ich bin das I-Tüpfelchen. Nur nicht das Bett vollkotzen.

Pferdeknechte schliefen in der Remise auch nur im Heu. Aber kein Heu hier. Keine Spur von Heu. Man kann nicht alles haben und doch ein I-Tüpfelchen sein. Ich habe ein Pferd fliegenlassen, nun flieg' ich selber. Ich, ein Pferdeknecht in der Remise.

Ein braunes geflügeltes Pferd galoppierte wiehernd über Hügel, seine Hufe berührten kaum die Erde. Ein kleiner Junge lief hinterher. Unsmoler träumte, daß er in der Galerie Kerzen für die Puppe aufstellen würde, lauter helle, lichte Kerzen.

Am nächsten Morgen goß es in Strömen. Beim Herrn Akkurat rasselte der Wecker. Der Herr Akkurat erwachte, hörte den Regen rauschen und hoffte, daß Lüder eine Plane mitbringen würde. Der Barkas hatte sich für die Kisten bedauerlicherweise als zu klein erwiesen. Lüder hupte bereits vor sieben. Es hatte kurzzeitig aufgehört zu regnen. Der Herr Akkurat stieß das Fenster auf.

»Fix, fix, wir wollen den ganzen Schlamassel trocken übergeben!« rief der Traktorist am Gittertor.

Der Herr Akkurat eilte durch die Wasserpfützen zur Galerie und öffnete Tür und Gartentor. Lüder blickte nach oben.

»Haut rein, dat pißt gleich wieder!« Er hatte keine Plane mit. Woher auch nehmen.

Er und ein Helfer von der Feldbaubrigade kamen in die Galerie.

»Wo habt ihr Jobst?« fragte der Herr Akkurat besorgt.

»Um sieben ist er hier! Kollege Künstler, welches unglückliche Land wollen Sie erobern!« Die beiden Männer versuchten, die kyrillischen Buchstaben auf den Kisten zu entziffern.

»Den gesamten Westen!« rief der Herr Akkurat übermütig.

»Da war Munition drin!« sagte Lüder und kratzte sich den Kopf.

»Waffenhandel bringt Bares, na denn man tau!« Die beiden nahmen zuerst das langgestreckte Behältnis.

»Vorsicht, nicht kippen!« rief aufgeregt der Herr Akkurat.

»Für Särge sind von Rechts wegen vier Mann zuständig«, sagte Lüders Hilfskraft.

Der Herr Akkurat wunderte sich, wie schwer die kräftigen Kerle an dem Kasten trugen. Dann hörte er dumpfe Schläge draußen. Er rannte hinaus und erschrak. »Um Himmels willen!« rief er, »nicht die Siegel beschädigen, sonst können wir alles vergessen!«

»Der Russenkram fällt auseinander, wenn wir die Fugen nicht dichtkloppen!«

»Lassen Sie das!« Scheu blickte der Herr Akkurat zum Polizisten, der rasch näher kam.

Lüder legte den Hammer beiseite.

Die Kisten waren rasch aufgeladen. Jobst kletterte auf den Hänger, und ab ging es vor der nächsten Wolke hinab zum Hafen.

Der Herr Akkurat holte ein vorbereitetes Schild und hängte es an das Gartentor. »Wegen umfangreicher Personalausstellung im westlichen Ausland bleibt die Galerie vorübergehend geschlossen!« Eine bessere Reklame konnte es nicht geben.
Am Abend bemerkte man, daß irgend etwas auf dem Unsmolerhof nicht stimmte. Die Hühner kakelten.
»Dei Kirl ist wohl immer noch dun!« schimpfte die Dicke.
Erst als die Hühner am übernächsten Tag beim Herrn Akkurat in den Gemüsegarten eindrangen und Tomaten anpickten, beschloß der Herr Akkurat, dem jungen Kollegen ins Gewissen zu reden.
»Da rührt sich nichts«, sagte Lütt Otto, als er sah, wie der Herr Akkurat an die Katentür klopfte.
»Kommen Sie, wir müssen nachsehen!« Dem Herrn Akkurat war plötzlich mulmig zumute.
Lütt Otto kam zögernd heran. Die Tür war nicht verschlossen. Die Männer traten ein und riefen. Keine Antwort. Das ist ja entsetzlich! dachte der Herr Akkurat.
Sie blickten durch einen Türspalt ins Atelier. Große Bilder ausgebreitet auf der Erde.
»Nur nichts anfassen«, flüsterte Lütt Otto, »zu viel Tote auf der Insel in letzter Zeit.«
»Wer wird denn gleich das Schlimmste annehmen!«
»Ich hab' schon Pferde kotzen sehn!«
»Möglicherweise ein Badeunfall«, sagte der Herr Akkurat rasch. Ihm brach der Schweiß aus.
»Der Kerl schwimmt wie ein Fisch. Da steckt was anderes hinter«, flüsterte Lütt Otto, »keinen Schritt mach' ich da rein!«
Der Herr Akkurat streckte den Kopf durch den Türspalt und wagte einen Blick zum Bett. Das Bett leer.
»Verreist wird er sein!« sagte er unsicher. »Ja, verreist wird er sein!«
Lütt Otto ging eilig vom Hof und beschloß, eine Woche lang kein Wort über den Maler zu reden. Vielleicht war dieser Mensch doch ohne Furcht. Vielleicht haben die ihn heimlich, still und leise fertiggemacht. Schlau haben die das angestellt, die Hunde, verfluchten!
Der Herr Akkurat befürchtete anderes. Er ging um den Katen herum ... Auf der Wäscheleine hingen eine Hose und ein Oberhemd.

Beides knochentrocken. Der Herr Akkurat wußte nicht, was er tat. Er nahm die Wäsche ab, rollte sie zusammen, klemmte das Bündel unter den Arm und ging durchs Hintertürchen von der Wasserseite her auf sein eigenes Gelände.

Mächtiges Schaukeln

Mit Mühe gelang es Unsmoler, die Augen zu öffnen. Er hätte es auch bleibenlassen können. Schwärze, die nicht endete, umgab ihn. Schmerz und grausige Beklemmung. Sein Kopf schien zu zerspringen. Oh, wie war ihm elend. Ich liege im Sarg, durchfuhr es ihn. Er rollte sachte hin und her. Er wollte schreien und hatte nicht die Kraft dazu. Das Leben früher war paradiesisch. Das Rollen blieb. Im Grabe rollt nichts mehr. Wurde er zu Grabe getragen? Aber da war ein monotones Motorengeräusch. Lüders Trecker? Nun hätte er schreien können, aber da war ein wenig Licht: schmale, schmale Spalten.

Ich bin auf einem Schiff. Ein Schiff rollt in der See. Fürchterlicher Zustand. Will man mich ersäufen? Bloß nicht schreien! Reglos sich verbergen in Lautlosigkeit.

Plötzlich sah er die Kiste in der Galerie des Herrn Akkurat vor sich. Wenn hier ein Beil ist, bin ich das I-Tüpfelchen. Er führte seine Rechte an seinem Kopf vorbei und spürte das Eisen. Laß dich nicht davontreiben in die eiskalte Stille! Nur die Hand, die das Beil greift, bewegen. Die Klinge in den Spalt am Kopfende schieben. Kopfende … das hatte er doch schon einmal gedacht. Es war finster, aber seltsam, er sah alles vor sich. Den Stiel hinabziehen. Ruhige Bewegungen. Die Nägel knirschten im Holz. Wieder Ruhe. Erholen. Der Kopf schmerzte höllisch. Hilft nichts, du mußt überlegen. Sonst ist die Schwärze ewig …

Wir sind auf offener See. Boddenwellen sind kürzer. Nun gibt es kein Zurück. Ein wenig mehr Luft, das ist alles. Er vernahm deutlich das Vibrieren großer Motoren und der Schiffsschrauben. Öliger, kalter Geruch. Wahrscheinlich ein Laderaum und Dünung draußen hinter dem Blech.

Wenn man dich jetzt entdeckt, legt man dir Handschellen an. Man

zerrt dich ins Licht. Dein Kopf würde zerbersten. Die Reglosigkeit ist der einzige Zustand, den du jetzt lebendig erträgst.
Du liegst auf dem Strand. Du hast die Augen geschlossen. Du spürst die Schwere deines Körpers, die große reinigende Woge, die alle Angst mit sich nimmt. Ruhig schlägt dein Herz. Warm scheint die Sonne auf deinen Leib. Du mußt schlafen, lange schlafen, bis das Schiff anlegt. Schlafen ist ein glücklicher Zustand.
Ein großes Rucken. Andere Töne. Dumpfes Hallen. Andere Bewegung. Deutsche Worte. Hin und her. Deutsche Worte, und das ist nicht gut.
Du liegst am Strand. Du hast die Augen geschlossen. Du spürst …
Die Kiste wurde hochgehoben und weggeschafft.
Keine Worte. Das Schaukeln eines Fahrzeugs schließlich.
Du hältst es noch aus.
Du liegst am Strand. Du hast die Augen geschlossen …
Es gelang nicht mehr.
Klang die Hupe eben anders? Waren die Straßen ebener? Die Motorgeräusche fremd?
Daran, daß er den Riegel des Remisenfensters geöffnet hatte, konnte er sich erinnern. Alles andere blieb verworren. Vielleicht werden die Kisten des Herrn Akkurat irgendwo zwischengelagert. Vielleicht fährt man sie auch in den Lagerraum einer Galerie. Sollte ihr Durchbruch dein Durchbruch sein?
Er war durstig. Aber wenn er den Kopf nicht bewegte, schmerzte dieser kaum. Das war viel.
Du liegst auf dem Strand, du hast die Augen geschlossen, du spürst die Schwere deines Körpers …
Am Strand läßt es sich aushalten.
Das Fahrzeug kurvte, hielt, fuhr an. Immer wieder … das waren Ampeln. Das war eine Stadt. Die Kisten wurden irgendwo hineingetragen. Fremde Worte. Weder Russisch noch Polnisch, noch Tschechisch! Blechtüren schlossen sich. Ein Schlüssel wurde umgedreht. Eingeschlossen. Stille. Dann vernahm er andere Geräusche. Seltsames Klopfen fern.
Er wartete lange.
Dann schob er die Hand behutsam am Kopf entlang, ergriff das Beil, schob die Klinge in den Spalt, zog den Stiel hinab, die Nägel knirschten wieder. Er lauschte und arbeitete, als im Raum nichts

geschah, weiter. Die Kistenseite öffnete sich. Er hebelte, bis die Bretterflake hinabfiel, dann schob er sich vorsichtig hinaus. Atmen! Halbdunkel umgab ihn. Der Raum war von einem winzigen Fensterchen, das sich unterhalb der Decke befand, schwach erhellt. Ein Keller offenbar. Draußen die helle Nacht einer Stadt. Unsmoler setzte sich auf die Erde. Betonfußboden. Ein Raum wie ein Gefängnis. Aber verkehrt herum an zwei Wände waren offenbar Bilder gelehnt. Er erkannte die hellen Kreuze von Keilrahmen. Die anderen Kisten des Herrn Akkurat waren gleichfalls da. Ein Bilderlager irgendwo. Er ließ sich auf den kühlen gestrichenen Betonfußboden sinken. Reglos war sein Zustand erträglich. Nur jetzt nicht noch sterben.

Er betrachtete lange die Tür gegenüber. Schließlich kroch er auf sie zu, richtete sich vorsichtig auf und drückte die Klinke hinab. Die Tür öffnete sich. Gerahmte Grafiken an der Wand gegenüber begleiteten die Aufwärtsbewegung einer Treppe. Er schaltete Licht ein. Das Licht tat ihm weh, aber er erkannte eine Farbgrafik von Chagall. Ein Freund lächelte ihm zu.

Er probierte, die zweite Tür zu öffnen.

Hinter der Tür befand sich eine wunderbar klare Toilette. Er lehnte sich an und wusch sich die Hände, dann kniete er auf den Fliesenfußboden nieder. Armes gemartertes Hirn. Er beugte sich über das Klosettbecken, steckte zwei Finger in den Hals und erbrach sich. Er spülte, ließ Wasser ins Waschbecken laufen und tauchte das Gesicht in die Kühle. Dann ließ er Wasser auf die hohle Hand rinnen und trank sich satt.

Drei Glockenschläge draußen … drei Uhr nachts oder dreiviertel irgendwas?

Er schaltete auch im Lagerraum Licht ein. Neonleuchten flammten auf. Erschreckende Helligkeit, die ihn peinigte.

»Du bist draußen!« sagte er. Aber er fühlte sich zu elend, um Freude zu empfinden. Er schaltete das Licht aus und streckte sich wieder auf der Erde aus. Wieder gelang es ihm, zu schlafen.

Draußen tönte eine Glocke. Er zählte. Sechsmal schlug sie. Er konnte sich aufrichten. Die Schmerzen ließen offenbar nach.

Er nahm das Beil von der Erde und öffnete die lange Kiste. Die Dame im weißgepunkteten Kleid sah erschreckend aus. Plattgewalzt vom Kollegen. Der geht's so etwa wie mir. Er konnte immerhin grinsen. Er hob die Nachbarin heraus und machte Licht.

Das Licht tat nicht mehr weh. Behutsam drückte er ihr Gesicht zurecht, Pappmaché, sorgfältige, liebevolle Arbeit des Herrn Akkurat. Er kämmte der Dame das Haar. Einen Kamm hatte er in seinen Taschen gefunden, sonst nichts. Kein Ausweis, nichts. Lieblich lächelnd sah sie ihn an. »Wird schon, wird schon werden!« sagte er, »wir sind zu zweit!« Er beulte ihre Hand aus, der Pinsel zwischen ihren Fingern war zerbrochen.
Während sich der Herr Akkurat in fernem Bett, in fernem »Schloß« auf ferner Insel schlaflos wälzte und voller Furcht den Geräuschen vor der Tür lauschte, bog Unsmoler das Drahtgerippe der Inselkünstlerin zurecht. Schließlich war sie soweit hergestellt, daß sie sitzen konnte. Er schloß den Kistendeckel, schob das leere Behältnis an die Wand und setzte die Dame obendrauf. Sorgfältig drapierte er ihr blaues weißgepunktetes Kleid. Sie richtete ihren lieblich lächelnden Blick auf die Tür gegenüber.
Er ging hinaus in die Toilette. Sie blickte ihm hinterher. Er sah sich im Spiegel an: die Augen erschrocken und umschattet. Ein Bart von irgendwann. Er kämmte sich, wusch sich erneut, trank wieder und versteckte das Beil hinter Bildern. Er löschte das Licht und streckte sich zu Füßen der Künstlerin auf dem Betonfußboden aus.
Du liegst am Strand, du hast die Augen geschlossen, du spürst …
Wieder schlief er ein.

Munitio

Schritte in den Räumen oben. Unsmoler rutschte zurück in die Russenkiste und wartete. Sein Herz hämmerte.
Rasche Schritte die Treppe hinab. Eine Frau. Dann wieder Schritte hinauf. Oben die Türen würden jetzt alle offen sein. Sollte er einfach aus seinem Versteck kriechen und hinaus auf die Straße gehen? Einfach hinaus …
Man würde meinen, er sei ein Einbrecher. Also blieb er und wartete.
Es dauerte lange, bis die Lagertür sich öffnete und Licht angeschaltet wurde. Durch eine Kistenritze sah Unsmoler ein weinrotes Kleid.

Es verging ein Moment, bis der gellende Schrei ertönte. Hastige Schritte auf der Treppe. Hinauf oder hinab? Hinauf.
Dann viele Schritte, eindeutig hinab.
Zögern an der Tür. Zwei Personen blickten gebannt auf die auf der Transportkiste reglos Sitzende. Sie lächelte ihnen entgegen, erstarrt im gepunkteten Kleid. Rasche, fremde Worte. Unsmoler hätte jubeln können: Gewißheit. Er war im anderen Land.
Offenbar vermutete jeder der beiden, daß ihm der andere einen Streich spiele. Ein Mann und eine Frau reglos in der offenen Tür.
»Pardon!« sagte Unsmoler als unsichtbarer Vierter. Er meinte, dieses Wort würde man überall verstehen. »Pardon, Pardon!«
Wieder ein erschreckter Aufschrei. Langsam schob er sich aus der zerschrammten Russenkiste.
Erschrockene Stille draußen.
»Da hat man seine Sensation und kann sie nicht verwenden!« sagte der Herr langsam. Diese Worte in der fremden Sprache konnte Unsmoler aber nicht verstehen.
Unsmoler erhob sich und ging auf den Herrn und die Dame zu. Der Herr applaudierte.
Ein Happening!
»Ich war da drin«, sagte Unsmoler und verbeugte sich, obwohl bei dieser Bewegung der Kopf wieder zu zerspringen schien.
Der Herr schüttelte tiefbeeindruckt den Kopf: »Da hat man seine Sensation, kann sie aber nicht nutzen. Jedenfalls wüßte ich noch nicht wie …«, wiederholte er langsam, diesmal sagte er es auf deutsch.
Unsmoler erkannte den Herrn. Damals, als der Strichmännchenmaler bei ihm auf der Insel zu Besuch gewesen war, hatte der Herr aus dem Ausland kurz den Katen aufgesucht und Kaspars bemalte Laken, in der Aktentasche verborgen, davongetragen.
»Sie kennen mich, ich komme von der Insel!« sagte Unsmoler.
»Sie hätten ersticken können!«
»Ich lebe!«
»Wie lange waren Sie denn da drin?«
Unsmoler wußte es nicht.
Die Frau im weinroten Kleid lehnte geistesabwesend am Türrahmen. Sie hatte soeben erlebt, wie eine schäbige Holzkiste einen geheimnisvollen Mann zur Welt gebracht hatte. Sie schien zu erwachen, als sich der Galerist an sie wandte und ihr mit knappen

Worten Instruktionen gab. Offensichtlich löste sie sich nur ungern aus dem seltsamen Zustand. Aber sie gehorchte. Sie ging das Treppchen hinauf. Unsmoler hörte die Außentür klappen.
Leicht beunruhigt blickte er dem Herrn in die Augen.
»Sie holt nur etwas zu essen. Sie wird vorerst niemandem etwas von Ihnen erzählen. Kommen Sie, wir gehen in mein Büro, da können wir uns setzen. Wir müssen überlegen.«
»Es ist eine wahnsinnige Geschichte«, sagte Unsmoler. »Die Flucht gelang, weil sie eigentlich nicht gelingen konnte!«
Der Herr zuckte mit den Schultern. »Ich bin Kunsthändler, ich muß Geschäfte machen, und ich will sie unter anderem mit dem Osten machen. Eine Marktlücke gewissermaßen. Ich muß gestehen, dieser Auftritt ist erstaunlich, aber er paßt ganz und gar nicht in mein Konzept.«
Er ließ Unsmoler den Vortritt. Unsmoler blickte auf die Grafiken und ging die Treppe hinauf. Gegenüber die Glastür führte auf die Straße. Fremde Autos. Eindeutig: er hatte es geschafft! Wind draußen. Menschen im Nieselregen auf dem Bürgersteig. Gehen auf Spannteppichen. Die Räume der Galerie hoch und leer. Stuck. Perlonfäden hingen wie riesige Haarlocken von den Bilderschienen herab.
Hinten eine Tür. Auf die zu schob ihn der Galerist.
Ein kleines Büro. Ein Schreibtisch, eine Sitzecke. Was Unsmoler sofort auffiel, hinter dem Schreibtisch lehnte an der Wand eine große Hirtenpeitsche mit geflochtenem Stiel.
Kaffeedüfte, Milchbrötchen und Honig lenkten ihn ab. Die junge Frau in dem weinroten Kleid stellte das Tablett auf das kleine runde Tischchen.
»Das ging aber schnell«, sagte der Galerist in ihrer Sprache. Er wies auf einen der Sessel. Unsmoler setzte sich. Die junge Frau goß ihm Kaffee ein und fragte mit einer Geste, ob er Milch wünsche. Er nickte. Auch sie setzte sich und sah ihn aus unwahrscheinlich hellen Augen an.
»Ich *BIN* die Marktlücke, ich *BIN* ein Maler aus dem Osten!« sagte Unsmoler. Er nahm das Gespräch, dort wo es abgebrochen worden war, wieder auf.
»Nicht mehr, jetzt sind Sie hier!« entgegnete der Herr, der gleichfalls Platz genommen hatte.
Unsmoler strahlte. Dies also war das Land seiner Sehnsucht, das

Land hinter dem Meer. Wie oft hatte er auf dem Steilufer gestanden und in diese Richtung geblickt. Wie oft hatte er Treibgut, und wenn es auch nur eine leere Schnapsflasche von hier aus dem Norden war, am Spülsaum aufgehoben. Die Magie der Etiketten hatte ihn bezaubert. Es konnte ihm hier nur Gutes widerfahren! Er war so zuversichtlich, als hätten hier alle nur auf ihn gewartet.

»Wenn mein Auftauchen Ihr Konzept stört, werde ich so lautlos verschwinden, wie ich gekommen bin. Ich will nur malen.« Sein Enthusiasmus hatte etwas Überzeugendes.

Der Herr sah ihn an. »Nur malen! Das ist sehr viel, sehr, sehr viel! Wer kann das hier schon. Und Sie wünschen wahrscheinlich, daß ich Ihnen das ermögliche. Sind Sie wirklich so gut?«

Unsmoler erzählte von der Akademieausstellung. Der Galerist, der sich für den Osten interessierte, wußte Bescheid.

»Was würden Sie denn malen?«

Unsmoler begann über Kunst zu reden, davon, daß Malen reagieren bedeute, antworten. Daß er erst einmal die Frage, die Herausforderung, die klaffende Lücke, die der Bilder bedürfe, aufspüren müsse.

»Worte, gut und schön«, unterbrach ihn der Herr, »und was haben Sie gemalt?«

Unsmoler nahm ein paar Bögen Schreibpapier und einen Kugelschreiber vom Schreibtisch, kam zurück und machte Skizzen von Bildern. Vom Bockwurstbild, das daheim auf dem Fußboden lag, von den Eisstrukturen, vom Winterschilf, von den Schrittebildern.

»Okay«, sagte der Galerist. Einen Moment lang dachte er erneut daran, die Besucher der Vernissage mit dem ungeheuerlichen Ereignis zu konfrontieren: Eine sowjetische Munitionskiste bringt einen Künstler zur Welt! Rasch aber hatte er sich klargemacht: sämtliche Zeitungen würden davon berichten. Seine Geschäfte mit dem Osten wären gelaufen. Er seufzte. »Machen wir einen Deal. Eine Weile versuchen wir's. Ich unterstütze Sie, Sie aber werden unsichtbar sein.«

»Erfinden Sie doch einen Polen, der Ihnen Bilder liefert. Die Bilder für Ihre Erfindung produziere ich. Das ist nicht einmal gelogen. Ich lebte als kleines Kind dort, wo jetzt Polen wohnen.«

Den Galeristen schien das Vorhaben plötzlich zu interessieren.

»Ob der Pole nun hier malt oder da drüben, ist doch gleichgültig«, sagte Unsmoler, »ich werde unsichtbar sein.«
»Munitio, der Mann, der aus einer Munitionskiste kroch«, sprach der Galerist langsam. »Ich werde die Künstlerin anrufen, daß die Sendung angekommen ist, auch die Figur.«
»Sprechen Sie nur vom Kunstwerk aus Pappmaché«, sagte Unsmoler, »alles andere würde da drüben gedeutet. Niemand ahnt, daß ich zur gepunkteten Dame in die Kiste gekrochen bin.« Er nahm einen Schluck Kaffee und lachte: »Ihr Mann ist äußerst eifersüchtig!«
»Ich weiß!« sagte der Herr, er lachte nun auch und übersetzte den Satz der jungen Frau. Sie lächelte.
»Ich habe einen Bruder, Freunde und Bekannte da drüben, die würden Ärger bekommen, wenn herauskommt, daß ich hier gelandet bin.«
Der Galerist antwortete nicht. Er mußte Zeit gewinnen und überlegen. Wollten die vom Osten ihn benutzen?
»Sie könnten mir helfen, die Kisten auszupacken, wenn Sie sich kräftig genug fühlen«, sagte er schließlich, und wieder sprach er mit der jungen Frau. Sie nickte und verließ den Raum. Der Galerist bat Unsmoler sitzenzubleiben. Er ging in den Ausstellungsraum und zog die Vorhänge zu.

Angst

Der Herr Akkurat nahm das Gesicht seiner Gattin nur als helles Oval vor den dunklen Schatten des Raumes wahr. Ihre Lippen formten Worte, aber er verstand nichts. Mechanisch kaute er. Abwesend hob er hin und wieder die Tasse an seine Lippen und trank. Sowie er getrunken hatte, fand sein Gesichtsausdruck zu vorsätzlichem Lächeln zurück.
Er wartete auf das heftige Klopfen an der Haustür.
Sie hingegen war froh gestimmt. Ihre Werke hatten das Meer überquert, und mit ihren Werken hatte auch sie selbst eine Grenze überschritten. Exquisite Fotos von der Galerie erleichterten ihr das Träumen. Perfekte lichte Räume in perfektem, lichtem Land,

bei Menschen, mit denen sie sich mehr verbunden fühlte als mit diesen lauten, kurzbehosten Urlaubern, die die Insel mit ihrer Trivialität überfluteten.

Sie hätte vollkommen glücklich sein können, hätte sich nicht der Zustand ihres Gatten zunehmend verdüstert. Vergeblich versuchte er sein Driften in die Finsternis vor ihr zu verheimlichen. Sie bemerkte, daß er nur noch sporadisch schlafen konnte und bisweilen nachts wie ein Gespenst durch die Räume irrte. Manchmal schlich er ins Freie. Unauffällig versuchte sie, am Morgen in seinem Gesicht zu lesen. Wußte er etwas, was sonst niemand wußte? Glaubte ihr Mann an einen direkten Zusammenhang der vielen Todesfälle hier auf der Insel? Hatte er sich vielleicht sogar selbst etwas zuschulden kommen lassen?

Ihr Gatte saß ihr gegenüber und schien nichts von derartigen Erwägungen zu spüren.

Immer wieder blickte er aus dem Fenster. Stets hatte er die leise Hoffnung, den Kollegen plötzlich mit Fäustel und Stecheisen zwischen den Holzskulpturen zu entdecken. Aber alle Gestalten blieben unverändert reglos. Zwischen den Hölzern scharrten weiße Hühner.

Die beiden Kleidungsstücke würde ich ihm selbstverständlich sofort ersetzen, sagte sich der Herr Akkurat. Ich würde ihm sogar gestehen, daß ich sie nachts ins Meer geworfen habe, um eine falsche Fährte zu legen. Ein derartiges Eingeständnis wäre eine Kleinigkeit gegen das, was uns droht.

Wieder ein kurzer Blick hinüber. Nichts!

Hatte Lüder wirklich gesagt: »Na, diese Schachteln sind zum Glück leichter!«

Das konnte doch nicht sein, denn die Figur aus Draht, Stoff und Pappmaché wog so gut wie nichts.

Er konnte den Mann nicht fragen. Das würde den Traktoristen auf einen gefährlichen Gedanken bringen.

Sollte ich dem jungen Kollegen ungewollt zur Flucht verholfen haben? Das würde wahrscheinlich das Ende sein. Alles wäre dahin. Straftatbestand: Fluchthilfe, Gefängnis. Wieder ein Schluck Tee. Seine Hand zitterte. Sie sah es.

Vielleicht wissen sie es ja längst! Vielleicht ist die Flucht von den Sicherheitsorganen geplant! Vielleicht haben sie aus ihm einen Agenten gemacht. Vielleicht warten sie auf meinen Anruf. Viel-

leicht stellen sie mich auf die Probe. Vielleicht wollen sie uns erledigen. Vielleicht brauchen sie das »Schloß«. Vielleicht …
Er sah seine Gattin verzweifelt an. Nein, sie würde es nicht überstehen, wenn er abgeführt würde. Und er würde nicht ertragen, wenn ihr etwas zustieße. Er sprang auf und stürzte aus dem Zimmer.
Sie erstarrte und wartete auf seinen Schrei. »Was er nur hat?« fragte sie sich, »wir könnten doch glücklich sein! Glücklich!«
Er stürzte in seinen Arbeitsraum, die Tür blieb sperrangelweit geöffnet. Er sah das Telefon. Er hielt die Anspannung nicht mehr aus. Er mußte seinen Verdacht melden. Er war dazu verpflichtet. Er mußte sich selbst anzeigen. Sie würden es ja sowieso erfahren. Besser jetzt gleich als immer mit dieser Angst leben. Vielleicht würde man Verständnis zeigen. Er streckte die Hand aus, stieß aber gleichzeitig mit dem Knie ans Telefontischchen. Das Tischchen kippte mit einem Knall auf das Parkett. Das Telefon, die Schale mit den Stiften, der Zettelkasten und die Telefonbücher vom Bezirk und von der Stadt, alles purzelte durcheinander.
Sie kam die Treppe hinab.
Er war dabei, die Ordnung wiederherzustellen.
»Setz dich, wir müssen miteinander reden!« sagte er kreidebleich. Er rückte ihr, wie immer höflich, den Stuhl zurecht. »Ich habe einen schrecklichen Verdacht«, sagte er stockend.
Sie blickte ihn erschrocken an. In diesem Moment klingelte das Telefon.
»Zu spät!« sagte er.
Er erhob sich, als würde er zum Schafott gehen. Er nahm mit zitternder Hand den Hörer ab.
Sie sah die Verwandlung, die sich vor ihren Augen vollzog.
»Es ist die Galerie!« rief er ihr zu, »alles ist bestens angekommen, die Figur völlig unbeschädigt! Sie ist kein bißchen zerdrückt!«
»Warum sollte sie zerdrückt sein?«
Er schien durch das Atelier zu tanzen: Lüder hatte gescherzt, die Kiste war federleicht gewesen.

Zeichen im Abendsonnenschein

Der Herr Akkurat und seine Gattin gingen der Sonne entgegen die Betonstraße hinab. Blödi, der den Flugsand von den großen Betonplatten fegte, hielt in seiner Arbeit inne und starrte die beiden mit geöffnetem Mund an. Der Herr Akkurat nahm seinen Hut ab und grüßte in der Manier eines spanischen Granden. Seine Gattin lächelte lieblich. Blödi grinste glücklich und streckte seine Hand aus, aber die beiden wanderten weiter, ohne daß der Herr Akkurat die charmante Plauderei mit seiner Gattin unterbrach. Die Gerüche der Klärbecken waren kaum wahrzunehmen. Der Wind stand günstig. Die für gewöhnlich über der Abwasseranlage flatternden Möwen suchten offenbar anderswo ihre Nahrung. Der Herr Akkurat wies auf die bescheidenen Blümchen, die an den Hängen der Begrenzungswälle wucherten.

»Alles klärt sich«, sagte er. Seine Frau lächelte. Wieder einer der unvergleichlichen Bonmots ihres Gatten. Am handgeschmiedeten Rosentor, das vor kurzem noch den Zugang zum Museumsdorf gebildet hatte, endete ein kurzer bekleckerter Plattenweg, der von der Betonstraße abzweigte.

Der Herr Akkurat wies auf die eisernen Röschen und hob schnuppernd die Nase: »Kunst gegen den Gestank der Zeit. Aber wie man riecht: die Kunst behauptet sich.« Nordwind.

Seine Gattin ging rascher.

Das Museumsschiff spiegelte sich schillernd im Hafenbecken. Bunte flatternde Signalflaggen im Masttopp. Eine Staatsfahne müde am Heck. Feierabendstimmung. Auf dem Achterdeck in der Abendsonne saß der alte Fischer auf einem klapprigen Gartenstuhl. Er hatte die Tabakspfeife zwischen den abgewetzten Zähnen und ein Stück Holz auf den Knien. Hin und wieder nahm er den Holzkloben in die Hände, um ihn zu betrachten und gelassen mit dem Schustermesser daran herumzuschnitzen. Er begann jenen alten Männern zu ähneln, die anderswo gleichfalls in der Sonne saßen, den Krückstock zwischen den Knien hielten, die Hände daraufstützten und in die Sonne blinzelten.

Der Herr Akkurat schwenkte wieder seinen Künstlerhut und rief dem Alten von der gegenüberliegenden Seite des Hafenbeckens einen Gruß zu. Der Fischer blickte auf und winkte die beiden Wan-

derer heran. Besorgnis glimmte in den Augen des Herrn Akkurat auf. Dennoch umrundete er mit seiner Gattin das Hafenbecken, um der Einladung des Alten nachzukommen.
Der Fischer stand auf und begab sich hinab in die Last, wo er direkt an der stählernen Bordwand unterhalb der Wasserlinie seine Getränke kühlte. Er war dem Herrn Akkurat noch ein Schnäpschen schuldig. Der Mann hatte ihm den Pastor auf die Insel geholt.
Als er sich bückte, hatte er das Gefühl, daß jemand hinter ihm stand und ihn beobachtete. Er wählte bedächtig eine Flasche aus und wandte sich um. Aber da war niemand. Das wunderte ihn nicht.
»Wat liegt an, Kumpel?« fragte er in die Leere. »Heut kipp' ich einen Kleinen mit die Künstlers!«
Niemand antwortete. Er stieg das tönende Eisentreppchen zurück an Deck, holte aus seiner Kammer drei Schnapsgläser, stellte alles auf ein Tablett und hakte den Malern den Zugang zum Deck des Schiffes auf.
»Willkommen an Bord«, sagte er und schloß die Absperrung wieder, denn Urlauber näherten sich. Er führte seine beiden hohen Gäste in die Messe, in der die Gemälde hingen.
Er bemerkte, wie die beiden irritiert auf das Gewitterbild von Unsmoler blickten. »Ja«, sagte er, »in den Wolken steckt Wind drin! Bannig viel Wind!«
»Wo er nur ist?« fragte die Malerin.
Da haben wir's, wir hätten nicht aufs Schiff gehen dürfen! dachte der Herr Akkurat erschrocken. Aber der Fischer hatte die Frage nicht gehört. Er goß die Gläser voll. Die drei stießen an und kippten den Fusel hinunter.
»Schönen Dank auch!« rief der Fischer.
»Wir müssen weiter«, sagte der Herr Akkurat, »es ist unser Abschiedsspaziergang.«
Die Künstler wanderten bergauf am Zeltplatz vorüber zum Meer. Zelte in Reih und Glied. Dominierend immer noch der penetrante Ammoniakgeruch, obwohl die meisten Toiletten längst an die Klärbecken hinter dem Rosentor angeschlossen worden waren. Der Rauch der Grillstellen, das Tönen der Kofferradios, das Flattern bunter Wäsche auf improvisierten Wäscheleinen und das geschäftige Hin und Her von halbnackten Zeltern mit Tellern oder Töpfen in den Händen ergaben ein seltsames Bild. Wieder schauten die

beiden Wanderer, ohne es sich einzugestehen, nach Unsmoler aus. Jetzt, wo der Nachbar nicht mehr da war, konnte er überall sein. Auch als sie hinab auf den Strand blickten, versuchten sie, ihn im Gewimmel zu erspähen. Immer wieder dieses Schauen hinab. Sie gingen auf dem Pfad, der sich oben am Ufer entlangschlängelte. Plötzlich blieben sie stehen und sahen einander an.
»Es hat keinen Sinn!« sagte er.
Sie verstand. Sie kehrten dem Meer den Rücken zu. Über den Pferdehügel hinweg wanderten sie zum Weg, der an den Kleingärten vorüber nach Hause führte. Dörfler gossen in den Gärten ihre Beete. Plötzlich, beinahe gleichzeitig, schraken die beiden Wanderer zusammen. Da stand Unsmoler ... die Arme ausgebreitet, als wollte er ihnen den Weg versperren, in einem Garten. Beinahe im gleichen Augenblick begriffen sie, daß es lediglich die Kleidung war, die sie so erschreckt hatte. Die Vogelscheuche hatte Unsmolers Hemd an.
Die Künstlerin berührte ihren Gatten am Arm. »Das ist sein Hemd. Ich erkenne es wieder. Wir müssen es melden!« flüsterte sie.
»Wir haben nichts gesehen!« antwortete er hastig.
Die in den Gärten werkelnden Leute hoben die Köpfe, als sie das Malerpaar bemerkten.
»Wir reisen demnächst«, rief der Herr Akkurat ihnen zu und winkte mit seinem Hut, »wir wollen uns sachte von der Insel verabschieden!«
»Hier verabschiedet sich so ziemlich alles!« rief jemand, obwohl das Dorf noch von Urlaubern wimmelte.
Der Herr Akkurat zog seine Gattin weiter. »Er hat sich nicht verabschiedet«, sagte er leise.
Sie blickte sich noch einmal zur Vogelscheuche um. »Er muß sehr, sehr unglücklich gewesen sein«, sagte sie.
»Er hatte keinerlei Veranlassung dazu!«
»Aber er hat doch seine Bilder verbrannt!«
»Mit einem Prometheusbild begann es ... mit einer Vogelscheuche endet es. Die Haltung der Arme ist gleich!«
»Aber er wird doch nicht tot sein!«
»I wo, wahrscheinlich ist das wieder eine seiner Provokationen ... ohne Rücksicht auf die ... auf seine Hühner!«

Die beiden Männer waren bereits beim Hängen, als die junge Frau im weinroten Kleid hereinkam. Sie sprach mit dem Galeristen, der bat sie, ins Büro zu kommen. Die beiden berieten sich offensichtlich. Unsmoler unterbrach die Arbeit. Er trat ans Fenster und spähte durch einen Spalt des Vorhangs hinaus in den Tag.
Die Bürotür öffnete sich.
»Morgen nachmittag ist hier die Ausstellungspräsentation für die Presse. Die Reporter sollten keinesfalls Wind von Ihrer Geschichte bekommen. Vorher müssen Sie also untertauchen. Sie werden heute bei meiner Mitarbeiterin im Gästezimmer nächtigen und morgen früh mit ihr zusammen einen Arbeitsraum suchen. Frau Svenbro hat sich bereits kundig gemacht. Eine Lösung dieser Art scheint fürs erste das beste zu sein.«
Zu dritt gingen sie ins Büro. Der Galerist legte ein Blatt Papier auf das Tischchen, an dem Unsmoler zu essen bekommen hatte.
»Wir sollten einen kleinen Vertrag abschließen.«
»Bitte auf deutsch, damit ich lesen kann, was ich unterschreibe.«
»Deutsch schreiben habe ich nie gelernt«, sagte der Galerist, »schreiben Sie. Drei Monate zu den Bedingungen, die wir besprochen haben«, er lachte, »anders werde ich Sie ja nicht los.«
Er diktierte. Die junge Frau ging hinaus.
»Sie hält mit ihrem Auto im Bilderlager. Dort, wo Sie hereingekommen sind, fahren Sie auch wieder hinaus, grad so, als wären Sie nie hier gewesen.« Er lachte: »Sie sind nie hier gewesen! Das gehört zum Vertrag. Ich würde es also begrüßen, wenn Sie sich auf den Rücksitz legen. Sie müssen hundemüde sein!« Er lachte wieder und heftete das unterschriebene Blatt in einer Mappe ab.
Die große Metalltür im Lagerraum war nach oben geklappt. Ein kleiner PKW kam rückwärts hereingefahren. Die junge Frau im weinroten Kleid saß am Steuer. Unsmoler stieg umständlich ein. Das Auto hatte nur zwei Türen. Er legte sich auf dem Rücksitz zur Seite und blickte, als das Auto hinausfuhr, nach oben. Unsmoler sah die große Fahne mit dem Namen seiner Nachbarin. Nun fielen ihm die seltsam schlagenden Geräusche ein, die er nachts im Lagerraum gehört hatte. Wind hatte die Fahne wie ein killendes Segel knallen lassen.

Nach einigen Minuten richtete er sich auf und lächelte. Er sah die Stadt, die Menschen. Er sah die lichte Klarheit. Die Frau am Steuer meinte, noch nie einen so strahlenden Menschen gesehen zu haben.
Was für Bilder wirst du in dieser lichten Ordnung finden? fragte er sich. Er sah sie im Rückspiegel an. Und wieder lächelten sie. Nur so konnten sie miteinander reden.
Ich werde ihm schon das Sprechen beibringen, dachte sie.
Eine Nebenstraße. Sie hielt. Ein Wort. Wahrscheinlich hieß das: Angekommen. Aus dem Kofferraum nahm sie zwei schwarz-rote Plastiktüten und übergab sie ihm. Sie überquerten die Straße und betraten wortlos ein Haus und einen Fahrstuhl. Stummes Warten, während sie emporfuhren. Alle ihre Handgriffe waren automatisch. Sie wohnte wohl schon lange hier. Er ging hinterher. Ein Name neben der Tür: Solveig Svenbro. Sie nickte und lächelte.
»Solveig«, wiederholte sie.
Sie führte ihn in die Wohnung, zeigte ihm das Bad und legte ihm ein Handtuch und Seife hin. Aus den schwarz-roten Tüten zog sie Unterwäsche, ein Oberhemd und eine Hose.
Er duschte sich. Er hatte noch nicht oft unter einer Dusche gestanden.
Als er die frische Kleidung angezogen hatte, die erstaunlich gut paßte, besah er sich im Spiegel. Das also bist du hier.
Während des Abendbrotes lernte er die ersten Wörter. Brot, Tee, Bild, Papier. Bröd, te, bild, papper. Das war die Unterhaltung. Wörter wie Schiffchen zwischen zwei Ufern.
Dann legte sie ihm Papier neben den Teller. Er zeichnete den Katen, die Lage der Insel, seinen Bruder mit Schiff, seine Hühner, ach ja die Hühner, und sich bei der Arbeit. Zuschauen, die Köpfe nahe.
Er war glücklich, euphorisch glücklich. Aber plötzlich wurde er furchtbar müde. Die Augen fielen ihm zu … dabei hatte er doch so lange geschlafen in der Kiste. Er lernte nächste Wörter: sömn, der Schlaf, und säng, das Bett.
Sie zeigte ihm sein Bett. Er fiel in tiefen Schlaf. Als er nachts erwachte, spürte er: Er schlief in ihren Armen.
Sie versuchte ihm flüsternd zu erklären, daß er im Schlaf geschrien hätte und sie nach ihm habe sehen müssen.
Skrik, der Schrei.
Tak, der Dank.

Ein wenig verlegen saß er neben ihr im Auto.
Bevor sie losfuhren, sah sie ihn an und neigte sich ihm zu. Ihre Lippen berührten sich kurz. Ermunterung. Alles o.k., Junge! Es schien ihr, als wäre der Mann, der aus der Kiste kam, bereits ein Quentchen ihr eigenes Werk. Sie hatte die Kleidung, die er trug, gekauft. Das farbige Oberhemd stand ihm ausgesprochen gut. Und sie war es gewesen, die den unschlüssigen Galeristen darin bestärkt hatte, dem unbekannten Maler eine Chance zu geben. Aus qualvollen Träumen hatte sie ihn nachts in ihre befreiende Umarmung gelockt, und nun würde sie einen Raum für ihn finden.
Hin und wieder blickte sie beim Fahren das geheimnisvolle Wesen neben sich an. Die Männer ihrer Umgebung langweilten sie längst. Sie glaubte sie zu durchschauen, bevor sie mit ihnen auch nur ein Wort gewechselt hatte. Dieser aber war ein anderer. Er wollte ihre Blicke erwidern, aber sie blickte stets rasch wieder nach vorn auf die Asphaltstraße.
Utsikt, överblick … brauchte er, dachte sie. Sie würden sich das Angebot ansehen. Dreißig Kilometer südwärts, dreißig Kilometer der Sandinsel näher, die er für sie aufgezeichnet hatte. Schwierig die Unterhaltung mit einem, dessen Sprache man nicht sprach. Aber er hatte zu schauen, sie hatte zu fahren. Geheimnisvolle Spannung, die nicht durch Worte gestört wurde. Gezwungen, anderen Sinnen zu vertrauen.
Einzelne Gehöfte, überall flatterten Fahnen. Hier sind die Menschen offenbar stolz auf ihr Land, dachte Unsmoler. Daheim war das Flaggen verächtlich.
Ein Ort mit Kirche, aber weiter ging es. Südwärts.
»Willst du mich zurückfahren?« fragte er auf deutsch. Sie sah ihn an. Ein magischer Blick aus den hellen Augen. Sie lachte und schüttelte den Kopf. »Nej da!« sagte sie. Er ahnte, das hieß »aber nein!«. Auch sie hatte ihn verstanden.
Er nahm ihre Rechte vom Steuer und führte sie an seine Lippen. Dankbar küßte er den Handrücken.
Holzhäuser, Schiffe an Stegen, schwankende Masten, Inseln aus Stein. Inselfülle. Ein paar hohe Gebäude, fast erinnerte ihn das

Ensemble an das Chefobjekt. Sie kurvte auf einen Parkplatz und hielt.
Egal. Er brauchte einen Raum, den er mit seiner Welt, oder was von der geblieben war, ausfüllen konnte. Seßhaftigkeit für drei Monate.
Auch in diesem Gebäude ein Aufzug. Vor Monaten hatte er auf der Insel in einem ähnlichen Aufzug gestanden, in einem Raum, den man betritt, um in anderen Welten anzukommen.
Keine Namensschilder, nur Ziffern. Sie ging beschwingt voraus und schob einen Schlüssel, den sie längst in der Hand gehalten hatte, in ein Schlüsselloch. Ein weißer, relativ hoher Raum, der an einer seiner Schmalseiten in der Höhe unterteilt war. Oben eine kleine Balustrade, dahinter offensichtlich ein Bett. Unten zwei Türen. Sie zeigte auf die Türen. »Bad und kök«, sagte sie. Wunderbare Leere.
Er trat ans Fenster. Er blickte über ein paar Dächer auf das Wasser, auf dem spärlich bewaldete Inseln zu treiben schienen. Ein Fischkutter tuckerte langsam aufs Meer hinaus. Mit denen werde ich irgendwann hinausfahren, durchfuhr es Unsmoler. Das wird die Freiheit sein.
Er wandte sich um und umarmte sie.
»God?« fragte sie.
»Ja, god!« sagte er und sah sie an, als könne er das alles nicht annehmen.
Sie sagte etwas. Er erkannte das Wort fördrag wieder. Sie holte einen Briefumschlag hervor. In dem Briefumschlag war Geld. Wieder dieser Blick aus magisch blassen Augen. Mit devoten schüchternen Kindern schließt man keine Verträge. Er steckte das Geld ein, als stände es ihm zu.
»God!« wiederholte sie. Sie fuhren mit dem Fahrstuhl hinab. Sie führte ihm die nähere Umgebung vor. Sie kannte den Ort. Kleine Läden. Ein paar späte Urlauber. Auch junge Frauen. Er spürte, sie bewachte ihn. Er war ihre Beute. In einem Papiergeschäft kaufte er Zeichenblöcke und Farbkreiden. In einem anderen Laden eine billige Tabakspfeife und Tabak. Sie schlenderten zum Wasser. Ein Bootsverleih. Sie zeigte auf das Tretboot und sah ihn fragend an. Er wies auf die Jolle. Er mietete das Boot und ließ sie einsteigen. Sie segelten … er war der Kapitän, und ihr gefiel das.
Er war stets nur mit seinem schweren Kahn auf dem Wasser ge-

wesen. Dieses Plastikboot glich einem Schmetterling. Leichtigkeit. Es war ein Tanz auf dem Wasser. Runde Steine, Kiefern, Birken, rotbraune Häuser, weiße Häuser. Wie kam es, daß er soviel Glück hatte. Er hätte jubeln können. Sie spürte es.
Sie legten an. Er vertäute das Boot. Bei einem Laden an der Uferstraße wurden Verpackungspappen herausgetragen und zum Abtransport auf einen überfüllten Blechcontainer geworfen. Er versuchte ihr deutlich zu machen, daß er derartige Pappen brauchen könne.
»Avfall!« sagte sie. Er suchte sich große Flächen aus und warf sie auf einen Haufen. Dann hob er sich die Last, als befände er sich im Urwald, auf den Kopf und wollte den Weg fortsetzen. Ihr war es peinlich, sich so mit ihm zu zeigen. Sie ließ ihn vorausgehen und holte aus ihrem Auto zwei Tüten. Abfall und Plastiktüten! Wieder standen sie im Aufzug. Wieder dieser Blick aus den hellen Augen. Wieso verliebte er sich so rasch?
Als sie den Fahrstuhl verließen, schien es fast, als kämen sie mit ihrem seltsamen Gepäck nach Hause.
In der einen Tüte war die Kleidung, in der er gekommen war. Seine alte Haut war bereits gewaschen und trocken. In der anderen Tüte bröd und te, marmelad und smör.
Sie setzte Wasser auf, führte ihm die kleine Küche vor, brühte Tee und zeigte ihm den Schrank mit den Tellern, Besteck und Tassen. Sie nannte ihm die Namen, tallrik, bestick och kopp.
Die Pappen legte er in die Ecke. Sie setzten sich an den kleinen Tisch und aßen.
Wahrscheinlich eine Ferienwohnung, dachte er. Die Saison ist zu Ende.
Sagenhaft die Umstände, die ich anderen mache! Sie sah seine Gedanken und lachte: »Fördrag, förskott.«
Vorschuß.
Arbeiten! Er breitete die Pappen auf dem Fußboden aus. Dann kam er an den Tisch zurück und zeichnete sie. Das ovale Gesicht mit den seltsam hellen Augen.
Er zögerte, ihr die Zeichnungen zu zeigen ... zu gering der zeitliche Abstand. Er wollte sie nicht enttäuschen. Was aber erhoffte sie sich von ihm?
Sie kletterte die Stiege hinauf, stellte sich an die Brüstung und winkte.

»Fördrag!« rief sie übermütig.
Was war das für ein Vertrag mit ihr? Nur das Abkommen mit dem Galeristen kannte er.

Die Peitsche

Der setzte sich am dritten Tag an den Tisch und sah sich um. Alles, was ihn hier umgab, gehörte ihm. Gewissermaßen auch der Maler, der da mit dem Rücken zum Fenster stand. Es roch nach Ölfarben. Halbfertige Bilder lehnten an den Wänden. Immerhin, der Mann arbeitete.
Er streifte die begonnenen Bilder mit flüchtigem Blick. »Mit Kunst kann man kein Geld verdienen!« sagte er und lächelte.
»Womit dann?«
»Mit Nichtkunst oder mit Kunst von großen Namen. Aber Namen müssen gemacht werden. Schade, die Auferstehung bei uns im Keller kann ich nicht nutzen, denn das Geschäft mit dem Osten ist ein glattes Parkett. Ich weiß also nicht, wie ich dir auf die Sprünge helfen könnte.«
»Im Büro steht eine Peitsche«, antwortete Unsmoler herausfordernd.
Der Galerist hob die Brauen. »Ach ja, die Peitsche ... Sie ist das einzige, was ich von zu Hause mitgebracht habe. Auch so eine Geschichte, die man nicht verwenden kann. Hinterpommern hieß das Land damals. Muttern wollte nicht flüchten, dafür mußte sie dann später mit anderen, die genauso dumm gewesen waren, mit Konservendosen Jauchegruben ausschöpfen, wenn es grad keine andere Arbeit gab. Neue Herren 45. Weil du von dort kommst«, der Galerist sah sich erneut im Raum um, »bist du hier. Oder dachtest du, ich mache mir Illusionen, was deine Malerei betrifft? Bilder gibt es wie Sand am Meer.«
Unsmoler errötete.
Der Galerist fuhr fort. »Ich war ein Kind und zum Kühehüten zu verwenden. Ich wurde angelernt. Hüten mit der Peitsche. Die Tiere hörten drauf. Knallen über dem Kopf, nicht neben dem Körper, wie es die Clowns und Stallmeister im Zirkus machen.«

Unsmoler lächelte.
»Das ist eine Kunst!« sagte der Galerist rasch, »und ich habe schmerzhaft Lehrgeld zahlen müssen. Blutunterlaufene Striemen auf dem Rücken und dann, als ich besser wurde, Striemen rund um den Hals, rund um den Kopf. Ein Wunder, daß ich mir nicht selbst die Augen ausgeschlagen habe! ›Gib nicht auf, Junge, jetzt hast du es bald geschafft!‹ sagte der Oberhirte auf polnisch. Deutsche Worte gab es nicht mehr. Die waren verscharrt in blutiger Erde. Ich schaffte das Knallen über dem Kopf. Das Kühehüten ist meine Schule geworden. Und das war eine gute Schule! Menschen ähneln Kühen.«
Der Mann sah sich um. »Das wäre eine Akustik hier! Das würde ganz schön krachen! Wilde Zeiten damals, die neuen Besitzer der Höfe kamen ganz aus dem Osten. Bei jedem Gehöft stand ein Faß, in das der Gammel kam: verdorbener Kohl, faulende Kartoffeln, alles, was nicht einmal mehr die Schweine fraßen. In den Tonnen gärte es. Waren sie voll auf einem Hof, brannte der neue Hofbesitzer Schnaps und gab dem Dorf ein Fest. Alle Kerle und alle Weiber fraßen und soffen, als wär' es der letzte Tag in ihrem Leben. Sie fraßen die Kälber im Stall und drehten sämtlichen Enten und Hühnern, die sie zu fassen kriegten, den Hals um. Sie erschlugen die Schweine im Koben und füllten sich die Bäuche. Sie soffen, bis sie unter den Tisch rutschten. Wer am längsten aufrecht blieb, war der König. Könige herrschten nun im Land!«
Er bückte sich und entnahm der Aktentasche eine Flasche. »Da müssen doch Gläser sein!« Er nickte zur Küche hinüber.
Unsmoler holte zwei Gläser und einen Korkenzieher. Alles da.
Der Galerist öffnete die Flasche, goß ein und fuhr fort zu reden. »Hatte das Dorf seinen Rausch ausgeschlafen und wurden die Polen langsam nüchtern, dann brachte der eine zum leergefressenen Hof ein Huhn, der andere ein Ferkel, der dritte ein paar Güssel ... alles renkte sich so schlecht und recht wieder ein.
Meine Mutter starb. Ihren Ehering und ihren Witwenring hatte sie versteckt ... mit diesem Gold konnte ich den richtigen Mann gütig stimmen. Ich durfte das Land mit einer Peitsche in der Hand Richtung Norden verlassen.«
»Was für eine Geschichte!« sagte Unsmoler.
»Unsere Geschichten will niemand hören. Es sind Geschichten von Besiegten. Unschuldig war niemand. Drei Monate lang wirst

du meine Worte aushalten müssen, denn Bilder gibt's, ich sagte es schon, wie Sand am Meer!«
Unsmoler wandte sich um, blickte auf das Wasser und sagte: »Meine gibt es noch nicht!«
»Weshalb bist du hergekommen? Das Leben ist hier gar nicht so rosig, wie man immer denkt.«
»Du gingst auch von zu Hause weg!«
»Ich mußte, es gab meine Sprache nicht mehr.« Er lachte. »Hier spricht man sie aber auch nicht! Aber auf deiner Insel spricht man sie!«
»Da bin ich mir nicht so sicher«, sagte Unsmoler.

In der Plastetüte

Das Gebäude des Malerpaares trug bereits die winterlichen »Scheuklappen«, wie Lütt Otto sagte. Schwarze Tafeln vor den Fenstern der unteren Etage. Nicht einmal die herbstliche Kohlelieferung hatte der Herr Akkurat abwarten wollen. Er war mit seiner Gattin abgereist.
Der Blick auf den Nachbarhof bedrückte die beiden zu sehr. Zwei Holzfiguren lagen über Kreuz umgekippt im Gras. Ständiges magisches Zeichen. Der Herr Akkurat hatte jedoch nicht gewagt, die Skulpturen aufzurichten. Er ahnte, die Polizei würde dort jeden Winkel untersuchen.
Die Hühner des Nachbarn hatten offenbar begriffen, daß es kein Zufutter mehr geben würde. Sie waren in Lütt Ottos Geflügelstall umgezogen, dorthin, wo abends Körner gestreut wurden.
Auch im Dorf hatte man sich bereits mit Unsmolers Abwesenheit abgefunden. Man meinte insgeheim, daß das Verschwinden des Malers mit dem Zeichen am Hochhaus zusammenhinge. Aber es war wohl besser, man wußte nichts. Was ich nicht weiß, macht mich nicht heiß!
Eines Tages erinnerte Unsmoler jedoch erneut an sich. Man pusselte gerade friedlich in den Kleingärten, als das grüne Auto zu ungewohnter Zeit die Betonstraße heraufgeprescht kam. Das Fahrzeug bog ab zur Kleingartensiedlung und stoppte, daß es

staubte. Jobst und zwei graue Herren stiegen aus. Türenknallen. Der Fahrer blieb im Auto. Die drei Männer gingen zur Parzelle des Tüffelmachers.

Der Tüffelmacher sah sie kommen. »Wat ist nu kaputt?« fragte er sich beunruhigt.

Sie kamen heran und wiesen auf die Vogelscheuche. »Ist das Ihre?«

»Ja, dat ist mien. Ist sowat nicht gestattet?«

»Uns interessiert lediglich die Bekleidung. Woher haben Sie das Hemd?«

»Das haben Badegäste vom Strand mitgebracht. Hat da tagelang rumgelegen. Da man aber ausreichend Bekleidung kaufen kann, hat das niemand nicht anziehen mögen. Nur die Vogelscheuche hat gewollt. Die steht hier dichte bi am Weg. Wenn einer das Hemd vermißt hätte, hätt' der sich gemeldet.«

»Vielleicht kann er sich ja nicht mehr melden«, sagte einer der Herren dunkel, »wir müssen das Hemd sicherstellen!« Der Mann ging zum Wagen zurück und holte eine große Plastetüte.

Der Tüffelmacher wollte zu seiner Vogelscheuche. Der andere Herr aber rief: »Moment, nichts berühren, wie Sie bereits hörten, ist der Gegenstand beschlagnahmt!«

Sie stülpten der Vogelscheuche die Plastetüte über, banden diese dicht über dem Erdboden zusammen und zogen die Stange aus dem Beet.

»Wat is nu kaputt!« brummelte der Tüffelmacher. Zu viele Dörfler schauten zu. Er konnte das unmöglich unwidersprochen hinnehmen.

»Wenn Sie Wert darauf legen, können wir Sie auch gleich mitnehmen!« herrschte ihn einer der Herren an. Der Tüffelmacher wurde augenblicklich mucksmäuschenstill.

Sie trugen die Vogelscheuche weg und schoben sie ins Auto.

»Wieder einer in der Tüte!« rief jemand. Die Herren blickten sich um, stiegen wortlos in den Barkas und brausten davon.

»Nu steht dat ja wohl fest, dat Hemd, dat is von Unsmoler!« sagte eine Frau.

»Sag' ich doch, sonst wären die nicht gekommen.«

»Mach ja sein, dat die sich mit dem Hemd begnügen müssen.« Worte von Parzelle zu Parzelle am klingenden, sonnigen Herbstabend.

Der grüne Barkas stoppte wie an jenem Tage, an dem Unsmoler zur Vernehmung geholt worden war, am Hintereingang. Die Männer schafften die Vogelscheuche zur Untersuchung in die Sicherheitsabteilung. Mal was anderes: staubiges Stroh im Büro.
»Eindeutig sein Hemd«, sagte die schöne Blonde. Blut oder andere Spuren von Gewalteinwirkung konnten nicht nachgewiesen werden.
Der Mitarbeiter legte dem Genossen Vorsitzenden den Untersuchungsbericht noch am gleichen Abend vor. Beide Genossen hatten in den letzten Tagen, jeder für sich, eine beängstigende Vermutung gehabt, die, hätte sie sich bewahrheitet, für beide sehr unangenehm gewesen wäre. Sie waren heilfroh, daß der Verdacht in keiner Weise bestätigt wurde. Das herrenlose Hemd am Meer deutete auf einen Badeunfall hin.
Des weiteren lagen Fotos vor, die in der schwedischen Lokalpresse erschienen waren. Sie zeigten hinter einem peitschenschwingenden dicklichen Herrn die unbeschädigte Figur der Künstlerin im gepunkteten Kleid. Die möglicherweise in verbrecherischer Weise zur Grenzverletzung in Frage kommende Kiste war eindeutig vom Kunstwerk besetzt gewesen.
Mitschnitte von Telefonaten des Galeristen mit dem Künstlerpaar ergaben gleichfalls keinerlei belastende Anhaltspunkte. Allerdings hatte sich beim Transport der Kisten eine unverzeihliche Sicherheitslücke aufgetan. Man sprach es nicht aus, war sich aber sicher, nie wieder würde man sich derartig unbürokratisches Handeln gestatten. Die beiden Männer sahen einander an. Offenbar war es gutgegangen.
»Kein Blut also!« sagte der Inselchef.
»Wie wir ermitteln konnten, schwamm der Bürger nachts gelegentlich weit aufs Meer hinaus, möglicherweise in betrunkenem Zustand. Es gibt Hinweise, die auf Depressionen schließen lassen, welche in den letzten Wochen zu gesteigertem Alkoholkonsum führten.«
»Wir werden das nächtliche Baden verbieten!« sagte der Chef und hoffte, mit dieser Bemerkung die Erörterung des Themas endgültig abgeschlossen zu haben. Es galt, nach vorne zu blicken.
»Gleich morgen werden wir damit beginnen, die Abwasserleitung zur Dorfgaststätte zu legen«, sagte er, »eine eminent wichtige Maßnahme. Wir müssen zu diesem Zweck den Hof vom Farben-

kleckser durchqueren. Wie es aussieht, wird er uns nicht dazwischenfunken.« Er lächelte, obwohl er merkte, daß der Maler sich erneut in die Worte geschlichen hatte. »Vielleicht taucht der Bursche aber auch auf, um sich heftig zu beklagen, wenn wir mit dem Baggern anfangen.«

»Auch das würden wir verkraften!« sagte der Mitarbeiter, »aber dieser Umstand wird nicht eintreten. Wir haben die Listen aller Personen, die mit der Fähre die Insel verlassen haben, durchgesehen. Er war nicht dabei.«

Wolken, Wogen, Strand und Kreuze

Vor dem Fenster taumelten Schneeflocken.

Solveig war nervös. »Er kommt morgen«, sprach sie in den Raum.

»Det gör mig detsamma« (das ist mir ganz gleichgültig), antwortete Unsmoler.

Sie sah Unsmoler überrascht an.

»Det gör mig detsamma!« wiederholte er. Er hatte Freude am Klang der fremden Sprache.

Seine Gelassenheit kränkte sie. »Munitio, die drei Monate sind um!«

»Das Leben wird weitergehen!« sagte er und setzte sich. Er stopfte sich eine Pfeife, riß ein Streichholz an und sah der Flamme zu, die sich tanzend über den Tabak senkte.

Solveig stellte seine Bilder rundherum an den Wänden auf und breitete alle seine Zeichnungen auf der Erde aus. Sie sammelte die Aktzeichnungen zusammen, legte sie beiseite, blickte sich zu Unsmoler um und lächelte verschwörerisch: »Die besser nicht!«

Der morgige Tag schien ihm in der Tat gleichgültig zu sein. Er saß da wie ein Reisender im hohen Norden auf seinem Koffer. Schweigend, abwartend. Dabei war das Atelier hier doch ein wundervoller Ort. Kaum, daß er am ersten Tag die Verpackungspappen auf dem Fußboden ausgebreitet hatte und zurückgelehnt im Sessel die billige Urlauberpfeife einrauchte, war es sein Ort gewesen. Unser Ort!

Sie glaubte noch immer, was sie bei ihrem ersten Zusammentreffen im Galeriekeller empfunden hatte: die Begegnung mit ihm war das Besondere, auf das sie immer gewartet hatte.
Auf irgend etwas mußte sie doch gewartet haben. Immer öfter war ihr der schreckliche Verdacht gekommen, daß das Leben an ihr vorübergegangen sei. Dabei hatte sie immer alle Aufgaben bestens erfüllt. Sie hatte einen Beruf. Sie war gereist. Sie hatte erfolgreiche Männer gehabt, die sie verehrten. Sie hatte eine Wohnung, ein Auto. Sie war selbständig, frei, souverän. Sie hatte stets erreicht, was sie erreichen wollte. Aber immer, wenn sie im Gewollten angekommen war, quälte sie Enttäuschung. Leere empfing sie. Leere in einer bedrückenden stummen Nebellandschaft. Sie war …
»Kunst kann man nicht verkaufen«, sagte Unsmoler. Sie konnte nicht heraushören, ob er lediglich den Galeristen zitierte oder ob sich Bitterkeit in seine Worte geschlichen hatte.
Sie unterbrach mit zwei Bildern in der Hand ihr unruhiges Hin und Her und sah ihn an. »Es geht nicht ums Verkaufen! Es geht um den Vertrag!« sagte sie hart.
»Über Qualität ist im fördrag nichts gesagt«, antwortete Unsmoler. Er trat ans Fenster und zeigte auf die Masten der Fischerboote an der Pier. »Dort könnte ich wahrscheinlich anfangen … die Bilder hier gehören dem Dicken. Ich habe meinen Teil des Vertrages erfüllt. Die Anzahl dürfte ausreichen.«
Sie kam mit den Bildern in der Hand auf ihn zu. »Und ich?«
Sie konnten nicht reden. Immer noch standen ihnen zu wenig Wörter zur Verfügung. Immer stehen zu wenig Wörter zur Verfügung. Sie setzte sich, und sie sahen einander an.
In ihren hellen Augen Angst. Angst vor neuerlicher Enttäuschung. Wie war das möglich? Sie war doch immer die Souveräne gewesen. Sie war es gewesen, die alles ordnete und organisierte. Sie war es gewesen, die das Leben spielend meisterte. Sie rollte die Aktzeichnungen zusammen. »Die nehme ich mit.« Sie streifte beim Hinausgehen die aufgereihten Bilder mit raschem Blick. »Das sieht anständig aus, und es wird gut gehen!« sagte sie ohne Überzeugung.
Der Mann, der die Macht hat, würde kommen. Diesmal nicht als Erzähler, der redend den Ort seiner Kindheit, das Grab seiner Mutter besucht.

Alles seins ... was hier stand. Schöner Vertrag!
Sie küßte Unsmoler vor dem Fahrstuhl flüchtig.
Unsmoler war mit seinen Bildern allein.
Bilder an der Wand? Was war er diesem Ort schuldig?
Er setzte sich, legte seine Beine auf ihren Stuhl und stopfte sich eine weitere Pfeife. Tabakwolken vor braven Bildern. Wolken vor Landschaften.
Einfach arbeiten hatte er wollen, hinsehen und konstatieren. Abwarten, bis die Bilder von alleine kämen. Alles, was er wußte, hatte er beachtet: den Rhythmus der Formen hatte er gesucht, den adäquaten Farbklang, die Ordnung, die Harmonie.
Vorsichtige Annäherung an ein Land: erst einmal zuhören.
»Kunst kann man nicht verkaufen!« sprach er vor sich hin. »Das hier aber sind lediglich Landschaften. Landschaften, die kein braves Sofa stören. Diese Bilder müßten zu verkaufen sein.«
Er probierte also doch Formulierungen für den kommenden Tag.
Diese Bilder zerreißen keine Nebel. Nirgendwo leuchtet die erbarmungslose grelle Helligkeit einer Erkenntnis. Ungepflügtes Land, dachte er plötzlich. Land, das man nicht pflügt, bringt bald keine Frucht mehr. Er blickte auf die steinernen Inseln, die die Bucht säumten. Kahle Steine kann man nicht pflügen. Aber auf den Leinwänden kannst du pflügen, wenn du nicht ängstlich bist.
Er stellte Gläser auf die großen Pappen und drückte den Inhalt von Farbtuben hinein. Tabula rasa! Wie damals bei den Bockwurstbildern. Mischen: ein düsteres leuchtendes Blauschwarz, ein Caput mortuum und ein Grau. Farbklänge, endlich losgelöst von liebenswerten Fensterblick-Motiven.
»Irgend etwas wirst du dem Galeristen bieten müssen«, sagte er sich.
Zehn Bilder trug er das Treppchen hinauf und schnürte sie mit einem Bindfaden fest zusammen. Er kannte sich. Dann zog er die Joppe an, nahm Schal und Mütze und ging in den einzigen Laden, der in dieser Jahreszeit noch geöffnet hatte. Er kaufte vier grobe Pinsel und reichlich Verdünnung. Er eilte treppaufwärts zurück.
»Finito!« rief er in den Raum.
Bilder nebeneinander flach auf der Erde. Die Wände leer. Ihre Galeristenordnung dahin.
Er konnte aufs Ganze gehen. Terpentin in die Marmeladengläser, rühren, schauen, mischen.

Das erste Bild als Opfer zu seinen Füßen. Über das behutsam Gemalte zog er grobe waagerechte caputmortuumfarbene Linien. Es war, als würde er pflügen.
Nach zwanzig Minuten hatten sich die ersten drei Bilder radikal verändert. Das farbige Darunter war nur noch zu ahnen. Waagerechte: gepflügtes Land.
Über das vierte Bild strich er breite blauschwarze Kreuze. Taumelten die Erinnerungen des Galeristen ins Bild? Die waagerechten und senkrechten Balken der Kreuze begannen auf weiteren Bildern zu kippen und sich in diagonale Durchstreichungen zu verwandeln. Mit dem Pinsel in der Hand kniete er vor einer nächsten Landschaft. Mit dünnflüssiger satter Farbe zog er im oberen Drittel der Leinwand einen breiten waagerechten Pinselstrich von Rand zu Rand und richtete dann das Bild auf. Farbe rann hinab … weinende Wolken.
Schließlich bedeckte er die restlichen jungfräulich weißen Leinwände mit dunklem Schwarzblau und waagerechten Ockerbegrenzungen oben und unten und ritzte mit einem spitzen Pinselstiel Zeichnungen in die frische Farbe. Weiße Linien zeigten sich. Die Kiste, mit der er gekommen war, schwimmend auf den Wogen eines Meeres. Ein Mensch in den Wellen seines Geschicks, ein Sarg auf dem strukturierten Meer. Ufer, ockerfarben wie das Ufer der fernen Insel. Leuchtender Strand, Hoffnung neben dem Meeresdunkel … Zwei Strände, dazwischen die Wogen und die Kiste mit dem Menschlein. In welche Richtung trieb sie?
Zu guter Letzt bemalte er sogar noch die Wellpappenbahnen. Alles verbraucht. Farbe, Malgründe, Kraft. Tabula rasa.

Erschrecken

Solveig klingelte, obwohl sie einen Schlüssel hatte. Unsmoler öffnete erst nach einer Weile. Es war bereits spät am Vormittag, er aber war verschlafen, unrasiert und ungewaschen. Erstaunlich, daß er eine Hose anhatte. Sie trat mit den beiden Herren ein. Im Raum stank es infernalisch nach billigem Anstreicherterpentin. Auf dem

Fußboden ein Tohuwabohu. Die Ordnung, die sie am Vortag sorgsam hergestellt hatte, war zerstört. Sie hätte heulen mögen!
Er führte die Gäste durch das Labyrinth zum Tisch. Der Galerist hatte einen auffallend großen Herrn mit schlenkernden Gliedmaßen und einer rotgeäderten Hakennase mitgebracht. Der Mann ging gebeugt, grad so, als hätte er sich sein Lebtag lang durch Türen bücken müssen und es langsam aufgegeben, sich wieder aufzurichten. Unsmoler ging ins Bad und kam gekämmt und gewaschen wieder heraus.
»Tabula rasa«, sagte er. »Alle Farben verbraucht, aber einige Bilder habe ich vorher beiseite stellen können.«
Er holte das verschnürte Bündel von oben und zerschnitt die Bindfäden. Sie atmete ein wenig auf. Es war noch nicht alles verloren. Sie hatte vor, zu retten, was zu retten war, und stellte die Bilder erneut an der Wand entlang auf.
»Tee?« fragte er. Die beiden Männer nickten.
Er ließ die Besucher allein. Der Dicke saß noch am Tisch, als er den Tee brachte. Der Lange bewegte sich auf den Pfaden zwischen den farbigen Dingen hin und her. Solveig begleitete den Herrn und sprach unentwegt. Von dem, was gesprochen wurde, verstand Unsmoler herzlich wenig.
Zum Teetrinken setzte man sich wieder. Ihm war es recht zu schweigen. Man sprach über ihn. Er wurde angesehen, als wäre er die Illustration zu den Worten. Der wirklich Mächtige in dieser Runde war offensichtlich der hagere Herr. Eine Bemerkung von ihm, Solveig erhob sich und stellte die artigen Landschaften zur Seite. Dann richtete sie einzelne Bilder der letzten Nacht auf. Kreuzebilder, Wolkenbilder, Furchenbilder, schwarze Meeresbilder.
»Was hast du künftig vor?« Plötzlich kam diese Frage auf deutsch.
»Ich werde versuchen, auf ein Schiff zu gehen.«
»Auf was für ein Schiff?«
Unsmoler zeigte aus dem Fenster zum Fischereihafen. »Dort ist Arbeit.«
Die Herren lächelten. Solveig mischte sich wortreich ein. Die Herren lächelten nicht mehr.
»Die Kreuzebilder interessieren uns«, unterbrach sie der Dicke, an Unsmoler gewandt, »Durchstreichungen sind neu. Kreuze sind dekorative Zeichen. Vielleicht könntest du tatsächlich die Munitiorolle spielen …«

Unsmoler schüttelte den Kopf. »Ich kann nicht mehr Rücksicht nehmen. Ich muß frei sein. Ich bin Maler. Ich muß hin und wieder in die Stadt. Ich muß in die Museen. Ich muß Geld verdienen!«
»Warum nicht, die Ausstellung der blauen, weißgepunkteten Dame ist abgebaut und längst zurückgeschickt. Wir beide werden einen neuen Vertrag machen. Kreuzebilder, Durchstreichungen, Signum Munitio. Munitio, unsere Kreation. Munitio, der Geheimnisvolle! Bilder brauchen Geschichten. Munitio gehorcht der Galerie, du aber bist frei. Du kannst vorläufig in dieser Wohnung bleiben, solltest aber anderes Terpentin verwenden«, der Galerist schnupperte in die Luft, »sonst bekommen wir Ärger mit dem Vermieter. Monatliches Honorar. Munitio, der Mann, der die Kreuze macht. Schwarze Kreuze auf Rot, auf Gelb, auf Schwarz. Es braucht nicht immer eine Landschaft darunter sein. Kreuze erinnern an die fernen Zeiten, als wir noch mit drei Kreuzen unterschrieben. Jedes Büro sollte dieses Zeichen als Symbol der Wegstrecke, die wir zurückgelegt haben, im Zimmer des Chefs hängen haben!«
»Ja, schreiben können wir nun … aber was, zum Teufel, schreiben wir in all den Büros!« sagte Unsmoler.
Solveig beschwor ihn mit ihren wasserhellen Augen.
Kreuze also … Unsmoler sah, in die Farbe eines schwarzen Kreuzes geritzt, die Heilandsgestalt. Er sah Flächen, bedeckt mit Grabkreuzen. Er sah Kreuze im Schnee. Er sah Durchstreichungen, die zerrannen. Er sah Gitterkreuze. Er sah die Kreuze von Panzersperren. Er sah Kreuze, durch die Geäst wuchs. Er sah Kreuze, die Schatten warfen. Er sah …
»Und?« fragte der Dicke.
Unsmoler schien zu erwachen. Er nickte.
»Machen wir also einen neuen Vertrag. Wir schicken jemand, der die Bilder abholt. Der Mann kann gleich Farbe und große Leinwände bringen. Jetzt gehen wir aufs Ganze.«
Die beiden Männer verabschiedeten sich. Solveig ging mit ihnen. In der Tür wandte sie sich erstaunt um. Wie hatte er das nur schaffen können!
Unsmoler öffnete das Fenster, zog sich die Joppe an, lief die Treppe hinab und wanderte an den weißen, geschlossenen, frierenden, hölzernen Pensionen vorüber zu den Fischkuttern hinter den Hallen. Man kannte ihn dort.
Wandern durch den Schnee. Wandern in Gummistiefeln. Wandern

am gleichen Meer entlang wie daheim. Es dunkelte hier rascher. Durch das Licht der Straßenlaternen trieb feuchter Schnee. Zurück im Atelier, schloß er das Fenster und kochte sich in der Küche einen Brei. Milch aus der Tüte. Einer Tüte, wie er sie am Inselufer gefunden hatte. Gruß aus der Fremde damals. Er legte sich aufs Bett. Vom Bett aus konnte er über das Wasser blicken. Selbst in der Finsternis sah er die Masten der Schiffe. Lampen beleuchteten sie. Schlafende Möwen. Magie der ruhenden Schiffe.
Der Besuch hatte ihn angestrengt. Der Nachtschlaf fehlte ihm. Er schloß die Augen und wurde zu einem Vogel, der sommertags über jene Insel flog, von der er gekommen war. Er sah weder das häßliche Chefobjekt noch die stinkenden Seen der Kläranlage. Er sah nicht den Schießstand und nicht die Fahnen des Lagers der vormilitärischen Erziehung. Er sah nicht die dichtgedrängten Menschen am Meer und hörte das leise Scheppern der Stahlhelme am Koppel der Grenzer nicht. Er sah weder die Wachtürme noch sein listig eingegrabenes Boot. Er sah nicht die staubende Wolke des wehenden Sandes und er hörte nicht die alberne Strandfunkmusik, nicht das Klackern der Schüsse aus Kleinkalibergewehren und nicht das Knallen der Düsenjäger. Er hörte die leise Bachmusik seiner Schallplatten und das leise anheimelnde Ticken der Porzellanuhr, und er sah die milde Sonne über dem weiten weißen Strand. Jegliche Bedrängnis von einst hatte er vergessen.
Solveig kam früh am nächsten Tag. Sie hatte den neuen Vertrag mit. Sie strahlte. »Und du wolltest zu den Fischern! Munitio, Mann, wenn man erst einmal unten ist, kommt man hier nie wieder nach oben!« Sie blickte zu den Fischereischiffen und schüttelte über seine grenzenlose Naivität erstaunt den Kopf.
»Es gibt kein Oben und es gibt kein Unten, was die Arbeit anbetrifft«, sagte er.
»Wie kommt es nur, daß du so viel Glück hast«, fragte sie ihn. »Bist du ein Sonntagskind?«
»Ich suche nicht lycka, das Glück, ich suche das Bild!« antwortete er. »Das zwingt mich zu sein, wie ich bin. Ich beunruhige, ich …«
»Ja, manchmal beunruhigst du!« unterbrach Solveig ihn. Sie hatte ihn verstanden. Sie konnte sich auf seine Art zu reden einstellen, er lernte zunehmend ihre Sprache und sie die seine. Viele Wörter hatten gleichen Ursprung, der Wortsinn war zu erkennen, selbst wenn die Wörter einen anderen Klang bekommen hatten. Das

Wörterbuch lag auf dem Tisch, immer seltener mußten sie es benutzen.
»Ich versuche Diener des Bildes zu sein, des Bildes, das sich manchmal zeigt.«
Wieder unterbrach sie ihn. »Hat es blonde Haare und trägt es eine Lederjacke?« Mit ihren wasserhellen Augen sah sie ihn prüfend an.
Er verstand sie nicht.
»Ist etwa fünfundzwanzig, hat eine tolle Figur und spricht leidlich Englisch?«
Unsmoler mußte sich setzen.
»Sie ist mit der Fähre gekommen und hat am letzten Tag die Ausstellung der Inselmalerin besucht. Sie hat sich beiläufig für die Kisten interessiert und auch andere Fragen gestellt. Mein Chef hatte so etwas erwartet. Er kommt aus dem Osten. Er kennt den Osten.«
Unsmoler starrte in den Raum.
Solveig trat neben ihn, legte ihren Arm auf seine Schulter und küßte ihn auf die Wange. »Kommst du mit?« fragte sie, »du willst doch in die Museen. Die Blondierte ist längst abgefahren.«

Hochseefischer

Während Solveig in der Galerie, die Unsmoler gemäß der Absprache niemals betrat, ihren Dienst tat, hielt er sich ganze Tage im Museum der modernen Kunst auf. Stundenlang saß er vor den riesigen Bildern der Malergrößen aus aller Welt. Wie Dekorationen paßten die Werke zu den hohen noblen Räumen. Hier wohnte ein Geist, dem er sonst in der Stadt kaum begegnete.
Museen sind die Kathedralen der Neuzeit, kam es ihm in den Sinn. Die Ahnung Gottes wird in der Kunst immer wieder neu geboren, denn immer wieder versinkt Gottes Bild in unserer dürftigen Enge. Manchmal suchte Unsmoler in diesen Sälen weiße Wandflächen auf, um lange die Leere zu betrachten. Er wartete auf die Bilder, die aus dem Nichts, die aus dem Weiß kommen würden. Bilder, die erst noch geschaffen werden mußten. Bilder, die

er schaffen würde. Bilder, die seine Antwort wären. Das aber war ihm das Wichtige hier: Er brauchte nicht mehr, wie daheim auf der Insel, unentwegt zu erfinden, was anderswo bereits realisiert war. Hier war Aktualität aus aller Welt zusammengetragen. Hier sah er Gegenwärtiges.

Auf das, was noch nicht war, kam es an.

Und wieder wanderte er schauend auf dem schneeigen Straßenpflaster durch die Stadt, vorüber an den weiten Ebenen der Eisflächen, über die Brücken und durch die seltsam vertrauten Straßen, an Kirchen vorbei, deren spitze Türme in den Himmel spießten. Stadt ohne Wunden.

Hatte Solveig vor, in ihrer Wohnung zu bleiben, fuhr er abends mit dem Bus zurück in den Ort der Fischer und winterlich frierender Pensionen. Zurück in seinen Raum mit dem Blick auf das Meer und die großen grauen Steine.

Durchstreichungen und Kreuzebilder erwarteten ihn. Verneinung als Bild?

Nachmittags ging er oft, bevor Solveig kam, am dunklen Wasser entlang. Er hörte die wehmütigen Rufe der großen Silbermöwen, die auf den Firsten der flachen Dächer saßen.

Animalische Gerüche.

Hier im Unbehausten begegnete er dem Stoff, aus dem vielleicht etwas wurde.

Männer kamen aus dem Wind und der Kälte und polterten in die Kneipe. Beredtes Schweigen an den Tischen. Fremde Gesichter. Er stumm in der Ecke. Er zeichnete. Einfach Notizen. Menschen, die zusammengesackt an den Tischen warteten und nicht mehr wußten, worauf sie eigentlich warteten.

Man gewöhnte sich an ihn. Er zeichnete, er sah lange hin und begann dann, ohne aufzublicken, in seinem Büchlein zu kritzeln. Ihn interessierten bloßstellende Ähnlichkeiten nicht. Zeichnungen sind keine Steckbriefe. Gäste, die ihm gelegentlich über die Schulter schauten, beruhigte das. Schließlich gehörte er zur Nachmittagsstunde dieses Raumes, schweigend schauend, mit einem Gruß hereinkommend, mit einem Gruß davongehend. Man antwortete ihm sogar.

Eines Tages waren sie plötzlich da, wild und froh, bekannt und geschätzt und erwartet. »Huller om buller!« hörte er. Allesamt mit gleichem Haarschnitt. Vom größten Schiff des Hafens, das lange

auf See war, direkt zum Frisör, vom Frisör in die Kneipe. »Huller om buller«, so wurden die lauten, lachenden freigebigen Kerle genannt. Ein Windstoß schien durch die dumpfe Kneipe zu fegen.
»Bilder müssen wie ein Windstoß sein!« sagte sich Unsmoler und rückte, damit die Kerle Platz fanden, mit den anderen Gästen auf der Bank zusammen. Die Männer bestellten für die ganze Kneipe das jämmerliche Bier. Ein Fest. Hochseefischer, die von der Fangreise kamen.
Eng gedrängte Gemeinsamkeit in der Kneipe. Der Mann neben ihm nahm das Skizzenbuch und blätterte es durch. Vielleicht Bildersehnsucht nach der bilderlosen Zeit auf dem Wasser. Der Kerl schob seinen Ärmel hoch und zeigte seine tätowierte Haut. Sie stießen miteinander an.
Der Tätowierte machte deutlich, daß er eine Zeichnung haben wollte: Ein Dreimastvollschiff mit reichlich Wind im Tuch. Unsmoler zeichnete. Sein Auftraggeber bestimmte die Größe und korrigierte ihn, als die Besegelung am Besanmast nicht stimmte.
Unsmoler war spät ins Atelier zurückgekommen. Solveig hatte auf ihn gewartet. Seine Kleidung verräuchert, Alkoholdunst. Er warf sein Skizzenbuch auf den Tisch. Lauter Gestalten. Menschen, die sie nicht interessierten.
Aber ihn zog es in diese Umgebung. Im Ungeformten zeigen sich Kräfte, die im tiefsten Grund alles bewirken. »Das sind die Zeichnungen vom großen Warten«, sagte er.
»Nun bleib doch bei den Kreuzen!« rief sie. »Bilder sind Produkte mit Wiedererkennungseffekt. Die Leute müssen sich daran gewöhnen können! Sie wollen Werke mit einer Person identifizieren!«
»Ich bin unsichtbar!« antwortete Unsmoler.
»Schon längst nicht mehr!« Sie sah ihn an. Sie wurde aus ihm nicht schlau.
»Was heißt huller om buller?« fragte er sie.
Sie versuchte es ihm zu erklären, blickte dann aber ins Wörterbuch.
»Bunt.«
»Ich bin den Bunten begegnet. Wie ein Sturmwind kamen sie von draußen in die Kneipe. So müßten Bilder sein!« sagte er.

In zwei Welten zugegen

Wieder ein Winter. Schneetreiben auch auf der Insel hinter dem Meer. Schneeflocken im Dunst über den eisfreien Abwasserbekken. »Bei uns ist die Kacke immer am Dampfen!« lästerten vergnügt die Dörfler, die sich seit unzähligen Generationen an alles gewöhnten. Vom Schnee begraben die Freilichtbühne, schneebedeckt der Schießstand, verlassen die Mulde des Altdorfs, geschleift die Fischerhütten, gerodet alle Holunderbüsche, die einst über den Abfallgruben der Fischdörfler wucherten. Schneebedeckt der Stolz des Inselchefs: die planierte Riesensommersonnenbadefläche mit ihren Eisbuden, dem Bockwurststand und den bunten Lautsprechersäulen dort, wo die Hütten der Alten gestanden hatten. An häßlichen Kiosken zerrte der eisige Ostwind.

Durch das winterblinde Haus des Herrn Akkurat irrten Gespenster. Sie bewachten den zerzausten Pfau und die frierenden Hoffnungen, vielleicht auch die Erinnerung an jenen schon fernen Tag, an dem die Gattin des Herrn Akkurat für Stunden himmelhochjauchzend glücklich gewesen war: Gellend hatte sie den Namen ihres Mannes in das hallende Treppenhaus gerufen. In größter Hast war er aus seinem Atelier gestürzt. Ein bekanntes Lied klang ihm entgegen. Selig stand sie oben an der Balustrade: »Unser Adamski singt!« hatte sie hinabgerufen, »er singt im Radio, er singt drüben, das Publikum ist hingerissen!« Ihre Tür hatte sperrangelweit offengestanden. Das Radio tönte in voller Lautstärke. Eine Weile hatte der Herr Akkurat reglos zugehört, dann aber stöhnte er: »Das geht nicht gut, nein, das geht nicht gut!«

»Doch, Schatz, doch! Es ist ganz offiziell. Die Gewerkschaft hat ihn eingeladen, er hat eine Genehmigung!« Sie war so glücklich gewesen, als würde mit diesem Tag ein neues Zeitalter beginnen. »Wir haben dem Westen etwas zu bieten, Schatz, hör doch nur!« Der Beifall brandete.

Der Herr Akkurat war die Treppe hinaufgegangen. Er hatte die Zugluft gespürt: Richtig, ihr Fenster war weit geöffnet. Er schloß das Fenster und zog den Vorhang zu. »Liebling«, hatte er gesagt, »es ist November, wir erkälten uns.«

Bis in die Nacht tönte es hinter den Mauern.

Am nächsten Morgen aber hatte der Herr Akkurat unverzüg-

lich begonnen, die Abreise vorzubereiten. Eilig schleppte er die schwarzen Tafeln aus dem Keller.
Er sollte recht behalten: es war nicht gut gegangen.
Als er eine halbe Stunde vor Abfahrt der Fähre das Gepäck zur Hand genommen hatte, klingelte das Telefon. Erschrocken hatte er seine Gattin daran gehindert, den Hörer abzunehmen. »Wir sind bereits abgereist und zwei, drei Wochen unterwegs«, hatte er geflüstert.
Und wieder hatte er sich nicht geirrt: Der Inselchef und der Mitarbeiter hatten beschlossen, das Künstlerehepaar dringlichst aufzufordern, Adamskis Auftritt auf das schärfste zu verurteilen und die Reaktion von Partei und Staatsapparat in einem offenen Brief an die Zeitung freudig zu begrüßen.
Als das Ehepaar draußen über den Kiesweg gegangen war, hatte der Herr Akkurat immer noch geflüstert. »Wenn Kommunisten, die an einen Sozialismus mit menschlichem Antlitz glauben, hier nicht mehr geduldet werden, ist die Situation für uns andere hoffnungslos.« Er hatte sich umgeblickt zum verschlossenen Haus und gemurmelt: »Rette sich, wer kann.«
Die eichenen Figuren Unsmolers lehnten immer noch am Katen.
Im Herbst des Jahres, in dem Unsmoler verschwand, war der Bruder, den man auf der Insel Bärenhäuter nannte, zwischen zwei Lagosreisen für drei Tage auf die Insel gekommen. Die offene Schuppentür hatte verloren im Wind geknarrt. Ein menschenleeres, abweisendes Haus hatte ihn empfangen.
Bei Lüder, dem Tüffelmacher und dem Herrn Akkurat hatte er sich Versionen, die das Verschwinden Unsmolers betrafen, angehört. Dann hatte er Apfelsinen und Datteln im Dorf verteilt, die Schuppentür zugenagelt, Whisky und Portwein dem abwesenden Bruder auf den Tisch gestellt und einen zusätzlichen Geldschein ins Versteck unter den Balken geschoben. Er glaubte nicht an einen Badeunfall, war sich aber sicher, daß, wäre sein Bruder verhaftet worden, man ihm selbst längst das Seefahrtsbuch entzogen hätte. Also warten, nichts überstürzen, nichts ins Rollen bringen, keine schlafenden Hunde wecken. Er vermutete: Um keinem zu schaden, war Unsmoler einfach unsichtbar geworden.
So war es. Ein Abschied wie ein vorläufiger Tod.
Immer noch malte Unsmoler in der Ferne seine Kreuzvariationen. Flächen voller Kreuze, Reihungen. Kreuze wie Schriftzeichen er-

zählten stumm von denen, die vorher waren. Das war nicht Verneinung, das war Erinnerung. Wieder kam Unsmoler auf die Fensterbilder: Fensterkreuze vor Landschaften.
Er wurde dieser Art Malerei nicht überdrüssig, denn der Galerist kam und trug jedes Bild, das er für fertig hielt, davon.
»Die Hauptsache Kreuz!« sagte der Kunsthändler, »wir müssen sehen, was sich daraus machen läßt. Das vor allem: Der Betrachter will wiedererkennen. Der Kunde will identifizieren.«
Er sammelte Bilder ein für Munitio, die geheimnisvolle Erfindung, deren Konturen ihm langsam sichtbar wurden. Munitiobilder warteten im Keller. Unsmoler war das recht. Unsichtbar sein. Der Mann kam, brachte neue Leinwände, Farben und Pinsel und jedesmal eine Flasche, die er gemeinsam mit Unsmoler leerte. Unsmoler brauchte nur zuzuhören. Unentwegt sprach der Mann von damals, beschwor die Landschaft, die Bächlein, die Weiden, die Höfe, den Vater, die Mutter und die fernen Gräber, dann erhob er sich abrupt, suchte ein paar Bilder aus und verschwand mit den Werken. Unsmoler ließ ihn gewähren.
Er wollte nur malen.
Er war ein anderer als Munitio, der im Keller des Galeristen Gestalt annahm.
Unsmoler trieb unsichtbar durch die Stadt. Frei und unbeachtet in den Museen, in den Straßen, hinter den Hallen des Fischereihafens bei den Schiffen existent.
Wer war er in Solveigs Augen? Er sprach nun so recht und schlecht ihre Sprache. Manchmal bedauerte er es sogar, daß er fast alles verstand. Banalität zeigte sich, wo geheimnisvolle Worte nicht mehr verdunkelten und verzauberten. Sogar die hellen Augen verloren ihre magische Kraft.
Das aber ahnte sie nicht.

Inselleben

Nie zuvor hatte Unsmoler das Licht des Frühlings so freudig begrüßt wie nach den langen, finsteren Wintern des Nordens. Er stellte Kreuze ins Fenster. Das Licht überstrahlte sie und schien

die Konturen aufzulösen. Immer wieder setzten Beobachtungen neue Bildserien in Gang.
Auch auf der Insel daheim fand ein Kreuz neue Beachtung. Der Pastor spielte mit einigen Dörflern zu allen möglichen Anlässen unten am Meer Sommer für Sommer die historisch verbürgte Auffindung des heiligen Inselkreuzes nach. Zwar mußte das, der Grenzbestimmungen wegen, ohne Boot geschehen, aber man watete ins Wasser und barg ein nachgebildetes Kruzifix, das man vorher in unmittelbarer Nähe des Ufers verankert hatte. Man trug es in einer Art Prozession in die Kapelle. Symbolträchtige Handlung. Der Inselchef schritt nicht ein. Den Urlaubern mußte Abwechslung geboten werden. Die Parteiführung konnte das Ganze als Theateraufführung rechtfertigen, zumal für die Genossen intern neue Richtlinien herausgegeben worden waren.
Die Kirche arrangierte sich in gewisser Weise mit dem Staat. Dort, wo die Partei an ihre Grenzen stieß, schätzten die Organe die kirchliche Institution als Vermittler.
Diese Annäherung löste bisweilen Verwunderung aus. Sogar Material für die Instandsetzung des Kapellendaches war geliefert worden. Eine fromme Spende aus dem Ausland machte das möglich. Valuta war längst zum Zauberwort geworden. Der Staat benötigte dringend Devisen.
Sogar in der Kneipe wurde das zum Gesprächsthema.
Der Hausmeister vom Chefobjekt klopfte eines Abends wie üblich mit den Knöcheln auf den blankgewetzten Stammtisch. Er war den anderen willkommen. Er gehörte zu dieser abendlichen Runde wie die Wanduhr zum Tresen. Er blickte drein, als würde er etwas wissen, das die anderen interessieren könnte. Das muß gesagt sein: er kam nicht, um die anderen Dörfler auszuhorchen. Er mochte diesen Ort. Hier war die Luft schlecht, hier war das Bier mies, hier war die Beleuchtung dürftig, hier ließen die Manieren zu wünschen übrig, und doch war es hier besser, unvergleichlich viel besser als in jeder Gaststätte vom Objekt oben. Der Hausmeister fühlte sich wohl hier, obwohl er ahnte, daß er seinerseits vom Kneiper beobachtet wurde. Das nahm er nicht weiter krumm. Er war ein freundlicher Mann, und alle wußten, daß man in seiner Gegenwart die Zunge im Zaume halten mußte. Das war ihm recht. Er brauchte nichts zu hören, was er hätte weitertragen müssen. Er wurde akzeptiert, so wie er war.

Auch vor Steinen im flachen Wasser hatte man sich vorzusehen, wenn man, lang ist es her, mit seinem Boot ans Ufer kam. Steine gehörten eben zur Landschaft. Sie taten einem nichts, denn man kannte die Gefahr. Gefährlich wurden sie nur den Ahnungslosen.
Der Objekthausmeister setzte sich also und bestellte sein Bier.
»Leute, mich sollt dat nicht wundern, wenn hier bald ganz große Pötte anlegen, Passagierdampfers!« verkündete er. Neuigkeiten waren stets willkommen.
»Wat soll dat nu wieder, hier laufen schon genügend Fremde durch die Gegend!« brummelte der Schuster.
»Eben, dat Gewimmel geht auch dem Dicken langsam auf den Geist. Viele Menschen, viele Probleme. Er kann dat nicht von Jahr zu Jahr steigern, dat geht auf die Dauer in die Hosen.«
»Mein Reden seit dreiunddreißig!« bestätigte Lütt Otto.
»Unterbringung, Betreuung, Unterhaltung, Versorgung, alles schafft Probleme!«
»Und was soll das dann mit die Schiffe?«
»Dat is Intensivierung«, fuhr der Hausmeister fort, »der Dicke will denen in Berlin was anderes bieten als steigende Zahlen. Devisen will er bringen. Wenn wat knapp is, dann sind das Devisen!«
»Ach, von anderswo sollen die Pötte kommen!«
»Na gewiß doch. Oben in Skandinavien ist der Schnaps mächtig teuer und obendrein eine Rarität. Hier sind alkoholische Getränke billig. Die Nordländer sollen ihr Geld herschaffen und versaufen!«
Lüder machte dem Wirt ein Zeichen, der brachte an den Stammtisch eine Runde Doppelte.
Sie kippten den Schnaps und fühlten sich wie Begnadete. In diesem Land war der Schnaps billig.
»Und wo wollen die hier hin? Der Strand ist voll und die Landschaft auch, überall die Lagers!«
»Landschaft, so wat gibt es hier gar nicht mehr!«
»Wer säuft, will nicht rumrennen, der will was haben von seinem Rausch!«
»Nackte Badegastweiber sind auch Landschaften, Wälder haben die Leute zu Hause.«
Für und Wider.
»Ne, ne, uns bringt das nix«, stellten die Dörfler schließlich fest,

»Gemüse werden die von den Schiffen nicht kaufen. Unseren Kohlrabi werden wir auch so los!«
»Aber nicht für Devisen!«
»Eben ... du wirst sehen, wir kommen gar nicht ran an die großen Pötte!«
»Die Insel is dat reine KDF-Schiff! Kraft durch Freude wie bei Adolf. Aber die Freude ist schon damals auf der Strecke geblieben!«
»Dat sag nicht! Wenn man dat nicht anders kennt, ist dat schon ein Hauptgewinn, dicht an dicht im Sand zu liegen.«
»Sand gibt das hier noch, der wird so fix nicht knapp!«
Der Sand wurde nicht knapp, er wehte unentwegt landeinwärts. Eine riesige Düne, die sich langsam, beinahe unsichtbar langsam, vom Meer aus auf den Bodden zubewegte. Der Pferdehügel war bereits ein kahler Sandberg, aber die Pferdeknochen waren noch nicht freigeweht. Lüders Grube von damals war tief.
Hinter Steinwällen pflegten die Dörfler ihre Kleingärten. Sie hielten die Stellung, schippten unverdrossen Sand und schimpften ohne Zorn auf den Inselchef. Sie nannten ihn insgeheim »Dick und Doof«.
Über den weißen Dünen schien wunderbares Licht zu schweben. Licht für die Urlauber, die sonst in Städten unter Wolken lebten, die aus Fabrikschloten quollen. Hier erneuerte der Wind ständig die Inseloberfläche. Was er im Norden wegnahm, lagerte er im Süden an. Der Hafen mußte bereits zweimal ausgebaggert werden. Bei Niedrigwasser legte die Fähre draußen am Molenkopf an. Selbst in den Häusern, hinter den geschlossenen Türen kämpften die Dorfweiber modisch frisiert mit heulenden Staubsaugern gegen den aufdringlichen Sand.
»Viel zu flaches Wasser!« sprach plötzlich der Tüffelmacher in den Kneipendunst.
Die am Stammtisch wußten, was er meinte.
Lüder lachte nur: »Für die Baggerei würde Dick und Doof schon sorgen!«
Der diskriminierende Spitzname war bereits so selbstverständlich geworden, daß man sich nichts mehr dabei dachte, wenn man ihn in Gegenwart des Hausmeisters benutzte. Ein Name eben, so selbstverständlich wie Otto Mehlhans Lütt Otto hieß. Spitznamen zeugten von gewisser Vertrautheit.

»Trotzdem, mit den Nordlandschiffen wird das nichts«, der Tüffelmacher grinste voller Schadenfreude, »wie will Dick und Doof die fremden Dampfer bewachen? Zaun allein genügt nicht. Selbst meine Oma könnte, wenn wir ihr eine Schweinsblase auf den Bauch binden, drumherumschwimmen und bei die Utlänners an Bord klettern! Blöd wäre der Dicke, wenn er sich auf solche Projekte einlassen würde! Ich jedenfalls würde das an seiner Stelle schön bleibenlassen.« Der Tüffelmacher hatte, wie alle anderen auch, gelernt, seine Meinung so kundzutun, daß man ihn wegen der Worte nicht belangen konnte.

»Ne, da wird kein Schuh draus!«

Abschließende Erwägungen zu später Stunde im Kneipendunst.

Der Genosse Vorsitzende war bereits in seiner Wohnblockwohnung zu Bett gegangen.

Plötzlich richtete er sich erschrocken auf.

»Was ist nu schon wieder!« schimpfte seine Frau, die beim Montagabend-Fernsehfilm, den man vom Bett aus so schön genießen konnte, nicht gestört werden wollte. Hans Moser und Hans Albers …

Ihr Gatte, der Inselchef, antwortete nicht, ließ sich aber zurücksinken.

Sein Devisentraum, der Traum von den noblen Schiffen, war soeben zerplatzt. Genau das, was der Tüffelmacher in der Kneipe geäußert hatte, war ihm in den Sinn gekommen.

Unsere Menschen sind noch nicht so weit, dachte er betrübt.

Blick von oben

Am nächsten Morgen fuhr der Genosse Vorsitzende wie gewohnt in die Aussichtsetage. Er blickte durch das Fernrohr. Es tat ihm gut, Erfreuliches zu vergrößern. Einzelnes wurde wichtig. Da war zum Beispiel das Lager für Sport und Technik. Junge Leute angetreten unter der flatternden Staatsflagge. Man hätte die Uhr nach den Tönen des Morgenappells stellen können. Die militärisch grüngestrichenen Motorräder gleichfalls präzise ausgerichtet. Der Genosse Vorsitzende drehte am Okular. Aber vergeblich versuchte er,

Schärfe zu erreichen. Er war ärgerlich und begriff nicht, daß es der wehende Sand war, der den Blick trübte.
Vom wandernden Sand spürte er hier oben kaum etwas. Meistens schlich der Sand unsichtbar dicht über dem Boden entlang, wenn es nicht gerade heftig wehte wie an diesem Tag.
An Windtagen allerdings knirschte er sogar den Zeltenden beim Frühstück zwischen den Zähnen ... aber die scherte das wenig. Man kam sich vor, als würde man romantischen Urlaub in Abessinien machen. Ein Zelt ist kein Fünfsternehotel. Basta!
Ähnlich machte es der Genosse Vorsitzende. Angesichts der wachsenden Düne stellte er sich bisweilen vor, er sei ein Ölscheich, der über sein Reich blickt. Mit diesem lustigen Einfall gelang es ihm, das Gefühl aufkommender Beunruhigung auszulöschen.
Das Jugendlager der vormilitärischen Erziehung zu betrachten aber war ihm stets eine Freude.
Bisweilen, wenn er in seinem Büro den Lärm der Motorräder vernahm, fuhr er hier hinauf, um den uniformierten Jugendlichen zuzuschauen. Tollkühn preschten sie die Sandberge mit heulenden Maschinen hinauf und hinab.
Er seufzte: »Wir hatten nicht einmal Fahrräder!«
Die Genossen seiner Umgebung hüteten sich, ihn allzuoft mit unangenehmen Tatsachen zu behelligen. Daher verkündete er immer noch unbeirrt sein Sprüchlein: »Wasser, Sonne, Sand, das ist unser Reichtum! Unser größtes Gut aber ist unsere Jugend!« Das Wasser aber wurde zum Problem. Im Dorf versiegten die Pumpen. Es war zwar eine Wasserleitung zum Dorf verlegt worden und eine zweite tiefere Bohrung niedergebracht, aber die Fachleute waren sich einig, die Vorräte würden bei derartig rücksichtslosem Verbrauch rasch zur Neige gehen.
An diesem Morgen betrachtete er weniger wohlwollend das chaotische Gewimmel der Urlauber. Die Betriebsferienlager hatten die Eigenschaft entwickelt, wie Geschwüre zu wuchern. Zusätzliche Buden und Dächer, labyrinthische Anbauten. Die Anlagen nahmen sich aus wie Zigeunerlager. Ein Anblick, der seine Träume beschmutzte, denn er liebte Ordnung. Er vermied es, das Fernrohr auf die Ferienlager zu richten.
Des öfteren mußte er sich mit Sprüchen ermutigen. »Frohe Ferien für unsere Kinder. Kontinuierlich erholt sich unser sozialistisches Vaterland vom jahrzehntelangen Aderlaß, den die offene Grenze

verursacht hat. Kinder, die Garanten unserer Zukunft! Die Mütter kinderreich und berufstätig, die Männer beim Militär. Unser Beitrag ist es, Möglichkeiten effektiver Erholung zu gewährleisten!«
Er suchte mit dem Fernrohr den Streifenweg der Grenzsoldaten ab und freute sich, die Genossen bei ihrer verantwortungsvollen Tätigkeit zu beobachten. Dann begab er sich zum Fahrstuhl.
Nicht immer gelang es ihm, mit positiven Gedanken die Aussichtsetage zu verlassen. Besonders ängstigten ihn Nebeltage, wenn er hinunterblickte auf undurchdringlichen Dunst. Hatte nicht dieser Maler, sein Gesicht zuckte bei derartigen Erinnerungen, Nebelbilder gemalt? Unheimliche, verschwommene, nicht zu deutende Gestalten im Nebel? Er fürchtete den Tag, an dem es auf einer der Fähren zu Zwischenfällen kommen würde. Man konnte all den Leuten da unten nicht in die Herzen schauen. Tätergruppen würde es unter Ausnutzung bestimmter Wetterbedingungen möglich sein, Schiffe unter ihre Kontrolle zu bringen. Auch verdiente Genossen mußten die Fähren benutzen. Geiselnahmen und Erpressungen waren nicht auszuschließen. Ein derartig inszenierter Fluchtversuch: nicht auszudenken die Folgen.
»Genosse, was hast du getan, um derartige Verbrechen bereits im Vorfeld zu verhindern?«, das würde man ihn fragen. An ihn würde man sich halten.
Manchmal fühlte der Genosse Vorsitzende sich sehr allein.
An solchen Tagen blickte er dorthin, wo die hoffnungsvolle Segleranlage wie ein Vineta versunken war, und versuchte sich dort am Wasser Betonkais, Fahnen, Flaggen, Kasernen, blaue Jungs und Geschütze vorzustellen. Die würden alles im Griff haben. Ordnung, Sauberkeit, Disziplin.
Aber die vom Ministerium ließen nichts von sich hören. Dabei hatte es einen vielversprechenden Anfang gegeben. Die spektakuläre Landung der sieben Hubschrauber hatte hier gewaltiges Aufsehen erregt. Militärs der Bruderländer dabei, sowjetische Freunde, Tschechen, Polen, Bulgaren. Alles hohe Offiziere. Wenn die hier Fuß fassen, wird auf der Insel für unzuverlässige Elemente kein Platz mehr sein! Eine Reihe von Bürgern wird dumm aus der Wäsche schauen, wenn die Stunde kommt, in der wir es ihnen klarmachen müssen.
Dick und Doof! Er schüttelte erbittert den Kopf.

Das Künstlerfest in der alten Schnapsfabrik

»Ich werde dich mit der Kunstszene bekanntmachen«, hatte Solveig eines Tages gesagt, »das ist unbedingt nötig!«
Sie fuhren unter klarem hungrigem Himmel durchs flache Land. Einsam reckten sich zwischen Äckern dürftige Bäume empor. Den größten Teil des Jahres froren sie wohl. Abseits der Straße flatterten Fahnen über Gehöften, die sich in lichten Baumgruppen versteckten. Fernstraßen, Landstraßen und schließlich ein Weg, der von grauen Feldsteinen gesäumt zu einem großen schloßähnlichen Backsteingebäude führte.
»Es ist eine stillgelegte Schnapsfabrik«, erklärte Solveig, »eine Künstlergruppe hat sich hier eingenistet. Ihre Feste sind berühmt und wurden ihr Markenzeichen.« Das Auto holperte über den Weg, rechts ein Wäldchen und ein See. Offenbar ein vernachlässigter Park.
Kunterbunt und kreuz und quer warteten Autos ringsherum im Gelände.
Solveig begrüßte die bereits Anwesenden euphorisch. Ein dikker Mann spielte im Saal Mundharmonika. Frauen in leinenen Schlabberkleidern, gefärbte Windeln um den Hals geschlungen, lagerten andächtig zu seinen Füßen. Die leisen Töne verwunderten Unsmoler.
Solveig stellte Unsmoler als den Neuen der Galerie vor. Ein Mann, der von draußen gekommen war.
Die wenigsten Künstler hier hatten einen Galeristen. Diskriminierte Einheimische, so sahen sie sich wohl in diesem Moment.
Unsmoler betrachtete die Malereien, die gerahmt an den Wänden hingen. Vielfach Obszönitäten. Er wurde beobachtet. Man wollte Erschrecken sehen. Aber die Darstellungen irritierten Unsmoler nicht. Provokationen in der Kunst verbrauchen sich zu rasch. Hinter dem Provokanten gähnt meist die Leere.
Was mag das für eine Wirklichkeit sein, die derartiger Bilder bedarf? Er sah sich die Leute an. Leute, die offenbar Geld und ein wenig Macht hatten. Nichts gegen deren Hofnarren. Hofnarren verhindern manchmal Erstarrung. Unsmoler wanderte durch die Räume. Plötzlich begann der Lärm. Betäubende Musik aus großen

Boxen. In jedem Raum andere Töne. Und doch allenthalben der Versuch, Worte zu wechseln. Lachen, Kreischen, Glückseligkeitstheater. Man tat so, als würde man sich großartig amüsieren. Alle Register wurden gezogen. Ausgekippte Gläser, taumelnde Tänzer. Man demonstrierte, wie ungehemmt man sei. In einem abgelegenen Raum entdeckte Unsmoler auf akkuraten Podesten blaue Skulpturen. Arme, Beine, Schwänze. Geschlechtsteile auch hier. Gliedmaßen, die den griechischen Torsi fehlen, hier blaugefärbt auf Podesten. Herrenlose Glieder. Das Abgebrochene. Unsmoler konnte hinsehen. Er konnte sich Fragen stellen. Immerhin, das hielten diese Reste aus. Er blieb in diesem blauen Raum. Ein verschlossener Raum seiner Kindheit öffnete sich.
Er hatte das alles gesehen damals: Einzelne Finger, losgelöst, im Staub, ein abgetrennter Kopf im Gras. Hatte er damals gemeint, das müßte so sein? Das wäre die Welt, in die er sich finden müsse? Das war nicht die Welt, das begriff er erst später. Hier begegnete sie ihm wieder. Im Bild der Skulpturen, blau, geruchlos auf feinen weißen Sockeln.
Die Künstlerin war hereingekommen. »Schockiert?« fragte sie.
»Ist Kunst eine Mutprobe?« fragte er zurück.
»In gewissem Sinne schon.«
»Hast du Krieg erlebt?« erkundigte er sich.
»Nein, wieso?«
Gestammel. Sein Schwedisch reichte nicht aus. Sie versuchte es mit Englisch. Noch schlimmer. Er hätte ihr neben dem Deutsch nur sein Russisch anbieten können.
Sie gingen zurück in den Saal und tanzten. Eintauchen in den Lärm.
Solveig winkte ihm. »Das ist Munitio!« rief sie, als würde sie ein Zauberwort verraten, das noch niemand kannte, »der Keller in der Galerie ist voll von seinen Bildern. Er stammt ursprünglich aus der gleichen Gegend wie mein Chef!«
»Ach so, na dann …!«
Ein Mann sprach ihn auf polnisch an. Unsmoler antwortete lachend mit einem polnischen Fluch, denn er kannte nur die drei Worte. Als Aufschneider stand Unsmoler für Momente im Mittelpunkt des Interesses. Als einer, der Geschichten erfindet, um sich interessant zu machen. Wieso von dort, wenn er die Sprache nicht einmal spricht? Ihm war das gleichgültig. Solveig aber nicht.

Er will sich verstecken, dachte sie. Er aber dachte an seinen Bruder. Er wollte unsichtbar bleiben.
Losgelöst von seinem Land, losgelöst von seinem Namen kämpfte er sich ins Freie. Sie tanzte mit anderen. Er ging an den See, an dem sie vorhin vorübergefahren waren. Er badete. Wasser hatte ihm immer geholfen, wenn er sich elend fühlte.
Nüchtern ging er zurück ins hektische Lärmen. Er fand Solveig nicht. In den Winkeln Paare, die sich umarmten. Überall Leute, die mit Gläsern in der Hand aufeinander einredeten. Die Musik verstummte. Pause. Vor einem Spiegel wischte sich eine Frau Tränen ab. Verschmierte Schminke. Sollte Solveig abgefahren sein? Er wollte nach ihrem Auto sehen. In einem silbernen Wagen, an dem er vorüberging, ein Paar beim Liebesakt. Ein heftiges Auf und Nieder. Plötzlich begriff er: Sie war es!
Er setzte sich im Saal in eine Ecke und trank. Auf einem Tisch tanzte eine nackte Frau. Sie war nicht einmal schön. Der Tanz hatte etwas Deprimierendes.
Irgendwann kam Solveig, mit schwimmenden Augen sah sie ihn an. »Hallo, wo warst du?«
»Und wo warst du?« fragte er zurück.
»Am See!«
»Ein silbernes Auto ist kein silberner See.«
Unsmoler ging. Das Gehen durch die Nacht beruhigte ihn. »Erledigt«, sagte er, »jetzt erst bist du aus der Kiste gestiegen. Jetzt erst bist du frei!«
Er dachte an die Frage, die man ihm bei der Begrüßung gestellt hatte: »Weshalb bist du ausgerechnet in dieses Land gekommen!«
»Die Fragen des Fremden an die zauberhafte Fremde haben mich hergetrieben!« hatte er geantwortet und versucht hinzuzufügen, daß es zu Hause zunehmend dumpfer geworden sei, aber was heißt dumpf auf schwedisch?
Stimmte es überhaupt? Es war ein Zufall, daß er hier auf der Landstraße ging.
Er bemerkte die Scheinwerfer eines Autos hinter sich. Bei jeder Kurve schien das Licht suchend über das flache Land zu streichen. Eine lautlose Eule flog wie ein Geist quer über die Straße. Das Auto bremste neben ihm. Er ging weiter. Das Auto fuhr im Schritt. Das Fenster öffnete sich langsam wie ein verschlafenes Vogelauge. Ein schwarzes Loch, darin der helle Fleck ihres Gesichts. Er versuchte

nicht, mit Blicken zu erforschen, ob noch jemand im Auto wäre. Er ging weiter. Die Straße im Licht der Scheinwerfer.
Er fürchtete sich vor ihrem Blick. Er würde nicht mehr glauben, was er gesehen hatte. Er fürchtete seine Schwäche, und er wußte, daß er hoffnungslos altmodisch war.
»Steig ein, bis zu Hause sind es noch fünfzig Kilometer!«
Er ging weiter.
»Wir sind nicht verheiratet!« sagte sie leise. Dann brauste sie los.
So und so aus, dachte er, wäre ich eingestiegen, hätte sie mich verachtet.
Selbstgespräche im Rhythmus der Schritte. Schritte in der Finsternis. Die Gedanken hatten sich noch nicht geordnet, da stieß er auf ihr Auto, sie hatte am Straßenrand auf ihn gewartet.
»Komm jetzt, sei kein Narr!«
»Ich bin ein Narr!« sagte er, »und ich werde dich erst wieder ansehen, wenn ich meinen Stolz wiedergefunden habe.«
Sie kreischte auf: »Aber, das ist doch Wahnsinn!«
»Ich bin ein Narr, der Bilder malt.«
Zwei Menschen in der Finsternis. Er ging am Auto vorüber.
»Warum seid ihr Männer auch nicht mehr in der Lage, auf uns Frauen aufzupassen«, schrie sie, »warum beschützt ihr uns nicht vor uns selber!«
Ihr wollt doch frei sein, dachte er, aber er antwortete nicht.
»Das wirst du noch bereuen!«
Er bereute es schon jetzt. Er hörte, wie die Autotür zuknallte und sie mit quietschenden Reifen anfuhr. Wenn sie mich jetzt überfährt, auch egal, dachte er, dann liegen die Hände im Staub.
Im Nordosten färbte sich der Himmel. Die Sonne flammte auf. Er erreichte die Fernstraße, von der sie am Nachmittag abgebogen waren. Ab und an brummten riesige Lastwagen Richtung Stadt vorüber. Unsmoler winkte. Ein Brummer hielt. Er kletterte hinauf. Es war ihm, als würde er einen Thron besteigen. Leise Musik und eine Arbeit, die nicht nach dem Bilde fragt, fahren, einfach nur fahren. Schade, daß ich nicht Fernfahrer werden kann, dachte er.

Am Tisch

Er hatte schließlich doch gehofft, sie im Atelier vorzufinden. Nicht einmal ein Drei-Worte-Zettel auf dem Tisch. Nichts.
Er sah sich um. Er inmitten von Kreuzen. Er drehte sämtliche Bilder zur Wand und stellte ringsherum Leinwände auf. Weiße wartende Flächen.
Welches Bild hilft dir, nicht mehr ans Kreuz gefesselt ins Lot zu kommen?
Einfach beginnen, hineingeraten. Zeichnungen mit Kohle. Liniengewirr, das zu Formen wird. Nicht von Dingen, sondern von der Leere ausgehen, die plötzlich entstanden ist. Keinerlei Vorsätze. Lauschen: Was will ins Bild? Zeichnend warten.
Tage später kam der Galerist. Er schaute sich um, sah die Zeitungen, hob die Brauen und stellte die Buddel vernehmlicher als sonst auf den Tisch.
»Unseren Munitio gibt es also nicht mehr«, sagte er und lächelte theatralisch betrübt. »Solveig deutete bereits so etwas an. Wir sind zutiefst betroffen. Munitio ist offenbar nie angekommen. Möglicherweise haben ihn die Grenzer mit der MP erwischt. Sein letztes Kreuz, das Kreuz auf seinem Grab. Aber diese Geschichte macht ihn interessant. Du merkst, ich probiere schon die Rede anläßlich der Gedächtnisausstellung. Die erste Ausstellungseröffnung ohne Peitschenknall. Das Echo der fernen MP-Salve darf nicht übertönt werden. Schüsse sind medienwirksam. Nimm's nicht krumm. Ich muß Profi sein, Profis überleben. Munitiobilder, ein abgeschlossenes Sammelgebiet. Vielleicht funktioniert das. Minimale Chance.« Er schüttelte den Kopf. »Mann, die Kreuzvariationen hätten als Thema für dein ganzes Leben gereicht. Aber nein, du fängst an, auszuscheren. Das ist unprofessionell. Seitensprünge kann man sich erst leisten, wenn man berühmt ist. Du bist es nicht. Deine Bilder stehen im Dunklen. Entschuldige, aber ich muß dich rechtzeitig sterben lassen.«
Er schenkte nach.
»Was also mache ich mit dir?«
»Hast du eine Pistole bei dir?«
»Natürlich habe ich eine Pistole! Ich transportiere Bilder. Das jedenfalls ist die Begründung.« Der Galerist klopfte sich auf die

Brust. »Du mußt zugeben, mein Vorgehen ist absolut stimmig«, fuhr er fort, »viele sind an den Grenzen gestorben. Wie ich bereits sagte, Berühmtheiten sind Erfindungen. Auch Munitio ist eine Erfindung. Meine Erfindung muß ich schützen. Weil Erfindungen meist besser sind als die Realität. Daß du damals deine Reise in der Kiste überlebt hast, ist reiner Zufall.«

Ist der Mann verrückt? fragte sich Unsmoler. Ein betrunkener verrückter Kunsthändler mit Pistole …

»Wissen wir überhaupt, wer du wirklich bist?« Der Galerist sah ihn herausfordernd an. »Tut mir leid: Nur auf die Toten kann man sich wirklich verlassen!« Der Galerist breitete bedauernd die Arme aus: »Tut mir wirklich herzlich leid!«

Ich werde ihm den Tisch entgegenwerfen, sowie er unter sein Jakkett langt, überlegte Unsmoler. Er legte die Hände an die Tischkanten. »Deshalb willst du mich erschießen?« Er lachte.

»Aber um Himmels willen! Du bist doch nicht Munitio! So weit würde ich nie gehen!« rief der Galerist erschrocken.

»Ich bin also nicht Munitio, aber wir haben einen fördrag«, sagte Unsmoler, »diesmal sogar mit Durchschrift.«

»Selbstverständlich, einige Zeit bleibt dir noch.«

Als diese Monate vorüber waren, mietete sich Unsmoler einen winzigen Raum in der Nähe des Fischereihafens. Er begann zu ahnen, was Solveig mit dem Ganz-unten-Sein gemeint hatte.

Er, der Eindringling, war in der Wirklichkeit angekommen.

Seine Vermieterin, eine bemalte ältere Dame, ließ ihn spüren: Er war ein Nichts. Er hatte nach dem billigsten Zimmer gefragt, und er hatte es bekommen.

Auf dem Fußboden, den er mit Wellpappe bedeckt hatte, malte er, von den Kreuzen befreit, Bilder auf Papier.

Abend für Abend ging er auf einen Happen und ein Bier in die Kneipe. Schauen und immer wieder die Notizen in seine Heftchen: Wartende. Irgendwann entstand eine winzige Zeichnung: Delphine mit dem Bübchen auf dem Arm. So hatte er die beiden gesehen, als sie damals davongefahren waren. Festgeschriebene Erinnerung.

Dann aber lärmten eines Abends wieder die Bunten in die Kneipe. Befreiender Tumult. Diese Kerle warteten nicht: diese Männer lebten! Offenbar war Unsmoler bunt genug für die »huller om buller«. Der Mann am Tisch gegenüber zog seinen Wollpullover aus, zeigte das Vollschiff und wies auf Unsmoler. Mit geblähten Segeln seilte der Klipper über die breite Brust.
»Utställning öppning!« rief Unsmoler und gab eine Runde aus. Das gefiel, und sie pichelten munter weiter harmloses Bier. Das klare Tafelwasser aber war hochprozentig. Fischer, die von See kamen. Sie schrien und sie redeten. Unsmoler hörte nicht zu. Unsmoler skizzierte auf Wunsch alles mögliche. Später behauptete dieser und jener grinsend von einer gewagten bläulichen Tätowierung: »Das ist von dir!«
Es stellte sich im Laufe des Abends heraus, die Bunten brauchten noch einen Decksmann: Fischeschaufeln, Fischesalzen, Ruderwachegehen. Die paar Handgriffe beim Netzeböörn würde er fix lernen. Sie schleppten Unsmoler zum Alten, denn sie versprachen sich einen unterhaltsamen Kumpan. Arbeit für ihn bei den Fische schlachtenden Männern. Das Geld ging ohnehin zur Neige.
Seeleute aus aller Herren Länder. Menschen, die das Ufer nicht hatten erreichen können, auf einem großen Pott, der nicht mehr der jüngste war.
Unsmoler gab den Packen bemaltes Papier dem Galeristen zur Aufbewahrung und verabschiedete sich. Er meinte, sein neues Abenteuer würde Solveig, die ihm fehlte, imponieren. Sie aber behandelte ihn kühl wie einen Fremden. Er war aus ihrer Hoffnung gefallen, ganz nach unten.
Nun war er auf See. Das hatte er sich daheim oftmals gewünscht: in die Tiefe des Meeres lauschen und Beute machen. Kraft gewinnen und das Geheimnis der an den Kneipentischen schweigenden Männer ergründen. Er wollte die Großzügigkeit der Welt da draußen in das Reich seiner Bilder holen.
Erst einmal war er von der Kunst befreit.
Aufgehen in gemeinsamer Schinderei. Maloche und friß bei jedem Wetter, sonst kotzt du bei Seegang Galle! Hausen unter Deck

in feuchtkalter stickiger Enge. Ausgeliefert dem Meer. Einem größeren Herrn verpflichtet als alle, die da an Land zurückgeblieben waren. Schindernd im Atem des Sturms. Kleidung, die unter dem Ölzeug oftmals nicht trocken wurde. Schlaf der Erschöpfung in der winzigen Schachtel der Koje. Ein Grieche, ein Pole, ein Finne, ein Litauer und Männer, die so stumm waren, daß Unsmoler nie erfuhr, woher sie eigentlich gekommen waren. Verwegene, uferlose Kerle.
Unsmoler, der sparsame Intellektuelle, dazwischen. Ein Mensch, der sein Geld sorgsam im Brustbeutel auf dem Leibe trug. Ein Mensch, der an Bilder dachte und sich im Hafen davonmachte, anstatt in den Kneipen mit käuflichen Weibern die zwei, drei Landtage zwischen den Fangreisen hemmungslos zu feiern, beleidigte sie.
Ufer.
Man begreift erst, was Ufer bedeutet, wenn man vom Meer kommt! Wenn der Dunst über der Kimm Gestalt annimmt und zur Felswand wird, die sich den Schiffen öffnet. Herrlich, wenn beschneites Land in die wunderbare Klarheit eines Morgens steigt. Tröstlich, wenn in schwarzen Schauernächten Leuchtfeuer auf Klippen dem Schiff den Weg weisen.
Friedlicher Rauch steigt aus Kaminen von Häusern. Ruhige See hinter den Molen.
Alles scheinbar so einfach an Land.
Stets verschwand Unsmoler, kaum daß der Käptn die Mannschaft an Land ließ. Er nahm sich ein Zimmer im billigsten Hotel. Waschen! Duschen! In einem Bett schlafen! Dürftige Zimmer waren das. Zimmer für Selbstmörder. Zimmer mit Blick auf tiefe düstere baumlose gepflasterte Höfe. Allein sein und Bilder notieren, die ihn beim Fischeschaufeln bedrängt hatten.
Stumm saß er in der Geborgenheit irgendeines Lokals. Er durchstreifte die Stadt. Manchmal suchte er den Galeristen auf und mußte wie einst dessen beschwörenden Erinnerungen lauschen. Zu schade die Zeit. Er klopfte als freier Mann bei Solveig an, die aber hatte sich längst mit einem, der nicht nach Fisch roch, getröstet.
In den langen Stunden an der Sput, beim Heringschaufeln oder bei endlosen Ruderwachen war der Traum vom Atelier gewuchert. Auch die Bildformate, mit denen er die Räume füllte, wurden

immer gewaltiger. Strukturen bedeckten ungehemmt riesige Flächen. Er sah das alles, und alles war vor dem inneren Auge von einem Augenblick zum anderen zu realisieren. Kein mühseliges Verwirklichen von Bildideen. Sie kamen und sie vergingen wieder, ohne Erinnerung zu hinterlassen. Grad so wie Meer und Himmel sich zeigten. Unglaublich die Fülle faszinierender Strukturen des eilenden Schaums der Bugwelle im Licht der Deckslampen. Unglaublich die Farben von rasch vergänglichen Himmeln. Welch eine Verschwendung!

Meist schien es auf der Welt nichts anderes zu geben als das Schiff und das Meer. Ringsherum von Horizont zu Horizont Leere. Die Erde von Wasser bedeckt.

Fischen im unfaßbaren Wunder.

Die Oberfläche ein wenig aufgewirbelt vom Schiff. Ein weiße Fährte achtern, die rasch verblich. Das Netz da unten. Etwas emporholen ins gleißende Licht.

Manchmal im Sturm begann das Schiff zu singen. Die Stagen sangen, die Seile sangen, der Sturm strich die Saiten. Das Wehen löschte alle Gedanken aus, die Erinnerungen, die Zeit, nicht aber die Bilder und auch nicht das Bild von Delphine mit dem Bübchen auf dem Arm. Das Bild, dem die Zeit nichts anhaben konnte.

Spürte Unsmoler überhaupt, daß die Zeit, die ihm gegeben war, verging? Es schien ihm, als würden die Tage auf den Meeren nicht gezählt, als würden sie verrinnen, ohne daß er älter wurde. Als wäre das Leben hier draußen nur Vorbereitung und er ausgestiegen aus gewohntem Ablauf.

Er wollte noch einmal angreifen. Mit Bildern, die heftiger waren als alles, was er bisher gesehen hatte, größer als die im Museum der Moderne. Bilder, die nicht warten würden, Bilder, die sich nicht verstecken ließen. Angreifen! Auf den weißen Wandflächen im Haus der modernen Kunst hatte er sie bereits geahnt.

Am Ufer, zwischen den Wochen an Bord, war er auf der Suche nach dem Raum, in dem das zu realisieren wäre, was ihm vorschwebte. Aber keins der vorläufig unbezahlbaren Ateliers näherte sich seinen Vorstellungen. Seine Ansprüche wuchsen jedoch weiter, sie zurückzuschrauben wäre ihm Verrat an den Träumen und der Hoffnung gewesen. Er meinte, bei all der Schinderei von Tag zu Tag stärker zu werden. Er hatte etwas von einer Maschine. Er funktionierte. Sein Funktionieren wurde den anderen Seeleuten

unheimlich, auch seine abgewandten Blicke wurden unheimlich. Die anderen Männer sahen, daß er etwas sah, was sie nicht sahen. Einmal im Sturm war er an Deck geschickt worden, um die Scherbretter festzuzurren. Im Schutze der Back, geschützt von überkommendem Wasser, stand reglos ein Fremder. Das Gesicht dem Sturm abgewandt. Der Unheimliche sah ihn an.
Das Schiff hob und senkte sich. Es schlingerte. Der Mast pendelte. Unsmoler mußte sich mit beiden Händen an die Kurleine klammern, um den Weg zum Vorschiff zu schaffen. Er hatte Mühe, sich auf den Beinen zu halten, denn bei überkommendem Wasser wogte Wasser an Deck hin und her. Es stürzte nicht so rasch aus den Speigatten, wie es an Deck gekommen war. Er hangelte sich nach vorn. Der Mann war verschwunden. Unsmoler zurrte die Scherbretter fest, turnte zurück und begab sich unter Deck. Als er das nasse Ölzeug und die Seestiefel zum Trocknen aufgehängt hatte, erinnerte er sich an den Mann an Deck. Das war ein anderes Bild gewesen als die Bilder, die ihm gewöhnlich kamen. Er ging zur Messe. Er öffnete die Tür. Ein paar Männer saßen auf den festgeschraubten Bänken und versuchten zu essen. Er wollte von dem Mann da oben erzählen, aber das Schiff holte so mächtig über, daß er rückwärts wieder hinaustaumelte. Die Tür knallte zu.
»Welche Sau steht da oben am Ruder!« brüllte drinnen jemand. Unsmoler wartete, bis das Schiff erneut übergeholt hatte, dann öffnete er zum zweiten Mal die Tür. »Ich glaub', ich hab' da oben an Deck den Tod gesehen«, sagte er, während er die Tür schloß.
Die anderen hatten sich abgewandt. Sie sahen einander an. Sie meinten längst, daß er zu viel sah.

Schlafen könnt ihr, wenn ihr tot seid!

Doch, Unsmoler gehörte zu den Bunten. Er war die Farbe, die noch gefehlt hatte. Die Bunten, die nur im Hafen bunt waren, aber glaubten, er habe sie getäuscht.
Fischen als etwas Vorläufiges! Stellte er mit dieser Haltung nicht ihr ganzes Leben in Frage? Oder bemächtigte er sich ihrer sogar,

wenn er ihre Erschöpfung einfing in sein Büchlein, das im Gummistiefel steckte? Zerstörte er das Bild, das sie sich von sich selber machten, wenn er sie als müde Männer in der Flut der Fische ertrinken ließ?
Unsmoler war hier fremd wie beim Tanz in der Schnapsfabrik. Dazugehören, ein Irrtum.
Stunden am Ruder oben auf der Brücke, während der Steuermann im Kartenraum döste. Blicke zum Horizont. Kurshalten und sinnen. Sternenhimmel, Sonnenaufgänge, treibender Schnee, Sturm oder Stille. Ein sachte pendelnder Mast vor dem Fernen.
Der Kapitän hatte ihn von Anfang an durchschaut und eingestellt, gerade weil er so anders war als die anderen Männer an Deck.
In den ersten Monaten war Unsmoler, müde von der Schinderei, erlöst gewesen. Aber den Bildern hatte er nicht entrinnen können.
Er sah sie, während er mit den anderen Fischern das vorgehievte Netz im Rhythmus der Wellen an Bord zog. Er sah sie, während er in der Messe seine Suppe löffelte. Er sah sie, während er auf der Brücke seine Ruderwache ging. Er sah sie bei nächtlicher Arbeit im Licht der Deckscheinwerfer, und er sah sie vage am Tag in der strahlenden Sonne. Die anderen spürten es: er war mitten unter ihnen und doch ganz woanders.
Verstaut war im Bauch des Schiffes der Hering vom letzten Hol. Nun war vor dem neuerlichen Aussetzen das Netzeflicken dran. Der Grieche zerrte an den Maschen und strafte Unsmoler mit ärgerlichem Blick. Zum Netzereparieren gehörten zwei. Einer, der mit der Netznadel flink ist, und einer, der immer genau die richtigen Maschen strafft.
»Wo sein du Kopf!« fluchte der Grieche im seltsamen Kauderwelsch, das an Bord in vielen Varianten gesprochen wurde.
»Auf meiner Insel!« antwortete Unsmoler.
Er mochte nicht sagen, daß er in anderem Bilde war. In Räumen, die nur er betreten konnte.
»Und du, denkst du nie an zu Hause?« fragte Unsmoler.
Der Netzmacher knüpfte rascher, die Handbewegungen wurden beinahe heftig. Es dauerte eine Weile, bis er antwortete. »Heimat sein schön, wenn man ein wenig Geld hat.«
Gebogener Horizont. Die Welt eine Kugel, Himmel drumherum. Unter diesem Himmel zogen sie das Netz durchs Meer. Unsmoler

hielt es aus mit den anderen, und sie hielten es immer noch aus mit ihm, denn er konnte arbeiten. Fast hatte sie das überrascht.
»Durchhalten hab' ich beim Malen gelernt!«
Aber was ist das für ein Fischer, den die Bilder heimsuchen.
Er stand bis zu den Knien in Heringen und schaufelte die Fische auf die Sput … Die Handgriffe stimmten, aber er war nicht an Bord.
Sie meinten, er wäre auf der Insel, von der er ihnen erzählt hatte. Wenigstens einen Namen hatten seine Blicke, wenn auch einen falschen.
Manchmal fingen sie an, die Insel zu verspotten. Vielleicht wollten sie ihm helfen, sich zu lösen, wie so mancher von ihnen sich hatte lösen müssen von dem, was Heimat gewesen war.
»Vieles war gar nicht so schlecht im Lande dort!« ereiferte er sich, in die Worte gelockt. Bei all dem Erinnern schien er die seltsame Beklemmung vergessen zu haben, die alles dort umfangen hatte: das Wissen, auf Wohl und Wehe ausgeliefert zu sein. Jeden Moment hätten die Mächtigen das Dasein ins Grauenhafte zerren können. Vielleicht nicht einmal aus Gier, ideologischer Verblendung, Bosheit oder Rachsucht: Dummheit reicht völlig aus. Aber wie rasch ist das Vergessen.
Schwamm an ihnen ein Handelsschiff mit dem Hammer-und-Zirkel-Symbol im Schwarz-Rot-Gold der Flagge vorüber, riefen die Kumpels lästernd: »Da, schon wieder ein Traumschiff!«
»Gegen das Leben, das wir hier führen, leben die wie auf einem Urlaubsdampfer!« hatte er irgendwann einmal gesagt. Sie hatten nur gelacht. Manchmal brachte er sie eben doch noch zum Lachen.
»Lästert nur«, hatte er geflucht, »wenn die im Osten nicht wären, würde man mit uns hier ganz anders umspringen!«
Solche Töne mochte man nicht. Der Spaß hört auf, wenn dir gesagt wird, daß du ganz unten bist.
Unsmoler aber stieg, wenn Schiffe aus der Heimat vorüberschwammen, rasch auf die Brücke, um durch das Fernglas schauend die Namen der Pötte zu entziffern. Er hoffte, dem Schiff seines Bruders zu begegnen.
Welcher Sommer war das eigentlich gewesen, in dem sie so große Hudelei mit dem Grundschleppnetz gehabt hatten? Oft riß es an Steinen oder an Wracks kaputt, denn dort, wo es gefährlich war,

und dort, wo man nach dem Krieg Unmassen von Munition versenkt hatte, stand der beste Fisch.
Der Käptn fürchtete sich nicht allzusehr davor, Gelbkreuz, Phosphor oder scharfe Granaten aufzufischen. Die Decksleute ließen den Mist, sowie sie ihn sahen, wieder versinken. Haarscharf hobelte das Netz an schlimmen Hindernissen vorüber. Nicht immer gelang das. Netzflicken, Netzflicken und wieder über Bord mit den Maschen!
In der Koje hatte Unsmoler neben dem Kopfkissen die deutsche Nachdichtung von Ovids Metamorphosen. Das Lesezeichen ein winziges Bild ferner Vergangenheit: Delphine mit dem Bübchen auf dem Arm. Ein paar Worte vor dem Schlaf, der jeden Moment vom Kommando »Hiev up!« unterbrochen werden konnte.
Am Dienstagmorgen waren sie einem jener grauen Schiffe begegnet, die an ihren Bäuchen weiße Nummern und an Deck Kanonen und schwere Maschinengewehre zur Schau trugen. Diesmal war das Vorpostenboot nah, die Hammer-und-Zirkel-Flagge deutlich erkennbar. Blaue Jungs sonnten sich untätig auf dem grauen stählernen Deck. Eine Abwechslung. Die Fischer beobachteten Unsmoler. Einer winkte dem grauen Schiff: »Hier ist er. Unser Mann hat Sehnsucht nach seiner Scheißinsel«, brüllte er, »holt ihn euch, wenn ihr wollt!«
Das graue Vorpostenboot hielt Abstand. Vor allem der eigenen Mannschaft wegen, der man sich nicht sicher sein konnte. Niemand winkte von dort drüben zurück.
Während seiner Ruderwache blickte Unsmoler kurz auf die Seekarte. Eingetragene Kurse. Er sah: der Fisch hatte das Schiff sehr weit südlich gelockt. Als die Ablösung kam, stieg er hinauf aufs Peildeck und schaute nach Süden. Kein Land zu sehen.
Die anderen bemerkten ihn da oben. Sie mochten diese Blicke nicht. Daß er es nicht lernt: Hier an Deck hatte er zu Hause zu sein. Nirgendswo sonst! Es gibt immer nur ein Spiel.
»Hiev up!«
Unsmoler kletterte hinab zu den anderen. Die Winsch schleppte das Netz heran. Dumpf klackernd schlugen die metallenen Hohlkugeln gegeneinander. Wie ein schlafender Wal trieb der vollgefischte Stert an der Wasseroberfläche. Die Möwen kreischten.

Vollgefischt das Schiff. Ruhig die See. Voll die Fässer, voll die Kisten. Die Kisten mit Eis bedeckt. Wo gut fischen ist, sind viele Schiffe. Zeitalter der Elektronik. Ein rostiger Pole tuckerte heran. Die Männer an Bord kannten das. Der Fremde hielt sich längsseits. Begrüßung im Seemannskauderwelsch. Die Männer drüben zeigten Kanister, und die Männer hier an Deck nickten. Das Schiff kam dichter. Fender außenbords, die Leinen wurden übernommen, ein Kanister rübergereicht, der Preis genannt. Man schraubte den Verschluß auf und roch dran, probierte, schmeckte mit Kennerblick und zahlte. Scheine in rissigen, fischigen Händen. Die Leinen los, die Fender binnenbords, man trennte sich wieder.
Der Käptn mußte das hin und wieder seiner Mannschaft gönnen. Feiern, wenn der »Dampfer« voll ist. Er zog sich zurück in die Koje. Kaum spürbarer Wind aus Nord. Stetiges Wetter.
Unsmoler begab sich auf die Brücke und schaute auf die Seekarte. Dann trat er an das Fenster und blickte Südsüdwest in die Richtung der Insel. Müßte das Ufer nicht zu sehen sein?
»He, was hältst du schon wieder nach deiner Scheißinsel Ausschau! Komm runter, bezahlen muß hier jeder!«
Der Schein, den Unsmoler aus seinem Brustbeutel fingerte, war zu klein. Aber er hatte nicht vor, sich mit Fusel vollaufen zu lassen. Der Mann vor ihm schüttelte die Pütz. »Fehlt nur noch, daß es klappert! Hier ist das Saufen nicht so billig wie auf deiner Scheißinsel!«
Einer, der Sehnsüchte hat, war nicht wirklich einer der Ihren. Sie waren im Gegenwärtigen daheim, und jetzt gab es ein Besäufnis.
Das Schiff driftete sacht. Die Möwen waren davongeflogen, dorthin, wo zur Zeit gehievt wurde. Hier war nichts mehr zu holen. Unsmoler warf einen zweiten Schein in den Eimer, und jeder Mann ließ sich vom Smut eine Muck geben. Ein Lukendeckel der Tisch. Die Tassen in der Reihe.
Saufen auf See.
Das Schicksal lag auf der Lauer und suchte nach Zufällen.
Hervorlocken, was für gewöhnlich im Verborgenen bleiben muß. Soll sich Verborgenes äußern und uns die Stille verscheuchen! Nicht einmal die Maschine lief.
Dem Steuermann auf der Brücke war die Stille unheimlich. Er

schaltete das Radio und den Deckslautsprecher ein. Er suchte die Sender durch. Gequatsche fast überall oder Schlager. Plötzlich ein paar Takte einer Solosonate von Bach. Unsmoler sprang auf. Für Momente hatte sich der Himmel aufgetan. Alle sahen seine Erschütterung. Sie sahen, was sie nicht fühlen und nicht begreifen konnten. Ein Mann, getroffen vom Wunder der Musik.

Unsmoler blickte sich um: Was tu ich hier!

Der Steuermann hatte längst weitergedreht. Ein süßlicher Schlager ... dabei blieb er.

»Du mußt auf zwei Scheinen saufen!« sagten sie zu Unsmoler.

Sie gossen ihm ein.

»Stopp!« sagte er.

»›Stopp!‹ sagen gibt dat nicht! ›Stopp!‹ sagen hier nur der Käptn oder der Steuermann!«

Die Tasse randvoll.

»Als du damals auf See das Laufen lerntest und bei Sturm immer wieder auf den Arsch fielst, war das noch lustig mit dir!«

»Erst wenn der Schnaps dir die Beine weghaut, haben wir wieder mal was zu lachen!«

»Aber wenn wir dir nicht gut genug sind, bleib nüchtern Junge, und lauf übers Meer zu deinem Scheißufer!«

»Im Stechschritt, Genosse!«

Er soff den Fusel.

Sie soffen alle. Der eine wurde fröhlich, der andere finster.

Unsmoler blickte über das Wasser.

»Er glotzt schon wieder! Das gibt Leute, die können hinter der Kimm das Land sehen!«

»Und auf dem Wasser laufen können sie auch!« Sie waren allesamt betrunken. Wodka aus dem Kanister.

»Das Schlauchboot liegt achtern an Deck ... wir ziehen dich raus, wenn's beim ersten Mal nicht klappt!«

»Soll er sich doch gleich ins Boot setzen!« sagte jemand leise und blickte hinauf zur Brücke. Der Steuermann hatte sich offenbar zum Dösen in den Kartenraum zurückgezogen.

»Mach eine Spritztour, Junge, das kuriert dich!«

»Traut er sich nicht!«

»Feiglinge sind das da auf der Scheißinsel. Deswegen macht der Russe mit denen auch, was er will! Groß im Weglaufen sind sie. Eines Tages kommen sie angerannt zum Flennen!«

»Wer flennt hier!« Unsmoler ging auf die Sticheleien ein. Das war falsch.
»Oder wollt ihr alle nur das schöne Geld ... weil euer Geld da drüben grade mal zum Arschwischen taugt?«
Unsmoler nannte den Brotpreis, der betrug, als er weggegangen war, fünfzig Pfennig. Er hätte schweigen sollen.
»Erst dem Russen die Atombombe bauen und dann herkommen!«
Der Pole goß nach. Er hatte Landsleute getroffen. Aber er gehörte hierher.
Das Meer war immer noch still. Sie wollten irgendwas anstellen. Etwas, das ihrem Namen »huller om buller« Ehre machte. Etwas, mit dem man an Land die Leute in Erstaunen versetzen konnte.
»Was denn, willst du nicht los?« Wieder kam man auf das Thema zurück.
»Ich kann nicht übers Wasser laufen wie Jesus Christus!«
»Was sagst du?« Das klang düster.
»Nix hab' ich gesagt.«
»Nimm dir das Schlauchboot!«
»Ihr würdet Schwierigkeiten bekommen!«
»Schwierigkeiten tun nicht weh, wir sind die Bunten, weh tut nur die Langeweile!«
»Schreib dem Käpten einen Abschiedsbrief, und ab geht die Post!«
Die Insel hinter diesem friedlichen grauen Wasser schien ihm plötzlich so nah. Mit magischer Kraft begann sie ihn zu rufen. Was sollte er hier, dort war der Ort, der Antworten brauchte.
Das Meer, das das ferne Ufer berührte, war ihm so vertraut, daß er nun doch meinte, über das dicke dunkle Wasser laufen zu können. Nur nicht so weit, nur nicht so weit.
Die Mächtigen daheim schienen ihm so unwichtig, so lächerlich, daß er meinte, er könne dort einfach wieder erscheinen und morgen in aller Frühe in seinem Bett aufwachen.
Er erinnerte sich an das Leben dort, das so wenig der Äußerlichkeiten bedurfte und so geringer Mittel.
Das Schiff ein driftender Punkt in grauer Weite.
Der Käptn schlief. Sollen sie saufen! Je weniger Schnaps seine Leute in Wasserflaschen an Land schmuggeln würden, um so besser.
Unsmoler schwieg und blickte über das Meer. »Er ist schon wieder auf seiner Scheißinsel!« konstatierte jemand.

»Soll er das Schlauchboot an die Leine nehmen und abmarschieren! Wir sind ihm hier nicht gut genug!«
»Ihr braucht das Boot!« sagte er und blickte zum ersten Stern.
»Meinst du, wir steigen in das lütte Gummidings auf hoher See? Wir haben die Rettungsflöße, die warten oben. Da sind sogar Spielkarten drin. Das sind unsere Inseln. Inseln für Seeleute. Von denen lassen wir uns wiegen, wenn es dicke kommt!«
Sauferei. Die Fische in den Kisten unter dem Eis. Die Maschine gestoppt. Alberne Musik.
Nein, Angst hatte er nicht. Er meinte, er würde vor nichts mehr Angst haben. Er hatte ihnen zu ähneln begonnen.
Zwei Mann machten achtern grinsend das Arbeitsboot klar. Jemand warf ein Paddel rein und blickte zu ihm rüber.
»Sogar Benzin im Tank, alles randvoll!«
»Die Jungfer ist da, nur der Mann ziert sich!«
»Steh auf, Junge!«
Aus der Stille und dem Nichts wuchs langsam die Tat. Wer war auf die verrückte Idee gekommen? Sie wußten es später nicht mehr.
»Bestell denen drüben einen proletarischen Gruß! Eine Spazierfahrt ist das, Mann. Der Außenborder läuft wie eine Nähmaschine, und der graue Numerierte ist längst über alle Berge, zeig es denen!«
»Zeig es denen!«
»Er will sein Abenteuer!« Sie halfen ihm auf. Nun standen sie rund um das Schlauchboot auf dem Achterschiff. Ein jeder hielt eine Tasse in der Hand. In den Tassen war Schnaps. Die See immer noch ruhig. Männer, die zu kleinen Jungs geworden waren.
»Schreib unserem Käpten, daß er ein Langweiler ist und ein Leuteschinder und ein feiner Pinkel obendrein, daß er sich in der Koje verkriecht, wenn rechtschaffene Leute saufen. Langweiler kannst du nicht leiden, bist selber einer, deshalb haust du auch ab, dahin wo es lustiger ist!«
»Du magst Späße und Abenteuer!«
»Kein Schreibpapier«, sagte er mit schwerer Zunge.
Plötzlich war jemand da mit seinem Ovid. Der Mann klappte die letzte Seite auf und reichte Unsmoler das Buch. Die letzte Seite leer. Alle sahen Unsmoler erwartungsvoll an.
»Kann nicht schreiben!« sagte Unsmoler und grinste blöde.
Nein, schreiben konnte er wirklich nicht. Einer bot sich an, den

Text aufs Papier zu bringen. Eine gespenstische Szene auf dem Achterschiff. Gelächter bei jedem mühsam niedergeschriebenen Wort. Unsmoler unterzeichnete mit wildem Schnörkel und verneigte sich wie ein Schauspieler. Applaus. Der Kerl riß die Seite aus dem Buch, steckte sie ein und reichte Unsmoler den Ovid. Das Lesezeichen flatterte heraus. Delphine und das Bübchen. Unsmoler bückte sich und fingerte mühsam nach dem Bildchen, das auf den nassen Deckplanken klebte. Er legte mit ungelenken Bewegungen das feuchte Blatt zwischen die Seiten und kletterte ins Boot.

Ein verrücktes Spiel!

»Laß den Motor an, wenn du ein Stück von ab bist. Den Alten darfst du nicht wecken, der wird sonst fuchsteufelswild!«

Unsmoler dachte nicht dran, den Motor zu starten.

»Grüß mir Dresden!« sagte jemand in einwandfreiem Deutsch und warf die Leine, mit der er das Schlauchboot festgehalten hatte, zu Unsmoler hinab. »Wo die Wolkenbank ist, ist Land.«

Unsmoler wußte das. Land unter Wolken.

Mit ein paar plumpen Paddelschlägen entfernte er sich vom Schiff. Dann streckte er sich im Schlauchboot aus. Das Buch unter dem Kopf. Lustig so was. Sie winkten ihm mit den Pudelmützen. Das Schlauchboot trieb rascher als das Fangschiff. Die Fischer wandten sich erneut dem Plastikkanister zu.

Einer war draußen. Einer, der immer draußen gewesen war, weil er auf die anderen blickt.

Unsmoler lag im Boot und war eingenickt. Plötzlich setzte er sich auf und erfaßte nicht gleich die Situation. Er sah das Schiff in einiger Entfernung. Er meinte, gleich würden sie ihn mit einem großen Hallo zurückholen. Das ganze eine Geschichte, an die man sich in der Kneipe erinnern konnte.

»Auffischen mußten wir ihn! So besoffen waren wir! Nein, ein Spielverderber ist der nicht!«

Einer von uns.

Aber sie hatten ihn vergessen.

Sie waren unter Deck getaumelt und in ihre Kojen gefallen.

Unsmoler versuchte, den Motor in Gang zu bekommen. Das Licht an Deck erlosch. Der Käptn hatte die Brücke betreten. Er steuerte seine besoffene Meute heim. Unsmoler sah die Lichter verschwinden.

Nimm dich zusammen, Kerl!
Unheimlich das finstere atmende Meer. Das schwarze Wasser so nah. Sie hatten es ernst gemeint mit dem Abschied. Endlich sprang der Motor an.
Tröstlich der Polarstern. Orientierung. Südwärts, kein Ufer sonst war erreichbar. Er erinnerte sich an die Seekarte und an die Position.
Stunden später blitzte über dem Horizont zum ersten Mal das Leuchtfeuer auf.

Angst

Weder etwas zu trinken noch etwas zu essen im Schlauchboot. Ein Katzensprung rüber, hatten sie grinsend gesagt. Chaotischer Ulk von betrunkenen Kerlen. So mochten sie es. Der Wal hatte den kleinen Jonas ausgespien. Längst war Unsmoler nüchtern. Er zählte die Sekunden zwischen den Blitzen des Leuchtfeuers. Ja, das war der alte Bekannte! Schon als Kind hatte er die dunklen Sekunden gezählt. Nun war leichtes Steuern. Dicht über dem Horizont das letzte Licht des Himmels und ein winziges verläßliches Blitzen.
Das Boot schnurrte vorwärts. Fahren, solange das Benzin reicht. Unsmoler schätzte den Winkel, den er zum Leuchtfeuer steuern mußte. Der ausgestreckte Daumen bedeckt zwei Grad vom Horizont. Er kannte die Seekarte auswendig. Untiefen interessierten nicht, allenfalls die sachte Weströmung. Die Finsternis schob ihn voran. Rettendes Ufer voraus. Rettendes Ufer?
Gegen Mitternacht sah er verschwommen Lichter. Nun erst bemerkte er, daß es sachte regnete. Die Lichter vom Hochhaus!
Er steuerte ins andere Bild, und plötzlich wurde ihm mit Erschrekken bewußt, daß er nicht gesehen werden durfte.
Das schwarze Ufer lauerte ... aufragende Wachtürme ... reglos äugende finstere Schiffe.
Zwei Grenzer latschten am Strand entlang durch die Dunkelheit. Bei der Eisentreppe stiegen sie das Steilufer hinauf. Scheißdienst, Scheißregen. Hundertzweiundachtzig Tage noch! Den ganzen

Winter über Runden drehen. Die versteckten Schnapsbuddeln würden in diesen Tagen so ziemlich das einzige Vergnügen sein. Jede Runde ein Schluck.
Sie erklommen den Grenzturm. Der eine von den beiden schaltete den Scheinwerfer ein und ließ das grelle Licht über den Strand streichen. »Mach die Funzel aus!« schimpfte der Gefreite und streckte sich auf dem Betonfußboden aus. Eine kleine Runde pennen.
Als der Scheinwerfer aufgeleuchtet hatte und mit gleißender Helligkeit über das Ufer strich, hatte Unsmoler sich auf den Boden des Schlauchbootes rutschen lassen. Sein Herz hatte zu rasen begonnen. Jeden Augenblick hatte er erwartet, vom Lichtkegel erfaßt zu werden.
Auf was habe ich mich nur eingelassen!
Aber das Licht erlosch.
Der andere Grenzer hatte sich gleichfalls hingelegt.
Kein Vorgesetzter würde sie in den nächsten zehn Minuten hier oben beim Schlafen erwischen.
Unsmoler richtete sich auf und lauschte. Man hatte ihn nicht bemerkt, sonst würden vom Ufer aus Signalpistolen in seine Richtung schießen und die Nacht ringsherum mit Magnesiumfackeln taghell erleuchten. Er das Ziel. Er der Gejagte.
Scheinwerfer, Funksprüche, Schiffe.
Festgenommen, verhört und eingesperrt.
Er hatte der Angst den kleinen Finger gereicht, nun packte sie ihn ganz. Alles hatte er vergessen gehabt. Nun war alles wieder da.
Umkehren unmöglich ... kaum noch Benzin.
Nichts hatte er sich vorher überlegt. Das Chaos bei den Bunten hatte ihn über Bord gehen lassen.
Er richtete sich ein wenig auf, er ließ das Boot wieder laufen, änderte aber den Kurs. Ihn fror, er hatte Hunger, er hatte Angst. Er würde sich ins Wasser fallen lassen, sollte der Scheinwerfer erneut aufflammen. Er würde sich hinter dem Boot verstecken, das Boot aufschlitzen und ans Ufer schwimmen. Auf dem Strand würde er keine Chance haben. Im Schilf schon ...
Seltsam ... die auf der Insel schienen alle eingeschlafen. Wind kam auf. Es begann stärker zu regnen.
Immer wieder blickte er nach Osten. Wieviel Zeit ließ ihm die Nacht noch? Er ließ den Motor rascher laufen. Er hatte keinen

Hunger mehr. Er fror nicht mehr. Er hatte nur noch Angst. Weg von den Ufertürmen!
Aber auf dem Bodden in den Tag hineinfahren, war gleichfalls unmöglich.

Das Gespenst

Lautlos paddelnd näherte er sich nächtlich rauschendem, regennassem Schilf. Er wußte genau, wo er war: die senkrechten Lichter erleuchteter Treppenhäuser im Hochhaus, die dunkle Silhouette der Kapelle und das hohe Dach vom Haus, das man hier immer das Schloß genannt hatte. Das Schlauchboot schob sich ins Schilfdickicht. Die Wand der Halme öffnete sich und schloß sich hinter ihm. An Halmen zog er das Boot ins flachere Wasser. Geduckt stieg er aus. Er ließ die Luft aus dem Boot, band es an Schilfbüscheln fest und tarnte es mit trockenen Halmen vom Vorjahr. Dann richtete er sich auf und spähte zum Ufer.
Die düsteren Augen des Hochstandes glotzten ihm schief entgegen. Unsmoler wurde zum reglosen Tier, auf das man schießen will. Er stand im Wasser. Die Insel, die so licht in seinem Gedächtnis gewohnt hatte, hatte es nie gegeben.
Er watete aus dem Schilf. Sein Katen schien vom Wasser weggerückt. Alles war verwandelt im seltsamen Dunkel der vergehenden Nacht. Die hellen Flecken vor der Rückwand seiner Hütte erschreckten ihn. Offenbar hatte jemand Wäsche zum Trocknen aufgehängt. Dort, wo das Schilfgeviert gewesen war, schimmerten ungeordnet weiße Gartenstühle, grad so, als wären dort soeben Leute aufgestanden. Unsmoler ging über die sanft ansteigende Sandfläche am Katen vorüber hinauf zur Straße. Das blecherne Klappern einer Grenzstreife hoffte er rechtzeitig zu vernehmen. Er würde einen Betrunkenen mimen, sollte man ihn entdecken. Betrunkene dürfen durchnäßt nach Hause tapsen. Betrunkene können nicht antworten. Betrunkene dürfen in die Deckung taumeln. Betrunkene haben keinen Ausweis bei sich. Für Betrunkene zeigte man an allen Küsten Verständnis. Er blickte von der Straße aus auf den Katen, blieb aber nicht stehen. Die Hütte im Sand. Er hatte vergessen gehabt,

wie klein sie ist. Oder schien es nur so, weil sie im Sand versank? Der Garten, ein sanfter, kahler Hügel, aus dem immer noch der Bug des vergrabenen schwarzen Bootes ragte, feiner Dünensand überall. Unsmoler berührte die Erde. Dicht beim Haus eine kleine Mauer aus Steinen, von irgend jemand aufgeschichtet.
Beim Herrn Akkurat sah er Licht. Dorthin mußte er, wollte er etwas erfahren. Lautlos bewegte er sich zurück. Nur nicht die Dorfhunde wecken! Das Tor zum Gemüsegarten hinter dem Nachbargebäude ließ sich geräuschlos öffnen, freigeschippt wie ein Gartentor im tiefen Schnee. Nichts anderes hatte er hier erwartet. Den Herrn Akkurat gab es also noch.
Aus der Finsternis ragte eine Neuerung. Die erste Röte des Morgens spiegelte sich zaghaft. Ein langgestrecktes Gewächshaus. Hinter dem Glas die Schemen üppiger Pflanzen. Unter einem Vordach hing schweigend weiß ein Kittel. Unsmoler nahm ihn vom Haken. Etwas fiel hinab. Unsmoler fühlte einen breitkrempigen Hut. Er setzte den Hut auf und hängte sich den Kittel über die Schulter. Er versuchte sich an Gang und Stimme des Herrn Akkurat zu erinnern. Er verbarg sich schauspielernd im Abbild des Malers von nebenan. Plötzlich durchfuhr es ihn: Endlich werde ich die gläsernen Häuser malen, zerbrechliche, gefährdete Häuser, in denen Lebendiges überdauert. Er blieb stehen. Habe ich nicht längst gläserne Häuser gemalt? Irgendwo in ihm existierten alle Bilder, die er bereits realisiert hatte, und jene, die er erst noch schaffen würde. Er ging weiter, bereit, den Hut nach Art des Herrn Akkurat grüßend zu schwenken, sollte ihn jemand bemerken. Ich werde mich in die Blumen ducken, so wie sich damals der Herr Nachbar in die Blumen geduckt hatte.
Er begab sich vor das Haus und erschrak. Da waren keine Blumen. Da war auch kein knirschender Kiesweg, den er meiden mußte. Auch hier war nur Sand, Sand, Sand.
Verwüstung.
Unsmoler schob sich in die Dunkelheit unter dem Dachvorsprung der Remise, lehnte sich an die Wand und blickte hinauf zum erleuchteten Fenster. Über die Vorhänge glitt in gleichförmigem Rhythmus der Schatten der Künstlerin.
Schattenspiele für das Dorf.
Er überlegte, wie er sich unauffällig bemerkbar machen könnte. Er mußte sich zeigen. Man mußte von ihm wissen.

Da war immer noch der knorrige Apfelbaum, aber kein Pfau im Geäst. Keine Leine führte ins Innere des Hauses, an der er hätte ziehen können. Aber er sah ein offenes Fenster, und er hörte die Töne eines Schlafenden. Das mußte der Herr Akkurat sein.
Silhouetten winziger Äpfel im Geäst vor dem erleuchteten Fenster. Unsmoler reckte sich, pflückte einige verkümmerte Äpfelchen ab und warf den ersten durchs offene dunkle Fensterloch hinauf ins Zimmer. Schon nach dem zweiten Wurf erschien eine Gestalt und starrte hinab ins Dunkel.
Gespenstisch Weißes unten. Der Herr Akkurat sperrte erschrokken den Mund auf. Zahnlos, mit wirrem weißem Haar schien er selbst ein Gespenst zu sein. Er schreckte zurück, dort unten stand er selbst! Aber rasch fing er sich wieder. Die Dörfler hatten schon des öfteren Schabernack mit ihm getrieben.
Unsmoler trat näher. »Wir müssen reden!« flüsterte er hinauf.
Der Herr Akkurat meinte, die Stimme zu erkennen.
»Was ist denn? Vor allem, was soll diese Uhrzeit!« flüsterte er. Es fiel ihm schwer, ohne Gebiß zu reden. »Ich komme zum Hintereingang.« Hunde fingen an zu bellen.
Die Gestalt im Kittel schritt, als würde der Hausherr schlafwandeln, ums Haus. Der Herr Akkurat schloß mit zitternden Händen das Fenster.
Es dauerte eine Weile, bis der Schlüssel umgedreht wurde. Unsmoler schlüpfte aus dem Morgen in das Dunkel des Hauses.
»Was soll das«, flüsterte der Herr Akkurat empört in die Finsternis, »ich habe Ihnen doch gesagt, daß ich das Hemd Ihres Herrn Bruders damals ins Wasser geworfen habe. Ich weiß nicht, wo er sich zur Zeit befindet!«
»Du weißt es!« sagte Unsmoler.
Der Herr Akkurat schaltete das Licht an.
Wieder sperrte er den Mund auf. Diesmal hatte er Zähne. Aus schreckgeweiteten Augen starrte er den Eindringling an.
»Bist du es?«
Kreidebleich zog er die Vorhänge zu und wankte zu einem Stuhl.
Unsmoler ging zum Wasserhahn, drehte ihn auf, beugte sich hinab und trank.
»Ich bin zurück!« sagte er, als er sich sattgetrunken hatte.
»War das nötig?« wimmerte der Herr Akkurat. »War das nötig! Wärst du denn dort, wo du warst, verhungert?«

Unsmoler setzte sich gleichfalls.
»Du stürzt uns alle ins Unglück! Zurück ... zurück«, stammelte der Herr Akkurat, »er kommt zurück! Es gibt kein Zurück!«
Unter Unsmolers Sitz breitete sich eine Wasserlache aus. Der Herr Akkurat bemerkte es nicht.
»Wohnt jemand drüben im Katen?«
Der Herr Akkurat sprang wie von der Tarantel gestochen auf. »Du kannst dich nirgendwo sehen lassen! Dein Haus ist verfallen, wie hier alles verfällt. Oder dachtest du etwa ...«
Unsmoler schluckte.
»Irgendwelche Sommergäste werden es sein«, fügte der Herr Akkurat hinzu, als müsse er etwas Belangloses erklären. Er blickte zu Boden, ohne etwas zu sehen, um dann mit bebender Stimme zu fragen: »Wie hast du es nur geschafft, herzukommen?«
»Mit dem Schlauchboot, aber es ist kein Benzin mehr im Tank und keine Luft mehr im Gummi.«
Der Herr Akkurat bedeckte sein Gesicht mit den Händen.
Er blickte auf und lächelte zum ersten Mal ... »Luft hätten wir ... aber wenn ich dir Benzin besorge, begehe ich ein zweites Mal ein Verbrechen!«
Er sah Unsmoler an. Hoffnung flackerte in seinem Blick. »Oder warst du damals nicht in der Kiste?«
»Ich war in der Kiste«, sagte Unsmoler.
Der Herr Akkurat sackte wieder zusammen. »Dann sind wir beide verloren«, murmelte er.
Aber wieder blickte er auf: »Mein Gott, wie konntest du nur die Bedingungen hier vergessen!« Er schüttelte fassungslos den Kopf. »Außerdem ertrinken wir im Sand.«
Plötzlich bemerkte er den Wasserfleck. »Du hast auch Angst«, sagte er beiläufig.
Unsmoler blickte auf den Fußboden. »Das ist Boddenwasser. Hast du einen Schnaps? Dann gehe ich.«
Der Herr Akkurat sprang trotz seines Alters geradezu behende auf, holte aus dem Schrank eine Flasche und goß mit zitternder Hand zwei Gläser voll. Sie tranken. Unsmoler streckte sein Glas erneut dem Herrn Akkurat entgegen.
Er beobachtete, wie der Herr Akkurat mit flatternder Hand die Flasche formvollendet drehte, um ein Tropfen zu vermeiden.
»Man sollte nicht trinken, ohne etwas zu essen. Hast du ein Stück

Brot?« Der Herr Akkurat stellte Brot, Butter und Wurst auf den Küchentisch.
Plötzlich sank der Herr Akkurat auf die Knie. »Laß mir etwas Zeit!« flehte er, »jahrelang habe ich auf etwas hingearbeitet. Endlich soll es sich realisieren, aber nun kommst du! Wieder du! Für dich spielt es doch keine Rolle, wann du aus dem Wasser steigst. Für mich bedeutet es aber Himmel oder Hölle!«
»Ich soll also wieder untertauchen?«
»Untertauchen, ja untertauchen«, flüsterte der Herr Akkurat, »wie konntest du die Bedingungen hier nur vergessen!«
»Ja«, sagte Unsmoler, »ich hatte alles vergessen. Aber ich werde ignorieren, was hier los ist. Ich werde zurückkommen wie jemand, der aus einem langen Urlaub heimkehrt. Jahre verrannen wie Tage, denn wo ich auch immer bin, stets hause ich in der Gegenwart.«
Der Herr Akkurat machte eine verzweifelte Geste.
Unsmoler seufzte, der Mann tat ihm leid. »Untertauchen? Unter Wasser überlebt man nicht lange«, sagte er kauend und versuchte zu lächeln.
Der Herr Akkurat legte einen Finger an die Lippen und zog Unsmoler mit sich. Er ging mit ihm zu einer Tür in der Wandtäfelung und öffnete sie. Er schloß die Tür und schaltete Licht ein. Sie befanden sich in der Bibliothek, einem fensterlosen hohen Raum unter der hohen Treppe. Bücher, von der Decke bis zum Fußboden Bücher. Eine Leiter lehnte an einem Regal, als hätte jemand gerade nach einem Buch gesucht.

Der Keller des Herrn Akkurat

Der Herr Akkurat zog einen Schlüssel aus einem Versteck und zeigte diesen wortlos, als wäre er ein Zauberkünstler, der einem Zuschauer sogleich einen phänomenalen Trick vorführen würde. Er öffnete eine zweite Tür. Die Tür einer kleinen, von Bücherregalen umbauten Kammer, ein Abort.
Unsmoler hatte zu dieser Stunde kaum Sinn für Späße. »Ich hatte mir nicht in die Hosen gemacht«, sagte er ärgerlich, »so weit bin ich noch nicht, ich mußte ins Wasser steigen.«

Der Herr Akkurat winkte ihn trotzdem herein und verriegelte die Tür von innen. Er klappte den Klodeckel herunter und hieß Unsmoler sich setzen.

»Du hast mich manchmal belächelt«, sagte er, »ihr alle habt mich belächelt. Aber ich bin auf alles vorbereitet. Ich gehe immer bis an meine Grenzen.« Er ließ sich erneut auf die Knie nieder, diesmal aber nicht, um Unsmoler anzuflehen, sondern lediglich, um sich an den Fußbodenfliesen zu schaffen zu machen. Er hob mit einiger Mühe ein Geviert aus dem Fußbodenmuster, legte es auf der Fußmatte ab und schob es mitsamt der Matte beiseite. Ein schwarzes Loch gähnte. Rückwärts stieg der Herr Akkurat in die Öffnung hinab, tiefer und tiefer versank er. Dann war er verschwunden. Unten ging Licht an. Verblüfft beugte sich Unsmoler vor. In strahlendes Licht gehüllt, blickte der Herr Akkurat empor. In diesem Augenblick hatte er sein sorgsam gehütetes Geheimnis preisgegeben. Ein vollkommen eingerichteter Raum in der Verborgenheit. Unsmoler dachte an die gläsernen Häuser. Die gläsernen Häuser mußte er malen. Er hatte keine andere Wahl. Auch er mußte Zeit gewinnen. Er fingerte aus seinem Brustbeutel einen nassen Geldschein, streckte seinen Arm hinab in die Kellerkühle und schwenkte die Kronen über dem Herrn Akkurat, als müßte er sie trocknen.

»Ich nehme das Appartement!« flüsterte er und ließ die Banknote hinabflattern.

Geschickt fing der Herr Akkurat den Geldschein auf, spannte ihn sogleich vorsichtig zwischen seine beiden Hände und hielt ihn gegen das Licht. Ein Stück Papier mit magischen Ziffern und Bildern von Felsen und Wasser und einem lockenköpfigen Regenten. Zeuge dieser Stunde ein längst verblichener König. Für Momente hatte der Herr Akkurat die Haltung eines Priesters angenommen.

»Der ist ja echt!« sagte er beeindruckt und winkte Unsmoler hinab.

Unsmoler versuchte sich durch den engen Zugang zu zwängen. Es ging nicht. Besorgt schaute der Herr Akkurat nach oben.

Unsmoler zog die nasse Jacke und den nassen Pullover aus. Er ließ die beiden Kleidungsstücke hinabfallen. Klatschend fielen sie auf den Betonfußboden.

Dann stieg er hinab. Ein großer, vollständig eingerichteter Raum. An einer weißen Wand lehnten sogar zwei Staffeleien.

Niemand im Dorf hatte es seinerzeit verwundert, daß der Herr Akkurat seine Winterbriketts nicht mehr in den Keller, sondern hinter das Haus kippen ließ. Und niemanden hatte es verwundert, als der Herr Akkurat mit Kies und Zement zu hantieren begann und der Lärm von eifrigen Stemmarbeiten bisweilen nach draußen drang. Die dörfliche Abwasserleitung hatte allenthalben mühselige Bauarbeiten erforderlich gemacht. Wieso sollte der Kunstmaler es also besser haben?

Weißgekalkt hatte hier unten ein Kellergewölbe die Gestalt eines mittelalterlichen Festsaals angenommen. Mit der Akribie eines perfekten Restaurators hatte der Herr Akkurat Durchgänge zugemauert, so daß niemand in den Nachbarräumen dieses noble Versteck erahnen konnte. Oft hatte er die herrliche Stille hier unten genossen. Weder das Knallen und Grummeln der Düsenjäger noch das penetrante Klackern vom Schießstand, weder die alberne Strandfunkmusik noch das Gelächter der Grillpartys waren hier zu vernehmen. Sollte die Welt dort oben wahnsinnig werden, hier unten blieb man unberührt.

»Für diesen Schein kannst du den Saal eine halbe Ewigkeit mieten!«

»Um Himmels willen!« sagte Unsmoler und hob nun gleichfalls beschwörend die Hände.

»Ein Stasigefängnis ist nicht so komfortabel«, mahnte der Herr Akkurat.

»Einen Monat werde ich es hier aushalten, wenn ich Arbeitsmaterial und Verpflegung zur Verfügung habe. Reicht dir ein Monat?« Der Herr Akkurat nickte eifrig, trat an einen Schrank und öffnete ihn. »Alles da!« sagte er stolz, »Konserven, Zwieback, Tee und Kaffee. Ein Arbeitstisch, Papier, Farben, eine Kochplatte und ein Klosett. Elektroheizung inklusive.« Er schaltete ein Radio ein. »Antenne und Lüftung in einem einstigen Schornsteinzug.«

Unsmoler sah die uralte gußeiserne Wasserpumpe. Er bewegte den Schwengel. Wasser rann, er kostete.

»Wasser wird knapp auf der Insel ... ist das nicht lachhaft?« flüsterte der Herr Akkurat, »ja, die Insel ist nicht mehr so, wie sie war, als du dich davongemacht hast!«

»Ich bleibe erst einmal«, sagte Unsmoler, »es ist schon zu hell, um das Boot zu holen.«

Der Herr Akkurat erschrak.

»Es ist gut versteckt, niemand wird es finden!«
Unsmoler streckte sich auf dem Bett aus und schlief im nächsten Augenblick ein.
Der Herr Akkurat rüttelte ihn. »Du mußt die nasse Kleidung ausziehen, sonst holst du dir den Tod!«
Unsmoler richtete sich verwundert auf. Er zog sich aus und hängte sich die Schlafdecke um.
Der Herr Akkurat hörte ein Geräusch. Er blickte nach oben und huschte die Leiter hinauf.
»Nein, es ist nichts, Schatz, geh nur wieder zu Bett. Ich lese ein wenig!« hörte Unsmoler seinen Gastgeber rufen. Dann vernahm er, daß der Herr Akkurat die Spülung des Klosetts betätigte.
Unsmoler sah die Schornsteinklappen. Sie waren geöffnet. Er bückte sich und hörte es rauschen. Zugluft. Wind draußen. Er ging zum Bett und ließ sich fallen.
Wieder schlief er sofort ein, und wieder erwachte er wenig später. Aus dem Loch in der Kellerdecke schob sich verkehrtherum der Kopf des Herrn Akkurat. Ein Zeigefinger legte sich warnend an die Lippen. Dann das Flüstern: »Du bist aufgewacht. Morgen früh komme ich runter. Es geht lediglich darum, Zeit zu gewinnen. Wir müssen Zeit gewinnen!« Wieder schüttelte er verzweifelt den Kopf. »Wie konntest du die Bedingungen hier nur so total vergessen!«
Die Öffnung schloß sich.
Unsmoler ließ das Licht brennen, schlief aber bald ein. Wirre Träume bemächtigten sich seiner.

Die Information

Die große Hoffnung des Herrn Akkurat basierte auf einer Einladung des Genossen Vorsitzenden, die nun schon einige Zeit zurücklag.
Ein paar Tage nach der spektakulären Landung der sieben Helikopter hatte ihn der Inselchef telefonisch zu sich gebeten.
Der Anruf aus dem Chefobjekt hatte den Herrn Akkurat zusammenfahren lassen. Sein Herz hatte zu rasen begonnen. Nun wis-

sen sie es! hatte er augenblicklich gedacht: ich, ein Fluchthelfer! Seine Stimme hatte sich verändert. Sie klang so, als lägen bereits grauenhafte Monate im Stasigefängnis hinter ihm.
Der Inselchef hatte die Angst in der Stimme gespürt. Er liebte Respekt. Wohlwollend beruhigte er den Künstler. »Genosse Künstler«, hatte er gesagt, »es ist eine rein private Einladung. Ein Vieraugengespräch unter Männern sozusagen. Es betrifft die Perspektiven und Belange unserer Insel und nicht zuletzt mögliche Auslandsprojekte unserer Künstler.«
Es sind nur noch zwei, hätte der Herr Akkurat beinahe geantwortet.
Der Genosse Vorsitzende ging bis an gewisse Grenzen. Er wußte das. Er hatte vor, dem Herrn Akkurat ein paar interne Informationen zukommen zu lassen, gewissermaßen als Vertrauensbeweis. Der Mann sollte sich auf notwendige Veränderungen einstellen können. Was dem Inselchef aber das wichtigste war: er wollte sich, für alles, was künftig auf der Insel geschehen würde, der Loyalität des Künstlerpaares versichern.
Bei jenem Vieraugengespräch hatte er allerdings nicht anders können, als ausgiebig von der Zuspitzung der weltpolitischen Lage zu sprechen, auch davon, daß es durchaus möglich sei, daß das Militär künftig eine weitaus bedeutendere Rolle auf der Insel spielen würde als bisher. »Wären das nicht auch Motive, Genosse Künstler?«
Nach dieser Eröffnung hatte er den Herrn Akkurat gefragt, welchem westlichen Land er als Kunstschaffender gemeinsam mit seiner geschätzten Gattin gerne einen längeren Arbeitsbesuch abstatten würde. »Die Ausstellung in Skandinavien hat seinerzeit ein durchaus positives Echo ausgelöst. Wir haben vor, derartige Aktivitäten in größerem Umfang fortzuführen.«
Der Herr Akkurat hatte sprachlos den Mund geöffnet.
Der Chef fühlte sich geehrt.
»Ich werde dafür sorgen, daß trotz der Knappheit unserer Devisen dein Anliegen wohlwollend bearbeitet wird!«
»Das Vereinigte Königreich von Großbritannien!« konnte der Herr Akkurat endlich sagen.
Der Inselchef nickte, als würde er diese Wahl gutheißen.
Beschwingt und überglücklich hatte der Herr Akkurat das Objekt verlassen. Dann aber hatte er die Motorräder in einer riesigen Staubwolke über die Hügel jagen sehen. Er hörte es knallen: Tack,

tack, tack, tack. Vor dem Hintergrund der Worte des Genossen Vorsitzenden bestürzten ihn die militanten Geräusche. Er erinnerte sich urplötzlich an Details jenes grellen Tages im August, von dem er niemals sprach. Er kannte die Tage des Krieges, er kannte das Sterben, er kannte Verzweiflung, und er kannte Gefangenschaft und das lange Verrecken. Erschrocken eilte er heimwärts und wunderte sich, warum die Urlauber, denen er begegnete, so vergnügt lächeln konnten.

Krachend war die schwere Haustür ins Schloß gefallen. Seine Gattin im weißen Kittel schaute fragend über die Brüstung hinab. »Es sieht gar nicht gut aus in der Welt«, hatte er mit zitternder Stimme hinaufgerufen, »ich weiß nicht, was der Vorsitzende wollte. Aber eins ist mir klargeworden: Die Zukunft ist wieder mal feldgrau!« Dann war er hinab in den Keller gegangen.

An diesem Tage hatte der Herr Akkurat den Kampf gegen den Sand vor dem Hause aufgegeben. Das Blumenlabyrinth hatte er ohnehin nicht schützen können. Für das Haus bedeutete der wandernde Sand vorerst keine Gefahr. Von den einstmals sieben Treppenstufen, die hinauf zum ehrwürdigen Haupteingang führten, waren immerhin auch nach Wochen drei noch sichtbar. Vielleicht, so meinte der Herr Akkurat, bedeutete der alles bedeckende Sand sogar zusätzliche Sicherheit, denn er hatte damit begonnen, das Versteck im Kellergewölbe auszubauen. Er beeilte sich. Das Gefühl der nahenden Katastrophe wurde täglich durch neue Anzeichen genährt.

Von der möglichen Englandreise hörte er lange Zeit nichts mehr. Dann aber, etwa zwei Wochen, bevor Unsmoler ihn mit den verhutzelten Äpfeln aus dem Morgenschlaf geschreckt hatte, war überraschenderweise ein Brief vom Kulturministerium gekommen.

Die leise Hoffnung war an jenem Tage urplötzlich in den Bereich konkreter Möglichkeit gerückt.

Ihn, den Meister des Lesens zwischen den Zeilen, hatte vor allem der Wortlaut des Schreibens erregt. Sollte er sich geirrt haben, wenn er nur noch Katastrophen erwartet hatte?

Letzte Blumen

Spät, aber merkwürdig erfrischt, erwachte der Herr Akkurat. Sein Morgenschlaf war von angenehmen Träumen begleitet gewesen. Er versuchte sich an die Traumbilder zu erinnern, erinnerte sich aber unversehens an den Gast im Versteck und erschrak. Überraschenderweise hielt sein Schrecken nur Augenblicke an. Er sprang aus dem Bett und schaute unter das Tischtuch. Er hatte nicht geträumt: der Kronenschein war vorhanden.

Eilig kleidete er sich an und begab sich hinab in die Küche. Der schwarze Hut lag noch auf dem Stuhl, der Kittel hing über der Stuhllehne. Er setzte sich den Hut auf, hängte sich den Kittel über die Schulter und trat vor die Tür. Es wehte. Die nächtlichen Spuren waren kaum noch zu sehen. Mit bewußt tapsigen Schritten folgte er der Fährte zum Gewächshaus. Er hängte Hut und Mantel an den Haken, öffnete die Glastür und schnitt ein paar Blumen. Dann begab er sich zurück ins Haus und verschwand in der Bibliothek. Im Klosett schob er die Riegel vor.

Er öffnete die Klappe.

Im Versteck brannte Licht. Er hielt die Blumen mit ausgestrecktem Arm hinab.

»Willkommen daheim!« sprach er hinunter.

Keine Antwort.

Besorgt stieg er nach unten. Gottlob, der Nachbar war da.

»Kaffee oder Tee?« fragte der Herr Akkurat und stellte die Blumen in eine Vase.

»Schlafen!« sagte Unsmoler und drehte ihm den Rücken zu.

Was hätte Elfriede darum gegeben, von Unsmolers Ankunft auf der Insel zu erfahren! Die letzten Inselmonate waren lähmend ereignislos gewesen, obwohl jeder im Dorf spürte, daß irgend etwas in der Luft lag. Quälende, abwartende Ereignislosigkeit. Elfriede hielt das nicht aus. Sie mußte für Ereignis sorgen. An diesem Tag schien ihre Stunde gekommen. Der Inselchef war aufs Festland gereist, das geschah manchmal, meist blieb er drei, vier Tage fort. Das Chefobjekt war gewissermaßen herrenlos und das um so mehr, als Sonnabend war.

Elfriede hatte in diesem Sommer ihren »grünen Daumen« entdeckt. Die Vermehrung von Pelargonien mittels winziger Steck-

linge klappte vorzüglich. Und da es zu ihrem Wesen gehörte, stets über das Ziel hinauszuschießen, standen nun überall im Haus die Blumentöpfe herum. Insgesamt siebenundsechzig. Ihr Alter konnte das Grünzeug in den Zimmern nicht ausstehen. Dabei zeigten sich bereits die ersten roten Blüten.
»Und dat Rot geht mir schon lange auf den Geist!« schimpfte er.
Stimmt, sie hatte ihn lang genug mit den Pötten gequält! Entschlossen trat sie vor die Tür, mit raschen Schritten begab sie sich zur Mutter des einstigen Straßenfegers. Blödis Besen war längst vom Schiebeschild der Planierraupe abgelöst worden.
»Anweisung von oben«, sagte Elfriede, »dein Sohn soll mir mit seiner Karre Blumen ins Objekt fahren!«
Die Blödimutter wagte keine Einwände. Sie fürchtete nicht die Obrigkeit, sie fürchtete Elfriede. Zehn Minuten später marschierte Elfriede, die Schusterfrau, gegen das Chefobjekt. Die siebenundsechzig Pelargonientöpfe klapperten in Blödis Gummikarre leise vor sich hin. Elfriede fand das Haupttor verschlossen. Sonnabend eben. Sie rüttelte am Gitter und klingelte Sturm.
Der Pförtner erschien an der Tür. Er wollte sehen, was sich da unten tat.
»Das ist ein Subbotnik. Willst du nicht aufmachen!« totterte Elfriede, »was verrammelt ihr euch? So schön, daß ihr Angst haben müßt, gestohlen zu werden, seid ihr wirklich nicht!«
Dem Pförtner war das lautstarke Gezeter äußerst lästig. Er ging zurück ins Haus. Wenig später summte es unten am Tor, Elfriede stieß die Gittertür auf und marschierte vorwärts. Blödi hatte Mühe, Schritt zu halten. Elfriede trat ins Foyer. »Rinn mit die Karre in die gute Stube!« kommandierte sie.
Der Pförtner empörte sich: »Was fahrt ihr hier mit der Mistkarre rum!«
»Für Ordnung bin ich ja wohl zuständig!« rief Elfriede so laut, daß es hallte. Sie nahm einen Blumentopf und überreichte ihn dem Pförtner. »Den stellst du dir in deine Bucht«, befahl sie, »wird Zeit, daß hier bißchen Kultur in den Laden kommt! Laßt euch das von einer Wischfrau sagen!«
»Gibt es diesbezüglich eine Anweisung?« fragte der verdutzte Mann.
»Ja, von Lenin persönlich. Dies ist ein Subbotnik, wenn du weißt, was das ist!«

»Natürlich weiß ich das!«
»Na also!« Elfriede öffnete mit ihrem Generalschlüssel Bürotüren, hieß Blödi mit seiner Karre im Flur warten und knallte auf jeden Tisch einen Pelargonientopf.
Niemand war zugegen, der sich Elfriede lautstark hätte in den Weg stellen können. Nur das heftige Absetzen der Blumentöpfe tönte.
Leer schob der Blöde die Karre zum Dorf zurück. Elfriede schritt triumphierend hinterdrein.
»Eine Wischfrau und ein Schwachsinniger haben den Kulturbanausen vom Objekt Blumen auf die Tische stellen müssen!« rief sie dem Schmied zu, »das ist Kultur!«
Der Schmied schüttelte den Kopf. »Was soll dat nu wieder, mußt du immer stänkern?«
Elfriede lachte erfreut. »Die wissen doch schon gar nicht mehr, was das ist, Blumen. Was haben wir denn hier, nur noch Sand!«

Begreifen

Der Genosse Vorsitzende schien verändert, als er, abgeschirmt von anderen Passagieren, begleitet von zwei Genossen der Sicherheitsabteilung, aus Berlin zurückkehrte.
Seine Sekretärin erwartete ihn im Vorzimmer des Chefbüros.
Er begrüßte sie, was sonst gar nicht seine Art war, lediglich mit einem kurzen Nicken und begab sich schnurstracks in seinen Raum.
Desinteressiert blickte er auf Berichte und Informationen, die wohlgeordnet auf seinem Schreibtisch lagen.
Die wichtigste Mitteilung schien zu sein, daß die Reinigungskraft Elfriede in provokanter Weise die Genossen der Partei als Kulturbanausen beschimpft hatte. Er lachte bitter auf und legte den Bericht beiseite. Dann verließ er das Büro, ohne seiner Sekretärin irgend etwas Konkretes über seine Besprechungen im Ministerium mitzuteilen. Sie ahnte, was er dort erfahren hatte, war unerfreulich und einschneidend.
Zu Hause reagierte seine Gattin auf vorsichtige Andeutungen hin unwirsch. »Versprechungen hast du mir schon viele gemacht!« Mit verächtlichem Blick hatte sie sich in der engen Neubauwoh-

nung umgesehen. »Ich schau' mir die Villa aber vorher an, ich will nicht noch einmal ...«

»Es ist ein Haus am See«, unterbrach er sie, »eine Arztfamilie hat darin gewohnt.«

»Ein Arzt?«

»Zu niemandem ein Wort. Strengste Geheimhaltung. Die Veränderungen betreffen nicht nur uns. Jegliche Aufregung muß vermieden werden!« mahnte er.

Am nächsten Morgen war er hinauf in die Aussichtsetage gefahren. Wehmütig ließ er seinen Blick über die Insel schweifen. Er spürte echte Beklemmung. Die Zusammenarbeit mit dem Militär hatte er sich anders vorgestellt. Nun bedauerte er, daß er das Verteidigungsministerium durch die Einladung der Offiziere in besonderer Weise auf diese Insel aufmerksam gemacht hatte.

Er hatte den kleinen Finger gereicht, sie nahmen die ganze Insel. Und ich Idiot habe mich gewundert, warum nach dem Besuch der sieben Helikopter so lange Stille geherrscht hat! Sie brauchten Zeit, um alles bis ins kleinste Detail auszuarbeiten. Da habe ich nun die Perfektion, die ich mir immer gewünscht hatte. Wieder bitteres Lachen.

»Millionen haben hier glückliche Ferien verbracht!« sagte er dumpf. All das würde nicht mehr sein. Man hatte ihm im Ministerium sogar Gutachten vorgelegt, die nachwiesen, daß die Wasserressourcen ohnehin aufgebraucht wären.

Gutachten! Er schniefte verächtlich. Es wird auch wieder regnen.

»Genossen, habt ihr auf eurer Insel nicht ein wenig übertrieben?«, das hatte man ihm ins Gesicht gesagt! Hatte man ihn von seiten der Plankommission nicht genötigt, von Jahr zu Jahr die Urlauberzahl zu erhöhen? Nun das: Vorhaltungen!

Er ging ans Schränkchen. Er mußte sich ein Beruhigungsschnäpschen eingießen. Aber seine Hand schreckte zurück. Er blickte auf die Uhr. In wenigen Minuten würde er mit dem Mitarbeiter zusammentreffen. Er begann diesen Genossen zu hassen.

Mit welcher Dreistigkeit und Häme hatte dieses Würstchen ihn darüber informiert, daß man ihn, den Vorsitzenden, der sich von früh bis spät für das Wohl der Insel einsetzte, dort drüben im Dorf nur Dick und Doof nannte.

Dick und Doof!

Erbittert trat der Genosse Vorsitzende nun doch ans Fernrohr. Er preßte sein Auge an das Okular und blickte hinüber zum Dorf.
All das würde verschwinden.
»Dick und Doof«, flüsterte er, »ihr werdet sehen, was ihr davon habt. Ich kann euch nicht mehr schützen!«
Der Leiter der Sicherheitsabteilung kam wie stets auf die Sekunde pünktlich ins Chefbüro. Er schloß die schalldichte Polstertür und legte seine Mappe auf den Tisch des Genossen Vorsitzenden.
Die beiden Männer begrüßten einander mit Handschlag. Der Inselchef beachtete die Mappe nicht, sondern wies auf die Ledersessel beim kleinen Tischchen.
»Setzen wir uns, Genosse. Es wird in den nächsten Monaten einiges auf uns zukommen!« eröffnete der Genosse Vorsitzende das Gespräch.
Das wissende, überhebliche Lächeln des Mitarbeiters reizte ihn.
»Davon gehe ich auch aus«, antwortete der Mitarbeiter.
»Ich würde eine Urlaubssperre vorschlagen, Genosse!«
»Die besteht bereits.«
Überrascht sah der Genosse Vorsitzende den Mitarbeiter an.
Was wußte dieser Mann? Vor allem, seit wann wußte er es. War der Genosse von der Sicherheit, während er Berichte über Blumentöpfe schreiben ließ, längst informiert? Was geht hier vor? Hatte die Partei die Sicherheitsorgane nicht mehr im Griff? Der Mitarbeiter sah ihm kalt in die Augen. Der Genosse Vorsitzende versuchte sein Gesicht in eine Maske zu verwandeln.
»Mit den Zeltplätzen werden wir keine Probleme haben«, sagte der Mitarbeiter, »mit den Betriebsferienlagern auch nicht, mit dem Museumsschiff nicht und nicht mit dem Lager für Sport und Technik. Für alle diese Einrichtungen sind bereits anderweitig Ausweichmöglichkeiten vorgesehen. Den Dörflern, schlage ich vor, sollten wir anfangs akzeptable Angebote machen. Im Falle, daß die Bürger sich weigern, wird es andere Möglichkeiten geben, sie umzustimmen. Aber das wäre die letzte Phase der Räumung. Vorher müssen erst einmal alle Auswärtigen die Insel verlassen. Alles Schritt für Schritt.«
»Du weißt Bescheid?«
Das Lächeln des Mitarbeiters wurde noch penetranter.
»Wir sind einbezogen. Die Aktion betrifft vor allem Sicherheitsaspekte. Die Räumung ist eine militärische Notwendigkeit. Wann

die Aktion ›Kieselstein‹ anläuft, wird kurzfristig bestimmt. Nur wir beide sind über die Zielstellung informiert. Wir haben die absolute Geheimhaltung zu garantieren.«
Er sah den Inselchef herausfordernd an, als wollte er sagen, das betrifft vor allem dich, mein Lieber.
Der Genosse Vorsitzende bemerkte den Blick nicht einmal.
»Viele Millionen Bürger haben sich hier erholt«, sagte er dumpf. Er wußte nicht, warum er das sagte.
»Es geht um den Weltfrieden!« bemerkte der Mitarbeiter kurz. Seine Stunde schien gekommen.

Das Gesicht des Herrn Akkurat

Täglich stieg der Herr Akkurat zu seinem Gast in den Keller hinab.
»Ich studiere einige Geschichtsbücher, die hierzulande verboten sind. Ich bitte um Verständnis, wenn ich mich beim Lesen einschließe.« So hatte er vor seiner Gattin die verschlossene Bibliothek begründet. »Sollte jemand nach mir fragen, führst du ihn gegebenenfalls nach oben und läßt ihn warten. Es gibt keine Bibliothek. Dieser Raum existiert einfach nicht!«
Geschichtsbücher interessierten seine Gattin überhaupt nicht. »Geronnenes Blut«, pflegte sie zu sagen. Es war also so gut wie sicher, daß sie ihn nicht bitten würde, in die imaginären Bücher hineinschauen zu dürfen.
Sie hatte verständnisvoll gelächelt. Er wird Probleme mit dem Stuhlgang haben und das Bibliotheksklo benutzen. Sie fand es rührend, wie er sein Leiden vor ihr verbarg. Da er aber stets entspannt, ja geradezu heiter, aus der Bibliothek zurückkehrte, machte sie sich keinerlei Sorgen.
Mit einer Blume in der Hand kam der Herr Akkurat hinab in das Kellerversteck geklettert. Unsmoler legte den Pinsel auf den Tisch. Der Herr Akkurat stellte das Blümchen in ein Glas mit Wasser. Er setzte sich und begann die übliche Litanei vom alles überflutenden Sand.
Nach einer Weile unterbrach Unsmoler ihn. Er erzählte von der

schwedischen Schärenlandschaft. Weite unten im Keller. »Aber so ganz ohne ist die auch nicht«, sagte er, als er merkte, daß er ins Schwärmen geriet, »so manches gescheiterte Schiff ruht auf dem steinigen Grund. Die Wasa, der Stolz von Gustav Adolf, kenterte schon bei der Jungfernfahrt: zu viele Kanonen an Bord. Erstaunlich, die Kanonen hat man schon 1628 geborgen. Das Schiff hob man jetzt. Ein Museumsstück, wundervoll erhalten!«

»Das Meer ist gierig. Es frißt Matrosen«, flüsterte der Herr Akkurat, »dein Bruder kann von Glück sagen, daß er nicht mehr fahren darf!«

Unsmoler sprang auf. »Das sagst du erst jetzt?! Bärenhäuter an Land? Ich werde mich sofort stellen, dann muß man ihn wieder aufs Meer lassen!«

Der Herr Akkurat hatte sich entsetzt erhoben. Er war rückwärts zur Leiter gegangen, offenbar hatte er vor, mit Gewalt zu verhindern, daß Unsmoler im Affekt das Versteck verließ. Er breitete die Arme aus: »Wo lebst du, die müssen gar nichts!« sprach er beschwörend. Die Stimme flatterte vor Angst, seine wirren weißen Haare schienen sich zu sträuben. »Sie haben die absolute Macht, und sie verzeihen nichts!«

Unsmoler hatte sich wieder aufs Bett gesetzt.

»Er hat gut bezahlte Arbeit in einem Betonwerk«, sagte der Herr Akkurat.

Unsmoler antwortete nicht.

Bärenhäuter im Betonwerk!! dachte er.

»Das habe ich ihm eingebrockt!« sagte er nach einer Weile. »Es ist eingetreten, was ich unter allen Umständen hatte vermeiden wollen. Mein Verschollensein hat ihn nicht davor bewahrt ... es hätte nicht schlimmer kommen können!«

Der Herr Akkurat nickte. »Aber wir haben ein Abkommen«, flüsterte er behutsam. Unsmoler blickte zu ihm hin. Immer noch stand der Herr Akkurat mit ausgebreiteten Armen vor der Leiter.

»Schon gut, laß die Arme sinken. Ich werde kühlen Kopf bewahren.«

Der Herr Akkurat gehorchte, ging aber besorgt auf und ab.

»Du hast mich sehr erschreckt«, sagte er betrübt. »Beide müssen wir Zeit gewinnen. Zeit ist Leben! Da draußen tut sich einiges. Ich habe dir die vielfältigsten Probleme beschrieben, aber das ist

sicher: Einschneidende Veränderungen kommen auf uns zu. Es kann nur besser werden!«
»Meinst du das wirklich?«
»Ich meine es. Nur noch ein wenig Geduld! Nichts überstürzen. Unser beider Chancen werden sich verbessern.«
Unsmoler saß zusammengesunken auf dem Bett. Er hatte sein Gesicht in die Hände gestützt. Er dachte an seinen Bruder, dem er die Seefahrt genommen hatte. Er?
Der Herr Akkurat ging auf und ab, und er spürte, daß ein grausiger Gedanke von ihm Besitz ergriff. Er löste bei seinem Auf und Ab den Blick nicht vom reglosen Kollegen. Was bemühe ich mich so um diesen Menschen! Er hat mich stets in Schwierigkeiten gebracht. Und nun gefährdet er unsere große Reise. Die Reise, die alles ändert! Wenn dieser Mann nicht wäre, wäre alles gut. Er blickte sich um. In der Ecke stand der Vorschlaghammer, den er bereitgestellt hatte, um im Katastrophenfall die Mauer zu den Nachbarkellern zu durchbrechen.
Nun war der Notfall da. Ich kann diesen Kerl nicht daran hindern, hinauszugehen. Er ist doppelt so schwer, wie ich es bin. Er wird hinausgehen. Er will hinausgehen. Man wird mich zur Rede stellen. Man wird mich inhaftieren. Die große Reise, die große Hoffnung dahin.
Der Herr Akkurat zitterte am ganzen Körper. Er spürte, wie er die Macht über sich selbst verlor. Er machte einen Schritt auf den Hammer zu.
Unsmoler blickte auf. »Ein Monat ist bereits vergangen«, sagte er.
Der Herr Akkurat stöhnte erleichtert und setzte sich auf den Stuhl. »Wirklich ein Monat schon?« Er schüttelte den Kopf. »Wenn das so ist, kommt es auf ein paar Tage mehr oder weniger nicht an! Lieber Herr Kollege«, sagte er, »es geht nicht anders, du mußt ein beeindruckendes Oeuvre vorweisen können, wenn du auferstehen willst. Zuallererst möchte ich nämlich im Zentralvorstand der Künstler eine Kiste mit deinen Arbeiten präsentieren. Man muß beeindruckt sein. Dann wird man nach dir fragen. Ich werde freies Geleit erwirken und dich nach Berlin kommen lassen. Alles mit behördlicher Genehmigung. Habe ich nicht schon einiges bewirkt für dich?«
Unsmoler nickte.

Der Herr Akkurat geriet in Eifer. »Wir könnten sagen, du seiest nie weggewesen, sondern hättest die Zeit bei mir in Klausur verbracht! Das Schloß ein Kloster! Sämtliche Straftatbestände würden bei dieser Version entfallen! Keine Grenzverletzung, nichts! Das Ganze lediglich ein Experiment! Das ist die Lösung. Natürlich, wir datieren sämtliche Werke vor, das ist es! Zirka ein Bild pro Tag wäre glaubhaft. Das hier sind allein schon über dreihundert. Du wärest also bereits ein ganzes Jahr hier unten! Wenn du so weiter machst, überholst du die Zeit, in drei Monaten bist du bereits in der Zukunft! In der Zukunft sein, wollen wir das nicht alle? Ich helfe dir. Ich habe dir immer geholfen!« Der Herr Akkurat zückte einen Künstlerstift und ging auf den Bilderstapel zu.

»Das ist Unfug«, sagte Unsmoler, »drei Monate, solange werde ich hier ohnehin nicht bleiben!«

»Das hier ist ein Gesamtkunstwerk!« versuchte der Herr Akkurat zu begeistern.

»Ich werde noch warten«, sagte Unsmoler dumpf. »Ich halte mein Wort!«

Der Herr Akkurat schien erleichtert. »Kann ich mich wirklich auf dich verlassen?« Er wollte zusätzliche Bestätigung.

Unsmoler nickte. Er wünschte, daß der Mann ging. Er wollte arbeiten.

Als er vorhin aufgeblickt hatte, hatte er etwas Seltsames gesehen. Das ließ sich nur mit dem Stift wiederfinden. Das Gesicht des Herrn Akkurat.

Der Herr Akkurat blickte nach oben und lauschte.

»Sie hat gesungen!« sagte er.

Seine Gattin war frohgestimmt in diesen Tagen, und das nicht nur, weil sie auf die große Reise hoffte. Die Nähe ihres Mannes beglückte sie. Er kam ihr wie verwandelt vor. All die gravierenden Probleme draußen vor der Tür, all die beängstigenden Zeichen schienen ihm nichts anhaben zu können. Im Gegenteil, er jammerte nicht mehr, er schrie nicht mehr, und die Gespräche mit ihm strandeten nicht mehr in apokalyptischen Prognosen. Der gequälte, verkniffene Ausdruck seines Gesichts gehörte vergangenen Zeiten an. Ein souveräner Mann. Sie schliefen wieder im Doppelbett, und er wälzte sich nicht mehr gequält von Schreckensträumen im schweißnassen Laken. Sanft schlief er an ihrer Seite.

»Ist das das freundliche Alter?« hatte sie sich gefragt und in den Spiegel geschaut.
Nein, hatte sie sich geantwortet: »Es ist die Hoffnung!«
Sie hatte gemeint, alle seine Witzeleien und Geschichtchen längst zu kennen. Nun aber äußerte er Gedanken, die sie überraschten. Ihn aber machte es glücklich, daß sie ihm aufmerksam zuhörte. Soll er sich in die Bibliothek zurückziehen, solange wie er mag, wenn es solche Wirkung zeitigt!
Von diesem heiteren Herrn Akkurat spürte Unsmoler nichts.
Ein altes Männchen stieg zu ihm herab. Von Leitersprosse zu Leitersprosse schien es zu altern. Es setzte sich Tag für Tag auf den Stuhl, blickte sich traurig um und begann die Inselwelt über der Erde zu beschreiben. Ein düsteres, hoffnungsloses Bild.
»Dieser Sand! Meine Blumen begraben. Meine Hoffnungen begraben. Aber du«, er schüttelte verwundert den Kopf, »bist zurückgekommen! Kradfahrer rasen über die Hügel, ahnungslose Jugend. Die Militärs haben einen Jeep mitgebracht. Die Burschen ab sechzehn können ihre Fahrerlaubnis machen, heißt es. Die jungen Leute sind ganz aus dem Häuschen. Ich werde das Gefühl nicht los, daß wir hier unten bald zusammenrücken müssen. Allenthalben Kriegsgetön.«
An manchen Tagen war der zutiefst deprimierte Besucher kaum zu ertragen. Er saß da und ging nicht. »Du ahnst nicht, was uns die Reise bedeuten würde. Atemholen!« Diesen Satz wiederholte er täglich.
Der Aufbruch des Herrn Akkurat in die Oberwelt allerdings geschah stets plötzlich. Er blickte auf die Uhr, wünschte einen guten Tag und stieg äußerst behende die Leiter empor, geschickt verschloß er die Luke, dann rauschte die Spülung. Unsmoler hörte, wie das Wasser in den Röhren vorüberstürzte. Dann vernahm er über sich flinke Schritte ... sie klangen so ganz anders als hier unten.
Unsmoler nahm ein weißes Blatt und zeichnete bebende Gesichter. Bebende Gesichter in Glashäusern ... die Stege der Verglasung: Gitter.
Ein Mann im Gewächshaus, Kleingärtner M., Gemüse für unsere Bevölkerung ...
Niemand würde bemerken, wie destruktiv das Thema war.

Konkretisierung

Erneut hatte eine Delegation der Armee die Insel aufgesucht. Die Urlauber zogen in Scharen zum Hafen. Es war eine Attraktion: Im Hafen lag ein grauer stählerner Gast. Kanonen und Maschinengewehre mit Planen abgedeckt. Ein grüner Jeep holperte von einem Matrosen gelenkt über eine breite Planke von Bord. Auch der sei ein Geschenk an das Lager der vormilitärischen Erziehung, hieß es. Ein LKW käme später mit der Fähre. Vorerst aber saßen Offiziere im Fahrzeug. Sie besichtigten das Eiland. Wie Feldherren standen sie auf den Hügeln. Alle trugen sie Sonnenbrillen wie Amigeneräle im Film.
Nachmittags fanden sich die Genossen Kommandeure, die auf den Hügeln gestanden hatten, sowie der Genosse Vorsitzende und der Chef der Sicherheitsabteilung hinter der Polstertür im Chefbüro zusammen. Die Sekretärin mußte, nachdem sie mehrere Kaffeekannen auf den Tisch gestellt und jedem der Herren eingeschenkt hatte, den Raum verlassen. Die Offiziere erläuterten den beiden Inselgenossen die Lage. Einer der Offiziere ergriff das Wort.
»Der Gegner fordert uns mit seiner Hochrüstung, sprich Hochtechnologie, heraus. Das Problem ist heute nicht mehr die Größe der Atomsprengköpfe, sondern das Problem ist, diese erfolgreich ins gegnerische Ziel zu bringen. Es gibt allerdings eine Unzahl von Möglichkeiten, die sämtliche Planungen des Gegners aushebeln. Ein Übungszielgebiet, das sich genau in der Richtung von Zielen befindet, die sich auf dem Territorium des Gegners anbieten, wäre zum Beispiel eine der harmlosen Varianten. Der Feind wird anfangs meinen, daß alles nur ein Irrtum sei, wenn ein paar Raketen plötzlich zu weit fliegen. Wenn er aufwacht, ist es zu spät. Das Meer ein Aufmarschgebiet. Es gibt uns zudem im Vorfeld die Chance, größte Truppenverschiebungen über ganz normale Fährverbindungen zwischen wichtigen Häfen unseres Paktes zu realisieren. Vor allem: vorbei an Polen. Fährhäfen mit gewaltigen Kapazitäten sind, wie ihr aus der Tagespresse wißt, bereits im Bau. Ihr seht, dem Norden kommt zunehmend strategische Bedeutung zu. Durchbruch im Norden: eine erfolgversprechende Variante.«
»Die satten Bundesbürger werden sich morgens am Frühstücks-

tisch wundern, wenn plötzlich der Fernseher ausgeht und der Toaster kalt wird, draußen die Straßenbahn nicht mehr quietscht, das Wasserwerk explodiert und die Züge entgleisen. Genossen, ihr müßt erst noch marschieren, wir sind längst da!« sagte der Mitarbeiter heiter.

Der vortragende Offizier wartete einen Moment, bis die allgemeine Munterkeit vorüber war. Er nahm die Zwischenbemerkung übel. Das überhebliche Lächeln des Genossen von der Sicherheit reizte ihn.

»Genossen, der Ernst der Lage verbietet es uns, in diesem Ton über notwendige Maßnahmen zu sprechen. Territorien müssen besetzt werden. Es reicht nicht aus, die Infrastruktur des Gegners lahmzulegen und ein paar Atomkraftwerke in die Luft zu jagen. Gewiß, zur Aufklärung leisten unsere Sicherheitsorgane wesentlichen Beitrag, meinetwegen könnt ihr als Ortskundige nachher die zivile Regierung stellen, aber Territorien müssen, ich wiederhole es, erobert und besetzt werden. Es sei denn, man löscht alles Leben aus. Gestattet mir also, mit meinen Ausführungen fortzufahren.

Genossen, ich wiederhole es, eurer Insel kommt, und darauf könnt ihr stolz sein, bei der Nordvariante gewisse Bedeutung zu. Zielgebiet in zweierlei Hinsicht. Attrappe und realistisches Übungsgebiet. Landung von See aus. Wir können, der isolierten Lage wegen, bakteriologische und chemische Waffen erproben sowie Atomschläge simulieren. Die Küste entspricht der von Dänemark. Wir haben uns das heute noch mal angesehen: alle Küstenvarianten vorhanden. Aber ihr habt nicht umsonst gebaut, Genossen, auch die Häuser brauchen wir. Wir rechnen nun mit eurem, alle Kräfte mobilisierenden Einsatz. Die Zeit drängt. Die Forderungen unserer Bruderländer liegen auf dem Tisch. Das erste Manöver ist für den Oktober vorgesehen, dann muß die Insel geräumt sein. Wir sind gekommen, um euch das Ausmaß eurer Aufgabe in aller Schärfe zu verdeutlichen.«

Dem Genossen Vorsitzenden klappte die Kinnlade herunter. Derartig radikal hatte er die Lösung aller Inselprobleme nicht gewollt!

»Die Vorbereitungen laufen«, antwortete der Mitarbeiter militärisch forsch, »die Gespräche mit den Bürgern sind konzipiert, die absolute Geheimhaltung gewährleistet. Es wird keinen Widerstand geben. Unsere Organe haben schon ganz andere Dinge durchgezogen.«

»Gespräche mit den Bürgern!« unterbrach ihn der Offizier. Diesmal lachte er. »Redet nicht zu lange, Genossen. Bald wird es hier nämlich mächtig heiß! Aber wir werden euch unterstützen.«
Der Inselchef goß Schnäpse ein.
»Auf den Weltfrieden!« sagte der Mitarbeiter.
Sie kippten den Wodka und gossen wieder ein.
Draußen ging das Leben ganz normal weiter.
Um 21 Uhr 10 blies das graue stählerne Schiff eine schwarze Wolke über die Insel, mit gedrosselter Maschine lief es aus dem Hafen. Man spürte die unheimliche Kraft der Motoren. Das Museumsschiff schaukelte heftig. Die Masten pendelten. Der Alte saß oben auf dem Bootsmannsstuhl. Ihn ging das alles da unten nichts an. Er schnitzte Möwen.
»Laß bloß nicht dein Messer fallen!« rief Lüder hinauf.
Aber der Alte hörte das nicht.

Wirre Haare

Immer wieder blickte Unsmoler empor zur Luke, aber die Luke öffnete sich nicht.
Zwar waren die Nachrichten, die der Hausherr gewöhnlich brachte, durch die Bank weg düster und die Gegenwart des Herrn Akkurat kaum zu ertragen, dennoch: Unsmoler wartete auf die Worte, die der Herr Akkurat sich von der Seele redete.
Der Herr Akkurat hatte, so glaubte er jedenfalls, lediglich den Wunsch, seinem Gast die sichere Stille des Kellers als beglückende Zuflucht erscheinen zu lassen: Wir da draußen leiden …
Nirgendwo in diesem Land hätte er so offen, so rücksichtslos sprechen können.
Am Nachmittag hüpfte ein Betonkrümelchen auf eine der Leitersprossen und sprang von dort aus in das Blech der emaillierten Waschschüssel. Ein winziges Ping signalisierte, daß die Luke geöffnet wurde, behutsamer als sonst, wie es schien. Unsmoler richtete sich auf. Er hatte auf dem Bett gelegen und sich vorgestellt, er läge am Meer. In der Lukenöffnung erschien verkehrtherum der Kopf des Herrn Akkurat. Die Haare standen ihm zu Berge.

Daß heißt, sie hingen wirr hinab. Unsmoler war erleichtert, als der Kopf »Guten Morgen!« flüsterte.
»Es ist Nachmittag!« sagte Unsmoler.
Eine Hand erschien, ein Finger legte sich an die Lippen.
»Hast du Wasser?« Unsmoler ging zur Handpumpe, machte mit dem Schwengel drei, vier Schläge. Wasser strömte in das Becken. Der Kopf des Herrn Akkurat verschwand, statt dessen erschienen nun die Füße auf den Leitersprossen und bald der ganze Mann. In der Hand trug er einen Eimer. »Kein Wasser! Auf der ganzen Insel kein Wasser! Die Leitungen trocken! So weit haben sie es gebracht!« Er ging an die Pumpe, füllte den Eimer und stieg die Leiter wieder hinauf.
»Besuch im Haus. Besuch ist Risiko. Ich sagte: ›Guten Morgen‹, weil hier unten die Zeit anders zählt, wenn ich komme, ist Morgen!« Er kicherte und flüsterte: »Solidarność, Kolega!« Er nickte Unsmoler zu und verschwand. Die Luke schloß sich wieder. Diesmal betätigte der Herr Akkurat die Klosettspülung nicht. Oben kein Laut. Offenbar war er aus der Bibliothek geschlichen.
Ganz gegen seine Gewohnheit kam der Hausherr an diesem Tage ein zweites Mal.
Neuigkeiten trieben ihn hinab. Er mußte etwas loswerden.
»Was passiert, wenn man auf einer Insel den Sozialismus aufbaut?« fragte er leicht beschwipst und lieferte anschließend kichernd die Antwort: »Das Wasser wird knapp!«
Zum ersten Mal hatte Unsmoler ihn hier unten lachen hören.
»Wasser ist nicht gleich Trinkwasser«, sagte er.
»Wir hatten heute Besuch. Ein bekannter, talentierter Fotograf mit drei Modellen. Du hättest deine helle Freude an denen gehabt! Eines schöner als das andere! Mit denen macht der Kollege in den Dünen gewagte Aufnahmen. Weiß du, für wen? Für unsere Exportgesellschaft. In jede Kiste von Werkzeugmaschinen, die nach Afrika geht, werden große Aktposter gelegt. Vielleicht kaufen die da unten nur wegen der Aktaufnahmen bei uns ein! Unserem Fotografen kann das nur recht sein, die Fotos bringen gutes Geld. Ein heiteres Gemüt, der Mann! Mit einem Geländewagen aus sowjetischer Produktion ist er hier. Fährt mit den Frauen bergauf und bergab. Für alles gibt es offenbar Ausnahmeregelungen. Wohnt im Gästehaus des Vorsitzenden. Unglaublich, was der uns alles erzählt hat!

Hast du uns singen hören?
Übrigens, auch das hat er erzählt: An die Ruinen des Betonbunkers sind nachts Worte geschrieben worden! ›Doof und Dick brechen der Insel das Genick!‹ Was soll der Unsinn! Soll der Genosse Vorsitzende doch ruhig glauben, daß er der Schönste, Klügste und Größte ist! Wozu ihn reizen? Ein freundlicher Mann ist das, wenn man ihn zu nehmen versteht.«
»Fühlt er sich denn angesprochen?«
»Es sollen obszöne Zeichnungen dabeigewesen sein. Karikaturen.«
Der Herr Akkurat schrak zusammen. »Um Himmels willen, warst du das? Die Staatssicherheit beschäftigt sich mit diesem Fall!«
Unsmoler schüttelte den Kopf.
»Ich halte mein Wort, seit wir das Schlauchboot geholt haben, war ich nicht mehr draußen.«
»Eine Wahnsinnsaktion war das.«
»Nein, es war stockfinster, und es hatte geregnet, und die Streife war gerade erst vorübergegangen.«
»Ja, ja«, der Herr Akkurat war begierig weiterzureden, »was der Fotograf alles erzählt hat! Er kommt überall rum. Kunststück, auf solchen Frauen reitet man durch jede Tür ...«
Verwundert sah Unsmoler den Herrn Akkurat an. Der bemerkte es nicht. Offenbar hatte der Besuch den Ton dort oben gewaltig gelockert.
»Die derzeitigen Probleme werden in bestimmten Parteikreisen recht offen angesprochen.«
»Das ist doch ein hoffnungsvoller Anfang!«
»Die Genossen stehen mit dem Rücken an der Wand«, der Herr Akkurat begann zu flüstern, »wer mit dem Rücken zur Wand steht, ist gefährlich! Die Altstädte unseres Landes sind nicht mehr zu halten, Einsturzgefahr. Das gesamte Gleisnetz der Republik ist desolat ... für die Schwellen wurde falscher Beton verwendet, die Lebenserwartung unserer Bürger sinkt, wir verlieren auf dem Gebiet der Hochtechnologie Stunde für Stunde an Boden. Das ...«
»Das Wasser wird knapp ...«, fiel Unsmoler dem Herrn Akkurat ins Wort.
»Nein, nein, das Wasser ist wieder da!« sagte der Herr Akkurat rasch, »diese Kleingärtner hatten in ihren Steingärten derartig mit dem Rohstoff geaast, daß die Versorgung zusammenbrach.« Wie-

der senkte er die Stimme: »Aber man munkelt, hier wird es bald gar kein Wasser mehr geben!« Er blickte zur Pumpe. »Dir kann das ja alles egal sein.«
»Die haben Steingärten?«
Der Herr Akkurat kam nicht dazu, ihm zu erklären, daß die Dörfler ihre Gärten durch aufgeschichtete Feldsteine vor dem wandernden Sand schützten.
Heftig klopfte es oben an der Bibliothekstür. Ein Moment Stille, dann wieder heftiges Klopfen. Geradezu Bullern. Der Herr Akkurat erbleichte. »Du warst *DOCH* draußen!« sagte er entsetzt.
Hastig kletterte er die Leiter hinauf. Sowie der Kopf in der Oberwelt verschwunden war, hörte Unsmoler ihn rufen: »Sofort, Schatz, sofort.« Das Klopfen verstummte. Die Luke schloß sich. Das Wasser rauschte die Röhren hinab.

Kommissköppe halten Wort

Tatsächlich, als die Mittwochsfähre einlief, standen an Deck zwei graue Lastkraftwagen. Kaum daß die Passagiere das Schiff verlassen hatten, sprangen junge Leute behende an Bord. Sie lösten Decksbefestigungen und wuchteten vom Schiff aus grüne Stahlträger hinüber zur Pier. Über diese Schienen steuerte der Leiter des GST-Lagers die Fahrzeuge an Land.
Lüder stand mit dem Trecker abseits. »Laß das Dings bloß nicht in die Ritz fallen!« rief er. Niemand beachtete ihn. Lüder war Nebensache.
»Wat denn, wat denn, dat is schon alles? Das ist doch noch nicht Herbst!« wunderte sich Lüder. Nur drei Leutchen hatten ihm ihre Koffer hinaufgereicht. Er hatte extra laut gesprochen, aber niemand sah sich um. Alle Aufmerksamkeit galt den LKWs. Selbst die Dorfjugend war zum Hafen gekommen. Die uniformierten Teilnehmer des derzeitigen Lehrgangs des Lagers der vormilitärischen Erziehung waren auf der Pier angetreten. Sie wurden von den Dorflümmels beneidet.
»Aufsitzen!« kommandierte der Leiter. Im Handumdrehen waren die Uniformierten auf den Fahrzeugen.

Der Mann wandte sich an die Dorfjugend. »Wie lang' habt ihr noch Ferien, Jungs?« fragte er.
»Zehn Tage.«
»Dann müssen wir uns ja beeilen!« Der Leiter war plötzlich ein wichtiger Mann. Er hatte die Macht zu entscheiden, wer von der Dorfjugend am Fahrkurs teilnehmen durfte. »Wer über sechzehn ist, kann mitkommen.«
Lüder sah wie die Dorflümmels chaotisch die LKWs erklommen. Sie halfen sogar Mädchen hinauf.
»Das werden wir noch üben müssen!« rief der Leiter lachend, sprang in das erste Fahrzeug und fuhr an.
Der zweite LKW, gesteuert vom Fahrlehrer der Motorradstaffel, folgte.
Wort gehalten haben die Kommißköppe ja, dachte Lüder. Von einem Laster war die Rede gewesen, aber sie schicken gleich zwei. Wenn's auch ausrangierte Dinger aus heimischer Produktion sind. Bei der Truppe fährt man jetzt die russischen Ein-Liter-Autos. Ein Liter Benzin auf einen Kilometer. Die haben's ja. Lüder gab Gas und tuckerte ins Dorf hinauf.
In der Dorfstraße erblickte er den Herrn Akkurat. Er hupte zur Begrüßung. Der Herr Akkurat verneigte sich, konnte aber nicht wie gewohnt seinen Hut schwenken, denn er trug zwei schwere Taschen. Irgendwie fehlte Lüder dieses Hutschwenken. Irgendwas geht hier vor, dachte er. So vieles wird anders. Daß der Kunstmaler nun schon wieder mit vollen Taschen aus dem Konsum kommt, ist auch nicht geheuer. Der schleppt sich Vorräte in die Burg, vielleicht weiß er was, was wir nicht wissen.
Vor der Kneipe lud Lüder die Koffer ab. Für den Zeltplatz war kein einziges Gepäckstück dabeigewesen. Auch das seltsam.
Dann fuhr er bei sich auf den Hof. Seine Frau stand in der Tür. »Schon wieder kein Wasser!« lamentierte sie, »langsam reicht mir das hier!«
»Vielleicht wollen die das ja!« Lüder wußte nicht, woher ihm plötzlich dieser Gedanke kam. »Aber das tut uns nichts«, fügte er hinzu, »das wird jetzt Herbst, du brauchst nicht mehr gießen, und für den Kaffee wird's allemal reichen.«
Vielleicht hatten die im Objekt schon die Notbremse gezogen. Kaum Passagiere auf der Fähre heut.
»Uns kann gar nichts Besseres passieren. Wenn das Wasser knapp

wird, verlieren die im Objekt den Spaß am Regieren, und alles wird wieder wie anno dazumal. Weniger Leute, und der Sand kommt zur Ruhe. So ist das. Wat die derzeit mit ihren Motorrädern anstellen, ist doch die reine Gottversuchung!«

»Wenn du das sagst, muß das ja wohl stimmen«, sagte seine Frau ärgerlich.

Der Tüffelmacher kam mit seiner Schubkarre vorüber. Er karrte zur Freilichtbühne, deren hölzerne Rückwand langsam im Sand versank. Tag für Tag schippte er zwei, drei Bretter frei, die der Sand bereits verschlungen hatte. Er hebelte sie los, lud sie auf seine Karre und fuhr sie auf seinen Hof. Man wunderte sich im Dorf: die Obrigkeit schritt nicht ein.

Dann aber, eines Morgens gegen vier Uhr, pochte es beim Tüffelmacher heftig an der Haustür. Seine Frau hörte es und rüttelte ihn wach. Er schreckte auf.

So klopft kein Nachbar.

»Scheiße«, sagte er, »nun kommen sie!«

»Da hast du es!« schimpfte sie, »Beschädigung von Volkseigentum!«

Er erwartete, daß man an der Türklinke rütteln oder zum Fenster hereinstarren würde, daß jemand rief oder gar die Tür eintrat … Nein, nur dieses heftige Klopfen. Beide saßen sie aufrecht im Bett und lauschten.

»Geh schon!« sagte sie.

Er zog sich die Hose an und tappte in den Flur. Schatten von Gestalten hinter dem Glas der Haustür sah er nicht. Stille jetzt. Wahrscheinlich sind die Kerle ums Haus gegangen.

Er hatte Zeit, sich eine Strategie zurechtzulegen.

Macht nicht so viel Wind wegen der paar Stücken Holz! Wer wird die Bühne denn reparieren, wenn sie im Frühjahr freigeschaufelt wird. Das werd' ich ja wohl sein! werd' ich sagen, und ich werd' sagen, im feuchten Sand verfault Holz, deshalb hab' ich es geborgen. So ist das. Bei mir stehen die Stücke trocken. Bei mir verfault das Volkseigentum nicht! das werd' ich sagen. Dann holte er tief Luft: »Wer trommelt hier zu nachtschlafender Zeit rechtschaffene Bürger aus dem Schlaf!« brüllte er hinter der Tür.

Seine Alte, die wie die meisten Ehefrauen ihren Angetrauten für eine Memme hielt, sperrte vor Erstaunen den Mund auf.

Schon wollte er forsch die Tür aufstoßen, da bekam er es doch

wieder mit der Angst zu tun. Wenn's nun doch nicht wegen dem Holz ist, was dann?
Er konnte nicht anders, er mußte die Tür öffnen.
Kein Schatten, der plötzlich die Scheibe verdunkelte, kein Fuß der sich in den Türspalt schob. Stille! Weiter zog er die Tür auf. Nichts. Nur eine Krähe hüpfte seltsam schief von dannen. Die ist nicht ganz ordentlich, dachte er. Er wartete, dann schloß er die Tür und kroch zurück zu seiner Alten ins Bett.
»Eine Krähe hat geklopft!«
»Wer wollte was?«
»Eine Kreih hat mit dem Schnabel an die Scheibe geklopft!« erklärte er nun ausführlicher.
»Wenn dat man kein Unglücksbote gewesen ist«, unkte sie. Sie drehte sich zur Seite und war im nächsten Moment wieder eingeschlafen.
Der Tüffelmacher lag noch lange wach und dachte nach. Nach einer Weile hatte er die Lösung. Von wegen Unglücksbote! Die Kreih wird sich im Türglas gespiegelt haben und gedacht haben: siehst, da is noch eine, dei hemms inspunnt!
Er erzählte abends in der Kneipe von »die verrückte Kreih«.
»Die hat Rattengift gefressen«, meinte man. »Möwen gibt das auch nicht mehr. Möwen muß man sich hier schon schnitzen!«

Ein Geheimnis

Nachdem der Herr Akkurat so überstürzt aus dem Versteck in die Oberwelt geklettert war, hatte Unsmoler voller Beklemmung gewartet. Er hatte in die offenen Schornsteinklappen hineingelauscht, das Ohr an die Abflußrohre gelegt, aber kein Geräusch, das er hätte deuten können, vernommen. Irgendwann aber hatte er gehört, daß draußen Leute sangen: »Und eines Abends im Aprile hat sie das Meer auf einmal satt ...« Grölende Stimmen, die sich entfernten. Er blickte auf die Uhr. Kneipenschluß. In der »Deutschen Eiche« sang man jetzt also Brechtsongs.
Unsmoler hatte in Kleidern geschlafen, denn er hatte nicht riskieren wollen, im Nachthemd des Herrn Akkurat verhaftet zu werden.

Am nächsten Morgen öffnete sich jedoch zu seiner großen Erleichterung die Luke in gewohnter Weise.
Der Herr Akkurat wunderte sich, als Unsmoler sagte: »Ich bin froh, dich zu sehen, aber du kannst dich darauf verlassen, ich war nicht draußen ... ich habe zu tun!«
Der Herr Akkurat hatte geseufzt: Unsmoler arbeitete, er selbst aber mußte kostbare Zeit investieren, um den Mann im Keller bei Laune zu halten. Das glaubte er jedenfalls in diesem Augenblick.
Seufzend war er an die Schränke gegangen und hatte die Vorräte inspiziert.
»Warum auch hinausgehen. Du hast keinerlei Veranlassung. Alles da, und was nicht da ist, wird besorgt. Nahrung für zwei Monate, das war stets meine Kellerkonzeption. Entstehende Lücken werden aufgefüllt. Wie gesagt: wir müssen Zeit gewinnen, du mußt ein Oeuvre schaffen!«
»Was war das für ein heftiges Klopfen gestern?«
»Lediglich meine Frau, lediglich meine Gattin ... ich wurde am Telefon verlangt.« Die Augen des Herrn Akkurat hatten für Momente gestrahlt, seine Stimme war beinahe feierlich geworden, dennoch kam die Frage ungelegen.
Unsmoler prägte sich den Gesichtsausdruck des Herrn Akkurat ein und wechselte das Thema.
»Ich hörte nachts die Seeräuberballade ... seit wann singt man in der Kneipe Brecht. ›Und eines Abends im Aprile hat sie das Meer auf einmal satt ...‹«, versuchte er zu singen.
»Ganz recht, ganz recht, das ist der Fotograf. Er hat uns vorgestern Fotos gezeigt. Fotos, die er in den Dünen gemacht hat. Erschrekkende Endzeitbilder, dazu passen diese Brechtverse. Stell dir vor: wunderschöne Arme, Hände, Brüste, Beine; Körperteile, die aus dem Sand ragen. Hände ohne Kopf, der Kopf offensichtlich unter der Erde. Erschütternd. Einsame Hände, die zum Himmel zeigen. Und dieser Mann ist Genosse! Selbst die Genossen fangen an, sich Gedanken zu machen!«
Unsmoler, der Zuhörer.
Hatte er wirklich zugehört? Hatte er sich nicht lediglich auf das Gesicht seines Gegenübers konzentriert? Hatte er nicht bereits Übung darin? Gedanken ließen die Physiognomie des Herrn Akkurat regelrecht flackern. Angst und Hoffnung und das erlösende

ununterbrochene Reden. Alles Düstere ungehemmt aussprechen und loswerden.

»Was ist das nur für eine Welt!« fuhr der Herr Akkurat fort. »Dieses grauenhafte Gleichgewicht des Schreckens, mein Gott, das Gleichgewicht des Schreckens! Wie sich das anhört. Aber es ist immer noch der glücklichere Zustand, wehe, wenn die eine Großmacht spürt, ins Hintertreffen zu geraten! Dann ist die Katastrophe da! Wer zurückbleibt … drückt aufs Knöpfchen. Du hier unten wirst uns wahrscheinlich alle überleben. Der Kommunismus kann offenbar nicht mithalten. Die Hochtechnologie ist mit wahnsinnigen Kosten verbunden. Krieg ist Ausweg. Man wird einfach sagen: Unser Land blühte auf, das war dem Gegner ein Dorn im Auge. Er hat uns den friedlichen Sieg nicht gegönnt, nun wollte er zugeschlagen, aber wir schlagen rechtzeitig zurück.« Der Herr Akkurat machte eine winzige Pause, Unsmoler sah ihn fragend an. »Angreifer sagen immer, sie hätten zurückgeschlagen«, fuhr der Herr Akkurat fort, »wenn sie den Sieg erringen, behalten sie recht. Allerdings sind nur freie Menschen kreativ, nur schöpferische Menschen machen Erfindungen. Humanismus ist also auf die Dauer Voraussetzung für technologischen Fortschritt, Voraussetzung sogar für eine moderne Kriegführung! Voraussetzung für den Sieg. Sklaven sind unproduktiv! Die Befreiung wird also kommen … von innen kommen, wenn nicht vorher … das Knöpfchen …« Der Gesichtsausdruck des Herrn Akkurat wurde plötzlich hoffnungslos. Er verstummte.

Unsmoler mußte etwas sagen, um das Gespräch wieder in Gang zu bringen. Er wollte das Gesicht des Herrn Akkurat betrachten, nichts sonst. Irgend etwas mußte er sagen, damit die Worte wieder flossen.

»Es wäre mir angenehm, wenn ich glauben könnte, daß unfreie Menschen nicht schöpferisch sein können. Aber sie können es sein. Im faschistischen Deutschland wurden binnen weniger Jahre unglaubliche Erfindungen gemacht.«

Der Herr Akkurat schüttelte verzweifelt abwehrend den Kopf.

»Sie werden uns reisen lassen! Wir öffnen uns der Welt! Manchmal haben schlimme Voraussetzungen wunderbare Wirkung. Die Population der Graugänse hat sich zum Beispiel erholt, und weißt du, warum? Man schießt Gänse nicht mehr, weil ihr Fleisch von der gebeizten Saat vergiftet ist. Ungenießbar. Quecksilber.«

Er sah, daß Unsmoler auf das weiße Papier blickte und einen Farbstift nervös in den Fingern drehte.
»Male, male, nutze die Zeit der Klausur! Sie ist der ideale Zustand! Nur die Phantasie entrinnt dem Käfig der fünf Sinne! Sie findet das Geheimnis. Malerei als wunderbare Spekulation. Du brauchst nicht den«, er lächelte, »zweifellos angenehmen Anblick der fünf Modelle. Du bist kein Fotograf, du bist Maler, also bist du ein Schöpfer!«
Manchmal überraschte ihn der Herr Akkurat.
Unsmoler zeigte nicht, woran er arbeitete. Die beiden Männer begegneten einander lediglich auf der Ebene der Worte. Konnte er denn dem Herrn Akkurat zeigen, daß dieser längst im Käfig von Bildserien war?
Unsmoler arbeitete an einer großen Bildfläche, die aus lauter Einzelporträts bestand. Alles Gesichter des Herrn Akkurat. Erfundene, verdeutlichende Farbigkeit. Verwischungen, als wären die Gesichter hinter reflektierenden Glasscheiben. Dann wieder die Präzision eisiger Kälte. Unzählige Varianten.
Fragen an ein Gesicht. Antworten durch Farbe und Form.
Das Gesicht des Herrn Akkurat trug gespiegelte Wirklichkeit hinab in das Kellerversteck.

Stolz

Sie waren stolz auf ihre Kinder. Hinter dem Steuer eines riesigen LKW kurvten sie durchs Gelände. Mit Hupen, vorwärts und rückwärts und allen Schikanen. Lüder entthront.
»Man gut«, sagte man im Dorf, »daß hier nicht mehr so viele Urlauber rumrennen, sonst könnt' dat noch gefährlich werden!« Alles hat sein Gutes. Der Zeltplatz war geräumt, die Betriebsferienlager geschlossen. Wegen der zeitweiligen Wasserprobleme, hieß es. Erst im Winter würde man neue Bohrungen niederbringen können. Das Lager der vormilitärischen Erziehung aber zog sein Programm durch. Die Leutchen rannten in braunen Trainingsanzügen allmorgendlich zum Meer. Waschen feldmarschmäßig. Die Trillerpfeife am Strand. Ein Pfiff, und alles tauchte unter. Arbeit an den Fahrzeugen erst nach dem Frühstück.

Was aber beunruhigte: auf der Pier türmte sich immer noch nicht der Berg der Winterbriketts.
»Wat soll dat nu wieder!«
»Bei der Braunkohle hat das Probleme gegeben«, berichtete der Hausmeister, »die haben da unten mit der Nässe zu kämpfen. Wat hier zu wenig ist, ist bei denen zu viel ... da unten hat das den ganzen Sommer geregnet.«
Kohlen also später, Diesel aber jetzt. Von der Fähre wurden Treibstoffässer gerollt. Alles für unsere Jugend. Tolle Ferien haben die Gören!
»Wir sind in deren Alter hinter dem Pflug hergestiefelt!«
Die Gäste, die sich noch im Dorf eingemietet hatten, reisten peu à peu ab. Es war untersagt, neue Urlauber aufzunehmen, wegen der Wasserknappheit, hieß es.
Der Tüffelmacher besserte unbeirrt seinen Brettervorrat auf.
Auch andere Männer aus dem Dorf begannen, sich von der Freilichtbühne Holz zu holen. Es war die Urangst, zu kurz zu kommen.
Aber beunruhigend war es schon: die Obrigkeit schritt nicht ein. Keine Mahnung, nichts. Denen schien alles egal zu sein. Zeichen summierten sich, ohne daß man sich einen Vers dadrauf machen konnte.
Einzig der Pastor war verläßlich. Der kam in alter Weise und lächelte quer durchs Dorf. Er hatte wieder drei blanke Bläser mitgebracht. Und wieder fand das Spektakel mit der Auffindung des heiligen Kreuzes im Meere statt. Wenig Leute diesmal. Sogar die Glocke mußte er selber läuten, die Jugendlichen hatten Fahrprüfung.
Kaum Leute in der Kirche. Der Herr Akkurat und seine Gattin in der ersten Reihe.
Zu ungewohnter Zeit kam der Herr Akkurat am übernächsten Tag ins Kellerversteck. Die Klappe blieb offen.
»Meine Gattin ist abgereist. Wir haben Ruhe. Die Geheimhaltung ist auf Dauer ausgesprochen anstrengend. Aber ich muß sie da raushalten. Einer muß schuldlos sein.« Er setzte sich. »Wie kommst du mit der Arbeit voran?«
»Ich habe ein gutes Gefühl ... hat man erst das eine Bild gefunden, hat man alle Bilder in der Hand.«
»Das meint man als Maler immer ...«, sagte der Herr Akkurat düster. »Seltsam, die Insel leert sich. Das Militärische wird von Tag zu

Tag dominanter. Die Möwen tot. Trillerpfeifen am Strand. Graue Lastkraftwagen kurven über die Hügel. Man badet im Laufschritt. Und der Sand weht. Du versäumst da oben nichts.«

»Und wenn mich gerade das interessieren würde?«

Der Herr Akkurat hob beschwörend die Hände. »Hältst du es noch drei Wochen bei deinen Bildern aus?« fragte er besorgt.

Unsmoler nickte.

»Versprochen?«

»Wenn du noch Farbe und Papier hast ...« Unsmoler reichte dem Herrn Akkurat einen zweiten Schein.

»Ich geniere mich nicht, ihn anzunehmen. Du ahnst gar nicht, wie gelegen mir das Geld kommt!« Der Herr Akkurat strich andächtig den Schein glatt und kletterte hinauf in die Oberwelt. Er blickte noch einmal hinab. »Ich bringe mein bestes Material!« flüsterte er.

Hinauf und hinab. Der Herr Akkurat schaffte Papier und Farben heran.

»Ich brauche nicht alles sofort«, versuchte Unsmoler den Übereifer zu bremsen.

»Doch, doch, was erledigt ist, ist erledigt.«

Unsmoler stieg ihm nach. Die Klosettür offen. Die Bibliothekstür offen. Sonnenlicht davor. Sonne!

Schon kam der Herr Akkurat in die Bibliothek und machte entsetzte Zeichen. »Um Himmels willen!« flüsterte er, als er Unsmoler mit flehend erhobenen Händen zurück in den Keller getrieben hatte, »jemand hätte durchs Fenster schauen können! Ein gesprochenes Wort hätte dich möglicherweise verraten. Die Wände oben haben Ohren! Lieber Kollege, wir dürfen unter keinen Umständen unvorsichtig werden und im letzten Moment, alles, aber auch alles ...«

Er verstummte und verbarg sein Gesicht in den Händen und saß wie erstarrt auf dem Stuhl.

»Du hast mich wieder sehr, sehr erschreckt!« sagte er nach einer Weile.

Hölzerne Möwen

Der Genosse Vorsitzende konnte es nicht lassen, er war hinauf in die Aussichtsetage gefahren. »Trotz allem, ich werde die Insel vermissen!« sprach er seufzend vor sich hin. Er blickte durch das Fernrohr, als wäre alles bereits Vergangenheit.

Also keine Betonpier für die blauen Jungs, sondern schwarzes Drunter und Drüber, in das feuernde Landungsschiffe ihre Panzer speien würden. Noch lag der Logger reglos im strahlenden Licht der Morgensonne … Der Genosse Vorsitzende drehte am Rädchen der Scharfeinstellung: weiße Punkte im Masttopp. Unwillig zog er die Brauen zusammen. Der Kollege dort ist offenbar nicht ausgelastet. Niemand hat den Möwen eine Träne nachgeweint! Wir übergeben eine saubere Insel! Daß bei der Schädlingsbekämpfungskampagne auch Möwen draufgingen, war ein Nebeneffekt. Möwen, die Ratten der Luft! Wer sie über dem Müllplatz und der Kläranlage gesehen hat, weiß das! Niemand würde sie vermissen, wenn nicht dieser … Der Genosse Vorsitzende suchte nach einem passenden Wort, denn schon immer hatte er gewußt, wie wichtig es ist, den Gegner passend zu etikettieren … wenn nicht dieser ehemalige Heringsbändiger fortwährend an sie erinnern würde, vollendete er den Gedanken. Wir sollten einschätzen, daß die Möwen oben im Mast eine bewußte Provokation darstellen!

Der Fischer stand am Heck des Loggers und pinkelte ins trübe Wasser des Hafenbeckens. Weit und breit kein Mensch zu sehen. Er gähnte und streckte sich. Wenn er sich früher morgens gefragt hatte, ob der Tag gut zum Fischen sei, so fragte er sich jetzt, ob der Morgen gut sei, sich hinauf in den Mast zu kurbeln. Das war ein guter Tag.

Er machte es sich auf dem Sitz bequem. Seine Füße lösten sich vom Deck, langsam schwebte er in die Höhe. Was er da oben brauchte, schwebte mit ihm. Links und rechts stabile Kästen am Sitz. Rechts sein Schnitzzeug und sein Holz, links die Buddel, ein Knust, ein Stück Speck und manchmal ein hartes Ei.

Obwohl noch reichlich Zeit bis zum Einlaufen der Fähre vergehen würde, sah er einen Herrn vom Objekt her zum Hafen kommen. Eindeutig einer aus den Büros, sprach er zu sich selbst, nicht bunt wie ein Badegast, nicht grau wie einer aus dem Dorf und nicht feldgrün wie ein Grenzer!

Der Herr bog zum Hafen ab und erreichte das Museumsschiff, als der Klappläufer oben an den Block stieß. Die Leine, die hinunter ins Hafenwasser reichte, führte nun straff über die Reling, als würde der alte Mann wie in jungen Jahren Haie angeln wollen.

Wahrscheinlich rief der Büromensch etwas hinauf, wahrscheinlich rief er »Guten Tag!«. Der Fischer berührte mit dem Zeigefinger gnädig den Mützenschirm.

Der junge Mann versuchte von unten herauf ein Gespräch zu führen.

»Hat keinen Sinn, ich bin seit Jahren taub, stocktaub, komm ein anderes Mal, Jung, wenn ich unten bin!« Der Fischer packte sein Schnitzzeug aus. Seit ihm die Urlauber nicht mehr für zwei Buddeln Korn die Möwen abschwatzten, hatten sich die hölzernen Vögel hier oben vermehrt. Er hatte ihnen ein Querholz angebracht, auf dem sie sich nun mit ihrem schwarzweißen Gefieder prächtig machten. Die Schnäbel leuchteten gelb und rot. Jetzt arbeitete er an einer mit ausgebreiteten Flügeln … die würde an einer Leine zwischen den beiden Masten schweben. Er holte die Schwingen aus dem Kasten, um sie einzupassen.

Unten winkte der Mann. »Das ist nicht gestattet, dort hinaufzuklettern, und es ist nicht gestattet, Gegenstände an der Mastspitze anzubringen! Das ist eine Anweisung!« rief der Herr hinauf.

Der Alte grinste über das ganze Gesicht. »Was, ich habe einen Fünfer im Zahlenlotto?«

Der Herr schüttelte heftig den Kopf.

»Na, dann eben nicht«, sagte der Alte, Spänchen trudelten hinab. »Komm gegen Mittag wieder, Jung«, rief er. Der Mann da an Deck tat ihm leid. Denen fehlt die Abwechslung, dachte er, der Zeltplatz wird leer.

Dat wär' was, wenn ich die Seestiefel an den Sitz hefte, einen Pullover mit Stroh ausstopfe, statt Möwen einen Holzkopp schnitze, dem eine Mütz aufsetz'. Da könnten die rufen, bis sie schwarz werden!

Ne Pupp hält hier boben allemal länger dörch, as so einen mitleidigen Minsch.

Das musikalische Opfer

Unsmoler breitete – zu großen Bildformaten zusammengefügt – eine Vielzahl farbig schablonierter Porträts auf dem Fußboden aus. Muster verschiedenartigster Anordnung verwandelten das Kellerverlies.

»DIE BESUCHE DES HERRN AKKURAT« hätte er diese Bildgruppierungen nennen können. Er notierte die Anordnung ausdrucksstarker Kombinationen. Jedes Einzelporträt trug eine Nummer auf der Rückseite. Das Bild »MONTAGSBESUCH« setzte sich aus den Nummern 22, 18, 32, 12, 16 und 4 zusammen. Das Bild »DIE SCHLIMME NACHRICHT« war die Blockanordnung der Nummern 11, 16, 1 und 47. Das Bild »TRILLERPFEIFEN AM MEER« bestand aus zwei Porträts auf gelbem Grund, umgeben von blaugrauen Bildnissen. »DAS GEHEIMNIS DES HERRN AKKURAT« und »HEFTIGES KLOPFEN OBEN« war die Kombination verwischter Porträts. Wenn Unsmoler anfangs durch die Zusammenstellung der Einzelbilder die Empfindung eines Gesprächs sichtbar machen wollte, stellte er später erst die Intensität des Gesamten her, um dann im nachhinein den Titel zu erfinden, der verdeutlichte, was spürbar war. Ein Abenteuer, das dunkel Geahntes hervorlockte und sichtbar machte.

Die Luke öffnete sich zu ungewohnter Zeit. Blitzende Schuhe auf den Leitersprossen, Bügelfaltenhose. Dann der Leib. Doch, es war der Herr Akkurat. »Damit dir die Zeit nicht lang wird. Wenn du mir bitte den Plattenspieler abnehmen würdest.«

Unsmoler hatte das Radio gehabt und Schallplatten nicht vermißt. Nun aber freute er sich.

»Und nun die Töne!« Der Herr Akkurat reichte ihm einen Stoß Langspielplatten und stieg vollends hinab.

»Du siehst, ich bin in Reisekleidung. Du hast deine Reise ins Ausland ja hinter dir. Nun sind meine Gattin und ich an der Reihe. Meiner lieben Frau wurde soeben mitgeteilt, daß wir uns im Zentralvorstand die Pässe abholen können. Die entscheidende Endphase ist gekommen. Ich bitte dich also inständig, mach uns nicht doch noch einen Strich durch die Rechnung. Halte aus!«

Unsmoler sah die Schallplatten durch und entdeckte das »Musikalische Opfer« von Bach. »Das ist ja wunderbar!« sagte er.

»Ja, es ist wunderbar, du siehst, alles bessert sich. Die Reise ist der Beweis. Nach der Reise nehmen wir deine Sache in Angriff! Du wirst im richtigen Augenblick zum Vorschein kommen. Die Neuerungen in der Sowjetunion sind derartig gravierend, daß sich auch unsere Regierung dem auf Dauer nicht verschließen kann. Fast bedaure ich, zu dieser Stunde abreisen zu müssen. Das Licht und die Hoffnung kommen aus dem Osten.« Er blickte auf die Blätter, die auf der Erde lagen.
»Was reise ich! Hier liegt die neue Kunst bereit! Halt durch, Kollege, wir finden Arbeiten, die beim derzeitigen Zentralvorstand gewissen Eindruck machen werden!«
Unsmoler stellte den Plattenspieler neben eine Steckdose auf den Fußboden und wartete auf die Stille.
»Wir müssen damit rechnen, daß in meiner Abwesenheit Fremde ins Haus kommen. Unsere Organe sehen sich nun mal überall um.« Er seufzte. »Aber die Genossen stehlen nichts. Im Gegenteil, Diebe haben bei uns kaum eine Chance. Ordnung ist besser als Chaos. Wesentlich ist, daß sie dich auf keinen Fall entdecken. Sollte das geschehen, werden wir die Reise nicht antreten können. Würden sie dich jedoch aufspüren, nachdem wir bereits in London sind, hättest du keine Chance, uns zu benachrichtigen. Auch wir würden zurück in die Katastrophe reisen. In unser beider Interesse liegt es also, eine derartige Entdeckung unter allen Umständen zu verhindern. Du wirst diesen Raum also nicht verlassen, bis ich zurückgekehrt bin?«
»Doch!« sagte Unsmoler.
Der Herr Akkurat erstarrte.
»Doch«, wiederholte Unsmoler, »ich werde davonschweben in die unendlichen Weiten der Musik. Ich werde durch den Kosmos des Geistes reisen und mich von früh bis spät auf bisher unbekannten Kontinenten der Malerei tummeln!«
»Ja, ja«, sagte der Herr Akkurat rasch, »all das hättest du bei einer Inhaftierung nicht. Im Gefängnis regieren Fußtritte und Trillerpfeifen. Du hast also Verständnis, wenn ich die Räume oben abschließe, einen Teppich über die Luke lege und die Fugen sorgfältig verschmiere? Alles für einen relativ kurzen, begrenzten Zeitraum.«
Unsmoler reichte dem Herrn Akkurat zum Abschied die Hand. Er freute sich auf die Musik.

»Ach ja«, sagte der Herr Akkurat, »hier noch ein Ventilator.« Er hob das Gerät hinab, dann kletterte er behende hinauf. »Auf Wiedersehen in der Oberwelt!«
»Nicht zu weit oben!« antwortete Unsmoler.
Der Herr Akkurat schloß die Luke, zog den Spachtel aus einem bereitstehenden Töpfchen, in dem er Zement mit gesiebtem Kies angerührt hatte, und begann die Fugen der Luke zu verschmieren.
Von unten drang leise Musik herauf.
Das »Musikalische Opfer« von Bach.

Im Grunde ...

Elfriede mit dem heulenden Bohnerbesen in den Linoleumfluren des Chefobjekts. Ihr letzter Korridor war dran, wenn die ersten Angestellten ins Bürogebäude kamen. Elfriede wollte gesehen werden. Aber die Blicke waren an diesem Morgen anders.
Plötzlich verstummte der Bohnerbesen. Sie zog an der Leitung und stieß das Gerät mehrfach auf den Boden. Manchmal half das. Aber das Gerät blieb tot. Sie schaute sich um. Der Mitarbeiter stand neben der Steckdose, hielt den Stecker in der Hand und lächelte.
Er trug einen Trainingsanzug, hatte aber eine Schachtel Zigaretten in der Hand. »Rauchst du eine mit?« fragte er, »der Flur ist abgenommen, ausgezeichnete Arbeit. Ich kann mich spiegeln.«
»Na, wenn du das sagst!« Sie trat erfreut zu ihm an das Fenster.
»Du bist wohl die einzige, die auf der Insel noch richtig arbeitet!«
Er klopfte eine Zigarette ein wenig aus der Schachtel und hielt ihr die Packung hin, sie zog die Zigarette heraus, er gab ihr Feuer. Sie machte einen Zug und sah den Mitarbeiter an, der rauchte auch, blickte aber aus dem Fenster.
»Der hat auch keine Lust mehr!« sprach er vor sich hin.
Sie wollte sehen, wen er meinte, und schaute nun gleichfalls aus dem Fenster, ihre Kinnlade fiel vor Erstaunen hinab.
Aus dem Hafen wurde gerade das Museumsschiff geschleppt. Im Topp leuchteten die weißen Punkte der hölzernen Möwen.
»Was denn, was denn, das Schiff kommt doch gerade aus der Werft!«

»Ja, manchmal sind die Entscheidungen des Genossen Vorsitzenden schwer nachvollziehbar.«
»Das Schiff hätte hier getrost überwintern können!«
Der Mitarbeiter sah sie mit besorgter Miene an. »Wenn man bedenkt, was wir hier alles aufgebaut haben. Vielleicht ist der Genosse Vorsitzende bei seiner Argumentation nicht bis an die äußerste Grenze gegangen. Vielleicht war er überfordert. Aber so gut er konnte, hat er gekämpft. Während die Urlauber in ihren Hulareifen mit den Hintern wackelten, hat er gekämpft. Aber so ist das eben, die Belange der Landesverteidigung gehen vor, da kommt man schwerlich gegen an. Das wird ganz woanders entschieden. Ziemlich weit östlich, sehr weit östlich.« Er lächelte. »Machen wir also das Beste draus.«
»Ich versteh' immer Bahnhof.« Elfriede lachte. Sie fand ihre eigene Bemerkung komisch, weil es hier nie einen Bahnhof gegeben hatte.
»Ja, was denn, hat sich das noch nicht herumgesprochen?« Der Mitarbeiter tat erstaunt. »Die Insel muß bis auf weiteres geräumt werden«, das sagte er so beiläufig, als würde er ihr eine zweite Zigarette anbieten.
Sie vergaß das Rauchen. Die Zigarette glimmte zwischen den Fingern. Sie war sprachlos.
»Wir werden mit allen Betroffenen Gespräche führen und alternative Vorschläge machen. Die Arbeitsgruppen sind bereits gebildet. Der Genosse Vorsitzende wird allerdings nicht dabeisein. Von der Basis hat er sich offenbar allzusehr entfernt.«
»Wir müssen hier weg?« Elfriede konnte es kaum fassen.
Der Mitarbeiter nickte.
»Ich finde überall Arbeit!« Das schrie sie fast, so erschrocken war sie. »Dreck wird überall gemacht! Ich komme überall durch, ich ja!« Sie sah ihn an, als würde sie meinen: aber du, was kannst du?
Der Mitarbeiter machte ihr ein Zeichen, als müßten sie sich alle beide vorsehen. »Sollte im Dorf Unruhe entstehen, laß uns das wissen, wende dich direkt an mich, damit wir Härten vermeiden. Der Genosse Vorsitzende ist, gelinde gesagt, zur Zeit ein wenig überfordert.«
Die Zigarette verbrannte ihr den Zeigefinger. Sie warf die Kippe in die silberglänzende Aschenkugel. Überall standen die Dinger

rum. Sie zerrte die Bohnermaschine hinter sich her, als wäre die Maschine ein störrisches Tier, dessen Faxen sie dicke hatte. Sie stieß das Gerät in die Gerätekammer. Das schwarze Kabel warf sie achtlos hinterdrein

Der Mitarbeiter war am Fenster stehengeblieben. Er sah Elfriede mit eiligen Schritten auf das Dorf zueilen. Sie war immer, ohne es zu ahnen, eine wichtige Figur in seinem Spiel gewesen.

Nun trug sie die Nachricht ins Dorf.

Im Flugzeug hoch über den Wolken in den Sesseln das Malerpaar. Leise klangen Gläser. Über den Teppichboden des Ganges schob die Stewardess den Getränkewagen. Man brauchte nur zu wünschen. Der Herr Akkurat schaute sich um. Seine Gattin aber war wunschlos, sie blickte unentwegt aus dem Fenster. Im lichten wattigen Wolkenmeer taten sich hin und wieder dunkle Löcher auf. Tief unten erkannte sie in regennasser Finsternis Felder, Städte und Flüsse. Mein Gott, dachte sie, dort unten leben wir Menschen!

Ihr Gatte berührte sie sanft. Er hatte auch für sie Orangensaft einschenken lassen. Der Duft erinnerte nicht wie daheim an einen Friseurladen, sondern ließ vor ihrem inneren Auge das Bild lichtdurchfluteter Orangenhaine entstehen. Sie stießen miteinander an. Sie hätten die ganze Welt umarmen mögen. Sie hatten es geschafft. Der Herr Akkurat klopfte an das Glas. »Da kommen wir auch noch hin!«

Dankbar sah sie ihn an. »Diese Reise haben wir nicht zuletzt der Fürsprache des Genossen Vorsitzenden zu verdanken. Im Grunde sind das doch alles liebe Leute!«

Schlafloses Dorf

In Windeseile hatte Elfriedes Nachricht im Dorf die Runde gemacht. Man war wie gelähmt, hatte die Nacht schlaflos verbracht und im nachhinein all die Zeichen der Vergangenheit richtig gedeutet. Der Hausmeister und Jobst, der Polizist, wußten offenbar auch nicht mehr als die anderen. Am Morgen aber hatte man in allen Häusern begriffen, daß die Situation, sollte das Militär die

Hände im Spiel haben, absolut hoffnungslos sei. Trotz alledem: abwarten. War man hier auf der Insel nicht abwartend so schlecht und recht durch die Jahrtausende gekommen?

Erst als der grüne Barkas vor der »Deutschen Eiche« stoppte und die Aktentaschenträger ausstiegen, wurde das Gerücht zur Wirklichkeit. Noch aber blieb Hoffnung. Vielleicht hatte ja Elfriede den Sinn der Worte falsch verstanden. Vielleicht mußten ja nicht alle gehen. Vielleicht hatte die Alte vom Schuster wie so oft reichlich übertrieben, denn das war unverkennbar: die Herren bewegten sich nicht wie ein Schornsteinfeger der Reihe nach von Haus zu Haus, sondern schienen gezielt, wenn auch freundlich und höflich, als handele es sich lediglich um eine Viehzählung, einzelne Höfe aufzusuchen. Der Zeitpunkt ihres Erscheinens blieb für jeden unberechenbar. Warten zermürbt. Wo sie eintraten, waren sie in der Überzahl. Sie rasselten ihre Sprüchlein herunter und legten unterschriftsreife Schriftstücke auf die Tische. Sie zogen alle Register und versprachen großzügige Entschädigung. Sie deuteten an, daß es künftig nicht einmal mehr Elektrizität, geschweige denn Wasser auf der Insel geben würde und garantierten, alle Anträge auf die Übersiedlung an einen Ort eigener Wahl wohlwollend zu prüfen.

Routiniert begegneten sie jedem Argument. Man spürte, diese Herren machten so etwas nicht zum ersten Mal. Widerworte gerieten rasch in die Nähe staatsgefährdender Äußerungen. Meist zogen die Eindringlinge jedoch nur verwundert über so viel dreisten Wagemut die Brauen hoch und sahen einander vielsagend an. Das genügte häufig.

»Ein Ort meiner Wahl?« Lütt Otto fiel auf die Schnelle keine andere westliche Stadt ein. »Hamburg!« sagte er.

»Wünschen Sie, daß wir Ihre Angelegenheit einer anderen ... Arbeitsgruppe ... übergeben?« Die Herren erhoben sich, als wäre das Gespräch beendet. Lütt Otto spürte, daß er zu weit gegangen war. Er mußte die Männer beruhigen. Sie setzten sich wieder.

»Das ist eine Zwangsräumung!« empörte man sich hier und da.

»Vorerst nicht«, gab man zur Antwort, »wir rechnen mit Ihrer Einsicht. Haben Sie nicht seit Jahren Briketts im Ofen verbrannt? Haben nicht dort, wo wir heute Braunkohle fördern, vorher Städte und Dörfer gestanden? War es für die Bürger dieser Städte nicht eine Selbstverständlichkeit, persönliche Befindlichkeiten

hinter gesellschaftlichen Notwendigkeiten zurückzustellen? Ihr habt Licht eingeschaltet und die Staubsauger heulen lassen, aber meint ihr nicht auch, daß dort, wo unsere Atomkraftwerke stehen, vorher Menschen wohnten? Aus einem beträchtlichen Umkreis mußten die Bürger zu ihrer eignen Sicherheit entfernt werden. Meint ihr, die waren glücklich dabei? Auch diese Maßnahmen hier werden eingeleitet, um unser aller Sicherheit zu gewährleisten. Dem Gegner ist unser glücklicher Aufbau seit langem ein Dorn im Auge. Aber wir sind nun mal verpflichtet, die Sicherheit und Unversehrtheit unserer Bürger zu garantieren. Wie viele Personen haben beim Bau des antifaschistischen Schutzwalls ihre Wohnungen verlassen müssen. Habt ihr von irgendwelchen Protesten gehört? Es gab keine. Aber ihr, ihr fangt an zu lamentieren! Was ist nur los auf dieser Insel?«
Der Schmied hatte sich zermürbendes Warten nicht aufzwingen lassen. Er drosch auf glühendes Eisen ein, als könnte der Lärm die Herren vertreiben. Aber sie kamen und trugen in entsprechender Lautstärke ihre Argumente vor. Genervt verließen sie schließlich die Schmiede, obwohl die Weisung lautete: alle unterschreiben. Einer der Herren blieb zurück. Sie schienen es nicht zu bemerken. Doch draußen zwinkerten sie einander zu. Der schafft es.
Der Mitarbeiter machte dem Schmied ein Zeichen, weiter auf das Eisen einzudreschen. Der aber legte den Hammer auf den Amboß, drehte dem Mann den Rücken zu und schob das Eisen in die Glut.
»Mach bloß keinen Mist«, sprach der Mitarbeiter mit scheuem Blick zu Tür, »die wollen doch nur, daß du störrisch bist. Das kommt den Staat billiger! Ich brauch' dir nicht zu erklären, daß du schwarz vermietet hast. Ich brauch' dir nicht nachzuweisen, daß du ohne Rechnung dein eisernes Kunstgewerbe verkauft hast. Ich brauch' dich nicht an Vorfälle erinnern, bei denen du eine unrühmliche Rolle spieltest. Aber ich weiß, da kommt einiges zusammen ... Man hat bisher über alles mögliche hinweggesehen, aber wenn du Kummer machst, wird das Büchlein aufgeschlagen. Wenn du die ärgerst, ärgern die dich auch.«
Ich erschlage ihn nicht, sagte sich der Schmied. Den Stolz hat man mir längst genommen.
Von den Tragödien im Dorf erfuhr Unsmoler nichts. Er wunderte sich jedoch, als beim Zeichnen auf dem weißen Papier plötzlich

wieder Fährten erschienen ... Warum kehrte ein altes Thema zurück?
Dann hörte er etwas. Hatte er das vorher auch schon vernommen? Er ging an den Schornstein, schaltete den Ventilator aus und bückte sich hinab zur Reinigungsklappe. Hektische Geräusche draußen. Das war nicht Lüders LPG-Gefährt. Andere Motoren, andere Fahrzeuge bewegten sich durch das Dorf. Aufregung. Hast. Es klang nach Flucht ... derartige Töne hatten sich einst in seinem Gedächtnis eingefressen.
Er versuchte zu arbeiten, aber immer wenn er sich hinabbeugte und lauschte, hörte er die Geräusche der Lastkraftwagen. Tagelang das gleiche. Die Fähre tutete hektisch, und das nicht einmal am Tage, sondern oft. Es war wie damals, als das Objekt zu wuchern begann und ein Schiff nach dem anderen die Insel ansteuerte. Was geht da draußen vor?
Er hielt sich an sein Versprechen ... drei Wochen aushalten. Er versuchte nicht einmal, hinauf in die verschlossene Bibliothek zu steigen. Gar nicht erst mit dem Rütteln an den Käfigstangen beginnen.
Es gab hier unten noch zu tun.

Ein paar Worte

»Gehen wir treiben im Geist!« rief der Herr Akkurat und klatschte in die Hände. Manchmal hätte seine Frau es vorgezogen, einfach nur träumend im Hotelzimmer zu sitzen und über die Dächer Londons zu blicken. Aber die Energie des Herrn Akkurat war unglaublich. Immer wieder brachen sie auf in neue Abenteuer, grad so, als wäre diese Reise die erste und letzte Möglichkeit, jahrzehntelanger Isolation zu entkommen.
Er hatte die beiden Kronenscheine Unsmolers hinausschmuggeln können: er wurde verwegen, wenn es um das Wohlergehen seiner Gattin ging. Die äußerst begrenzten Valutamittel, die er im Zentralvorstand hatte eintauschen dürfen, hätten nicht einmal für eine billige Absteige gereicht. So aber wurde jeder Tag zum Fest. Konzerte, Museen, Theater. Er war ein Meister darin, die Stunden

der Tage bis ins kleinste Detail zu organisieren. Selbst die Fahrtrouten mit den Bussen waren sorgfältig geplant. Sehen, sehen, möglichst viel sehen!
Auch hier in der fremden Stadt trug er seinen großen schwarzen Künstlerhut. Sie als Fremde fühlten sich in all der Buntheit des Straßenbildes heimischer als daheim auf der Insel.
Seine Frau hatte ihre schmerzenden Füße hochgelegt. Aber schon wieder lockte er sie hinunter an die Rezeption, um dort anhand von Prospekten den nächsten Tag zu konzipieren.
»Schatz, ich muß ein wenig verschnaufen. Wir sollten es nicht übertreiben, London ist auch im nächsten Jahr noch schön!«
Erstaunt sah er sie an. »Glaubst du, wir sind bereits Reisekader? Vergißt du, was es mich für unglaubliche Mühe gekostet hat, die Genehmigung für diese Tour durchzusetzen?«
»Ein Lächeln bewirkt manchmal sehr viel mehr«, sagte sie und lächelte ihn dabei so herzlich an, als wollte sie den Beweis liefern.
»Wollen wir nicht den Inselchef anrufen?« fragte sie, bevor ihr Gatte die Tür schloß.
Er wandte sich um: »Wieso?«
»Ihm danken und ihm sagen, daß es uns ausgezeichnet geht.«
Der Herr Akkurat seufzte. Vielleicht konnte diese Geste tatsächlich künftige Vorhaben befördern. »Bitte, wenn du möchtest, aber nur ganz kurz, jeder Schilling ist verplant!«
Während der Herr Akkurat an der Rezeption in holprigem Englisch Tickets für den nächsten Tag orderte, wählte sie die Nummer des Inselchefs. Sie hatte sich herzliche Worte zurechtgelegt.
Der Mann am anderen Ende ließ sie jedoch nicht zu Worte kommen. »Hier sind kurzfristig einschneidende Maßnahmen notwendig geworden«, sagte er ungehalten. »Alle Bürger werden großzügig entschädigt!« stieß er hervor, entschlossen, sich durch nichts unterbrechen zu lassen. Weder wollte er Vorwürfe noch Weibergeflenne. »Wenn ihr wieder hier seid, werden wir unbürokratisch alles erledigen! Ich hoffe, ihr kommt bald.«
Als ihr Gatte die Tür aufschloß, sah er, daß sie kreidebleich war. Zeit gewinnen, dachte nun auch sie.
»Er läßt grüßen«, sagte sie.
Er klatschte in die Hände. »Heute unter Berücksichtigung des Zustandes deiner allerliebsten Füße nur ein paar Schritte, wenig Geist, wenig Kunst, reine Erholung. Das Wachsfigurenkabinett

der Madame Tussaud steht auf unserem Programm! Wir wollen uns verlustieren!«

Sie bemühte sich zu lächeln.

Es war in der Tat nicht weit. Wenig später trieben sie durch Zeitlosigkeit. Dichter neben Mördern. Fußballer mit lockigem Haar neben Diktatoren. Erstarrte Gestalten, die einst etwas galten.

Die beiden wurden von toten Blicken getroffen. Krinolinen, gepuderte Haarteile, Samthandschuhe, Spitzenkragen, blutige Messer, abgeschlagene Köpfe, berühmte Mißgestalten, Schönheiten. Alles vereint. Hier zählte das Besondere. Hier galt das Abstruse. Größen der Weltgeschichte zum Stillehalten verdammt. Der Geist entflohen, nur noch leeres Abbild. Mißverständnisse als Blickeopfer derer, die bezahlt haben.

Die Gattin des Herrn Akkurat fühlte sich all diesen Toten verbunden. Sie war immer noch bleich. Stumm wie all die Gestalten hier. Manchmal ein Lächeln an der Oberfläche.

Sollte ich sie gekränkt haben? fragte sich der Herr Akkurat erschrocken. Er versuchte sie zu erheitern. Er verneigte sich vor den Erstarrten, zog den Hut, wie er ihn vor dem Traktoristen Lüder spaßig zu ziehen pflegte.

Mit ihrem Wissen um das Schicksal der Insel wünschte sie sich weg von ihm. Vor dem Hintergrund der unheilvollen Nachricht wurde sein Gehampel unsäglich albern.

Sie atmete auf. Er war vorausgeeilt und hatte sie mit Madame Curie allein gelassen. Frauen unter sich.

Sie ging zögernd weiter. Aber schon im nächsten Raum traf sie auf ihn. In einer Nische erstarrt. Seine Visitenkarte zwischen galant gespreizten Fingern. Er als verkannte Künstlerberühmtheit reglos. Sie las in seinem Gesicht Trauer. Andere Besucher bewegten sich vorüber. Sie lasen den Namen, aber der Name sagte ihnen nichts. Sie erschrak, ihr schien es, als müsse sie ihn von einem Fluch befreien. Sie redete ihn an. Besucher wunderten sich über die seltsame Dame, die mit der Wachsfigur sprach wie mit einem lebendigen Menschen. Sie fühlte sich preisgegeben und fürchtete plötzlich die Blicke all der Gespenster ringsherum. Als würden diese, von der Anmaßung ihres Gatten beleidigt, erwachen, um sich im nächsten Augenblick auf sie beide zu stürzen.

»Sire«, flüsterte sie, »ich bitte Euer Gnaden, erwachen Sie, ich habe eine Nachricht!«

Puppenhaft verneigte er sich. Die Leute schauten zu.
»Der Inselchef wünscht, daß wir unverzüglich heimkehren.«
Der Herr Akkurat machte einen Schritt, die Augen geweitet, stumm, der Mund ein wenig geöffnet, er drehte sich.
Der Keller ist entdeckt, dachte er.
Für die Besucher war es ein Schauspiel, für ihn war es der Tod. Er griff sich ans Herz. Er schrie auf und stürzte. Die Leute applaudierten. Sie hatten noch nicht begriffen.

Wieder Elfriede

Im Dorf hatten alle unterschrieben. Sie mochten einander nicht in die Augen schauen. Sie hatten aufgegeben.
Sie klebten Nummern auf Gegenstände. Helfer vom Lager der vormilitärischen Erziehung brausten mit den LKWs vom Dorf zum Hafen, vom Hafen zum Dorf, hin und her. Sie stemmten Möbel und Kisten, Koffer und Säcke auf die Ladeflächen und trugen sie unten am Hafen dem jeweiligen Schiff in den Wanst.
Die Dörfler bewirteten die jungen Kerle mit Stullen und Kaffee. Hin und wieder ein Schnäpschen. Man war in einem ungewohnten Rennen.
Oben am Himmel zogen die Gänse. Herbsttag, zum Glück kein Regen.
Elfriede kommandierte ihren Mann, bis das Haus leer war. Dann stampfte sie über den Hof, hinaus auf die Dorfstraße. Sie breitete die Arme aus wie damals die Vogelscheuche vom Tüffelmacher. Ein LKW mußte bremsen. Sie öffnete die Beifahrertür. »Rutscht zusammen, Jungs!« Sie kletterte hinauf und schob einen jungen Kerl mit ihrem dicken Hintern zur Mitte und knallte die Tür zu. »Und nun halt an!« kommandierte sie, dort, wo die Betonstraße zum Chefobjekt abbog. Der Fahrer war froh, den Dragoner loszuwerden.
Elfriede ging den Weg hinauf, den sie unzählige Male bei Sonne und in der Finsternis, bei Regen und Schnee hinaufgegangen war. Das Tor stand offen. Sie marschierte durch die Flure. Niemand wunderte sich über sie. Sie gehörte hierher.

»Ist der Chef oben?«
»Der Chef ist im Büro«, antwortete man ihr.
Die Sekretärin blickte empört auf, als Elfriede, ohne anzuklopfen, eintrat.
»Ist der Alte drin?« fragte Elfriede. Ohne eine Antwort abzuwarten, stieß sie die Polstertür auf. Der Inselchef saß hinter dem schweren Schreibtisch und spielte abwesend am Knöpfchen, mit dem die Lichtdurchlässigkeit der Fensterjalousie zu regulieren war. Ein leichtes Rasseln der Lamellen, das Halbdunkel blieb. In viele Scheibchen geschnitten das Meer. Er fühlte sich ertappt. »Ja, was ist?« fragte er wie ein aufgeschreckter Schläfer.
»Du hast die Insel ruiniert!« schrie Elfriede.
»Das war keine Einzelentscheidung, die weltpolitische Lage erfordert Opfer ...«
»Das erzählt ihr uns seit vierzig Jahren!«
Der Chef erhob sich langsam. Langsam erholte er sich vom peinlichen Erschrecken. Er stützte seine Hände auf die Tischplatte und füllte seinen Brustkorb mit reichlich Luft. Ein mächtiger Mann, der im nächsten Augenblick ein Himmeldonnerwetter auf die Wischfrau niedergehen lassen würde.
»Damit du merkst, daß wir nicht Luft sind!« keifte Elfriede. Mit voller Wucht gab sie ihm eine Ohrfeige. Perplex ließ der Genosse Vorsitzende sich auf seinen Sessel fallen. Elfriede verließ das Büro. Entgeistert sah die Sekretärin sie an. Die Jalousie rasselte hinauf.
»Stehenbleiben!«
Elfriede stampfte hinaus. Auf dem Flur kamen ihr bereits zwei Herren entgegen, die sie in die Mitte nahmen.
»Nun wende ich mich direkt an dich!« sagte Elfriede.
Wieder bot der Mitarbeiter ihr eine Zigarette an.
»Das ist wohl so üblich bei euch!« sagte sie. Sie hatte keine Furcht.
»Was machen wir mit dir?« Sie zuckte mit den Achseln und lachte.
»Wir haben momentan andere Probleme, als auf spontane Reaktionen von Werktätigen gegen einzelne Vertreter der Partei der Arbeiterklasse zu reagieren. Wir werden uns später mit der Angelegenheit befassen. Davon abgesehen: überall gibt es Genossen, die ihren Aufgaben offenbar nicht ganz gewachsen sind.«

Elfriede sperrte den Mund auf.
»Pack deine Sachen und hau ab!« sagte der Mitarbeiter und öffnete ihr die Tür, die keine Klinke hatte.

Ablegen

Unsmoler brauchte nicht in die Schornsteinöffnung zu lauschen. Nun waren die Geräusche ins »Schloß« gekommen, ins Mauerwerk. Sie tönten aus den Steckdosen. Die Abwasserleitung tönte. Die Kellerdecke tönte, und immer wieder rauschte Spülwasser hinab. Viele agierende Leute waren eingedrungen. Ein Radio plärrte voll aufgedreht dürftige Musik. Ganz offensichtlich war das Malerpaar da oben nicht zugegen. Dort ging keine penible Haussuchung vonstatten. Das da oben waren Töne brutaler Eroberung. Schwere Schritte, Rufe, Flüche, Schurren, Rutschen, Schleifen, knallende Türen, Zugluft offenbar.
Unsmoler ließ das Licht brennen, solange da oben das Radio plärrte. Ein laufender Elektrozähler würde ihn nicht verraten. Er lauschte. Er wollte begreifen, was sich zutrug im Haus und auf der Insel.
Hatte man denn jemals gewußt, was wirklich geschah?
Schritte direkt über ihm. Viele Schritte. Er löschte das Licht. Nun kommen sie, dachte er.
Sie kamen nicht.
Immer wieder startete draußen ein LKW. Durch Rhythmus zu erahnen: die Fahrt zum Hafen, entladen und wiederkommen. Waren die Bewohner im Ausland geblieben? Unsmoler wußte aus dem Radio: viele versuchten, in ausländische Botschaften zu fliehen. Die Hoffnung war verbraucht. Hatte ihm der Herr Akkurat nicht immer wieder die desolate Situation beschrieben? Die Welt schien sich neu zu ordnen. Manche ertrugen die Aussicht nicht, endgültig auf dieser Seite des Grabens zu sein.
Plötzlich die Stille. Wieder nur das leise Rauschen im Schornstein. Stille im ganzen Dorf. Lauernde Stille? Er schaltete Licht an und hängte ein Tuch über die Lampe. Er wagte leise Musik. Bach, das »Musikalische Opfer«. Er versuchte zu zeichnen. War er denn ein Mensch ohne dieses Tun?

Aber nun war es die Stille draußen, die begann, ihm angst zu machen. Im Radio kein Wort von diesem Ort. In fernen Kirchen Bittgottesdienste, hier die erschreckende Stille. Im Keller leise Bach.
Zwei Tage später war die Stille auch unten im Kellerversteck. Die Stille und die Finsternis hatten sich durch die Mauer gefressen. Das Licht erlosch plötzlich. Der Plattenspieler verstummte. Das Radio tot. Der Ventilator vor der Schornsteinöffnung drehte sich nicht mehr.
Unsmoler tastete in absoluter Finsternis nach den Streichhölzern und suchte mit flackerndem Zündholz nach Kerzen.
Reglos sitzen, warten und überlegen. »Du bist frei!« sprach er in die Stille. Die Kerzenflamme bewegte sich.
Er kletterte die Leiter hinauf, stemmte sich gegen die Luke, aber der Lukendeckel rührte sich nicht. Er holte den Hammer und schlug heftig von unten gegen die Betonplatte, legte den Hammer ab, stieg erneut empor und stemmte sich wieder mit der Schulter gegen den Deckel.
Fest verschlossen der Ausgang. Unsmoler drückte mit aller Gewalt. Ein Krachen, die Leiter zerbrach, er stürzte mit den Trümmern hinab auf den Betonfußboden. Er rappelte sich hoch und setzte sich auf das Bett. Nur nicht in Panik geraten! Noch brennt die Kerze.
Er ließ sich zurücksinken, streckte sich aus und schloß die Augen. Du liegst am Meer … über dir ist die Sonne … die Wogen berühren den Strand …

Der Genosse Vorsitzende betrat die Fähre. Er hatte auf sich warten lassen. »Kapitäne gehen als letzte vom Schiff!« sagte er.
Lediglich der Mitarbeiter beachtete diese Sentenz. Er lächelte verächtlich. Was soll das Theater! Der Bootsmann zog die Gangway an Deck und hakte die Reling ein.
Von der Kommandobrücke bekam er das Zeichen.
»Schmiet los!«
Die Maschine bullerte heftig.
Die Genossen der Arbeitsgruppe »Übergabe« waren bereits unter Deck. Gelächter drang herauf. Das Gelächter verletzte den Vorsitzenden. Lachten die da unten womöglich über ihn? Über die Ohrfeige, die die Wischfrau ihm gegeben hatte?
In der Tat, die da unten pichelten und erinnerten sich an allerhand

lustige Begebenheiten ihrer Inselzeit. Für sie war das alles lediglich eine Episode. Von der Ohrfeige wußten sie nichts.
Die Festmacherleinen klatschten ins Wasser. Hand über Hand holte der Bootsmann die triefenden Tampen ein. Das Wasser im Hafenbecken schäumte. Man brauchte keine Rücksicht auf das Bollwerk zu nehmen. Volle Pulle, Leute. Alles sowieso im Eimer. Letzte Tour. Weg hier, eh' es heiß wird.
Der Mitarbeiter sah zum Genossen Vorsitzenden hinüber.
Kapitäne gehen als letzte vom Schiff, wiederholte er in Gedanken die Worte des Vorsitzenden. Ist die Insel denn ein Schiff? Und du, du bist rein gar nichts mehr!
Der Vorsitzende der Sicherheitsabteilung, der immer als Mitarbeiter vorgestellt worden war, spuckte ins schäumende Wasser und begab sich zum Genossen Vorsitzenden a. D.
»Willkommen an Bord!« sagte er. Beide blickten sie nach achtern.
Das ungewöhnliche Tempo der Fähre fiel auf. Bugwelle und Heckwelle schwappten über die Mole.
»Der da oben hat es ja mächtig eilig«, sagte der Genosse Vorsitzende und lachte, »aber so schnell schießen die Preußen nicht!«
Er blickte auf die Uhr, als könnten auf der Insel bald die ersten Raketen einschlagen.
»Wenn's nur die ›Preußen‹ wären, die da schießen …«, bemerkte der Mitarbeiter mit leicht arrogantem Ton.
Wieder blickte der Genosse Vorsitzende auf die Uhr:
»Wir verlassen als letzte das Sperrgebiet.«
Jetzt hat er auch noch Angst, dachte der Mitarbeiter.
»Die Insel hält brav still, sie werden also treffen, Genosse Kapitän. Du hast denen das Schiff einwandfrei auf Scheiße gesetzt, das rührt sich nicht mehr.«
»Was willst du damit sagen!«, empört sah ihn der Inselchef an, »die Belange der Landesverteidigung erforderten …«
Der Mitarbeiter redete einfach dazwischen.
»Wo die Bruderarmeen hinlangen, wächst kein Gras mehr! Aber hier wächst ja ohnehin nicht mehr viel!«
Der Inselchef preßte die Lippen aufeinander. Von unten drang wieder Gelächter herauf.
»Kein Schiff weit und breit«, sagte er nach einer Weile, nur um etwas zu sagen.

»Ja, hier wird es heiß … aber die Situation, die uns erwartet, ist auch nicht ohne. Es tut sich derzeit einiges, sogar im Politbüro.«
Der Inselchef a. D. schwieg.
Der Mitarbeiter verachtete ihn. Er verachtete Verlierer. Er legte keinen Wert darauf, auf der Seite der Verlierer zu sein. Es bereitete ihm gewisse Genugtuung, dem Dicken einiges zu sagen. »›Wer zu spät kommt, den bestraft das Leben!‹ Kennst du den Satz, Genosse?«
Der Vorsitzende a. D. antwortete nicht.
Auch der Mitarbeiter verstummte. Wir vom Ministerium der Staatssicherheit, dachte er, werden nicht zu spät kommen.
»Den letzten beißen die Hunde!« sagte der Genosse Vorsitzende plötzlich.
Das soll eine Antwort sein? Eine ziemlich lange Leitung hast du, Genosse! dachte der Mitarbeiter verächtlich. Den letzten beißen die Hunde! Euch wird man ganz schön in die Eier beißen, ihr seid dumm und träge geworden. Wir dagegen sind flexibel. Wir sind bereits dort, wo ihr nie hinkommen könnt, denn ihr habt immer den Parteibonbon am Revers getragen. Man kennt euch, aber ihr kennt euch nicht. Ihr habt euch mit Trugbildern umgeben. Die Sieger der Geschichte sind auf der Verliererstraße, Genosse. Eure Freunde in Moskau lassen euch fallen. Nun seht ihr alt aus. Ohne die Russen seid ihr verloren. Wir vom Ministerium haben aber nicht die Absicht, mit euch baden zu gehen. Jetzt sind wir am Drücker. Wir wissen, was los ist. Wir haben bei euch antanzen und strammstehen müssen. »Die Staatssicherheit, Schild und Schwert der Partei«, so hieß das doch. Wir immer im Hintergrund, immer hinter der Bühne. »Unser Mitarbeiter!« Das nervt auf die Dauer, Genosse. Es gibt Probleme, und es gibt Varianten der Lösung. Die Flut, die durch die Städte strömt, wird uns an die Macht spülen.
Wir, die Sicherheitsorgane, werden die Sieger der Geschichte sein. Wir stellen die Opposition und gründen die neuen Parteien.
Der Mitarbeiter hätte dem Dicken schon den Namen des künftigen Präsidenten nennen können. Einer der Höchsten von der Sicherheit, ein Genosse Kämpfer, der auf Schriftsteller machte.
»Daß die Demonstrationen eskalieren, weißt du«, wandte er sich mit gewisser Schadenfreude unvermittelt an den entthronten Inselchef, »Aufmärsche in so ziemlich allen Städten.«

»Man wird eine rasche, konsequente Lösung finden!« antwortete der Dicke hastig. Er begriff nicht, warum er plötzlich keuchte.
»Na gewiß doch, das Ministerium für Inneres errichtet an verschiedenen Orten zusätzliche Internierungslager mit beträchtlichen Aufnahmekapazitäten ... die Namenslisten zu inhaftierender Bürger liegen parat. Aber die Variante, potentielle Gegner und Krawallmacher in größtem Umfang einzusammeln, ist ohne die Hilfe der sowjetischen Freunde undurchführbar. Ihr habt den Zeitpunkt verpaßt, Genossen. Ihr seht alt aus.«
Der Mitarbeiter spuckte erneut in das an der Schiffswand vorüberschäumende Boddenwasser und ging unter Deck ins Gelächter zu denen, die weder etwas begriffen hatten noch spürten, wie viel derzeit auf der Kippe stand. Er ließ den Genossen Vorsitzenden einfach stehen.
Der spürte die Verachtung. Erbittert blickte er zurück zur Insel. Seine Träume, seine Hoffnung, seine Arbeit! Soll doch der ganze Scheiß in die Luft fliegen!
Am Strand trippelte mit eiligen Schrittchen eine Bachstelze. Sie pickte hier und dort kleine Käfer auf, die das Meer ans Ufer gespült hatte.
Irgendwo in fernen Wäldern beugten sich Offiziere über eine Generalstabskarte. Jedes Gehöft der Insel, jeder Hügel, jedes Klosett, die Wassertiefen ringsherum und jeder größere Stein im Wasser eingezeichnet, die Bunkerruine und die Wachtürme, die Kirche und das »Schloß«, die Kastanie vor der »Deutschen Eiche«, alles ... Ein Spielplatz für Militärs.
Ein Offizier kam mit raschen Schritten herein.
»Genossen, die derzeitige Planung ist hinfällig. Wir können von vorn anfangen. Die Fallschirmjägereinheiten stehen nicht zur Verfügung. Sie werden verlegt. Es wird ernst, Genossen, vielleicht anders, als wir dachten. Die Demonstrationen haben derartige Ausmaße angenommen, daß Panzereinheiten bereitgestellt werden müssen, aber das betrifft nicht uns ...«
Der Generaloberst Stelzig hörte nicht mehr zu. Panzer, dachte er, Panzer zwischen den Demonstranten! Die Leute, die sich da auf den Straßen versammeln, das sind doch alles Leute, die wir ausgebildet haben ... die wissen, wie man Panzer knackt. Panzernahbekämpfung. Vor den Sehschlitz ein Lappen und der Fahrer ist blind. Die Burschen sind nicht so schwachsinnig, daß sie mit Steinen auf

gepanzerte Fahrzeuge losgehen. Brandflaschen sind im Handumdrehen gebastelt. Benzin und Diesel überall zu haben. Was, wenn tatsächlich einer durchdreht!
»Wir sind hier nicht in China, Genossen!« sagte er und erblaßte. Die Offiziere richteten sich auf und sahen ihn an. Alle wußten von den Ereignissen auf dem »Platz des Himmlischen Friedens«.

Unglaubliche Stille

Unsmoler öffnete die Augen. Die Kerze brannte noch. Er betrachtete lange die Rippen des Kellergewölbes über sich. Er spürte, wo der Takt der Linien aus dem Rhythmus geriet. Er ahnte, an welcher Stelle vom Herrn Akkurat vor Jahren ein Durchgang zugemauert worden war. Er erhob sich, schob den Tisch beiseite und klopfte mit dem Hammer an die Mauer. Mit Zeichenkohle machte er dort, wo der Ton sich beim Pochen änderte, kleine Kreuze. Wieder Kreuze. Zeichen an der weißen Wand. Der Bogen einer Öffnung markierte sich. Er begann, mit dem Hammer auf die Wand einzuschlagen. Der Putz bröckelte. Staub. Fugen wurden sichtbar. Perfekter Herr Kollege Akkurat! Feldsteine, Granit mit steinhartem Zement verfugt.
Hieb auf Hieb. Aber die Mauer rührte sich nicht. Die Kerze flakkerte. Unsmoler keuchte, die Luft wurde stickig und knapp und füllte sich mit Staub. Er hustete und suchte währenddessen nach einem Gegenstand, den er als Meißel verwenden konnte. Nichts. Der Graf von Monte Christo hatte weniger Hilfsmittel und weitaus dickere Mauern zu überwinden, sagte er sich, aber jahrzehntelang Zeit.
Er beugte sich zum Waschbecken. Er wollte trinken. Kein Wasser. Während er sich aufrichtete, sagte er sich, daß da ja noch die Handpumpe wäre. Blicke trafen ihn: Aus dem Spiegel, wie durch ein Fenster schauend, sahen ihn die aufgerissenen Augen eines ergrauten Mannes an.
Ruhe bewahren! Es ist der Kalkstaub. Büchsenfleisch über der Kerze anwärmen und essen. Währenddessen die Steine betrachten, die Schwächen der Mauer erkennen. Haben Steine Schwächen? Eine

Mauer hat Schwachstellen. Er sah schließlich den einen Stein, der nur eine winzige Fläche zeigte. War das ein Keil wie der Schlußstein eines Gewölbes? Unsmoler erhob sich und hieb drauflos. Der Stein lockerte sich. Schwer fiel er in andere Finsternis. Luft strömte herein. Luft! Die Kerze flackerte heftiger. Unsmoler arbeitete. Staubend stürzte Stein auf Stein. Er entzündete eine zweite Kerze, hielt sie in der Faust und streckte den Arm durch das Mauerloch. Die Kerze brannte drüben weiter. Ein Abstellraum von alten Dingen nebenan. Feiner Sand, hinabgestürzt durch eingedrückte, verschüttete Fenster. Töpfe und altes Gerät. Tanzende Schatten. Museumswelt. Eine Treppe hinauf.

Totenstille nach wildem Lärm. Totenstille im ganzen Haus. Unsmoler lauschte. Dann drosch er wieder auf die Mauer ein. Endlich der Durchschlupf.

Auf schreckliche Überraschungen gefaßt, schlich er hinauf.

Wie ein letzter Mensch ging er durch rücksichtslos geleerte Räume. Knarrende Türen. Überall Leere. Nichts Grausiges sichtbar und doch schrecklich das Ganze.

Draußen ein Morgen. Auch dort Stille. Vorsichtig blickte er aus der Tiefe des Raumes ins Freie. Was ist mit der Welt geschehen? War diese Insel die Welt? Er brachte es nicht übers Herz, auf den Schutz der Finsternis zu warten. Er bewegte sich in die Helligkeit hinaus. Nichts verschlossen.

Sein Katen nebenan. Sein Katen? Die weißen Stühle, die ihn vor Wochen nachts so erschreckt hatten, verschwunden. Aber das Boot steckte immer noch draußen im Sand. Zerborstene Scheiben überall. Er schritt über knirschendes Glas.

Er ging zum Boot. Kein Laut, kein Tier, kein Mensch, kein Flugzeug, kein Wind. Selbst die Wolken über ihm reglos.

Bin ich ein Toter? Aber er spürte seine Schritte. Gespenster schweben. Die Erde dreht sich unter ihren Füßen weg. Hat sie das nicht auch bei mir getan? Er berührte das Boot. Immer noch das Sitzbänkchen im senkrechten Kahn. Er setzte sich und wartete.

Im nächsten Augenblick, das spürte er, konnte das Furchtbarste oder das Wunderbarste geschehen. Die Zeit schien in einem Zustand des Innehaltens. Reglos wartete unglaubliche Energie. Er erhob sich und streckte sich auf dem Sand aus. Mythischer Zustand. Mystischer Zustand. Er spürte, daß er aufstehen mußte, um nicht zu versinken.

Er kehrte zurück in der Schloßkeller. Nach der Helligkeit draußen empfing ihn grauenhafte dumpfe stickige Finsternis. Er leuchtete mit der Kerze durch das Mauerloch in das Versteck des Herrn Akkurat.
Dort habe ich gelebt?
Er kletterte hinein, um Proviant hinauszuholen. Er rollte die bemalten Papiere zusammen, verschnürte sie und schaffte das Bündel ins Licht.
In der reglosen Stille draußen machte er ein Feuer. Holz lag überall herum. Reste von Zäunen.
Aufgegebener Ort.
Er aß. Er trank.
Auf ihn kam es jetzt an.
Viele hatten in diesen Tagen ähnliches Empfinden, sehr viele, Hunderttausende. Sie waren in den Städten auf den Straßen.
Er grub das alte Boot aus, das die Teerschichten immer noch zusammenhielten. Der Kahn kippte auf den Kiel und wollte nicht mehr zum Himmel fahren. Im versandeten Schuppen dicht unter dem Dach wartete immer noch das rotbraune Segel.
Die Wände seines Schuppens wurden zur Bretterspur hinab zum Wasser. Niemand störte ihn. Auf den Brettern drei Derbstangen quer, alles lag hier herum. Rollen, auf denen er das Boot langsam hinab zum Wasser wuchtete. Ruder: Bretterstücke an Stangen genagelt.
In einem schadhaften Kahn waren sie damals auch gekommen.
Er schob das Boot ins Schilf. Er sah sich um. Die Bretter auf dem Sand wiesen hinauf zum Katen. Er ging das Zeichen auslöschen. Ungeordnet warf er die Bretter zur Seite. Plötzlich sah er das Kreuz. Er nahm die beiden Bretter unter den Arm, ging zum Katen hinauf und legte sie vor der Hütte in den Sand. Die Frage, was mit dem Katen geschehen war, beschäftigte ihn kaum. Die Frage, was mit der Insel geschah, überlagerte alles. Er ging in die Hütte und setzte sich auf einen fremden wackligen Stuhl. Die Hütte war nicht in einem so üblen Zustand, wie der Herr Akkurat es ihn am ersten Abend hatte glauben machen wollen. Eine Kinderzeichnung, mit Reißzwecken an die Wand geheftet.
Er erhob sich und stieg die Treppe hinauf. Das Bärenhäuterzimmer. Immer noch die Schlangenhaut an der Wand. Er trat zum losen Balken im Bodenraum und hob ihn etwas an. Geld darunter.

So war der Bruder. Er steckte die Scheine ein, ging das Treppchen hinab und aus dem Vorderausgang ins Freie.
Er zog die rostigen Nägel aus den beiden Brettern, klopfte die Nägel mit einem Stein gerade, legte die Bretter zum Kreuz übereinander und nagelte sie zusammen. Klopfen. Eine Katze kam von irgendwoher und schmiegte sich an ihn. Er hob das Bretterkreuz auf die Schulter. Wie einst der Mensch aus Kyrene namens Simon, der Mann, der vom Feld kam, dachte er. Dieses Bretterkreuz aber war leicht, und der Weg war nicht weit, und auf den Berg ging er, weil er über die Insel blicken wollte. Die Katze folgte ihm.
Der Pferdehügel war zu einer mächtigen Sanddüne geworden. Freigewehte Pferdeknochen.
Er sah die Grenztürme. Die Türen standen offen. Auf den Dächern die Scheinwerfer abgebaut.
Was hat das alles zu bedeuten?
Er scharrte mit der Hand ein Loch und pflanzte das Kreuz auf den Berg. Er legte sich auf den Rücken und schloß die Augen ... Stille, beinahe absolute Stille.
Die Katze stieß ihn an. Die Sonne berührte bereits den Horizont. Er erhob sich und ging hinab zum Boot.
Er mochte nicht zurück in die Finsternis des Schloßkellers. Er nahm die beiden Fleischkonserven aus seinem Proviant, trug sie ans Ufer, öffnete sie mit dem Messer und kippte den Inhalt auf ein Brett.
»Einer muß bleiben, Miezekatz«, sagte er.
Er stakte das Boot mit dem Ruder durchs Schilf. Hinter dem Schilf der Bodden spiegelglatt. Und doch löste er die Verschnürung vom Segel. Es dunkelte.
Der erste Ruderschlag. Als hätte der Wind darauf gewartet, begann er sachte aus Nordost zu wehen.
Die Schot straffte sich. Das rotbraune Teersegel stellte sich in den Strom des sanften Windes. Unsmoler und ein Bündel bemalter Papiere und ein Topf, um eindringendes Wasser auszuschöpfen, im Kahn. Das Boot nahm Fahrt auf. Er holte die Schot ein wenig dichter, das Boot wurde rascher.
Sterne. Die Insel verbarg sich im Dunkel.
Ein Strom aus Licht in Städten. Kerzen. Maschinengewehre auf Dächern.
Keine Gewalt! Keine Gewalt!

Sonne auf dem Tarnanstrich einer Wand. Ein neuer Tag. Ein Gebäudekomplex in einem fernen Wald.
Militärische Schritte hallten in langem, trostlosem Korridor. Geruch von billigem Bohnerwachs und Eisen. Zwischen den Türen in Glaskästen auf rotem Fahnentuch Mitteilungen. Ein Offizier mit Fotos in der Hand riß eine der Türen auf und betrat einen Raum. Er war sichtlich erregt. »Genossen, sie rotten sich nicht nur zu Friedensgottesdiensten zusammen. Sie sind nicht nur auf den Straßen, sie sind überall! Überall! Seht euch die Scheiße an! Oder gehört das etwa zum Manöver!«
Er warf Aufklärungsfotos auf den Tisch. Auf jedes Foto mit Filzstift gemalt ein Pfeil. Und jedesmal wies der Pfeil auf eine Gestalt. Ein Mensch, der bergauf ging und etwas trug.
»Verdammt noch mal: das ist kein Pappkamerad, Genossen, der Mann ist quicklebendig!«
Auf dem letzten Bild schmiegte sich deutlich erkennbar ein Kreuzschatten an den Hügel.
»Wir haben diese Leute unterschätzt, ›Wir sind das Volk!‹, ›Keine Gewalt!‹«, bitter lachte der Offizier auf, »›Keine Gewalt! Keine Gewalt!‹: Das ist Gewalt!«
Die Fotos wurden herumgereicht.
Ein Offizier zeigte mit dem Finger auf die liegende Gestalt und mußte sich setzen. »Verdammt noch mal, da sonnt sich einer im Manövergebiet. Es ist nicht zu fassen: Der Mann sonnt sich!«

PS

Oktober. Schaumkämme auf dem Meer.
Im Hafen dümpelten zwei leichte schneeweiße Motorjachten. Sie zerrten an den Leinen und rieben sich an den Fendern. Sieben Herren erklommen den höchsten Punkt der Insel. Der Mann, der sie führte, wußte hier offenbar Bescheid.
»Ein verlassener Ort!« sagte einer der Herren sichtlich beeindruckt. Er war ein wenig außer Atem stehengeblieben.
Ihr Fremdenführer ließ keine Sentimentalität aufkommen. Er lachte ein wenig unsicher: »Die Bewohner sind gewissermaßen ausgewildert worden. Ob sie in freier Wildbahn glücklich werden, wird sich zeigen. Eins aber ist sicher: zurück werden sie nicht kommen. Allesamt haben sie seinerzeit ihr Einverständnis, die freiwillige Umsiedlung betreffend, mit ihrer Unterschrift aktenkundig bestätigt.« Auf jede Frage konnte der Mann fundiert Antwort geben. Er kannte die Besitzverhältnisse, die Wassertiefen, die sommerlichen Durchschnittstemperaturen, die geologische Beschaffenheit des Bodens, die Möglichkeiten unterhaltsamer Angelei. Er war forsch, braungebrannt, sportlich und gewandt. Er ähnelte denen, die mit ihm gekommen waren. Er gefiel ihnen.
Sie sahen die Insel schon als die ihre an. Herrlich einsam für eine zahlungskräftige Klientel. Man würde unter sich sein, schöne Landschaft, schöne Frauen. Reichtum ist Potenz.
Aber Reichtum kommt selten von allein. Gut ist darum, was sich rechnet.
Die Herren blickten über die Insel, und sie rechneten. Es waren Berechnungen, in denen es keine Unbekannte zu geben schien.

Gedanken bebilderten bereits bunte Prospekte.
»Wir schaffen auf Anhieb hundert Arbeitsplätze. Die sandigen Hügel müssen begrünt und die Rasenflächen müssen gepflegt werden … drittes Grün, viertes Grün. Ein Traum von Golfplatz muß entstehen. Wir brauchen Leute, die die Bootshäuser und Jachten betreuen. Wir benötigen qualifiziertes Personal für ein paar exzellente Hotels. Der Rückbau vorhandener Gebäude bringt zusätzlich Arbeit und obendrein Betonschutt für kilometerlange Molen. Ein Bauboom sondergleichen. Das ist Musik in den Ohren der neuen Landesregierung. Die Fördermittel dürften so gut wie sicher sein! Aber, nicht nachlassen, meine Herren!« Der Herr steigerte eindringlich die Lautstärke seiner Stimme. Er hob sein Fernglas an die Augen und betrachtete den durchhängenden First des Hauses, das man hier immer das Schloß genannt hatte. »Wir müssen schnell sein, schnell und effektiv, denn es gibt reichlich andere Interessenten. Da ist zum Beispiel ein Konsortium, das mit aller Macht das Eiland erwerben will, um es zu einer exklusiven Begräbnisstätte zu machen. Besonders Deutsche in Südamerika signalisierten bereits Interesse. Manch einer möchte unbedingt zurück auf deutschen Boden.« Er lachte. »Ein derartiges Projekt dürfte nur geringe Chancen haben. Allenfalls fünf Friedhofswächtern würde es Arbeit bringen. Trotzdem, wir müssen schnell sein auf dem Weg in die Dienstleistungsgesellschaft. Die Kundschaft kann wählen zwischen Florida und diesem Haufen Sand im Meer.«
Das Trüppchen kam zum Steilufer, von dem einst Lütt Ottos Pferd gestürzt war. Verlassen der Wachturm der Grenztruppen. Die rostige Eisentür bewegte sich leise knarrend im Wind. Die offene Tür, ein Symbol der Niederlage. Die Herren lächelten. Sie waren Sieger. Es schien so, als wären die Atomraketen, die noch vor kurzem auf alle ihre größeren Städte gezielt hatten, zu harmlosem Staub zerfallen.
Die Russen hatten sich, ohne einen einzigen Schuß abzugeben, aus diesem Teil Deutschlands zurückgezogen. Sie hatten Geld bekommen. Die Sekunde einer Jahrhundertchance war vom Kanzler genutzt worden.
Die Männer kletterten in der feuchten Betonröhre die klammen Leitern des Wachturms hinauf. Männerneugier. Nur keine Schwäche zeigen! Die Scheiben oben zerstoßen. Sie betrachteten die Spuren der Verwüstung. Sie gingen über Scherben.

Der Mann tat beflissen.

Unser Staat ist zusammengebrochen, weil wir nicht geschossen haben, dachte er insgeheim, aber, meine Herren, ihr werdet staunen, nicht nur der unsere wird es sein, der in die Knie gegangen ist. Er lächelte, wie er damals beim Inselchef gelächelt hatte. Er, ein intelligenter Teufel, der mit jedem Herrn spielen konnte.

»Vandalen!« sagte einer der Herren und klappte sich den Kragen hoch. Zugluft.

Auf dem Wasser ein rotbraunes Segel.

Sie blickten zum Boot, das zu kämpfen hatte. Seltsame Bewegungen dort im schwarzen Kahn. Die beiden Segler mußten Wasser über Bord schöpfen.

»Die trauen sich was!« rief der Investor. Er reichte das Fernglas weiter.

»Offenbar wollen die Leute hier Picknick machen«, sagte der Mann, der früher auf der Insel stets »der Mitarbeiter« genannt worden war. Er hatte das braune Segel erkannt. Er verbarg hinter übertriebener Munterkeit, daß er bleich geworden war. Er klatschte in die Hände. »Meine Herren, Sie haben somit die gesamte zur Disposition stehende Immobilie, einschließlich der Hinterlassenschaften der Grenztruppen, in Augenschein genommen. Ich meine, wir sollten uns nun zurück an Bord begeben, um weitere Schritte zu besprechen.« Er zitierte: »Wir müssen schnell sein, schnell und effektiv!« Der Satz hatte ihm gefallen.

Das schwarze Boot machte gerade am Molenende auf der anderen Seite der Pier fest, als die Gruppe hinab zum Hafen kam. Der Mitarbeiter bat um den Feldstecher und betrachtete die Gesichter der beiden Segler. Er erkannte Unsmoler. Er preßte die Lippen aufeinander. Es war wie die Begegnung mit einem Gespenst aus der Vergangenheit. Aber rasch hatte er sich wieder gefangen.

»Lassen Sie sich nicht von der vorübergehenden Anwesenheit eines Bootes irritieren. Das da sind zwei Verrückte«, wandte er sich an die Leute von den weißen Schiffen, »Sie sehen es selbst: Wer segelt schon bei diesem Wetter in einem Heuer über den Bodden! Übrigens: es sind alte Bekannte von mir, absolut unberechenbare Anarchisten. Aber keine Angst, ich halte sie Ihnen vom Leibe. Man muß sie nur zu nehmen wissen.«

Die Herren kletterten auf eins der Schiffe, von denen Bärenhäuter gerade sagte: »Wie Schweinsblasen liegen sie auf dem Wasser!«

Der Mitarbeiter blieb stehen. Der mögliche Investor blickte sich um:
»Herr Doktor, wir erwarten Sie in fünf Minuten an Bord der ›Padua‹.« Es war sein Prinzip, vermeidbaren Komplikationen aus dem Wege zu gehen.
Der Mitarbeiter nickte. Er wäre den Herren am liebsten sofort gefolgt, unerkannt von denen da drüben.
Er wollte jedoch herausfinden, was die Brüder hier auf der Insel vorhatten, vor allem aber mußte er verhindern, daß die beiden zu einem kameradschaftlichen Wassersportlerschnaps auf die weißen Jachten eingeladen wurden.
»Hallo, hallo«, rief er und winkte heftig mit beiden Armen, als wäre er äußerst beglückt, Unsmoler wiederzusehen, »immer und überall schöpferisch tätig?«
Die von den weißen Schiffen konstatierten lachend die originelle Anspielung. Sie winkten freundlich hinüber und begaben sich unter Deck. Der Mann, der seinerzeit auf der Insel stets als »Mitarbeiter« vorgestellt worden war, ging um das Hafenbecken herum den Männern vom schwarzen Boot entgegen.
Er grinste bei dem Gedanken, daß die beiden Brüder beim Anblick der noblen Motorjachten mit einiger Gewißheit grün vor Neid geworden waren. Höchstwahrscheinlich ein neues deutsches Kapitel: erst grün vor Neid, dann rot vor Wut. Wir können warten! Ihm gelang sogar ein Lächeln. Das Lächeln wurde breiter und mutete beinahe herzlich an, als er sich, wie so oft, leise sein bewährtes Sprüchlein aufsagte:
»Der Fuchs ist klug, er stellt sich dumm, beim Wessi ist das andersrum!«
Ein jämmerlicher Kahn, in dem die beiden unterwegs sind, dachte er. Er hingegen würde nach delikatem Imbiß, umgeben von einer weißen Wolke aus Gischt, zurück zum Festland rasen.
Das neue Spiel hatte längst begonnen, ihm Spaß zu machen, viel mehr Spaß als das damalige. Eine Tatsache, die ihn selbst verwunderte.
Wahrscheinlich waren die von den weißen Schiffen eben doch sehr viel klüger, als er vermutete.
Das aber ist eine andere Geschichte.

Ich danke all denen, die den Worten beigestanden haben.
Ganz besonders aber danke ich
Krista Maria Schädlich und Monika Fischer.

Hubertus Knabe (Hg.)

Die vergessenen Opfer der Mauer

Inhaftierte DDR-Flüchtlinge berichten

Originalausgabe. www.list-taschenbuch.de

ISBN 978-3-548-60883-9

Sie wollten nur eines: dem Unrechtsregime der DDR für immer entfliehen. Um über die deutsch-deutsche Grenze zu kommen, riskierten die Flüchtlinge ihr Leben und das ihrer Helfer. Aber viele schafften es nicht, den Todesstreifen zu überwinden. Manche wurden beim Fluchtversuch getötet, die meisten jedoch verhaftet und fortan von der Stasi wie Schwerverbrecher behandelt.

Erneut hat Hubertus Knabe erschütternde Zeugnisse von Opfern des DDR-Regimes gesammelt – diesmal von Menschen, die nur deswegen inhaftiert wurden, weil sie sich nach Freiheit sehnten.

List Taschenbuch

L416

Dietmar Arnold /
Sven Felix Kellerhoff
Die Fluchttunnel von Berlin

Mit zahlreichen Abbildungen. www.list-taschenbuch.de
ISBN 978-3-548-60934-8

Für die Freiheit waren sie bereit, ihr Leben aufs Spiel zu setzen. Die gefährliche Flucht durch selbstgegrabene Tunnel war für Hunderte DDR-Bürger der einzige Weg, um der Gefangenschaft im SED-Staat zu entkommen. Dietmar Arnold und Sven Felix Kellerhoff legen die erste Gesamtdarstellung der Berliner Fluchttunnel vor, gründlich recherchiert, mit Zeitzeugen-Berichten, neuen Funden aus den Stasi-Akten und nie gezeigten Fotos.

»Das Autorenteam versorgt seine Leser mit einer Fülle von Details zu den Tunnelbauten und den Akteuren. Die Autoren schildern die Ereignisse, als wären sie dabei gewesen – unterhaltsam und informativ.«
Das Parlament